ROBERT COOVER
JOHNS FRAU

Deutsch von Gerd Burger

ROMAN ROWOHLT

Die Originalausgabe erschien 1996 unter dem Titel
«John's Wife» bei Simon & Schuster, New York
Redaktion Dirk van Gunsteren und Thomas Überhoff
Umschlaggestaltung Notburga Stelzer
Fotos: TONY STONE IMAGES / Mark Haris;
Jerome Tisne und ein Ausschnitt aus dem Gemälde von
Hans Memling «Die heilige Maria Magdalena»

1. Auflage Januar 1999

Satz aus der Stempel Garamond PostScript PageOne
Gesamtherstellung Clausen & Bosse, Leck
Printed in Germany
ISBN 3 498 00912 5

Für Angela Carter, deren berüchtigter Illusionist Doktor Hoffman genau wie Ovid glaubte, daß «die Welt nur als Medium unserer Begierden existiert» und daß «nichts … jemals abgeschlossen ist; es ändert sich lediglich».

Und für Ovid:
«Die beiden, die so viel sonst gemeinsam hatten, waren mir Vorbilder, Meister, Beispiele, denen es zu folgen galt, und sind jetzt meine Rechtfertigung.»

TRISTIA, Buch II

... **E**s war einmal ein Mann, der hieß John. John verfügte über Geld, Familie, Macht, beste Gesundheit, hohes Ansehen und zahlreiche Freunde. Obwohl er hart für all das arbeitete, tat er sich im Grunde leicht mit dem Erfolg; obwohl nicht leicht zufriedenzustellen, war er oft zufrieden, ein Mann, dessen beträchtliche Talente seinen beträchtlichen Gelüsten die Waage hielten. Ein glücklicher Mensch, dieser John. Von Beruf war er Bauunternehmer: Wo immer er des Weges kam, wandelte sich die Erde, weil er es so wünschte, und meist gingen seine Wünsche in Erfüllung. Verschlossene Türen wurden ihm geöffnet, Hindernisse aus dem Weg geräumt. Seine Leidenschaften waren legendär. Er aß und trank nach Herzenslust, doch nie im Übermaß, war ein nahezu unschlagbarer, doch stets zu Späßen aufgelegter Golfspieler, durchstreifte auf ausgedehnten Geschäftsreisen die Welt, sammelte Schußwaffen, Autos und exotisches Angelgerät, genoß zahlreiche Frauenbekanntschaften, steuerte sein eigenes Flugzeug und trug sich hin und wieder mit dem Gedanken, nur so zum Spaß für einen Sitz im Kongreß zu kandidieren. Trotz allem, was seiner Frau und seinen Freunden widerfuhr, lebte John glücklich bis an sein Ende, als sei es ihm so bestimmt und stehe ihm so zu.

Floyd, vom Glück weniger begünstigt, arbeitete für John, führte ihm den Eisenwarenladen in der Main Street. Er beneidete John um seine Macht, da er selbst über keine verfügte, und begehrte Johns Frau. «Begehren» war das Wort, das Floyd dafür benutzte, weil er Ehrfurcht vor der Bibel hatte und weil er wußte, was für ein böser Mensch er war. Es war ihm peinlich, außerhalb der Sonntagsschule über Religion zu sprechen, und auf der Bowlingbahn verschrieb er bei jedem Split und jedem Spare seine Seele sogleich den Mächten der Finsternis, doch es hatte ihn auf der

Flucht vor einer Vergangenheit als Dieb und Raufbold in dieses friedliche Präriestädtchen verschlagen, wo er seither die Kirche zwischen sich und jene zugleich rachsüchtigen und verlockenden Kräfte gestellt hatte, die ihm auf den Fersen waren, und bislang war er damit gut gefahren. Dankbar brachte er nun Johns Kindern in der Sonntagsschule die Bibel nahe und leierte tremolierend und bedeutungsschwer die zehn Gebote herunter. Im Winter nahm er regelmäßig an den Bowlingturnieren teil, im Sommer bereiste er mit seiner Frau Edna entfernt gelegene Nationalparks, und ansonsten betrieb er den besten Eisenwarenladen weit und breit. Floyds und Ednas engster Freund im Städtchen war der alte Stu, Autohändler und der einzige Mensch im Ort, in dessen Gesellschaft die beiden sich rundum wohl fühlten, wenngleich sie ihn nach dem Tod seiner ersten Frau seltener trafen. Trotzdem war es nie zu einem Streit zwischen ihnen und Stu gekommen, wie Otis später behauptete.

Nun, auch Gordon fühlte sich zu Johns Frau hingezogen, freilich nicht so wie Floyd. Er hätte es nicht «begehren» genannt und auch nicht so empfunden. Was Gordon an Johns Frau fesselte, waren ihre flüchtigen Blicke und verhaltenen Bewegungen, die irgendwie nie vollendet ausgeführt schienen. Sie wirkte stets entspannt und angespannt zugleich. Sie strahlte etwas Unverrückbares, Würdevolles aus, das ihr eine Art monumentale Eleganz verlieh – und doch schienen Gordons Fotos von ihr, ob im Atelier oder auf der Straße aufgenommen, dies nie so recht einzufangen, gab es keine zwei Bilder, die einander ähnelten, unterstellte just diese unendliche Variationsbreite ein schwer zu definierendes Geheimnis, das Gordon forderte und reizte. Er verkaufte in seinem Laden Filme, Alben, Rahmen und auch Kameras, er entwickelte die Schnappschüsse anderer Leute, fertigte Paß-, Hochzeits- und Pressefotos an und war im ganzen Städtchen berühmt für seine Studioporträts. Aber zunächst war er Künstler. Und Johns Frau, die in seinen Augen die ureigene, intrinsische Wahrheit des Städtchens, quasi dessen Quintessenz, verkörperte, war – wenngleich ihr gar nicht so richtig bewußt – sein primäres Sujet. Gordon sehnte sich danach, eine lückenlose Studie von ihr in all ihren öffentlichen und privaten Facetten anzufertigen. Johns Frau beim Aussteigen aus ihrem Wagen (dieses Foto hatte er bereits). Johns Frau beim Anprobieren eines Hutes. Johns Frau beim Träumen. Johns Frau beim Abschlag auf dem Golfplatz. Johns Frau beim Spazierenführen ihres Hundes (auch das hatte er). Johns Frau, wie sie ihrer Tochter die Haare kämmt, wie sich selbst und wie sie sich am Arm kratzt. In den Bildtiteln seiner Sammlung hatte er ihr zahlreiche Namen gegeben, nie ihren eigenen – «Andromeda», «Eunomia», «Muse», «Prinzessin», «Echo» (angeregt von einer Geschichte, die ihm sein Freund Ellsworth einmal erzählt hatte), «Schönheit», «Frau», «Modell», «Verlangen», «Sie» –, doch all diese Namen lösten gewisse intime Regungen in ihm aus, die seinem edleren künstlerischen Bestreben zuwiderzulaufen schienen, weshalb er sich letztlich für die professionellere, wenngleich unpersönlichere Lösung entschied, seine Fotos von ihr als Untergruppe der herkömmlichen, im Atelier entstandenen Familienporträts zu betrachten und schlicht die Bezeichnung «Johns Frau» zu benutzen. Etwa «Johns Frau beim Empfang der Kommunion» (mittlerweile Bestandteil seiner Sammlung). «Johns Frau, schwanger» (versäumt). «Johns Frau beim Auftauchen aus dem Morgennebel» (noch nicht). Er verspürte den Wunsch, sie so zu erkunden, wie Floyd einen Nationalpark erkunden mochte, sie genau und erschöpfend zu kartieren, Stunde um Stunde, Zentimeter um Zentimeter – Johns Frau beim Telefonieren, Johns Frau bei einer Sitzung des Elternbeirats, auf der Schaukel, im Kino, Johns Frau beim Briefeschreiben, Johns Frau beim Einräumen der Unterwäsche, Johns Frau im Supermarkt, beim Arzt, beim Tanzen, im Regen, verzückt, zweifelnd –, bis es nichts mehr zu sehen gäbe. Man könnte sagen, daß Gordon, dessen Leidenschaft es war, die intime Gebärde, die verborgene Oberfläche, die im Verschwinden begriffenen Geheimnisse des Menschengeschlechts einzufangen, um sie dem unablässigen, gewaltsamen Zugriff der Zeit zu entziehen, den völligen Stillstand begehrte.

Ähnliches ließe sich auch von Otis behaupten, obwohl Otis kein Fotograf war. Er hatte zwar einst eine Kamera erstanden, sich mit dem Ding in der Hand aber höchst unwohl und von den Papierbildchen betrogen gefühlt: Seine Frau hatte längst Fett angesetzt, seine Kinder waren zu frechen Gören herangewachsen; diese verlorenen Gestalten bedeuteten ihm nichts. Otis war ein Mann der Gegenwart; dem Gemeinwesen hier und heute galt sein Interesse. Und dieses Gemeinwesen begriff er als ein geschlossenes System, ebensosehr durch feste Gewohnheiten und Routine definiert wie durch seine Grenzen auf der Karte; als einen uhrgleichen Mechanismus, der, wenn schon nicht vollkommen in seinen Bestandteilen und Abläufen, doch zumindest passabel funktionierte. Nichts brachte Otis mehr aus der Fassung als Störungen des geregelten Tagesablaufs. Wenn jemand Lust hatte, sich zu besaufen, sollte er seiner Meinung nach gefälligst woandershin fahren und wegbleiben, bis er wieder nüchtern war. Partys waren etwas für den Samstagabend; Lärm an anderen Abenden machte Otis nervös. Er mißtraute allen Störungen von außen, allen Veränderungen, Fremden, hochtrabenden Ideen: Wozu das Gute ändern? Selbst nicht jahreszeitgemäßes Wetter beunruhigte ihn. Johns großartige Projekte taten es ebenfalls, sosehr er John bewundern mochte. Dito irritierten ihn die affige Aufmachung von Ellsworth, dem Zeitungsmann, Halbstarke, die draußen an der Buckelbrücke bei Settler's Woods oder auf den Parkplätzen der Einkaufszentren Autorennen veranstalteten, der komische Kauz von Fotograf mit seinen geheimen Alben, herumlungernde Fremde und Autos mit Kennzeichen aus anderen Bundesstaaten. Sich selbst hielt Otis für so etwas wie einen Krieger und Wächter, ein Auge auf die Peripherie gerichtet, das andere aufs Zentrum. Im Zentrum lebte Johns Frau, die er liebte.

Floyd, Gordon und Otis also: dies hatten sie gemeinsam. Auch mit anderen: mit Kevin zum Beispiel, später unter dem Spitznamen Pott bekannt, der fasziniert zusah, wie Johns Frau sich beim Abschlag in den Hüften wiegte und den Ellbogen steif hielt; oder dem verbitterten Narren Maynard mit seinem geheiligten Strumpfband in der Hosentasche; dem verträumten Ellsworth und dem verschlagenen Rex; dem Seelsorger («Laß es zu») Lenny; dem sentimentalen alten Alf, der ihr den Finger reinschob; Fisch und Bonsai («Ich bin voll geil», sagte Fisch, und Bonsai wurde rot und grinste und wurde ebenfalls spitz) – welcher Mann hier im Städtchen wäre *nicht* auf die eine oder andere Weise in Johns Frau vernarrt gewesen? John war es nicht. Ironie des Schicksals. Aber vielleicht ist das häufig der Fall. John war ein vielbeschäftigter Mann, dem es Spaß machte, Geld zu verdienen, die Welt zu bereisen und sich zu amüsieren, solange es eben ging, und was Frauen anbelangte, so benutzte er sie ebenso freimütig und gedankenlos, wie er es mit Männern tat. Und das mit weitaus weniger Hoffnung, ihnen Geld abzuluchsen, obwohl ihm selbst das oft genug gelang. Frauen mochten ihre Probleme haben, wer hatte die nicht? Aber er mußte ein großes Bauunternehmen leiten, Ländereien erschließen, Einkaufszentren und ganze Vorstädte aus dem Boden stampfen, war der Besitzer von Barnabys altem Sägewerk, einer Reihe von Einzelhandelsgeschäften, einem Flugplatz und einem sich prächtig entwickelnden Luftfrachtunternehmen, besaß zudem Beteiligungen an mehreren landesweit und lokal tätigen Firmen und Unternehmen, die alles mögliche von Computerspielen und Actionspielzeug bis hin zu Alarmanlagen und Kriegsgerät herstellten, hatte Landbesitz, Ambitionen (derzeit auf seiner Liste: eine Pferderennbahn und eine Baseballmannschaft) und Gelüste so unermeßlich wie die Prärie – und wenn er an seine Frau und die Kinder dachte, betrachtete er sie primär als Aktivposten in der Sparte politische und gesellschaftliche Kontakte, die er einmal im Jahr mit Hilfe von Trevors Steuererklärungen und Gordons Familienporträts überschlägig bilanzierte. Er glaubte ohnehin nicht an die Liebe, zumindest nicht an die zwischen Menschen. Was John liebte, wie er einmal zu Nevada sagte, als er in tausend Fuß Flughöhe einen Looping und eine Rolle hinlegte, daß seine Begleiterin sich vor Aufregung und Schreck ins Höschen machte, war jeder einzelne Tag seines Lebens.

Gebärdenjäger Gordon hätte Verständnis für Johns Ansichten von der Liebe gehabt, obgleich er sie nicht kannte. So wie John das

Leben liebte, liebte Gordon die Form. Menschen, von jeher grotesk, waren (wie er es vor vielen Jahren zum Entsetzen seines Freundes Ellsworth formuliert hatte, der die Bilder nicht verstand, die der Fotograf von seiner Mutter machte) nur als im Raum erstarrte Gestalten schön. Jenseits von Gordons Fotos war das Leben nichts als Zerfall und Wahnsinn, ein einziges sinnloses, hektisches Durcheinander. Geburt, Tod, Wehen, Liebe: Gordon sah hin, zwinkerte einmal, und aus seinen Wannen mit Entwickler und Fixiersalz entstand ein Stück Zeit. Von ihm ausgesucht, von ihm festgehalten. Auf ewig sein, während die Welt draußen ein obszönes Tohuwabohu war, nur vage, wenn überhaupt, erinnert. Manche Motive – ein in der Nase bohrendes Kind, ein Leichnam, ein Swimmingpool ohne Wasser darin, zerbeultes Metall, eine Narbe an versteckter Stelle, Spiegelungen in einem Fenster – verlockten Gordon zu einer Art interpretierender Anteilnahme, bei der die fotografischen Formen etwas festzuhalten schienen, das auf der Oberfläche seiner Abzüge nicht sichtbar war. Andere (die er letztlich für edler hielt) – Johns Frau beispielsweise, unbewohnte Landschaften, schräger Lichteinfall auf nackter Haut – erlösten ihn von diesen weltlichen Illusionen und geleiteten ihn zur Freiheit reiner, sinnlicher Abstraktion. Solche Augenblicke, solche Fotos konnte er immerzu sinnierend betrachten.

Eines Tages betraten Waldo und Lorraine Gordons Atelier, um Porträts ihrer beiden Jungen in Auftrag zu geben, und da lag auf dem Ladentisch die Vergrößerung eines Fotos von Johns Frau, die einer Gruppenaufnahme bei einem Tanzabend im Golfclub entstammte. Lorraine, die Johns Frau das gleiche Mißtrauen entgegenbrachte wie den Heldinnen der Romane, die sie las, warf Gordon einen scheelen Blick zu: Für wen war dieses Foto? Gewiß nicht für John, was lag dem schon groß an Fotos, geschweige denn an seiner Frau. Lorraines Mann Waldo rief: «He! Was für ein tolles Foto von Johns Frau!» Sie hätte ihn erwürgen können. Der dicke Gordon wurde rot und schob das Foto flugs beiseite: Lorraine sah es und fragte sich, ob da womöglich ein Techtelmechtel lief. Sie hatte schon von gewissen anderen Fotos dieses Hanswursts gehört. Lorraine hatte einmal von ihm geträumt, und in diesem

Traum schien der Fotograf in einer dreckigen Pfütze auf dem Fußboden zu leben oder selbst diese dreckige Pfütze zu sein, und so war sie mit dem Bewußtsein aufgewacht, daß mit dem Kerl irgend etwas faul war, wovon außer ihr kein Mensch etwas mitbekam. Waldo strahlte weiter fröhlich und merkte nichts. Lorraine hatte den begehrtesten Jungen des ganzen Colleges geheiratet, aber er war ein totaler Holzkopf, ein hirnamputierter Partyhengst – das, was sie und ihre Kommilitoninnen seinerzeit als sprechenden Aufziehdildo bezeichnet hatten. John hatte ihren Mann als stellvertretenden Verkaufsleiter und Prokuristen engagiert, aber angesichts seines Spatzenhirns war er wohl eher ein Kontrakurist. Waldo mit dem geleerten Beutel wurde er überall genannt. Als John Lorraine einmal gefragt hatte, warum sie Waldo das Leben so schwer mache, hatte sie erwidert: «Heirate einen dummen Schwanz, und bald bleibt dir nur die Dummheit.» John hatte sein typisches Grinsen aufgesetzt, und sie hatte gespürt, wie ihr das Blut in den Adern gefror. «Ha», sagte Waldo jetzt, weil Gordons Frau Pauline mit nur halb zugeknöpfter Bluse und ungekämmtem Haar zur Tür hereinkam, und während Waldo die kleine Schlampe ausgiebig in Augenschein nahm, fragte Gordon: «Wo zum Henker steckt mein Terminkalender, Pauline?» Sie wußte es nicht.

Wie konnte Lorraine Johns Frau ein Techtelmechtel unterstellen? Wahrscheinlich, so hätte ihre Busenfreundin Marge gesagt, weil Lorraine erstens von Hause aus mißtrauisch war, worin sie ihr ordinärer, verlogener Schürzenjäger von einem Ehemann nur bestärkte, und weil sie zweitens als erst kürzlich Zugezogene Johns Frau nicht sonderlich gut kannte. Marge hätte sie aufklären können: Verdächtige John, wann immer du magst, der ist das personifizierte Techtelmechtel (damit hätte sie Lorraine nichts Neues erzählt), aber nicht seine Frau. Das wäre so, als würde man unterstellen, daß sich die Kornblumen im Garten von Johns Frau nachts aufmachten, Bienchen anzubaggern. Marge war hier im Städtchen aufgewachsen und hatte ein Jahr nach John und ein Jahr vor Johns Frau die Highschool abgeschlossen – in einem abgelegenen Präriekaff wie diesem waren Gleichaltrige wie Geschwister. Alle drei waren zu denselben Geburtstagspartys gegangen, alle drei hatten dieselben Picknicks der Kirchengemeinde, dieselben Schulausflüge, Tanzabende der Highschool und des Golfclubs mitgemacht. Alle drei waren Mitglied der National Honor Society, weil sie auf der Highschool nur Einsen und Zweien einheimsten, alle drei beschenkten sich mit Valentinskarten und Maikörbchen, alle drei spielten gemeinsam Verstecken und bemalten in der Küche Ostereier, alle drei veranstalteten Fahrradrennen, schlugen sich und drückten einander die Pickel aus. Die Welt und alles, was auf ihr kreuchte und fleuchte, hatte sich seither verändert, nicht aber Johns Frau, das arme Ding. Nach wie vor galt sie jedermann als Inbegriff der Homecoming Queen. Punkt, Ende. Marge bedauerte und haßte Johns Frau im selben Atemzug dafür, daß sie zu bedauern war, genau wie sie John verachtete, ihn aber dafür bewunderte, daß er verachtenswert war. Marge und John stritten sich seit der Grundschule, taten es noch immer – unlängst erst wieder, weil John den Stadtpark brutal hatte platt machen lassen, damit er einen weiteren seiner geschmacklosen, jedes Auge beleidigenden Schandflecken hochziehen konnte, diesmal einen Betonklotz von Bürgerzentrum samt Hallenbad –, und meist hatte John, der rücksichtsloser war als Marge und reicher obendrein, den Streit für sich entschieden und ihr eine böse Schlappe beigebracht. Das hatte Marge allerdings nie entmutigt; sie hatte sich John ihr Leben lang entgegengestellt und sich von Niederlage zu Niederlage unverdrossen ihrer Haut gewehrt. Und das würde sie weiterhin tun, also wappnete er sich lieber beizeiten. Es war das einzige, was einem bei einem solchen Mann Respekt verschaffte, und um die Wahrheit zu sagen, war Marge just darauf, nämlich auf Johns Respekt, aus, und sie wußte, daß sie ihn verdiente.

Der Haken an der Sache war, daß sie diese Kämpfe immer mit dem Arsch voraus austrug, und wenn eine Frau einen derart häßlichen Hintern hatte, war das ein großer Fehler, fand zumindest

Lorraines Mann Waldo. Marge sei eine Nervensäge (oder ein «Fotzenhobel», wie er sagte, wenn er weniger nachsichtig gestimmt war), eine unhippe Xanthippe, die immer wieder das Kriegsbeil ausgraben müsse, weil ihr die Muschi auf Grundeis gehe und sie ein grauenhaftes Weib sei, mit einem Arsch so platt wie ein Stoppschild und Titten, die aus nichts als zwei verknöcherten, stahlharten Brustwarzen bestünden. Es sei Marges Mann Trevor (Triv nannte Waldo ihn, die Kurzform für den trivialen Trev), der in dieser Familie das Höschen anhabe, wie Waldo zu sagen pflegte. Er titulierte Marge nur als «Herr Marge» oder «Dragonerin Marge»; manchmal nannte er sie auch «Walküre Marge» beziehungsweise «Wutmamsell Marge», wenn sie in Rage geriet, was meist der Fall war, sobald Waldo in ihre Nähe kam, da er sie nur selten unbehelligt ließ. Sie ihn allerdings umgekehrt ebensowenig, es war beiderseits Abscheu auf den ersten Blick. Als Waldo und Lollie vor einigen Jahren dank dem langen John, Waldos wakkerem altem Kumpel aus Collegezeiten und allzeit verläßlichem Burschenschaftsbruder, ins Städtchen gezogen waren, hatte man Waldo im Golfclub bei einem Turnier mit gemischten Zweierflights Marge als Partnerin zugeteilt, und nicht nur hatte sie weitaus besser abgeschnitten als er: Waldo war auf den letzten neun Löchern auch viel zu blau gewesen, um bei seinen Annäherungsschlägen etwas anderes zuwege zu bringen als wildes Gefuchtel oder, ach, zum Teufel, wenigstens die verdammten Greens zu sehen, die er mutmaßlich hätte anpeilen sollen; jedenfalls hatte er damit ihre Chancen auf den Turniersieg verpatzt, den einzustreichen Marge offenbar gewohnt war. Die meiste Zeit hatte sie Waldo bei der Suche nach seinem Ball helfen müssen, der stets meilenweit von dort entfernt lag, wo er ihn zuletzt gesehen hatte, und jedesmal katastrophaler positioniert, was Waldo aus irgendeinem Grund köstlich zu amüsieren schien. «Uff! Schon wieder weg! Such's Stöckchen, Marge!» Das einzige Mal, als er den Ball vor ihr gefunden hatte, pflanzte er den Fuß darauf und genehmigte sich einen tüchtigen Schluck aus seinem Flachmann, während er sie suchen ließ, bis ihr der Schaum vor dem Mund stand; dazu beförderte sein unterdrücktes Lachen am hinteren Ende seines Windkanals ein geräuschvolles Geknatter zutage, das unterdrücktem Lachen wiederum verdammt ähnlich war. Herr Marge fand es überhaupt nicht komisch, als er zuletzt den Ball unter seinem krokoledernen Golfschuh «entdeckte» («Da also war er! Deibel noch eins! Dachte schon, meine Hühneraugen mucken wieder auf!»), Waldo dagegen amüsierte sich prächtig. Beim letzten Loch schaffte er es partout nicht, einzuputten, das gottverdammte Green wankte und kippte in einem fort, weshalb er nach sechs oder sieben idiotisch angesetzten Versuchen – einen davon mit dem Handgriff des Putters zwischen den Beinen, weil sich der eigentlich dafür vorgesehene Teil im Hosenlatz seiner karierten lavendelfarbenen Golfhose verfangen hatte – einfach ausholte, das kleine Scheißding außer Sichtweite bolzte und damit bei diesem Loch als Höhepunkt eines wunderbaren Tages die maximale Punktzahl kassierte. Seine Partnerin, die sich daraufhin nur um so entschlossener den eigenen Ball zum Putten zurechtlegte, maulte unterdessen vergrätzt vor sich hin und verwünschte den widerwärtigen Trunkenbold mit seiner öden Vulgarität und seinem grundlegenden Unvermögen auf dem Golfplatz, worauf Waldo prompt einen zweiten Ball auf das Green warf, lange genug kühlen Kopf behielt, um den Rasen unter seinen Füßen zu stabilisieren, und seinen Ball dann wie beim Krocket mit einem sauberen, kräftigen Schlag gegen den seiner Turnierpartnerin donnerte, während sie noch darübergebeugt stand, so daß ihr Ball im Bunker landete – ein brillanter Schlag dies, den anschließend, bei den Cocktails am neunzehnten Loch, alle weidlich bewunderten außer Marge und Waldos liebloser Frau Lorraine, der fiesen Mekkerliese, die ihren Mann vom Tresen fortzerrte, noch ehe er den ihm gebührenden Lohn eingestrichen hatte.

Nun ja, sie waren just in diesem Sommer im Städtchen angekommen und damit gänzlich abhängig von der Mildtätigkeit des wackeren Burschenschaftsbruders John, dessen Gattin angeblich eng mit Marge befreundet war, drum hatte Waldos Frau gute Gründe, ihren Mann am Riemen zu reißen. Doch was die Liebe angeht, wohl wahr, die trug sie nicht im Herzen, denn genau wie Gordon und John glaubte sie nicht daran – obgleich sie ihr

Leben einst nach ihr ausgerichtet hatte, was, wie sie inzwischen glaubte, nichts als das Resultat schlechter Lesegewohnheiten gewesen war. Die Liebe war ein billiger Verkaufstrick der Gauner aus der Unterhaltungsbranche, etwa so bedeutungsvoll wie das Etikett «kalorienarm» auf Diätlebensmitteln, fand sie. Waldo hingegen, der, ob gut oder schlecht, über keine Lesegewohnheiten verfügte, glaubte noch immer an die Liebe, wenngleich er nicht hätte sagen können, was das eigentlich war. Er wußte nur, daß sie einen in Schwierigkeiten bringen konnte und es, wenn möglich, auch tat. Seine Ansicht von der Liebe als unwiderstehlicher, aber kasteiender Kraft hätten gewiß viele im Städtchen geteilt: Veronica zum Beispiel, eine weitere Schulfreundin von Johns Frau und arg gebeutelt von besagtem Gefühl, an das sie sich gleichwohl wehmütig klammerte; oder Ordnungshüter Otis, in dessen Augen die Liebe mehr oder weniger der Gnade gleichkam, obwohl einen die eine manchmal geil und töricht machen konnte, die andere in der Regel nicht; oder Beatrice, die Frau des Pastors, die glaubte, daß alle Liebe vom Schöpfer herrühre, wie ihr Gatte Lennox jeden Sonntagmorgen predigte, nur daß der Herrgott bisweilen rätselhaft qualvolle Wege einschlug. Beispielsweise jetzt wieder mal: Du lieber Gott, wie war sie nur so in die Bredouille geraten? Kate, die Bibliothekarin aus der Stadtbücherei, meinte im Hinblick auf die süße Freuden und ungestümes Herzeleid auslösende Macht der Liebe, die einen verzückte, überwältigte und dann vernichtete, wo der Mensch Göttliches oder Teuflisches zu erkennen glaube, werde es ihm von der Liebe vorgegaukelt; hingegen seien Güte, Wahrheit und Schönheit, sobald die Liebe fehle, nichts als Hirngespinste, müßige Fiktionen eines selbstbezogenen Verstandes und damit so bedeutungslos wie Hühnergescharr. Will sagen, daß Kate – ihrerseits zu Lebzeiten heißgeliebt – mit ihrer optimistischen, wenngleich illusionslosen Art ebenfalls an die Liebe glaubte. Genau wie Dutch, der Motelbesitzer, der zwar allnächtlich zusah, wie das, was er das Fieber des Fleisches nannte, in seinem Zimmer hinter den Einwegspiegeln hochbrodelte und wieder verlosch, sich aber der Macht der Liebe, die er für alles andere als harmlos hielt, tunlichst verweigerte. Genau wie Alf mit dem forschend tastenden Finger, der die Liebe als Sedativ für den Verstand diagnostizierte, ansonsten am besten zu begreifen als chemische Reaktion auf gewisse Nervenreize, bei lokaler Anwendung bisweilen angenehm, im allgemeinen aber überschätzt. Seine Assistentin sympathisierte durchaus mit diesem Standpunkt, wenngleich sie die ganze Sache, von einer einzigen Ausnahme abgesehen, mehr oder weniger abstrakt beurteilte; gleichwohl mißtraute sie der Pose leicht konfuser Abgeklärtheit, die ihr verwitweter Arbeitgeber insbesondere dann zur Schau stellte, wenn Johns Frau auf seinem Behandlungsstuhl die Beine spreizte. Was Clarissa anging, so war die Liebe einfach toll. «Geil» hieß das Wort, das sie dafür benutzte. Echt, wow! Für ihren Großvater, Baumeister Barnaby, hingegen führte sie zu nichts als Verzweiflung; sie warf einen um, nagelte einen am Boden fest und zerfraß einem das Herz, ohne daß man sterben konnte. Wenn man bloß zu lieben aufhören könnte, fände man endlich Frieden und den Tod. Jawohl, auch Barnaby war einer von denen, die Johns Frau untröstlich liebten.

Nun ja, die Liebe: ein weites Feld. Damals, in einem heißen Sommer, als Johns Frau noch ein Schulkind gewesen war, hatte Barnabys alter Freund, der Anwalt Maynard, in seiner Funktion als Bürgermeister zum krönenden Abschluß des jährlichen Festumzugs am Tag der Pioniere mit in die Ärmellöcher seiner Weste gehakten Daumen die traditionelle Festrede im Musikpavillon gehalten und laut darüber nachgedacht, daß es im Grunde die Liebe gewesen sei, die das Städtchen aus der Taufe gehoben und ihm zu seiner heutigen Gestalt verholfen habe: erst die der ersten Pioniere zum Abenteuer, die sie hierher verschlug, dann die der Siedler zur Scholle, die sie seßhaft werden und Wurzeln schlagen ließ, später die, mit der sich die frühen Stadtplaner der Ordnung, dem Fortschritt und dem Geist des Unternehmertums verschrieben, jenen Werten also, die den Boden dafür bereitet hatten, daß dieser großartige Ortskern so glorreich wachsen konnte, wo man vordem nie etwas Größeres als Indianerzelte erblickt hatte, und schließlich die aller Anwesenden für die Gerechtigkeit, den Wohlstand, das gute Leben und natürlich auch füreinander. Und auch für Gott, hatte er eilends hinzugefügt. Er beschwor die Zeit herauf, als das Hufgeklapper der Pferde auf Schotter- und Sandwegen, das behäbige Summen der Bienen und das Gezirpe der Heuschrecken, das helle Klimpern der Eisstückchen in den Limonadekrügen und das Geknarre der Schaukeln auf den Veranden vor der Haustür die einzigen Geräusche gewesen waren, die man auf diesen Straßen vernommen hatte, und dies seien, so sagte er, die Geräusche der Liebe gewesen. Er sprach von dem Städtchen als ihrer aller Mutter, von den Stadtgrenzen als ihrer liebevollen Umarmung, und er verglich die Karrees der Häuserblocks mit einem über die Matratze gebreiteten Quilt, auf dem wir alle, so sagte er, eine einzige liebevolle Großfamilie seien, worauf seine Schwester Opal, Johns Mutter, ihren Pappmachéfächer in die Hand nahm und sich Luft zufächelte, vielleicht, weil sie dies als eine Metapher zuviel empfand und nunmehr den Wunsch verspürte, ihren Bruder daran zu erinnern, daß es an der Zeit sei, sie alle vom Pastor segnen zu lassen, damit man sich endlich hinsetzen konnte. Besagter Maynard war der Vater von Johns Vetter Maynard Junior, dem zwanghaften Strumpfbandumklammerer, der bisweilen unter den Spitznamen Ofenputzer oder der Narr firmierte. Für ihn war die Liebe eine alles verschlingende Obsession und andernfalls ein anzüglicher Witz, und er wiederum zeugte Maynard drei, auch bekannt unter dem Spitznamen Bonsai, der zunächst gedacht hatte, die Liebe sei etwas für Schlaffis, bis ihn sein Kumpel Fisch vor ein paar Wochen mit neuen Ideen bekannt gemacht hatte, die aufregend, wenn auch reichlich nebulös klangen.

Der alte, silberzüngige Großvater Maynard mochte noch unter den Lebenden weilen, aber der Stadtpark und der hübsche, an eine große Gartenlaube mit offenen Seitenwänden gemahnende Musikpavillon, auf dem er seine Redekunst zu präsentieren pflegte, hatten sich aus dieser Welt verabschiedet und waren verblassende Erinnerungen geworden, ganz wie die Kiekser, Räusperer und verschluckten Endsilben des mittlerweile gleichfalls verblassenden früheren Bürgermeisters. Im Namen des Gemeinwohls geschwungene öffentliche Reden wurden heutzutage im neuen Bürgerzentrum beziehungsweise, bevor John die kleine Grünanlage des Pickelpottparks geschaffen hatte, auf einer provisorischen Bühne gehalten, die man je nach Wetter und Anlaß auf dem Parkplatz vor dem Bürgerzentrum montierte. Dieses allem Zierat abholde, ultramoderne Bauwerk, nach dem alten Baumeister Barnaby benannt und von dessen Schwiegersohn errichtet, galt im Städtchen, selbst wenn es umstritten war, als wichtigster Neubau des Jahrzehnts, vielleicht gar (wie manche sagten) des Jahrhunderts, wenngleich eigentlich das Hallenbad mit dem olympiagerechten Becken und dem hydraulischen Rolldach die beliebteste architektonische Neuerung darstellte und im ganzen Bundesstaat berühmt, ja sogar Gegenstand längerer Artikel in allen Sonntagsausgaben der großen Zeitungen geworden war. Man konnte sich eben stets darauf verlassen, daß John etwas bewegte. Sein einstiger Football-, Ringkampf- und Leichtathletikcoach Snuffy, der als Stadtrat großen Anteil daran gehabt hatte, das Bauvorhaben über sämtliche juristischen und politischen Hürden zu bringen (immer gab es irgendwelche Querköpfe, die sich dem Fortschritt in den Weg stellten), war heute dank Johns Unterstützung zum unangefochtenen Kandidaten für das Amt des Bürgermeisters avanciert und genoß seinerseits einen nicht unbeträchtlichen Ruf als Redner, der mit zwar schlichten Worten, aber frisch von der Leber weg und mit seiner polternden «Kein Scheiß jetzt»-Rhetorik durchaus zu fesseln verstand. Der alte Snuffy wußte eben, wie man, in den Worten der Bewohner des Städtchens, den Leuten in den Arsch trat. Das galt allemal für die von ihm betreuten Mannschaften. Mehr als ein junger Naseweis war beim Tackling-Training so lange als Prellbock verheizt worden, bis er schnallte, daß Snuffy, wenn er dich aufforderte, alles für dein Team zu geben, tatsächlich *alles* meinte, mein Lieber. Oder hast du schon mal zweihundert Liegestütze gemacht, bei denen dir ein Kumpel den Fuß ins Kreuz pflanzt? Das Ganze im Matsch? In voller Montur? Und *nach* dem Schlußpfiff? Über die Liebe freilich wußte dieser eingefleischte Junggeselle wenig zu sagen. Er verstand sich eben besser aufs Zähnezusammenbeißen, aufs Nichts-wie-drauf und aufs Dicht-am-Mann-Bleiben. Hatte Snuffy zu seiner Zeit Umgang mit Frauen gehabt? Aber klar doch, reichlich. Und zwar mit allen möglichen, vom Flittchen bis zur Schickse. Die Liebe jedoch, an die Snuffy ebensosehr glaubte wie alle anderen, war keineswegs ein ungestümer Ausheber, bei dem dann die Frau, oder, Gott bewahre, der Mann oder Knabe, auf die Matte sank; sie war viel abstrakter, mehr so etwas wie ein Ideal, um es mal philosophisch auszudrücken, wie zum Beispiel in «Ich liebe dieses Spiel!» oder «Körperkontakt? So was liebe ich!» Lieben hieß sein Äußerstes geben, und geliebt werden hieß siegen.

Der gottesfürchtige Floyd, Geschäftsführer von Johns Eisenwarenladen im alten Ortskern und lebenslanger Experte in puncto Arschtreten, allerdings vorwiegend als Zielobjekt, vertrat dagegen eine bodenständigere, sachliche Vorstellung von dem, was Liebe bedeutet, weil er einst seine Frau Edna geliebt hatte und daher wußte, daß das, was er heute für Johns Frau empfand, nichts als sündige Begierde war. Er wollte sich ihr nicht hingeben, wollte sie nicht in die Arme schließen, für sie sorgen, sie anbeten, mit ihr zusammenleben. Er wollte sich nicht einmal in körperlicher Liebe mit ihr vereinigen. Er wollte sie auf ihren phantastischen Arsch schmeißen und ihr die Seele aus dem Leib ficken. Gott sei Dank war das bis jetzt noch nicht geschehen. «Du sollst nicht!» donnerte er in der Sonntagsschule die gackernden, verzogenen Gören an, und seine Stimme schnappte schier über dabei, so schrecklich gespalten war sein Herz. Oft stellte er sich vor, das Objekt seiner unkeuschen Begierde gleich hier an Ort und Stelle flachzulegen, mitten zwischen den Talaren des Kirchenchors, was irgendwie mit der seidenglänzenden Stoffappretur zu tun haben mußte, mit den vielfältigen Körpergerüchen, mit der billigen, an die Umkleideräume von Schulturnhallen erinnernden Aura der muffigen Funktionsräume der Kirche mit ihren ungetünchten Betonwänden und den kalten Fliesenböden. Oder aber mitten auf dem Tresen im Laden an der Main Street, auf einer Ladung Teerpappenstifte, Nirostamuttern und Holzbohrer. Auf dem Pritschenwagen, der am Tag der Pioniere den Festzug anführte. Auf dem schicken limonengrünen Klositz in Johns Haus zwischen zwei Partien Bridge (die Klobrille in Floyds Haus war weiß und mit einem rosa Frotteeüberzug bezogen, außerdem war ein Scharnier ausgeleiert). Oder, zum Teufel, wieso nicht gleich mitten auf dem Kartentisch, das wäre der allerschärfste Stich! Vielleicht hatten diese stürmischen Gelüste aber auch mit dem zu tun, was Floyd für John empfand. Wann immer die beiden Ehepaare gemeinsam Bridge spielten oder zu Abend aßen, was etwa alle drei oder vier Monate vorkam, je nach Johns grummelndem Pflichtgefühl (Floyd spürte das, und es ärgerte ihn), wußte er es so einzurichten, daß er beim Sitzen sein Knie gegen das von Johns Frau preßte. War diese Unverfrorenheit etwa nur ein weiterer Versuch, John nachzueifern?

Viele eiferten John nach, Floyd war nicht der einzige. Manche imitierten sein Auftreten, andere seinen Wortschatz, wieder andere seine Forschheit oder sein Lachen. Alf ahmte seinen Golfschwung nach, nicht daß es viel geholfen hätte, der alte Autohändler Stu seine Witze, Harvie mit der Meterlatte seine Tollkühnheit und Lennox schließlich die kühle Nonchalance, mit der John sich ins Unvermeidliche fügte. Wenn Lennox seiner Frau Beatrice, seinen Kindern, seinen Schülern, seiner Gemeinde und vor allem auch sich selbst sein «Laßt es zu!» ans Herz legte, eiferte er darin John nach. Bei Johns altem Highschool-Coach Snuffy, der neuerlich in der Politik mitmischte, war es weniger der ausgeprägte Mannschaftsgeist des Jungen, den er nachahmte (den teilte er und hatte ihn John womöglich eingeimpft), sondern vielmehr das strategische Geschick, ihn bei anderen auszunutzen. Kurzum, es war Johns Schläue, der Snuffy nachzueifern versuchte, genau wie sich Dutch den Killerinstinkt seines Freundes zum Vorbild genommen hatte und Marges Mann Trevor alias Trivial Trev das Urvertrauen, das sein Brötchengeber in Zahlen und Statistiken setzte. «Geld an sich gibt es nicht, Trev», pflegte John zu ihm zu sagen, wobei ihn die fast bis zur Spitze der früher einmal gebrochenen Nase herabgerutschte Lesebrille täuschend professoral aussehen ließ, «es gibt nur das, was unter dem Strich bleibt.» Trevor eiferte zudem Johns Detailversessenheit nach, seiner Vorsicht in Geldsachen, seinem Stehvermögen, aber vielleicht mißverstand Trevor ihn in dieser Hinsicht und sah nur, was er sehen wollte. Wie alle. Lorraines Holzkopf von Ehemann Waldo eiferte John in allem und jedem nach, so sehr, daß manche dachten, er mache sich über ihn lustig, aber in Wahrheit dachte Waldo, John eifere *ihm* nach. Womöglich hatte er da sogar recht, zumindest teilweise, schließlich waren die zwei schon seit dem College dicke Kumpel; es war einfach die Frage, was zuerst da war, wie Waldo gern sagte: Laus oder Nisse. Obwohl die beiden sich in der Vergangenheit oft Freundinnen geteilt hatten, ahmte Waldo sogar Johns Haltung gegenüber dessen Frau nach: absolute Gleichgültigkeit. Alles andere wäre ihm wie Inzest vorgekommen.

Otis, der Johns gelassene Stärke nachahmte, einst von ihm abgeschaut, als sie zusammen in der Footballmannschaft gespielt hatten, war schon seit der Highschoolzeit in Johns Frau verliebt, obwohl ihr das sicher nicht bewußt war. Otis war nie mit ihr ausgegangen, hatte noch nicht einmal daran zu denken gewagt (in dieser Hinsicht wollte er John auf gar keinen Fall nachahmen) und auch nur selten mit ihr geredet, aber sie waren einander ein paarmal auf Schulfeiern über den Weg gelaufen, und irgendwann hatte sie ihm bei dieser Gelegenheit das Tanzen beigebracht. Noch heute hatte er traumgleich das Bild vor Augen, wie ihre zwei Fußpaare über das glänzende Eichenparkett der Turnhalle glitten und hierhin und dahin huschten, bis ihre Zehen aneinanderstießen; noch heute spürte er ihre weiche Hand im Nacken, mit der sie ihn geführt hatte. Obwohl er längst verheiratet war, vier Kinder hatte und nie mehr tanzen ging, stellte die warme Nähe und Freigebigkeit ihres jungen Körpers an jenem Abend in der Highschool-Turnhalle bis heute den Höhepunkt, den magischsten Augenblick seiner Erfahrungen mit Frauen dar. Wann immer Otis, der selbsternannte Krieger und Wächter, an die Jungfrau Maria dachte, dachte er an Johns Frau.

Wann immer Pauline, die Frau des Fotografen, an Otis dachte, mußte sie daran denken, wie er geweint hatte, als sie ihm zum erstenmal einen blies. Damals hatte sie gedacht, er sollte im Kino als James Cagney auftreten. Wann immer sie an Snuffy, Otis'

Football-Coach aus der Highschool mit der tiefen Kerbe im Kinn, dachte, mußte sie an ein Männlein aus einem Schmuddelcomic denken, dem die Impotenz ins Gesicht geschrieben stand. Kein Wunder, daß das auf den Wahlplakaten verwendete Brustporträt des alten Knackers mit dem Silberblick und der Gurkennase, angefertigt von ihrem Mann Gordon, derart viele Graffitikünstler inspiriert hatte. Wann immer sie an ihren Mann dachte, mußte sie an einen fetten Roboter mit einem riesigen Glasauge denken, auf dessen Stirn Blitzlichter zündeten. Einmal hatte er seine Scheinwerfer so nah an ihren Schenkeln aufgebaut, daß sie Brandblasen davon bekommen hatte. Diese Aufnahme (was hatte er da eigentlich sehen wollen?) war nicht gelungen. Wann immer Pauline an die drei Brüder aus dem Drugstore dachte, Harvard, Yale und Cornell, mußte sie an ein Märchen übers Essen und Sich-Betten denken, das man ihr in der ersten Klasse erzählt hatte. Wäre ihr Leben anders verlaufen, wenn sie mit goldenen Locken auf die Welt gekommen wäre? Das war keine Frage, die Pauline sich je gestellt hätte. Aber hier gleich noch eine: Was heißt Liebe? Zur Not hätte sie vermutlich geantwortet, die Liebe sei etwas, das alle Mauern einriß und einen umwarf wie eine unversehens heranbrausende Lok oder ein wildgewordenes Maultier, denn in etwa an solches Zeug mußte Pauline denken, wenn sie an die Liebe dachte. Wann immer Pauline an Johns Freund Waldo dachte, mußte sie an einen Kerl auf dem Rummelplatz denken, der das Publikum einlud, sich das Liebespaar anzusehen, das gerade mal sechzig Zentimeter maß. Und seine Frau knipste die Eintrittskarten ab. Mit den Zähnen. Wann immer Pauline an John dachte, mußte sie (auch wenn John nicht mehr jung war) an einen jungen Zauberer denken, dessen überschattetes Gesicht an den Kanten gespenstisch loderte und in dessen Hose Giftschlangen züngelten. Was für eine Nacht das gewesen war. Oder gewesen sein mußte: Sie glich schon einem Traum oder einem alten Kinofilm. Wann immer Pauline an Johns Frau dachte, mußte sie an ihre tote Schwester denken, die ihr in einem Alptraum erschienen war: Sie war größer als der Türrahmen, zehn Jahre alt, trug ein zerfetztes weißes Nachthemd, und aus ihren Brustwarzen tropfte Blut.

Warum hatte Otis damals geweint, als Pauline ihm zum erstenmal einen blies? Otis war ein hartgesottener Bursche, einer der hartgesottensten in der ganzen Gegend. Und Pauline war zu jener Zeit die schnuckligste Schwanzlutscherin der ganzen Highschool gewesen, vielleicht die beste, die es im Städtchen je gegeben hatte. Ein Zyniker mochte annehmen, es läge daran, daß John das Mädchen geheiratet hatte, das der hartgesottene Kerl liebte. Ein Romantiker mochte dagegenhalten, daß Otis eben eine Schraube locker hatte. Otis wußte es besser: Keine Frage – er hatte geweint, weil er seine Freiheit eingebüßt hatte. Er hatte diese Erfahrung in sein Leben gelassen, und fortan würde sie ihm nicht mehr aus dem Sinn gehen. Schon bevor es ihm kam, wußte er – während er auf dem Parkplatz der Country Tavern auf der Ladefläche des alten Lieferwagens lag und sein angespannter Hintern anfing, heftig auf das kalte Blech zu patschen –, daß es in den nächsten Jahren viele Nächte geben würde, in denen er Paulines Mund wieder nötig hätte und fiebernd durch die Straßen hetzen würde, außerstande, zu arbeiten, außerstande, zu Weib und Kindern heimzugehen, außerstande, einen klaren Gedanken zu fassen. Und was Johns Heirat mit dem Mädchen betraf, das er liebte, nun ja, sie stammte aus einer angesehenen Familie, Otis hingegen aus einer armen, sofern man sie überhaupt als Familie bezeichnen konnte, außerdem war er jünger als sie; er konnte ihr also keinen Vorwurf daraus machen, daß er ihr niemals aufgefallen war und sie einen Burschen wie John geheiratet hatte, der einfach alles besaß. Außerdem war das passiert, als Otis weit weg im Krieg kämpfte, und er wünschte den beiden wirklich alles Gute. So wurde er, wenngleich aus einiger Entfernung, ihr Freund und Beschützer. John konnte jederzeit aus dem Haus gehen und wußte, daß seine Frau in Sicherheit war. Trotzdem sehnte Ordnungshüter Otis sich, öfter als nach Paulines warmem feuchtem Mund um seinen Schwanz, danach, daß ihm Johns Frau noch einmal die Hand auf den Nacken legen möge.

So gaben sich die Männer des Städtchens in ihren Sehnsüchten zu erkennen, Otis, Maynard, Floyd und alle übrigen. Die Frauen ebenso, Lorraine, Marge, Veronica, Beatrice, jedoch auf andere

Weise: Sie hielten hier draußen in dieser gewaltigen Leere etwas zusammen, vielleicht sich selbst. Die Männer waren kühner, waghalsiger in ihren Phantasien, als sei dies ihr naturgegebenes Recht. Der Tod fiel in den Zuständigkeitsbereich der Frauen, dito die Weisheit und alles Paradoxe – nur Abfall vielleicht, den ihnen die Männer überlassen hatten, aber durchaus nützlich zum Festlegen der Überlebensregeln nach der Katastrophe. Die Männer wagten sich hinaus in die Welt, die Frauen aber bereiteten das Feld und breiteten die Röcke über soviel Boden, wie sie nur damit bedekken konnten (Lollies Bild; ihre Freundin Marge, Dragonerin Marge, wie Waldo sie nannte, zog nur selten Röcke an und sah die Sache anders). Die Aufmerksamkeit von Johns Frau jedenfalls, egal wie sekundenkurz und rätselhaft, war einer der Lorbeerkränze, um den die Männer des Städtchens wetteiferten, während die Frauen sich von Johns Frau bedroht, zugleich aber auch beschützt fühlten. Lorraine, die viel verloren hatte, stellte zuweilen fest, daß sie Johns Frau haßte, und war doch gezwungen zuzugeben, daß sie sie ebensosehr brauchte wie Waldos Holzköpfigkeit: Man mußte einfach mit diesen sonderbaren Mächten leben. Johns Frau rief bei den Frauen in ihrer Umgebung des öfteren derlei zwiegespaltene Reaktionen hervor. Trevors Frau Marge beneidete sie, bemitleidete sie aber auch. Die kleine Clarissa empfand ihr gegenüber eine Art sentimentale Wut, Opal eifersüchtige Zuneigung und Lumby erotisch motivierte Abscheu. Daphne, die Frau des alten Stu, liebte sie inniger als sonst jemanden auf der Welt, aber sie hätte das deutlicher zum Ausdruck bringen können, wenn Johns Frau tot gewesen wäre. Floyds Frau Edna sah sie an, wie man eine Wolke ansieht: Vielleicht würde es Regen geben, vielleicht auch nicht; egal.

Daphne sah dieser Tage alles an, wie man eine Wolke ansieht. Man sieht hin und sieht doch nicht. Johns Frau war ihre Busenfreundin, war es einst gewesen, war es vielleicht auch heute noch, wer konnte das schon sagen? Alles war reichlich nebulös. Auch Daphnes Erinnerungen, was sich aus der steten Zufuhr von stark ginhaltigem Amazing Grace erklärte, doch konnte sie sich noch gut entsinnen, wie sie mit John bei irgendeinem Footballmatch an der Universität auf der kalten Betontribüne gesessen und Whiskey aus einem Flachmann getrunken hatte. John hatte sie über das Thanksgiving-Wochenende eingeladen, und sie hatte ihre beste Freundin aus der Highschool mitgebracht, die John mit einem seiner Kumpel aus der Burschenschaft verkuppelte. Daphne und John hatten sich gemütlich unter einer Decke zusammengekuschelt, er hatte die freie Hand in ihrer Hose gehabt, und sie hatte sich prima gefühlt. Genau wie jetzt, als sie die eigene Hand in ihrer Hose hatte, weil keine andere zur Verfügung stand: Merkwürdig, wie sehr die Gegenwart sich mit der Vergangenheit verknüpfte, manchmal konnte man sie kaum auseinanderhalten. Der Begleiter von Daphnes Freundin bei dem Footballmatch war ein Spaßvogel namens Val oder Vern gewesen, was mochte nur aus dem geworden sein? Ihm fehlte ein Backenzahn, doch dafür konnte er durch die Lücke pfeifen, außerdem sang er wie ein blecherner Radioschnulzensülzer aus der Vorkriegszeit, man hörte sogar den Wellensalat. Wie plastisch sie das noch im Gedächtnis hatte! Sie müßte mal für Elsies Wochenblatt einen Artikel darüber schreiben: «Ich erinnere mich.» Die Lieblingsnummer des Burschen hieß «When the Red, Red Robin Comes Bob, Bob, Bobbin' Along», und während er sie trällerte, hatte John auf ihrer Klitoris herumgeklimpert wie auf einer Stimmgabel. Pure Zauberei. Wie in anderen Sphären. Es war kalt gewesen. Der Himmel blau. Die Mannschaft, die sie anfeuerten, gewann. Später dann, in einer anderen Erinnerung, vielleicht noch am selben Wochenende, wahrscheinlich aber nicht (Weihnachten? Ostern? Jedenfalls ein Anlaß, der nach schwärendem Frohsinn roch), saß ihre Busenfreundin auf dem Vordersitz von Johns neuem silberfarbenem Ford Mustang und schmiegte den Kopf an seine Schulter, während Daphne auf den engen Notsitzen hinten im Auto grob von einem Kerl mit Stiftelkopf und einer Warze auf der Nase begrabscht wurde und sich nicht ganz so prima fühlte. Ein bißchen ist es wie beim Staffellauf, hatte sie damals gedacht und dachte sie jetzt wieder und beschnüffelte dabei ihre Finger, wo man ja auch den Stab weiterreicht, und nicht etwa, weil man Lust hätte loszulassen – doch nicht Daphne, Herrgott, soll das ein Witz sein? Immer her mit dem Ding! –, sondern weil es eben von einem erwartet wird. Kein Wunder, daß sie bei der Hochzeit der beiden Trauzeugin wurde.

Ein denkwürdiges Ereignis, diese Hochzeit, die gelungenste seit Jahr und Tag im Städtchen, unübertroffen auch in den annähernd zwanzig Jahren seither. Wie auch nicht anders zu erwarten, wo doch Mitchs Sohn die Tochter des Bauunternehmers zum Altar führte, die an jenem Tag so atemberaubend ausgesehen hatte, daß einem bei ihrem Anblick die Augen weh taten, wie die Leute sagten. Auch ihre Mutter hatte seinerzeit umwerfend ausgesehen, wie vielen der Anwesenden wieder einfiel, als die Braut heranschwebte, selbst wenn Audreys rassigere Schönheit etwas Verwegenes, Hitziges ausstrahlte, das ihrer sanftmütig strahlenden Tochter abging; die wiederum wurde von allen, die sie kannten, geliebt, was man von Audrey nicht sagen konnte. In der Kirche drängten sich an jenem denkwürdigen Festtag die führenden Köpfe der Politik aus der Hauptstadt des Staates sowie allerlei von sonstwo angereiste Geschäftsfreunde der Patriarchen der zwei Familien, die Schulfreunde der Braut, darunter auch eine Brieffreundin aus dem fernen Paris, dazu ein entsprechendes Kontingent von Johns Burschenschaftsbrüdern aus dem College, die sich wie verspielte Welpen aufführten, auch der damals noch ledige Waldo zählte zu ihnen, und schließlich eine Unmenge von Familienangehörigen, Freunden und Angestellten, komplettiert durch einen gewaltigen Troß gewöhnlicher Bewohner des Städtchens, jung und alt, allesamt verzückte Augenzeugen dieses großartigen und extravaganten Ereignisses, das allen so bedeutungsvoll schien. Die eher nachdenklich veranlagte Bibliothekarin Kate hatte damals ihrer Freundin Harriet gegenüber (diese hatte soeben ihre Enttäuschung darüber kundgetan, daß Yale, der Sohn von Oxford und Kate, nun doch nicht der Bräutigam geworden war, und mit einem bedauernden Seufzer hinzugefügt, es bleibe eben alles desto mehr beim alten, je mehr es sich verändere, was diese Hochzeit schlagend unter Beweis stelle) geäußert, derlei feierliche Stammesversammlungen bekräftigten zwar in der Tat das überkommene Selbstverständnis des Gemeinwesens, jede Bekräftigung sei aber gleichzeitig als eine Art Umwälzung zu begreifen: Das Städtchen, auch wenn alles stets beim alten bliebe, würde nie wieder so sein wie zuvor. An dem Tag, an dem Kate dies gesagt hatte, hätten wohl nur wenige aus einem solchen Orakelspruch etwas anderes als ein vielversprechendes Omen herausgelesen. Daphne, der Brautjungfer, hatte man Johns hübschen Bundesbruder Bruce, den Trauzeugen des Bräutigams, zur Seite gestellt: Ein Begleitgespann von Glückspilzen, dachte damals jedermann, das gleichfalls zum frohgemuten Ausgang à la Hollywood aufgebrochen war. Daphne hatte das ebenfalls gedacht, und es hätte vielleicht auch so kommen können, wäre nicht die Brieffreundin dagewesen, so Daphnes Vermutung, und hätte sie selbst sich anständig benommen, was wohl zuviel verlangt war. Statt dessen hatte Johns Vetter Maynard Junior – obwohl er weit eher nach dem Bein getrachtet hätte, an dem es befestigt war – das Strumpfband der Braut ergattert und teuer dafür bezahlen müssen; der Tag danach war ihm stets als der Morgen nach dem letzten Tag seines Lebens in Erinnerung geblieben. Er war nun mal ein Mann des ewigen Bedauerns, dieser Maynard. Doch Jahre, Ehefrauen und Leben später: Er hatte noch immer das Strumpfband.

Daphnes vierter und derzeitiger Ehemann, der alte Stu, Golfkumpan des Vaters des Bräutigams sowie Lieferant von Ford-Lastern an den Vater der Braut und folgerichtig ein Ehrengast bei den Hochzeitsfeierlichkeiten, erinnerte den Tag als schicksalhaft, wobei eines von Gordons wundersam prophetischen Fotos seinem nie besonders eigenständigen Erinnerungsvermögen auf die Sprünge half, nämlich das auf dem vergilbten, inzwischen achtzehn Jahre alten Zeitungsausschnitt aus dem *Town Crier*, den Stu zeitlebens gerahmt auf seinem Schreibtisch im Autohaus aufbewahrte: «DIE HOCHZEITSTORTE – WOHL BEKOMM'S!» stand in der Bildunterschrift zu lesen. «BRAUTJUNGFER VERWÖHNT HOCHZEITSGAST.» Ereignet hatte sich der Vorfall auf dem Empfang nach der Trauung, als der Whiskey Stus allergische Reaktion auf die jeglichen Sauerstoffs beraubte Kirche abgemildert beziehungsweise das Leiden verdrängt hatte. In der Kirche war es zugegangen wie auf dem Viehmarkt, um es mal deutlich zu sagen, die Leute standen Schulter an Schulter und hatten nicht mit Duftwässerchen gespart, so daß man kaum noch Luft bekam, und wo sich keine Leute drängelten, standen Blumen, haufenweise Blumen überall, so hoch an den Wänden aufgetürmt, daß die Ziegel dahinter kaum noch zu erkennen waren, was vielleicht die Augen erfreuen mochte, nicht aber Stus empfindliche Stirn- und Nebenhöhlen: Er mußte jede Menge Antihistamine einpfeifen, um nicht mit seinem donnernden Bauernjungenniesen die Trauung zu stören. Trotzdem brachte er den Großteil der Zeit mit gesenktem Kopf zu, während sein liebes Weib Winnie, sein liebes damaliges Weib, neben ihm in einer Tour verächtlich tss-tss machte und er mit dem Kopf auf den Knien japste und prustete wie ein alter Bluthund, dem ein Knochen im Hals steckengeblieben ist. Beim Empfang dann standen erneut Blumen in Hülle und Fülle herum, die ihn mit ihrem duftenden Moder bombardierten, Audrey mußte das ganze verdammte County leer gekauft haben, doch wurde dazu jetzt eiskalter Whiskey serviert, mit dem Stu seine Antihistamine herunterspülen und den Rost aus der Kehle lösen konnte – vielleicht eine gefährliche Mixtur, aber zu dem Zeitpunkt hatte Stu beides bitter nötig und waren ihm die Folgen so schnurz wie das greinende Schimpfkonzert der langweiligen Meckerziege Winnie. Menschenansammlungen wie diese hier bedeuteten für Stu in aller Regel nichts als soundso viele potentielle Autokäufer, und er hatte sich wie immer ausgemalt, bei einem derart unbeschwerten, spendierfreudigen Massenauflauf zumindest die Hälfte seines Inventars – zum Großteil Lincolns und Mercurys aus dem Hochpreissegment, also erstklassige Gewinnmargen losschlagen zu können, aber jetzt konnte er noch nicht mal die gottverdammten Fressen der Leute erkennen. Als er zuletzt doch noch eine Verkaufsrede vom Stapel ließ, ging ihm mittendrin auf, daß er dabei war, dem Mädel aus Frankreich, das zu glauben schien, er erzähle ihr einen anzüglichen Witz, einen Laster mit Allradantrieb anzudrehen. Sie blickte lächelnd und gebannt zu ihm hoch und wartete auf die Pointe, worauf er flugs schaltete, sich ganz nah zu ihr hinunterbeugte und ihr ein melodisches «Hinky-dinky, par-lee-*ffoo*!» ins niedliche, papierdünne

Öhrchen flüsterte. Er zwinkerte ihr verschmitzt zu, lachte dann dröhnend los, knuffte sie in die Schulter und dachte bei sich, nun ja, die Franzosen, die sind lustig, die Franzosen sind froh, verzog sich aber gleich darauf ins lärmende Getümmel, um sich auf die Suche nach der Selbstbedienungszapfsäule zu begeben: Und ehe er noch recht wußte, wie ihm geschah, hatte Daphne ihm die Hand auf den Schaltknüppel gelegt und ihm die Zunge in den Lauscher gesteckt.

Gordon hatte das Foto gemacht, das jetzt auf dem Schreibtisch des alten Autohändlers zu sehen war, aber Ellsworth hatte es für das von ihm herausgegebene Wochenblatt beschnitten und retuschiert, Stu und Daph rein, ihre Partner raus. Es zeigte allerdings nicht den Anreißer mit der Zunge im Lauscher, sondern den Knaller mit der Torte in der Fresse, obwohl Ellsworth beide Nummern mitbekommen hatte. Wer hatte das nicht? Daphne war seinerzeit ziemlich durchgeknallt gewesen und schwer zu übersehen, und der alte Stu, der neben ihr saß und so hackevoll war, daß er aus roten Triefaugen schielte, hatte ein leichtes Ziel abgegeben. Bereits früher am Tag der Trauung – oder war es doch später gewesen? – war Daphne das trägerlose Oberteil heruntergerutscht, als sie sich nach dem Brautstrauß reckte, und anstatt ihre Blöße zu verdecken, hatte sie, juchzend wie eine Jackpot-Gewinnerin, den Strauß geschnappt und ihn sich vors Gesicht gehalten, während ihre nackten Brüste rechts und links der Stengel über die verrutschten BH-Körbchen quollen wie die verblüfften Stielaugen von Comicfiguren – wieder einer von Gordons Schnappschüssen, der selbstredend nicht in die historischen Sonderseiten des *Town Crier* aufgenommen wurde, dafür aber bis auf den heutigen Tag ein beliebter Hinterzimmer-Artikel geblieben war, auch wenn das Modell sozusagen über das Ereignis hinausgewachsen sein mochte. Die Hochzeit hatte Ellsworth entzückt wie nur weniges in den vier Jahren, die er seinerzeit wieder im Städtchen lebte, weshalb er sie in gleich zwei Ausgaben hintereinander als Aufmacher gebracht hatte, vor und nach der Trauung, mit zwei vollen Fotoseiten in der zweiten Ausgabe, denn auch er war einer der Männer im Städtchen, denen es Johns

Frau angetan hatte, oder mehr als das, um die Wahrheit zu sagen; ebensosehr hatte ihn freilich sein Riecher als Zeitungsmann geleitet: In der Vereinigung der beiden größten Vermögen im Ort steckte allemal eine Bombenstory, fand er, und dies just, als das Städtchen dringend eine brauchte. Damals waren die Geschäfte in der Gegend eher schlecht gelaufen, es herrschte Flaute, man wartete auf etwas, das alle wieder aufwecken würde, und tatsächlich wirkte die Hochzeit wie ein frischer Lebenshauch, war für jedermann ein echter Aufschwung. Wortwörtlich, wie sich zeigen sollte: denn auf dem Empfang zu Ehren des Brautpaares wurde bekanntgegeben, und dies war wie ein Geschenk der guten Fee, daß die Verkehrsbehörde des Bundesstaates den Beschluß gefaßt habe, die Trasse des vierspurigen Nord-Süd-Zubringers zur neuen Interstate – gleichsam ein kongenialer Eheschluß, fand Ellsworth – direkt am Ortsrand entlangzuführen, was dem Städtchen gesicherten Wohlstand garantierte. Alle stießen auf die Gesundheit des jungen Paares und auch auf die eigene an; wobei Ellsworth dem feierlichen Augenblick das i-Tüpfelchen aufsetzte, indem er beim Trinkspruch auf die Braut sein neuestes Gedicht vortrug, das später im *Town Crier* abgedruckt wurde:

> *Herzbube* gern an Törtchen nascht,
> Noch keine den Heißsporn sich erhascht,
> Doch kann man denken, was man mag,
> Die *Schönheit* siegt am Hochzeitstag!

Obwohl das Gedicht sowohl beim mündlichen Vortrag als auch in gedruckter Form großen Anklang fand, hielt Gordon gar nichts davon. Es machte ihn nur traurig. Ellsworth kam sich so großartig vor und bildete sich viel auf seine weiten Reisen und sein unstetes Bohemien-Leben ein, aber es war Gordon, der, selbst wenn er nicht mehr malte, an den künstlerischen Grundsätzen ihrer Jugend festgehalten hatte. Ellsworth und er waren seit den Tagen der Zinnsoldaten und Modellflugzeuge dicke Freunde, wobei Ellsworth der Experte im Erfinden jener Phantasiegeschichten gewesen war, mit denen sie sich beim Spielen Spannung und freien Gedankenflug verschafften, während Gordon sich um die Details gekümmert hatte, die der Sache erst die richtige Intensität verliehen, indem sie die Bodenhaftung gewährleisteten. Gordon konnte sich nicht mehr daran erinnern, wann – falls überhaupt je – sie beide «erwachsen» geworden waren; eher war ihr Spieltrieb irgendwie ganz von selbst zu etwas Tiefgründigerem herangereift, als hätte das, was daran ernst war, von jeher tief drinnen gesteckt und nur darauf gewartet, entdeckt zu werden. Aber wie auch immer es geschehen sein mochte, mit einemmal waren sie beide so viel *älter* als jedermann sonst in ihrer Umgebung, selbst die Erwachsenen, und mit Sicherheit um Lichtjahre älter als ihre Klassenkameraden, die Modefetischisten und Sexprotze sein mochten, geistig aber noch in den Windeln steckten, wie sabbernde Krabbelkinder auf Gedeih und Verderb in den frivolen Täuschungen der Welt gefangen. Gefangen in dem, was Ellsworth gerne als «die Schau» bezeichnete, eine Wortprägung aus ihren heißspornigen Jahren. Damals hatte Ellsworth noch sorgsam auf seine Worte geachtet, ihrer Gestalt und Ernsthaftigkeit Respekt gezollt. *«Die Schau so mau»*, schrieb er in einem seiner gereimten Aphorismen, Gordon und er waren damals erst in der zehnten Klasse der Highschool und leidenschaftliche Leser, malten, schrieben und zeigten einander die gelungensten und mißglücktesten Versuche und schmiedeten bis tief in die Nacht hinein Pläne für ihre gemeinsame Flucht, *«das Wahre auf ewig das Klare»*. Der Dichter und der Maler: sie waren unzertrennlich. Bis Ellsworth hinaus in die Welt gezogen war, um berühmt zu werden und das Leben eines fahrenden Sängers zu führen, während Gordon zurückbleiben und sich um seine kranke Mutter kümmern mußte. Das ließ sich nicht mit dem Marderhaarpinsel machen, jedenfalls nicht in diesem Kaff. Also verlegte er sich aufs Fotografieren.

Sie waren schon ein besonderes Paar, Gordo und Elsie, wie manche sie nannten, großspurig, doch zugleich schüchtern, stets mitten im Geschehen, doch niemals mit von der Partie – manchmal kamen sie einem gar nicht wie Menschen aus Fleisch und Blut vor –, aber man akzeptierte sie wie ein nervöses Zwinkern oder eine sechste Zehe, sie gehörten trotz ihrer Narreteien genauso dazu wie John und seine Frau, und das auch fernerhin, so sicher wie Frostbeulen und Warzen, um es mit Ordnungshüter Otis zu sagen. Na gut, ein bißchen schräg waren sie vielleicht – Ellsworth mit dem wehendem Umhang, der Baskenmütze und dem schwarzen Haar, das ihm in langen Strähnen von der Halbglatze wallte, und Gordon, der auf seiner stummen, glubschäugigen Suche nach dem richtigen Blickwinkel wie ein prustendes Zirkustier mal hierhin, mal dorthin watschelte –, aber harmlos: Nie machten sie Otis irgendwelche Scherereien, außer daß sie ihre Nase in alles steckten, und außerdem hatten sie ihn stets respektiert, obwohl er wesentlich jünger war als sie. Otis war gerade erst in die Highschool gekommen, als er schon zum erstenmal als Lineman des vermutlich besten Footballteams, das die Schule je gehabt hatte – das mit John als Kapitän –, auf den Seiten des *Town Crier* auftauchte. Vor dem Spiel zu Thanksgiving hatte man ihn sogar interviewt, Coach Snuffy hatte ihn als «Rammbock» vorgestellt und der dicke Gordon ein Foto von ihm geknipst. Selbst Otis' Alter war beeindruckt gewesen und hatte sich anschließend sogar mal ein Match angeschaut. Im Rückblick wußte Otis natürlich, daß die Zeitung damals gerade erst ein knappes Jahr bestand, weil Ellsworth erst kürzlich ins Städtchen zurückgekehrt war, aber zu der Zeit war es ihm so vorgekommen, als sei das Blatt nichts weniger als die Zeitgeschichte selbst und existiere schon immer, länger als Gott, und als trete er, Otis, urplötzlich aus dem Nichts heraus und mitten hinein in seine Seiten und damit ins Rampenlicht wie ein Erwählter, dem jähe Gnade widerfahren ist. In den darauffolgenden Jahren wurden weitere Fotos geschossen und Interviews geführt, aber die Erwähnung in der Zeitung wurde alltäglicher oder schien zumindest so – natürlich war ohne John und die restlichen Kerle aus jenem großartigen Abschlußjahrgang auch die Mannschaft alltäglicher geworden: Das Licht war verblaßt. Aber nicht erloschen: Der Reporter und sein Fotograf dokumentierten Otis' Aufstieg zum Kapitän, seinen Highschoolabschluß, seine Tapferkeitsmedaille und dann seine Eheschließung nach der Verabschiedung aus der Armee, seinen Wechsel in den Polizeidienst, seine Kinder, seine Ermittlungen und Verhaftungen, seine Beförderungen, seine Auftritte bei öffentlichen Ereignissen, sein Abschneiden in der Bowlingliga. Manches blieb den beiden Männern verborgen – etwa, daß er mit der Frau des Fotografen vögelte –, aber Otis begriff ebensogut wie Ellsworth, daß manche Dinge mit Fug und Recht Stoff der Zeitgeschichte waren und manche eben nicht. Beispielsweise hatten es nicht alle Bilder des Fotografen bis auf die Titelseite des *Town Crier* geschafft und es auch nicht gesollt, und vielleicht hätten manche, darunter jene, die Gordon ganz hinten im Atelier versteckt hielt und von denen Pauline Otis erzählt hatte, gar nicht erst gemacht werden sollen.

Diese Aufnahmen, in mehr als zweihundert sorgfältig gehegten und katalogisierten Alben fern von den Augen der Öffentlichkeit im Hinterzimmer verwahrt, waren, wie Gordon wußte, seine stolzesten Leistungen; doch weil nun einmal das Mißverstandenwerden das Los aller Künstler ist (die diesbezügliche Ironie blieb dem Fotografen nicht verborgen, verstimmte ihn aber auch nicht), war er im Städtchen vor allem wegen seiner im Atelier entstandenen Auftragsporträts bekannt. Im Frühjahr gab es die Porträtfotos der Schulklassen, Vereine und Sportmannschaften, dann folgten im Juni Highschoolabschluß, Erstkommunion und Hochzeitsfeiern, später die Kostüme für den Tag der Pioniere, das ganze Jahr hindurch die Geburtstage und sonstigen Jubiläen und die Neugeborenen, im Herbst die Familienporträts für die Glückwunschkarten zu Weihnachten, und schließlich kamen dann noch die Jahresabschlußfeiern der Vereine und Unternehmen. Es gab kaum eine Familie im Städtchen, die nicht mindestens eines von Gordons Fotos besaß, und meist war es das einzige, was an ihren Wänden beziehungsweise auf ihren Kommoden und Klavieren einem echten Kunstwerk ähnlich sah, und auch das einzige Dokument zur Familiengeschichte, das die meisten Leute hatten. Natürlich verstand Gordon sich auf diese Dinge ebensogut wie auf alles übrige in dem Metier, das die anderen als seinen Beruf bezeichneten: die Aufnahmen waren scharf, meisterhaft ausgeleuchtet, elegant komponiert und allemal schmeichelhaft. Angesichts der Tatsache, daß sie bei Anlässen von derart unvermeidlicher Steifheit entstanden waren, fielen sie sogar ungewöhnlich ausdrucksvoll aus, was man eigentlich nicht erwartet hätte, wenn man Gordon kannte, der ein notorischer Hasenfuß und Eigenbrötler, ja finster und frostig war. Ein sonderbarer Kauz, wie manche sagten. Von Gordon bekam niemand das übliche «Nun komm, du Griesgram, schau mal, wo das Vögelchen rauskommt, und sag Cheese» zu hören. Doch gleichgültig, wie banal der Anlaß: Gordon war entschlossen, jede Bildkomposition perfekt hinzubekommen, und die raumgreifenden pantomimischen Gesten, mit denen er – hinter den Scheinwerfern und der Kamera pfeilschnell auf- und wieder abtauchend – die Haltungen demonstrierte, welche er von den zu Konterfeienden eingenommen haben wollte, die sich auf der kleinen Bühne mit den Vorhängen ringsum in Positur stellten, diese Gesten verliehen der ansonsten peinlichen Situation stets einen Hauch jener Heiterkeit, die im Theater herrscht. Gordons Objekte schlossen ihn daher unversehens ins Herz, ohne zu wissen weshalb, und auch er wußte sich keinen rechten Reim darauf zu machen, aber es war die innige Zuneigung (Pauline begriff das), die man für einen Clown empfindet, und man konnte sie auf den Gesichtern der Porträtierten ablesen.

Der zirzensische Stil des Fotografen blieb Johns kleinem Sohn Mikey nicht verborgen; er schlachtete ihn in jenem Sommer, als der Streit um das Bürgerzentrum ausgefochten wurde, auf der alljährlich von seinen Eltern veranstalteten Grillparty am Tag der Pioniere für eine seiner berühmten wortlosen Einmannshows aus. Diese Party war ein einigermaßen peinliches Ereignis für Trevor, weil seine Frau Marge an der Spitze der Leute stand, die gegen den Bau des Ärgernisses zu Felde zogen und denen es just in dieser Woche sogar gelungen war, eine einstweilige Verfügung (die selbstverständlich bald darauf widerrufen werden sollte; John war eben einfach nicht zu stoppen) gegen das

Aufgraben des Stadtparks zu erreichen, und weil Marge selbst auf der Grillparty Mühe hatte, ihre Klappe zu halten. Nun, das war nichts Neues. Trevor war Johns Bilanzprüfer und Steuerberater, dazu Mitglied der Geschäftsleitung von Johns Unternehmensgruppe, und Marge war die unerbittlichste Nervensäge im ganzen Städtchen, man hatte schon früher ähnlich peinliche Partys erlebt. Zum Glück war John ein toleranter Zeitgenosse mit viel Humor, vielleicht hatte er sogar seinen Spaß an Marges pausenlosen Donquichotterien, schließlich bekriegten die beiden sich schon seit der Volksschule, und zunächst – bislang jedenfalls – hatte Marge Trevors geschäftliche Beziehungen zu John nicht ernstlich gefährdet. Trevor nippte an seinem Mineralwasser und klopfte dreimal auf etwas, von dem er hoffte, daß es Holz war: Rund neunzig Prozent des Gesamtumsatzes seiner Kanzlei gingen auf Johns Kappe. Der kleine Mikey hatte sich ein Kissen um den Bauch gebunden, einen der Trenchcoats seines Vaters angezogen, dessen Saum über den Boden schleifte, und sich dazu aus einer Videokassette, leeren Klopapierrollen, Plastikgeschirr aus einem Kinder-Teeservice sowie einer laut der Klagen seiner Schwester Clarissa aus ihrem Zimmer stibitzten Taschenlampe eine schmucke Kamera zusammengebastelt. Und jetzt watschelte und hopste er mitten durch die Schar der Gäste auf dem Rasen und lichtete jedermann ab, indem er die Taschenlampe an- und ausknipste, mit weit ausholenden, lachhaften Gebärden «Familienporträts» arrangierte und seiner Mutter, sobald sie nur in Sichtweite kam, mit seinem sonderbaren Apparat hinterherjagte und drauflosknipste wie von einem Dämon besessen. Nicht alle, selbst wenn sie die Zielscheibe von Mikeys Spott kannten, bekamen mit, worauf er vor allem mit letzterem anspielte, aber Trevor wußte es, denn er hatte den Fotografen schon öfter bei derlei Eskapaden beobachtet. Beim erstenmal hatte er an einem kalten, klaren Herbttag mit einem Mandanten, einem Farmer, dem er gerade eine umfassendere Krankenversicherung nebst kombinierter Lebensversicherung aufschwatzen wollte, im Café an der Sixth Street gesessen, als der Fotograf im Schweinsgalopp am Schaufenster vorbeihechelte, allem Anschein nach auf dem Weg ins

Café. Doch unversehens hatte er haltgemacht und seine wimpernlosen Glupschaugen sperrangelweit aufgerissen, war dann wie ein Walroß quer über die Straße ins Ladenlokal des Wochenblattes und der ihm angeschlossenen Akzidenzdruckerei gehastet, um nur wenige Sekunden später hinter dem Fenster aufzutauchen, wobei er jetzt hinter einer Kamera mit langem Teleobjektiv verborgen war, das in der Sonne blitzte. Er schien es geradewegs auf Trevor abgesehen zu haben, worauf dieser sich in leisem Schreck ein Stückchen in den Schatten verzog. Doch dann war das wahre Ziel von Gordons fotografischen Wünschen samt angeleintem Hund auf der Bildfläche erschienen. Der Hund hatte den Wohlgeruch aus dem Café gewittert und sein Frauchen zu einem abrupten Stopp gezwungen, was Trevor die Sicht auf das Schaufenster gegenüber versperrte. Als Johns Frau weitergeschlendert war, hatte sich dort nichts mehr gerührt. Seither hatte er den dicken Fotografen mehr als einmal auf furchtsamer, klammheimlicher Jagd ertappt und dann seinerseits, unerklärlich amüsiert, damit begonnen, in aller Stille dem Nachsteller nachzustellen.

Hier nun eines von Gordons Fotos zum besagten Thema, wenngleich nicht das, dessen Entstehung Johns Bilanzbuchhalter und Steuerberater beiwohnte: Eine schlanke Dame in weißem Tennisdress, soeben der Fahrerseite eines Lincoln Town Car entstiegen, beugt sich ins Auto, um irgend etwas vom Vordersitz zu angeln, vielleicht ihre Handtasche. Die Limousine parkt inmitten zahlreicher anderer Autos auf einer gewaltigen Asphaltfläche in der Mitte eines modernen Einkaufszentrums, und das Foto erweckt ganz den Anschein, als sei es aus dem Inneren eines nicht weit entfernt abgestellten Autos aufgenommen worden. Hat die Dame etwa zwei halbstarke Krawallschwestern überrascht? Die beiden Gören in ihren nietenbesetzten Lederjacken, bedruckten T-Shirts und zerfetzten Jeans scheinen von der anderen Seite der Limousine aus davonzuhetzen, als wollten sie sich der Gefangennahme entziehen. Oder, und das scheint wahrscheinlicher, dem Eingesperrtsein: Eines der beiden jungen Dinger hält den Arm seitlich nach hinten gestreckt, als hätte es möglicherweise eine

Sekunde zuvor im Davonlaufen die rückwärtige Tür des Autos zugeworfen. Im Hintergrund sind nahe den Pseudoarkaden des Eingangsbereichs mit den automatischen Glastüren und den vielen in Reih und Glied wartenden Einkaufswagen weitere, unscharf abgelichtete Halbwüchsige im Einheitslook und in gespreizten Posen zu sehen – sich fläzend, rauchend, winkend –, die ein wenig an Fotos aus Kleinstadttagen früherer Generationen erinnern. Sonnenstrahlen fallen in schrägem Winkel auf die weißen Tennisshorts der Dame und bilden eine Art verwaschenen Heiligenschein bzw. Nimbus rund um ihre Hüften (man gewinnt den Eindruck, als habe man die Hüfte schon viel zu lange und intensiv angestarrt), was wie eine Fehlbelichtung aussieht, vielleicht aber beabsichtigte Folge bewußter Nachbearbeitung in der Dunkelkammer ist.

Clarissa, einer der sekundären Bildinhalte auf Gordons Parkplatzfoto mit den nimbusumleuchteten Tennisshorts (Teil einer fortlaufenden Serie), war alles andere als glücklich über das Rollenspiel, das ihr blöder kleiner Bruder an jenem Nachmittag auf der alljährlichen Grillparty ihres Dads zum besten gab; sie weigerte sich auch, mit den anderen Kindern für die Pseudofamilienporträts zu posieren, war im Gegenteil entschlossen, die kleine Scharade zu sabotieren. Besonders ekelhaft fand sie es, wie Mikey mit seinem blöden Quatschding hinter ihrer Mom herjagte, sobald diese nur einen Fuß in den Garten setzte – wieso fanden die Leute das eigentlich so lustig? Als Clarissa sich beschwerte, der Kleine verbrauche ihre Taschenlampenbatterien, lachten alle nur. Selbst Onkel Bruce, der eigens für den heutigen Tag eingeflogen war und in den sie und Jennifer sich in diesem Sommer unglaublich verknallt hatten, schien von dem kleinen Perversling amüsiert, es war nicht zu fassen. Onkel Bruce war nicht wirklich ihr Onkel, wie sie Jennifer ständig in Erinnerung rufen mußte, weil die ihn ganz allein für sich haben wollte und Clarissa ihre inzestuöse Macke, wie sie es nannte, vorwarf. Bruce und John waren auf dem College in derselben Burschenschaft gewesen, und ihr Vater hatte ihr vor ewigen Zeiten vorgeschlagen, sie solle ruhig Onkel zu seinem Freund Bruce sagen, da er ihn schließlich «Bruder Bruce» nenne. Natürlich war auch Jens Vater in der Burschenschaft gewesen, aber das war eine andere Sache. Clarissa hatte jedenfalls ältere Vorrechte. Onkel Bruce war echt sexy für sein Alter und noch dazu ein großer Spaßvogel; Clarissa hatte ihm schon vor langer Zeit das Versprechen abgenommen, daß er sie heiraten werde, sobald sie erwachsen sei, und es war ihr immer noch ernst damit, egal, was er sich denken mochte: Um es ein für allemal zu beweisen, hatte sie den Schwur in Geheimschrift auf ihrem Liebessklavenkettchen eingravieren lassen, das sie um den Knöchel trug. Deshalb platzte ihr nun der Kragen, als Onkel Bruce es nicht nur zuließ, daß Mikey ihn in eines seiner lachhaften, nachgestellten Atelierarrangements zerrte, mit dem er womöglich auch noch ihre eigene Familie veräppelte, sondern sogar mit lautem Lachen und festem Griff um die Schulter Jennifer mitschleppte und an sich drückte, damit sie seine Frau spielte (Jen genoß es schamlos: Wie bitte? Das sollte ihre beste Freundin sein?), es war echt eine Zumutung. Sie machte sich auf die Suche nach Jennifers bescheuertem Bruder Fisch und fand ihn in der Garage, wo er sich eine geklaute Bierdose reinzog. «He, Wichser, wo sind die Kracher, die du mitgebracht hast?»

Diese alljährlichen Grillpartys am Tag der Pioniere gehörten zu einem rund ums Jahr ablaufenden Reigen geselliger Treffs, zu denen John und seine Frau freigebig einluden. Dazu zählte alles mögliche, von Pärchentreffs zum Bridge, Cocktailpartys und Poker-Herrenrunden bis hin zu Fernsehabenden, um sich gemeinsam die Endspiele der Footballmeisterschaften anzusehen, auch offizielle Abendessen und Kindergeburtstage, eine Abfolge von Festivitäten, die dem vergänglich dahinströmenden Einerlei konkrete Höhepunkte und inhaltliches Gewicht gaben und die Gegenwart des Städtchens ebenso prägten, wie Ellsworths Wochenblatt und Gordons Familienporträts der Vergangenheit neue Gestalt und Gültigkeit verliehen. Die Weihnachtszeit begann eigentlich erst richtig mit dem alljährlichen Open House bei John und seiner Frau, die im Februar begangenen Geburtstage der Präsidenten Lincoln und Washington wurden von Johns Geburtstag, der mittendrin gefeiert wurde, glatt ausgestochen, und die Gartengrillpartys des Paares waren im ganzen Bundesstaat legendär; so viel Geld und Macht gaben sich dort an jenen langen Sommertagen ein Stelldichein, daß es geradezu sinnlich erfahrbar war: Man roch es unversehens in den dichten Schwaden süßlich-schweren Zigarrenrauchs, sah es im herben Lächeln des attraktiven Gastgebers, der in seinen aufwendig veredelten Cowboystiefeln und wurzelgebürsteten Jeans über den frischgemähten Rasen stapfte, schmeckte es auf dem sensibilisierten Gaumen und roch es in den gedrungenen Gläsern voll goldschimmerndem Whiskey, in denen die Eiswürfel sachte klingelten wie Hosentaschen voller Goldmünzen aus Feenhand. Bruder Bruce, ein seltener Gast, der immer seltener erschien, bezeichnete diese Grillpartys als Meilensteine auf dem Weg in die Vergessenheit, war jedoch stets gutgelaunt dabei, band sich oft die Kochschürze um und half aus, wo Not am Mann war, unterhielt Clarissa mit Elefantenwitzen und lustigen Rätseln und zeigte Mikey Zaubertricks. Leute von außerhalb wie Bruce waren häufig zu Gast, zumeist Geschäftsfreunde und Freunde aus der Collegezeit, Kunden, Investoren, Politiker, kurz, alle diejenigen, die in Johns weiter Welt da draußen lebten und nur kurz im Städtchen haltmachten, um sich zu den Ortsansässigen zu gesellen, als seien sie aus den Wolken gefallen, was dank Johns Flugplatz manchmal buchstäblich der Fall war, allesamt fleischgewordene Inkarnationen der weltweiten Verbindungen des kleinen Gemeinwesens und strahlende Zeugen von dessen kalendarischen Lustbarkeiten, wie sie im Heim von John und seiner Frau, jener unübertrefflichen Gastgeberin, gefeiert wurden. Wie Waldo – ein weiterer von Johns Burschenschaftsbrüdern und derzeit Johns Prokurist und stellvertretender Verkaufsleiter – es an besagtem Nachmittag, während Johns kleiner Witzbold von Sohn den Fettwanst von Fotografen durch den Kakao zog, in Worte kleidete, indem er zu einem Trinkspruch auf den Pioniergeist des Forscherdrangs und neuer Entdeckungen mit einer jungen, wunderschönen Frau anstieß, an deren Namen er sich nicht erinnern konnte (egal, zu diesem Zeitpunkt waren auf Partys sowieso alle jungen Frauen wunderschön und hießen gleich): «Das einzige, was an Johns Partys nicht stimmt, Baby, ist, daß sie zwar so schön sind wie das Leben selbst, aber genauso beschissen kurz.» Er schlang den Arm um die junge Frau, hob, als Mikey vorbeikam und sein verrücktes Dingsbums auf sie richtete, das Glas und grölte «Ha!». Und als die junge Frau sich den Kopf an seiner Schulter stieß, hatte er den deutlichen Eindruck, daß sie mindestens so blau war wie er oder stoned, was bedeutete, daß sie im Moment womöglich ebenso in ihn verschossen war wie er in sie, wer zum Teufel sie auch sein mochte. «Man muß sich ranhalten, verstehste, sonst ist die Scheiß-Show gelaufen, Baby, noch ehe du richtig auf Trab gekommen bist.»

Und wirklich, das war sie leider längst für Kate, die Bibliothekarin, die – hätte sie in jenem Sommer, als der kleine Mikey bei Johns Grillparty den Fotografen des Städtchens nachäffte, noch gelebt – womöglich konstatiert hätte, daß Parodie und Theater die Aufmerksamkeit der Leute auf eine Art und Weise bündeln könnten, wie es die alltäglichen Realitäten des Lebens nie zustande brächten. «Man schwebt durch den Alltag, als träume man», hatte sie einst zu ihrer Freundin Harriet gesagt, auch die leider verstorben, «und wacht nur dann auf, wenn sich die Dinge zu einem Alptraum auswachsen. Ansonsten treibt einen eine beliebige Aneinanderreihung von Bildern voran, die ein klein wenig erotisch oder auch angstmachend ausfallen mögen, aber in jedem Fall zu einer bestenfalls halbwegs erinnerten Vergangenheit verschmelzen, die eher an einen imaginären Ort erinnert als an einen Aspekt der Zeit.» Als Kate das gesagt hatte, hatte sie mit Harriet und Johns Mutter Opal auf einer Bank im seinerzeit noch nicht abgeholzten, alten Stadtpark gesessen, und Opal erinnerte sich bis auf den heutigen Tag an die Bemerkung, weil sie ausgerechnet jenen Augenblick zu parodieren schien, in dem sie dort gemütlich auf der Bank saßen, getupft vom Sonnenlicht, das durch die belaubten Äste über ihnen fiel, als hätte man Goldstaub über ihnen ausgeschüttet, wie manchmal in Filmen, wenn es einen magischen Moment anzuzeigen galt, der sich dem unerbittlichen Strom der Zeit entzog. Da Opal mit derlei Phantasieflügen im Grunde wenig am Hut hatte, war ihr das Bild vermutlich nur deshalb in den Sinn gekommen, weil Harriet kurz zuvor festgestellt hatte:

«Manchmal fühle ich mich im Kino oder mitten in einem guten Roman lebendiger als auf den Straßen dieses gottverdammten Kaffs.» Harriet hatte eine romantische Vergangenheit, sie verspürte wahrscheinlich nur, wie sooft, eine innere Unruhe, und eben die war auch der Grund, weshalb sie schier unersättlich ins Kino ging und Unterhaltungsromane verschlang. Kate spann den Faden weiter, indem sie sagte, daß alle Romane schon deshalb Lügen über die Vergangenheit erzählten, weil sie schlicht und einfach Objekte seien, deren Seiten man eine nach der anderen umblättere; das Leben wiederum, weit weniger eindeutig im Gedächtnis behalten, sei genausowenig ein zufällig gemischtes Blatt, sondern gleiche eher einem subtilen Flechtwerk geheimnisvoll miteinander verknüpfter Augenblicke, deren tiefere Bedeutung letztlich denjenigen definiere, der sich an sie erinnere. Die gute arme Kate, sie hatte von jeher eine Vorliebe für Aphorismen gehabt, bei denen einem schwindlig wurde. Einmal hatte sie auf einer von Johns Partys dieselben als «zyklische Rituale, deren Ziel und Zweck es ist, die unverderbliche Unschuld der Zeit zu verneinen» bezeichnet, obwohl Opal vollkommen schleierhaft war, was Kate damit gemeint haben mochte. Opal hatte den Eindruck, die Partys ihres Sohnes seien absolut unschuldig, um nicht zu sagen großherzig, spontan und festlich, weshalb sie sich stets darauf freute; trotzdem begriff sie sehr wohl, daß dort viel mehr ablief, als ein einzelner Mensch wissen konnte, da sich ja das, was jeder einzelne bei derartig verworrenen Menschenansammlungen erlebte, so kraß von dem unterschied, was anderen widerfuhr, bis jemand wie der kleine Mikey kam und allen Anwesenden irgend etwas als den von allen geteilten Brennpunkt des ganzen Trubels bescherte, selbst wenn dieses Etwas so unbedeutsam sein mochte wie die Scharade eines Kindes.

Reverend Lenny, ein weiterer Augenzeuge von Mikeys Maskenspiel in Johns Garten, empfand nichts auf der Welt als unbedeutsam, am allerwenigsten die Imitation der Welt der Erwachsenen durch ein Kind, es sei denn, daß man alles auf der Welt für unbedeutsam halten mochte, was er selbstverständlich ebenfalls als ziemlich plausibel akzeptierte. Lennox, ebenfalls einer von

Johns alten Burschenschaftsbrüdern aus dem College, seinen Kumpanen dort seinerzeit besser unter dem Spitznamen Ochs bekannt und von den Füchsen, deren Fuchsmajor er in jenen längstvergangenen und zumeist unbeschwerten Tagen – sofern man von der einen oder anderen Pyjamaparty und dem einen oder anderen Saufgelage absah, an die Lenny lieber nicht denken wollte, was er aber auch nur selten tat – gewesen war, manchmal auch Hornochs oder Kinnbox genannt, war dank der genau zur richtigen Zeit erfolgten Intervention Bruder Johns vor knapp zehn Jahren mit seiner Familie – seiner Frau Beatrice und den Kindern Philip, Jennifer und Zoe – ins Städtchen gezogen. Im Lauf der Jahre hatte Lennox, wenngleich nicht ohne einige Anpassungsschwierigkeiten und nicht ohne die gemischten Gefühle und Selbstzweifel, die ihm unaufhörlich zusetzten, seine neue Berufung als moralischer und spiritueller Führer des Gemeinwesens zu akzeptieren und sogar freudig anzunehmen gelernt. Als er im Städtchen angekommen war und seine neue Mission unter – mit Ausnahme von John – lauter völlig Fremden begonnen hatte, hatte sich alles mühsam angelassen, am schlimmsten aber die Sonntagspredigten. Es war, als müßte er wieder von vorn anfangen und Seminararbeiten schreiben, was er stets gehaßt und kaum geschafft hatte, ohne daß ihm seine Freunde ein bißchen aushalfen. Jetzt mußte er, urplötzlich und ohne Freunde in greifbarer Nähe, eine Predigt pro Woche halten, und eine ganze Weile behalf er sich nahezu ausschließlich mit Zeug, das er aus Büchern stahl. Doch nach und nach, sobald er herausgefunden hatte, daß kein Mensch ihm Noten gab und die meisten noch nicht einmal genau zuhörten, war das Predigen zu seiner Lieblingsbeschäftigung geworden. Echt sein Ding, wie seine Frau Beatrice (die soeben in Fransenlederjacke, Plisseerock und knallroten Stiefeln vorbeistakste und eine große Plastikschüssel Kartoffelsalat in den Händen trug wie den Heiligen Gral: Sie sah ihn verständnislos an, schien mächtig verwundert, lächelte dann) zu sagen pflegte. Es verblüffte ihn, wie alles paßte; Gott – oder auch die Götter, beides war ihm recht, Reverend Lenny war kein Fundamentalist – war wunderbar. Er fand heraus, daß er nur jede beliebige Erfahrung,

Zeitungsnotiz oder Anekdote aufgreifen, daraus den Kerngehalt abstrahieren (das machte Spaß) und ihn metaphorisch mit irgendeinem globalen Aspekt der Conditio humana (was stets viel Raum für Pathos, Humor, Mitleid oder Bedauern ließ) verknüpfen sowie sonstige Bilder, die ihm aufs Geratewohl in den Sinn kamen, einflechten, dann einen oder zwei Bibelauszüge dazurühren (zum Beispiel den zweiten Brief des Johannes: «Und nun bitte ich dich, Herrin – ich schreibe dir kein neues Gebot, sondern das, was wir gehabt haben von Anfang an –, daß wir einander lieben … denn wer in der Lehre Christi bleibt, der hat den Vater und den Sohn.» Dieser Spruch war so großartig, daß die Frau von Johns Vetter, dem Rechtsanwalt, prompt ohnmächtig umgekippt war) und schließlich das Gemenge mit Überzeugung, Ernst und Inbrunst zum Vortrag bringen mußte: und wusch! – wieder eine brillante, atemberaubende Superpredigt. Die Sache machte Lenny solchen Spaß, daß er schon bald darauf verfiel, sozusagen Gottes Grenzen auszuloten, indem er das abseitigste Material – eine Runde Golf, Texte von Rocksongs, einen Besuch beim Friseur oder auch einen Bauchplatscher im Swimmingpool des Golfclubs, die Zeichentrickfilme im Fernsehen am Samstagmorgen, irgendwelche Zoten, das Shopping im Einkaufszentrum, ja sogar die Löcher in den Donuts oder die Reparatur eines verstopften Klos im Keller der Kirche – zu Sonntagsmorgen-Klassikern der spirituellen Erbauung und moralischen Weisheit ummünzte. Jedenfalls war das Zeug für *ihn* erbaulich, wenn schon für niemand sonst. Es war fast so schön wie kiffen (und er hatte auch diesen Topos, nur notdürftig verbrämt, schon verwendet: John hatte ihm von der ersten Kirchenbank aus zugezwinkert). Also tat Lennox, während Johns Sohn bei der Grillparty seiner Eltern am Tag der Pioniere den Fotografen nachäffte, was er bei solchen Ereignissen immer tat: nämlich Bilder sammeln. Er war zu dem Entschluß gekommen, daß es an der Zeit sei, das aktuelle heiße Eisen zu schmieden und über die Bedeutung zu predigen, die einem «Bürgerzentrum» im Lichte der Kirchendoktrin zukam: Was war solch ein Zentrum, und warum war es uns allen (theoretisch) so wichtig? Was hatte es zu bedeuten, daß der geliebte Park mit all seiner natürlichen paradiesischen Schönheit geopfert werden mußte, auf daß jenes Zentrum unseres Bürgersinns nicht etwa fix und fertig vorgefunden, sondern kunstsinnig verfertigt werden konnte? Lenny hatte schon plastisch vor Augen, wie er den Bogen zu dem grandiosen Thema der Besiedlung dieser Nation schlagen würde, zum Traum vom Neuen Jerusalem und all solchem Zeug und von dort (mit einemmal besah er sich die Kostümierung seiner Frau mit heller Begeisterung) zu den Feierlichkeiten dieses Wochenendes: He, du genialer Kopf, bestens, nur weiter so! Er sah zu, wie Johns wilder kleiner Sohn mit seiner aus Abfall zusammengebastelten «Kamera» in einer Art verzweifelter Begeisterung, ja hoffnungsfroher Beklemmung herumhopste, und dachte sich: Das ist doch allemal ein Paradigma unserer kläglichen Anstrengungen, uns auf das Wirkliche zu konzentrieren, besagtes Zentrum überhaupt erst zu finden. Was *war* denn das Wirkliche, und warum war es so flüchtig? Wie zur Antwort auf diese Frage schlenderte just in diesem Moment Johns Frau in knielangen Bermudashorts und frisch gestärktem Baumwollhemd vorbei, während sämtliche Augenpaare im Garten auf sie gerichtet waren, und Lennox dachte: Was immer es ist, es besitzt Substanz. Gestalt. Körper. Und Körperteile. Denn derart innig hat Gott die Welt geliebt, daß ihm jede reine Abstraktion zuwider war. Aber wenn man akzeptierte, daß das Fleischliche wirklich war (er beobachtete, wie sein alter Bundesbruder, einst unter dem Spitznamen Lüstling Bruce bekannt, den Arm um seine, Lennys, pubertierende Tochter legte, worauf Jennifers Gesicht in kindlicher Liebe erglühte), hieß das, daß man auch den Schmerz und (sein Sohn Philip – na, zumindest der seiner Frau – und Johns Tochter Clarissa kamen zusammen aus der Garage geschlendert und blickten schuldbewußt drein) das Paradoxe akzeptieren mußte. Ironische Wendungen. War das nicht letztlich auch die Botschaft des Kreuzes? Ja doch, die Sache nahm allmählich Gestalt an, die Hauptthemen hatte er jetzt beisammen. Es fehlten nur noch ein bißchen Pep und eine spritzige Pointe, ein fetziger Abräumer, vielleicht ein Zitat aus der Frohen Botschaft, etwas, mit dem er sagen konnte: «Das hier, meine Freunde, *das* hier ist wirklich!»

Als die Feuerwerkskörper hinter Johns komischem Sohn hochgingen, dachte Maynard zwei, dessen Frau bei der Predigt in Ohnmacht gefallen war, soeben über die Macht seines Vetters nach und überlegte, daß er dem verachtenswerten Schweinehund mit Hilfe des alten Barnaby vielleicht endlich doch noch auf den Schwanz treten könnte. Deshalb erschrak er (ließ glatt den gottverdammten Pappteller mit dem Grillfleisch fallen und saute sich die ganze Hose ein) und fühlte sich zugleich ein klein wenig bestärkt in seinen Hoffnungen, ganz als würde das urplötzliche Feuerwerk (ein mitfühlender Blick, den Johns Frau, die auf der Terrasse stand und zu ihm hinuntersah, auf seine Hose warf, trug noch zu seinem Triumphgefühl bei; wenngleich er, allzeit liebeshungriger Tor, der er nun mal war, sich nach mehr gesehnt hatte, schickte sie immerhin eine der Küchenhilfen mit einem nassen Handtuch zu ihm hinaus) zur Feier seines ebenso unvermeidlichen wie einmaligen Sieges gezündet. Wieder eine verfluchte Selbsttäuschung, wie er bald genug herausfinden sollte, aber in jenem Sommer sah es nach einer sicheren Sache aus; als nun wilder Beifall dem Feuerwerk folgte, nahm Maynard ihn entgegen, als sei er für ihn bestimmt, stieß einen Jauchzer aus und zwinkerte seiner Frau Veronica über den Rasen hinweg zu, daß ihr die Kinnlade herunterfiel und sie ihm über die Habichtsnase hinweg einen höhnischen «Was ist denn in *dich* gefahren du Arschgesicht»-Blick zuwarf. Dieses Mädel – immer eine Freude, sie um sich zu haben. Der Blickwechsel hätte Maynard ernüchtern sollen, tat es aber nicht. Er war einfach zu aufgedreht. Der alte Barnaby war stinksauer darüber, wie sein Schwiegersohn ihn ausgetrickst hatte, und mit einer Mordswut wegen der Schweinerei mit dem Bürgerzentrum (und es *war* eine) mit einem entzückenden und finanziell bestens abgesicherten Plan in Maynards Kanzlei gekommen, und Maynard hatte dem Vorhaben den letzten Schliff gegeben, es war die reinste Pracht. John war am Arsch, davon war er überzeugt. Nicht daß damit alles gleich gegessen wäre. Sein Vetter war hart im Nehmen, und wenn es zum Clinch kam, konnte er hundsgemein und verschlagen sein. Ein Punktsieg war gegen ihn schon drin, aber der K. o. würde schwer, das wußte Maynard. Als sie noch Kinder gewesen waren, hatten die beiden Familien immer gemeinsam Thanksgiving gefeiert, und parallel zum rituellen Bauchvollschlagen wurde den ganzen Tag lang Monopoly gespielt, wobei John jede einzelne Partie gewann, selbst wenn er am Schluß zu Zwangsmethoden greifen mußte. Natürlich mogelten alle, aber es war immer Maynard, der dabei erwischt wurde. Eines Tages bekam John mit, wie Maynard ein zusätzliches Haus auf die Theaterstraße schmuggelte, und beschloß, ein Schnellgericht einzusetzen. Es war eine von Maynards ersten und nachhaltigsten Lektionen über das Funktionieren der Justiz. Er wurde als «fetter Mayo-Narr» vorgestellt und seine Verteidigung mit lauten Furzgeräuschen aus der Mundorgel quittiert, speziell von den Kleinscheißern, die sich jetzt unter Johns Schutz an ihm rächten. Er wurde selbstverständlich schuldig gesprochen und mußte zur Strafe seine Klamotten verkehrt herum anziehen und ein lautes Kotzgeräusch von sich geben, sobald jemand das Wort Hackepeter aussprach. Tante Opal, Johns Mutter, hatte in jenem Jahr den Hackepeter beigesteuert, und so bekam Maynard von seinem Vater unglaublich eins hinter die Ohren, als er zum erstenmal das Geräusch machte: John hatte sich schon damals darauf verstanden, andere die Drecksarbeit für sich erledigen zu lassen. Maynards Vater war damals Bürgermeister gewesen und flugs mit ein paar Law-and-Order-Hieben hinter die Löffel bei der Hand. Maynard hatte sich stets vor ihm gefürchtet. Mittlerweile war der triefäugige alte Knacker sein Sozius und tat mehr oder minder, wie ihm geheißen.

Der wahre Grund für den begeisterten Beifall, der überall auf dem Rasen losbrach und den der juchzende Maynard in seiner bereitwilligen Selbsttäuschung als Feier seines baldigen Sieges auslegte, war der spektakuläre Schlußpunkt der Pantomime des kleinen Mikey, ein Glanzstück improvisierter Schauspielkunst, das sogar Lorraine bewundern mußte, einst eine ernst zu nehmende Expertin für solche Dinge und mitnichten ein Fan von Johns jüngstem Balg (der kleine Perversling hatte doch unter anderem einen schweren Ödipuskomplex). Lorraine, deren beknackter Mann Waldo, der mit dem Holzkopf und dem fremdgehenden Schwanz, einer von denen war, die heutzutage bei Johns Monopolypartien für Erwachsene die Drecksarbeit übernahmen, hatte, genau wie der Anwalt Maynard, ihren eigenen Gedanken nachgehangen, als die Feuerwerksknaller explodierten. Sie hatte sich nämlich gefragt, wo nur all die Blumen hin sein mochten. Wie hatte sich die Zuckermaus Lorraine, Schatz aller Bundesbrüder-Partys und verhätschelte Lieblingsstudentin sämtlicher Dozenten des Fachbereichs Anglistik, nur in diese formlose alte Triene verwandeln können, die im Garten eines Provinzhaudraufs Bier aus der Aludose soff, während sie inmitten zertretener Brötchen und Hundescheiße stand und sich fragte, welche Schikanen die Flachwichser, unter denen sie lebte, wohl als nächstes für sie auf Lager hätten? Ihr Göttergatte machte einer der örtlichen Hausfrauen besoffene Avancen, während der Mann der Schnalle nebendran schmollte, Johns Kleiner zerrte Lollies schwachköpfige Söhne wie Tanzbären durch die Gegend, und sie selbst war den Tränen nahe, als sie sah, wie Johns Frau, einfach indem sie vorbeiging, vorübergehend die allgemeine Aufmerksamkeit von der publikumswirksamen Pantomime ihres Sohnes ablenkte (der Knabe hatte es leicht: dieser verrückte Fotograf war *wirklich* ein Clown und wie alle Clowns kein Witz). Verdammt, es war einfach nicht fair! Man hatte ihr doch ein Happy-End versprochen! Worauf Mikeys zickige Schwester Clarissa sich hinter ihren Bruder schlich, als dieser sich darauf konzentrierte, seinen komischen Apparat auf einem aus drei Golfschlägern zusammengeschusterten Stativ zu balancieren, und zu seinen Füßen einen Blecheimer voll Kracher zündete. Alle schraken hoch, als die Dinger losgingen, selbst Lorraine, die es hatte kommen sehen, alle außer Mikey, der lediglich seine «Kamera» anderswohin schwenkte und auf den Knopf seiner Taschenlampe drückte, als stamme jede Detonation von einem Blitzlicht. Er ließ den Apparat sinken, als es zu knallen aufhörte, hob ihn dann aber langsam wieder ans Auge, als ahne er, daß eigentlich noch etwas folgen müßte; vielleicht hatte er das Attentat aus dem Augenwinkel mitbekommen, jedenfalls fuhr er herum, nahm mit dem Objektiv aus Klopapierrollen seine schockierte Schwester ins Visier und knipste dann – PENG! PENG! – drauflos, als sie enttäuscht und wütend kehrtmachte und davonstürmte. Es war sensationell. Lorraine hatte zumindest einen Augenblick lang das Gefühl (es würde noch weit schlimmer kommen, das wußte sie), wieder einmal mit der verdammten Welt versöhnt zu sein, und so lachte und klatschte sie sogar mit den anderen um die Wette, als der kleine Clown von Fotograf watschelnd seinen Abgang machte, indem er seine Mutter auf die Veranda und wieder hinein ins Haus verfolgte.

Beatrice, die Lorraines chronische Verstimmung nicht teilte, kam das Kleinstadtleben hier draußen in der Prärie ziemlich verrückt vor (ein paar Jahr später sollte sie selbst an eben diesem Ort, ohne die Gastgeber zwar, aber in Anwesenheit der Kinder – was für merkwürdige Zeiten vor ihnen lagen! – zur Hauptattraktion des Geschehens werden, indem sie sozusagen ihren eigenen Kracher hochgehen ließ), aber was soll's, Gott war groß und ein weitherziger Denker und Lenker, der sich noch um den kleinsten Spatzen sorgte, drum zwitscher, zwitscher, Trix, laß getrost alles zu, wie ihr Mann sagen würde. Nach dem Feuerwerk (wo hatte John die Dinger bloß aufgetrieben? Es machte Spaß, aber war es nicht verboten? Oder spielte das in Anbetracht von Johns Position keine Rolle? Für Trixi jedenfalls nicht) sah Lenny regelrecht verzückt aus, was die von Natur aus fröhliche Beatrice noch fröhlicher machte, weil sie nämlich ihren Mann, den schrägen Vogel, anbetete und sich wünschte, daß er, wie sie, geahnt hätte, was Anbetung bedeuten mochte. Sie beobachtete ihn jeden Sonntagmorgen auf der Kanzel, wenn er seine berühmten Predigten hielt; alle Welt redete davon, und nur sie allein wußte, daß Lennox bloß so tat als ob, genau wie bei allen anderen Dingen. Er tat so, als sei er Priester, Vater, Liebender, und der Kosmos erschien ihm so unwirklich wie ein zweitklassiger Kinoschinken, aber er verstand es bestens, so zu tun als ob, wo also war der Unterschied? Nun ja, an einem Punkt: Beatrice war sich sicher, daß Lenny noch nie, auch wenn er oft so tat, einen wirklich tollen Orgasmus erlebt hatte, und deshalb fühlte sie sich irgendwie als Versagerin und fragte sich manchmal, was sie beide eigentlich gemeinsam hatten.

Beatrice glaubte von ganzem Herzen an die mystische Kraft des Orgasmus, seine Urgewalt allein verband einen mit allem anderen im Universum, und so gab sie sich dieser Urgewalt hin, wo und wann immer sie davon überwältigt wurde, wie eine Heilige es täte, wenn Gott sie riefe, denn genau in diesem Licht betrachtete Trixie die Sache, egal wie teuer sie sie zu stehen kam, manchmal ziemlich teuer. Auch die Heiligen litten, oder? Man sehe sich nur Jesus an: Dem war es wirklich übel ergangen, doch am Ende war er gen Himmel aufgefahren, eine Erfahrung, die auch Beatrice genossen hatte, echt toll. Schon in Kindertagen hatte Jesus ihr immer weiche Knie gemacht, wenn sie über ihn und sein ausgeflipptes Leben nachdachte, so seltsam und wundervoll, und noch heute bekam sie weiche Knie, obwohl sie dazu inzwischen weder Jesus noch sonstwen mehr brauchte; sie war längst direkt verkabelt und konnte die Ekstase anknipsen, wie man einen Lichtschalter umlegte, und vielleicht war es nur gut, daß der kühle Lenny da war, um das Licht manchmal auszuknipsen und die allzu lang entrückte Beatrice liebevoll auf die Erde zurückzugeleiten.

Die Schrullen ihrer Mutter waren Jennifer peinlich, faszinierten sie aber auch: Vielleicht war das Leben der Erwachsenen doch nicht so langweilig, wie es hier draußen im Nirgendwo schien. Alles hier war so heillos abgeschmackt und banal, man wußte stets haargenau, was passieren würde – selbst in den Einkaufszentren und im Schwimmbad, den einzigen halbwegs aufregenden Plätzen weit und breit, konnte man erraten, was die Leute sagen würden, sobald sie den Mund aufmachten, es sah fast so aus, als säßen alle im Theater oder so, als läsen sie nur ihren Text ab, es war furchtbar deprimierend – aber es mußte offenbar nicht so sein, und ihre unberechenbare Mutter, so seltsam sie sich auch aufführte, war zumindest ein Beispiel dafür. Bruce war ein weiteres, und zwar ein beruhigenderes als ihre ausgetickte Mom. Er kam und ging in seinem Privatflugzeug, wie er Lust hatte, ihn hielt nichts im Städtchen und auch in keiner anderen Stadt, er war frei wie der Wind, wie jedermann es sein sollte, wie Jennifer es sein würde, wenn sie hier erst fortkam, sie konnte es kaum noch abwarten. Bruce schien alles zu kennen und zu tun oder getan zu haben, er war zugleich wild und weise, aber auch irgendwie tragisch, genau wie diese gutaussehenden Typen im Kino, die stets jung starben, obwohl Bruce nicht jung sterben würde, dazu war er schon zu alt, und das war auch gut so, denn Jennifer liebte ihn wie verrückt und wollte ihn in der Nähe wissen, wenn sie bereit war, aus diesem Kaff zu fliehen, bevor oder nachdem sie die Highschool abgeschlossen hatte, ihr war es letztlich wurscht, was brachte der ganze Mist denn schon? Bruce hatte eine Menge Geliebte, Jennifer wußte das, aber anders als ihre Busenfreundin Clarissa, die, wenn sie mal was haben wollte, auf alles oder nichts aus war, machte es Jennifer nichts aus zu teilen. Clarissa war ein echtes Problem. Bruce war ein Collegefreund ihrer Väter, und Clarissa hatte ihn immer Onkel Bruce genannt, obwohl sie gar nicht miteinander verwandt waren, was Jennifer für kindisch hielt, besonders seit sie ihre Regel bekommen hatte, aber Clarissa rechtfertigte damit ihre Versuche, Bruce irgendwie ganz allein für sich zu bekommen, und wenn man sie damit aufzog, wurde es nur noch schlimmer. Sie und Clarissa waren die allerbesten Freundinnen, gingen überall gemeinsam hin und hatten auch vor, gemeinsam von hier abzuhauen – Busenfreundinnen also, wie sie mal gewitzelt hatten, als sie gemeinsam losgezogen waren, um sich ihren ersten BH zu kaufen, aber in Wahrheit war es kein Witz, sie waren wirklich Busenfreundinnen –, nur stand jetzt Bruce zwischen ihnen, weil Clarissa so besitzergreifend war. An jenem Nachmittag auf der Grillparty zum Beispiel, als sie und Bruce vor der Pseudokamera von Clarissas kleinem Bruder posierten und Bruce sie umarmte, daß es sie bis in die Zehenspitzen kribbelte, da wußte sie, daß Clarissa fuchsteufelswild sein würde, und es tat ihr leid, aber sie kam einfach nicht dagegen an. Sie hoffte nur, daß er nicht loslassen würde – es war die reine Magie.

Johns Freund Bruce, der an jenem Tag so bereitwillig beim Spiel des kleinen Mikey mitgemacht hatte, war vielleicht der einzige, der nicht wissen konnte, wer hier karikiert wurde, und hatte also den Witz nur halb oder sogar noch bruchstückhafter mitbekommen, aber andererseits kapierte kein Mensch den ganzen

Witz, nicht einmal Trevor, der zwar wußte, was kein anderer der Anwesenden wußte, dem aber ebenfalls so manche Nuance verborgen blieb, weil er, da dies gegen die Grundsätze seiner Frau Marge verstieß, noch nie für ein Familienporträt posiert hatte. Das war eben, wie Gordon gesagt hätte, das Los jedweder Kunst, selbst der eines Amateurs im Garten: Ihrer Nuancen beraubt, wurde sie zur Karikatur ihrer selbst. Gordons Frau Pauline, die zwar wußte, was Trevor wußte, sich aber nicht so brennend dafür interessierte (die fragliche Dame war schließlich die Hauptattraktion der ganzen Gegend, wieso sollte Gordon sie nicht fotografieren?), und die an diesem Tag, wie übrigens auch an jedem anderen, in Johns Garten fehlte, hätte wiederum nicht gewußt, was eine Nuance ist, selbst wenn sie sich über das Porträt als Clown, das der kleine Junge von ihrem Mann, dem Porträtisten, zeichnete, gefreut und es angesichts der Schmeichelei, daß etwas aus ihrer eigenen privaten Welt öffentliche Beachtung fand, vollauf genossen hätte. Doch andererseits: Hatte Pauline sich etwa in einen Clown verliebt? Nein, und sie hatte auch, egal, was manche darüber denken mochten, keinen geheiratet, obwohl das wieder eine andere Geschichte war. Liebe war etwas für Helden, Riesen und Zauberer, von denen sie vielleicht schon den einen oder anderen im Mund gehabt hatte, sogar zwischen den Brüsten und in ihrem Sodom-und-Gomorrha, wie Daddy Duwayne das nannte, aber noch keinen in ihrem Leben, jenem sonderbaren Etwas, das sich außerhalb ihrer Körperöffnungen abspielte. Was die Romantik anbelangte, jenes alte Glücksspiel um die wahre Liebe, hatte Pauline den kürzeren gezogen: Saug dran und schluck runter, Mädel!, wie ihr böser Stiefvater sich bei seinen Lehrstunden auf dem Fußboden des versifften Wohnwagens auszudrücken pflegte. Von wo sie vor vielen Jahren in der konfusen, aus geklauten Magazinen gerissenen Ikonographie, welche die glühäugige Inbrunst ihres durchgedrehten Lehrmeisters erregte, einen Ausweg erspäht hatte. Sie war neunzehn gewesen, als sie schließlich den guten alten Gordon ansprach und ihn um Hilfe bat. Sie kannte ihn nur von seinem Schaufenster mit all den Hochglanzfotos von getürkter Familienherrlichkeit und Märchenhochzeiten, hinter denen sein Mondgesicht im matten Schatten zu sehen war, doch ging sie davon aus, daß er geschwollene Eier hatte und Erleichterung brauchte wie jeder andere Mann und daß sie sich schon einigen würden. Ihre besten Jahre waren schon seit ihrem sechzehnten Geburtstag vorbei, das wußte sie – Wirklichkeitstraining war das einzige, woran es ihr nicht gemangelt hatte –, aber sie hatte das Gefühl, bevor sie zwanzig wurde und alles aus und vorbei wäre, müßte sie noch eine letzte Chance bekommen, ihr Glück zu machen oder doch die beste Annäherung an Glück, auf die sie hoffen durfte. Ihr Körper war reif genug, wenn auch buchstäblich ein bißchen angeschlagen (das ließ sich reparieren), außerdem kannte sie keinen Stolz; sie brauchte jedenfalls einen Fotografen, und Gordon war der einzige im Städtchen. Also warf sie ihr bestes Sommerkleidchen über die blanke Haut und versteckte sich hinter der Sonnenbrille, die ihr ein Jahr zuvor irgendein junger Bursche auf dem Rummel zum Tag der Pioniere gekauft hatte, ihre ganze Entlohnung seinerzeit, und dann nahm sie allen Mut zusammen, drückte die Ladentür auf, daß die Glöckchen laut zu bimmeln begannen, und verkündete, sie wolle sich fotografieren lassen. «He, Pauline! Was treibst du denn hier?!» plärrte jemand, als hätte man ihn in den Hintern gezwickt. Es war der kleine Corny von der Highschool. Sie hatte gar nicht mitbekommen, daß noch andere Leute im Laden waren. Vielleicht die Sonnenbrille. Oder sie war einfach zu fickrig. Corny war mit seinem Dad da, der seinen gestärkten weißen Drugstore-Kittel anhatte, aus dessen Brusttasche reihenweise glänzende schwarze Kugelschreiber periskopgleich lugten wie Spionagekameras. Es war auch noch ein Mädchen dabei, mager und blaß, vorwiegend in Schwarz gekleidet, dessen Haar sich in kleinen dunklen Löckchen um ihre wie aus Pergament gemachten Öhrchen kringelte und in deren lächelndem Mund komische kleine Zähne standen, die aussahen wie zwei Reihen winziger weißer Maiskörner. Das Mädel sah nicht allzu gesund aus. «Das ist Pauline, Dad! Aus der Highschool! Wir lassen uns Paßfotos machen, Pauline – Dad schickt mich nach Paris! Als Geschenk zum Schulabschluß!» Was für eine Überraschung. Cornys herzförmiges Gesicht unter dem strähnigen Blondschopf war knallrot angelaufen wie eine Valentinskarte, der arme Kerl. Sein Vater starrte Pauline durch dicke Brillengläser an, als wollte er sie unter dem Mikroskop untersuchen, und faßte sich dabei mit einer Geste, die sie aus dem Familienfoto draußen im Fenster wiedererkannte, an die Aufschläge seines weißen Kittels. Pauline starrte zurück, hätte sich jetzt aber gewünscht, Unterwäsche anzuhaben. Die Glöckchen über der Tür schienen immer noch zu bimmeln, aber vermutlich stimmte das nicht. «Also, äh, Pauline, wie geht's dir, sag mal? Wo hast du in letzter Zeit gesteckt?»

Na, da, wo am Abend zuvor, wie seine Piepsstimme und sein verräterisches Erröten sowie, falls er jemandem aufgefallen wäre, der kleine Knutschfleck im Nacken des jungen Mädchens deutlich verrieten, auch Cornell gesteckt hatte. Samt Abschiedstränen, bevor er nach Paris geschickt wurde, Liebesschwüren und allem, was dazugehörte. Cornell ging davon aus, daß sein Vater keine Ahnung von der Geschichte hatte, eine Vermutung, die nur teilweise zutraf: Das ganze vergangene Jahr über waren im Drugstore Präservative abhanden gekommen, nach einem seinerzeit von den beiden anderen Söhnen Oxfords eingeführten Schema. Als Oxford das herausgefunden hatte, waren ihm Tränen in die Augen geschossen: Ach, der kleine Corny ... Er war das Nesthäkchen und schien bislang unverändert im Zauberbann der Kindheit gelebt zu haben: Er stand unmittelbar vor dem Highschoolabschluß und las noch immer Comics, vertrieb sich die Zeit mit Spielen und Spielzeug. Oxford, der sich Sorgen um seinen Jüngsten machte, hatte sich gedacht, die Schulabschlußreise nach Europa könnte vielleicht ein neues Kapitel einläuten – den Jungen sozusagen entzaubern –, und er hatte der sonderbaren, zerbrechlichen jungen Frau neben ihm vertraut, wie sein geliebter toter Sohn Yale ihr einst vertraut hatte, und trotzdem hatte er Angst um den armen Cornell und auch um sich: Er hatte so viel verloren, dies war sein letzter Sohn, und Paris war so weit weg, er würde nicht noch mehr Trauer ertragen können. Er hatte prüfend das freche Mädchen in Augenschein genommen, das da mit Sonnenbrille und nach innen gedrehten Zehen in dem schummrigen Fotoladen vor ihnen stand – wie hatte Corny sie genannt? Pauline? –, aber obwohl er innerlich bereit gewesen war, nach jedem Strohhalm zu greifen, hatte er an ihr nichts gefunden, was ihn möglicherweise hätte Hoffnung schöpfen lassen. Allenfalls den Hinweis auf eine gewisse Freigebigkeit in den weit auseinanderstehenden Augenbrauen und den vollen Lippen, weiter nichts. Wahrscheinlich benutzte sie Corny nur, wie so viele andere seiner Freunde und Freundinnen auch. Natürlich war das Licht schlecht, natürlich sah er nicht besonders gut, natürlich war sein Konzentrationsvermögen durch die Trauer geschwächt; vielleicht hatte er irgend etwas übersehen. Nur keine voreiligen Schlüsse. Er würde zusehen, daß die Kondom-Schublade aufgefüllt blieb, und ansonsten abwarten, was weiter passieren mochte.

Was weiter passierte oder zumindest allem Anschein nach passierte – all das vor fünfzehn Jahren –, war, daß Cornell, ob der öffentlichen Verleugnung Paulines furchtbar peinlich berührt, in jenem Sommer nach Paris abgereist war, ohne sie noch einmal besucht zu haben. Und als er, geläutert von deutlich anderen Abenteuern als jenen, die sein Vater sich für seinen Sohn ausgemalt hatte, nach Hause zurückkehrte, war Pauline nicht mehr frei. Cornell schrieb sich als Student der Pharmazie an der Universität ein, allerdings nicht an der, nach der er benannt worden war, und vier Jahre später erfüllte er seinem Vater endlich dessen lebenslangen Traum, allerdings wiederum nicht so, wie dieser ihn sich ausgemalt hatte. Oxford, ein unerschütterlicher Rationalist in einem Städtchen, wo dieser Glaube nur von wenigen geteilt wurde, war ein so glühender Fan der altehrwürdigen Institutionen des amerikanischen Hochschulwesens, daß er seine vier Kinder nach vier berühmten Universitäten benannt hatte – Harvard, Yale, Columbia und Cornell –, und zwar in der Hoffnung, jeder Sproß werde einst vielleicht dort studieren, wohin ihn oder sie der väterliche Auftrag führte. Keiner hatte es getan. Nur Yale hätte es beinahe geschafft, indem er in Princeton studierte, allerdings Französisch und nicht Pharmazie. Es war Cornell, der zu guter Letzt, wenn auch nur an der hiesigen State University, das Studienfach seines Vaters belegte (ein Versprechen, das er seiner schwerkranken Mutter Kate, der Bibliothekarin, gegeben hatte) und so Oxfords verblaßten Hoffnungen, daß doch noch einer seiner Söhne als Trost und Gefährte seines Lebensabends in die Heimat zurückkehren und das von ihm Aufgebaute weiterführen werde, neuen Auftrieb gab. Diese Hoffnungen zerstoben, als Cornells Mutter wenige Monate später Selbstmord beging und Corny mit einemmal Harvies unsteten Lebenswandel übernahm, das Barthaar im Gesicht sprießen ließ, seinen Bibliotheksausweis verbrannte und, im paradoxen Idiom jener Tage, «ausstieg und sich anturnte». Doch lebten Oxfords Hoffnungen jäh noch einmal auf, als der Junge sich ohne neuerliche Ankündigung sämtliche Barthaare außer denen auf der Oberlippe wieder abrasierte und ein stocknüchternes Mädchen aus dem Norden heiratete, eine Pharmaziestudentin namens Gretchen, von vielleicht größerer Strebsamkeit als echter Begabung, doch sich ihrer Handikaps, zu denen ein verkrüppeltes Bein sowie eine beinahe ebenso schlimme Kurzsichtigkeit wie die Oxfords gehörten, vollauf bewußt. Wenn Corny von Großartigerem träumen mochte, brachte Gretchen ihn auf die Erde zurück.

Gretchen hatte einst in aller Unschuld davon geträumt, daß ihr Bein wieder heil wäre oder geheilt werden könnte, begnügte sich aber nun, da sie einen Schwiegervater bekam, den sie sich nie erträumt hatte, mit einer orthopädischen Einlage und ihrem wachsenden Interesse an dem Drugstore, der eines Tages besser laufen sollte, als es ihr mit ihrem Bein je möglich war. Gretchen war eine grundzufriedene Frau, die das niemals auch nur durch ein Lächeln zu erkennen gab, außer wenn sie manchmal mit ihrer Schwägerin Lumby allein war; ihre öffentliche Miene war schmerzvoll angestrengt wie die eines Langstreckenläufers kurz vor dem toten Punkt: das Ziel in Sicht, aber schreckliche Hindernisse auf dem Weg. Als John ein paar Jahre darauf sein neuestes Einkaufszentrum draußen beim Highway baute, bot er Oxford und den Seinen helle und weitläufige Räume an, was Cornell, der im von Tag zu Tag öder werdenden Ortskern ganz zappelig wurde, in helle Aufregung versetzte, Oxford hingegen in Angst und Schrecken, weil die neuen Ladenräume seine Träume von Kontinuität und Sinnhaftigkeit bedrohten. Da die Kosten für diesen Umzug und eine derart umfassende Vergrößerung eine Partnerschaft mit John erforderlich gemacht hätten, schlug Gretchen sich ohne jedes Zögern auf die Seite ihres Schwiegervaters und nicht auf die ihres lamentierenden Mannes, wobei sie resolut mit ihrem lahmen Bein aufstampfte, daß es wie der Schlag eines Holzhammers klang, und so begann, geprägt von enttäuschten Träumen, der langsame Niedergang der Familie.

Genauso, so könnte man sagen, wurde das ganze Städtchen geprägt. Die Straßen wurden nach dem geplant, was, wenngleich gegen jede Wahrscheinlichkeit, in Zukunft passieren mochte, die täglichen Gespräche der Bewohner schöpften aus dem, was, als hätte es in Zukunft geschehen können, nicht eingetreten war – und nur John machte da eine Ausnahme. Er bekam, wie nach einer nur für ihn geltenden Regel, stets mehr oder weniger das, was er sich erträumte. Vielleicht träumte er weisere Träume, die von anderen nur verlangten, was sie, wie er wußte, auch geben konnten; vielleicht nahm er von ihnen aber auch nur, was sie ihm, wie er wußte, nicht abschlagen konnten: eine Art Zauberformel, dank derer John wuchs und gedieh und die ihm erhebliches Vergnügen bereitete. Gebäude, Parks, ganze Viertel verschwanden, und an ihrer Stelle schossen Banken, Einkaufszentren und Mietshäuser in die Höhe, die dort, wo noch nie ein Grashalm gesprossen war, mit gepflegtem Rasen prunkten, und das einfach nur deshalb, weil John es so wollte und die anderen nicht dagegen ankamen. Er hatte auch Bewährungsproben durchzustehen, das stimmt, der familieninterne Zwist um sein neues Bürgerzentrum in der Ortsmitte mitsamt dem dazugehörigen Schwimmbad war nur das jüngste Beispiel dafür, aber genauso, wie er einst beim Football den Hechtsprung über die Torlinie und beim Hochsprung das Höherlegen der Latte um eine Kerbe genossen hatte, genoß er nun diese Proben als Wettkämpfe, die ihn belebten, obwohl sie Risiken und Auseinandersetzungen bargen, die ihm bisweilen auch blaue Flecken einbrachten und ihn auslaugten, aber nie oder fast nie tödlich ausgingen und stets, ob nun gewonnen oder verloren, mit einer Feier endeten – deren Kosten John oft übernahm, denn er war auch, wie alle bezeugen konnten, ein großzügiger Mensch, frei von jedem Groll und loyal wie niemand sonst. Freunde aus der Kindheit, der Schule, der Sportmannschaft, der Firma oder dem Club waren Freunde fürs Leben – man frage nur Dutch, den Kumpel aus Kinderbaseballtagen, man frage Lüstling Bruce oder Lennox aus der Burschenschaft, man frage seinen alten Coach Snuffy oder Waldo, Otis, Kevin, Trev; sie alle hatten ihm viel zu verdanken – und auch die Frauen genossen Johns Wohltätigkeit und Anteilnahme noch lange, nachdem sie ihm ihr Weniges geschenkt hatten, es sei denn, sie irrten sich und hielten es für viel. Die Frauen liebten John, die meisten jedenfalls, auch wenn er nie darum bat, nicht einmal seine eigene Ehefrau, sondern nichts als einen fairen Tausch verlangte, weil er die Liebe bei derlei Transaktionen für spärliche Münze hielt.

Nicht alle Frauen verstanden das gleich und litten folglich an gebrochenem Herzen oder vorübergehender Selbstverachtung, wenn ihre Liebeserklärungen bei John nicht auf Gegenliebe gestoßen oder allem Anschein nach nicht einmal gehört worden waren. Beispielsweise Lollie, wie man sie damals nannte: der selbstgestylte Archetyp des Sorority-Mädels, stets zu Späßen aufgelegt, intelligent und noch Jungfrau, bis sie eines Abends im Spiel- und Versammlungszimmer von Johns Burschenschaft, während über ihnen eine Party tobte, nonchalant die Schenkel spreizte, während ihr Herz raste und ihr ganzer Kopf eine neue erogene Zone wurde, liebkost mit Aussichten und Deklarationen, bis ihr die Liebe über die Lippen floß wie Brunnenwasser, wovon John dann, dankbar «Ja, ja!» stöhnend, sein Quantum trank, während er ihrem gestaltlosen Leben unversehens narrativen Schwung, eine spannende Fabel und die Verwandlung ins vollendete Futur verhieß – zumindest dachte sie das, bis der herzlose Bube ein paar Abende darauf im Haus ihrer Sorority aufkreuzte, um eines der jüngeren Mädchen zu einer Poolparty mit Übernachtung abzuholen, und, als er zufällig der überraschten Lollie begegnete, sie lachend in den Arm nahm, daß es ihr eisig das Rückgrat hinunterlief. Das nie wieder aufgetaut war. Noch heute kam sie nicht an ihre Zehen.

Ach ja, das erste Mal, es hatte seinen Reiz, hatte einen Kick, den man nicht so leicht vergaß und nicht so leicht vermitteln konnte. Ellsworths Kolumne «Ich erinnere mich» erschien nun schon seit Jahren im Wochenblatt des Städtchens, und trotzdem war darin bis heute keine derartige Geschichte aufgetaucht, wenngleich Harriets freimütiger Bericht über ihre Kriegserlebnisse als Krankenschwester in England die Knutscherei im Luftschutzbunker mit dem attraktiven Arzt nicht unterschlug, dessen Namen sie nicht wußte, bis die beiden sich acht Monate danach erneut begegnet waren und geheiratet hatten. Das erneute Treffen ergab sich anläßlich einer Amputation, die Hochzeit fand im Pfarrhaus neben einer zerbombten Kirche statt. Legendäre Zeiten, diese romantischen Kriegsjahre, neidisch verklärt von den meisten, deren eigene Paarungsriten unter weniger glamourösen Umständen gefeiert wurden, selbst wenn sie im Ehebett stattfanden, weitaus öfter jedoch auf Autositzen und in billigen Absteigen, auf dem Klo und in abgedunkelten Schülerzimmern, wo die Beteiligten nicht auf das laute Gebrumm näher kommender Flugzeuge oder das Pfeifen der verhängnisvollen Bombe lauschten, sondern auf das Knarren von Treppenstufen, auf nahende Spanner, auf Autoritätspersonen, die an die Tür klopften oder sie gleich aufrissen, daß man vor Schreck erstarrte. Was Daphne im Ohr gehabt hatte, als es geschah, war das Sirren einer Stechmücke gewesen, dazu das rostige Gequietsche der Bettfedern unter der nackten Matratze, auf der sie sich verzweifelt zu wehren versuchte. Es roch nach modrigem Laub und Sägemehl, nach schalem Bier und alten Turnschuhen. Der Typ, mit dem sie zusammen war, hielt ihr mit der einen Hand die Hände auf dem Rücken fest und zerrte ihr mit der anderen den Slip vom Leib, während sie sich aufbäumte und mit den Beinen nach ihm trat, und was ihr bei ihren Versuchen, den Kerl abzuschütteln (daran erinnerte sie sich noch), durch den Kopf ging, war, daß die verfluchte Stechmücke sie in den nackten Hintern pieksen würde, falls der Typ es schaffte, ihr die Unterhose herunterzureißen. Was dann auch prompt geschehen war. Edna hatte beim erstenmal Wasser tröpfeln und Lastwagen vorbeiächzen gehört, Opal das Flüstern ihres

Bruders, ihn ja nicht zu verpetzen, Harvard die sarkastischen Sticheleien einer Prostituierten nebst dem Gekicher seiner Kumpane vor der Tür. Was der Teenager Lenny gehört hatte, war, wie die Kirchengemeinde einen Stock höher «Macht hoch die Tür, die To-hor macht weit» sang, während ihn seine Erdkundelehrerin, eine Freundin seiner Mutter, auf dem Arbeitstisch aus rostfreiem Edelstahl unten in der Kirchenküche in ihren Schoß einführte und dazu «O Christus mein Leben, Christus meine Freude!» wimmerte, wohingegen es bei Pauline ihr Daddy Duwayne in seiner nach Apfelmost riechenden Jacke gewesen war, der seine alten Jeans aufgeknöpft und geknurrt hatte: «Na, komm her, du kleine Hure, laß mal sehen, ob wir nicht deine Pflaume pflücken können!» Pauline war damals sieben Jahre alt gewesen und hatte gedacht, er spräche von Obst.

Ronnie, ganz wie der alte Alf und Harriet, hatte tatsächlich Flugzeuge brummen und Bomben detonieren gehört, ihre Pflaume wurde sozusagen inmitten der Geräuschkulisse des Krieges gepflückt, doch war das lange nach dem echten Krieg draußen im alten Autokino passiert, über dessen Areal später, den Schauplatz des Verbrechens gleichsam ausradierend, die Trasse des Interstate-Zubringers verlief. Die Sache passierte nach einem Footballmatch der Highschool-Mannschaft, und Ronnie hatte noch ihre Cheerleaderuniform an, was die Sache sowohl leichter als auch schwerer machte. Leichter insofern, als es kaum Präliminarien hinter sich zu bringen galt, schwerer insofern, als Ronnies Unterhose sehr eng saß und aus festem, randverstärktem Stoff gemacht war, fast wie ein Badeanzug, weshalb am Saum, wo es bei dünneren Höschen schon manche Jungs probiert hatten, kein Durchkommen war. Veronica hatte bereits vor einiger Zeit beschlossen, bis zum bitteren Ende zu gehen, aber die meisten Typen, mit denen sie ausging, schienen eher noch weniger Ahnung davon zu haben als sie, obwohl die Jungs das nie zugegeben hätten, weshalb ihnen einfach nicht zu trauen war. Dann ergab sich plötzlich die perfekte Gelegenheit, und zwar atemberaubend rasch, als nämlich John, der aus dem College nach Hause gekommen war, unerwartet bei einem Footballmatch am Wochenende auftauchte und, nachdem er in der Halbzeitpause am Spielfeldrand vorbeigeschaut hatte, um ein bißchen mit Coach Snuffy und den Jungs herumzualbern, sich plötzlich umdrehte und sie fragte, was sie denn anschließend noch vorhabe. Ronnie war vor langer Zeit schon mal mit John ausgegangen, aber damals war er für ihren Geschmack zu ungestüm gewesen. Jetzt war sie bereit oder glaubte es zumindest, also sagte sie: «Ich weiß nicht, fällt dir was Nettes ein?» Es hätte wunderschön werden sollen. Aber das war es nicht. Sie blutete und blutete, es hörte einfach nicht mehr auf. Sie hatte eben immer Pech. Oben auf der Leinwand fluchten und schrien sie und stachen mit Bajonetten aufeinander ein, doch damals bekam sie die Ironie darin nicht mit. Genausowenig wie John, der stinksauer war wegen der Sauerei, die sie auf dem Rücksitz des Wagens, der seinem Vater gehörte, angerichtet hatte und noch anrichtete. Er klatschte ihr einfach ihrer beider Unterhosen zwischen die Beine, fuhr sie heim und ließ sie ohne weitere Umstände am Straßenrand aussteigen, während sie noch Entschuldigungen schluchzte. Als sie den Gartenweg hochwankte, hörte sie, wie die Autotür zuschlug, und bei einem kurzen Blick zurück sah sie, daß John hinter ihr herkam. Er lächelte: Lachte er sie etwa aus? Vielleicht wollte er seine Unterhose wiederhaben. Verwirrt, verschreckt und zu Tode beschämt warf sie ihm die Hose zu und lief, die Hände zwischen die Schenkel geklemmt, davon, so gut sie eben konnte, ließ ihn einfach da stehen wie den Kerl im Kino, der mutterseelenallein auf dem Schlachtfeld voller Leichen gestanden hatte. Anschließend weinte sie drei Tage lang. Und blutete noch mehr, mußte zuletzt sogar zum Arzt. Was ihr den Sex gründlich verleidete. Später gewöhnte sie sich dann daran. Worauf noch Schlimmeres passierte.

Andere hätten ähnliche Geschichten erzählen können – Trixie zum Beispiel, jetzt unter dem Namen Beatrice als Frau des Pastors bekannt, auch die arme, unglückliche Marie-Claire, die Brieffreundin aus Paris, vielleicht sogar (wer weiß?) Johns Frau –, aber Nevada, eine Generation jünger, zählte nicht dazu. Nevada war eine Karrierefrau, geschickt, charmant, fleißig, weltgewandt, diskret. Sie hatte John vor ungefähr einem Jahr kennengelernt, als sie in Denver auf einer Verkaufsmesse für Privatflugzeuge und Boote gearbeitet hatte, ein Job, den sie in Houston im Tausch gegen einen Mundvoll Sperma aufgetan hatte. John besuchte die Messe zusammen mit einem Geschäftsfreund aus Chicago, weil er sich einen kleinen Heckenhopser anschaffen wollte, wie er sich ausdrückte, aber im selben Aufwasch wollte er sich auch ein paar Firmen genauer ansehen; wie sie die Sachlage einschätzte, war er ein Mann mit Visionen und prächtig gedeihenden Geschäften, der eine engere Bekanntschaft lohnen mochte. Seine Frau? Eine Abstraktion, die durch Abwesenheit glänzte und noch nicht störte. Wie alle Frauen auf der Messe hatte Nevada einen fertig vorbereiteten Lebenslauf zur Hand, den sie John abends im Hotelbett zeigte, während sie zur Stärkung einen Whiskey tranken und auf dem Fernsehbildschirm ein Porno ohne Ton lief, feierlich und unbeachtet wie ein Hochamt in der Kirche. Der Lebenslauf verriet, daß Nevada ledig war und tippen konnte, Erfahrung mit Textverarbeitung hatte, gern reiste und an flexible Arbeitszeiten gewöhnt war. Als John sie nach ihren beruflichen Plänen fragte, lächelte sie, preßte das tautröpfchenbeschlagene Whiskeyglas an ihren kecken jungen Busen, haargenau unter die sich aufrichtende Brustwarze, als wolle sie sie melken oder ins Glas eintauchen, damit sie auch ein Schlückchen trinken konnte, und gab dann zur Antwort, sie hoffe, irgendwann als Personalchefin zu arbeiten. Er war beeindruckt (sie merkte es an seinem lauten Lachen) und stellte sie ein, wobei er anmerkte, ihre erste Aufgabe sei eine vertrauliche Vorstandsangelegenheit: soll heißen, sie möge ein unverbesserlich starrköpfiges Glied der Geschäftsleitung weichkriegen.

John schaffte sich in dieser Woche in Denver auch ein Flugzeug an, nicht sein erstes, und gleich noch eine Firma dazu, die er mit Bruce als Joint venture erwarb – ebenfalls nicht ihr erstes. Wahrscheinlich war es Bruce, mit dem er sich am engsten verbunden fühlte. Seit sie einander damals an der State University in ihrem ersten Studienjahr als Füchse der Burschenschaft begegnet waren, hatten sie sich die meisten Dinge geteilt, darunter Geld, Klamotten, Fachbücher und Frauen. Sie gingen sogar stellvertretend füreinander in die Examensprüfungen, hatten vom ersten bis zum letzten Tag ihren Spaß im Fach Betriebswirtschaft, dem größten Witz im ganzen Hochschulwesen, waren ein eingespieltes Team beim Bridge, bei Überlandfahrten sowie beim Tennis, übernahmen zudem im letzten Studienjahr gemeinsam die Mannschaftsführung des Golfteams und soffen einträchtig aus den Trophäen, die sie einheimsten. Da Bruce sein Trauzeuge gewesen war, übernahm John denselben Part bei Bruce' Hochzeit, das heißt, zumindest bei der ersten, damals mit einer Frau, die sich John zeitweilig mit Bruce geteilt hatte, indem er eingesprungen war, wenn Bruce anderen Damen oder Pokerrunden beiwohnen mußte. Falls Bruce mit Johns Frau geschlafen hatte, trug John es ihm nicht nach. Umgekehrt hätte Bruce, falls er mit ihr geschlafen hatte, es ohnehin längst vergessen, da er sich wie John zwar Namen, Zahlen, Produkte, Profitmargen, sogar Radiofrequenzen und Telefonnummern auf Anhieb merken konnte, aber kein großes Gedöns machte, wenn es um «Gloriösen» ging, wie er sie genießerisch nannte; die sahen sich doch alle gleich, sosehr er sie auch mochte. Nein, sich in der Erinnerung an einen guten Fick zu suhlen hielt Bruce für kaum einen Deut besser als Selbstbefriedigung, letztlich eine Variante der Impotenz. Jeder Tag war ein guter Fick, zumindest potentiell, oder man gab sich gleich die Kugel, und John teilte Bruce' Ansicht, wenngleich nicht gar so kompromißlos. Auch beim Geschäftemachen teilten die zwei oft Einschätzung und Geld, wobei Bruce wiederum mehr wagte, sich auf die Unterhaltungsbranche, auf Warentermingeschäfte mit Rohöl sowie auf schweres Kriegsgerät und hochriskante Drittweltunternehmen stürzte, während der bedächtige John bei seiner Vermögensanlage den Schwerpunkt auf Verkehrs- und Bankpapiere sowie auf Immobilienfonds legte; trotzdem fanden die beiden Freunde sich gern zu Partnerschaften zusammen, wenn sich, wie oft genug der Fall, ihre Interessen oder Beteiligungen überlappten. Bruce hatte John das Fliegen beigebracht, und zusammen hatten sie sich oben an den Seen eine rustikale Angelhütte gekauft und eine Rollbahn angelegt, wo sie jahrelang immer wieder hinflogen, um je nach Saison zu fischen oder Enten und Gänse zu schießen und Frauen mitzubringen, solange es nicht die eigenen waren, wobei meist Bruce für den Nachschub sorgte, wenngleich manchmal auch John das eine oder andere Geschenk mitbrachte; Nevada war da nur ein Beispiel aus jüngster Zeit – ein Joint venture der besonderen Art. Die gemeinsame Hütte wurde zu dem, was Bruce zeitlebens und unabhängig von seinen Plänen, Abenteuern, Ehefrauen und Sauftouren als sein Zuhause betrachtete, dies ganz im Gegensatz zu John, von dem ihn grundlegend unterschied, daß John Bauunternehmer war, Lüstling Bruce hingegen nicht.

John, der Bauunternehmer, hatte einen schlichten, aber eleganten spitzgiebeligen Anbau aus Zedernholz und Glas an die Angelhütte gesetzt, mit einem gewaltigen offenen Kamin am einen Ende und prächtigen baumbestandenen Ausblicken auf den See. Er hatte die Sickergrube verbessert, einen dieselbetriebenen Stromgenerator angeschafft und Duschen, eine Sauna und Gästezimmer eingebaut, aber die Innenausstattung war schlicht und funktional, kam mit nur wenigen Schmuckelementen aus, der vorherrschende Eindruck war der von Fichtenholz, gestampftem Lehm und Männern. Kaum daß die Landebahn fertiggestellt war, hatte John die Hauptzufahrt mit Bäumen und Felsbrocken blockiert, wenngleich er einen Schleichweg für den Mann mit dem Schneepflug und dem Rasenmäher frei ließ, den er angeheuert hatte, damit die Landebahn in Schuß blieb. Als Dutch, von John im Flugzeug zu einem spätsommerlichen Angelausflug mitgenommen (bei solchen Trips alter Kumpels aus dem Städtchen waren keine Frauen dabei, zumeist auch kein Bruce), das Anwesen zum erstenmal sah, kam ihm sofort das Clubhaus in den Sinn, das sie sich im letzten Highschool-Jahr auf dem Grundstück seines Vaters draußen am Rand von Settler's Woods erbaut hatten. Deshalb war er sich sogleich über die volle Bandbreite der Aktivitäten im klaren, für die die Hütte gebaut – oder umgebaut – worden war, und somit auch nicht sonderlich überrascht, als er in einem der Klos ein Bidet vorfand, das John achselzuckend als eine Spinnerei des Vorbesitzers abtat. Selbst das einzige Kunstwerk in der ganzen Hütte, eine mit Farbtupfern bekleckste und danach streifig zerfetzte Leinwand, die an der Wand hing wie etwas, das einem aus dem offenen Hosenlatz quillt (die Leute hatten sie nicht alle – für welchen Unfug sie heutzutage Geld ausgaben), sah nicht soviel anders aus als die zerrupften Pin-ups in ihrem Clubhaus, die sie aus alten Zeitschriften ausgeschnitten oder gerissen hatten. Für die Mehrzahl der Männer, die an solchen Angelausflügen teilnahmen, wenn auch nicht für Dutch, war dies hier oben eine Zeit der Flucht vor ihren Frauen und dem von Vorschriften und Zwängen regulierten Leben im Städtchen, das ihnen diese Frauen aufbürdeten, eine Zeit der männlichen Neubesinnung in der Wildnis, für die sie ihrem Gefühl nach alle geboren waren, aus der man sie jedoch auf mysteriöse Weise verbannt hatte, eine Zeit, in der man schießen und angeln und totschlagen und das Totgeschlagene verzehren und sich, ohne genervt zu werden, bis zum Abwinken zusaufen konnte, eine Zeit, in der man Geschichten erzählen konnte, die anderswo tabu waren, und in der man einander bei sämtlichen schon halbvergessenen alten Künsten zu übertrumpfen versuchte. Drum all das Um-die-Wette-Gepisse, -Geschieße, -Geangle und -Gesaufe und all die nächtlichen Pokerrunden um hohe Einsätze, all die Witzeleien über die Manneskraft der anderen und das Herumgealbere unter der Dusche. Wiederum, so dachte Dutch sich, erstaunlich ähnlich den Tagen im «Getaway», wie sie ihr altes Clubhaus getauft hatten (und wie Dutch jetzt die Bar seines Motels nannte, das just an der Stelle erbaut war, wo das Clubhaus früher gestanden hatte), bloß daß ihnen die Frauen, damals noch ein Novum, wichtiger gewesen waren und somit weibliche Körper, zumeist menschliche, häufig Austragungsort ihrer Männlichkeitswettbewerbe. John, der unangefochtene König der Pflaumenpflücker mit seinen eigenen unerschöpflichen Ressourcen, hatte nur selten an solchen Gruppenrammeleien – oder «Clubsandwiches», wie sie das seinerzeit nannten – teilgenommen, doch wenn er mal in eine geriet, beispielsweise auf dem Höhepunkt des Polterabends, den Dutch seinem früheren Pitcher aus der Little League als Hochzeitsgeschenk organisiert hatte, war er als standhaftes und allzeit aufrechtes Clubmitglied niemals abgeneigt, mitzumachen.

Bruce, der den Trauzeugen gab, als John, um seinen Geschichten ein festes Fundament zu geben, die Tochter des Baumeisters heiratete, war tags zuvor beim Polterabend ebenfalls dabeigewesen, ein tröstliches Ereignis für ihn angesichts der beunruhigenden Aussicht, daß John sich Hals über Kopf und ohne mit der Wimper zu zucken ins Eheleben stürzen zu wollen schien, was für ihn, Bruce, bedeutete, daß er den einzigen wahren Kameraden verlor, den er in diesem Dreckloch von Welt hatte. Bruce, ein Junge aus der Stadt, wenn auch vielleicht eher «Vor» als «Stadt», hatte sich dem weit vom Schuß gelegenen Kuhkaff an jenem Tag reichlich beklommen genähert, da er die rauhen Sitten des flachen Landes allenfalls insoweit kannte, wie John sie ihm bei ihren Saufgelagen an der Uni bissig geschildert hatte, so daß ihm im leicht vom Alkohol benebelten Gehirn diverse Visionen von abgestumpften TV-Zombies herumspukten, die halsbrecherisch über schlaglochgespickte, mit Autowracks gesäumte Landstraßen jagten, von puritanischen Gesetzen, bigotten Eiferern, dumpfen Suffköpfen und drittklassigen Eiscafés, in denen es von pickligen Schönheitsköniginnen und quengelnden Lausern nur so wimmelte. Auf die Frage, was die Lieblingsbeschäftigung der Leute in seinem Heimatstädtchen sei, hatte John einst geantwortet: «Sich am Arsch kratzen. Und zwar beidhändig.» Und für solchen Stumpfsinn hatte John der wirklichen Welt ade gesagt? Nun ja, hatte John damals noch angefügt: «Genau wie überall, wo ich schon war», und damit lag er durchaus richtig. Es war die Welt von Bruce, in der allenthalben steinalte Wertvorstellungen ihr Unwesen trieben. Einen «kranken Romantiker» hatte John oder sonstwer ihn einmal genannt, und John hatte dazu gelacht, und Bruce hatte, ebenfalls lachend, zugestimmt und angemerkt, daß es eine Gloriöse gewesen sei, die ihn verdorben habe – vermiest und vermöst nannte er es –, die erste, die sich ihm je geöffnet hatte: «Die Geburt hat mich, mein Freund, fötaler Hoffnungen samt meiner Unschuld früh beraubt; seit ich aus der verfickten Röhre flutschte, ging's immer bloß bergab.» Er kam im Mietwagen an, weil Johns Flugplatz damals natürlich noch nicht existierte, eine zum Erbrechen öde Fahrt durch end-, baum- und trostlose Felder und Gewerbegebiete, die dem menschlichen Leben genauso abgrundfremd waren, wie Bruce es sich in seinen finstersten Vorahnungen ausgemalt hatte. Ja doch, seine schlimmsten Befürchtungen bewahrheiteten sich. Doch dann, sobald er einen kleinen Bachlauf überquert hatte – wobei ihn die steile Buckelbrücke beinahe durchs Autodach katapultiert hätte, als er darüber hinwegkarriolte –, tauchte am jenseitigen Ufer ein kleines Wäldchen auf, wie aus dem nur dürftigen Pflanzenwuchs hervorbringenden Erdboden gezaubert, und dahinter war das Städtchen zu sehen und zeigte Anflüge von Eleganz: brettebene, baumgesäumte Straßen und Häuser mit breit ausladenden Veranden davor, die inmitten geschickt angelegter Rasenflächen thronten, an deren Kanten knallbunte Beete mit der Jahreszeit entsprechenden Blumen prangten, als nächstes ein kühler grüner Park, der zum Ortskern führte, wo ihm junge Frauen zulächelten, als er vorbeifuhr, während am Straßenrand Lincolns und Cadillacs geparkt waren, auch ein Mercedes oder zwei, die seine Rostlaube von Mietwagen souverän übertrumpften. Das Pioneer Hotel war ein antiquierter Kasten mit zerschlissenen Bettbezügen und sanitären Anlagen aus der Vorkriegszeit, aber die ganze Rasselbande hatte sich dort versammelt, und ihr plötzliches lautstarkes Gerede und Gelächter brachten in der vorsintflutlichen Bar und der Empfangshalle den Staub zum Tanzen. Ein paar schnelle Gläschen alten Sourmash-Whiskeys, spendiert von Bruder Waldo, sowie eine nachmittägliche Runde Golf auf, wie sich zeigen sollte, einfallsreich angelegten, sonnendurchfluteten Fairways und bestens gepflegten Greens weckten Bruce' Lebensgeister, und nach dem obligatorischen Probefestessen, zu dessen heiterem Gelingen Bruder Birne beitrug, indem er mit klaffendem Hosenstall aufstand und einen Trinkspruch auf die Brauteltern ausbrachte, erneuerte die anschließende «Hengstparty» mit den Freunden des Bräutigams Bruce' Glauben an die menschliche Komödie und seinen alten Busenfreund John, auch wenn der Suff das Seine dazu beigetragen haben mochte.

In dem mittlerweile nicht mehr existenten Park, an dem Bruce entlanggefahren war, wurde einst am Sonntag Blasmusik gespielt, traten Wahlkampfredner auf, wurden lokale Feste und Wettbewerbe im Hufeisenwerfen veranstaltet und endeten die berühmten Festumzüge zum Tag der Pioniere, und bei einem von diesen hatte Johns Frau, damals noch ein Kind und wie eine Prinzessin in weißen Organdy und weiße Spitze gewandet, den Geist des freien Unternehmertums verkörpert. Dieser Umzug, der dritte und letzte, zu dem Highschool-Barde Ellsworth – kurz vor dem Schulabschluß und schon auf dem Sprung, der ländlichen Idylle zugunsten dessen, was er die Bühnenmitte nannte, eilig den Rükken zu kehren –, das Bühnenspiel verfaßt hatte, war ein zur Hundertjahrfeier der Ortsgründung ganz im landestypischen Stil gehaltenes Lob auf die Schöpfung und pries mithin die Baumeister des Jahrhunderts, nicht zuletzt den alten Barnaby, den Herrn Papa des niedlichen Unternehmertums, dessen geliebter Park jetzt als Schauplatz seiner eigenen Lobpreisung diente und ihm, der stolz im Sessel saß, Schatten spendete. Doch nur allzu bald sollte das Bürgerzentrum seines Schwiegersohns als jüngster, in Beton gegossener Beweis der Umwälzungskraft energischer Initiative genau dort zu Ehren von Barnabys Namen in den Himmel wachsen, wo Johns Frau einst ihren Auftritt gehabt hatte, und wurde das olympiagerechte Allwetter-Hallenbad zur rockmusikumtosten Bühne für die spekulativeren Darbietungen ihrer bikinitragenden Tochter, doch in jenen längst vergangenen Tagen schien der alte Park alterslos, ewig, eine Art heiliger Stätte, ihrer aller Mutter, und selbst die betagtesten Einwohner des Städtchens vergaßen für einen Augenblick, daß er nicht schon immer dagewesen war, sondern daß Barnaby ihn aus nackter Erde erschaffen hatte. Wie süß doch sein Töchterchen ausgesehen hatte an jenem Tag, als sie in Ellsworths Tonfall dessen Zeilen über die olympische Kraft des Baumeisters vortrug, seinen Samen zu streuen noch auf die dornigsten und felsreichsten Wegränder der Welt und ganze Städte trotzig aus dem Erdboden wachsen zu lassen wie lebendige Gleichnisse auf die Potenz der Vorstellungskraft, die schönsten Früchte unbehinderter Vernunft!

Hier stehn wir im Hain der Vernunft,
dem schmucksten im ganzen Land,
Bedenk seinen wahren Triumph:
Geschaffen durch Menschenhand!

Auch wenn die meisten Anwesenden an jenem sonnengebadeten Tag Beifall geklatscht hatten, weil sie von dem hübschen Kind verzaubert waren, das in dem vom Schattenspiel des Laubs getupften Licht so engelsgleich strahlte, und gerührt von den Tränen in den Augen des Vaters (ein reicher Mann, jawohl, ein Patrizier und eine Säule der Gesellschaft, doch bodenständig wie ein alter Schuh, einer von uns), murrten dennoch einige, dieser meschuggene Jungspund, der das Stück geschrieben habe, schramme mit seiner Narrheit haarscharf an der Gotteslästerung vorbei, indem er so dreist an der Bibel herumpfusche und dann, um seiner Sünde noch die Krone aufzusetzen, ein unschuldiges Kind als Sprachrohr für seine unfrommen Ergüsse mißbrauche. Damit hatten sie gar nicht so unrecht, obwohl nur Gordon, der die Geburtswehen der Komposition mitbekommen hatte, wußte, wie sehr sein respektloser Freund das Städtchen in seinen olympischen Wortspielen verspottet hatte: Der Samen der Stadtväter, die Ellsworth in einem Reim auf «Herren der Baukunst» durchtrieben mit «Meistern der Malkunst» verglichen hatte, war nicht so sehr ausgesät worden als vielmehr zu Boden gefallen, so daß das Städtchen, wie Ellsworth zu ihm meinte, durch echte Handarbeit entstanden sei. Nichts für mich, juchhe! Leckt mich am Arsch, oje! Und all dies grinsend deklamiert, während er nackt, nur mit einem Zylinderhut auf dem Kopf und eine lange Zigarre schmauchend, auf dem Sofa lag und Gordon vor der Staffelei stand, deprimiert ob der Unübertragbarkeit von Licht auf nacktem Fleisch in ölige Schmierer auf der Leinwand und traurig über die angekündigte Abreise des Jugendfreundes und zugleich über die ästhetische Scheußlichkeit des dunklen, ungeschlachten Gebaumels zwischen Männerschenkeln nachsinnend, das aussah, als wäre etwas, das von Rechts wegen nach innen gehörte, unversehens grotesk herausgepurzelt. Ja, Gordon hing einem abstrakten Ideal reiner, makelloser Form an, frei von Warzen, Haupt und Haaren, ihm schien die Wahrheit am trefflichsten ausgedrückt, wenn sie einen ganz nebenbei verzückt (dies der Satz des Dichters, wenngleich es Gordon gewesen war, der ihn, in anderen Worten, als erster ausgesprochen hatte). Weil er dem Städtchen für immer den Rücken kehrte, erlaubte Ellsworth dem Freund, seine Posen zu fotografieren, damit eines Tages (beide glaubten an die Kunst) die diversen Gemälde vollendet werden konnten; mit Hilfe einer geborgten Kamera entstanden diese Aufnahmen, Gordons erste Versuche auf Zelluloid – darunter auch ein Foto des lachenden Ellsworth, der mit nichts als seinem Hut des Tambourmajors der Highschool-Band bekleidet war und über die knochige weiße Schulter nach hinten blickte, den Tambourstab hoch in die Luft gereckt, während die andere Hand nicht zu sehen war, aber irgendwo zwischen seinen behaarten Beinen steckte: Bis dann, ihr Meister der Malkunst!

Natürlich war er dann doch zurückgekehrt, der dumme Kerl, wenngleich nicht mit eingekniffenem Schwanz, wie die meisten gehofft hatten, sondern so frech und schräg wie eh und je; bloß ein mönchisch kahler Fleck auf dem Haupt verwies auf seine sieben Jahre in der Fremde, auch sonst gab es keinerlei Anzeichen für die Mißgeschicke, die einem derart unbußfertigen Schlaumeier nach Ansicht aller in der Welt widerfahren sein mußten. Na ja, vielleicht waren sie nur versteckt, die blauen Flecken, denn immerhin war er ja zurückgekehrt, und das nach einem Abschied, der wie unwiderruflich ausgesehen hatte, alle Verbindungen gekappt, alle Brücken verbrannt, er hatte sich nur höhnisch an die Nase geschnippt. Was also führte ihn zurück? Sohnespflichten, pflegte Ellsworth zu erklären und schüttelte dabei das Handgelenk, als scheuche er eine Fliege fort, dies und das Bedürfnis, so fügte er stets mit einem müde herablassenden Lächeln unter seiner flotten schwarzen Baskenmütze hinzu, nach einem ruhigen und weit vom Schuß gelegenen Plätzchen, wo er seinen im Entstehen begriffenen Roman fertig schreiben könne. Was den angeblichen Roman anging, so wußte kein Mensch etwas dazu zu sagen, aber es stimmte schon, daß Ellsworths altersschwacher Vater, obwohl er seinen exzentrischen Sohn ergrimmt enterbt hatte, nicht mehr imstande gewesen war, die alte Druckerei der Familie allein weiterzuführen, es war Ellsworth, der sie rettete und bei dem somit vielleicht doch noch nicht Hopfen und Malz verloren waren. So jedenfalls dachte Barnaby, hatte er schon immer gedacht. Barnaby war ein enger Freund der Familie, die Eltern von Ellsworth waren Freunde seiner Eltern gewesen und später auch seine Freunde geworden, er kannte den merkwürdigen Sohn seit dessen unpassender, zwanzig Jahre zu spät erfolgter Geburt und hatte ihn so gut wie adoptiert, als die greise Mutter des kleinen Trampels starb, und folgerichtig war es auch Barnaby gewesen, der sich an die kleinen, von Hand gemalten und geschriebenen Zeitungen erinnerte, mit denen der junge Bursche sein, Barnabys, Töchterchen zu unterhalten pflegte, und ihn aufgestöbert und mit dem Angebot, er werde finanzielle Unterstützung für ein Wochenblatt leisten, sofern Ellsworth es drucke und herausgebe, in die Heimat zurückgelockt hatte. So wurde der *Town Crier* aus der Taufe gehoben, das Nachfolgeblatt des *Daily Patriot*, der während Ellsworths Abwesenheit verschieden war, so daß von der ganzen Zeit dazwischen nichts geblieben war als mündliche Überlieferungen, die Ellsworth nun – als Rohstoff für seinen Roman, so wurde gemutmaßt, sofern es den überhaupt gab – gemeinsam mit anderen Sachen in seiner Gastkolumne «Ich erinnere mich» sammelte.

«Ruhig? Dieses Kaff? Macht er etwa Witze, der alte Elsie?» hatte Daphne gehöhnt, als ihre Busenfreundin ihr erzählte, was dieser langhaarige schräge Vogel, ein entfernter Verwandter und einst der Babysitter dieser Freundin, in jenem Sommer von sich gegeben hatte, als er ins Städtchen zurückgekehrt war. Sie hatte mit ihrem Kaugummi eine dicke Blase gemacht und sie dann wieder zwischen die Lippen gesogen und mit ihren blitzweißen Zähnen zerknackt: Oh, was für ein prächtiges Lächeln sie seinerzeit gehabt hatte! Alle hatten es gesagt! «Schätzchen, in diesem Städtchen geht die Post ab!» Das war draußen am Pool des Golfclubs gewesen, und zwar in dem Sommer, bevor sie in die zehnte Klasse der Highschool kamen und Daphne zu allem und jedem bereit war, wenngleich sie nur eine sehr ungefähre und vorwiegend aus dem Kino und der Hitparade gespeiste Ahnung davon hatte, was alles und jedes sein mochte. Mit anderen Worten, wie Daphne es Jahre darauf bei einem Telefonat mit ihrer Busenfreundin formulierte (die immer noch mit John verheiratet war, wohingegen Daphne bis dahin bereits, wie sie es gern ausdrückte, unter ihrem vierten Ehegespons lebte), sie hatte seinerzeit alles über den Geschlechtsverkehr, aber rein gar nichts vom Vögeln gewußt. In jenem Sommer war sie in den Rettungsschwimmer im Schwimmbad verknallt gewesen, einen älteren Typen namens Dean, auch unter dem Spitznamen Dean der Dünne bekannt, der bereits studierte und wunderschön gebräunte Muskeln besaß sowie einen blonden Stiftelkopf und niedliche blaue Badehosen, unter denen sich etwas abzeichnete, das sich, wie sie wußte, bewegte, wenn sie vorbeistolzierte; sie hatte es gesehen, und er hatte ihr zugezwinkert. Damals zeigten die Badeanzüge weniger Haut, zumindest in diesem Städtchen, aber Daphnes Körpermitte war ohnehin nie ihr Glanzstück gewesen. Doch was sie in Überfülle besaß, sah klasse aus in dem, was sie trug, jedenfalls klasse genug, daß die Jungs stehenblieben, um zu glotzen oder Witze zu reißen, die Blödmänner, sobald sie naß aus dem Schwimmbecken stieg und ihre Titten zurechtschob oder hinaus aufs Sprungbrett stolzierte und am Saum des Badeanzugs zupfte, der die wackelnden Pobacken hochgerutscht war, wo sie dann spüren konnte, wie aller Augen an ihrem Hintern hingen wie kleine, elektrisch geladene Pailletten; die Brustwarzen wurden vom Ribbeln all dieses Gegaffes bisweilen so steif, daß sie sich anfühlten wie Strahlenkanonen, die jeden Augenblick losrattern und die Kerle allesamt umnieten wollten. Du meine Güte. Sie hing im Schwimmbad herum, wann immer es ihre Eltern erlaubten, und eines Abends brachte Dean sie mit seinem Pickup nach Hause und machte unterwegs in der Nähe der steilen Buckelbrücke draußen am Rande von Settler's Woods halt, um sie abzutatschen und sich dann dafür zu entschuldigen, Ende. «Es ist mir egal», hatte sie zwar geflüstert, aber wahrscheinlich nicht laut genug. Und dann war ihr eben doch nicht alles egal, wie sich erst ein paar Monate später zeigte, als die Bäume im Wäldchen schon alle ihr Herbstkleid trugen und es einem dort draußen ganz unheimlich wurde vor lauter modrigem Schatten und süßem Verwesungsgeruch. Der Typ, mit dem sie diesmal unterwegs war, ging in die Abschlußklasse der Highschool, spielte im Footballteam und wurde von allen Colt genannt. Er war quasi ihr fester Freund und hatte ihr schon den aus dem BH geschälten Busen geküßt und ihr die Hand zwischen die Beine geschoben, Aufregungen, an die sie sich erst gewöhnen mußte und bei denen sie noch nicht recht wußte, was sie davon halten sollte. Jetzt sagte Colt, er müsse ihr etwas zeigen, und brachte sie zu einem Häuschen ganz tief in Settler's Woods, mit Teerpappendach und nur einem Zimmer, das sie noch nie gesehen hatte; es war eine Art Clubhaus, wie sie später erfuhr, das sich die Typen aus der Abschlußklasse gebaut hatten. Sie zögerte, aber Colt packte sie am Handgelenk und zerrte sie durch die Tür. «Na komm schon, Daph, sei kein Spielverderber», lachte er. «Was denn für ein Spiel?» fragte sie, aber zu spät, sie waren schon drin und der Riegel vorgelegt. Eine Stechmücke sirrte. Ich erinnere mich.

Dieses Clubhaus, das John und seine Freunde, damals alle im Abschlußjahrgang, auf einem hügeligen, Dutchs Vater gehörendem Stück Land ganz hinten in dem Wäldchen hinter der Stadtgrenze erbaut hatten, war der erste von Johns Bauten, der eine Weile stehenblieb. Fünf Jahre später, als John heiratete, stand er noch immer, auch wenn kein Mensch ihn mehr benutzte und die Dielenbretter verfaulten, bis Dutch weitere fünf oder sechs Jahre später dort draußen sein neues Motel hochziehen und den Schuppen abreißen ließ. Wie bei allen Bauten Johns hatten funktionale Überlegungen und nicht etwa Fragen der Handwerkskunst, des Stils oder der Schönheit den Entwurf bestimmt: ein geräumiges Zimmer mit Wänden und Boden aus unbehandeltem Holz, Flachdach, eine Tür aus einer Tischplatte und drei Fensterrahmen ohne Glas, aber mit Fliegengittern und Holzläden versehen (ein paar Sitzflächen von Stühlen taten es vollauf), um frische Luft hereinzulassen, keine Wasserleitung und kein Strom, dafür ein Kohleofen vom Schrottplatz für den Winter; eingerichtet war die Hütte mit einem Küchentisch unter einer an der Decke befestigten Coleman-Campinglampe, an dem man Karten spielen konnte, dazu ein halbes Dutzend Klappstühle und ein altes Kunstledersofa, dessen

Sprungfedern hier und da hervorspitzten, ein schmales Bett mit einer Kapokmatratze sowie hier und da eine Autodecke und Aschenbecher, um das Ganze gemütlich zu machen, schließlich noch eine Fliegenklatsche, ein Zimmermannsnagel mit Klopapier neben der Tür, ferner mit Reißzwecken an die nackten Holzwände geheftete flotte Pin-up-Girls aus Wandkalendern, Baseballwimpel, Mädchenslips, eine US-Flagge und Fotos aus Nudistenzeitschriften. Auch wenn John, der über weitere Optionen verfügte, die Hütte seltener nutzte als die meisten anderen, erkannte er doch den dahinterliegenden Grundsatz an: Die Menschen waren vielschichtige Geschöpfe, die unterschiedliche Räume brauchten, um sich zu verwirklichen. Kurzum: Ein Haus reicht nicht aus. Nicht für die Lebenden. Oder, wie er draußen in der Country Tavern am Abend vor seiner Hochzeit zu Waldo, Bruce und den übrigen sagte, als er seinen Anteil an Harvies neuester Runde eisgekühlten Gins und Dutchs Runde kalten Biers entgegennahm und das vor ihnen liegende Ziel beschrieb: «Wir wollten einfach eine Zuflucht haben, eine Bude, wo wir wir selbst sein konnten. Natürlich waren wir überall wir selbst, aber dort war es anders, unser Getaway war eine Art Asyl, wißt ihr, wie eine Kapelle oder ein Basketballplatz oder ein Puff, ein Ort, wo man ...» – «Wo eben alles passieren kann», warf Dutch ein und stieß mit ihm an, während ringsum die Freunde langsam auf und nieder wogten und um ihre Achse rotierten, als säßen sie auf einem Karussell. «Nein, nein ... nicht alles.» Er fühlte sich völlig hellsichtig und knülle zugleich, da er ganz offensichtlich keinen Gin gewöhnt war, sofern Gin das war, was es ganz offensichtlich war. «Das Ganze ist eher wie eine Theaterkulisse, die nicht zum Stück paßt, aber was man da treibt, steht zum Henker noch mal trotzdem im Text. Wie beim Gottesdienst, weißt du.» Was redete er da eigentlich? Wo war er hier? «Wohlan denn, Hochwürden Dutch», feixte Trauzeuge Bruce, kippte seinen Gin hinunter und stand wankend auf, «lasset uns beten, verdammt noch eins!»

Mit Beten hatte Pauline von jeher inbrünstige Attacken auf all ihre Körperöffnungen assoziiert, da dies Daddy Duwaynes schwengelschwingende Manier der Abhaltung von Strafpredigten gewesen war, weshalb das, was sich in der Nacht vor Johns Verehelichung zutrug, ihrem Empfinden nach nicht gewisser spiritueller Untertöne, der Aura einer heiligen oder aber diabolischen Meßfeier entbehrte, verstärkt durch die merkwürdigen, magischen Dinge, die sich in ihrem Kopf abspielten oder in ihn hineingetragen wurden, jener plastischen Dinge, die sie sah und seither nie wieder gesehen hatte und an die sie sich kaum noch erinnern konnte, weil ihr, seit sie erwachsen geworden war, die nötige Phantasie fehlte. Selbst der sonderbar muffige Geruch nach alten Matratzen, der in der ständig das Aussehen verändernden Hütte herrschte (später machte sie sich auf die Suche nach ihr, fand sie nie und kam schließlich zu der Ansicht, daß es sie nie gegeben hatte), ließ sie an die religiösen Exerzitien ihres verrückten Daddy auf dem Boden des Wohnwagens zurückdenken, auch wenn diesmal Gott sei Dank die Prügel fehlten, die ihr ihr Daddy stets, noch während er sie bestieg, verpaßt hatte, um ihr, wie er es formulierte, den Teufel auszutreiben. Keine Schläge, nichts Ärgeres als die rituelle Taufe (obwohl die viel später folgte, und zwar in einem Straßengraben, quasi in einem anderen Zeitalter, nachdem der Zauber längst verflogen war), nur ein so vollständiges Sich-Hingeben, daß sie kein Ich mehr zu besitzen schien und ihr ganzes Sein in einer transzendenten Andersheit aufgesogen wurde, die sie restlos durchdrang und aus sich selbst heraushob, hinein in etwas, das so gewaltig war wie der Nachthimmel und so vertraut wie Schmerz und Schweiß. Sie war damals vierzehn Jahre alt, hatte volle, feste Brüste und wußte, wenngleich sie sich im nachhinein an kaum mehr als das mit Gewißheit erinnern konnte, daß ihr sehnsuchtsvolles, sich wie ein eben erst geschlüpftes Vögelchen an die jungen Männer schmiegendes Herz in jener Nacht leidenschaftlich von jener kosmischen Andersheit gestreichelt worden war und daß, als deren leibhaftige Personifikation sich majestätisch über ihr aufbäumte, im Haupthaar des jungen Mannes grelle, schaurig tanzende und aberwitzig gefärbte Flammen aufgelodert hatten, die Pauline an lumineszierendes Natterngezücht aus einer anderen Welt denken ließen.

Dutch, der in diesem Zirkus mit seinen sechs Simultanmanegen ganz unten lag, genoß durch die ungewaschenen Haare des Mädels hindurch eine recht ähnliche Sicht auf das Flammenhaupt seines im Tittenfick begriffenen Kumpels, aber obwohl er total zu war, wußte er, daß das Ganze nichts weiter war als der Halo-Effekt der Gaslaterne an der Balkendecke. Dutch kannte keine Illusionen. Die Dinge waren, was sie waren. Es gab keine Magie. Nicht mal in Harvies halluzinogenen Drogen. Das Leben und seine verborgene Mechanik waren ein und dasselbe. Er, Dutch, hielt sich lieber ein wenig abseits, spielte den Beobachter. In jenem Augenblick lag er mit dem Rücken auf dem Küchentisch, auf den sie die Matratze geworfen hatten, und hatte seinen Schwanz im Arsch des jungen Mädchens, der zeremoniellen Stellvertreterin (er wußte es, sie alle wußten es) der zukünftigen Braut, und doch wäre es ihm mindestens ebenso lieb gewesen, wenn jemand anders seine Stelle eingenommen und er sich das Ganze aus einem bequemen Sessel angesehen hätte. Dann hätte zum einen nicht dieses sauschwere Gewicht auf ihm gelastet, und zum anderen hätte er auch nicht seine Eier an denen von Harvie mit der Meterlatte reiben müssen, der zwischen den bebenden Schenkeln des Mädchens lag und damit auch zwischen den seinen, was ohnehin schon die Gefahr einer Spermadusche von all den übrigen heraufbeschwor. Na ja, alles für den guten alten John. Diese Abendunterhaltung für die Freunde des Bräutigams, deren Höhepunkt nun nahte, war Dutchs Hochzeitsgeschenk für seinen alten Baseballkumpel, das und der Freundschaftspreis für die Hochzeitsfeier im Pioneer Hotel, das Dutchs Vater gehörte. Dutch und John kannten sich schon aus Kindertagen, vom Baseball in der Little League. Sie hatten, unter anderem, die Schulzeit zusammen durchgezogen. Das Hotel gab es natürlich schon wesentlich länger, aber nicht, wie manche dachten, bereits seit der Pionierzeit, obwohl dem Pferdestall, der sich einem Archivfoto zufolge einst dort befunden hatte, irgendeine Art Herberge angegliedert gewesen sein mochte. Der Railway Saloon hatte den Mietstall verdrängt, als die Bahn einen Anschluß ins Städtchen legte, aber jetzt waren beide weg, und einige Zeit nach dem Ersten Weltkrieg hatte man das Pioneer

Hotel in vorweggenommener Erwartung eines Konjunkturaufschwungs erbaut, der niemals stattfand, nicht in dieser Gegend. Dutchs Großvater hatte es bei einer Zwangsversteigerung erstanden und betrieb es als Bar und Pension für Dauergäste, bis ein neuer Weltkrieg es zu neuem Leben erweckt hatte; die Bettwäsche stammte noch aus dieser kurzen Blütezeit. Johns Hochzeitsfeier war dann der letzte Vivatschrei des Ladens gewesen. Ein paar Jahre später, als der Alte starb, wurden sich die beiden Kumpel handelseinig, worauf John die Bude abriß und auf dem Bauplatz eine Bank und ein Bürogebäude hochzog, während Dutch mit seinem neuen Motel vor der Stadt den Umsatz vom Highway abschöpfte.

Floyd hatte sich seinerzeit dort eingemietet, als er zum erstenmal ins Städtchen gekommen war. Das Motel war eben erst fertiggestellt worden, man konnte noch den Mörtel von den Hohlblocksteinen und den Teppichkleber riechen. Hatte sich für eine Nacht eingemietet und war gleich drei Wochen geblieben, bevor er endgültig ins Städtchen zog, weil er ausnahmsweise mal ein bißchen Glück gehabt hatte, so ausnahmsweise, daß er hinterher nie mit Gewißheit sagen konnte, ob es Glück oder Pech gewesen war. Floyd, der sich damals nach schlimmen Zeiten wieder hochzurappeln versuchte, hatte aus schierer Verzweiflung verschiedene Jobs als Vertreter angenommen und ein kunterbuntes Set von Billigartikeln verhökert, von der Kühlbox und Kosmetika bis hin zu Haarbürsten, Bibeln und Zauberelixieren für Männer, die sich mit Kahlköpfigkeit und Schwund der Lendenkraft geschlagen sahen. Er schaute im Eisenwarenladen des Städtchens vorbei, um seine diversen Kollektionen von Schraubenziehersortimenten und Schaukelstuhl-Selbstbausätzen anzupreisen, mit denen er in diesen unabhängigen Provinzläden, die oft scharf auf ein Schnäppchen waren, um den großen Ketten Konkurrenz machen zu können, aber mittlerweile immer rarer wurden, ein bißchen Glück gehabt hatte. In dem Laden stand ein großer, breitschultriger Kerl mit hochgekrempelten Hemdsärmeln, der Floyd über die einst gebrochene und ein wenig schief verheilte Nase skeptisch beäugte, dann einen der Schraubenzieher nahm und ihn mit bloßen

Händen krumm bog. «Das Zeug ist Schund», sagte er. «Zum Teufel, das weiß ich selber», gab Floyd achselzuckend zu und sah sich mit schnellen Blicken ein wenig um. «Trotzdem glaube ich an die Sache mit dem Heimwerkerbedarf, und davon haben Sie hier noch zuwenig. Sie sollten auch Autoersatzteile führen. Sie sind hinter der Zeit zurück.» Der Kerl faßte ihn einen Moment lang aufmerksam ins Auge. Er sah aus, als wolle er womöglich zu einem Schwinger ausholen, drum wandte Floyd sich zum Gehen und überlegte schon, ob er vielleicht in dem schäbigen Café nebenan einen Teller Chili und ein Stück Kuchen zu sich nehmen sollte, aber der Kerl hielt ihn auf. «Sekunde mal. Suchen Sie 'ne feste Arbeit? Mein Geschäftsführer hat kürzlich aufgehört. Ich brauch jemanden, der mir den Laden schmeißt.» Floyd blieb stehen; er ließ sich nicht gern herumkommandieren, schon gar nicht von einem jungen Schisser, der noch feucht hinter den Ohren war, aber das Angebot, das überraschende Timing und die Tatsache, daß er den Job brauchte, verschlugen ihm die Sprache. Er wußte nicht einmal, wie er die Übernachtung im Motel bezahlen sollte. «Ich hab Arbeit. Aber ich denk drüber nach.» – «Ich habe keine Zeit für blöde Scherze, Freundchen. Ich meine, jetzt sofort. Rein in den Overall oder verdammt noch mal raus zur Tür.» Floyd seufzte, schaute sich in dem verstaubten Laden um, zog sein kariertes Sakko aus. «Lassen Sie mal sehen, ob mir das Ding paßt.» John übernahm für drei Wochen die Motelkosten, während Floyd sich nach einer Bleibe umsah. Er rief seine Frau Edna an, die ihm die Geschichte erst glaubte, als er ihr ein Busticket zugeschickt hatte, damit sie ihm bei der Suche nach einem Haus helfen konnte. Sie war so glücklich, als sie im Städtchen ankam, daß sie zum erstenmal seit zehn Jahren von sich aus mit ihm schlafen wollte. Floyd schwoll das Herz, als er sie so errötet und erregt sah, beinahe wieder wie ein junges Mädchen.

Auch Dutch sah Edna. Zwar war nicht viel an ihr dran, aber er probierte seinerzeit noch seine Einwegspiegel aus, und der Vertreter nahm die brave Hausfrau tüchtig her, jedenfalls tüchtig genug, daß Dutch sich einen runterholen konnte, während er auf bessere Akteure wartete. Von denen noch viele kommen sollten, um eine abgewichste Phrase zu verwenden. Dutch hatte wirklich alles gesehen in den Dutzend Jahren seither, ein einziger, endloser Fluß: Hochzeitsnächte, Ehebruch und Rudelbums. Alte Knaben mit einem Hang zu Jungfrauenblut. Halbwüchsige beim Fummeln. Sex mit Kindern, Sex mit Hunden, Sex mit Natursekt, Kaviar und so weiter. Vergewaltigungen und Auspeitschungen, Schwule und Lesben. Zwölf Burschen, die hübsch der Reihe nach eine Frau durchbumsten. Inzest. Vor allem aber einsame, unglückliche Selbstbediener. Melancholische Orte, solche Highway-Motels. Jede Menge beschissene, einsame Traurigkeit, wie Dutch wußte. Manche benutzten modisches Spielzeug, vor allem die Frauen, andere alles, was zur Hand war. Dutch gefielen die Improvisationskünstler am besten; für die ließ er immer irgendwelches Zeug als Köder herumliegen, aber von den anderen lernte er mehr. Manchmal hatte er Lust, die Hand auszustrecken, einen zitternden, von der Anstrengung noch völlig verkrampften Hintern zu tätscheln und zu sagen: gut gemacht; da wußte er, wie Gott sich fühlen mußte, der stets auf Distanz zu bleiben hatte, wenn er die Show nicht verhunzen wollte. Dutch konnte das Spektakel noch nicht einmal zum Aufgeilen für eine Nummer benutzen oder sich den Spaß mit einem Kumpel teilen, wie sie es in den alten Tagen im Palace-Kino getan hatten, das hätte das Ende bedeutet. Früher hatte er immer gedacht, Gott, sofern es einen Gott gab, müsse auf all die damit verbundenen Geschichten scharf sein, wieso sollte Er sonst in einem fort zuschauen, aber mittlerweile fand er, daß es gar keine Geschichten gab, sondern immer nur eine: diese pausenlose Show und ihn / Ihn, der dabei zusah. Vielleicht hatte Dutch aber einfach den falschen Sitzplatz im Haus. Denn Geschichten, davon war er im Laufe der Zeit immer fester überzeugt, hatten irgendwie immer mit Zahlen zu tun, mit Zahlen und Zahlenfolgen, und vielleicht war das ja auch ein Spielchen Gottes, der mit eins und zwei begonnen haben mochte und die beiden miteinander bumsen ließ, aber inzwischen längst zu anderem übergegangen war, während Dutch in seiner Unschuld noch immer in den Sitzreihen für die Dreikäsehochs saß und seinen nutzlosen Pimmel in der Hand hielt wie eine Angelrute, während die echten Geschichten anderswo stattfanden. Der einzige Mensch, der sonst noch von den Einwegspiegeln im Hinterzimmer des Motels wußte, war John, der sie Dutch eingebaut hatte, um ihn für das verlorengegangene Palace zu entschädigen. Er hatte auch noch ein paar alte Sitze aus dem Lichtspielhaus gerettet, ebenso das Transparent, das im Foyer gehangen hatte: «Wo Kino noch richtiges Kino ist.» John machte es keinen Spaß, sich Sachen anzuschauen, in die er sein Organ nicht stecken konnte, aber manchmal nutzte er die Zimmer zur Eröffnung und zum Abschluß von Geschäftsverhandlungen, indem er Kunden und Gegner dort einquartierte, wobei er sich freilich nicht für Hintern interessierte, sondern für das, was unten dabei herauskam, womit er sich Dutchs Definition von Geschichten annäherte, sie vielleicht sogar erst anregte. John schaute nur selten persönlich vorbei, er ließ Dutch einfach die Besprechungen und Anrufe auf Band mitschneiden.

Auf diesem Wege hatte John vor rund einem Jahr anläßlich ihres Streits um das Bürgerzentrum herausgefunden, daß sein Schwiegervater, der undankbare alte Knacker, ihm die Baufirma wegzuschnappen versuchte. Damit hätte er John den Garaus machen können. Hätte Audrey noch gelebt, wäre so etwas undenkbar gewesen, weil von den beiden sie den Grips hatte und Loyalität gegenüber John bewahrte, der ihr mit seinem genialen Händchen für Investitionen geholfen hatte, die Altersversorgung des Paares zu verdoppeln, ein Vermögen, das jetzt Barnabys eiskalten Angriff finanzierte. Johns Ehegelöbnis von vor so vielen Jahren war durch weitere Verträge, durch stillschweigende Verschiebungen von Reichtümern und Grundbesitz untermauert worden, von den meisten unbemerkt und doch konzentrische Wellen von Gerüchten und Vorahnungen durchs Städtchen sendend wie in Wahljahren oder vor Landesmeisterschaften oder Lotterieziehungen. Johns Vorfahren waren als Geschirrmacher und Schmiede ins Städtchen gekommen, sein Ururgroßvater hatte Pferdetränken hergestellt und war der Besitzer des ersten Eisenwarenladens gewesen, wie zumindest die Legende besagte. Bald hatte man einen Farb- und Tapetenhandel hinzugefügt, sich auch als Immobilienmakler und Fabrikant von Blechen betätigt, Johns

Vater Mitch hatte in die Bereiche Heizungsbau, Kühlung und Klimaanlagen investiert und dank seiner politischen Verbindungen lukrative Kriegsaufträge an Land gezogen, auch wenn man fast alle Arbeiten an Subunternehmer weitergeben mußte. Mitch hatte seine Gewinne sofort reinvestiert, und zwar in Bodenschätze, Banken und Grundstücke, vorwiegend billiges Ackerland, das er bei Zwangsversteigerungen günstig bekam und das sich beim Bau des Highways zu teurem Baugrund gemausert hatte. Mitch hatte die Grundstücke und Firmenanteile behalten und John dafür die Familienunternehmen weitervererbt, damit dieser sie bei seinen Mitgiftverhandlungen mit dem Baumeister als Spielgeld verwenden konnte, ein schlichtes Tauschgeschäft, das dem jungen Mann einen Viertelanteil an dem frisch fusionierten Bauunternehmen und den daran angeschlossenen Firmen einbrachte, wobei die seiner Frau erteilten Geschäftsvollmachten seinen Anteil im Endeffekt auf fünfzig Prozent erhöhten. Nach Audreys Tod wurde dank des Testaments, bei dessen Abfassung John seiner Schwiegermutter geholfen hatte, gedrittelt, und John, der jetzt Anfang Dreißig war und dem die Kandare im Maul scheuerte, machte sich ans Werk, seinen trauernden Schwiegervater in den frühen und hoffentlich weit vom Schuß verbrachten Ruhestand abzuschieben. Der alte Barnaby war für seine solide Baukunst bekannt und hatte die Mehrzahl der besseren Häuser im Städtchen errichtet, aber er baute langsam und zu teuer; derlei Handwerkskunst war etwas für Reiche, fand in einem solchen Städtchen einen begrenzten Markt und war mit dem Wegwerfzeitalter nicht unter einen Hut zu bringen. John begriff, was allgemein verlangt wurde; er wollte keine Einzelhäuser bauen, sondern gleich ganze Siedlungen, wobei seine eigene Baukunst darin bestand, das Bestmögliche für möglichst wenig Geld hinzuschustern, weshalb sie schnell, billig und zweckmäßig daherkam und für die eitle Illusion des Bauens für die Ewigkeit nur Verachtung übrig hatte, was Barnaby nie richtig in den Kopf wollte und ihnen mithin endlose Reibereien bescherte. Und dann, just als John sich mit seinem Bürgerzentrum und den Kosten für das neueste Einkaufszentrum übernommen hatte und sich mit Liquiditätsproblemen konfrontiert sah, kam ein unwiderstehliches Angebot aus einer unerwarteten Ecke: nämlich von einem weiter nördlich im Staat beheimateten Mandanten seines griesgrämigen Vetters Maynard, einem auf Industrie- und Gewerbeansiedlungen spezialisierten Straßenbauunternehmen, das auf der Suche nach einem Partner für eine Firmenfusion war. Zu den Bonbons, die die Kaufinteressenten mitbrachten, zählten eine Dachdecker- und Dachisolierungsfirma, eine kleine Fliesenfabrik und eine Tochtergesellschaft, die Sickergruben und Faulbehälter verkaufte, dazu noch etlicher Grundbesitz; sie wollten nur dreißig Prozent des entstehenden Gesamtpakets und boten eine Anfangsinvestition von dreihunderttausend Dollar an, bar zahlbar bei Vertragsabschluß. Es klang zu schön, um wahr zu sein. «Die Leute stehen halt auf dich», sagte Maynard mit einem griesgrämigen Achselzucken, was John nur halbwegs schlucken mochte. Als der Deal soweit gediehen war, daß man ans Unterzeichnen denken konnte, und die Verhandlungspartner anreisten, offerierte ihnen John kostenloses Logis in Dutchs Motel. Dann gesellte er sich ausnahmsweise zu Dutch in die alten Kinosessel im Hinterzimmer, um sich die Vorstellung anzuschauen und abzuwarten, wer kommen und was geredet würde. Es ging inzwischen davon aus, daß es ein As gab, das die Jungs noch aus dem Ärmel ziehen würden. Allerdings hatte er nicht erwartet, daß es sein Schwiegervater sein würde.

Maynard zwei, der dem alten Barnaby beim Einfädeln des Geschäfts zur Rückgewinnung der ihm von John abgeluchsten Firma geholfen hatte, war gewiß kein glücklicher Mensch. Er war's zum einen, der bei der legendären Hochzeit das Strumpfband an sich gerissen hatte, vor dem Johns Bundesbruder zurückgeschreckt war, weil er, Maynard, nicht an die angebliche Weissagekraft des Bandes dachte, sondern an den entzückend warmen Oberschenkel, von dem es stammte. Er war's zum anderen, der zwei Jahre später beim dritten und diesmal geglückten Versuch doch noch sein Juraexamen bestand und dann aus einer Anwandlung von Großmut heraus das Mädchen heiratete, das den Brautstrauß ergattert hatte, und dies trotz freimütig ausgestellter Titten, schlechten Rufes und so weiter, eine Ehe, die kaum ein Jahr gehalten hatte, obwohl es dem Ehemann so vorgekommen war, als hätte sie ein oder zwei Jahrzehnte länger gedauert. Zum dritten war er einer, der, mit einer einzigen Ausnahme, die Frauen kaum weniger verabscheute als die Männer, wobei die Ausnahme gewiß nicht jene Kreischtante war, die das Geld mit vollen Händen ausgab und als ihm derzeit Angetraute und Mutter seines einzigen Sohnes figurierte. Man könnte wohl mit Fug und Recht behaupten, daß Maynard Johns Frau in den sechs Jahren vor ihrer Heirat ununterbrochen den Hof gemacht hatte, vier Jahre auf der Highschool und noch zwei danach, aber weil ihm dazu jedes Talent fehlte, konnte nur er selbst gemerkt haben, was er da tat. Johns Frau merkte es jedenfalls mit Sicherheit nicht, wenngleich ihr aufgefallen sein mußte, daß Maynard sich stets in ihrer Nähe aufhielt, bescheiden und dienstbar wie ein Bleistiftspitzer oder ein Mensatablett. Eines Tages, möglicherweise am glücklichsten Tag seines Lebens, drehte sie sich unversehens zu ihm um, so daß die große Distanz zwischen ihnen einen Augenblick lang verschwand, als ihr Blick untypischerweise den seinen festhielt, und dann sagte sie (er hatte ihr gerade die Fahrradkette neu aufgezogen und gespannt): «Maynard» – sie nannte ihn immer Maynard, sogar wenn sie es eilig hatte, nie «Narr» oder «Junior», wie es die anderen taten –, «Maynard, du bist echt süß.» Zumindest kam es ihm so vor, als hätte sie diesen Satz gesagt; er war sich nicht ganz sicher, da es ihm so laut in den Ohren geklingelt hatte. Einen Moment lang hatte er damals gedacht, sie würde ihn küssen, ein Gedanke, bei dem er um ein Haar in seine Cordhose gekommen wäre, aber sie hatte ihm nur die Hand gedrückt (die er danach geraume Zeit nicht mehr wusch), und dann war sie wie übergangslos verschwunden und die stürmische Romanze beendet gewesen, bevor sie noch begonnen hatte. Bald darauf heiratete sie seinen Vetter John, den rücksichtslosen Schürzenjäger, der auf der Highschool systematisch die Hälfte aller Jungfernhäutchen geknackt hatte, als hätte er das Recht darauf erworben oder gewonnen, wozu brauchte er eigentlich noch ein weiteres? Der herzlose, egoistische, hartgesottene Dreckskerl, wie konnte Maynard anders, als ihn zu hassen?

Und so gab es, obwohl die meisten Menschen den vorbildlichen John bewunderten, auch viele, die sich ein bißchen vor ihm fürchteten, und sogar solche, die es, weil sie ihn wegen seiner Machenschaften haßten und seinem Erfolg und seiner Macht mißtrauten, gern gesehen hätten, wenn er zu Fall gekommen wäre, weil sie dann die Erleichterung des Endes einer Ära verspürt hätten, wie wenn ein Verbrecher oder Präsident stirbt oder ein Krieg den langweiligen, endlosen Frieden aufstört.

Aber nicht Waldo. Himmel, er wäre längst hinüber ohne diesen Prachtkerl; nur John stand zwischen ihm und dem klaffenden Abgrund, ein mächtiger Fels in einem trüben Land, möge er leben und gedeihen bis ans Ende der Zeiten. Waldo stammte nicht aus dem Städtchen. Er und John waren auf dem College Saufkumpane gewesen. Waldo hatte John in seine Burschenschaft eingeführt, ihn vor einem Großteil des Blödsinns bewahrt, mit dem man den Füchsen das Leben vergällte, und dafür gesorgt, daß John sein Nachfolger als Senior wurde. Damals war vielleicht was geboten, Mann, erst 'ne Runde Ball, dann saufen und Mädels aus dem Wohnheim bumsen, anschließend nächtelang Bridge und Poker bis zum Tagesanbruch, er und der lange John, Ochs, Birne und Grips und Lüstling Bruce, goldene Zeiten für Taugenichtse. Waldo, der diese Zeiten geliebt hatte, konnte nicht davon lassen, haute weiter auf die Kacke und soff sich durch eine Reihe von immer mieseren Verkaufsjobs, wobei er Lollie und die Kinder mal hierhin und mal dorthin schleppte, bis er eines Tages in Chicago auf einer Baumesse John über den Weg lief und sich über Nacht zum stellvertretenden Verkaufsleiter diverser Unternehmen befördert sah. Mittlerweile führte er nur noch die Aufsicht über Johns örtlichen Farb- und Tapetenhandel und übernahm die eine oder andere Sonderaufgabe, zum Beispiel indem er half, den bösen alten Barn am Sack zu packen, aber er wußte, was immer auch passieren mochte, Scheiße, der wackere John, sein treuer Bruder, würde schon für ihn sorgen.

Johns brüderlicher Beistand verdroß Waldos Frau Lorraine und versöhnte sie zugleich ein bißchen mit dem harten Los, das sie gezogen hatte: Wie war es nur gekommen, daß eine Klassebraut wie sie – einst zur «aussichtsreichsten Kandidatin, sich einen Millionär zu angeln», gekürt, mit einer Zwei plus Literaturstudium abgeschlossen und ein As auf dem Tennisplatz – sich in eine geschlechtslose, übergewichtige Kleinstadtmamsell verwandelt hatte, die sich an den Einkaufswagen im Supermarkt, drei der unverfrorensten Flachköpfe auf Gottes weiter Erde und einen prähistorischen Ford-Kombi aus Stus Gebrauchtwagenlager mit lecker Ölwanne und unheilbarer Lackfäule gekettet sah? Sie hätte den verblödeten Kaputtnick, den sie – nach einer wilden Party völlig verzückt – geheiratet hatte, schon vor Jahren, am besten noch vor dem Kennenlernen, sitzenlassen sollen, aber sie mußte nicht nur an die zwei Kinder denken, auch wenn es blöde Nervensägen waren, sondern auch daran, daß ihr, nachdem die Würfel erst gefallen waren, nur wenige Optionen blieben. Alimente hätte sie sich in all den unruhigen und wurzellosen Jahren von vornherein abschminken können, die Jobs, die sie hätte aushalten oder um die sie sich überhaupt hätte bewerben können, waren dünn gesät, dazu ließ sie das Spieglein an der Wand ohne Umschweife wissen, daß sie zu einer kurzen Blüte verdammt gewesen war: ein Pollenflug, und die «Sie liebt mich sie liebt mich nicht»-Show war gelaufen, nichts als Dornengestrüpp und übelriechendes Unkraut seither, allenfalls ein Besoffener im stockfinsteren Zimmer hätte überhaupt noch ein halbmastiges Interesse an ihr auffahren können. Und genau auf die Tour hatte es sie beim zweiten Mal erwischt, sie war sich noch nicht einmal sicher, ob Waldo damals überhaupt mitbekommen hatte, mit wem er es trieb, als er wie ein Sack alter Winteräpfel auf sie geplumpst war. Also war sie erleichtert darüber, daß ihnen jemand als Retter in der Not erschien, auch wenn sich die Rettung als vergleichsweise halbherzige Angelegenheit entpuppte; es tat ihr nur leid, daß dieser Jemand ausgerechnet der abgebrühte Schweinehund sein mußte, der sie des einzigen Jungfernhäutchens beraubt hatte, das sie je besaß. Nicht daß es ihr fehlte – zum Teufel, weg damit, gut, daß sie es los war, es hatte sie längst zu stören begonnen –, aber sie verspürte wirklich keine Lust, den launenhaften Drecksack je wiederzusehen, geschweige denn mit ihm im selben gottverdammten Kaff zu hausen. Sie kam sich verwundbar und bloßgestellt vor, als wäre sie nackt hinter dem Röntgenschirm des Arztes hervorgekommen und hätte sich mitsamt ihrem erschlaffenden Hintern unversehens auf der Main Street wiedergefunden. Sie wußte heute noch nicht, wo sie hinsehen sollte, wenn sie mit dem Kerl im selben Zimmer saß, und bei gemischten Viererflights auf dem Golfplatz kostete es sie jedesmal einen Punkt, wenn John sie kurz ansah oder ihr ein neues Tee in die Hand drückte, nachdem sie ihres kaputtgeschlagen hatte. Machte ihm ihre Befangenheit etwa Spaß? Schon möglich, wer weiß. Manchmal hatte sie das merkwürdige Gefühl, daß John nicht etwa Waldo, sondern sie ins Städtchen gelockt hatte und fraglos auch noch andere ihresgleichen, nicht etwa, weil ihm daran gelegen gewesen wäre, für eine alte Flamme zu sorgen (das hieße nur sich selbst schmeicheln), und auch nicht, damit sie sich erniedrigt und wie eine Närrin vorkam, selbst wenn sie ihm das durchaus zugetraut hätte, sondern schlicht und einfach deshalb, weil er, Kleinstädter bis ins Mark, all diese Geschichten einst begonnen hatte und gern sehen wollte, wie sie sich entwickelten.

Beatrice hätte sich gewundert, hätte sie von Lorraines scharfsichtiger Analyse gewußt, so sehr ähnelte der Befund dem Ergebnis ihrer eigenen Überlegungen. Denn auch ihr Mann Lennox, den Waldo Ochs und die Einwohner des Städtchens Reverend Lenny nannten, war von John von den Toten auferweckt, hierher verfrachtet und erneut in Amt und Würden eingesetzt worden, wie Lennox sie seit seinen Tagen als Kaplan und Fuchsmajor der Burschenschaft nicht mehr genossen hatte. Auch Beatrice dachte, sie sei womöglich die heimliche Nutznießerin von Johns unerwarteter brüderlicher Liebe – sozusagen seiner in der Lebensmitte selbstauferlegten Buße für die zügellosen Exzesse seiner Jugend. Die sie ihm, zumindest soweit sie ihre eigene Person betrafen, verzieh, so traumatisch der ganze Zirkus seinerzeit gewesen war. Lennys Gefühle, das wußte sie, zeichneten sich wie immer eher durch Ambivalenz aus, letztlich ein Teil seines Charakters, eine Eigenheit, die manchmal an moralische Schwäche grenzte, wenngleich er in seiner neuen Laufbahn als Seelsorger gelernt hatte, bei seinen Überzeugungen eine gewisse Standhaftigkeit zu heucheln und – zumeist jedenfalls – den Anschein von Gleichmut und Entschlossenheit zu erwecken, weshalb er bei seiner Kirchengemeinde wohlgelitten war. Man schätzte ihn, so glaubte sie, als aufrechten Mann, ehrlich und freimütig, milde im Tadel, verständnisvoll am Krankenlager und bei Beerdigungen und geschmackvoll im Gottesdienst, wenn auch möglicherweise ein bißchen nebulös und allzu hochgestochen, und sie selbst galt den Leuten als Frau und Helferin des wackeren Mannes, als seine Organistin, Chorleiterin und Mutter seiner drei Kinder. Das meiste davon stimmte beinahe.

Floyd, der in Reverend Lennys Kirche als Sonntagsschullehrer unterrichtete, hielt den Pastor für einen Waschlappen und falschen Fünfziger, für einen Mumpitzschwätzer auf der Kanzel, dem man keinen halben Meter über den Weg trauen konnte, der Sünde schuldig, weil er sie nicht inbrünstig genug haßte. Der Blödarsch wußte wahrscheinlich noch nicht mal, was Sünde war. Wußte Floyd es? Nur zu gut. Er hatte noch immer Alpträume, noch immer Blut an den Händen. Dieses Städtchen, die Kirche, der Eisenwarenladen: eine Mauer, die Floyd unermüdlich zwischen sich und seiner Vergangenheit hochzog. Der alte Floyd war noch immer so eisenhart wie die Nägel, die er verkaufte, aber mittlerweile diente er eisenhart dem Herrn. Er und Edna hatten schon ein paar Jahre im Städtchen gelebt und fühlten sich durch und durch heimisch, als der neue Pastor daherkam, ein alter Collegefreund Johns, wie die Leute sagten, genau wie dieser abgerissene Suffkopf Waldo, der im Jahr darauf mit hängender Zunge und die feisten Hinterbacken schwenkend ins Städtchen getorkelt war und dessen einziger ernsthafter Job, soweit Floyd es mitbekam, darin bestand, daß er ab und zu als Johns Stellvertreter bei den Pflichtveranstaltungen der Bridgeabende einsprang, und dann war das weibliche Knie unter dem Tisch so verführerisch wie das eines rostigen Abflußrohrs. Wenn Floyd sich all diese Leute ansah, kam er sich alt vor. Und verwundbar. John war in diesen Jahren damit befaßt, die Baufirma der Familie zu übernehmen, ermutigt von seiner Schwiegermutter, die damals noch nicht tot war, es aber bald sein sollte, und Floyd sah seinen Chef immer seltener, wurde von der Einladungsliste für die Partys gestrichen und schmorte im alten Eisenwarenladen der Familie vor sich hin, während diese größere Dinge anpackte. Selbst mit Stu hatten er und Edna kaum noch Kontakt, seit die arme alte Winnie tot und begraben war; es folgten einsame Zeiten für ihn und Edna, die Potluck-Essen in der Kirche, die Bowlingliga und die Quizshows in der Glotze waren so ziemlich alles an geselligem Leben, an dem sie noch teilhatten. Manchmal hatte Floyd nicht übel Lust, einen Vorschlaghammer zu nehmen und alles, was ihm unter die Augen kam, kaputtzuschlagen. Selbst jene Mauer, auf die er so mühsam Stein um Stein setzte. Er hatte Lust, die Finger tief in die blutrot abgesetzten Grifflöcher der für ihn allein reservierten Bowlingkugel zu rammen und einen Strike von solch verheerender Gewalt hinzulegen, daß danach nichts, aber auch gar nichts mehr aufrecht stand.

Hinweise auf die geheimen Sehnsüchte des begehrlichen Floyd bekamen die junge Clarissa und ihre Freundinnen in seinen Unterrichtsstunden in der Sonntagsschule, wo es ihm einen Heidenspaß zu machen schien – die schmalen Lippen verzogen sich dann zu einem fürchterlichen Grinsen, über das sich die anderen Teenager, die Floyd nur den alten Schreihals nannten, oft lustig machten –, zu beschreiben, was für Folterqualen die Hölle bereithielt, wie entsetzlich Gott seine Feinde zerschmetterte und wie Jesus eines Tages plötzlich die Geduld verloren und sich beinahe wie von Sinnen darangemacht hatte, «den Tempel zu säubern», wie die Bibel sagte oder angeblich sagte, eine Geschichte, die Clarissa, und dies vermutlich völlig zu Recht, persönlich nahm, weil sie mit dem Tempel ihren Dad assoziierte. Der Mann dort vorne führte eines der Geschäfte, die ihrem Vater gehörten, und es kam ihr so vor, als arbeite er für ihren Dad und zugleich gegen ihn. Trotzdem konnte man ihn nicht ernst nehmen. Offen gesagt hielten Clarissa und ihre Freundinnen das Getobe des alten Schreihalses für einen Haufen aufgeregten Bockmist, selbst ihre

Busenfreundin Jennifer, deren Dad, der Pastor, zu seiner Tochter gesagt hatte, es stimme nicht unbedingt alles so, fand das. Die älteren Jungs in der Sonntagsschule nannten Floyd sowieso einen blöden Südstaatlerproleten, der abhauen und sich den Holy Rollers anschließen sollte, was hatte der Typ überhaupt in einer ernsthaften Kirche wie der ihren verloren? Es gab Ausnahmen, so zum Beispiel den kleinen Maynard, einen entfernt mit ihr verwandten Vetter, der jetzt Bonsai genannt wurde: der war immer ganz Auge und Ohr, ein eingefleischter Jünger, den das ganze blutige Gemetzel so anmachte, daß er sich beinahe auf den Tag zu freuen schien, an dem Gott die Erde vernichten und sie alle in den Höllenschlund stürzen würde. Er versuchte immer, Clarissas jüngerem Bruder Mikey und den kleineren Steppkes mit seinen schrägen Ideen Angst einzujagen, und einmal, als sie noch jünger gewesen waren, hatte Clarissa ihn sogar dabei ertappt, wie er Mikey und Jennifers noch in Windeln herumlaufende Schwester Zoe gefesselt und mit Kohlenzangen vom Gartengrill gezwackt hatte, die er als Teufelszangen bezeichnete. Damals hatten er und sie sich in die Wolle bekommen, und sie hatte ihm seinen Schimpfnamen, den all die anderen benutzten, an den Kopf geworfen, obwohl sie seinerzeit ungern schmutzige Wörter in den Mund nahm, und weil sie größer war, konnte sie ihn kräftig vertrimmen, ihm die Zange wegnehmen und die zwei Kleinen losbinden, die sie dann damit überraschten, daß sie für ihn Partei ergriffen, was Clarissa bis heute nicht in den Kopf wollte. Sie konnten zwar nicht viel anrichten, zerrten bloß an ihr und schrien sie an, sie solle aufhören, auf ihn einzuprügeln, aber alle drei flennten mittlerweile wie Babys und beschimpften sie, drum ließ sie sie angeekelt stehen und fragte sich, wieso sie sich überhaupt die Mühe gemacht hatte, ihnen helfen zu wollen. Wieder was dazugelernt.

Der kleine Maynard war der Erstgeborene des zum zweitenmal verheirateten Maynard zwei und seiner Frau Veronica und trug den stolzen Namen Maynard drei. Der Name war stolz, aber gedankenlos gewählt, denn es ist schlimm genug, als May-Narr gehänselt zu werden, aber noch viel schlimmer, May-Narr Bumsei zu heißen. Die Hänseleien hatten schon in der zweiten Klasse angefangen. Der Kleine, wie ihn seine Eltern nannten, hatte den Witz nicht gleich mitgekriegt und partout nicht verstanden, wo der Spitzname herrührte, da derlei zu den Dingen gehörte, über die sein Dad nie reden wollte und bei denen er schon in die Luft ging, wenn er ihn bloß danach fragte. Einmal hatte er dem Kleinen sogar eine Kopfnuß verpaßt. Und zwar eine anständige. Zuletzt war es seine Mom gewesen, die ihm eines Tages die ganze Geschichte auseinandergesetzt hatte, weil sie auf seinen Dad sauer war, was öfter vorkam; sie war meistens sauer auf ihn und posaunte das dann auch gern in die Welt hinaus. Und so fand er an jenem Tag heraus, daß damals, als seine Mom und sein Dad noch auf die Junior Highschool gegangen und Großvater Maynard soeben zum Bürgermeister des Städtchens gewählt worden war, alle Schulkinder angefangen hatten, seinen Dad Bürgermeister Narr zu nennen. Na prima, haha, wie witzig, aber bitte, das war doch Jahrhunderte her, woher wußten die Jungs in seiner Klasse davon? Der Kleine dachte sich, es müsse wohl irgendwas mit Clarissa und Mikey, den Kindern von Onkel John, zu tun haben, weil Onkel John einer der ärgsten Feinde seines Dads war und wahrscheinlich also derjenige, der die ganze Sache ins Rollen gebracht hatte. Clarissa war gemein und hinterhältig genug, um dem Kleinen so etwas antun zu wollen, sie hackte sowieso ständig auf ihm herum, und er haßte sie und hatte sich schon oft unwillkürlich gewünscht, Jesus oder sonstwer würde ihm befehlen, ihr die Hose herunterzuziehen und ihr nach Leibeskräften den Hintern zu versohlen, und auch wenn Mikey ein versponnener Trottel war, der sich vorwiegend abseits hielt und kaum je den Mund aufmachte, traute ihm der Kleine nicht über den Weg. Letztlich traute er niemandem so recht über den Weg, das war bei ihm fast so eine Art Lebensregel, etwas, was ihm sein Dad frühzeitig beigebracht hatte. Sein Freund Fisch, der Sohn des Pastors, der große Bruder von Zoe und Jennifer, bildete im Grunde die einzige Ausnahme. Fisch war älter als er, ging bereits auf die Highschool und wußte über fast alles Bescheid, zumindest über die Sachen, die der Kleine gerne wissen wollte. Das erste, was er ihm beibrachte, als der Kleine sein Nachfolger als Zeitungsbote wurde, war die wöchentliche Runde, die er beim Zeitungaustragen zu drehen hatte, aber schon an diesem allerersten Tag quatschten sie über alles mögliche andere, vom Baseball bis zum lieben Gott, verlegten sich jedoch kurz darauf auf Interessanteres. Was auf der Zeitungsrunde sonst noch so alles geboten wurde, zum Beispiel. Fisch konnte gut erklären. Dann bekam er eines Tages mit, wie einer der anderen Jungs Maynard beim Videospielen draußen im Einkaufszentrum Bumsei nannte («He, hör schon auf, die Scheißmaschine zu bespringen, Bumsei!» sagte der dumme Wichser), und Fisch packte ihn bloß am Schlafittchen und knurrte: «Was hast du da eben gesagt? Ich glaub fast, du hast gesagt, äh, ‹Bonsai›, seh ich das richtig?» – «Ja, ja! Aua! Bonsai!» quiekte der Kerl, und alle kicherten nervös, und von da an nannten sie ihn meistens Bonsai, obwohl es manchen noch als Bomsei über die Lippen kam. Also war alles in bester Ordnung. Von da an hieß es Fisch und Bonsai. Und es war Fisch gewesen, der ihm davon erzählt hatte, wie er eines Samstagmorgens zum riesigen Haus von Bonsais Onkel John geradelt war, um das Abogeld für den *Crier* zu kassieren, und dort Bonsais Tante mutterseelenallein angetroffen hatte. Die eben aus der Badewanne gestiegen war. Sagte Fisch. Nackt. Splitternackt. Du hättest es sehen sollen.

Nacktes Fleisch: immer eine Wucht, es anzusehen, wenn alles so schön glänzte, die Falten und die Grübchen und die behaarten Teile, besonders dann, wenn es gemeinhin der Ansicht entzogen blieb. Was in dem Städtchen auf die meisten Leute jenseits des Krabbelkindalters zutraf, jedenfalls auf Männlein und Weiblein in der Öffentlichkeit, und Johns Frau machte da keine Ausnahme. Viele hatten sie sich schon einmal *au naturel* vorgestellt, wie Ellsworth es einst angeberisch im *Town Crier* formuliert hatte, um die Tochter des Kieferorthopäden, eine stadtbekannte Skandalnudel, beim Umzug am Tag der Pioniere zu beschreiben (die Mehrzahl der wackeren Leser hatte damals allerdings gedacht, die freche Wendung werde «how natural» ausgesprochen, während das freche Luder selbst längst Leine gezogen hatte), aber wenngleich nur wenige die Gelegenheit hätten verpassen wollen, hatten in Wahrheit nur wenige Johns Frau hüllenlos gesehen. Die Prahlerei des jungen Fisch hätte, an andere als Bonsais Ohren gekommen, bei den meisten Unglauben hervorgerufen, bei vielen Neid, vielleicht bei einigen wenigen Zorn, Besorgnis und / oder wildes Verlangen, mit Sicherheit aber breitgestreute Neugier. Für Gordon, der sich danach sehnte, Johns Frau aufs Fotonegativ zu bannen, hätte es ein weiteres Motiv in seiner geplanten Serie bedeutet: «Johns Frau (naß), in ein herabfallendes Badetuch gehüllt». Dieses Sujet war ihm selbst gar nicht in den Sinn gekommen, jedenfalls noch nicht, obwohl er sich Johns Frau schon auf einer kahlen Bergkuppe vor seinem Objektiv stehend vorgestellt hatte, in Material so dünn wie Nebel gehüllt, sachte pirouettierend und um sich blickend, das Haar von einem Lüftchen gezaust, die entfernte Hüfte ein klein wenig angehoben, die abgespreizte Hand in Höhe der Taille, einen geheimnisvollen Schatten zwischen den Schenkeln: «Johns Frau, in durchsichtigem Schleier kreisend». Und auch, und somit eher dem unbestätigten Bericht des Zeitungsjungen gemäß, nackt («Johns Frau …») im Regen stehend, das Gesicht erhoben, die Arme hochgestreckt, die Beine aneinandergepreßt, der Körper dampfend und glitzernd im Wasserschauer, Diamanten aus Licht in ihren Schamhaaren. Dieses Motiv hatte er übungshalber mit seiner Frau Pauline gestellt, und die Ergebnisse waren, da er nach Herzenslust mit Blickwinkeln, Objektiven, Filtern und Belichtungszeiten experimentieren konnte, durchaus professionell ausgefallen, in mancher Hinsicht sogar recht bewundernswert, und doch hatten sie keine Magie. Keine *Strahlkraft*. Nicht einmal in den Vergrößerungen der Diamanten aus Licht.

«Strahlkraft» war eine oft benutzte Vokabel, wenn die Rede auf Johns Frau kam, doch was damit gemeint war, konnten nur wenige sagen. «Strahlend» war das Wort, mit dem ihre Eltern Barnaby und Audrey sie als kleinen Nackedei beschrieben; die beiden hatten stets ihre Freude an dem winzigen Geschöpf, vielleicht im Übermaß, da die Kleine ja ihr einziges Kind war. Aber auch andere, die seinerzeit das Privileg genossen, das Baby unverhüllt zu sehen, unter ihnen Johns Eltern Mitch und Opal, stellten oft fest, das süße Herzchen «strahle» richtig vor Gesundheit. Sie war immer noch «strahlend» schön (man studiere die Zeugenaussagen in den Jahrbüchern ihrer Highschool), als sie zu jener elegant gekleideten Frau heranblühte, die John zu seiner Freude nackt auszog; allerdings hatten vorher schon andere sie gesehen beziehungsweise meinten, sie so gesehen zu haben, zum Beispiel Gordons Freund Ellsworth, der sie als ihr Babysitter für die Phantasiespiele, die sie sich gemeinsam ausdachten, an- und auszog. «Dummerchen», «Dornröschen», «Narziß und Echo», «Alice hinter dem Spiegel». Ferner für Spiele, die Ellsworth spontan erfand, wie etwa «Wachend träumen» oder «Der Künstler und sein Modell». «Narziß und Echo» war ein Lieblingsspiel der beiden, ein Nachäffspiel, das viel Spaß machte und an das sich eine Art Versteckspiel anschloß. Ellsworth kauerte sich dazu über sein Spiegelbild – in einer Regenpfütze, einem Planschbecken, einer Radkappe, im Boden eines Teekessels oder in einer Schneeschaufel, meist aber nur in einem Handspiegel, der zu seinen Füßenlag –, während die Kleine «verschwand» und ihre Anziehsachen liegenließ, das heißt, die Verkleidung, die sie über ihrem Kleidchen trug. Während sie nach einem Versteck suchte, rief Ellsworth, die Augen auf sein pickliges Antlitz gerichtet (manchmal mogelte er und kippte den Spiegel zwischen den Beinen leicht an, um zuzusehen, wie sie die Verkleidung ablegte), ihr aus *Mythologien der Antike* plagiierte Sätze zu, und sie wiederholte wie ein Echo seine letzten Worte: «Will denn keiner mit mir spielen?» – «Mit mir spielen!» – «Wieso kann ich dich nicht sehen?» – «Dich nicht sehen!» – «Sei nicht so ein Einfaltspinsel!» – «Pinsel!» – «Wo bist du denn hin?» – «Hin!», bis sie sich zu guter Letzt versteckt hatte, und dann blieb sie stumm, und er suchte nach ihr, und wenn er sie gefunden hatte, kitzelte er sie. Aber nicht zu doll. Nur ein bißchen. Das Kitzeln mochte sie nicht so gern. Er auch nicht, obwohl es nicht ganz ohne war. Danach zogen sie sich wieder an und begannen von vorn, obwohl auch er manchmal, einfach um des Ausgleichs willen, das Echo mimte. Natürlich war das lange her, und Ellsworth war damals noch jünger gewesen als Fisch heute.

Fisch, der eigentlich Philip hieß – den Namen Fisch hatte ihm seine jüngere Schwester Jennifer verpaßt, als sie beide noch ganz klein gewesen waren –, war das älteste von drei Kindern und der einzige Sohn von Beatrice und Reverend Lenny, die allerdings bei seiner Geburt zumeist noch unter den Spitznamen Trixie und Ochs bekannt waren. Will sagen: Er war zweifelsfrei Beatrices Erstgeborener, wenngleich sie nach all dem, was in der Nacht der Pyjamaparty im Haus der Burschenschaft geschehen war, nie mit Sicherheit behaupten konnte, daß Lennox der Vater war, in Wahrheit war er es wohl nicht, obwohl sie ihm natürlich gesagt hatte, daß er es sei, und er schien es auch zu akzeptieren und heiratete sie bereitwillig, als sie ihn darum bat, denn im Grunde seines Herzens war er ein braver Kerl, egal was er von sich glauben mochte. «Warum nicht?» sagte er. «Laß es zu.» Ein braver Kerl, aber auch, um die Wahrheit zu sagen, ein schwacher Mensch mit dem Talent, in Schwierigkeiten zu geraten, Schwierigkeiten, die sie über die Jahre hinweg mit ihm zusammen ausbaden mußte, und das, was er glaubte, war stets ziemlich nebulös, egal worum es gehen mochte, letztlich allzu nebulös für einen Geistlichen, wie sie oft zu ihm sagte, auch wenn sie es immer voller Verständnis und Nachsicht tat. Beides nötige Tugenden in den anstrengenden Jahren ohne festen Boden unter den Füßen. Als Philip auf die Welt gekommen war und Lenny sein Examen dank eines Bundesbruders mit dem Spitznamen Grips bestanden hatte, der drei seiner Abschlußarbeiten für ihn verfaßte, hatten sie das Baby bei Trixies Mutter abgeliefert und sich auf eine kleine Hochzeitsreise begeben, göttliche Ferien, wie Lenny meinte, der mit seinem Hang zur Ironie so manche Schwäche ausglich. Lenny hatte ein gutes Dutzend Kreditkarten beantragt, und dann hatten sie im Ausland das Geld mit vollen Händen ausgegeben und auf der ganzen Welt wie die Könige gelebt, bis der letzte Kreditrahmen ausgeschöpft war und die Schuldeneintreiber anfingen, ihnen auf den Pelz zu rücken. Aber die Schläger in ihren dunkelblauen Anzügen konnten nicht viel ausrichten. Alles, was Beatrice und Lenny bei ihrer Rückkehr besaßen, waren ein altes, in der Garage von Beatrices Mutter verstecktes Auto und das Baby. Das Auto fanden die Schläger und nahmen es mit. Sie mußten es auf einem Laster abtransportieren, weil Lenny die Räder verkauft hatte. Na, jedenfalls hatten Trixie und Lenny eine wunderbare Zeit verbracht, die schönste ihres Lebens, und sie empfanden keinerlei Schuldgefühle gegenüber den Banken, die waren doch schließlich selbst schuld, daß sie ihnen überhaupt soviel Kredit eingeräumt hatten, stimmt's? Aber was nun? Lenny hatte Philosophie und Religionswissenschaft studiert, und auf diesem Gebiet gab es kaum Jobs, besonders nachdem er seine Glaubwürdigkeit als moralisches Vorbild mehr oder weniger verloren hatte, zumindest in den Augen des Establishments. So ziemlich das Beste, was sie beide auftun konnten, waren Teilzeitstellen bei Wohltätigkeitsorganisationen, Arbeit mit Sozialfällen und Behinderten, manchmal konnte Beatrice auch Musik- und Tanzstunden geben oder, bevor sie schwanger wurde und Jennifer zur Welt brachte – die mit größerer Wahrscheinlichkeit Lennys Kind war; von allen drei Kindern bestand bei ihr die größte Wahrscheinlichkeit –, in Bars und Restaurants Klavier spielen. Zuletzt hatte Lennox wie durch ein Wunder einen Posten als Dozent für Religionswissenschaft in einem kleinen geisteswissenschaftlichen College an Land gezogen, das dringend billiges Personal brauchte und willens war, seine kleineren Vergehen zu übersehen. Tatsächlich haftete seinen Kreditkartenbetrügereien in Anbetracht der Zeiten ein gewisser heroischer Glanz an: weg mit dem System, jawoll. Der Unterricht lief prima, die Studenten schienen ihn zu lieben, und auf Beatrices Drängen hin schaffte er es sogar, in seiner Freizeit das Theologieexamen nachzuholen und sich zum Priester weihen zu lassen. Beatrice half den Studenten, eine satirische Underground-Revue auf die Beine zu stellen, sie und ihr Mann experimentierten mit den Modedrogen der Zeit, die kleine Zoe kam zur Welt. Wenn sich nicht dieser unglückliche Zwischenfall mit Lennys hysterischer Studentin aus dem ersten Semester ereignet hätte, wären sie vielleicht noch heute dort. Als man ihn hinauswarf, schien Lennox jeden Selbstrespekt zu verlieren, saß fast die ganze Zeit bekifft herum. Gott sei Dank hatte Beatrice eifrig Weihnachtskarten verschickt, weshalb sie trotz all ihrer Reisen und Entbindungen über die Jahre mit John in Kontakt geblieben war. Es war zwar gerade nicht Weihnachten, aber sie schrieb ihm erneut eine Karte. Gutes Timing. Trotz seiner Fehler, dachte sie, Gott segne John.

Reverend Lenny, stets ambivalenter als seine Frau, müßte dem zustimmen und natürlich auch wieder nicht. Sogar was das Timing betraf, denn zufällig war ihre Ankunft im Ort vor zehn Jahren mit dem gewaltsamen Tod von Stus erster Frau Winnie zusammengefallen, für die Lenny seinen ersten Gottesdienst im Städtchen – und überhaupt – hielt, eine Aussegnung also und mithin ein entmutigendes Omen, zumal Lenny sich mit Beerdigungen nicht auskannte, weil er sie prinzipiell gemieden hatte. Selbst vor der seines Vaters hatte er gekniffen. Also beschloß er, um sich für seine neueste Bewährungsprobe zu wappnen und weil er fürchtete, daß es von ihm erwartet wurde, mit dem Hut in der Hand dem trauernden Hinterbliebenen einen Seelsorgerbesuch abzustatten, wobei er nur hoffte, daß sie, falls sie denn beten müßten, es stumm tun könnten. Und in der Tat hatte er den alten Knaben auf den Knien vorgefunden, aber nur, weil er nicht mehr stehen konnte. Der Arme hatte Augen so groß wie Suppentassen und einen Verband auf der Nase, die Zunge fuhrwerkte ihm im Mund herum wie ein Glockenklöppel, und seine Hose sah aus, als hätte man mit ihr das Männerklo aufgewischt. Er bot Lenny einen Drink an, unter der Bedingung, daß der Pastor zwei Gläser einschenkte, da er selbst es nicht mehr schaffte, die Flasche festzuhalten, und Lenny empfand das als seine Christenpflicht, zumal ihm selbst von all dem heuchlerischen Posieren des Tages – der Wochen, Monate – die Kehle ausgedörrt war, er brauchte dringend einen Schluck. Die Zeit verging, und der alte Stu versuchte erst, ihm ein Auto anzudrehen (Kredit kein Problem), schmetterte dann ein Lied über Freudenmädchen, beichtete einen Mord und erzählte ihm eine angeblich wahre Geschichte von einer schließlich seliggesprochenen Nonne, die ein zweites Rektum an dem Fleck besaß, wo eigentlich das andere Ding hätte sein sollen. Das schlimmste daran war, daß Lenny mit einemmal ganz unchristlich lachen mußte, weil er mittlerweile noch eine, wenn nicht mehrere Flaschen geöffnet hatte. Eigentlich war das wahrscheinlich nur das Zweitschlimmste. Das schlimmste war, daß ihm irgendwann bewußt wurde, daß er sich nicht mehr auf den Beinen halten konnte und in der dunkler werdenden Küche allein mit einem geständigen Mörder zusammenhockte, während eine Abordnung von Damen aus der Kirchengemeinde vor der Haustür stand, die dem Witwer Lebensmittel vorbeibringen wollten, unter ihnen Johns Frau. In einem solchen Fall gab es das ehrenhafte und männliche Verhalten und das verachtenswerte Sich-wie-ein-Dieb-mit-eingekniffenem-Schwanz-von-dannen-Schleichen. Er entschied sich wie immer für letzteres, schnappte sich seinen Hut und seine Bibel und kroch auf allen vieren ins Schlafzimmer und unters Bett, wo er vier Stunden später mit der Nase voller Staub aufwachte, während über ihm sein vormaliger Gastgeber wie ein Preßlufthammer schnarchte. Lennox kroch unter dem Bettgestell hervor, dachte an seine Frau und die großartige Geschichte, die er sich jetzt ausdenken mußte, und sah sich unversehens von Angesicht zu Angesicht einer Frau gegenüber, die vollständig, und zwar bis hin zu Hut und Schleier, angezogen neben dem hirntoten Witwer auf dem Bett lag und eine Flasche auf dem Bauch liegen hatte. «He, Pastor, schön, daß du wieder unter den Lebenden weilst», übertönte sie kehlig nuschelnd das gewaltige Schnarchkonzert, daß die Flasche bei ihren Worten ein kleines Tänzchen vollführte. Sie trug den Schleier zurückgeworfen wie ein Baseballspieler die verkehrt herum aufgesetzte Kappe. «Was hältste davon, wenn wir ein bißchen gemeinsam Kommunion feiern, hä?» Sie zwinkerte ihm anzüglich zu, winkelte die Knie an und spreizte die Schenkel, wobei ihre grünen Augen kurz schielten, dann wieder geradeaus blickten. «Wenn ja, Schätzchen, verrat ich dir auch, wo deine Schuhe geblieben sind.»

Abordnungen von Damen aus der Kirchengemeinde anzugehören und denjenigen, die ihre Liebsten verloren hatten, Trost zuzusprechen sowie den Hungernden Nahrung zu bringen – dies waren nur einige der gesellschaftlichen und christlichen Aktivitäten im Städtchen, die Johns Frau freiwillig auf sich nahm. Sie war ferner Mitglied im Wohlfahrtsverband, im Frauenbund, im Elternbeirat der Schule und in der Literarischen Gesellschaft, die sich früher, außer im Sommer, einmal pro Monat in der Stadtbücherei traf, was seit dem Tod der langjährigen Bibliothekarin seltener geschah. Johns Frau verpaßte auch kaum eine Theateraufführung der Highschool und sah sich sogar die Stücke an, in denen die Kinder von Freunden mitspielten. Als der alte Snuffy nach beinahe dreißig Jahren als Turnlehrer und Highschoolcoach in Pension ging, um Betriebsleiter auf Johns Flugplatz zu werden, war sie es, die dem Sportsmann in der Halbzeit des Footballmatches am Homecoming-Day die von seinen Spielern und Exspielern gestiftete Ehrentrophäe «Coach des Jahrhunderts» überreichte, auf der die schlichten Worte HAU REIN, JUNGE zu lesen standen. Viele Bewohner des Städtchens konnte man unter Umständen wochenlang übersehen, selbst den alten Snuffy oder auch andere wie den Schwachkopf aus dem Drugstore, der wie angekettet vor seinen Flipperkästen und Videospielen saß, oder dessen Schwester Columbia, mürrisch, übergewichtig und ganz blaß in ihrem Helferinnenkittel, oder den Angsthasen Trevor, die häusliche Edna und, traurig, das sagen zu müssen, die Mehrzahl der Senioren. Nicht aber Johns Frau. Sie rief die Verschönerungskampagne für das Städtchen mit ins Leben, und als auf alle Abfallkörbe die Aufschrift HALTET UNSER STÄDTCHEN SAUBER kam, half sie beim Ausschneiden der Schablonen, und alle meinten, ihre Buchstaben seien die schönsten. Sie ging alljährlich von Tür zu Tür, um Spenden für den städtischen Hilfsfonds und die Polioopfer zu sammeln, sang im Kirchenchor und war, obwohl sie sich nur selten um ein Amt bewarb oder eines übernahm, zwei Jahre lang Schatzmeisterin des Komitees zur Ausrichtung des Festumzugs am Tag der Pioniere. Sie nahm auch immer selbst am Umzug teil, saß auf dem einen oder anderen Wagen oder dem zurückgeklappten Stoffverdeck eines der Kabrioletts, die den Zug anführten, gewöhnlich in einem wunderschönen Pionierskostüm und so unersetzlich wie das Definiendum für die Definition (wie einst die Bibliothekarin Kate gesagt hatte, obwohl nicht einmal Ellsworth es hinterher wiederholen konnte). Als es in Mode kam, die Feuerhydranten der Stadt zu verzieren, malte sie einen davon leuchtend smaragdgrün an und rahmte ihn in glänzendem Gold, worauf viele sagten, darin zeige sich ihre wahre Persönlichkeit, die sich hinter dem bescheidenen, leicht unterkühlten und steifen Auftreten verberge, während andere meinten, es beweise nur mangelnden Sinn für Humor. Ellsworth erinnerte sich noch daran, daß dies die Farben des Kleides einer Prinzessin in einer Geschichte gewesen waren, die er Johns Frau als kleines Mädchen vorgelesen hatte, und Maynard fiel wieder ein, daß ihr Fahrrad auf der Highschool so lackiert gewesen war; kurz, jeder zog, ob zutreffend oder nicht, seine eigenen Schlüsse aus dieser Erinnerung. Gordons Fotos von Hydrant und Malerin brachten ihm keinen Erkenntnisgewinn, obwohl ein kleiner Pinselstrich Farbflitter auf dem in Bluejeans gehüllten Oberschenkel der Porträtierten eine Zeitlang durch seine Nächte in der Dunkelkammer spukte. Waldos Frau Lorraine, die all die angemalten Feuerhydranten (den ihren hatte sie wie einen einäugigen, zahnlosen Marsmenschen im Smoking bemalt, obwohl das lahme Gretchen mit einem schmeichlerischen Porträt ihres Schwiegervaters im weißen Dinnerjacket den ersten Platz gewann) für nichts als Präserphantasien hielt, verspürte einen Anflug von Neid, als sie den von Johns Frau sah; Barnaby dagegen empfand nur Trauer, weil er das abgrundtiefe Elend seiner Tochter darin sah.

Als Gretchen den Wettbewerb im Hydrantenbemalen gewann, stellte ihr Mann Cornell, obwohl Vater ihrer sechs Kinder, darunter Drillinge, die zur großen Freude ihres Großvaters (drum auch das strahlende Lächeln auf dem karikierten Gesicht des Hydranten) ein knappes Vierteljahr vor dem Wettbewerb auf die Welt gekommen waren, wenig mehr als ein peripheres Ärgernis für die ganze Familie dar, in deren Mittelpunkt jetzt die dickbebrillte Dame aus dem Norden mit dem gequälten Gesicht und dem verkrüppelten Bein stand. Lumby liebte sie, Oxford liebte sie, natürlich liebten alle ihre Babys sie (es sollten noch mehr werden) und aus der Ferne auch ihr Schwager Harvie, der dankbar war, daß seine einsame Schwester endlich eine echte Gefährtin gefunden hatte und daher seinerseits mit brüderlicher Dankbarkeit die Geliebte liebte. Sogar Corny, der seine hirnamputierten Tage hinter Flipperautomaten und Pornoheften zubrachte, liebte sie, so gut er es auf seine erbärmliche Art vermochte, da ihm so manche Tasse im Schrank fehlte, wie es oft hieß – ein sonderbarer Junge, der als erwachsener Mann noch sonderbarer geworden war: das allmählich schütter werdende Haar ungekämmt, die Augen blicklos und die blonden Schnurrbarthaare wie eine Nylongardine über dem rosa Mund, aus dem nichts als Unsinn kam. Natürlich hatte er aus gutem Grund nicht mehr alle Tassen im Schrank, wie jeder wußte, der von seinen Erlebnissen in Paris gehört hatte, aber der Junge war von Geburt an sonderbar gewesen, von Anfang an nicht ganz gebacken, und zwar sowohl im Ober- wie im Unterstübchen, wie seine Schwester Lumby euphemistisch zu sagen pflegte, weil sie angesichts des kleinen Problems ihres Bruders partout nicht begreifen konnte, wie zum Henker er es geschafft hatte, die Brötchen sozusagen in den Ofen zu schieben. Doch die gelangen offensichtlich gut, weshalb die Empfängnisbereitschaft seiner Braut schon in einer frühen Phase ihrer Kreißsaalkarriere im ganzen Städtchen gerühmt und bald legendär wurde.

Eine, die sich über die häufige Fruchtbarwerdung des Schoßes der verkrüppelten Apothekerin nicht wunderte, war Pauline, die Cornys kleines Problem, wie seine Schwester es nannte, aus anderer Perspektive kannte. Obwohl sie und Corny ungefähr zur gleichen Zeit auf die Highschool gegangen waren, nur eine oder zwei Jahrgangsstufen auseinander, war er Pauline immer um Lichtjahre jünger vorgekommen, nicht nur weil sie sich sowieso soviel älter fühlte als alle Jungs, die sie kannte, sondern weil Cornell ein zurückgebliebener Knirps war, der bis in das Jahr hinein, in dem Pauline ihren Abschluß machte, hauptsächlich mit Kindern aus der Grundschule befreundet gewesen war. Erst damals merkte sie, daß der Typ sie in der Schule mit jenem verwirrten, stieren Blick fixierte, der an das sehnsüchtige Glotzen eines Welpen erinnerte und den sie über die Gesichter etlicher aufeinanderfolgender Generationen von Jungs hatte huschen sehen wie Trick-Werwölfe durch einen Gruselfilm. Sie hatte bereits seine beiden Brüder mit allen fünf Sinnen kennengelernt, Harvie mit der Meterlatte, dem zum Idealmaß wirklich nicht viel fehlte, und Yale, der so süß war, und nach den Blicken zu urteilen, die der kleine Bruder ihr zuwarf, würde sie wohl auch ihm auf dieselbe Weise nahekommen. Und so geschah es auch, wenngleich nach ewiglangem Zögern von Cornys Seite, jeder Menge zeitraubendem Herumgealbere, vorgetäuschter Feindseligkeit, Indifferenz und blödem Gekicher auf den Schulkorridoren, bis er eines dämmrigen Sommerabends mit zweien seiner kleinen Freunde in die Wohnwagenkolonie geradelt kam und sie fragte, ob sie nicht Lust hätte, mit ihnen eine Runde zu drehen. Zum Glück war Daddy Duwayne nicht in der Nähe, der hätte den Knirpsen die Hölle heiß gemacht. Sie fragte, wieviel Geld sie dabeihätten und was sie von ihr wollten. Auf den Gedanken, daß sie Geld brauchen könnten, waren die Burschen offensichtlich gar nicht gekommen: keiner hatte mehr als ein bißchen Kleingeld dabei. Aber was sie wollten, war auch nur eine Kleinigkeit: Sie wollten (nachdem eine lange Liste falscher Wünsche abgehakt war, angefangen mit dem angeblichen Spaß an einer Runde auf dem Rad) nur mal kucken. Also ging Pauline mit ihnen hinter den Wohnwagen, ließ Jeans und Pullover fallen und hob ihr T-Shirt hoch. Sie mußte lachen. als sie die starren Grimassen, die aufgerissenen Augen und die feuerroten Gesichter der drei sah – wie aus dem Comic-Heft. «Ihr dürft ruhig hinfassen», sagte sie großzügig. Corny traute sich nicht so recht, aber die anderen stupsten die Brüste vorsichtig an wie Dreikäsehochs, die den Inhalt von noch verpackten Weihnachtsgeschenken zu erraten versuchen, und irgendwann machte auch Corny zaghaft mit. Selbst Scham- und Achselhaare schienen für die Jungs eine Neuheit zu sein, obwohl einer mit piepsiger Stimme kommentierte, daß er das schon von seiner Mutter kenne und es bei ihr ganz genauso aussehe, als ob er damit protzen wollte. Zuletzt scheuchte sie die drei mit der Drohung fort, ihr gewalttätiger Daddy könne jeden Moment zurückkommen, aber danach schauten sie fast jede Woche aufs neue vorbei, mit mehr Geld und größerem Forschermut. Pauline mußte sich vorbeugen und ihre Zehen berühren, sich auf die Fersen hocken, sich hinlegen und die Beine spreizen, sich vom Bauch auf den Rücken drehen, auf allen vieren krabbeln, auf der Seite liegend ein Knie anwinkeln, sich auf den Rücken rollen und die Knie neben den Ohren aufstützen, während die drei zufaßten, kneteten, abtasteten und ihre Finger hineinsteckten, wo es nur ging. Dann sagte sie eines Abends nur so zum Spaß zu den Jungs, daß jetzt sie mal an der Reihe seien, sich auszuziehen und ihr alles zu zeigen. Die drei erstarrten vor Schreck, und als sie einem von ihnen an die Gürtelschnalle griff, rannten sie davon, so daß Pauline sich kichernd auf ihre am Boden liegenden Klamotten warf und sich steinalt vorkam. Doch später kam Corny allein zurück und ließ sie, obwohl es ihm anscheinend die Sprache verschlagen hatte, indem er einfach seinen Gürtel löste, wissen, daß sie ihn ausziehen solle, was sie dann auch tat, und während sie das, was sie da unten vorfand, in jenen Hohlraum schob, der sie im ganzen Städtchen berühmt gemacht hatte und mittels dessen sie Buch führte über das, was sie von der Hälfte der Einwohner in schlichter Erinnerung behalten hatte, dachte sie, um wieviel interessanter es doch selbst für eine so wenig neugierige Person wie sie war, das Menschengeschlecht in seiner ganzen Vielfalt kennenzulernen, als sich, wie Johns Frau, mit der Erfahrung eines einzigen zu begnügen, egal wie gut er aussehen mochte.

Paulines Offenheit gegenüber der Vielfalt der Welt entsprach im großen und ganzen auch Johns Haltung, wenn auch nicht der seiner Frau, obwohl John sich im Gegensatz zu Pauline, deren Interesse jedweder Form von Schwänzen oder Zündern galt, wie sie die Dinger oft nannte – eine kindliche Verballhornung von Daddy Duwaynes Beschwörungsformel «alter Sünder», die Pauline sich merkte, weil sie ihrem Stiefvater ein perverses Vergnügen bereitet hatte –, letztlich um keinen anderen als seinen eigenen Zünder scherte, und um den auch nur, wenn die Frage anstand, wo er ihn unbeschadet und genußvoll hineinstecken könnte. Gerechterweise ließe sich somit zwar sagen, daß John Paulines tiefempfundene Vorliebe für wechselnde Sexualpartner teilte, doch war damit Johns Liebe zum Abwechslungsreichtum der Welt noch lange nicht erschöpft, genausowenig wie sie letztlich sexuell definiert war, es sei denn, man wollte sämtliche Unternehmungen des Menschen auf sexuelle Ersatzhandlungen reduzieren, wie manche es taten – Alf zum Beispiel oder auch Dutch sowie Lorraine bei ihren aus angelesenem Buchwissen abgeleiteten intellektuellen Höhenflügen, die im Lauf der Jahre immer seltener vorkamen. Außerdem zeugte Paulines Geschmack selbst bei der Wahl ihrer Sexualpartner von einer katholischen Vorurteilslosigkeit, die

John, der sich an einer nie näher erläuterten Ästhetik orientierte, nicht teilte, was, unter demokratischen Gesichtspunkten betrachtet, gegen ihn sprechen mochte; doch andererseits hatte John mit der Demokratie ohnehin nie viel am Hut, wenngleich er sie profitabel fand und ihr gern in Lippenbekenntnissen das Wort redete. Er fühlte sich gänzlich eins mit dem Universum, und das Universum war eben nicht demokratisch, sondern bestand aus einem ungenierten Neben- und Gegeneinander widerstreitender Kräfte, deren Echo zum Beispiel in einem brachialen Footballspiel zu hören war, zwar nur sehr leise, aber immerhin, weshalb er Football so liebte, und zwar um so mehr, je weniger Regeln galten, genau wie beim Ficken. Die Demokratie war ein jämmerlicher, läppischer Schutzmechanismus der von Hause aus Machtlosen gegen die Mächtigen, ein zum Scheitern verurteiltes Hirngespinst, geboren aus der Angst und weitergesponnen von humorlosen Korinthenkackern wie seinem Vetter Maynard. Oder dieser fettärschigen Marge. Die Demokratie verfolgte das Ziel, Macht zu teilen, zu begrenzen und umzuverteilen, aber das haute nicht hin, wie John nur zu gut wußte und tagtäglich zu seinen Gunsten auszunutzen verstand. Das Ganze war ein Witz. Wie eine Variation auf den alten Spruch «Beine breit oder raus», wo der Typ (der alte Stu fand es immer großartig, wenn John diese Story zum besten gab) in dem zerbeulten Ford-Pickup anhält, weil er ein junges Mädel sieht, das heulend die einsame Landstraße runtermarschiert und ihm schluchzend erklärt, ein Kerl in einem Lincoln Continental (als John die Geschichte zum erstenmal gehört hatte, war es ein Cadillac gewesen) habe sie in ein Wäldchen gefahren und sie dort vor die besagte, berühmt-berüchtigte Wahl gestellt, die dem Mädel natürlich gar keine ließ. Also sagt der Typ in dem Pickup, sie solle einsteigen, er würde sie ins nächste Städtchen bringen, und dann scheppern, rattern und hoppeln sie die Straße lang, bis sie ihn schließlich auffordert, sie aussteigen zu lassen. «Und zwar pronto, Mister, ich meine es ganz ernst!» schreit sie, um das Getöse zu übertönen. «Da laß ich mich doch lieber in einem Lincoln vergewaltigen als mir von so einem klapprigen Scheiß-Ford einen geigen!»

Stu selbst gab diesen Witz gern zum besten, wenn John nicht in der Nähe war, und manchmal schob er einen Chevy oder einen Toyota für den Ford ein, obwohl der Witz irgendwie nicht so recht hinhaute, wenn er das tat. Ein weiterer Witz, den Stu gern erzählte, einer seiner Lieblingswitze, war der über den alten Knacker, der auf dem Golfplatz mit dem Ruf «Macht's euch was aus, Jungs, wenn ich mich kurz vordrängle?» an einem Vierertrupp von Jungspunden vorbeizieht, indem er gewaltig weite, kerzengerade Drives hinlegt und die Jungs anschließend im Clubhaus so unter den Tisch säuft, daß einer sich die Frage nicht verkneifen kann: «Holla! Läuft eigentlich alles noch so prima, was du anpackst, Alter?» – «Ach was, nee», beichtet der so Angesprochene und steckt sich eine zwanzig Zentimeter lange Zigarre an. «Das Alter ist echt fies, mein Junge. Letzte Nacht zum Beispiel. Da weck ich mein Schätzchen kurz vor Mitternacht und frag, ob sie Lust hat, und sie sagt: ‹Lust auf was? Wir ham's doch erst um zehn und um elf getrieben, du alter Bock!› Genau das ist das Problem, verstehste – das gottverdammte *Gedächtnis* will einfach nicht mehr so richtig!» Stus Schätzchen war Daphne, und obwohl sie ein neueres Baujahr war, schluckte sie bereits, genau wie ihr liebender Gatte und die Helden seiner Witze, eine ganze Menge Sprit, tat es schon seit ihren Techteltagen, wie Stu sie gern nannte, das Saufen hatte sie eigentlich erst zusammengebracht, das und Daphnes Talent, Stus anästhesierten Schwengel zu neuem Leben zu erwecken. Bis vor kurzem war Stu so ungefähr der einzige gewesen, der das Mädel je nüchtern zu sehen bekam, und dann war er meist selbst hackevoll, was aber nichts schadete, denn es konnte einen ziemlich demoralisieren, wenn man mit Daphne zu tun bekam, sobald sie keinen in der Krone hatte, was leider in letzter Zeit häufiger vorkam, er durfte nicht vergessen, diesen jungen Mechaniker rauszuschmeißen. Stu und Daphne kippten sich zum Frühstück jeder einen tüchtigen Schluck Gin in den Orangensaft (Daphne nannte das Getränk «Amazing Grace», Stu sprach von seinem morgendlichen Choke-Start), und manchmal fiel dann das Mittagessen aus. Unter der Woche hatte Stu sein Ford-Mercury-Autohaus, das ihn beschäftigt hielt, und Daphne ihre Telefonate, aber zur Beruhigung der Nerven legten sich beide eine Flasche griffbereit, eine trostreiche alte Gewohnheit, dank derer die Abende recht angenehm verliefen, wenn auch mehr oder weniger zusammenhanglos und im nachhinein nicht leicht zu rekonstruieren. Das gottverdammte Gedächtnis, pflegte Stu dann grinsend zu brummen, wobei er mit dem Ellbogen über den Tresen rutschte und sich daran zu erinnern versuchte, woran er sich hatte erinnern wollen.

Daphne, einst vorübergehend Johns Schätzchen, war auch, und mehr oder weniger zeitgleich, die beste Freundin von Johns Frau und daher Brautjungfer bei deren Hochzeit gewesen, welchen Tag ihr derzeitiger Ginverdiener als den Tag eins jener Romanze ansah, die ihn von den lebenden Toten zurückgebracht hatte, wenngleich erst etliche Jahre ins Land gehen mußten, bevor Daphne diesen Taschenspielertrick ausführen konnte, weil sie sich zunächst von einer Prozession anderer namenloser Schwänze und Arschgesichter über den Tisch hatte ziehen lassen müssen, so daß sie schon an die Dreißig war, als sie anfing, dem alten Stu Trost zu spenden, der zwar noch nicht Witwer war, es aber bald werden sollte. Ihr erster Liebesbeweis war, daß sie ihm wieder auf die Beine half, als er vom Barhocker gefallen war, eine Gefälligkeit, die er ihr seither mehr als einmal vergolten hatte: Sie waren wie füreinander geschaffen. Nicht daß sie das zehn Jahre früher bei Johns Hochzeit geglaubt hätte, als sie – ein Vorfall, der mittlerweile in die Annalen der Familie eingegangen war – dem alten Stu ein Tortenstück in die Fresse gepatscht hatte, weil sie es nämlich endgültig leid war, sich nonstop die sabbernden Witzchen des neben ihr sitzenden Provinzpopels anzuhören, während sie mit zur Weißglut reizender Erfolglosigkeit versuchte, das launische Augenmerk des Trauzeugen auf sich zu ziehen. Als der gnadenlose Mistkerl daraufhin noch immer nicht den Rand hielt und ihr als pantomimisch vorgeführte Pointe irgendeines saublöd dahergenuschelten Hinterwäldlerwitzes seinen langen Zinken ins Dekolleté tauchte, um anschließend lauthals in seinen Teller zu kekkern, tunkte sie ungerührt die Hand in die große Schüssel voller bereits ziemlich zermanschter Erdbeeren mit Sahne, drehte sich um, leckte den alten Lüstling zur Ablenkung kurz an seinem behaarten Ohr und langte ihm dann voll zwischen die Beine, was dort einen leuchtendroten Handabdruck hinterließ, der ihm, schon im Begriff, sich zu verlieben (wie er ihr Jahre danach erzählte), offenbar gar nicht auffiel, obwohl er sonst niemandem verborgen blieb, vor allem nicht der alten Xanthippe, mit der er verheiratet war: Stus schillernder erzwungener Abmarsch nötigte jedermann Bewunderung ab und war Daphnes einziger Triumph an jenem Tag. Jahrhunderte später betrachtete sie Johns Frau nach wie vor als ihre engste Freundin, und obwohl man angesichts von Daphnes tagtäglichen Ausflügen ins Reich des Vergessens kaum behaupten konnte, daß sie, vom alten Stu abgesehen, noch irgendwelche echten Freunde hatte, war ein Körnchen Wahrheit daran, denn genau wie in alten Zeiten führte Daphne, wenn sie in höhere Sphären abhob, noch heute lange, schwatzhafte Telefongespräche mit Johns Frau, wobei der einzige Unterschied zu früher darin bestand, daß Johns Frau nun nicht mehr immer leibhaftig am anderen Ende der Leitung war.

Obwohl die meisten Bewohner des Städtchens, die Stus erste Frau Winnie gekannt hatten, zugegeben hätten, daß das Zusammenleben mit ihr, die Daphne eine Xanthippe, wenn nicht noch Schlimmeres nannte, kein Zuckerschlecken gewesen sein konnte, hätten wohl nicht alle Winnie einen Vorwurf daraus gemacht, denn auch der Sprücheklopfer und Kotzbrocken von Autohändler war nicht gerade ein Gottesgeschenk (Stu selbst hätte das freudestrahlend mit einem verschlagenen Feixen zugegeben und dazu mit den hellroten Wimpern geklimpert, als ob er ganz hin und weg wäre von der tiefschürfenden Erkenntnis, um dann sogleich den Witz von der alten Schlampe zu erzählen, die eine Rasierklinge verschluckt hatte), und wohl nur wenige, sogar unter denen, die Winnie nicht besonders leiden konnten und über die meisten Scherze auf ihre Kosten lachten, hätten ein so finsteres Bild von ihr gezeichnet wie Stu und Daphne, bei denen man manchmal den Eindruck gewinnen mochte, daß sie versuchten, sich Winnies anhaltend spürbare Präsenz noch zehn Jahre nach ihrem Tod durch Lästereien und Schmähungen vom Leibe zu halten. Besonders Trevors Frau Marge hatte sich stets für Winnie eingesetzt, sowohl vor als auch nach dem bedauerlichen Unfall draußen bei der alten Buckelbrücke (ein Unfall, der dem Leben von Otis zumindest für einige Zeit eine andere Wendung gab), indem sie sie als im Grunde edle und prinzipienstarke Frau bezeichnete, die der im Städtchen herrschende, antiquierte und repressive Sittenkodex, für den ihr Mann Stu das perfekte holzköpfige und sexistische Beispiel abgebe, zu einer Art ohnmächtiger Raserei getrieben habe. Als kultivierte Frau, die einen ungehobelten Bauerntrampel geheiratet habe. Natürlich galt Marge ihrerseits als Drache, und außerdem war Winnie ihre Tante. Ellsworths im *Town Crier* abgedruckter Bericht über Winnies «tragischen und vorzeitigen Tod» sprach von «ihren zahlreichen kulturellen, gesellschaftlichen und religiösen Aktivitäten» und von «diesem großen, unermeßlichen Verlust für unser Gemeinwesen», doch in Wahrheit hatte der Schreiber dieser Zeilen die Frau kaum gekannt und ihren Mann ebensowenig, da er weder Auto fuhr noch Golf spielte, es war ein abgedroschener, von Klischees triefender Nachruf, der irgendwem hätte gelten können. Mehr als daß Ellsworth vom Unfalltod der Frau Kunde gab, tat er kund, daß etwas in ihm selbst gestorben war. Natürlich waren Nachrufe eine nie endende Qual für einen Zeitungsmann. Früher oder später segnet jeder von uns das Zeitliche, und wenn er es tut, braucht er seine Zentimeter Laufzeile ebensosehr wie seine laufenden Dezimeter im Friedhof. Ellsworth hatte einen Aktenschrank voller Lebensdaten in der Redaktion stehen, bereit, herausgezogen zu werden, wenn einer der Bürger des Städtchens von hinnen ging, doch um die Wahrheit zu sagen, war er nie bereit, wenn es tatsächlich geschah, und ebenso überrascht vom Tod anderer, wie er es eines Tages von seinem eigenen sein würde. Der Aktenschrank, einst seine Zuflucht, ließ ihm heutzutage das Herz in die Hose rutschen, sobald er ihm nur ins Auge fiel, ließ ihn an seiner Narretei verzweifeln, sich die Rolle des Stadthistorikers auserkoren zu haben, er, der stets den Stoff für eine gute Geschichte zu finden wußte, es aber nicht mehr schaffte, in dem ganzen Stoff die Geschichte ausfindig zu machen, ein Apostel des Wortes, der der Gnade verlustig gegangen war, ein Fahnenflüchtiger, der einfach nicht aus dem Schützengraben herauskam. Mehr als alles andere waren es die geisttötende Unerschöpflichkeit labyrinthisch verschachtelter Einzelheiten, die Überfülle an Geschichten, das krause Kunterbunt des Lebens und nicht etwa der überschaubare, endgültige Schnitt des Todes, die ihm den Wind aus den Segeln nahmen. Der Aktenschrank hatte keine Rückwand: er reichte geradewegs in die Unendlichkeit. Wenn Ellsworth in eine der vollgepfropften Schubladen griff, griff er an den Rand des Abgrunds und damit an den Rand des Wahnsinns. Zum Zeitpunkt von Winnies Tod waren zwölf Jahre vergangen, seit er wieder ins Städtchen zurückgekehrt war, und sein vierzigster Geburtstag, egal wie er es auch drehen und wenden mochte, starrte ihm unverfroren ins Gesicht. Wahrscheinlich war die beste Zeile im ganzen Nachruf wirklich die, in der er Winnies Tod mit dem eines kleinen Kindes verglich: «Ihr Leben, mit Vierzig kaum erst begonnen, fand, genau wie mißbrauchte Unschuld, ein abruptes und grausames Ende, als ...» Ellsworth entschloß sich, sein altes Romanprojekt hervorzukramen, das er jetzt *Der Künstler und sein Modell* nannte, und wieder mit der Arbeit daran zu beginnen.

Wenige im Ort hatten auch nur die leiseste Ahnung, wovon Ellsworth in diesem Nachruf redete, wenngleich die meisten das Wortgeklingel großartig fanden. Zumindest war das die Meinung von Floyds Frau Edna, die zu Lebzeiten ebenfalls leidlich mit der Verstorbenen klargekommen war. Als Edna und Floyd ins Städtchen gezogen waren, waren Winnie und Stu zu ihren engsten Freunden geworden, eigentlich den einzigen, die sie im ersten Jahr gehabt hatten, da die meisten Leute sie zwar auf christenmenschliche Weise höflich und nett behandelt hatten, aber eher so, wie man heutzutage mit Farbigen umgeht, als wahrhaftig freundlich nach dem Motto «Schaut doch mal vorbei und macht's euch gemütlich»; auch Floyd hatte das gespürt und manchmal gesagt, daß er beinahe Heimweh nach den Motels und Truckstops bekomme. Sie waren gerade in ihr erstes gemietetes Haus eingezogen, alles sah noch ziemlich trist aus – keine Vorhänge vor den Fenstern, aber dafür Mäuse im Backofen –, als Winnie mit dem Auto vorbeikam, um sie zum erstenmal zum Abendessen einzuladen. Abgesehen von einer Cocktailparty bei John zu Hause, wo sie sich eher wie im Knast als wie bei einer Einladung vorgekommen waren und wo ihnen sogar die Serviererinnen das Gefühl vermittelt hatten, sie hätten sich weder Hals noch Hände gewaschen, war dies die erste Einladung seit anno Tobak, letztlich seit damals, als Floyd als Vertreter angefangen hatte und dauernd unterwegs gewesen und in all die Schwierigkeiten geraten war – vor lauter Aufregung stand Edna schon zwei Stunden vor der Einladung fix und fertig angezogen da und mußte alle zehn Minuten auf das klapprige alte Klo mit der verfärbten Porzellanschüssel und der schartigen Holzbrille, wo sie die Tür auflassen mußte, weil es dort drin kein elektrisches Licht gab, und Floyd neckte sie und sagte: «Zum Teufel, er hat meine alte Karre gesehen und will uns bloß ein Auto andrehen, weiter nichts.» Aber auch er war erfreut und ganz aus dem Häuschen. Weil es nämlich egal war, ob das nun stimmte oder nicht. Es bedeutete, daß sie zum erstenmal seit Ewigkeiten an etwas anderem teilhatten als ausschließlich zueinander, was manchmal nicht so schrecklich viel war, um ehrlich zu sein, es fühlte sich fast so an, wie neu geboren zu werden. Und Floyd hatte recht; der Mann versuchte *wirklich*, ihm ein Auto anzudrehen, versuchte es nicht bloß, sondern schaffte es auch, aber nicht, ohne sich darüber lustig zu machen, und dies in altvertrauten Dialektklängen, so daß Edna sich wieder wie zu Hause im Süden fühlte und um ein Haar hätte weinen müssen, weil sie sich so schrecklich verloren und wurzellos vorkam. Stu schenkte sich und Floyd nach dem Essen Whiskey ein, legte eine Platte mit Cajun-Fiedlern auf und gab ein paar Witze zum besten, darunter den über den reichen Texaner, den er angeblich einst gekannt hatte und der so dick gewesen war, daß er nicht in den Sarg gepaßt hatte, bis sie der Leiche ein Klistier verpaßten, woraufhin man den Kerl mitsamt seinen Stiefeln in einen Schuhkarton packen konnte, worauf Edna, die seit ihrer Ankunft im Städtchen an Verstopfung litt (irgendwie störten sie all diese Spiegel in dem Motel), so sehr kichern mußte, daß sie um ein Haar vom Stuhl gekippt wäre, und als der an einem Eiswürfel saugende Floyd einwarf, die Sache höre sich ganz nach dem verdammten Kerl an, für den er arbeite, geriet Edna noch mehr aus der Fassung, du meine Güte, selbst Winnie fiel jetzt ins alberne Gekicher ein, und dann sagte Stu, er solle doch mal ein Produkt der Firma Ford ausprobieren. Floyd zwinkerte Edna zu, die sich eben entschuldigte, um aufs Klo zu gehen, und sagte, er fahre immer nur Autos von General Motors, weil er als alter Soldat Respekt vor höheren Rängen habe, aber na schön, er könne es ja mal mit einem Gebrauchtwagen von Stu versuchen, sagen wir, so um die fünf Jahre alt, und wenn er damit zufrieden sei, könne er damit ja später einen anderen anzahlen. Und so kamen sie zu ihrem Mercury in dem satten Purpurrot. Um die Wahrheit zu sagen, taugte das Ding nicht allzuviel, sie fuhren sowieso kaum damit, die Bremsbeläge waren bald fällig und die Kupplung ebenso, aber sie blieben dabei und kauften alle ihre Autos bei Stu, selbst nachdem die arme Winnie ein paar Jahre darauf bei dem Unfall ums Leben gekommen war; sie hatten den Eindruck, daß sie es dem alten Stu schuldig waren, ungeachtet dessen, daß Stus neue junge Frau sie nicht mehr zu sich nach Hause einlud.

Floyd führte John nun schon seit Jahren den Eisenwarenladen im alten Ortskern, und obwohl er seine Sache gut machte und John einen Batzen Geld damit verdiente – Geld, das er für Autos, Waffen und Flugzeuge ausgab und fraglos auch für Mösen, und seine Frau für Klamotten, Schmuck und die schicke Einrichtung des großen, von John erbauten Ranchhauses der beiden –, hatte Floyd immer das Gefühl, daß John ihn nur duldete. Er hätte schon vor Jahren aus dieser Klitsche auf einen besseren Posten befördert werden sollen, aber es sah so aus, als müsse er wie ein rostiger Nagel für immer dort steckenbleiben. Es war Floyd gewesen, der das alte Museum durch die Einführung des Heimwerkersortimentes total umgekrempelt hatte, doch als John draußen im neuen Einkaufszentrum einen großen Baumarkt für Heimwerker eröffnete, stellte er einen anderen als Geschäftsführer ein und sagte zu Floyd, dem er soeben eigenhändig das Wasser abgegraben hatte, er, John, könne es sich nicht leisten, den alten Laden in der Main Street den Bach runtergehen zu lassen, er brauche ihn dort, damit das Geschäft weiterlaufe. Seither war es ihm durch harte Arbeit, geschickten Einkauf und eine neue Ecke mit Hobbyartikeln irgendwie gelungen, bei plus minus null rauszukommen, wahrscheinlich hauptsächlich deshalb, weil sein Gehalt derart knausrig bemessen war, aber trotzdem hatte ihn John die meiste Zeit drangsaliert. Er platzte unangekündigt zur Tür herein, meckerte wegen der Bausätze für Bücherregale, die nicht gingen, trat ärgerlich gegen irgendwelches Zeug, das in den Gängen herumstand, oder zählte mit finsterem Gesicht die Kasse nach und blaffte ihn dabei an, daß er nicht genug gegen Ladendiebstähle unternehme und wieso zum Teufel die Gartensachen noch nicht draußen vor der Eingangstür stünden, es sei doch schon Ende Februar. Es hatte eine Zeit gegeben, damals, bevor er die Bibel für sich entdeckt hatte, da hätte Floyd einen Mann niedergeschlagen, wenn er ihm so unverschämt gekommen wäre. Das konnte natürlich immer noch passieren. Auge um Auge, Notwehr und all das, er hatte seine Rechte, aber dieser Tage hielt er es eher mit dem Neuen als mit dem Alten Testament. Vielleicht lag es auch gar nicht an der Bibel, vielleicht hatte John etwas an sich, das Floyd zurückhielt. Da war zum Beispiel jener Tag, an dem John ohne jede Erklärung in den Laden gekommen war, eine Axt gepackt und sie mit der flachen Seite gegen einen Wandpfeiler gedroschen hatte. Ohne Resultat, weswegen er wieder und wieder mit voller Kraft ausgeholt hatte, als wolle er den ganzen Laden einreißen, bis zuletzt der Stiel einen Knacks bekommen hatte. Und dann wollte er wissen, wieso zum Teufel Floyd solchen Schund für den Laden einkaufe. Floyd war ziemlich erstaunt gewesen, um nicht zu sagen ein bißchen verschreckt, und wochenlang war er sich richtig bescheuert vorgekommen, bis er eines Tages im Café nebenan zufällig hörte, wie Johns alter Collegekumpel Waldo erzählte, daß John auf einem Jagdausflug versucht hatte, eine Konservendose mit einer dieser Äxte aufzukriegen, und sich von den Jungs eine Menge Spott hatte anhören müssen, als der Stiel brach. Floyd war so sehr darauf erpicht, John zufriedenzustellen, und hatte solchen Schiß vor einem Anpfiff, daß er sich manchmal wie eine gottverdammte Schwuchtel vorkam. Was zum Teil erklärte, warum er Johns Frau begehrte und John Hörner aufsetzen wollte, und er wollte ihm nicht nur

Hörner aufsetzen, sondern seiner verdammten Alten die Möse derart aufreißen, daß der Flachwichser beim nächsten Besuch dort unten, sofern er noch jemals vorbeischaute, merken würde, daß vor ihm schon ein richtiger Mann dagewesen war. Wann immer Floyd sich die Szene ausmalte, war Johns Frau allerdings nie wirklich präsent. Es kam ihm eher so vor, als würde er ein Loch ins Universum dengeln.

Genau das war merkwürdig an Johns Frau: eine Präsenz, die sie zugleich abwesend wirken ließ. Liebenswert und allgegenwärtig, schien sie stets inmitten des Geschehens zu stehen, und doch hätten wenige Bewohner des Städtchens sie auf Nachfrage hin beschreiben können, selbst wenn sie vor ihren Augen vorbeiging, oder gar sagen, was für ein Mensch sie war, und falls sie es doch konnten oder zu können glaubten, hätten sie wohl kaum einen oder gar keinen gefunden, der ihnen zugestimmt hätte. Begehrtes Objekt, schwer faßbares Mysterium, geliebtes Ideal, gehaßte Rivalin, Prinzessin, Heilige und Aktivposten für gesellige Anlässe, Johns Frau rief Meinungen und Empfindungen hervor, die so unterschiedlich und zahlreich ausfielen wie die Einwohner selbst; letztlich konnte man sich nur darauf einigen, daß man es nicht wissen konnte, und selbst das nur unter Vorbehalt, denn manche behaupteten, Johns Frau sei so sehr sie selbst, daß sie schlicht unnahbar sei («unlesbar», wie Lorraine sich gern ausdrückte), andere dagegen meinten, das Problem sei, daß sie keinerlei Persönlichkeit besitze, es also nichts herauszufinden gebe. Selbst Grundlegendes war strittig, ihr Alter, ihre Stimmlage, ihre Konfektions- und Schuhgröße. Ihre Augen beispielsweise. Als eine Frau in New Orleans John eines Abends nach der Augenfarbe seiner Gattin fragte, mußte er passen. Auch Alf, der Johns Frau in- und auswendig kannte, hätte es nicht sagen können, obwohl er es vermutlich irgendwo notiert hatte. Und die beiden waren nicht die einzigen. Otis, der meist wegsah, wenn er mit Johns Frau redete, hätte gesagt, sie habe blaue Augen, wie die Jungfrau Maria, doch Marge hielt sie für braun, wie Schlamm, und Daphne für grün, wie ihre eigenen. Barnaby wußte, welche Farbe ihre Augen hatten, aber er kannte sie als die Augen eines unschuldigen Kindes, das, auf den Knien des Vaters sitzend, zu ihm hochsah, und auch Ellsworth, der sich so deutlich an das kleine Mädchen erinnerte, das er einst wie ein großer Bruder behütet hatte, fiel es bisweilen schwer, die verheiratete Frau zu sehen, die direkt vor ihm stand. Und wirklich hielten die meisten sie für jünger, als sie in Wahrheit war, und von denen, die sie damals auf der Highschool gekannt hatten, fanden manche, sie habe sich seither nicht verändert, obwohl sie längst nicht mehr ihrem Foto im Jahrbuch der Abschlußklasse gleiche (was sie allerdings, wie betont wurde, schon damals nicht getan hatte, das Porträt war eine der seltenen Fehlleistungen des ortsansässigen Fotografen, wie er auch selbst, und zwar einigermaßen verdutzt, eingeräumt hätte). Im Gegensatz dazu fand Clarissa sie steinalt und noch dazu total bescheuert.

Natürlich galt jedermann über achtzehn in Clarissas Augen für steinalt. Sie hatte durchaus ihre Lieblinge unter den Leuten jenseits der Grenzen des Erlaubten – ihren neuen Biologielehrer in der Highschool, Großmutter Opal, den Leadgitarristen der Blue Metal Studs, ihren Daddy (auf dessen Kommando hin, was Clarissa anging, die Sonne auf- und unterging) und besonders Onkel Bruce –, aber ihre Mutter zählte derzeit nicht dazu. Nicht daß sie etwas Konkretes getan hätte, aber sie kam Clarissa einfach dauernd in die Quere, selbst wenn sie nirgends in Sicht war. Oh, Clarissa hatte sie schrecklich gern, man konnte wohl gar nicht anders als seine Mutter schrecklich gern haben, aber das Leben war eben im selben Atemzug unglaublich aufregend und unglaublich langweilig, und ihre Mutter gehörte nun mal zu dem Teil, der die pure Langeweile verkörperte. Ihr wurde schon langweilig, wenn sie nur an ihre Mutter *dachte*. Da sie, ganz wie die wunderschöne Dame aus fernen Landen, nach der man sie benannt hatte, fraglos für ein tragisches Los bestimmt war, wollte Clarissa alles auskosten, ehe es zu spät war, die Welt schien ihr ein ehrfurchteinflößender Jahrmarkt voller unglaublicher Überraschungen, greller Lichter, lauten Geschreis und Gelächters und wilder Achterbahnfahrten, genau wie in einem ihrer Lieblingsvideos, und sie verspürte einen regelrechten Heißhunger danach, der einfach nicht verging, doch sobald ihre Mutter auftauchte oder ihr auch nur in den Sinn kam, verschwand alles, als hätte jemand die Musik abgedreht, und sofort fühlte sie sich gleichzeitig rastlos und unruhig und total ausgelaugt. Mikey hingegen schien ihre Mutter nicht weiter zu kratzen, aber Mikey war anders und sowieso noch ein Baby – er hatte eigentlich erst gestern aufgehört, ins Bett zu pinkeln, und fand es noch immer lustig, sich zu verkleiden und seine blöden Pantomimen zu inszenieren.

Die zweite Hochzeitsreise von Clarissas Eltern ins wunderschöne und weit entfernte Paris hatte ebenfalls voller unglaublicher Überraschungen gesteckt, zu denen nicht zuletzt, wenngleich von beiden unbemerkt, die Empfängnis ihres ersten Kindes nach drei Jahren erfolglosen Bemühens zählte; daher auch der Name ihrer Tochter, ein Tribut an ihre Wunder wirkende Gastgeberin und deren Heiterkeit, Unerschrockenheit und Charme, nicht aber, wie Clarissa sich vielleicht vorgestellt hätte – die Geschehnisse waren Teil ihrer Vorgeschichte und ihr chronologischer Ablauf verworren –, an Marie-Claires augenscheinlichen Hang zu romantischen Tragödien. Die Einladung, drei Jahre zuvor bei der Hochzeit ergangen, hatte dem palastähnlichen Elternhaus in La Muette am Rande des Bois de Boulogne gegolten, und beider erste Überraschung nach der Ankunft war gewesen, daß Marie-Claire sich mittlerweile zur Künstlerin gemausert und mit ihren Eltern «Knatsch» gehabt hatte, wie sie es nannte, die sie, indem sie die schmalen Hände weit von sich warf, sich dann am Hals würgte und die Augen vorquellen ließ, als tyrannisch und bis zum Erstikken großbürgerlich beschrieb, und also war sie von zu Hause fort- und in eine Art Künstlermansarde in einer unverdorbenen Ecke des Quartier Latin gezogen, die über einem algerischen Café, einem Kellerkabarett und gleich neben einem Straßenmarkt lag. Diese Dachkammer – ein einziges Durcheinander von hundert über- und aneinandergestapelten Leinwänden in dem einen großen Raum mit seinen vielen Ecken und Winkeln, wo Skizzen und Zeitungsausschnitte mit Klebeband an die stockfleckigen Wände unter der gewölbten Decke geheftet waren, das Klo hinter dem Kühlschrank und die auf Löwenpranken thronende Badewanne unter dem Fenster neben dem Ausziehbett stand – stellte Marie-

Claire ihnen zur Verfügung, während sie zu Freunden zog, jedoch jeden Tag auftauchte, um ihnen Gesellschaft zu leisten und sie herumzuführen. So gehörte ihnen zehn Tage lang das Herz der Stadt; von der Badewanne aus konnten sie die Türme von Notre-Dame über den Ziegeldächern des alten Stadtviertels sehen, und die Boote auf und die Bücherstände an der Seine waren nur einen Katzensprung von ihrer Haustür entfernt. Auch die Nächte nach den festlichen Abendessen mit Marie-Claire in schönen Brasserien gehörten ihnen ganz allein, und vielleicht lag es am Wein oder am Gefühl von Verwegenheit und Gefahr und Improvisation oder am würzigen Geruch nach Couscous auf der Straße unter ihnen, an der schrillen Musik oder der köstlichen Ortsveränderung, an der Absonderlichkeit, in einer Art von trennwandlosem Vielzweckklo hoch über einer mittelalterlichen Zusammenballung unterschiedlichster Behausungen zu wohnen, die sich beide noch kaum eine Woche zuvor in ihrem schmucken, von Barnaby erbauten Klinkerhaus überhaupt nicht hätten vorstellen können, daß sie so erregt waren, oder wahrscheinlich lag es an alldem *und* der, John mußte es zugeben, erotischen Gegenwart Marie-Claires, die vor allem in dünne Schleier von witwenschwarzer Farbe gewandet war (wenngleich die Schreckensnachricht erst am vorletzten Tag kam), doch egal, was auch immer die Ursache oder die Ursachen gewesen sein mochten, John lief die ganze Zeit so scharf wie eine Rakete durch die Gegend, ein wahrer Dauerständer auf zwei Beinen, der sich bei jeder Gelegenheit in den süßen weichen Sattel schwang, und das mit solcher Energie und solchem Ungestüm, daß es ihn an seine Zeit als Sportler an der Highschool erinnerte. Und Clarissa – deren Augen wie die Johns grau waren und somit keinerlei Hinweis auf die umstrittene Augenfarbe ihrer Mutter gaben – war das Ergebnis dieses glorreich bohemienhaften Abenteuers. Jedenfalls eines davon.

Die Augenfarbe schien er sich nicht notiert zu haben, aber was das strittige Alter von Clarissas Mutter betraf, konnte Trevor, der Steuerberater und Buchhalter, es bis auf den Tag genau angeben, er kannte auch alle Details ihres beruflichen und medizinischen Werdegangs sowie auch diejenigen ihrer meisten Verwandten.

Und dennoch, als verwehre die derart gründliche Kenntnis dieser Dinge nur desto mehr den Einblick in alles übrige, hatte Trevor, wenn er über Johns Frau nachzudenken versuchte, nur einen abstrakten Punkt auf der abstrakten Koordinatenkurve seiner versicherungsmathematischen Tabelle vor Augen. Natürlich verkörperte die Mehrzahl der Leute im Städtchen in Trevors Phantasie ähnlich konturlose Punktwerte, aber weder derart ausschließlich noch derart, nun ja, flatterhaft und ähnlich geneigt zu wandern. Im Bewußtsein, daß seine Neigung, alle Lebensgeschichten auf statistische Daten zu reduzieren, letztlich ein Charakterfehler und darüber hinaus einer war, der die Leute vor den Kopf stoßen könnte, fuhr Trevor immer mit dem festen Vorsatz los – sagen wir zu einem geselligen Abend im Golfclub –, Johns Frau als einen Mitmenschen zu begrüßen und vielleicht mit der ihm eigenen Zurückhaltung und Vorsicht die eine oder andere Bemerkung über ihr Kostüm oder ihre beneidenswerte Gesundheit fallenzulassen, wobei er sich auf irgendeine Einzelheit ihrer Person konzentrieren würde, an die er sich später als einzig ihr zugehörig erinnern könnte. Seine Schüchternheit begrenzte diese wache Aufmerksamkeit allerdings auf ihren Kopfbereich, vielleicht auf ihre Nase, ihr Ohr und den Ring darin, ihren Hals, wenn er richtig wagemutig war, aber egal, wie sehr er sie fixierte, ihr Bild blieb einfach nicht haften. Zu Hause zog er dann all seine Diagramme hervor und suchte nach sorgfältigen Berechnungen den Koordinatenpunkt von Johns Frau aus der versicherungsmathematischen Kurve heraus, das einzige, was ihm nach all seinen Anstrengungen geblieben war, nur um – unvermeidlich – festzustellen, daß er sich wieder einmal verschoben hatte. Als ob sein Gaffen ihre Lebenserwartung verändert hätte oder zumindest die, die er ihr zuschrieb. Diese Unbestimmtheit war unerklärlich. Johns Frau mochte unbegreiflich sein, doch sie war auch unveränderlich, nichts weniger als das Paradebeispiel für Beständigkeit, zumindest in diesem Städtchen. Sie war, was sie war, und dies immerzu. Was also hatte es zu bedeuten, daß er die Fixierte nicht fixieren konnte? Trevor kam es so vor, als habe er einen sonst aller Welt verwehrten Einblick in etwas werfen dürfen, aber er wußte nicht, in was. Nur daß es, was immer es sein mochte, nun ja, beunruhigend war. Er hatte vage versucht, darüber mit seiner Frau Marge zu sprechen, die Johns Frau von klein auf kannte, und unversehens hatte er weitschweifig über das vorzeitige Ableben ihrer Mutter Audrey und dessen mögliche Bedeutung, über die relativen statistischen Risiken für attraktive beziehungsweise unattraktive Frauen, über den Reichtum als lebensverlängernden beziehungsweise -verkürzenden Faktor und über die Gefahren eines Lebens im Zentrum der gesellschaftlichen Aufmerksamkeit zu schwafeln begonnen, was alles nicht so recht das Thema traf, bis Marge ihm zuletzt ins Wort gefallen war: «Ach was, mit der ist schon alles in Ordnung. Aber was hältst du eigentlich von John?» – «Von John?»

Was Trevor von John hielt, konnte er bei dieser Gelegenheit nicht sagen, was John hingegen von seiner Klassenkameradin Marge hielt, lief darauf hinaus, daß sie ein aufdringliches Pferdegesicht von einer Unruhestifterin war, eine unberechenbare Provokateurin, kalt und schmierig wie Dosenthunfisch. Er bewunderte ihren sportlichen Ehrgeiz, besonders auf dem Golfplatz, sie war jahraus, jahrein die Nummer eins der Frauen, aber sie war viel zu ungeduldig, als daß es Spaß gemacht hätte, mit ihr zu spielen, stapfte auf ihren langen Beinen allen anderen Mitspielern weit voraus den Fairway entlang, den Kopf nach vorn gereckt, und wurde fuchsteufelswild, wenn jemand unnötig Zeit vergeudete, was für die meisten Golfer ja das Wichtigste an der ganzen Sache war. Sie brachte eine Menge Leute auf die Palme, hatte es von Kind an getan. Waldo, der Chef von Johns Farben- und Tapetenhandel und die unnötige Zeitvergeudung in Person, verachtete sie und nannte sie, wenngleich nur selten in ihrer Gegenwart, «Dragonerin Marge» oder «Feldwebel Marge» oder «Herrn Marge», und wenn die Rede auf ihren etepeteten Mann Trevor (den Waldo den Trivialen nannte) im Leinenanzug kam, stellte er gern fest, daß der «den Finger im Deich von Lesbos» hätte. Eines Abends im Golfclub sagte Waldo vor allen Leuten zu Kevin, dem Barkeeper, er solle ihm bloß ja keinen von diesen eckigen Eisklumpen mit dem Loch unten drin in den Drink geben, von der Sorte habe er heute schon mehr als genug gehabt. Marge hatte ihn an jenem Nachmittag wieder einmal bei einem gemischten Viererflight um Längen geschlagen und jedesmal verächtlich geschnaubt, wenn Waldo einen Annäherungsschlag falsch kalkulierte oder beim Putten Mist baute, und am sechzehnten Loch hatte sie ihn, nachdem er es trotz dreier wuchtiger, aber vergeblicher Schläge nicht geschafft hatte, aus dem Sandbunker herauszukommen, gefragt, ob sie ihm Eimerchen und Schäufelchen bringen solle. Sein Witz mit dem Eisklumpen später in der Bar des Golfclubs hatte ihm zwar ein paar Lacher eingebracht, ihn aber zugleich den ganzen geselligen Abend gekostet, weil seine Frau Lollie daraufhin unverzüglich ihre übliche «Das Großmaul Waldo nach Hause verfrachten»-Nummer abspulte. John teilte Waldos Gefühle, hielt sich aber bedeckter, es sei denn, Marge mischte sich in seine Bauvorhaben ein. Immerhin war sie die Freundin seiner Frau, und mehr als das: Sie verstand sich darauf, die Leute zu mobilisieren, stand fast jedem Club und Wohltätigkeitsprojekt im Städtchen vor und sammelte stets für diesen oder jenen beknackten Zweck; sie war eine Frau, der keine Aufgabe zu abschreckend, kein Stadtviertel zu unheimlich gewesen wäre und die beim Anklopfen für die gute Sache keine Tür ausließ; sollte er jemals für einen Sitz im Kongreß kandidieren, würde sie ihm nützlich sein.

Obwohl solch eine Allianz trotz all der Kriege, die beide vom Sandkastenalter an gegeneinander ausgefochten hatten, hätte ausgehandelt werden können, tat Johns gezwungene Höflichkeit Marge mehr weh als jeder fiese Hieb, den irgendein blöder Verkaufsfritze austeilen mochte. Sie fühlte sich von John mißverstanden, wenngleich sie das nicht weiter überraschte, da Johns Menschenkenntnis sich an rein pragmatischen Kriterien ausrichtete und ungefähr so subtil war wie sein Frauengeschmack, der sich, soviel sie mitbekam, auf großbusige Partygirls und ehrgeizige, Kaugummi kauende Fickmiezen beschränkte. Sie bedauerte seine Frau, mit der sie seit der Grundschule befreundet war, empfand aber auch Zorn auf sie, weil sie sich so schamlos ausnützen ließ und Johns Lebensführung so wenig hinterfragte, wodurch sie seine Macht nur noch betonte, statt sie zu hinterfragen und zu formen, damit John sie zu etwas Gutem einsetzte und nicht das Städtchen damit verhunzte. Marge wurde das Gefühl nicht los, daß ihre eigenen weiblichen Vorzüge bei solcher Einfallslosigkeit verschwendet waren, doch was konnte sie schon groß tun? Sie kam John bestenfalls über seine Frau nahe, es sei denn, sie zettelte Streit mit ihm an. Obwohl sie gut einen Kopf größer gewesen war als die meisten der Jungs auf der Highschool des Städtchens, die in diesem Alter noch wie Zwerge aussahen, galt sie auf dem College nur noch als hochgewachsen, eine hübsche, magere Blondine, wie sie sich selbst sah, die Beine vielleicht ein bißchen lang geraten, der Hintern ein bißchen flach, die Hüften ein bißchen breit und die Brust ein bißchen knöchern, aber kerngesund und flott, aufgeweckt, aktiv, politisch engagiert an einer Uni, an der die wenigsten Frauen sich für Politik interessierten, eine junge Frau, die sich wahnsinnig gern mit Leuten unterhielt – es hätten sich eigentlich mehr Kerle für sie interessieren müssen. Aber irgendwie fanden die Männer nichts an ihr. Sie wußte auch, warum. Sie fühlten sich bedroht. Es lag an Marges Energie, aber sie konnte sie nicht auf Kommando ausschalten, drum war diese Quirligkeit auch eine ihrer Schwächen. Nur Trevor fand ein bißchen was an ihr, allerdings so schrecklich viel nun auch wieder nicht.

Waldos Frau Lorraine hatte eine Theorie, was Marge betraf. Marge war vielleicht ihre engste Freundin im Städtchen, und das trotz Waldos permanenten Störmanövern und Marges herrischem Gehabe. Die beiden spielten zusammen Golf und Tennis, Lorraine war Mitglied in den zahlreichen Komitees, denen Marge vorstand, setzte sich für deren Anliegen ein, besuchte die Mitgliederversammlungen, brachte mit Marges Hilfe auch ihren Marihuanakonsum unter Kontrolle und hörte sich mitfühlend Marges herbe Ansichten über die Männer an; die beiden hatten viel gemeinsam, und Lorraine glaubte, Marge gut zu kennen. Sie wußte, was Marge ein wenig auftauen ließ, was sie langweilte, was sie stinkwütend machte. Sie konnte sogar fast auf die Stunde genau sagen, wann bei Marge die Monatsblutung einsetzte, obwohl das letztlich fast jeder konnte, da Marge so urgewaltig und urplötzlich menstruierte wie eine wildgewordene Stute. Auch beim Essen und Trinken sah es ähnlich aus, jäher Heißhunger überfiel sie wie ein Faustschlag in den Magen, vor Durst blieb ihr die Stimme weg, und ihre Hand zitterte, wenn sie zum Eistee griff. Marge und Lorraine hatten sich an der State University kennengelernt, waren dort aber nicht wirklich befreundet gewesen. Lollie hatte damals, nachdem sie Marge bei der Wahl zur Vorsitzenden des Pep Club unterlegen war, ohne auf den Protest vieler ihrer Sororityschwestern zu achten, das linkische Mädel als Kandidatin für ihre Sorority anzuwerben versucht, doch Marge hatte ihr prompt einen Korb gegeben und ihr gesagt, was sie von diesen studentischen Selbstverdummungsverbindungen, wie sie sie nannte, hielt, worauf sich die beiden heftig in die Haare geraten waren. Danach hatte die verärgerte, eingeschnappte Lorraine Marges Winken und Hallorufe ignoriert, bis Marge, die als AStA-Vorsitzende gegen das Mitglied einer Bruderschaft kandidierte, zu ihr gekommen war, um die Unterstützung der Sorority zu erbitten. Die sie auch bekommen hatte, obwohl zunächst alles dagegen sprach, und so gewann sie auch die Bewunderung von Lollie zurück, die inzwischen selbst nicht mehr sonderlich viel von Burschenschaftlern hielt. Doch die echte Freundschaft zwischen ihnen, ein gewisser Trost für Lorraine, hatte erst begonnen, als das Schicksal sie in dieses gottverlassene Kaff verschlug. Ohne Marge wäre sie hier durchgedreht, und vielleicht verhielt es sich umgekehrt ebenso. Also, Lorraine kannte ihre Freundin gut. Und ihre Theorie über sie lief darauf hinaus, daß Marge, obwohl hinter ihrer harten Schale eine sinnliche Frau schlummerte und obwohl sie lange Jahre mit Trevor verheiratet war und in einem fort kesse Reden schwang, noch immer Jungfrau war.

Der Abend, als Lorraine Waldo gewaltsam aus dem Golfclub nach Hause verfrachtete, weil er die Dragonerin Marge mit seiner Zote vom vereisten Loch beleidigt hatte, war weder der erste noch der letzte gewesen, an dem sie ihn beim Kragen packte und wie einen Pantoffelhelden aussehen ließ, aber obwohl ihm das auf den Keks ging und ihm Lust machte, das Weite zu suchen und die häßliche, verklemmte Dose nie wiederzusehen, wußte er, daß er ohne sie nicht klargekommen wäre. Sie verwaltete die Finanzen, brachte das Essen auf den Tisch, hielt das Haus in Ordnung und die Autos am Laufen, kümmerte sich um die Kinder, bügelte aus, was er verbockt hatte, und stand auch seine selbstmörderischen Sauftouren durch; auf ihre Art war sie eine gottverdammte Heilige. Aber wie die meisten Heiligen trieb sie den Leuten bei allem und jedem den Spaß an der Freude aus. Und was zum Henker blieb einem denn sonst? Nur gut, daß sie nicht mit dabeigewesen war, als er zum erstenmal ins Städtchen gekommen war, um bei Johns Hochzeit den Zeremonienmeister zu spielen. Da waren er und Lollie bereits mehr oder weniger verlobt gewesen, weil das Miteinander-Vögeln in diesen bornierten alten Zeiten das stillschweigend voraussetzte, aber er war allein losgefahren, weil er wußte, daß alle seine Bundesbrüder anwesend sein würden, und weil er diese Freiheit auch gebührend genießen wollte. Außerdem hatte Lorraine sich nie viel aus John gemacht. Es war nur eine Wochenendtour, aber Scheiße, Mann, was für ein Hammer von einer Fete. Soweit er sich daran erinnern konnte. Eine Art großartiges Lebewohl auf den Dauerdusel der gemeinsamen Burschenherrlichzeit. Sie hatten sich alle am Tag vor der Hochzeit im Pioneer Hotel getroffen. Ein majestätischer alter Laden, eine wahre Pracht aus poliertem Holz, geschliffenem Glas und funkelnden Kristallleuchtern, jetzt abgerissen, ein Stück Geschichte. Der lange Bartresen in der Cocktaillounge «Old Wagon Wheel» war aus alten, wettergegerbten Eisenbahnschwellen geschreinert, das verdammt noch mal schönste Möbelstück, das Waldo je zu Gesicht bekommen hatte. Heute hatte Dutch den Tresen draußen in der Bar seines Motels, «Getaway» benannt, aber er sah dort nicht mehr so gut aus, stand zurechtgesägt und eingezwängt. Waldo war damals hereinspaziert, hatte sich am Tresen aufgebaut wie der Schloßherr selbst und eine Flasche des zum Henker noch mal allerbesten Sourmash-Whiskeys geordert, den man im Hause feilbot, worauf die Fete losgegangen war. Gegen Mittag war der Laden proppenvoll. Die Freunde von Braut- und Bräutigamvater aus Politik und Geschäftswelt waren ebenfalls zugegen, eine ältere Generation, aber noch gut drauf; sie schienen einen Heidenspaß daran zu haben, mit den College-Jungs herumzualbern, und sorgten dafür, daß die Festivität ins rechte Fahrwasser kam. Essen wurde aufgefahren, aber er konnte sich nicht daran erinnern, ob er zugelangt hatte oder nicht, egal, er fühlte sich bestens, jung und stark und bereit zu allem, was da kommen mochte. Und auch reichlich kam. Doch zunächst zogen sie los auf eine Runde Golf, packten sich Flaschen in die Golftaschen und Eis und Softdrinks in die Wagen, und obwohl er sich verschwommen daran zu erinnern meinte, reichlich im Rough herumgeholzt zu haben, erreichte er zuletzt eine ziemlich annehmbare Gesamtpunktzahl und knöpften sie den alten Herren eine Stange ab; vielleicht hatte auch jemand dran gedreht. Danach folgte die Generalprobe der Hochzeitsfeier, die jede Menge Lacher brachte, schließlich ein üppiges Festmahl im Hotel, wo Spaßvogel Birne bei den Trinksprüchen seine berühmte Nummer mit dem offenen Hosenstall abzog, und endlich begann die eigentliche Party. Organisiert vom guten Dutch. Vielleicht die allerbeste Sause, an der Waldo je teilgenommen hatte. Oder vielleicht auch nicht, jedenfalls hatte er seither nichts Vergleichbares erlebt, das war so sicher wie die Hölle. Es war wie im Theater gewesen, jeder neue Akt besser als der davor. Der Schlußpunkt im Morgengrauen war, daß er und Harvie mit der Meterlatte sowie Lüstling Bruce, der noch verbliebene Rest der Schmutzigen Sechs, der Braut im Vorgarten des alten Barnaby ein Ständchen gesungen hatten wie kriegsmüde, aber triumphierende Hähne, die die beschissene Sonne emporkrähen. Wunderbar! Um Himmels willen, wo war die ganze Herrlichkeit bloß geblieben?

Daphne, die Brautjungfer bei jener denkwürdigen Hochzeit, war nach dem Probefestmahl ebenfalls frei verfügbar gewesen und auch bereit zu allem, was da kommen mochte, offene Hosenställe nicht ausgenommen, doch sie hatte an jenem Abend weniger Glück gehabt als Waldo. Die Jungs, so machte es den Anschein, hatten anderes vor. Man hatte die Brautjungfer – kraft der Hochzeitsetikette, aber auch, so glaubte sie, als eine Art Abschiedsgeschenk von John – dem Trauzeugen beigesellt, einem hübschen Burschen namens Bruce aus Johns Burschenschaft, offensichtlich bereits tüchtig angesoffen, doch gleichwohl ein ganz und gar tröstlicher Trostpreis, wenn er nur an sie gegangen wäre. Aber der knackige Bruce, so höflich und aufmerksam er auch war, hatte sich eine andere ausgeguckt. Daphne war die engste und älteste Freundin der Braut, sie wußte absolut alles über sie oder hatte das wenigstens angenommen, und doch kapierte sie nie, wo zum Teufel diese ominöse Brieffreundin aus Frankreich hergekommen war. Wahrscheinlich hatten die zwei sich sich auf einer dieser Reisen kennengelernt, auf die Audrey, der schon immer jede Menge hochtrabender Unternehmungen zur Förderung der Bildung und Weltläufigkeit ihrer Tochter im Kopf herumschwirrten, sie mitgenommen hatte. Doch was und woher auch immer, Marie-Claire war tatsächlich so etwas wie eine Erscheinung aus anderen Sphären, die Jungs knallten voll durch, allen voran Trauzeuge und Traumtänzer Bruce, als hätten sie noch nie in ihrem Leben ein Mädel gesehen. Löckchen, Babyzähne und riesige dunkle Augen – klar war sie niedlich, aber so niedlich nun auch wieder nicht. Vielleicht lag es an ihrem gottverdammten Akzent. Vielleicht kannte sie auch ein paar französische Tricks, die amerikanische Mädels nicht draufhatten. Am späteren Abend entschlossen sich Daphne, Ronnie und ein paar andere Mädels, nachdem sie von den Jungs schmählich im Stich gelassen worden waren und sich miteinander langweilten, der Hengstparty in der Country Tavern einen ungebetenen Besuch abzustatten oder doch zumindest mal ein Auge zu riskieren und zu sehen, was sich die ungeselligen Arschlöcher für widerliche Sauereien ausgedacht hatten. Die Szene war ziemlich deprimierend: In einem schummrigen Eck flimmerte ein Porno unbeachtet vor sich hin, rund ein Dutzend abgeschlaffte Trantüten spielten Karten oder Pool oder kippten sich mit mürrischer Miene am Tresen frischen Sprit in ihre Suffköpfe, einer von Daphnes Exfreunden schnarchte sternhagelvoll in einer Ecke und hatte nichts weiter an als einen Aschenbecher über dem Gemächte, traurige Liedchen leierten auf der uralten Jukebox. Was für eine Party. Daphne wäre am liebsten reinspaziert und hätte den Jungs Feuer unterm Arsch gemacht, für frischen Wind gesorgt, doch weder Bruce noch John waren da, der Haufen hier war fix und fertig, da war nichts mehr zu wollen. Sie war sich ziemlich sicher, daß der Rest der Jungs mit der Brieffreundin unterwegs war – die Augen sollte man der Hexe auskratzen.

Der bei Johns Hochzeit offiziell für die aus Frankreich angereiste Brautjungfer vorgesehene Freund des Bräutigams (obwohl auch er in besagter Nacht, als Daphne und ihre Freundinnen kurz mal vorbeigeschaut hatten, weder in der Country Tavern gewesen war noch Marie-Claire Gesellschaft geleistet hatte) war Harvard, der älteste Sohn von Oxford, dem Apotheker, und dessen Frau Kate, der Bibliothekarin, der Bruder von Yale, Columbia und Cornell und in der Familie unter dem Namen Harvie geführt, von seinen näheren Freunden – zu denen auch John zählte, der in der Abschlußklasse der Highschool mit ihm gemeinsam Kapitän der Leichtathletikmannschaft gewesen war – allerdings Harvie mit der Meterlatte genannt. Harvard, ein scheuer, sanfter und pflichtbewußter Bursche, ein guter Sportler ungeachtet dessen, was Coach Snuffy sein «Handikap» nannte («Mach dir 'nen Knoten in das fiese Ding, mein Junge, bevor du's dir beim Hürdenlauf anhaust und du das Turngerät kaputtmachst!»), und der Stolz jeder Turnhallendusche, aber leider nicht der Intelligenzbolzen, den sich sein Vater erhofft hatte, studierte zum Zeitpunkt der Hochzeit an einem Surfer-College an der Westküste Chemie und machte wenig Anstalten, in nächster Zeit oder überhaupt irgendwann sein Examen abzulegen. Allerdings war er experimentierfreudig, was bei Naturwissenschaftlern ja gut ankommt und in der letzten Nacht, die sein Freund John als Junggeselle verbrachte, auf spektakuläre Weise zum Gelingen der Festlichkeiten beitrug, Festlichkeiten, die zur Offenbarung reiften, als Meterlatte, Verstand und Seele zusammenkamen und kamen und kamen und Harvies Leben für immer veränderten, wobei Johns Hintern ein deftiges Mal abbekam. Man könnte also behaupten, daß Harvie, anders als die meisten Bewohner des Städtchens, sich sein Schicksal selbst erschuf, als hielte er sich an den Merkspruch auf dem alten Kalender im Drugstore seines Vaters: «Ein besseres Leben dank der Chemie.» Jahre später, als er zur Beerdigung seiner Mutter, der zuliebe er einen Anzug statt eines Kleides angezogen hatte, wieder in die Heimat reiste, sagte er zu seinem jüngeren

Bruder Cornell, daß es «dort draußen» ganz einerlei sei, was man besitze, und nur zähle, wie man es benutze. In einem Städtchen wie diesem hier sei jedermann andauernd mit dem Maßband unterwegs. Dort draußen gebe es einfach zu viele Menschen, da sei es unsinnig, das Maßband anlegen zu wollen. Dieser großherzige Rat war zum Trost und zur Ermunterung des kleinen Corny gedacht, doch ging er vermutlich ins Leere.

Seinerzeit studierte Harvies kleiner Bruder Biologie an der State University, keiner besonders angesehenen Hochschule, doch inzwischen war er das einzige Familienmitglied, das noch studierte, weil Harvies und Cornys Schwester Columbia ihr Studium unterbrochen hatte, um der krebskranken Mutter in ihren letzten Monaten beizustehen, und jetzt sah es ganz so aus, als werde Columbia, die inzwischen als Arzthelferin arbeitete, nie mehr an die Uni zurückkehren. Auch Cornell sollte nicht mehr lange durchhalten. In der Tat besuchte er, obwohl er nach der Beerdigung seiner Mutter ans College zurückgegangen war, nie wieder ein Seminar, egal wie sehr sein Vater flehte, schimpfte, rechtete und weinte. Corny wurde zu einem abgerissenen, ungepflegten Dauergast im Zentralgeviert des Campus, berühmt nur für sein einsilbiges Gemaunze, seine Triefnase und seine fleckige Hose, die beinahe so etwas wie eine Campuslegende darstellte und zu diversen Vergleichen einlud – mit der Luftaufnahme eines Schießplatzes, mit einem Klacks eingetrockneter Bratensauce, mit der Heimstatt der Verdammten, mit einer schichtverleimten Farbmusterpalette von Samenergüssen, mit dem Lappen zum Abwischen der Mensatabletts (seinerseits als «Omas Windel» bekannt), mit Flocculus Rex, mit einem Hexenring von Giftbovisten, mit dem Chitinscutum eines unaussprechlich unmenschlichen Wesens (vielleicht ein außerirdischer Bewohner jener gespenstischen Zone zwischen den Schenkeln oder der durchgedrehte Wirt selbst), mit einem zertrampelten Kuhfladen, mit der Milchstraße, mit einem spermatozoischen Armageddon sowie schlicht mit einem Pariser mit Reißverschluß. Armer, ungewaschener, waschmaschinenloser Corny, der nach Paris gereist war, um ein Mann zu werden, und dort etwas gesehen hatte, das ihm die Mannbarkeit als Ziel vermieste und die Kindheit als Rückzugsort verschloß. «Ssieh misch aus», hatte sie gesagt, und dann, als er es in magischer Verzückung getan hatte (er mußte dabei an eine Folge einer vierbändigen, äußerst sonderbaren Comicserie denken, die bald darauf eingestellt werden sollte und die er bei sich zu Hause im Regal stehen hatte), sagte sie: «Merci, mon petit! Jetz lauf runtär in die Laden und bring uns ein Flaschä Beaujolais nouveau, und dann wir machen l'amour nouveau, das neue wahre Liebe von die Erzen und die Blut!» Junge, Junge. Das klang verheißungsvoll. Er sauste los, während sie mit aufgerissenen, sehnsüchtig verzückten Augen dastand, beide Hände zwischen die gespreizten schlanken Schenkel schob und das dunkle Dreieck knetete und drückte, als wolle sie das Ding darunter herausreißen und ihm überreichen; dann hastete er die vier Stockwerke hinunter und hinaus auf die nach Gewürzen riechende Straße, während ihm das Herz in der Brust zappelte wie eine Motte im Marmeladenglas und sich bereits klebrige Explosionen auf seine dünnen Oberschenkel ergossen. Mit seinem ungelenken Highschool-Französisch brauchte er, von Laden zu Laden, von Kneipe zu Kneipe rennend, eine ganze Weile, ehe er mitbekam, daß die Aussicht, am Abend der Sommersonnenwende irgendwo Beaujolais nouveau aufzutreiben, nicht allzugroß war. Tja. Als ihm die Wahrheit aufging, hielt er inne und starrte den vor ihm stehenden Lebensmittelverkäufer mit dem dunklen Teint und dem Rattengesicht ausdruckslos an. Solch herzloses Gehänseltwerden war nichts Neues für Corny. Gewöhnlich wandte er sich dann einfach ab und zog Leine. Doch wohin sollte er sich wenden in diesem Alptraum von Großstadt, so weit von zu Hause entfernt? Der feixende Ladenbesitzer schien ihm in seiner bedrohlich klingenden Fremdsprache einen anderen Wein zu empfehlen, der das Wort «Liebe» im Namen trug. Das verwirrte Corny, und er errötete, kaufte hastig die Flasche und verspürte jähes Heimweh nach seiner Freundin Pauline und seinen getreuen Spielen und Spielzeugen, die ihn nie im Stich ließen, machte dann kehrt und ging zurück zu Marie-Claires Atelierwohnung, neue Erniedrigungen fürchtend und dennoch schwache Hoffnungen auf eine angenehme Überraschung am Leben erhaltend – wieso denn nicht?, wie sein Vater zu sagen pflegte, es spricht doch alles dafür.

Pauline hatte mit Corny geschlafen, kurz bevor er nach Paris abgereist war, aber sie hatte auch Marie-Claires Verlobtem Yale und Harvie beigewohnt, jedem zu seiner Zeit. Alle Mädchen waren begeistert von Yales Schwengel, er paßte einfach haargenau, während die Dinger seiner Brüder eher etwas waren, das man in einer Kuriositätenshow auf dem Rummel zu sehen bekommen mochte, und zwar jeweils aus entgegengesetzten Gründen. Harvards Ding war im ganzen Städtchen bekannt, eine Riesenlatte, gespenstisch weiß, beinah zum Gruseln, weil sich jede Vene deutlich darauf abzeichnete, fast wie beim Unsichtbaren Mann. Drum nannten alle Jugendlichen Harvard auch den Mann mit der Meterlatte, was nicht etwa aus Längegründen ironisch gemeint war, sondern weil sie fast immer schlaff, bestenfalls halbsteif herunterhing – bis zu der Hengstparty vor Johns Hochzeit, bei der auch Pauline zugegen war. Im Gegensatz dazu sah Cornys Ding wie ein winziges Zweiglein aus, unter dem ein einziger Hoden hing, nicht größer als eine Glasmurmel im Schulhof, aber obwohl das Ding nicht wie ein richtiger Schwengel aussah, sondern eher wie ein Spielzeugschwanz aus Plastik, stand es stets stramm habacht und schoß in einer Tour Salut, wovon Cornys Hosen selbst schon damals in der Highschool zeugten, als seine Mutter noch lebte und ihm die Wäsche wusch. Eines Abends, nach neun oder zehn Quickies, hatte Pauline ihn angefleht, endlich aufzuhören, damit er sich nicht weh tat, und Corny hatte sie nur verwundert angeschaut, ihre Hand an die Eichel geführt und erneut losgespritzt. Und dann – flupp! – noch einmal, und jedesmal war das Sperma bis weit über Paulines Hüfte hochgeschossen. Am besten gefiel es Cornell, wenn sie unter ihrem Oberschenkel hindurchfaßte und, sofern sie ihn fand, seinen Hoden drückte, während er, manchmal drei- oder viermal rasch hintereinander, beinahe wie bei einem Schluckauf, seinen Samen in sie ergoß beziehungsweise, genauer gesagt, in einen der Pariser, die er im Drugstore seines Vaters gemopst hatte. Diese Pariser blieben selbstverständlich nicht auf Corny drauf, Pauline benutzte sie wie eine Art Innenfutter. Wenn sie die Dinger reinschob, kam sie sich immer ziemlich bescheuert vor, aber das fruchtbare Gretchen bewies später, wie gut Pauline damit beraten gewesen war, und außerdem störte es sie nicht im geringsten, wenn sie sich bei Sachen, die mit Mädels und Jungs zu tun hatten, bescheuert vorkam. Nach diesem Sommer sah bei Pauline und Corny alles ganz anders aus, und es sollten viele Jahre ins Land gehen, ehe sie wieder gute Freunde wurden, obwohl ihnen dies, als es geschah, völlig selbstverständlich vorkam, was inzwischen längst nichts anderes mehr tat. Trotzdem vergaß Pauline nie, wie sie und Corny sich in jenem Sommer zum letztenmal gesehen hatten. Es war am Abend gewesen, bevor Pauline sich auf den Weg in Gordons Atelier machte, um ihn zu bitten, Herrenmagazinfotos von ihr zu machen. Cornell war zu ihr in den Wohnwagen gekommen, und die Tränen liefen ihm über die glatten, rosigen Wangen, als er ihr erzählte, daß er nach Paris fahren und sie nicht so bald wiedersehen würde. «Ich liebe dich», stotterte er und schoß ihr einen Riesenflatscher auf die Jeans. Das hatte noch keiner zu Pauline gesagt, und so bald würde sie es auch nicht mehr zu hören bekommen, drum war sie bestürzt und merkwürdigerweise auch ein bißchen traurig. Sie mußte bei diesen Worten an ihre Schwester denken, die, wie Daddy Duwayne damals mit auf die Schuhspitzen gesenktem Blick gesagt hatte, weggelaufen war, um ihre Mutter zu suchen.

«Ich liebe dich»: Manchen ging das leicht über die Lippen (Daphne etwa so beiläufig wie ein Fluch), vielen schwer, zum Beispiel Otis, Snuffy, Marge und Mitch, während es für andere – etwa John – gänzlich belanglos war, nichts als ein Kniff, der in Liedern und Filmen als eine Art funktionaler Code diente und bisweilen in Johns Witzen über den Liebenden als Narren zum Einsatz kam, wenngleich nur selten als Pointe. Wenn sein Bundesbruder Waldo, der fleischgewordene Liebende als Narr, «ich liebe dich» sagte, war das kein Witz, er meinte es aufrichtig, egal, mit wem er gerade zusammen war, selbst wenn er die Betreffende beim Losspiel im Dunkeln gewonnen hatte, denn so war die Liebe eben, blind und kurzlebig und so weiter. Lorraine hatte schon oft gehört, wie Waldo diesen Satz sagte, manchmal sogar zu ihr, und sie wußte, daß er ihn ernst meinte und daß der Satz trotzdem bedeutungslos war, während sie selbst ihn nur ein einziges Mal über die Lippen gebracht hatte und fortan nie wieder. So war es eben oft: Wenn man ihn zu lange nicht aussprach, beschwerte er einem die Zunge wie Blei. Als Harriet im Sommer, als Corny nach Paris reiste, im Sterben lag, wurde ihrem Mann Alf, der trauernd an ihrem Bett saß, bewußt, daß er ihn schon seit dem Krieg nicht mehr ausgesprochen hatte. Damals war er passend erschienen, jetzt weniger, und doch fand Alf einen Weg, ihn vor Harriets Tod noch einmal auszusprechen und ihr damit, wie er spürte, eine Freude zu machen, indem er ihn, genau wie John, in eine Geschichte einbettete: «He, weißt du noch, damals ...?» Johns Mutter Opal, der wie Alf die Worte irgendwo abhanden gekommen waren, fand sie wieder, als ihre Enkel geboren wurden, doch plötzlich entdeckte sie in der Wendung eine herzzerreißende Trauer, die ihr vorher nie aufgefallen war. Als sie das bei Harriets Beerdigung, also kurz nach Clarissas Geburt, ihrer Freundin Kate erzählte, hatte die geantwortet: «Das Gefühl der Trauer um uns selbst macht doch die Liebe zu anderen überhaupt erst möglich. Und wiederum traurig. Die weise Liebe liebt nur das Unveränderliche. Aber nur das Unveränderliche und Ewige zu lieben, Opal, heißt, mit kaltem Herzen zu lieben.» Freilich hatte die warmherzige Veronica einst nicht gerade einem Ausbund des Ewigen ihre Liebe geschworen, obwohl John zwei alias der zweite Johannes sich nicht groß verändert hatte, seit sie den Satz zum erstenmal ausgesprochen hatte; und daß Trauer allemal dazugehörte, dem hätte sie rasch zugestimmt. Clarissa, mittlerweile so gut wie erwachsen, aber noch nicht im Bilde darüber, was Trauer ist, hatte den Satz wieder und wieder geübt, mußte jedoch noch den rechten Augenblick für seinen Einsatz finden, wenngleich sie schon ein Zielobjekt vor Augen hatte. Sie und ihre Freundin Jennifer stritten sich oft darüber, wann wohl der richtige Moment dafür gekommen sei, davor oder danach, wobei Clarissa die Worte gewöhnlich als Absichtserklärung verstanden wissen wollte, andernfalls seien sie nur eine reichlich verquere Art, danke zu sagen, während Jen gern gewußt hätte, wie man sich denn vorher wirklich *sicher* sein konnte, ob es also nicht eher so etwas wie eine Frage sein müßte, in der zugleich ein wenig Widerstreben mitschwang. Der Satz wurde auch in Ellsworths Romanprojekt ausgesprochen, aber von dem Modell (hätte man ihr die Frage gestellt, die Jennifer umtrieb, hätte sie geantwortet: vor oder nach *was*?) und nicht vom Künstler, der durch solch irrationale Bekundungen die Integrität und Reinheit seiner Kunst bedroht sah: Als das Modell die Worte aussprach, verschwamm ihm das Bild vor Augen und zitterten ihm die Hände, worauf ganze Wochen Erzählzeit verstrichen, ehe er meinte, eine neue Zeichnung von ihr anfertigen zu können, und selbst das nur, wenn er hinter ihrer Schulter stand.

Für Jennifers Vater war «ich liebe dich» ein Ruf von der Erde aus an seine in andere Sphären entschwebte Trixie, um sie wieder nach Hause zu lotsen. Obwohl seit ihrem Umzug ins Pfarrhaus alle Drogen aus dem Menü gestrichen waren, kehrte Beatrice noch ab und zu unfreiwillig in Trips aus der Vergangenheit zurück, und obwohl diese Episoden nie (so sagte sie) unangenehme Erfahrungen waren und sogar, soweit sie sich daran erinnern konnte, bewußtseinserweiternd wirken mochten, galten sie diesem Städtchen skeptischer Präriebewohner nicht als ernstlich visionär, sondern komplizierten im Gegenteil bisweilen die seelsorgerische Laufbahn von Reverend Lenny, wenngleich sie seinen Predigten zusätzliche Würze verliehen. So fand er etwa seine Frau des öfteren in Socken und Slip und alle viere von sich gestreckt auf dem kalten Linoleumfußboden des Kirchenkellers, während ihr Kopf vielleicht (dank eines guten Christenmenschen) auf ihre abgeworfenen Kleider oder das Kissen des Klavierhockers gebettet lag und ihre Augen eine ferne und bislang namenlose Galaxie jenseits der mit gelochten Rigipsplatten verkleideten Decke fixierten. Dann kniete er neben ihr nieder, legte ihr den Mund ans Ohr und flüsterte ihr seinen Liebesschwur ein, als sende er ein Funksignal ins All, während ihm spontan durch den Kopf ging: Wie kann ich das am Sonntagvormittag verwenden? Daher auch seine berühmte «Dornröschen»-Predigt: Gott, der uns mit seiner Liebe aus dem Tiefschlaf des Lebens erweckt. Und die Predigt über den Nutzen des Gebets: Man mußte lernen, «ich liebe dich» in Gottes kosmisches Ohr zu wispern. Manchmal half es, wenn er Trixie unter den Slip fuhr und sie streichelte, sie gleichsam durch die Aktivierung ihres Magnetfeldes wieder zurück in diese Welt zog, und wenn sie dann aufwachte und nicht wußte, wie sie dahin gelangt war, wo sie sich befand, sagte sie oft, seine Stimme sei wie ein Ruf von jenseits einer weit entfernten Pforte gewesen, die seine Finger langsam öffneten. Lenny war zwar noch nicht auf den Trichter gekommen, wie er den Fingerfick in eine seiner Predigten einbauen konnte, aber er wußte, daß es zu schaffen war. Gott war groß.

Maynard Junior hatte zwar in Gedanken wieder und wieder «ich liebe dich» gesagt, doch genau wie Lorraine nur einmal im Leben laut, und zwar zu einem Pißbecken. Damals, als sein Vetter John Hochzeit gefeiert hatte. Maynards Dad war seinerzeit Bürgermeister des Städtchens, und Maynard firmierte bei dessen Bewohnern als Bürgermeisters oder Bürgis Narr beziehungsweise häufiger einfach als Narr. Auch die drei Jahre Jurastudium an der Duke University hatten daran nichts geändert. Der Narr war in diesem Städtchen zum Sinnbild geworden und daher verdammt. Als einer von Johns offiziellen Begleitern bei den Hochzeitsfeierlichkeiten fühlte Maynard sich verpflichtet, an jenem Wochenende ein starres Lächeln im Gesicht zu tragen und bei allem und jedem wie ein guter Kumpel mitzumachen, wenngleich er sich innerlich vor Wut, Verbitterung und Trauer zerrissen fühlte. Beim Nachtisch des Probefestessens unten im alten Pioneer Hotel ließ jemand eine heitere Bemerkung über die Hochzeitsnacht fallen, und da stieß Maynard mit einemmal die entsetzliche, den ganzen Abend lang gewaltsam aus seinem Kopf verbannte Vorstellung, wie sich sein widerwärtiger Vetter mit dem behaarten Hintern auf die engelsgleichen Schenkel der von ihm, Maynard, so innig Geliebten warf, gallebitter auf und beförderte gleich das ganze üppige Abendmahl mit hoch – ihm blieb kaum noch die Zeit, vom Tisch aufzuspringen und ins Herrenklo zu sprinten, bevor alles aus ihm herausschoß wie ein letztes leidenschaftliches Lebewohl.

«Ich liebe dich!» brüllte er, als er loskotzte, wenngleich es fraglich war, ob die anderen etwas anderes als «wopp» oder «urpps» hörten. «Der Narr ist eben überaus sensibel», erläuterte bei seiner Rückkehr irgendwer zu schallendem Gelächter (selbst die Braut hatte ein Lächeln im geliebten Antlitz), und Maynard konterte lahm und feuchten Auges: «Stimmt, das passiert mir jedesmal, wenn irgendso'n verdammtes Rindvieh heiratet.» Das Fest verlagerte sich vom Festsaal in die Hotelbar, wo Onkel Mitch die Drinks übernahm und die besoffenen Purschenpackbrüder die schlüpfrigen Lieder und die blöden Witze dazu beisteuerten, während die älteren Männer und sogar manche ihrer Ehefrauen sich ihnen noch auf ein Weilchen anschlossen, obwohl die meisten Damen begriffen, daß sie nicht mehr so ganz willkommen waren. Wenngleich Maynard, nicht zum ersten- und nicht zum letztenmal in seinem Leben, das Gefühl hatte, er sei das letzte schwache Bollwerk geistiger Gesundheit inmitten einer zum Erbrechen meschuggenen Welt, machte er bei dem Trubel mit, so gut er konnte, und steuerte sogar einen Vers zu dem Spottgesang «Drum linksherum und rechtsherum …» bei, der ihm eine Runde Applaus einbrachte, eine Art Wiedergutmachung, auch wenn die Dame seines Herzens nicht mehr zugegen war, um das mitzuerleben:

Ein Prosit meinem Vetter John,
der zum Traualtar geht!
Ein fetter Prachtkerl, ein fettes Miststück,
Wie's nur irgendwo steht!
Drum linksherum und rechtsherum …!

Im Lauf des Abends verzogen sich die meisten der Alten, und auf ein Signal von Dutch hin schnappten sich die verbliebenen Männer alle noch nicht leergetrunkenen Flaschen und zogen weiter in eine Kneipe mit Billardsalon am Stadtrand, wo Dutch Pokertische hatte aufstellen lassen, dazu ein Podium mit Musikinstrumenten für diejenigen, die Lust hatten, ein wenig zu jammen, ferner eine Leinwand nebst Projektor, für die Dutch ein Dutzend alte Pornos ausgeliehen hatte, oder vielleicht gehörten sie ihm auch. Die

Witze wurden allmählich derber, die Geräuschkulisse lauter, die Einsätze beim Pokern höher, die Luft dicker, die Gesänge zu Gegröle. Zwei Jungs zogen sich aus und begannen einen Ringkampf, ein dritter hämmerte mit seinem Schwanz auf die Becken und Trommeln ein und spielte dazu mit dem Allerwertesten Klavier. Maynard wollte nur noch nach Hause, und als Dutch, John und ein paar andere sich klammheimlich dünnemachen wollten, während jemand ein Wettfurzen vorschlug, versuchte er sich dem Trupp anzuschließen. Sie wollten ihn ganz offensichtlich nicht dabeihaben, die Schweinehunde mit ihren Cluballüren, aber er beharrte mit schrill erhobener Stimme darauf – er hatte verdammt noch mal keine Lust, hierzubleiben! Er war drauf und dran loszuheulen, und einige andere Gäste wurden allmählich neugierig, drum fauchten Johns Kumpane ihn zuletzt stinksauer an, er solle die Schnauze halten, und gaben nach. Hinterher wünschte er sich, sie hätten es nicht getan.

Ungefähr zur selben Zeit, als der fette Prachtkerl, das fette Miststück sich mit fünfen seiner Kumpel aus der Country Tavern zu dem verdrückte, was sie ein «Abendgebet» nannten, stolzierte sein Prachtkerl und Miststück von Vater selbstzufrieden, wenngleich leicht angeheitert, mit einer frischen schwarzen Zigarre im Gesicht aus dem alten Pioneer Hotel, wo er seinerseits einer kleinen Meßfeier beigewohnt hatte, in deren Verlauf er als letzter Gast die Bar verlassen und zugleich einen Handel mit ein paar seiner wegen der Hochzeit ins Städtchen gekommenen Amigos aus dem Ministerium unter Dach und Fach gebracht hatte, dem zufolge die Trasse des neugeplanten Highways über gut zwanzig Meilen von Mitchs Grundbesitz führen und da draußen auf den Feldern Hunderte Hektar Land bauerschließungsreif machen würde – die Gegend hier prosperierte auf Teufel komm raus, und Gott segne den Teufel, der dabei als erster groß rauskam, Amen. Mitch sah sich schon den Rest seines Lebens mit diesem Vorhaben und den sich ganz natürlich daraus ergebenden Folgegeschäften zubringen, und er war stolz darauf. Was waren denn letztlich die verdammten Pioniere anderes gewesen als frühe Grundstücksspekulanten? Er würde also schon bald seinen Platz im großen Nationalepos einnehmen und kam sich dabei vor wie ein Held, verdammt noch mal, wie ein Heiliger, ein Riese unter Pygmäen. Er war regelrecht «high», wie die jungen Leute heutzutage zu sagen pflegten (und er war seinerseits noch nicht so alt, verflucht), high und ein bißchen geil, beides zu sehr, um sich schon in die Falle zu hauen. Opal, seine Frau, war, chauffiert von den Eltern der Braut, schon längst zu Hause, wie die meisten Einwohner über fünfundzwanzig, und die jüngeren feierten alle draußen in der Country Tavern oder auf ihren diversen Privatpartys, drum hatte dieser Riese unter Pygmäen, der vor dem Pioneer Hotel, in dem eins nach dem anderen nun die Lichter ausgingen, mit gespreizten Beinen auf dem Gehweg stand und nur ein kleines bißchen schwankte, kaum andere Aussichten als die auf Einsamkeit, undurchdringliches Dunkel und tiefste Ruhe. Kurzum, keinerlei Spaß. In solchen Augenblicken verspürte Mitch Sehnsucht nach der Großstadt. Immer irgendein Laden, wo man hingehen konnte, irgendwas, das man unternehmen konnte, irgendwer, den man «erkennen» konnte, um es mal biblisch auszudrücken. Hier hingegen war tote Hose, selbst wenn noch Leben darin herrschte: Soll heißen, daß seine alten Maximen unverändert galten, wonach man seinen wilden Samen außerhalb des Städtchens säte, sich die Hörner auf fremder Weide abstieß und Muschikatze nicht am Ort aß – was Mitch eben so unter Familiensinn verstand, dem er vehement das Wort redete und sich (mehr oder weniger) rigoros unterordnete, und das selbst jetzt, da er nicht mehr ganz sicher auf den Beinen stand. Er überlegte gerade, ob er vielleicht eine ruhige Mitternachtsrunde im Park drehen sollte, wo die altmodischen Laternen noch brannten, damit er sozusagen wieder festen Boden unter die Füße bekam, aber dann fiel ihm ein, daß er wegen des Wochenendes eine Menge Bargeld in der Tasche herumschleppte. Dies hier war zwar die Sorte Städtchen, wo man sein Auto (wie er sah, wartete heute abend Johns kleiner frisierter Mustang auf ihn; John hatte den Continental genommen) mit laufendem Motor parken und die Haustür sperrangelweit auflassen konnte, wenn man für eine Woche verreiste, oder die Brieftasche auf der Straße verlieren und sie unberührt zurückbekommen, so war es immer gewesen, seit sich hier vor mehr als hundert Jahren Leute niedergelassen hatten, aber die Zeiten änderten sich, und derzeit hielten sich eine Menge Fremde in der Stadt auf. Außerdem mochte er im Park in irgendwas hineinplatzen, etwa in eine Orgie von Halbwüchsigen unter dem Musikpavillon, oder er würde irgendwelche durchgeknallten Drogensüchtigen aus den Büschen scheuchen, er hatte da so einiges läuten gehört. Deshalb beschafften sie sich ja gerade Verstärkung für die Polizei – seitdem man damals im Auto dieser Halbstarken, die auf dem Highway draußen nahe der Wohnwagenkolonie bei einem Autorennen hopsgegangen waren, eine, wie es hieß, verbotene Substanz gefunden hatte. Eine Affenschande, wie heutzutage die Familien entzweibrachen und ihrer Verantwortung nicht mehr gerecht wurden, dachte Mitch, während er den Mustang aufschloß und beim Hantieren an der Tür ein bißchen ins Schwanken kam. Er konnte sich gar nicht mehr daran erinnern, daß er zum Auto hinüberspaziert war, aber da stand er nun. Er zog noch einmal kräftig an seiner Zigarre und blies einen Rauchkringel hoch zu der funkelnden Straßenlaterne über ihm, riß sich am Riemen und zwängte sich in den Fahrersitz. Verfluchte Schalensitze. Er bekam ein Bein problemlos ins Auto, hatte dann aber seine liebe Not mit dem zweiten. Uffa, er meinte, sich mit irgendwelchen prähistorischen Untieren herumschlagen zu müssen («Verfluchte Zappelkerle von Schalensitzen!» schimpfte er lauthals auf die kohlrabenschwarz heranrückende Nacht ein, in der Hoffnung, sie würde sich einen oder zwei Schritte zurückziehen), oder er hatte Elephantiasis bekommen, jedenfalls sehnte er sich mit einemmal nach dem wunderschönen alten Vorkriegsmodell von Packard mit dem breiten Trittbrett, das er einst besessen hatte. In dieses phantastische Gefährt war er damals, wenn er so blau gewesen war, daß er nicht mehr stehen konnte, bequem auf allen vieren gekommen, und das verdammte Ding hatte stets stillgehalten. Das Problem war, dachte Mitch, als er den Rest seines Fahrgestells endlich aus der zunehmend bedrohlicher werdenden Nacht ins Wageninnere verfrachtet hatte und die Tür mit einem weithin hallenden Knall zuschlug (das tröstliche Trittbrett an seinem alten Packard hatte ihn wieder mal ans Stichwort Familiensinn erinnert) und grunzend nach den Autoschlüsseln tastete, die ihm aus der Hand gefallen waren, daß heutzutage zuviel Egoismus herrschte und daß kein Mensch mehr Rücksicht auf den lieben Nächsten nahm, vor allem die jungen Leute. Was zum Teufel war eigentlich los mit diesem Land? Wenn es nach Mitch gegangen wäre, hätte er jedesmal, sobald irgendein Jungspund Ärger bekam, den Alten eingebuchtet, bis alles wieder im Lot war. Das hätte den egozentrischen Hund Mores und ein bißchen Bürgersinn gelehrt. Mitch selbst würde das allerdings nie zu befürchten haben (da waren sie ja – aber wo steckte die Zigarre? Mein Gott!): Sein Junge war ein Prachtkerl. Ein bißchen draufgängerisch, versteht sich, sonst wäre er nicht sein Sohn gewesen, aber ein prima Bursche, nichts an ihm auszusetzen. Und jetzt, zum Teufel (er fand die Zigarre, schlug mit dem Schlüsselbund auf die Glutreste auf dem Wagenboden ein, schob sich den erloschenen Stummel energisch zwischen die Zähne und setzte sich verwirrt auf: Es kam ihm glatt so vor, als wäre er in irgendeinen Brunnen geplumpst), heiratete der Bengel schon, kaum zu glauben. Irgendwie bekam man den Eindruck, daß heutzutage alles rascher ablief; wie war man bloß so schnell da hingekommen? Bald würde er Großvater sein, und dann ... Scheiße ... Aber noch nicht. Noch nicht, verflucht. Er drehte den Zündschlüssel um, gab ein bißchen Gas, daß das sanfte Schnurren zum leisen Fauchen wurde, und dann fuhr er, trotzig auf seinen Zigarrenstummel beißend, los in die einsame Nacht. Noch nicht! Er war froh, daß John heiratete, versteht sich (aber ja doch, Dummkopf, schalte das verdammte Licht ein), außerdem hatte der eine gute Wahl getroffen, sich ein niedliches Mädel ausgesucht, Audreys Tochter, die Homecoming Queen und so weiter. Überdies hatte er das Gefühl, die Ehe würde John helfen, seinen alten Herrn besser zu verstehen, würde dazu beitragen, daß er seine unerschütterliche Beharrlichkeit schätzen lernte und ihm seine kleinen Verfehlungen vergab. Kurzum, Mitch war nach Feiern zumute, und ihm ging auf, daß er in seiner guten Laune (er dachte an Audrey in dem tollen Vorkriegsmodell von Packard, so wild und wunderschön – und bald sollten sie verschwägert sein, wer hätte das ahnen können?) den Weg zur Hengstparty in der Country Tavern eingeschlagen hatte. Zwar war das Letzte, was diesen jungen Kerlen fehlte, ein alter Knacker, der ihnen über die Schulter schielte, er war der erste gewesen, der seinen Altersgenossen das zu verstehen gab, als sich die jungen Burschen vor einer ganzen Weile aus dem Hotel verdrückt hatten, er hatte weiß Gott nicht vorgehabt, zu ihnen rauszufahren, zum Teufel nein, keine Chance, und trotzdem war er nun unterwegs dorthin, die Nase des silberschimmernden Monsters (er trat aufs Gas und merkte, wie der Wagen mit einem kehligen Knurren nach vorne schoß) zeigte unfehlbar in Richtung der Kneipe wie die eines wohldressierten Hühnerhunds, und Mitch spürte, daß er beim Beschleunigen einen Ständer bekam. Ach was, zum Henker, es konnte nicht schaden, auf ein Bierchen vorbeizuschauen, den einen oder anderen Witz abzusondern und die Jungs wissen zu lassen, daß er im Grunde seines Herzens einer von ihnen geblieben war, ein prima Kumpel eben, auf den man zählen konnte, wenn Not am Mann war, und dann würde er eine letzte Runde schmeißen und mit vorgerecktem Kinn in die melancholische Nacht hinausdüsen wie der einsame Held, den die Pflicht ruft.

Ellsworth hatte in seinem *Town Crier*, von einer allgemeinen Erwähnung der Wochenend-«Festivitäten» abgesehen, nichts über die Hengstparty gebracht, auch wenn er davon wußte, manches zumindest. Doch ließ er sie bei seiner eingehenden, um nicht zu sagen erschöpfenden Berichterstattung über die Hochzeit nicht etwa aus Taktgefühl unter den Tisch fallen – nein, was scherte er sich schon um solche Sachen, er, der sein Lebtag lang über Fragen der Schicklichkeit die Nase gerümpft hatte? Es spielte auch keine Rolle, daß der Brautvater bei ihm inserierte; man muß die Fakten festhalten, wie Barnaby selbst gesagt hätte, keine Fisimatenten, mein Junge, was diesen Punkt angeht. In Wahrheit interessierte Ellsworth sich nur für die Aufzeichnung historischer Ereignisse, und die Ahistorizität war ja gerade die Quintessenz solcher Polterabende und aller vergleichbar karnevalesken Aktivitäten. Als Chronist des Städtchens war Ellsworth dazu verpflichtet, nicht nur die rein oberflächlichen Erschütterungen, sondern die grundlegenderen Strukturen der Historie zu registrieren. Jedenfalls hatte er sich das damals in seinen Anfangsjahren eingeredet, als seine Aktenschränke noch so aufgeräumt gewesen waren wie die Handlung im Genre-Roman, mit mehr Ordnern als losen Blättern angefüllt und beruhigend übersichtlich, ganz wie eine Ortschronik. Daher gab sich Ellsworth, während Gordon in seinem Interesse überaus erpicht auf die Ablichtung des irregulären Geschehens jenes Abends war, vollauf zufrieden mit den steifen (von den Komikern einmal abgesehen) Weitwinkelaufnahmen des Probefestessens, für die die Brauteltern posiert und bezahlt hatten; und nachdem diese Aufnahmen im Kasten waren, hatte er den widerstrebenden Gordon zurück in dessen Atelier gelotst, um dort mit ihm die Bilddokumentation der eigentlichen Trauung am kommenden Vormittag zu besprechen und die Unterhaltung fortzusetzen, die sie beide vor gut zwanzig Jahren als junge Hupfer begonnen hatten. Gordons zunehmende Begeisterung für das Irrationale, das Erotische, Sensationelle und Morbide grenzte, so empfand Ellsworth es, an Pornographie und gab ihm Anlaß zu bezweifeln, ob sein Freund eigentlich noch jene hehren künstlerischen Grundsätze vertrat, die sie einst so leidenschaftlich geteilt hatten und auf die sich Gordon trotz gegenteiliger Beweise nach wie vor berief. Da gab es beispielsweise seine bizarre Fotoserie von seiner sterbenden Mutter damals, die nicht mehr *compos mentis* war, geschweige denn kontinent, und die, an ihr altes Eisenbett gefesselt, in einer der trostlosen Bodenkammern über dem Atelier lag. Vielleicht war Gordon, wie alle Menschen, blind gegenüber seiner eigenen Verwandlung. Ellsworth argwöhnte, daß womöglich die Fotografie selbst, seiner Ansicht nach ohnehin keine Kunstform, diesen Rückfall verursacht haben mochte, da der mühelose voyeuristische Blick das kritische Auge des bildenden Künstlers ersetzte, der aus dem Nichts der leeren Leinwand heraus immer wieder von neuem seinen eigenen Raum, seine eigenen Formen und seine eigenen Licht- und Farbmuster erschaffen mußte, ohne daß ihm dabei die beliebige Zufälligkeit einer geöffneten Kamerablende zu Hilfe gekommen wäre.

Pauline, die als Ureinwohnerin dieser finsteren Regionen alles wußte, was es über Ahistorizität zu wissen gab, hatte ebenfalls Grund, sich über die künstlerischen Grundsätze ihres Gatten, wenn nicht gar über seine geistige Gesundheit, Gedanken zu machen, doch das erst später, als Gordons Mutter, die sie nie kennengelernt hatte, schon gestorben war, ihr Daddy im Knast saß, Johns Hochzeit Schnee von gestern und ihre eigene, noch jüngeren Datums, Schnee von vorgestern war. Pauline, das sollte angemerkt werden, war nicht neugierig. Ihre Lehrer hatten das oft mit gelinder Verzweiflung auf Paulines Zeugnissen vermerkt. Diese Eigenschaft hatte ihr Daddy Duwayne, von jeher ihr einflußreichster Mentor, früh ausgetrieben. Bisweilen sahen narzißtische Männer ihren erotischen Genuß durch diesen Tatbestand getrübt, wenn sie mit Pauline im Bett waren, doch die meisten empfanden das Manko als beruhigend. Da sie frei von jeder Neugier war, hatte Pauline immer angenommen, alle anderen Menschen, außer vielleicht Lehrer und Lehrerinnen, seien ebenso gestrickt, und erst als der kleine Corny und seine Freunde angefangen hatten, sie wie ein Aufklappbuch mit beweglichen Teilen zu benutzen, war ihr zum erstenmal der Gedanke gekommen, daß sie denen, die schauen, aber nicht zugreifen wollten und obendrein dafür zu bezahlen bereit waren, auch etwas zu bieten haben mochte, und selbst wenn sie es auf diesem Weg nicht schaffen sollte, ihr ahistorisches Los ganz abzuschütteln, konnte sie doch zumindest, sofern sich ihr das Glück gewogen zeigte, der Wohnwagenkolonie den Rücken kehren. Wäre sie nicht aufgrund ihrer Natur beziehungsweise Erziehung so völlig frei von Neugier gewesen, hätte ihr, nachdem Gordon Corny und dessen Vater samt dem armen kleinen Franzosenmädel aus dem Laden gescheucht und die Tür abgeschlossen hatte, jene allererste Fotositzung vielleicht auf der Stelle Anlaß zu gründlichem Nachdenken über die Frage gegeben, ob sie sich überhaupt zu einem zweiten Termin im Fotoatelier einstellen sollte, aber Pauline war seit langem an die Launen erregter Männer gewöhnt und kehrte daher nicht nur zu weiteren Fotositzungen zurück (wobei Gordon sie allerdings nur selten sitzen ließ), sondern zog darüber hinaus irgendwann ins Stockwerk über dem Atelier und heiratete nach dem Terz mit Daddy Duwayne den Fotografen. Da hatte sie sich das glitzernde Königreich der ausklappbaren Innenseite, wohl sowieso nur eine Kinderphantasie, freilich längst aus dem Kopf geschlagen und sich mit diesen sicheren, staubigen Zimmern oberhalb der Main Street abgefunden, in denen sie, wenn schon nicht verzückt, so doch mehr oder weniger zufrieden war. Gordons Fotos von Pauline fielen, das braucht hier nicht betont zu werden, für Herrenmagazine viel zu ungewöhnlich aus – er versuchte stets, Pauline in etwas anderes zu verwandeln als das, was sie war –, außerdem hätte er die Fotos sowieso nicht dorthin geschickt, selbst wenn sie sich dafür geeignet hätten. Seine Fotos von ihr waren wie die von vielen anderen von vornherein nicht für den Blick der Allgemeinheit gedacht und wurden statt dessen in großen dicken Alben in verriegelten Schränken ganz hinten im Atelier verwahrt. Andere wären vielleicht neugierig gewesen, was es mit diesen Alben auf sich hatte, Pauline jedoch natürlich nicht. Obwohl wie alle Künstler ein bißchen eigenartig, sorgte ihr Mann, auch wenn er sie manchmal mit spitzen Bemerkungen verletzte, nur selten viel zu sagen hatte und einen mit einem verrückten Blick fixieren konnte, gut für sie und war auch, wie sie glaubte, im Grunde seines Herzens ein braver Mann oder jedenfalls gutmütig – zumindest hatte sie diesen Eindruck bis zu jenem Tag gehabt, als diese arme Frau draußen bei der Buckelbrücke ums Leben gekommen war und Gordon, wegen des Unfalls völlig aus dem Häuschen und vor Überarbeitung fix und fertig, ganz gegen seine Gewohnheit einige seiner geheimen Fotoalben aufgeschlagen draußen auf dem Tisch liegengelassen hatte, wo Pauline gar nicht anders konnte, als sie anzuschauen. Besonders bei einer Serie lief es ihr kalt über den Rücken. Sie nahm sich vor, Otis beim nächsten Treffen davon zu erzählen.

Bis dahin sollte es freilich noch eine Weile dauern, wie sich herausstellte, da dem Polizeichef des Städtchens eine religiöse Offenbarung widerfahren war. Nach Duwaynes Verhaftung vier Jahre zuvor hatte Otis, seinerzeit noch nicht Polizeichef, Pauline in seinem Streifenwagen im Atelier abgeholt und hinaus zur Wohnwagenkolonie chauffiert, um ihr einige Fragen über die Dinge zu stellen, die er im Verlauf seiner Ermittlungen herausgefunden hatte. Obwohl Pauline ihre Geschichte ausgesprochen nüchtern erzählte, war es ein ziemlich grausiger Bericht von Vergewaltigungen, Mißhandlungen, Inzest, Folter und allen möglichen schmutzigen und widernatürlichen Sexualakten, innig verquickt mit den wahnwitzigen Tiraden und Strafpredigten ihres Vaters – grausig, aber auch überaus erregend: Ehe Otis sich recht versah, bekam er schon wieder einen geblasen, und diesmal brach er nicht in Tränen aus. Danach suchten er und Pauline den Wohnwagen mehr oder minder regelmäßig auf. Otis bekam noch mehr von Paulines Geschichte zu hören und schämte sich, daß ihre Schilderungen ihn so scharf machten, aber trotzdem entwickelte sich nach und nach eine Art Freundschaft zwischen ihnen. Otis bat sie, ihm zu zeigen, was genau ihr Vater mit ihr angestellt hatte, und sie ließ ihn in dessen Rolle schlüpfen, wenngleich Otis ihr selbstverständlich niemals richtig weh tat, und danach lagen die beiden verschwitzt und verschlungen auf dem Fußboden des Wohnwagens, und Otis erzählte ihr seinerseits von seiner Kindheit und seinem Ärger zu Hause, nachdem seine Mutter abgehauen war, von den düsteren Launen, die seinen Vater heimgesucht hatten, bis er sich endlich eine Kugel in den blöden Schädel jagte, und berichtete dann von seiner eigenen Ehe, die wahrscheinlich allzu früh geschlossen worden war, gleich nach der Entlassung aus der Armee, er hatte noch nicht einmal so richtig kapiert, was das Ganze eigentlich sollte, als schon die Kinder auf die Welt kamen, aber vor allem sprach Otis von seiner Arbeit und dem Alltag im Revier, wo er auf eine baldige Beförderung hoffte. Pauline war eine gute Zuhörerin, die nie Fragen stellte, sich aber an alles erinnerte, was Otis ihr erzählt hatte, wodurch es wichtig zu werden schien. Sie heiratete, er machte ihr und ihrem Mann ein hübsches Geschenk, seine Frau bekam noch mehr Kinder, die der Fotograf allesamt ablichtete, es klappte mit der Beförderung, und Pauline und Otis trafen sich weiter draußen im Wohnwagen. Es war wie ein zweites Leben, in das sie beide von Zeit zu Zeit einen Abstecher machen konnten, und so vergingen Monate und Jahre. Doch dann trat Otis eines Tages aus dem Wohnwagen, knöpfte sich dabei noch den Hosenlatz zu, und stand vor Johns Frau. Er war einen Augenblick geblendet, als sähe er eine Heiligenerscheinung, in seinen Ohren fing es an zu klopfen und zu klingeln, und er merkte, daß er verrückterweise nach seinem Revolver griff. Irgendwie gelang es ihm, instinktiv die Tür hinter sich zuzuwerfen, wobei er hoffte, daß Pauline den Wink verstand, und als seine Netzhaut allmählich wieder klare Bilder produzierte, sah er, daß Johns Frau nicht etwa allein, sondern in Begleitung einer Art Abordnung von Hausfrauen erschienen war. Er konnte immer noch nicht hören, was sie sagten, bekam aber genug mit, um zu dem Schluß zu kommen, daß es wohl irgend etwas mit dem Verschönerungsprogramm des Städtchens zu tun hatte. Die Wohnwagenkolonie sei ein Schandfleck, und die Damen hatten vor, etwas dagegen zu unternehmen. Otis stand heillos verdattert da und nickte nur blöde, ein Vollidiot, dem es die Sprache verschlagen hatte, während er einen seriösen Eindruck zu machen versuchte und bloß hoffte, daß sein Hosenlatz richtig zugeknöpft war, aber Angst hatte, nachzuschauen. Eine der Frauen musterte ihn mißtrauisch aus zusammenkniffenen Augen und blickte ihm dann skeptisch ins Gesicht, wobei sie mitten durch ihn hindurch und pfeilgerade in den Wohnwagen hineinzusehen schien. Es war die Frau des Autohändlers, der die Marken Ford und Mercury vertrieb. Einen Tag später war sie tot. Lag auf groteske Weise mit dem Kopf nach unten da, und das Blut rann ihr aus den Ohren. Aber ihre Augen starrten ihn noch immer unverwandt an. Und tags darauf nahm sich Otis für ein langes Wochenende frei und zog sich zu religiösen Exerzitien zurück, in deren Verlauf er der Jungfrau Maria versprach, sich nie wieder mit Pauline zu treffen.

Hier ist eines von Gordons Fotos, das zeigt, was Otis damals in jener Nacht draußen bei der Brücke zu sehen bekam: Aufgenommen durch ein zerborstenes Seitenfenster in scharf konturiertem Profil gegen grelle Suchscheinwerfer, die von der weiter oberhalb gelegenen Straße herableuchten und von dem plätschernden Bach reflektiert werden, in dem das Auto liegt, sieht man einen teilweise unter Wasser liegenden Kopf, der an einem gebrochenen Genick hängt und das Wasser des seichten Bachlaufs quer über die Stirn trägt wie eine Baskenmütze oder einen Doktorhut. Autoscheinwerfer durchbohren blind starrend die Nacht, und in der Bildmitte erzeugt ein am Autowrack hochstehendes Rad ein visuelles Echo der regenbogengleich gekrümmten Brücke, die sich oben rechts trostlos vor dem stockdunklen Himmel abzeichnet. Links stapft eine untersetzte Gestalt, ebenfalls scharf konturiert und ohne erkennbare Details, außer daß dicke, im reflektierten Licht taghell funkelnde Brillengläser zu sehen sind, vornübergebeugt und mit gleichsam sprungbereit angewinkelten Knien wie eine Art Raubtier aus unbekannten Welten den Abhang von der Straße herab, während weiter oben in der Bildmitte gleich beim Fuß der Betonbrücke eine an eine Vogelscheuche gemahnende Figur, hell beleuchtet und in Rückenansicht zu sehen, mit grotesk verrenkten Gliedmaßen am Boden kauert, die Beine bandagiert und die langen Arme über die Schultern zweier Helfer in weißen Jacken gelegt, während der Kopf der ominösen Gestalt auf die Brust gesunken und nicht zu sehen ist, so daß sie den Eindruck eines Menschen ohne Schädel macht, dessen kraftlose Glieder vorwiegend aus Luft zu bestehen und im Nachtwind zu flattern scheinen. Diese Aufnahme, die sich jetzt in einem der von Gordon ganz hinten im Atelier verwahrten Alben befindet, ist schlicht «W-37» betitelt und legt damit den Schluß nahe, daß nicht etwa die Identität der Personen auf dem Foto und deren Lebensgeschichte oder sonst eine denkbare Bedeutung, die man den dargestellten Ereignissen zuschreiben könnte, zählt, sondern einfach nur die Komposition selbst: Thema ist die Zeit beziehungsweise ein Bruchteil von ihr, fixiert in einem ästhetisch zwingenden Korsett, und mehr gibt es dazu nicht zu wissen. Diese nüchterne Sichtweise wird allerdings von der Fotografie selbst unterlaufen, da dort noch eine weitere Figur zu sehen ist, die eine Uniform trägt und als Stellvertreter für den abwesenden Betrachter fungiert, indem sie mit einem Ausdruck abgrundtiefer Ratlosigkeit von einem Standort knapp unterhalb des Brückenfundaments aus die Szene betrachtet, dabei die Schirmmütze weit in den Nacken geschoben hat und den Anschein erweckt, als wende sie im Bemühen, zu verstehen, was sie da vor sich sieht, den Kopf von einer Figur zur anderen. Im Bemühen, es einzuordnen beziehungsweise sich seiner zu versichern. Selbst der Fotograf scheint Gegenstand der versunkenen Grübelei des Polizisten zu sein, die uns ebensosehr gefangennimmt wie ihn selbst. Irgend etwas wird hier enthüllt. Was ist es?

«Schätzchen, du kannst mir als erste gratulieren», sagte Daphne am nächsten Morgen, dem Morgen jenes Tages, an dem Otis seinen heiligen Schwur ablegte, am Telefon zu ihrer Busenfreundin. «Ich hab mich wieder neu verlobt.» Ihre Freundin schien von dieser Neuigkeit nicht allzu beeindruckt. Daphne hatte sich im Verlauf der letzten zehn Jahre mindestens ein halbes dutzendmal verlobt und dreimal geheiratet, es war also nicht unbedingt die Sorte Nachricht, die die Welt erschüttert hätte. Trotzdem hatte Daphne noch mehr zu erzählen, die Freundin solle erst mal abwarten. Daphnes letzter Ehemann war Nikko gewesen, der Golflehrer draußen im Club. Die Geschichte hatte nicht einmal ein Jahr gedauert, aber es war nicht Daphnes Schuld gewesen, Nikko hatte sich mit der gerade fünfzehn Lenze jungen Exhibitionistin und Tochter des Kieferorthopäden aus dem Staub gemacht, nachdem die kleine Arschwacklerin, die ohnehin bereits berühmtberüchtigt war, weil sie oben ohne im Pool des Golfclubs zu schwimmen beliebte, das ganze Städtchen in helle Entrüstung versetzt hatte, als sie beim Festumzug zum Tag der Pioniere als indianische Prinzessin mit nichts als Perlen und psychedelischer Bemalung am Leib angetanzt war. Als Nikko dem Städtchen den Rücken gekehrt hatte, schleppte John den jungen Kevin an, den derzeitigen Golflehrer und Barkeeper und verlorenen Sohn eines Geschäftsfreundes, mit dem Daphne eine kurzfristig recht tröstliche, wenngleich benebelte Affäre angefangen hatte. Vermutlich ging Johns Frau davon aus, daß er derjenige sei, den Daphne jetzt heiraten wolle. «Nein, nicht Kevin, meine Liebe, das ist doch schon ewig aus. Hör mal, Kevins Annäherungsschläge sind clever, und er ist recht unterhaltsam im Rough, um es mal so zu sagen, aber seine Abschläge sind kurz und flattern, und er schafft es einfach nicht, am Ball zu bleiben, wenn du mir folgen kannst. Zieht auch die Fahne zu früh raus. Nein, ich hab mich in letzter Zeit mit ... na ja, jetzt sag's bitte nicht weiter, mein Herzblatt, es sähe nicht gut aus, noch nicht jedenfalls, aber laß es mich mal so ausdrücken, daß deine alte Freundin zukünftig nur noch Thunderbirds und Lincolns fahren wird. Genau. Na ja, er ist schon ziemlich alt, ich weiß, aber ebendrum weiß er alles um so mehr zu schätzen, und glaub mir, ein bißchen Wertschätzung kann ich momentan gut gebrauchen. Mal ganz ehrlich, als der Scheißer Nikko mich wegen dieses Schulmädels sausen ließ, wurde mir plötzlich klar, daß mein Arsch sein Verfallsdatum schon um mindestens zehn Jahre überschritten hat – *verdammt*, Schätzchen, ich bin keine *Schönheit* mehr, will ich damit sagen. Du hast ja Glück gehabt, aber mir setzt der Zahn der Zeit mächtig zu. Und außerdem – das jetzt nur unter uns zwei Hübschen, aber als jemand, der ziemlich hohe Maßstäbe anlegen kann, wirst du's zu schätzen wissen – hat der alte Stu einen hängen wie ein Pferd. Ohne Scheiß. Ein echter Landei-Prügel, die Sorte, über die immer so gewitzelt wird. Zugegeben, es steckt nicht mehr allzuviel Pep drin – die meiste Zeit liegt er einfach so da, faul eingerollt wie ein alter Jagdhund vor dem Kaminfeuer, wie Stu immer sagt –, aber ich hab ihm das Männchenmachen und ein paar Kunststückchen beigebracht, und der alte Stu ist so dankbar dafür, daß ihm die Tränen kommen, und dann kommen sie mir auch, und ich kapier, wenn es auch nicht die große Liebe ist, wie ich sie mir immer vorgestellt habe, was soll's, zum Teufel, Liebe ist es trotzdem. Also wirst du mit mir und dem Pfarrer noch mal vorm Traualtar stehen müssen, hältst du das aus? Mal ganz ehrlich, meine Liebe, ich weiß gar nicht, was wir hier ohne dich anfangen sollten. Und wenigstens ist der niedliche Pastor aus der Burschenschaft neu hier, also werden wir diesen Stapel Hochzeitsfotos schon vom letzten zu unterscheiden wissen, oder? Ich glaub, ich werd diesmal Burgunderrot tragen, das ist die Farbe des T-Birds, den Stu mir schenken will. Wir müssen natürlich erst mal bis zur Beerdigung warten, aber – was? Winnie? Winnie ist gestern nacht tödlich verunglückt, hast du das noch nicht gehört? Draußen bei der Buckelbrücke. Tut mir leid, ich dachte, du wüßtest das schon …»

Alf hatte zufällig in der Nacht von Winnies Tod Bereitschaftsdienst, und der Rettungswagen war auf dem Weg zum Einsatz bei ihm vorbeigefahren, um ihn abzuholen. Er war nicht so nüchtern gewesen, wie er es hätte sein sollen, doch unter den Umständen war das nicht weiter von Belang. Der alte Stu hatte sich, jedermann konnte das auf den ersten Blick sehen, zu Alf unter die Witwer gesellt. Sonst fehlte ihm, abgesehen von einem Kratzer auf der Nase, nichts, und er hätte aus eigener Kraft davonspazieren können, wäre er nur nüchtern genug gewesen. Winnie war vermutlich sofort tot gewesen, obwohl der Zorn und der Schreck in ihrem Gesicht darauf hindeuteten, daß sie das Unglück hatte kommen sehen. Der Polizist, der die Straße untersuchte, konnte keine Bremsspuren finden. «Er muß mit Vollgas über die Scheißbrücke gerauscht sein», brummte er. Er sah ziemlich mitgenommen aus und schien auch keine Lust zu haben, sich das Wrack aus der Nähe anzusehen. Der Wagen war auf Winnies Seite gegen die Steinbrüstung geknallt, aber vielleicht hatten sie sich schon vorher überschlagen, jedenfalls war er mit den Rädern nach oben im Bach gelandet, weshalb die Sanitäter ihre liebe Not hatten, die beiden Insassen herauszubekommen. Es waren zwar auch noch ein paar Suffköpfe aus der Kneipe von weiter oben an der Straße gekommen, um zu helfen, aber sie schienen leicht verwirrt und stolperten nur bedrückt und mit schlammigen Schuhen im Kreis herum, hinein in die Scheinwerferkegel, die gespenstisch durch die feuchtkalte Nacht schnitten, und wieder heraus, und dazu der Fotograf, sowieso ein ziemlicher Spinner, der vollauf damit beschäftigt war, alles genau so auf Film zu bannen, wie es sich darstellte, drum blieb es letztlich Alf und der Besatzung des Krankenwagens überlassen, Stu und Winnie aus dem Wrack zu holen. Während sie, zu dritt knietief im krautigen Wasser stehend, noch mit den zerbeulten Türen des Mercury kämpften, kam eine sonderbar aussehende Frau mit Brille und einem übertriebenen Hinken hinunter ins Bachbett gehumpelt und half ihnen. Sie war offenbar eben erst hinzugekommen. Sie war kräftig, praktisch veranlagt und erwies sich als besonders nützlich, als es darum ging, die Leiche durchs kaputte Fenster zu hieven, damit man sie abtransportieren konnte. Ihr Begleiter dagegen, der offenkundig nicht die Nerven für solche Arbeiten hatte, war oben am Straßenrand im

Auto sitzen geblieben, wo er, stur geradeaus blickend, mit beiden Händen das Lenkad umklammert hielt. Als Alf die junge Frau zurück zum Wagen begleitete und ihr für ihre Hilfe dankte, sah er, daß der Mann Cornell war, der Bruder seiner Arzthelferin und jüngste Sohn von Oxford, und wußte daher, daß die Frau Cornells junge Braut sein mußte. Wahrscheinlich ihr erster Abend im Städtchen. Einer, an den sie sich zweifellos noch lange erinnern würde.

Alfs Arzthelferin Columbia hätte die Szene nicht weiter überrascht; dieses Gretchen fackelte nicht lange, den Eindruck hatte sie bei der Hochzeit sehr deutlich gewonnen, wenngleich nicht auf Anhieb. Zunächst hatte sie gemeint, daß Gretchen launisch und herrisch sei und in ihren orthopädischen Stiefeln angriffslustig herumstampfe, als wolle sie damit Nägel einschlagen, eine überhebliche und scharfzüngige Beißzange, die Corny schikanierte und sich schnell mit Fremden anlegte, dazu blind wie ein Maulwurf, an den sie leider ohnehin in mancher Hinsicht erinnerte. Kein guter Anfang. Doch schuld an Gretchens schlechter Laune, so fand Lumby heraus, war wie zumeist ihr Bruder. Gretchen hatte eine ganze Reihe von Terminen mit Ärzten, medizinisch-technischen Labors, County-Angestellten, Fotografen, Friedensrichtern und sonstwem verabredet, und Corny hatte sich ungerührt an irgendeinen Flipperautomaten verzogen und prompt sämtliche Verabredungen vergessen, was bedeutete, daß die ganze Hochzeit um einen Tag verschoben werden und man die unwichtigeren Anliegen schlicht sausen lassen mußte. Gott sei Dank wurden sie nur standesamtlich getraut und hatten keine großen Pläne für die Hochzeitsreise gemacht (obwohl sie auch *diese* Reservierungen ändern mußten); dennoch leuchtete es Columbia ein, daß ihr kleiner Bruder, der es zudem noch irgendwie geschafft hatte, die Ringe zu verlegen (zuletzt fanden sie sich im Futter seines schäbigen Sakkos, das er für einen Vierteldollar im Kleiderladen der Heilsarmee erstanden hatte; die Ringe hatte selbstverständlich Gretchen gekauft), einen auf die Palme treiben konnte. Die Geduld seiner eigenen Familie hatte er mit seinen Idiotien fraglos reichlich strapaziert, seit er vor ein paar Jahren von dieser schrecklichen Schulabschlußreise nach Paris zurückgekommen war. Als er ein paar Tage zuvor seinem Vater und den Geschwistern zu jedermanns großem Erstaunen telefonisch seine Heiratsabsichten mitgeteilt hatte, war Oxford davon ausgegangen, daß der dumme Junge irgend so ein verdammtes Hippiemädel geschwängert haben mußte. Lumby glaubte das nicht. Sie hatte einst mit Corny Doktor gespielt und eine ungefähre Ahnung davon, mit was für Problemen er sich herumschlagen mußte. Andererseits konnte sie sich nicht vorstellen, wer ernstlich gewillt sein mochte, den kleinen Dummkopf zu heiraten, weshalb sie auf der Fahrt zur Hochzeit beinahe ebenso skeptisch gewesen war wie ihr Vater. Sie war die einzige Abgesandte der Familie und spielte die Trauzeugin, weil Harvie völlig neben der Spur war und ihr Vater viel zu deprimiert, um die Reise zu unternehmen. Damals war ihr Vater ohnehin ständig deprimiert, unablässig dieselbe Leier, und es ging einem, offen gesagt, ziemlich auf die Nerven. Er schien zu denken, er sei der einzige, der Yale und Mom vermißte. Lumby war sauer, daß er nicht mitfahren wollte; sie hatte ihm deutlich zu verstehen gegeben, was sie darüber dachte – was für ein Vater war er eigentlich, zum Donnerwetter! –, doch in Anbetracht dessen, was für eine Hochzeit es war, spielte es vermutlich keine Rolle. Er und Corny hätten bloß wieder um die Wette geflennt, und ihrem Vater, der selbst halb blind war, wäre gar nicht aufgefallen, was für ein prächtiger Fang Gretchen war, und so hätte er sie, ganz wie der Mann, der die einzigen Wünsche verplemperte, die er je gewährt bekam, womöglich verprellt, bevor die junge Braut die Familie besuchen kommen und sie verzaubern konnte.

Oxfords Versäumnis bestand in Wahrheit nicht im Verplempern von Wünschen, sondern darin, daß ihm kein zweiter Wunsch eingefallen war, als sich der einzige, den er je gehabt hatte, nicht erfüllt hatte. Oxford war ein vernünftiger Mensch, und sein einziger Wunsch bestand schlicht und einfach darin, daß die Welt zumindest ebenso vernünftig sein sollte wie er selbst, ein todsicherer Weg in die Verzweiflung, was ihm letztlich jeder im Städtchen hätte sagen können und enge Freunde wie Alf auch oft taten. Oxford und Alf waren sogar noch engere Freunde geworden, seit beide plötzlich allein dastanden, und trafen sich öfter denn je: «Die menschliche Vernunft ist eine Mißbildung der Evolution, mein Freund, eine unerwünschte Mutation, eine jämmerliche Mißgeburt. Trau ihr nicht. Der Lebenswille an sich ist wild und ohne Sinn und Verstand. Rücksichtslos. Wie ein in die Enge getriebenes Tier. Glaub mir, ich werde jeden Tag zum Zeugen seiner hirnlosen Grausamkeit. Und in seiner Rücksichtslosigkeit erschafft er Monster. Die menschliche Vernunft ist nur eine seiner grotesken Ausgeburten. Allein schon daran zu denken, Oxford, reicht vollauf, daß man sich in die Hosen macht. Das Gehirn, das über sich selbst nachdenkt: besser als jedes verdammte Klistier.» Dies aus dem Munde eines alten Gynäkologen, Notfallchirurgen und Hausarztes, der über einer Tasse bitteren heißen Kaffees im Sixth Street Café aus dem Fenster in den schmutzigen Regen stierte, der im leeren Ortskern des entkernten Ortes den rissigen Asphalt peitschte. Pause. Ein wehmütiger Seufzer. «Der einzige Trost ist, daß solche Monster sich in aller Regel selbst vernichten, sobald die Kraft, die sie erschaffen hat, sie im Stich läßt. Früher oder später.» Darauf wußte Oxford keine Antwort. Ihm blieb nichts weiter übrig, als durch seine Tränen hindurch den ganzen Horror zu beäugen, der sich infolge seiner Kurzsichtigkeit ein wenig verschwommen ausnahm. Die Ehefrauen der beiden Freunde, Harriet und Kate, zeitlebens eng befreundet, hatten einander einmal mehr im vorzeitigen Tod gefunden, indem sie im Abstand von nur zwei Jahren an schleichenden Erkrankungen der inneren Organe verstorben waren (wobei Oxfords Kate ihr Leiden mit einer Überdosis aus dem Drugstore entwendeter Schlafmittel verkürzt hatte), ein zweifacher Verlust für das Städtchen, der jedermann daran erinnerte, wie elend kurz nur währt des Lebens hitziges Gefieber, so die Formulierung, die Ellsworth in seinem im *Town Crier* gedruckten Nachruf auf Kate als langjährige Bibliothekarin des Städtchens mit «auf ewig ruhend der Trauer im Gefieder» gereimt hatte. Vielleicht hatte dieser morbide Fingerzeig Alf an jenem Tag, als ihm zwei lange Jahre fiebriger Trauer hinter den Augen hochwallten, dazu bewegt, seinen

Finger einen kontemplativen Augenblick länger als unbedingt nötig in Johns Frau stecken zu lassen; vielleicht hatte diese Mahnung Marge zum Weinen gebracht, als sie zusah, wie die Abrißbirne dem alten Pioneer Hotel den Garaus machte, das sie nur betreten hatte, wenn es, wie beispielsweise anläßlich von Johns Hochzeit, unumgänglich gewesen war; vielleicht hatte deshalb der Golflehrer Nikko ein paar Wochen darauf seine Frau Daphne verlassen, um mit der noch keine zwanzig Lenze alten, hemmungslosen Tochter des Kieferorthopäden durchzubrennen; vielleicht war der junge Cornell deshalb über ein Jahr lang völlig von der Bildfläche verschwunden und hatte seinem Vater mit dem gebrochenen Herzen, dem so wenig geblieben war, noch mehr Kummer gemacht. Der arme Oxford. Seine Frau war tot, und zwei seiner Söhne hatten sich als verantwortungslose Blödmänner entpuppt, die selbst für diejenigen, die sie liebten, nicht wiederzuerkennen waren, der dritte Sohn, der die besten Anlagen gezeigt hatte, war sinnlos in einem Krieg fern der Heimat gefallen, und Oxford selbst sah sich gezwungen, allein mit seiner griesgrämigen Tochter zusammenzuleben, einem dicken und ziemlich dummen Mädchen, das im Medizinstudium am Physikum und im Pharmaziestudium am Vorexamen gescheitert und zuletzt als Arzthelferin bei Alf gelandet war, und das vor allem deshalb, weil ihr Vater sich von seinem alten Kollegen diesen persönlichen Gefallen erbeten hatte: Kurzum, der Apotheker des Städtchens, dessen edle und vernünftige Träume von einer edlen und vernünftigen Welt so jämmerlich zerschellt waren, hatte allen Grund, sich ein wenig niedergeschlagen zu fühlen. Cornell war seine letzte Hoffnung und deshalb seine bitterste Enttäuschung gewesen, und so hatte der Vater keinen Anlaß zur Freude gesehen, als sein verrückter Sohn ein oder zwei Jahre nach der Beerdigung seiner Mutter unversehens wiederaufgetaucht war, um seine baldige Hochzeit mit der hinkenden, halbblinden Kreatur bekanntzugeben, die ihm seine Tochter kurz darauf am Telefon beschrieb. Die Frau schien wahrhaftig das Fleisch und Blut gewordene Sinnbild jener Mißbildung, zu der sich Oxfords Traum von der Vernunft ausgewachsen hatte. Sie wird mein Tod sein oder zumindest meiner geistigen Gesundheit den Garaus machen, hatte er gedacht, als er auflegte, und war in Tränen ausgebrochen wie in jenen dunklen Tagen so oft. Und doch hatte er sich geirrt, wie er seinem Freund Alf anläßlich eines leckeren späten Frühstücks mit Blaubeerpfannkuchen und Vanilleeis an einem sonnigen Vormittag viele Jahre später gestand, als seine Tränen längst getrocknet waren und zwei seiner acht Enkelkinder in einer Zwillingskarre neben seinem Caféhausstuhl schliefen: Gretchen hatte sich in Wahrheit als jener echte und einzige Sohn entpuppt, den er nicht mehr hatte.

Gretchens Fruchtbarkeit verblüffte das Städtchen. Eine Zukunft als Patriarch hatten sich wohl, da ihnen Paulines intime Kenntnisse fehlten, die wenigsten für den kleinen Corny ausgemalt, als sie ihren Namenszug unter sein Foto im Highschool-Jahrbuch kritzelten. Vielleicht half ja Gretchens Kurzsichtigkeit dabei, so sagten manche, das zu finden, was andere nicht sehen oder als überhaupt vorhanden behaupten konnten. Oder hatte etwa, so fragten wieder andere, jene Reise nach Paris zu Yales alter Flamme das Kind zum Kindermacher gemacht? Ihm sozusagen gezeigt, daß man auch ohne Hasenpfote Einlaß finden konnte? Wie es hieß, war in jenem sonderbaren Boheme-Atelier unterm Dach die Toilette im Wohnzimmer gewesen, hatte der Künstlerin die Badewanne als Sofa gedient und standen überall Spiegel herum, die freche Einblicke gewährten. Wo konnte sich an einem solchen Ort die Unschuld verbergen? Vielleicht hatte Corny also sozusagen doch noch ein bißchen Französisch gelernt, ehe es in seinem Oberstübchen dunkel geworden war. Schon möglich, doch falls ja, so war bei seiner Rückkehr wenig davon zu merken; sein herzförmiges Gesicht mit dem starren Blick und den nicht abgewischten Rotzschmierern erinnerte manche an krakeliertes Porzellan, andere an ein totes, viel zu lange unbeerdigtes Kind. Ein schräger Vogel, der nun noch schräger geworden war, lautete das allgemeine Urteil, und daher war das ganze Städtchen baß erstaunt, als die Babys zu zweien oder gar zu dreien auf die Welt zu kommen begannen (der alte Stu erzählte, mit dem Ellbogen über den Tresen der Bar des Golfclubs rutschend, er habe die Apothekerin einmal gefragt, ob sie denn jedesmal Drillinge bekomme, und ihre Antwort, so sagte er, habe gelautet: «Aber nein, manchmal bekommen wir auch gar kein Kind!»), nicht zuletzt Cornys eigene Familie, wenngleich man sich dort bald an den Kindersegen gewöhnte. Trotz gründlicher Nachforschungen im Kinderzimmer und später in den Sexualaufklärungsstunden, Anatomiekursen und der Arztpraxis hatte Columbia letztlich nie so genau kapiert, wie Männer funktionierten (Gretchen versprach, es ihr zu zeigen), und was den vernünftigen Oxford anbelangte, so hatte er sich schon so oft verrechnet, daß es ihn nicht überraschte, sich einmal mehr geirrt zu haben. Columbia, die ja als Assistentin oder doch Beinahe-Assistentin bei einem bisweilen als Geburtshelfer tätigen Arzt arbeitete, war eine große Hilfe bei den vielen Schwangerschaften, verabreichte Gretchen ihre Spritzen, manchmal auch eine Rückenmassage, einmal sogar ein Klistier, und begleitete sie, da sie ja ohnehin dort arbeitete, zu ihren zahllosen Besuchen beim Arzt und oft auch ins Labor, wenn Blutbilder und sonstige Untersuchungen anstanden. Während der Massagen erzählte Gretchen ihrer Schwägerin von all den Schwierigkeiten, die sie mit ihrem übergeschnappten Gatten hatte, berichtete, daß er manchmal wie ein Rammler auf sie losging und sie umgekehrt manchmal erst gar nicht in seine Nähe ließ; dann versteckte er sich unter dem Bett oder im Schrank oder auch in dem schmalen Gäßchen hinter dem Drugstore, wo er in einem fort herumstöberte, als suche er nach seinem verlorengegangenen Grips. Er schien ab und zu auf die Idee zu verfallen, daß er gar nicht mit Gretchen verheiratet und alles nur irgendein Trick sei oder daß er eingeschlafen sei und nicht mehr aufwachen könne – wirklich ein Verrückter. Columbia war natürlich immer sehr mitfühlend, da sie sich ihr Leben lang mit ihrem versponnenen kleinen Bruder hatte herumschlagen müssen, drum sagte sie, sie sei davon überzeugt, daß das alles irgendwie mit dieser verrückten Reise nach Paris zu tun haben müsse, und Gretchen stimmte ihr zu und sagte, daß es einem manchmal so vorkomme, als gebe es zwei Cornys. Und keiner ist einen krummen Penny wert, fügte Lumby hinzu, und beide kicherten, und manchmal hielten sie dann Händchen.

Cornells Gastgeberin auf der von seinem Vater arrangierten Schulabschlußreise nach Paris war Marie-Claire gewesen, das französische Liebchen seines großen Bruders Yale, Brieffreundin von Johns Frau und deren Brautjungfer bei der Hochzeit, die es, wie Daphne damals annahm, auf Bruce abgesehen hatte. Hätte die geile Ehrenjungfrau an jenem Tag freilich für jemanden außer dem Trauzeugen Augen gehabt, dann hätte sie die Blicke gesehen, die Yale und Marie-Claire beim Probedurchlauf und anschließenden Festessen wechselten, und bemerkt, daß die beiden zurückblieben, als die übrige Meute sich in Richtung Bar in Bewegung setzte, was keinem auffiel, weil Yale eher als Freund der Braut zugegen war denn als Kumpel des Bräutigams und mithin schnell vergessen wurde, als es an der Zeit war, Hengst und Henne zu spielen. Yale war der Ernsthafte in seiner Familie, erklärter Liebling beider Eltern – aber kein Grund zum Neid, er war auch der Liebling Harvies und der beiden jüngeren Kinder, war dazu geboren, zu lieben und geliebt zu werden. Vom Glück geküßt, wie man so sagt. In Daphnes Klasse war er sowohl zum beliebtesten als auch zum voraussichtlich erfolgreichsten Jungen gekürt worden, zwei hohe Auszeichnungen, die nur selten zusammen vergeben wurden, nicht einmal John waren zu seiner Zeit solche Ehren widerfahren. Als Yale Marie-Claire kennenlernte – vergessen sei die Sache mit dem Brautstrauß und dem Strumpfband am nächsten Tag, dies hier war die einzige wahre und (um einen ihrer späteren Liebesbriefe zu zitieren) saftige Romanze der Hochzeit –, hatte er in Princeton bereits sein halbes Studium der Chemie und dessen, was später als Informatik bekannt werden sollte, hinter sich, um bald darauf ins Fach Romanistik zu wechseln, weil er ein Leben vor sich sah, das ihn für immer von der Heimat entfernen würde, womit er richtig lag, wie sich bald erweisen sollte, wenngleich nicht ganz so wie gedacht. Der Plan, ausgearbeitet in ihren langen, allwöchentlich, manchmal täglich versandten Liebesbriefen, die sie einander jeweils in der Sprache des anderen schrieben, wobei sie ihr blumiges Gegurre durch eine alle Doppeldeutigkeiten verdoppelnde Fremdbestäubung aufs köstlichste befruchteten und kreuzten – der Plan also war gewesen, daß Yale sein Examen machen und dann Arbeit als Englischlehrer oder Übersetzer in Paris finden sollte, wo das junge Paar dem gemäß zusammenleben konnte, was den liebevollen Neidern daheim als französische Lebensart galt. Yale hatte sein Examenszeugnis in Händen und bereits den Flugschein in der Tasche, ein Geschenk seiner Familie, verpackt in einem Arzneischächtelchen aus dem Drugstore, auf das Oxford «Rezept für Frieden und Freude» geschrieben hatte, darunter einer der knappen Aphorismen seiner Mutter Kate: «Die Liebe ist der Quellcode!» – doch bevor Yale sich zu Marie-Claire gesellen konnte, war sein Einberufungsbefehl gekommen, er wurde zum Offizier ernannt, zog in einen Krieg, der keiner war, und wurde dort, geliebt von denen, die er liebevoll anführte, in jenen Körperteil geschossen, der einst die Konjugationen von *être* und *foutre* gespeichert und die Pionierleistung einer Online-Konkordanz der gesammelten Werke Mallarmés und Baudelaires ausgeklügelt hatte, welches, wie das geschockte und trauernde Gemeinwesen aus dem *Town Crier* erfuhr, französische Literaten gewesen waren, vor allem bekannt als Dichter, und Zeitgenossen der frühen Siedler des Städtchens, von denen im Gegensatz dazu nur wenige überhaupt hatten schreiben können.

Anläßlich eines routinemäßigen Geschäftsanrufs zu Hause während seiner zweiten Hochzeitsreise nach Paris erfuhr John von Yales Tod auf dem Schlachtfeld, drum fiel ihm die Aufgabe zu, der Gastgeberin Marie-Claire die tragische Nachricht zu überbringen, eine peinliche Situation, noch verschlimmert durch Techtelmechtels kürzliche Dreistigkeiten, doch John erledigte die Aufgabe mit gewohntem «Aplomb», wie die Einheimischen dort drüben gesagt hätten, und bewies damit, daß er, wie von seiner Mutter Opal oft bestätigt, durchaus ein mitfühlender Mensch war. Auch wenn – das ist wahr – nur wenige, die ihn kannten, ihn so charakterisiert hätten, hätte John in diesem Falle seiner Mutter zugestimmt: Er war zweifelsohne ein mitfühlender Mensch. Außer wenn es um die Wurst ging. Was natürlich fast immer der Fall war, weil nach Johns Definition das Leben hauptsächlich aus dem Kampf um die Wurst bestand. Mitgefühl war die natürlichste Sache der Welt, aber man fand kaum je die Zeit dafür, das war seine

Meinung. Die meiste Zeit standen einem einfach die Wirren und Zerwürfnisse des Lebens zu sehr im Wege, und das war auch gut so, sonst hätte man sich zu Tode gelangweilt. Unterm Strich war Mitgefühl das, was übrigblieb, wenn alles bestens lief: eine großzügig aufgezogene Party, ein Job zur rechten Zeit, ein brauchbarer Hinweis auf ein sicheres Geschäft, ein von der Steuer absetzbares Geschenk. Ein Bonus zur Weihnachtszeit für seine Angestellten, selbst wenn er vorhatte, sie rauszuschmeißen. Ein Besuch im Krankenhaus bei einem Typen, den man beim Football gerammt hatte. Blumen zur Hochzeit der Verflossenen. Manchmal war es auch nur ein aufmerksamer Anruf oder ein Klaps auf den Hintern. Drei Zimmer mit Bad in einem Seniorenheim waren das, was der schwer angeschlagene Barnaby bekam, Oxford ein Rettungsangebot für seinen Drugstore, das er töricht ausschlug, Lenny ein Klavier für den Keller der Kirche, um das Beatrice gebeten hatte, Snuffy erst neue Trikots für die Mannschaft, dann einen Posten am Flugplatz und später, als er in die Politik einstieg, Johns öffentliche Unterstützung. Waldo bekam Geschäftsreisen angetragen, wenn Lollie ihm zu sehr zusetzte, Lollie auf dem Golfplatz die Chance, bei gemischten Viererflights manchmal John zum Partner zu haben. Er quälte sich durch Bridgeabende mit dem Kerl, der seinen Eisenwarenladen führte, und dessen einfältiger Frau, ließ sogar Feldwebel Marge ab und zu ein Zuckerl zukommen, wenngleich zumeist über die Versicherungsagentur ihres Mannes, und einmal hatte er Harvie eine Boa aus Marabufedern geschickt, um ihm zu zeigen, daß er, mitfühlend, wie er nun mal war, an ihn dachte und ihn verstand.

«Mitgefühl? Die Scheiße nennt er Mitgefühl?» hätte sein Vetter Maynard voller Grimm geschnaubt, wenn er Johns Gedanken gekannt hätte, was natürlich nicht der Fall war. Das ging ja gar nicht. Maynard hatte Schwierigkeiten genug, seine eigenen düsteren Gedanken zu ergründen, ganz zu schweigen von dem, was in den Köpfen anderer Leute vor sich ging. Und der Narr oder Ofenputzer, wie seine Exfrau Daphne ihn manchmal nannte, war nicht die Sorte Mensch, der John oder sonst jemand sich anvertraut hätte, außer natürlich Veronica, die es getan und ihn geheiratet hatte, um fortan pausenlos ihre Vergangenheit um die Ohren geklatscht zu bekommen wie die Sahnetorten im Film. Mitleid, auch Mitgefühl kamen nicht in Maynards Wortschatz vor, und in seinem Herzen ebensowenig. Liebe dagegen schon, doch nahm sie nur wenig Platz ein, so wenig, daß nur Maynard selbst wußte, daß sie dort hauste. Und zwar wie ein Fels, ein tief ins Erdreich gegrabener Fels, der seine Gedanken stolpern und aus dem Tritt geraten ließ und der bisweilen glühend heiß wurde und bewirkte, daß ihn seine fünf Sinne im Stich ließen, sein Leib zitterte wie im Fieberwahn und seine Organe ihren Inhalt ausspien. Es war sonderbar, er begriff es nicht, sah es nie ein, hielt es für völlig verrückt, wurde es aber einfach nicht los, es war ein Teil seiner selbst wie sein kurzer Pimmel, seine behaarten Plattfüße und die dunklen Bartstoppeln auf Wangen und Kinn um fünf Uhr nachmittags. Also versuchte er, den Fels zu polieren, statt sich die Zehen daran wund zu stoßen, aber alles, was er unternahm – stets für sie beziehungsweise seine Liebe zu ihr und sein Bedürfnis, ihr nahe zu sein –, ging irgendwie schief, sei es, daß er ihre engsten Freundinnen heiratete, um ihr näher zu sein, oder daß er ein Kind in die Welt setzte, damit es mit dem ihren spielen konnte, oder daß er den Versuch unternahm, sie und ihren Vater vor Johns unbarmherzigen Raubzügen zu beschützen, oder daß er allein deshalb weiter so tat, als führe er ein geselliges Leben (er *haßte* das gesellige Leben), damit er ihr ab und zu begegnen konnte (nur *sie* konnte veredeln, was ihm fremd blieb): alles umsonst. Seine Liebe war stumm und blind und lehrte ihn nichts: Er war, ganz klassisch, der Liebe glückloser Tor. Und jetzt, nach dem vereitelten Schachzug ihres Vaters Barnaby, auch wenn er den Coup nur um ihretwillen eingefädelt hatte, stand er in Acht und Bann. Man schob ihm die Rolle des großen Betrügers zu und beförderte ihn aufs Abstellgleis. Er durfte nicht einmal mehr mit ihr reden oder sie auch nur ansehen, wenn sie ihm über den Weg lief. Mitgefühl? He, hebt's euch auf für den Narren, dessen Schmerz tief saß und, abgesehen von einem abgewetzten Strumpfband in seiner Hosentasche, keinen Trost kannte.

Kein Trost jedenfalls kam von seinem gleichnamigen Sohn, gewissermaßen Nebenbuhler, der gleichfalls ein Auge auf Johns Frau geworfen hatte oder es bald zu tun hoffte; laut seinem Busenfreund Fisch war das in der Zeitungstour inbegriffen. Liebe kam im Wortschatz des kleinen Maynard ebenfalls nicht vor, zumindest noch nicht, obwohl er Fortschritte machte – das heißt, sein Wortschatz machte Fortschritte (und andere Dinge auch, wie er Fisch aufgeregt demonstrierte), wuchs sozusagen um Längen, derzeit waren vor allem Wörter für Körperteile und das, was man mit ihnen anstellen konnte, gefragt. Fisch war dabei wie immer Bonsais Lehrmeister, und zwar nicht nur bei der Namensgebung, sondern auch bei der eher praktischen Unterweisung, da der Sohn des Pastors ein talentierter Maler war und zudem Zugang zu gewissen Büchern und Magazinen aus der Sammlung seines Vaters hatte, von denen Fisch behauptete, sie versuchten abzubilden, was Gott in Sodom und Gomorrha *wirklich* hatte sauer werden lassen. Heutzutage, so Fischs Vater, sei Gott verständnisvoller, schließlich seien die Menschen eben nur Menschen, wozu also die ganze Aufregung, laß es zu. Fisch wußte oft Interessantes zu berichten, nicht nur über Mädchen und was bei ihnen Sache war («– und Mache», setzte er dann immer hinzu und ließ die Faust beredt auf und nieder sausen), sondern auch über Gott, Autos, Drogen, Computerspiele und was mit einem passierte, wenn man tot war, jede Menge Zeug. Er brachte dem kleinen Maynard das Skateboardfahren bei und zeigte ihm, wie man einen Joint rollt und raucht und echten Rock von Popmusik unterscheidet (die er «Pappmusik» nannte), wie man Poker und Schach spielt und Kunststücke mit Streichhölzern vorführt und sich ohne zu bezahlen ins Schwimmbad schmuggelt und wie man feststellt, ob ein Mädchen noch Jungfrau ist oder nicht. Er versprach auch, Bonsai das Autofahren beizubringen, sobald er selbst den Führerschein hatte, und gab seinem jungen Freund überhaupt zu verstehen, er könne über das gesamte weltliche Wissen verfügen, das ihm, Fisch, zu Gebote stehe. Er war eben ein geborener Pädagoge. Das einzige, was Bonsai an Fisch nicht kapieren konnte, war, daß er ein Auge auf Bonsais zickige Cousine Clarissa geworfen hatte, eine Nervensäge der schlimmsten Sorte, obwohl es natürlich stimmte, daß sie eher in Fischs Alter war und mit ihren engen Jeans und dem Löcher-T-Shirt oder in ihrem String-Bikini im neuen Schwimmbad wirklich «zum Anwinken heiß» aussah, wie Fisch sich ausdrückte. Oder so ähnlich. Er habe sie nackt gesehen oder fast nackt, sagte Fisch, und als Bonsai ihn fragte, ob sie denn noch Jungfrau sei, war die Antwort, er habe sie noch nicht testen können, nehme es aber an. Fischs Schwester Jen war Clarissas engste Freundin, drum hing diese viel im Pfarrhaus herum und übernachtete manchmal dort; die beiden hörten Musik, beschwatzten ihren Weiberkram und tranken Diätcola oder manchmal Bier und zogen sich einen Joint rein, wenn Fischs Eltern nicht da waren, und an heißen Tagen oder wenn sie bekifft waren und manchmal auch sonst alberten sie gern in Slip und Hemd herum. Fisch hielt Clarissa deshalb noch für eine Jungfrau, weil er eines Abends, als er die beiden in Jens Zimmer durchs Schlüsselloch beobachtete, gehört hatte, wie sie sich bei Jen darüber beklagte. Er meinte, sie hätte gesagt, daß sie es kaum noch abwarten könne. Was? Fisch verklickerte es ihm. Außerdem mußte Bonsai zugeben, daß er keine rechte Vorstellung davon hatte, wie ein Schlüsselloch zum Durchgucken aussah, aber als Fisch ihm eines zeigte (das Pfarrhaus war viel älter als das Haus von Bonsais Eltern, auch viel interessanter), begriff er, daß es nützlich sein mochte.

Clarissa wußte, daß Jennifers glupschäugiger Wichser von großem Bruder an jenem Abend hinter der Tür gelauscht hatte, wie meist, wenn sie bei ihrer Freundin übernachtete. Sie kapierte einfach nicht, wie ein so cooles Mädel wie Jennifer einen derart beknackten Bruder haben konnte, doch was konnte sie schon groß sagen, wenn sie an die beschränkte Trantüte dachte, mit der *sie* sich herumärgern mußte. Zumindest machte Philip inzwischen nicht mehr ins Bett. «Tut er doch», kicherte Jen. «Jede Nacht! Bloß anderes Zeug!» Clarissa hatte immer gedacht, Philip, der in der Schule Fisch hieß, hätte seinen Spitznamen wegen seiner Glotzaugen und seiner Hasenzähne bekommen, aber als Jennifer ihr erzählte, daß sie ihm ihn verpaßt hatte, als er noch ein Baby gewesen war, er also von Anfang an so geheißen hatte, war Clarissa nicht überrascht gewesen. Die Leute wuchsen nun einmal in ihre

Namen hinein, davon war sie überzeugt, genau wie sie in den ihren hineinwuchs. «Marie-Claire hatte mal einen Liebhaber, den sie wie ein Hündchen an der Leine spazierenführte», sagte sie zu Jennifer, die schon immer eine gute Zuhörerin gewesen war. Sie lagen in Hemd und Slip auf dem Bett und hörten sich ein paar neue CDs an. «Mit Leine und Halsband und allem Pipapo. Sie hat ihn im Park herumgeführt und ihn Kunststücke machen lassen und ihn in aller Öffentlichkeit mit einer zusammengerollten Zeitung geschlagen.» Sie mußte ein paar Details ergänzen, aber im Kern war die Geschichte wahr, sie hatte sie zufällig mitbekommen, als ihr Daddy davon erzählt hatte. Im Flugzeug mit Onkel Bruce. «Na ja, eines Abends ist er durchgedreht und hat Schaum vor dem Mund bekommen und sie angegriffen und versucht, sie in ihre, na du weißt schon, zwischen die Beine zu beißen. Und zwar feste!» – «Du meine Güte! Soviel zum Thema französisch!» – «Das war nicht lustig, Jen! Er wollte sie umbringen, aber Marie-Claire hat ihm mit den Schenkeln die Luft abgedrückt, bis er aufgehört hat. Hinterher hat sie ihn nie mehr Hündchen spielen lassen, aber der Kerl ist nicht drüber weggekommen. Den Rest seines Lebens ist er auf allen vieren umhergelaufen, bis ihn eines Tages ein Auto überfahren hat.» Jennifer fand die Geschichte großartig und sagte, sie werde all ihre Liebhaber in Ameisenbären verwandeln, weil die so lange Zungen hätten, was sie aus einem blöden Gedicht in einem Kinderbuch gelernt hatte. Jennifer schien in letzter Zeit besessen von Zungen. «Oder in Bambis Vater», seufzte sie verträumt und schob sich die Finger in den Slip. In diesem Augenblick kam Philip betont gelangweilt ins Zimmer geschlendert. «Mom kommt bald mit Zoe nach Hause», sagte er. Clarissa störte sich nicht an anderer Leute Moms, nur an ihrer eigenen. Die sie seit einiger Zeit immer seltener zu Gesicht zu bekommen schien, drum war es nicht allzu schlimm. Ihre Mutter war ganz nützlich, aber im Grunde ihres Herzens wünschte Clarissa, sie würde abhauen und sie in Ruhe lassen. Und den blöden Mikey mitnehmen. Sie zog ihr BH-Körbchen herunter, um sich an der Brustwarze zu kratzen, als hätte sie dort eine Mücke gestochen, und blickte dann schnell auf, um zuzusehen, wie Philip feuerrot anlief. Sie versuchte sich auszumalen, was Marie-Claire jetzt wohl gesagt hätte, und dann fiel es ihr ein: «Du siehst aus wie ein Fisch auf dem Trockenen», sagte sie. «Warum platschst du nicht zur Tür raus, Glupschauge, und schnappst irgendwo anders Luft?» Und während Jennifer losprustete und sich auf die Schenkel schlug, zog Fisch den Kopf zwischen die Schultern und zischte ab. Das also war die Frau, zu der Clarissa sich Stück für Stück mauserte. Wegen ihres Namens. Er war ihre – sie hatte das Wort dafür erst kürzlich gelernt – Bestimmung. Zu wissen, was kommen würde, was *wirklich* kommen würde, machte einem ziemliche Angst, aber es brachte einem auch einen Vorsprung ein. Das gefiel ihr. Was immer sie tat, das Ergebnis würde stets dasselbe sein, drum gab es nichts, was sie nicht tun konnte. Niemand konnte sie einschüchtern, nicht einmal ihre Lehrer, die Freunde ihrer Eltern oder ihre eigenen Eltern. Und die Bullen des Städtchens schon gar nicht: Bei der letzten Razzia im Einkaufszentrum hatte Clarissa jedermanns Stoff eingesammelt und war dann total cool mit dem Zeug in der Tasche durch die Absperrgitter marschiert. Ihr gehörten die Flure der Highschool und die Cafeteria, sie war die Königin der Hänger aus den Einkaufszentren oder dem Schwimmbad, und sie sah jeder Herausforderung ungerührt ins Auge. Im neuen Hallenbad des von ihrem Daddy erbauten Bürgerzentrums hing sie den ganzen Tag in einem String-Bikini herum, der die Jungs schier ausrasten ließ. Aber wenn sie es wagten, sie anzufassen, kratzte sie ihnen die Augen aus. Komm mir bloß nicht zu nah, du Wichser. Hochspannung, Lebensgefahr. So war eben die Liebe. Großartig. Absolut geil.

Gordon besaß Fotos vom neuen Schwimmbad, auch vom alten und vom Pool im Golfclub, nicht aber Fotos von Leuten im Bikini. Nicht einmal von Pauline. Er besaß zwar ein Schwarzweißfoto von Clarissas Mutter, das er vor Jahren im Golfclub aufgenommen hatte, aber in einem bescheidenen Badeanzug, der am Nacken geknotet und am Rücken offen war, kein Bikini also. Pinups, wie sie in seiner Jugend geheißen hatten, waren nichts, was Gordon gereizt hätte, fielen auch nicht in sein Fach als Künstler. Intimität hingegen schon. Sinnliche Intensität. Andeutungen von

Zeitlosigkeit. Und die Reinheit der Linie. In der erwähnten Aufnahme von Johns Frau, einem seiner Lieblingsbilder in einer bis heute fortgeführten, vor fast fünfundzwanzig Jahren begonnenen Serie, zog sie sich in der Nähe des Einmeterbretts aus dem Becken und drehte dabei, einen Fuß auf die Betonkante gesetzt, den zweiten noch im Wasser, der Kamera den nackten Rücken zu. Das Haar war unter einer Gummibademütze versteckt. Vielleicht hätte nur Gordon zu sagen gewußt, wer die Schwimmerin war, aber gerade die Anonymität des Motivs freute ihn: ein ausgefeiltes Arrangement weicher, runder, funkelnder Körperlinien, rein und unbefleckt und letzten Endes gegenstandslos, unbenennbar, kontrastiert mit einer strengen Geometrie. Vergrößerungen isolierter Fragmente dieses Fotos besaßen ebenfalls diese Eigenschaft, was Gordon an seine frühesten Versuche als Maler erinnerte, an seine spekulativen Gegenüberstellungen von Hart und Weich, Linie und Textur, Kante und Oberfläche. Die blasse, mit kleinen Vertiefungen verzierte, straffe Oberfläche der Badekappe vor einem Hintergrund aus dunklen Hecken und dem Maschendrahtzaun an der Außenkante des Beckens vermittelte einem in der Vergrößerung den Eindruck erotischer Mondkraterlandschaften, die sich von einem ominösen kosmischen Gitterraster abhoben, genauso wie die potentiell laszive und die Aufmerksamkeit auf sich lenkende Schamregion, knapp oberhalb der Wasserlinie andeutungsweise zu sehen, bestens für geschmackvoll ausbalancierte Studien von Oberflächenkontrasten geeignet war, von denen der Fotograf einige mit ziemlichem Erfolg versucht hatte. Gordons Lieblingsstelle auf dem Foto war jedoch der nackte Rücken, insbesondere die gleißende Fläche muskelgespannten nassen Fleisches von der am Beckenrand aufgestützten rechten Schulter bis zur unteren linken Rippenpartie. Er hatte diese Sektion Zentimeter um Zentimeter in langen, unendlich genußvollen Abenden in der Dunkelkammer erkundet und diese mit einer Serie fertiger Abzüge verlassen, die seinen künstlerischen Idealen so nahe kamen wie nur irgend etwas, was ihm je mit der Kamera gelungen war. Bei der Mehrzahl seiner Schwimmbadfotos, ob alt oder neu, zumindest bei den in seine Alben mit der Aufschrift «Aussichten ohne Menschen» eingeklebten, unter denen sich Panoramen unbebauter Felder, verlassener Parkplätze, aufgegebener Autokinos, Spiegelungen wolkenloser Himmel in Fenstern und regenfeuchter, öder Straßen in der Morgendämmerung fanden, fehlten die Schwimmer, fehlte in der Regel sogar das Wasser.

Auf einem anderen, im Golfclub aufgenommenen Foto jüngeren Datums sah man Johns Frau in einer hellen Seidenbluse, die noch am selben Abend mit einem Glas Gin durchtränkt werden sollte, bei einer Unterrichtsstunde des jungen Golflehrers, der die korrekte Handhaltung am Siebenereisen demonstrierte. Der Golflehrer stand hinter Johns Frau, griff um sie herum, legte beide Hände auf die ihren und starrte über ihre Schulter auf den Golfschläger in ihrer beider Hände, zumindest ungefähr in diese Richtung. Um dieses Foto – eine beinahe frontale Dreiviertelansicht – zu knipsen, hatte der Fotograf sich mit seinem Teleobjektiv im Holzschuppen für die Golfwägelchen zirka hundert Meter schnurgerade hangabwärts plaziert und aus einem offenen Fenster auf den Auslöser gedrückt. Nun ja, «sich plaziert» ist vielleicht irreführend. Er hatte sich dort versteckt. Es war ein verblüffend schnelles und heimliches Manöver gewesen. Trevor, der vom Restaurant des Golfclubs aus diskret alles beobachtete, hätte die Szene um ein Haar nicht mitbekommen und sagte sich daraufhin, und nicht zum erstenmal, daß der Fotograf sich für einen nach außen hin unbeholfen wirkenden Fettwanst ganz schön geschmeidig zu bewegen wußte, wenn er nur wollte. Gordon, der kein Mitglied im Golfclub war und nur sehr selten dort vorbeischaute, war diesmal vorgeblich anwesend, um für das Wochenblatt die Flotte funkelnagelneuer Golfwagen mit Elektroantrieb zu fotografieren. Der alte Golfwagenschuppen diente jetzt primär als Garage für diese Novität, und die Gegenwart des Fotografen war sonderbar genug, um Trevor aufzufallen, zumal Johns Frau sich in der Nähe aufhielt. Also amüsierte sich Trevor, dessen Frau ebenfalls irgendwo draußen auf dem Platz unterwegs war, damit, daß er den heimlichtuerischen Fotografen im Auge behielt (es hieß «beschatten», oder nicht?). Warum in aller Welt tat er das? War es derselbe Zwang, der auch den Fotografen umtrieb? Trevor glaubte es nicht, selbst wenn ihnen die Lust gemeinsam war, zu sehen, ohne gesehen zu werden, und so dachte er, daß Gordon sich womöglich mit etwas Ähnlichem abmühte wie er selbst mit seinem wandernden versicherungsmathematischen Koordinatenpunkt. Der Unterschied in ihrer Suche war der zwischen Objekt und Subjekt, außen und innen, sichtbarem Verhalten und unsichtbarem Motiv. Es lag etwas ungeschminkt Suggestives in der Art und Weise, wie der junge Muskelprotz von Kevin in seinem burgunderroten Golfhemd und seinen gelben Hosen Johns Frau von hinten umarmte, doch Trevor bezweifelte, daß Gordon in Kevin irgend etwas anderes sah als eine visuelle Irritation, ein Hindernis, das der freien Sicht auf das Hauptziel des Objektivs im Wege stand. Zumindest hätte dies den allgemeinen künstlerischen Grundsätzen entsprochen, die Gordon vor ein paar Jahren in einem Interview mit seinem Freund Ellsworth für den *Town Crier* geäußert hatte, Grundsätze und Ideale, die Trevor, für den Schönheit und Zahl letztlich synonym waren, durchaus gefielen, auch wenn er ihre Gültigkeit anzweifelte. Oder auch nur ihre Vorstellbarkeit. Vermutlich war es eben dieser Zweifel, so dachte Trevor, der ihn dazu zwang, den Fotografen zu beschatten, als biete sich der Fotograf als Arena für die Zurschaustellung des paradoxen inneren Dramas einer notwendig gespaltenen Seele an, die einem unmöglichen Ideal hinterherjagte. Oberflächeneruptionen konnten dabei unmöglich ausbleiben, und Trevor, dessen eigenes inneres Drama sich parallel dazu in raschen Schritten entwickelte, würde ihr Augenzeuge sein.

Merkwürdigerweise gab es, obwohl der Autor keine Ahnung von Trevors Verfolgungsjagden und wenig genug von denen seines Freundes Gordon hatte, eine sehr ähnliche Figur in Ellsworths aktuellem Romanprojekt *Der Künstler und sein Modell*: eine mysteriöse, namenlose Person, die zum gegenwärtigen Zeitpunkt schlicht als Lauerer bekannt war. Ellsworth hatte ihn nicht eingeladen, der Kerl hatte sich ungebeten in den Text gedrängt. Bislang war er, wenngleich zutiefst beunruhigend, nichts als eine Nebenfigur, die erst in einer kurzen Szene (die sich streichen ließ) sowie in ein paar unzusammenhängenden Fragmenten (in einem stellte er die verwirrende Frage: Wieviel weiß das Kind?) und einer Handvoll verstreuter Zufallsnotizen zum Vorschein gekommen war, und doch stellte er bereits jetzt eine wirkliche Bedrohung dar, nicht allein für die übrigen Figuren des Romans (das heißt, für den Künstler und sein Modell), sondern auch für den ursprünglichen Handlungsverlauf, den der Eindringling jetzt mit einer gänzlichen Umstrukturierung bedrohte. Ellsworth befaßte sich seit nunmehr über zehn Jahren ernsthaft mit diesem Buch, seit ihm damals beim Nachruf auf die bei einem Unfall ums Leben gekommene Frau des Autohändlers die Worte ausgegangen waren; zu einem bestimmten Zeitpunkt hatte er gute dreißig Seiten gehabt, die er als «fertig überarbeitet» ansah. Er hatte sie sogar auf der Linotype-Maschine in der Zeitungsdruckerei setzen lassen, um sie sich gedruckt zu Gemüte zu führen. Ja doch, sie waren prima. Mehr als prima: klassisch. Dann war der Lauerer auf den Plan getreten und hatte beinahe die Hälfte der Seiten ausradiert, und zwar einfach, indem er ominös an den Rändern des Geschehens herumlungerte, und auch die verbliebenen rund zwanzig Seiten, selbst wenn sie unverändert dastanden, erinnerten allenfalls noch entfernt an die, die Ellsworth ursprünglich geschrieben hatte. Was bedeutete es zum Beispiel, daß «der Künstler, den Stift aufs Papier führend und dabei das Verhältnis zwischen formalem Idealismus und geometrischer Optik bedenkend, begriff, daß das von der Spitze seines Kugelschreibers, vom zehn Meter entfernt sitzenden Modell und von seinem inneren Auge gebildete Dreieck tatsächlich ein gleichseitiges Dreieck war, daß aber, wenn sein Strich nicht stimmte oder er Tintenkleckse aufs Papier spritzte oder das Modell in der Nase bohrte, wie es das jetzt in diesem Augenblick tat, dies nicht etwa die Gleichseitigkeit, sondern die plane Oberfläche des Dreiecks beeinträchtigte», wenn sich mit einemmal noch dieses andere Augenpaar irgendwo herumdrückte? Ein Debakel, wie die großen Meister sagen würden, doch was konnte er dagegen tun? Als der Lauerer erstmals auftauchte und die Hälfte des Romans vor seinen Augen zu nichts zerstob, verfiel Ellsworth in helle Panik und setzte den Eindringling unter Aufbietung all seiner auktorialen Macht gewaltsam vor die Tür, gewann so die verlorenen Seiten zurück und fügte als eine Art Sicherheitszaun um das, was er irrtümlich als seinen Privatbesitz betrachtet hatte, noch ein paar zusätzliche Blätter hinzu (eine produktive Zeit, auch wenn sie sich als illusorisch erwiesen hatte), doch (er hätte es vorhersagen können) vergebens. Der Lauerer war immer noch da, und zwar innerhalb des Zauns, der, weit davon entfernt, ihn fernzuhalten, nur dazu gedient hatte, den Kerl zu dreisten Einmischungen zu ermutigen und ihm neue Wege zu eröffnen, die er erkunden konnte, während er sich in seinem Schatten verborgen hielt. Die Bemerkung, die Ellsworths Künstlerfigur einst als Replik auf die Unbedarftheit seines ihn allzusehr anhimmelnden Modells gemacht hatte, «Künstler ‹schaffen› keine Kunst, meine Liebe, sie werden *von* ihr geschaffen», vom Autor damals als übertrieben melodramatisch verworfen, kehrte jetzt in Gestalt des unausradierbaren Lauerers zurück, um ihn zu quälen.

Im Lauf der letzten Jahre, während ein gequälter Ellsworth, von der breiten Öffentlichkeit unbemerkt, täglich mit einem jetzt ernstlich durch das Eindringen des Lauerers bedrohten Romanprojekt rang, hätten ein paar kritische Leser (beispielsweise sein Freund Gordon) ein allmähliches Abflachen der Qualität des *Town Crier* bemerken können, doch die meisten Bewohner des Städtchens empfanden, genau wie das schwärmerische Modell des Künstlers im Roman, solche Ehrfurcht vor jedermann, der zwei Wörter zusammenfügen und überdies korrekt buchstabieren konnte, daß sie ihr altes Käseblatt, wie sie es nannten, nicht nur für so gut wie eh und je, sondern im Gegenteil sogar für immer besser hielten. Zum Teil war dies das Werk des Lauerers, denn Ellsworth, der sich zunehmend in seine narrativen Dilemmata verstrickte, setzte inzwischen bei der Herausgabe des Wochenblattes mehr und mehr auf andere Schreiber, die jeweils ihre eigenen Fans hatten, insbesondere ihre unmittelbaren Familienangehörigen. So steuerten die Schüler der Highschool, die das Wahlfach Journalismus belegt hatten, nun zusätzlich zu ihren traditionsgemäßen Berichten über schulische Ehrungen und sportliche Erfolge regelmäßig Buch-, Film- und Musikkritiken bei (die ihre Eltern amüsierten, selbst wenn man über den zweifelhaften Geschmack dieser neuen und geräuschvollen Generation den Kopf schüttelte: Manche der älteren Leser nannten die Zeitung jetzt trocken *Teen Choir*), die Sekretärin der Industrie- und Handelskammer gab allwöchentlich eine Kolumne mit Wirtschaftsnachrichten in der Redaktion ab, die «Buchen Sie's aufs Habenkonto!» betitelt war, in einem mit «Nachgedanken» überschriebenen Kasten auf der letzten Seite wurde, vornehmlich durch Mitglieder des Verbandes der Pastoren, die Bedeutung des Lebens erforscht, und früher oder später schrieb beinahe jedermann irgend etwas für die beliebte Gastkolumne «Ich erinnere mich». Manche dieser Erinnerungen waren überaus frivol, etwa wenn es um vergangene Moden, tote Haustiere oder das Preisniveau der Vorkriegszeit, um verschwundene Wahrzeichen, Omas Lieblingsrezepte und Halloweenstreiche in den Tagen der Plumpsklos ging, andere dagegen, so zum Beispiel Veronicas Schilderung, wie sie ihr Asthma überwand, um Cheerleader an der Highschool zu werden, oder Otis' lakonische Darstellung, wie er vom Selbstmord seines Vaters erfahren hatte, als er verwundet in einem Dschungellazarett lag, oder auch der liebevolle Nachruf, den die Arzthelferin Columbia ihrem toten Bruder Yale gewidmet hatte, waren äußerst bewegend und wurden von vielen Bewohnern des Städtchens ausgeschnitten und aufbewahrt. Erinnerungen an Verstorbene waren ein häufiges Thema in der Rubrik «Ich erinnere mich», so die von der Bibliothekarin Kate noch kurz vor ihrem eigenen Tod elegant geschriebene Reminiszenz an ihre Freundin Harriet, die Frau des Arztes, die sie als «eine jener wunderbar vorbehaltlosen Leserinnen» bezeichnete, «die alle Großrednerei und Geschraubtheit verachten und noch das einfältigste Werk radikal und für immer verwandeln, indem sie es mit offenem Herzen lesen», oder der schlichte Nachruf von Johns Frau auf die Pariser Freundin, die bei ihren Besuchen im Städtchen die Herzen aller erobert hatte, oder die vom Herausgeber Ellsworth selbst verfaßte sentimentale Reminiszenz an die von schwerem und langem Leiden heimgesuchte Mutter seines guten Freundes Gordon, des Fotografen – doch es blieb durchaus noch Raum für andere Gefühle, für alles und jedes, vom Humor bis zum Horror. So erinnerte sich Beatrice, die Frau des Pastors, an den Tag kurz nach ihrem Umzug ins Städtchen, als sie sich aus dem Pfarrhaus ausgesperrt hatte, während die kleine Zoe drinnen aus Leibeskräften plärrte und zu allem Überfluß Beatrices Mann Lennox mit dem einzigen Ersatzschlüssel unterwegs war, um irgendwelche seelsorgerischen Besuche zu machen, was er in jenen Anfangstagen mit solchem Eifer tat, daß er erst um zehn Uhr abends nach Hause gekommen war, und das ohne sein Auto, das er offenbar an unbekanntem Ort stehengelassen hatte. «Es war echt ein Trip», hatte sie in ihrer getippten Fassung resümiert, was der Herausgeber dann zu «eine echte Erfahrung» abänderte. Weiter schrieb Beatrice, was sie am meisten beeindruckt habe, sei die Tatsache, daß «es ein flaches Städtchen war, in dem man Babys spazierenschieben konnte», und daß die Leute dort so freundlich seien, daß «Gott selbst sich hier auf Anhieb wohl fühlen würde, genau wie wir es tun». Trevor, der Steuerberater und Versicherungsmakler, schrieb dagegen von jenem schrecklichen Tag, als er in der Gasse hinter seinem Büro auf den zerschmetterten Leichnam des kleinen Sechsjährigen mit dem Fahrrad gestoßen war, den irgendwer mit dem Auto totgefahren hatte, der dann einfach abgehauen war. Trevor, wie er in seiner plastisch und doch zartfühlend geschriebenen Ausgabe von «Ich erinnere mich» erklärte, war von dem Erlebnis so erschüttert, daß er vorübergehend auf einem Auge das Sehvermögen verlor, als könne das Auge nicht ertragen, was es gesehen hatte, wohingegen Alf erklärte, daß Trevor einen kleinen Schlaganfall erlitten habe und sich die Sache mit dem Auge im Lauf der Zeit einrenken werde, worauf er wieder Auto fahren dürfe. Was dann auch geschehen war. Trevor hatte persönlich eine Belohnung in Höhe von fünftausend Dollar für jede zur Ergreifung des schuldigen Autofahrers führende Information ausgesetzt (er bekräftigte dieses Angebot in seinem «Ich erinnere mich»), doch hatte bislang kein Mensch Anspruch auf die Summe erhoben.

Floyd hätte diese Geschichte leicht übertrumpfen können, sagte auf Anfrage aber nein. Er führte zwar Johns Eisenwarenladen im Ortskern, aber er stammte nicht von hier, und niemand wußte viel von seinem Leben vor seiner Ankunft im Städtchen, es dachte auch kein Mensch groß drüber nach. Floyd war ein Handlungsreisender, der aus dem Nirgendwo hereingeschneit gekommen war, soviel wußte man, ein stinkreaktionärer Hinterwäldler, der sich recht gut in der Bibel auskannte (die Jugendlichen nannten ihn den alten Schreihals) und ausgesprochene Zurückhaltung hinsichtlich seiner Vergangenheit an den Tag legte, doch nachdem John ihn erst eingestellt hatte, akzeptierten ihn alle, wie er war (also nicht gerade herzlich), und zerbrachen sich nicht weiter den Kopf über ihn, außer wenn sie ein neues Türschloß, einen Gummistößel fürs verstopfte Klo oder einen Radmutterschlüssel brauchten. Aber bevor es ihn hierher verschlagen hatte, war Floyd viel gereist, mal als Vertreter, mal als Trucker, oft aber auf der Flucht vor den Gesetzeshütern, und Ruhepausen hatte er nur eingelegt, wenn man ihn geschnappt und seinen frechen Arsch hinter die einen oder anderen schwedischen Gardinen verfrachtet hatte, wo er seine Bibelkenntnisse erwarb und sein Kartenspiel verfeinerte; beim Bowlen war er ein Naturtalent. Edna war seine Freundin auf der Highschool gewesen, bevor beide vorzeitig abgegangen waren, und sie hatte auch in schlechten Zeiten zu ihm gehalten, obwohl nicht einmal sie wußte, was er alles angestellt hatte. Die Sachen, bei denen man ihn erwischt hatte, schon, na klar, das Klauen und die Schlägereien, wegen denen man ihn im einen oder anderen Kaff vor Gericht gestellt hatte, wenn er nicht schnell genug die Kurve kratzte, aber nicht alles. Manches wußte niemand. Da war zum Beispiel diese Truckerin gewesen, die ihn per CB-Funk auf den einsamen Highway-Parkplatz gelockt hatte, die dreckige besoffene Hure. Eine Warze auf dem Augenlid und ein Büschel schwarzes Haar am Kinn hatte die alte Schlampe gehabt. Und fünfzig Kröten für eine schnelle Nummer gewollt. Und eine schnellere bekommen, als sie erwartet hatte. Sie tauchte noch immer in Floyds Alpträumen auf, samt Warze und so weiter, und schickte ihn in inbrünstigem Gebet neben dem Bett auf die Knie. Es war nicht so sehr das Messer, er hatte schon andere umgebracht, Gott errette seine verschissene Seele, sondern wie er auf sie eingestochen und wo er sie hinterher gepimpert hatte. Ich erinnere mich. Es hatte auch noch andere gegeben, und nichts davon war angenehm gewesen – der fette Cowboy etwa mit dem künstlichen Gebiß, der ihn herausgewunken hatte, damit er ihm bei dem Platten an seinem Wohnmobil half, und ihm dann einen Lutsch anbot, oder die reiche Hexe in Santa Fe mit der haarlosen, tätowierten Muschi, die ihn anheuern wollte, damit er ihren Mann umbrachte, oder dieser langhaarige rotznasige Lümmel mit den Ringen in den Ohren, den er hinter Cheyenne aufgelesen hatte und der den Fehler beging zu sagen, er glaube zwar nicht an die Existenz Gottes, doch daran, daß Gott, falls Er existieren sollte, ein Arschloch sei: dem aufgeblasenen Dreckskerl mit der gequirlten Scheiße im Hirn hatte er es tüchtig besorgt. Am schlimmsten aber war das Folgende: Floyd bereute zwar seine Sünden, mußte sie aber immer wieder aufs neue durchleben und wußte, daß er trotz allen Betens und aller Versprechungen keine Abartigkeit auf dem Kerbholz hatte, die ihm nicht noch einmal und exakt genauso widerfahren könnte. Das erschreckte ihn zu Tode, verlieh ihm aber auch irgendwie die Kraft, von einem Tag zum nächsten weiterzuwursteln, und auch das war besorgniserregend. Was niemand, außer vielleicht Edna, wußte, war, wie verflucht verwundbar er sich fühlte und wie dicht ihm die Mächte der Finsternis auf den Fersen waren. John hatte Floyd mit dem Job im Eisenwarenladen das Leben gerettet, aber falls er je gefeuert oder der Laden dichtgemacht werden sollte, hoffte er nur, daß irgendwer ihn abknallen würde, bevor er durch die beschissene Tür hinausspazierte.

Der Laden, den Floyd führte, hätte vermutlich längst dichtgemacht oder zumindest in eines der Einkaufszentren hinaus verlegt werden sollen, aber er befand sich nun schon so lange im Besitz der Familie und hatte seinen Platz stets an der Ecke Sixth Street und Main gehabt, war letztlich ein Eckstein – oder Eckschrein – der Familienlegende, daß John zögerte, ihn zu schließen, da die Geschichte verschont, was sie abgehakt hat; zumindest wollte er abwarten, bis sein Vater das Zeitliche segnete, doch Mitch, obwohl er den Großteil der Tagesgeschäfte an seinen Sohn übergeben und mehr als einmal seine baldige Pensionierung angekündigt hatte, machte keinerlei Anstalten, bald das Handtuch zu werfen, im Gegenteil. Die während des Krieges erzielten Gewinne hatten ihn zum größten Grundbesitzer im ganzen County und zu einem Geschäftsmann mit landesweitem Einfluß gemacht, er drehte in der Region ein großes Rad und fand, es halte ihn gesundheitlich in Höchstform und sein Handikap beim Golfen niedrig, wenn er auch weiterhin am Ball blieb. Er verspürte allerdings keine Lust, John dabei ins Gehege zu kommen, drum hatte er, in Übereinstimmung mit dem alten Diktum von den andernorts abzustoßenden Hörnern, das er einst John mit auf den Weg gegeben hatte, seine Finanzgeschäfte aus der Heimat in die nationalen und internationalen Märkte verlegt und tätigte mit seinem Sohn nur dann Geschäfte, wenn es darum ging, aus seinem Grundbesitz Profit zu schlagen. John war noch ein Grünschnabel gewesen, knapp Mitte Zwanzig, als sie ihr erstes großes Gemeinschaftsprojekt in Angriff nahmen, ein kleines Einkaufszentrum draußen an der Straße zum Golfplatz, das erste im Städtchen. Barnaby war damals noch stark involviert gewesen, drum war es so grundsolide wie die Main Street geworden und sah auch sehr ansprechend aus, nämlich wie ein Dörfchen mit Ziegelbauten, halbkreisförmig um einen Parkplatz mit Springbrunnen in der Mitte gruppiert und mit Topfpflanzen rings um die Kanten, doch hatte es sich, wie John wutschnaubend vorhergesagt hatte, bald als katastrophal unzulänglich erwiesen. John empfand den Zierat als Mißbrauch von Licht und Raum, was im Klartext hieß, daß er mehr Asphalt und mehr Glas und weniger überflüssiges Detail wollte. Die Büsche verstellten die Schaufenster, der Springbrunnen (längst übergeteert) zog nur Unrat und Graffiti an, genau wie Wünschebrunnen auf dem Boden Münzen ansammeln, außerdem nahm er wertvollen Parkraum weg, die massive Ziegelbauweise erschwerte die Renovierungsarbeiten, machte es zudem den Ladeninhabern bei Neueröffnungen schwer, die Kundschaft mit einer persönlichen Note zu ködern, und Barnabys Verdikt gegen Markisen, Neonreklamen und Embleme auf dem Dach empfand Mitchs Sohn als Schnapsidee, als wollte man Popcorn aus dem Kino verbannen. Am schlimmsten freilich war der Mangel an weitläufigen, unverbauten, hell erleuchteten Ladenlokalen, Amerikas jedweden Mätzchen abholde Antwort auf all die spiegelprangenden Versailles der Welt, ein Fehler, den John bei allen zukünftig von ihm gebauten Einkaufszentren gegen die gemurrten Einwände seines Schwiegervaters berichtigt hatte, aber in jenem ersten Einkaufszentrum, das mittlerweile nur noch Kunstgewerbeläden, Schönheitssalons und Videotheken für die ganze Familie beherbergte, nie korrigieren konnte. Barnabys jüngstes Fiasko, den versuchten räuberischen Zugriff auf das Familienunternehmen, empfand Mitch als widerlich und völlig bescheuert, als hätte Audreys Tod Barn aus dem Lot gebracht, doch als der Vater des einen und langjähriger Geschäftsfreund des anderen begriff er sehr wohl, was John von seinem Schwiegervater trennte, zumindest zu der Zeit, als der alte Griesgram noch nicht so grausam von seiner gesunden und aktiven Hälfte getrennt worden war. Johns erste Bauten waren Bühnenbilder für Theaterinszenierungen in der Highschool und im College gewesen: Phantasiegebilde, die binnen eines Tages aufgebaut und zerlegt wurden und auch nichts Besseres verdient hatten, wie es hieß, Bauten, die Barnaby nie so bezeichnet hätte. Barnabys erstes Bauwerk hingegen war sein eigenes Haus gewesen, ein Klassiker, bis heute in Büchern über amerikanische Architektur des zwanzigsten Jahrhunderts abgebildet, die John verächtlich als lachhafte Ergüsse irgendwelcher akademischer Schwuchteln abtat, die nicht einmal einen Hammer halten konnten.

Clarissa, der Zwergenkönigin all der Hänger aus den Einkaufszentren und dem Schwimmbad, hätte es prima gefallen, daß ihr Großvater die Bauten ihres Daddys «Phantasiegebilde» nannte. Besonders die Einkaufszentren. Pure Magie. Das waren sie, waren sie schon immer gewesen, schon in Clarissas früher Kindheit. Feenreiche, Sonnenpaläste. Damals durfte sie dort nach Herzenslust herumtollen und tun, was sie nur wollte, und alle lächelten sie an und steckten ihr Süßigkeiten und Geschenke zu, es war schrecklich aufregend. Ihr Daddy lud Zirkuskünstler, Musiker und berühmte Komiker in die Einkaufszentren ein, um Leute anzulocken, außerdem gab es immer irgendwelche Geräte, in die man eine Münze stecken mußte, damit man darauf fahren oder reiten konnte, und Anstecker und Luftballons umsonst von den Geschäften, dazu zu jeder Jahreszeit spezielle Dekorationen, flammenrote Herzen zum Valentinstag, zu Ostern Schokoladenhasen, zum vierten Juli Feuerwerk und zu Halloween Masken und Zuckerbonbons und zu Weihnachten Nikolause. Schon mit fünf Jahren hatte sie dort bei einer Modenschau im Frühling Badeanzüge vorgeführt und nie vergessen, wie man ihr damals zugelacht und zugejubelt hatte, besonders auch ihr Daddy mit den Strahleaugen, als sie mitten in der Vorführung einen Arm in die Hüften stemmte und mit einem Lächeln, wie sie es im Fernsehen gesehen hatte, den Träger über die Schulter gleiten ließ. Elektrisierend war das gewesen. Danach hatte ihr Daddy das neue Einkaufszentrum mit der großen Freßmeile gebaut, und das wurde dann ihr Lieblingsort. Und war es auch geblieben, obwohl es inzwischen einen noch schickeren Laden draußen am Highway gab. All die großen Kids fingen an, dort auf der Freßmeile herumzulungern, und jede Menge krasser Kram lief ab, Erwachsenenkram, auch wenn Clarissa am Anfang nicht so recht gewußt hatte, was genau. Nur daß er zu wichtig schien, als daß man ihn verpassen durfte. Und jetzt durfte sie dort zum erstenmal nicht mehr nach Herzenslust herumtollen, immer mußte sie mit ihrer Mutter oder mit Granny Opal hinfahren, der einzigen Großmutter, die sie noch hatte, was nur bewies, daß dort was los war. Gott sei Dank gab es die Videospielhalle neben der Tacobar, und Clarissa konnte Granny Opal immer dazu bewegen, sie und Jennifer (sie waren jetzt Busenfreundinnen und neugierig wie Katzen) dort abzuliefern und dann einen Kaffee trinken zu gehen und sie allein zu lassen. Auch der Schlaganfall von Clarissas Großvater half, weil das Altersheim in der Nähe des Einkaufszentrums lag und Granny Opal oder ihre Mutter, wer immer von den beiden sie und Jen begleitete, sich oft davonschlich, um Barnaby zu besuchen. Außerdem ging Clarissa inzwischen auf die Highschool und war zu alt, um eine Aufpasserin zu brauchen, und das machte sie auch unmißverständlich klar. Das hier war ihr *wirkliches* Leben, und es war einfach nicht fair, es ihr zu verweigern. Jen, der Pastorentochter, gefiel es in den Einkaufszentren genausogut wie ihr; Jens Wort dafür hieß «spirituell». Sie meinte, Kirche und Sonntagsschule seien irgendwie verlogen mit all den stocklangweiligen Mosesen und toten Jesusen, die Einkaufszentren seien der Ort, wo Gott (oder die Göttin) sich zeigen werde, wenn überhaupt. Man könne es direkt *fühlen*. Sie und Jen fanden bald das meiste heraus, was sich dort abspielte – Klauen als Mutprobe, das Verhökern des Geklauten, der Schnaps in Cola und Milchshakes, das heimliche Kiffen, die ulkigen Pillen und das verstohlene Dealen, das, was am äußersten Parkplatzrand ablief, wenn sich Pärchen zusammenfanden und sich für ein Weilchen dorthin absetzten, all so was eben –, und beide fingen an, T-Shirts mit Schallplattencovern drauf und Lederjacken und Ketten und zerrissene Designerjeans anzuziehen, damit sie besser ins Bild paßten. Jen beschaffte sich sogar einen Nasenring, obwohl sie ihn zu Haus im Pfarrhaus nie trug, weil ihre Mutter sonst ausrastete, wie sie sagte. Clarissa war sich da nicht so sicher. Jens Mom war mal ein Hippie-Girl gewesen und noch immer oft ganz abgedreht. Was Spaß machen konnte, wie Clarissa inzwischen wußte. Es wurde auch viel Tabak geraucht im Einkaufszentrum, es sah ganz so aus, als sei alle Welt dem Teufelskraut verfallen, aber so weit ging Clarissa nicht. Das war das einzige absolut ernste Machtwort, das ihr Vater je gesprochen hatte: «Clarissa, bitte. Versprich's mir. Tu's nicht.» Und sie hatte es ihm versprochen und würde ihr Versprechen auch nie brechen, obwohl sie selbstverständlich davon ausging, daß ein bißchen Paffen schon okay war, wenn es nicht um Tabak ging. Ihr Dad liebte sie, aber er war kein Spießer.

Opal ließ ihre Enkelin und deren kleine Freundin, die sich so aufreizend anzog, ungern an diesem lauten und liederlichen Ort allein, aber es bereitete ihr noch größeres Unbehagen, allein unter all diesen ungezogenen Kindern herumzuhocken, drum kam sie, wann immer sie Clarissa ins Einkaufszentrum chauffieren mußte, einer zweiten Verpflichtung nach, diesmal gegenüber ihrer Schwiegertochter, indem sie deren Vater, den armen, vom Schicksal geschlagenen Barnaby, im Altersheim besuchte, auch wenn sich nur schwer sagen ließ, welches Erlebnis sie letztlich mehr abstieß. Das Einkaufszentrum war fraglos unerträglich laut, dazu roch es auf der weitläufigen Freßmeile, wo sich die einzigen Stühle befanden, entsetzlich nach Fritierfett, klebrigem Zuckerwerk, Zigarettenrauch und saurer Milch, was sie an kranke Säuglinge erinnerte. Draußen gab es keine Grünanlagen, Gehwege oder Bänke, drinnen genausowenig, keinen Ort, wo man sich einfach hinsetzen konnte, aber selbst wenn es ihn gegeben hätte, wäre es ihrunangenehm gewesen, sich mitten in diesem unsinnigen Trubel niederzulassen. Drum blieb ihr letztlich gar keine andere Wahl, außerdem hatte sie nicht ernsthaft Angst um ihre Enkelin, schließlich war die Freßmeile ja ein öffentlicher Raum, Dutzende von Leuten kamen dort jede Minute vorbei, und alle kannten Johns Tochter vom Sehen, was sollte also schon groß passieren? Das Städtchen hatte sich seit Opals Krankheit dramatisch verändert, war kaum mehr wiederzuerkennen, aber in mancher Hinsicht verkörperten die Einkaufszentren ihres Sohnes, wie Kate, als sie noch am Leben gewesen war, ihrer Freundin einmal erläutert hatte, die Rückkehr in ihre dörfliche Jugend oder sogar in noch ältere Zeiten. Sie mochten anonym und entlegen sein, stellten aber nichts als kommunale Versammlungsorte für eine weit verstreut wohnende Bevölkerung dar, genau wie früher die alten Farmstädtchen (hatte Kate gesagt), das hiesige eingeschlossen, waren ein Ort zum Feilschen und Tauschen, für den Austausch von Neuigkeiten und Ideen, für Feiern, Flirts und freundschaftlichen Wettstreit. Als Opal, deren Mutterliebe mit ihrer Abneigung gegen die von ihrem Sohn erbauten Einkaufszentren kollidierte (wenn schon Rückkehr, dann gewiß eine parodistische), eingewandt hatte, was dort nicht vorhanden sei, seien Kirchen, hatte Kate gekontert: «Vielleicht keine aus der Alten Welt importierten, aber es gibt dennoch heilige Stätten, Opal, schöne alte Tempel ganz nach Landessitte, die Heiligtümer des glorreichen Geschäftswesens an den Altären aufgetürmt, dazu Einkaufswagen als Hostienkelche und piepsende Registrierkassen wie das Geläut von Kirchenglocken, während Priester in Händlergestalt mit Unterstützung ihrer Meßdiener in Wachmann-Uniformen für moralische Erbauung sorgen. Und dann sind da auch noch all die Schnellimbißkapellen fürs rituelle Fasten, sakrosankt wie koschere Speisen oder die Eucharistie, ferner die Kinos für göttliche Schauspiele und ikonische Darstellungen, mit verschiedenen Leinwänden für die verschiedenen Glaubensbekenntnisse, und Mannequins als Engel und Gottes allgegenwärtige Muzak-Stimme sowie die letztgültige Segnung direkt aus dem Himmel der akzeptierten Kreditkarten und sogar noch, vielleicht erhabener als alles andere, die gewaltige apokalyptische Ödnis der Parkplätze: Suche irgendwann am Sonntag in der Frühe diese prophetischen Felder auf, Opal, wenn du eine echte» – und hier benutzte sie eben jenes Wort, das die Tochter des Pastors (die Kate damals kaum kannte, da die kleine Jennifer nicht gerade eine Stammkundin der Stadtbücherei war) viele Jahre später verwenden sollte, als sie, noch ganz ekstatisch, wie es bei Halbwüchsigen der Brauch ist, in Opals Auto vom Einkaufszentrum nach Hause kutschiert wurde – «‹spirituelle› Erfahrung erleben willst.» Ach, die liebe, unmögliche, freche Kate, die nie und nimmer in solch ein Einkaufszentrum gefahren war, wie sehr sie ihr doch fehlte! Und Harriet, die Arztfrau, ebenfalls, so viele liebe Freundinnen tot! Selbst die arme Audrey, so schwierig sie auch sein konnte, auch die vermißte Opal, all ihre Freundinnen verschwanden, bald würde sie ganz allein sein. Und jetzt auch noch Audreys Barnaby, der nicht viel besser dran war als ein Toter; sie besuchte ihn, sooft sie konnte, doch meist schien er gar nicht zu wissen, wer sie war, es war furchtbar traurig. Eines Tages sah Opal bei der Rückkehr von einem dieser Besuche – diesmal hatte Barnaby sie irrtümlich für seine tote Frau gehalten und ihr in einem Tobsuchtsanfall Betrug und Dummheit vorgeworfen, es ging um irgendein Aufteilungsproblem, das Audrey nicht richtig kapiert hatte oder so ähnlich –, daß das Einkaufszentrum rundum von Polizeiautos mit blinkendem Blaulicht abgeriegelt war. Sie fuhr an diesem Tag eines von Johns Autos, drum hatte man sie durchgewinkt. Sie fühlte sich entsetzlich schuldig, konnte jedoch nicht sagen, ob das an Barnabys Vorhaltungen oder daran lag, daß sie Clarissa im Stich gelassen hatte, oder gar an der Sorge um ihren Sohn, dessen Einkaufszentrum so dramatisch belagert wurde. Doch als Clarissa ihre Großmutter erspähte, kam sie herbeigetänzelt, als wäre nichts geschehen, eine große Plastiktüte mit dem Aufdruck «Jeans City» in der Hand, in der ein Schuhkarton und Jennifers zusammengelegte Jacke steckten, wie es aussah, denn Jennifer trug jetzt ein weißes, vor dem Bauch zusammengebundenes Männerhemd über ihrem bedruckten T-Shirt, auf dem heute, wie Opal sich nur allzu deutlich erinnerte, vier nackte Männer zu sehen waren, die in schockierend obszönen Haltungen Musikinstrumente hielten. Und das als Tochter des Pastors! Diese Kinder heutzutage, Opal würde sie nie begreifen. Es kam einem so vor, als gäbe es keinerlei Regeln, keinerlei Grenzen mehr. Und doch schienen sie unschuldig wie eh und je. Clarissa kreischte irgend etwas davon, daß sie «diese echt abgefahrenen Treter» gefunden habe, und beugte sich vor, um ihre Granny zu drücken und ihr einen Schmatzer zu geben, wie sie es in Kindertagen immer getan hatte, jetzt aber schon so lange Jahre nicht mehr, daß Opal ganz vergessen hatte, wie es sich anfühlte; anschließend bestand sie darauf, zum Polizeichef hinüberzuhüpfen und ihm ihren Kauf zu zeigen. Der winkte nur matt lächelnd ab und sprach weiter in das Walkie-Talkie, das er vor dem Munde hielt. Jennifer hatte derweil auf dem Rücksitz ein starres Lächeln aufgesetzt, das sie eher tot als lebendig aussehen ließ. Vielleicht hatte sie etwas gegessen, das ihr nicht bekommen war. Die ganze Heimfahrt über löcherte Clarissa Opal über ihre eigene Jugend, was Opal schmeichelte, bis Clarissa fragte: «Granny Opal, wann hast du es zum erstenmal gemacht, du weißt schon, mit einem Mann, und wie war das damals?» – «Das erste Mal ist natürlich mit deinem Großvater gewesen», schwindelte sie und fühlte sich mit einemmal weit weniger geschmeichelt. «Und es war genau so, wie es sein sollte.» Das kleine Biest. Als Opal sich ein oder zwei Tage später nach den Schuhen erkundigte, zuckte Clarissa nur die Achseln und sagte, sie hätten ihr nicht gepaßt, sie habe sie zurückgebracht.

Opals gelegentliche Besuche bei Barnaby zählten zu den wenigen, die der heillos verwirrte Mann noch bekam. Alf war, abgesehen von den nächsten Angehörigen, so ungefähr der einzige, der noch regelmäßig bei dem alten Baumeister vorbeischaute, seit der Schlaganfall diesem das Hauptkabel durchtrennt hatte. Alfs Patient wohnte jetzt allein in einer Dreizimmerwohnung in dem von seinem Schwiegersohn erbauten, «professionell betreuten» Seniorenzentrum, ein mürrischer, schmählich zu Fall gebrachter Mann, abgeschnitten von seinen simpelsten Gewohnheiten, dessen Gerede selbst dann schwer zu verstehen war, wenn er zusammenhängend sprach, was ohnehin höchst selten vorkam, soweit Alf feststellen konnte. Der Alte weinte viel, vor allem, sobald man seine Tochter erwähnte. Er sprach von Johns Frau, als wäre sie verschleppt worden und nicht länger existent, und das, obwohl sie ihn allwöchentlich, allerdings an anderen Tagen als Alf, besuchte, wie er dem am Haupteingang ausliegenden Besucherbuch entnahm. Manchmal beweinte Barn auch seine Frau Audrey und spielte pantomimisch ihren Tod nach, falls es wirklich das war, was er einem vorführte, doch bei anderen Gelegenheiten konnte er sich gar nicht mehr daran erinnern, von wem die Rede war. Er erinnerte sich auch nur noch selten daran, wer Alf war, und verwechselte ihn mit alten Freunden und längst verstorbenen Verwandten, sofern er ihn überhaupt zur Kenntnis nahm. Andere Verwandte, die noch am Leben waren, statteten Barnaby hin und wieder einen Besuch ab, zumindest anfangs noch, doch die Peinlichkeit dieser Begegnungen, ihr oftmals bitterer und bizarrer Ablauf, entmutigte sie. Barnaby hatte sich völlig in sich selbst zurückgezogen und vermittelte seinen Besuchern das Gefühl, sie seien Eindringlinge, die den sauren Frieden seines Elends störten, also hörten die meisten auf, ihn zu besuchen, und schickten statt dessen kurze Briefchen, die Barnaby ungeöffnet beiseite legte. Alf hatte zunächst angenommen, die Depression nach Audreys Tod habe dem Armen die Sicherungen durchbrennen lassen, aber im Lauf der Zeit begriff er, daß das ganze Elend mehr mit irgendeinem letzten und verzweifelten Gerangel mit John zu tun hatte, ob real oder eingebildet, wer konnte das schon sagen. Vielleicht hing es mit dem neuen Bürgerzentrum zusammen. So schwierig die Dinge zwischen Barnaby und seinem Schwiegersohn über die Jahre gewesen waren, sie hätten sich vielleicht trotzdem nicht so krisenhaft entwickelt, so dachte Alf inzwischen, sich auf das Gebrabbel des Alten einlassend, so gut er konnte, wenn John nicht den Stadtpark asphaltiert hätte. Das hatte wahrscheinlich wie blanker Verrat gewirkt. Barnaby hatte die Pläne für den Park gezeichnet, als er noch Soldat im Krieg gewesen war, und gleich nach der Ausmusterung hatte er die alten Holzhäuser, die dort standen, abgerissen, das Terrain für die Landschaftsgärtner vorbereitet, eigenhändig den ersten Baum gepflanzt und das verschnörkelte hölzerne Rankenwerk an dem Musikpavillon entworfen, alles zum Selbstkostenpreis oder sogar noch günstiger, wie es seiner Vorstellung von der Rolle eines Baumeisters in seiner Heimatstadt entsprach, und dann plötzlich kam sein Schwiegersohn daher und ließ die Planierraupen anrollen. Das mußte Barnaby erzürnen, vielleicht um so mehr, als der Park seinen Namen trug. Johns Vorhaben war populär genug: ein preiswerter, vorgefertigter Betonbau mit einem Auditorium, einer Sporthalle, einem Hallenbad mit Olympiabahn und Rolldach (um das man viel Aufhebens gemacht hatte, doch als es erst installiert war, sah es wie ein Glashubdach im Auto aus), dazu jede Menge Parkplätze. Die meisten Leute sahen in dem Bau die Chance, neues Leben in den heruntergekommenen Ortskern zu bekommen und ihn in so etwas wie ein zentrales Einkaufszentrum zu verwandeln. Johns alter Footballcoach von der Highschool und jetziger Flugplatz-Betriebsleiter, mittlerweile im Stadtrat, hatte für die nötige Unterstützung im Rathaus gesorgt, Johns Vater das Seine getan, daß die Stadt staatliche Zuschüsse bekam, und örtliche Geschäftsleute hatten einen stattlichen Batzen des Restbetrages aufgebracht und bei ihrer Spendenkampagne die Kolumnenüberschrift des *Town Crier* benutzt: «Buchen Sie's aufs Habenkonto!» Was den Park anging, so hatte John damit argumentiert, daß dieser mittlerweile zu kaum mehr als einem riesigen Abfallbehälter verkommen und es viel zu teuer sei, für Sicherheit und Sauberkeit zu sorgen, darüber hinaus sei er eine Brutstätte für Verbrechen und Drogenkonsum. Heutzutage führen die Naturfreunde – und er (wenngleich bewaffnet) war einer – aus der Stadt hinaus, wenn sie die Freuden des Landlebens genießen wollten; der altersschwache Park, vom Ulmensterben schwer gebeutelt und nichts als eine Ungezieferfarm, sei ein Anachronismus. Außerdem spare das Gelände ihnen allen Geld: das Parkareal, so betonte John, stehe schließlich kostenlos zur Verfügung.

Es gab eine Menge Leute, die dem nicht zustimmten. Komitees zur Rettung des Parks wurden gegründet, Bittschriften für die Abhaltung eines Referendums vorgelegt, Unterschriftenlisten von Tür zu Tür getragen. Marge – man brauchte es nicht eigens zu erwähnen, wenngleich Lorraine es tat – war wütend wie eine aufgescheuchte Henne. Lollies Ehegespons Waldo fing daraufhin an, Marge als «aufgescheuchte Hunnin» zu titulieren, und stieg aus Protest gegen ihr andauerndes Generve, das, wie er sagte, den ganzen Golfplatz vergifte und ihm furchtbar auf den Sack gehe, aus der alljährlichen Clubmeisterschaft aus. Marge konnte zwar einige kleine Erfolge für sich verbuchen, doch Barnaby, zu jener Zeit noch bei klarem Verstand, erkannte hellsichtig die Vergeblichkeit dieser hausbackenen Laßt-uns-drüber-reden-Strategie: John hatte den Bürgermeister und den Stadtrat in der Tasche, dazu die volle Unterstützung der Behörden von Bundesstaat und Bund und wahrscheinlich sogar die mehrheitliche der Einwohner des Städtchens; außerdem hatte man den Park *tatsächlich* verkommen lassen – auch das ein Teil von Johns Taktik, wie Barnaby vermutete. Daß er listig vorging, mußte man dem Burschen ja lassen. Zuerst machte er dem Ortskern des Städtchens den Garaus, indem er seine schundigen Einkaufszentren auf der grünen Wiese hochzog, dann rückte er den paar kurz vor dem Ruin stehenden Hanseln, die der Ortsmitte nach wie vor die Treue hielten, auf den Pelz, damit sie sich gegen bare Münze ein Stück vom Kuchen zurückeroberten, und beide Male kassierte er recht ansehnlich ab. So rücksichtslos ging John vor, daß Barnaby ernstlich anfing, sich Sorgen um seine Tochter zu machen, die er bis dahin nur dafür bedauert hatte, daß John die Sorte Mann war, die er nun einmal war. Natürlich war gegen ein Bürgerzentrum nichts einzuwenden – zum Teufel, Barnaby hätte ihnen mit Freuden eins hingestellt, das doppelt so schön war wie das von John und nur halb so teuer –, aber wieso in aller Welt mußte man den einzigen Park des Städtchens dafür opfern? Allzu wenige erhoben Einspruch, und das eher aus einem Reflex heraus als aus Zorn. Selbst Ellsworth, der es, von seinen hausgemachten Ergüssen auf die Schönheit der Bäume nicht zu reden, hätte besser wissen sollen, schien außerstande, den Reizen von Johns großartigen, aber betrügerischen Bauzeichnungen zu widerstehen, die er regelmäßig im *Town Crier* abdruckte, phantastisch wie die Abbildungen in Kinderbüchern. Barnaby bekam das Gefühl, es gebe nur einen Weg, John zu stoppen, und zwar, indem er ihm irgendwie die eigene Baufirma wieder abspenstig machte, etwas, das nur er und, nach Audreys Tod, nur er allein tun konnte. Es würde nicht leicht sein. Würde bedeuten, daß er alles, was er besaß, aufs Spiel setzte. Mochte sogar einen Keil zwischen ihn und seine Tochter treiben, eine beinahe unerträgliche Vorstellung, da das Mädel das einzige war, was ihm, von seinem Stolz als Baumeister abgesehen, auf dieser Welt noch geblieben war. Doch er sah einen Weg, auch wenn er einsam und heldenhaft war. Ein letztes großes Abenteuer, komme, was da wolle: Er sah den Weg und schlug ihn ein. Nun ja. Natürlich wurde es eine Katastrophe, schlimmer, als er sie sich hätte ausmalen können. Zugrunde gerichtet. Zum Schurken degradiert in einem Stück, in dem er nichts mehr zu melden hatte. Gedemütigt vor den Augen seiner Tochter. All dessen beraubt, was er sein eigen nannte. Obwohl er nie kapierte, wie oder warum. Vermutlich Verrat. Auch egal. Als es vorbei war, war eine Hälfte von ihm gebrochen und verbittert, die zweite Hälfte mausetot.

Dutch, der Johns Killerinstinkt gern selbst besessen hätte, aber nur halb so treffsicher war, sah bewundernd zu, wie sein Exkumpel aus Baseballtagen und heutiger Jagdgenosse den eigenen Schwiegervater abschoß und sich noch ein bißchen mit dem glücklosen Tattergreis vergnügte, bevor er ihm den Gnadenschuß setzte, etwa so, wie man einem arglos überraschten Elch das Knie zerschießen mochte, um ein bewegliches Ziel zu bekommen. Schoß ihn tot, brach ihn auf und weidete ihn aus. Viele im Städtchen tippten auf Verrat und meinten damit Maynard, aber Dutch wußte es besser, da er mit John im Hinterzimmer seines Motels gesessen und an einem Bier genuckelt hatte, während hinter dem Spiegel der arme alte Barnaby mit Unterstützung des trickreichen Kartenhais Maynard das Blatt auf den Tisch legte, das die beiden auszuspielen hofften. Dutch, wie immer ein bißchen langsam von Begriff, wenn es um das Erzählpotential von Zahlen ging, war damals nicht ganz mitgekommen, weil er zwar die Dynamik der Verschwörung, nicht aber die Details kapiert hatte, bis ihm der geschlagene und gedemütigte Narr Maynard, als er ihm eines Nachmittags an der Motelbar geschickt die Würmer aus der Nase zog, die Sache erklärte, zumindest ausführlich genug, daß Dutch die Dramaturgie nachvollziehen konnte, mit der der Alte die Kontrolle über das durch ein ungünstig abgefaßtes Testament verlorene Bauunternehmen wieder an sich zu reißen gehofft hatte. Audreys Werk. Nach der Hochzeit war die um Johns Vermögenswerte vergrößerte Baufirma, wie Barnaby annahm, zu drei Vierteln im Familienbesitz geblieben, geviertelt zwischen ihm selbst, seiner Frau, seiner Tochter und deren Mann. Unterm Strich jedoch ergab sich eine nervenaufreibende Fifty-fifty-Partnerschaft der beiden Männer, mit Barnaby als Seniorpartner, der die Ellbogen ausfuhr und voller überholter Weisheiten steckte, während John zunächst gezwungen war abzuwarten. Unterdessen änderte Audrey, die sich wie die meisten Ehefrauen ein längeres Witwendasein ausmalte, auf Johns Rat hin das Familientestament derart, daß sich nach dem Tod eines der Beteiligten die Besitzverhältnisse auf jeweils ein Drittel verschoben, denn das Geschäft wäre nach Barnabys Ableben ohnehin nur eine Belastung für sie gewesen, und sie vertraute darauf, daß ihr so innig geliebter Schwiegersohn ihr den Lebensabend schon weiterhin vergolden und die lästigen Einzelheiten ersparen würde. Und daher hatte Barnaby, nachdem unerwartet Audrey als erste das Zeitliche gesegnet hatte, den kürzeren gezogen und sich unversehens als Minderheitsaktionär des mit eigenen Händen geschaffenen Unternehmens wiedergefunden, über das er sein Leben definierte; er wurde jetzt mit einemmal an allen Ecken und Enden von John überstimmt, was alle naslang und ohne Gewissensbisse oder Pardon, doch stets mit einem Lächeln geschah. Verbittert und verärgert, aber ungebrochen («Es war das Bürgerzentrum, das ihm den Rest gegeben hat», sagte der Narr bei jenem Martini zur Unhappy Hour zu Dutch, «dem Stadtpark so was anzutun ist schlimmer als eine Vergewaltigung, hat er gesagt, weil die Stadt für ihn fast wie eine Frau war ...») dachte Barnaby sich mit Maynards tatkräftiger Unterstützung einen Plan aus, um das Verlorengegangene wiederzugewinnen.

Die Sache lief wie folgt: Über einen von Maynard lancierten Strohmann kaufte Barnaby sich die Stimmenmehrheit in einem anderen kleinen Bauunternehmen, das weiter nördlich im Staat beheimatet und auf Tiefbau- und Teerarbeiten für Industrie und Gewerbe spezialisiert war und zumindest auf dem Papier einige weitere interessante Beteiligungen besaß. Bei diesem riskanten Manöver setzte Barnaby beinahe sein ganzes Vermögen ein, jedenfalls weit mehr, als der ganze abgehalfterte Laden, der John bald darauf in den Schoß fallen sollte, wert war. Dann, während Barnaby weiter hinter den Kulissen blieb, schlug Maynard seinem Vetter John eine Fusion vor und forderte zunächst fünfundvierzig Prozent des neuen Unternehmens, ließ sich dann aber problemlos auf dreißig Prozent «herunterhandeln», was John die Illusion vermitteln mußte, daß er weiterhin die Kontrolle behielte, wohingegen Barnaby über die tatsächliche Anteilsmehrheit verfügen würde, sobald die Masken fielen. John schien immer noch zögerlich oder abgelenkt, ihm fehlte Bargeld, wie er andeutete, er müsse erst noch ein paar Probleme bereinigen, also redete Maynard Barnaby zu, er solle das Ganze mit einem Investitionsangebot versüßen: dreihunderttausend war die Summe gewesen, auf die sie sich schließlich einigten. Vielleicht zuviel, vielleicht roch das nach Übereifer. Wahrscheinlich hatte es John erst mißtrauisch gemacht, obwohl Maynard schleierhaft blieb, wie der verschlagene Scheißkerl ihre ausgeklügelten Finten so leicht durchschaut hatte, als läse er den Comic in der Zeitung. Vielleicht hatte ihm seine Frau irgendwie dabei geholfen, da Barnaby ein sentimentaler alter Trottel war, der zuviel schwatzte, aber die schien nicht so recht im Bilde, zumindest nicht in letzter Zeit. Wahrscheinlich war es, wie Maynard an jenem regnerischen und melancholischen Spätnachmittag im «Getaway Bar and Grill» im Angedenken an all die als Kind verlorenen Monopolyspiele zu Dutch gesagt hatte, bloß Dusel gewesen, Intuition, Johns verdammtes Glück im Spiel, und Dutch hatte ihm mit einem Grunzen beigepflichtet. «Oder es war irgendwer undicht.» – «Hmm. Apropos», brummte Dutch, glitt vom Barhokker und griff sich dabei zwischen die Beine, «ich muß mal eben pinkeln. Laß dir noch einen ausgeben, während ich draußen bin.» Er nickte im Hinausgehen dem Barkeeper zu, worauf die Frau am anderen Ende des Tresens ihre Kippe ausdrückte und sagte: «Danke, Herzchen, das laß ich mir nicht zweimal sagen.» Maynards trinkfeste und gallenbittere Verflossene. Sie kam oft um diese Zeit herein, um auf ihren Mann zu warten, der dort auf der Heimfahrt von der Firma einen Zwischenstopp einlegte, um gemütlich einen oder zwei mit ihr zu zwitschern, bevor sie sich zu Hause ernstlich an ihr Quantum machten; das war auch der Hauptgrund, warum Maynard nicht öfter die Bar besuchte. «Hey, Daph», begrüßte er sie, wobei er sich über sein Glas beugte und mit der Spitze des Plastikrührstäbchens ein Loch in die nasse Papierunterlage bohrte, «was bringt denn dein Hintern auf dem Gebrauchtmösenmarkt zur Zeit so ein?» – «Mehr als du wert bist, Schleimscheißer.» – «Aha. Du willst wohl sagen, er ist tüchtig überteuert, wie all der Schrott, den dein Macker verscherbelt.» – «He, soll ich dem vorlauten Dreckskerl da eins auf die Nuß geben?» fragte irgendein olivenhäutiger Jungspund im speckigen Blaumann, der drüben im Halbdunkel an einem Tisch saß und eine Flasche Bier in der Pfote hielt. Maynard hatte ihn überhaupt nicht bemerkt und keine Ahnung, wer der Typ war, obwohl er ihm letzthin ab und zu im Städtchen über den Weg gelaufen war. Wahrscheinlich einer der Kerle, die sein Vetter einstellte, schlecht bezahlte und nach Belieben feuerte. «Ach, lieber nicht, Schätzchen», gab Daphne zurück, steckte sich eine neue Zigarette an und blies den Rauch durch die geblähten Nüstern, daß es aussah, als wollte sie einen Raketenwerfer in Gang setzen. «Das ist der Narr. Wenn du dem eine langst, bist du hinterher bloß über und über mit Scheiße bekleckert.» – «Du liebe Güte, ist ja ein prima Städtchen hier», brummte der Typ, verzog sich wieder ins Halbdunkel und nuckelte weiter an seinem Bier.

Das war Rex. Er war vor etwa einem Jahr zusammen mit Nevada hereingeschneit, und Maynards Vermutung, daß er eine Zeitlang für John gearbeitet hatte, stimmte, erst als Zimmererlehrling in Johns Baufirma, anschließend eine ganze Weile als Lasterfahrer für die Holzhandlung. John schien ihn irgendwie zu mögen, und bald gab er ihm einen Job als eine Art Hausmeister und -handwerker auf seinem Privatflugplatz, nicht der übelste Gig, den Rex je gehabt hatte. John traf sich mit einer Menge Frauen da draußen auf dem Flugplatz, auch mit Nevada, und Rex hatte das Gefühl, daß der Boss dort vertrauenswürdige Leute einstellte, die das Maul hielten, wenn es um seine Seitensprünge ging. Ihm sollte es recht sein. Auch wenn er kein Zuhälter war, blieb Rex bei Nevadas Auftritten cool, sie hatte, was sie hatte, ihr Körper war ihr Instrument, und sie spielte es, so gut sie konnte, professionell wie ein Zahnarzt oder Programmierer, und er respektierte das und half ihr zu entspannen, wenn sie von einer Tour zurückkam, speckig und zerknautscht und völlig aufgekratzt von all der Aufregung. Dann brauchte sie ihn oder sagte es jedenfalls; oft nahm sie ihn auch mit, und auch er brauchte das, brauchte das Gebrauchtwerden, es machte ihn geil wie sonst nichts auf der Welt, außer vielleicht ein jaulendes Horn, und ließ ihn leichter ertragen, was er nur noch das irdische Rammeltal nannte, ein Spruch, den er irgendwo abgekupfert hatte, wahrscheinlich aus irgendeinem Radaublatt oder einer Musikzeitschrift, er hatte schon ganz andere Sachen geklaut. Drum machte es ihm nichts aus, in der Nähe zu sein, wenn irgend so ein Wichser, der beinahe doppelt so alt war wie er, seine Braut nagelte, im Gegenteil – nichts wie ran, Mädel, zapf ihm den Tank leer, und dann komm heim und park dein müdes Chassis neben meinem – nein, was Rex den Kamm schwellen ließ, war die Art und Weise, wie John ihn eines Tages anschrie, als er ihn in der Kabine eines seiner Privatflugzeuge beim Herumfummeln erwischt hatte. Dabei hatte er noch nicht mal vorgehabt, irgendwas mitgehen zu lassen, sondern bloß mal sehen wollen, wie das Scheißding funktionierte, sich weiterbilden, wenn man so wollte, kein Grund für John also, sich so aufzuregen, ihn anzuplärren und mit einer zusammengerollten Bedienungsanleitung nach ihm zu schlagen, als er aus der Kabine geklettert kam, wie man es mit einem Köter macht, der auf den Teppich gekackt hat. Noch dazu vor dem alten Snuffy mit dem Mordsrüssel, Rex'

Schaumschläger-Boss, und einem Trupp der anderen Heinis, die ihn angrinsten wie eine Horde verdammter Affen mit Abschmierpistolen im Arsch. Also stahl Rex doch noch etwas: Er riß sich ein paar Schlüssel unter den Nagel, zeigte John den Stinkefinger und suchte sich einen Job als Automechaniker in Stus Ford-Werkstatt, wo er bald mehr wieder in Gang brachte als nur die Autos des alten Suffkopfes.

Der Flugplatz war Johns Lieblingskind, buchstäblich ein Quell stolzer Freuden, er liebte ihn mehr als sein eigen Fleisch und Blut, kein Wunder, daß er so empfindlich reagierte. Die Landebahn war das erste Projekt gewesen, das er auf eigene Faust gebaut hatte, ohne daß ihm Barnaby dreinredete, zunächst nichts als eine gerodete Erdpiste auf einem Stück Land, das seinem Vater gehörte, nicht weit vom neuen Highway, der damals gerade gebaut wurde, dazu ein Wellblechbogen, den er über eine alte und kurz vor dem Zusammenbruch stehende Scheune spannte, um einen Hangar zu bekommen, zu guter Letzt noch eine Handvoll hier und da abgestellter Baucontainer, aber genauso formschön wie alles, was John vorher oder seither hochgezogen hatte. Bruce hatte ihn etwa ein Jahr zuvor zum erstenmal in seiner eigenen Piper Cherokee mitgenommen und ihm mitten in der Luft den Steuerknüppel übergeben, und John hatte einen bis dato nie erlebten Adrenalinstoß bekommen. Das Ganze war anläßlich eines Besuchs bei seinem alten Freund und Bundesbruder in der Großstadt geschehen, nach außen hin eine Geschäftsreise, das erste gemeinsame Wochenende der Freunde seit Johns kürzlich erfolgter Heirat, und obwohl Bruce für jede Menge Unterhaltung gesorgt hatte – etwa eine verrückte Party in der Villa eines jungen Pornounternehmers, wo es eine aus Panzerglas konstruierte Bar unterhalb des Pools gab, in dem nackte Nymphen schwammen, eine brandheiße neue Band aus England auf der Terrasse und schließlich eine Schlangenfrau im Salon im ersten Stock, die sich mit den Knien an den Ohren auf den Rücken legte und eine Melodie auf einer Flöte im Arsch spielte, während sie mit der Möse eine Zigarette rauchte –, kam nichts an diesen allerersten Morgen in der Luft heran. Als Bruce ein paar Monate darauf zum erstenmal heiratete, hatte John sich sein erstes

Flugzeug angeschafft, eine auf Bruce' Rat hin gebraucht gekaufte Skyhawk, worauf Bruce witzelte, daß sich nun beider Beratergebühren annullierten, weil jeder sich auf des anderen Rat hin eine gebrauchte Braut zugelegt hatte. Dank des Flugzeugs konnten John und seine Frau zu Bruce' Hochzeit fliegen, wobei Audrey und Barnaby natürlich einen Anfall bekamen, weil ihre einzige Tochter solch großer Gefahr ausgesetzt wurde, John die beiden aber mit dem Versprechen beruhigte, sich von der Front fernzuhalten. Nicht lange darauf wollte er anläßlich seiner zweiten Hochzeitsreise sogar bis nach Paris fliegen, doch Audrey verbot es kategorisch und bestach ihn mit Geld für einen Generator zur Beleuchtung der Landepiste und einen richtigen Hangar mit asphaltiertem Wendebereich. Im Lauf der Jahre flog sie dann selbst öfter bei ihm mit und fand Geschmack daran, nahm vor ihrem Tod sogar ein paar Flugstunden, auch wenn sie John weiter anflehte, ihre Tochter doch bitteschön auf dem Erdboden zu lassen.

Gordon besaß ein Foto von Johns Frau auf dem Flugplatz, das er vor langer Zeit zufällig aufgenommen hatte. Er hatte seinerzeit geglaubt, noch mehr Bilder von ihr im Kasten zu haben, doch als er den Film entwickelt hatte, war nur dies eine etwas geworden. Er war auf Ellsworths Bitte hin zu einem Routineauftrag des *Crier* rausgefahren, um ein paar Fotos von dem neuen Generator und der Betonierung der Fundamente für den Hangar zu machen, und John hatte eingewilligt, ihn um zwölf Uhr mittags dort zu treffen, um ihn herumzuführen. Ellsworth gab Gordon damals viel Arbeit für wenig Geld, aber er war ein alter Freund, und Gordon klagte nicht. Es mußte etwa Mitte Februar gewesen sein, die Felder waren kahl, doch der Tag war hell genug und nicht allzu kalt gewesen. Selbst für jemanden, der leere Abstraktionen bevorzugte, gab es nicht viel zu knipsen, der neue Flugplatz war nichts weiter als eine häßliche Schürfwunde in einer schon narbenreichen Landschaft, doch die Zusammenkunft hatte sich unversehens als eine Art Familientreffen entpuppt; Barnaby war der einzige aus der angeheirateten Sippe, der fehlte, Mitch hatte sich eine arg zerkaute, unangezündete pechschwarze Zigarre zwischen die Lippen geklemmt, die Daumen in den Gürtel gehakt und spazierte bewundernd über das Areal, Opal und Audrey umwuselten mütterlich Johns Frau, die damals mit ihrem ersten Kind hochschwanger sei, und Gordon konnte die Gesellschaft davon überzeugen, daß eine Art Familienfoto vor Johns Flugzeug angebracht sei. Johns Frau hatte scheu protestiert und die Hände sacht auf ihren Bauch gelegt, als wolle sie einen Luftballon festhalten, der im Begriff stand, davonzufliegen (zu seinem tiefen Bedauern entging Gordon dieses Foto, die Kamera hing ihm ohne Film bleischwer an der Schulter), doch die zukünftigen Großeltern wischten alle Proteste der werdenden Mutter mit einem Lachen beiseite und beteuerten, sie hätte noch nie schöner ausgesehen. Wirklich kam sie einem beinahe kindlich vor in ihrer Schönheit, dachte Gordon, doch vielleicht sah er nur das schöne Kind in ihr, das er einst gekannt und auch gezeichnet hatte, als er bei den Spielen, die sein Schulfreund Ellsworth mit der Kleinen spielte, dabeigewesen war. Einmal hatte er sie sogar leicht frivol mit ihrem dicken Bauch gezeichnet, eine geheime Skizze. Bei dem Fototermin war auch ein junger Mann mit Bierbauch und fettigen Haaren dabeigewesen, der John beim Hangarbau half, für seine sonntäglichen Sauftouren berühmt war und Norbert oder Norman hieß, wenig später einberufen wurde, zu den Pionieren ging und dabeiblieb und wie so viele andere für immer dem Städtchen den Rücken kehrte. Gemeinsam hatten John und er das Flugzeug aus dem alten Hangar geschoben, der kaum mehr war als ein Blechbaldachin an einer uralten grauen Scheune mit bereits teilweise eingestürztem Dach (auch sie längst ein Stück Geschichte, drei Wochen später war sie abgerissen), und es neben den frisch ausgebrachten Estrich des zukünftigen neuen Hangars gerollt, der noch zu naß war, als daß man ihn betreten durfte. (Audrey hatte alle Anwesenden überredet, ihre Handabdrücke im frischen Zement zu hinterlassen, wieder ein Foto, das Gordon, der zu spät gekommen war, verpaßt hatte, wenngleich er den Handabdruck, den er für den von Johns Frau hielt, gleich etliche Male auf Film bannte.) Gordon hatte sich also daran gemacht, die zu Porträtierenden allesamt unter einer eleganten weißen Tragfläche in Reih und Glied zu postieren, wobei ihn ein wenig die Sorge umtrieb, ob das glänzende Leitwerk womöglich die schrägstehende Sonne störend grell reflektieren würde, und zugleich versucht, Johns Frau hinter den anderen hervorzulocken. Er hatte eben in etwa die erwünschte Pose hinbekommen, als die ganze Aufnahmeserie durch ein zweites Flugzeug unterbrochen wurde, das vorbeigebraust kam, ein flotteres Modell, das mit den unverstrebten Tragflächen wackelte und sich dann in die Kurve legte, um zur Landung anzusetzen. Alle in Johns Gefolge hatten gelacht und waren hinaus zur Landebahn gelaufen, um dort auf es zu warten, so daß Gordon nur noch den Handlanger mit den speckigen Haaren vor der Kamera hatte, der allein neben dem Leitwerk stand und blöde grinste. Der Neuankömmling, der mit mehreren Champagnerflaschen und einem Picknickkorb in den Händen behende aus dem Flugzeug sprang, war einer von Johns Rüpelfreunden aus dem College, Gordon kannte ihn von der Hochzeitsfeier. Er hatte auch eine Freundin dabeigehabt, die sich, anders als Johns Frau, bei jedem Foto, das Gordon zu machen versuchte, liebend gern im Vordergrund plazierte. So sehr genoß sie das Rampenlicht, daß sie urplötzlich in der einzigen Aufnahme, die er dann doch noch von John und dessen Frau bekam, auftauchte, John mit den Armen umschlang und dabei ein Bein nach hinten wegstreckte wie ein koketter Backfisch, so daß von Johns Frau nur ein verwischter und ansatzweise lächelnder Schemen hinter der frechen Person zu sehen war. Später hatten John und sein Freund noch eine Runde mit der jungen Frau gedreht, während Johns schwangere Frau auf die recht heftigen Einwände ihrer Mutter hin die Einladung zum Mitfliegen ausgeschlagen hatte, was in Gordon die Hoffnung weckte, sie vielleicht endlich doch noch allein vors Objektiv zu kriegen. Als er jedoch die drei jungen Leute auf ihr juchzendes Drängeln hin beim Besteigen der Maschine geknipst hatte, wobei Johns Freund die Hand spielerisch auf den Hintern der jungen Frau legte und diese mit hochgezogenen Brauen und verdrehten Augen den Mund theatralisch zu einem großen O rundete, während die beiden Männer lachend über ihre Schultern zurückblickten und Gordon mit den Champagnerflaschen zuwinkten, war der Rest der Gesellschaft weggefahren: Das einzige, was der Fotograf, als er sich wieder umdrehte, noch zu sehen bekam, war Mitchs Auto gewesen, das eben vom Schotterweg auf die Straße zurück ins Städtchen bog. Tja. Er hatte noch ein paar Bilder auf dem Film. Also fotografierte er die Scheune. Die Handabdrücke im frischen Zement.

Am Ende hatte Ellsworth eines der Scheunenfotos veröffentlicht: «Schandfleck soll bald verschwinden». Doch auf dem Foto war die Scheune alles andere als ein Schandfleck. Gordons Kamera hatte die Altersschwäche des Baus so zart herausgearbeitet, daß er einem einfach ans Herz wachsen mußte; es war, als hätte er erst jetzt, in vollster Verwirklichung seines Potentials fürs Verrotten und Nutzloswerden, zu seiner wahren Schönheit, seiner wahren Bedeutung gefunden. Die kaputte Scheune war im Todeskampf vor einem weißen Himmel abgelichtet, und zwar, wie Ellsworth erschrocken und fasziniert merkte, wie eine Sterbende auf dem Totenlager, ja ganz wie Gordons Mutter, die, längst ohne Verstand und so leer im Kopf wie das Innere der staubgeschwängerten alten Scheune, in jenem Frühling einsam in ihrer Dachkammer über dem Atelier unter dem grämlich starren Blick von Gordons Kameras und Fotolampen im Sterben lag, weshalb Ellsworth ja so erpicht darauf war, seinen Freund zu beschäftigen und vom Atelier fernzuhalten. Er verstand die Aufnahmen nicht, die Gordon von seiner Mutter machte. Sie war kaum mehr als eine mitleiderregende Ruine, die noch Stuhlgang hatte. Gordons Vater war im Krieg gefallen, sie hatte ihren Sohn allein großgezogen, außer ihr hatte Gordon keine Blutsverwandten mehr. «Hast du sie denn nicht geliebt?» fragte Ellsworth den Freund immer wieder. Ihm stand noch deutlich vor Augen, wie sie die beiden Jungs schüchtern beim Spielen unterbrochen hatte, um ihnen ein Glas kalte Milch und ein Tablett voll frischgebackener Plätzchen zu bringen. «Natürlich habe ich sie geliebt. Ich liebe sie noch immer.» Gordon fotografierte die arme, verwirrte Kreatur in all den Monaten und Tagen ihres schleichenden Verfalls vom Kopf bis zu den Zehen, von hinten und vorne, wieder und wieder, bog ihr die verkrümmten Gliedmaßen wie in bitterer Verspottung der klassischen Posen (er beharrte darauf, daß ihm nicht an Spott gelegen sei) zu bizarren Anordnungen zurecht, konzentrierte sich jedoch vor allem auf ihr eingefallenes Gesicht, den aufgerissenen Mund, die blicklos starren Augen. An einem dieser Fototermine hatte Ellsworth teilgenommen, doch nur an einem einzigen, mehr ertrug er nicht. Das Motiv des Tages war offenbar die Achselhöhle. Seine eigenen hatten nach Moder und Vergänglichkeit gerochen, während er seinem schwergewichtigen Freund zusah, wie er sie, das Auge gleichsam an den Sucher geschweißt, erbarmungslos anvisierte. Die alte Frau trug Windeln, und über ihren Beinen lag ein Laken, drum brauchte Ellsworth zumindest nicht ihren Unterleib zu betrachten, doch was er sah, war schlimm genug. Sie atmete schwach und kehlig, unterbrochen von leisen Schnarchern und Grunzern, die jedoch nichts mit den unbequemen Posen zu tun zu haben schienen, in die sie ihr Sohn zwang, sondern nichts als ein leises mechanisches Ticktack waren, ähnlich dem Knarren und Ächzen, das man in alten Häusern hört. Oder in einer alten Scheune. In der Kunst wie im Leben weigerte Ellsworth sich stolz, einen Standpunkt moralischer Überlegenheit einzunehmen, besonders Gordon gegenüber, drum konnte er auch nicht offen aussprechen, was ihn da so bedrückte, konnte es nicht einmal vor sich selbst ungeschminkt zugeben und transportierte mithin sein vehementes Unbehagen in einen Streit über künstlerische Grundsätze. Dies hier, verdammt noch mal, sei nicht schön. «Vielleicht nicht», tat Gordon den Einwand schulterzuckend ab und fokussierte auf Achselhöhle, Kinn, Nasenlöcher und eine eingefallene Brust, «aber es könnte schön sein. Und wenn es das nicht sein kann, dann kann es auch die Schönheit nicht. Das ist alles. Jetzt tu mir einen Gefallen, Ell, und halt ihr den Arm an die Wange, schau, so – na los, nimm einfach ihr Handgelenk und halt es hoch, damit – Ell? Wo willst du hin?»

Diese Fotos, entstanden bereits einige Zeit bevor Pauline ihren fotografierenden Mann kennengelernt hatte, gehörten zu denen, die sie Otis viele Jahre später zeigte, lange nach ihren ersten Erfahrungen als Modell und nach dem Zoff mit Duwayne und seiner Verhaftung und ihrer Hochzeit, lange nach den regelmäßigen Besuchen von Otis und ihr im alten Wohnwagen, die sich über die

Jahre wiederholten wie ein sonderbarer, wiederkehrender Traum, der schließlich durch den Tod der Frau des Autohändlers und Otis' feierliches Versprechen an die Jungfrau Maria unterbrochen wurde, ein Versprechen, das er immerhin länger als drei Jahre gehalten und auch dann nicht wirklich gebrochen hatte, zumindest anfangs nicht, als er und Pauline wieder zu Freunden geworden waren, mehr nicht, die sich ab und zu auf eine Tasse Kaffee trafen und ganz entspannt und gelassen plauderten wie ein vertrautes altes Ehepaar. Otis war vielleicht manchmal vage erotisch versucht; dann rührte sich sein Schwanz sacht in seinen steifen grauen Garbardinehosen, als pflege er seine eigenen Erinnerungen oder habe abwegige Gedanken, die er sporadisch auszudrücken versuchte, doch Otis gelang es, die Sache unter Kontrolle zu behalten, außerdem sah Pauline, die auf die Dreißig zuging, nicht mehr ganz so umwerfend aus wie früher, insbesondere nicht in der grellen Vormittagssonne, die durch das Verbundglasfenster des alten Sixth Street Café drang, wo sie gewöhnlich saßen. Nein, er traf sich jetzt zwar von Zeit zu Zeit mit Pauline, konnte aber der Muttergottes noch immer in die Augen sehen. Pauline hatte ihm im Verlauf dieser Unterhaltungen eine Menge Geschichten erzählt, manche davon ziemlich bedrückend in Anbetracht des Lebens, das sie geführt hatte, das arme Mädel, speziell eine über die Nacht vor Johns Hochzeit, damals, als Otis im Krieg gewesen war, eine Geschichte, von der er nicht recht wußte, ob er sie glauben sollte oder nicht. Jedenfalls hatte sie die Fotos bereits einige Male erwähnt, bevor Otis zuletzt kapiert hatte, daß an ihnen etwas war, das Pauline angst machte, ihr, der so leicht nichts angst machte, und daß er sie sich vielleicht einmal ansehen sollte. Also führte Pauline Otis eines Vormittags, als Gordon in der Highschool mit den Porträtfotos des Abschlußjahrgangs zu tun hatte, in den rückwärtigen Bereich des Ateliers und schloß ihm die verriegelten Archivschränke auf. Da gab es Hunderte von Fotoalben, ein verblüffender Anblick (natürlich war ihr Mann ein hartnäckiger Bursche, wie er überall mit seiner Umhängetasche voll toller Kameras und Filmrollen auftauchte, und immerhin tat er das schon seit gut fünfundzwanzig Jahren), aber Pauline holte auf Anhieb die Fotos hervor, die sie ihm zeigen wollte. Die pornographischen Aufnahmen der nackten alten Frau waren tatsächlich ziemlich ekelhaft, vor allem, als Otis merkte, daß sie noch mehr oder minder lebendig gewesen sein und für diesen Verrückten posiert haben mußte, doch das an sich war es nicht, was Pauline so schrecklich aufregte. Sie hatte ihm von den frühen Fotositzungen mit Gordon erzählt, wie sie ihm erklärt hatte, was sie haben wollte, Gordon aber gar nicht hinzuhören schien und ihr auch nicht erlaubte, sich auszuziehen, sondern statt dessen darauf bestand, nur ihr Gesicht zu fotografieren, und daß sie später zugeben mußte, daß er eine Art skeptische Schönheit in einem Gesicht entdeckt hatte, auf das sie nie besonders stolz gewesen war. Dann aber hatte er langsam begonnen, sie auszuziehen, indem er ihr zunächst das Sommerkleidchen buchstäblich in Streifen vom Leib gerissen hatte, als packe er ein Geschenk aus oder schäle einen Apfel (was ihr seinerzeit Sorgen gemacht habe, so sagte sie, sei die Frage gewesen, wie sie hinterher nach Hause kommen sollte und was Daddy Duwayne sagen würde, wenn er sie sah), sie dann, als er bei den entsprechenden Körperteilen angelangt war, gezwungen, sich Unterwäsche anzuziehen – sie war ohne gekommen, doch er hatte irgendwo einen vergilbten alten BH gefunden, dazu einen Unterrock und ein Paar jener dicken, seidenglänzenden Schlüpfer aus den Kriegsjahren, die man manchmal auf Flohmärkten sah –, und dann hatte er ihr das Zeug Zentimeter für Zentimeter wieder abgepellt und jeden einzelnen Schritt dieses Striptease aus jedem erdenklichen Winkel fotografiert, wobei er natürlich die Nahaufnahme bevorzugte, sein Modell aber nie berührte, nur mit der Kamera *ratsch-klick, ratsch-klick, ratsch-klick* machte, bis Pauline ein Gefühl beschlich, als krabble etwas über sie hinweg, als gleite irgendein realer, handgreiflicher Gegenstand über ihren Körper, was einerseits erregend und andererseits erschreckend gewesen war. Und dann, so hatte sie erzählt, hatte er angefangen, sie auf einem Bett in einer Dachkammer all diese sonderbaren Positionen einnehmen zu lassen, und war endlich, zumindest hatte sie das gedacht, zu den Fotos gekommen, um die sie ihn eigentlich gebeten hatte, doch waren die Posen aus irgendeinem Grund längst nicht so sexy wie von ihr erhofft, manchmal sogar ziemlich abartig, etwa wenn er ihre Nasenlöcher ins Visier genommen oder sich auf ihre Füße, ihr Sodom-und-Gomorrha oder ihre Achselhöhlen konzentriert hatte. Jetzt zeigte sie Otis diese Fotos, vorwiegend riesige Vergrößerungen, die ihren Körper in eine Art gewaltige Hügellandschaft verwandelten, gigantisch in den Abmessungen, in den Einzelheiten jedoch peinlich genau, fern und träumerisch wie Dünen in der Wüste und doch intim wie eine Sommersprosse im Schamdreieck, eine nasse Brustwarze, eine Pofalte. Und der Punkt war, daß diese Fotos, viele davon, haargenaue motivische Wiederholungen von Gordons Fotos der alten Frau waren. Es war richtig unheimlich. Es war, als hätte er, weißt du, als hätte ... Aber Otis hörte inzwischen nur noch mit halbem Ohr zu. Er konnte die Augen nicht von den riesigen Vergrößerungen von Paulines Unterleib lassen. Es war wie eine Art Wunderreise. Er fühlte sich in seine Kindheit zurückversetzt, die er bis zu diesem Augenblick so gut wie vergessen hatte, zurück zu den Comicbook-Geschichten über Merlin und Buck Rogers, Sindbad und den Mann aus Plastik. Drum wußte Otis, als Pauline ihm den Reißverschluß aufmachte, daß er die Muttergottes würde enttäuschen müssen ...

Hier nun aber einige andere Fotos aus Gordons Alben, die er in den Jahrzehnten seiner Laufbahn als Fotograf des Städtchens aufgenommen hatte: (1) Auf dem Gehweg dreht sich eine Frau vor der breiten Schaufensterscheibe eines schlichten einstöckigen, stuckgeschmückten Gebäudes, das den Zwischenraum zwischen zwei älteren zweistöckigen – das eine ein Ziegelhaus, das zweite mit einer Mauerverkleidung, die eine Natursteinfassade imitiert – ausfüllt, um und blickt hinunter zu ihrem an der Leine gehenden Hund, irgendeinem Terrier, der einen neben der Ladentür stehenden Plakatständer beschnüffelt, auf dem für das Tagesmenü von Hackbraten aus Truthahnfleisch mit «Käsespatzen» sowie für («Aufgepaßt, unsere Süßigkeiten!») hausgemachten Apfelkuchen aus Kornäpfeln mit Zimtkruste «all la Mode» geworben wird. Die in allen Regenbogenfarben prangende Aufschrift auf der Schaufensterscheibe besagt SIXTH STREET CAFE, und man sieht auch noch zwei oder drei undeutliche Gesichter, die durchs Fenster lugen; eines davon hat eine Baseballkappe auf dem Kopf. Plakate in einer Ecke des Fensters kündigen die Theateraufführung der elften Highschoolklasse sowie die Termine für die Footballspiele der Schulmannschaft an. Die Frau, schlank und jung beziehungsweise vermutlich jung, trägt helle Wollhosen und einen Rollkragenpullover, darüber einen offenen Anorak und wird von einem älteren Mann mit eckigem Schädel und labberigen weißen Overalls, der ein Klemmbrett in der Hand hält, beobachtet, der auf der rechten Bildhälfte in der Nähe eines am Straßenrand geparkten alten Ford-Pickups mit dem Rücken zur Kamera steht; er scheint eine Bestandsaufnahme der Gegenstände vorzunehmen, die im Fenster des Eisenwarenladens neben dem Café liegen. Ein Schild über dem Griff der Cafétür zwischen den beiden Personen besagt in deutlich lesbarer Schrift: MACH MICH AUF, ICH LIEBE DAS! Die Sprünge im Glas der Tür sind mit Klebeband gesichert. In dem Gebäude mit der Fassade aus imitiertem Stein auf der linken Bildseite hängt ein Schild im Fenster, auf dem zu lesen steht: AUSVERKAUF! ALLES MUSS WEG!, doch dieses Schild mag bereits längere Zeit aushängen; das Gebäude selbst sieht aus, als stehe es lange schon leer, und verleiht der Bildhälfte, in deren Richtung sich die Frau mit dem Hund bewegt, eine Aura unheimlicher, düsterer Verlassenheit. Wie es aussieht, wurde die Aufnahme mit einem gewöhnlichen 50-mm-Objektiv von der anderen Seite der menschenleeren, ölverschmierten Straße aus gemacht, vielleicht durch ein Fenster. (2) Eine dunkle seichte Pfütze in einem Schlagloch, allem Anschein nach in einer engen Gasse, spiegelt die Ecke einer Ziegelmauer oder eines Ziegelhauses und einen mit Steinkohlenteer getränkten Masten, vermutlich den einer Laterne. In dem Streifen fahlen Lichts zwischen diesen beiden auf der Wasseroberfläche abgebildeten Gegenständen, in der Spiegelung wie hohe Schluchtwände aufragend (oder herabstürzend), wird die Oberfläche der Pfütze von den Spitzen dreier größerer Steine durchbrochen, öde Eilande im glatten toten Meer der Pfütze. Zigarettenkippen, ein Kronenkorken, Papiere von Kaugummi und Bonbons liegen aufs Geratewohl um die felsigen Küsten dieses Miniaturozeans verstreut wie wildwuchernde Siedlungen oder deren Überreste, denn hier scheint nichts lebendig. Der einzige Gegenstand auf dem Foto, der nicht zu dieser Modellbauperspektive paßt, ist der kaputte Fahrradreifen mit seinen geknickten und verbogenen Speichen, den man am Bildrand nur in Ausschnitten sieht. Der Reifen stört irgendwie, er irritiert, als reibe sich da eine Vorstellung an einer anderen. Man bekommt ein Gefühl, als gebe es ein zweites, mit diesem hier unvereinbares Foto, das außerhalb des gezeigten Bildes liegt; man bekommt das Gefühl, als gebe es *immer* ein zweites Foto, das außerhalb des gezeigten Bildes liegt, als sei diese Unvereinbarkeit unauflösbar. (3) In einem Supermarkt kauert eine Frau, möglicherweise dieselbe, die man mit dem Hund auf dem vorangegangenen Foto gesehen hat, obwohl sie jetzt längeres Haar hat und wadenlange Baumwollhosen sowie eine ärmellose geblümte Bluse trägt, Auge in Auge mit einem kleinen Jungen am Boden. Gemeinsam halten sie irgendeine Blechdose. Vielleicht gibt die Frau sie dem Jungen, damit er sie in den Einkaufswagen legen kann. Vielleicht hat auch der Junge die Dose aus dem Regal geholt, und sie stellt sie im nächsten Moment wieder zurück. Das Haar fällt der jungen Frau offen über den Rücken und die bloßen Oberarme, enthüllend, indem es zu verbergen scheint, genau wie die züchtig weitgeschnittenen Sommersachen der Frau manches verbergen, indem sie es zu enthüllen scheinen: Selbst da, wo beispielsweise der Absatz ihres Schuhs eine Kerbe in die Pobacke drückt, zeigt sich kein Hinweis auf das Fleisch unter dem Stoff. Der Gang neben den beiden, die Frau und der Junge, die Regale hinter ihnen und die Gänge im Hintergrund scheinen allesamt auf derselben Bildebene zu liegen, was auf die Benutzung eines Teleobjektivs schließen läßt. In das der kleine Junge mit weit aufgerissenen Augen starrt, ohne jedoch die Miene zu verziehen. (4) Ein stämmiger Mann in kariertem Hemd und Arbeitshose sitzt auf einem Holzstuhl mit gerader Lehne und zwar in, wie es aussieht, einer derb aus rohgehobelten Brettern gezimmerten Garage oder einem Werkstattschuppen. Über dem Kopf des Mannes sind krumm zusammengenagelte Regalbretter zu sehen, auf denen eine Reihe von Lackfarben in Vierliterkanistern steht, die meisten mit dicken, matt gewordenen

Tropfspuren an den Seiten, einige aber auch mit frischen Farbklecksen, daneben verkrustete Terpentinflaschen, Döschen mit Beizen und Klarlacken, ein Zinkeimer, der halb ein altes, dahinter an die Wand genageltes Nummernschild verdeckt, dazu steht an der Kante des Bildausschnitts ein dreckiger, mit getrockneten Farbresten verschmierter Glasbehälter für Dörrobst, aus dem die Holzgriffe von Farbpinseln hervorspitzen wie Kaninchenohren. Auf der Holzwand unter dem Regal ist ein feuchter Fleck, als hätte man eine Dose dunkle Farbe dagegengeworfen. Dort hängt auch ein alter LKW-Reifen, über den sich die Windungen eines Gartenschlauchs legen, der so lange schon an dem Nagel ein Stück weiter oben eingehakt ist, daß er ein V mit scharfen Kanten ausgebildet hat. Der Mann hält eine doppelläufige Schrotflinte zwischen den Beinen, den Kolben zwischen den Knien, die Abzugshähne mit den eingehakten Daumen im Schoß, die Läufe im Mund, die richtige Interpretation drängt sich unmißverständlich auf. Die Schädeldecke des Mannes ist weggesprengt, obwohl man Bruchstücke davon noch auf der Unterseite der Regalbretter über ihm und auf der Wand und sonstwo erkennen kann. Das Nummernschild mit seiner bedeutungslosen Reihung von Buchstaben und Zahlen scheint als eine Art Bildtitel zu dienen oder dienen zu wollen, doch die Aufschrift des dicken Albums, in dem die Aufnahme aufbewahrt wird, lautet «Umfeld des gewaltsamen Abschieds». (5) Die Vorderfront des Ateliers des Fotografen, die man von der Ecke ein Stück die Straße hoch aus betrachtet, ist von einem Lieferwagen eingedrückt worden, der laut der auf die Karosserie lackierten Buchstaben der Farb- und Tapetenhandlung des Städtchens gehört. Der Lastwagen, der sich auf den Hinterrädern aufbäumt wie ein im Sprung begriffenes Tier, ist etwa bis zur Hälfte in das Ladenlokal eingedrungen, Glas, Fotos und sonstige Kleinteile liegen ringsum verstreut wie Trümmer nach einem Bombeneinschlag, doch der Fahrersitz ist leer. Ein kleiner, untersetzter Polizist in Hemdsärmeln, Hosenträgern und Hosen aus Garbardine-Twill, die in gewichsten Stiefeln stecken, betrachtet mit dem Rücken zur Kamera das Durcheinander und stemmt dabei die Hände in die Hüften; der glattrasierte Fettwulst in seinem

Nacken unter der Schirmmütze scheint ein wenig dunkler, vermutlich gerötet, als habe der Polizist sich mächtig angestrengt. Die beiden Fenster im oberen Stockwerk des Gebäudes sind ebenfalls zerborsten, und in einem von ihnen steht eine junge Frau und blickt, die Hände an die Knöpfe ihrer Bluse gelegt, seelenruhig hinunter zu dem Polizisten. Die beiden Fenster haben dekorative Stuckfriese, die wie Augenbrauen aussehen, und verleihen daher dem ganzen Gebäude mit seiner zinnenartig ausgekerbten Dachbrüstung, dem an einer Kette aufgehängten Ladenschild in der Mitte und dem weit offenen Mund darunter das Aussehen eines verdutzten, weil soeben böse attackierten menschlichen Gesichts.

Der verrückte Daddy Duwayne. War einfach durchgeknallt an jenem Tag, als Pauline aus dem Wohnwagen aus- und in die über dem Atelier gelegene Wohnung des Fotografen einzog. Er tauchte mit roten Augen und waffenstarrend wie ein wildgewordener Einmann-Sturmtrupp draußen auf der Straße auf und fing an loszuballern, was das Zeug hielt, als wäre das Haus ein lebendiges Wesen, das es zur Strecke zu bringen galt. Manchmal heulte er dabei wie ein Tier, manchmal brüllte er wie ein Prediger – wildes Zeug über die Hure von Babylon, Gottes gewaltiges Zepter der Rache und die Schändung des Tempels, womit er sich wahrscheinlich auf den Abschiedsgruß bezog, den Pauline auf die Klowand des alten Wohnwagens gekritzelt hatte, und über den Tag der Entrückung (den er immer als «Entrockung» aussprach), der da komme, um die Erde von allen falschen Propheten, Götzenbildern und anderen schrecklichen Abartigkeiten zu reinigen –, aber meist tobte er nur unartikuliert. Natürlich hatte Pauline all das schon früher gehört, besonders das von dem Rachezepter und den stinkenden schwarzen Pfühlen der haarigen Hölle, Daddy Duwaynes theologischen Spezialanliegen. Pauline war allein im Atelier gewesen, Gordon hatte sie zur Sicherheit eingesperrt, als er losgefahren war, um die Beerdigung der Arztfrau zu fotografieren, und nachdem ihr durchgedrehter, seine tollwütigen Du-sollst-nichts wie schäumende Flüche ausspeiender Daddy sie mit seinen Gewehrschüssen, die das Glas nur so zersplittern ließen, vom Fenster im Obergeschoß vertrieben hatte, ging sie einfach in das rückwärtige Schlafzimmer, wo Gordon sie fotografiert hatte, machte die Tür zu und legte sich auf das alte Eisenbett. Sie schloß die Augen und lauschte Daddy Duwaynes Getobe und Gezeter unten auf der Straße, als wäre es der Ton eines alten Fernsehfilms, der irgendwo lief, ein Trick, den sie oft in der Wohnwagenkolonie benutzt hatte, um Abstand zu den stets mit blauen Flecken verbundenen Ermahnungen ihres Vaters zu gewinnen. Früher oder später, so wußte sie, würde er hereingestürmt kommen, sie durch die Tür zerren und dann auf der Straße mit Schlägen und Fußtritten den ganzen Weg bis nach Hause jagen, wie er es noch jedesmal getan hatte, wenn sie wegzulaufen versuchte. Und sie glaubte auch nicht, daß der Fotograf sie zurückholen würde; kein Mensch hatte sich je gegen Daddy Duwayne gestellt, er war einfach zu durchgeknallt. Die kahle Matratze, auf der Pauline lag, roch ein wenig antiseptisch und schal, ein ihr fremder, aber nicht unangenehmer Geruch. Jedenfalls viel schöner als im Wohnwagen, wo es nach Müll und alten Socken stank, wo ihr eine versiffte Frotteematte als Bett diente und es nur eine feuchte, übelriechende Toilette gab, eng wie ein Sarg, in die Daddy Duwayne sie manchmal gesperrt hatte, wenn er losgezogen war, um sich am Heiligen Geist zu berauschen, wie er es nannte, wenn er sich besoff. Dann folgte ein langes Schweigen, genau wie damals in der Toilette. Das Schießen hörte auf. Das Geschrei ebenso. Das machte ihr keine Hoffnung. Sie hatte schon vor langer Zeit gelernt, solch friedlichen Pausen zu mißtrauen. Sie wartete darauf, daß die Tür auffliegen und der üble Teil der Geschichte anfangen würde. Statt dessen war eine enorme Explosion erfolgt, das ganze Haus hatte gewackelt, als habe ihr Daddy vielleicht eben doch recht gehabt und heute sei der Tag der Entrockung. Sie wußte auch nicht mehr, ob sie aus dem Bett gefallen oder herausgesprungen war, jedenfalls fand sie sich plötzlich auf allen vieren auf dem Fußboden wieder und starrte auf die Tür, die von selbst aufgesprungen war, darauf gefaßt, daß Gott weiß was hereinkommen werde, vielleicht der Heiland selbst oder noch Schlimmeres. Nichts geschah. Überall ringsum sank nur der Gipsstaub langsam nieder. Sie hörte Sirenen. Als sie durch die

Glassplitter zum Fenster gekrochen war und auf die Straße hinausspähte, trugen die Sanitäter Daddy Duwayne auf einer Trage aus dem völlig zerstörten Lieferwagen. Bewußtlos, aber unter Bewachung. Wie sich herausstellte, hatte er sich nichts Ernstes getan, aber nachdem die Polizei ihn erst am Wickel hatte, ließ sie ihn nicht wieder frei, drum konnte Pauline gar nicht anders, als Otis einen Platz in ihrem Herzen zu bewahren. Daddy Duwayne wurde wegen einer ganzen Latte von Vergehen angeklagt, fast alle der Zehn Gebote kamen dabei zur Sprache, und aller Verstöße war er vielfach schuldig, außer vielleicht diesmal der Anklage wegen versuchten Mordes, die ein bißchen unfair war. Ihr Daddy war ein guter Schütze. Wenn er ernstlich vorgehabt hätte, jemanden totzuschießen, hätte er es getan.

An jenem Tag hatte Veronica auf Johns Farben- und Tapetenhandlung aufgepaßt, da sonst fast jedermann im Städtchen zur Beerdigung der armen Harriet gegangen war, die Veronica kaum gekannt hatte. Außerdem hatte sie nicht viel für Beerdigungen übrig. Den alten Alf, Harriets Mann, kannte sie besser; er hatte ihr mal einen Gefallen getan. Sie hatte ihm eine nette Karte geschickt und ihm ihr tiefstes Beileid ausgedrückt, war aber gern Johns Bitte nachgekommen, auf den Laden aufzupassen. Veronica war ein Jahr zuvor nach dem Scheitern ihrer ersten Ehe ins Städtchen zurückgekehrt, da sie irgendeinen Job brauchte, und zwar ebenso des therapeutischen Effekts wie des Geldes wegen. Johns Frau, eine ehemalige Klassenkameradin von der Highschool, hatte ihr geholfen, im Farbenladen unterzukommen, der seinerzeit noch in der Ortsmitte lag, da sie sich daran erinnert hatte, daß Veronica früher Innenarchitektin hatte werden wollen; vielleicht war es auch Veronica gewesen, die sie daran erinnert hatte. Sie waren eigentlich nie sehr eng befreundet gewesen, weil Veronica sich partout nicht mit Daphne, der Busenfreundin von Johns Frau, vertrug, doch Veronica scheute sich nicht, das bißchen Einfluß einzusetzen, das ihr zur Verfügung stand, zumal sie ohnehin das Gefühl hatte, daß John ihr noch etwas schuldig sei, die ganze Familie war ihr noch einiges schuldig. Das Leben hatte es nicht gut gemeint mit Veronica. Zahnspange, Migräne, Blutarmut, Mandelentzündung, Asthma, das alles hatte sie als Kind gehabt. Dann, als sie in die Highschool kam, wurde es ein bißchen besser, sie war Cheerleader, Mitglied im Chor und beliebt genug, alle Welt nannte sie damals Ronnie, aber obwohl sie sich großzügig verschenkte (zu großzügig, dachte sie immer), hielt sie nichts davon, bis zum Äußersten zu gehen, noch nicht, sie war zu idealistisch und bekam deshalb den Ruf einer Zicke und wurde um so ärger verspottet, je mehr sie herschenkte. Besonders Daphne war gemein zu ihr und fragte sie eines Tages am Schwimmbecken des Golfclubs vor allen Jungs, wann ihrer Meinung nach ein Orgasmus mehr Spaß mache, allein oder in Gesellschaft, und Veronica, die sich seinerzeit noch nicht so ganz sicher war, was ein Orgasmus eigentlich war (als sie es dann herausfand, begriff sie, daß sie schon die ganze Zeit über welche gehabt hatte, was war schon groß dabei?), wußte sich nicht anders zu helfen, als knallrot anzulaufen und irgendwelchen Blödsinn zu stottern, von wegen, sie glaube nicht, daß das etwas sei, worüber man in der Öffentlichkeit reden solle. «Aha! Genau, wie ich's mir dachte!» hatte Daphne losgelacht, und alle die Jungs hatten mitgelacht. «Allein!» Und zuletzt, als sie dann doch anfing, bis zum Äußersten zu gehen, war das Schlimmstmögliche passiert, nämlich daß sie Alf um diesen Gefallen bitten mußte, falls es überhaupt einer gewesen war, sie hatte immer noch Alpträume deswegen (oder wegen dem Ding: Sie hatte ihm einen Namen gegeben, um es dadurch zur ewigen Ruhe zu betten, doch Ruhe geben wollte es, oder er, einfach nicht) und sorgte sich zudem – soweit sie an solche Sachen glaubte –, daß sie sich dadurch für immer in die Hölle verdammt haben könnte. Danach hatte sie schreckliche Angst gehabt und war Hals über Kopf in die erstbeste Ehe mit einem älteren Mann gestolpert, den sie an der Uni getroffen und kaum gekannt hatte, bevor sie Mann und Frau geworden waren. Und wieder war sie zu idealistisch gewesen, er dagegen nicht, und als sie es nicht mehr aushielt, war sie nach Hause zurückgefahren, hatte Maynard und seinen Vater engagiert und die Scheidung eingereicht, was dauerte und dauerte und entsetzlich deprimierend gewesen war, so daß sie sich alt und verbraucht fühlte, als endlich alles vorbei war. Aber bloß nicht aufgeben, hieß die Devise, drum schloß sie sich dem Kirchenchor und der Literarischen Gesellschaft in der Stadtbücherei an, fand den Job in der Farben- und Tapetenhandlung und fing an, mit Maynard auszugehen, der kürzlich sein Jurastudium abgeschlossen hatte, aber schon wie vierzig aussah. Maynard hatte gleichfalls eine furchtbare erste Ehe samt Scheidung hinter sich und wie Veronica sein Leben lang unter Spitznamen und unverdientem Spott gelitten, und wahrscheinlich haßte er Daphne, die er eine alte Sackratte nannte, sogar noch mehr, als Veronica es tat, also hatten sie zumindest etwas gemeinsam. Trotzdem war der Typ bei aller Sympathie, die sie für ihn aufbrachte, in vieler Hinsicht noch immer der Narr, der er immer gewesen war, zumindest schien jedermann im Städtchen dieser Ansicht zu sein, nur daß er heute den ganzen Tag mit einem Fünf-Uhr-Schatten auf den Wangen herumlief und daher, sobald er das Thema Heirat anschnitt, eine fiese Grimasse aufgesetzt zu haben schien, als sei das Ganze ein anzüglicher Witz oder so, drum hatte sie ihm jedesmal gesagt, sie sei noch nicht so weit. Und das war auch so geblieben bis zu jenem Tag, an dem dieser Verrückte in den Laden gestürmt kam, als sie eben ein bißchen eingenickt war, so daß sie vom Stuhl gefallen war und um ein Haar ihre eigene Zunge verschluckt hätte. Einen Moment lang sah sie nichts mehr – sie war blind vor Angst, plötzlich wußte sie, was diese Wendung bedeutete –, und als sie sich wieder berappelte, stand der Kerl vor ihr, hielt ihr ein Gewehr unter die Nase und verlangte die Schlüssel für den Lieferwagen, der draußen vor der Tür geparkt stand. Sie hatte keinen Schimmer, wo die Schlüssel aufbewahrt wurden, also fing der Wahnsinnige an, auf die Farbeimer loszuballern. Nicht wissend, was sie machen sollte, weinte und betete sie und tat ihr Bestes, keinen Asthmaanfall zu bekommen, während sie John von ganzem Herzen dafür haßte, daß er ihr einen derartigen Schlamassel eingebrockt hatte, und das nicht zum erstenmal. Zuletzt machte sie in ihrer Verzweiflung die Kasse auf, um dem Irren das Geld auszuhändigen, und da lagen die Schlüssel. Als der Kerl fort war und sie fix und fertig auf dem Fußboden unter einem ausrinnenden Farbeimer saß, wo man sie später ziemlich neben der Spur und über und über mit Preußischblau bespritzt gefunden hatte, war sie zu dem Schluß gekommen, daß die Arbeitswelt vielleicht doch nicht das Richtige für sie sei. Und zwei Monate darauf, als sie wieder ruhig durchatmen konnte, waren sie und Maynard vor den Traualtar getreten.

«Ronnie und der Narr! Perfekt! Die Hölle auf Erden! Ich kann mir keine zwei Arschlöcher denken, die es mehr verdient haben!» hatte Daphne bei einem Telefonat mit ihrer Busenfreundin, bei dem sie wie üblich am meisten redete, die Nachricht von der Verlobung kommentiert. Daphne war früher selbst mal mit Maynard verheiratet gewesen, die Ehe hatte kaum ein Jahr gehalten, eine elende Zeit, die das junge Paar fern der Heimat an der Juristischen Fakultät in einem Apartment für Doktoranden verbracht hatte, wo Daphne die meiste Zeit entweder besoffen gewesen war oder hilflos herumgevögelt hatte, während sich der Langweiler in seinen Büchern vergrub und vergrub und vergrub. Später sollte sie Nikko, den Golflehrer, heiraten, der wenige Monate darauf mit der noch im Teenageralter befindlichen Tochter des Kieferorthopäden samt deren psychedelischer Kriegsbemalung durchbrannte, und danach war die Reihe an Old Stu, dem Autohändler, gewesen, den Daphne großmütig Old Stud oder den alten Ziegenbock nannte, zumindest eine Zeitlang. Doch damals, als Harriet gestorben war und Duwayne seinen irrwitzigen Sturmangriff auf das Farbengeschäft gestartet hatte, war Daphnes «derzeitiger Fester», wie sie ihren zweiten Mann titulierte, wenn sie ihn nicht gerade Eric den Roten oder Eric die Rute oder Eric das Rohr nannte, der neue Chirurg und Onkologe des Städtchens gewesen, den sie sich geschnappt hatte, noch ehe er seine Koffer richtig auspacken konnte. «Apropos, Herzchen – apropos Arschlöcher, meine ich –, hoffentlich ist das von Ronnie nicht mehr so eng wie früher, dem guten Stück steht nämlich 'ne schwere Bohrerei ins Haus. Der Ofenputzer bevorzugt das Hintertürchen, weißt du. Hab ich dir je von seinen Klistier-Nummern erzählt? Soviel zum Thema Schmuddelsex! Igitt!» Die Frau am anderen Ende der Leitung, zu diesem Zeitpunkt Mutter eines einjährigen Mädchens (was bei Daphne, die sich nur so lange nach Kindern sehnte, wie sie nicht Mutter werden mußte, ein heftiges Wechselbad von Neid und

Schadenfreude hervorgerufen hatte), war an dieser Neuigkeit vermutlich nicht groß interessiert, es gab irgendeinen anderen Grund, warum Daphne sie angerufen hatte, doch für den Augenblick war er der Anruferin entfallen, ihr Gedächtnis konnte in Wahrheit nur sehr wenig behalten, selbst wenn sie nüchterner war als jetzt. «Trotzdem, das war so ungefähr der einzige Anlaß, bei dem sich der alte Trauerkloß entspannen konnte, wenn man so will. Dieses Problem kennt Eric nicht. Man könnte sich überhaupt keinen entspannteren Typen wünschen, der Junge ist so entspannt, daß er die meiste Zeit pennt. Ich schwör dir bei Gott, ich begrüß ihn bei seiner Rückkehr aus dem Krankenhaus mit nichts anderem auf dem Leib als einem Tupfer Parfüm, und alles, was er macht, ist, daß er mich lieb und traurig anlächelt und zusammenschnurrt wie eine Hose, die du auf den Boden fallen läßt. He, ich weiß schon, daß sie ihn da draußen bis zum Gehtnichtmehr schinden, aber doch nicht *diesen* Teil von ihm, oder? Tja, laß uns mal ehrlich sein, wahrscheinlich eben doch, es ist die einzige denkbare Antwort, hab ich recht? Da steht er dann und mißt all den Krankenschwestern mit ihren heißen Höschen die Temperatur, schiebt ihnen sein Thermometer bis zur völligen Erschöpfung rein, der arme Junge, und prompt bleibt ihm nichts mehr für seine Hausbesuche. Die schmeißen sich an den Guten ran, und ich hör mir sein Geschnarche an. Was soll ein Mädel da tun? Na ja, Colt war vor ein paar Wochen wieder mal im Städtchen, der Schweinehund, du weißt schon, kam zur Beerdigung seiner Tante Harriet. Was ich dir jetzt erzähl, bleibt unter uns, Schätzchen, kein Sterbenswort zu irgend jemand – aber Eric hatte an dem Abend Dienst, drum haben Colt und ich uns die Beisetzung geschenkt und uns einen Drink im Hotel an der Main genehmigt, wo er abgestiegen war. Und da saßen wir nun an dem alten Holztresen und redeten nicht viel, waren ganz wehmütig, weil wir gerührt an den alten Kasten dachten, den sie ja jetzt angeblich abreißen wollen, und als wir da so Trübsal bliesen, schlug Colt vor, wir könnten ja auf sein Zimmer gehen und 'ne Nummer schieben, einfach nur so, um der alten Zeiten willen. Wie bitte –?! Die alten Zeiten waren nichts als eine gottverfluchte *Vergewaltigung* gewesen, ehrlich, war der Typ bescheuert? Daß er das ist, hab ich ihm jedenfalls gesagt. Aber trotz alledem, vergeben und vergessen, viel Saft die Muschi runter und so weiter, hab ich recht? Außerdem sah er ziemlich gut aus mit seinen langen Haaren. Und er meinte auch, daß es ihm leid tut, damals sei er nur ein blöder kleiner Scheißer gewesen, der von Tuten und Blasen keine Ahnung hatte, meinte er, also hab ich ihn gefragt, was es ihm denn heutzutage, als ausgewachsenem Scheißer, wert sei. Darauf zog er den Mund schief und sagte: ‹Machst du's denn heutzutage für Geld, Daph?›, und ich sagte: ‹Nein, aber hör mal, du Mistkerl, damals, als ich noch ein reines Unschuldslamm war, hast du mich mißbraucht wie nur was, und jetzt kommst du hier angetanzt, und ich bin glücklich verheiratet, und du glaubst, du kannst mich mit ein oder zwei Gläschen Gin rumkriegen? Für wie billig hältst du mich eigentlich?› Er sah mich einen Augenblick lang fragend an, und dann grinste er und sagte: ‹Na schön, wieviel?› Ich hab nicht mit der Wimper gezuckt, Schätzchen. Ich hab zurückgegrinst und gesagt: ‹Tausend Piepen, mein Herzchen. Bar auf den Tisch. Damit kauf ich mir mein Jungfernhäutchen zurück.› Ich hab mit ihm angestoßen, er hat mich eine Weile lang angestarrt, dann die Achseln gezuckt, mir zugezwinkert und ist los zur Bank. Und eins will ich dir sagen: Der Schweinekerl wurde nicht übers Ohr gehauen. Und ich auch nicht. Ich hatte schon ganz vergessen, daß es so super sein kann. Jedenfalls nicht seit … na, egal.» Sie hatte sagen wollen, seit «the Red, Red Robin Came Boby, Bob, Bobbing Along», aber da sie inzwischen kaum noch Freunde im Städtchen hatte, ließ sie es lieber bleiben, ein seltener Moment der Einsicht. «Als es vorbei war, hab ich ihm fünfhundert zurückgegeben. Wirklich. Aus purer Dankbarkeit. Es waren lauter kleine Scheine, also schmiß er die Knete aufs Bett, und wir haben es auf dem Moos französisch getrieben, verzeih mir den Ausdruck, es war, als ob wir wieder kleine Kinder wären und uns im Herbstlaub herumwälzen würden. Außer daß man diesmal keinen Staub in die Nase bekam. Ach, aber wo wir gerade von Französisch reden – hallo? Bist du noch dran, Schätzchen? Ja?» fragte Daphne, weil ihr endlich wieder eingefallen war, weshalb sie angerufen hatte. «Das war ja eine schreckliche Neuigkeit mit deiner Freundin, Marie-Dingsbums, derart plötzlich und überhaupt. Tut mir schrecklich leid. Nein, ehrlich. Mir war schon aufgefallen, daß sie ein bißchen blaß um die Kiemen aussah, als sie letzten Monat hier zu Besuch war, aber wer hätte das gedacht, hm? Es ist schon irre! Was für eine Welt! Wie kommt denn John damit klar? Sie waren zuletzt doch ziemlich dicke, oder etwa nicht, will ich mal flapsig sagen, wo sie doch so schrecklich gern mit ihm fliegen ging und all das. Na ja, zum Henker auch, der gute alte unbeirrbare John, aufrecht wie immer, keine Frage. Was meinst du denn, warum sie es getan hat? Meinst du denn, sie war immer noch in Yale verschossen? Oder …? Hallo –?»

Die Nachricht vom plötzlichen, gewaltsamen Tod der Brieffreundin aus Frankreich, des Mädels, das Daphne bei der Hochzeit vier Jahre zuvor die Schau gestohlen hatte, war durch Oxfords Sohn Cornell ins Städtchen gelangt, der von seiner Bildungsreise in einem Zustand nach Hause zurückgekehrt war, der an einen Bombenkoller grenzte, weshalb auch die Nachricht selbst nur bruchstückhaft vermittelt wurde und man auf Mutmaßungen beziehungsweise, wie Ellsworth, der dieses Kunststück Woche für Woche für die Leser des *Town Crier* hinbekommen mußte, gesagt hätte, auf eine Nachschöpfung angewiesen blieb. Eine selektive Nachschöpfung, denn es gab Nachrichten, die, so faszinierend sie, von Mund zu Mund vermittelt, sein mochten, nicht auf die gedruckten Seiten des Wochenblattes paßten, zum Beispiel die weithin kolportierten Gerüchte von den Ereignissen draußen in der Country Tavern während Marie-Claires Besuch im Städtchen im vorigen Monat. Auf diese spielte Ellsworth in seinem Nachruf wenige Wochen später nur indirekt an, indem er schrieb, die Verstorbene sei bekannt gewesen für ihren «leidenschaftlichen Hunger nach Leben und Glück, der die große Nation der Aufklärung so auszeichnet, aber für die einfacheren und geradlinigeren Bewohner der Prärie nicht immer nachvollziehbar ist». Dieser Kommentar hatte Ellsworth einigen Ärger mit den Ortsansässigen eingebrockt, doch er ließ ihn mit der gewohnten Überlegenheit an sich abgleiten und sagte zu seinem Freund Gordon, der ihm einige der ihm zu Ohren gekommenen Beschwerden weitertrug, daß er, der im aufgeblasenen provinzlerischen Stumpfsinn dieses Hinterwäldlerkaffs kaum noch Luft bekomme, sich eben gezwungen sehe, um des schlichten Überlebens willen dann und wann mit der Nadel zuzupieksen. Ellsworths Mitgefühl verdankte sich vielleicht auch ein wenig der Tatsache, daß er zu jener Zeit sein eigenes Dasein mit einem Hauch französischen Lebenshungers zu würzen hoffte, nachdem seine uralten Träume vom Dasein als Bohemien in jenem Sommer dadurch wieder aufgelebt waren, daß sein Fotografenfreund plötzlich ein lebendes Modell bei sich aufgenommen hatte, ein hübsches, ungeniertes Elfchen aus der Wohnwagenkolonie. Ellsworth, der sich sogleich die köstliche Möglichkeit einer altmodischen Ménage à trois unter Freunden der schönen Künste ausmalte, wie Marie-Claire es vielleicht formuliert hätte, setzte also wieder seine Baskenmütze auf, band sich ein Halstuch um (für das Cape war es noch zu heiß) und fing an, regelmäßige Besuche in Gordons Atelier zu machen, nachdem er ja schon bei früheren Fototerminen assistiert hatte und sich jetzt um der Kunst und Freundschaft willen erbot, dies erneut zu tun. Gordon jedoch zeigte sich weniger freigebig bei Pauline, als er es bei seiner Mutter gewesen war, sie ruhe in Frieden, und schien nicht so begeistert von den neuen Arrangements, die Ellsworth vorschlug, was die beiden Freunde eine Zeitlang etwas auseinanderbrachte, wenngleich Gordon dem Zeitungsmann zumindest ein paar der Fotos von dem Mädchen zeigte und ihn fragte, ob er bei der Hochzeit im nächsten Jahr sein Trauzeuge werden wolle. Ein einziger Absatz für sein Romanprojekt (zu diesem Zeitpunkt, mehrere Jahre vor der vom Unfalltod der Frau des Autohändlers ausgelösten Krise, handelte es sich um einen Roman mit nur einer Figur und bislang noch ohne Titel, obwohl das Buch vielleicht *Die Qualen des Künstlers* heißen sollte) war alles, was für Ellsworth bei der Sache herausgesprungen war, nämlich eine ästhetische Meditation über die Teleologie von Modellen, die er bei einem Treffen der Literarischen Gesellschaft in der Stadtbücherei vorgelesen (allein Johns Frau begriff auch nur im entferntesten die künstlerische Intention des Autors; er las auch ausschließlich für sie) und dann zusammen mit dem ganzen umfangreicheren Vorhaben wieder fallengelassen hatte, und zwar nicht zum erstenmal. Zu manchen Zeiten betrat Ellsworth forschen Schrittes die internationale Bühne, um den Beifall der Welt für seine innovativ zugeschnittenen und dennoch klassisch strukturierten Meisterwerke der Literatur entgegenzunehmen, zu anderen jedoch kam ihm zu Bewußtsein, daß er es bislang nur geschafft hatte, magere vierzehn Seiten aufzuschreiben, von denen wahrscheinlich allenfalls drei Bestand haben würden, weshalb er dann den ganzen Krempel hinschmiß. Seine journalistische Neuschöpfung der letzten Stunden im Leben der französischen Künstlerfreundin von John und Johns Frau entsorgte er ebenfalls direkt in den Papierkorb, da seine Primärquellen entweder unzusammenhängend oder unzugänglich waren: Zuletzt beschränkte er sich auf einen kurzen Nachruf, in dem er «die Wellen des Schocks und der Trauer» beschrieb, «die durch unser Gemeinwesen liefen wie die eines ins Wasser geworfenen Steins, als die tragische Nachricht einschlug», sowie auf eine «Ich erinnere mich»-Kolumne, die, freundlicherweise von Johns Frau beigesteuert, einige Monate später veröffentlicht wurde.

Marie-Claires Selbstmord überraschte viele im Städtchen, vielleicht sogar Johns Frau, nicht dagegen John selbst. Marie-Claire war nicht für ein langes Leben geschaffen gewesen, soviel wußte John, irgendwann mußten die Stränge reißen. Er wußte auch, daß er einen gewissen Anteil daran hatte, er und das Teschtelmeschtel, aber wie üblich empfand John, den manche segneten und manche nicht, keine Reue. Das wäre ja gewesen, als bereue man den Bau des Universums. Wenn überhaupt, fühlte er sich ein wenig erleichtert. Sex mit Marie-Claire war wie ein Kampf mit einem wilden Tier: nur einer konnte überleben, der andere mußte sterben. Und zuletzt war die Reihe eben an ihr gewesen, da John nun einmal war, wie er war. Das sah auch Bruce so, bei dem, wie bei John, Marie-Claire zur paradigmatischen Heldin aller derartigen Geschichten geworden war. Einer von Marie-Claires Geliebten, ein junger Kunststudent, mit dem sie vor Yale befreundet gewesen war, hatte sich vor ihren Augen vor die Metro gestürzt, und einen verheirateten Mann, einen Freund ihres Vaters, hatte das Mädel in den Irrsinn getrieben – und das einem Psychiater, jedenfalls sofern man ihrem Bericht glauben konnte, was freilich nicht immer der Fall war, da Marie-Claire selbst dem Melodram noch eine melodramatische Note verlieh. Diese beiden Männer waren die einzigen Opfer, von denen John wußte, doch fraglos hatte es in Marie-Claires Kriegen der Leidenschaft noch weitere gegeben, nicht eingerechnet all jene, die er und Bruce erfunden hatten. Selbst Yales Tod, dem Augenschein nach so weit entfernt, schien in Johns Augen irgendwie damit verknüpft, wie Liebe und Tod im Feuerofen von Marie-Claires Innerem verschmolzen wurden, und wirklich verwiesen Yales letzte Briefe, die er von der Front geschrieben hatte, darauf, daß ihm diese Verknüpfung bewußt gewesen war. Er sprach darin nämlich nicht von der passiven «Umarmung des Todes», sondern davon, «den Tod zu umarmen», als sei dies ein Zwang, dem niemand entfliehen könne (obwohl sein fehlerhaftes Französisch dabei auch eine Rolle gespielt haben mochte), und beschrieb die Search-and-Destroy-Patrouillen seines Trupps in die «gefährlich erotischen, heißen grünen Schenkel» des Dschungels als «lustvolles Sichwerfen in die süße Auslöschung». Natürlich hatte Yale schon immer eine Schwäche für anzügliche Doppeldeutigkeiten gehabt, all das war unter Umständen nur ein Witz, wenn auch ein galliger. Wie anfangs auch das mit dem Teschtelmeschtel. Offenbar hatte der alte Fordhändler Marie-Claire bei Johns Hochzeitsempfang ein paar Verse aus dem Lied «Mademoiselle from Armentières» vorgesungen. Wahrscheinlich hatte er sich gedacht, so erweise man einer Ausländerin eine Freundlichkeit. Marie-Claire hatte davon nur noch zwei Dinge in Erinnerung behalten, wie sie John und seiner Frau eines Abends in einem Pariser Bistro auf deren zweiter Hochzeitsreise drei Jahre später erzählte (sie hatten sich soeben in dem stickigen Kellerkabarett unter der ihnen vorübergehend überlassenen Künstlermansarde eine Gruppe von «Höhlenmenschen» bei der

Vorführung einer *«Scène d'amour»* angesehen), nämlich daß erstens ein allradgetriebener Laster darin vorgekommen war – John konnte im Handumdrehen den fehlenden Reim liefern –, sowie zweitens ein Refrain mit dem Wort «Hinky-Dinky», der sie, so sagte sie, seither immer verwirrt hatte. «Was eißt Ainqui-Dainqui», fragte sie und lächelte dabei ihr verschmitztes Lächeln. «Dieselbe wie Teschtelmeschtel?» – «So in etwa», lachte John und drückte seiner neben ihm sitzenden Frau die Hand, «aber man benutzt dazu den Dingus und nicht den Daus.» Zwei Tage danach war Johns Frau losgegangen, um Geschenke für beide Elternpaare zu Hause einzukaufen und sich in Saint-Germain-des-Prés mit Marie-Claire in einem Café nebst angegliederter Galerie zum Mittagessen zu treffen. Und eine Stunde vor dieser Verabredung war Marie-Claire in der Mansarde aufgetaucht, wo John sich gerade in der Unterhose vor dem farbbekleckerten Waschbecken rasierte. Das war an sich nicht weiter ungewöhnlich gewesen. Marie-Claire tauchte oft zu den ungelegensten Momenten unangekündigt auf. Und wann immer sie hereinschneite, schien sie stets dringend aufs Klo zu müssen, kauerte sich rasch hinter den Kühlschrank und plapperte mit hinter der Kühlschranktür vorgestrecktem Kopf zum Continuo ihres pladdernden Urins munter drauflos, erzählte den beiden von Sachen, die ihr unterwegs zugestoßen waren, alles ein klein wenig delikat, aber zugleich überaus dezent, etwas, was John, wie er wußte, nie hinbekommen hätte, er war sehr beeindruckt. Diesmal allerdings trat sie hinter ihn ans Waschbecken, schob ihm die Hände in die Unterhose, als krabble sie in den Keller hinunter, und flüsterte ihm dann, während er im geschwungenen Spiegel ihre funkelnden dunklen Augen über seiner nackten Schulter sah, ins Ohr: «Isch bin so einsam, lieber Dschohn. Yell, er ist so weit we-heg. Kannst du mir elfen? Isch brauche so dringend das … das Ainqui-Dainqui … *Parlez-vous?*» Und so wurde der kleine Spruch zwischen den beiden zu einem netten Witz und einer Art Bund, und als ein paar Tage darauf die Nachricht von Yales Tod auf dem Schlachtfeld eintraf, wurde dieser Bund mitsamt Marie-Claires tragischem Schicksal unter Tränen und mit ungestümer Leidenschaft heißblütig und doch irgendwie traurig besiegelt, so daß für John Entsetzen und Mitgefühl, Mitgefühl und Entsetzen seither unauflösbar Hand in Hand gingen.

Im Städtchen war es in jenem Frühsommer der zweiten Hochzeitsreise nach Paris, nun schon so viele Jahre her, ziemlich ruhig zugegangen, beinahe wie früher, der ganze Ort schien irgendwie das Tempo zu verlangsamen, sobald John und seine Frau verreist waren. Vielleicht lag es auch nur an der Wärme, den Schulferien, der Flaute im Geschäftsleben, man konnte fünfe gerade sein lassen. Und trotzdem war nicht alles tot. Beide Kinos, das Palace an der Main und auch das Drive-in-Kino Night Sky weiter draußen, deren Tage bald gezählt sein sollten, waren gut besucht, ebenso der Schießstand des Gun Clubs und die Driving Range des Golfplatzes, es wurde reichlich Bier ausgeschenkt, die Jugend scharte sich wie immer um die Flipper im Busbahnhof, für die Acht- bis Zwölfjährigen gab es Baseball in der Little League und für die Väter Softball, außerdem ging der Bau der Interstate langsam voran, man hätte also nicht sagen können, daß gar nichts passierte. Das Städtchen wurde größer, zumindest hieß es so. Aber irgendwie war es ruhiger, dachte Opal, ging es zwangloser zu, angenehmer, mehr wie früher, als das Städtchen der Nabel der Welt gewesen war, noch nach seinem eigenen Rhythmus hatte leben können und, von den Zu- und Abgängen durch Geburt und Tod abgesehen, immer dieselben Leute zu sehen gewesen waren. Der Krieg hatte all das geändert, und anschließend waren die Flugzeuge, das Fernsehen, die neuen Highways, die Atombombe sowie ihr rastloser Sohn auf der Bildfläche erschienen. Aber die Fernseher blieben derzeit meist ausgeschaltet, da die Sender im Sommerprogramm nur Wiederholungen und sonst kaum anderes als deprimierende Nachrichten vom Krieg brachten; der wiederum war weit weg, auf den Straßen und am Himmel herrschte Ruhe, Opals Sohn und seine Frau tummelten sich auf der anderen Seite des Ozeans: Es fühlte sich an wie … wie jene faulen Sommertage vor nicht gar so langer Zeit, als John im Pfadfinderlager war, Mitch oft zur gleichen Zeit die eine oder andere Reise unternahm, zum Fischen, geschäftlich oder in Sachen Politik, und sie Zeit gehabt hatte, ein paar Wochen lang in aller Ruhe ihr eigenes Leben zu leben, vielleicht ein Buch aus der Bücherei zu lesen, Johns Zimmer aufzuräumen, sich ein Weilchen auf einer Parkbank zu sonnen, so, wie sie es jetzt tat, Freundinnen zum Mittagessen zu treffen (sie wartete gerade auf Kate und Harriet), und es nichts gegeben hatte, weshalb sie nach Hause eilen oder worüber sie *nachdenken* mußte. Die letzten drei Jahre seit Johns Hochzeit waren für Opal nicht leicht gewesen, weil sie sich erst an das Leben als ältere Frau und Schwiegermutter gewöhnen mußte. Ihr Sohn, zum Mannsbild ausgehärtet, war nach wie vor erkennbar ihr Sohn, und doch fühlte sie sich ihm, ja selbst ihren Erinnerungen an ihn als kleines Kind, zunehmend entfremdet, was ihr ein permanentes Unbehagen verursachte. Sie mochte Barnabys Tochter, hatte sie immer gemocht, sie war grundsolide, und trotzdem kam sie Opal jetzt weniger vertraut vor als vor der Hochzeit. Sie mochte auch Barnaby, aber was Audrey anging, da war jedes Wort zuviel. Gewiß, eins mußte man ihr lassen, sie hatte sich besser an das neue Familienleben angepaßt als Opal, sie und John kamen bestens miteinander aus. Freigebig, wie sie mit Geld und Komplimenten umging, machte sie Eindruck auf ihn. Audrey schien am Leben des jungen Paares teilzuhaben, als wäre das die natürlichste Sache der Welt. Opal dagegen kam sich immer wie ein Eindringling vor, wenn sie auch nur kurz bei den beiden vorbeischaute, und umgekehrt hartherzig, wenn sie sie nicht besuchte, sie wußte nie, was tun. Und bei jedem Besuch hatte sie unwillkürlich das Gefühl, daß irgend etwas in diesem Haus fehlte. Johns Zimmer vielleicht. Das Haus hatte ursprünglich Barnaby gehört, gehörte ihm letztlich immer noch, und sie spürte, daß ihr Sohn sich dort unwohl fühlte, drum ließ sie – worüber Mitch sich lustig machte – Johns altes Zimmer bei sich zu Hause zunächst einmal genau so, wie er es hinterlassen hatte, sie wußte ohnehin nichts damit anzufangen. Sie seufzte, bedrückt darüber, daß sie sich den schönen Tag mit solch düsteren Gedanken verdarb (und das, obwohl sie einst eine «Ich erinnere mich»-Kolumne in Ellsworths Wochenblatt über den schon immer von ihr geliebten Park beigesteuert und geschrieben hatte, dort könne man seine trüben Gedanken wie eine auf der Bank vergessene alte Zeitung ablegen), und nickte dem jungen Polizisten, der auf dem Schotterweg daherkam und den Finger an die Mütze legte, freundlich zu. Wahrscheinlich einer von Johns Schulkameraden. Ach ja, der, dessen Vater ... Eine kaputte Familie, wie bei so vielen armen Leuten. Ob es wirklich so klug war, sie Polizisten werden zu lassen? Sie wollte ihn schon auf den widerlichen Anblick eines weggeworfenen Präservativs aufmerksam machen, das wie ein zertretener Regenwurm neben dem Musikpavillon lag, besann sich dann aber eines Besseren. Womöglich hätte der Mann es ordinär gefunden, daß sie überhaupt wußte, was für ein Ding das war. Andererseits mochte es, so wenig Scheu kannten die jungen Leute heutzutage, von einer öffentlichen Aufführung übriggeblieben sein, sie würde also nur einmal mehr zu erkennen geben, was für eine verklemmte alte Schreckschraube sie war. Es stimmte schon, sie war eine, und sie war stolz darauf. Nicht daß sie gedacht hätte, die Leute sollten so was nicht benützen, nur sollte man die Dinger nicht derart unverfroren in der Öffentlichkeit vorzeigen. Sie war immer eine permissive Mutter gewesen, nicht wahr, aber sie hatte stets auf einer gewissen Zurückhaltung in der Öffentlichkeit beharrt. Wie sonst könnten wir einander ertragen? Als Oxford, der dieses Zeug offen in seinem Drugstore verkaufte, eines Abends im Golfclub lauthals verkündet hatte, daß Automaten mit diesen Dingern so alltäglich wie Kaugummiautomaten sein sollten, hatte sie entgegnet, ihr sei angenehm aufgefallen, daß die Kaugummiautomaten Zug um Zug von der Bildfläche verschwänden, weshalb sie ihm wohl bald zustimmen könne. Was ihr allgemeinen Beifall eingetragen hatte, selbst John schien amüsiert und auf ihrer Seite zu stehen. Schwer zu sagen, was seine Frau dachte, aber das war immer so. Opal sah Harriet allein auf dem laubbedeckten Weg auf sich zukommen, wohl aus der Stadtbücherei, wo Kate arbeitete. Harriet sah nicht gut aus. Die Gerüchte stimmten wohl. Sie und Alf hatten drei Kinder, allesamt längst flügge und aus dem Nest; Opal konnte zumindest dankbar sein, daß John beschlossen hatte, hier in seinem Heimatort zu bleiben. Auch Enkelkinder hatte Harriet, das Vorzeigen der neuesten Fotos war ein Pflichtritual beim Mittagessen. Vielleicht war es das, dachte Opal nicht zum erstenmal, was im Haus ihres Sohnes fehlte: drei Jahre, und noch immer kein Nachwuchs in Sicht. Harriet kam ihr blasser vor als sonst, und als sie näher kam, sah Opal, daß sie weinte. Du meine Güte. Opal stand erschrocken und voll böser Vorahnungen auf, strich sich den Rock glatt und legte jene stoische Zurückhaltung an den Tag, für die sie zu Recht bekannt und beliebt war.

Harriet, die ihr die Nachricht überbrachte, hatte durch ihren Mann von Yales Tod im fernen Dschungel erfahren – Alf hatte man gerufen, damit er sich um die arme Kate kümmerte, die beim Empfang der Sterbeurkunde zusammengebrochen war. Auch Oxford, obwohl er sich fahrig um seine Frau bemühte, schien am Boden zerstört, und der kleine Cornell saß stumm in einer Ecke, wo ihm nicht abgewischter Rotz über die bebende Oberlippe lief wie Flüssigkleber. Nur Columbia, zu Besuch von der Universität, wo sie ihr Vorklinikum machte, war geistesgegenwärtig genug gewesen, Alf anzurufen und dann Erste Hilfe für Schockpatienten zu leisten, Beine hoch und so weiter, was ihre Eltern wie in Trance über sich ergehen ließen. Erst nachdem alle übrigen verarztet waren, der Leichnam aus dem Kriegsgebiet zurückgeflogen und der Gedenkgottesdienst abgehalten war, war die Reihe an Lumby gewesen, in einen melancholischen Stupor zu verfallen, obwohl das damals kein Mensch mitbekommen beziehungsweise ernst genommen hatte außer ihren Profs an der Uni, die sie durch die Prüfung rasseln ließen. Aber Columbia konnte einfach die Augen nicht auf dem Papier behalten, ja nicht einmal eine Prüfung schreiben, ohne gedanklich abzuschweifen. Yale war ihr Lieblingsbruder gewesen, vielleicht das einzige männliche Wesen auf der Welt, das sie wirklich geliebt und bewundert hatte, und nach seinem Tod schien ihr die Welt öde und leer, weder der Rede noch der Mühe wert. Als ihre Mutter fragte, was ihr fehle, hatte sie geantwortet, ihr komme nichts mehr wirklich vor, sie könne an nichts mehr glauben und habe den Eindruck, daß alle nur Theater spielten. Das ganze Leben ist künstlich, hatte ihre Mutter geantwortet. Wir wachsen mit den Erzählungen auf, die sich andere ausgedacht haben, basteln ein bißchen an den Einzelheiten herum, und dann sterben wir. Sie sagte das so traurig, daß Lumby erst in Tränen ausbrach und dann zornig wurde. Und wirklich hatte ihre Mutter es nie geschafft, Yales Tod zu überwinden, sie hatte nur langsam abgebaut und war immer stiller geworden, bis sie vor drei Jahren gestorben war, nachdem sie ihr Leiden mit einer Packung Schlaftabletten aus dem Drugstore verkürzt hatte, ein Rückzug und Abschied, den ihr Lumby, die ihre Mutter brauchte, nie richtig verzeihen konnte. Zuvor hatte es allerdings einen kurzen Augenblick gegeben, in dem sich die Familie zusammengenommen hatte, um Yales französische Freundin Marie-Claire zu empfangen, als sie ein Jahr nach seinem Tod erneut ins Städtchen gekommen war, wo sie bei John und seiner Frau wohnte, einer alten Freundin von ihr und zufällig vor langer Zeit auch einmal Yales Freundin. In jener Woche behandelten Lumbys Eltern Marie-Claire wie ihre eigene Tochter, luden sie zu stillen und etwas düsteren Abendessen ein, nahmen sie mit zu Yales Grab, gingen seine Sachen mit ihr durch, schenkten ihr viele Erinnerungsstücke und gaben ihr ihre Briefe an ihn zurück. Sie nahm diese Geschenke dankbar, ja unter Tränen an und zitterte dabei am ganzen Leib, ließ die Sachen aber bei der Abreise liegen und nahm statt dessen Cornell mit wie etwas, das sie auf dem Rummel gewonnen hatte, eigentlich aber nicht haben wollte; Lumbys Eltern mußten Yales Nachlaß zusammenschnüren und ihn ihr nachschicken. Doch als die Post ankam, war sie nicht mehr da. All die Erinnerungen für die Katz. Und fast hätte Lumby auch noch ihren dummen kleinen Bruder Corny dabei verloren.

Der Besuch an Yales Grab war freilich nicht der einzige Anlaß für Marie-Claires Aufenthalt im Städtchen gewesen. Sie erwiderte damit auch die anläßlich von deren zweiter Hochzeitsreise im Jahr zuvor unternommene Visite ihrer Freunde in Paris und kam zur Taufe ihres kleinen Patenkindes (eine Patin gehört eigentlich nicht in die protestantische Taufzeremonie, doch der in Religionsfragen großzügige John und seine Frau hatten ihr einen Platz darin verschafft), die eigens auf den Tag ihrer Ankunft terminiert worden war. Der Säugling, zu Ehren Marie-Claires Clarissa genannt, war ein lebhaftes Ding, das die Eltern nächtelang auf Trab hielt («Das

Mädschen ist, wie sagt man, von die Fuß bis zu die Kopf auf Party eingestellt, nein?» sagte Marie-Claire stolz) und auch bei Tag nicht Ruhe gab, als habe es Angst, etwas zu verpassen, falls es die Äuglein zumachte. Als Marie-Claire John bei einer Besichtigung des Flugplatzes fragte, wie sie das Baby genannt hätten, wenn es ein Junge geworden wäre, hatte er scherzhaft «Little Hankie, Thank-ee» gesagt. Auch wenn der kleine Flugplatz noch immer stark an die mit Schaufel und Walze angelegten Schotterpisten der frühen Jahre der Luftfahrt erinnerte, hatte er sich ziemlich gemausert. Im Lauf des Jahres war es John mit Hilfe tatkräftiger Freunde und dem Geld seiner Schwiegermutter gelungen, dort draußen einen Generator zu installieren, einen neuen Hangar zu bauen und so viel Land zu roden, daß die Landebahn auf fast zweitausend Meter verlängert werden konnte, gut die Hälfte davon geteert. Das asphaltierte Stück reichte natürlich vollauf für Johns einmotorigen kleinen Viersitzer, doch plante er bereits weit voraus für die Zeit, da hier Düsenflugzeuge und Frachtmaschinen landen würden und er vielleicht einen eigenen Zubringerservice oder zumindest eine Art Lufttaxidienst betreiben konnte, der dem Städtchen eine Anbindung an die Großstadtmetropolen sicherte, die von hoch oben betrachtet am sacht gekrümmten Horizont zu gleißen schienen wie unentdeckte Schatzkammern, fette Beute für den aus dem Himmel einschwebenden Abenteurer. Von dort oben konnte John auch so deutlich wie auf der Flipchart sehen, wie und in welcher Richtung das Städtchen tief unter ihm wachsen würde, welche Grundstücke er also kaufen oder abstoßen und wo er seine Einkaufszentren und Neubausiedlungen hochziehen mußte. Die meisten dieser Offenbarungen blieben seiner Frau verwehrt, da sie zum einen das Veto ihrer Mutter am Boden festhielt und zum zweiten das vor der Geburt ausgesprochene Flugverbot des Arztes in Anbetracht der schwierigen Entbindung in Kraft geblieben war. Wie sich im nachhinein herausstellte, hätte John Marie-Claire lieber auch am Boden lassen sollen, aber obwohl er Frauen auf jede erdenkliche Weise zu genießen verstand, war es ihm in jenen jugendlichen Jahren doch am liebsten, wenn ihm eine in ein paar tausend Fuß Höhe einen blies, während er den Steuerknüppel hielt. Und Marie-Claire war, wie er bereits im Jahr zuvor in Paris herausgefunden hatte, eine Art aberwitzig heißhungrige Gefräßigkeit zu eigen, die nicht nur ihren schmalen, feingeschwungenen Mund mit den wie Kiesel aufgereihten Zähnen und ihre muskulöse Zunge in ein Mittelding zwischen einer Hydraulikpumpe und einer Amok laufenden Wagenwaschanlage verwandelte, sondern ihren ganzen Körper zu erfassen schien, so daß es sie von die Fuß bis zu die Kopf heftig schüttelte, wobei sie wie ein ausgesperrter Köter winselte und sich, während ihr Mund mit der zappeligen Zunge wie wild an seinem Schaft auf- und niederglitt, in seinen Lenden festkrallte und ihm dort die Haut zerkratzte, als versuchte sie, sich in sein Inneres zu bohren. Natürlich war es, selbst wenn es manchmal einem Sprung von einer hohen Klippe glich, ein noch großartigeres Erlebnis, Marie-Claire zu vögeln, doch hier war nun einmal nicht Paris, weshalb John in jenem späten Frühling, als alle Welt vorgeblich Yale betrauerte, zu Hause und auf festem Boden mit nur mäßigem Erfolg versuchte, sich von dem unberechenbaren Wildfang fernzuhalten, der für solch ansteckende Trauer so empfänglich war – und in der Luft kam Vögeln eben nicht in Frage.

Dachte er zumindest. Mehr als zehn Jahre später war es dann seine neue Krisenhelferin Nevada, die ihn eines Besseren belehrte, wenngleich sie eher Leistungssportlerin als eine entflammte und stürmische Geliebte war. Bis dahin hatte John schon eine ganze Flotte von Flugzeugen ge- und wieder verkauft (obwohl er noch immer die kleine Skyhawk besaß und sogar manchmal, um der alten Zeiten willen, eine kurze Runde damit drehte), und der Flugplatz, mittlerweile ins Städtchen eingemeindet und mit Anrecht auf Bundesmittel, war an die städtische Strom- und Wasserversorgung angeschlossen, hatte eine eigene Kanalisation und parallele Start- und Landebahnen für mittelgroße Düsenflugzeuge und kleine Turboprops mit Druckkabinen, verfügte über ein bescheidenes Abfertigungsgebäude samt Bürotrakt und Toiletten, Münzfernsprechern und Automaten, aus denen man sich etwas zum Essen und Trinken holen konnte, dazu über eine Mannschaft von Mechanikern und Frachtpersonal, einen Vollzeit-Betriebschef (seinen alten Footballcoach), Parkplätze für Flugzeuge wie für Kraftfahrzeuge, Zapfsäulen und Kerosintanks, bestens ausgestattete Hangars, Werkstätten und Lagerhallen und schließlich über ein neues Leuchtfeuer für die Landebahn, dessen Positionslampen wie glühende Saphire aussahen und sich aus der Luft mit einem Funksignal bedienen ließen wie ein elektrisch betriebenes Garagentor, ein keiner Taschenspielertrick, der den Damen, wenn sie sich mit einemmal im Dunkeln und noch dazu gefährlich hoch über dem sicheren Erdboden befanden, stets große Freude bereitete, ein Trick, den Marie-Claire, die Arme, der er bestimmt gefallen hätte, leider nicht mehr hatte sehen können. Nun ja, traurige Geschichte, aber Marie-Claire war nun mal Expertin für traurige Geschichten; Exzeß und Hingabe entfachten die Flammen ihrer flatterhaften Leidenschaften, wie Bruce es einst formuliert hatte, als John ihm von seinen Abenteuern in Paris berichtete. Da war ihre Nevada aus anderem Holz geschnitzt: zäh, intelligent, gutaussehend, tatkräftig, gelassen. Und spektakulär begabt. Es gab keine Stellung, die sie nicht einnehmen konnte oder mochte, viele davon hatten weder Bruce noch John je vorher gekannt und genossen, und ihre Möse war so anstellig wie ein dressiertes Zirkustier. Bruce nannte sie den «Teufelsbiber» und liebte sie genauso wie John, der ihm ihre Besitzerin beim erstenmal samt einer Art scherzhaftem Valentinsgruß geschickt hatte: «Mach mal 'nen wilden Luftritt.» Extraterrestrisch! Es komme ihm wirklich so vor, sagte John einmal nach einer ihrer gemeinsamen Wochenendlustbarkeiten in der Angelhütte, als sei Nevada das, wonach sie schon immer gesucht hätten, und Bruce stimmte ihm von ganzem Herzen zu, selbst wenn John als mitfühlender Pragmatiker sprach und Bruce eher als Nihilist.

Natürlich verlor Nevada beim ersten Flug die Nerven, aber in Johns Flugzeugen mußten sich schon eine Menge Frauen ins Höschen gemacht haben, wahrscheinlich geilte ihn das auf. Mit Sicherheit freute es ihn, wenn sie es mit der Angst bekamen, das hatte Nevada beim ersten Blick auf sein sinnliches, bedrohlich schiefes Grinsen erkannt, es war eine Methode, sie sich für seine Wünsche gefügig zu machen, die nicht nur auf Luftgebläse hinausliefen, wie sie spürte, sondern auf so etwas wie gliederschlotternde Fügsamkeit, und Angst war ein Gefühl, das Nevada dort oben nicht vorzutäuschen brauchte, jedenfalls nicht beim erstenmal. Nach ein oder zwei Loopings oder Rollen suchten wohl die meisten Frauen, hilflos aus allen Körperöffnungen tropfend, gern an Johns Joystick Halt. Im Sturmwind kommt eben jeder Strohhalm recht, wie das Sprichwort sagt. «Wow! Was für ein Trip!» ächzte sie mit noch immer pochendem Herzen und wischte John mit dem Mund über den ausgeprägten Adamsapfel, um dann am ergrauenden Haar hinter seinem Ohr zu nuckeln und sich, während er die Hand lang genug vom Steuerknüppel nahm, um ihr dankbar den klitschnassen Busch zu tätscheln, ein wenig schwindlig zu fragen, wo wohl ihr nasser Slip gelandet sein mochte, den sie wie ein erobertes Sturmbanner oder ein Bonbonpapier aus dem Fenster geworfen hatte. Soeben hatte John, die freie Hand in ihrem Haar verkrallt und beginnend, sich in den Hüften aufzubäumen, ihr gesagt, daß ihm jeder einzelne seiner Tage das Liebste auf Erden sei, und Nevada, schon heilfroh, daß sie überhaupt noch einen erleben sollte, begann zu denken, daß auch ihr jeder von Johns Tagen reichlich gut gefallen könnte. «Jetzt ich», flüsterte sie und streichelte ihm den Schwanz wieder steif. «Wenn du's schaffst», lachte er ein wenig überrascht, und um ihm zu zeigen, wie gewitzt sie war, machte sie einen gummigelenkigen Spagat über seinem Schoß, vergrub seine Magnetnadel in ihrer Muschi und ließ dann ihren Unterleib von links nach rechts wippen, ohne ihn je zu verlieren oder ihm beim Steuern in die Quere zu kommen, zog ihm sozusagen langsam den Korken raus und brachte ihn, der im Sturzflug abschmierte (sie schien einen Augenblick lang schwerelos zu schweben, ein Kribbeln ging ihr durch Mark und Bein) und dann klimaktisch steil nach oben zog, während ihr schwerkraftverstärktes Gewicht auf ihn herniederfuhr – brachte ihn so auf den kessen Spruch, mit dem er sie später zu Bruce geschickt hatte. Er liebte das, liebte sie, meinte sie, er habe noch nie jemanden kennengelernt wie sie, meinte er, und sie fing an zu begreifen, daß John vielleicht wirklich anders war als all die anderen Kerle und sie zu etwas Neuem, etwas atemberaubend Neuem führen konnte, während Rex ihr vermutlich bald lästig werden würde. Ganz zu schweigen von Johns Frau, versteht sich.

Als sie Rex erzählte, was für eine Heidenangst sie da oben bekommen und daß John zu ihr gesagt hatte, er liebe jeden einzelnen Tag seines Lebens, sagte Rex nur: «Das ist doch logisch, Baby. Der Kerl ist eben ein reicher Drecksack. Seine Tage kosten ihn nichts. Im Gegenteil. Wie soll man nicht jeden einzelnen Tag seines Lebens lieben, wenn jeder Tag ein Lotteriegewinn ist?» Rex, der Nevada auf seine eigene, bluesig melancholische Weise liebte und entsprechende Ansichten zu der Frage hatte, was Liebe war, hatte hier im Städtchen, genau wie die meisten Leute, zunächst für John gearbeitet, aber von dem rechthaberischen und tyrannischen Dreckskerl bald die Schnauze vollgehabt und die Scheiße hingeschmissen; jetzt arbeitete er für Stu und reparierte Autos in der Werkstatt des alten Ford-Mercury-Händlers, wobei er sich auf sein Improvisationstalent und seine schnelle Rechte verließ. In der kaum grüne Scheinchen hängenblieben. Nevada schraubte da 'ne Menge mehr heraus und kam weit weniger ins Schwitzen. Aber die Autoklempnerei bewahrte ihn vorm Durchdrehen, irgendwo allein in einem Motelzimmer oder einer miesen Kneipe. Rex war noch keine dreißig, aber eins hatte er gelernt: Kohle zu machen war absolut easy, bloß mußte man erst mal welche haben, um welche ranzuschaffen, und bei der Verteilung der Einsätze hatte man ihn übersehen, so einfach war das. Mann, wie ihm Geldsäcke wie John und seine Frau auf die Nerven gingen, und zwar nicht, weil sie soviel Schmiere hatten, sondern weil ihnen völlig schleierhaft war, weshalb sie eigentlich wie die Made im Speck lebten. Er bastelte an ihren Autos rum, das schon, aber im doppelten Wortsinn. Er zog einen neuen Keilriemen auf und lockerte dafür eine Radmutter oder ließ die Hälfte der Bremsflüssigkeit ab. Er stellte das Ventilspiel ein und ließ dafür an der Nockenwelle den Simmerring weg, während er in einer Tour auf einen Einstieg, einen Trick, den Durchbruch und ein Stück vom Kuchen lauerte. Auch Stu ging ihm auf die Nerven, aber der alte Furzer war ein harmloser Suffkopf, der meist vor sich hindöste, seine abgedroschenen Wichserwitze zum besten gab und sich selten in der Werkstatt blicken ließ, weshalb Rex einigermaßen mit ihm klarkam. Während eines solchen Witzes blickte Rex, unter dem schweren Lincoln von Johns Frau liegend, eines Tages hoch und der Besitzerin des Wagens direkt unter den Rock. Sie hörte sich geduldig Stus Schmonzes an und drehte Rex den Rücken zu, und weder sie noch Stu hatten ihn bemerkt, drum sah er lang und gründlich hin. Hinterher konnte er gar nicht genau sagen, was er da eigentlich gesehen hatte, es war, als studiere man die Milchstraße durch ein nicht richtig scharfgestelltes Teleskop; trotzdem war es Rex so vorgekommen, als kriege er etwas Schönes frei Haus, einen Teil von Johns Besitz sozusagen, und das hatte ihn so geschärft, daß er sofort zupacken und sich einen runterholen mußte, um nicht laut loszubrüllen oder alles auf eine Karte zu setzen und sie an Ort und Stelle zu pimpern. Dann bekäme der alte Stu eine Pointe, die er – *nghh!* – sein Leben lang nicht vergessen würde, dachte Rex, als er eine Riesenladung in seinen speckigen Overall schoß. Er klappte die Augen wieder auf, noch immer seinen Schwanz umklammernd, wahrscheinlich noch immer kommend und so entrückt und träumerisch, daß er noch einen Blick riskieren wollte, einen, an den er sich erinnern konnte, aber sie war fort. Sein Mund war knochentrocken. Die Luft war draußen. Er kam sich wieder wie ein Loser vor. Abgelinkt und ausgeplündert. Er griff sich einen Schraubenzieher, stieß ihr ein Loch in den Auspuff und dachte sich: Der beschissene Obermacker liebt also jeden einzelnen Tag seines Lebens. Spitze. Und ich quäl mich von einem Tag zum anderen. Und er spuckte trocken aus und stieß ihr noch eins rein.

Auch wenn Stu nichts zu merken schien, bekam er sehr wohl mit, welch abgrundtiefer Haß Rex umtrieb, verbuchte es als krankhafte Macke in dem Bürschchen, ein Getriebeschaden sozusagen, und wußte auch genau, daß Rex ihn beklaute, aber trotz aller Boshaftigkeit, Paranoia, Geilheit und Kleptomanie, die in Rex steckte, empfand Stu eine Art Seelenverwandtschaft mit dem Bengel und ließ ihn meist gewähren. Er half ihm sogar öfter bei seinen krummen Touren, auch wenn er sich dann vorkam, als hätte er einen Riß im Motorblock. Manchmal versuchte er Rex beim einen oder anderen Fehltritt zu ertappen, nur um ihn wissen zu lassen, daß er nicht ganz blöd war. Zum Beispiel ließ er eine Zehndollarnote auf einem Tresen oder einer Werkbank liegen und machte ein ziemliches Aufhebens, wenn sie verschwunden war. Der Bengel glotzte ihn dann nur stinksauer an, als hätte er einen Vollidioten vor sich, worauf Stu den Rückwärtsgang einlegen und auf die Bremse treten mußte, plötzlich unsicher, ob er den Zehner wirklich dorthin gelegt oder es nur vorgehabt hatte. Genauso ging es ihm mit all dem anderen Zeug, das plötzlich fehlte: Vielleicht war es gar nicht dagewesen oder bereits vor Jahr und Tag verschütt gegangen. Er konnte es nicht sagen. Verdammtes Gedächtnis. Am merkwürdigsten aber war, daß er den Welpen mit dem schwarzen Herzen in einer Tour mit seinem kleinen Herzblatt verkuppelte. Er wußte, daß Daph auf den jungen Hupfer scharf war, er mußte doch nur hinsehen, wie sie sich anzog und herumalberte und bei jeder Gelegenheit das Heck vor ihm schwenkte. Es brach dem alten Stu das Herz, mitanzuschauen, wie bunt es die beiden trieben, aber sonderbarerweise machte es ihn auch an, als brächte er einen abgesoffenen Schlitten wieder zum Laufen, wenn er Daph die Schlüssel zum Chefbüro gab und sich auf den Weg zu irgendeiner erfundenen Besorgung machte oder Rex beauftragte, Daph mal rasch ins Getaway zu chauffieren. Vielleicht ließ er über den ungezogenen, auffrisierten Bengel, den er haßte und fürchtete und dem er sich doch väterlich verbunden fühlte, seine eigenen wilden Jahre aufleben. Stu hatte zu fast jedermann im Städtchen eine ähnlich zweischneidige Einstellung. John etwa hielt er für einen Prachtkerl, ein echtes Spitzenmodell, konnte ihn aber letztlich nicht sonderlich leiden. Umgekehrt mochte er Johns Frau wirklich, sogar sehr, zum Teufel, für das Mädel hätte er alles mögliche getan, und zugleich hatte er das Gefühl, sie sei ihm schnurzpiepegal. Unterm Strich war diese Ambivalenz wechselseitig: Alle liebten den alten Stu, alle waren lieb Kind mit ihm, und dennoch hielten sie ihn für einen nichtsnutzigen alten Trunkenbold, der ebensogut ins Gras beißen konnte. Er war mit jedermann gut Freund, aber kein Mensch kannte ihn.

Vielleicht hatte Stus ambivalente Einstellung zu Rex' Boshaftigkeit etwas mit seiner Ansicht zu tun, daß in Hinblick auf die Lebenserwartung Glück Pech und Pech Glück sei. Alf hatte eines (ungewöhnlichen, wie sich herausstellen sollte) Abends im Golfclub mitbekommen, wie Stu dem Versicherungsmakler Trevor diese Ansicht auseinanderzusetzen versuchte: Er wolle ihm jetzt mal verklickern, hatte Stu in seinem Südstaatlersingsang losgelegt, was der Fehler an all den bescheuerten versicherungsmathematischen Tabellen sei; sie seien nämlich so bedeutungslos wie das Preisschild auf einem Gebrauchtwagen. Es standen auch noch andere Leute um Stu und Trevor herum oder thronten auf ihren Barhockern, doch die meisten von ihnen hatten längst aufgehört, dem streitsüchtigen alten Schluckspecht zuzuhören; nur Johns Frau, die neben Stu stand und stets Geduld für die Narreteien anderer Leute aufbrachte, lieh ihm noch höflich ihr Ohr. Stu hatte an jenem Tag einen Cougar und einen Explorer XLT verkauft, weshalb ihm die Hinterachse ganz besonders tief hing, wie er sich ausdrückte, denn Stu hielt Autoverkäufe nur für weitere Schritte auf dem Weg zur eigenen Beerdigung: Einem jedem war es beschieden, soundso viele Autos in seinem Leben zu verkaufen, und dann – *ffft!* «Mach dich bereit und karr mich raus zum Schrottplatz, alter Kumpel», knurrte er, packte sich an die Brust und rollte mit den Augen, als lasse er wieder mal eine Pointe platzen, «ich hab das Gefühl, ich stoß schon wieder 'ne Kiste ab!» Und Trevor wieherte in seiner lächerlichen Manier und bedeckte dabei mit der ringbewehrten Linken seine schlechten Zähne. Daphne, zur Abwechslung recht nüchtern und nicht in ihrem üblichen schlabberigen Trainingsanzug mit dem fleckigen Hintern, sondern mit einem rosafarbenen Partykleid herausgeputzt, raunzte Stu an, er solle die Klappe halten, er deprimiere die Leute nur, und Stu wurde für einen Augenblick nüchtern und warf ihr einen Blick zu, wie ihn Alf seit der Zeit vor Winnies Tod nicht mehr in Stus Gesicht gesehen hatte. Dann grinste er sein zahnlückiges Landeigrinsen, legte den Trinkarm um Johns Frau und fragte sie, ob sie schon den von dem alten Knacker hier aus der Stadt kenne, der vor ein paar Jährchen an Diarrhöe verstorben sei, dessen Witwe jedoch darauf beharrt habe, daß man «Gonorrhöe» als Todesursache auf sein TÜV-Gutachten schrieb. «Tjä, der alte Doc da hat nix davon hören wollen, wißt ihr, weil er – *haha!* – sich ans Gesetz hält und auch den Unterschied zwischen den beiden ‹rrhöes› kennt, sie vielleicht sogar buchstabieren kann, weil er ja 'n Studierter ist und all das, und da sagt er zu der Alten, daß das ja nicht so recht – *harr-harr!* – der Wahrheit entsprechen würde. ‹Ach, zum Deibel, weiß ich doch selber›, sagt sie – *woff! huff!* –, ‹aber mir – *hihi!* – ist's halt einfach lieber, wenn sich die Leute – *japs! haha! hihi!* – die Leute an den alten Schieter erinnern, wie er – *hah!* –, wie er – *hiff!* –›» Und damit goß er hilflos prustend und schnaubend Johns Frau seinen Drink in den Ausschnitt und kippte vom Barhocker. Alf half Daphne, ihn zu seinem Wagen zu schleppen und auf den Beifahrersitz gleiten zu lassen, doch als der alte Arzt ihn dann im Sitz aufrichtete, den Knopf der Verriegelung herunterdrückte und (der alte Stu brabbelte irgendwas Unverständliches von einem Getriebeschaden) die Beifahrertür zuschlug, dachte er: Es ist doch töricht, Leute wie Stu am Leben zu erhalten. Er schämte sich für den Anteil, den seine Zunft daran hatte. Der sabbernde alte Knacker plumpste gegen die Tür und schlug mit dem sommersprossigen Kopf an die Scheibe. Stus Frau Daphne, die auf das von den Scheinwerfern angestrahlte rote Fähnchen starrte, das über dem achtzehnten Loch flatterte, sagte: «Gottverdammte Scheiße das», und Alf stimmte zu. Dann ging er mit leisem Unbehagen darüber, daß er Stu von Daphne nach Hause kutschieren ließ, zurück in die Bar, wo Johns Frau stand, die Seidenbluse mit spitzen Fingern von ihren Brüsten weghielt und sie hin und her wedelte, als könnte sie so den Gin aus dem Gewebe schütteln. Die Leute rissen jede Menge Witze – oder das, was sie dafür hielten – über Gin als Tonikum oder die Muttermilch-Geschmacksrichtungen und so weiter, und als man Alf nach seiner Ansicht als Arzt fragte, schnupperte er kurz an der Bluse und sagte, ja, es *rieche* zwar nach Martini, aber er habe noch nie zuvor gesehen, daß Martini in so großen Schalen serviert würde. Trevor wollte sich über diesen Witz schier ausschütten, und seine Frau Marge sagte spitz: «Nun ja, es wird allmählich ein bißchen frivol hier!» In Marges Schalen hätte nicht mal eine Martiniolive Platz gehabt.

Wieviel, so fragte sich Stus kleines Herzblatt Daphne, als sie an jenem Abend leicht benebelt nach Hause fuhr, wußte Stu eigentlich von ihr und Rex? Wahrscheinlich jede Menge. Schwer zu sagen jedoch, ob das etwas ausmachte. Vielleicht bereitete es dem alten Kauz sogar besondere Freude, in einem seiner Witze mal die Hauptfigur zu spielen. Machte ihn zu einer Art lebender Legende. «Da war mal dieser alte Farmer, wißt ihr, der sich 'ne junge Braut geholt hat, so'n extraheißes Sportmodell, das gar nicht oft genug zum Abschmieren kommen konnte und den alten Knaben mit der vielen Zeit, die er da unten im Tal des roten Flusses zubringen mußte, so fertigmachte, daß er die Arbeit draußen auf dem Feld nicht mehr hingekriegt hat. Puuh! Die ganze Saat geht ihm den Bach runter, und er gleich mit, klar. Also zieht er schnurstracks los und heuert sich diesen Jungspund als Knecht an ...» Bekam es der alte Stu etwa mit, wenn sie über dem geilen jungen Bock stand, während er in der Grube arbeitete, und ihm die Aussicht bot, die sie ihn gierig bei anderen Frauen hatte genießen sehen, die in die Werkstatt kamen, um einen Ölwechsel machen oder sich den Vergaser einstellen zu lassen. Schaute Stu etwa zu, wenn sie breitbeinig in die Hocke ging, während Sexy Rexy auf dem Rücken unter einem Auto lag, und keß mit ihm herumalberte, er müsse ihr mal das Ventilspiel optimieren oder den Unterboden versiegeln? Und wenn er zuschaute, wenn er es mitbekam, war es ihm wichtig? Daphne hatte im Lauf der letzten paar Jahre die säufertypische Gewohnheit angenommen, weite und die Fettpolster verstekkende Trainingsanzüge zu tragen, wohin sie auch ging; tags gab ihr das die Illusion, eine Sportskanone zu sein, und abends, wenn sie aus den Latschen kippte, dienten ihr die Klamotten als Schlafanzug und auch gleich als Kissen. Doch nun zog sie wieder Röcke an, nicht die alten, versteht sich, die paßten ihr nicht mehr, sie hatte sich einen ganzen Schrank voll der verdammten Dinger anschaffen müssen, auch neue Unterwäsche mit Schleifchen dran und Schlitz im Schritt und lustigen kleinen Sprüchen, die der kecke Mechaniker lesen konnte. Was er, die Hand auf seiner Pleuelstange, zunächst mit langen, tiefen Blicken getan hatte, später aber in Braille entzifferte, um es mal so zu sagen, was sie eines

Tages, als er zynisch darauf anspielte, welches Geheimnis sie wohl veranlaßt haben mochte, auf einen wie ihn abzufahren, zu der ironischen Retourkutsche animierte: «Geheimnis? Zum Teufel, Schätzchen, ich bin doch ein offenes Buch!» Während der Bursche kehlig lachte und an ihrem Kitzler nuckelte, steckte Daphne sich eine Fluppe an, blies den Rauch in Richtung der Spiegel und dachte an den blöden, pointenlosen Witz, den sie und Stu jetzt schon seit so vielen Jahren darstellten. Manch eine Nummer hatten sie in diesem Zimmer durchgezogen, als die kriegerische Winnie noch gelebt hatte, obwohl ihre Geschichte in Wahrheit schon sehr viel weiter zurückging, nämlich bis zum Hochzeitsempfang ihrer besten Freundin und zu der legendären Handvoll Erdbeeren mit Schlagsahne, zum «Schicksalstag» des alten Stu, wie er ihn nannte, ihr gottverdammtes halbes Leben also. Vielleicht war es höchste Zeit für die Pointe. «Fick mich, Herzblatt», flüsterte sie, drückte die Kippe im Aschenbecher aus und besah sich überaus angetan die im Spiegel reflektierten muskulösen Pobacken der Kreatur, die sich über sie beugte wie ein kräftiges Raubtier, das an einem Kadaver nagt. «Fick mich feste!»

Veronica war Augenzeugin von Daphnes faszinierender Erdbeer-Nummer am Tag von Johns Hochzeit gewesen, einem Schicksalstag für Veronica wie für Stu, allerdings, wie alle solchen Tage in ihrem Leben, ein unglücklicher. Die Folgen spukten ihr noch immer im Kopf herum, und sie schauderte, wenn sie nur daran dachte. Beziehungsweise an ihn. Hinterher hatte sie eine Woche lang Migräne gehabt. Ronnie, wie die Freunde aus ihrer Klasse, zu denen auch Daphne zählte, sie damals nannten, hatte sich immer vor diesem frechen, promisken und unberechenbaren Mädchen gefürchtet, das sich stets ungehemmter zu amüsieren schien als sie, selbst wenn es so schreckliche Dinge anstellte, Dinge, die Ronnie einfach nicht übers Herz brachte und dann trotzdem tat. Es war ein so oder so verlorenes Spiel. Wenn sie Daphne widerstand, wurde sie ausgelacht, und wenn sie mit ihr mitzuhalten versuchte, brockte sie sich prompt Scherereien ein. Wie am Abend vor der legendären Hochzeit, als Daphne die Hennenparty auflöste und zum Sturmangriff auf die der Hengste in der Country Tavern blies. Ronnie hatte sich dagegen ausgesprochen, weil sie es für gefährlich hielt, wenngleich sie das nicht gesagt hatte. Gesagt hatte sie, daß sie die Jungs in Ruhe lassen sollten, es würde ihnen nicht gefallen. Daphne hatte entgegnet, die Jungs wüßten erst, was ihnen gefiele, wenn sie es vor Augen hätten, und wenn Ronnie Schiß habe, solle sie eben hierbleiben. Also mußte sie natürlich mit, weil sie seit dem Besuch mit John im Autokino, von dem alle Welt zu wissen schien, einen gewissen Ruf zu verteidigen hatte; aber erst zankten sie sich noch eine Weile. Es gab noch andere, die ihre Zweifel hatten wie Ronnie, und ein paar von ihnen fuhren nach Hause. Als die übrigen schließlich in der Kneipe ankamen, war die Party schon weitgehend gelaufen; jedenfalls war der Typ, auf den Daphne den ganzen Tag ein Auge geworfen hatte, nicht mehr da, und John ebensowenig. Daphne machte Ronnie dafür verantwortlich und meinte, wenn sie nicht so zickig gewesen wäre, hätten sie alle viel früher dasein können und vielleicht ein bißchen Spaß gehabt. Worauf die Mädels samt und sonders wieder in ihre Autos stiegen, abdüsten und sie zurückließen; Ronnie mußte den ganzen Weg zu Fuß nach Hause gehen. Sie hätte sich ohrfeigen mögen und haßte Daphne, haßte aber auch ihre eigene Hasenfüßigkeit. Hin und wieder tauchten Scheinwerfer hinter ihr auf, wohl irgendwelche Typen, die aus der Kneipe heimfuhren, dann mußte sie sich im Straßengraben oder hinter Bäumen oder Büschen verstecken, weil sie nicht wußte, was sie hier draußen als Erklärung hätte vorbringen können, und Angst davor hatte, was die Kerle, besoffen wie sie waren, womöglich mit ihr anstellen würden, wenn sie sie hier allein auf der Landstraße aufgabelten. Manchmal war ihr danach, sie einfach tun zu lassen, wozu sie Lust hatten, es war sowieso schon egal, und dann versteckte sie sich nur halbherzig, wenn die Autos vorbeifuhren, doch keines hielt. Erst als sie im Städtchen angekommen war, ein paar Querstraßen von der Main entfernt, hielt ein Wagen am Straßenrand. Ein silberfarbener Ford Mustang, der im Mondlicht aussah wie ein Geist: Veronica erkannte ihn, und ihr Herz tat einen Sprung, als die Beifahrertür aufging. Als sie sah, wer am Steuer saß, wurde ihr bewußt, daß sie im Begriff war, etwas zu tun, was

Daphne sich nie getraut hätte. Etwas noch nie Dagewesenes. Obwohl es schwierig sein würde, damit anzugeben. Es geschah nicht in der Stadt. Irgendwas von wegen Hörner abstoßen, meinte er. Sie kam erst kurz vor Tagesanbruch heim. Und ein paar Wochen später mußte sie mit Tränen in den Augen Alf aufsuchen und ihn um einen schrecklichen Gefallen bitten, den er ihr hartnäckig abschlug (damals war das ein schlimmes Verbrechen, er hatte eine Menge zu verlieren, das wußte sie), bis sie ihm erzählte, wer der Vater war.

An besagtem Abend Jahre später standen Ronnie wieder die Tränen in den Augen, als der geifernde Gatte ihrer Nemesis Johns Frau an der Bar des Golfclubs sturzbesoffen seinen Drink in den Ausschnitt goß, doch diesmal waren es Freudentränen. Daß sie das miterleben durfte! Es war zu komisch! Alle im Club lachten, alle außer dem Vater jenes Kindes, das Veronica dann schließlich bekommen hatte; der hätte am liebsten gekotzt. Das passierte Maynard von Zeit zu Zeit. Sein «zartes Gemüt», wie jemand vor so vielen Jahren gewitzelt hatte, war damals wie heute der Grund dafür. Eine Form von Trauer, wie Maynard es sah. Er holte tief Atem und hielt ihn dann an, während er den jungen Kerl hinter der Bar fixierte, der ungerührt zu erscheinen versuchte, Gläser abwischte und Flaschen hin und her rückte, die Glotzaugen aber nicht von der nassen Bluse lösen konnte. Wer sonst hätte das gekonnt außer dem leidenden Maynard? Johns leinenanzuggewandeter Steuerberater Trevor gackste in seiner an Schluckauf gemahnenden Manier, während er auf die Bluse starrte, Fettarsch Waldo lachte lauthals und dreckig los, und Johns Vater grinste und kaute auf seiner Zigarre herum, wie Maynard früher in der Schule auf Gummibändern herumgebissen hatte. Neben ihm lachte sich Maynards Frau Gemahlin ins Fäustchen, die hirnlose, hakennasige Zimtzicke, wobei sie ihre eigenen Brüste nach vorn schob, weil sie Johns Frau fraglos insgeheim um die Aufmerksamkeit beneidete. Veronica war die handgreifliche Gestalt, die Maynards bodenloses Elend schließlich angenommen hatte, die objektive Verkörperung seines Selbsthasses, und zuweilen bereitete es ihm Vergnügen, auf dieses Elend loszugehen, es zu ohrfeigen, zu schlagen und mit Flüchen zu überhäufen, um das Untilgbare von sich zu tilgen, was ihm zumindest in den blinden Augenblicken seines Wütens ein wenig Erleichterung verschaffte. Die erste Welle der Übelkeit ging vorüber (er erschrak, als er merkte, daß Waldos Frau Lorraine ihn hellauf entsetzt anstarrte, und sah rasch beiseite – die blöde Kuh, war er denn so leicht zu durchschauen?), doch dann versenkte der alte Alf, der wieder hereingekommen war, nachdem er Stu und Daphne ins Auto verfrachtet hatte, zum Spaß seinen krummen Zinken im Dekolleté von Johns Frau und schnupperte daran herum, und Maynard wurde erneut speiübel, so daß er, verzweifelt das verschlissene Strumpfband in seiner Hosentasche umklammernd, hart schlucken mußte, bevor er seinen eigenen Martini herunterstürzte und nur hoffte, daß er ihm nicht sofort wieder hochkäme. Das Wasser schoß ihm in die Augen, und einen Moment lang war Johns Frau nur noch ein verschwommener Fleck, gar nicht mehr richtig anwesend. Er blinzelte, und sie stand wieder da wie zuvor, und plötzlich fuhr ihm der Schreck in die Glieder, wenn er an die waghalsigen Manöver dachte (das alles geschah, kurz bevor die ganze Scheiße aufflog, als der auf ewig verdammte Maynard noch glaubte, er könne dem verhaßten Vetter endlich den Arsch aufreißen), die er und Barnaby derzeit unternahmen. Er tat es ja um ihretwillen, für sie und ihren Vater, und John hatte zum Henker noch mal die Prügel verdient, die sie ihm verpassen wollten, doch wie würde *sie* es aufnehmen? Nun, sie wäre natürlich verletzt, das war unvermeidlich, aber würde sie die Themen, die Grundsätze begreifen können, um die es dabei ging? In seinen Tagträumen wandte sie sich, im Streit zwischen Gatte und Vater zur Waise geworden, an ihn, um Rat und Trost zu suchen (wieder und wieder hatte sie sich weinend in Maynards zarte und liebevolle Umarmung gestürzt), doch hatte sie auch nur die leiseste Ahnung davon, was John ihrem Vater angetan hatte? Womöglich nahm sich das alles in ihren Augen wie glatter Wahnsinn aus. Tja, sie würden es bald genug erfahren, die Sache spitzte sich rapide zu. John hatte sie allesamt fürs Wochenende zum Abendessen zu sich nach Hause eingeladen, um die Fusion bekanntzugeben. Barnaby würde dasein, Johns Eltern und

Maynards eigener Vater, Johns Steuerberater, die Leute von der Bank. Es gab kein Zurück. Maynard stellte das leere Glas energisch auf den Tresen, als wolle er einen Punkt hinter einen Satz setzen, just als sich Johns hirnamputierter Collegekumpel Bruce, in letzter Zeit ziemlich oft im Städtchen, die Zigarette in den feixenden Mundwinkel klemmte, Kevin den Wischlappen aus der Hand nahm und sich zu Johns Frau umwandte, um ihr die Bluse abzutupfen – Maynard ging los in Richtung Herrenklo und hoffte nur, daß seine eiligen Schritte ihn noch rechtzeitig hintrügen.

Kevin, der im Golfclub als Golflehrer und Barkeeper arbeitete, behielt nach alldem, was an diesem Tag bereits passiert war, das Geschehen genau im Auge. Johns Frau war ihm immer schon ein Rätsel gewesen, nun mehr denn je. Er war vor rund zwölf Jahren ins Städtchen gezogen, das Examen frisch in der Tasche und ein feuchtfröhliches, aber fruchtloses Jahr auf den hinteren Plätzen des Profi-Golfzirkus hinter sich; er hatte eigentlich vorgehabt, weiter Turniere zu spielen, es aber nie getan. Sein Vater, aus dem Norden des Staates stammend und politisch wie wirtschaftlich mit John verbunden, hatte ihm den Job hier besorgt, nachdem sein Vorgänger im Sommer mit einem ausgeflippten Teenager durchgebrannt war – jeder müßte solchen Dusel haben. Der Laden hatte sich verheißungsvoller angehört, als er war, aber bei seinen Zukunftsaussichten hätte er leicht in noch übleren Löchern enden können. Er war der Geschäftsführer des Clubs, gab Unterricht, schmiß die Bar und den Golfladen und spielte noch bei ein paar zweitrangigen Turnieren mit, nur damit er einen Fuß in der Tür behielt und sein Name im Gespräch blieb. Viel Arbeit, aber die Überstunden wurden bezahlt. Viele Frauen auch, von Highschoolgören bis zu ihren Großmüttern, außerdem spielte er pro Woche mindestens zweiundsiebzig Löcher Golf, Essen und Trinken waren umsonst, und überall lag eine Menge Wechselgeld herum, unterm Strich also kein schlechtes Leben. Der Unterricht war manchmal nervig, brachte aber zusätzlich Geld ein und bot ab und zu Gelegenheit zum Anbandeln. Er fand schnell heraus, daß viele Frauen es mochten, wenn er ihnen bei der Griffhaltung und beim Schwung half, indem er sie von hinten um die Hüfte faßte und ihre Hände auf dem Schläger führte, worauf früher oder später eins das andere ergab. Und genau deshalb ließ er Johns Frau an jenem Abend, als Stu ihr die Meierei in Gin badete, nicht aus dem Auge. Sie hatte am selben Tag eine Unterrichtsstunde bei ihm genommen und leicht verwirrt gewirkt, als er ihre allzu offene Handhaltung zu korrigieren versuchte. Fast ohne darüber nachzudenken, war er hinter sie getreten und hatte um ihre Hüfte nach vorn gegriffen, um seine Hände auf die ihren zu legen, und als er sich im nächsten Moment quasi rituell an ihre weichen Pobacken in den rosa und grün gemusterten Bermudashorts drückte, hatte ihn unversehens eine köstliche Empfindung gepackt, wie er sie noch nie zuvor verspürt hatte, nicht wirklich sexuell, obwohl er einen Ständer bekam, der ihm um ein Haar den Hosenlatz gesprengt hätte, sondern eher so ähnlich wie das zarte Gefühl, das er manchmal verspürte, wenn er neben einer Frau lag und in den Sternenhimmel starrte. Doch dann, ebenso unversehens, wie sollte er das erklären, schien Johns Frau gar nicht mehr dazusein. Er hielt nur noch den Schläger fest. Erschrocken ließ er los: Und da stand sie wieder, holte zum Schlag aus. Und so war Kev am heutigen Abend im Club, einem Abend wie so viele andere, mit Krach, derben Witzen, den üblichen Spitzen und Johns Frau wie stets im Mittelpunkt der Aufmerksamkeit, bei seinem dritten Scotch angelangt und hatte eben angefangen, sich zu entspannen, als mit einemmal die Sache mit dem verschütteten Drink geschah. Schien sie ein wenig zu verblassen, außer Sicht zu geraten, als ihr der Gin über die Brust schwappte? Kevin schrak hoch, griff sich ein Glas und rieb es trocken. Nein, da stand sie, klar wie der helllichte Tag, er bildete sich das nur ein. Tat es vielleicht absichtlich. Wahrscheinlich sollte er sich mit der Sauferei ein bißchen mehr in acht nehmen. Als Johns Pilotenspezi sich den Wischlappen schnappte und ihr die Möpse abtupfte, kein Problem, da schaukelten sie wie bei jeder anderen Frau, und Kevin war wieder beruhigt.

Johns Steuerberater und Buchhalter Trevor hatte an jenem Abend Gelegenheit, die Brüste von Johns Frau lange und nachdenklich zu betrachten, hätte sie, etwas mehr Mut vorausgesetzt, vielleicht sogar mit einer Cocktailserviette abtupfen können wie Johns Luftikus von Freund, nur so zum Spaß, versteht sich, und vielleicht hätte das geholfen oder auch nicht, aber zuletzt wollte ihm, als er mit Marge zu Hause angekommen war, einfach nicht mehr einfallen, was er da eigentlich gesehen hatte, er wußte nicht einmal mehr sicher zu sagen, ob Alfs anzügliche Bemerkung über die großen Schalen überhaupt zutraf. Futsch und weg, wieder mal. Wenn er seinen Gedanken freien Lauf ließ und sich nicht konzentrierte, kam ihm ihr Gesichtsausdruck wieder in den Sinn: eine Art Lächeln, aber nicht wirklich eines, eher so etwas wie stumme Zustimmung oder eine leise, höflich unterdrückte Verstimmung. Aber ganz klar, je mehr er darüber nachdachte, desto weniger blieb übrig. Ein paar Stunden zuvor hatte er beobachtet, wie der Fotograf Johns Frau beim Golfunterricht mit dem jungen Lehrer aufgenommen hatte, ein Foto, das er jetzt liebend gern betrachtet hätte, doch fiel ihm nicht ein, wie er Gordon darum bitten sollte. Vielleicht konnte er eine Studie über den Zusammenhang von Golfstil und Lebenserwartung anfertigen. Während Marge sich bettfertig machte, holte er seine Tabellen und Kurvenfunktionen hervor und versuchte den Koordinatenpunkt von Johns Frau neu zu lokalisieren. Zwecklos. Der Punktwert wollte einfach nicht stillhalten. Zu viele Variablen oder so. Er rief sich das Berechnungssystem des alten Autohändlers ins Gedächtnis und wußte, daß darin ein Körnchen Wahrheit steckte: Galt sie auch für Johns Frau? Er dachte an ihre Schönheit, ihren Reichtum, ihre Familie, das Glück, das sie zu haben und zu genießen schien, ihre Gesundheit (er hatte die Laborwerte ihres letzten Check-ups gesehen, hatte vielleicht ein klareres Bild von ihren Blutwerten und ihrem Urin vor dem inneren Auge als von ihrem Gesichtsausdruck am heutigen Abend, dachte manchmal sogar, er könne das Klopfen ihres Herzens in der Röntgenaufnahme ihres Oberkörpers hören oder die klebrige Feuchtigkeit des Abstrichs spüren), und dabei fiel ihm auf, daß all diese Faktoren ebenso gleichförmig positiv ausfielen wie die lange Liste der «Ohne Befund»-Einträge auf dem Blatt mit den Laborwerten negativ: Sie deckten trotzdem nur Absenzen auf, fixierten nichts, trugen nur weiter zum Rätsel ihrer

Existenz bei, statt es lösen zu helfen. Marge schnarchte bereits; der Schlaf übermannte sie mit derselben rohen Gewalt wie Hunger und Durst. Marges Lebenserwartung kannte Trevor: Sie würde ein langes und kerngesundes Leben führen, aber eines Tages würde der Tod sie beim Kragen packen und erbarmungslos zermalmen, als hätte ihn seinerseits eine heftige Leidenschaft gepackt.

Was träumte die schnarchende Marge? Sie behauptete, niemals zu träumen, der Schlaf war für sie ein vollständiger Blackout, eine Reise in die Nichtexistenz, und jedes Aufwachen eine Auferstehung. Falls ihr die Träume wirklich fehlten (was nicht der Fall war), konnte sie getrost in denen ihrer Freundin Lorraine schwelgen, denn die war Intendantin eines lebhaften allnächtlichen Dreispartentheaters mit den prächtigsten Inszenierungen und gab, obwohl bezüglich ihres wachen Lebens äußerst zurückhaltend, nimmermüde ihre Traumabenteuer zum besten, meist noch mit aufschlußreichem Etikett versehen. So hatte sie in jener Nacht, nachdem Stu Johns Frau den Drink über die Bluse gekippt hatte, geträumt, sie sei mit Marge in einem Geschäft für Brüste gewesen, habe verschiedene Größen und Modelle anprobiert und sich über die bizarre Wertschätzung lustig gemacht, die die närrischen Männer den lächerlichen Dingern entgegenbrachten. John war auch dabeigewesen und hatte behauptet, nicht die Brüste seien so wichtig, sondern die Nippel, und von da an hatten sie und Marge die Suche sehr ernst genommen. Es standen alle möglichen Sorten davon zur Auswahl, die in flachen Schalen aufgehäuft lagen. John hatte Marge ein Paar aufzuschwatzen versucht, das aussah wie zwei Golfbälle, doch sie hatte sich gewehrt. Und die Nippel trotzdem bekommen, grell weiß und mit nichts als einem scharlachroten Punkt versehen (das Paket bestand aus drei Bällen, nicht aus zweien, aber der dritte war gebraucht und hatte eine tiefe, schmutzige Schramme). Lorraine dagegen hatte sich für ein Paar begeistert, das aussah wie zwei kleine Augäpfel mit Klapplidern dran (irgendwie hatte sie den Eindruck, so sagte sie zu Marge, daß sie mehr Glück haben würde, wenn sie mit den Augenlidern auf ihren Brüsten klimpern könnte), doch irgend jemand hatte sie ihr geklaut. Wer? Alle lachten, drum war sie sich ziemlich sicher, daß es Waldo gewesen sein mußte. «Der Schweinehund hat ein Verhältnis oder will eins anzetteln», sagte sie am nächsten Tag zu Marge, was in etwa der Prophezeiung gleichkam, daß am nächsten Tag die Sonne aufgehen würde, doch Lorraine wußte jetzt wegen des Traums mit Sicherheit, daß es stimmte. Ein klares Muster, enthüllt durch entwendete Nippel. Johns Frau war in dem Traum ebenfalls vorgekommen, aber Lorraine hatte sie nicht sehen oder Marge am nächsten Tag zumindest nicht beschreiben können. «Vielleicht gehörte ihr der Laden», sagte sie achselzuckend. Was Lorraine Marge allerdings nicht erzählte, noch nicht jedenfalls, weil sie erst mehr Zeit brauchte, um darüber nachzudenken, war, warum Maynard sie am Abend zuvor so erschreckt hatte, als alle Augen auf Johns Frau und deren durchnäßte Bluse gerichtet gewesen waren. Glockenhell hatte sie es über all das Gelächter und die Witze und das Geschrappe der Stühle und Barhocker wie einen lauten Schmerzensschrei gehört: «*Ich liebe dich!*» Sie hatte sich verschreckt umgesehen und, sobald sie ihn ansah, gewußt, daß es Maynard war, der da geschrien hatte. Nun preßte er die Lippen zusammen, in seinem düsteren Gesicht mit den dunklen Wangen war kein Hinweis auf ein solch zartes Gefühl zu erkennen, und es gab auch keinerlei Anzeichen dafür, daß sonst jemand in der Bar den Ausruf gehört hatte. Trotzdem war Lorraine sich ganz sicher. Und was sie in diesem Augenblick für Johns Frau empfunden hatte, zumindest soweit sie sich am nächsten Tag daran erinnern konnte, hatte genau dem Gefühl in dem späteren Traum entsprochen.

Lorraine hatte, Traumprophezeiung hin oder her, natürlich recht in bezug auf Waldos Untreue, wenngleich sie deren wahres Ausmaß vielleicht unterschätzte. In Wahrheit vögelte Waldo bei jeder sich bietenden Gelegenheit herum, und deren gab es viele. Waldo hätte sich Clarissas Meinung, daß die Einkaufszentren ihres Vaters magische Orte seien, unbedingt angeschlossen. Seit John den Farben- und Tapetenladen in das neue große Einkaufszentrum verlegt hatte, lebte Waldo sozusagen wie die Made im Speck und beackerte einen Teil desselben Terrains, das Clarissa abgraste, nur in einem anderen Einkaufszentrum. Er hätte vielleicht nichts gegen eine etwas intimere Branche einzuwenden gehabt als Farben und Tapeten, aber er verstand Bettwäsche und Badezimmerarmaturen anzupreisen wie andere Leute technische Neuheiten oder Dessous, und außerdem gab es ja auch noch die Freßmeile, die Kinofoyers und den Gang vor seinem Laden, von dem aus man eine Reihe von Münztelefonen und eine Damentoilette im Blickfeld hatte. Viele Kunden kamen direkt vom Highway; es war wie ein Rendezvous in einem Flugplatzterminal, aber Waldo hatte es weniger auf die Laufkundschaft als auf die Angestellten des Einkaufszentrums abgesehen, viele von ihnen unstete Zeitgenossen, Wanderarbeiterinnen, die hier einen Zwischenstopp einlegten. Er hatte eine ganze Reihe junger Frauen eingestellt, teils mit, teils ohne die verräterischen Blutergüsse auf den Innenflächen der Oberarme, die sie verwundbarer machten, und er hatte nicht wenige von ihnen gevögelt. Manchmal war das schlecht ausgegangen – einige dieser Mädels waren ziemlich abgebrüht, meilenweit entfernt von den Debütantinnen der Sororities des goldenen Zeitalters –, doch meistens gut, sauber, herzerfrischend und ohne kompliziertes Nachspiel. Quickies schleppte er in ein kleines Büro hinter dem Lager ab, das ein Bonus für den Prokuristen war (danke, guter Bruder John), aber im Fall von echter Liebe griff er auf Dutchs Motel zurück; sein alter Kumpel hatte ihm mal einen Schlüssel zu einem Zimmer in die Hand gedrückt und nur darum gebeten, daß er vorher anriefe, um sich zu vergewissern, ob es auch frei war. Waldo war stolz darauf, in einem Ort zu leben, wo einem die Leute nur deshalb, weil sie einen kannten und respektierten, diesen oder jenen Gefallen erwiesen. Das Leben in der Kleinstadt: Scheiße, es gab einfach nichts Besseres.

Dutch, der Waldos Wertschätzung des Kleinstadtlebens teilte, war dankbar dafür, daß der Farben-und-Tapeten-Mann mit seinen improvisierten Mittagsaffären so manche Flaute im Motel zu einer Tageszeit überbrückte, wenn das Zimmer selbst bei zugezogenen Vorhängen noch ziemlich hell erleuchtet war. Wie ein klarer Fluß an einem grauen Tag. Dutch war mittlerweile Miteigentümer des neuen Luxusmotels oben an der Interstate und hatte außerdem Gelder in eine ganze Reihe von Johns Unternehmungen gesteckt, darunter auch in die Luftfrachtlinie, doch das kleine Motel draußen am Rand von Settler's Woods mit dem «Getaway Bar and Grill» und dem geheimen Hinterzimmer war seine eigentliche Heimat, wo man ihn jederzeit antreffen konnte, sofern er nicht beim Angeln war. Dutch hatte es natürlich lieber, wenn seine Darsteller jung waren, linkische Burschen aus der Highschool und nervöse Jungfrauen mit jeder Menge Pickel, kecke Collegekids, die ihre neuerworbenen Kenntnisse aufgeregt weitergaben, doch das waren überwiegend Vorführungen zur besten Sendezeit. Tagsüber mußte man nehmen, was geboten wurde. Wohl wahr, daß Waldos Eroberungen etwas deprimierend Vorhersagbares anhaftete, doch in den Augen von Dutch, dem Fleischbeschauer im Kinosessel, gab es keine zwei exakt gleich aussehenden Leiber; zudem war Waldo stets für jeden Quatsch zu haben und ging großzügig mit dem Geld um, das diese Frauen, meist Loser, in Stimmung brachte, oder zumindest dazu beitrug, daß sie bei Waldos Spielchen mitmachten, die, je nachdem, wieviel er intus hatte, ein bißchen grob, aber nie fies ausfielen. Der denkwürdigste Fang in letzter Zeit war die Frau gewesen, die einen farbigen Würfel zwischen die Titten und irgend etwas quer über den Hintern tätowiert hatte, was die Wiederkunft des Herrn darzustellen schien (Dutch flehte Waldo stumm an, sie näher zum Spiegel zu dirigieren, damit er sich das genauer ansehen konnte, doch Pustekuchen), und die zwischen zwei Nummern zu Waldo sagte, wenn er einen Hundertdollarschein für sie übrig habe, werde sie ihm ein kleines Kunststück vorführen, das er noch nie gesehen habe. Waldo fischte mit erwartungsfrohem Grinsen einen Schein aus der Tasche. Die Frau rollte ihn sorgfältig zusammen, hob ihn hoch, damit Waldo ihn anschauen konnte, und schob ihn sich dann mit weit gespreizten Schenkeln, damit ihr Galan – und auch Dutch – eine bessere Aussicht bekamen, langsam immer tiefer in den Schlitz, bis er verschwunden war. Dann lud sie Waldo ein, ihn wieder herauszuziehen, ohne dabei die Hände zu benutzen. Diese Art Herausforderung war genau das richtige für den alten

Sportsfreund, besonders wenn er gerade am Nachladen war, und so i-a-te er sein Eselslachen und machte sich mit Mund, Zunge, Nase, Schwanz und sogar den Zehen ans Werk. «Gibst du's auf?» – «Nee!» Er probierte einige der Gerätschaften aus, die Dutch immer in diesem Zimmer herumliegen ließ («Ohne Hände!» kicherte die Frau, daß der Würfel auf ihrer Brust auf- und abhüpfte), doch zuletzt funktionierte es mit dem einfachsten Werkzeug: Waldos eigener Reisezahnbürste aus der Brusttasche seines Hemds, die er zwischen die Zähne nahm. Er bugsierte das borstige Ende hinter den zusammengerollten Schein und zog ihn dann langsam heraus. Er rollte ihn auseinander und hielt unversehens einen Eindollarschein in der Hand. «Na so was!» schnaubte er erstaunt und angelte mit den Fingern nach dem anderen Schein, daß die Frau kreischte und zappelte, doch der Hunni war und blieb verschwunden. Und das mußte man Waldo lassen: Er hatte seine helle Freude daran. Er fickte die glaubensfeste Lebedame nach Strich und Faden durch und schob ihr noch einen zweiten Hunderter als Pendant zum ersten in den Gully. Mit anzusehen, wie Waldo eine Nummer schob, machte meist zugegebenermaßen ungefähr so viel Spaß, wie Nacktschnecken beim Vögeln zuzusehen, aber Dutch bewunderte die kernige Beharrlichkeit des Burschen, seine großherzige Entschlossenheit, den Klöppel wieder und wieder hochzukriegen. Zu viele Schlappschwänze in diesem Städtchen hier verwandelten sich allzu rasch in mürrische Hausväter, und was ihre Weiber anging, so trieben die es, wenn sie sich mit richtigen Mannsbildern einließen, meist nicht in Dutchs Motel, obwohl es unterhaltsame Ausnahmen gab, kürzlich zum Beispiel Daphne und ihren jungen Mechaniker mit dem dicken Hammer. Vorführungen zu wechselnder Stunde, doch vorwiegend zwischen Mittagessen und Happy Hour. Daphnes Arsch war, um es freundlich auszudrücken, im Lauf der Zeit gereift, doch das galt auch für alle anderen Ärsche, Dutchs eigenen eingeschlossen; er nahm es dem Mädel nicht krumm, zumal die beiden tolle Nummern für ihn abzogen. Sie legten los wie die Tiere, heißhungrig und wild, und auch Dutch, der vom Hinterzimmer aus zusah, fand sich oft unversehens auf den Beinen, pumpte wie ein Berserker seinen Schwengel und mußte sich jedesmal auf die Zunge beißen, damit er keinen Freudenjuchzer ausstieß, wenn ihm der Stöpsel raussprang. Und eines Nachmittags im Anschluß an eine dieser Nummern, bei denen die Laken in Fetzen und die Möbel zu Bruch gingen, geschah es, daß Dutch mit einemmal ein Déjà vu hatte, das ihn zehn oder mehr Jahre in jene Tage zurückversetzte, als das Motel noch neu gewesen war, Winnie, die Frau des alten Stu, noch gelebt hatte und Stu und Daphne es in ebendiesem Zimmer miteinander getrieben hatten. Damals hatte ebenfalls Daphne die Sprache darauf gebracht, wenn er sich recht erinnerte. Jetzt lagen Daph und ihr Schmiermaxe ein Zigarettchen rauchend im Bett, und Dutch hatte sich eben den Reißverschluß hochgezogen und kehrtgemacht, um das Hinterzimmer zu verlassen und in der Bar nach dem Rechten zu sehen, als er hinter sich auf der anderen Seite des Spiegels Daphne fragen hörte: «He, hör mal, Liebster. Was machen wir jetzt mit dem Alten?»

Déjà vu war, wie Ellsworth jedem, der es wissen wollte, hätte erklären können, französisch für «schon mal gesehen» und wurde passenderweise zur Umschreibung jenes unheimlichen, aber trügerischen Eindrucks verwendet, etwas, das zum erstenmal passierte, sei in Wirklichkeit schon einmal geschehen. In diesem Sinne hatte Ellsworth es in seinem Romanprojekt benutzt, als der Künstler, der sein Modell hinunter ans Flußufer geleitet und auf einem Felsen plaziert, plötzlich, als das Modell sich vorbeugt, um ins sacht dahinfließende Wasser zu schauen, das Gefühl hat, er habe die ganze Sache schon einmal erlebt, im Traum vielleicht oder als Vision, gewiß aber auf einem tieferen, allerdings weniger konkreten psychischen Niveau als dem der prosaischen Ansicht, die er gerade vor Augen hat. Leider war auch dies eine der Szenen, die der Lauerer weitgehend zerstört hatte: Geblieben war ihm nur der kahle Fels, wie ein leeres Podest oder wie etwas Solides, das unerklärlicherweise aus einem Traum in die Wirklichkeit gefallen war. Träume und Déjà vus schienen oft Hand in Hand zu gehen. Wenn Beatrice, die Frau des Pastors, einen LSD-Flash hatte oder Lorraine in ihren dramatischen nächtlichen Theaterinszenierungen schwelgte, hatten sie oft das Gefühl, daß sie die durchlebten

Szenen irgendwie – gleichsam aus einem anderen Leben – «wiedererkannten», genau wie Floyd, als er seinerzeit kurz hinter Wichita der rothaarigen Schwuchtel die Kehle aufschlitzte, von dem unheimlichen Gefühl beschlichen wurde – und nicht zum erstenmal bei solchem Tun –, daß all das schon mal passiert sei, fast wie in einem verrückten Traum, den er irgendwann geträumt hatte. Oder merkwürdigerweise immer noch träumte. Wieso eigentlich war Veronica in der Kirche in Ohnmacht gefallen, als Reverend Lenny aus dem zweiten Brief Johannes' des Älteren an die auserwählte Frau und ihre Kinder zitierte, wenn nicht wegen eines solchen Déjà vus? Als Opal einmal, lange vor dem Tod der Bibliothekarin, zu Kate gesagt hatte, sie habe manchmal das Gefühl, ihr ganzes Leben bereits geträumt zu haben, bevor sie es lebte (sie hatte damit nur andeuten wollen, wie banal und vorhersagbar alles war), hatte ihre Freundin sie mit folgender Antwort erschreckt: «Wahrscheinlich gibt es irgendeine Geschichte aus deiner Kindheit, Opal, die du mir nicht erzählen willst ...» Diese Kate. Sie hatte auch einmal zu Opal gesagt, daß man es, wenn man sich im Traum verliebe und dann im wirklichen Leben dieser Liebe begegne – ein vielfach berichtetes, aber nur selten ernstgenommenes Beispiel eines Déjà vus –, nicht etwa als unheimliches Erlebnis interpretieren solle, weil alle, die dies täten, einer überholten, weil rein mechanistischen und passiven Wahrnehmungstheorie anhingen. «Das Wahrgenommene ist immer schon eine Neuschöpfung», hatte sie gesagt, oder so ähnlich. Das war Opal nun wirklich zu abgehoben gewesen, und als sie das aussprach, hatte Kate erwidert: «Wir sehen, was wir sehen wollen.» – «Ach so.» Als Clarissa und Jennifer Onkel Bruce fragten, ob er glaube, daß es möglich sei, sich im Traum zu verlieben, meinte er, er habe sich noch nie anders verliebt, alle Frauen, die er geliebt habe, und sogar einige von seinen Ehefrauen habe er zuerst im Traum kennengelernt, es sei bloß eine Frage des Wiedererkennens, wenn sie später leibhaftig auftauchten. Tatsächlich warte er noch heute darauf, daß manche seiner Traumlieben sich im wirklichen Leben zeigten. Dann zwinkerte er ihnen zu: oder erwachsen würden.

Dieses traumgleiche «Das kenn ich doch schon», das Reisende

in fremden Gefilden bisweilen überwältigt, hatte auch den jungen Bonsai alias Maynard drei alias Bumsei alias der Kleine (in diesem Augenblick kam er sich noch am ehesten wie der Kleine vor) mit voller Wucht getroffen, als er sich endlich Auge in Auge mit dem befand, was er, wie er sicher wußte, noch nie gesehen hatte, und zwar auf einem Weg, der ihm bis vor kurzem versperrt gewesen war: nämlich durch ein Schlüsselloch. Es gab zwar jede Menge Häuser im Städtchen, die über Schlüssellöcher verfügten, durch die man linsen konnte, aber die, in denen seine Eltern wohnten, waren stets zu neu – vielleicht waren die Eltern deshalb so kreuzunglücklich. Seit ihn sein Busenfreund Fisch auf Schlüssellöcher aufmerksam gemacht hatte, lurte Bonsai durch jedes, das er fand, vor allem aber durch die im Pfarrhaus, in der Hoffnung, vielleicht Jennifer in Slip und Unterhemd oder Zoe beim Pinkeln oder so zu erspähen; in seinem Elternhaus gab es keine jungen Mädchen, nur seine alte Mom. Gewöhnlich machte er sich ans Werk, wenn Fisch nicht in der Nähe war; aus irgendeinem Grund schien der nämlich immer sauer zu werden, was Bonsai nicht kapierte, weil Fisch ihm ja überhaupt erst von den Schlüssellöchern erzählt hatte. Trotz der vielen Zeit, die Bonsai gebückt vor den Dingern verbrachte, schien ihm die Sache nichts als einen schlechten Ruf im Pfarrhaus einzubringen, denn er sah nichts, wurde aber von allen gesehen (Jennifer schlich sich einmal von hinten an, trat ihm so gewaltig in den Hintern, daß er sich die Augenbraue am Türknopf blutig schlug, und nannte ihn einen beschissenen Idioten und Wichser und krankhaft perversen kleinen Mistkerl, es war genauso schlimm wie die Schimpfwörter, die seine Mom neuerdings seinem Dad an den Kopf warf, und alles, was er tun konnte, und das war nicht viel, war, ihr die Zunge herauszustrecken und sie im stillen auf einer glühendheißen Mistgabel in die Hölle zu wünschen), doch eines schönen Tages passierte es, genau wie bei einer Zaubervorstellung. Es war das allererste, was er sah, als er sich bückte und durchs Loch spähte, und zuerst wußte er gar nicht, was es war, bis er endlich die dicken feisten Schenkel erkannte, die beidseits davon abstanden. Boah. Es – sie – lag mit gespreizten Knien rücklings auf dem Bett und war splitternackt, abgesehen von einem

Paar grellroter Stiefel mit Pferdeköpfen auf dem Schaft, die aussahen, als seien sie mit dem Brandeisen ins Leder gebrannt. Ihre Augen standen weit offen, aber trotzdem sah es so aus, als schlafe sie. Inzwischen war er ins Zimmer getreten (daher wußte er das mit ihren Augen), aber er konnte sich nicht erinnern, die Tür aufgemacht zu haben und hereinspaziert zu sein, und war sich ziemlich sicher, daß die Tür hinter ihm noch zu war. Es schien der Frau nichts auszumachen, daß er da war, vielleicht sah sie ihn auch überhaupt nicht, drum beugte er sich vor, um besser sehen zu können, und genau in dem Moment hatte er das deutliche Gefühl, das alles schon mal erlebt zu haben, obwohl er wußte, daß das nicht stimmte. Vielleicht erinnerte es ihn an etwas, das er im State Park gesehen hatte, wo es all diese sonderbaren Felsformationen und tiefen engen Höhlen gab. Das Ding war ringsum bewachsen und dunkel und roch feucht, was ihm etwas Geheimnisvolles und Verstecktes gab, aber das Ding an sich, soweit er unterscheiden konnte, wo das Innen anfing und das Außen aufhörte, war weich, rosa und gekräuselt, mit einem kleinen Knubbel obendrauf, dessen Namen er aus den Büchern kannte, die Fisch ihm gezeigt hatte, aber als er hinfaßte, fühlte es sich ganz anders an als erwartet. Unter dem Knubbel schien es blasser und blasser zu werden, je mehr man sich der Mitte näherte, es war, als würde tief drinnen, sagen wir mal im Untergeschoß, Licht brennen. Als Bonsai sich hinkniete wie vor ein Schlüsselloch, um zu sehen, was es da zu sehen gab, fiel ihm plötzlich wieder ein, was der alte Floyd immer in der Sonntagsschule schrie: «Wenn dich dein rechtes Auge zur Sünde verleitet, reiß es dir aus und wirf es weg!» Mein lieber Herr Gesangverein! Also wechselte er die Position, schob ihr die schweren Schenkel noch weiter auseinander, um besser heranzukommen, und spähte mit dem linken hinein.

Während das, was dem Kleinen, Floyd oder auch Ellsworths Künstler widerfuhr, klassische Beispiele von Déjà vus waren, wurde der Begriff im erweiterten Sinn auch zur Charakterisierung zyklischer oder wiederholter Verhaltensmuster beziehungsweise Abläufe benutzt, oder um zu beschreiben, daß man plötzlich der Ähnlichkeit von zeitlich weit auseinanderliegenden Ereignissen gewahr wurde. Das war die Sorte Déjà vu, die Dutch widerfuhr, als er Daphne einen Spruch sagen hörte, den er zehn Jahre zuvor oder noch früher schon einmal gehört, aber wieder vergessen hatte, einen Spruch mit damals, und heute vielleicht wieder, dramatischen Folgen. Oder die Sorte Déjà vu, die Nevada kurz darauf hatte, als sie ins knabenhafte Antlitz eines neuen Sexualpartners schaute und darin die Züge einer alten Liebe zu erkennen meinte. Es war die Sorte Déjà vu, die Polizeichef Otis seinerzeit erlebte, als ihm der Gesichtsausdruck der toten Winnie hinter der geborstenen Windschutzscheibe des zerstörten Wagens einen anderen in Erinnerung rief, mit dem er tags zuvor, als sie noch gelebt hatte, konfrontiert gewesen war, eine Erfahrung, die zumindest zeitweilig sein Leben verändern sollte. Dasselbe galt für den ersten Schock, der Pauline am selben Tag in die Glieder fuhr, als sie, während ihr Mann den zerstörten Wagen fotografierte, in seinen geheimen Alben die Aufnahmen sah, die er vor Jahren von seiner Mutter gemacht hatte: auch ein Déjà vu. Selbst Alf, weniger abergläubisch oder emotional als Otis oder Pauline, hatte am Abend des Autounfalls so etwas wie ein Déjà vu, als er dem Fahrer des Krankenwagens einigermaßen beschwipst dabei half, den alten Stu durch die aufgesprungene Tür auf der Fahrerseite zu zerren, und sich dabei den Kopf darüber zerbrach, wie zum Teufel sie es wohl schaffen könnten, Winnies eingeklemmte und zerschmetterte Leiche vom Beifahrersitz zu ziehen. Jedermann sonst in dieser Nacht draußen bei der Buckelbrücke irrte in einem Zustand umher, der Alf an Kriegsopfer mit Bombenkoller erinnerte, und als die zwergenhafte Frau mit dem Klumpfuß, die er später als Cornells neue Frau Gretchen kennenlernen sollte, den Straßengraben hinuntergehumpelt kam, um ihm zu helfen, stand ihm mit einemmal eine Kampfszene im Krieg handgreiflich wieder vor Augen, bei der eine humpelnde, gnomgleiche Gestalt, allem Anschein nach als Leichenfledderer unterwegs, sich die Zeit genommen hatte, Alf bei der Bergung eines Überlebenden aus herabgefallenem Schutt zu helfen. Hinterher hatte Alf sich nie entsinnen können, ob diese Szene tatsächlich stattgefunden hatte oder ob er sie im Kino gesehen oder irgendwo gelesen oder bloß phantasiert hatte. Was Gretchens Mann Cornell betrifft, der sich in der Nacht des Unfalls oben auf der Straße am Lenkrad seines Autos festkrallte, als hätte ihn ein Krampf befallen, so werden wir nie wissen, ob er in diesem Moment ein Déjà vu hatte, wie es seine verschreckte Miene nahelegte. Gewiß aber hätte der verwirrte junge Mann keine Ahnung gehabt, was der sonderbare Begriff bedeutete, da er nach seiner Schulabschlußreise nach Paris das wenige der widerspenstigen Sprache, das ihm auf der Highschool beigebracht worden war, verdrängt hatte und nur noch ein einziges französisches Wort wußte, das er damals bei jenem schauderhaften Erlebnis gelernt und dessen Bedeutung er nie erfahren hatte, obwohl er es nie wieder vergessen konnte. Als er an jenem Abend mit seiner Flasche Wein – wenn auch nicht der, die aufzutreiben ihn die junge Frau in einer perversen Anwandlung losgeschickt hatte – zurückgekommen war, stand er unversehens vor den Buchstaben, die Marie-Claire in grellem Rot auf die Wand ihrer Mansarde gesprüht hatte: HINK. Wahrscheinlich hatte sie noch einen weiteren Buchstaben anhängen wollen, aber ihr war sozusagen die Farbe ausgegangen. Corny sah nur noch einen langen Schmierer bis hinunter zum Fußboden, wo der schon erkaltende Leichnam der nackten Marie-Claire lag, weißer noch als ihre unbemalten Leinwandtafeln. Die jetzt allesamt zerfetzt waren, auch die bemalten.

Eines dieser zerfetzten Gemälde, das einzige, von dem man wußte, daß es den Tod der Künstlerin überlebt hatte (nur ein dikker Batzen Geld hatte es aus dem Feuer gerettet, das Marie-Claires Eltern mit zusammengekniffenen Lippen entfachten), fand irgendwann den Weg in einen Winkel von Johns und Bruce' Angelhütte, wo Bruce es nach Lust und Laune betrachten konnte. Nachdem er es von der Wand genommen und die Fetzen zurechtgeschoben hatte, gewann er den Eindruck, daß es keineswegs aufs Geratewohl zerfetzt worden war: Auch den Schnitten lag ein Muster zugrunde, wie der ihnen vorausgegangenen Malerei. Die ursprüngliche Darstellung auf der Leinwand war durch Aufspritzen von Farbe, möglicherweise direkt aus der Dose oder dem sattgetränkten Pinsel, vielleicht aber auch durch Auftrag mit den Händen entstanden (zwei parallele, verwischte Fingerabdrücke in einem Fleck Grün legten diesen Schluß nahe, auch sie fast wie eine Attacke auf den Malgrund, als sollten ihm Narben zugefügt werden), und doch legten diese Klumpen, Schlieren und Kleckse eindringlich ein vor Leben strotzendes Universum nahe, völlig außer Rand und Band geraten und in seinem Irrwitz noch verstärkt durch das erotische Ungestüm, das die grellen, unabgetönten Farben und ihr sinnliches, aber hektisches Kreuz und Quer auf der rauhen Leinwand heraufbeschworen, die so fahl wie ausgeblutetes Fleisch wirkte. Das Werkzeug, mit dem Marie-Claire dieses Kosmorama in Stücke zerfetzt hatte, war rasiermesserscharf gewesen, und sie hatte es blitzschnell von außen nach innen geführt und bei ihrer Attacke im Kreis gedreht, als wolle sie ihre Beute erst noch in die Enge treiben, bevor sie ihr den Garaus machte. Ihr zerstörerischer Akt glich daher trotz aller blindwütigen Leidenschaft einer Art hoffnungsfrohem, wohlüberlegtem und moralischem Akt, einem trotzigen Angriff auf jene rücksichtslose Urkraft, die das Universum im innersten Kern aus dem Gleichgewicht brachte, indem sie es mit undenkbaren Träumen schwängerte und die leibhaftigen Träger dieser Traumbilder täuschte und vernichtete. Zu denen Bruce zählte: Marie-Claire war eindeutig eine Seelenverwandte gewesen, ein Jammer, daß er sie nie intimer kennengelernt hatte. Beinahe hätte er das Vergnügen gehabt. Ein paar Wochen vor ihrem Tod hatte John ihn angerufen und gebeten, zu kommen und sie ihm abzunehmen. Sie war offenbar ins Städtchen zurückgekehrt, um dem Grab ihres Exkriegers einen Ehrenbesuch abzustatten und bei der Taufe ihres Patenkindes dabeizusein; doch kaum waren diese frommen Riten absolviert, hatte sie unverzüglich ekstatischere Höhepunkte aufs Programm gesetzt, indem sie John zum Objekt ihrer seligen Hingabe erkor. Drum dessen Hilferuf an Bruce, der zu jenem Zeitpunkt leider ein hochriskantes Geschäft in der Karibik abwickeln mußte und sich außerstande sah, seinem alten Kumpel zu Hilfe zu eilen, wie reizvoll die Aufgabe auch erscheinen mochte. In der besagten Woche waren Marie-Claire alle Kleidungsstücke lästig geworden, ja zu einem Ärgernis, das es abzuwerfen galt, damit sich der Geist in luftige

Höhen schwingen konnte (natürlich würde auch die Haut fallen müssen, das sah der seelenverwandte Bruce voraus), und da der Geist unversehens an jeder Straßenecke oder vor jedem Supermarktregal in Marie-Claire fahren konnte, war es riskant, sie irgendwohin mitzunehmen, aber auch nicht unriskant, sie zu Hause zu lassen, das sie in ein Irrenhaus und bisweilen gefährliches Pflaster verwandelte, während Johns Frau sich noch von der schwierigen Geburt erholte und daher ein wenig abwesend schien; man bemerkte sie kaum (und immer weniger, aus Gründen, die Bruce unklar blieben) in Gegenwart der lebhaften Schönheit mit den dunklen Ringellocken, die beispielsweise pitschnaß aus dem Bad gestürmt kam und, nur in grellbunte Seidenschals gehüllt, die sie sich um Hüfte und Hals gebunden hatte, wild durchs ganze Haus tanzte, während sie mit süßer und verletzlicher Schulmädchenstimme das Lied «Mademoiselle from Armentières» anstimmte. John hatte im doppelten Bestreben nach Flucht und Zerstreuung einmal den Fehler begangen, das manische Geschöpf in seinem Privatflugzeug mitzunehmen: Ein glorióses Freudenfest (so John), doch Marie-Claire hatte das ganze Land unter ihnen mit ihren luftigen Kleidungsstücken besprenkelt und hätte womöglich noch ihren Luftgeist auf jene steinharte Leinwand gestürzt, wenn John, die Lust gestillt und nur mit einer Hand am Steuer, sie nicht mit einem verzweifelten Klammergriff in ihre Unterleibsöffnungen zurückgehalten hätte. Später hatte er sie in ölverschmierten Mechanikeroveralls vom Flugplatz nach Hause schmuggeln müssen und währenddessen ihre rasche Rückkehr nach Paris geplant.

Und durchgeführt, doch nicht ohne weitere vorherige Indiskretionen, die spektakulärste an jenem denkwürdigen Abend, als die ungenierte Mam'selle in der Country Tavern am Rande von Settler's Woods barärschig und -fuß ein flottes Tänzchen auf Glassplittern hingelegt hatte, eine Vision, die den alten Kumpels am nächsten Tag nur noch mit Mühe und Not eingehen wollte. Zuvor war die hitzköpfige Besucherin wutentbrannt aus Johns Haus gestürmt, nachdem sie auf ihre ausgerechnet im ehelichen Schlafzimmer, wo John eben den Schlafanzug überstreifte und seine Frau das nimmersatte Baby stillte, vorgebrachte Forderung «*Und jetz was soll sein mit die Techtelmechtel–?!*» keine ermutigende Antwort bekommen hatte. Am fraglichen Abend hatte der neue Cop Otis, ein erst kürzlich heimgekehrter Kriegsheld und einstiger Stammgast der Country Tavern, Streifendienst gehabt, und als man ihn zu Hilfe rief («Mach dich auf die Socken, Otis! Und zwar fix! Die haut uns hier den ganzen Laden kurz und klein!»), hatte er das überdrehte Ding dank früherer Begegnungen im Städtchen gleich erkannt und sofort John verständigt, der wiederum Alf verständigte, der Marie-Claire auf einem bierbefleckten Tisch eine Beruhigungsspritze in den strammen kleinen Po setzte, während Otis, der das bockende Wesen festzuhalten half, einfiel, daß dies hier ebenjener Tisch war, in den er viele Jahre zuvor das Bekenntnis seiner geheimen Liebe geschnitzt hatte. Damals war er noch auf der Highschool gewesen, die Footballsaison vorüber, die Biersaison eingeläutet. Ja, da stand sein Eintrag noch, dicht an der Tischkante, wenngleich mittlerweise arg von anderen Schnitzereien und Schweinereien verunziert (zum Beispiel war ein ulkig bebrillter Schwanz mit Hoden darübergeritzt worden, der sich das *B* von Liebe für die Eier geborgt und mit dem steifen Schaft das *E* aufgespießt hatte), vom jahrelangen Sperrfeuer der Fäuste und Flaschen gezeichnet, dunkel von Schweiß und Bier und Speichel und Fett, doch noch deutlich sichtbar und mit der Zeit erst richtig schön geworden, so tief hatte Otis die Worte eingekerbt. Er hoffte nur, daß John, der das vor Wut zitternde Mädchen auf der anderen Seite festhielt, sie nicht sah, auch wenn er, falls doch, nicht wissen konnte, wer sie dort eingeschnitten hatte. Sie hätten von irgend jemandem stammen können, Otis besaß kein Monopol auf seine Liebe, genausowenig wie auf seine Religion oder seinen Patriotismus, egal wie sehr ihn alle drei prägen mochten. Und er war froh, daß die Worte dort zu lesen standen, froh, daß er sie von sich gegeben hatte, auch wenn das exakt die Art von Eigentumsdelikt war, für dessen Ahndung er heute sein Gehalt bezog. Er hatte das Gefühl, wenigstens einmal im Leben Farbe bekannt zu haben – ein klarer, aufrichtiger Treueschwur, der ihn stets geleiten würde, und um so besser, daß nur er allein ihn deuten konnte.

Die Durchdringung von karikiertem Schwanz und jenem feierlichen Liebesschwur, den der junge Polizist am Abend von Marie-Claires ausgeflipptem Kneipentanz wiederentdeckt hatte, war vier Jahre zuvor beim Polterabend vor Johns Hochzeit entstanden, als Otis noch im Krieg gewesen war. Der innovative Künstler war einer von Johns besuchsweise angereisten Bundesbrüdern, allen unter dem Namen Birne bekannt. Die Karikatur verriet sich durch die Hornbrille: Sie stellte Birnes Busenfreund Grips dar, der leider bei dieser historischen Begebenheit nicht zugegen sein konnte, da er als Sommerstipendiat in Oxford weilte, von wo aus er zweifelsohne Welten erkunden würde, die dem beschränkten Birne für immer verschlossen bleiben mußten, triste Zukunftsaussichten das. Befand jedenfalls ein trübsinniger Birne an jenem Abend, als er Otis' keusches Treuegelöbnis auf dem Kneipentisch mit seinem Liebesgruß an den Freund schändete. Wie Bruce und John, so Birne und Grips: unzertrennliche Busenfreunde; zumindest war es Birne bis zu jenem schicksalhaften Abend so vorgekommen. Oder bis zu jenem Morgen: die Uhrzeit war ungewiß. Birne saß derart betäubt herum, daß offenbar sogar seine Uhr stehengeblieben war. Noch immer erklang Musik aus dem Urgestein von Jukebox, ein näselndes Geleier, das mit der Penetranz eines an Holz knabbernden Nagers in Birnes Innenohr drang, während in der Nähe betrunkene Kartenspieler dann und wann hinter Schwaden von Zigarrenrauch knurrten und schnaubten und an der gegenüberliegenden Wand stumme Pornos flackerten, in denen nackte Hintern mit der dumpfen Gleichförmigkeit von Wellen drauflos pimperten, die sich an einem Kiesstrand brechen. An einem Regentag. Birne starrte sie an und dachte: Alles bleibt, wie es war. Das alte Rein und Raus: Sonst gibt es nichts und wird es auch nichts geben. Drüben vor dem uralten Klavier schnarchte friedlich ein nackter vormaliger Ringer, verdreckt und voller blauer Flecken, das Geschlecht mit einem umgedrehten Aschenbecher bedeckt. Jemand hatte ihm den großen Zeh an ein paar Becken auf ihren Haltern gebunden: die ewige Hoffnung auf einen letzten Augenblick freudigen Gaudiums. Zu spät. Es war ein glorreicher Tag gewesen, voll Gelächter und Gesang, bestritten von Saufbolden der Extraklasse – in der Hotelbar, auf dem Golfplatz, bei der Generalprobe der Hochzeit, beim anschließenden Festmahl (wo Birne allen die Schau gestohlen hatte, er wünschte nur, Grips hätte das miterleben können) und schließlich hier draußen in der Country Tavern, wo Birne neben allen Nachweisen rednerischen Könnens und athletischer Kraft auch noch das Wettfurzen mit gewohnter Bravour gewonnen hatte – aber jetzt war das Fest vorbei. Seine Kumpels aus der Burschenschaft waren alle verschwunden, und auch sonst war kaum noch jemand da. Hatte er sie gehen sehen? Er konnte sich nicht erinnern. Sie schienen sich von einem Moment zum anderen in Luft aufgelöst zu haben. Wie der gute Grips: Es war fast so, als hätte er nie existiert. Birne saß allein mit seinem Schweizer Armeemesser, einem Dreiliterhumpen schalen Biers und einem kummervollen Herzen am Tisch, die Zukunft – fade, einsam und absolut vorhersagbar – erstreckte sich vor ihm wie all die wogenden Landschaften zwiegespaltenen Fleisches an der gegenüberliegenden Wand: fahle Fluchtwege in einen schwarzen, bodenlosen Abgrund.

Es war die Ankündigung des Wettfurzens gewesen, bei dem Birne bald reüssieren sollte, was den entsetzten und schon lange leidenden Maynard an jenem Abend aus der Country Tavern verjagt hatte; hätte er die Folgen dieser überstürzten Flucht jedoch geahnt, wäre er herzlich gerne dageblieben und hätte die ganze verdammte Neunte Symphonie aus dem Arsch gepupt und als Zugabe auch noch das «Halleluja». Er hatte jede Minute dieses Abends gehaßt, wie er auch jede Minute der Hochzeit am nächsten Tag hassen sollte, und die ganze Zeit hatte er sich nichts anderes gewünscht, als verdammt noch mal abzuhauen und nach Hause zu fahren. Drum hatte er es, als er auf John und dessen blöde Kumpels traf, die Anstalten machten, sich klammheimlich zu verdrücken, und darauf bestand, daß sie ihn mitnahmen, nur auf eine Mitfahrgelegenheit zurück ins Städtchen abgesehen. Er war so verdammt außer sich gewesen, daß er fast losgeheult hätte; also hatten sie schließlich nachgegeben, allerdings nicht aus Nächstenliebe oder Freundschaft, sondern um nicht die Aufmerksamkeit der anderen auf sich zu lenken, die Hosenscheißer. Und so war Maynard, zum Narren gestempelt und sein Leben lang kaum etwas anderes als das, zum Mitglied der Schmutzigen Sechs und am Ende vielleicht sogar zum Allerdreckigsten des ganzen Haufens geworden. Bestimmt aber zum Allerdümmsten. Wie hatte er das nur zulassen können? Wenn er sich nicht den ganzen Abend von seinem unerträglichen Vetter ferngehalten hätte, wäre ihm vielleicht aufgefallen, wie merkwürdig sich die Jungs aufführten, und er hätte etwas mehr Vorsicht walten lassen. Harvie, der Sohn des Apothekers, hatte offenbar irgendein halluzinogenes Gesöff zusammengebraut, das sie sich hinter die Binde gekippt hatten, worauf sie komplett ausgerastet waren. Als sie dann auf dem Weg ins Clubhaus versuchten, Maynard etwas von dem Mistzeug gewaltsam einzuflößen, hatte er nur so getan, als würde er es trinken. Später aber, als sie ihm die Hose vom Leib gezerrt und ihn dem Mädel zwischen die Schenkel geschoben hatten, hatten sie es ihm wie einen Einlauf, aber auf brutale Weise mit einer alten Mükkenspritze, die an der Wand hing, den Hintern hochgejubelt. Der Rudelbums war eine Sache, verdammt herbe, so die Unschuld zu verlieren; doch es sollte noch schlimmer kommen. Zunächst merkte Maynard – obwohl ihm mit einem Schlag alles glasklar und völlig einsichtig erschien, als hätte man ihm soeben eine allumfassende Vision gewährt, wie die verdammte Welt gebaut war –, daß er seine Gefühle nicht mehr im Griff hatte. Kaum war ihm danach, zu weinen oder zu schreien, hörte er sich plötzlich loslachen wie vom wilden Affen gebissen. Als Harvie im Verlauf ihres klimaktischen Sechsers den Unterleib des jungen Mädels mit seinem unglaublichen Besenstiel auslotete (Maynard steckte in ihrer rechten Hand) und sich mitten im Orgasmus verzückt zu Johns behaartem, vor seinem Gesicht auf- und abtanzenden Hintern vorbeugte, um ekstatisch zuzubeißen, ließ Maynard vor Schreck und Abscheu einen orgiastischen Freudenjuchzer los und verspritzte eine Ladung Sperma kreuz und quer über das, was man als den Ort des Stelldicheins bezeichnen könnte, erlebte mithin zum erstenmal in jener Nacht einen wirklichen Höhepunkt, auch wenn es in Wahrheit höllisch weh tat und ihn einen Augenblick lang das sonderbare Gefühl befiel, er hätte sich gerade selbst zwischen die Augen gekotzt. Er haßte seinen Vetter von ganzem Herzen, aber als Dutch sich über den erschöpften, von Schweiß und Pimmelglibber triefenden Leib des kleinen Flittchens mit den glasigen Augen beugte und allen Ernstes einen Trinkspruch auf Johns Braut ausbrachte, die dieser am nächsten Tag heiraten sollte, war Maynard dem Bräutigam unversehens in die nackten Arme gefallen und hatte in liebestrunkener Dankbarkeit losgeflennt wie ein Neugeborenes. Dankbarkeit–?! Es war entsetzlich. Und je schlimmer es zuging, desto mehr schien er sich zu amüsieren. Er, der sich in der Öffentlichkeit nie gehen ließ, empfand zwar lähmende Scham, konnte es aber partout nicht ertragen, sich wieder anziehen zu müssen, und gab statt dessen grölend einen indianischen Kriegstanz zum besten, bei dem er sich die Unterhose wie einen Häuptlingskopfputz über den Kopf stülpte und splitternackt herumhüpfte. Die anderen mußten ihn so gewaltsam in die Klamotten stecken, wie sie ihn zuvor ausgezogen hatten. Auf Dutchs Drängen hin machten sie eine Kollekte für die Göre, von der sie just erfahren hatten, daß sie erst vierzehn war, obwohl sie viel zu weggetreten wirkte und nicht den Eindruck machte, als wäre ihr an der Kohle auch nur das geringste gelegen. Dutch eröffnete den Reigen, indem er dem jungen Ding zwei Zwanziger und einen Zehner auf den nackten Bauch warf, John erhöhte um zwanzig, die er ihr aufs glänzende Schamdreieck pappte, Dutch hielt grinsend mit weiteren zwanzig in die Muschi dagegen. Darauf stiegen auch die anderen ein, und zuletzt leerten alle ihre Taschen auf oder in ihre Anatomie, die auf und nieder wogte wie das sturmgepeitschte Meer. Maynard hatte nur etwa fünfzehn Dollar dabei, aber er patschte dem Mädchen, als blättere er einen Royal Flush auf, die Scheine nacheinander auf den klebrigen Fleck zwischen den bebenden Brüsten, wo vorher John gelegen hatte. Er fühlte sich beraubt, und mein Gott, es war wunderbar. Die reine Ekstase. Schließlich verabschiedete John sich, und alle warfen ihm Kußhändchen nach und wünschten ihm von Herzen Glück, und Dutch meinte, er werde jetzt das Galgenvögelchen in die Wohnwagenkolonie zurückfahren, ob Maynard nicht mitkommen wolle: Das Mädel sei fix und fertig, er werde Hilfe brauchen. Maynard wünschte sich nichts sehnlicher, als seinen unglückseligen Arsch aus diesem taumelnden Höllenpfuhl zu erheben, doch war er außerstande, sich zu rühren. Er konnte doch seine alten Kumpel Harvie und Wie-hieß-er-noch-gleich und den anderen Typen nicht im Stich lassen, oder? Mein Gott, Dutch! Hab Erbarmen! Er begann sich wieder auszuziehen, diesmal mit Tränen in den Augen. «He, Sportsfreund», flüsterte ihm Dutch ins Ohr und legte ihm dabei einen Arm bleischwer um die Schulter, als wolle er ihn in Eisen schmieden, «das Beste kommt erst noch! Los jetzt, laß deinen Schwanz in Frieden und hilf mir lieber.»

Das Kleid, das Pauline bei Johns Hengstparty getragen hatte, hatte trotz Rissen und Flecken die ganze Highschoolzeit überdauert; heute schienen ihre Kleider gerade mal eine Woche zu halten. In jenem Frühjahr hatte sie als Bedienung in einem Rootbeer-Drive-in gearbeitet (bis Daddy Duwayne kurz vor dem Memorial Day besoffen und streitlustig dort aufgekreuzt war, was seine Tochter den Job gekostet hatte), drum hatte sie, als der Dickwanst sie zu der Party eingeladen hatte, ihre ganzen Ersparnisse für ein ärmelloses Hängerkleid, einen durchsichtigen BH und einen neuen Slip mit schmalem Rüschenrand ausgegeben. Es war nicht mehr genug für neue Schuhe und Strümpfe übriggeblieben, drum mußte sie ihre alten Cheerleaderschuhe und die Söckchen mit dem Wappen der Highschool anziehen. Diese Söckchen, ein Schuh und das Kleid waren alles gewesen, was sie damals mit nach Hause gebracht hatte, und das ohnehin schon ziemlich übel zugerichtete Kleid sah gleich noch übler aus, als Daddy Duwayne mit ihr fertig war; aber sie hatte es gewaschen, geflickt und weiter getragen bis zu dem Tag, als sie in Gordons Atelier gezogen war – tatsächlich hing es noch im Wohnwagen, als sie und Otis nach Daddy Duwaynes Verhaftung dorthin fuhren, nur hatte Daddy Duwayne es im Klo aufgehängt und mit Kugeln durchsiebt. Anschließend waren Pauline und Otis drei oder vier Jahre lang eng befreundet und oft zusammen im Wohnwagen gewesen, bis irgend etwas schiefgegangen war. Sie fand nie heraus, was (als sie ihn im Revier aufsuchte und danach fragte, wurde Otis rot, wollte ihr nicht einmal ins Gesicht sehen und blaffte nur, daß «der Fall geklärt sei» oder so), und danach dauerte es ein paar Jahre, bis sie wieder gute Freunde wurden. Unterdessen hatte die Stadtverwaltung die Wohnwagenkolonie plattgemacht und Daddy Duwaynes Wohnwagen konfisziert und abschleppen lassen; Otis wiederum hatte dafür gesorgt, daß Pauline dafür entschädigt wurde, was sie zu schätzen wußte, weil Gordon zwar lieb zu ihr war, ihr aber nie Geld gab. Sie hatte sich ein Paar Designerjeans, einen Patchworkanorak, ein paar hübsche Blusen und eine mit Glasperlen bestickte Weste gekauft, dazu eine neue Strumpfhose und Unterwäsche, einen hautengen Pullover, ein Paar Stiefeletten und ein paar Schuhe mit Keilabsätzen, die damals in Mode waren, schließlich noch drei neue Kleider, darunter eines mit kleinen Siebdruckbildern von der Weltausstellung, das ihr Lieblingskleid wurde, und sieben oder acht Jahre später trug sie die Sachen immer noch – eigentlich bis vor ein paar Wochen, als ihr plötzlich nichts mehr davon zu passen schien, nicht einmal die Stiefeletten. Tja, das Alter rückte ihr vermutlich auf die Pelle, man kann schließlich nicht sein Leben lang Kindergrößen anziehen, und so fuhr sie hinaus in eines der Einkaufszentren, um sich ein paar Sachen zu kaufen, wozu sie ein bißchen Geld aus der Kasse nahm, was Gordon nie auffiel. Aber kaum hatte sie sich an sie gewöhnt, schienen ihr auch die nicht mehr zu passen. Die neue Strumpfhose zerriß sie beim Hineinschlüpfen, die Jeans schienen schon vor der ersten Wäsche eingelaufen zu sein, der nette Schlabberpulli mit dem Glitzer und den Silbertränen ging ihr nicht einmal mehr über den Kopf, und ihr neuer Faltenrock hatte plötzlich keine Falten mehr. Drum machte sie sich eilig in dem mit einer Sicherheitsnadel zusammengehaltenen Rock, Hausschuhen und einer von Gordons Westen erneut auf den Weg ins Einkaufszentrum. Beim Durchqueren der Freßmeile mit den Imbißständen und den köstlichen Wohlgerüchen überkam sie ein heftiger Drang, schnell ein paar Pfannkuchen oder den einen oder anderen Hamburger zu essen, aber sie fürchtete, es dann nicht mehr rechtzeitig in die Modegeschäfte zu schaffen. Und als sie an der Videospielhalle vorbeihastete, sprang bereits die Sicherheitsnadel auf. Sie brauchte nicht bloß neue Kleider, sie brauchte sie sofort.

Clarissa, Jennifer und Nevada saßen an einem Tischchen nahe der Tacobar, als Pauline vorbeigewatschelt kam, doch nur Nevada bemerkte sie, da die Mädels für nichts anderes Augen hatten als für Onkel Bruce' wunderschöne Freundin, die sie zumindest für ein berühmtes Fotomodell, wenn nicht gar für eine Sängerin oder einen Filmstar hielten. Es war echt irre, daß sie ihnen hier draußen über den Weg gelaufen war, und beide fühlten sich geschmeichelt, daß Nevada sie erkannt und sich tatsächlich die Zeit genommen hatte, sich mit ihnen auf eine Zigarette und eine Diätcola mit Zitrone hinzusetzen. Das hier war ja wohl kaum Hollywood oder die Riviera, und plötzlich genierte sich Clarissa für diesen Ort, den sie und Jennifer so liebten, doch kaum versuchte sie sich dafür zu entschuldigen, wedelte Nevada den Rauch ihrer Zigarette beiseite und sagte entschieden: «Dein Vater baut prächtige Sachen»; darauf war alles wieder gut. Clarissa wußte, daß die Leute ringsum sie beobachteten, drum wünschte sie, ihr Vater hätte ihr nicht das Versprechen mit dem Rauchen abgenommen; es wäre echt cool gewesen, jetzt mit Nevada eine zu paffen. Als sie sich erkundigte, ob Onkel Bruce im Städtchen sei, stieß Nevada mit gespitzten Lippen den Rauch aus und erwiderte lächelnd: «Nun ja, er ist mal hier, mal dort...» Wenn sie lächelte, merkte man, daß sie doch nicht mehr so ganz jung war, aber die kleinen Fältchen, die dann auftauchten, dachte Clarissa, ließen sie nur um so schöner aussehen, ein klein bißchen verwegen nämlich und weise. So mußte Marie-Claire ausgesehen haben. Sie konnte gut verstehen, warum Onkel Bruce verrückt nach Nevada war, zumindest eine Zeitlang, trotzdem war sie nicht eifersüchtig, jedenfalls nicht sehr. Das wirkliche Problem war Jennifer. Als Nevada Clarissa fragte, wo ihre Mutter stecke, erwiderte sie, die sei neuerdings ziemlich beschäftigt und meist auf Achse (beschäftigt womit? Clarissa wußte es nicht), vielleicht sei sie auf einem Trip irgendwohin, und Jen sagte: «Meine Mom ist dauernd auf dem Trip irgendwohin», worauf Nevada wieder lächelte. Clarissa wollte schon sagen, daß Granny Opal, die sie hier herkutschiert habe, ins Altersheim gefahren sei, um ihren Großvater zu besuchen, der einen Schlaganfall hinter sich habe, entschied sich aber blitzschnell anders, schob die Hände in die Taschen der Lederjacke und fragte: «Ist Onkel Bruce denn mit seinem Privatflugzeug hergeflogen?» – «Ja, das sind wir. Er hat ein neues, wißt ihr, ein Düsenflugzeug. Echt ein Traum. Hättet ihr denn Lust, irgendwann mal mitzufliegen?» – «O ja!» riefen beide wie aus einem Mund, und da lächelte Nevada erneut, doch diesmal mehr in Richtung Jennifer als in Richtung Clarissa, und Clarissa wurde ganz flau. Zu allem Überfluß sah sie nun Granny Opal mit ihrem scheuen Großmutterlächeln im Gesicht durch die entfernte Eingangstür kommen, was ihr irgendwie Lust machte, Jennifer eine reinzuhauen. Vielleicht hatte Bruce' Freundin sie ebenfalls gesehen oder Clarissas Miene richtig gedeutet, denn sie drückte schnell ihre Zigarette aus, warf ein bißchen Geld auf den Tisch (viel zuviel, eine großzügige Geste, die zeigte, was für Edelschuppen sie gewohnt war), stand dann so schwungvoll auf, daß es fast wie im Werbefernsehen aussah, und sagte: «He, das war prima, Leute. Der Laden hier gefällt mir. Voll schräg und so.» Machte sie Witze? Es sah nicht danach aus. Jedenfalls schien sie sehr aufrichtig, als sie auf die beiden herunterlächelte und hinzufügte: «Ich treff euch zwei Hübschen hier bestimmt bald wieder.»

Opal war beunruhigt, die Kinder mit dieser älteren Frau mit dem Maskengesicht, die für John arbeitete, an einem Tisch sitzen zu sehen (als sie ihren Sohn eines Tages gefragt hatte, was die Frau eigentlich mache, hatte er gesagt, sie sei seine Krisenhelferin, und Opal hatte sich gefragt: Was denn für Krisen?), und zwar um so mehr, als die Frau plötzlich aufstand und ohne einen Blick zurück davoneilte, als hätte sie gespürt, daß Opal sich dem Tisch näherte – was hatte das zu bedeuten? Was war los? –, aber neuerlich beunruhigten Opal so viele Dinge, daß ihr diese spezielle Irritation vergleichsweise unwichtig erschien und schnell in einem entfernten Winkel ihres Gedächtnisses abgelegt wurde: Die kleine Clarissa war ein aufgewecktes Kind und konnte allein auf sich aufpassen. Ob sie selbst das konnte, war ihr weit weniger klar: Sie war ratlos, verängstigt und allein. Sie hatte eben Barnaby besucht, der sie wie üblich mit Audrey verwechselte, und einen verwirrenden Augenblick lang hatte sie ihm unversehens Kontra gegeben, als sei sie wirklich seine tote Frau und verwahre sich sozusagen in eigener Sache gegen sein konfuses Gefasel. Kurz darauf war dieser sonderbare, glupschäugige Fotograf ungebeten ins Zimmer getappt und hatte angefangen, Fotos von dem armen alten Barnaby zu machen, der unrasiert, ohne Gebiß und sich im Nacken kratzend dastand, dazu ein bißchen sabberte, den Kopf merkwürdig schief hielt und obendrein den Bademantel und die Unterhose offenstehen hatte, und Opal, die dieses dreiste Hereinplatzen als Beleidigung der Würde des alten Herrn auffaßte, hatte den Fotografen derart abgekanzelt, daß er Hals über Kopf geflohen war; auch dabei hatte sie sich eher wie Audrey benommen als wie sie selbst. Sie war überzeugt gewesen, das Richtige getan zu haben, doch waren solche Ausbrüche bei ihr so selten, daß ihr hinterher ganz flau wurde. Ihr Herz raste, und ihre Hände zitterten, und plötzlich mußte sie sich setzen, während Barnaby, sie und den Rest der Welt verfluchend und ein Bein als stumme Anklage nachziehend, ins Klo wankte. Schlimmer war noch, daß sie im klaffenden Bademantel etwas gesehen hatte, was sie annehmen ließ, Barnaby spiele mit Selbstmordgedanken, und sie wußte nicht, was sie dagegen tun sollte oder wem diese Befürchtung mitteilen. Um die Wahrheit zu sagen, hatte Opal zu diesem Zeitpunkt ihres Lebens niemanden mehr, dem sie sich anvertrauen konnte. Ihre Enkel waren ihr zwar noch immer teurer als das eigene Leben, hatten aber angefangen, sich von ihr zu entfernen; ihr Mann Mitch, mittlerweile ein hohes Tier oben in der Hauptstadt, hielt sich kaum noch im Städtchen, geschweige denn zu Hause auf; ihre engsten Freunde waren alle tot; ihr Bruder Maynard, mit dem sie nie recht klargekommen war, wurde allmählich senil; der junge Pastor, der ihr heute im Altersheim bei seiner seelsorgerischen Runde über den Weg gelaufen war, schien die meiste Zeit auf Wolke sieben zu schweben (wie Audrey immer gesagt hatte) und entfiel damit als Quelle für einen vernünftigen Rat; und selbst ihr Sohn und seine Frau waren kaum noch zu sehen, schienen beide ein Leben zu führen, das mit Opals nur noch wenig gemeinsam hatte – und selbst wenn John und seine Frau sich in ein und demselben Zimmer aufhielten, kam es einem so vor, als existierten die beiden auf verschiedenen Ebenen und könnten mitten durch den anderen hindurchlaufen, ohne daß sie sich berührten. Wer also würde zuhören, wenn Opal das Wort ergriffe und sagte: «Ich glaube, daß Barnaby vielleicht daran denkt, sich umzubringen»? Sie war unsichtbar geworden. Womöglich ging es Barnaby genauso. Er war stinksauer wegen etwas, und kein Mensch scherte sich darum. Es schien sich um etwas Geschäftliches zu handeln. Er war der Ansicht, Audrey hätte irgendwelchen Mist gebaut, der die Firma ruiniert hatte. Aber natürlich war die Baufirma keineswegs ruiniert, alles lief prächtig, danke der Nachfrage, nicht zuletzt deshalb bekam Opal ihren Sohn derzeit kaum noch zu Gesicht. Also ging es vielleicht um irgendeine Sache, die sich bereits vor Jahren abgespielt hatte, falls überhaupt. Barnaby nahm das Geschäft viel zu ernst. Als ob er sich jetzt noch um solche Dinge Sorgen machen müßte, der Arme! Das hatte doch den Schlaganfall erst ausgelöst, soweit sie, die bei dem traurigen Abendessen, als der Alte zusammenbrach, dabeigewesen war, das sagen konnte. Ihm war am Telefon irgendeine schlechte Nachricht hinterbracht worden – Opal wurde gerade von dem kleinen Mikey abgelenkt, der ins Eßzimmer gekommen war, um ihr seinen Trick mit dem verschwindenden Lippenstift zu zeigen, den sie gar nicht erst zu begreifen versuchte –, und bums, schon lag er da. Alle hatten sich furchtbar erschrocken. Sie selbst war außerstande gewesen, sich vom Fleck zu rühren, und später fiel ihr wieder ein, was ihre Freundin Kate ihr einmal von dem Moment erzählt hatte, als die Nachricht vom Tod ihres Sohnes Yale eingetroffen war: «‹Die Zeit stand still!› Genau dieser abgeschmackte Spruch aus Schundromanen. Mit einemmal begriff ich ihn, Opal. Alles blieb stehen. Von jetzt auf nachher. Das also war die eisige Faust, mit der die Angst Herz und Verstand des Menschen packt und alles, auch die Zeit, in Stein verwandelt.» Als der Krankenwagen kam und Barnaby abtransportierte, fand Opal sich unversehens in der Küche beim Geschirrspülen wieder, obwohl John und seine Frau weiß Gott genug Personal hatten, und sie hörte sich laut den Satz aussprechen, was für merkwürdige, aber wunderbare Zufallsmischungen Familien seien. Stand Johns Frau da neben ihr? Es sah zumindest ganz so aus. «Er wird schon wieder auf die Beine kommen», hatte Opal gesagt, vielleicht aber auch nur zu ihrem unsichtbaren Ich. Und da stand er nun, der gebrochene alte Mann, verzehrt von Wut und Haß, und ein Großteil davon galt seinem eigenen Schwiegersohn, und das trotz allem, was John für ihn tat, trotz der Tatsache, daß er ihm die besten Ärzte beschaffte, die Firma in Schwung hielt, das neue Bürgerzentrum nach ihm benannt hatte (die Einweihungsfeier war für Opal eines der ganz wenigen durch und durch frohen Ereignisse in letzter Zeit gewesen) und großzügig für ihn sorgte, nun da der alte Baumeister es nicht mehr selbst konnte. Es war wirklich tragisch. Opal konnte nur hoffen, daß ihr eigener Verstand einst besser in Schuß sein würde, wenn die Zeit kam, daß John für sie sorgen mußte, damit sie ihn wissen lassen konnte, wie sehr sie das zu schätzen wußte. Es machte einem schon Angst, nur daran zu denken. Aber es würde vielleicht nicht das Schlimmste sein, was ihr im Leben zugestoßen war. Zumindest wäre sie damit die nagenden Sorgen los, die ihr in ihrer Einsamkeit so zusetzten. Und selbst wenn sie nicht mehr alles so ganz mitbekäme, wären sie und ihr Sohn sich wieder nahe, eigentlich zum erstenmal seit seinen Kindertagen.

Wer war bloß die alte Schreckschraube, die gerade fortgegangen war? Barnaby konnte sich nicht erinnern, und es war ihm letztlich auch egal. Einen Augenblick lang hatte er gedacht, es sei Audrey gewesen, und daher angefangen, seine Wut an ihr auszulassen, aber er bekam die Worte nicht richtig heraus. Doch dann wurde ihm klar, daß es nicht Audrey war, Audrey war ja tot, und er hielt die Klappe und kam sich wie ein Narr vor. Oder eher wie zwei Narren, er schien zwei Gehirne zugleich zu haben, und keines davon war auch nur einen Pfifferling wert. Unmittelbar nach seiner Entlassung aus dem Krankenhaus war ihm nur der Gedanke durch den Kopf – oder die Köpfe – gegangen, wie er sich umbringen könnte. Was auch immer er diesbezüglich unternahm, sie würden versuchen, es zu verhindern, soviel wußte er, und vermutlich hatte just dieser Drang, die anderen zu überlisten, verhindert, daß seine angeknackste Birne vollends zu Bruch ging, auch wenn das keine bewußte Absicht gewesen war; zumindest hatte es eine Zeitlang geholfen. John hatte noch während des Klinikaufenthalts für Barnabys Einkerkerung in diesem «betreuten Wohnheim», wie es euphemistisch genannt wurde, gesorgt, und die Wohnung war bestens ausgestattet, aber eben nach Johns Geschmack – mit anderen Worten, so steril wie die Suiten einer Hotelkette. Mit den paar Worten, die er zusammenklauben und hervorwürgen konnte, hatte Barnaby sie wissen lassen, daß er ein paar seiner eigenen Sachen um sich haben wollte, und hatte darauf bestanden, daß man ihn nach Hause kutschierte, wo er dann eigenhändig seinen Kram durchstöbert hatte. Das war nicht leicht gewesen. Nichts klappte. Er brauchte Stunden, um eine Schublade auf- und zuzumachen. Sie hatten ihm helfen wollen, behaupteten sie zumindest. Er hatte erst ein paar Tobsuchtsanfälle bekommen müssen, bis sie Leine gezogen und ihn in Ruhe gelassen hatten. Fehlanzeige beim Jagdgewehr, das hatten sie bereits gefunden. Nicht aber seine Pistole. Ein reichlich altes Stück, aber sie funktionierte noch, und sie war geladen. Er hatte sie in einem Schuhkarton hinausgeschmuggelt, den er ganz hinten im Schrank einer senilen alten Oma versteckte, die auf seinem Gang wohnte, weil er wußte, daß sie sein Zimmer filzen würden, was sie dann tatsächlich getan hatten. Das Problem war nur, daß er vergaß, wo er den Karton versteckt hatte, zeitweilig sogar vergaß, *daß* er ihn versteckt hatte, und daher verlangte, daß man ihn nochmals zurück in sein Haus fuhr. Als er das Ding nirgends finden konnte, dachte er schon, sie hätten auch die Pistole beschlagnahmt. Aber hatte er sie nicht kürzlich noch gesehen? Es war alles schrecklich verwirrend. Dann, in einer mehr oder minder schlaflosen Nacht, war es ihm um vier Uhr morgens wieder eingefallen, und er humpelte, sein totes Bein hinter sich herschleppend, den Gang hinunter und holte sich die Waffe. Die alte Dame lag, die Kissen in den Rücken geschoben, hellwach im Bett. Er nickte ihr zu, aber sie stierte nur dumpf vor sich hin. Der Rückweg in sein Zimmer kostete ihn viel Zeit und Schmerzen und kam ihm kilometerlang vor, aber zuletzt schaffte er es doch und machte sich bereit, sich eine Kugel in den Schädel zu jagen. Die Schwierigkeit war nur, daß er nicht abtreten wollte, ohne sich von seiner Tochter zu verabschieden. Er wollte sie vor den Schweinereien warnen, die abliefen, und ihr sagen, daß er sie liebte. Er hatte das bereits aufzuschreiben versucht, aber seine Handschrift war unleserlich. Selbst er konnte sein Gekritzel nicht mehr entziffern, kaum daß er es zu Papier gebracht hatte. Bei ihrem nächsten Besuch würde er es ihr sagen, und dann würde er sich erschießen. Falls sie ihn überhaupt noch einmal besuchen kam. Ihr letzter Besuch lag schon Urzeiten zurück. Soweit er sich erinnern konnte, und Sich-erinnern-Können war heutzutage nicht seine stärkste Seite, hatte ihn seine Tochter seit jener grausamen Feier zur Einweihung des neuen Bürgerzentrums nicht mehr besucht, wo sie sich zu ihm umgedreht und ihm einen Augenblick lang direkt in die Augen gesehen und er das Gefühl gehabt hatte, ihm breche das Herz und wie später sein Verstand. Vorerst jedenfalls versteckte er die Pistole in der Schreibtischschublade unter einigen alten Briefen und Fotos, und dann merkte er, daß ihm, noch bevor er die Schublade wieder zugeschoben hatte, schon wieder um ein Haar entfallen gewesen wäre, wo die Waffe lag. Also hatte er den Rest des Vormittags mit dem Zusammenschneidern eines Halfters aus einer dicken Socke zugebracht und es unter der Achselhöhle, wo es weniger ins Auge fiel, in seinen Bademantel eingenäht, wobei er seine alten Baumeisterhände zwingen mußte zu tun, was sie, behindert durch ein gespaltenes Gehirn, nicht mehr so richtig hinbekamen.

Eine Parodie seines hirngeschädigten Großvaters war der Höhepunkt einer Pantomime gewesen, die der kleine Mikey bei einer der schrecklicheren Abendeinladungen in Johns Haus vorführte; Lorraine hatte bereits bei anderen Gelegenheiten mitbekommen, wie Johns Junge mit den großen Augen und dem unbewegten Gesicht sich in den Vordergrund spielte. Nicht alle Anwesenden kapierten, was Mikey da trieb, aber alle, die es taten, wie beispielsweise Lollie, wußten nicht, ob sie lachen oder heulen sollten. Der Junge hatte sich den berühmten dunkelroten Zylinderhut des alten Mannes aufgesetzt, den er nach dem Schlaganfall für die Spielzeugkiste requiriert hatte, und dann geschickt und mit Barnabys unbeirrbarer Bedachtsamkeit aus Holzbauklötzen ein schmuckes Dörfchen aufgebaut, gut ausgeklügelt und solide. Er hatte alles ausgemessen, sich am Kinn gekratzt und eine Spielzeugplanierraupe angefordert, die einen Bauklotz ein Stück zur Seite versetzte, sich dann im Nacken gekratzt und ein Gesims obendrauf plaziert, sich am Ohr gezogen und mit dem gelassenen, männlichen Lächeln des alten Baumeisters eingehend betrachtet, was er da zuwege gebracht hatte. Derweil stand Trixies Töchterchen neben ihm, ein Kopftuch ums Haar geschlungen, den ihr bis zu den Knöcheln reichenden, mit kleinen Wollknubbeln verzierten Herbstpullover von Johns Frau übergestreift und ein breites, bewunderndes, zahnlückiges Lächeln im sommersprossigen Gesicht, während das Objekt ihrer Scharade die ganze Darbietung versäumte. Wo steckte sie? Vielleicht in der Küche bei den Leuten vom Partyservice. Lorraine bekam das Gefühl, daß ihr etwas entglitt, konnte es aber nicht genau festmachen. An John lag es nicht. Er spazierte durchs Zimmer, ein Hüne von einem Kerl wie eh und je, klopfte Leuten auf den Rücken, schüttelte ihnen die Hand und erntete Glückwünsche für die Zukäufe der jüngsten Zeit, die den Anlaß zur Feier des heutigen Abends gaben, eine Art Firmengala zu Ehren des immer größer werdenden Imperiums. Er schien sich vage über die Vorstellung seines Sohnes zu amüsieren, beobachtete sie aber nur aus dem Augenwinkel, bis sein Vater Mitch ihn fortzog und ihn, seinem sonderbaren kleinen Namensvetter den Rücken kehrend, barsch um einen neuen Drink bat. In dem Augenblick kam Lorraines Sohn, Johns Golfmütze auf den Segelohren balancierend, mit einem Golfschläger herbeigeschlendert, und Trixies Tochter, weiter das Lächeln wie ein Reklameschild im Gesicht, trat einen Schritt zurück. Lorraine, die bereits ahnte, was nun Schreckliches folgen würde, tat es ebenfalls: trat einen Schritt zurück, riß ihrerseits den Mund auf, als litte sie an Maulsperre, und setzte ein starres Lächeln auf, als wollte sie die kleine Zoe parodieren. Als sich nun ihr Sohn einen Golfball zurechtlegte und Mikey / Barnaby, der dreinsah, als hätte er, während der Nachtexpreß schon herandonnerte, einen Schuh unter einer Eisenbahnschwelle festgeklemmt, hektische Anstrengungen unternahm, um sein Städtchen mit einem Wall von Bauklötzen zu schützen, lachten etliche Partygäste laut los, feuerten die kleinen Schauspieler an, und Waldo («Nicht, *laß* das!» krächzte Lorraine, der das Herz stockte und die Stimme versagte: «Du machst noch was *kaputt*!») rief: «*Kinn auf die Brust und Ellbogen gerade, Junge! So ist's richtig! Und jetzt hau drauf!*» Das tat der Junge denn auch; unter der Golfmütze feixend wie ein Vollidiot, versetzte er dem Ball einen so wuchtigen Schlag, daß die Bauklötze in alle Himmelsrichtungen davonspritzten und die Gäste kreischend in Deckung gingen, während Waldo *«Fore!»* schrie und sich rücklings auf das Sofa plumpsen ließ, auf dem Johns Mutter Opal in ihrer ganzen steifen Würde thronte, heiter und unbekümmert wie das Auge des Taifuns, und das selbst dann noch, als ihr dieser hirnlose Fettwanst mit lautem Gegröle auf den Schoß plumpste. Man hörte ein furchterregendes Gepolter, als die Bauklötze durch die Luft sausten, doch wundersamerweise schien hinterher nichts kaputt zu sein. Außer dem kleinen Baumeister. Der nämlich erhob sich, den Zylinder gefährlich schräg auf dem Kopf, aus dem Kuddelmuddel und stolperte verwirrt durch die Gegend wie eines jener durchgeknallten Kinomonster, wobei er das tote Bein nachschleppte wie einen Sack Zement; zudem schien sein einer Arm verkrüppelt, die klauengleiche Hand zitterte knapp über dem Gürtel, und sein Gesicht war so verzerrt, daß die eine Hälfte tiefer herabhing als die andere. Dann sprach er, halblaut und aus dem Mundwinkel, das einzige Wort aus, das er den ganzen Abend über von sich gab. Die meisten der Anwesenden hörten vermutlich nichts als ein Grunzen wie von einem Tier, aber die wie gebannt erstarrte Lorraine wußte, welches Wort der Junge von sich gegeben hatte: Lebt wohl. Marge hatte ihr die ganze Geschichte erzählt. Einschließlich der Rolle, die ihr Gatte Waldo, jener unentbehrliche Prokurist und stellvertretende Verkaufsleiter (was Lorraine aussprach wie «Verkauf's weiter»), dabei gespielt hatte, den Alten in die Knie zu zwingen. «Ha! Ist das nicht niedlich?» schnaubte der Holzkopf jetzt und wälzte sich mit einem anzüglichen Augenzwinkern und dämlichen Grinsen von Opals Schoß, während Johns kleiner Sohn zitternd und hinkend ganz langsam die Bühne räumte und einige wenige höflich Beifall klatschten, die Mehrzahl der Augenzeugen des Spektakels jedoch genau wie Lollie starr an Ort und Stelle standen. Mittlerweile war die kleine Zoe nirgendwo mehr zu sehen, ihr Part schien, wie es aussah, eher der Abgang als der Auftritt gewesen zu sein.

Philip, der große Bruder der kleinen Zoe, hatte den Auftritt seines Schwesterchens verpaßt, weil er ungefähr zur selben Zeit eine eigene, äußerst peinliche Vorstellung im Klo unten neben der Garage gegeben hatte. Und jetzt hatte er eine Geschichte zu erzählen, freilich nicht über die Vorstellung (sie sei vergessen), sondern darüber, wie er überhaupt dorthin gekommen und was danach passiert war, eine absonderliche Geschichte, aber er hatte keinen Vertrauten, dem er sie hätte erzählen können, weil Bonsai und seine Eltern nicht mehr zu John eingeladen wurden und Bonsai sowieso wie vom Erdboden verschluckt schien. Die zickigen Alten des Blödmanns blafften Philip immer bloß an, wenn er vorbeischaute und nach ihm fragte. Hatten sie ihn etwa in seinem Zimmer eingesperrt? Es wäre nicht das erste Mal gewesen, Bonsais Vater konnte ziemlich fies werden. Zoe meinte, sie habe gehört, daß er fortgelaufen sei. Falls das stimmte, konnte Fisch es ihm nicht groß übelnehmen, er hatte selbst oft genug daran gedacht, aber er war erstaunt und – sofern es wahr war – ein wenig sauer, daß Bonsai ihn nicht gefragt und mitgenommen hatte. Nicht daß er mitgekommen wäre. Ach wirklich? Was um Himmels willen hielt denn solch einen tollen Hecht in diesem Dreckstümpel? Nun ja, in einem Wort, Clarissa. Philip konnte nicht anders, er sehnte sich Tag und Nacht nach ihrem süßen Leib. Es war hoffnungslos, sie haßte ihn, aber andererseits hatte er den tröstlichen Eindruck gewonnen, daß sie alle Menschen haßte, alle außer sich selbst, er war beileibe nicht der einzige, der sich die frostigen Kommentare von Miss Großkopf Zicke anhören mußte. Doch eines Tages würde sie ihn beziehungsweise irgend jemanden brauchen, und dann wäre er im Handumdrehen da, und sie würde ihn lieben, weil er solch ein braver und treuer Gefolgsmann war. Das war das Kernstück seiner heißesten Träume: die reumütige Clarissa, wie sie in seine Arme sank. Einstweilen freilich galt: Was auch immer er wo auch immer auftun konnte, ob jung oder alt, es herrschte kein Mangel im Städtchen, zumindest redete er so. Die Wahrheit sah leider ein bißchen anders aus, denn obwohl er Anspruch auf mindestens ein Dutzend Mädels von der Highschool erhob, die praktischerweise allesamt bereits mit der Schule fertig oder aus dem Städtchen weggezogen waren, und außerdem jede Menge über ältere Weiber im Städtchen zu erzählen wußte, bei denen er den Rasen gemäht oder Schnee geschaufelt hatte, mußte Fisch in Wahrheit erst noch zum Schuß kommen und fragte sich, ob er womöglich der einzige Kerl seines Alters in der westlichen Welt sei, der von dem gewaltigen Mysterium nur seine eigene Faust kannte. Allerdings hatte er noch nicht einmal an dieses Mysterium gedacht, als der häßliche alte Knacker mit der dicken Nase ihn vor ein paar Minuten auf dem Scheißhaus überrascht und mordsmäßig angeschnauzt hatte, daß er sein ganzes Mannestum mit dieser Selbstbefleckung auszehre. Und dieser Plattkopf kandidierte fürs Amt des Bürgermeisters? Was für ein Kaff. Dabei hatte Fisch in dem Moment nichts weiter versucht, als trotz seines Ständers zu pissen. Und wieso hatte er überhaupt einen? Zunächst einmal, weil er immer oder so gut wie immer einen hatte, primär ausgenommen nur die Dusche nach der Turnstunde, die Fahrt zum Zahnarzt und die Sonntagspredigt seines Vaters. Doch diesmal stand er ihm erstens wegen der Schublade mit Clarissas Unterwäsche (er hatte dort herumgekramt, als alle anderen ins Wohnzimmer getrabt waren, um sich die Pantomime der Winzlinge reinzuziehen) und zweitens wegen Clarissas Mom, die ihn, bevor sie ins Bad verschwunden war, angelächelt hatte, als er mit tief in den Hosentaschen versenkten Pfoten aus Clarissas Zimmer gekommen war. Dieses Lächeln: Es war sonderbar, sie hatte ihn noch nie eines Blickes gewürdigt, egal wie großmäulig er manchmal herumgetönt hatte. Aber jetzt, holla ... Er hatte ein Weilchen im Flur abgewartet, ganz allein, und das heiße Rohr zwischen den Schenkeln festgeklemmt, als wolle er es nicht etwa wachsen, sondern Wurzeln schlagen lassen, und als längere Zeit verstrichen und Clarissas Mom nicht aus dem Bad gekommen war, versuchte er es auf gut Glück, marschierte hinüber und drehte am Knauf. Die Tür ging auf. Beim Eintreten und beim Versuch, die Hose ganz lässig aufzuknöpfen (och, tut mir leid, ich hatte ja keine Ahnung, daß hier jemand ist), wurde ihm bewußt, daß ihm der Mund offenstand, was er immer zu vermeiden suchte, weil er wußte, daß er dann ziemlich bescheuert aussah. Er klappte ihn und die Tür zu und plinkerte mit den Augen: Das Zimmer war leer. Er warf einen raschen Blick in die Dusche, in den Wandschrank mit den Handtüchern, drehte sich dann langsam im Kreis: Wie hatte er sie bloß verpaßt? Tja. Nicht das erste Mal, daß sich eine Gelegenheit in nichts aufgelöst hatte, als hätte es sie nie gegeben. Seine Hose stand offen, sein Rohr ein Stück weit heraus: Er kam zu dem Schluß, daß er ebensogut erledigen könnte, was ihm als Vorwand gedient hatte. Falls er, so schoß es ihm unversehens durch den Kopf, ein Alibi brauchte. Und in dem Augenblick polterte der alte Knacker, der sich um den Posten des Bürgermeisters bewarb, zur Tür herein, musterte finster das Gerät, das Fisch in der Hand hielt, und blaffte ihn an, daß er den eigenen Leib betrüge, indem er lebenswichtige Säfte vergeude und rote Blutkörperchen in weiße verwandle. «Du wirst vorzeitig alt werden und sterben, Junge. Und jetzt pack das Stöckchen weg, bevor du es noch abbrichst, und dann wasch dir die Pfoten und beweg deinen verdammten schwulen Arsch hier raus!» Fisch leistete der Aufforderung nur zu gern Folge. Mein Gott. Er hielt sich nicht erst mit Händewaschen auf, sondern zog den Kopf ein und machte sich eilends auf den Weg in den dämmrigen Garten, wobei er nur eine Sekunde in der menschenleeren Küche anhielt, um einen schnellen Blick zurück zur Badezimmertür zu werfen und just in dem Moment zu sehen, wie Clarissas Mom heraustrat und ihn anlächelte, als sie ihn blöde glotzend dort stehen sah. Das also war die sonderbare, aber wahre Geschichte, die er zu erzählen hatte, aber nicht erzählen konnte, weil das Mittelstück so schwer zu erklären war. Hinten im Schatten des Pavillons im Rosengarten erkannte er Jennifer und Clarissa, die sich gleichfalls vor der Pantomime des kleinen Mikey drückten. Daraus, wie tief sie sich vorbeugten, schloß er, daß sie sich gerade eine Linie Koks reinzogen. Hoffnungsfroh näherte er sich den beiden und nahm sich vor, den Mund zugeklappt zu lassen, obwohl er genau wußte, daß sie keinen Bock hatten, ihn dabeizuhaben, und ihm nur Beleidigungen an den Kopf werfen würden. Aber was konnte er tun? Was konnte er dafür, daß er rettungslos in die zickige kleine Königin aller Hänger aus den Einkaufszentren verliebt war? «Hallo», sagte er und trat lässig neben die beiden. «Schau an, der Wichser», sprach seine Herzensdame. «Zisch ab, du Arschloch.»

Die Mutter des Wichsers und auch die von Jennifer und der kleinen Zoe, einst als Trixie, die Go-Go-Trine, und nun als Beatrice, die Frau des Pastors, bekannt, war direkt nach einer Probe des Kirchenchors in Hochstimmung zu der Party gefahren. Der Gesang war an jenem Nachmittag außergewöhnlich harmonisch ausgefallen, als hätte Gott sich in die Sänger verströmt und sie seine Gegenwart spüren lassen, eine Erfahrung, die auf Beatrice stets angenehm erotisierend wirkte. Nachdem alle fortgegangen waren, viele davon, um sich für Johns Party in Schale zu werfen, war Beatrice, die den Wunsch nach Verlängerung dieser süßen musikalischen Vereinigung verspürte, noch ein wenig dageblieben, um Orgel zu spielen. Sie ließ die heiligen Melodien durch sich hindurch und in die Orgelpfeifen fließen wie den Pulsschlag von Gottes Blut und fühlte sich gänzlich eins mit sich und dem Universum. Und auch mit der Orgel; wurde zum Anhängsel der Orgelpfeifen, zum Instrument des Instruments, die Pedale und Tasten schenkten ihren Füßen und Fingern erst den Daseinsgrund, die «Raison soundso», wie einer ihrer Lehrer, einer der vielen, einmal gesagt hatte, und dasselbe ließ sich auch für Notenblätter und Augen, Klavierbank und Hinterteil, Musik und Verstand sagen – alles wie durch Magie aus einem Guß! Wie glücklich Beatrice war! Sie hatte nie schöner gespielt! War nie schöner gespielt worden! Als die Musik durch ihren ins Unermeßliche erweiterten Leib pulsierte, während ihr Herz pochte und ihre Adern im Gleichtakt zum Kreislauf der Sphären vibrierten, sprangen ihr Tränen der Dankbarkeit und des äußersten Wohlbefindens in die Augen – und sie schimmerten noch immer in ihren Augenwinkeln und verliehen ihrem Blick einen attraktiven Glanz, als sie kurz vor Sonnenuntergang auf Johns Party ankam, noch immer ein bißchen außer Atem und erfüllt von namenlosem Glück. Beim Eintreten ergriff John ihre Hand mit beiden Händen und umarmte sie, ihr Mann lächelte ihr aus einer Zimmerecke zu, ihr jüngstes Kind, das einen um etliche hundert Nummern zu großen Pullover von Mikeys Mutter trug, kam angerannt und bat um Hilfe beim Umbinden eines Kopftuchs, irgendwer brachte ihr ein Glas Sekt. Ihr schien, als hätte sie all das bereits vor dem Betreten des Hauses, vielleicht auf der Chorprobe oder beim Orgelspielen, vorhergesehen, und alles war die reinste Pracht. Ihr Mann, Johns Haus, ihre Freunde und auch ihr Töchterchen, als es die Bühne betrat und alle Augen auf sich zog. Beatrice liebte dieses Städtchen, diese Leute, diesen Augenblick in ihrem Leben. Zwar war nicht alles vollkommen, aber sie hoffte, daß sich niemals etwas daran ändern würde, zumindest nicht, bis sie in den Himmel kam. Aber natürlich änderte sich bereits alles. So war die Welt nun einmal gebaut, dagegen ließ sich nichts tun, jede Harmonie war unnatürlich, und auch die Unveränderlichkeit war es. Eine jähe Vorahnung hereinbrechenden Unheils jagte Beatrice einen Schauer über den Rücken und tief hinein in jenen innersten Kern, der bis dato der Sitz heiliger Ekstase gewesen war. Sie stellte ihr Sektglas ab, und ihre Augen begannen sich zu trüben. Ihr Töchterchen war irgendwie außer Sicht geraten, obwohl sie zu ihm hinübergeschaut hatte, und ihr Mann, nach dem sie allerdings nicht groß Ausschau gehalten hatte, war ebenfalls nicht mehr zu sehen. Irgend etwas Schlimmes und Unwiderrufliches stand unmittelbar bevor. Oder war bereits geschehen und würde sich im Handumdrehen zeigen. Beatrice konnte das Unheil zwar nicht sehen, da sie in diesem Augenblick blind für alles außer der eigenen Panik und Verzweiflung war (wo steckte Johns Frau?), doch sie konnte es fühlen. «Iiih!» kreischte sie, als die Bauklötze flogen, und legte, erschrocken zurückfahrend, beide Hände auf den Bauch. O nein, dachte sie. Das darf nicht wahr sein. Ich bin wieder schwanger.

Beatrice' Angst vor einer ebenso bedrohlichen wie unvermeidlichen Veränderung wurde in jener Zeit, sogar in eben jenem Augenblick, von vielen aber durchaus nicht allen im Städtchen geteilt, so sehr lullten sie der unabänderliche Alltag, in dem ihr Leben gefangen war, und die Regelmäßigkeit ihrer Verdauung in ihren vier Wänden ein. Selbst unter denjenigen, die die Existenz dessen einräumten, was Ellsworth in dem anläßlich seines vierzigsten Geburtstags verfaßten Gedicht «des Wandels stetig kreiselndes Rad» genannt hatte (dem er «vergebens zu wehren versuchte durch fleißige Tat») – er hatte es einen Tick zu früh nach dem tödlichen Autounfall, dem Stus erste Frau Winnie zum Opfer gefallen war, und nach Stus allzu prompter Wiederverheiratung im *Town Crier* veröffentlicht, als daß es seinerzeit nicht den einen oder anderen makabren Witz nach sich gezogen hätte –, selbst unter diesen also hätten viele zu bedenken gegeben, daß auch der Wandel unwandelbar sei, genau wie die Himmelskörper ihren steten Rhythmen und Bahnen folgten, so daß auch das Fest, auf dem Beatrice die plötzliche Einsicht in die sich stets verändernde Veränderung übermannte, nur wiederum ein vorherbestimmter Faktor und Schauplatz dieser Veränderung und auf eigene Weise unwandelbar sei, wie ja auch das Zifferblatt einer Uhr, das nie dieselbe Zeit zweimal anzeige, als solches stets unverändert bleibe. Für manche war das eine furchteinflößende, für andere wiederum eine beruhigende Vorstellung, genauso wie diese Festivitäten, mit denen John und seine Frau das gleichförmige Ticktack der Zeitläufte im Städtchen feierlich überhöhten, für manche eine grausige Zumutung, für andere wiederum eine willkommene Triebabfuhr darstellten, eine zeitweilige Linderung der Langeweile, wenn auch kein Allheilmittel dagegen, für nicht wenige wiederum ein Vorgeschmack auf das, was werden mochte, aber eben nicht war. Waldo lebte für Johns verschwenderische Feste, egal was zum Teufel daraus werden mochte oder nicht, Lennox fügte sich mit einem passiven Lächeln, das Bewunderer verzückt nannten, Marge wünschte, daß sie vorbei wären, bevor sie angefangen hatten, und hatte als Gast stets das Gefühl, in ein eitles Selbstbeweihräucherungssakrament gezerrt zu werden, das sie für denkbar überflüssig hielt. Otis, dem Wächter des Städtchens, gaben Johns Feste Anlaß zur Sorge, da er nun mal ein Erbsenzähler war und nur widerwillig Überstunden schob, während sie Audrey zu ihren Lebzeiten prächtig amüsiert und Kate wunderliche Aphorismen entlockt hatten («Das kollektive Aufbrausen bei diesen Versammlungen», hatte die betrauert zu Grabe getragene Bibliothekarin einst bemerkt, «ähnelt dem von billigem Sekt – das Gesprudel steigt einem schnurstracks zu Kopf, weicht moralische Grenzraine auf und trennt das Ich so glatt vom Körper wie eine alchemistische Reaktion, um einen dann mit Blähbauch und Brummschädel zu einem erdschweren Morgen bar jeglichen Trosts erwachen zu lassen ...) und nicht zuletzt Veronicas Lust auf Luxus Vorschub leisteten, die ihren Brötchenverdiener Maynard so in Rage brachte. Was immer sie nämlich in Johns Haus erblickte, wollte sie in ihrem eigenen nachahmen, bis hin zur Farbe der Handtücher und des Klopapiers, erst dann fühlte sie sich wie eine Frau von Welt. Nun, zumindest darüber brauchte Maynard sich keine Sorgen mehr zu machen: Seit dem jüngsten Skandal mit der Baufirma waren er und Ronnie für immer von der Gästeliste gestrichen und mußten sich über einige andere Dinge ärgern und aufregen: daß Maynards Kanzlei seit Barnabys Schlaganfall, den man primär ihm in die Schuhe schob, brutal das Wasser abgegraben und Maynard selbst in der Geschäftswelt und im Golfclub geächtet wurde; außerdem schien ihr kleiner Sohn von zu Hause fortgelaufen zu sein, als der Skandal losging (Maynard konnte sich, wenn ihn wieder mal der Verfolgungswahn packte, des Verdachts nicht erwehren, sein knallharter Vetter habe den Jungen aus Rache kidnappen lassen); und schließlich entzweite die Verbitterung das Ehepaar, weil ihr gesellschaftliches Leben mehr und mehr verkümmerte und ihnen zuletzt nur noch der Partner blieb. Floyd, dem Eisenwarenmann, der jede Minute von Johns Festen haßte, jedoch nicht mehr als, wie mit der Zeit immer öfter der Fall, gar nicht eingeladen zu werden, boten sie gleichwohl eine Bühne für seine phantasierten Rachedramen, in denen gewöhnlich die willige oder auch unwillige Gastgeberin geschändet wurde: auf dem Klavier im Musikzimmer, dem beladenen Büffettisch oder mitten auf dem Crocketfeld beim Grillen am Tag der Pioniere, wo er ihr Arme und Beine mit Crockettoren auf den Rasen nagelte, während ringsum die Steaks zischten und die Kronkorken von den Flaschen ploppten. War es Johns letztjähriger Punschempfang zu Weihnachten, zu dem man sie nicht eingeladen hatte? Floyd sah sie plastisch vor sich, wie er ihr unter dem geschmückten, fast drei Meter hohen Weihnachtsbaum mit der hastigen Ungeduld eines Kindes bei der Bescherung die Klamotten herunterriß und ihr dann zum beifälligen Klingeln der kleinen Messingglöckchen oben am Baum – schaust du zu, John? – seinen Samen in den Leib pumpte wie eine Ladung Eierlikör. Solche Phantasien über Johns Frau belebten oft die Nächte, die Floyd mit Edna verbrachte, versorgten ihre hausbackenen Begattungen mit ein wenig Feuer und Schwefel – zumindest anfangs, bis Edna sich wie immer mit einem lauten Rülpser verriet und ihren Mann daran erinnerte, wo er sich befand: Sie stieß beim Vögeln stets auf, als bekäme sie Magengrimmen davon. Oder würde es los. Einst hatte er das geliebt: Ednas Verletzlichkeit. Mittlerweile war sie nur noch ein Teil von ihr, wie ihre Plattfüße, ihr Damenbart, ihre Bettbezüge aus Chenille und die Ölgemälde von Blumen und Hunden, die sie an die weißtapezierten Wände hängte.

Natürlich kostete der Geschmack, den John und seine Frau sich leisteten, Geld: Was blieb Edna schon anderes übrig? Ihre gemalten Hunde kosteten einschließlich Rahmen fünf Dollar das Stück, Johns Porträts und Cowboygemälde aus dem frühen neunzehnten Jahrhundert Tausende. Trotzdem beneidete Edna, wenngleich sie Johns Haus sehr bewunderte und es für das schönste hielt, in dem sie je gewesen war, für noch schöner als die Paläste in den Zeitschriften beim Arzt, Johns Frau nicht und hätte auch nicht gern in deren Haus gelebt (womit sie die große Ausnahme darstellte). Veronica mochte ihren Mann in den Ruin treiben, indem sie diesen Prunk kopierte, und Marge mochte ob der ganzen unzugänglichen Schönheit derartige Verbitterung empfinden, daß sie sich mit einer Art gehässigem Verzicht dafür geißeln mußte, doch Edna war anders. Edna war eine einfache Frau, die einfache und praktische Dinge mochte, und Johns Haus war ihr schlicht zu pompös, zu furchteinflößend. Sie und Floyd besuchten dort dann und wann eine Cocktailparty oder eine Firmenfeier wie die, bei der Johns kleiner Sohn seine lustige Theaternummer mit dem Zylinderhut und den Bauklötzchen aufgeführt hatte, oder sie flanierten vielleicht durch das riesige Haus mit seinen vielen Etagen und Zwischenetagen bis ins eichenholzgetäfelte Musikzimmer mit dem Klavier, dem Schlagzeug und der Stereoanlage, den alten

Kneipen-Spucknäpfen und Stehaschern und den modernen griechischen Läufern, um sich dort (während Edna sich immer mehr vorkam wie auf einer Rummelplatzfahrt durchs Dornröschenschloß) Videos oder ein Footballspiel anzusehen oder vielleicht auch einen Abend lang im Wohnzimmer vor dem monumentalen offenen Kamin mit den alten Delfter Kacheln und den wuchtigen Messingbeschlägen Bridge zu spielen, und hinterher hatte Edna stets das Gefühl, zehn Zentimeter geschrumpft zu sein. «Was zappelst du denn so herum?» fragte Floyd dann auf dem Heimweg. «Ich weiß nicht recht, Floyd. Mein Hüftgürtel fühlt sich an, als ob die Häkchen aufgegangen sind oder so.» Manchmal kam es Edna so vor, als dächte Johns Frau ganz ähnlich über ihr Haus wie sie selbst, als fühlte sie sich dort verloren, traurig und klein, und Edna begriff (wenngleich nicht auf dieselbe sarkastische Manier) Marges bissige Bemerkung, Johns Frau passe prima zu den goldfarbenen Teppichen: Manchmal sah es *wirklich* so aus, als verschmelze sie nahtlos damit. Natürlich nicht buchstäblich. Oder, na ja, vielleicht doch: Eines Abends beim Bridge zum Beispiel hatte Edna als Dummy beim Ablegen kurz hochgesehen (sie hatte gerade die Eröffnung von Johns Frau auf vier Cœur erhöht und war sich ihrer Sache nicht mehr ganz sicher), und Johns Frau war plötzlich fort gewesen. Oder schien fort gewesen zu sein. Vielleicht ist sie aufs Klo gegangen, hatte Edna gedacht und in diese Richtung geschielt, doch als sie wieder nach vorn sah, saß da Johns Frau und stach clever den Cœur-König mit einem Cœur-As aus ihrer Hand. Hinterher hatte Edna Floyd davon erzählt, doch der hatte nur gesagt: «Da hat sie aber Dusel gehabt, du hast dein Blatt echt überreizt.» Vielleicht sollte ich meine Brille überprüfen lassen, hatte sie gedacht, nicht wissend, daß Marge in etwa dasselbe erlebt hatte, allerdings beim Abendessen, nicht beim Bridge.

Marge hatte Mikeys Sketch mit dem vom Schlaganfall gefällten Großvater nicht mitbekommen, da sie trotz des sanften, aber hartnäckigen Einspruchs ihres Mannes Trevor das ganze herzlose Triumph-Trara boykottierte, dessen Präliminarien sie bei der schmerzlichsten Abendeinladung ihres Lebens miterlebt hatte, einem festlichen Dinner zur Feier sozusagen derselben Fische und

Brotlaibe, allerdings dieses erste Mal noch nicht im richtig großen Stil. Es war ein abgekartetes Spiel. Bei dem man Marge und alle anderen gelinkt hatte. Johns Eltern Mitch und Opal waren dagewesen, der alte Barnaby, ein bißchen rot im Gesicht und besorgt, der Bankdirektor und seine Frau, Maynard und Veronica, Maynards Eltern, sie und Trevor, dreizehn Leute insgesamt. John sei ein Angebot unterbreitet worden, so hatte er gesagt, zu dem er ihre Meinung hören wolle. Daher auch die Einladung an Trevor als Steuerberater und Buchhalter der Firma – zumindest hatte sie das seinerzeit gedacht und sich nur gefragt, welch neue Umweltkatastrophe John diesmal ausbrütete und weshalb wohl sein fieser Prokurist und stellvertretender Verkaufsleiter nicht anwesend war, sie hätte Lorraine gern um sich gehabt. Später sah sie das alles in ganz anderem Licht, sah, daß John nicht etwa Trevor, sondern sie selbst dabeihaben wollte, sie, die sich Barnaby bei seinem Feldzug zur Rettung des Stadtparks angeschlossen und eine Zeitlang zu Johns großem Ärger mit ihrer Unterschriftensammlung Erfolg gehabt, es zuletzt aber doch nicht geschafft hatte, sich gegen den Stadtrat und die Macht einer unerschöpflichen Geldbörse durchzusetzen. Zwei Fliegen mit einer Klappe sozusagen. Da gab es diese berühmte Geschichte über John als Kind. Seine Eltern hatten ihm zu seinem achten Geburtstag sein erstes Luftgewehr geschenkt, und er hatte den ganzen darauffolgenden Sommer damit verbracht, Stare aus den Bäumen und Spatzen aus dem Gebüsch zu schießen. Typischerweise war es ihm sogar gelungen, obendrein noch Profit aus seinem Spaß zu schlagen, indem er fürs Abschießen der Tauben vom Dach der Getreidemühle, die damals noch in Betrieb war, zehn Cent pro Vogel kassierte. Johns Lieblingssport bestand darin, zwei Spatzen mit einem einzigen Schuß erledigen zu wollen, was ihm sogar manchmal gelang, wenn er sie bei der Paarung abknallte. Seine ekelhaften kleinen Kumpane fanden das immer besonders lustig. Eines Tages wettete er mit ein paar von ihnen, daß er zwei Turteltauben, die auf einer Wäscheleine saßen, mit einer einzigen Luftgewehrkugel töten könne. Das war natürlich unmöglich, drum hielten alle bei der Wette mit und setzten alles nur Denkbare von Lederscheiden für Fahrtenmesser über Fahrradschlösser bis hin zu Baseballsammelkarten und Kronkorkenkollektionen ein. Worauf John eine der Tauben anschoß und ihr auf eine Art und Weise, deren Zeugin Marge kurz darauf zu ihrem anhaltenden Schrecken werden sollte, den Garaus machte, dann die Kugel mit seinem Taschenmesser wieder herauspulte, sie ins Gewehr lud und gemütlich abwartete, bis der Gefährte der toten Taube zurückkam. «He! Unfair!» beschwerten sich die anderen Jungs, lachten aber, weil John sie wieder einmal ausgetrickst hatte, und dann fiel ihnen ein, daß sie die Wette ja noch nicht verloren hatten und John erst die zweite Taube treffen mußte, zudem mit einer plattgedrückten Bleikugel, drum blieben sie, um zu sehen, ob er es tatsächlich schaffen würde. Und hofften zweifellos, daß er es schaffte. Dann konnten sie sagen, daß sie dabeigewesen seien. Und just in dem Moment war Marge aufgetaucht, die erst sieben war, die ortsansässigen Barbaren jedoch damals schon zutiefst verabscheute. Als sie sah, was John angestellt hatte und weiter vorhatte, versuchte sie, ihn daran zu hindern, aber die anderen Jungs hielten sie fest, beschimpften sie in ihrer ordinären, kindischen Art und patschten ihr die schmutzigen Hände auf den Mund, als sich die verwitwete Taube verloren auf der Leine niederließ und John sie aufs Korn nahm. Marge konnte nichts weiter tun, als sich loszureißen und den Vogel anzuschreien, aber das dumme Ding hockte bloß da und forderte geradezu heraus, daß man es abknallte, eine irrwitzige, selbstmörderische Passivität, die Marge im Lauf der Jahre als Eigenart der meisten Opfer zu begreifen lernen sollte. John drückte ab, und der Vogel plumpste mit verwirrtem Flügelschlag zu Boden, drum ließen die Jungs Marge wieder frei und rannten hinüber, um sich das Ende dieses kleinen Scherzes auf Leben und Tod anzusehen. Das arme Geschöpf schien davonrudern zu wollen, versuchte verzweifelt, vor seinen Verfolgern davonzuflattern, die wie ein Trupp blindwütiger Soldaten aus dem Comicheft unter einsilbigem Gekreische auf es loshetzten. In einer Garageneinfahrt holten sie den Vogel ein, umringten ihn und versperrten ihm den Fluchtweg. John stupste ihn nachdenklich mit dem Luftgewehr an, setzte dann den Fuß über seinen Kopf und zögerte einen Augenblick, wie um das Herz der Taube unter der Sohle seines Turnschuhs schlagen zu spüren. Marge flehte ihn an, den Vogel freizulassen, er sei ja nur verwundet, sie könne ihn mit nach Hause nehmen und gesund pflegen, und John lächelte sie nur gewinnend an und sagte, tja, er würde das zwar gerne tun, aber dann verlöre er ja seine Wette, nicht? Und noch während er sie freundlich anlächelte und ganz den Anschein erweckte, als denke er über ihre Bitte und ihre im Grunde unwiderlegbaren Argumente nach, verlagerte er das Gewicht und trat auf den Kopf des Vogels. Bei dem besagten Dinner dann hatte Marge über diesen Augenblick nachgedacht, und zwar nicht über das grausige leise Knacken, das an das Aufbeißen einer tauben Nuß erinnert hatte, oder darüber, wie das Blut unter Johns Turnschuh hervorgequollen war, und auch nicht darüber, wie herzhaft die anderen Jungen gejuchzt hatten, weil Marge so herzzerreißend weinen mußte, sondern über das warme, einfühlsame Lächeln in Johns Gesicht, als er den Fuß niedergesetzt hatte, ein Lächeln, das er auch am besagten Abend zur Schau stellte, als er einen eher läppischen Streit zum Thema Abtreibung beendete, in den sich die Tischgesellschaft verrannt hatte und in dessen Verlauf die durch und durch konventionelle Hausfrau Veronica mit einemmal ziemlich schroff wurde, dabei aber so unzusammenhängend wie immer sprach. John würgte den Streit ab, indem er die Rede darauf brachte, welch außergewöhnliches Angebot ihm von einer auf Asphalt- und Dachdeckerarbeiten sowie Sickergruben spezialisierten Firma im Norden des Staates gemacht worden sei, nämlich eine Art Firmenzusammenschluß, der allem Anschein nach die eigene Kommanditgesellschaft unverändert bestehen lasse und der eigenen Baufirma neben einer bunten Palette wertvoller neuer Betriebsanlagen obendrein einen stattlichen Batzen Bargeld verspreche. «Beinahe zu schön, um wahr zu sein!» sagte er mit jenem furchteinflößenden Lächeln im Gesicht, und im nächsten Moment kam ein Dienstmädchen ins Zimmer und meldete einen Anruf für John. Er ging gleich an Ort und Stelle an den Apparat und schaltete den Lautsprecher ein, damit alle mithören konnten. «Weißt du noch, wie du mich gebeten hast, dieses kleine Bauunternehmen da oben im Norden mal ein bißchen unter die Lupe zu nehmen, John? Tja, jetzt halt dich an deinem beknackten Sombrero fest, Alter, denn ich hab Neuigkeiten für dich, daß dir die Spucke wegbleibt!» Es war Lorraines Mann Waldo. Der widerwärtige Hackklotz war offenbar doch nicht so schwer von Begriff, wie es immer den Anschein hatte. Er wußte mehr über das anvisierte Geschäft, als nach menschlichem Ermessen denkbar schien. Maynard wurde blaß, dann rot, dann wieder aschfahl, als Waldo telefonisch seinen Rapport durchgab. Maynards Vater und Johns Mutter warfen einander erschrockene Blicke zu, und Mitch biß glatt seine Zigarre durch. Der alte Barnaby fuhr hoch und ließ sich dann mit grauem Gesicht und bis ins Mark erschüttert auf seinen Stuhl zurücksinken, wo er sodann wie ein Schwamm das furchtbare Miasma von Niederlage und Verzweiflung aufsog, das ins Zimmer geströmt war wie bei einem Giftgasangriff. «Der alte Judas will dir den ganzen gottverdammten Laden wegschnappen, John! Ofenputzer Maynard kann dir bestimmt die unappetitlichen Einzelheiten verklickern, weil der falsche Fuffziger von Schleimscheißer sie wahrscheinlich ausgeheckt hat, aber um es zusammenzufassen, der verschlagene alte Geier will dich fertigmachen! Dich und seine eigene Tochter! Kann man so eine Sauerei glauben? Will dem Mädel jeden verdammten Penny abjagen, den sie hat! Hallo? John? Bist du noch dran?» Barnaby stand langsam auf. Es kam einem beinahe so vor, als hätte ihn irgend etwas am Kragen gepackt und lupfe ihn nun wie einen nassen Sack vom Stuhl. Der alte Baumeister beugte sich wie leicht beduselt zu seiner Tochter hinüber und murmelte ihr ein leises Lebewohl zu (hörte sie ihn überhaupt? Sie schien zu verdimmen wie eine Glühbirne, einen sonderbaren Augenblick lang war Marge sich nicht einmal mehr sicher, ob Johns Frau überhaupt anwesend war, das Wort kam einem wirklicher vor als sie selbst), machte dann kehrt und wandte sich zur Tür. Doch dahin schaffte er es gar nicht mehr.

Erst als Maynard ihr auf der Heimfahrt einen unerwarteten Schlag mit dem Handrücken verpaßte, wurde Veronica – die soeben lediglich, wie schon zuvor bei Tisch, angemerkt hatte, daß es nicht nur dumm, sondern ein Widerspruch in sich sei, sich aus

Gründen des Familiensinns gegen die Abtreibung auszusprechen – sich ansatzweise über die wirklichen Folgen jener schicksalhaften Abendeinladung klar. *«Du blödes Weibsstück!»* hatte ihr Mann losgebrüllt und ihr den Schlag verpaßt, der sie genau unter dem Brustgurt in den Solarplexus traf, daß ihr die Puste wegblieb. «Hast du verdammt noch mal nicht *hingehört*? Hast du nicht mitbekommen, was Sache ist?» Die Tränen liefen ihm über die Wangen. «Du meinst das mit Barnaby?» hatte sie gejapst, und er hatte ihr erneut einen Schlag verpaßt und dann seinen Kopf wieder und wieder aufs Lenkrad geknallt. *«Vorsicht!»* – «Wir sind gerade geleimt worden, du dumme Kuh! Wir sind am Ende. *Schluß, aus, Sense!»* Sie hatte versucht, ins Lenkrad zu fassen, aber er hatte ihr die Hände weggeschlagen und gebrüllt: *«Scher dich zum Teufel! Wenn ich mich umbringen will, dann bring ich mich auch um!»* Hysterisch, wie er war, hatten sie reichlich Dusel gehabt, daß sie mit heiler Haut nach Hause gekommen waren, falls Dusel der richtige Ausdruck dafür ist. Und auch mit der heilen Haut war es nicht so weit her. Es stimmte schon, Veronica hatte nicht so ganz mitbekommen, was John erzählt hatte, geschäftliche Fragen waren ihr immer ein Buch mit sieben Siegeln geblieben, sie kannte sich selbst mit Farben und Tapeten nicht aus, außerdem hatte sie dem störenden Anruf, den John am Eßtisch entgegengenommen hatte, keine besondere Beachtung geschenkt, weil sie das Telefonieren bei Tisch für schlechten Benimm hielt und sich viel zu sehr über andere Dinge aufregte, letztlich schon, seit sie beide sich für die Einladung umgezogen hatten und Maynard ihr, als er sie im Slip sah, einen Seitenblick zugeworfen und sie mit einem fiesen Grinsen gefragt hatte, ob sie etwa wieder schwanger sei, was auch unter anderen Umständen eine rüde Bemerkung gewesen wäre, aber, auch wenn er es nicht wissen konnte (sie hatte Maynard damals, als er ihr noch den Hof machte, viel von ihrer Vergangenheit erzählt, ein Riesenfehler, denn nun drosch er ihr das Zeug andauernd um die Ohren, aber Gott sei Dank nicht die Sache mit John zwei), ganz besonders in Anbetracht der Gesellschaft, mit der sie sich heute abend beim Dinner konfrontiert sah. Wie schon so oft, versteht sich, wobei sie stets die scheu verschwiegene Jungfer spielte, die alles vergessen hatte, sind wir nicht alle Freunde, aber was sie da vor so langer Zeit angestellt hatte, lastete ihr in jüngster Zeit schwer auf der Seele, sie fühlte sich von den sprichwörtlichen Gespenstern der Vergangenheit verfolgt. Wortwörtlich. Wie konnte es in einem solchen Kaff auch anders sein, alle Lebensläufe waren derart miteinander verflochten, man konnte gar keinen alten Ballast über Bord werfen, alles kehrte immerzu in neuen Kreisen und Schleifen wieder, warf Schatten auf frühere Schatten, versah alles, was tagsüber geschah, mit einer verborgenen Bedeutung und verwandelte jeden nächtlichen Traum in einen Alp. Teils war sie selbst daran schuld, wie sie zugeben mußte: In ihrer Einsamkeit vor ihrer zweiten Eheschließung und manchmal auch noch danach hatte sie versucht, sich auszumalen, was hätte geschehen können, wenn sie nicht getan hätte, was sie getan hatte; drum hatte sie eine ganze Weile einem Phantasiegebilde Leben eingehaucht, und auch wenn sie es längst aus ihren Tagträumen verbannt hatte, tauchte es in ihren nächtlichen Träumen doch immer wieder wie ein leprakranker Bettler mit Kapuze auf dem Kopf auf, der etwas einforderte, das sie ihm nicht geben konnte. Aber wenn es teils ihre Schuld war, war es großenteils auch die des Städtchens. Hätte sie, wie beabsichtigt, den Absprung geschafft, wäre das alles inzwischen steinalte Vorgeschichte, aber so ein Leben war ihr nicht vergönnt gewesen. Wie hätte sie in jener Nacht in dem muffigen Motelzimmer vor der Stadt, als sie nichts als ein verschrecktes und willfähriges junges Ding war (sie erinnerte sich noch daran, wie sie danach, stumm in einer dunklen Ecke der engen metallenen Duschkabine zusammengekauert, geweint hatte, er hatte sie ins Bad geschickt, damit «sie sich waschen konnte», wie er sich ausdrückte, und hinterher hatte er brüsk den Kopf in die Duschkabine gesteckt und ihr, auf einem ausgegangenen Zigarrenstumpen kauend, die Schamlippen mit Seife ausgerieben, um ihr abschließend einen kräftigen Klaps auf die Pobacke zu geben wie einem alten Kumpel aus der Schulzeit) – wie hätte sie da also wissen können, daß ihr in der Lebensmitte folgerichtig nur Leute seines Kalibers unterkommen sollten, die so taten, als existiere die Welt erst seit letzter Woche. Das Leben war wirklich sonderbar, solch eine entsetzliche Kluft zwischen innen und außen, sie wußte nicht, ob sie damit weiterleben konnte. Wie kam Johns Frau damit klar? Und dann, als wollte man sie mitsamt ihrer Krise mitten auf die Bühne stellen, hatte man sie beim Abendessen ausgerechnet zwischen Vater und Sohn plaziert. John hatte so getan, als sei er gutgelaunt und zuvorkommend, beinah als wolle er mit ihr Scherze treiben und sie auf den Arm nehmen, und der alte Mitch kaute vor und nach dem Essen auf einem seiner widerlichen Zigarrenstumpen herum und ignorierte sie, als wäre sie keiner Beachtung wert. Zuletzt war sie einfach damit herausgeplatzt, sie konnte nicht mehr anders: «Was haltet ihr vom Thema Abtreibung?» Ihr Mann hatte ihr einen finsteren Blick zugeworfen, um sie zum Schweigen zu bringen: Was zum Teufel hast du vor, sagte der Blick, verdirb uns nicht den Abend! Ihr gefiel sein finsterer Blick nicht im geringsten, aber zugleich tat es ihr *wirklich* leid, das hatte sie ganz und gar nicht sagen wollen und auch nicht so ausgedrückt, wie sie es hatte sagen wollen, warum war sie nur immer so ungeschickt? «Es ist kein Thema, es ist ein Verbrechen», verkündete Johns Vater unverblümt der restlichen Tischgesellschaft, aber nicht ihr, als wolle er der dummen Sache durch die bloße Tatsache seiner Wortmeldung ein Ende setzen, und Veronicas sabbernder Schwiegervater tat prompt durch stummes Nicken seine senile Zustimmung kund. Der Bankdirektor sagte: «Ich geh mal davon aus, daß es Ausnahmen geben muß», und Mitch blaffte zurück: «Nicht daß ich wüßte. Man muß für seine Taten einstehen.» Marge zog pflichtbewußt, aber ohne rechten Enthusiasmus vom Leder, sie schien heute abend ungewöhnlich vorsichtig, wie Ronnie es zweifellos hätte auch sein sollen; aber zu deren Überraschung war es dann John gewesen, der lachte und sagte: «Natürlich sollte jede Frau, die eine Abtreibung wünscht, eine bekommen. Warum nicht? Die Frauen können mit ihrem Körper tun, was sie wollen, wer soll ihnen denn Vorschriften machen?» – «Nun, zum einen ihr Mann», knurrte sein Vater, «ihre Eltern, wenn sie noch nicht erwachsen sind, später ihr Seelsorger und die Gesetze, wenn sie Heiden sind!» Er spitzte die Lippen und schob den zerkauten Zigarrenstumpen quer durch den Mund von der einen Backe zur anderen, als lege er einen Schalter um. «Es ist eine Frage des Familiensinns, mein Sohn, die Frage von Familiensinn oder Anarchie!» – «Aber das ist dumm!» rief Veronica, der Johns einverständiges Augenzwinkern Mut gemacht hatte. «Die meisten Leute, die eine Abtreibung wünschen oder nötig haben ...» – «Die meisten Frauen, wollen Sie sagen, meine Liebe», unterbrach Mitch sie herablassend, wandte sich also zuletzt doch noch an sie und hielt ihr mit einer obszönen Geste die Zigarre vors Gesicht, und sie dachte sich: Ich werde jetzt auf der Stelle auspacken. Alles. Es ist Zeit, die Katze aus dem Sack zu lassen. Sonst würde sie gleich losheulen. «Die meisten Frauen, die eine Abtreibung wünschen oder brauchen, und die meisten Männer, die eine wünschen oder wollen, daß die Frauen abtreiben, haben entweder sowieso keine Familie oder versuchen, die zu *retten*, die sie haben!» – «Unsinn.» – «Aber was würden *Sie* machen, wenn Sie ein Mädchen geschwängert hätten und das arme Ding ...» – «Jetzt aber mal halblang!» fauchte Mitch verärgert. «Was wollen Sie damit andeuten?» – «Du selbst hast doch noch nie eine gebraucht», mischte Maynard sich ein, um ihr das Wort abzuschneiden, «was regst du dich also so auf?» Und just als sie Anstalten machte, es ihm zu sagen, es ihnen allen zu sagen, stand John mit einem Lächeln im Gesicht auf, dem gleichen Lächeln, das er vor all den Jahren in jener Nacht nach dem Film im Autokino im Gesicht gehabt hatte, und sagte, er habe eine wichtige Mitteilung zu machen.

Dieses Lächeln Johns, das einen frösteln ließ. Unvergeßlich, wenn man es einmal gesehen hatte. Bruce war Dutzende von Malen mit John durch dick und dünn gegangen – Landesmeisterschaften und Abschlußexamina, Disziplinarausschüsse, knallharte Verhandlungen, Geschäftskrisen, ausartende Pokernächte mit hohem Einsatz, gefährliche Stürme, Kneipenschlägereien und noch Schlimmeres (zum Beispiel an jenem blendendhellen Nachmittag, als Bruce' alte Piper Cherokee einen Kolbenfresser bekommen hatte, während sie eine Runde über die Sonnenterrassen der Penthäuser in der Großstadt drehten) –, hatte also im Lauf der Jahre reichlich Gelegenheit gehabt, es zu sehen, aber am denkwürdigsten hatte er es von einer gemeinsamen Angeltour in einer abgelegenen Gegend ohne Straßen in Erinnerung, einen ganzen Tag per Flugzeug und Boot nach Norden von ihrer Angelhütte entfernt, als John, der zum Scheißen gegangen war, frühmorgens von einem wütenden Grizzly angefallen wurde. Bruce war gleich nach dem Frühstück, zu dem sie die im Morgengrauen gefangenen Fische verzehrt hatten, zum Flußufer spaziert, um die Pfanne auszuwaschen, und auf dem Rückweg war er, als er den Umweg zu dem für die großen Geschäfte ausgewählten Fleck machte, um seinerseits die erdsegnenden Rituale des jungfräulichen Morgens zu absolvieren, auf John und den Bären gestoßen, die einander wie Sparringspartner beim Boxen umkreisten, John mit den Hosen um die Knöchel und durch die eigene Scheiße watend, die Kontrahenten nurmehr ein paar Meter voneinander entfernt und der Bär zum Angriff übergehend. John hatte einen Kardinalfehler beim Leben in der Wildnis begangen und seine Waffe im Zelt gelassen, Bruce hingegen nicht. Er kniete sich hin, legte die Bratpfanne leise ins Unterholz und hob das Gewehr an die Schulter – doch dann, obwohl der Bär jetzt nahe genug war, um John einen Prankenhieb zu versetzen, zögerte Bruce, weil ihn urplötzlich Johns absolute Konzentration und das so gar nicht dazu passende Lächeln faszinierte, das dieser im Gesicht trug, während er halb gebückt, die Handflächen nach außen gekehrt, aber die Ellbogen nach innen abgewinkelt und den Blick stur auf den Bauchnabel seines Gegners gerichtet, trotz Fußfesseln und nacktem Arsch weiter sein Tänzchen um den Grizzly vollführte, als sei nicht er, sondern die wilde Bestie die anvisierte Beute dieses Todestanzes. Als Bruce das ungleiche Paar gebannt und mit angehaltenem Atem durch die Zielvorrichtung seines Jagdgewehrs beobachtete, begriff er zu seinem gelinden Schrecken, daß es, sosehr ihm seine Freundschaft mit John am Herzen lag, etwas anderes, Perverses gab, das ihm noch näher am Herzen lag und mehr mit Johns Lächeln als mit John selbst zu tun hatte. Als er oben in der Angelhütte die ganze Geschichte zum erstenmal einem Trupp Leute aus Johns Heimatstadt erzählte, hatte John ihn plötzlich mit genau diesem starren Lächeln anvisiert, und da wußte Bruce, daß die Erzählung einen Keil zwischen sie trieb und zugleich eine Verbindung zwischen ihnen herstellte. Der dicke Motelbesitzer wollte wissen, ob Bruce den Bären schließlich abgeknallt hatte. Bruce blieb die Antwort schuldig.

Auch Johns Krisenhelferin Nevada (so man das, was Bruce und John in der Hose trugen, als Krise bezeichnet, und das, was Nevada damit anstellte, als helfen) hatte eines kühlen Abends oben in der Angelhütte nach einer arschklatschenden Rammelei auf dem Bärenfell die Geschichte aus Bruce' Mund vernommen, während das Feuer im Kamin verglomm, sie jedoch als schlichtes Eingeständnis seiner ambivalenten Gefühle gegenüber dem Freund aufgefaßt. Bruce war intelligenter, reicher, hübscher, gebildeter und verwegener als John und bereit, sich auf die riskantesten Geschäfte einzulassen; war dort, wo es darauf ankam, sogar noch strammer und länger, auch ein Stück größer als John, und doch eilte der ihm immer eine Nasenlänge voraus. Es war schwer zu erklären und unmöglich in Worte zu fassen, aber John hatte etwas Besonderes – so etwas wie die Aura, die im Märchen und im Groschenroman den Helden umgibt (niemand anders als Bruce hatte einst, und anscheinend ohne Verbitterung, angemerkt: «Wenn John eine Geschichte ist, bin ich eine Anekdote ...») –, das ihn von all seinen Rivalen abhob, und sein Lächeln, das einem das Blut in den Adern gefrieren ließ, war ein Teil davon, Nevada hatte es ebenfalls schon einige Male gesehen. Beim Versuch, einen Begriff für diese Eigenheit zu finden, war ihr nichts Besseres eingefallen, als zu sagen: «John weiß Bescheid.» Das war es, mehr als John selbst, was Nevada liebte, vielleicht das einzige, was sie in ihrem ganzen Leben je heil- und vorbehaltlos geliebt hatte. Und was immer es sein mochte, es bedeutete, daß – egal über wieviel Witz, Reichtum, Macht oder Dusel er verfügen mochte – Bruce in Gegenwart von John stets die Nummer zwei blieb, und wie jedes Schulkind weiß, ist Nummer zwei nichts als ein anderes Wort für Scheiße. Trotzdem machte Johns Gesellschaft Bruce zu einem heißeren Liebhaber, und wenn sie beide zugleich vögelten, war es gewöhnlich Bruce, der seine Sache besser machte, vielleicht hielt sich John bei solchen Gelegenheiten («Joint-ventures», wie Bruce das nannte) auch etwas zurück. In Johns Gesellschaft war Bruce leidenschaftlich und großzügig, sprudelte vor Witz und Selbstironie und lief mit einer verläßlichen Erektion herum, egal wie konventionell oder bizarr es zugehen mochte, um wessen «Gloriöse» es sich handelte oder wieviel Dope er eingepfiffen hatte – mit anderen Worten: Er wußte stets zufriedenzustellen, selbst wenn er nicht zufrieden war –, aber ohne John in der Nähe war Bruce gespaltener, kochte sein Mißmut schneller hoch, was ihn launisch, schwierig und ungestüm, bisweilen sogar griesgrämig und impotent machte. In solchen Momenten verlegte er sich, um schneller in Fahrt zu kommen, oft aufs Fesseln und ritualisierte Grausamkeit; dabei war er nie wirklich sadistisch, eher pervers verspielt und daher in Nevadas Augen nur um so gefährlicher, weshalb sie mit diesen Situationen stets professionell umging, doch ohne innere Anteilnahme. In Wahrheit mochte Nevada es trotz aller Tricks, die ihr geläufig waren, eher schlicht und simpel. Heutzutage jedoch erregte es Bruce am heftigsten (und vielleicht war das schon immer so gewesen: Nevada kannte seinen heiteren Bericht von Johns Hengstparty vor all den Jahren), wenn er kindliche Unschuld mißbrauchen konnte, und mehr oder minder automatisch fiel Nevada als Krisenhelferin die Aufgabe zu, für Frischfleisch zu sorgen (natürlich war es leichter, Kinder aufzutun als echte Unschuld), was sie mit einigem Erfolg tat. Und genau das war ihr aktuelles Ziel hier im Kiddyland des versifften Hinterwäldler-Einkaufszentrums, wo es nach Fett, Marihuana und verbranntem Zucker roch und der tiefe elektronische Beat, der vulkanisch unter dem schrillen Gekreische wummerte, eher von einem bedrohlichen Wesen als von der Musik selbst zu stammen schien. Sie vergewisserte sich, daß keine Eltern oder Großeltern in der Nähe waren (ein Fotograf: sie wartete, bis er fort war), und machte sich dann ans Werk. Die beiden Mädels spürten sie kommen und blickten lächelnd hoch, die Augen ganz glasig vor kindlicher Verknalltheit. Niedliche Gören. Tja. Schade. Es würde weh tun. Aber auch Spaß machen.

Gordon drückte fieberhaft auf den Auslöser und konnte sein Glück nicht fassen; er verdankte es seiner Frau Pauline und ihrer sonderbaren Verfassung, die ihn wieder einmal zu einem Trip ins

Einkaufszentrum genötigt hatte. Auf dem Parkplatz hatte er den geparkten Lincoln erspäht und daher schnell seine Kamera aus dem Kofferraum geholt, eine alte Gewohnheit. Auf der Freßmeile saß Johns junge Tochter mit einer Freundin, beide trotz des Sommerwetters in Lederklamotten, doch wer sie hergefahren hatte, war nicht auszumachen. Es mußte wohl Johns Frau gewesen sein, überlegte Gordon, da er vor ein paar Minuten gesehen hatte, wie Johns Mutter ihrem kleinen Enkel im Sixth Street Café ein Eis spendierte, er hatte die beiden sogar fotografiert, Ellsworth konnte das Foto vielleicht als Zeilenfüller im *Town Crier* benutzen, wenn sein persönliches Sommerloch kam, das jedes Jahr tiefer wurde. Ellsworth schien das Interesse an dem Städtchen und seinen Einwohnern, seinen alten Kindheitsfreund Gordon inbegriffen, immer mehr zu verlieren, er war in den letzten Wochen exzentrischer und zerstreuter denn je, zeigte sich kaum noch auf der Straße und brütete schwermütig vor sich hin, als setze ihm eine geheime Trauer oder ein geheimer Groll zu. Es schien (und Gordon hatte es lange kommen sehen), als hätte Ellsworth den Weg aus den Augen verloren. Nicht so Gordon. Er patrouillierte durch die Gänge des ausgedehnten Einkaufszentrums, unbeirrt in dem, was sein Lebtag sein künstlerischer Ehrgeiz gewesen war, hatte die Kamera hastig mit einer neuen Rolle aus dem Vorrat von hochempfindlichen Filmen in seiner Fototasche geladen und den Finger auf dem Auslöser, aber er mußte sie wohl verpaßt haben, wie in letzter Zeit so oft. Selbst wenn sich ihre Pfade heutzutage kreuzten, liefen sie sich irgendwie trotzdem nicht über den Weg. Wie etwa im Altersheim: Laut Besuchereintrag waren sie mehr als einmal zur selben Zeit dort gewesen, und trotzdem hatte er sie nicht ein einziges Mal zu Gesicht bekommen, so lange er sich auch vor der Zimmertür des angeschlagenen alten Barnaby herumdrückte. Er nahm an, daß sie auch jetzt dorthin gefahren sei, und überlegte kurz, ob er ihr nachfahren sollte, beschloß dann aber, daß er vermutlich bessere Chancen hatte, wenn er im Einkaufszentrum auf ihre Rückkehr wartete. Vielleicht fiele es ihr, so rechnete er sich aus, in einem so öffentlichen Raum schwerer, sich zu verdrücken, aber er wußte nicht, weshalb er das dachte. Einstweilen hatte er Einkäufe zu erledigen. Pauline wuchs aus allen Kleidern heraus, selbst aus den neuen, die ihr noch gestern gepaßt hatten, drum hielt sie sich, in Bettlaken und Tischtücher gewickelt, inzwischen vorwiegend in den Zimmern über dem Atelier auf. Gordon war fasziniert von dem, was mit Paulines Körper passierte, und fotografierte ihn ausgiebig von vorn und hinten und von Kopf bis Fuß, obwohl seine jeder Neugier abholde Frau in ihrer neuen Leibesfülle zögerte, sich vor seinem Kameraauge zu enthüllen. Aber sie brauchte ihn jetzt, und das war der Preis, den er ihr abverlangte. Pauline konnte sich nicht einmal mehr in die Badewanne quetschen, sondern mußte sich hineinstellen, während er sie wusch (und fotografierte); eingeseift sah ihre gewaltige blasse Flanke wie die einer schweißnassen Stute aus, und ihr Bauch war ein weitläufiges, zitterndes Panorama gleißender Hänge und Sturzbäche. Es bestand kaum Hoffnung, irgendwelche Damenbekleidung zu finden, die ihr noch passen würde, aber die Läden für Männer mit Übergrößen befanden sich am entgegengesetzten Ende der Freßmeile, und Gordon fürchtete, Johns Frau wieder einmal zu verpassen, nachdem er sie in jüngster Zeit so oft verpaßt hatte. Also ließ er die Jeans- und Lederläden und die Boutiquen mit ihren unwahrscheinlichen Puppengrößen links liegen und probierte es mit einem konservativeren Damenbekleidungsgeschäft, das noch in Sichtweite von Clarissas Tisch lag und freundlicherweise Frauen aller Altersstufen und Konfektionsgrößen anzusprechen schien. Als die Verkäuferin ihn fragte, wonach er suche, erwiderte er mit einem raschen Blick über die Schulter (eine Frau hatte sich zu den beiden jungen Mädchen gesellt, war es etwa –?! Nein ...), das sei ihm völlig einerlei, solange es nur einer Frau passe, die etwas dikker sei als er selbst, alles sei ihm recht, es handle sich um einen Notfall. Die Verkäuferin lächelte rätselhaft und brachte ihm dann einige Sachen für Schwangere. Die meisten waren im Brust- und Schulterbereich zu eng geschnitten, aber es gab ein Nachthemd, das vielleicht Paulines Oberkörper verhüllen mochte, drum bat er, es anprobieren zu dürfen. Die Verkäuferin sah ihn scheel an und warf rasche, mißtrauische Blicke auf seine Fototasche (er unternahm noch nicht einmal den Versuch, sich zu erklären, was wäre dadurch gewonnen gewesen?), geleitete ihn aber pflichtgetreu zu einer der Umkleidekabinen. Gordon hatte schon sein Sakko abgelegt und das Nachthemd über das Hemd gezogen und wollte eben hinaus ins Licht treten, um die Länge und den Bauchumfang abzuschätzen, als er sie sah, worauf er sofort wieder in die Kabine tauchte und mit seinen Kameras zu hantieren begann. Kaum zu glauben! Als wäre ein langgehegter Wunsch in Erfüllung gegangen! Sie stand vor dem großen, bis zum Boden reichenden Spiegel, drehte sich von einer Seite zur anderen und probierte ein Kleid aus Crêpe de Chine mit Gürtel und einem Schleifchen im Nacken an. Gordon stellte fest, daß er sehr gut sehen konnte und umgekehrt kaum Gefahr lief, daß man ihn sah, wenn er das Objektiv in den Spalt zwischen den beiden lamellierten Schwingtüren der Umkleidekabine schob. Auf seinem ersten Foto von ihr, bei dem ihm der Finger auf dem Auslöser zitterte, betrachtete sie ihren Körper im Profil vor dem Spiegel und hielt die Hände flach auf den Bauch gedrückt. Wunderschön! Nun drehte sie die andere Seite dem Spiegel zu, strich den Seidenrock träumerisch an den Hüften glatt: *ratsch-klick!* Sie schaute in den Spiegel, hielt die Hände mit nach hinten gedrehten Handflächen auf den Rücken, stützte sie auf die Pobacken, daß der Busen vorsprang – *ratsch-klick!* –, löste dann die Schleife – *klick!* – und öffnete das Kleid am Hals, streifte es auf die Schultern hinunter: *ratsch-klick! ratsch-klick!* Sie drehte sich zu Gordon um (er zuckte zusammen), sah aber unverändert über die Schulter zurück in den Spiegel, und er knipste wie wild drauflos, wobei sein Auge mit dem Sucher verschmolz. Noch nie hatte er sie so atemberaubend klar und deutlich gesehen! Er kam sich sonderbarerweise vor wie jemand, der eine Vision hat. Er fotografierte sie, wie sie den Gürtel löste und sich mit in die Hüften gestützten Händen vor den Spiegel stellte, dann den kleinen Kragen des Kleides hochschlug und darüber hinweg ihr Spiegelbild beäugte, den Saum ein paar Zentimeter hochrollte und das Preisschild am seitlich befestigten Etikett studierte. Als sie in die Ankleidekabine gegenüber der von Gordon zurückging, verdrückte er sich vor lauter Angst, entdeckt zu werden, in die hinterste Ecke: Die kleinen Lamellentüren reichten nur bis zu den Knien hinunter! Glücklicherweise befand sich ein Stuhl mit Beinen und Lehne aus gebogenem Eisenrohr in seiner Kabine: Er stellte ihn an die Tür und nahm schwerfällig im Schneidersitz darauf Platz. Als er das nächste Mal durch den Sucher äugte, stand sie wieder vor dem Spiegel, diesmal in einer knielangen weißen Leinentunika mit großen Taschen und Stehkragen, die vorn wie ein Mantel geknöpft war. Während Gordon drauflos knipste, drehte Johns Frau sich hin und her, daß das Leinen sich bauschte und um ihren Körper flatterte, knöpfte den Kragen auf und zu, schob die Hände tief in die Taschen, löste die unteren Knöpfe und schob ihren nackten Schenkel vor. Gordon gab seinen Fotos bereits passende Überschriften: «Johns Frau beim Durchschreiten durchsichtiger Wolken aus weißem Leinen.» – «Johns Frau, im Spiegel zu sehen, entblößt ihr Schlüsselbein.» In ihre Kabine zurückgekehrt, zog sie eine passende weiße Leinenhose unter die Tunika, und als sie erneut in den Laden trat und den Sitz der Hose über der Hüfte korrigierte, sah Gordon sich beinahe geblendet vom Anblick des schmalen Spitzenbündchens an ihrem Slip. Er begriff, daß sein Berufsethos auf die Probe gestellt wurde, daß seine objektiven Prinzipien als Künstler auf dem Spiel standen, und so konzentrierte er sich, heftig prustend, wieder darauf, daß Blende, Entfernung und Bildausschnitt stimmten. So gut er eben konnte. Sein Herz ratterte wie ein Preßlufthammer, und sein auf dem wackeligen Stuhl zusammengekrampfter Körper war schweißgebadet. Mittlerweile zog sie sich, ohne die Kabinentür zuzuklappen, die Tunika aus und ersetzte sie (ein kurzer Blick auf diesen Traum von Rücken! Er gehörte nun – *ratsch-klick! ratsch-klick!* – für immer ihm!) durch eine Art überlanges Hemd aus Baumwolltwill, das sie wiederum ausgiebig vor dem Spiegel betrachtete. Dann streifte sie an Ort und Stelle die Hose ab (er fotografierte den im Spiegel reflektierten weißen Stoffhaufen vor ihren im Spiegel reflektierten Füßen, den lichthellen Schatten zwischen ihren im Spiegel reflektierten Schenkeln, als sie sich, wiederum glasklar gespiegelt, bückte, um die Hose aufzuheben: Selbst ihr Sich-Bücken war elegant, ja, keineswegs ein steifes Einknicken in der Hüfte mit in die Luft gerecktem Hinterteil, eckig und breit wie eine Plakatwand, wie es die Mehrzahl der Frauen hier im Städtchen tat, sondern so etwas wie ein geschickt ausbalancierter Kniefall, wie eine Rennläuferin, die in die Startblöcke geht) und betrachtete sich mit nackten Beinen – und Gordon betrachtete sie und ihr Spiegelbild – in nichts als dem Hemd. Sie war buchstäblich eine Lichtgestalt. Wieder zurück in der Kabine, zog sie sich das Hemd aus, während die Schwingtür zuklappte (hatte er das auf Film? Er war sich nicht sicher), und er spulte hektisch zurück und tastete aufgeregt nach einer neuen Filmrolle. Doch bevor er sie einlegen konnte, zeigte ihm ein rascher Blick durch die Lamellentür, daß Johns Frau verschwunden war. Er beugte sich gerade noch rechtzeitig aus der Tür, um zu sehen, daß sie aus dem Laden ging (war sie es wirklich?), dann platschte er wie ein Mehlsack vom Stuhl. Mittlerweile war jedermann im Laden auf ihn aufmerksam geworden. Was machte das schon? Er würde das Geschäft ohnehin nie wieder betreten, und dies hier war, das wußte er, eine der großen künstlerischen Leistungen seines Lebens, sollten die Leute doch denken, was sie wollten. Echte Kunst wurde stets mißverstanden. Er schnappte sich sein Sakko und die Kameratasche, stopfte die Ausrüstung hastig hinein und stürmte dann, den Kopf tief eingezogen, in Richtung Ausgang, nur um an der Ladentür von der Verkäuferin aufgehalten zu werden: «Sir –?!» Ach. Er trug noch immer das Nachthemd. «Aber ja, ich nehme es.» Nicht genug Zeit für die Kredikarte, er bezahlte in bar, wahrscheinlich zuviel, es war ihm egal, behalten Sie das Wechselgeld, schon war er draußen.

Weit entfernt davon, den Weg aus den Augen zu verlieren, wie sein Freund Gordon vermutete, hatte Ellsworth ihn eher gefunden (düstere Rückzüge in sich selbst sind nicht immer das, was sie zu sein scheinen), und großteils war das dem ruchlosen Lauerer zu danken. Dieser ungebetene Eindringling hatte vor mehr als einem Jahr irgendeine undenkbare Schwelle überschritten und sich, gegen den ausdrücklichen Willen des Verfassers, gewaltsam in dessen Romanprojekt *Der Künstler und sein Modell* eingeschlichen, drohte es von innen heraus zu vernichten, indem er sich mit einem boshaften Grinsen im Gesicht am Rande des Romangeschehens im Schatten herumdrückte, zugleich sichtbar und doch unsichtbar, wie eine bösartige Geschwulst, die sich erst im Anfangsstadium befindet, aber unaufhaltsam wuchert. Ellsworths mutige Versuche, dem Eindringling die Tür zu weisen (er war ja immerhin der Autor, oder?), erwiesen sich nicht allein als fruchtlos, sondern schienen im Gegenteil die dunklen Zauberkräfte des Lauerers erst anzustacheln, bestätigten nun endgültig seine Präsenz, leisteten seiner rücksichtslosen Anmaßung kräftig Vorschub. Mehrere Monate lang brach alles zusammen, Ellsworth sah, wie sein Roman vor seinen Augen auseinanderfiel, wie sich das weise und beredte Streben eines Künstlers nach Schönheit (dies war das tragische Thema des Werks: das edle Streben nach dem unerreichbaren Ideal) in Gegenwart des höhnischen Lauerers in eitle Selbstparodie verwandelte. Der Künstler schien sich aus irgendeinem Grund der allgegenwärtigen Verachtung des Lauerers bewußt und wurde zusehends mürrischer und ungeduldiger, riß in Fetzen, was er noch gar nicht angefangen hatte, was wiederum das Modell in Verwirrung stürzte, das stets nur zu gefallen suchte, und ihr die Tränen in die Augen trieb, worauf er, dies sehend, ebenfalls in Tränen ausbrach. «Hör auf! Weine nicht!» flehte sie ihn schluchzend an. «Wieso weinst du?» Und als er dann tränenumflort in die tränenumflorten Augen der jungen Maid schaute, begriff er (der Autor jetzt, nicht der Künstler), daß sich das Thema seines Werks verändert hatte: Des Künstlers arrogantes Streben nach absoluter Schönheit war neuer Einsicht in die grundlegende Unschuld aller Kunst gewichen, eine Unschuld, die von dieser Maid verkörpert wurde und sich jetzt in Gefahr befand. Worauf er (der Künstler, versteht sich, nicht der Autor) dem Lauerer die Stirn bot. Seit Wochen also hatte Ellsworth sich in diesem Kräftemessen abgemüht, das sich als weit schwieriger entpuppte, als er sich hätte träumen lassen, doch Ellsworth wußte, daß er sein Lebenswerk nur retten konnte, wenn er den Strauß bis zum Ende ausfocht. Kein Wunder, daß er Gordon entrückt und launisch vorgekommen war. Der Lauerer, weit entfernt davon, angesichts der kühnen Kampfansage des Künstlers Fersengeld zu geben, hatte den Fehdehandschuh erfreut aufgenommen, und wirklich war er es, der sich am häufigsten zu Wort meldete, während dem Künstler oft nichts zu Gebote stand als ernstes, nachdenkliches Schweigen, weil ihm bewußt wurde, daß die Verteidigung der Unschuld weit eher eine Sache des Herzens als des Verstandes war, allerdings mit dem Herzen allein nie zum Erfolg führen konnte. Er sagte: «Argumente sind nutzlos. Die Kunst weiß nichts, und das ist ihre Stärke.» – «Unsinn», höhnte der Lauerer. «Die Kunst, genau wie dein bedeutungsloser kleiner Aphorismus, ist nichts als eitle Gaukelei für den Salon des Bürgertums und ihre sogenannte Stärke pure Fiktion, sobald man dessen stickigem Mief entflieht.» – «Du bist es doch, der den Salon in den Wald verschleppt hat», konterte der Künstler, und er ergriff das Händchen des Modells, führte sie wieder zurück zu dem verlassenen Felsen am Flußufer, dirigierte sie dort in eine Pose, die er schon einmal in vor-lauerischer Zeit arrangiert hatte, und wurde sich einmal mehr im Akt der Komposition der traumgleichen Qualität der Szene bewußt. Er beugte das Modell nach vorn, bis es mehr auf den Händen und Oberschenkeln als auf den Hinterbakken saß, wand dem Mädchen das Haar zu einem losen Zopf, der ihr über die abgewandte Schulter fiel, wodurch die wißbegierige Zartheit ihres im Profil gezeigten Gesichts und die schmerzliche Verwundbarkeit ihres zarten Halses deutlich zum Vorschein kamen. «Die Kunst ist der Ausdruck der erlesenen Unbekümmertheit der Natur», sagte der Künstler und baute seine Staffelei auf. «Was du nicht sagst!» zischelte ihm jemand ins Ohr. «Na prima, dann schieß los und erzähl mir, aus welchem Grund das naive Zuckerpüppchen eigentlich erlesen genannt werden sollte!» Der Künstler wirbelte herum, aber kein Mensch war in der Nähe. Weit weg, auf einer baumlosen Kuppe, stand eine schemenhafte Figur, die sich als – als was? verkleidet hatte, als Teufel, Satyr, bitterböser Kritiker? «Weil die Kunst makellos ist», röhrte der Künstler, «und sich weder zu verbergen noch zu verkleiden braucht.» – «Das behauptest du», lachte die Stimme in seinem Ohr, «ich jedoch halte ihre jungmädchenhaften Fleischpolster, die sie dort drüben gänzlich unverborgen über dem Felsen zur Schau stellt wie die zwiegespaltene Erde, die hinter dem kahlen Mond aufgeht, für das makellose Vergnügen, wenn du meine Ausdrucksweise verzeihst, und dir, davon bin ich überzeugt, geht es genauso.» – «Alle Kunst, so sie makellos ist, bereitet nun einmal *Vergnügen*», gab der Künstler zurück und weigerte sich, dem anderen auf den Leim zu gehen, skizzierte statt dessen mit seinem Kohlestift die wichtigsten hellen und dunklen Stellen, war dabei wie stets gerührt von dem Kontrast, in dem die Helligkeit zum Dunkel ringsum stand, von der Keckheit des Ganzen, vom Wagemut. Allein schon die samtig leuchtende Kurve des Rückens der jungen Maid im Kontrast zu dem dunklen Wald am entfernten Ufer ließ ihm das Herz schwer werden, löste leises Bedauern aus. Er dachte sich (vielleicht war just in diesem Augenblick Gordon in der Redaktion vorbeigekommen, hatte Ellsworth gefragt, ob er an einem Fotoessay über die diesjährigen Blumengärten des Städtchens Interesse habe, und eine barsche Abfuhr kassiert): Die Unschuld ist wie der Morgentau: Auch sie verschwindet, sobald das Licht auf sie fällt. «Aha, ganz ausgezeichnet!» lachte da die Stimme des Lauerers, als habe er ihm hinter dem Ohr gesessen und auf die Leinwand geblickt, während der wirkliche Lauerer oben auf der kahlen Bergkuppe ein lüsternes, faungleiches Tänzchen aufführte. «Sieh nur, wie schön du das tiefrote Glühen ihres appetitlich strammen Hinterns eingefangen hast, dazu den lustigen Kontrast der schattenumflorten Spalte zwischen den Pobacken, die sich frech breitmacht wie ein Grinsen zwischen Grübchen! Hoho! Was für ein Genie!» – «Wer ist da?» fragte das Modell, löste sich aus ihrer Pose und blickte sich um. «Niemand», blaffte der Künstler und bereute seine Lüge, sobald sie ausgesprochen war, hatte plötzlich große Angst, daß die vom Lauerer mißachteten Grenzen nur die ersten sein mochten, die fallen würden. Er dirigierte das Modell in die Pose zurück, doch noch ehe er wieder hinter der Staffelei stand, hatte sie sich erneut umgedreht, um über die Schulter nach hinten zu schielen. «Ist jemand da?» rief sie, und der Lauerer rief zurück: «Jemand da!» – «Es ist bloß ein Echo», sagte der Künstler verärgert und hörte aus der Ferne das ihn zur Weißglut treibende Gelächter seines Widersachers, das jetzt Echos und immer neue Echos auslöste, ehe es erstarb. «Und jetzt bitte wieder in die Pose!» Aber die junge Maid schaffte es nicht. Ihr Fuß hatte sich bewegt, der Oberschenkel stand steiler in die Höhe, die Schulter war nach hinten geschoben, das Kind spitzte die Ohren, die Augen huschten unruhig hin und her. Sie schien neugierig, irritiert, erregt, amüsiert und furchtsam zugleich. Ihre Liebe zu ihm und Hochachtung vor ihm waren vorbehaltlos, das wußte er, und doch blieben ihre Gliedmaßen nicht da, wo er sie hindirigiert hatte. «Nein, schieb den Fuß da runter», insistierte er und zeigte dem Mädchen, welche Haltung er meinte, «und dann stütz dich vorn auf die Hände, genau – nein, *nein*!» Er packte sie mit beiden Händen am Oberschenkel und zog ihn so jäh zu sich heran, daß sein hitziger Zugriff sie beide überraschte. Außer um ihre Hand zu nehmen oder, eine Pose arrangierend, hier ein bißchen zu schieben und dort ein wenig zu rücken, hatte der Künstler sein Modell noch kaum je berührt. Ja, vielleicht hatte er letztlich gar nicht genau gewußt, daß er das konnte. Jetzt starrte er auf seine breiten, langfingrigen Hände und das, was sie – ja doch, mit solcher Inbrunst – umfaßt hielten. Das Fleisch der jungen Maid fühlte sich fest, aber geschmeidig an, war seidig glatt und glänzend, lag kühl in der Hand, obwohl eine verborgene Hitze darin pochte, war spürbar noch ohne Geschichte. Er strich mit einem Finger über eine fahlblaue Vene auf der Innenseite ihres Oberschenkels und dachte: Die Kunst, selbst idealisiert, hat sehr wohl am Wirklichen teil. Aber sie ist die Vene und nicht das Blut, ist das Behältnis und nicht das Einbehaltene, der Entwurf und nicht der Fluß. Doch vielleicht ist sie ja der Finger *auf* der Vene … Er lockerte den Griff, ließ aber nicht los, erlaubte seinen Händen, den zarten Schenkel des jungen Dings zu umfangen, ohne ihn wirklich festzuhalten (sie beobachtete jetzt nicht seine Hände, sondern seine Augen), die Oberflächen seines und ihres Fleisches hielten weiterhin Kontakt, aber nur so, wie ein Flüstern mit dem Ohr Kontakt hält, worauf der Künstler, daß ihm der Herzschlag stockte, gewahr wurde, welch radikale Sinnlichkeit aller Schönheit innewohnt – und da wußte er, daß er noch nicht angefangen hatte, ein wahrer Künstler zu sein, und auch keiner werden würde, bis es ihm gelang, sich der zu bemalenden Leinwand mit demselben Begehren und derselben Zurückhaltung zu nähern, die er soeben verspürt hatte, als er den zarten jungen Schenkel seines Modells ergriffen und eben doch nicht ergriffen, sondern, in einem Wort, *be*-griffen hatte. War das der Lauerer, der da lachte? Nein, es war Ellsworth! Er hüpfte in seinem Schreibzimmer über der Druckerei herum wie der Lauerer, wenn der seinen frechen Satyrtanz vollführte, jauchzte und lachte und brüllte im selben Atemzug! Er warf dem Lauerer Küsse zu: sein Retter! Ringsum Stapel und Stapel Papier, vollgekritzelt und -getippt und wiederum bekritzelt: sein Roman! Endlich in Angriff genommen! Wirklich in Angriff genommen! «Ich bin ein Schriftsteller! Wirklich ein Schriftsteller!»

Das mit dem alten Autohändler Stu liierte Zuckerpüppchen (auch bekannt als sein süßer Pfirsich unter lauter Gurken), das Ellsworths Künstler von ganzem Herzen beigepflichtet hätte, was die radikale Sinnlichkeit aller Schönheit (und / oder die Schönheit radikaler Sinnlichkeit) oder auch den sich selbst verzehrenden Reiz des unerreichbaren Ideals anbelangte (wieso zum Beispiel hatte sie andauernd Schwänze im Sinn, es machte sie ganz kirre), und das außerdem mit Sicherheit weder Keckheit noch Wagemut vermissen ließ, feierte soeben gleichfalls – nach ihrem Morgenbad nackt mit der Hand zwischen den Beinen herumtanzend und einen (heute nicht den ersten) Schluck Amazing Grace genießend – einen schöpferischen Wendepunkt in ihrem Leben: nämlich die bevorstehende Befreiung von dem impotenten alten Saufbold, der ihr Gatte war, im Tausch gegen einen anstelligen Prachtkerl, der nachgerade die animalische Lust verkörperte, mit einem stets bereiten Schwengel, der einen Zuchthengst vor Scham erröten lassen mußte – und das, ohne daß Daph sich vom beträchtlichen Vermögen des bald schon (ach) zu den Verblichenen zählenden Saufbolds würde trennen müssen. Stu hatte ihr zuliebe vor einem Jahrzehnt ein großes Risiko auf sich genommen, und jetzt war Rex, der sie jeden Moment abholen würde (und das am hellichten Tag, es war dem unverschämten Kerl schnurzegal, wer ihn sah), im Begriff, genau dasselbe für sie zu tun, sie konnte also doch nicht so ganz ohne sein. Ja doch, es war wieder mal soweit mit dem «Red, Red Robin That Came Bob, Bob, Bobbin' Along» (sie durfte nicht vergessen, gleich nachher ihre Busenfreundin anzurufen und sie ein bißchen aufzumuntern), und auch sie wurde putzmunter, ihre üppigen Formen – der noch jugendliche Busen, die Bakken ihres Prachtarsches, den ihr Loverboy als «haifischflossengestylten Rock 'n' Roll-Podex» bezeichnete, ihr abgespeckter, aber nach wie vor kuschelweicher, samtiger Bauch – hoben und senkten sich wuchtig mit jedem frohgemuten Hüpfer, was bewirkte, daß Daphne sich in ihrem Körper, ihrem Körper *als Körper*, den sie heutzutage mehr liebte als je zuvor, ganz und gar zu Hause fühlte. Es läutete an der Tür – wieso kam ihr Schatz nicht einfach rein? –, und Daphne ging, ein Lichtertänzchen wagend (ein Scherz aus dem Motel, wo sie alle Lampen im Zimmer wie Theaterscheinwerfer ums Bett drapiert hatten, um ihre Körper grell im gleißenden Licht erstrahlen zu lassen, während sie vollgekifft vor den Spiegeln vögelten), los, um ihm aufzumachen. Nur war es nicht Rex, sondern irgendein Milchbubi, der ihr vage bekannt vorkam, den sie aber im Spätvormittagsdusel des Amazing-Grace-Nebels nicht richtig einzuordnen wußte. Er stand da und gaffte sie schielend und mit dem weit aufgeklapptem Maul des ertappten Sünders an, als sei sie so etwas wie eine Erscheinung aus einer anderen Welt, was Daphne an die Blicke zurückdenken ließ, die man ihr seinerzeit auf der Highschool zugeworfen hatte, in längstvergangenen Tagen, teils süß, teils sauer, und als sie den Knaben fragte, was er wolle, konnte sie aus seinem wirren Gestotter nur mit Mühe heraushören, daß er sich erbötig machte, ihr den Gehweg zu mähen. Moment mal. War das nicht der Älteste von Reverend Lenny? Daphne grinste und starrte auf die Beule, die sich mittlerweile in der Hose des Jungen abzeichnete. Wie der Vater, so der Sohn, hieß es in der Bibel, obwohl, soweit sie sich erinnerte, in dieser Geschichte der Vater seinen Spaß gehabt hatte und der Sohn die Prügel einstecken mußte. «Na schön, na schön», sagte sie, machte die Tür auf und trat zurück ins Haus, «aber komm rein, Schätzchen, du darfst mich doch nicht hier draußen pudelnackt vor allen Nachbarn herumstehen lassen!» Und so kam es, daß sie, da wie gewöhnlich eins zum anderen und zu wieder ganz anderem führte, alle viere von sich gestreckt, auf dem zerwühlten Bett lag, während der Knabe mit nacktem Arsch, kerzenbleichem Gesicht und offenkundig zu Tode erschrocken, aber mit vor glühendheißem Begehren glasigem Blick zwischen ihren Schenkeln kniete, als Rex auftauchte und sich, wie sie von vornherein erwartet hatte, gar nicht erst die Mühe machte, anzuklopfen oder auf die Klingel zu drücken. «Na, was zum Henker haben wir denn hier?» röhrte der ölverschmierte Mechaniker, packte den wie vom Donner gerührten Knaben (der Philip hieß, wie sie einer seiner wenigen verständlichen Äußerungen entnommen hatte) beim Kragen und lüpfte ihn ein paar Zentimeter vom Bett. «Rex, der freche Kerl hat versucht, mich zu vergewaltigen», murmelte Daphne ermattet und faßte sich erneut mit der Hand zwischen die Schenkel. «Ach, ehrlich?» sagte Rex. «Zum Henker, ich hab anderen Schweinehunden schon wegen weitaus läppischerer Sachen den Schwanz an der Wurzel ausgerissen und ihn ihnen ins Maul gestopft.» Daphne grinste. Das Vögelchen des jungen Burschen war derart eingeschnurrt, daß es Rex einige Mühe gekostet hätte, es überhaupt zu finden, geschweige denn festzuhalten. Der Junge verdrehte die Augen, als wolle er jeden Moment in Ohnmacht fallen. «Es ist der Sohn des Pastors», sagte sie, weil sie furchtbar geil war und keine Lust hatte, noch länger zu warten. «Warum lassen wir ihn nicht einfach um Vergebung für seine Sünden bitten?» Rex grinste sie an. Mein Gott, sah der Typ wunderbar aus! Er stieß den zu Tode erschrockenen Jungen mit dem Gesicht nach unten aufs Bett mitten zwischen Daphnes Beine, riß ihm die stilgerecht zerschlissenen Jeans herunter, die sich wie ein Wust Lumpen um seine Knöchel schlangen, und benutzte sie, nachdem er mit einem festen Ruck den Ledergürtel aus den Schlaufen gezogen hatte, um den Jungen mit den Fußgelenken ans untere Ende des Bettes zu fesseln. Er ließ den Gürtel durch die Luft sausen, nahm den jungen Philip beim Schlafittchen, zerrte ihn wieder auf die Knie und stülpte ihm die leicht vergilbte Unterhose wie eine Nonnenhaube aufs Haupt. «Na schön, Blödsack, kennst du die Melodie zum Vaterunser?» Der Junge nickte ausdruckslos, die Augen unter dem schlaffen Gummibund der Unterhose waren tränenfeucht. «Na, dann los, Mann, schnapp dir die Tröte und laß hören! Zwo, drei!» – «Vater ... Vater unser ...» – «*Lauter!* Volles Rohr!» – «Vater unser ...» – *«Lauter, verdammt noch mal!»* brüllte Rex, zwinkerte Daphne über die Schulter des Jungen zu und zog dem Burschen mit dem Ledergürtel eins über den Hintern, daß es knallte und Philip jaulend und mit der Nase voraus in den Busch zwischen Daphnes Schenkeln tauchte. «Wenn ich *lauter* sage, *meine* ich lauter! Los jetzt!» donnerte Rex und zerrte den Jungen wieder hoch auf die Knie. «Unser ... Unser ... unser ...» Und Rex zog ihm erneut eins über den Hintern. Mein Gott, ihre Möse war klitschnaß, das hier war eine der schärfsten Nummern, die sie je erlebt hatte, dabei hatte sie noch nicht mal angefangen. «B-bitte», wimmerte der Jüngling. «I-ich – einen Job ...» – «*Du hast doch einen Job, du Stück pickelige Rattenscheiße!* Das hier ist jetzt dein Solo, kapiert? Und jetzt nix wie ran ans Klavier! Hau in die Tasten, Junge! *Und ab die Post!*» Augenscheinlich fuchsteufelswild holte Rex mit aller Kraft aus und schlug zu, ließ das Leder furchterregend über Daphnes Kopf durch die Luft sausen, daß sie ächzte, und in dem Augenblick schoß dem Jungen in breitem Bogen ein Strahl Urin zwischen den Schenkeln hervor, der ihr warm am Knie herunterrann. «Jetzt schau nur, was er wegen dir angestellt hat!» japste sie, und Rex grinste, stupste den Jungen mit dem Gesicht voraus in die eigene Pisse und patschte ihm zum krönenden Abschluß noch einmal satt mit dem Gürtel über den in die Luft gereckten Po, bevor er sich den ölverschmierten Overall vom Leib schälte. «So 'ne Arschpfeife! 'ne Stange Wasser ist doch noch lange kein Mainstream! Aber von jetzt an hält der Dämlack besser das Tempo, sonst bezahlt er mit einem in Fetzen geschredderten Arsch für jeden einzelnen falschen Tuter!» Nichts als nackte Haut unter dem Overall: Rex hatte einmal gesagt, daß er den rauhen Jeansstoff gerne auf dem nackten Leib spüre, das halte ihn auf Trab, wenn ihn die ganze Kacke runterziehe. Was im Moment allerdings nicht der Fall war. Bestimmt nicht! Der Anblick der glorreichen Liebeskanone trieb Daphne Tränen der Freude und Dankbarkeit in die Augen: daß ihr auf ihre alten Tage so gellend die Glocke geläutet wurde! Wo kam der Kerl bloß her? Zum Teufel, wen scherte das schon! Wichtig war nur, nicht aufzuwachen. «Wie im Himmel, so auf Erden!» quäkte der Junge durch die Tränenschleier. «Goldrichtig!» lachte Rex. «Und zwack ja die

Pikkoloflöte zusammen, du Dreikäsehoch! Wer mich anpinkelt, ist ein toter Mann!» Jetzt bekam der arme Junge aber echt was zu sehen. Daphne verlor völlig die Kontrolle, sie und Rex legten los, daß die Fetzen flogen und das Bett wackelte. Rex hielt sich zurück und zögerte seinen Orgasmus so lange hinaus, daß er erst zur soundsovielten Wiederholung von «Dein Reich komme» abspritzte, Daphne dagegen war bereits in einer Tour gekommen, seit sie losgelegt hatten, vielleicht sogar schon vorher, sie war noch nie so verzückt gewesen, hatte sich noch nie so rückhaltlos gehenlassen. «Amen, Amen, Amen, verdammt noch mal, *Amen*!» japste sie, als Rex sich in sie entlud und es sie in orgiastischen Wellen von den Ohren bis zu den Zehen durchzuckte. Heilige Scheiße, was für ein mirakulöser Fick. Mehr und immer noch mehr. «Tief drinnen, das merke ich», ächzte sie (das mußte sie ihrer Busenfreundin erzählen oder zumindest dem Anrufbeantworter ihrer Busenfreundin, weil das Mädel sich in letzter Zeit mehr als nur rar machte, ja kaum noch zu sehen war), hielt dabei noch immer den kräftigen Hintern ihres süßen Liebsten, geheiligt sei sein Name, mit beiden Händen umklammert, wand eines ihrer Beine um die Rückseite seines behaarten Schenkels und streichelte mit den Zehen den spindeldürren Oberschenkel ihres gemeinsamen Augenzeugen, der inbrünstig seine flehenden Gebete herunterleierte, «bin ich eine durch und durch religiöse Frau.» Ihr Fuß strich langsam den Schenkel des Jungen hoch (in ihrer neuentdeckten Frömmigkeit fühlte Daphne sich leidenschaftlich mütterlich) und fand etwas. Sie liebkoste die Stelle mit dem großen Zeh und tastete sorgsam Umfang und Länge ab, während sie Rex mit ihren langen, lackierten Fingernägeln unauslöschlich ihren Namen in die festen, schweißglänzenden Pobacken grub, die, wie sie aus langer Anbetung wußte, blasser waren als sein restlicher Körper, sahnefarben und unbehaart, mit Ausnahme eines kleinen schwarzen Haarknäuels am Steißbein, der wie die Quaste eines rezessiven Schwanzstummels aussah. «Rex, schau dir nur mal sein Pimmelchen an! Hart wie ein Bleistift! Was sollen wir damit machen?» – «Weiß nicht», sagte Rex und ließ sich auf den Boden plumpsen, daß der Höllenschlund in ihrer Leibesmitte einen Augenblick sperrangelweit aufklaffte, weil der Stöpsel herausgezogen worden war. Entsetzlich! Daph brauchte es jetzt noch nötiger als vor zehn Minuten. Rex band den Jungen los, der immer noch ängstlich vaterunserte, wenngleich nicht mehr aus voller Kehle. «Aber ich glaube, das Ding ist zu groß für uns, Daph. Laß es uns mit den Nachbarn teilen.» Und bevor man noch «Dein Wille geschehe» sagen konnte, fand sich der junge Philip draußen im Vorgarten auf der hübschen Tafel mit dem in Messing gerahmten Nummernschild liegend wieder, auf dem über dem Schriftzug und Werbemotto von Stus Autohaus DAPHNE UND STU zu lesen stand, und seine Jeans waren mitsamt der Unterhose auf dem Verandadach gelandet, wobei Rex sich, gutnachbarschaftliches Teilen hin oder her, einen Dreck um die Folgen scherte. (Hatte sie ihn vorhin im Herumwälzen gefragt: Und was ist mit Stu? Ja doch, das hatte sie. Und folgendes hatte er in Wortfetzen zwischen all seinem atemlosen Grunzen und Schnauben und über und unter dem quäkigen «wie auch wir vergeben unseren Schuldigern» und «gib uns heute» ihres kleinen Meßdieners geantwortet: «Mach dir keine Sorgen, Baby. Zieh einfach los und kauf dir schon mal was Schikkes für die Beerdigung.»)

Als Jennifer mit Clarissa im Einkaufszentrum zu der Verabredung mit Nevada eintraf, die neuerdings zu einer ihrer engsten Freundinnen zu werden schien, wußte offenbar bereits jedermann im Städtchen, was für einen schamlosen Affentanz ihr Bruder veranstaltet hatte, und mindestens jeder zweite behauptete, das Spektakel mit eigenen Augen gesehen zu haben. Philips zaundürrer Hintern war plötzlich berühmt, und Jennifer mußte sich eine Menge fader Witze darüber anhören, die sie mit dem Maximum ihres sonstigen guten Humors, das sie unter den Umständen aufbringen konnte, über sich ergehen ließ. Was genau und wie es im einzelnen geschehen war, blieb ziemlich unklar, doch es waren viele Gerüchte im Umlauf, manche davon ziemlich abgedreht; auf lange Sicht mochte der Blödmann davon profitieren, doch vorerst war er abgetaucht. In gewisser Hinsicht war der ganze Ärger auch für Jennifer ein Segen gewesen, denn ihre Mom, mittlerweile dick wie eine Tonne und ausgeflippter denn je zuvor, hatte sie vorhin dazu überredet, Zoe am Nachmittag ins Einkaufszentrum mitzunehmen, doch dann hatte ihr Dad ihr beigepflichtet, daß man Zoe das unvermeidliche schmutzige Gerede, dem ihre Familie nun ausgesetzt sei, lieber nicht zumuten sollte, und so hatte sie es geschafft, das noch einmal abzubiegen. Ein einziger Seitenblick auf ihre kleine Schwester, und Nevada hätte womöglich die Einladung an Jen zurückgezogen, morgen mit Bruce fliegen zu gehen, und dann hätte Clarissa ganz allein mitfliegen können, was Jen echt gegen den Strich gegangen wäre. Also wenigstens einmal im Leben besten Dank an den Wichser. (Clarissa nannte ihn schon Pferdearsch: das sah ihr ähnlich!) Nicht daß Jennifer sich beklagen wollte: Nevada war der Hit des Tages gewesen, der sich ansonsten eher bescheuert angelassen hatte, wenn Jen an ihre ausgetickte Mom und ihren Bruder und all den anderen Mist dachte. Zum Beispiel allein schon die Fahrt hinaus ins Einkaufszentrum. Clarissas Mom hatte sie kutschiert statt wie üblich ihre Großmutter, was an sich schon seltsam war, aber es wurde noch seltsamer. Clarissa hatte nämlich Jen während der Fahrt die Fingernägel mit diesem neuen vampirschwarzen Nagellack lackiert, weshalb Jen nicht recht aufgepaßt hatte, und trotzdem hatte sie beim Einbiegen auf den Parkplatz so ein komisches Gefühl gehabt, als säße niemand am Steuer. Nur so ein Gefühl: Als sie hochsah, war Clarissas Mutter natürlich noch da. Doch dann, nachdem sie beide ausgestiegen waren, hatte Jen sich noch einmal umgedreht, und da war Johns Frau wieder nicht mehr zu sehen gewesen. Kein Mensch saß mehr im Wagen, auch sonst war weit und breit niemand auf dem Parkplatz in Sicht. Jen versuchte, diese seltsame Beobachtung mit Clarissa zu bekakeln, doch die war viel zu aufgekratzt, um ihr zuzuhören: «Los jetzt, um Himmels willen, Jen! Mecker nicht immer an allem rum! Wir kommen noch zu spät!» Jennifer merkte, daß sich die Sache mit Bruce und Nevada zu einer Belastungsprobe für ihre Freundschaft auswuchs, und das tat ihr leid, aber da es nun mal so gekommen war, konnte man nichts weiter tun, als es zuzulassen, wie ihr Dad immer sagte. Natürlich kamen sie nicht zu spät. Sie mußten fast eine geschlagene Stunde warten, eine Stunde, die vorwiegend mit haarkleinen Berichten darüber gefüllt wurde, wie Philip ohne Hose und Unterhose auf dem Dach des Fordhändlers gesichtet worden sei, und hinzu kamen noch die blöden Witze. Zumindest trug das dazu bei, daß Clarissa sich abregte, drum waren die beiden wieder ziemlich gut drauf, als Nevada endlich eintraf und ihnen erzählte, daß Bruce morgen definitiv aus Florida käme, um sie auf den versprochenen Rundflug mitzunehmen. Es schien, als sei Nevada besonders erpicht darauf, daß Jen mitkam, worauf Clarissa erneut die Krallen ausfuhr, doch nur für einen Augenblick, weil Nevada ihr dann eine ganze Weile ihre ungeteilte Aufmerksamkeit schenkte, den Nagellack bewunderte, fragte, wer die gute Idee gehabt habe und so weiter, und dabei Jennifer einmal verstohlen zuzwinkerte, so daß die sich auf einen Schlag um zehn Jahre erwachsener fühlte. Ungefähr zu diesem Zeitpunkt sahen sie alle drei den dicken Fotografen, der mit einer Art Rüschennachthemd über seinen normalen Klamotten durchs Einkaufszentrum düste. Nevada lachte und sagte: «Glaubt ihr, er klaut das Ding grade?» – «Das ist doch nur der alte Gordon», wiegelte Clarissa ab. «Der spinnt ein bißchen.» – «Das tun doch alle hier im Städtchen», sagte Jen und ließ dann einen Testballon starten: «Ich hoffe bloß, daß ich die Kurve kratze, bevor ich selber auch so werde.» Und Nevada lächelte.

Als Trevor sah, daß Gordon tüchtig prustend und mit einem rosa Nachthemd angetan aus dem Damenbekleidungsgeschäft krängte wie ein lecker alter Tanker, lief er schnurstracks zu einem Münzfernsprecher im Gang vor den Toiletten und rief die Polizei an, um anonym Anzeige zu erstatten und den Namen des Ladens durchzusagen, dessen Personal das geschilderte bizarre Verhalten bestätigen konnte. Trevor wußte nicht, wieso er das tat. Er wußte noch nicht einmal, wieso er überhaupt hier draußen war. Er hatte im Sixth Street Café sein übliches spätes Mittagessen verzehrt, eine Tasse Suppe (heute Rinderbrühe mit Nudeln) sowie ein Vollkornsandwich mit Hähnchensalat, dazu zum Nachtisch eine Schnitte Baisertorte mit Zitronenschaum, aber ohne Kaffee. Er war in Gedanken noch immer beim jüngsten subversiven Akt seiner Frau Marge und überlegte, was für Probleme mit John ihm dieser Zirkus einbrocken mochte, als Johns Mutter mit ihrem kleinen Enkel hereingeschneit kam, um Mikey ein Schokoladeneis zu kaufen, fast auf dem Fuß gefolgt von Gordon und seiner Kamera. Gordon hatte die beiden fotografiert und hinzugefügt, er werde die Fotos in der Zeitung abdrucken lassen, worauf auch noch der Koch und Inhaber des Cafés aus der Küche geeilt war, um mit aufs Bild zu kommen. Als Gordon hereingeschneit war, hatte es ganz so ausgesehen, als habe er es eilig und sei in Gedanken ganz woanders, aber kaum hatte er mit den Vorbereitungen für die Aufnahmen begonnen, versenkte er sich, selbst wenn der Anlaß läppisch sein mochte, voll und ganz in seine Arbeit, und Trevor merkte, daß ihn nun seinerseits die Rolle des Beobachters völlig in Beschlag nahm. Gordon bewegte gelenkig die feisten Hüften, suchte nach dem optimalen Licht, dem richtigen Blickwinkel, verrückte einen Tisch und ein paar Stühle, entfernte einen neben der Kasse an den Tresen geklebten Zettel, überprüfte mit dem Belichtungsmesser die Lichtverhältnisse mit und ohne Blitz, wechselte sekundenschnell Objektive und Filter, und ehe das Eis noch in den Portionierer geschaufelt wurde, knipste er schon wild drauflos, ein einziges Hin- und Herhopsen, Sichvorbeugen, Sichaufrichten, In-die-Hocke-Gehen, und langsam begriff Trevor, daß Gordon gar nicht die Personen fotografierte, sie vermutlich noch nicht einmal wahrnahm: Er konzentrierte sich auf die Eiswaffel, die von Hand zu Hand und von der Hand zum Mund wanderte. Wo immer die Waffel hinwanderte, folgte die Kamera, und zugleich erkundigte Gordon sich bei dem Kleinen, wo eigentlich seine Schwester stecke. Opal gab zur Antwort, sie sei wohl draußen im Einkaufszentrum – «Mikey, wie hast du dir nur schon wieder die Schokolade an die Nase geschmiert?» –, und bevor sie den Fleck noch mit einer per Zungenspitze angefeuchteten Papierserviette abgewischt hatte, war Gordon wortlos verschwunden. Inzwischen servierte man Trevor die Torte, eine Spezialität des Hauses, der Eischnee gut fünf Zentimeter dick und zart wie ein Hauch, aber Trevor stocherte nur lustlos darin herum. Der Fotograf, und wie faszinierend intensiv er sich in seine Arbeit vertieft hatte, ging ihm nicht mehr aus dem Sinn, und dann kam ihm der Gedanke, den er weder kapierte noch für richtig hielt (da stand doch beispielsweise die Torte vor ihm) und trotzdem den ganzen Tag nicht mehr abschütteln konnte: *Ich habe noch nie ungetrübte Freude erlebt.* Er wußte selbstverständlich, wohin Gordon verschwunden war, er hatte die gleichen Überlegungen angestellt. Er bezahlte, ignorierte die Nachfrage nach seinem Appetit und holte dann sein Auto vom Parkplatz hinter der Bank. Er ließ sich Zeit und fuhr wie immer vorsichtig. Im Einkaufszentrum sah er Johns Tochter mit ein paar Freundinnen an einem Tisch sitzen, aber er konnte Gordon nirgends entdecken, bis dieser in dem rosafarbenen Nachthemd aus dem Damenbekleidungsgeschäft gestürmt kam, obwohl Trevor auf seinem Rundgang auch dort einen kurzen Blick hineingeworfen hatte. Darauf hatte Trevor alarmiert, ja fast wie zur Selbstverteidigung, in heller Panik bei der Polizei angerufen, um den Anruf im selben Augenblick schon zu bereuen, er hatte noch nicht mal seine Stimme verstellt. Diese telefonische Anzeige war nicht seine erste gewesen, er hatte Gordon schon früher zweimal bei der Polizei denunziert, allerdings nur so zum Spaß. Eines Tages, als er durchs Fenster seines Büros im Bankgebäude beobachtet hatte, wie Gordon sich auf der anderen Straßenseite eilig in den Kartenladen mit angeschlossenem Reisebüro verdrückte und im Schutz der schmucken Plakate mit Stränden und Bergdörfern ungesehen die Tür der Bank mit dem Tele ins Visier nahm (Trevor wußte selbstverständlich, weshalb: das Auto von Johns Frau parkte am Bordstein), hatte er – wiederum anonym («ein besorgter Bankkunde») – auf der Polizeiwache angerufen und das «verdächtige Verhalten» einer Person gemeldet, die nahe der Eingangstür zur Bank «heimlich auf der Lauer» liege und zuletzt dabei beobachtet worden sei, wie sie aus dem Reisebüro schräg gegenüber irgend etwas ausspionierte. Am Abend hatte er noch immer über den Vorfall kichern müssen, zumal er noch nie etwas Vergleichbares getan hatte, und als Marge ihn daraufhin fragte, was denn so komisch sei, war er einen Augenblick völlig konfus gewesen und hatte dann gesagt, John habe bei ihm eine Zusatzversicherung in Höhe von einer halben Million abgeschlossen, und davon sei er noch immer schier aus dem Häuschen. Dann war da die noch lustigere Gelegenheit gewesen, als er die

Polizei angerufen und mit schriller Piepsstimme den Fotografen beschuldigt hatte, sich vor der Damenumkleidekabine des Hallenbads im Bürgerzentrum herumzudrücken, was ein pures Hirngespinst gewesen war, da Trevor das Hallenbad seit der Eröffnung nie wieder persönlich in Augenschein genommen und es auch vor der Einweihung lediglich einmal besichtigt hatte, als das hydraulische Rolldach vorgeführt worden war. Obwohl Trevor auch diesen Anruf nur als eine Art groben Scherz verstanden hatte, kam ihm der ganze Unfug aufgrund dessen, was er den Fotografen anderswo hatte anstellen sehen, mittlerweile doch mehr oder weniger gerechtfertigt vor; wie er sich einredete, hatte er womöglich sogar die Wahrheit erraten. Obwohl es unwahrscheinlich war. Gordon war keineswegs ein gewöhnlicher Voyeur, genausowenig wie Trevor. Man hätte sogar sagen können, daß er und Gordon nach derselben Sache suchten, Gordon auf direkterem Weg und sich vollauf dessen bewußt, was er da trieb und weshalb, Trevor spekulativer, aber auch besonnener. Obwohl er das Spielchen ursprünglich als reinen Blödsinn angefangen hatte, war Trevor inzwischen zu der Ansicht gelangt, daß irgend etwas, wobei er nicht wußte was, dabei zum Vorschein kommen würde, wenn er seine Jagdleidenschaft nur ernst genug nahm. Es war, als sollten ihn Gordon und dessen Kamera unwissentlich zu einem verborgenen Schatz führen, und wenn Trevor ihn ab und zu aus schierer Boshaftigkeit bei der Polizei denunzierte, tat er das nur, um sich selbst noch einmal daran zu erinnern, daß alles nur ein Spielchen, eine harmlose Kurzweil war. Heute aber war es anders gewesen. Er hatte Angst gehabt und nicht gewußt warum. Lag es an Gordons wahnwitziger, unbeholfener Flucht quer durchs Einkaufszentrum, in dem sich die Leute dicht an dicht drängten, an dem irritierenden Verstoß gegen Anstand und Schicklichkeit, oder hatte es Trevor plötzlich den Atem verschlagen, weil ihn der Affenzirkus seinerseits so unschicklich faszinierte? Nach dem Anruf jedenfalls hatte er sich erst einmal aus dem Staub gemacht und war im Herrenklo verschwunden, weil er fürchtete, in der Nähe des Telefons gesehen zu werden (hatte ihn jemand erkannt?). Er war schockiert gewesen, als er in einen Spiegel blickte und seine panische Miene und seinen zerknautschten Aufzug sah. Klebte da nicht ein Restchen Eischnee am Revers? Trevor war bekannt für seine gelassene Selbstbeherrschung, sein korrektes, nüchternes Auftreten – etwas war völlig aus dem Lot! «Das Problem besteht darin», sagte er sich, als er sich den Schweiß von der Stirn tupfte (*ihm* stand der Schweiß auf der Stirn?), «daß du nicht weißt, wer du bist.» – «Aber wer tut das schon?» ließ sich eine Stimme hinter einer der Klotüren vernehmen, und Trevor, nun erst recht in Panik, floh erneut.

Der subversive Akt, den der verstörte Trevor fürchtete, war der Entschluß seiner Frau Marge, bei der Bürgermeisterwahl gegen Snuffy anzutreten, den populären Ex-Footballcoach von der Highschool, heutigen Flugplatz-Betriebsleiter und hemdsärmeligen Stadtrat, und das nicht etwa deswegen, weil sie Snuffy nicht mochte (sie konnte ihn nicht ausstehen), sondern weil sie nicht zulassen konnte, daß Johns handverlesener Kandidat ohne Gegner blieb. Wo lebte man denn eigentlich, in einer Demokratie oder im Duodezfürstentum eines Raufbolds? Marge befürchtete, die Antwort bereits zu kennen, aber sie konnte sie nicht akzeptieren, drum hatte sie vor zu kandidieren, und zwar nicht so sehr gegen Snuffy, der war ohnehin nur ein Strohmann, als vielmehr gegen ihren alten Klassenkameraden und ihre alte Nemesis, den Maximo Lider in Person. Marge mußte die Wahlkampagne an der Basis führen, denn sie hatte kein Geld und würde mit einer kleinen Schar Freiwilliger (sie hatte versucht, Lollie zu rekrutieren, aber die Gute schien dieser Tage seltsam reserviert; sie konnte nur hoffen, daß Lollies Schwachkopf von Ehemann sie nicht zuletzt doch noch herumgekriegt hatte) gegen diesen ganzen Reichtum und Einfluß zu Felde ziehen müssen, mit handgemalten Plakaten und Flugblättern, einer flächendeckenden Haus-zu-Haus-Kampagne, kämpferischen Klartextreden und einem für Wirbel sorgenden Wahlprogramm, das die Forderung nach einer radikalen Wahlrechtsreform einschloß. Bislang hatte sie das alles im stillen Kämmerlein ausgetüftelt, nur Trevor wußte von ihrem Plan und war nicht sonderlich begeistert. Wie erwartet: schließlich war Trev Buchhalter, und ihr Vorhaben roch ganz nach einem verlustreichen Unterfangen, sie verstand das nur zu gut; am Ende würde John doch irgendeinen Weg finden, ihr eins überzubraten, und Trevor, der auf John angewiesen war, wußte das. Wahrscheinlich hatte Marge ihren Mann nur deshalb eingeweiht, damit er sich wappnen konnte, und trotzdem hätte sie ein bißchen moralische Unterstützung gut brauchen können. Als sie einander kennengelernt hatten, war Trev, ein höheres Semester an der State University, Tutor in Marges Wirtschaftsseminar Nr. 101 gewesen. Sie hatte ihn zu einer Kundgebung der Bürgerrechtsbewegung eingeladen, und im Verlauf gemeinsamer Aktionen hatte sich eine Art Kameradschaft zwischen ihnen entwickelt, obwohl Trev letztlich gar nicht so politisch interessiert war. Wahrscheinlich nur einsam. Egal. Ihr ging's genauso. Wieso darauf ausgerechnet die Ehe folgen mußte, wie eine Demo aus einer Resolution folgt, begriffen beide nicht so recht, doch sie hatten sich aneinander gewöhnt, respektierten sich und fanden auch heraus, daß sie mit fast allen Krach bekamen außer miteinander; außerdem gab es wenig Alternativen. Oder vielmehr: null. Aber keine Reue. Sie waren Gefährten im wahrsten Sinne des Wortes, und wenn Marge jetzt ans Werk ging und ihren Wahlkampf endlich in konkrete Schritte umsetzte, würde Trevor seine Zweifel hintanstellen und ihr beistehen, das wußte sie. Wenn sie ihre Kandidatur offiziell bekanntgab, wollte sie auch die maximale Wirkung herausschlagen, drum saß sie nun an einem knappen, aber aussagekräftigen und leidenschaftlichen Positionspapier, dessen genauen Wortlaut sie soeben in einem ersten Entwurf festgelegt hatte; es sollte in der kommenden Ausgabe des *Town Crier* abgedruckt werden. Sie war entschlossen, dies nicht zu einem reinen Negativwahlkampf werden zu lassen – trotzdem machte sie in ihrem Positionspapier deutlich, daß ihr Widersacher zeitlebens in dem Ruf gestanden hatte, rücksichtslos und willkürlich mit denen umzuspringen, die jünger und machtloser waren als er, und daß er überdies erschreckende Beweise für seine undemokratische und sexistische Einstellung geliefert hatte. Es waren auch noch ganz andere Gerüchte über das Verhalten des alten Coachs im Umlauf, die ihn heutzutage schnell unter dem Vorwurf sexueller Belästigung vor den Kadi gebracht hätten, und

Marge wäre alles andere als enttäuscht gewesen, wenn diese Gerüchte im Verlauf des Wahlkampfs ans Licht gekommen und vielleicht sogar bestätigt worden wären, selbst wenn sie selbstverständlich nicht vorhatte, sie von sich aus aufs Tapet zu bringen. Sie hätte die Bekanntgabe ihrer Kandidatur gern mit einem Paukenschlag eingeleitet, drum war sie bei Barnaby im Seniorenheim gewesen, um seine Unterstützung zu gewinnen, leider ohne Erfolg. Der alte Baumeister schien sie mit seiner Badefrau zu verwechseln und hatte ihr zusammenhanglose Vorwürfe an den Kopf geworfen, irgendwelches Zeug, daß seine Frau ihm den Schlamassel eingebrockt habe, und ihr damit wahrscheinlich mitteilen wollen, sie solle sich zum Teufel scheren, was sie dann auch getan hatte. Darauf hatte sie Trevor angerufen, ihn von ihrem Vorhaben informiert, und anschließend das Dokument, das ihr Leben und vielleicht auch das des ganzen Städtchens verändern würde (sie konnte *doch* gegen diesen Blödkopf gewinnen!), bei der Zeitung abgegeben – merkwürdigerweise war die Redaktion geschlossen, kein Mensch zu sehen: Sie mußte das Papier durch den Briefschlitz im untersten Paneel der Tür schieben, was ihren Sinn für Theatralik verletzte und sie wütend darüber machte, daß sie gleich bei ihrem ersten dramatischen Schritt in die große Politik gezwungen wurde, in die Knie zu gehen, statt loszupreschen. Als sie die schicksalhafte Tat hinter sich gebracht hatte, hatte sie sich aufgerichtet und tief Luft geholt, sich auf den enttäuschend menschenleeren Gehwegen umgesehen und war in Richtung Golfclub gefahren, wo sie ihre Anspannung mit einer oder auch zwei Runden Golf abarbeiten und sich zu guter Letzt in aller Ruhe einen Drink und ein Abendessen mit Trevor gönnen konnte, um ihren Mann ein wenig aufzuheitern (als sie ihn schließlich traf, schien ihm die Aufregung viel ärger zuzusetzen als gedacht) und sich selbst darauf vorzubereiten, daß vom nächsten Tag an der Teufel los sein würde.

Kevin, der Golflehrer und Geschäftsführer des Golfclubs, merkte, daß der Buchhalter-Fuzzi in seinem gewohnten Leinenanzug leicht durch den Wind aussah, als er am frühen Abend die Bar betrat (er griff schnurstracks zum Gin statt zum um diese Uhrzeit üblichen Mineralwasser), doch machte Kevin sich keine großen Gedanken über ihn, es gab einfach zuviel anderes zu tun, die neue Saison lief auf Hochtouren, das erste Clubturnier sollte schon in zwei Wochen stattfinden, die dringenden Personalprobleme schienen nach wie vor ungeklärt (er hatte eine Eingabe an den Aufsichtsrat gemacht, es war reichlich Geld für zusätzliche Kräfte da, wieso stellten die Idioten sich bloß so quer), nach der Dürre des Frühjahrs waren die Greens und Fairways in einem beschissenen Zustand, die für die Instandhaltung des Geländes zuständigen Schwachköpfe laberten ihm andauernd irgendwelchen Dünnschiß vor, von wegen, der Wasserdruck sei zu niedrig, als daß die Rasensprenger richtig funktionieren könnten, eine der Muttis aus dem Städtchen, die er ein paarmal gegeigt hatte, machte ihm Scherereien, seit er versucht hatte, die Sache zu beenden, die neue Köchin drohte mit Kündigung (schon die dritte in den letzten sechs Wochen), einer der Kühlschränke war drauf und dran, den Geist aufzugeben, dito das Filtersystem für den Swimmingpool, drüben auf dem Parkplatz an der Ostseite waren ein paar Lampen kaputt, auf der Zufahrt wimmelte es von Schlaglöchern und in den Bunkern am zehnten und zwölften Green von Hundescheiße, Kevin hatte einfach keine Zeit für den Schlaffi, der nicht mal ein Golfer war, sondern eher so was wie ein Golfwitwer, der Mann der vermutlich besten Allroundspielerin des Clubs, deren einzige Schwäche darin bestand, daß sie am Rand der Greens zu ungeduldig war. Überhaupt ihre Ungeduld: die konnte einem auf den Geist gehen. Sie mußte bald zurück sein, die gute Marge – Feldwebel Marge, wie manche sie nannten, wenn nicht noch Schlimmeres –, sie kam stets als eine der ersten wieder zur Tür herein, egal, wann sie losgezogen war. Sie pflügte einfach mitten durch die anderen Spieler hindurch wie ein Bulldozer durch Butter: Platz da, ihr Zombies. Ein Mordsweib, diese Marge. Sie war eine der Muttis hier draußen, die Kevin nie flachgelegt hatte und nie flachlegen würde. Die Leute kamen allmählich scharenweise zur Tür herein, er war immer noch dabei, die Biere aus dem kaputten Kühlschrank in den funktionierenden umzuschichten, als sie hereinschneiten, manche polternd vom Golfplatz wie alte Schindmähren, die an die Futterkrippe drängen, andere, wie Trevor (er saß jetzt drüben am Panoramafenster und stierte hinaus in den dunkler werdenden Himmel), aus dem Städtchen dazustoßend, und alle mit den üblichen idiotischen Witzen und brandeiligen Bestellungen. Sobald John wieder im Lande war, würde Kevin ihm unter vier Augen verklickern, was hier draußen alles an Arbeit anstand. John wußte immer eine Lösung, und vor allem brauchte er den gottverdammten Aufsichtsrat nicht, wenn er was durchsetzen wollte. Wenn John nicht da war, vermißte Kevin ihn sehr; ohne John kam ihm der ganze Laden immer ein bißchen schäbig vor. Johns Frau war tagsüber hier gewesen, zumindest wahrscheinlich hier gewesen, Kevin ließ sich auf keine Wetten mehr ein, wo sie sich aufhielt oder ob sie sich überhaupt noch irgendwo aufhielt, er hatte keine Lust, sich den Kopf darüber zu zerbrechen, und tat es meist auch nicht; trotzdem war er sich ziemlich sicher, sie vorhin in Richtung Umkleidekabinen gehen gesehen zu haben. Er hatte sie seither nicht wieder zu Gesicht bekommen, aber nur Johns Frau schaffte es, wie vorhin ein Goldlamé-Top über smaragdgrünen Hosen zu tragen und trotzdem leger zu wirken. Noch so eine Mutti aus dem Ort, die Kevin nicht gepimpert hatte und auch nicht pimpern würde, selbst wenn er sich das wünschte. Es grenzte schon an Zauberei, nur an ihr vorbeizustreifen. An der Bar war der Renner des Tages die Geschichte vom Sohn des Pastors, der mit nacktem Arsch aufs Dach von Stus und Daphnes Haus geklettert war, um sich seine Hosen zurückzuholen; und jeder hatte seine eigenen Vorstellungen darüber, wie sie dort hingeraten waren. Manche klangen ziemlich hübsch, und Kevin merkte, daß er, während der Abend voranschritt, ein bißchen lockerer wurde, wozu ein großes Glas Single Malt auf Eis das Seine beitrug. Die meisten Geschichten liefen darauf hinaus, daß der alte Stu aus der Firma nach Hause gekommen sei und Daphne und den Jungen im Bett ertappt habe, worauf er eigenhändig die Hosen aufs Dach befördert und in der Regel einen Spruch dazu abgelassen habe, der entweder Daphne oder dem Jungen galt. Eine Version: «Diesmal, mein Junge, mußt du da hoch, um dir deine Hosen zurückzuholen. Beim nächstenmal mußt du hoch, um dir deine Eier wiederzuholen.» Andere meinten, Stu habe ihm den Arsch poliert, bevor er ihn aufs Dach jagte, was erkläre, weshalb die Pobacken des Kerls so spektakulär geleuchtet hätten; wieder andere meinten, Stu habe einen seiner Mechaniker hingeschickt, um diesen Routine-Hinterachsausgleich vorzunehmen (auch so ein Gerücht: der dreiste junge Mechaniker); doch noch andere meinten, sie hätten läuten hören, der junge Bursche habe seine Hose selbst hochgepfeffert, es sei um eine Wette gegangen, oder vielleicht habe er sich auch nur wichtig machen wollen: Er sei auch auf das Namensschild im Vorgarten geklettert und habe angefangen, sich in aller Öffentlichkeit einen runterzuholen, zumindest behauptete das jemand, der den Jungen angeblich dabei beobachtet hatte. Pastorengören: überall dieselbe Brut. Ein alter Stammgast namens Alf meinte, er wisse zwar nichts von dem Affenquatsch mit dem Schild, habe aber ebenfalls gehört, der Bursche hätte, weil ihn der Hafer stach, die Jeans eigenhändig aufs Dach gepfeffert, bevor er das Haus betrat. Alf meinte, es sei wohl als eine Art Signalflagge zu verstehen, wißt ihr, wie wenn man den alten blauen Jakob hochzieht, um aller Welt kundzutun, daß das Schiff bereit ist, in See zu stechen. Kevin war schon drauf und dran gewesen, die Hälfte der berichteten Geschichten zu glauben, doch diese schien der Arzt mit dem Pokergesicht, der für seinen Schatz steinalter Anekdoten bekannt war, nun wirklich aus dem Hut gezaubert zu haben. Alf war ein alter Stümper, der sich mit seinem krummen Rücken hinter den Ball bückte, aus den Ellbogen heraus Schwung holte und dabei den Hals vor die Schultern reckte wie ein Mäusebussard, doch wehe, wenn er den Putter in der Hand hielt, dann war er kaum zu schlagen. «Der alte Stu kommt also heim und sagt zu dem Kerl, er werde ihm schon einen blauen Jakob verpassen, verdammt noch mal, wenn er ihn je wieder hier erwische! Er habe zwar nichts dagegen, wenn seine Frau ihm ab und zu die Knüppelschaltung schmiere, aber er wolle verdammt sein, wenn er ihn hier auch noch gratis Reklame machen lasse!» Es gab auch das plausibler klingende Gerücht, Stu und Daphne hätten den Burschen in Wahrheit zur Bereicherung ihres Sexlebens angeheuert, man wüßte ja, daß Stu gern Witze über das Thema reiße, und umgekehrt erzählte jemand, der am Nachmittag im Getaway mit Stu ein Bierchen getrunken hatte, Stu habe behauptet, die Sache sei ganz anders gewesen, der Junge sei völlig harmlos und nur vorbeigekommen, um den Rasen zu mähen, der ganze Quatsch sei nur wieder so ein Streich von Winnies Geist, der Stu hinterherspuke, wie sogar Kevin schon von dem alten Autohändler gehört hatte. «Das Gör von Ochs? Unschuldig?» schnaubte der alte Waldo, bereits mit einem mächtigen Zacken in der Krone. «Nix da, pah! Hört mir bloß auf, Leute! Der Knabe hat doch schon überall am Buschwerk rumgesäbelt, ist 'ne Bedrohung für die Tugendhaftigkeit! Aber Daph war zu clever für den frechen kleinen Rammler. Als er sie bespringen wollte, hat sie ihm erst den Bären aufgebunden, er müsse seine Hosen hoch aufs Dach werfen, das sei der einzig sichere Weg, wie man kein Baby kriegt, und dann, als er sie hochgepfeffert hatte, hat sie ihm weisgemacht, der alte Stu habe von der Sache Wind bekommen und sei mit dem Ausbeulhammer aus der Werkstatt unterwegs, um ihm die Karosserie zurechtzudengeln, aber wenn er es schaffe, schnell aufs Dach zu klettern und seine Hosen richtig einzusetzen, werde sie zu Stu sagen, sie habe ihn angeheuert, um die Dachziegel zu wienern!» Na, und als alle sich darüber halb zu Tode lachen wollten, wer kam da zur Tür hereinspaziert? Stu und Daphne höchstpersönlich, beide stockbesoffen und kaum noch imstande, aufrecht zu gehen, und Stu fragte, was so lustig sei. Die plötzliche Stille dröhnte allen nur so in den Ohren, aber Waldo röhrte schlagfertig los: «Pah! Seht nur, wer da kommt! He, habt ihr schon gehört, wie's dem alten Stu ergangen ist?» Die Leute erstickten fast an ihren Drinks, Kevin eingeschlossen, er war drauf und dran, sich auf dem Boden zu kugeln, und Waldos bessere Hälfte packte ihren Mann am Ärmel, um ihn hinauszuzerren, doch der Farbenverkäufer zwinkerte mit der halben Visage auf einmal und sagte: «Na ja, er war vor ein paar Tagen draußen in der Walachei, meilenweit von irgendwo, und da verreckt ihm seine Karre, solche gottverfluchten Blechkisten verkaufen sie einem heutzutage, kannst ihnen einfach nicht trauen, und, na ja, da mußte er halt irgendwo übernachten. Aber der Bauernfünfer im einzigen Farmhaus weit und breit meinte, tut mir leid, Mister, ich hab bloß zwei Betten, eins für mich und meine Frau und das andere für meine Tochter. Das macht doch nichts, sagt Stu, ich bin harmlos, mir hamse im Krieg den Dingus weggeschossen. Tut mir leid, das zu hören, sagt der Bauernfünfer, aber na gut, dann schlafen Sie halt mit meiner Tochter.» Inzwischen hatten alle sich wieder eingekriegt, widmeten sich ihren Drinks und lachten lauter, als der Spaß es wert war, zumal die meisten ihn schon mal gehört hatten, den alten Witz mit dem langen Bart, aber sie waren so erleichtert, daß Waldo ihnen aus der Patsche half, daß ihnen jeder Mist komisch vorkam. Doch dann, als sie sich nach der Pointe noch immer ausschütten wollten, drehte Waldo sich zu Stu um und fragte: «Tja, was muß ich da hören, alter Kumpel, daß du neuerdings heiße Rennsemmeln frisch vom Dach weg verkaufst?» Stu grinste dümmlich, tat so, als habe er nicht die leiseste Ahnung, wovon Waldo sprach, und fing an, seinerseits einen steinalten Witz von einem Brezelverkäufer abzusondern, während Daphne die ganze Zeit über die Klappe hielt. Das sah ihr ganz und gar nicht ähnlich, weshalb den meisten allmählich die Wahrheit aufging. Die beiden kippten noch ein paar Doppelte und wankten dann früh von dannen, während sich das Gedrängel am Tresen weitgehend auflöste. Und kurz darauf kam, wie Kevin mehr oder weniger vorausgeahnt hatte, eine Frau herein und sagte, sie habe grüne Hosen mit einem goldenen Top in der Umkleidekabine gefunden, sie hätte sie ja selbst behalten, wenn sie ihr groß genug gewesen wären – wem die Klamotten denn gehörten?

In derselben Nacht lag Nevada rauchend in der rustikalen Einzimmerbude, die der kecke junge Mechaniker in einem prähistorischen Motelkomplex auf halbem Weg ins nächste County angemietet hatte, dort, wo früher die Hauptstraße verlaufen war, bevor man den neuen Zubringer zur Interstate gebaut hatte, worauf der Trubel sich nach Westen verlagert hatte und die Dinosaurier ausgestorben waren. John war auf einer Geschäftsreise, Bruce hatte sich für morgen angesagt, aber keine weiteren Mitteilungen hinterlassen, vielleicht waren beide zusammen unterwegs, vielleicht auch nicht. Cooljazz erklang auf Rex' alter Stereoanlage (der CD-Spieler, den Nevada ihm geschenkt hatte, setzte auf einem Küchenregal gelben Präriestaub an), von Zeit zu Zeit durch ein dumpfes metallisches Scheppern akzentuiert, wenn Rex mit dem Ellbogen an die rostigen Wände seiner uralten Duschkabine stieß. Der Verfolgungswahn trieb ihn so weit fort von dem Ort, an dem er sich seine Brötchen verdiente oder sonstwie besorgte, zumal seine generellen Zweifel an der Menschheit durch ein spezifisches Mißtrauen gegenüber den Intrigen, der Heuchelei und der Dummheit in diesen Kuhkäffern verstärkt wurden und, vor allem, durch sein tiefes Unbehagen gegenüber John, ein stets aufs neue von schwelendem Groll angestacheltes Unbehagen (Rex vergaß es nicht, wenn man ihm ins Handwerk pfuschte), worüber das Pärchen freilich nicht allzu viele Worte verlor, weil Nevada hauptsächlich von John lebte, der ihr, wie Rex wußte, mittlerweile mehr als nur das bedeutete. Das machte Rex das Herz schwer, wie wiederum Nevada wußte, aber er beklagte sich nie, weil er sie ebenso brauchte wie umgekehrt sie ihn. John hatte eine Suite draußen in dem neuen Luxusmotel an der Interstate angemietet, wo er unbemerkt ein und aus gehen konnte, und wenn sie sich im Städtchen aufhielt, wohnte Nevada dort; doch wann immer sie – wie jetzt – angespannt war und wieder zu sich kommen mußte, fuhr sie hierher. Rex gab ihr dann Entspannungsmassagen, was er bei einem seiner früheren Jobs gelernt hatte, und sie schliefen lange, befriedigend und ohne Fisimatenten miteinander. Manchmal gingen sie zusammen joggen oder machten ein bißchen Hanteltraining, und es gab immer Dope zu rauchen und Geschichten von der Arbeit zu berichten. Heute abend hatte Rex ihr zum Beispiel eine lustige Anekdote von einem jungen Burschen erzählt, von dem sie annahm, es könnte sich um den Bruder der kleinen Jennifer handeln, und ihr dann den später nachzudatierenden Vertrag gezeigt, den er die Frau des Autohändlers hatte unterschreiben lassen und demzufolge Rex die Hälfte des Autohauses und die Alleininhaberschaft der Werkstatt überschrieben bekommen würde, sobald er, so der Wortlaut des Dokuments, die Unterzeichnende ehelichte. «Sie ist eine alte Sau, das weiß ich, und säuft wie ein Loch, aber sie hat das, was ich haben möchte. Du entfernst dich von mir, Baby, dagegen kann ich nichts machen, aber ich möchte vorbereitet sein und dir was Gutes bieten können, wenn irgendwann der Vorhang fällt und du zu mir zurückkommst.» Sie wollte schon protestieren, entschied sich dann aber um und gab statt dessen zu, daß sie sich wirklich einigermaßen verloren vorkomme, aber – offenbar anders als er – noch nicht so recht wisse, wo es langgehen werde (wenn John weg war, fühlte sie sich isoliert, beinahe wie arbeitslos und irgendwie in Gefahr); anschließend hatte sie Rex gefragt, wie sie denn den Ehemann loszuwerden gedächten. «Ich hab da schon was ausbaldowert», war alles, was er dazu sagte, und seine Schweigsamkeit bereitete ihr leises Unbehagen, weil er ihr sonst meist erzählte, was er im Schilde führte. Jetzt aber, als er aus der Duschkabine kam, sich aufs Bett setzte und ihr das Handtuch reichte, damit sie ihm den Rücken trockenreiben konnte, erzählte sie ihm von den Geschichten, die sie im Moment für Johns Kumpel Bruce ausheckte, unter anderem von dem Plan, Johns Tochter und ihre kleine Freundin aus dem Einkaufszentrum morgen auf einen kurzen Rundflug in Bruce' Düsenjet mitzunehmen, vorausgesetzt, daß der Glücksritter von seiner Vergnügungs- und Bumstour in die Karibik zurückkam und die Mädchen es schafften, ihre Aufpasserin abzuschütteln. Das sei freilich nur ein erster Schritt, beim nächsten werde es ernster, und letztlich könne sie nichts dagegen unternehmen. Vielleicht werde sie ihres Weges gehen müssen, wenngleich nicht aus freien Stücken. «Bruce ist ein cooler Typ, aber im Grunde ein Psychopath. Er scheint immer am Rand eines Abgrunds zu balancieren und eigentlich nicht so recht zu wissen, warum er nicht runterspringen soll, außer daß ihn so was wie schlichter animalischer Hunger zurückhält: Er will immer noch mehr, als er nicht wollen will. Aber wenn ihm je der Appetit vergeht, dann leb wohl, mein Freund, schon ist er weg vom Fenster.» Eigentlich fand sie, daß Bruce und Rex viel gemeinsam hatten, aber sie wußte, daß es Rex nicht gefallen würde, wenn sie das aussprach, weil er immer mit der alten Leier von den Äpfeln und Birnen anfing, sobald das Thema auf Arm und Reich kam. «Drum geht er auch gern verschwenderisch mit dem Leben anderer Leute um», fügte sie hinzu und langte um Rex herum, um ihm die trommelfellstrammen Bauchmuskeln abzufrottieren, «weil er dem Leben gegenüber wahrscheinlich am allerwenigsten Respekt empfindet. Für ihn ist das Leben so was wie ein grundlegender Fehler, den das Universum damals in grauer Vorzeit beim Orgasmus beging, und je weniger davon da ist, desto besser.» Rex stand auf, um eine neue Platte aufzulegen, und suchte etwas Progressiveres aus, das seinem Geschmack eher entsprach, aber wiederum nicht so ausgeflippt war, daß es Nevadas inzwischen ziemlich bürgerlich gewordenen Vorlieben zuwiderlief. Sie streckte sich auf dem Bett aus, betrachtete Rex' wohlgebräunte Armmuskeln, seinen festen Hintern und die dunklen, muskulösen Oberschenkel und dachte sich, daß Bruce zumindest in einer Beziehung recht hatte: Das Leben war nicht, wie manche poetischen Vögel gern behaupteten, ein Traum, aber weil es in Träumen (und zwar in toten) wurzelte und ihnen eher ähnlich als unähnlich war, konnte man, wenn man schon verrückt genug war, es in vollen Zügen auszukosten, genausogut verrückt genug sein, es so zu leben, als *wäre* es ein Traum. Das erleichterte einem das Leiden, und in einer sinnlosen Welt gab es nichts Sinnloseres, als wegen nichts und wieder nichts zu leiden. Das war eine Sicht der Dinge, fand sie, die einem jede Menge Freiräume ließ. Rex drehte einen neuen Joint, zündete ihn an und reichte ihn ihr; sie inhalierte tief und pustete dann Rauchringe um Rex' halbschlaffen Schwanz. «Bring mal den Muskel da auf Trab», sagte sie, «dann spielen wir eine Runde Fang den Hut.»

Für manche im Städtchen war das Bett, wie für die Neuankömmlinge Rex und Nevada, eine Art Spielwiese, wenn nicht sogar eine Plattform für Geschäfte; eine Art Plattform war es auch für den Fotografen Gordon, eine Requisite nämlich wie ein Stuhl, eine Badewanne oder die Straße, während sein Freund Ellsworth es eher wie eine Lichtung im dichten Tann seiner schöpferischen Phantasie betrachtete (der Künstler hatte erneut die Hand auf den Schenkel des Modells gelegt und erteilte dem hämischen Lauerer, der sich irgendwo in der Nähe unsichtbar herumtrieb, ein Privatissimum über die höhere Moral ästhetischer Wahrheit); viele andere, wie Marge und Otis, beide schon lange im Städtchen ansässig, betrachteten das Bett schlicht und einfach als Ort zur Augendeckelpflege, während einige nichts Geringeres als eine Streckbank, die pure Hölle auf Laken darin sahen. Man mußte nur etwa versuchen, Veronica weiszumachen, daß Sex Spaß machen konnte. Er löste einen gewissen Kitzel aus, das wohl, aber doch eher wie ein schlimmer Fußpilz. Oder Hämorrhoiden, um in Anbetracht der viehischen Vorlieben ihres Göttergatten etwas Passenderes zu nehmen. Welcher, der mittlere Maynard nämlich, ihn gleichfalls nicht als Spaß empfand. Eher schon als etwas wie einen kniffligen Fall vor Gericht, bei dem es zu beweisen galt, daß er ihm noch gewachsen war, auch wenn er ihn anwiderte. Dagegen hatten Gretchen und Columbia, denen das Städtchen ansonsten in letzter Zeit ein bißchen freudlos vorkam, unheimlichen Spaß im Bett; sie experimentierten darin mit Massagestäben, Salben, Penisprothesen und genoppten oder gerippten Kondomen, manche davon sogar mit Ohren, Nasen und kleinen Marsmenschenantennen, die Gretchen aus an den Drugstore gelieferten Katalogen bestellte und über die sie in der abendlichen Freizeit, die wegen ihrer Berufstätigkeit zeitlich strikt begrenzt war, herzhaft kichern mußten. Nicht daß es nur Jux und Tollerei gewesen wäre, es war auch sehr lehrreich, weil Columbia endlich lernte, wie Männer funktionierten, als sie an die Reihe kam, sich den durchsichtigen Plastikpenis, dessen Anatomie in grellen Farben durchschien, umzuschnallen und loszulegen. Lumbys säuerlicher Chef Alf, der auch bei der Geburt von Gretchens Brut geholfen hatte (ein ungewöhnlicher Fall: Er hatte ihr das Jungfernhäutchen durchstechen müssen, um die Zwillinge herauszubefördern), betrachtete das Bett als den Ort, den die meisten Leute zum Sterben aufsuchten; er besuchte sie dann und sah sie darin verscheiden. Auch seine eigene Liebste war darunter gewesen, und nun, da er allein lebte, mied er oft das eigene Bett und streifte nachts durch die Straßen oder schlief auf dem Wohnzimmersofa bei tröstlich banalen Spielfilmwiederholungen ein: Blendwerk gegen das Grauen. Selbst als Harriet noch gelebt und sie einander noch begattet hatten (es hatte Spaß gemacht, und eine Zeitlang sogar mehr als das, obwohl beide sich der mechanischen Abläufe nur allzu deutlich bewußt waren, doch dann, nach der Geburt der Babys, hatten sie es schnell als Kinderei empfunden und waren nur noch in übermütiger Stimmung, das heißt, zumeist betrunken oder wenn mit anderen Leuten unterwegs, darauf zurückgekommen), hatten sie jeden intimen Ort in- und außerhalb des Hauses dem langweiligen Bett vorgezogen, zumal Harriet noch unverblümter als Alf davon redete, nachts «in den Sarg zu kriechen». «Ich bin völlig erschossen», pflegte sie zu sagen, wenn sie von einer Party nach Hause fuhren. «Ich pack mal das Fleisch in die Kühlkammer, bevor es zu stinken anfängt.» Eines Abends im alten Palace-Kino hatte die frühere Army-Krankenschwester mitten in einer ausländischen Erotikschnulze den ganzen Zuschauerraum zu verärgertem Zischen provoziert, indem sie bei einer etwas unscharf von der Zimmerdecke aus gefilmten Totale auf zwei Liebende im Bett allzu laut bemerkte, bei solchen Blicken auf ein Bett müsse sie immer an zerfetzte Gliedmaßen denken, worauf Alf, das Zischen in unbehagliches Gelächter verwandelnd, lakonisch hinzugefügt hatte, er sei sich wegen der Unschärfe zwar nicht sicher, vermute aber, daß die Schauspielerin (Unschärfe war auch im Moment das Problem: so konzentriert er seinen Finger auch anstarrte – auf der Fingerspitze stand eine Botschaft abzulesen, soviel wußte er, irgend etwas über eine seiner Patientinnen: Was besagte sie? –, er bekam das Bild nicht scharf) Schilddrüsenprobleme habe und mal zum Checkup gehen solle. Kate, die an jenem Abend mit Oxford neben Alf und Harriet im Kino saß und im allgemeinen eine gute Meinung von Betten hatte (obwohl sie es, als das Ende nahte, ablehnte, sich in eins zu legen), wies darauf hin, daß das aus diesem Blickwinkel gefilmte Bett mit den weißen Laken eine Art Leinwand in der Leinwand verkörpere und daß somit die vereinten Liebenden nicht mehr nur Schauspieler in einem Film und damit nichts als die gespenstischen Trugbilder flackernden Lichts seien, sondern Schauspieler, die Schauspieler *mimten* und folgerichtig zweifach ihre körperliche Substanz verloren hatten, als wollten sie damit sagen, die Liebe an sich sei ein solches Leeren der Leere.

Worauf Oxford erwiderte: «Oder eine solch leuchtende Dichte übereinandergeschichteter Empfindungen»; und dieses ganze Wortgeklingel hatte das jüngere Publikum wünschen lassen, die alten Knacker, die längst verlernt hatten, sich zu amüsieren, würden endlich den Rand halten und anderen Leuten nicht länger den Spaß verderben. Dutch, der den Film geordert hatte, benutzte das allgegenwärtige Möbelstück Bett am liebsten wie das Kino: Er hatte seinen Spaß, ohne Verdruß oder Sorgen und lästige Verpflichtungen hinterher. Ihm fehlte der alte Filmpalast mit seiner Riesenleinwand und seinen hohen Decken, und so wußte er auf seine Art die Bemerkung zu schätzen, die Waldo kürzlich gemacht hatte, als er im Motel mit einer seiner Junkie-Kellnerinnen vögelte, nämlich daß die Betten, in die er wieder und wieder schlüpfte, sich weiter und weiter vom Ortskern zu entfernen schienen, als ginge dieser aus irgendeinem Grund verloren und verschwände aus dem Blickfeld, worauf das zaundürre Ding in seinem Bett erwiderte, es habe gar nicht gewußt, daß es jemals einen Ortskern gegeben hätte. «Du bist wohl auf so 'ner Art Schuldtrip, Mann.» – «Ach quack ... von wegen!» Auch für den Eisenwarenhändler Floyd war das Bett eine Art Kino. Er liebte es, Johns Frau hineinzuzerren, sie an den Haaren zu packen, an die Bettpfosten zu fesseln und dann mit seinen roten Hosenträgern, die er sein «Kätzchen» nannte, auszupeitschen. Dann stöhnte sie, warf den Kopf hin und her und flehte ihn an, sie entweder zu fikken oder umzubringen, sie halte die Leidenschaft nicht mehr aus, die in ihr aufwalle. Er ließ sie seinen Pimmel lecken und blasen und bestrafte sie weiter mit der pfeifenden Peitsche. Schließlich rülpste sie, und er tat, was er konnte, um zu einer Art Orgasmus zu kommen und wieder abzusitzen. Er versuchte sich vorzustellen, wie es wäre, Edna mit den Hosenträgern zu versohlen, aber der Gedanke kam ihm unglaublich lächerlich vor.

Warum rülpste Edna, sooft sie sich auf das einließ, was ein junger Bursche einst, sie zu einem solchen einladend, Matratzentänzchen genannt hatte? Sie konnte es wirklich nicht sagen, es passierte einfach, wenn sie kam, falls sie überhaupt kam (ihr schien es eher so, als sei sie wegen irgend etwas furchtbar nervös und dann mit einemmal und aufs beglückendste nicht mehr: Hinterher schlief sie immer sofort ein, ohne auch nur mit den Augen zu blinzeln), aber wahrscheinlich hatte es mit der strengen Ermahnung ihrer Stiefmutter zu tun, Rülpsen sei das Verderbteste, was man tun könne: sich einfach so gehenzulassen, Herrgott, und sich um nix zu scheren. Vielleicht meinte sie ja eigentlich, sich am anderen Ende gehenzulassen, brachte es aber nicht über sich, das Wort dafür auszusprechen; jedenfalls mußte Edna, sooft sie sich verwegen und frech vorkam, also wenn zum Beispiel jemand sein Ding in sie steckte, sofort rülpsen. An ihrem Hochzeitstag hatte ihre Stiefmutter ihr außerdem gesagt: «Ich weiß ja nicht, wie du mit dem klarkommen wirst, was dir bevorsteht, Edna, aber egal, ob dir's gefällt oder ob du's bald satt hast, es wird nicht lang dauern. Wenn das Lotterleben erst mal vorbei ist, läßt sich die Liebe – wenn's wirklich echte Liebe ist – wieder ganz anders an. Wenn du sie erkennst und zeigst, daß du dankbar dafür bist, egal wie anders sie aussieht als das, was du gewöhnt bist, dann kannst du sie so genießen, wie es den Sterblichen gegeben ist, aber wenn du dich grämst über all das, was du eingebüßt hast, und es wird kaum was anderes geben als solche Einbußen, dann, Edna, das ist so sicher wie der Tod, schrumpft die Liebe einfach ein, und du stehst pudelnackt in der Kälte, und nichts kann dann verhindern, daß dir auf der Stelle das Herz gefriert und bricht.» Ihre Stiefmutter verstand sich aufs Reden. Das Bild vom gebrochenen Herzen, das sie in Gedanken immer mit einem Winter verband, der so grausam kalt gewesen war, daß die Fensterscheiben sprangen, nahm Edna noch immer den Atem und ließ sie, sobald ihr die Wendung in den Sinn kam, die Hand an die Brust pressen, um ihr Herz zu wärmen. Was ihre Einstellung zu Betten betraf, so war sie praktisch, bezogen auf Kaufpreis, Robustheit der Konstruktion, Härte der Sprungfedern und darauf, wie leicht man den Rahmen abwischen und die Laken wechseln konnte, die auf Ednas Bett vorwiegend aus reiner Baumwolle bestanden (für die Feiertage gab es einen Satz aus buntem Perkal) und gleich nach dem Frühstück mit maschinenwaschbaren Überzügen und Steppdecken abgedeckt wurden. Jeden Morgen das Bett gründlich zu machen war mehr als bloße Hausfrauenroutine. Angesichts des Ärgers, den Floyd sich im Lauf der Jahre aufhalste, und all der seltsamen, nicht immer angenehmen Marotten, die er manchmal hatte, angesichts der Einsamkeit, die sie im Städtchen empfand, und all der sonderbaren Dinge, die in letzter Zeit dort abliefen, half Edna das am ehesten dabei, den neuen Tag zu beginnen. Sonderbare Dinge? Nun, da war zum Beispiel jene Nacht, als ihr alter Freund Stu angerufen hatte, es mußte wohl so gegen zwei Uhr früh gewesen sein, sie hatte seit Urzeiten nichts mehr von ihm gehört, und da brabbelte er irgendwelches Zeug, daß ihm Winnies Geist erschienen sei. Natürlich war er so hackevoll gewesen, daß man ihn kaum verstehen konnte, vielleicht versuchte er auch bloß einen seiner Witze loszuwerden, jedenfalls konnte er sich am nächsten Tag, als Floyd das Auto in die Werkstatt gebracht hatte, um die Bremsbeläge erneuern zu lassen, an nichts mehr erinnern, wahrscheinlich sei es nur ein Alptraum gewesen, wie alte Saufköpfe ihn eben hätten, hatte Floyd gesagt; trotzdem war es reichlich sonderbar. Und dann meinten die Leute, der vermißte Junge sei weggelaufen, weil er vor irgend etwas Schrecklichem Angst gehabt habe, aber seine Eltern wollten noch nicht mal zugeben, daß er überhaupt verschwunden sei, als ob sie mehr wüßten, als sie sagen konnten, oder irgend etwas angestellt hätten, das sie nicht zugeben konnten, sie hatte Leute an der Kasse im Supermarkt darüber reden hören. Und hat eigentlich irgendwer in letzter Zeit die Frau des Fotografen gesehen, fragte jemand. Edna hatte sie nicht gesehen und wußte deshalb auch nicht, was die Frage sollte, obwohl der Gesichtsausdruck der Leute die Vermutung nahelegte, daß es um eine Geschichte zu gehen schien, die lange zurücklag, vor ihrer und Floyds Ankunft hier im Städtchen jedenfalls, und daher von Rechts wegen die Sache der Leute war und nicht Ednas, weshalb sie auch gar nicht gewußt hätte, was sie hätte fragen sollen. Außerdem machte sie sich sowieso nichts aus Klatsch, obwohl sie nicht so recht sagen konnte, ob aus Prinzip oder aus Scheu, aber wenn sie sich etwas aus Klatsch gemacht hätte, dann hätte sie die Leute gefragt, na, was eigentlich mit Johns Frau los sei. Seit jenem quälenden Abend am Bridgetisch hatte Edna Johns Frau nur noch ein einziges Mal gesehen; da hatte sie mit ihren Kindern in der Kirche gesessen und einen roten Hut getragen. Aber dann saß sie doch nicht neben den Kindern. Sie sang im Chor. Und trug auch keinen Hut mehr. Edna meinte, einen Moment lang eingenickt zu sein, ohne es zu merken. Ihr wurde bewußt, daß sie Johns Frau anstarrte, und von drüben aus dem Chorgestühl starrte Johns Frau zurück. Ihr direkt ins Auge. Das war das erste Mal, daß sie das getan hatte, wenn sie nicht einfach Gefälligkeiten feilbot. Edna zog den Kopf ein und betete, zu verwirrt, um nochmals hinzusehen, um Beistand. Nach dem Gottesdienst drückte sie sich draußen herum, bis Floyd zu unruhig wurde, aber sie sah Johns Frau nicht aus der Kirche kommen und hatte sie auch seither nicht mehr gesehen. War sie verreist? Oder … war sonst irgendwas? Es verwirrte sie zutiefst, wie all die anderen sonderbaren Dinge, die hier in letzter Zeit abliefen, aber sie dachte sich, daß es eben einiges auf der Welt gab, was sie nicht verstehen mußte; und sie machte ihr Bett. Sie zog das Laken und die Bezüge fest, schlug die Ecken exakt um, schüttelte die Kissen auf und strich die hübsche Tagesdecke aus Chenille mit den blaßblauen Fransen glatt, legte ein paar bestickte Zierkissen auf die Kopfkissen, und wenn sie damit fertig war, sah das Ehebett aus wie ein hübsches kleines Kästchen mit dem Deckel obendrauf, Ednas Antwort auf die Sorgen ihrer Stiefmutter von wegen des Sichgehenlassens. Edna rülpste niemals in der Öffentlichkeit.

Das war eine von Birnes Paradenummern. Der gute alte Birne! Ha! Besonders beim Essen. Man konnte sich stets darauf verlassen, daß er einen Mordsrülpser losließ (sonderbare Dinge im Städtchen? Waldo war nichts aufgefallen; das Sonderbarste, was er gesehen hatte, war ein mit Schmierfett verklebter Radmutterschlüssel gewesen, den er mit einem schwarzen Seidenhöschen verheddert am Fußende des Motelbetts gefunden hatte, das er manchmal benutzte; er hatte ihn vor ein, zwei Abenden im Golfclub dem alten Stu gegeben und gefragt, ob er wohl Verwendung dafür habe, und Stu hatte gesagt, aber klar, es ist eh meiner, worauf sie sich die Ellbogen in die Rippen gestoßen und lauthals losgeprustet hatten: du alter Schweinehund!), wenn die Burschenschaft Ehrengäste wie einen reichen alten Herrn oder die Frauenbeauftragte des Akademischen Senats zum Abendessen eingeladen hatte, meist aber, sobald jemand im Begriff stand, eine Rede zu halten, wobei es häufig Waldo selbst traf: «Und jetzt, Bundesbrüder, sollten wir alle so frei sein zu sagen, was wir denken.» *RrrrrröLLPS!* Entweder das, oder er schnaubte aus Leibeskräften in irgendeinen dreckigen Lumpen oder gar ins Tischtuch selbst, oder er ließ einen donnernden Furz fahren – natürlich gewann er sämtliche Furzwettbewerbe. Die Windmaschine. Das Nebelhorn. Birne war jedes Zeremoniell verhaßt – «Menschen, die sich nicht wie Menschen benehmen», pflegte er immer zu sagen und genußvoll aufzustoßen, um seine Worte zu unterstreichen –, und seine vulgären Gebärden, die er «wohlberedt» nannte, dienten schlicht und einfach dem Zweck, heiße Luft abzulassen. Waldo machte ihn manchmal nach, selbst heute noch, was Lorraine sehr verärgerte, die jetzt zu ihm ins Bett kroch, und meist tat er es aus eben diesem Grunde. Birne war ein Spaßvogel. Er hatte den Bogen raus, die Treppe hinunter- oder vom Stuhl zu fallen, wobei er oft in gespielter Verzweiflung nach dem Rock einer jungen Frau griff, und er trug Aufkleber mit Sprüchen wie LECK MICH oder BLEIB MIR VOM LEIB! ICH HAB GEPUPERT! mit sich herum, um sie Professoren, beliebten Sportskanonen oder der Anstandsdame im Wohnheim für Studentinnen auf den Rücken zu patschen. Er bewahrte auch stets ein Hemd zuunterst im Korb mit der Schmutzwäsche auf, damit er es parat hatte, wenn jemand sich eines für ein vielversprechendes Rendezvous ausleihen wollte, und manchmal trug er es auch selbst zu überfüllten Seminaren oder Partys der Sororities, so daß man einen Kilometer Abstand zu ihm halten mußte. Bei einem vom Allgemeinen Studentenausschuß veranstalteten Symposium zu dem Thema, das seinen Bundesbrüdern als Mackertum geläufig war und dem Rest der Welt als Vergewaltigung, tauchte Birne mit ein paar alten Prothesen auf (vielleicht auch Gliedern einer amputierten Schaufensterpuppe), die er sich in den Ärmel und ins Hosenbein gestopft hatte, so daß er unter seiner Bekleidung doppelte Gliedmaßen verbarg. Als nun irgend so eine spindeldürre Männerfresserin wie wild gegen sogenannte

Perverslinge und das Burschenschaftspack loswetterte, wandte Birne sich erregt ans Publikum und begann eine leidenschaftliche Beichte, in der er in farbigen Details all seine Sünden wider das weibliche Geschlecht schilderte (in der Burschenschaft wurde diese Ansprache später als «Bruder Birnes Hymenknackerrede» bekannt) und mit dem Versprechen schloß, er werde sein verbrecherisches Organ in glühendheiße Eisen schmieden, wenn es sich künftig in der Öffentlichkeit nicht anständig zu benehmen wisse. «Und trotzdem, Zuckerpuppe», fügte er hinzu und wandte sich an die fanatische Männerhasserin (konnte es womöglich Marge gewesen sein? Waldo war sich nicht sicher, aber sie studierte damals ebenfalls an der State University und sorgte wie üblich mit ihrem Polittrara für Scherereien, aber da hatte er sie noch nicht gekannt, weil Politik nicht sein Aktionsfeld war, eher das Partywesen, und das war nicht ihres), «ich würde mir glatt einen Arm und ein Bein abhacken, wenn ich dir an die Wäsche könnte!» Worauf er das künstliche Bein aus der Hose und den künstlichen Arm aus dem Hemd zog und beides quer über die Bühne zu der Frau am Rednerpult hinüberwarf, die krebsrot anlief und aussah, als würde sie sich vor lauter Haß und Panik gleich in die Hosen machen. Applaus, Lachen, Buhrufe und für den strahlenden Birne ein weiteres Semester auf Bewährung, was er als seine Bestimmung begriff und freudig begrüßte. Beim Empfang zu Johns Hochzeit stand er auf und brachte mit klaffendem Hosenschlitz einen Trinkspruch auf die Familien von Braut und Bräutigam aus, einer seiner Lieblingsscherze und immer für einen Lacher gut, weil es, selbst wenn man die Nummer schon kannte, Spaß machte, die anderen zu beobachten, die sich zu entscheiden versuchten, wo sie hinsehen sollten und wie sie den Redner dazu veranlassen konnten, sich wieder zu setzen. «Tja, ich will heute mal ganz offenherzig meine wahren Gefühle ansprechen», lallte er dann besoffen und beugte sich dabei vor, damit der Reißverschluß noch weiter aufklaffte, «wir sind doch sonst immer so zugeknöpft, was unsere Gefühle füreinander angeht. Was gibt es denn eigentlich zu verbergen? Nichts! Oder so gut wie nichts. Also will ich heute abend insbesondere den Damen endlich mal etwas enthüllen, was ich noch nie enthüllt habe ...» Birne war auch bei der Hengstparty zu Glanzleistungen aufgelaufen, indem er als Einmannorchester auftrat und dabei alle seine Extremitäten einschließlich des Pimmels, der Nase und des Hinterteils zum Einsatz brachte, ersteren als Perkussionsinstrument, den Rest als Blasinstrument oder vielmehr -ensemble. Waldo hatte kaum abwarten können, was Birne bei der eigentlichen Hochzeitsfeier anstellen würde, aber soweit er sich erinnern konnte, war Birne dort nie aufgetaucht. Vielleicht zu verkatert, oder John hatte ihn zu seinem eigenen Besten oder dem seiner Braut irgendwo weit weg geparkt. Der gute alte Bruder Birne. Waldo hatte ihn seither nie wiedergesehen. Und den Kerl einst von Herzen geliebt. Jetzt war es, als hätte er nie existiert. Wehmütig drehte Waldo sich auf die Seite und ließ, Lollie eine gute Nacht wünschend, zum Gedenken an seinen langverlorenen Bundesbruder und die Tage von einst eine mächtige, dreistufige Rakete los. Das Leben, meine Liebe: der lustigste, traurigste Zirkus in der Stadt.

Lustig vielleicht. Traurig gewiß. Aber bisweilen auch verquer; ihre eigene schräge Monsterschaubudennummer war ein Paradebeispiel dafür. Lorraine hatte ihrem Holzkopf von Gatten an Wissen über sonderbare Dinge eines voraus, und zwar, daß die Bewohner des Städtchens es neuerdings schwierig fanden, Johns Braut, so lang im Zentrum des Geschehens, im Blickfeld zu behalten. Sie war da wie eh und je und doch eben nicht. Zumindest war es das, was Lorraine im Städtchen hörte – in dem Sinne, wie man einen Radiosender hört, wenn man am Senderwählknopf dreht oder den Suchlauf drückt. Niemand *sprach* davon, daß Johns Frau derzeit kam und ging, ohne wirklich zu kommen und zu gehen, es schien fast, als brächte es Unglück, das zu erwähnen, es war eine Art Tabu oder so etwas Ähnliches, aber es wurde viel über Johns Frau und ihr Kommen und Gehen nachgedacht, und in letzter Zeit – seit jenem sonderbaren Abend im Golfclub, als Maynard in ihrem Kopf lauthals seine Liebe zu Johns Frau verkündet hatte – merkte Lorraine, obwohl sie den Grund dafür nicht kannte und die ganze Sache ihr nicht paßte, daß sie die unausgesprochenen Spekulationen ihrer Mitbewohner immer deutlicher vernahm. Zunächst hatte sie gedacht, sie würden tatsächlich ausgesprochen, und daher den Fehler begangen, «Wie bitte? Was?» zu fragen, worauf sie strenge Blicke aus zusammengekniffenen Augen kassiert und verärgerte Gedankenfetzen gehört hatte, in denen sie nicht gut wegkam. Nicht daß man freundlicher mit ihr umsprang, wenn sie den Mund hielt. Aber manches wollte man eben einfach nicht wissen. Der Spruch, daß man sich wünschte, sich mit den Augen anderer zu sehen, war doch Scheiße. Lorraine hatte solche Angst vor dem, was ihre letzte gute Freundin Marge in Wahrheit von ihr denken mochte, daß sie ihr in letzter Zeit aus dem Weg ging, obwohl Marge schon zweimal angerufen hatte, um ihr mitzuteilen, daß sie eine äußerst wichtige Entscheidung zu treffen habe und dazu – *bitte!* – ihre Hilfe brauche. Statt dessen war ihr gestern abend draußen im Golfclub Marges Schlaffi von Ehemann über den Weg gelaufen, als Marge eine Runde Golf spielte, und dabei hatte Lorraine, auf seine Gedanken feinabstimmend, während Trevor abwesend aufs Übungsgreen hinausstarrte, erfahren, daß Trevor erstens, als er vor einer Weile zugeschaut hatte, wie Johns Frau ihre Schläger zum ersten Tee hinaustrug, nur isolierte Körperteile dahingleiten gesehen hatte, nie die ganze Person, und daß zweitens der Punkt von Johns Frau auf Trevors «Aktionsaeriographen» (hatte Lorraine ihn da richtig verstanden?) gänzlich verschwunden war, was immer das bedeuten mochte. Als sie in dem kleinen Drugstore an der Main Street vorbeigeschaut hatte, um ihren Sommervorrat an Antipilzcreme, Fußbalsam, Heftpflaster, Zinksalbe, Sonnenmilch, antibiotischer Wundsalbe, Insektenspray, Medizin gegen Sodbrennen, Feuchtigkeitscreme und einer rezeptfreien Antihämorrhoidensalbe zu besorgen, wobei sie hoffte, die Apothekerin mit ihrem steifen Bein und den colaflaschendicken Brillengläsern, die immer so dreinsah, als hätte sie einen Maiskolben im Hintern stecken, werde annehmen, die Salbe sei für Waldo (was sie tatsächlich tat), da hatte sie sozusagen indirekt die Geschichte mitgehört, daß irgendeine Frau (nach allem, was Lorraine von ihr zu «sehen» bekam, mußte es Johns Frau gewesen sein) vor einiger Zeit hereingekommen, auf die alte, mit einem Fünfcentstück zu fütternde Waage, die Oxford vor gut fünfzig Jahren aufgestellt hatte, gestiegen und dann mehr oder weniger abrupt verschwunden sei – trotzdem stand auf der Waage unverändert ihr Gewicht abzulesen, als wäre sie noch da. Das entsprach offenbar ziemlich genau dem, was vor ein paar Tagen geschehen war, als Johns Frau «in die Arztpraxis gepoltert kam». Fraglos schien der alte Alf sich Sorgen um sie zu machen (er schleppte ein klebrig-klitschiges taktiles Abbild im Kopf herum, das Lollie nichts sagte, obwohl ihr eine Gänsehaut über den Rükken gelaufen war, als ihr das Abbild oder sie dem Abbild gestern abend im Golfclub aufgefallen war), der Polizeichef ebenso, auch die Friseuse und die Lehrerin ihres merkwürdigen Sohnes Mikey. Beatrice hatte eine Geschichte von der Kirchenchorprobe parat (Lorraine hörte die dünner und dünner werdende Stimme von Johns Frau, konnte sie selbst aber nicht sehen und war sich auch nicht bewußt, daß sich das genau mit Beatrices Wahrnehmung deckte), auch wenn diese Geschichte nur in Bruchstücken zum Vorschein kam, da Trixie sich derzeit beinahe ausschließlich mit dem unauslotbaren Mysterium ihrer Schwangerschaft befaßte, wobei es, soweit Lorraine es mitbekam, um mehr ging als nur um die Unsicherheit, wer denn der Vater sein mochte. Und so weiter überall im Städtchen, bei Veronica, bei Daphne, sogar bei Johns Mutter: Es trat allmählich ein Muster hervor, das wieder verblaßte, sich dann erneut aufdrängte, ganz wie sein Gegenstand selbst. Was sollte man davon halten? Lorraine wußte es nicht, wußte noch weniger, was sie mit dieser neuentdeckten Gabe anfangen sollte, wenn sie das einmal so bezeichnen wollte, in Wahrheit war es eher wie der Zusammenbruch eines Teils ihres Immunsystems und durchaus, das wußte sie, imstande, sie in den Wahnsinn zu treiben. Wollte sie denn wirklich wissen, was Bruder Birne bei einem Polterabend vor achtzehn Jahren Widerwärtiges getrieben hatte? Nein, ganz und gar nicht. Ihre beiden Jungs hatten einen Streit angefangen, als es Zeit zum Schlafengehen war, und als Lorraine sich einmischte, hatte sie festgestellt, daß sie alles mitbekam, was in den gehässigen kleinen Gehirnen der beiden hochkochte, nicht zuletzt, daß beide sie in diesem Augenblick von ganzem Herzen haßten, besten Dank, Jungs. Es war zuviel. Bitte verschont mich damit. Mit diesem innigen Flehen war Lollie neben ihrem traumlosen Gatten, der sie unter seinem großen Zelt mit einem widerwärtigen Salut begrüßt hatte und jetzt friedlich neben ihr schnarchte (nichts als absolute Dunkelheit, als sie sich auf ihn einstimmte – verflucht sollte er sein für solch unverdienten Seelenfrieden!), leise ins Bett geschlüpft und hatte sich gewünscht, sie hätte ein paar Zündhölzer da, um eine von Waldos Salven anzuzünden und wenigstens seinem Hintern etwas zum Nachdenken zu geben, wenn er schon zwischen den Ohren unerreichbar blieb.

Feuer! Der Wald brennt! Mein Gott! *Alles ist verloren!* Wo ist mein –? Nein, nein, der Künstler (Autor) hat nur geträumt, alles in Ordnung, beruhige dich, trink einen Schluck Wasser. Ellsworth taumelte mit pochendem Herzen von seiner Pritsche zum Waschbecken hinüber und drehte den Hahn bis zum Anschlag auf, als wolle er die noch immer flackernden Flammen löschen. Es war so *wirklich* gewesen! Auch der Künstler lag zu Tode erschrocken mit pochendem Herzen am Flußufer, wo er sich hingeworfen hatte: Er hält den Kopf unter Wasser (der ganze verdammte Wald steht lichterloh in Flammen) und denkt: Der Lauerer ist nicht der wirklich Gefährliche. Ich bin es. Er strich sich übers Gesicht. Im trüben Spiegel über dem Waschbecken erblickte Ellsworth den gequälten Schriftsteller mit leeren Augen und unrasierten Wangen, das strähnige Haar ungewaschen und zerzaust, und war wieder beruhigt. Was für ein Tag war heute? Was für eine Nacht vielmehr. Er hatte keine Ahnung. Die nächste Ausgabe des *Crier* war wahrscheinlich fällig. Oder überfällig. Er würde einfach eine alte abdrucken. Erinnert euch. Egal, es gab ohnehin immer nur dieselben Neuigkeiten, sie würden es wahrscheinlich nicht einmal merken. Na ja, die frisch Verheirateten schon. Auch die frisch Beförderten und die frisch Verwitweten, verdammt seien ihre schwarzen, erbarmungslosen Seelen und ihr Stolz auf Name und Stand. Und dann war da noch die Bürgermeisterwahl mit nur einem Kandidaten, die unnützerweise ins Haus stand, obwohl doch der Tag der Pioniere nahte, auch die Öffnungszeiten des Schwimmbads mußten verkündet werden, dazu die Ergebnisse der Little League, und ein Bericht über die Teerarbeiten auf der

Sixth Street stand ebenfalls an. Jetzt sah Ellsworth den mißhandelten Schriftsteller über seinem Waschbecken, den Verkannten, den Armen, gezwungen, seinen jämmerlichen irdischen Hungerlohn auf Kosten seiner Kunst durch schnöde Zeilenschinderei zu verdienen, eine weit tragischere Figur als der leidende, wenngleich nicht so reizvoll. Er nickte dem mißhandelten Schriftsteller mitfühlend zu, schenkte dem leidenden ein ironisches Lächeln, dann wandte er sich seinem alten lackierten Küchentisch zu, auf dem sein wachsendes Werk lag, und bemerkte in Sekundenbruchteilen, daß das Modell verschwunden war. Das also war die tiefere Bedeutung des Traums vom Flammenmeer und der Panik gewesen, die er im Herzen des Künstlers ausgelöst hatte. Hatte er sich wirklich gewünscht, dies alles zu vernichten? Nur weil sie sich – weil sie eben doch nicht – weil er sie nicht finden kann? Aber sie mochte ja vielleicht trotzdem noch dasein, versteckte sich nur, trieb ihre Spielchen mit ihm, genau wie früher. Es gab ein Früher? Er hatte gar nicht mehr daran gedacht, aber wahrscheinlich gab es eins. Jetzt wälzt sich der Künstler auf den Rücken, dort am Ufer des düster glitzernden Flusses, wo er sich zu Boden geworfen hat, fegt sich das nasse Haar aus dem Gesicht und blickt durch die Zweige des Waldes ins gewaltig hohe Himmelszelt, wo alles namenlos ist und nichts existiert. Dies also: sein Schicksal ohne sie. Vielleicht ist sie verschwunden, um ihn daran zu erinnern, daß es ein *Früher* gab, daß ein uraltes Band geknüpft ist zwischen ihnen, das er in seinem unerbittlichen Streben nach Schönheit zumeist vergessen oder ignoriert hat; um ihn daran zu erinnern, daß er dieses verlorene Band, diese vergrabenen Gefühle erneut knüpfen beziehungsweise zum Leben erwecken muß, wenn er seine wahren schöpferischen Tiefen ausloten will. All das in der Annahme, versteht sich, daß sich das Kind aus freien Stücken und auf eigene Faust davongemacht hat. Er hält den Atem an und lauscht auf das schmutzige Gelächter des Lauerers. Dessen anzügliches Wiehern, dessen unheilverkündender Schritt, jedes Zeichen wäre willkommen. Stille. Ringsum schreckliche Leere. Plötzlich meint er sich an ihre verzweifelten Schreie zu erinnern, gedämpft von einer erbarmungslosen Hand, die ihr grob aufs zarte Mündchen patscht, sieht ihre nackten Glieder im Unterholz zappeln. Was jetzt? Nun, er muß sie retten! Seine Kunst hängt davon ab! Er liegt, alle viere von sich gestreckt, auf dem Rücken neben dem munter plätschernden Bach unter dem Gefunkel der Sterne, bedenkt die Heldentaten, die ihm am Morgen bevorstehen, und sinniert einstweilen, sich zu einem kleinen Nickerchen anschickend, das ihn erfrischen möge für die baldigen Fährnisse, über die unsagbaren Greuel nach, die der Lauerer der gefangenen Maid in diesem Augenblick zweifelsohne antut und zufügt. Ach! Nein! Der Schurke …!

Als solcher dürfte in diesem Städtchen und dieser Nacht in den Augen der meisten wohl Maynard zwei alias der Narr gegolten haben, hinter dessen unversöhnlicher Verbitterung sich ein einziges Körnchen glühender Liebe verbarg wie ein Nierenstein, der nicht abgehen wollte. Maynard zwei fühlte sich zurückversetzt in alte Tage und bittere Bande und grub heißen Zorn aus, der lieber begraben geblieben wäre. Er studierte wieder Jura und fürchtete sich panisch vor Prüfungen, die er nie bestehen würde; der Kopf schwirrte ihm vor Zivilrechtsdelikten, Schriftsätzen und Strafgesetzbuchparagraphen, die genau wie er unter grausamen Spottnamen zu leiden hatten und seinen Kommilitonen als Zuvielpechrelikte und Siffmätzchen und Schlaffgesetzbuchparaphrasen geläufiger waren. Hinter der offenen Badezimmertür ihrer schäbigen Studentenbude kniete seine derzeitige Ehefrau in der roten Wanne und blies irgendeinen Kerl, dessen Gesicht hinter dem gefältelten Duschvorhang verborgen war. Trotz vollem Mund zählte sie dem Arschloch (wer war es? Der Scheißkerl von schräg gegenüber im Studentenwohnheim, mit dem sie bumste? Der große böse John? Maynards Juraprof? Der mösenversessene junge Bursche vom Golfclub? Die anonymen Pobacken, die Daph gepackt hielt, verrieten ihm nichts) lang und breit Maynards Mängel als Liebhaber auf: «Sein Sperma schmeckt wie Zehenschmand», sagte sie. Die Wörter in dem Juralehrbuch, das er gerade las, verschwammen und veränderten sich vor seinen Augen, aber er entzifferte immerhin «jus naturale», was er (der Kerl in der Wanne war entweder am Kommen oder lachte dreckig los) plötzlich zum erstenmal richtig begriff. Na also! Und deshalb sprang er, als Daphne anfing, seine geheime Liebe zu verraten – «Weißt du, auf wen der Ofenputzer wirklich scharf ist? Du wirst es nicht glauben!» –, vom Schreibtisch hoch, drehte die Heizung voll auf, ließ es die Nutte so richtig spüren und sah mit Freuden zu, wie sie zu schmoren begann, Brandblasen warf (der Kerl war weg, als sei er nie dagewesen) und in der versengten Wanne (er hatte doch glatt die rote Farbe von dem verdammten Ding abgefackelt) herumhopste, als stünde sie unter Strom. Er fühlte sich stark und mächtig und stemmte sich ekstatisch in Richtung Zimmerdecke, als er kräftig losspritzte, worauf er seine Angetraute hilflos unter sich in der dunklen Badewasserbrühe zappeln ließ und durchs Fenster ins Freie schwirrte, wo er heiter die Glieder streckte, während er in luftiger Höhe über die menschenleeren Straßen und Gehsteige dieses miesen Kaffs schwebte, das jetzt in reumütiger Zerknirschung vor ihm zu Kreuze kroch. Er sah oder hörte (oder bekam es irgendwie mit, als wäre sie irgendwie das Kaff selbst) Veronica weinen («Was hast *du* denn hier draußen zu schaffen?» meinte er sie japsen oder vielleicht kreischen zu hören), und das erinnerte ihn wieder daran, daß er ja hier draußen unterwegs war, um nach ihrem ausgebüchsten Sohn zu suchen. Der kleine Naseweis: Maynard würde ihm den frechen Pelz versohlen, aber gründlich! Er sah aus dem Augenwinkel das Wäldchen am Stadtrand, das zwischen dem Highway und der Zufahrt zum Flugplatz kauerte, und ging ein wenig tiefer, um sich dort umzusehen.

Merkwürdigerweise war sein abwesender Sohn, wo immer er stecken mochte (an einem sonderbaren Ort), zur selben Zeit, wenn auch nicht im strengen Sinne fliegend, so doch jedenfalls nicht gehend, sondern vielleicht eher wie schwimmend unterwegs, allerdings nicht im Wasser, sondern in etwas, das sich wie warme, wattige Luft anfühlte. Er kam sich vor wie ein Astronaut bei einem Weltraumspaziergang, auch wenn ihn kein plumper Raumanzug einengte. Der Kleine, wie er zu Hause gerufen wurde, damit man den einen Maynard vom anderen unterscheiden konnte, war vom Ausgangspunkt seines Trips mittlerweile weit entfernt und hatte kein Ziel vor Augen, als immer weiterzuziehen, da er weder einen blassen Schimmer hatte, wo, selbst wenn er versuchen sollte zurückzukehren, «zurück» überhaupt liegen mochte, noch die geringste Lust dazu verspürte. Unter ihm waren keine schäbigen, menschenleeren Straßen, kein Wäldchen und kein Golfclub, sondern Menschen, wohin er auch sah. Beim Geschlechtsverkehr. Ein Meer, ein aufgewühltes Meer von Menschen, nackten Menschen, allesamt zu zweit oder zu mehreren voll in Aktion, einander umschlingend in all den Varianten, die ihm sein Kumpel Fisch in den aus dem Arbeitszimmer seines Vaters geklauten Büchern gezeigt hatte, und außerdem in noch viel mehr Stellungen und Positionen. Mann! Es mußten Tausende sein! Millionen! Kein Mensch da unten, den der Kleine kannte oder mit Sicherheit erkannte. Sie sahen irgendwie aus wie die Leute aus seinem Städtchen, irgendwie aber auch wieder nicht. In der schwülen Luft dröhnte von fern stampfende Musik, ähnlich den Klängen der Orgel, die man in der Kirche zu hören bekam, aber drängender, als wollte sie die Leute da unten anspornen. Es kam dem Kleinen vor wie ein riesiges, lautes Einkaufszentrum, in dem es nur eine einzige Sache zu kaufen gab. Ach, na klar, das mußte die Hölle sein, dachte er, und dann roch er auch gleich so etwas wie einen Hauch von Schwefel in der Luft, falls es sich nicht um faule Eier handelte. Und was hatte er also hier verloren? Machte er bloß eine Entdeckung, oder hatte er eine Aufgabe zu erledigen? Er kam sich privilegiert vor, als er über diesem Panorama von vögelnden Menschen schwebte (in seinem erweiterten Bewußtsein erschien ihm der ganze Kram aus der Bibel mit einemmal wirklich und brandaktuell), doch zugleich fühlte er sich auch ausgegrenzt. Als würde er das alles nur lesen, anstatt es wirklich zu erleben, irgend etwas war zwischen ihm und dem Geschehen da unten, etwas, das sich ein bißchen wie Pauspapier oder vielleicht eher wie Frischhaltefolie anfühlte. Vielleicht seine eigene Coolness. «Cool ist cool», hatte ihm Fisch eines Tages ziemlich geheimnisvoll mitgeteilt, «aber zu cool, Bonsai, und du verpaßt den ganzen Zinnober.» Selbst wenn der «ganze Zinnober» die Hölle bedeuten sollte, die vielleicht so übel gar nicht war. Und deshalb hatte der kleine Bonsai damals, als Fisch ihm das erzählt hatte, wissen wollen, ob *Gott* womöglich zu cool und daher auch, du weißt schon, nicht so richtig im Bilde sei. War das womöglich der Knackpunkt? Fisch glaubte es nicht. Natürlich war Gott niemand, der sich der Fleischeslust hingab, wie könnte Er das? Er war eher so was wie ein Zimpelzerrer, hatte Fisch da gesagt und gegrinst, und beide waren rot geworden und hatten sich vor dem ausbleibenden Blitz geduckt und losgelacht. Der Kleine wünschte sich, sein Kumpel Fisch wäre jetzt mit ihm unterwegs, er hätte gewußt, was als nächstes zu tun war. Da unten liefen jede Menge Typen wie Fisch herum, aber keiner, den er zu kennen schien oder der umgekehrt ihn gekannt hätte, und außerdem waren die meisten von ihnen zu tief in das versunken, was entweder infernalische Qual oder aber ekstatische Verzückung sein mußte (dieses Wort hatte er aus den Büchern des Pastors gelernt, die jetzt aufs atemberaubendste bebildert wurden), um noch über die eigene Nase hinauszusehen (ja ja, sie alle besaßen überaus bemerkenswerte Zinken, die zum Takt der Orgel in der Luft auf und nieder wackelten wie Vogelschnäbel am Futterspender), falls sie ihn doch kennen sollten. Was ihn, der Lust verspürte, selbst ans Werk zu gehen, aber erst mal zusehen wollte, irgendwie ermutigte: Wenn er näher kam, um besser sehen zu können, würden sie es kaum merken, also nur zu. Er konnte es beinahe hören, wie ein göttliches Geheiß: Laß es zu. Und so, ganz wie sein Vater, der in irgendwelchen anderen Gefilden durch die Luft schwebte, ging der Kleine in gemächlichem Sinkflug durch das stechend riechende, heftig pulsierende Element.

Der kleine Maynard alias Bonsai konnte es nicht wissen, aber sein Busenfreund Fisch, der es zugelassen, hatte sich in dem daraus resultierenden tiefen Kummer (auch er hätte sich einen Freund in der Nähe gewünscht) in sein Zimmer zurückgezogen, weigerte sich kategorisch, es zu verlassen, und kam nicht einmal zum Essen heraus oder um sich ein Baseballspiel im Fernsehen anzusehen, denn seine Schwestern kicherten und zeigten mit dem Finger auf ihn, sobald er nur den Fuß vor die Zimmertür setzte, um aufs Klo zu huschen («Wo kann man am hellichten Tag den Vollmond sehen?» hatte Jen gerufen, wahrscheinlich ein Witz, den sie im Einkaufszentrum gehört hatte), und draußen wartete, wie er wußte, noch weit Schlimmeres, deshalb scheiß drauf, scheiß auf alle. Seinem Vater, der gehört hatte, daß sein in Tränen aufgelöster Junge mit nacktem Hintern auf das Dach des Autohändlers geklettert war, um sich seine Jeans zu holen (was von einem Menschenauflauf begafft worden war, unter anderem von einer kompletten Busladung Gäste für das Sommerzeltlager von Lennox' Kirchengemeinde, die angehalten hatte, um die leuchtenden Hemisphären zu bewundern), war es heute abend endlich gelungen, in die verlotterte Bude seines Sohnes vorzudringen, und so wußte er jetzt mehr, als er eigentlich wissen wollte. Hinter der Erniedrigung des Jungen: schlimme Dinge, die ihren Schatten warfen. Allem Anschein nach zumindest. Lenny kannte die Frau nur allzugut, sie gehörte mit zu den ersten Leuten, die er hier kennengelernt hatte, und er bezweifelte, daß es etwas gab, zu dem sie nicht imstande wäre. Sollte er die Polizei verständigen oder den alten Stu warnen? Wahrscheinlich. Aber das war eigentlich nicht Lennys Art. Also streckte er sich neben seiner schlafenden Trixie aus, die sich in ihrer neuen Bedrängnis unruhig hin und her wälzte, und während er sich vom Schlaf, der wie stets bereitwillig kam, umfangen ließ, spielte er mit den von der Erzählung seines Sohnes heraufbeschworenen Bildern und suchte nach einem Aufhänger für seine Sonntagspredigt. Beispielsweise die Verhüllung der Nacktheit, der Drang Adams, seine Blöße zu bedecken. Und nicht etwa aus Schamhaftigkeit: Was kümmerte es die Tiere, wie sollten sie verstehen, was sie sahen? Es ging vielmehr um den symbolischen Ausdruck der Menschwerdung. Des Schrittes hin zum Kulturmenschen. Nein, das war zu einfach, hmm-hmm, da würden alle abschalten. Dann ging es eben um das Ende eines Zeitalters. Nicht der Unschuld, sondern des stumpfen Geworfenseins. Sich bekleiden heißt sprechen. Die Herrschaft anzutreten, die Herrschaft über sich selbst. Und es ging um den damit verbundenen Schmerz, den Schrecken, den Verlust des Vaters und all diese Sachen. Na schön, aber nackt sein hieß auch arglos sein. Sozusagen ein anderer Aspekt der Backen, die man dem Widersacher zum Streich darbieten soll. Daher auch Jesus nackt, gegeißelt, nackt ans

Kreuz geschlagen. Konnte er das bringen? Nein – zu hochgestochen. Und allzu viele würden das Schild sehen, das da oben angenagelt war: DAPHNE UND STU: GÜNSTIGER GEHT'S NICHT. Natürlich hatte man auch Jesus lächerlich gemacht. KÖNIG DER JUDEN: nichts als ein weiterer kitschiger Aufkleber für die Stoßstange, der die Leute bei Laune halten sollte, während sie einen Mord begingen. Und ging es darum? Oder würde es bald darum gehen? Sein Sohn war verständlicherweise völlig außer sich gewesen, es hatte ihm buchstäblich die Kehle zugeschnürt, als er die Sätze herausgewürgt hatte, und außerdem war der arme Kerl natürlich verzweifelt bestrebt, die forschenden Blicke der Welt von sich abzulenken, und zeigte in seiner Qual auf alles und jeden – wer hätte es also mit Sicherheit sagen können? Ach ja. «Lasset die Kindlein zu mir kommen», sagte Jesus, «und wehret ihnen nicht, so sie einen nackten Hintern haben.» Lenny lachte. Jesus, der große Tröster, wußte, wie man dem ganzen Elend den Stachel nahm. Trotzdem war er der Welt überdrüssig, man konnte es ihm ansehen. Immer wieder dieselbe Geschichte, die immer traurige, immer wieder neue Geschichte, von den Vätern ererbt und mit ständig wechselnder Rollenverteilung: die sogenannte menschliche Komödie, es gab keinen Ausweg. Was also war die Antwort? «Die Liebe», sagte Jesus (vielleicht wieder nur ein Witz, vielleicht aber auch nicht), legte den Arm um Lenny und führte ihn hinüber, wo seine Jünger versammelt saßen, Bier tranken und wüste Lieder sangen. Auch ein paar Frauen waren mit von der Partie, die Umhänge trugen und mitsangen, darunter auch Johns Frau, die er nur hören, nicht aber sehen konnte, seine Frau Trixie ebenfalls, stumm, aber gut zu erkennen, wie sie beim Tanzen ihren dicken Bauch vor sich herschob. «Unsere kleine Salome», sagte Jesus neben ihm, sofern es noch immer Jesus war (es sah eher nach John aus), «immer zu haben für eine Runde Blasmusik.» Womit sie dann auch, nachdem die singenden Jünger auf die Tische und Stühle geklettert waren und ihre Umhänge gelupft hatten, tatsächlich anfing, ohne dabei auch nur für einen Augenblick aus dem Takt zu kommen, wobei Lennox der Gedanke durch den Kopf schoß, dabei könne sie zumindest nicht schwanger werden, was sie jedoch natürlich bereits war. Es klopfte dreimal an die Tür. «Heda, Hornochs», riefen die Jünger und führten Trixie eilig fort. «Frisches Blut! Laßt die Blödmänner rein!» Genau, sein alter Job, wie ging das noch mal? «Wer ist es, der an die Pforte des geheiligten Tempels der Bruderschaft pocht?» So ungefähr jedenfalls. «Ein demütiger Novize, Meister, der um Einlaß bittet, auf daß er den Eid ablege, zu wachsen an Weisheit und Liebe!» – «So tritt denn ein, Novize, in Ehrfurcht, wie es sich gebührt, auf Händen und Knien!» Es war sein Sohn Philip, der initiiert werden sollte. Sie standen zu zweit auf einem kahlen Hügel und sahen auf das Städtchen unter ihnen. Er konnte das Bürgerzentrum erkennen, den Golfplatz, den Flugplatz, die Einkaufszentren, das ferne, gesichtslose Grüppchen der Jünger am Fuß des Hügels. Er hielt die Holzpatsche mit dem aufgemalten Wappen der Burschenschaft in den Händen und fühlte sich alt und von der schnöden Welt betrogen, mißbraucht und völlig ungeeignet für die ihm zugewiesenen Aufgaben. Was hatte er getan, daß er von Gott oder John oder sonstwem derart grausam auf die Probe gestellt wurde? Was hatte er, der lockere Lenny, getan, daß er den Patriarchen spielen sollte? Es war nicht fair. Sein Sohn kniete vor dem Steinaltar, geschwärzt von zahllosen Picknick- oder vielleicht auch Landstreicher- oder Zigeunerfeuern, und tat ihm leid. «Keine Sorge, mein Sohn», sagte er. «Wir sind nur Figuren in einer uralten Geschichte.» – «Schon in Ordnung, Dad», flüsterte ihm Philip wie versteinert von der anderen Seite des Altars zu. «Laß es zu.»

Man hörte ein dumpfes Klopfen an der Schlafzimmertür im Haus von GÜNSTIGER GEHT'S NICHT, doch die angeklopft hatte, trat ein, ohne die Tür zu öffnen, und auch nicht auf Händen und Knien, vielleicht noch nicht einmal auf ihren Beinen, denn sie war geisterhaft, das nasse Haar düster an den schimmernden Schädel gepappt, die Augen flammend von dem Feuer, das in ihr loderte. Der schmale Mund stand offen wie der einer Puppe, und sie tat einen wie ein Windhauch klingenden Seufzer, worauf es im Schlafzimmer eiskalt wurde. Brrr. Diese Frau hatte noch nie ihren verdammten Mund halten können. Vielleicht war es nur ein Alptraum im Vollsuff, vielleicht Stus Alptraum oder der von Daphne, vielleicht träumten sie aber auch beide denselben schrecklichen Nachtmahr oder dachten es, hofften es – wie hätte man in der wirklichen Welt mit einem solchen Grauen leben können? Ich muß mich mit dem Seelentröster zurückhalten. Morgen fang ich damit an, ich schwör's bei der Bibel. Auch wenn es Winnie nie die Rede verschlagen hatte, wußte sie diesmal und auch sonst bei ähnlichen Anlässen (zu viele in letzter Zeit) nichts zu sagen, was aber auch gar nicht nötig war – ihr kalter Atem, ihre feurigen Augen waren mißbilligend. Man hörte nur die Stimme des alten Stu, die ihrerseits bereits wie ein Röcheln aus dem Grabe klang, von Husten und Räuspern und tonlosem Gebrabbel unterbrochen: «Oh, ich weiß es noch, Win, du alter Feger, ich weiß es, als wäre es gestern gewesen – ich hab dich gekränkt, ich weiß, und mir selbst hab ich auch nicht gerade einen Gefallen getan, auch wenn mir das Schweigen danach sehr gefallen hat und ich alte Schrottkarre mir für eine Weile vorkam, als wären meine Ventile frisch eingeschliffen. Mann, nach all den Jahren, die ich aufgebockt vor mich hingerostet hatte, war das ein wirklich tolles Gefühl. Aber was weißt du schon davon, Win? Du bist zur falschen Zeit auf die Welt gekommen. Du konntest zwar 'nen Brauereigaul auf Trab bringen, aber den Unterschied zwischen Zündschlüssel und Handbremse hast du nie kapiert. Bei dir bin ich ja noch nicht mal auf einem Zylinder gelaufen, höchste Zeit, daß ich die alte Karre gegen 'ne neue getauscht hab. Stell deine verdammten Scheinwerfer ab! Du jagst doch bloß 'ne Menge Rauch durchs Rohr! Ich hab doch gesagt, ich weiß es noch genau, wie könnte ich es auch vergessen? Die alte Gehirnwanne da oben hat mehr Löcher als 'n kaputter Auspuff, will ich gar nicht abstreiten, aber ich kann diese Nacht damals einfach nicht rausbrennen, ganz gleich, wie sehr ich mich anstrenge. Tut mir leid, wirklich. Zum Beispiel, daß ich mich noch mal umgeschaut hab. Das hätte mir um ein Haar den ganzen Spaß verdorben. Und natürlich konnte diese Spritztour nicht ewig dauern, so schön sie auch war – viel zu viele Schlaglöcher, wie immer. Mir war klar, daß es mir früher oder später 'ne Dichtung raushauen und ich in der Schrottpresse enden würde, aber wer endet nicht da? Was zählt, ist die Zeit auf der Straße und nicht der Friedhof, auf dem man landet, stimmt's? Ah, das facht die Glut noch mal schön an, na bitte! Kannst es wohl nicht abwarten, alte Rostlaube? Was also hast du dir für mich ausgedacht? Na, Win? Wie soll ich dafür bezahlen?» – «Wenn wir ihr vielleicht ein Schlückchen anbieten», sagte Daphne, oder jedenfalls schien es so (es war nur ein Traum, oder?), und da loderten die Flammen in Winnies Augenhöhlen erneut auf, und sie stieß zischend eiskalten Atem aus. «Du bist es, mein kleiner Schatz», brummte Stu (in seinem oder ihrem Traum). «Das also will mir die alte Fregatte sagen. Und hinter dir ... kann ich doch ... noch wen sehen ...»

Das konnte der rotäugige Gordon ebenfalls. Er hoffte zu träumen, doch er träumte nicht, sondern stand wirklich in seiner Dunkelkammer und weinte in seine fixiersalzbefleckten Hemdsärmel. Seit er begonnen hatte zu fotografieren, hatte er keinen solchen Bock mehr geschossen, und jetzt, ausgerechnet jetzt ...! Vor der Tür der Dunkelkammer weinte seine Frau Pauline ebenfalls, er konnte sie schluchzen hören: eine Art klägliches Winseln, wie von einem jungen Hund. Er hatte vergessen, ihr neue Sachen zum Anziehen mitzubringen, abgesehen von dem Nachthemd, das sie am Kragen hatte auftrennen müssen und das ihr nicht einmal mehr bis über die Hüften reichte. Zudem hatte sie Hunger (sie hatte immerzu Hunger), und bis morgen früh waren alle Läden geschlossen. Trotzdem kamen ihm ihre Probleme im Vergleich zu seinen unerheblich vor. Wie war es nur möglich gewesen? Gordon war, vor Aufregung zitternd, vom Einkaufszentrum nach Hause gefahren (um ein Haar hätte er die Ampel auf der Main Street übersehen, und als er dann doch auf die Bremse getreten war und dem Polizeichef kichernd zugewinkt hatte, mußte er wie ein Verrückter gewirkt haben), und nachdem er das neue Nachthemd entzweigerissen, es Pauline ungeduldig über den massigen Kopf mit dem verheulten Gesicht gezerrt und dann die letzte Dose Kochschinken für sie geöffnet hatte, den sie gleich aus der Dose hinuntergeschlungen hatte, war er schnurstracks in die Dunkelkammer gegangen, nicht ohne Pauline zuvor zu versprechen, daß er gleich nach den ersten Abzügen – «Endlich, Pauline! Die größte künstlerische Leistung meines Lebens!» – zum Steakhouse am Highway fahren und ihr eine Vierfachportion des Surf 'n' Turf Special mitsamt einer Extraportion Kartoffeln und einem ganzen Dutch Apple Pie zum Nachtisch besorgen werde, «mit Schokoladen-Marshmallow-Eis und Butterkaramelsauce!» Und dann: die furchtbare Gewißheit. Zunächst hatte er sie einfach ignorieren wollen. Natürlich hatte er das dunkle, verschwommene Aussehen der Negative gleich bemerkt, als er sie aus dem Entwickler gezogen hatte – aber nein, das konnte nicht sein. Auch beim Vergrößern hatte er es gesehen und dann noch einmal, als im Fixierbad die ersten Schatten hervortraten, aber erst nachdem er in seiner Verzweiflung eine dritte Serie von Vergrößerungen begonnen hatte, sah Gordon der ganz und gar undenkbaren Wahrheit ins Auge: Er hatte aus irgendeinem Grund einen Film mit Fotos von Pauline in der Badewanne ein zweites Mal benutzt. Was hatte dieser gebrauchte Film in seiner Kameratasche zu suchen gehabt? So was war ihm noch nie passiert, und Gordon verstand nicht, wie es diesmal hatte passieren können. Dennoch ließ sich die Tatsache nicht leugnen. Der Beweis seiner unverzeihlichen Tölpelhaftigkeit baumelte im fahlen roten Licht an Nylonschnüren über seinem Kopf wie die frischpolierte Klinge einer Guillotine. Auf allen Bildern waren Paulines gewaltige, ihrerseits verwaschene und geisterhafte Fleischmassen mit den geisterhaften Abbildungen einer zweiten Person unterlegt, deren Konturen so schwach waren, daß sie jede x-beliebige Person hätten zeigen können, zumal das legendäre Strahlen der Abgelichteten nur um so mehr zur Auflösung ihres Bildes beigetragen hatte. Auf einer einzigen Doppelbelichtung, die – vielleicht wegen des mangelnden Lichts in der Umkleidekabine oder weil auf der ersten Aufnahme an dieser Stelle der große Fleck von Paulines nassem Schamhaar gewesen war – ein kleines bißchen weniger verpatzt wirkte als alle übrigen, glaubte er den Rücken von Johns Frau und ihre ausgestreckten Arme mit der Leinentunika über ihrem Kopf erkennen zu können. Verzweifelt machte er sich ans Werk und fertigte mehrere Ausschnittsvergrößerungen an, nahm sich den Bereich von den Schultern bis zur Hüfte vor und filterte sorgsam den behaarten Bildhintergrund oder -vordergrund heraus, der wie ein taubenetzter Vorhang wirkte, und trotzdem hatte das Ergebnis mehr von einem Gemüse an sich als von einem menschlichen Körper. Wären die Doppelbelichtungen absichtlich entstanden und beispielsweise Paulines monumentale Flanken als vorgegebene Flächen benutzt worden, auf die er das Bild von Johns Frau, schreitend durch transparente Wolken und so weiter, hätte werfen können, dann wären sie sehr gelungen gewesen. Doch er hatte den Film ein zweites Mal belichtet, und damit waren sämtliche Einzelheiten ausradiert, war jede Oberflächenstruktur vernichtet, war diese einmalige Gelegenheit vertan. Gordon sank verzweifelt in sich zusammen, kauerte auf dem Fußboden der Dunkelkammer und lehnte sich an den alten Metallhocker, der dort stand. Heiße Tränen liefen ihm über die Wangen, während er dem klagenden Winseln seiner armen, grotesk verunstalteten Frau lauschte, die vor der Tür hockte. Und in diesem Augenblick fiel ihm ein Satz ein, den die Frau in der Bücherei, die Ehefrau des Apothekers, einst zu ihm gesagt hatte, als er ein junger Mann und Feuer und Flamme für seine hehren künstlerischen Ideale gewesen war. Ehrlichkeit, Disziplin, Engagement, Begabung, Selbstvertrauen, all das ist sehr gut, Gordon, hatte sie gesagt, und zweifellos kann man es ohne das nie zum Künstler bringen. Aber es wird nicht reichen, du brauchst noch etwas anderes, das weit schwieriger zu benennen oder zu definieren ist. Nennen wir es einfach ... na ja, ein Geheimnis. *Das* Geheimnis. Von dem sich Gordon in diesem Augenblick gänzlich ausgeschlossen fühlte.

Auch Rex fühlte sich ausgeschlossen, allerdings nicht von irgendeinem mutmaßlichen Geheimnis (wenngleich er Kate zugestimmt hätte: die Musiker, auf die Rex stand, nannten es «Soul»), sondern von der Knarre, auf die er ein begehrliches Auge geworfen hatte. Mit den Schlüsseln, die er damals geklaut hatte, als er den Job am Flugplatz hingeschmissen hatte, war er ohne Schwierigkeiten ins Hauptgebäude gelangt, aber John, der mißtrauische Schweinehund, hatte anscheinend das Schloß in der Tür zu seinem Privatbüro auswechseln lassen. Dort waren, erinnerte sich Rex, große Industriefenster mit Stahlrahmen, die einem zwar den Ausblick auf die Laderampen und die Rollbahnen erlaubten, sich aber nicht öffnen ließen. Er hätte diese windige Tür natürlich ohne größeren Aufwand aufstemmen oder auch einfach ein Loch hineinhauen können, aber das ging nicht. Er wollte unbemerkt eines der Gewehre aus dem Waffenschrank mitgehen lassen und es dann auf demselben Weg zurückbringen, bevor irgendwer überhaupt merkte, daß es verschwunden war. Man würde nur Johns Fingerabdrücke darauf finden. Zwei Fliegen mit einer Klappe, wie man so sagte, und Rache war für Rex ein noch wichtigeres Leitmotiv als Mord. Nevada war immer wieder aus dem Schlaf hochgeschreckt, und Rex hatte ihr gesagt, er könne nicht einschlafen und wolle eine Runde joggen, werde aber bald zurück sein. Sie hatte erwähnt, daß John für ein paar Tage verreist sei, also war jetzt der richtige Augenblick. Wenn alle Beweise gegen ihn sprachen, würde es dem Mistkerl sogar in diesem Städtchen, das sein Privatbesitz war, tatsächlich an den Kragen gehen? Aber nein! Immerhin – vielleicht bescherte es dem arroganten Schweinepriester ein bißchen Ungemach und ein, zwei schlaflose Nächte, in denen er sich fragte, wer zum Henker es wohl gewagt hatte, derart rotzfrech auf seine Rechnung zu handeln. Wie kam er also jetzt in die verfluchte Bude rein? Tja, versuch's doch mal mit dem Türknopf, Dummbeutel: nicht abgeschlossen. Ha. Es war eine Weile her, daß Rex hier gearbeitet hatte, und er war nur selten in Johns Büro gewesen, aber durch die großen Fenster drang soviel Licht vom Parkplatz und von den Laderampen herein, daß es ein Klacks war, den Weg zu dem großen, verglasten Schrank zu finden, in dem sich Teile von Johns berühmter Waffensammlung befanden. Die Schlüssel paßten. Und zwar perfekt. Rex hatte die Glastüren aufgemacht und die behandschuhten Hände an der Knarre, die er mitnehmen wollte, als er merkte, daß sich noch jemand im Zimmer befand. Im Sessel hinter Johns Schreibtisch. Konnte natürlich John sein. Wahrscheinlich aber nicht. Eiswürfel klirrten leise in einem Glas und klangen wie Jazzbesen auf einem gedämpften Becken: ein einsamer Säufer. Im Dunkeln. Nicht Johns Art. Das alles schoß Rex durch den Kopf, während seine Hand knapp über dem Vorderschaft auf dem Gewehr lag. Er holte die Waffe aus dem Schrank, drehte sich um und zielte auf die Gestalt hinter dem

Schreibtisch. «Machen Sie das Licht an, Mister», sagte er. Wenn es John war, hatte er natürlich keine Chance. Das Gewehr war wahrscheinlich nicht einmal geladen. «Und keine falsche Bewegung.» Er hörte die Eiswürfel klirren, als der Kerl noch einen Schluck nahm, dann mit einem Seufzer das Glas abstellte, sich vorbeugte und den kleinen Schalter der Schreibtischlampe umlegte. Es war Johns Alter ego, der Typ, den Nevada als Babyficker und Psychopathen beschrieben hatte. In Klamotten, die aussahen wie ein Designer-Tarnanzug. Wartete er hier etwa auf John? «Haben Sie vor, jemanden umzulegen?» fragte der Typ mit schwerer Zunge und griff wieder nach seinem Drink. «Ich hab irgendwen rumgeistern hören», sagte Rex und überlegte, was zu tun sei. «Hab mir gedacht, ich hol mir lieber 'ne Knarre, man weiß ja nie. Und was haben Sie hier zu suchen?» – «Da dieses Dreckskaff nichts Besseres zu bieten hat, mein Freund, laß ich mich hier gemütlich vollaufen. Wollen Sie mir Gesellschaft leisten?» Rex ließ das Gewehr sinken, lehnte den Hintern an ein hüfthohes Aktenschränkchen und zündete sich eine Zigarette an. «Jetzt weiß ich wieder, wer Sie sind. Der tollkühne Bursche im Düsenjet. Johns Kumpel.» – «Sein Partner. Bedienen Sie sich.» Er wies auf die Flasche und starrte, allem Anschein nach amüsiert, auf Rex' behandschuhte Hände. Auf dem Schreibtisch stand ein Foto von Johns Frau und den Kindern, dazu ein Aschenbecher, die Schnapsflasche, die Schreibtischlampe aus Messing. Und noch etwas: Handschellen und eine Reitpeitsche. «Ich sauf nicht bei der Arbeit. Aber Sie sollten den Wachleuten lieber Bescheid sagen, wenn Sie vorhaben, hier im Büro rumzusitzen, General. Wenn man nervöse Typen wie mich überrascht, kann man ziemlichen Ärger kriegen.» – «Arbeiten Sie denn hier?» – «Ab und an.» – «Was Sie nicht sagen.» Rex hatte den Eindruck, daß er dem feixenden Klugscheißer nichts vormachen konnte, und fragte sich, ob er ihn womöglich doch umlegen mußte. Eigentlich fand er aber, daß das nicht nötig war. Der Typ wirkte eher so, als sei er viel zu lässig drauf, als daß er sich um irgendwas – und sei es um einen Mord – einen Scheißdreck geschert hätte. Worauf der Kerl, als hätte er Rex' Gedanken gelesen, jetzt zu sprechen kam: «Haben Sie schon mal jemanden umgebracht?» – «Nein.» – «Aber bestimmt schon mal drüber nachgedacht.» – «Schon möglich.» – «Aber klar haben Sie das. Ist doch so natürlich wie Sex. Jeder würde irgendwelche Leute umbringen, wenn er damit durchkommen könnte. Es gibt immer irgendwen, den wir aus dem Weg schaffen möchten. Wer ist Ihnen im Weg?» – «Typen mit 'ner Menge Kohle. Leute wie Sie.» Der Kerl lächelte und sah ihn über sein Whiskeyglas hinweg an, wobei die untere Hälfte seines Gesichts von der Messinglampe mit dem grünen Glasschirm gespenstisch beleuchtet wurde, so daß das Lächeln hell strahlte, die Augen hingegen, wenngleich sie glänzten, tief im Schatten lagen. «Wie ist es mit John?» Mit dieser Frage hatte Rex nicht gerechnet, und so zog er rasch an seiner Zigarette. Der Typ hier war echt schräg drauf. Ziemlich abgedreht. «Was soll mit ihm sein?» – «Na ja, er hat jedenfalls reichlich Kohle. Ist 'ne große Nummer, unser John. Was meinen Sie? Würden Sie ihn gern umlegen?» Rex wußte, daß sein Zögern ihn verraten hatte, also sagte er: «Na klar, ich glaub, ich mach mich gleich auf die Suche nach ihm und bring die Sache hinter mich. Wenn ich hier noch länger rumhänge, niete ich glatt den falschen Blödarsch um.» Er stieß sich vom Aktenschränkchen ab, schlenderte mit dem Gewehr in der Hand zur Tür, schnippte die Zigarette hinaus in den Flur und drehte sich dann noch einmal um. «Wenn Sie irgendwas brauchen, Alter, finden Sie mich drüben beim Haupthangar im Kabuff für den Nachtwächter.» – «Aber klar doch. Keine Frage. Bis dann, Killer.»

Der reiche Obermacker John, lebenslanger Kumpel und Partner des einen kurzen Boxenstopp einlegenden Bruce, lag in eben jenem Augenblick, ein, zwei Zeitzonen hinzu- oder abgerechnet, auf einem sich langsam im Kreis drehenden Bett der Länge nach ausgestreckt unter einer schlanken schönen Frau, die sich hier, ein Stückchen nördlich von Los Angeles, wo sie und John sich früher am Tag, wenn auch nicht zum erstenmal, begegnet waren, ihre eigene sturmfreie Jungesellinnenbude eingerichtet hatte, alles äußerst schick und high-tech. Die Frau sammelte viktorianische Kinderbuchillustrationen, die überall an den Wänden hingen wie ein gewaltiger, zusammengestückelter Comic strip, phantasievoll und sinnlich und in allen nur denkbaren Farbschattierungen, mit feinsten Abstufungen und allesamt in leuchtend fließender Bewegung, wie von einem Feenwind gezaust. Alles war in Bewegung: die Beleuchtung, die Einrichtungsgegenstände, die an- und abschwellende Musik, die irgendwie eher sichtbar als hörbar schien. Kurzum, John war voll drauf und genoß mit einer mächtigen jungen Zauberin einen Ritt auf dem fliegenden Teppich, wild und wunderschön. So wie das Leben. Er sagte es: wild und wunderschön. Sein Schwanz stak in ihr, und sie ritt ihn wie einer der Ritter in schimmernder Wehr, die an der Wand hingen, beide Hände auf den Sattelknauf gelegt, damit sie ihm die Eier und sich selbst die Klitoris und die Schenkel massieren und in ihrer beider Schamhaar wie auf der Suche nach verborgenen Schätzen herumwühlen konnte, und pflichtete ihm bei. John war ganz friedlich und ausgeglichen und ließ die auf und nieder hopsenden Backen des festen kleinen Hinterns der Frau auf seine gefalteten Hände patschen. Es war, als würde er mit Früchten jonglieren, und er fühlte sich noch Tausende von Meilen entfernt vom Samenerguß und jagte dennoch im selben Augenblick an der Kante der Felsklippe entlang, bereit, jeden Moment den großen Sprung zu tun, und doch imstande, den Zeitpunkt dieses Sprungs selbst zu bestimmen. Und unterdessen sah alles, *alles* aus, als wäre es miteinander verschmolzen, als wäre das alles einzig und allein für seinen auch ohne Glasfasern optisch vollverkabelten Kopf angetreten, um einen köstlichen Tanz in sämtlichen Farben des Regenbogens zu zelebrieren. Er wußte, daß das ewig so weitergehen konnte, aber er befand sich in angenehmer Gesellschaft und war bereit, ein paar Stunden seines Lebens, seines langen Lebens, zu verplempern – es war wie eine Auszeit. Vor wenigen Stunden erst hatte er eine landesweit operierende Spedition gekauft, die sein Luftfrachtgeschäft ergänzen sollte. Er hatte sein Geld aufs richtige Pferd in der wild zuckenden Kommunikations- und Unterhaltungsbranche gesetzt, was er zum Teil seiner ungestümen Reiterin zu verdanken hatte, und würde schon bald zu seinem alljährlichen Barbecue zum Tag der Pioniere zurückfliegen, wo er den Plan bekanntgeben wollte, auf einer heruntergewirtschafteten, zwangsversteigerten Farm eine Pferderennbahn zu bauen. Aus irgendeinem Grund, vielleicht wegen ihrer sexuellen Unersättlichkeit, erinnerte ihn diese Frau an Marie-Claire, obwohl sie natürlich nicht so durchgeknallt war – eigentlich war diese Frau ganz und gar nicht durchgeknallt, sondern wußte haargenau, was sie tat, selbst wenn sie, wie jetzt, bis zum Eichstrich voll mit LSD war. John hatte nichts mit dem regressiven Appetit auf schüchterne Mädchen am Hut, den Bruce an den Tag legte – das war nichts weiter als die Kopfwichserei ewiger Playboys, die nicht erwachsen werden wollten; John stand auf kluge, reife, willensstarke Frauen, die über ein eigenes Leben und eigene Macht, eigene Talente und eigenen Reichtum verfügten. Und falls den Frauen etwas davon fehlte, sorgte er für Abhilfe, sofern er konnte. Nicht um ihretwillen. Um seinetwillen. Das Vögeln machte dann mehr Spaß. Was ist mit deiner Frau? Wie bitte? Die Frau hatte für einen Augenblick mit dem Gehopse aufgehört und sich auf Johns breite Hände sinken lassen. Jetzt drehte sie langsame Kreise auf seinem Schwanz. Macht sie das hier auch? Na klar, das machen doch alle. Er konnte sich allerdings nicht erinnern, wann es zuletzt passiert war. Konnte sich noch nicht einmal erinnern, ob er sie gesehen hatte, als er das letzte Mal zu Hause gewesen war. Mußte wohl. Das hier fühlt sich wirklich ganz verdammt gut an, sagte er. Es wird noch besser, mein süßer Prinz, lachte sie. Jetzt wurde ihm bewußt, warum er an Marie-Claire denken mußte. Wegen ihrer Zähne. Wenn die Frau lächelte, zeigte sie Marie-Claires eng zusammenstehende, klitzekleine weiße Milchzähne, rund wie Kiesel. Doch wo Marie-Claires Lächeln eine katastrophale Verletzlichkeit hatte vermuten lassen, war das Lächeln dieser Frau eher sinnlich berechnend, in gewisser Weise hexenhaft, ganz ähnlich wie das Lächeln von Schneewittchens Stiefmutter im Spiegel, das sonst vermutlich an der Wand hinter ihr hing, jetzt aber knapp über ihrer Schulter in der Luft zu schweben schien. Er sagte ihr das, und sie lächelte wieder, daß ihre Augen blitzten und das kastanienbraune Haar um ihr schweißnasses Gesicht wallte wie bei der wilden Medusa, die soeben in Johns Blickfeld glitt, und dann erzählte sie ihm von einer pornographischen Zeichnung von Schneewittchen und den sieben Zwergen und ließ dabei unentwegt eifrig die Hüften kreisen. Das ganze Zwergenhäuschen machte mit, vögelte wild drauflos, spritzte aus den Kaminen, und da all die vielen Zwerge zugange waren, bekam das junge Ding es natürlich in jeder Körperöffnung besorgt – das hat mich auf eine Menge lustiger Einfälle gebracht. Nicht was Zwerge und Prinzen angeht, hoffe ich. Sie lachte, krampfte die Möse zusammen und legte wieder einen Zahn zu. Ich erinnere mich noch an den allerersten Pornostreifen, den ich gesehen habe, sagte er und fingerte an ihrem im Kreis herumtanzenden Anus herum. Sie japste, als er den Finger hineinschob, und packte ihn an den Brustwarzen, als wollte sie sich einen festeren Halt verschaffen. Auf einer großen Kinoleinwand. Ein Freund von mir hatte das eingefädelt, seinem Vater gehörte das Kino. Es hieß Palace, das alte Palace-Kino. «Palace», wiederholte sie und hielt die Augen fest geschlossen. Er dachte eigentlich, auch er hätte die Augen zugekniffen, doch er sah alles ringsum deutlich vor sich und noch viel mehr dazu. *Filmabend* hieß der Film, glaube ich. Er spielte in einer Kleinstadt. Ein Pärchen mit zwei Kindern, einem Mädchen und einem Jungen, hat die Nachbarsleute zu sich eingeladen, um die im Urlaub gedrehten Schmalfilme anzusehen. Die Nachbarn sitzen am Tisch und pressen die Knie aneinander und geben höflich ihre Ohs und Ahs von sich, doch was sie zu sehen bekommen, sind selbstverständlich nur Sexszenen, vor allem Inzestnummern in allen denkbaren Variationen mit ein paar nackten Naturfreunden und arglosen Anhaltern als Zugabe. Die Frau über ihm, die sich noch immer an seine Brust krallte, pumpte jetzt mit geschlossenen Augen kraftvoll vor und zurück und biß sich mit den kleinen Zähnen auf die Unterlippe. Als er ihr den Film im Detail beschrieb – eigentlich wollte er das gar nicht, doch er war wie gebannt von seiner eigenen Stimme, die aus den in den Ecken plazierten Quadrophonielautsprecherboxen zu dröhnen schien –, merkte er irgendwann, daß er ihr statt dessen unversehens von seinem letzten Besuch in der Angelhütte oben im Norden erzählte, als er und Bruce drei Frauen, zwei davon Mutter und Tochter, flachgelegt hatten. Offenbar hatte Nevada die Sache eingefädelt, zumindest zum Teil (das mit der dritten Frau war vielleicht ein Terminfehler gewesen), doch sie selbst war nicht mit dabeigewesen. Jedenfalls hatte Bruce John irgendwann, als sie allesamt schweißverklebt auf einem Haufen zugange gewesen waren, über die Möse vor seinem Gesicht hinweg einen furchtbar kummervollen Blick zugeworfen, dann die eine Hand vom bebenden Po der Frau genommen und John hingestreckt, und der hatte, ohne nachzudenken, patschend eingeschlagen, was ihm seither Kopfzerbrechen machte. Was zum Teufel hatte Bruce ihm damit sagen wollen? Keine Ahnung, stöhnte die Frau. Aber was war mit den Nachbarn? Die Familie hat sie vergewaltigt, japste er, und sie feierten eine Orgie oder so, aber das sonderbare daran war, daß ich den Film im «Palace» gesehen hab. Die Felsklippen, merkte er jetzt, bröckelten unter seinen Füßen. Irgendwo dort unten jedenfalls. Das Kino war wie eine verdammte Kathedrale, Parkett und erster Rang mit goldener Kuppel darüber, dazu jede Menge aufwendiger Stuck und Zierat, rote Plüschsessel, ein Foyer wie im Hotel, wir alle waren mit unseren Eltern hingegangen, um uns die Klassiker anzusehen, den originalen Schneewittchen-Film zum Beispiel, das «Palace» war wie ein Teil der Geschichte, größer als wir alle, und plötzlich saßen wir da und – *Jui!* Mein Gott! *Großartig!* Unglaublich! Die Frau, die auf ihm herumzappelte, wimmerte und hatte den Kopf in den Nacken geworfen (er sah jetzt ihren schlanken weißen Hals, das gewölbte Kinn, die geblähten Nasenflügel, die mit den auf und ab tanzenden Wandleuchten und der im Kreis herumfahrenden Zimmerdecke zu verschmelzen schienen), ihre Brüste mit den Himbeeren darauf waren feucht und zitterten, ihr glatter Bauch bebte wie die Segel von Sindbads Schiff, das sich neben dem Bett vor dem Wind neigte. Er segelte auf Sindbads Meer, sturmgepeitscht, doch in Kissen aus Satin, das Aufschäumen der Gischt stand unmittelbar bevor. Aber was, was ist bloß aus – *oh!* – dem Prachtstück von Kino geworden? Aus dem «Palace»? Das stand im Weg, keuchte er. Ich hab's abreißen lassen. Die Frau zuckte nach vorn, ihr seidig-hochglanzpoliertes Haar peitschte durch die Luft, ihre Scheide krampfte sich zusammen. Meine Güte! lachte sie. Aa! Du Schweinehund! Ich glaub, ich komme! Rosafarbene Lippenfältchen standen jetzt um die

Öffnung des Kaninchenlochs, in das Alice purzelte, seine feuchten roten Wände pulsierten wie die Möse, die seinen Schwanz umklammerte, und daß jetzt aus Daphne Lorbeerblätter sprossen, während Apoll nach ihrem im Verschwinden begriffenen Hintern grapschte – Da sind sie! Wupp! Wupp! Wupp! –, war wie der Auftakt eines umwerfend schönen, mythischen Orgasmus. Ihm war, als komme er und komme gleichzeitig auch nicht, und dann, als sie aufschrie – oder als die Musik aufschrie oder er selbst, der Aufschrei tauchte alles rings um sie herum wie ein Blitzstrahl in grelles Licht –, spürte er ein gewaltiges Erdbeben, das Jahrhundertbeben, und zumindest in seinen Eiern war es das ja auch. John, den es aufs angenehmste schüttelte, während seine Lenden explosionsartig gaben, was sie zu geben hatten, fühlte sich ungemein glücklich. Nicht ganz so wie bei Und-lebten-glücklich-bis-an-ihr-Ende, aber doch echt und unverfälscht. Hier und jetzt. Das Leben, wenn man es nur genoß, wirklich in vollen Zügen genoß, war doch eine sehr, sehr schöne Sache.

Das alte «Palace», das John eines Tages unversehens ausgelöscht hatte, wurde im Lauf der Zeit aus dem Gedächtnis des Städtchens ausgelöscht. Es gab eine neue Generation, für die das «Palace» nur eine Legende war, mythisch wie der Untergang Roms, den man sich dort von Zeit zu Zeit hatte ansehen können. Johns Tochter Clarissa war noch ein Krabbelkind gewesen, als das Kino unter der Abrißbirne zusammenkrachte, für sie und ihre Freundinnen waren alle Kinobesuche mit dem Zauber der von Sonnenlicht durchfluteten Einkaufszentren verknüpft, und dann gab es noch Dutzende von Leuten, die erst nach dem Abriß des Palace ins Städtchen gezogen waren und meinten, die Bankfilialen und Bürotrakte in jenem Häuserblock habe es schon immer gegeben. Hätte man beispielsweise Kevin, den Golflehrer vom Golfclub, gefragt, was mit Palace-Kino gemeint sei, dann hätte er, obwohl er schon seit über zehn Jahren hier wohnte und mindestens einmal pro Woche ins Kino ging, vermutlich angenommen, daß es sich hierbei um die Art von kleinstädtischer Selbstironie handelte, die ihm hier schon oft begegnet war, und man vielleicht scherzhaft auf das schicke Eigenheim von irgendwem anspielen wollte. Ganz im Gegenteil: Kevins Vorgänger, ein verheirateter Familienvater, hatte dort bei einem Besuch des kurz vor dem Abriß veranstalteten Festivals von Breitwandfilmen in der letzten Reihe, gleich unter der Kabine des Filmvorführers, einen geblasen bekommen, und zwar von der Tochter des Kieferorthopäden, mit der er später durchgebrannt war und deren Legende als wilder Feger, zumindest in diesem Städtchen, ebenfalls epische Proportionen angenommen hatte. Beide, der Golflehrer und seine junge Gespielin, waren jedoch schon lange verschwunden und hatten dabei auch ihre Erinnerungen mitgenommen. Floyd und Edna waren in demselben Jahr hierhergezogen wie Kevin und hatten das berühmte Lichtspielhaus nie kennengelernt, sondern nur noch den Häuserblock voller Bauschutt gesehen, der gleich um die Ecke von dem Eisenwarengeschäft lag, in dem Floyd die Geschäftsführung übernommen hatte, dann aber abgeräumt worden war, noch ehe sie sich in die neue Umgebung eingewöhnt hatten, weswegen der Schutthaufen inzwischen ebenfalls dem Vergessen anheimgefallen war. Die beiden waren sogar zu spät für die Versteigerung der Zubehör- und Ausstattungsteile des Palace und des in seiner unmittelbaren Nachbarschaft gelegenen und sogar noch berühmteren Pioneer Hotel gekommen. Edna hatte später bei einem Trödler eine aus dem Kino stammende hübsche Gipsstatue einer jungen Frau, die sich in einen Baum verwandelt, für ihren Garten gekauft, und zwar für nur drei Dollar, denn der eine Arm war abgebrochen, doch Floyd hatte sie gezwungen, das Ding in den Keller zu stellen, weil es, wie er sagte, heidnisch und sündig sei. Er hatte sich nach seiner Ankunft zum (meist) strenggläubigen wiedererweckten Christen entwickelt, auch wenn er und Edna aufgrund von Floyds neuer beruflicher Stellung in die Kirche der Reichen gingen, wo die Idee des Wiedererweckertums nicht übermäßig populär war. Der Pastor jener Kirche und seine Familie waren ebenfalls erst nach der Neugestaltung des alten Ortskerns zugezogen und wußten daher nichts von all den alten Gebäuden, die einst das Stadtzentrum beherrscht hatten, doch einmal hatte er sich auf die Erinnerungen anderer Leute gestützt, sich einige im *Town Crier* veröffentlichte Archivfotos ausgeliehen und das alte Palace-Kino in einer Predigt heraufbeschworen. Sein Thema war die Kurzlebigkeit der grellbunten Nummernrevue des Menschen auf Erden im Vergleich zur schlichten Größe von Gottes Theater der Ewigkeit oder so gewesen – die meisten konnten sich nachher nicht annähernd so gut an die Predigt erinnern wie an die Mehrzahl der Filme, die sie im Palace gesehen hatten. Und doch hatte die Erinnerung an dieses Kino einige zarte Echos in den Köpfen geweckt, weshalb die Predigt des Pastors, selbst wenn sie nicht viel Sinn ergeben mochte, bei einigen Gemeindemitgliedern erotisch anregende Wirkung gezeitigt hatte, was den Zorn des alten Floyd erregt hätte, falls er davon erfahren hätte, nicht aber den von Reverend Lenny: Gott ist Liebe. Und umgekehrt. Die Apothekerin mit dem steifen Bein war in etwa zur selben Zeit wie der Pastor hierhergezogen und hatte daher ebenfalls nie einen Fuß in das «Palace» gesetzt; ihr Mann Cornell dagegen hatte nur selten einen der Filme verpaßt, den er sich aufgrund der Altersfreigabe ansehen durfte, und auch seine Schwester und seine Brüder hatten einige der wichtigsten Augenblicke ihrer Kindheit und Adoleszenz in diesem reichverzierten Lichtspielhaus mit seiner hohen Kuppel verbracht, denn ihre Eltern waren ebenfalls treue Kinobesucher gewesen; doch einer von Cornys Brüdern war tot, der zweite hatte sich Frauenkleider angezogen und dem Städtchen für immer den Rücken gekehrt, und der arme Corny besaß heute entweder keine Erinnerungen mehr an das «Palace» oder verfügte nicht über die Worte, mit denen er sie hätte ausdrücken können. Von den vier Kindern Oxfords wäre wohl nur Columbia imstande gewesen, ein oder zwei nennenswerte Reminiszenzen an dieses Haus der Phantasie, das einst das Herz des ganzen Gemeinwesens gewesen war, ans Licht zu befördern, auch wenn ihre deutlichsten Erinnerungen vermutlich die Popcornmaschine und die Theke mit den Süßigkeiten betrafen.

Ellsworth, der Chronist des Städtchens, war fest entschlossen, das Andenken an jenen prachtvollen Tempel der Weltlichkeit zu bewahren. Als Jugendlicher hatte er ihn verachtet, doch heute fühlte er sich ihm zunehmend sentimental verbunden (er hatte Barnabys kleines Töchterchen eines Samstagnachmittags dorthin begleitet, um sich mit ihr *Bambi* anzusehen), und er hatte, lange bevor er sich, wie sein Freund Gordon es ausdrückte, «düster nach innen wandte» und beinahe wie ein Einsiedler aus allem zurückzog, zumindest ein Dutzend Bewohner des Städtchens bedrängt, eine «Ich erinnere mich»-Kolumne über das alte Palace zu schreiben. Zwar hatten ihm alle mit verlegenem Lachen versichert, sie könnten eine Menge Geschichten über diesen Ort erzählen, aber trotzdem hatte das bislang niemand getan. Die meisten hatten, wenn er sie danach fragte, geantwortet, sie «seien nach wie vor am Nachdenken». Nur Oxford, dem Vater von Columbia und Cornell, dem seit der Übernahme der Leitung des Drugstores durch Gretchen kaum mehr zu tun blieb als auf die Enkelkinder aufzupassen, war es gelungen, eine Reihe von Impressionen zu schreiben; es fehlte nur noch ein diese Bruchstücke verbindendes Thema, sozusagen ein roter Faden oder Klebstoff, als der sich, je mehr er darüber nachdachte, seine tote Ehefrau Kate entpuppte. Es war natürlich eine Ironie des Schicksals, daß der halbblinde Oxford zum Memoirenschreiber des alten Kinos werden sollte, da er vom fabelhaften Zierat des Lichtspielhauses nur vom Hörensagen wußte und alle Filme durch den Schleier seiner Kurzsichtigkeit gesehen hatte; die aufreizenden Plakate in der Eingangshalle hatte er eingehend studieren müssen, indem er die Nase ans Glas gedrückt hatte und unbeeindruckt bleiben mußte von dem, was er nicht zur Gänze erkennen konnte. Aber als der autolose Oxford – autolos nicht nur aufgrund seiner Behinderung (Kate hatte einen Führerschein und chauffierte daher bei den seltenen Gelegenheiten, die sich ergaben), sondern weil das Benzin seinerzeit rationiert und für abgefahrene Reifen nicht immer Ersatz zu finden war – Kate den Hof machte, gab es keine große Auswahl, wo er dies tun konnte, und das Palace war so ziemlich das Beste, was ihnen in Fußwegentfernung zur Verfügung stand, von der Bücherei, wo Kate angestellt war, einmal abgesehen, die ihnen für manche ihrer intimeren Augenblicke diente, insbesondere für Zeitvertreib privater Art. Obwohl sie nie die Universität besucht hatte, war Kate eine eifrige Leserin, im Gegensatz zu Oxford, der sich dieses Vergnügen versagen mußte, weil ihn das Lesen immer so entsetzlich anstrengte. Deshalb las Kate ihm in jenen Tagen des Liebeswerbens und auch noch nach der Hochzeit oft vor, sofern Arbeit und Kinder ihnen die Zeit dazu ließen, und deshalb entschuldigte er sich für jede Einladung in den Filmpalast, worauf Kate ihrerseits insistierte, sie liebe das Kino und lerne auch viel daraus, wenngleich sie das geschriebene Wort vorziehe. «Wenn wir uns etwas vorstellen, das nicht unmittelbar zu sehen, zu greifen und zu hören ist, heißt das, daß wir es uns im Kopf erschaffen müssen, und genau das tun wir beim Lesen», hatte sie eines Abends beim Verlassen des Filmpalastes gesagt, nachdem sie sich zweimal die Wochenschau angesehen hatten (man zeigte Aufnahmen vom Krieg, und Kates Bruder sollte schon bald an den Kampfhandlungen in Europa teilnehmen, wie man damals zu sagen pflegte, und bald darauf dort sterben, allerdings nicht im dramatischen Zentrum des Geschehens, sondern irgendwo abseits, in der Komparserie und ohne im Programmheft namentlich erwähnt worden zu sein – in den Kritiken wurde er ebenfalls übergangen). «Ich stelle mir lieber etwas vor, als daß ich es mir ansehe, und das ist für viele Leute wohl abwegig. Deshalb gelten Bibliothekare als Sonderlinge. Aber manchmal denke ich, das Betrachten ist nur eine Spielart des Sichvorstellens, eine verarmte und unzuverlässige Variante, selbst wenn unsere Augen wahrscheinlich weniger lügen als Wörter. Wir mögen das Kino, weil wir das Gefühl haben, daß es irgendwie eine unmittelbare Verbindung mit der Wirklichkeit herstellt, ohne Vermittlung durch Worte oder zumindest ohne Worte, denen man genau zuhören muß. Das fertige Bild schaltet zwar womöglich unsere Phantasie aus, doch es gibt uns eine zwar illusorische und oberflächliche, aber existentielle Bestätigung der Welt und unserer Stellung in ihr, die uns Bücher nie geben können.» In Augenblicken wie diesen betete Oxford Kate an, er hätte sie dann auf der Stelle umarmen mögen, und manchmal tat er es auch. Deshalb waren seine Erinnerungen an den Filmpalast letztlich mit romantischen Empfindungen und vagen nostalgischen Impressionen ähnlichen Kalibers verquickt, wie sie auch alle anderen im Gedächtnis behalten hatten. Ohne jeden echten Grund, außer daß er neben seiner weisen Kate saß und den Arm um sie gelegt hatte und irgendwie das sich über ihren Köpfen (Oxford zuliebe setzten sie sich stets in die erste Reihe) entfaltende Spiel von Licht und Schatten mit ihr teilte, brach Oxford regelmäßig in Tränen aus, und zwar nicht nur in den Jahren, in denen er ihr den Hof machte, sondern auch danach, bis der alte Filmpalast vom Erdboden verschwunden war und Kate im Sterben lag; damals waren sie beinahe jede Woche ins Kino gegangen, manchmal mit Freunden wie Alf oder Harriet, manchmal zu zweit, und dies selbst dann noch, als alle Welt vor dem Fernseher saß und sie die einzigen Zuschauer jenseits der Pubertät waren. Kate sah sich sogar sehr gern Genrefilme an, all die Liebes- und Gangsterfilme, die Western, Thriller und Screwballkomödien, weil das für sie, wie sie sagte, so sei, als lasse sie bei ihrem Auto Zündung und Vergaser neu einstellen: Diese Filme bestätigten die grundlegenden Muster. Eines Abends, nach einem Monsterfilm, der Oxford nicht gefallen hatte, weil der Streifen das irrationale Festhalten an antiquierten Glaubenssystemen als Mittel zur Problemlösung propagierte und Naturwissenschaftler entweder als Schurken oder als Opfer ihres unglückseligen Forscherdrangs darstellte, hatte ihm Kate geantwortet: «Das ist nur ein Aspekt. Die Volkskunst hat immer Angst vor dem Neuen, wie es die Naturwissenschaft verkörpert, und das steckt auch in der Angst vor Monstern. Aber jeder findet die Vorstellung beängstigend, er könnte in etwas ganz anderes verwandelt werden und nicht mehr sein, was er zu sein glaubt, und zwar selbst dann, wenn ihm das, was er ist, nicht so besonders gut gefällt, so wie es uns beängstigen würde, wenn die Welt urplötzlich auf unbegreifliche Weise nach anderen Regeln funktionieren würde. Wenn sie sich mit einemmal in die entgegengesetzte Richtung drehen würde oder so. In Monsterfilmen geht es also überhaupt nicht um die Lösungen – das ist bloß eine Beigabe, um sie genießbar zu machen. In Monsterfilmen geht es um das Problem.» Kate hielt inne, drehte sich um und betrachtete das alte Palace. Die Lichter an der Markise waren ausgeschaltet, und der dickliche junge Mann, der als Geschäftsführer des Kinos fungierte, stand auf einer Leiter und tauschte die Filmtitel von heute gegen die des morgigen Tages aus. Wie bereits in der Vorschau angekündigt, handelte der neue Film von einem gefährlichen Verbrecher, der in ein friedliches Dörfchen kommt und es terrorisiert; der Streifen hieß *Der Eindringling* oder so ähnlich. Wahrscheinlich gab es auch in diesem Film einen Mann der Vernunft, der alles und jedes falsch anpackte. «Oxford, auch wenn wir der Vernunft folgen, brauchen wir die Vorstellung, daß es feste Grenzen gibt: unser Körper, unser Wesen, unser Heim und unsere Familie, unsere Städte und Nationen – sie alle sind umgrenzt. Nur so erkennen wir oder meinen zu erkennen, daß wir ein Ich besitzen. Aber vielleicht ist das alles eine irrwitzige Selbsttäuschung, vielleicht gibt es gar keine Grenzen und kein Ich, vielleicht ist unser bewußtes Leben nichts weiter als eine Methode, um die tatsächliche Wahrheit vor uns zu verbergen, weil sie unerträglich wäre. Wir müssen sie in das finstere Loch stopfen, wo die Gruselmonster hausen, damit wir funktionieren können, auch wenn dieses Funktionieren, wie wir es nennen, möglicherweise das Allerverrückteste ist, was wir tun. Die Kunst, selbst schlechte Kunst wie die Horrorfilme aus Hollywood, läßt uns diese Wahrheit spüren, indem sie für einen Augenblick die Grenzen niederreißt und jene Monster hervorbringt, von denen wir insgeheim wissen, daß sie wirklicher sind als die braven Bürger, die schließlich triumphieren.» – «Was also», seufzte Oxford, «soll uns vor den gräßlichen Monstern in unserem Inneren retten, wenn wir nicht gläubig sind und trotzdem funktionieren müssen?» Sie drehte sich mit einem Lächeln zu ihm um, einem Lächeln, das er zwar nicht so recht sehen konnte, von dem er aber wußte, daß es da war. «Die Ironie», sagte sie und hakte sich bei ihrem Mann unter, um ihn auf der mit trüben Lampen beleuchteten Straße zu führen. «Und die Liebe. Was wiederum ironisch ist.»

Ach, das alte «Palace»! Auch Dutch liebte es, der dickliche Bursche, den Oxford auf der Leiter gesehen hatte. Er stand soeben, nicht weit von der Popcornmaschine entfernt, im riesigen Foyer des berühmten alten Lichtspielhauses und verstieß gegen das von ihm höchstpersönlich aufgestellte Rauchverbot, und nickte seinen Bekannten unter den vielen Leuten zu, die sich in den ausverkauften Saal drängten, darunter auch John mit Frau und Kindern, wie Dutch amüsiert feststellte. Ein Coup: Es war Dutch gelungen, den nur schwer zu beschaffenden Undergroundstreifen *Das Hinterzimmer* aufzutreiben, in dem ausschließlich Amateure mitwirkten, und dies wohlgemerkt für die Erstaufführung auf der großen Kinoleinwand. «Wo Kino noch richtiges Kino ist», stand auf dem ausgebleichten Transparent im Foyer. In der Kabine des Filmvorführers stellte Dutch fest, daß die Filmspulen bereits in den Projektor eingefädelt waren, und zu seiner Überraschung handelte es sich um einen 35-mm-Film und nicht etwa um das Format 8 oder 16 Millimeter, doch wie hätte er den Film sonst auch zeigen können? Er hatte ihn sich schon tausendmal angeschaut, und trotzdem war er sich nicht sicher, was er zu sehen bekäme, wenn er den Projektor in Gang setzte. Ach ja, na klar: das Getaway, ihre alte Fluchtburg. Aber aufgedonnert à la Hollywood, kaum wiederzuerkennen: in den Fenstern Glasscheiben statt Sitzflächen alter Stühle, ein Messingbett anstelle des alten, kaputten Kunstledersofas, über dem Tisch in der Mitte eine elektrische Lampe – aber die Flaggen, Damenslips und zerfetzten Kalenderblätter mit den Pin-up-Girls an den Wänden sahen echt genug aus. Die Tür ging auf, und zwar eine richtige Tür mit Rahmen und Blatt, nicht etwa die Tischplatte, die John dort angebracht hatte, und die Menge drängte sich in den Raum, dieselbe Menschenmenge, die er erst vor kurzem im Foyer gesehen hatte. Die Leute wirkten verwirrt, drehten sich ständig um und musterten ihre Umgebung, wußten aber nicht, was sie damit anfangen sollten. Dutch hätte es ihnen sagen können, aber er wollte ihnen den Spaß an dem Film nicht verderben. Tatsächlich war er, wie er jetzt begriff, ein Teil des Films, da die Vorführkabine, in der er saß, durch eine Glasscheibe von der Holzhütte abgetrennt war, vielleicht durch einen Einwegspiegel, denn die anderen bemerkten ihn anscheinend nicht, obwohl er sie sehen konnte und sich selbst ebenfalls, sofern er es war und nicht irgendein Schauspieler, der ihn verkörperte. Oder aber umgekehrt, was immer das heißen mochte – Dutch war mittlerweile ebenso verwirrt wie die übrigen Anwesenden. Er befand sich mit ihnen in dem Zimmer, ging ziellos hin und her und hatte den Eindruck, er habe sich verlaufen;

vielleicht kannte er den Film ja doch nicht so gut. Zudem hielt er seinen Schwanz umklammert, als bestünde die Gefahr, ihn zu verlieren – und bei näherem Nachdenken war das ja vielleicht auch das Ende des Films, der Schockeffekt, genau deshalb hatte *Das Hinterzimmer* im Underground solche Berühmtheit erlangt, stimmt's? Er sah sich nach John um und merkte, daß er keinen der Anwesenden kannte. Jetzt hatte Dutch Angst und wünschte sich, er hätte diesen Film nie angefordert. Er suchte nach einem Ausgang, aber das Gedränge war einfach zu groß, obendrein war die Luft sonderbar feuchtkalt. Zuletzt entdeckte er an der Bar den alten Stu und kämpfte sich, immer krampfhaft seinen Schwanz umklammernd, zu ihm vor. Er mußte Stu unbedingt etwas erzählen, doch es fiel ihm partout nicht mehr ein – vielleicht ein Witz, den er gehört hatte –, zumindest aber war Stu jemand, den er kannte, und womöglich schaffte er, Dutch, es ja doch noch, aus dem Film rauszukommen, bevor es zu spät war. Doch als Stu sich ihm jetzt zuwandte, sah Dutch, daß das Fleisch seines Gesichts faulte und sich von den Knochen löste und daß seine Augenhöhlen leer waren, nichts weiter als dunkle Löcher: *Ach du Scheiße! Das also war's! Die Leute hier waren allesamt tot!* Dutch bekam eine Heidenangst, fuhr zurück und wachte im Dunkeln auf. Wo zum Teufel war er? Sein Schoß war klitschnaß: Hatte er sich in die Hosen gepinkelt? Nein, es war Bier, er hatte das Bier verschüttet. Er befand sich in seinem Hinterzimmer, saß breitbeinig auf dem samtbezogenen Kinosessel, den er aus dem Palace gerettet hatte – er spürte ihn unter seinem Hintern –, und hatte die Hosen in der Kniekehle hängen, gleichfalls klitschnaß. Ebenso sein schlaffer Pimmel, den er immer noch gepackt hielt, als wollte er damit Fische angeln. Im Zimmer auf der anderen Seite des Spiegels brannte kein Licht. Mein Gott, das mußte ja eine tolle Vorstellung gewesen sein, wer immer sie gegeben hatte. Er konnte sich jedenfalls nicht mehr daran erinnern, weil er offenbar glatt eingepennt war. Ein leises Schnarchen war zu hören, ob von einem Mann oder einer Frau, war nicht auszumachen, doch er hielt es für möglich, daß es eine Frau war. Er wollte aufstehen, die Angelrute einholen, die nasse Hose hochziehen und ins Bett gehen, konnte sich aber nicht rühren. Zu verflucht müde oder so. Blei im Arsch. Dann, mit einemmal, flammten die Lichter im Zimmer nebenan auf und erschreckten ihn dermaßen, daß er um ein Haar aufgeschrien hätte. Dort saßen fünf oder sechs Männer, allesamt in dunklen Anzügen. Einer von ihnen trat vor den Spiegel, um sich die Haare zu kämmen und starrte dabei so angestrengt ins Glas, daß man den Eindruck bekam, der Kerl versuche dahinterzuschauen. Dutch fühlte sich beobachtet und zog sich die Hose hoch. Ich sollte mit diesem Scheiß lieber aufhören, dachte er. Der Mann wandte sich ab (wer war der Kerl? Dutch hatte das Gefühl, ihn zu kennen), und einer öffnete die Tür. Johns Frau kam hereinspaziert und war wie eine Braut gekleidet. Die Männer zogen ihr das Brautkleid aus – darunter war sie nackt – und legten sie mit breitgespreizten Beinen aufs Bett. Dutch hatte wieder einen Ständer (das hier war ein tolles Ding!), beugte sich vor, um die Szene besser erkennen zu können, und werkelte dabei nach Kräften auf und ab. Sonderbarerweise gab es nicht viel zu sehen. Es war, als wäre irgendwas mit der Kamera nicht in Ordnung, als läge ein Wassertropfen auf dem Objektiv oder so – oder auf dem Spiegel: Dutch war sich nicht mehr sicher, wo er sich überhaupt befand –, aber je weniger er erkennen konnte, desto erregter wurde er. Er stand auf, versuchte einen besseren Blickwinkel zu bekommen, die Hose rutschte dabei bis auf die Knöchel hinunter, doch der Wassertropfen bewegte sich dahin, wohin er, Dutch, sich bewegte. War aber auch egal, der Saft stieg schon, gleich würde der Korken knallen! In diesem Augenblick drehten sich die Kerle um und starrten ihn an. Die Frau – war es noch immer Johns Frau? Er konnte es nicht sagen – winkte ihn mit dem Zeigefinger zu sich heran. Der Spiegel war verschwunden. Dutch wollte weglaufen, doch er konnte sich nicht rühren und stand, die Hose auf den Füßen, wie angenagelt da. Die Männer in den dunklen Anzügen marschierten wie in einem Horrorfilm steif und unheilschwanger grinsend auf ihn zu, und er erwachte zum zweitenmal. Wie zuvor war es dunkel. Sein Schwanz noch immer eine Angelrute, alles da unten pitschnaß und so weiter. Er hatte keine Ahnung, wo er sich befand, ob er diesmal wirklich wach war oder immer noch schlief und was als nächstes passieren würde. Er wußte nur, daß er keinen Muskel rühren würde, bis das Licht wieder anging. Vermutlich stand ihm eine verdammt lange Nacht bevor. Aber er würde schön hier sitzen bleiben, wo immer er war, er würde stillhalten und nichts aus der Hand geben.

Auch Ellsworth stand eine lange Nacht bevor, doch er hatte nichts, was er aus der Hand hätte geben können. Das war ja das Problem: Er stand mit nichts in den Händen vor dem Abgrund. Früher hatte er etwas aus dem Nichts erschaffen – aber besaß er jetzt die Kraft dazu, zu dieser höllischen Stunde, da ihm so hundeelend zumute war? Nachdem er öfter eingedöst und wieder aufgewacht war, als er zählen konnte, hatte er das Zimmerchen über der Druckerei und den Redaktionsräumen des *Crier*, das er als seine Poetenmansarde bezeichnete, verlassen und war die Treppe hinuntergestolpert, um nach Hause zu fahren und sich etwas Warmes zu essen zu machen, eine Tiefkühlsuppe aus der Mikrowelle oder so – er würde sich mit seinen zwanghaften Arbeitsgewohnheiten noch die Gesundheit ruinieren (ein Jammer, daß das Café gegenüber nicht rund um die Uhr geöffnet hatte, dieses Kaff hier war einfach nicht kultiviert genug für einen Schriftsteller) –, und als er am Fuß der knarrenden alten Treppe stehengeblieben und ausdruckslos auf den Wandkalender gestarrt hatte, den er jedes Jahr für Trevor druckte, damit dieser ihn seinen Kunden zu Weihnachten schenken konnte, drang es zu ihm durch, daß die nächste Nummer des *Town Crier* tatsächlich morgen früh oder, anders und zweifellos korrekter ausgedrückt, in zwei, drei Stunden fertig sein mußte, und dabei hatte er noch nicht einmal mit der Arbeit begonnen. Lange, er wußte nicht wie lange, denn er schlief noch halb, stand er reglos vor dem Kalender und dachte das Undenkbare: daß er vielleicht zum erstenmal in über dreiundzwanzig Jahren eine Ausgabe ausfallen lassen oder sogar (der zweite Gedanke schien die logische Folge des ersten zu sein) die Arbeit als Verleger gänzlich an den Nagel hängen könnte. Nach seinem Alptraum mit dem Waldbrand, den er zufällig genau wie der Künstler geträumt hatte, hatte Ellsworth versucht, erneut Schlaf zu finden, indem er sich Phantasiebilder (nämlich die des Künstlers) ausmalte: wie er das gefangengehaltene Modell aus den Händen des ruchlosen

Lauerers erretten würde, sobald er erst wieder genug Kräfte gesammelt hätte. Aber was stellte der Bursche mit der jungen Maid an? Er mußte sich erst die Phantasien des Lauerers ausmalen, bevor er sich die des Künstlers ausmalen konnte, und dies erwies sich als sowohl erregender als auch erschreckender, zumal das Modell anscheinend weit weniger gegen ihre Behandlung einzuwenden hatte als er selbst. Als er selbst oder der Künstler – Ellsworth war sich jetzt nicht mehr sicher, ob er nun noch halb schlief oder bereits halb wach war, alles wurde unscharf und kam und ging auf sonderbare Weise, so daß er irgendwann unversehens von jener Zeit träumte (oder sich daran erinnerte), als er mit Gordon und Pauline ins Kino gegangen war, damals, als er das Leben der Boheme hatte wiederaufleben lassen wollen, als er gehofft hatte, er könnte Kunst, Freundschaft und freie Liebe in einer beispielhaft zeitgenössischen, ja vielleicht legendären Beziehung verschmelzen lassen – doch da hatte Gordon Pauline vor sich in die Sitzreihe geschoben und war ihr sogleich gefolgt, so daß Ellsworth ausgeschlossen blieb; nur daß Pauline im Traum, falls es einer war, irgendein kleines Mädchen war. Gordon saß allerdings noch immer zwischen ihnen. Versuchte er, ihr eine Gestalt zu geben? Was tat er da? Als er dieses konfuse und irritierende Bild abschüttelte, merkte er, daß darunter ein zweites verborgen war, ein Bild, das er bereits die ganze Zeit über irgendwie im Kopf gehabt hatte: der verwüstete Wald, seiner Bäume beraubt und bis auf die Wurzeln verkohlt, so weit das Auge reichte, nirgends ein Zeichen von Leben, abgesehen von dem Künstler, mutterseelenallein und gebrochen in der schrecklichen schwarzen Ödnis, ein Mann, der nichts mehr hatte, wofür zu leben sich lohnte, der mehr tot als lebendig war und lautlos weinte, genau wie Ellsworth jetzt weinte. Genug. (Sie war fort! Spurlos verschwunden!) Zeit für eine Pause. Das Motiv für diesen Monat, das er am Fuß der Treppe anstarrte, hatte, wie alle anderen in dem Kalender, Gordon aufgenommen: irgendein Festumzug anläßlich des Tags der Pioniere, und Johns Frau (im Pionierskostüm) winkte im Mittelgrund und saß dabei in einem Kabrio wie jedes Jahr, wenn sie nicht in einem Festwagen saß. Nach den Autos zu schließen, war das Foto vor nicht allzu langer

Zeit entstanden, doch Johns Frau sah darauf wie ein Kind aus. Wie das Kind, auf das Ellsworth einst aufgepaßt hatte. Er wußte, daß sie eine treue Leserin des *Crier* war und enttäuscht sein würde. Wenn die Pflicht rief, wie sie es jetzt tat, hörte er meist die Stimme von Johns Frau: «Erzähl mir eine Geschichte ...» Er sah, in der Hoffnung auf verwertbare Artikel, die Stapel ungeöffneter Post im Redaktionsbüro durch und fand auch einiges, aber nicht genug. Es waren Schulferien, und die Jugendlichen aus der Highschool, auf deren Mitarbeit er mittlerweile angewiesen war, hatten anderes zu tun, und selbst der Verband der Pastoren hatte nichts geliefert. Es war ein anonymer Beitrag für die Kolumne «Ich erinnere mich» eingegangen, den er nicht verwenden konnte, da sämtliche Namen getilgt worden waren und es darin um einen «stadtbekannten Geschäftsmann» ging, der «ein unschuldiges junges Mädel» geschwängert und ihr «den Mord an dem ungeborenen Kind» aufgezwungen hatte, worauf offenbar das ganze, nicht gerade kurze Leben des Opfers von einer «düsteren Wolke der Verzweiflung» überschattet wurde. In dem Päckchen, das Gordon allwöchentlich schickte, befanden sich verschiedene, allesamt recht langweilige Fotos: ein Tulpenbeet in voller Blüte, ein nicht namentlich genannter Stabhochspringer beim Satz über die Latte, eine Weitwinkelaufnahme, die Halbstarke, darunter auch Johns Tochter, in irgendeiner Freßmeile irgendeines Einkaufszentrums zeigte, irgendein Männerverein beim gemeinsamen Mittagessen, triste, leere Tennisplätze mit Wasserpfützen, ein Grüppchen tatteriger Senioren im Altersheim, die ebenfalls trist und leer vor sich hinstarrten. Ellsworth fragte sich, ob unter ihnen die Verfasserin der Liebesgeschichte für die Rubrik «Ich erinnere mich» war. Auch Gordon schien sein Archiv zu plündern. Er hatte noch nicht einmal die Straßenreparaturen gleich draußen vor der Tür dokumentiert. Aber Ellsworth konnte ihm keinen Vorwurf machen, schließlich hatte er seinerseits weder bei den lokalen Sportvereinen und Clubs die üblichen Neuigkeiten eingeholt noch bei der Polizei, beim Gericht und im Krankenhaus angerufen. Er hatte sich nicht bei John und den anderen wichtigen Leuten erkundigt, er hatte kein Interview mit dem einzigen Kandidaten für das Amt des Bürgermeisters gemacht und sich bis vor wenigen Minuten noch nicht mal die Post der laufenden Woche angesehen – kurzum, Ellsworth hatte nichts von dem Alltagskram erledigt, der nötig war, um ein gutes Wochenblatt herauszubringen, und er konnte dieses Versäumnis keinem anderen in die Schuhe schieben als sich selbst (und dem Lauerer). Jetzt war es zu spät. Er konnte es nur Gordon nachtun und sich aus der Vergangenheit bedienen. Ellsworth nahm sich die alten, gebundenen Ausgaben des *Town Crier* vor, blätterte in Fünfjahresschritten zurück, suchte in den Juninummern nach geeigneten Artikeln für die Rubrik «In diesem Monat» und stieß dabei auf den Heldentod, den der Sohn des Apothekers vor fünfzehn Jahren auf dem Feld der Ehre gestorben war, einen Tod, der Ellsworth auf andere Weise erschüttert hatte als die übrigen Einwohner, denn von da an war sein Glaube, er schreibe eine menschliche Chronik, geschwunden – ein nicht weitergeführter Handlungsstrang seines Romanprojekts legte Zeugnis davon ab. Ihm kam wieder in den Sinn, daß er sich damals gefragt hatte: Wer war dieser junge Mann, der allem Anschein nach von jedermann im Städtchen geliebt wurde (obwohl Ellsworth ihn bestenfalls flüchtig gekannt hatte), und was war seine unerzählte und jetzt unerzählbare Geschichte? Ellsworth kannte nur Bruchstücke, ein paar persönliche Erinnerungen von Bekannten des jungen Mannes – alles Oberflächlichkeiten. Eher eine Art Verschleierung. Was hatte es zu besagen, daß Yales wahre Geschichte, wie die unzähliger anderer Menschen, auf immer verloren und durch eine formelhafte Fiktion ersetzt worden war? Und war es überhaupt von Belang? War es das, eine formelhafte Fiktion, worauf jede Geschichte, jedes Leben hinauslief? Yale war hier aufgewachsen. Es gab Aufzeichnungen aus der Little League. Es gab Mitgliederlisten der Pfadfinder. Es gab Ensembleverzeichnisse der Theateraufführungen an der Highschool und Gruppenfotos der verschiedenen Jahrgänge. Auch Johns Frau war darauf zu sehen, sie und Yale gingen in dieselbe Klasse. Gingen gemeinsam ins Kino. Das stand zwar nicht im Aktenhefter aus dem Archiv für die Nachrufe, aber Ellsworth hatte die beiden, als er wieder ins Städtchen zurückgekehrt war, im Foyer des Palace gesehen. Damals hatte ihn das schockiert. Wie paßte es zusammen? Schon das Foyer des Filmpalasts zeigte eine derartige Überfülle sich kreuzender Parabeln, daß einem davon schwindlig werden konnte. Und die Universität im Osten, das Mädel aus Frankreich, der weitentfernte Krieg, der Yale das Leben kostete – mit einem Schlag brach die ganze Welt in dieses traurige Kaff ein. Ellsworths Dokumentenschrank hatte das alles nicht mehr fassen können, sein Verstand ebensowenig. Also hatte er die Daten und Taten des Verstorbenen vermerkt, die Hinterbliebenen aufgezählt und aus dem amtlichen Bericht der Armee zitiert, den Termin für den Trauergottesdienst bekanntgegeben und xxx unter die Manuskriptseite gekritzelt zum Zeichen für den Setzer, daß der Artikel komplett war. Er hatte so getan, als wäre er nicht in die Knie gezwungen worden, hatte die Schublade zugeschoben und im Krankenhaus angerufen, um zu hören, wer an diesem Tag das Licht der Welt erblickt hatte. Seit jenem Tag hatte er Hunderte von Ausgaben, Tausende von Pseudogeschichten produziert, als wollte er den steten Fluß des Lebens unter Papier begraben. Er glaubte nicht an diese Geschichten und tat dennoch seine Pflicht, als hätte das einen Sinn. Das Bild des Künstlers im verbrannten Wald kam ihm wieder in den Sinn, und er wußte, daß es, auch wenn es gar nicht in den Roman paßte (er würde dafür sorgen, daß man das Modell fand), ihn selbst symbolisierte. Um der auf ihn einstürmenden Verzweiflung Herr zu werden (überall ballten sich schwere Wolken der Hoffnungslosigkeit zusammen), beschloß er, sich einem glücklicheren Ereignis etwa drei Jahre vor Yales Tod zuzuwenden: der Hochzeit. Nicht nur, um sich selbst Mut zu machen, sondern um aufs neue in ein zielbewußteres Ich einzutauchen, in ein Ich, das ihm womöglich helfen konnte, die großen Mühen dieser dunklen Nacht zu bestehen. Er zog den hohen Band, abgegriffener als die übrigen, aus dem Regal und schlug ihn bei der großen Fotodoppelseite der Woche nach den Hochzeitsfeierlichkeiten auf. Sogleich hob sich seine Stimmung. Ein paar hundert Worte nach dem Motto «Wißt-ihr-noch», dazu vier oder fünf Fotos und ein paar Anzeigen (falls noch keine geordert waren, würde er sie verschenken), und schon war wieder eine Seite der Zeitung Geschichte, auch wenn das, was sie erzählte, nicht im strengen Sinne Geschichte war. Vielleicht fand er im Archiv sogar ein paar unbenutzte Schnappschüsse von der Hochzeit, vorausgesetzt, im Archiv herrschte so viel Ordnung, daß er überhaupt etwas fand. Oder noch besser: ein Blick zurück auf das alte Pioneer Hotel. Ein paar Postkartenansichten, dazu Porträts früherer Besitzer, die Treffen der Rotarier, Kiwanis und Business Women, die Sitzung der Verkehrsbehörde des Bundesstaates, nach der man die Landkarte neu hatte zeichnen müssen, ein paar Abendessen der Sportmannschaften der Highschool, Geburtstagsfeiern und Hochzeiten, darunter auch Johns, zuletzt Gordons ergreifendes Foto der intakt gebliebenen Eingangstür, als alles übrige schon in Trümmern lag. Eine prima Geschichte zum Tag der Pioniere und überhaupt. Die Wolken der Hoffnungslosigkeit lockerten auf. Er konnte es schaffen. Dann sah er zum erstenmal, daß auf dem am Vorabend von Johns Hochzeit beim Probeessen im Bankettsaal entstandenen Gruppenfoto in der ersten Reihe ein junger Mann saß, dessen Hosenschlitz offenstand, so daß man die weiße Unterwäsche – hoffentlich handelte es sich überhaupt darum – deutlich erkennen konnte. Ellsworth hatte dieses Foto unzählige Male benutzt – wie hatte ihm das früher entgehen können!? Außerdem enthielt die Überschrift einen Druckfehler, den er ebenfalls übersehen hatte: Statt «Feierlichkeiten am Wochenende» stand da «Eierlichkeiten am Wochenende» – immerhin war ein solcher Irrtum, so selten er auch vorkam, verständlicher. Nein, Augenblick mal, es hieß ja gar nicht «Eierlichkeiten», es hieß «Eierlichschreiten». Und das war dann auch alles, wozu Ellsworth jetzt noch fähig war. Er ließ sich in einen Sessel sinken. Was war hier eigentlich los?

Eine ganz ähnliche Frage stellte der junge Mann mit dem offenen Hosenschlitz, als ihm irgendein Typ im Trainingsanzug ein Gewehr in die Hand drückte und sagte: «Hier lang. Los jetzt. Sie hat sich in der Schlucht versteckt.» Bevor Birne eine Antwort bekommen hatte, war der Bursche auch schon wieder verschwunden, als wäre er nie dagewesen. Birne schloß sich der Jagdgesellschaft, die vor ihm durch die Bäume schlich, vorsichtshalber an, denn er hatte Angst, man könnte sonst irrtümlich auf ihn schießen. Allerdings hielt er sich hinten, weit entfernt von den flackernden Lichtblitzen ihrer Taschenlampen, die für seinen Brummschädel wie Todesstrahlen waren. Ein stämmiger Bulle mit Schweißflecken auf Hemd und Hosenträgern sowie ein alter Typ mit einer langen Rüsselnase führten den Trupp an. Wohin es ging, konnte Birne weder erraten noch sich vorstellen, aber er begriff, daß es sich um eine irre wichtige Angelegenheit handelte. Du meine Güte. Da geht man mal kurz vor die Tür, um in aller Unschuld zu pinkeln, und schon geht der Zirkus los. Birne war, sein Schweizer Armeemesser immer noch fest in der Hand, in der mittlerweile geschlossenen Country Tavern aufgewacht, die jetzt gespenstisch menschenleer war und matt von einem bläulichen Licht erleuchtet wurde, das durch die dreckverschmierten Fenster hereindrang. Sein Gesicht klebte an der Tischplatte (er mußte in einer Lache verschütteten Biers das Bewußtsein verloren haben), der Schädel wollte ihm schier platzen, die Harnblase ebenfalls. Die Pornostreifen liefen nicht mehr, die Musikbox war abgeschaltet. Er rappelte sich mit steifen Knochen hoch, steckte das Messer in die Tasche, hob einen neben ihm liegenden Trommelstock auf und drosch auf die Becken ein, nur um das drückende Schweigen zu brechen, jagte mit dem Geschepper aber nur sich selbst einen Heidenschreck ein und löste dort, wo sein Hirn gewesen wäre, wenn er eines besessen hätte, ein schmerzhaftes Reißen aus. Von den Becken war Staub aufgewirbelt wie sichtbarer Lärm, überall Schmutz und Staub, plattgetretene Zigarettenstummel und Verpackungen von Erdnüssen, Chips und dergleichen, Flaschen lagen im Halbdunkel herum wie Granathülsen, überquellende Aschenbecher und verschmutzte Gläser, ein echter Saustall. Birne dachte daran, daß Bruder John an diesem Morgen in den Stand der Ehe treten sollte, und fragte sich, welche Veränderungen das bewirken würde: Bedeutete es wirklich das Ende solcher Vergnügungen? Er stakste steifbeinig durch den Wust, den die feiernde Menge hinterlassen hatte, bis zur Tür (er versuchte das Licht anzuknipsen, aber der Strom war abgestellt) und trat hinaus in die mondlose Nacht. Auf dem Parkplatz und im Straßengraben kauerten hier und da massige Blechkadaver wie nach einem Autorodeo, auch plattgefahrenes Viehzeug lag da vor seinen Füßen herum, aber in dem Wäldchen gleich jenseits der Straße sah er Lichter in den Ästen herumtanzen, und diverse Autos und Pick-ups waren am Straßenrand geparkt. Offenbar war er doch nicht mutterseelenallein auf der Welt, wie er befürchtet hatte. Oder erhofft? Sehnte sich der Menschenfeind Birne am Ende doch nach menschlicher Gesellschaft? Nein, sondern nach etwas, das zu dieser Stunde, welche es auch sein mochte, ungleich kostbarer war: Er sehnte sich nach irgend jemandem, der ihn im Auto mitnahm, ihm neuen Mut machte, Leib und Seele erfrischte und ihn zurück ins Hotel kutschierte, wo er diese ekelhaften Klamotten loswerden und den malträtierten Brummschädel aufs weiche Kissen betten könnte. Trotzdem machte er erst mal kehrt, pinkelte gegen die schmuddeligen, fliegenschißgesprenkelten Fensterscheiben der Country Tavern und brachte so, tugendsam bestrebt wie immer, ein Versprechen von Licht ins vormalige Dunkel. Er brach alle Pinkelrekorde, ein Jammer, daß der alte Grips nicht mit der Stoppuhr dabei war, wieder einmal einer jener bedeutenden Augenblicke, die der launenhaften Aufmerksamkeit der Welt verborgen bleiben würden, und als Birne endlich fertig war, war von den vorhin im Wäldchen erblickten Lichtern nichts mehr zu sehen. Er überquerte die Straße und spazierte an den geparkten Autos vorbei – flotte Schlitten, Modelle, die er noch nie gesehen hatte, wenngleich allesamt ein bißchen klein geraten –, hörte dann tief im Unterholz Stimmen und machte in der Ferne ein unruhiges Flakkern aus, das an Glühwürmchen erinnerte. Er überlegte, ob er es sich bis zur Rückkehr der Leute auf der Pritsche eines Pickups gemütlich machen sollte, doch hinter der Tavern erhellte Wetterleuchten die Nacht, außerdem war die Luft unangenehm kalt. Und das anschließende Aufstehen würde vielleicht schlimmer sein als der nächtliche Spaziergang durch die Natur, der im Augenblick die einzige Alternative darstellte. Birne ging also in den Wald. Er war unschlüssig, wie er sich vorstellen sollte, falls diese Leute doch nicht zur Hochzeitsgesellschaft gehörten, aber als er sie eingeholt hatte, waren derlei Formalitäten offenbar überflüssig: Man drückte ihm ohne weiteren Willkommensgruß eine

Flinte in die Hand und blaffte: «Hier lang.» Na schön. Von mir aus. In einiger Entfernung erhaschte er einen kurzen Blick auf eine Gestalt im Schatten, die aussah, als wäre sie erst vor kurzem einem Horrorfilm à la *Die Rache der Mumie* entsprungen: Birne, der sich ganz hinten bei den Nachzüglern gehalten hatte, schloß auf. War der Zirkus hier irgendein Test? Er dachte an die Schnitzeljagd, die er als Fuchs bei seinem Eintritt in die Burschenschaft hatte absolvieren müssen. Die hatte damals mit einem Biergelage geendet. Er hoffte nur, daß heute abend keine derartigen Lustbarkeiten auf dem Programm standen. Außerdem hoffte er, daß die Flinte nicht geladen war. Birne gehörte, wie er nur allzugut wußte, zu den Leuten, die sich, ganz gleich, wohin sie zielten, immer in den eigenen Fuß schossen und dann noch froh sein konnten, daß sie nichts Schlimmeres angerichtet hatten. «Wir haben ihre Fährte verloren», sagte jemand. Das war eine gute Nachricht. Doch schon spuckte irgendein streitlustig wirkender alter Knacker in Handschellen und Fußeisen, der eine nach hinten gedrehte Baseballmütze aufhatte, durch seine Zahnlücken und knurrte, indem er mit dem Kopf auf irgend etwas im Straßengraben zeigte: «Ach was. Da ist ihre Losung. So frisch, daß sie noch dampft.» – «Woher willste denn wissen, daß sie von ihr ist?» erkundigte sich ein jüngerer Krauskopf in gelben Golfhosen und einer Art Anorak; Birne merkte sofort, daß dieser Typ mit dem hellen Stimmchen ebensowenig Lust auf dieses Unternehmen hatte wie er selbst und vielleicht einen brauchbaren Verbündeten abgeben würde. «Weil's so ein Riesenbatzen ist, Dummbeutel», konterte der alte Knacker ungerührt und spuckte erneut aus. «Tja», sagte der untersetzte Bulle, «wenn *er's* nicht weiß, wer soll's dann wissen?» Dies stellte leider allem Anschein nach alle Beteiligten zufrieden, denn schon ging's weiter. Alle folgten den Ausscheidungen ihrer Jagdbeute und drangen tiefer in das tückische Unterholz vor. Mangels einer anderen Wahl schloß Birne sich ihnen an – er hätte den Rückweg nie und nimmer gefunden. Sein Kopf tat ihm furchtbar weh. Bald würde er kotzen müssen, es zeichnete sich bereits deutlich am Horizont ab. Was hier, im stockdunklen Wald, natürlich metaphorisch gemeint war, genauso wie: gleich um die Ecke. Birne gesellte sich zu dem Lockenkopf mit den phosphoreszierenden Beinkleidern, der sich soeben still und leise ein Schlückchen aus einem Flachmann genehmigte und sagte: «Klasse Picknick, was?» Der Typ zuckte zusammen und bot ihm den Flachmann an. Ohne nachzudenken, nippte Birne daran und spürte, wie es ihm den Magen umdrehte. «Hab ich ganz vergessen», sagte er und reichte die Flasche zurück. «Ich bin Antialkoholiker.» – «Klar doch, ich auch.» Und dann sahen sie es. Sie. Scheiße. Birne lehnte seine Flinte an einen Baum und wich ein paar Schritte zurück. Er war verdammt noch mal auf der falschen Party. Er würde auf eigene Faust zurückgehen.

Nächtliche Spaziergänge durch die Natur waren seit Harriets Tod vor fast fünfzehn Jahren ein fester Bestandteil von Alfs allabendlich geführtem Kampf gegen die Schlaflosigkeit geworden. Allerdings fanden sie nach dem Abholzen des alten Stadtparks zu Alfs großem Kummer zwar immer noch zur Nachtzeit, aber weitgehend ohne Natur statt. Das neue Bürgerzentrum, das tagsüber nur mit Mühe zu ertragen war, erwies sich nachts als regelrechte Katastrophe: ein fahles totes Ding, riesengroß aufgetürmt in dem düsteren Schummerlicht, das dem Kasten anhaftete wie eine chronische Krankheit. Als «schlafenden Riesen» hatte irgend jemand den Bau bezeichnet, doch Alf erinnerte der Klotz eher an gewisse todbringende Vorrichtungen, die er während des Krieges zu sehen bekommen hatte. Er machte einen Bogen darum, wann immer er konnte, bevorzugte die schwebende Stille der nächtlichen Main Street oder aber die älteren, noch vor dem Krieg erbauten Viertel des Städtchens wie jenes, in dem er wohnte, auch wenn ihn bisweilen die Macht der Gewohnheit dorthin zog, wo einst der alte Park mit seinem ulkigen Musikpavillon aus Holz und den gewundenen, von bernsteinfarbenen Laternen beleuchteten Kieswegen auf ihn gewartet hatte, so anheimelnd wie der Schlaf selbst. Er war dort oft abends mit Harriet spazierengegangen, damals, als Spaziergänge im Park noch zu den Dingen gezählt hatten, die man in einem Städtchen wie diesem tat, und nach Harriets Tod schlenderte er, als es den Park noch gab, dort nachts gern allein umher, da er dann zwar nicht die Gegenwart seiner Frau, aber doch die

Ruhe spürte, die ihn immer begleitet hatte, wenn sie dort gemeinsam flaniert waren, was Alf, vom Geschlechtsverkehr einmal abgesehen, als Summe dessen erachtete, was er jemals über die Liebe erfahren würde oder was man vielleicht überhaupt darüber erfahren konnte. Alf hielt Hysterie für die einzige vernünftige Reaktion auf das Dilemma der menschlichen Existenz und die Liebe, oder was auch immer es war, das er Liebe nannte, für das unvernünftige Gegenmittel, das einen des Nachts schlafen ließ (und das ihn heute nacht partout nicht einschlafen lassen wollte, und dies trotz aller Drinks, trotz all der Wiederholungen stupider Fernsehserien, denen er sich seit der Rückkehr aus dem Golfclub ausgesetzt hatte; es war eine Art Erinnerung, die in einer seiner Fingerspitzen gespeichert schien wie der Abdruck eines Schalters, den es anzuknipsen galt –: als Alf unter einer Straßenlaterne vorbeikam, starrte er die Fingerspitze an und versuchte zu erkennen, an was sie sich erinnerte, doch er sah nur seine eigene Fingerkuppe, sacht gespiegelt: an eine Baumwollkompresse?, an den Kolben einer Pipette?). Nicht daß er die schlanke, muntere Krankenschwester mit den kessen Sprüchen und den Sommersprossen auf der Nase vergessen hatte, die er im Feldlazarett kennengelernt hatte, als er einem armen vergessenen Heiratsvermittler das zerschmetterte Bein amputiert hatte, es bereitete ihm noch immer Freude, an sie zu denken und daran, wie sie ihn angegrinst hatte, doch wie er wußte, war dieser Aspekt der Liebe eine noch größere Illusion als der einschläfernde, eine Art instinktive Reaktion auf eine tiefsitzende genetische Programmierung, wie es die meisten Vergnügungen waren, zudem meist so kurzlebig wie der Hunger und seine Befriedigung, wiederholbar, aber nicht von Dauer. Natürlich… da waren ja, wie Oxford sagen würde, noch die Enkelkinder… Alf lächelte in sich hinein, als er da in der schummrig erhellten Dunkelheit herumspazierte und für einen Augenblick den Witz genoß, in dem er sich bewegte und dessen Opfer er in gewissem Sinne war, oder vielmehr *eines* der vielen Opfer, und er sah Harriet von einem ihrer Romane aufblicken und hörte sie sagen: Du machst dir einfach zu viele Gedanken, Alf, du wirst noch Nasenbluten davon bekommen. Ellsworth saß wieder einmal spät an der Arbeit, die Druckerei war hell erleuchtet, und der Zeitungsverleger höchstselbst marschierte dahinter auf und ab, unrasiert und zerzaust und hektisch, eine Szene, die Alf schon öfters beobachtet hatte, wenn er hier im Morgengrauen entlangspaziert war, was in der Regel einmal pro Woche geschah. Auch dies eine Möglichkeit, sich friedlichen Schlummer zu verschaffen, die früher einmal funktioniert hatte: Stell dir eine Aufgabe, egal wie sinnlos, und bring sie zu Ende. Wieviel von dem Leben, das die Leute hier in diesem Städtchen zu leben glaubten, war in Wirklichkeit eine Erfindung von Ellsworth und seinem Wochenblatt (die meisten nannten es «Wochenmatt») *The Town Crier*? Na, irgendeiner mußte das ja wohl übernehmen, sonst stünden sie alle ohne Identität da, egal wie falsch und erlogen sie sein mochte. Seine eigene inbegriffen. Alf hatte immer angenommen, seine Tätigkeit als Arzt sei irgendwie aus sich selbst heraus sinnvoll, doch im Licht seiner Überzeugung, das Leben sei eine Art Horrorfilm und von vornherein nicht dazu gedacht, es bewußt zu verfolgen, war sie vermutlich sogar noch unsinniger als Ellsworths zwanghaftes Schreiben. Beim Fotografen um die Ecke brannte ebenfalls Licht: eine geschäftige Nacht. Vielleicht fühlte sich Gordons Frau unwohl und ließ ihren Mann nicht schlafen, irgendeine organische oder möglicherweise von den Drüsen verursachte Störung, wie Gordon es dem Arzt gegenüber vor ein paar Tagen im Sixth Street Café angedeutet hatte. Der Bursche benahm sich in letzter Zeit ein bißchen sonderbar, noch sonderbarer als gewöhnlich, heute abend hatte man im Golfclub so einiges über ihn gemunkelt und in die burlesken Abenteuer und Mißgeschicke des Pastorensohns eingeflochten (den Alf wegen Akneproblemen und des schlimmsten Falls von Fußpilz behandelte, den er je zu sehen bekommen hatte). Vielleicht hatte die Krankheit von Gordons Frau etwas damit zu tun. Sie schien nicht gewillt, Alf zu konsultieren, vielleicht sollte er sie bald einmal aufsuchen. Sofern er die Zeit erübrigen konnte. Alf hatte schon vor Jahren aufgehört, neue Patienten anzunehmen, aber diejenigen, die er noch hatte, wurden älter, genau wie er, und hatten daher mehr gesundheitliche Probleme als früher. Außerdem konnte er ihre zahlreiche Nachkommenschaft nicht gut abweisen (erst neulich hatte ihn beispielsweise Johns Tochter aufgesucht, weil sie die Pille verschrieben haben wollte, und er hatte gesagt, nein, sie sei dafür noch nicht alt genug, und da hatte sie einen Wutanfall bekommen und gesagt, er sei wohl nicht mehr ganz auf dem laufenden, worauf er ihr zugestimmt und das Rezept ausgestellt hatte). Seine Arbeitsbelastung wurde eher größer. Leute, die früher einmal im Jahr gekommen waren, saßen mittlerweile jede Woche im Wartezimmer. Etwa zehn Jahre nach dem Krieg hatte er aufgehört, Hausbesuche zu machen, ausgenommen bei Invaliden und Leuten im Altersheim, und das traf auf eine immer größere Anzahl seiner Patienten zu. Zum Beispiel auf den armen alten Barnaby (das Bürgerzentrum, obwohl es noch gut anderthalb Häuserblocks von der Straße entfernt lag, die Alf soeben überquerte, hatte soeben seine triste Gegenwart angekündigt: Barnaby hatte seinerzeit den von dem ungeschlachten Klotz verdrängten Park geschaffen), der bei Alfs letztem Besuch im Seniorenheim vor zwei oder drei Tagen zu ihm gesagt hatte, es habe in letzter Zeit andauernd Ärger mit Audrey gegeben, sie habe ihm andere Pillen untergeschoben oder sonstwas, man hatte nur mit Mühe verstehen können, was er sagte, die Worte waren ihm aus dem Mundwinkel gekullert wie grobe Kiesel. Früher hätte Alf seinen alten Freund milde darauf hingewiesen, daß seine Frau schon vor einigen Jahren verstorben war; jetzt hatte er lediglich angemerkt, er werde mit ihr darüber sprechen und sehen, was er tun könne, aber Barnaby hatte nur das alte graue Haupt geschüttelt und sich am Ohr gezupft und gesagt, das werde sowieso nichts nützen, sie habe sich diese Sache eben in den Kopf gesetzt. Dieser Tage tauchten die Geister verblichener Ehefrauen en masse auf: Vorhin erst hatte der alte Stu ihm draußen im Golfclub schwer den Arm um die Schultern gelegt, sich betrunken an ihn gelehnt und ihm ins Ohr gebrummt, Winnie sei zurück und mache ihm die Hölle heiß, wie früher, er könne nachts kein Auge mehr zutun, weil sie pausenlos auf ihn einquatsche, und brauche unbedingt ein Schlafmittel, das stark genug sei, um ihm die Ohren zu stopfen, sonst werde ihn die Alte noch ins Grab schwätzen, kannst du mir helfen, Doc? Alf hatte gelächelt, doch es war offenbar kein Witz gewesen: In den tränenfeuchten, blutunterlaufenen Augen des alten Stu hatte echter Schmerz gestanden. Komm in meine Sprechstunde, hatte er geantwortet, ich will sehen, was ich für dich tun kann. «Nichts dabei? Nein? Scheiße, Doc, dann steck ich wirklich in der Klemme...» Und just da bekam der alte Doc einen schrecklichen Augenblick lang Angst, er selbst stecke vielleicht ebenfalls in der Klemme. Er war soeben an einer unbeleuchteten engen Gasse vorbeigekommen, die zu den Mülltonnen hinter den Häusern führte (und hatte gerade überlegt: diese Erinnerung auf seiner Fingerspitze – war das womöglich die Erinnerung an eine Geschwulst?), als er merkte, daß sich irgend jemand in den Schatten des Gäßchens versteckte. Blitzartig fiel ihm ein, wie gefährlich die Welt geworden war, er war ein verdammter Narr, kein Mensch ging mehr nachts spazieren, konnte er überhaupt so laut schreien, daß Ellsworth oder Gordon oder sonst jemand ihn hören würde – doch dann sah er, um wen es sich handelte: um Oxfords eigenartigen Sohn Cornell. Der kroch dort umher, tastete die Hauswände ab, rüttelte an den Türen und spähte durch die dunklen Fenster. Der Drugstore grenzte ein Stück weiter an dieses Zufahrtsgäßchen: «Corny? Alles in Ordnung?» Der Junge erstarrte und duckte sich an die kleine Laderampe aus Beton hinter dem Ramschladen an der Ecke. Er war immer noch ein Kind, wenn auch Vater von acht Kindern, von mindestens acht, und zweifellos würden es noch mehr werden, ein Ende war nicht in Sicht. «Ich wollte dich nicht erschrecken, Corny. Ich bin's nur, Junge, der alte Doc. Komm doch mal kurz her.» Corny zögerte, setzte sich dann abrupt in Bewegung und ging in seinem gewohnten Schlenkergang zu einem knapp anderthalb Meter von Alf entfernten Telefonmast, an den er sich lässig lehnte, als hätte er nie woanders gestanden. Sein blondes, strähniges Haar, das in der dunklen Gasse merkwürdig leuchtete, hing ihm über das herzförmige Gesicht wie trockenes Gras und ließ ihn aussehen wie ein aufgeschrecktes Nagetier, das aus seinem Strohnest hervorlugte. «Ich konnte aus irgendeinem blöden Grund nicht einschlafen und hab beschlossen, einen kleinen Spaziergang zu machen. Ich bin froh, daß ich ein bißchen Gesellschaft habe. Wie geht's?» Corny zuckte die

Schultern: «Immer dieselbe alte Scheiße», antwortete er mit leiser Stimme, kaum lauter als ein Zischen. Alf lächelte und trat, die Hände in den Hosentaschen, langsam näher. «Wonach suchst du?» Cornell verkrampfte sich, blieb aber stehen, wo er war. «Willst du's mir nicht sagen, Junge? Ich hab gesehen, daß du hier nach irgendwas gesucht hast. Vielleicht kann ich dir helfen.» Cornell sah ihn skeptisch an, drehte sich um und ließ seinen unsteten Blick durchs Gäßchen schweifen. Alf dachte: Johns Frau! War das die Antwort? Er musterte seinen Zeigefinger, verblüfft über diesen Einfall: War das denkbar? «Was?» fragte er, als Cornell leise sagte, und beugte sich etwas näher zu dem sonderbaren jungen Mann vor. «Die Tür», wisperte Cornell.

Cornell konnte sich nicht vorstellen, daß ihm der alte Furz helfen würde, und das tat er auch nicht. Sagte bloß, Cornell solle mal bei ihm in der Sprechstunde vorbeikommen. Klar doch, Mann. Bis demnächst. Wie so viele im Städtchen schlug sich auch Cornell mit einer elementaren Lebensfrage herum, nur lautete seine nicht: «Wieso bin ich hier?», sondern vielmehr «Wie bin ich hier gelandet?» Er hatte früher hier gewohnt, damals, als seine Familie noch vollzählig und intakt gewesen war, und dann war er für eine Zeit – er hatte damals gedacht, sie würde nie enden – woanders gewesen und dann urplötzlich wieder hier. Ganz früher war es am schönsten gewesen, seine großen Brüder hatten ihn überallhin mitgenommen, er hatte mit seiner Schwester gespielt, seine Mom hatte ihm vorgelesen, damals hatte ihn auch sein Dad noch gut leiden können, selbst wenn er ihn immer nervte, er hänge zuviel zu Hause herum und sei andauernd mit seinen Spielen und seinem Spielzeug beschäftigt, er sei doch inzwischen ein großer Junge. Dann war er verreist. Sein Dad hatte die Idee gehabt. Sein Bruder war gefallen, und nun schickte man Cornell mit der Freundin seines Bruders fort. Die zuerst sehr nett zu ihm war und sich sogar von ihm hatte ausziehen lassen – er verstand schon, warum sein Bruder sie gemocht hatte –, dann aber etwas Schreckliches getan hatte. Und Cornell mußte zugeben, daß er, nachdem sie es getan hatte, wahrscheinlich nicht gerade cool geblieben war, er hatte die Vorwürfe seines Dads schon hören können, warum er in Dreiteufelsnamen nicht sein Hirn benutzt habe, wieso wirst du eigentlich nicht erwachsen, Corny, und so weiter: Er war weggerannt. Nicht gerade schlau, aber er hatte Schiß gehabt. Er war weit weg von zu Hause und kannte keine Menschenseele. Er verstand kein Wort von dem blöden Kauderwelsch, das sie redeten, obwohl er die Sprache ein Jahr lang auf der Highschool gelernt hatte; die Leute nuschelten, als hätten sie es darauf angelegt zu verheimlichen, was sie in Wahrheit sagten. Sie waren unfreundlich zu ihm, und er hatte Angst, sie würden ihm das, was mit Marie-Claire passiert war, irgendwie in die Schuhe schieben. Also rannte er weg, und je länger er wegrannte, desto mehr Angst bekam er. Er hatte seine Klamotten und all den anderen Krempel zurückgelassen und besaß nichts als ein bißchen Geld und eine Flasche Wein. Als er an dem Laden vorbeikam, wo er den Wein gekauft hatte, zog er sich das Hemd über den Kopf. Auf dem Flaschenetikett stand irgendwas von «Liebe», und er fürchtete, es werde ihn verraten, also warf er den Wein in einen Müllbehälter, oder jedenfalls hoffte er, es sei ein Müllbehälter, vielleicht war es auch ein Briefkasten. Sein Blick fiel auf die große Kirche, deren Turmspitze man von Marie-Claires Dachstube aus sehen konnte, die Kirche, die auf allen Plakaten abgebildet war, und er steuerte darauf zu, doch plötzlich waren überall Polizisten, und er geriet in Panik und rannte in die entgegengesetzte Richtung. Es war spät, nach neun Uhr abends, doch die Straßen waren hell erleuchtet wie die Main Street zu Hause zur Weihnachtszeit, und alle Leute machten ein finsteres Gesicht und hatten eine Zigarette im Mund. Er versuchte, nicht mehr zu rennen, denn damit lenkte er bloß Aufmerksamkeit auf sich, doch er schaffte es nicht und verfiel ständig in nervöses Traben, blieb wieder stehen, trabte erneut los, alle starrten ihn an, und auch hier gab es Polizisten. Dann sah er ein Schild und ein paar Stufen, die zu einem Loch unterhalb der Straße führten, und obwohl er nicht wußte, was auf dem Schild stand, hatte er nach den spärlichen Kenntnissen, die ihm von seinem Highschool-Latein geblieben waren, den Eindruck, daß er dort unten in Sicherheit sein würde, also ging er die Treppe hinunter. Unten befand sich eine Art Untergrundbahn. Er kaufte sich einen Fahrschein (sollte er ein Trinkgeld geben? Er hatte keine Ahnung, gab aber vorsichtshalber eins), fuhr eine Zeitlang kreuz und quer durch die Gegend und versuchte sich darüber klarzuwerden, was er jetzt tun sollte. Er wußte nicht, wie lange das so ging, aber dann weckte ihn, als er irgendwann doch noch eingenickt war, ein Uniformierter, und er mußte aussteigen. Er tat, als verließe er den Ort, wo die Züge ankamen und wegfuhren, doch in Wirklichkeit schlich er in einen der Tunnel. Es war dunkel und roch schlecht, und er hatte Angst, aber noch mehr Angst hatte er davor, wieder hinauf zur Straße zu gehen. In den Mauern waren kleine Nischen, in die er schlüpfen konnte, wenn Züge vorbeidonnerten, was aber immer seltener vorkam. Er bog in einen Tunnel ohne Schienen ab und dachte, es sei eine Abkürzung zu anderen Gleisstrecken, die er jedoch nie fand. Ein Tunnel mündete in den nächsten, und er verirrte sich heillos. Hier unten wohnten Leute, stellte er fest. Es war, als wären sie halb tot; sie schliefen auf Zeitungen und Plastiktüten und sprachen dasselbe Kauderwelsch wie die Leute oben, kamen ihm aber irgendwie nicht so böse vor. Zumindest war keiner davon bei der Polizei, das schien ihm einigermaßen sicher. Er tat, als wäre er taubstumm, und sie gaben ihm etwas zu essen, das ein bißchen an zähe Küken erinnerte, gekocht in einer Suppe, die ekelhaft wie Mundgeruch stank, doch er war hungrig und aß das Zeug. So verging die Zeit, er hatte keine Ahnung, wieviel, es kam ihm wie eine Ewigkeit vor, aber er wußte es nicht genau, da es hier unten weder Tag noch Nacht gab und seine Uhr verschwunden war – er mußte sie verloren oder vielleicht verschenkt haben –, bis er irgendwann völlig vergessen hatte, warum er hier war, und anfing, einen Ausgang zu suchen. Er hatte stets die Tunnel gemieden, die am widerwärtigsten stanken, aber jetzt kam ihm der Gedanke, daß es sich wohl um Abwasserkanäle handelte und er auf diesem Weg vielleicht nach draußen gelangen konnte. Also hielt er sich die Nase zu und sprang hinein. Er hatte recht, wenn auch die Brühe ziemlich widerlich war. Als er endlich Eisenstufen erblickte, die hinauf zum Deckengewölbe führten, war er klatschnaß und über und über mit Dreck verschmiert, und ihm war schwindlig, weil er die ganze Zeit versucht hatte, die Luft anzuhalten. Eigentlich hatte er angenommen, daß er oben durch ein Loch würde kriechen müssen, statt dessen aber stieß er auf eine Tür. Er machte sie auf und trat ins Freie, wo ihn das Licht zunächst blendete; er hielt sich die Hände vor die Augen und sah durch seine Finger: Es schien niemand in der Nähe zu sein. Er sah einen schattigen Fleck, kroch hin und duckte sich hinter eine Mülltonne, damit er sich nach und nach ans Tageslicht gewöhnen und überlegen konnte, wo er war und was er als nächstes tun sollte. Und in dem Moment bemerkte er das Schild auf der Mülltonne: HALTET UNSER STÄDTCHEN SAUBER. Er konnte die Worte tatsächlich lesen, das war kein Französisch. Er spähte um die Ecke der Tonne. Manches kam ihm verändert vor, aber er erkannte, wo er war: in dem engen Gäßchen hinter dem Drugstore seines Vaters. Er hätte am liebsten losgeheult, so glücklich war er. Er rannte in den Laden, um allen hallo zu sagen, und eine häßliche Alte mit dicken Brillengläsern und einem Klumpfuß schrie ihn an, er stinke wie ein verfaulender Fisch. Sie humpelte fuchsteufelswild auf ihrem Klumpfuß hierhin und dorthin, sperrte den Laden zu, zerrte ihn hinaus ins Gäßchen hinter den Häusern und in den alten Lieferwagen des Drugstores und nahm ihn mit nach Hause (es war eigentlich sein Zuhause, aber sie benahm sich, als gehörte das Haus ihr, und überall weinten Babys). Dort steckte sie ihn in die Badewanne. Das Baden machte keinen Spaß, sie sprang sehr grob mit ihm um, auch wenn das Übliche ein paarmal passierte, als sie ihn da unten berührte, und dann gab sie ihm eins hinter die Ohren. Wie sich herausstellte, war er mit ihr verheiratet, und all die vielen Babys stammten von ihm. Natürlich hatte er inzwischen kapiert, daß er nur träumte, und machte deshalb auch alles mit, wie man es im Traum eben tut, es war jedenfalls besser als in den Abwasserkanälen in Frankreich, wo er sich in Wahrheit, wie er annahm, befand und beim Erwachen auch wieder befinden würde. Nur daß er nicht aufwachte: Zumindest bis jetzt nicht. War das normal? Das hätte er den alten Doc gefragt, wenn er dazu gekommen wäre. Auch die verkrüppelte Frau, die ihn unablässig herumkommandierte und behauptete, sie sei seine Frau, hörte ihm nie zu. Sie gab ihm nur eins aufs Ohr, sobald er versuchte, ihr die Sache zu erklären, und schickte ihn hinaus, damit er sich am Flipper oder an Videospielen austoben konnte, letztere vielleicht die interessanteste Neuigkeit in diesem Traum. Seine Mom hätte ihm zugehört, aber sie kam nicht vor. Doch was, wenn es kein Traum war? Er ging wieder hinaus in die Gasse und suchte nach der Tür, durch die er gekommen war, konnte sie aber nicht finden. Wenn er doch bloß besser aufgepaßt hätte. Er hatte gar nicht vor, wieder hinunterzugehen, er wollte bloß gern wissen, wo die Tür war, damit er sie der Frau, die ihn ständig am Ohr zog (sie hieß Gretchen), zeigen und sein verkorkstes Leben auf die Reihe bringen konnte.

Die Frau, die Gretchen hieß, lag in jener Nacht länger als gewöhnlich in Lumbys Bett, merklich besorgt, und das nicht bloß, weil ihnen beim Ausprobieren einiger neuer Stellungen, die Gretchen in einem Ehehandbuch gefunden hatte und die sich dann als jenseits ihrer sportlichen Fähigkeiten erwiesen hatten, der Plastikpenis kaputtgegangen war. Beide hatten sich beim Herumspielen gründlich verausgabt und waren jetzt eher in beschaulicher Stimmung. Und was Gretchen Sorgen machte, war ihre Ehe. Wer würde sich darüber keine Sorgen machen, lautete Lumbys Antwort, der nichts Witzigeres einfiel – sie war zu erschöpft und zufrieden und da und dort auch ein bißchen wund, außerdem hatte sie Gretchen schon oft über ihren, Columbias, geistig minderbemittelten Bruder Cornell klagen hören. Heute nacht aber schien Gretchen etwas anderes auf dem Herzen zu haben, und Lumby wartete, schon halb weggetreten, darauf, daß ihre Freundin es endlich ausspuckte. Sie hörten eines der Kinder weinen, wohl weil es schlecht geträumt oder ins Bett gepinkelt hatte oder so, hörten aber auch, daß der Großvater durch den Flur schlurfte, um nachzusehen. Wir haben jetzt, sagte Gretchen, schon drei Jahre lang kein Baby mehr bekommen, nicht seit dem zweiten Zwillingspärchen, und Columbia, die fand, die acht im Lauf der ersten fünf oder sechs Jahre geborenen Kinder seien bereits acht zuviel – auch wenn sie es genoß, Tante Lum zu spielen –, erwiderte, das liege wohl an der Spirale, die einzusetzen sie geholfen hatte; aber Gretchen sagte nein, sie habe das Ding fast noch am selben Tag wieder herausgeholt, es habe sie viel zu zappelig gemacht, als habe es die ganze Zeit gesummt oder gebrummt oder so. Aber das meine ich gar nicht, fuhr sie fort. Was mich beunruhigt, ist die Tatsache, daß er mir die ganze Zeit aus dem Weg geht. Ach, ich weiß, Cornell ist nicht gerade ein aufmerksamer Ehemann – aber, na ja, genau das ist eigentlich der Punkt. Früher hat er mich nicht weiter beachtet, außer wenn ich zu ihm ins Bett gekrochen bin, und auch dann war er nur ein, zwei Sekunden lang präsent, was mir ja reichte – seine Schlafanzüge und Bettlaken sehen immer gräßlich aus –, aber jetzt brauche ich nur in die Nähe seines Bettes zu kommen, und er zieht entweder die Decke über den Kopf oder springt auf und rennt weg, und tagsüber hält er es noch nicht einmal in einem Zimmer mit mir aus und will sich nicht mehr von mir baden lassen, und du weißt, wie es aussieht, wenn er allein badet. Lumby begriff noch immer nicht, worauf ihre Freundin hinauswollte, und nickte allmählich ein, verlor sich sozusagen in Tagträumen, in denen sie mit ihrem kleinen Bruder Doktorspiele veranstaltete (bereits in ein paar Stunden mußte sie die Krankenschwester spielen, sollte also dringend ein bißchen schlafen), und da fragte er sie, was sie höre, wenn sie das Stethoskop an seinen Pimmel lege, und sie antwortete: Musik, weil sie einmal gehört hatte, wie jemand das Ding als Flöte bezeichnete. Doch dann wachte Lumby wieder auf, weil sie Gretchen sagen hörte: Ich glaube, es gibt da eine andere Frau. Corny? Columbia hätte am liebsten laut losgelacht, doch sie hütete sich und tat es nicht. Gretchen, ich bitte dich, wer hätte denn schon Lust, sich diese Landplage einzuhandeln? Keine Ahnung, vielleicht irgendeine Frau aus der Zeit, bevor er mich kannte. Bevor er dich kannte, hat er Frauen bestenfalls in Comicheftchen gesehen. Außer Marie-Claire. Vor der er eine Heidenangst hatte. Glaubst du, er hat bei ihr, na, du weißt schon, die Hosen runtergelassen? fragte Gretchen. Machst du Scherze? sagte Lumby. Sie war Yales Freundin. Meinst du, sie würde sich mit einem Vollidioten wie Corny einlassen? Hab ich doch auch getan, erwiderte Gretchen schlicht, und Lumby, der es jetzt leid tat, es nicht anders ausgedrückt zu haben, dämmerte, daß es hier ein echtes Problem gab. Ihre Schwägerin befand sich wahrhaftig und unentrinnbar im Griff des grünäugigen Monsters, und wenn sie jetzt sogar auf eine Tote eifersüchtig war, dann war ihr mit ein paar Witzen nicht geholfen. Also sagte sie: Ich werd den kleinen Dämlack mal ein paar Tage im Auge behalten, und dann sag ich dir, was ich glaube. Das schien Gretchen irgendwie zu beruhigen, und sie kuschelte sich wie in liebender Dankbarkeit an Lumby, und als die Morgendämmerung, Vorbote des morgendlichen Weckklopfens von Columbias Vater, einen matten Schimmer durch die Vorhänge schickte wie im Vorspann eines Kinofilms, lag Gretchen mit einem Lächeln auf dem Gesicht noch immer schlafend neben ihr.

Was bei Morgendämmerung auf Veronicas Leinwand zu sehen war, glich eher einem Horrorfilm oder vielmehr dem flackernden Nachspann dazu. Es füllte noch immer ihr ganzes Bewußtsein aus und ließ an Schlaf gar nicht denken, und sie war mittlerweile so geschockt und erschöpft, daß sie nicht einmal mehr die vom unentwegten Weinen im Schlaf verklebten Augenlider auseinanderbekam. Alles fühlte sich klebrig an, ihr Körper schien über und über mit dem Schleim des abscheulichen Dings bedeckt zu sein. Alles war so wirklich gewesen! Sie hatte es beim Putzen entdeckt, oder vielmehr als sie geträumt hatte, sie sei gerade beim Putzen. Es hockte im Schmutz hinter dem Kühlschrank, aus dem manchmal Mäuse weghuschten und ihr einen Schreck einjagten. Sie holte gerade das Bügelbrett hervor, und da kauerte es, mit einem großen, augenlosen Kopf wie dem eines Bettelmönches unter seiner Kapuze, mit krummen Spinnenärmchen und -beinchen und kleinen, klauenartigen Händen und Füßen. Natürlich wußte Veronica sofort, wer es war. «Was machst *du* denn hier?» hatte sie gekreischt und das zusammengeklappte Bügelbrett wie einen Schutzschild vor sich gehalten. Das Ding gab keine Antwort, Veronica hörte nur ein rasselndes Atemholen, während es in der halbdunklen Nische kauerte und kaum wahrnehmbar zitterte. Zunächst wollte sie das Bügelbrett darauf werfen, aber sie hatte so schreckliche Angst, daß sie sich nicht vom Fleck rühren konnte, ihre Glieder waren wie versteinert, ihr Herz ebenfalls, und sie spürte einen Schmerz tief im Bauch, hinter dem Nabel. Sie wollte,

Maynard wäre da, um das Ding abzuknallen (wo steckte er nur?), doch zugleich war sie erleichtert, daß er es nicht zu Gesicht bekommen hatte. Jedenfalls bis jetzt noch nicht. Er neigte in letzter Zeit zu Wutausbrüchen, das hier konnte ihn gefährlich machen. Ja, sie mußte das Ding loswerden, bevor Maynard heimkam, aber wie? Ihr wurde mit einemmal klar, daß sie sich diese Frage bereits früher, und zwar in ihrem wirklichen Leben, gestellt hatte, und all die Schuldgefühle und der bohrende Schmerz waren im Nu wieder da, so daß sie erneut aufschrie: *«Nein! Das wollte ich nicht!»* Das Ding in der Ecke legte den hoch gewölbten Kopf schief, als wollte es durch das von Falten gesäumte Loch darin hören. Rotz lief ihm aus der Nase, und wenn es Luft holte, gab es ein glucksendes Geräusch, als atme es unter Wasser. Veronica klemmte das Bügelbrett wieder zwischen Wand und Kühlschrank, damit das Ding nicht fliehen konnte, und rannte zum Telefon, um den Doktor unter seiner Privatnummer anzurufen. Er war nicht da; sie hinterließ ihm eine Nachricht auf dem Anrufbeantworter, noch immer kreischend, sie konnte nicht anders. Sie hatte Angst, wieder in die Küche zu gehen, sie brauchte Hilfe, allein war sie dem hier nicht gewachsen. Und Hilfe nahte. Es läutete. Ein Wunder! *«Ja! Ich komme!»* schrie sie. Es war wie-hieß-sie-doch-gleich, Johns Frau. Früher war sie eine ihrer besten Freundinnen gewesen und war es wahrscheinlich immer noch, und Ronnie erzählte ihr die ganze Sache. Was da hinter dem Kühlschrank hockte, wo es herkam und wie man ihr danach unter der Dusche im Motel auf den Hintern gepatscht hatte, alles erzählte sie ihr. Sogar daß sie jedes Jahr das feierte, was der Geburtstag des John zwei gewesen wäre. *«Er wäre im März siebzehn geworden!»* kreischte sie. *«Genauso alt wie ich damals in der Nacht im Autokino!»* Im Autokino? Sie erzählte ihr auch diese Geschichte, alles sprudelte sie kreischend aus sich heraus, schrill und wie im Delirium, als sei irgend etwas in ihr geplatzt, zeitweise wußte nicht mal sie selbst, was sie da eigentlich sagte. *«Ich hatte solche Angst!»* Johns Frau war sehr verständnisvoll. Sie sei gekommen, um Ronnie zu helfen, sagte sie. Im Auftrag des Elternbeirats. Na schön. Ronnie fing an, sich zu beruhigen, kreischte aber immer noch. *«Komm doch! Sieh es dir an! Es ist schrecklich!»* Sie rannte in die Küche, um es ihr zu zeigen, aber es war nicht mehr da. Das Bügelbrett war zur Seite geschoben, man sah eine glänzende Schleimspur, die vom Kühlschrank zur Kellertreppe führte. *«O nein!»* Da lag es in einem glitschigen Haufen am Fuß der Betontreppe. Dennoch atmete es noch. Ein bißchen jedenfalls. Johns Frau erklärte ihr, der Sturz habe ihm nicht geschadet, die Knochen seien zu weich, um zu brechen. Das war kein Trost. Veronica wollte es mit irgend etwas totschlagen und in den Müll werfen, statt dessen aber mußte sie Johns Frau helfen, das schlüpfrige Ding die Treppe hinaufzutragen. Igitt! Es troff von Schleim, und Veronica wurde über und über damit verschmiert. Johns Frau wickelte es in ein Bettlaken ein (hatte sie es von dem Bett oben abgezogen? War Maynard etwa da oben?), und gemeinsam packten sie es in einen Einkaufswagen, den Johns Frau eigens zu diesem Zweck, wie es schien, mitgebracht hatte. Es klang schrecklich und bemitleidenswert zugleich, wie das in das Laken gewickelte Geschöpf mit halb ersticktem Rasseln qualvoll Luft holte. Veronica hätte am liebsten geweint, so leid tat es ihr, doch zugleich hatte sie das Gefühl, als müsse sie gleich kotzen. Dann sagte Johns Frau etwas sehr Bedeutsames zu ihr, so bedeutsam, daß Veronica aufhörte zu weinen und sich wieder beruhigte und der Frau, die den Einkaufswagen mit Ronnies ungeborenem Sohn vor sich herschob und die Straße hinunter verschwand, nur noch entgeistert nachsah. Doch als sie aufwachte, konnte sie sich nicht mehr erinnern, was Johns Frau gesagt hatte. Sie lag mit geschlossenen Augen im Bett, lauschte auf Maynards röchelnden Atem und versuchte sich zu erinnern. Es war so wichtig! Irgend etwas über – o je! Moment mal. Röchelnder Atem? Maynard? O nein ...! Das kann doch nicht das Ende sein! dachte sie verwirrt und versuchte wieder einzuschlafen oder aber erneut aufzuwachen. Sie hörte das Ding schnaufen und schnüffeln, während es sich immer dichter an sie schmiegte und blind die schleimigen Affenklauen nach ihr ausstreckte. Mein Gott! Wollte es etwa an ihrer Brust nuckeln?! Sie schrie auf, und obwohl ihre Augenlider immer noch zusammenklebten und sie nichts sehen konnte, sprang sie aus dem Bett.

Barnabys Augen waren weit geöffnet. Er hatte einen völlig klaren Kopf. So war es oft gegen Ende der Nacht, wenn sich der Morgentau niederschlug. Die zwei Hälften seines geschädigten Gehirns fügten sich aneinander wie Waggons beim Ankoppeln, und er konnte – wenn auch nur kurze Zeit, etwa so lange, wie der Tau brauchte, um zu verdunsten – glasklar erkennen, zu was für einem heruntergekommenen alten Wrack er geworden war. In diesen Augenblicken im Morgengrauen war alle Verwirrung verschwunden, und er begriff alles: daß die zu früh gestorbene Audrey ihn mit ihrer Testamentsänderung fertiggemacht hatte, daß John ihn an den Rand des Abgrunds getrieben und dann hineingestoßen hatte, indem er ihn nach dem Schlaganfall in diesem billigen Vorkrematoriumsmotel weggesperrt hatte, daß seine geliebte Tochter, im wahrsten Sinn des Wortes das einzige, was ihm auf dieser Welt geblieben war, sich von ihm entfernt hatte und ihm vermutlich die Schuld an allem, was geschehen war, gab, daß selbst sein alter Freund Alf das Interesse an ihm verloren hatte (konnte man ihm das verdenken?), ihn bestenfalls gönnerhaft behandelte und weitgehend dieser verrückten alten Dame überließ, die gern so tat, als wäre sie Audrey. Immerhin schlug sich Alf bei der Kontroverse um das Bürgerzentrum auf seine Seite, auch wenn er offenbar annahm, daß Barnaby ihm gar nicht zuhörte, wenn er mit ihm darüber sprach und – er wohnte in einem von Barnaby erbauten Haus – auf seine ernsthafte, wortkarge Art die Kunstfertigkeit des Baumeisters lobte: «Du hast Häuser gebaut, die Bestand haben sollten, Barn. Das Problem ist: Das macht den Leuten angst. Heutzutage wollen sie von Dingen umgeben sein, die schneller kaputtgehen als sie selbst.» Zufluchtsorte für die Familie, genau das hatte Barnaby gebaut – grundsolide Fundamente, eine vernünftige Statik, der man trauen konnte, geschmackvolle Details, die auch die Nachbarn berücksichtigten, und das alles orientierte sich an den Prinzipien der Zurückhaltung, des Komforts und der Proportion –, aber heute gab es keine Familien mehr wie früher. Falls es sie je gegeben hatte. Vielleicht war alles nur eine Illusion gewesen, ein bloßer Firnis. Man brauchte sich nur Alfs Familie anzusehen. Eine verdammte Katastrophe, und danach war einem das Herz irreparabel gebrochen. Wenn man die wirkliche Welt erst mal durchschaut hatte, bekam man große Lust, sich umzubringen – wobei ihm einfiel: Genau das hatte er ja vorgehabt, er hatte eigens seine alte Pistole ausgegraben und sie in einem Halfter in der Achselhöhle mit sich herumgeschleppt, damit er nicht vergaß, wo sie war, und nun war sie weg. Johns dußlige Mutter mußte sie versteckt haben; vielleicht hatte ihr Sohn es ihr aufgetragen. Barnaby war ohnehin so gut wie tot, warum also die Qual nicht noch ein bißchen verlängern? Warum nicht zuschauen, wie der alte Knacker zuckte und zappelte, und sich ein bißchen amüsieren? Warum hatte er, Barnaby, sich nicht erschossen, als er die Pistole noch gehabt hatte? Weil er seiner Tochter alles erklären wollte, bevor er starb. Sie warnen wollte vor dem, was hier geschah. Weil er ihr sagen wollte, wie sehr er sie liebte. Er glaubte nicht, daß er dazu noch imstande war. Selbst in diesen lichteren Momenten waren die Worte, die er hervorbrachte, nicht jene, die er hatte hervorbringen wollen. Sterben war jetzt so ungefähr alles, was er noch zuwege bringen konnte, und auch das würde nicht einfach sein. Barnaby hatte inzwischen begriffen, daß man sich beim Sterben nicht in etwas Unvermeidliches fügte – im Gegenteil: Das Leben war träge und passiv. Der Körper konnte ewig oder fast ewig weitermachen; das Sterben mußte man ihm erst beibringen. Genau das war die Funktion dessen, was die Menschen Seelenstärke nannten. Schließlich war der Nihilismus der zuverlässigste Instinkt des Menschen, und die letzte Botschaft der Aminosäuren lautete: Schalt die Kiste ab. Bei ihm, Barnaby, war der Schalter zur Selbstvernichtung betätigt und die Anweisung gegeben worden, doch dann hatte es einen Kurzschluß gegeben. Und bei der gegenwärtigen Geschwindigkeit des quasi statischen Zerfalls konnte es noch ewig so weitergehen. Wo also hatte das dämliche alte Weib dieses verdammte Ding versteckt? Wahrscheinlich ganz unten im Wäschekorb, sagte seine Tochter. Stimmt. Prima Idee. Der Wäschekorb. Er schleppte sich im Krebsgang, das leblose Bein nachziehend, zur Badezimmertür. Schwerstarbeit. Es kam ihm vor, als müßte er gegen seltsame unpersönliche Kräfte ankämpfen. Wie gegen die Bande, die heutzutage im Städtchen das Sagen hatte. Früher war das hier eine einzige große Familie gewesen. Aus und vorbei. Im Grunde hatte John alles kaputtgemacht. Nachbarn und Fremde waren mittlerweile ein und dasselbe. An jeder Tür waren Schlösser. Es gab Alarmanlagen. Und das, obwohl kein Mensch mehr zu Hause blieb. Er stocherte im Wäschekorb herum und stieß auf ein Hemd, das er gesucht hatte. War also die ganze Zeit da drin gewesen. Aber nicht der Grund, weshalb er sich ins Badezimmer geschleppt hatte. Er pinkelte mühsam, und seine Hausschuhe bekamen etliche Tropfen ab. Nur ein dünnes Rinnsal, er hatte eigentlich gar nicht pinkeln müssen. Das war also ebenfalls nicht der Grund. Vielleicht die Medizin. Er fummelte am Verschluß der Plastikflasche herum. Als der Deckel endlich absprang, prasselten die Pillen ins Waschbecken und auf den Fußboden. Zum Teufel damit. Bis Audrey kam, würde er auch ohne sie auskommen, und falls nicht, hätte er sich einen Gefallen getan. Wo steckte die alte Schreckschraube eigentlich? Draußen wurde es allmählich hell. Die Vögel legten sich mächtig ins Zeug. War seine Tochter vorhin hier gewesen? Hatte er es geschafft, ihr alles zu sagen? Wieso lag hier soviel schmutzige Wäsche auf dem Fußboden herum?

Beim ersten Tageslicht war Barnabys Anwalt und Mitverschwörer Maynard im Wäldchen am Rand des Städtchens unterwegs und stapfte verärgert durchs taunasse Unterholz. Er konnte sich überhaupt nicht mehr daran erinnern, wie er hier gelandet war – wahrscheinlich durch seine Wut. Die Vögel, diese kreischenden kleinen Vogelschißfabriken, schmetterten ihre Morgenlieder – er wünschte, er hätte sein Gewehr dabei, um der verdammten Brut den Schnabel zu stopfen. Anscheinend hatte er sich im Dunkeln angezogen: Das rot-orange gestreifte Golfhemd mit der grünen, mit Monogramm versehenen Brusttasche, in der jetzt seine Hausschlüssel steckten und ihm die linke Brustwarze wundrieben, war in die Hose seines schwarzen Nadelstreifenanzugs gestopft, die er mit dem Gürtel hoch über seinem Schmerbauch festgezurrt hatte, dazu Tennisschuhe ohne Socken. Wenn er früher in schlaflosen Nächten davongestürmt war, hatte Veronica ihn manchmal ausgesperrt. Nachher konnte sie es ihm nicht erklären. Vielleicht wollte sie, daß er sie schlug, vielleicht brauchte sie diese Aufmerksamkeit. Oft schlug sie zurück oder warf irgendwas nach ihm. Das war fast ihre einzige Art, miteinander zu reden; der Rest war hauptsächlich sinnloses Gekeife. In seinen Hosentaschen hatte er nur das uralte Strumpfband, das er stets bei sich trug und das jetzt von den vielen Liebkosungen im Lauf der Jahre zerschlissen und mürbe war. Maynard liebkoste es auch jetzt. Hier im Wäldchen war es dunkel und feuchtkalt, doch über den Wipfeln breitete sich blaßviolettes Licht am Himmel aus wie eine pathologische Verfärbung. Wahrscheinlich würde daraus das werden, was manche als wunderschönen Morgen zu bezeichnen pflegten. Maynard zog einen Schleimbatzen hoch und spie verächtlich aus. Schönheit. Nur die Menschen in ihrer ichbesessenen Verderbtheit konnten sich eine derart widerliche Vorstellung ausdenken. Versaute alles. Eines Abends hatte er im Golfclub mitgehört, wie der alte Alf die Meinung verfocht, jede Andeutung von Schönheit sei nichts anderes als ein Aspekt des alten Lust- und Schmerzprinzips, und damit war Maynard einverstanden, nicht aber mit der gedanklichen Verbindung von Schönheit und Lust. Er kam an einer kleinen Lichtung vorbei, auf der wilde Glockenblumen im matten Licht ihre Blüten hochreckten, bis er sie zertrampelte. Na also, sagte er zu sich. Scheiß doch auf alles. Gott im Himmel! Er hatte einen tiefen, bitteren, innigen Haß auf diese Stadt und alle, die darin wohnten, er haßte seinen Wohlstand, seine beruflichen Erfolge, seine Familie, seine Vergangenheit, seine Zukunft, das Leben an sich. Was wäre passiert, fragte er sich oft, wenn er nicht als Maynard zwischen anderen Maynards zur Welt gekommen wäre? Was wäre gewesen, wenn er die Wahl gehabt hätte, nach dem Highschoolabschluß auf immer von hier zu verschwinden wie so viele andere vor ihm? Wie es offenbar der freche Rotzlöffel von seinem Sohn getan hatte, obwohl er ein Maynard war? Wahrscheinlich dasselbe. Und (er flocht sich das Strumpfband um die Finger) aus diesem Drecksloch zu verschwinden kam nicht in Frage, jedenfalls nicht für ihn, nicht für den dämlichen, liebeskranken Narr. Den er noch inbrünstiger haßte als alle anderen. Vor ihm ragte wie ein Satz aus geheimen Schriftzeichen im dunklen Wald ein Hain junger Birken auf, deren weiße Stämme im Morgenlicht gespenstisch schimmerten und seine Bewunderung heischten. Er wandte sich angewidert ab und sah, daß er am Rand einer kleinen, dornenüberwucherten Schlucht stand. Er erkannte sie wieder. Ein Grinsen breitete sich schmerzhaft auf seinem unrasierten Gesicht aus – er konnte gar nicht mehr aufhören zu grinsen. Die Taufe der kleinen Gassengöre in jener Unglücksnacht war auch die seine gewesen. Zum Gedenken an die damaligen Widerwärtigkeiten fischte er seinen Schwanz zum Pinkeln heraus und ließ es laufen, und genau in diesem Augenblick kam seine große Liebe im weißen Tennisdress auf ihrem Fahrrad vorbeigesaust. Sie winkte ihm zu und lächelte, aber er konnte nicht zurückwinken, weil er beide Hände brauchte, um das, was er da tat, zu unterbrechen, und seinen Schwanz in der Hose verschwinden lassen wollte, ohne sich naß zu pissen. Und dann (er war unrasiert und unfrisiert, ungewaschen und übelriechend, er war unmöglich gekleidet und schwenkte seinen pinkelnden Pimmel – kein Wunder, daß sie nicht anhielt) war sie fort. Maynard stolperte hinunter in die Schlucht und auf der anderen Seite hinauf zur Straße und glaubte sie zu sehen, wie sie da kurz vor ihm um die Kurve radelte, ein Blitzstreif pures Weiß wie von einem Vogel auf der Flucht, und Maynard zwei rückte seine Nadelstreifenhose zurecht und stolperte ihr nach.

Die Tochter der Radfahrerin, auf die der derangierte Rechtsanwalt am Rand von Settler's Wood's einen Blick erhascht hatte, wurde getraut. Es war eine moderne Hochzeit. Die Braut trug einen ultraknappen Bikini, hochhackige Schuhe und einen Brautschleier, der wie ein Duschvorhang auf- und zugezogen werden konnte. Es war nicht zu erkennen, wer der Bräutigam war, aber Clarissas Vater stand da, grinste zufrieden und schalt Granny Opal, weil sie so altmodisch war, total verknöchert. Jennifer, die die ganze Nacht kein Auge zugetan hatte, weil ihre ausgeflippte Mutter mit ihrem dicken Bauch andauernd ins Zimmer ihrer Tochter schlafgewandelt und dann wieder entschwunden war, freute sich, daß ihre beste Freundin heiratete und sich daher nicht darüber ärgern würde, daß sie von den Abenteuern des anbrechenden Tages ausgeschlossen war. Jennifer konnte sich diese Abenteuer nicht recht vorstellen, doch sie empfand eine Vorfreude wie damals, als sie zum erstenmal vom Zweimeterbrett hatte springen müssen und gewußt hatte, daß es ihr einen Riesenspaß machen würde, falls sie sich nicht das Genick dabei brach. Damals war ihr Dad mit im Schwimmbad gewesen. Er hatte nichts weiter getan, hatte nicht ihre Hand gehalten, war nicht mit ihr gesprungen, hatte kein Wort gesagt, sondern nur da unten gestanden und ihr entspannt wie immer zugelächelt, und da hatte sie gewußt, daß alles glattgehen würde. Nevada besaß ein ganz ähnliches Lächeln, und jetzt war es Nevada, auf die Jen vertraute, sie würde ihr schon helfen, was immer kommen mochte. Sie konnte es kaum erwarten, sie war so schrecklich verliebt, daß ihr alles weh tat, aber sie hatte auch Angst, und Nevadas Lächeln schien zu sagen: Bleib cool, mach dir keine Sorgen, es ist alles in Ordnung. Spring. Nevada war ebenfalls auf der Hochzeit. Sie arrangierte die Blumen, haufenweise Blumen, so viele, daß die Leute dahinter verschwanden und dann wieder zum Vorschein kamen. Es sah ziemlich lustig aus, ein bißchen, als ob man in riesigen Laubhaufen Familie spielte, aber als Jennifer ihrer Schwester Zoe in eine besonders einladende Nische folgen wollte, um sich darin herumzuwälzen, lotste Nevada sie mit heiterem Lächeln fort und hoch zum Altar, wo die Trauung vollzogen werden sollte. Jens Mutter, die jetzt nicht mehr schwanger war, saß seitlich vom Altar an der Orgel (und hatte nur Unterwäsche an, du meine Güte, typisch Mom), und ihr Vater versuchte gerade, ihren Bruder Philip hinter der Kanzel hervorzulocken, wo der Idiot sich versteckt hatte. Philip plante dort irgendeinen Unfug, und ihr Vater verlor allmählich die Geduld. «Es geht gleich los!» brüllte er. Aber das stimmte nicht. Fast alle Leute aus dem Städtchen waren da und irrten absolut planlos hin und her wie bei einer Cocktailparty, zu der sich wahnsinnig viele Gäste eingefunden haben. Das wird nie was, dachte Jennifer und mußte lachen. Die tun doch alle nur so. Es war lustig, und sie konnte mit dem Lachen gar nicht mehr aufhören, fast als würde sie jemand kitzeln. Aber irgend etwas an der Sache war auch gefährlich. Clarissa hatte sich die Lippen mit echtem Blut bemalt, als wollte sie Jennifer vor etwas warnen, das sie nicht laut sagen konnte, und als sich Jennifer, weil sie cool und freundlich sein wollte, bei Clarissa erkundigte, wer denn der Glückliche sei, blitzten in den Augen ihrer Freundin Zorn und leise Panik auf. «He, tut mir leid», sagte Jen (in der Kirche schien es dunkler geworden zu sein: hatten sie mit der Trauung etwa bereits angefangen?), und da erst bemerkte sie die kleine Tätowierung seitlich unter Clarissas Bauchnabel. Die Tätowierung zeigte eine halbautomatische Pistole, deren schwarzer Lauf in die Bikinihose wies, der Griff dagegen zur Hüfte. Das bedeutete mehreres, wie Jennifer wußte, Sprüche wie «DRÜCK AB» oder «TU'S UND KREPIER» – so lautete der Titel eines scharfen Spielfilms draußen im Einkaufszentrum –, die Tätowierung schien aber außerdem eine einzig und allein für Jennifer gedachte geheime Botschaft zu enthalten. Aus der Mündung züngelte eine kleine Flamme, und auf dem Griff standen zwei Worte, die Jen nicht entziffern konnte. Es handelte sich um einen Hilferuf, das begriff sie jetzt. Clarissa mußte bald sterben! Oder irgend jemand anders! Jennifer zog los, um Nevada zu suchen, doch die hatte mittlerweile offenbar alle Blumen arrangiert und war weggegangen. Auch Jennifers Dad war fort, und die Musik klang jetzt metallisch und hart, wie ein von einer Rockband heruntergehämmerter Trauermarsch, jedenfalls ganz und gar nicht wie die Sachen, die ihre Mutter spielte. Der alte Schreihals aus dem Eisenwarengeschäft stand auf der Kanzel, starrte ihr genau ins Gesicht und donnerte mit seiner Näselstimme irgendwelches Zeug von den lodernden Flammen der Hölle, was aber eher klang, als predigte er vom modernen Schlamm der Helle. Aber es stimmte schon: Allmählich wurde es richtig heiß hier drin. Jennifer verstand jetzt, warum Clarissa einen Bikini anhatte, das war schon ganz vernünftig. Die Blumen waren verwelkt und begannen zu faulen, die Luft war stickig. Jen stand im Lichtkegel eines Scheinwerfers, und die gnadenlose Musik machte sie ganz irre. Dann rief der Mann auf der Kanzel etwas sehr Merkwürdiges: «Schneidet ihr die Haare ab!» brüllte er. Was …? Jennifer fuhr schweißgebadet hoch, die Sonne schien ihr ins Gesicht, Musik wummerte in voller Lautstärke aus dem Zimmer ihres Bruders, und jetzt fielen ihr auch wieder die zwei Worte ein, die sie unter Clarissas Bauchnabel gelesen hatte: «Hau ab.» Sie lächelte, strich sich das zerzauste Haar aus dem Gesicht und rieb sich mit dem Nachthemd den Nacken und den Oberkörper trocken. Ihr Vater hatte recht. Es würde gleich losgehen.

An diesem Morgen wurde Otis vom Telefon geweckt. Snuffy hatte ihn bei einem harten Footballmatch aus der Verteidigung geholt und als Quarterback eingesetzt, und gerade als Otis den ihm durch die Beine nach hinten zugeworfenen Ball gefangen hatte und das gegnerische Team auf ihn losdonnerte, versagte sein Wurfarm: Er konnte den Ball nicht loswerden, konnte noch nicht mal den Arm heben, seine Flankenläufer waren plötzlich verschwunden, als hätte es sie nie gegeben, die Kerle, die auf ihn zustürzten, würden ihn umbringen. Otis schreckte hoch – ihm war der Arm eingeschlafen, weil er bei seinem Nickerchen am Schreibtisch den Kopf darauf gelegt hatte. Pauline war am Apparat. Er stand auf, machte schnell ein paar Kniebeugen, hob und senkte den Arm, um das Kribbeln loszuwerden, und sagte zu Pauline, ja, ja, aber sprich ein bißchen langsamer. In letzter Zeit schlief er nachts nicht gut, zu viele Sorgen, und darum nickte er hin und wieder auf der Wache ein, wodurch sein Arbeitstag manchmal etwas verschwommen wurde. In letzter Zeit passierte im Städtchen so manches, das Otis nicht gefiel, doch am meisten Sorgen bereitete ihm Johns Frau. Mehr als einmal hatte er in letzter Zeit ihren Wagen unverschlossen und mit dem Schlüssel im Zündschloß weit entfernt von ihrem Haus gefunden – beispielsweise spätabends auf dem leeren Parkplatz des Supermarkts, ein andermal hinter der Kirche, gestern abend direkt vor der Polizeiwache – und ihn für sie heimfahren müssen, wobei er jedesmal so ein komisches Kribbeln im Nacken verspürt hatte. Das war ungewöhnlich und genau die Art von besonderen Vorkommnissen, die Otis nervös machten, um so mehr, als es mit ihr zu tun hatte. Wenn John heute von seiner Reise zurückkehrte, würde er versuchen, mit ihm darüber zu reden. Otis verstand nicht, was Pauline sagte, er war noch zu benommen, und sie klang furchtbar aufgeregt, daher unterbrach er sie barsch, legte den Hörer auf die Schreibtischplatte und wankte zum Wasserkühler, um sich erst mal eine Handvoll Eiswasser ins Gesicht zu spritzen. Eigentlich waren es die Zuschauer gewesen, die das Footballspiel zu einem Alptraum gemacht hatten. Die Bank für den Coach und den Ersatzspieler war leer, lediglich eine Art kalter Wind fegte darüber hinweg, selbst der alte Snuffy war nach Hause gegangen oder hatte sich auf die Tribüne gesetzt – wo niemand die Spieler anfeuerte; es war dunkel da oben, die Stimmung düster und die Leute kamen einem vor wie auf einer Beerdigung. Oder bei einer Hinrichtung (ihm fiel ein, daß er gedacht hatte: Wenn *sie* hier wäre, würde alles wieder gut – aber sie war eben nicht da, und er saß in der Patsche). Auch das Spielfeld war dunkel. Er konnte die Kerle heranstürmen sehen, doch ihre Gesichter waren nicht zu erkennen. Er trocknete sein Gesicht mit dem Taschentuch ab, schneuzte sich und nahm den Hörer wieder in die Hand. Pauline sagte, sie müsse ihn sehen, irgend etwas Schreckliches gehe vor sich, sie könne sich an niemand anderen wenden, Gordon sei fortgegangen, er müsse sich beeilen. Die Dringlichkeit in Paulines Stimme erregte Otis, es klang, als könne sie es kaum erwarten, aber die Vorstellung, sich noch einmal allein mit ihr zu treffen, bereitete ihm auch Unbehagen. Das letzte Mal waren die Dinge nicht so glatt gelaufen, er hatte das unbestimmte Gefühl gehabt, als sei sein Schwanz geschrumpft oder ihre Möse habe sich geweitet – vielleicht eine Alterserscheinung oder so –, jedenfalls hatte er damals gedacht, daß ihre lange Affäre nun vielleicht doch zu Ende ging. Wenn der Schuh nicht mehr paßt, wie es in dem alten Schlager hieß ... Sie konnten trotzdem Freunde bleiben. Alte Schuhfreunde. Aber er hörte Pauline am anderen Ende der Leitung weinen, also sagte er, na schön, Kopf hoch, er werde gleich vorbeischauen. «Und bring eine Tüte Doughnuts mit», bat sie. Er vermutete, daß die Sache etwas mit ihrem Mann zu tun hatte – in letzter Zeit hatten sich einige Anrufer über Gordon beschwert, vielleicht drehte der Knallkopf jetzt komplett durch –, und daher war Otis, obwohl er geglaubt hatte, auf alles gefaßt zu sein, von dem, was ihn im Fotoatelier erwartete, völlig überrascht. Er stieß, die Tüte mit den Doughnuts in der Hand, die Tür auf, daß die Glöckchen klingelten, rief Paulines Namen und hörte ihre klägliche Antwort aus dem Zimmer nebenan, wo Gordon seine Porträtaufnahmen machte. Otis fiel auf, daß ein Stapel ungeöffneter Post unter dem Briefschlitz in der Tür lag; Gordon schien sich nicht allzuviel um sein Geschäft zu kümmern. Die Vorhänge waren zugezogen, das ganze Atelier sah aus, als wäre es für immer geschlossen, obwohl Otis sich erinnerte, hier gestern abend bei seinen Streifenfahrten Licht gesehen zu haben. Ellsworth war ebenfalls die ganze Nacht aufgewesen, vielleicht hatte Gordon irgendwelche Arbeiten für den *Crier* erledigen müssen. Vielleicht aber auch nicht. Otis schob den Glasperlenvorhang auseinander und betrat das Porträtstudio, denn er wollte sich Gordons neueste Serie lieber mal ansehen, vielleicht war an all den Beschwerden ja doch etwas dran, und was er da sah, war Pauline auf dem kleinen Podest kauernd wie ein Zirkustier, schluchzend, mit wildzerzausten Haaren und nur mit einem Bettlaken bekleidet, gewaltig wie ein Berg. Selbst im Hocken war sie so groß wie Otis. Er wußte nicht, was er sagen sollte, schob die Schirmmütze in den Nacken und kratzte sich am Kopf. Da soll mich doch ...! Paulines tränennasse Augen erspähten die Tüte mit den Doughnuts, und angesichts des Ausdrucks auf ihrem feisten roten Gesicht hielt er es für das beste, sie ihr sofort zu geben, auch wenn er eigentlich gedacht hatte, sie würden sie sich teilen. Die Dinger waren mit sechs Bissen verschwunden, und Pauline sah aus, als wollte sie auch noch die Tüte aufessen. Und dann aß sie tatsächlich die Tüte. «Ach, Otis», jammerte sie, den Mund voller Papierbrei. «Was ist bloß los mit mir?» Er wußte es nicht. Allerdings kam ihm der Gedanke, die vergrößerten Abzüge von Paulines Genitalien könnten etwas damit zu tun haben, und er fand, er sollte noch einmal einen Blick darauf werfen. Rein dienstlich. Er hob einen Zipfel des Bettlakens, um nachzuschauen (die andere Hand ließ er auf dem Pistolenhalfter an der Hüfte liegen, er wußte nicht, wieso, aber es war, als müsse er unbekanntes Terrain erforschen und auf alles gefaßt sein): Sie war wirklich gewaltig. Nicht dick, nur gewaltig. Ihre abgewinkelten Knie waren so groß wie die Helme von Footballspielern, ihre riesigen Pobacken wirkten wie zwei Felsbrocken. Allerdings waren sie immer noch weich. Und als er sie anstupste, hüpften sie wie immer. Sein Funkgerät krächzte und unterbrach die Inspektion. Auf der Wache war soeben eine erneute Beschwerde über diesen perversen Fotografen eingegangen, man hatte ihn wieder einmal dabei ertappt, wie er sich draußen im Einkaufszentrum in der Nähe von Damenumkleidekabinen herumdrückte. Was sollten sie tun? Otis gab Anweisung, einen Streifenwagen hinzuschicken, den Kerl mitzunehmen und auf der Wache einzubuchten, bis er, Otis, wieder zurück war. «Das kann allerdings noch ein Weilchen dauern», sagte er. Pauline schniefte noch immer leise vor sich hin und putzte sich die Nase mit einer Ecke des Bettlakens, hatte sich aber einigermaßen beruhigt und schaute ihn jetzt mit den hoffnungsvollen feuchten Augen eines braven Vorstehhundes an, der auf Befehle wartete. Also befahl er: «Na los, wir sehen uns noch mal die Fotos an. Das Laken wirst du dazu nicht brauchen.»

Viele – zum Beispiel Dutch oder Waldo, Nevada, Bruce oder Daphne – hätten diese Fotos, die Otis jetzt so gründlich untersuchte (später nahm er sie als «Beweismaterial» mit, wenngleich er nicht hätte sagen können, was sie beweisen sollten), als bloße Pornographie abgetan, als Nahaufnahmen von Ärschen und Mösen, die dazu dienen sollten, Skopophile aufzugeilen – was vielleicht das Modell herabsetzen mochte, dessen Figur üppig und dessen Haut nicht frei von Makeln war, auch wenn man die technische Qualität der einzelnen Fotos bewundern mußte –, andere hingegen, insbesondere Bruce, bewunderten die Perversion des Mannes, der die Vergrößerungen gemacht hatte und einen Beruf ausübte, den Bruce voller Anerkennung mit dem des Sadisten verglich. Wieder andere – Trevor, Marge, Lorraine, Floyd – hätten die Fotos vermutlich als Abartigkeit oder Schlimmeres betrachtet, als eine Art grausamen Diebstahl, als gewaltsame und mit böser Absicht unternommene Beraubung des Mitmenschen, Ellsworth jedoch hätte dank eines aus lebenslanger Freundschaft gespeisten Verständnisses für Gordons Absichten den profunden lyrischen Gehalt und die künstlerische Integrität der Fotoarbeiten verstanden – und so war es tatsächlich, denn er hatte diese sowie die Mehrzahl der übrigen Fotos in Gordons privaten Alben gesehen und lediglich von einer einzigen Serie nichts gewußt, nämlich von der, die jetzt den Fotografen niedergeschmettert hatte, gefallen durch eigene Hand, jener Serie, die ihn in solche Verzweiflung gestürzt und ihm obendrein noch Scherereien mit der Polizei eingebrockt hatte. Er war ein Mann, hätte Ellsworth gesagt, der weniger das Fleisch als vielmehr die Form liebte, mehr das Spiel von Licht und Schatten als das, was dieses Licht- und Schattenspiel von verschwiegener Erregung zu erzählen hatte, ein Mann, der danach strebte, die sichtbaren Grenzen der rastlosen, unablässig vergehenden Welt zu durchdringen und das dahinter verborgene Bild einzufangen, jenes nur schwer faßbare Mysterium, das sich hinter den sich ständig wandelnden Oberflächen wie hinter einer Maske verbarg, und der Name des Wesens, dem er nachjagte, lautete Schönheit. Ellsworth bedeutete Bewegung alles, und der Stillstand, nach dem sein Freund sich sehnte, war für ihn nicht Schönheit, sondern Tod oder bestenfalls beides. Als er einst Einwände gegen «den willkürlichen Akt» des Öffnens eines Kameraverschlusses erhoben hatte, hatte Gordon insistiert, hinter jenem «willkürlichen Akt», wie Ellsworth es nenne, stecke in Wahrheit die entscheidende künstlerische Begabung, und dann hatte er seine Fotos folgerichtig mit Verweisen auf *objets trouvés* und aleatorische Musik verteidigt, zwei Genres, über die er nur das wenige wußte, was ihm Ellsworth nach seiner Rückkehr aus der weiten Welt da draußen erzählt hatte, um ein bißchen Eindruck zu schinden. Um seine These zu beweisen, drückte der Fotograf Ellsworth eine Kamera in die Hand und forderte ihn auf, ungefähr hundert Fotos (Ellsworth hatte es schon nach einem Dutzend satt) zu knipsen, die sie anschließend als Kunstwerke beurteilen würden – und selbstverständlich hatte nicht ein einziges davon mit Gordons Werken mithalten können, auch wenn Ellsworth ein Foto besonders gut gefiel, das er am Grab eines jungen Kriegshelden gemacht hatte, nämlich anläßlich eines Friedhofbesuchs von dessen Familie mit dem Mädchen aus Frankreich, das sich später umgebracht hatte (diese kleine Fotostudie lag schon lange zurück), und zwar gefiel es ihm, weil – ganz gleich, wie amateurhaft es auch sein mochte – so viele Geschichten darin verborgen lagen, und ebenso gefiel ihm ein zweites Foto, auf dem drei Frauen im besten Alter zu sehen waren, die einfältig grinsend auf einer Holzbank im alten (inzwischen verschwundenen) Stadtpark saßen, drei Frauen, die damals gerade eine verstorbene Freundin betrauert hatten und von denen heute nur noch eine einzige lebte – ein unschuldiges Bild von Liebe und Trauer, dessen emotionale Aussage durch Unschärfe und Überbelichtung noch unterstrichen wurde. Ellsworth hatte beide Fotos (mit Begleittext) im *Town Crier* abgedruckt, dann aber die Kamera beiseite gelegt, denn sein Freund hatte recht gehabt: Er war kein Fotograf, kein visueller Künstler, auch wenn er diese Art von Kunstwerken durchaus zu schätzen wußte und darüber hinaus allmählich, und zwar nicht nur metaphorisch, verstanden hatte, daß sich dem Fotografen sowohl die Menschen als auch die Gegenstände aus eigenem Antrieb heraus als Motiv andienten, weil er eine besondere Begabung besaß: Landstraßen erstreckten sich endlos, um ihm ihre Sehnsucht zu offenbaren, Ausblicke präsentierten sich menschenleer, um ihm ihre düsteren Untertöne zu enthüllen, gestärkte Spitzengardinen flatterten wie kokette Augenlider, Licht durchflutete die großzügigen Veranden und ließ an ein freundliches Lächeln denken, betonierte, blumengesäumte Gartenwege reckten sich bis zur Straße wie eine in herzlicher Begrüßung dargebotene Hand oder ein üppiges Dekolleté. Manchmal. Manchmal freilich gab es Finsternis, Abkehr, unterschwellige Ablehnung, Bedrohung. Gordon, dachte Ellsworth oft, fotografierte das Städtchen, als wäre es ein nachgestellter sonderbarer Traum, ein Traum, den die Toten träumten und in dem die Lebenden zu mythischer Knechtschaft verurteilt waren, wobei Gordon, der Künstler, nicht etwa als Befreier auftrat, sondern lediglich das gemeinsame Dilemma aufdeckte, und das konnte wohl zu ihrer aller Befreiung führen, wenn sie nur gründlich genug hinsehen würden – eine Einsicht, die auch Ellsworths Künstler einmal in leicht abgewandelter Form im Zusammenhang mit der Mythologie der Pose formuliert hatte. (Jener Satz war inzwischen verlorengegangen oder vom Lauerer in einer der jähen Kehrtwendungen der Romanhandlung pervertiert worden.) Nach Ellsworths Meinung kam, so sehr er auch die Begabung seines Freundes bewunderte und dessen Gralssuche respektierte, kein Foto und Gemälde oder sonstiges Artefakt, und seien sie noch so meisterlich komponiert, diesen Einblicken, und seien sie noch so bescheiden, gleich (wenn diese erst zu einem aussagekräftigen Muster miteinander verknüpft waren), und deshalb gefielen dem Zeitungsmann oft ausgerechnet jene Fotos am besten, die Gordon am heftigsten verabscheute. Beispielsweise die Familienporträts, für sich betrachtet fade Kompositionen, gänzlich trivial, gekünstelt und repetitiv, doch chronologisch betrachtet in ihrer strengen und inszenierten Steifheit die Urkraft der Tragödie bergend: eine Chronik des Verlusts und des gemeinsamen Widerstands gegen diesen Verlust. Wenn Gordon zu seinen Lieblingsbildern das Foto von der Wäsche zählte, die zum Trocknen aufgehängt war und starr und steif in der Kälte an der Leine baumelte, oder die Aufnahme eines blaß leuchtenden Hinterteils, auf dem alle Einzelheiten weggeätzt waren bis auf die perfekte V-Form der Schenkel, oder jenes Bild eines pechschwarz glänzenden Sarges, den vier knorrige Hände, so weiß wie Knochen, in einen grauen Himmel reckten, so gefielen Ellsworth die Fotos in seinem eigenen umfangreichen Zeitungsarchiv viel besser: die Tankstellen und Redner, die auf dem Spielfeld dahinrutschenden Baseballspieler der Little League, die Buckelbrücken, Wohnwagenkolonien und Versammlungen der Rotarier, die Gräber von Haustieren in den Gärten, die Trantüten in Bermudashorts, die Friseurläden mit ihren rot-weiß-blau gestreiften Zuckerstangen vor der Ladentür, die tanzenden Highschool-Schüler, die mit aufwendigen holzgeschnitzten Ornamenten verzierten Musikpavillons, die strahlenden Sportler mit den Pokalen in der Hand, all dies in kunterbunter Mischung, wie eine Million Geschichten, die nur darauf warteten, erzählt zu werden, und bei jedem neuen Herumkramen stieß man auf eine weitere Million Geschichten. Ellsworth konnte gut verstehen, warum Gordon von dem öden und verlassenen Parkplatz eines Einkaufszentrums fasziniert war, einem mysteriösen Ort, der aussah, als hätte hier das Nichts sich selbst geboren, doch ihm gefiel diese Aufnahme besser, wenn er sie in einen Zusammenhang mit früher oder später aufgenommenen Fotos dieses Einkaufszentrums oder denen anderer Einkaufszentren stellte.

Hier ein inzwischen abgerissener Brunnen in einem der ersten Einkaufszentren des Städtchens, dessen Betonbauch mit Kritzeleien und Graffiti verziert war (welcher Reichtum an lokalem künstlerischem Ausdruck für immer verloren!), dort einer der chromgleißenden Aufzüge bei der Eröffnung des neuen Einkaufszentrums am Highway, wobei die Reklametafeln des Multiplexkinos mit seinen sechs Vorführräumen und die Eröffnungssonderangebote diverser Läden einen orakelnden Hintergrund abgaben, und neben diesen Fotos eins von der dunstig warmen Freßmeile eines anderen Einkaufszentrums (auch wenn der Betrachter sie möglicherweise verwechselte), wo die Jugend des Städtchens herumwuselte wie Küken im Brutkasten, jedes Foto angereichert mit den Gesichtern und Moden und flüchtigen Torheiten der jeweiligen Zeit, und dann noch eins, auf dem die Milchbar und die Phalanx der Flipper im Busbahnhof zu sehen waren, einst der Bolzplatz von Jugendlichen, die jetzt nicht mehr jugendlich waren, und dann dies hier, mit dem nicht mehr existenten Autokino Night Sky, das dem Highway geopfert worden war, der das neueste Einkaufszentrum ins Leben gerufen hatte – man konnte den Niedergang des Kinos an all dem Gras und Unkraut ablesen, das durch die Fugen und Risse der betonierten Wege sproß, an den schlaffen Drahtzäunen, der schiefen Leinwand mit den vielen Dellen, wo sie Steine und Glasflaschen getroffen hatten–, und auf dem nächsten Foto stand ein Arbeiter inmitten von Bauschutt und dirigierte einen Stahlträger in luftige Höhen, und dann sah man eine Frau im Tennisdress mit ihren in Lederjacken gekleideten Kindern auf dem vorher so öden, verlassenen Parkplatz, der jetzt voller gleißender Autos der neuesten Modellreihen war, und hier das für immer geschlossene Billigkaufhaus an der Main Street mit seinem leergeräumten Schaufenster, und so wurde die Geschichte immer weitergesponnen: die des Städtchens und die des Betrachters und auch die des Fotografen.

Als man den völlig verzweifelten Fotografen mit trüben, blicklosen Augen und schlotternden Knien aus dem eleganten Damenbekleidungsgeschäft im Einkaufszentrum schleppte, brabbelte er in einem fort vor sich hin: «Ist doch sowieso egal, es war ja gar kein Film in der Kamera», was er anscheinend schlimmer fand als seine Verhaftung. Sie geleiteten den armen verwirrten Kerl durch den Gang, vorbei an den Cafés, wo reger Betrieb herrschte, und dem Tisch, an dem Opal saß, und dann durch den nächsten Gang, als wolle man verlängern, was die Polizisten vielleicht als Unterhaltungseinlage für die Kunden betrachteten, und nach den feixenden Gesichtern zu schließen, wurde das Schauspiel wohl auch meist so aufgenommen. Die jungen Leute lachten laut, zeigten mit dem Finger auf Gordon und rissen Witze. Opal dagegen fühlte sich keineswegs unterhalten. Sie war zu niedergedrückt, und auch ihr Vertrauen in ihr eigenes Festhalten an gebührender Etikette war derzeit allzusehr erschüttert, so daß sie sich an der Demütigung eines ihrer Mitmenschen nicht freuen konnte, insbesondere wenn es sich um einen derart harmlosen Burschen handelte wie den Fotografen, der vielleicht ein wenig eigenartig veranlagt, aber ein anständiger Bürger und liebevoller Sohn war. Opal hatte die Mutter des Mannes in der Kirche kennengelernt. Sie war auf ihre Art eine Heilige, deren Ehemann im großen Krieg an irgendeinem fernen Strand gefallen war (Mitch hatte seinerzeit an der Heimatfront das Seine getan, genau wie ihr Sohn John in den kleineren Kriegen danach, und dafür war sie dankbar), die Frau war also sehr jung verwitwet und mußte, praktisch ohne einen Penny in der Tasche, einen Sohn großziehen, bis sie pflichtgetreu und liebevoll von ebendiesem Sohn betreut wurde, als Gesundheit und Geisteskräfte sie verließen, ein Schicksal, dem Opal zu entkommen hoffte, wobei sie freilich zuversichtlich war, daß ihr Sohn sich nicht weniger fürsorglich verhalten würde, sollte sie dennoch ein solches Unglück ereilen. Und was würde ihr Sohn von ihren derzeitigen Sorgen halten? Er würde wenig Geduld damit haben. Mutter, würde er sagen, kümmere dich nicht weiter um den alten Wirrkopf, du kannst ihm nicht helfen. Paß auf meine Frau und meine Kinder auf, wenn ich das nicht übernehmen kann, da brauche ich dich. Und jetzt hatte sie ihn tief enttäuscht und sich außerdem ein Benehmen erlaubt, das er gar nicht würde fassen können und das auch sie selbst noch nicht recht fassen konnte, obwohl sie wußte, daß sie sich tatsächlich so aufgeführt hatte. Die Mädchen waren fort, sie hatte überall nachgesehen, es war einzig und allein ihre eigene Schuld, sie war zu lange fortgeblieben, aber sie hatte bereits zu Hause angerufen, und dort waren sie ebenfalls nicht, kein Mensch war dagewesen außer der Putzfrau, und so war ihr nichts anderes übriggeblieben, als hier in diesem nach ranzigem Fett riechenden öffentlichen Wohnzimmer herumzusitzen, wo sie sich gänzlich fremd fühlte, inmitten von ungezogenen Gören und jenem unanständigen Radau, den die jungen Leute Musik nannten, und hoffnungsvoll und gleichzeitig angsterfüllt auf die sichere Rückkehr der beiden ihr anvertrauten Mädchen zu warten. Sie hatte Clarissa und ihre Freundin Jennifer heute morgen zum Einkaufszentrum gefahren, wie sie es schon oft getan hatte, wenn auch diesmal viel früher als gewöhnlich, und an der Überdrehtheit der beiden hatte sie sofort erkannt, daß sie irgend etwas im Schilde führten (die dünnen kurzen Höschen, die sie anhatten, bedeckten noch nicht einmal ihren Po, dazu stellten sie ihre Bauchnabel zur Schau wie Broschen) und sie lieber in der Nähe bleiben sollte. Doch Opals Besuche im Altersheim waren inzwischen mehr als eine bloße Pflichtübung oder Gewohnheit, eher so etwas wie eine Obsession, etwas, das sie mehr für sich selbst tat als für diesen halbgelähmten alten Mann, der in ihren Augen mittlerweile nicht mehr ein Freund der Familie war, sondern sich in einen Gegner verwandelt hatte. In einen sehr sonderbaren Gegner. Es hatte als der Versuch begonnen, die Peinlichkeit von Barnabys geistigem Verfall zu überspielen: Opal war auf seine Verwirrung eingegangen, anstatt den Alten immer zu korrigieren, es war letztlich ein Gefallen, den sie ihm tat, außerdem zeigte es therapeutische Wirkung – Barnaby schien deutlicher zu sprechen als zuvor. So jedenfalls hatte sie es gesehen, als sie angefangen hatte, bei Barnabys imaginären Zwiegesprächen Audreys Part zu übernehmen. Es waren keine freundlichen oder liebevollen Unterhaltungen: Barnaby war wütend, und Audrey, davon war er überzeugt, hatte ihm aus purer Bosheit unrecht angetan. Opal war jedoch ebensosehr davon überzeugt, daß er Audrey falsch beurteilte – ihre Fehler, falls sie tatsächlich welche begangen haben sollte (John war tatsächlich ein Charmeur, der einen im Nu um den Finger wickeln konnte), waren ihr sicher ohne böse Absicht unterlaufen, außerdem sollte man die Toten in Frieden ruhen lassen. So nahm sie es auf sich, eine Frau zu verteidigen, die sie zu Lebzeiten nie wirklich hatte leiden können, zunächst in ihrem eigenen Tonfall und dann, als das Barnabys Groll nur noch weiter zu schüren schien, in dem Audreys. Die war so anders als sie selbst gewesen – lebhaft, frech, selbstbewußt, dynamisch, herausfordernd, stolz –, daß Opal am meisten über die Leichtigkeit überrascht war, mit der sie jetzt in diese Rolle schlüpfte, sich vor dem reizbaren alten Knaben aufbaute, sein starrsinniges Poltern schließlich dank der Überzeugungskraft der von ihr vorgebrachten, unwiderlegbaren Logik und ihres unerschrockenen gesunden Menschenverstands verstummen ließ und anschließend noch ihrem eigenen Unmut über Barnabys Mißtrauen kräftig Luft machte und ihm so lange zusetzte, bis er sich in einen Sessel fallen ließ und um Verzeihung bat: «Ach, Aud ... es hat mir ... so schrecklich weh getan ...» – «Ich weiß.» Dann bettete er sein armes, versehrtes Haupt an ihrem Busen oder an ihre Schulter und ruhte sich dort ein wenig aus, während sie ihm sanft über die mit Altersflecken gesprenkelte Glatze strich und ihn tröstete, so gut sie konnte, bis er alles wieder vergessen hatte und der ganze Zirkus von vorn anfing. Irgendwann hatte sie sich angewöhnt, sein Zimmer aufzuräumen und das Bett zu machen, seine Wäsche zu sortieren und ihn wegen seiner schlechten Manieren zu schelten («Lauf hier nicht mit offenem Bademantel herum, meinst du etwa, es macht den Leuten Spaß, wenn sie sich einen alten Knacker wie dich in Unterhosen anschauen müssen?» – «Es ist aber viel zu mühsam, immer den Gürtel auf- und zuzubinden, Aud, das dauert mir zu lange, wenn ich aufs Klo muß ...»), ja ihm sogar beim Baden zu helfen, weil er sagte, die Altenpflegerin sei ihm verhaßt, weil sie ihn behandle, als wäre er ein Dreijähriger. «Sie hat aber doch recht, du bist ein Dreijähriger, also hör jetzt auf, so an dir rumzufummeln und beug dich vor, damit wir die Sache endlich hinter uns bringen.» – «Ich wollte, ich könnte es, Aud. Die Sache endlich hinter mich bringen, meine ich.» – «Ach, hör doch auf, du alter Geier! Mit wem soll ich mich denn herumstreiten, wenn du dich aus dem Staub machst?»

Was sie daran erinnerte, die Pistole aus dem zerschlissenen Halfter in seinem Bademantel zu nehmen, während er in der Wanne saß, und ganz unten im Korb mit der schmutzigen Wäsche zu verstekken. Manchmal kochte sie ihm etwas oder putzte den Kühlschrank oder die Mikrowelle, las ihm aus alten Zeitungen vor, gab ihm seine Medikamente, schnitt ihm die Zehennägel. «Aud, wir müssen dringend was wegen deinem verdammten Testament unternehmen.» – «Die Sache ist erledigt. Ich will nichts mehr davon hören. Her mit dem anderen Fuß.» Heute war Barnaby besonders schwierig gewesen: Er hatte seine Tabletten auf dem Boden verstreut, im Badezimmer eine Schweinerei angerichtet, die Schmutzwäsche überall im Zimmer verteilt, hatte sich geweigert, in die Wanne zu steigen und sich zuletzt in blinde Rage gesteigert wegen «einem Dangser», was immer das sein mochte, ja er hatte sogar versucht, sie mit dem Spazierstock zu schlagen, doch da hatte sie ihm den Stock einfach weggenommen, ihn in seinen Schaukelstuhl geschubst, ihm eine Standpauke gehalten und ihm schließlich, als er in melancholischerer Stimmung war, einen Haarschnitt verpaßt. Dabei hatte sie seinen begehrlichen Blick auf die Schere bemerkt, sich eine Weile darüber lustig gemacht und sie schließlich an eine Stelle gelegt, wo er sie beinahe, aber eben nur beinahe, erreichen konnte, und das gefährlich spitze Ding, als sie aufbrach, ganz beiläufig in ihre Handtasche gesteckt. Manchmal überkam sie beim Weggehen aus Barnabys kleiner Wohnung ein merkwürdiges Gefühl: Es war, als müsse sie nun daran denken, daß sie Opal war und es vielleicht nicht wäre, wenn sie es vergäße – nur so ein Gefühl, das im Nu wieder verschwand, aber trotzdem ausreichte, um sie frösteln zu lassen. Heute jedoch war dieses merkwürdige Gefühl nach dem, was sie in der Lobby gesehen hatte, nicht wieder verschwunden, und das Frösteln ebensowenig. Als sie an dem Besucherbuch vorbeigekommen war, hatte sie einen kurzen Blick hineingeworfen, um nachzusehen, ob sie daran gedacht hatte, ihre Ankunftszeit einzutragen, und da war sie furchtbar erschrocken, als sie Audreys Namen gelesen hatte. Und zwar öfter als einmal. Allerdings in Opals eigener Handschrift. Sie war verwirrt und fühlte sich irgendwie bedroht, beinahe, als hätte ihr jemand die Hand an die Kehle gelegt, deshalb hatte sie nach dem Kugelschreiber gegriffen, um es zu ändern, doch es waren andere Leute in der Lobby, ein Kommen und Gehen, also mußte sie es bleibenlassen. Außerdem hatte sie die Zeit vergessen, sie war schon zu lange von den Mädchen fort. Clarissa benahm sich in letzter Zeit sehr unverantwortlich, sie besaß zwar die stolze, unabhängige Art ihres Vaters, nicht immer aber sein sicheres Urteilsvermögen, und dann dieses gefährliche Pack, das sich da draußen im Einkaufszentrum herumtrieb – mit einemmal bekam Opal Angst, und zwar um die Mädchen, um sich selbst, um ihre ganze Familie, und so hetzte sie konfus und panisch dorthin zurück, über das Lenkrad gebeugt, als wollte sie den Wagen schieben, anstatt ihn zu fahren, und als sie endlich dort angekommen war, zwar immer noch aufgeregt, aber doch wieder mehr sie selbst, ihr altes biederes, unerschütterlich inkompetentes und zaghaftes Ich, fand sie ihre Angst sogleich bestätigt: Die Mädchen waren nirgendwo zu sehen, und nach hektischer Suche, einem Anruf zu Hause und ein, zwei peinlichen Anfragen bei anderen Leuten (wo *steckten* sie bloß, die kleinen Luder? Granny Opal würde ihnen eine ordentliche Gardinenpredigt halten!) blieb ihr nichts weiter übrig, als sich hinzusetzen und zu warten. Und zwar in diesem Hochglanzmarkt, den ihr Sohn aus dem Boden gestampft hatte, wenn auch ganz gewiß nicht für sie (sie bestellte nichts, obwohl andere Gäste auf ihren Tisch warteten und die jungen Burschen, die das Geschirr abräumten, sie schon ungeduldig musterten, aber sie war nicht bereit und eigentlich auch nicht imstande, sich vom Fleck zu rühren), ein Ambiente, das eine Bemerkung zu illustrieren schien, die ihre Freundin Kate einmal gemacht hatte, als sie zusammen im Stadtpark gesessen und sich über die jüngsten Erfolge in der Raumfahrt unterhalten hatten: «Wenn der Rand zum Zentrum wird, Opal», hatte sie gesagt, «dann wird das Zentrum zum Nichts.»

Wo steckten sie bloß, die kleinen Luder? Sie waren oben in der Luft mit Bruce und Nevada, zwar nicht ganz im Weltraum, aber, wie Clarissa es formulierte: «Voll far out!» Der Ausflug hatte als ganz gewöhnliche Spritztour angefangen, aber dann hatte Clarissa darauf bestanden, daß Bruce mit seinem tollen Privatjet alle Flugkunststücke vorführte, die er draufhatte, und so hatte er das Flugzeug steil nach oben gezogen und Rollen, Loopings und Sturzflüge gemacht und war in ungefähr zehn Sekunden über das ganze Nachbarcounty gedüst! Echt nicht zu glauben! Onkel Bruce und Nevada saßen vorne, und man sah sofort, wie sehr sie sich liebten, weil sie sich ständig angrapschten, besonders Nevada fummelte wild drauflos – Bruce, der seidenweiche Armeeklamotten anhatte, war wie immer viel cooler drauf, aber Nevada schien irre in ihn verknallt zu sein, und Clarissa und Jen bekamen nur vom Zusehen heiße Ohren. Onkel Bruce sagte, man müsse vorsichtig sein, Geschwindigkeit sei eine Art Sucht, «eine Flucht vor dem Fleisch», wie eine Bekannte von ihm gesagt habe. Sie sei regelrecht süchtig danach geworden und fix und fertig gewesen, sobald sie wieder festen Boden unter den Füßen gehabt habe, man habe den Eindruck gehabt, daß sie unentwegt zappelte und sich im Kreis drehte wie diese kleinen Plastikdinger aus dem Spielzeuggeschäft, bis sie endlich wieder abheben konnte; schon bei ihrem Anblick in einem geschlossenen Raum sei einem ganz schwindlig geworden. «War das etwa Marie-Claire?» fragte Clarissa, und Onkel Bruce lächelte (traurig, fand sie) und sagte: «Na ja, tja, ich glaube schon.» – «Aber wenn man davon süchtig wird», fragte Jen, «wie hört man dann wieder auf?» – «Man lernt das Gegenteil», antwortete Bruce, fast als hätte er die Frage schon erwartet. «Eine Art Gegensucht.» – «Wow, klingt ja echt nach Zen», sagte Jennifer. Bruce und Nevada lachten, aber Clarissa wußte, daß es bloß ein Spruch war, den Jen ihrer Mutter nachplapperte. Als nächstes machte Bruce ein paar Rollen, daß die Erde sich um sie drehte, als hätte Bruce sie an der Leine. «Juui! Echt irre!» kreischte Clarissa, und Jen pflichtete ihr bei, sagte aber, ihr sei ein bißchen flau im Magen. «Ach, Jen», rief Clarissa. «Jetzt verdirb uns nicht den Spaß! Ist doch klasse! Mach ruhig weiter, Onkel Bruce!» – «Na ja, wenn sich Jennifer nicht so wohl fühlt», sagte Nevada, die plötzlich ganz besorgt schien, und Onkel Bruce flog wieder ruhiger. «Wie geht's dir, Jen?» – «Geht schon», sagte sie, obwohl es sich nicht danach anhörte. War das etwa ein Trick? Die beiden da vorne schienen ihr jetzt sehr viel mehr Beachtung zu schenken. «Vielleicht willst du ja mal übernehmen», schlug Bruce vor, und Clarissa sprang auf, sagte: «O ja!» und war schneller als Jen; angesichts von Jens grünlichem Gesicht tat Clarissa ihr wahrscheinlich sogar einen Gefallen. «Daddy läßt mich immer seine Maschine fliegen, und zwar vorn bei ihm auf dem Schoß», schwindelte sie – ihr Vater war ziemlich strikt, was die Regeln anging, obwohl er versprochen hatte, ihr irgendwann das Fliegen beizubringen – und ließ sich im nächsten Augenblick auf Bruce' Seidenschoß plumpsen, als wüßte sie haargenau, was sie zu tun hatte, was auch mehr oder weniger stimmte, denn sie hatte aufmerksam zugesehen und lernte schnell. Sie fühlte sich sehr cool und flog nicht nur schnurgeradeaus, obwohl sie keine Tricks probierte. Währenddessen war ihr nur zu genau bewußt, wo sich ihr Hintern befand, und obwohl sie diesen bislang nie als Tastorgan betrachtet hatte, benutzte sie ihn jetzt als eine Art große, unbeholfene Zeichentrickhand in einem sehr dünnen Handschuh, und während sie das Flugzeug nach unten und oben und links und rechts steuerte, drückte und walkte und rollte sie vor und zurück, bis Onkel Bruce sagte, er glaube, es reiche nun, sie sollten lieber zusehen, daß Jennifer wieder festen Boden unter die Füße bekomme. Trotzdem gab er Clarissa einen freundlichen Klaps auf den Po und ließ die Hand dort, als er sie von seinem seidigen Schoß abhob, während sie so tat, als mache ihr die Fliegerei viel zuviel Spaß, um aufhören zu können, fast als wäre sie bereits jetzt süchtig danach, nur um seine Hand so lange wie möglich dort zu spüren, aber dann machte sie einen Fehler und drehte die Maschine unabsichtlich auf den Rücken, und damit war die Sache gelaufen. Trotzdem kribbelte Clarissas Hintern immer noch in träumerischer Erinnerung an das, was sich vorhin an ihn geschmiegt hatte, als Nevada sie und Jen wieder im Einkaufszentrum absetzte, und die beiden Freundinnen sahen, daß Granny Opal allein an einem Cafétisch saß und ein Gesicht machte, als hätte sie schon frohere Stunden erlebt. Also spendierten sie und Jen ihrer Großmutter einen Kirschpudding und sich selbst zwei Diätcolas mit Zitronenscheiben und erklärten, vorhin sei Onkel Bruce auf einer Probefahrt mit seinem neuen Superschlitten vorbeigekommen, echt ein klasse Teil, und sie schmückten diese Geschichte kräftig aus, damit sie glaubhaft klang, aber das war gar nicht nötig, denn sie schien nicht mal bemerkt zu haben, daß sie weggewesen waren, und dann erzählte Granny ihnen, der Fotograf sei verhaftet worden, und obwohl sie die Story nicht gerade spannend erzählte, lachten ihre Enkelin und Jen bei jedem Wort, das Granny Opal fallenließ, und das schien sie so aufzumuntern, daß sie sogar ein bißchen von dem Kirschpudding aß.

Als Trevor aus dem Fenster seines Büros im ersten Stock des Bankgebäudes beobachtete, wie die Polizisten den Fotografen in den Streifenwagen verfrachteten und zur Wache abtransportierten, überkam ihn, der noch nie ungetrübte Freude erlebt hatte (dieser Gedanke ließ ihn nicht mehr los, er war so präsent wie sein Herzschlag), mit einemmal wie ein kurzer Vorgeschmack dessen, was sich ihm bisher stets entzogen hatte, eine merkwürdige Mischung aus Qual und Heiterkeit, wobei beide Gefühle aus derselben Einsicht rührten: Das hatte *er* getan! Er, der vorher so wenig bewirkt hatte, hatte das Leben eines Mannes und vielleicht sogar das Leben von jedermann hier im Städtchen tiefgreifend verändert! Natürlich hatte Gordon mitgeholfen, und doch war die Szene, die sich dort unten abspielte, wirklich und wahrhaftig Trevors Werk, sozusagen sein ganz persönliches Kunstwerk. Und auch seine Bürde: Gordon sah aus, als wäre alles Leben aus ihm gewichen, als hätte ihn jeglicher Schwung verlassen, und Trevor sank das Herz angesichts des jämmerlichen Zustands, in dem sich der Ärmste befand. Als er gestern von dem Spektakel im Einkaufszentrum nach Hause gefahren war, hatte Trevor den Entschluß gefaßt, seine verrückte heimliche Verfolgung des Fotografen zu beenden, gleichzeitig aber zu begreifen versucht, was er da eigentlich angezettelt hatte. In gewissem Sinn war er auf der Suche nach der Wahrheit gewesen, das ja, doch nach welcher? Und wozu? Er erinnerte sich an einen Professor, der an der Universität Vorlesungen über Wirtschaftstheorie gehalten und behauptet hatte, das grundlegende Prinzip jeder menschlichen Interaktion sei schlichtes Streben nach Macht, und der in jedem seiner Vorträge daran erinnerte, Volkswirtschaft, Geschichte, ja das Leben selbst lasse sich unmöglich begreifen, wenn man sich diese Tatsache nicht beständig vor Augen halte. Wie er sagte, war das Streben nach Macht nicht allein die Grundlage jeder gesellschaftlichen Ordnung, sondern auch die Basis für religiösen Glauben, für Wissenschaft und für die Suche nach der Wahrheit, selbstverständlich auch die Grundlage für Liebe, Freundschaft, Ehe und Familie. Die Studenten rissen ihre Witze über das Privatleben des Mannes, und manche hoben hervor, daß er keine Bestallung auf Lebenszeit habe und es folglich nicht verwunderlich sei, wenn er bei diesem Thema ein paar Schrauben locker habe. Außerdem taten die Studenten die Vorlesungen gerne mit dem Spruch ab, das einzig Machtvolle am Gesülze des Professors verdanke sich der Tatsache, daß er sich stets ohne Umschweife den alten Machiavelli runterhole (oftmals wurde eine obszöne Geste benutzt, um klarzustellen, wie dies zu verstehen sei), Trevor aber fand das Argument des Professors einleuchtend und dachte oft über seine eigene Machtlosigkeit nach, zu deren Überwindung die Anhäufung von Wissen offenbar in keiner Weise beitrug. Trevors Begeisterung für den Professor fand ein Ende, als jemand die Frage der nicht an Macht interessierten Künstler aufwarf: Die Antwort führte in etwa die bekannten Argumente ins Feld, die aber diesmal weit weniger überzeugend ausfielen – der Professor tat nämlich das Desinteresse an Macht als törichten Mythos ab und erweiterte plötzlich seine Definition von Macht, die jetzt mehr einschloß als nur die Manipulation anderer Menschen. Außerdem weigerte er sich ohne weitere Begründung («Ich werde Ihnen jetzt mal demonstrieren, was Macht ist», witzelte er), noch weitere Fragen zu diesem Thema zu beantworten. Jetzt hatte Gordon die Frage erneut gestellt. Diese Frage und die Antwort darauf schienen das Thema Freude zu tangieren; niemand anders als Gordon selbst hatte in einem vor ein paar Jahren im *Town Crier* veröffentlichten Interview auf diesen Zusammenhang hingewiesen (Trevor hatte das Interview ausgeschnitten, es im Büro in der zweiten Schreibtischschublade von oben auf der rechten Seite aufbewahrt und hielt es jetzt in der Hand). Auf die Frage, warum er den Beruf des Fotografen ergriffen habe, hatte er geantwortet, die Fotografie ermögliche ihm zweierlei: als Beruf den Broterwerb, als Berufung die Hingabe an die Kunst. Weshalb dann aber nicht eine der bildenden Künste: die Malerei oder die Bildhauerei? Er sei ein armer Mann mit wenigen Möglichkeiten, sein Ziel aber bleibe dasselbe: das Streben nach Schönheit. Doch welchen Nutzen, hatte der Interviewer nachgehakt und den *advocatus diaboli* gespielt, hat denn die Schönheit? Gar keinen, hatte der Fotograf gekontert. Und ebensowenig Nutzen hat die mit der Betrachtung von Schönheit verbundene Ekstase … Kannte Gordon diese Ekstase? Trevor wußte es nicht, nahm aber an, daß Gordon sich für ein Leben entschieden hatte, das einen Zugang zu dieser Empfindung ermöglichte, selbst wenn dies bedeutete, daß man ab und zu in rosa Nachthemden herumlaufen und sich den Unmut der Polizei zuziehen mußte. Man erhielt eine leise Ahnung davon, wenn man Gordon bei der Arbeit zusah: Dann war es, als sei der Fotograf sich des eigenen Daseins auf der Welt in keiner Weise bewußt, als verwandle er sich in ein bloßes Prisma, durch das die Schönheit der Welt gefiltert werden konnte. Diese Intensität würde ihm selbst, glaubte Trevor, auf immer verwehrt bleiben und konnte höchstens durch jemanden wie Gordon vermittelt werden, und doch hatte er damals, als er die Verfolgung begann, nicht vorhersehen können, daß er ihre Richtung würde bestimmen können. Seinerzeit war er schlicht davon fasziniert gewesen, daß Gordon heimlich Johns Frau nachstellte – Johns Frau war noch so eine merkwürdige Sache. Hatte denn irgendwer außer ihm selbst überhaupt mitbekommen, daß sie zu verschwinden schien, und zwar nicht etwa wie jemand, der aus dem Städtchen wegfuhr, sondern wie eine Fotografie, die verblaßte? Falls ja, behielten die Leute es jedenfalls für sich, und auch Trevor zögerte, das Thema anzusprechen und das Risiko einzugehen, womöglich wie ein Idiot dazustehen. Sein altes Problem aber, daß er nämlich außerstande war, sich nach einer Begegnung mit Johns Frau ihr Aussehen in Erinnerung zu rufen, hatte sich weiter verschärft: Mittlerweile konnte er sich ihre Gesichtszüge noch nicht einmal dann vergegenwärtigen, wenn er sie ansah. In dem Versuch, das zu begreifen, hatte er ihren Punktwert auf seinen versicherungsmathematischen Tabellen nachgeschlagen und neu berechnet – doch jetzt war ihr Punktwert ebenfalls verschwunden, und Trevor fragte sich allmählich, ob das Verschwinden von Johns Frau nicht vielleicht etwas mit Gordons Fotografien von ihr zu tun hatte – als stehle dieser sozusagen ihr Abbild. Oder versuchte der Fotograf es etwa zu bewahren, weil ihm, genau wie Trevor, bewußt war, daß Johns Frau nach und nach verschwand? Trevors Jagd auf Gordon – im Kern altruistisch, freilich nicht ohne Querverbindungen zu den Kategorien Macht, Schönheit, Freude – hatte daher ein zusätzliches Motiv bekommen: Er wollte ein Auge auf Johns Frau haben oder doch zumindest verstehen, was mit ihr geschah, und jetzt kam ihm der Gedanke, daß der Schlüssel zu diesem Verständnis und vielleicht auch zu seinem Streben in den Fotos liegen mochte, die Gordon von Johns Frau aufgenommen hatte. War jetzt, nachdem Gordon verhaftet worden war, womöglich der passende Augenblick, sich die Fotos anzuschauen? Er legte das Interview aus der Hand, rückte die Krawatte zurecht, blies den Staub von seinem Hut und setzte ihn auf. Mit seinen Anrufen hatte er vielleicht doch mehr bewirkt, als er gedacht hatte! Eilig ging er zur Polizeiwache, um sich nach seinem Freund zu erkundigen, der offenbar in Schwierigkeiten steckte, und zu fragen, ob er Hilfe benötige. Er erfuhr, man halte den Fotografen nur bis zur Rückkehr des Polizeichefs fest, es sei also keine große Sache, bis zum Abendessen werde Gordon wieder zu Hause sein. Trevor dankte dem Polizisten, wechselte ein paar freundliche Bemerkungen mit ihm und trollte sich wieder. Dabei versuchte er bewußt, sich ohne unziemliche Hast zu bewegen, ging aber direkt zum Fotoatelier. Als er jedoch darauf zusteuerte, steckte der Polizeichef den Hintern aus der Eingangstür. Sein graues Hemd war schweißnaß, er hielt einige Bücher oder Fotoalben unter den Arm geklemmt und machte sich mit dem Schlüssel an der Tür zu schaffen, und so bog Trevor nach rechts ab und machte einen hoffentlich nonchalant wirkenden Spaziergang um den Block, wobei er die Abkürzung durch eine enge Gasse hinter den Häusern nahm und darauf kurz die Orientierung verlor (es kam ihm so vor, als hätte man den ganzen Häuserblock um hundertachtzig Grad gedreht – er war einfach zu aufgeregt), so daß er jetzt seinerseits einen schweißnassen Rücken hatte, als er endlich wieder vor dem Fotoatelier stand. Er spähte in ein Schaufenster (Spielzeug: vielleicht hatte er ja einen Neffen), in dem sich die Straße spiegelte – er wußte aus dem Fernsehen, wie man das machte –, und als er wieder normal atmen konnte und die Luft rein schien, rückte er seinen Hut zurecht, schlenderte zur Tür (falls jemand fragte, würde er sagen, er habe ein Porträt von Marge bestellt, die heute ihre überraschende Kandidatur für das Amt des Bürgermeisters bekanntgeben wollte) und drückte auf den Klingelknopf. Was würde er zu Gordons Frau sagen? Vielleicht, daß man ihn als juristischen Beistand ihres Mannes hinzugezogen habe – sie war kein großes Licht und kannte vermutlich nicht mal den Unterschied zwischen einem Anwalt und einem Steuerberater, außerdem würde sie unter den momentanen Umständen gewiß jede Hilfe zu schätzen wissen. Ich untersuche lediglich die Anschuldigungen, Madam, und ich dachte mir, es wäre vielleicht eine gute Idee, wenn ich mir mal ein paar Fotos ansehe. Die Tür blieb verschlossen. Er klingelte erneut. Vielleicht war sie ja auf der Wache, das wäre natürlich ganz in seinem Sinne. Er drückte die Klinke herunter, obwohl er ja wußte, daß die Tür abgeschlossen war. Er hätte den Laden für sich allein, wenn er nur hineinkäme, doch er mußte sich beeilen. Es gab doch sicher noch andere Türen. Er würde es auf der Rückseite probieren. Aber langsam, Inspektor, immer mit der Ruhe. Und hören Sie auf zu kichern.

Daß Marge für das Amt des Bürgermeisters kandidieren würde, wurde dann aber doch nicht wie vorgesehen bekanntgegeben, weil der *Town Crier*, das dazu erforderliche Organ, erstmals in seiner langen Geschichte nicht am vorgesehenen Tag erschien, und auch wenn die meisten Einwohner des Städtchens das nicht merkten, bis man sie darauf aufmerksam machte, hatte Marge es natürlich sehr wohl bemerkt. Sie ging auf der Stelle zur Redaktion, um sich zu beschweren, fand aber alles verschlossen und dunkel vor, und auch als sie an die Tür hämmerte, kam keine Reaktion, obwohl sie sicher war, daß Ellsworth irgendwo dort drinnen steckte. Sie rief

Trevor von einem Münzfernsprecher im Sixth Street Café gegenüber an (Oxford, der dort mit zwei seiner Enkelkinder saß, sagte, er habe Trevor heute noch nicht gesehen, doch was bewies das schon, da er Marge ebenfalls nicht sehen konnte?), um ihn zu fragen, was sie tun sollte, es meldete sich aber nur sein Anrufbeantworter. Wo sie auch hinsah, klebten riesige Plakate mit der Schlägervisage ihres zukünftigen Gegners, und es kam Marge so vor, als stehe sie einer Übermacht gegenüber. Was sie brauchte, war eine Freundin, doch Lorraine hatte sich in letzter Zeit derart ausweichend verhalten, daß Marge beschloß, sie einfach zu Hause aufzusuchen und ganz direkt zu fragen: Stand sie nun auf ihrer Seite oder nicht? Als Lorraine an die Tür kam, blickte sie erschreckt und verwirrt drein, bat Marge aber auf ihre unbeholfene Art (Marge dachte: Selbst wenn sie zu mir stehen sollte – ist diese schlampige, linkische Frau eine brauchbare Verbündete oder eher eine Belastung?) herein, und Marge war trotz ihrer momentanen Zweifel (sie dachte jedoch bereits: Wenn sie zu mir steht, ist sie ein großartiger Mensch – dennoch fragte sie sich nach wie vor, weshalb ihre Freundin derart reserviert war) so froh, in diesem kritischen Augenblick eine Freundin zu sehen, daß sie Lorraine am liebsten umarmt hätte und sich nur deshalb zurückhielt, weil Lorraines Gesicht eine solche Vielzahl widersprüchlicher Gefühle spiegelte (der Haken an der Frau ist, daß sie nie erwachsen geworden ist, dachte Marge etwas verächtlich, sie ist eine dumme Kuh, die sich von der ganzen Welt auf der Nase herumtanzen läßt) und Marge fürchtete (aber trotzdem ist sie, mit Ausnahme von mir, die gescheiteste Frau in diesem ganzen Städtchen voller Dummköpfe, außerdem muß sie gegen soviel mehr ankämpfen als ich, zum Beispiel gegen den Kerl, mit dem sie verheiratet ist, und verdient allemal die vorbehaltlose Liebe und Bewunderung, die ich jetzt für sie empfinde), sie könnte die Freundin womöglich noch mehr verwirren. Die Ärmste schien jeden Moment in Tränen ausbrechen zu wollen. War sie vielleicht krank? fragte sich Marge. «Ja und nein», sagte Lorraine mit zittriger Stimme. «Ja und nein?» – «Es ist ein bißchen wie eine Krankheit.» – «Was ist ein bißchen wie eine Krankheit?» Sonderbar, dachte Marge, es kommt mir fast so vor, als könnte sie meine Gedanken lesen. «Es ist nicht wirklich wie lesen, es ist eher wie, na ja, wie zuhören.» – «Was? Du hörst alles, was ich denke?» – «Jedenfalls eine Menge davon. Es kommt und geht. Und nicht nur bei dir. Bei allen.» Obwohl Lorraine zu weinen anfing, kam sich Marge mit einemmal schwach und verletzlich vor: Wie schaltete man bloß das Ding im Kopf ab, damit man nicht alles verriet? «Du kannst es nicht. Ich auch nicht. Es macht einen fix und fertig. Du hast dich gewundert, warum ich dir in letzter Zeit aus dem Weg gegangen bin.» – «Weil du nicht wissen wolltest, was mir durch den Kopf geht?» – «Liest *du* jetzt *meine* Gedanken?» – «Nein, ich rate nur.» – «Ich hatte Angst herauszufinden, was du wirklich ... na ja, du weißt schon, daß du womöglich ... und jetzt fragst du dich, ob ich das etwa schon immer getan habe oder ob das alles jetzt erst angefangen hat.» – «So in etwa.» – «Angefangen hat es eines Abends im Golfclub. An dem Abend, als Stu Johns Frau den Drink über die Bluse gekippt hat ...» – «Ich weiß. Ich war dabei.» Sie erinnerte sich, wie idiotisch Trevor sich damals benommen hatte, als er auf den begossenen Busen gestarrt hatte. «Er war nicht der einzige.» Nein. Aber was hier passierte, war ja entsetzlich! «Du hast ja keine Ahnung, Marge, es ist ein gräßlicher Alptraum!» klagte Lorraine und tupfte sich die Augen mit dem Saum ihrer Bluse ab. «Tut mir leid», fügte sie in Reaktion auf etwas wenig Schmeichelhaftes, das Marge soeben gedacht hatte, hinzu, stopfte dann die Bluse wieder in den Rock, verschwand in der Küche und kam mit einer Pappschachtel Kleenex zurück. Sie putzte sich die Nase und sagte: «Ach, Marge, ich hab so dringend jemanden gebraucht, mit dem ich reden kann!» Marge, der es nicht besonders lag, ihre Gefühle laut zum Ausdruck zu bringen, war erleichtert, daß die echte Zuneigung, die sie in diesem Augenblick für ihre Freundin Lorraine empfand, nicht weiter zur Sprache gebracht werden mußte, daher sagte sie statt dessen, weil es ihr gerade wieder in den Sinn gekommen war: «Lorraine, ich wollte dir sagen, daß ich als Bürgermeisterin kandidieren will!» – «Ach, wirklich?!» rief Lorraine und strahlte vor Überraschung übers ganze Gesicht – sie war so überrascht, überrascht zu werden. «Das ist ja großartig! Das hab ich gar nicht gewußt!»

Marge hatte recht gehabt. Ellsworth hatte sich in den Verlagsräumen des *Crier* aufgehalten, als sie an die Tür geklopft hatte, und war immer noch dort. Oder vielmehr im Stockwerk darüber, in dem sich befand, was er als hart ringender Künstler gern als seine Poetenmansarde bezeichnete, die heute jedoch nichts weiter war als sein altes staubiges Arbeitszimmer über der Druckerei. Ellsworth hatte unruhig auf dem schmalen Feldbett gedöst, erschöpft, aber zu verwirrt, um Schlaf zu finden. Er wußte, er hatte heute, und zwar zum erstenmal, seit er diese Aufgabe übernommen hatte, keine Chronik geliefert, doch darüber hinaus löste sich die Chronik, die er über all die Jahre geliefert hatte oder zumindest geliefert zu haben glaubte, jetzt unversehens vor seinen Augen auf, als wollte sie ihn etwas lehren, was er schon immer gewußt hatte: daß Worte nicht, wie er gern behauptete, unerschütterliche Dokumente waren, felsenfest und unwiderlegbar wie Zahlen, sondern beliebig kombinierbare Bauklötze der Zeit und ungefähr so fest wie Wasser –, um ihm höhnisch die Vergeblichkeit vor Augen zu halten, die seiner Mission als Chronist beschieden war. Zumindest war es ihm gestern nacht so vorgekommen: Allerdings war er nicht voll auf der Höhe gewesen, sein müder Geist hatte sich heillos im Reich der Phantasie verirrt, so daß er nicht imstande gewesen war, das Reich der Wirklichkeit so fest in den Griff zu bekommen, wie es sich für einen guten Reporter gehörte. Ein Beispiel: die Bildunterschrift, die er vor so vielen Jahren für das berühmte Foto gefunden hatte, auf dem der alte Stu die Torte ins Gesicht bekam; als er es in seiner gestrigen Panik angesehen hatte, schien dort zu stehen: «BRAUTJUNGFER FÜTTERT HOCHZEITSGEIST», doch dann war nach kurzem Augenreiben und tiefem Luftholen wieder ein «GAST» daraus geworden. Kurzum: Die Welt hatte ihre Stabilität keineswegs eingebüßt, nur seine Wahrnehmung von ihr war aus den Fugen geraten. War das ein Trost? Daß ihn dieses Buch – der Lauerer! – praktisch in den Wahnsinn trieb? Nein, es war kein großer Trost, und ebensowenig die nicht ganz so gefährliche Vorstellung – an die er ohnehin nicht recht glauben mochte –, daß er sich lediglich falsch an das erinnerte, was das Wort getreulich bewahrt hatte: an das

Brautkleid zum Beispiel oder an das Jahr, in dem man das Pioneer Hotel abgerissen hatte. Ein Datum war ein Datum, ein Ort ein Ort, und jene Sonderbeilage über die Hochzeitsfeierlichkeiten hatte er allzuoft durchgeblättert, so daß es unmöglich war, daß er zum erstenmal einen Absatz mitten in der Berichterstattung gelesen hatte, der so begann: «Am Abend vor dem Tausch der Ringe sagte der Bräutigam im Rahmen einer ihm von seinen zahlreichen nudeldicken und treuen Freunden ausgerichteten, rundum satt gelungenen Verlustigung sein Adieu zum Leben als Junggeselle ...» Ellsworthiesk, gar keine Frage, er konnte es nicht bestreiten, und trotzdem wußte er, daß er das niemals geschrieben oder jedenfalls nicht gedruckt hatte, und falls doch, dann war er nicht mehr sicher, was er sein Leben lang getan oder nicht getan hatte. Das schien denkbar, ebenfalls denkbar aber war, daß er sich gestern abend aus irgendeinem Grund derart in Alpträume und Halluzinationen hineingesteigert hatte, daß vor seinen fiebrigen Augen keine Grenzen mehr sicher waren. Er hatte sich das schon halb eingeredet – von seiner Vernunft funktionierte ohnehin nur noch eine Hälfte, die sich gern allerlei einreden ließ –, und daher schüttelte Ellsworth in solchen Fällen, wenn die historischen Ereignisse vor seinen Augen verschwammen und permutierten, stets den Kopf, klopfte sich auf die Wangen und ging im Zimmer auf und ab, bevor er erneut einen Blick in die alten Zeitungsausgaben warf, oft mit dem gewünschten Ergebnis. Was ihn zuletzt aber doch in die Knie gezwungen und das Städtchen um sein wöchentliches Porträt gebracht hatte, war das hochgelobte Foto, auf dem John und seine Braut in einem Hagelsturm von Reiskörnern zum Wagen rannten. Es war eins von Ellsworths Lieblingsfotos, weil es mit der allgemeinen Freude und Ausgelassenheit auch die Verheißung jenes historischen Anlasses einzufangen schien – nur war jetzt die Einmütigkeit dieser Festtagslaune getrübt durch ein einziges düsteres Gesicht, das durch die Wolke aus Reis hindurch unverwandt in die Kamera starrte. Als Ellsworth das Gesicht erblickte, wußte er sofort, wer das war: der Lauerer! Er war sich dessen ganz sicher, auch wenn er eigentlich gar nicht wußte, wie der Lauerer aussah. Und als Ellsworth bestürzt zurückstarrte, schienen die Augen des Lauerers größer zu werden und seine Backen zu beben (vielleicht lag das aber auch nur daran, daß Ellsworth die Hände zitterten), als unterdrücke er einen Lachanfall. Ellsworth floh. Er hatte sich nach oben zurückgezogen und dachte einen undeutlichen Gedanken: Das Buch muß weg. Der Waldbrand war nicht etwa ein Alptraum, sondern so etwas wie eine Direktive. Er erhob sich vom Feldbett, stand mit wackligen Knien da und starrte melancholisch auf die Berge von Manuskriptseiten, die ringsum im Zimmer lagen: auf den Stühlen, auf dem Tisch, auf den Regalen, auf dem Fußboden. Ein gewaltiges Zerstörungswerk stand ihm bevor; bevor er es auf sich nahm, sollte er wahrscheinlich etwas essen. Er nahm ein Blatt Papier von einem Stuhl und las: Die Kunst entspringt nicht dem Gesehenen, sondern der Sehnsucht nach dem nie Gesehenen. Hatte er das geschrieben? Er konnte sich nicht erinnern. Wer hatte das gesagt? Der Künstler, der sich über seinen Verlust hinwegtrösten wollte? Nein, der Künstler war untröstlich. Und doch paßte der Satz nicht so recht zum Stil des stets boshaften Lauerers. Wer dann …? Um Himmels willen! Das Modell!

Der Hunger machte auch Pauline wacklige Knie, und obwohl sie keineswegs an Zerstörung dachte (daran hatte sie noch nie gedacht, nicht einmal damals, als Daddy Duwayne versucht hatte, ihr diesen Gedanken einzuimpfen), bewirkte sie, als sie auf der Suche nach etwas Eßbarem im Atelier umherirrte, doch etwas, das dem sehr nahe kam; dabei wußte Pauline, während sie sich unter Schmerzen durch Türen quetschte und in ihrer Unbeholfenheit irgendwelche Möbel umstieß, daß sie nichts zu essen finden würde. Als Otis mit den Alben fortgegangen war, hatte er versprochen, ihr ein Dutzend Pizzen zu bestellen, doch sie waren bis jetzt nicht geliefert worden, und Pauline konnte wirklich nicht viel länger warten. Sie versuchte, ihn noch einmal anzurufen, aber die winzigen Löcher in der Wählscheibe von Gordons altmodischen Telefonapparaten bereiteten ihr Schwierigkeiten (sie mußte die Scheibe wie einen Flaschenverschluß drehen), und sie bekam ständig irgend jemand anderes oder das Besetztzeichen. Zwei und zwei zusammenzuzählen, war nicht unbedingt Paulines

Stärke, aber als sie ihren mächtigen Körper durch die offene Tür quetschte, um noch ein allerletztes Mal im unteren Kühlschrank nachzusehen (natürlich leer; bei ihrem letzten erfolgreichen Besuch hatte sie eine verschrumpelte Zitrone gefunden, die an der Rückseite des Gemüsefachs festgemodert war: Pauline hatte den Schimmel an ihrem Oberschenkel abgewischt und sie in einem Stück wie einen Bonbon verputzt), fiel es ihr plötzlich wie Schuppen von den Augen, daß sie immer noch wuchs und, wenn sie sich nicht schnell auf den Weg machte, hier drinnen eingesperrt sein würde – schon jetzt kam sie nicht mehr die Treppe hinauf oder hinunter –, und das bedeutete (zwei plus zwei), daß sie vermutlich verhungern müßte. Selbst wenn man ihren Mann wieder laufenließ – Pauline wußte, daß sie sich nicht auf ihn verlassen konnte, weil er im Augenblick so schrecklich viel zu tun hatte. Doch was sollte sie anziehen, wenn sie das Haus verließ? Das Bettlaken, das sie umgelegt hatte, war fadenscheiniger als alte Unterhosen, und die anderen Laken und Bettbezüge wurden im ersten Stock aufbewahrt und waren unerreichbar. Die staubigen alten, burgunderroten Samtvorhänge, die im Porträtstudio als Hintergrund benutzt wurden, kamen ihr in den Sinn, und sie quetschte sich durch die Tür (hoppla! – *kracks!* – tut mir leid), nahm die Stoffbahnen ab und hoffte, daß Gordon nicht allzu wütend werden würde, weil sie sich die Vorhänge ausgeborgt hatte. Ihre großen Finger konnten nicht mehr mit einer Sicherheitsnadel, geschweige denn mit einer Nähnadel hantieren, und so verfertigte sie, während ihr Magen wie ein Vulkan grollte, eine Art lose, schlichte Kutte (was Erinnerungen an den Hauswirtschaftsunterricht auf der Highschool weckte) und klammerte den Stoff mit einem Hefter zusammen, der auf dem Ladentisch stand. Als sie nach dem Heftapparat griff und dabei die Hand durch den Glasperlenvorhang steckte, beschloß sie, diesen ebenfalls mitzunehmen: um das Ganze ein bißchen aufzuwerten, dachte sie, trotzdem dienten die Perlenschnüre hauptsächlich dazu, die losen Stoffbahnen zu halten. Unter lautem Glöckchengebimmel durch die Vordertür zu platzen, erschien ihr nicht angebracht, außerdem hatte Otis beim Weggehen abgeschlossen, und der Drehknauf des Riegels war viel zu klein für ihre Finger. Aber die Hintertür war zu eng: selbst wenn sie versuchte, sich seitlich hindurchzuquetschen, bliebe sie irgendwo stecken. Natürlich würde es besser gehen, wenn die Fliegentür nicht da wäre. Wie funktionierten diese winzigen Angeln eigentlich? Egal, das Ding war jedenfalls ab. Trotzdem gab es nach wie vor kein Durchkommen. Pauline zog die neue Kutte und die Perlenschnüre wieder aus, legte sich auf die Seite, schob erst die Beine hinaus auf die schmale Gasse hinter den Häusern und dann (aua!) den Hintern, rappelte sich auf alle viere hoch, zwängte mit viel Hin- und Herwackeln den Oberkörper durch die Tür und zog ihre neue Garderobe hinter sich her. Während sie noch immer damit beschäftigt war, die Schultern ins Freie zu wuchten, spähte sie zwischen ihren Beinen und baumelnden Brüsten hindurch nach hinten und sah einen Mann, der sie von der anderen Seite der Gasse aus beobachtete und sich dabei eine Hand über ein Auge hielt, als mache er einen Sehtest. Sie erkannte ihn: Es war Gordons Versicherungsvertreter. Er schien seinen Blick nicht abwenden zu können, aber sein Gesichtsausdruck war anders als das geile Gaffen, unter dem Pauline ihr Lebtag gelitten hatte. Er wirkte eher, als stehe er kurz vor einem Herzinfarkt oder habe etwas zu sich genommen, das ihm bleischwer im Magen lag. Na ja, wer konnte ihm einen Vorwurf daraus machen, sie sah wahrscheinlich wirklich zum Fürchten aus. Pauline, die nicht neugierig war, zerbrach sich gar nicht erst den Kopf darüber, was der Mann hier verloren hatte oder warum er nicht wenigstens herüberkam und ihr ein wenig half, sie nahm einfach an, daß die meisten Leute angesichts ihres Aufzugs entsetzt sein und annehmen würden, daß sie wahrhaftig groß genug sei, um allein zurechtzukommen. Sie zog sich also die Kutte wieder über den Kopf, gürtete sie mit den Perlenschnüren und ging dann hinüber, um sich bei dem Mann zu entschuldigen und ihn zu fragen, wo sie etwas zu essen kriegen könnte – und zwar schnell! –, doch er ließ sich, das eine Auge immer noch mit der Hand abdeckend, einfach rücklings in den Straßenschmutz fallen und stammelte irgendwas von seiner Frau und dem Bürgermeister. Tja, Pech für ihn, doch sie hatte ihre eigenen Sorgen, und so ließ sie ihn, während ihr Magen eine Antwort knurrte, dort sitzen und machte sich mit eingeknickten Knien und eingezogenem Kopf, um möglichst wenig Aufsehen zu erregen, die Gasse entlang auf den Weg zum Sixth Street Café.

Wo Alf zu diesem Zeitpunkt mit hochgezogenen Schultern vor dem staubigen Fenster saß und seine vormittägliche Kaffeepause machte, und zwar in Gesellschaft seines alten Freundes Oxford und dessen beiden jüngsten Enkeln, einem noch nicht vierjährigen Zwillingspärchen, die beide das herzförmige Gesicht und blonde Haar ihres Vaters besaßen, dank der geduldigen Belehrung durch ihren Großvater aber bereits lesen und zählen konnten. «Es kam mir so vor, als hätte er das Gefühl, ausgesperrt oder so zu sein, als wüßte er nicht, wie er wieder hineinkommen könnte», sagte Alf und starrte müde auf die Teerdecke der Straße, die in der grellen Morgensonne zu schwitzen schien. Er hatte soeben versucht, seine nächtliche Begegnung mit Oxfords eigenartigem Sohn Cornell in der engen Gasse hinter den Häusern zu beschreiben, doch Oxford, völlig im Bann seiner Enkelkinder, die am Tisch neben ihnen aufgeregt an ihren «Malen nach Zahlen»-Bildern arbeiteten («Es ist eine Frau! Mit einem spitzen Hut auf dem Kopf!»), schien ihm nur mit halbem Ohr zuzuhören. Die Straße war gespenstisch menschenleer. Bürgerzentrum oder nicht, der alte Ortskern würde bald total auf den Hund kommen. Der Zeitungsverlag auf der anderen Straßenseite sah aus, als wäre er bis auf weiteres geschlossen. In der laufenden Woche war noch keine Wochenblattausgabe erschienen, und es gab auch keinerlei Anzeichen dafür, daß jemals wieder eine Nummer erscheinen würde. Alf rieb sich die Augen und überlegte, ob er wohl mal bei Ellsworth vorbeischauen und sich vergewissern sollte, daß alles in Ordnung war. «Ich nehme an, du schläfst noch immer schlecht.» – «Stimmt.» – «Alkohol ist ein schlechtes Beruhigungsmittel, Alf. Flurazepam ist besser.» – «Schon versucht.» – «Methaqualonpräparate? Da gibt's inzwischen ein paar gute Sachen.» – «Schlecht für die Leber.» – «Besonders wenn man das Zeug mit Scotch mixt, nehme ich an. Bei deiner Geschichte fällt mir ein, daß Kate etwas Witziges über Türen gesagt hat. Das war kurz vor ihrem Tod, als das Pioneer Hotel abgerissen wurde. War ja ein robuster alter Kasten, das Hotel, wie ein alter Krieger, fand Kate, schwer in die Knie zu zwingen.» – «Hmm. Harriet und ich haben eine Woche in dem alten Krieger gewohnt, als wir nach dem Krieg wieder hierhergezogen sind. Nach dem muffigen Geruch zu schließen, hat man uns damals in der Achselhöhle einquartiert.» – «Jedenfalls mußte John schließlich zu Dynamit greifen ...» – «Ich kann mich noch gut erinnern. Sah aus wie nach einem Volltreffer.» Das Gespräch beschwor alles wieder herauf. Er hatte eine Woche lang kein Auge zutun können. Es war die Woche gewesen, in der ihm die Sehnsucht nach Harriet am schlimmsten zugesetzt hatte. «Und als sich der Staub wieder verzog, stand nur noch die große Eingangstür, und zwar völlig unversehrt, die Säulen, Architrave, alles. Majestätisch. Einladend. Aber Einlaß gewährend ins Nichts.» Alf erinnerte sich an die aufrecht stehengebliebene Tür und daran, daß er sich irgendwie mit ihr identifiziert hatte, allerdings schien die Erinnerung in Schwarzweiß gehalten zu sein, deshalb wußte er nicht recht, ob sie auf die Betrachtung der Tür selbst zurückging oder auf ein Foto in der Zeitung. Hätte man Alf danach gefragt, so hätte er geantwortet, er lese nie das lokale Käseblatt, aber nun, da der *Crier* nicht erschienen war, merkte er, daß ihm das blöde Ding fehlte. «‹Wir errichten Mauern hauptsächlich deshalb›, hat Kate damals gesagt, ‹damit wir das Innen und Außen trennen können, das Private vom Öffentlichen, das Heilige vom Gewöhnlichen, das Bekannte vom Unbekannten. Man baut in den Mauern Türen ein, um den Übergang vom einen ins andere feierlich zu gestalten, den Übergang, der manchmal eine Erfüllung und ein Vergnügen ist, manchmal aber eine schreckliche Überschreitung.» Oxford warf einen kurzen Blick auf seine Enkelkinder. «Wie in dem Märchen von den drei kleinen Schweinchen: Eine rituelle Verletzung der Unantastbarkeit des Heims, die sich an der Türschwelle abspielt.» – «Ich hab den Quatsch immer für ein ödipales Hirngespinst gehalten», sagte Alf und machte der Kellnerin ein Zeichen, damit sie ihm noch einmal Kaffee nachschenkte. Er sollte sich wieder auf den Weg in die Praxis machen. Die Frau des Pastors war mittlerweile bestimmt eingetroffen. Außerdem war da heute morgen diese hysterische Nachricht auf seinem Anrufbeantworter gewesen: «Hilfe! Das Ding, das Sie mir weggemacht haben! Es ist wieder da!» Keinen blassen Schimmer, wer ihn da angerufen hatte. «Du weißt schon, das Zuhause als Gebärmutter, und draußen steht der große böse Papa und will sich den Weg hinein freiblasen.» – «Vielleicht. Ist ja im Grunde dasselbe. Die Tür als ‹magische Schwelle›, wie Kate es nannte, die den Zugang zu einem Geheimnis dort drinnen, jenseits der Schwelle, verspricht. Und John, sagte sie, hat die Tür aller Illusionen entkleidet und uns wieder in Erinnerung gerufen, daß aller Zauber nichts weiter ist als ein Taschenspielertrick und Schwellen bloß willkürliche Objekte im Nirgendwo sind.» Oxford lächelte nachdenklich und sah wieder zu seinen Enkelkindern, die eifrig beschäftigt waren. «Und vielleicht hast du recht mit den drei kleinen Schweinchen, Alf. Vielleicht fehlt dem armen Corny bloß seine Mama.» John war wieder zurück. Alf sah, wie er aus dem Eisenwarengeschäft nebenan trat, mit einem Gesichtsausdruck, der vermuten ließ, daß er soeben den alten Floyd entweder rausgeschmissen oder ihm eine Gehaltserhöhung gegeben hatte, bei John konnte man das nie unterscheiden. Alf musterte kurz seinen Zeigefinger, wobei ihm einfiel, daß er etwas mit John besprechen mußte (das schlimmste war, daß das Ding immer größer zu werden schien), doch in diesem Augenblick kam die Kellnerin und sagte, er werde dringend am Telefon verlangt. Es war seine Arzthelferin. Ein Notfall. Ein Mann, der plötzlich erblindet sei. Sie bat ihn, sich zu beeilen, der Ärmste sei außer sich.

Den eigenartigen Ausdruck der Arzthelferin Lumby, eine im übertragenen Sinn gemeinte Beschreibung des hysterischen Patienten (dem sie jetzt auf Anweisung des Arztes ein mildes Beruhigungsmittel verabreichte, und zwar zu ihrer Freude mittels einer Spritze), hätte ihr Bruder Cornell wörtlicher aufgefaßt, denn er war mittlerweile mehr und mehr davon überzeugt, daß es ihn nicht nur einmal, sondern zweimal gab. Es kam ihm vor, als stecke da ein parenthetischer Corny im sichtbaren Cornell (oder umgekehrt) oder als schleppe er einen Schatten mit sich herum, der sich nicht immer so bewegte, wie er es tat, und manchmal fuhr er herum, weil er sehen wollte, ob er den Schatten – und wenn nicht den Schatten, so doch sein anderes Ich, in welcher Form auch immer – ertappen könnte. Er mußte darauf achten, daß er das nicht tat, wenn die Frau namens Gretchen in der Nähe war, denn wenn sie ihn dabei erwischte, ließ sie ihn nicht mehr an seine Videospiele. Beispielsweise heute früh: Er hatte das Gefühl, er spüre einen – tja, was eigentlich? –, einen leichten Klaps auf der Schulter, und wirbelte blitzschnell herum, doch da stand sie und starrte ihn durch ihre dicken Brillengläser feindselig an; sogleich kam sie angestampft wie ein Filmmonster, zog den Stecker aus dem einzigen Videospiel im Drugstore, das noch funktionierte, und verpaßte ihm, als er Einspruch zu erheben versuchte, prompt eine Kopfnuß, mit der Begründung, er werde durch die Spiele nur noch verrückter, als er ohnehin schon sei, obwohl in seinen Augen, wenn auch vielleicht nicht in denen seines Schattens (er konnte nicht für dieses andere Ich sprechen, das anscheinend unglaublicherweise mit dieser holzbeinigen Mißgeburt verheiratet war und mehr Kinder von ihr hatte, als er zählen konnte, vom Erlernen ihrer Namen ganz zu schweigen), sie die Verrückte war. Manchmal erschien ihm die ganze Welt verrückt, doch das beunruhigte Cornell nicht sehr, da seine Mutter immer gesagt hatte, daß die meisten richtigen Gedanken zuerst von nur einem einzigen Menschen gedacht worden waren – das galt selbstverständlich auch für die meisten verrückten Gedanken –, das Entscheidende war jedoch, daß es völlig in Ordnung war, anders zu sein. Und das war er ja, wirklich und wahrhaftig, und sie hatte immer gesagt, sie habe ihn gerade deswegen so lieb. Und jetzt, da man ihn seines einzigen kompensatorischen Vergnügens in dieser auf dem Kopf stehenden Welt (oder war sie von innen nach außen gekehrt?) beraubt hatte, zog sich Corny in eine Nische hinter den Regalen mit den Zeitschriften zurück, blätterte düster die Illustrierten durch, spritzte dabei in seine Hosen, sooft er dicke Brüste oder einladende Schamhaarpolster oder manchmal auch nur Fotos runder saftiger Sachen mit Falten darin sah, war im übrigen aber unendlich gelangweilt und deprimiert. Echt zum Kotzen, Mann, wirklich. Das Leben und überhaupt alles. Vielleicht könnte er sich später, wenn Fischauge nicht hersah, eine Handvoll Münzen aus der Kasse und die Schlüssel für den Lieferwagen klauen und sich kurz in die Spielhalle im Einkaufszentrum abseilen, trotz des hämischen Spotts, den er dort oft von den fiesen Teenies einstecken mußte – den Pickelgesichtern, wie er sie in zumindest einem seiner Leben immer genannt hatte. Er starrte niedergeschlagen auf das Foto einer Nonne, die nichts weiter als ihre Nonnenhaube und weiße Strümpfe trug und lüstern von einem Pfarrer beäugt wurde, der sich hinter dem Wasserspeier eines Doms versteckt hielt (die schreckliche Fratze des Wasserspeiers faszinierte Cornell am allermeisten, auch wenn er beim Anblick des nackten Hinterns der Nonne mit dem auf eine Pobacke tätowierten, dornenumkränzten Herzen Jesu im Nu abspritzen mußte. Wann würde dieser Alptraum wohl zu Ende gehen? fragte er sich). Die Fotoserie trug den Titel «Les Girls de Paris». Eine Frau, die neben den Zeitschriftenregalen stand, sah ihm über die Schulter und fragte, ob er vorhabe, im Sommer nach Frankreich zu reisen. Er erkannte sie. Auch wenn sie inzwischen verheiratet und sehr reich war, blieb sie in seiner Erinnerung Yales Freundin aus der Highschool. Er hatte die beiden früher immer beschattet, vor allem zu Hause oder im Kino, um zu sehen, was sie miteinander trieben. Sie hatten sich oft an den Händen gehalten, allerdings hatte Yale sie auch einmal geküßt, und das war das erste Mal gewesen, daß diese Sache in Cornys Hose passiert war, wenn er nicht geschlafen oder wenigstens im Bett gelegen hatte. Ihre Bemerkung konnte als Scherz gemeint sein, auch wenn ihm die Frau nicht so vorkam, als wollte sie Spaß machen. Sie kam ihm eher so vor wie seine Mutter, wenn er irgendwelchen Kram von der Schule mit nach Hause gebracht hatte, so als ob sie, na ja, ernsthaft daran interessiert wäre, und als er murmelte, er könne nie wieder dorthin zurückkehren, fragte sie ihn nach dem Grund, und er (er hatte Angst, die Frau mit dem Klumpfuß würde herübergehumpelt kommen und ihn ankeifen, er solle seinen Blödquatsch für sich behalten, doch sie schien nicht einmal zuzuhören) erzählte ihr alles. Was denn für eine Tür? fragte sie, als er fertig war. Also führte er sie hinaus in das Gäßchen hinter dem Haus und zeigte ihr die Stellen, an denen er sich jede Nacht auf die Suche machte, obwohl am Tag alles völlig anders aussah. Alltäglicher. Eine alte, verdreckte Gasse hinter den Häusern, weiter nichts, es war wirklich peinlich. Er fing schon an, sich so zu sehen, wie Gretchen ihn sah – als jämmerlichen Irren mit klebriger Hose –, und es tat ihm leid, daß er die feine Dame hierhergeführt hatte. Doch dann sah er in einem dunklen Eck, wo die Sonne nicht hinkam, die Mülltonnen: HALTET UNSER STÄDTCHEN SAUBER stand dort. Und wenn er sich umdrehte, das wußte er (warum zitterten ihm die Knie? Warum zögerte er? Wovor hatte er Angst?), würde die Tür dasein. Doch dann, als er all seinen Mut zusammennahm und es tat, war sie nicht da. Und die feine Dame ebensowenig. Statt dessen ein riesengroßes, irgendwie an eine Frau erinnerndes Wesen, das hinter einem Pickup (es war derart massig, daß es nur halb davon verdeckt wurde) auf der Erde hockte und wie ein wildes Tier schnaubte und prustete, während es hungrig mit den Pfoten im Abfall des Sixth Street Café herumwühlte. Das Wesen hatte einen Klecks Baiser an der Nase und welke Salatblätter an der Unterlippe hängen und schielte durch die ungekämmten Haare zu ihm hoch (oder vielmehr hinunter). Sein Herz blieb stehen. Allerdings nicht aus Angst. «Corny!» flüsterte das Wesen. «Bist du das?»

Der alte Ford-Pickup, hinter dem Pauline kauerte, gehörte dem Eisenwarenladen an der Ecke, einem Familienunternehmen, das John gehörte und das vor ihm bereits dessen Vater, Großvater und Urgroßvater geleitet hatten und noch früher Johns Ururgroßvater, der berühmte Pionier und Pferdetränkenhersteller, der hier draußen auf der wogenden Prärie, wo es noch keine einzige Ecke gab, ein Geschäft eröffnet hatte, als hätte er ein X in den Boden gekratzt und alles, was dann folgte, erschaffen – zumindest hatte es Ellsworth einst ähnlich mythisch in einem beliebten Artikel des *Town Crier* über «Träumer und Baumeister» formuliert. Das historische, zweistöckige Gebäude aus Ziegelsteinen war eines der wenigen aus den alten Tagen – wenngleich nicht den uralten Tagen der Ururgroßväter – stammenden Geschäfte im Ortskern, die intakt oder wenigstens mehr oder minder intakt geblieben waren. Wieso hatte John ausgerechnet diesen Bau verschont und so viele andere nicht? Manche Leute sagten, es beweise, daß John eine sentimentale Ader besitze, andere, daß er sich zynisch vorgenommen habe, den Wert dieses Relikts zu steigern, indem er die schmuckeren Konkurrenten zerstörte; die meisten nahmen allerdings an, daß John nur noch nicht dazu gekommen war, sich den Laden vorzunehmen. Vor etwa zwölf Jahren hatte John die Geschäftsführung des alten Familienunternehmens einem Zugezogenen namens Floyd übertragen, einem ehemaligen Lastwagenfahrer und Handlungsreisenden, der zufällig auf der Durchreise gewesen war, als der Posten des Geschäftsführers vakant war. Floyd ging weder auf die Jagd noch auf den Golfplatz, er war nicht der Typ, der sich in geselliger Runde ein paar Drinks genehmigte, und er hatte nie ein Flugzeug geflogen und würde es auch nie tun, aber er war ein guter Bowler, hatte in seinem früheren Leben reichlich Gelegenheit gehabt, Karten zu spielen (John schätzte ihn als Bridgepartner) und die Bibel gründlich zu studieren, und besaß mehrere handwerkliche Fertigkeiten, wie man sie an solchen Orten erlernte, alles Fähigkeiten, die er seit seiner Ankunft im Städtchen mit Erfolg demonstriert hatte. Auch der von ihm geführte Laden hatte Jahr für Jahr ein wenig Gewinn abgeworfen – trotz der von John persönlich geschaffenen Konkurrenz der Einkaufszentren –, und das lag an Floyds Zähigkeit und der Tatsache, daß er sich mit Werkzeugen und ihrer Anwendung bestens auskannte. Während Alf im Sixth Street Café nebenan gerade dachte, John, der mit einem eiskalten Grinsen auf dem Gesicht aus dem Eisenwarenladen spaziert kam, habe den alten Floyd soeben gefeuert (um so besser, der Kerl war ein jähzorniger alter Drecksack und außerdem ein religiöser Spinner, kein Mensch weit und breit konnte ihn besonders leiden) – hatte John, der alle vorhandenen Talente zu nutzen verstand, Floyd soeben befördert, sein Gehalt verdoppelt und ihm eine Aufgabe als örtlicher Chef der neuen, landesweit tätigen Spedition übertragen, die er, John, auf seiner jüngsten Reise in den Westen erworben hatte und, wie er Floyd erklärt hatte, mit seinem Luftfrachtgeschäft koppeln wollte. Aus diesem Grunde konnte man den Geschäftsführer des Eisenwarenladens, der emotionaler veranlagt war, als die meisten im Städtchen angenommen hätten, in seinem weißen Overall auf dem Fußboden niederknien sehen – in der Abteilung Heimwerkerartikel, genauer gesagt gleich neben den Windspielen und den Bausätzen für einen aus Redwood gefertigten Liegestuhl für zwei Personen –, wo er seiner Gottheit tränenreichen und heftigen Dank abstattete: Erlösung! Lieber Heiland! Die Gnade Gottes, es gab sie wirklich! Floyds ganze dunkle und qualvolle Vergangenheit schien zu verblassen wie ein sich in Nichts auflösender Alptraum, und er tat seine Verzückung lauthals kund (der junge Bursche aus der Highschool, der für ihn arbeitete, verdrückte sich ob des hysterischen Anfalls seines Bosses durch die Hintertür: Holla, der alte Schreihals ist mal wieder ausgerastet, Zeit für einen Joint), während Gottes Gnade sich über ihn ergoß, wie Licht in ein Zimmer flutete oder Wasser in einen Eimer – Ehre sei Gott in der Höhe! Er war gerettet! Endlich gerettet! Und so hörte der einstmals begehrliche, nunmehr von einer hehren, reinen Liebe zur Welt ergriffene Floyd auf zu begehren.

Der Mann, dessen Weib Floyd einst sündig begehrt hatte, jedoch als Erretteter nun nicht mehr begehrte, verspürte seinerseits, kaum daß er nach seiner belebenden Reise gen Westen zurückgekehrt war, so etwas wie eine innere Berufung. Das Städtchen (er hatte ihm nicht genug Aufmerksamkeit geschenkt, und doch lag es ihm so sehr am Herzen) kam ihm träge vor, orientierungslos, ohne rechten Schwung – «ein Schiff in der Flaute», wie seine Mutter zu sagen pflegte –, der kommunale Puls schlug matt, die Augen blickten stumpf, und John, zielbewußt und entschlossen durch die Straßen eilend, war bereits im Begriff, das Gemeinwesen erneut zum Leben zu erwecken. Nach der Landung auf dem Flugplatz (die letzten zehn Meilen und der Landeanflug waren ihm länger vorgekommen als sonst, wahrscheinlich war er doch reisemüder, als er gedacht hatte, aber er schüttelte die Erschöpfung unwirsch ab) hatte er den für ihn tätigen Betriebsleiter und zukünftigen Bürgermeister schlafend vorgefunden, geräuschvoll durch die Kartoffelnase schnarchend und, nach abruptem Aufwecken durch einen beherzten Stiefeltritt gegen das Schienbein, außerstande, ihm zu sagen, ob er Bruce gesehen hatte oder nicht, obwohl dessen Düsenmaschine doch auf dem Rollfeld stand. Um Snuffy wieder auf Touren zu bringen, hatte John ihn unverzüglich durch die Lagerhallen und Schuppen gehetzt, ihm aufgetragen, sich Gedanken darüber zu machen, wo sie das örtliche Hauptquartier der soeben aufgekauften, landesweit operierenden Spedition unterbringen konnten, und Kostenvoranschläge für sämtliche nötigen neuen Laderampen und Zufahrtsstraßen einzuholen; als John sich wenig später von Snuffy verabschiedete, der bereits losgelegt hatte, seine Leute antelefonierte und in seiner üblichen «Kein Scheiß jetzt Rhetorik» Befehle in den Hörer blaffte, strahlten die Augen des alten Footballcoaches wieder heller, und das alte Feuer war wieder da. Im Ortszentrum machte John einen kurzen Halt in den Räumen seiner Bank (eine Kassiererin, deren Tochter an Knochenkrebs erkrankt war, drückte ihm die Hand und bedankte sich, weil er dafür gesorgt hatte, daß die Kleine auf die Dringlichkeitsliste für die unbedingt erforderliche und, wie sie sagte, bereits sehr zufriedenstellend verlaufene Knochenmark-transplantation gesetzt wurde, und insgesamt schienen alle Mitarbeiter der Bank gleich um drei, vier Zentimeter zu wachsen und den Boss freudig anzustrahlen, als er durch die Schalterhalle schritt), um seine Post zu sichten, Schecks zu unterschreiben und Telefonanrufe zu beantworten (Nevada hatte gesagt: «Wir müssen dringend miteinander reden…»), ein paar Dutzend Faxe loszuschicken, Blumen für seine Frau zu bestellen und sich telefonisch beim Partyservice zu versichern, daß alles für sein großes Grillfest zum Tag der Pioniere vorbereitet war: «Wie letztes Jahr, nur von allem ungefähr zwanzig Prozent mehr. Das Barbecue wird eine große Sache.» Zu Hause ging Clarissa ans Telefon, die sich putzmunter anhörte und offensichtlich ebenso gut gelaunt war wie er; Granny Opal sei große Klasse, und sie werde einen Zettel für Mom schreiben, daß er angerufen habe, sagte sie. Ja, sie glaube schon, daß Onkel Bruce im Städtchen sei. John rief seine Mutter an, um ihr für die Hilfe mit den Kindern und die regelmäßigen Besuche beim armen alten Barnaby («Gibt's irgendwas, das ich für ihn tun kann?» – «Nein, ihm… ihm geht's bestens!») zu danken, wählte dann Kevins Nummer im Golfclub und trug ihm auf, seine Golfschläger klarzumachen, er werde kurz nach dem Mittagessen hinauskommen. Als Kevin ihn bat, jemanden für den Golfladen einzustellen, gab er ihm grünes Licht und sagte, er werde das später mit dem Aufsichtsrat des Clubs klären, «Kev, mach dir außerdem mal Gedanken über einen Küchenchef, der imstande und willens ist, auch an der Bar auszuhelfen. Du brauchst mehr Zeit draußen auf dem Golfplatz, wenn du bei Turnieren weiterhin ganz vorne mitmischen willst.» – «Gut! Ich fang sofort damit an, John!» Er hatte beschlossen, offenstehende Kaufangebote, so bescheiden sie auch ausfielen, für einige der von Barnaby bei seinem gescheiterten Übernahmeversuch erworbenen Firmenanteile anzunehmen, um den Kauf der Spedition zu finanzieren und Mittel für den Bau der Pferderennbahn zu beschaffen, und so ging er zu Trevors Büro, um mit dem nötigen Papierkram anzufangen, doch Trevor war nicht da. Vielleicht beim Mittagessen. Keine schlechte Idee, doch John hatte keinen Hunger. Er würde Kev überreden, ihm eines seiner klassischen scharfen Sandwiches mit Rindfleisch und Paprika zu machen. Wobei er hoffte, daß er bald im Golfclub sein würde: Er hatte so ein Gefühl, daß er eine Serie von Birdies vor sich hatte, die in den Spalten seiner Scorekarte hocken würden wie Tauben auf der Wäscheleine. Als nächstes schaute er kurz in der Handelskammer vorbei, die wieder in ihre alten Geschäftsräume zurückgekehrt war, nachdem sich die neuen Räume im Bürgerzentrum als zu feucht und zu laut erwiesen hatten; er wollte sich erkundigen, wie das Komitee vorankam, das den Festumzug plante (wie üblich hatten sie den Zeitplan überzogen, vielleicht noch mehr als üblich, sein Besuch brachte sie ein bißchen auf Trab), ließ sich eine Karte der diesjährigen Strecke geben, erzählte von dem brandaktuellen neuen Geschäft, das er hier ansiedeln werde, und machte einige Andeutungen bezüglich der Pferderennbahn. Man war anscheinend verärgert, daß das Wochenblatt und sämtliche Bekanntmachungen und Werbeanzeigen zum Tag der Pioniere nicht erschienen waren, zumindest bis jetzt noch nicht (es kam einem fast so vor, als glaubten die Leute inzwischen, der gottverdammte Feiertag würde überhaupt nicht stattfinden, sofern er nicht zuvor in der Zeitung angekündigt worden war), und er versicherte, er werde Ellsworth in der Redaktion einen kurzen Besuch abstatten, um zu sehen, was los war. «Wird denn, äh, wird denn deine Frau in diesem Jahr an dem Festumzug teilnehmen, John?» – «Na klar, wieso denn nicht?» Auf dem Weg zum Eisenwarenladen, wo er für den alten Floyd eine echte Überraschung in petto hatte, sah er, wie Lennie der dickbäuchigen Trixie vor Alfs hoffnungslos veralteter Praxis aus dem Auto half. Alf war der einzige Arzt, der seine Praxis noch im Ortskern hatte. Das Haus war ein Fossil und ebenso altersschwach wie der Nutzer der Räumlichkeiten, reif für die Abrißbirne. Er hatte Alf bereits einen guten Preis angeboten, wenn er in eines der neuen Ärztehäuser ziehen würde, aber Alf hatte gesagt, er sei zu alt, um noch in einen neuen Stall umzusiedeln, und werde ohnehin bald sterben, und John hatte zwar das Gegenteil behauptet und Witze gemacht, fand diesen Gedanken insgeheim aber nicht allzu abwegig. Der Pastor und seine Frau winkten, und John winkte zurück, während er auf dem Weg zum alten Laden der Familie die Straße überquerte. Sein kauziger, rauhbeiniger Geschäftsführer schämte sich seiner Tränen nicht, als John ihm mitteilte, er wolle ihm die Leitung der neuen Spedition übertragen, sein Gehalt um die Hälfte aufstocken und ihm außerdem umsatzabhängige Zusatzvergütungen zahlen. Der alte Südstaatenknacker begann, inbrünstig zu beten oder aber freudig zu fluchen, John war sich nicht sicher. Auf dem Weg hinaus blieb er kurz in der Tür stehen: Es war wohl allmählich an der Zeit, sich Gedanken über dieses Relikt zu machen, das sein Vater, wenn auch augenzwinkernd, gern als das Aushängeschild der Familie bezeichnete. Was sollte er daraus machen? Vielleicht eine Kneipe für die vielen Rennbahnbesucher von außerhalb? Einen Souvenirladen? Ein Museum? Oder alles drei zugleich? Warum eigentlich nicht? Etwa so: eine langsam rotierende Bar inmitten eines Zykloramas über das Zeitalter der Pioniere (John wußte haargenau, wen er als technische Beraterin engagieren müßte), dazu an den Wänden alte Waffen, Kleidung und Gebrauchsgegenstände, ergänzend ein paar münzbetriebene interaktive Videos, mit denen man den Alltag der Besiedler der Prärie erkunden konnte. Vielleicht als virtuelle Wirklichkeit: Dann würde man in dieser versunkenen Welt herumspazieren können. Unsäglich eintönig, wenn man tatsächlich darin lebte, unterhaltsam, wenn man sie aus zeitlicher Ferne betrachtete. John hatte ohnehin bereits einen Batzen Geld in verschiedene Firmen investiert, die neue High-tech-Spielereien entwickelten, er konnte das ganze Zeug hier zur praktischen Anwendung bringen. Wahrscheinlich würde er, um mehr Platz zu gewinnen, das Café nebenan aufkaufen und die Gasse hinter den Häusern verkleinern müssen, aber das Projekt könnte reichlich Geld in Umlauf setzen und ein bißchen Kundschaft vom Highway in die Stadt locken. Dann hätte er sie sozusagen wieder so weit, daß sie an der berühmten Pferdetränke seines Ururgroßvaters soffen. Er rief dem alten Alf zu, der soeben auf dem Weg zur Arbeit gemächlichen Schrittes die Straße überquerte, er solle das Barbecue nicht vergessen (Alf nickte und bat John, ihn später in der Praxis anzurufen, aber John sagte, sie würden sich nachher im Golfclub sehen), steckte dann kurz den Kopf ins Sixth Street Café, um Oxford an dieselbe Sache zu erinnern. «Der Tag der Pioniere! Schon? Das kann doch nicht wahr sein!» – «Ich fürchte doch, Oxford. Die Zeit galoppiert!» – «Aber...» – «Mein Schwein galoppiert!» brüllte eines der Kinder, und beide kicherten los. John verabschiedete sich von dem alten Apotheker, der, die Nase dicht über der Tischplatte, dasaß, vor sich hinbrabbelte und durch seine dicken Brillengläser die Zeiger seiner Armbanduhr zu entziffern versuchte, überquerte dann die Straße und ging in Richtung Rathaus und Polizeiwache, wobei man ihn zweimal um ein Haar überfahren hätte: Erst kam der Lieferwagen des Drugstore mit dem hirnlosen Cornell, der tief über das Lenkrad gebeugt dasaß, aus der Gasse hinter dem Haus hervorgeschossen, dann jagte die schwarze Limousine seines Vetters Maynard um die Ecke schräg gegenüber, daß die Reifen nur so quietschten, chauffiert von Veronica, mit wildzerzauster Frisur und Basiliskenblick, als wäre sie eben erst aus dem Bett gepurzelt. Hatte sie ihn etwa vorsätzlich über den Haufen fahren wollen? John grinste mit zusammengebissenen Zähnen und klopfte sich den Ärmel ab. Für ihren Mann, diesen Jammerlappen, hatte er ebenfalls eine Überraschung auf Lager, die seine Laune eigentlich verbessern müßte: Er wollte seinem Vetter, dem man so übel mitgespielt hatte, die Leitung der neuen Rennbahn anbieten (es wäre gut, dachte er, einen Juristen im Chefbüro sitzen zu haben), immer vorausgesetzt natürlich, daß der Ofenputzer gewillt war, ein erkleckliches Sümmchen in das Unternehmen zu investieren. Doch diese Bekanntmachung wollte er sich für die Grillparty (er mußte sich vergewissern, daß die beiden eingeladen worden waren, man hatte sie ja aus den offiziellen Listen gestrichen; er würde sich darum kümmern) aufheben.

Veronicas Ziel war, die Arztpraxis (sie hatte keineswegs vorgehabt, John zu überfahren – blind vor Angst hatte sie ihn noch nicht einmal gesehen, und da ihr der Grund für diese Angst hautnah im Nacken saß wie heißer Atem, der sie am Haaransatz kitzelte, hätte sie alles plattgewalzt, was ihr im Weg gestanden hätte) war die Arztpraxis: Sie stürzte ins Wartezimmer und kreischte, John oder *irgendein* John, als ob es mehrere von ihnen geben könnte, sei zurückgekehrt, er sitze im Kofferraum ihres Autos, behauptete sie, und sei von Kopf bis Fuß mit irgendeinem klebrigen, nassen Zeug beschmiert – Sie müssen es sich ansehen, Doktor, ich weiß nicht, was ich mit dem Ding anfangen soll, helfen Sie mir, um Gottes willen. Sie redete gänzlich unzusammenhängend, die arme Frau, war immer noch in Morgenmantel und Schlafanzug und mußte, wie der Versicherungsvertreter vor ihr, ein Sedativum bekommen – *dringend*, blaffte der Doktor, weil ihn eine Art unangenehme Wut überkam, wie es manchmal an hektischen Tagen geschah, trotzdem mußte er bei dieser Frau mit anfassen – sie war völlig außer sich. «Na, na, Veronica, ganz *ruhig* jetzt...» Columbia versuchte, sie verständnisvoll zu beruhigen, während sie ihr die Spritze gab, und sagte, es tue ihr wirklich schrecklich leid, was mit ihrem Sohn passiert sei, und schon kreischte die Frau wieder los: «Woher wissen *Sie* denn das...?!» – «Na ja, ich glaube, jeder...» – «*Jeder...?!* Oh, *mein Gott*!» – «Sie haben nichts mehr von ihm gehört, seit er weggelaufen ist?» – «Weggelaufen? Was...? Ach so, *der* Sohn! Nein, nein, ich glaube, ich habe es ganz vergessen, tut mir leid, ich bin ganz durcheinander...» Auch Columbia, die

Nadel hinter dem Wattebausch aus dem Arm ziehend, fühlte sich von all dem Trubel ein wenig schwindlig im Kopf, das ganze Städtchen ging über die Klippe und schien sie selbst mitzuzerren, es war wirklich alles zuviel. Im Wartezimmer hatten sich den ganzen Vormittag die Leute die Klinke in die Hand gegeben, unentwegt riefen Patienten an, die an nichts Schlimmerem litten als an Erscheinungen oder sonderbaren Vorahnungen und von Kindern erzählten, die sich ständig kratzten und ihre Kleider partout nicht anbehalten wollten, oder müde Eltern, die Aufputschpillen brauchten, oder irgendwelche Leute, die sich einfach nicht mehr daran erinnern konnten, was für ein Tag heute war, und wissen wollten, ob sie nun die Alzheimersche Krankheit bekommen hätten. Columbia hatte die meisten Anrufer mit der Auskunft abgewimmelt, der Herr Doktor habe eine Operation nach der anderen (in Wirklichkeit war heute bloß einer jener Tage, an denen er den verbitterten Alten spielte und sich genau dann mit umflortem Blick aus dem Staub machte und einen Kaffee trank, wenn alles drunter und drüber ging), doch manche waren zu verzweifelt oder zu hysterisch, als daß man sie so ohne weiteres hätte abfertigen können, so zum Beispiel der Versicherungsvertreter, der auf einem Auge nichts mehr sehen konnte und unentwegt irgendwelches unzusammenhängendes Zeug von einer Riesin und einem toten Kind brabbelte («Es war meine Schuld! Ich hab es getan!») und jetzt in der Unterhose, die eine Hand krampfhaft auf sein erblindetes Auge gepreßt, auf dem Untersuchungstisch in dem Zimmer lag, wo der Doktor kleinere Operationen wie etwa das Entfernen von Furunkeln, Polypen oder eingewachsenen Zehennägeln durchführte. Trevor hing immer noch an den Saugnäpfen des EKG, sie hatte bislang noch keine Zeit gehabt, die Dinger wieder abzumachen, immerhin verhinderten sie, daß der Patient wild um sich schlug. Columbia hatte eine Versicherung bei dem Mann abgeschlossen und ihre Schwägerin als Begünstigte eingesetzt, sie kannte ihn also gut: Er war immer so zurückhaltend und beherrscht gewesen, es war ein Schock, ihn in diesem Zustand zu sehen. «Ja bitte? Nein, der Herr Doktor kann jetzt keinen Hausbesuch machen, im Wartezimmer drängen sich die Patienten nur so, Sie müssen schon herkommen, wenn Sie mit ihm sprechen wollen. Falls es bis morgen Zeit hat, schlage ich Ihnen vor – gut, gut, ich bin ja nicht taub, ich wollte Ihnen doch bloß einen Gefallen tun, es ist eine lange Schlange vor Ihnen dran, aber wenn Sie unbedingt kommen wollen, dann kommen Sie!» Der einzige Mensch im Wartezimmer, der überhaupt einen Termin hatte, war die schwangere Pastorenfrau, glücklicherweise eine Patientin, die es in all dem Tohuwabohu irgendwie schaffte, ihr gütiges Lächeln zu behalten, und das trotz des enormen Bauchs, den sie vor sich herschob, er schien größer zu sein als sie selbst, während ein Verrückter nach dem anderen zur Tür hereingestürmt kam und auf der Stelle zum Arzt vorgelassen zu werden verlangte, was heute einfach unmöglich war, und zwar nicht mal bei echten Notfällen. Eine dieser Nervensägen war die manische Frau des Rechtsanwalts, der es schließlich mit der Drohung, sie werde sich aus dem Fenster stürzen, was übrigens niemand in Zweifel zog, gelungen war, den Arzt hinunter auf die Straße zu zerren, damit er einen Blick in den Kofferraum ihres Autos werfen konnte. Zu allem Überfluß verzehrte sich auch noch die einzige Person, auf die Lumby glaubte rechnen zu können, in wahnsinniger Eifersucht und bombardierte ihre Schwägerin während und neben all den anderen Telefonaten viertelstündlich mit Anrufen und wollte wissen, ob Lumby, wie versprochen, ein Auge auf ihren flatterhaften Bruder gehalten habe; sie selbst könne ihn nirgends finden. Als dann der Arzt mit Veronica kurz die Praxis verlassen hatte, begann die Frau des Pastors unvermittelt lauthals zu singen, wurde dann stocksteif und glitt von ihrem Stuhl zu Boden. Dort blieb sie, die Beine breit gespreizt, auf dem Rücken liegen, obszön entblößt, weil ihr dünnes Baumwollkleid am nackten Leib hochgerutscht war; ihre Augen waren weit aufgerissen, starrten aber ins Leere, und ein eigenartiges Lächeln lag auf ihren trockenen Lippen, zwischen denen so etwas wie ein leises Summen hervordrang, das klang, als komme es tief aus ihrer Kehle oder sogar von noch weiter unten. Lumby riß ein paar Meter von der Papierbahn am Untersuchungstisch ab und warf sie rasch über die Frau (das Telefon klingelte schon wieder), obwohl die Mehrzahl der Augen im

Wartezimmer nicht etwa auf die Stelle zwischen den Beinen der Ärmsten gerichtet waren, sondern auf den gewaltigen, glatten, bebenden Hügel, der hoch über die am Boden Liegende aufragte und an dessen Kuppe der Nabel vorsprang wie das verknotete Ende eines Luftballons oder die Zündschnur einer Bombe. Gerade als Lumby den Hörer auflegte (der heutige Tag würde nie ein Ende nehmen – schon jetzt kam es Columbia so vor, als müßte er vorüber sein, und doch hatte er kaum erst begonnen), kam der Arzt zurück in die Praxis, hielt die Hände, von denen eine Flüssigkeit troff, weit von sich gestreckt und steuerte ärgerlich auf die Toilette zu. Er warf der Frau auf dem Fußboden und den Leuten rings um sie herum kaum einen Blick zu: «War natürlich nichts drin in dem verdammten Ding, nur irgendein schleimiges Zeug auf dem Kofferraumboden, sah aus wie Ölschlamm! Erinnere mich daran, daß ich die Praxis nächste Woche schließe!» Worauf Gretchen erneut in heller Panik anrief: «Corny ist auf und davon! Mit einer anderen Frau! Du hast doch gesagt, du behältst ihn im Auge! Du hast es *versprochen*!» – «Was soll das heißen, auf und davon?» – «Er hat den Lieferwagen geklaut! Und alles Geld aus der Ladenkasse! Und jetzt kommt die Polizei! Bitte! *Hilf* mir!» Das leise Summen im Wartezimmer hatte sich jetzt zu einem wild winselnden Wimmern gesteigert, in etwa wie die Töne, die Gretchen manchmal bei ihren gemeinsamen Spielen von sich gab, und es klopften verschiedene Leute heftig ans Fenster der Anmeldung, um sich darüber zu beschweren. «Lumby?» – «Ja?» – «Lumby, wer ist Pauline?» – «Pauline?» – «Er hat einen Herzanfall!» schrie jemand im Wartezimmer. Zwei Männer schleppten einen unrasierten Mann in einer Nadelstreifhose und einem grellbunten Freizeithemd herein, dem Schaum vor dem Mund zu stehen schien. Sie erkannte ihn: Der Anwalt, der mit der hysterischen Ziege verheiratet war, in deren Kofferraum irgend etwas Ekliges lag. «Raus mit ihm!» rief Columbia. «Bringt ihn ins Krankenhaus!» Sie brüllte beinahe. Kaum hatte sie den Hörer aufgelegt, klingelte das Telefon erneut. Der Arzt kam, sich die Hände mit einem Papierhandtuch abtrocknend, aus der Toilette und wollte wissen, warum zum Teufel der Mann da drüben immer noch am

EKG hing, und Columbia gab darauf, ohne einen Kommentar oder Einspruch zuzulassen, zur Antwort: «Ich muß mal kurz rüber in die Apotheke.» Es reichte ihr, sie mußte hier raus, und schon bahnte sie sich mit den Ellbogen einen Weg durchs Tollhaus des Wartezimmers, in dem es mittlerweile so heillos drunter und drüber ging (hinter ihr stieß das Telefon erbarmungslos seine schwachsinnigen Hilferufe aus), daß es Columbia so vorkam, als müßte sie sich durch Schichten unaufgespulten Verbandmulls kämpfen.

Hallo, Schätzchen! Ich bin's mal wieder. He, wo zum Teufel *steckst* du eigentlich? Wen ich auch frage, keiner scheint es zu wissen. Ich hoffe, daß du dir wenigstens die Nachrichten auf deinem Anrufbeantworter anhörst. Ich brauche jemanden, mit dem ich *reden* kann, Herzchen, es ist alles so schräg zur Zeit, du bist die letzte beste Freundin, die mir geblieben ist, und alles, was ich an den Hörer krieg, ist dein blöder Anrufbeantworter. Und glaub mir, ich meine wirklich schräg – zum Beispiel ist Winnie wieder da. Sie wohnt bei uns. Ich weiß, ich weiß, die alte Scheiße von wegen Schuldgefühlen, außerdem trinke ich zuviel, wir beide trinken zuviel, und hauptsächlich ist es auch Stu, der sie sieht oder zu sehen glaubt – die paar roten Haare, die er noch hat, stehen ihm kerzengerade vom Kopf ab wie im Comic strip – aber ich hab sie auch erst gesehen, als Stu mich eines Nachts mit seinem verdammten Bauernschnarchen geweckt hat. Da stand sie am Fußende vom Bett, in einem hellen Lichterglanz, so groß wie zu Lebzeiten und doppelt so böse. Und weißt du, woran ich denken mußte, als ich sie gesehen hab? Es hat sie wahrscheinlich wütend gemacht, aber ich konnte einfach nicht anders. Erinnerst du dich noch an Harvie, du weißt schon, der Bruder von Yale, der Typ, den wir Harvie mit der Meterlatte und King Dong genannt haben? An den Typen, der sein Riesenteil jetzt in Damenslips spazierenträgt? Na ja, vielleicht hast du es nie zu sehen gekriegt, weil du ja so ein braves Mädchen warst, aber das Teil war nicht bloß so lang wie dein Arm, es hatte auch eine ganz merkwürdige Farbe oder eben gar keine richtige Farbe, es war von der Wurzel bis zur Spitze ganz blaß und wächsern, als hätte man alles Blut rausgesaugt, ein bißchen pfirsichfarben, wie eine geschminkte Leiche, sehr gespenstisch, zumindest im Dunkeln. Ich hab das Ding nämlich nie bei Tageslicht gesehen. Vielleicht haben sie aber auch von hinten eine Taschenlampe draufgehalten, ich weiß es nicht mehr. Aber selbst wenn das Riesenteil schlaff war, also wohl meistens, war das vordere Ende durchscheinend bläulich, als säße irgendwo tief drinnen ein Bluterguß, und die Öffnung vorne war nichts weiter als ein metallisch grauer Schlitz – es sah aus, als hätte man den Schwengel an der Spitze mit einer Heftklammer zusammengeknipst. Und, na ja, genau so sah Winnies Mund aus, eine schmale graue Heftklammer im bläulichen Gesicht, und der Rest ebenfalls: durchscheinend wie Harvies Schwanz und wachsbleich und fast wie von innen heraus leuchtend, aber alles fahl und blutleer außer den Augen, die feuerrot glühten, genau wie Stu gesagt hatte. Ich mußte fast lachen über das Zeug, das mir durch den Kopf ging, und trotzdem hat sie mich echt zu Tode erschreckt, ich hätte mir fast in die Hose gemacht. Das meine ich fast wörtlich – ich hatte eine Woche lang Durchfall und hab die Kurve noch immer nicht ganz gekriegt. Und deshalb hab ich mir auch schon überlegt, ob ich die ganze Sache vielleicht abblasen soll. Was für 'ne Sache? Verstehst du jetzt, warum ich mit dir reden muß? Was ist los, Schätzchen? Bist du auf mich sauer, weil das nichtsnutzige Arschloch, mit dem ich verheiratet bin, sich im Golfclub danebenbenommen hat? Vergiß es. Vergiß den Kerl. Erinnerst du dich an das Foto auf seinem Schreibtisch, das Foto von eurer Hochzeitsfeier? Ganz im Vertrauen: Der alte Stu wird bald noch 'ne Torte ins Gesicht geklatscht kriegen. Zum Nachtisch, sozusagen, und genau zur rechten Zeit. Woher ich das weiß? Amazing Grace hat's mir ins Ohr geflüstert, Schätzchen. Besser als Teeblätter allemal. Mein Gott, ich kann gar nicht glauben, daß mir dieser Dorfidiot mit seinem schlappen Pimmel wahrhaftig zehn Jahre meines Lebens geklaut hat – die *besten* zehn Jahre – wie ist das bloß passiert? Das Leben ist manchmal echt komisch. Komisch in dem Sinne, wie Zahnschmerzen komisch sind, will ich damit sagen. Im Lauf der verlorenen Jahre hatte ich schon um ein Haar vergessen, was echtes Vögeln heißt. Vielleicht hätte ich es überhaupt nie kennengelernt, wenn Rexiboy nicht aufgetaucht wäre. Nicht mal John – na ja, vielleicht hätte ich das jetzt nicht sagen sollen –, aber das war sowieso bloß rein-raus-und-tschüs, und außerdem ist es doch schon ewig her, ich bin sicher, du hast es eh schon gewußt, tut mir leid, falls nicht, aber, ach was... Jedenfalls ist Rex anders. Er ist immer für mich da. Und er behauptet, daß er in mich verknallt ist. Kaum zu glauben, aber was soll's, ich glaub's ihm. Und jetzt hab ich bloß noch eins im Kopf, nämlich 'nen harten Schwanz, *seinen* harten Schwanz, gerade jetzt muß ich dran denken, ich... oh! Entschuldigung, Schätzchen, ich... ach! Ooo...! Huh... Moment mal, Herzchen, ich bin gleich wieder da ... Hallo? Bist du noch dran? Nein ...? Manchmal hab ich fast den Eindruck, du bist bloß noch... Wo war ich? Ach ja, harter Schwanz. Wie konnte ich es nur vergessen? Weißt du denn noch den Witz mit dem Klopfklopf, den wir als kleine Mädels immer erzählt haben? Klopfklopf. Wer ist da? Die Fingernudel. Was denn für 'ne Fingernudel? Die Fingernudel pult im Strudel ... Na, jedenfalls kann ich dir sagen, daß es die Finger eben doch nicht so bringen. Aber Pustekuchen, wie mein Liebster immer sagt, ich werde mich wohl damit behelfen müssen: Er hat nämlich den Hahn zugedreht und den Korken in die Leitung gesteckt. Nur bis nach eurer Grillparty. Aber schon das kommt mir wie 'ne Ewigkeit vor. Er will sich lieber 'ne Weile nicht groß blicken lassen, hat er gesagt. Zum Teufel, hab ich gesagt, du solltest dich aber groß blicken lassen, so richtig groß gefällst du mir immer am allerbesten. Ist doch sowieso alles nur für dich, hat er gesagt. Nach der Grillparty. Ich kann es kaum noch erwarten. Buchstäblich. Ich bin so was von geil, Schätzchen, daß ich kaum noch einen klaren Gedanken fassen kann. Aber ich bin glücklich, glücklich und geil, ich kann dir gar nicht sagen, wie glücklich ich bin. Allerdings auch verwirrt. Ich mach mir Sorgen. Ich blick nicht mehr durch. Ich hab Angst. Was machen wir da eigentlich? Ich weiß nicht mehr, was falsch oder richtig ist. Das

Vögeln ist so was von Spitze, so echt, daß alles andere bloß ein Traum ist, und was ist in einem Traum schon falsch und richtig, hab ich recht? Wenn wer ins Gras beißt, wen kümmert's? Es ist sowieso bloß ein Traum. Apropos. Gestern nacht hab ich 'nen komischen Traum gehabt. Glaub ich jedenfalls. Was man so gestern nacht nennt. Rex und ich haben's in seiner Nachmittagspause draußen im Motel miteinander getrieben – Rex nennt das sein Teepäuschen –, und da haben wir uns gedacht, wir fahren mal ins Getaway auf 'nen Drink, wir waren beide kurz vor dem Verdursten, hatten alle beide keinen einzigen Tropfen mehr im Leibe, *alle* unsere Körpersäfte waren futsch und weg, auch Tränen jede Menge, es war ja schließlich unsere Abschiedsnummer bis, na ja, bis später eben, und ich war völlig fix und fertig und außerdem so geil, daß ich kaum einen Schritt gehen konnte, ohne 'ne Schleimspur hinter mir herzuziehen wie eine Schnecke. Wir haben uns gar nicht erst die Mühe gemacht, uns anzuziehen, ich hab meinen Regenmantel übergezogen, Rex seinen Overall, wir hatten ja vor, gleich wieder ins Motelzimmer zurückzufahren. Aber als wir im Getaway ankamen, sah alles ganz anders aus, eher wie das alte Clubhaus, das sich die älteren Schüler damals gebaut haben, als wir noch auf der Highschool waren, du weißt schon, die Bude, wo ich meine Jungfernschaft verloren hab. Dutch war Dutch, genau wie jetzt, und er hat gesagt, daß die alte Hütte, die früher da gestanden hat, wo jetzt die neue Kneipe ist, über Nacht wieder aus dem Erdboden aufgetaucht ist, er konnte gar nichts dagegen machen. Der ganze Laden war voller kichernder Blödmänner mit Baseballmützen und pickliger, nasebohrender Jungs mit Lockenköpfen, die Jacken mit den Initialen ihrer Schulmannschaften anhatten, und deshalb wußte ich gleich, daß das Ganze ein Alptraum war. Ein paar Mädchen in weißen Kleidern, durch die man ihre schwarz und zitronengelb gestreifte Unterwäsche sehen konnte, saßen an einem Tisch und kauten mit offenem Mund Kaugummi. Ein Typ mit Karottenhose und Hawaiihemd kam herein und beugte sich vor und küßte eine von ihnen, und als er wieder hochkam, hatte er ihren Kaugummi im Mund. Ich hatte so ein Gefühl, als würde ich die Kerle kennen, aber ich kannte sie gar nicht. Rex war weg. Das hab ich auch problemlos kapiert. Das hier war eine andere Zeit, und er war noch nicht auf der Bildfläche erschienen. Irgendwer steckte Geld in die Musikbox und drückte ‹Are you Lonesome Tonight?›, und ich sagte, das soll wohl ein Witz sein, und irgend so ein Typ mit Schmalzlocke und Lederjacke über seinem T-Shirt fragte, was soll ein Witz sein, Sexyhexie? Er setzte sich neben mich, und dann kam ein Trupp anderer Jungs dazu, und sie fingen an, an mir rumzufummeln und die Knöpfe von meinem Regenmantel aufzuknöpfen, und mein Busen kam zum Vorschein, und sie haben gelacht und mir ihre Pfoten unter den Mantel geschoben, um den Rest anzutatschen. Ich bekam langsam Schiß, nicht nur vor ihnen, sondern auch vor mir selber. Ich fand es widerwärtig, was die kleinen Scheißer da taten, aber ich war zu sehr in Fahrt, um ihnen auf die Finger zu klopfen. Und dann kamst du hereinspaziert. Mit Pferdeschwanz und Kaschmirpulli und Faltenrock und leibhaftigen Ringelsöckchen. Du hast gelächelt, dich hingesetzt und deine Bücher auf den Tisch gelegt, und die Jungs haben sich entschuldigt und die Kurve gekratzt. Du hattest meinen Arsch gerettet, keine Ahnung, wie du das gemacht hast, es war wie ein Wunder, aber, was soll ich sagen, ich war dir gar nicht so sehr dankbar dafür. Es war irgendeiner dabei, auf den ich scharf war, aber ich konnte mich nicht mehr erinnern, wer es war. Ich dachte schon, es wäre vielleicht John, aber da kam er zur Tür herein, und zwar mit Ronnie in ihrem Cheerleaderkostüm, und ihr nackter Bauch quoll zwischen Pulli und Röckchen hervor, damit jeder ihn sehen und bewundern konnte. Ich hab gleich angefangen, dir zu erzählen, wie ich ihr mal vor der Autoparade zum Homecoming der Highschool Queen, als sie deine Ehrenjungfrau spielen durfte, Juckpulver auf den Tampon gestreut hab – erinnerst du dich, wie sie damals im Auto herumgehopst ist? Du hast damals wahrscheinlich gedacht, daß Ronnie dir bloß die Schau stehlen wollte –, aber du warst auf einmal nicht mehr da. Da wurde mir klar, daß die Burschen wohl zurückgekommen waren und dich auf die dreckige alte Liege gezerrt hatten, die sie in der Hütte hatten. Ich hörte von irgendwo die Sprungfedern quietschen. Ich wußte, daß du meine Hilfe mehr gebraucht hättest als vorher ich, aber statt rüberzugehen und dir zu helfen, hab ich den Regenmantel wieder angezogen und bin zur Tür hinaus. Auf dem Weg nach draußen bin ich an Ronnie vorbeigekommen und hab zu ihr gesagt, daß mir die Sache mit ihrem verschwundenen Sohn leid tut. Macht nichts, hat sie gesagt und mich hochnäsig angegrinst, wo der herkommt, gibt's noch mehr. Immer 'ne kesse Antwort parat. Na gut. Aber jetzt kommt der echt schräge Teil, Schätzchen. Wie ich's versprochen hab. Draußen war's dunkel, und ich wußte ja, daß Rex nicht da war und die Autoschlüssel in der Tasche meines Mantels steckten, also bin ich ins Auto gestiegen und heimgefahren, hab mir ein paar Gläschen Gin hinter die Binde gekippt und dem schnarchenden Stu gute Nacht gesagt und bin eingepennt; und heute früh bin ich bei mir zu Hause aufgewacht, und zwar immer noch im Regenmantel. Also sag du mir: Wann bin ich aus dem Motel weggefahren? Bin ich überhaupt weggefahren? Und falls ja, hab ich Rex adieu gesagt? Hörst du mir überhaupt noch zu …? Wo *bin* ich? Wie spät ist es? Was für ein *Tag* ist heute? Und wieso geht's mir so schlecht, wenn's mir eigentlich so gut geht? Schätzchen…?»

Ronnies verschwundener Sohn hatte ebenfalls seit langem jegliches Zeit- und Ortsgefühl verloren, auch wenn er dies nicht als Verlust empfand, da ihm derlei Koordinaten in jenem dimensionslosen Paradies, in dem er verzückt schwebte, herzlich gleichgültig waren. Er war – mittlerweile verstand er die Bedeutung dieses geheimnisvollen Wortes und würde sie nie mehr vergessen – in Ekstase und verspürte eine tiefe Befriedigung in Geist, Seele und Körper, und zwar vom Kopf bis zu den Zehenspitzen. Sein Weg zu diesem gesegneten Zustand war lang und nicht ohne Verirrungen gewesen, da er zunächst dem Lockruf anderer Verführungen, anderer Freuden gefolgt war. Doch das wichtigste war: Die Erfüllung all der stummen Versprechungen in den Büchern, die ihm Fisch gezeigt hatte, die Bilder von bezaubernden Kopulationen breiteten sich jetzt überall unter ihm in einem Panorama von derart geballter Vielfältigkeit aus, daß ihm ganz schwindlig wurde, und es kribbelte ihn im Schwanz und zog ihn hinab, damit er, wie er dachte, besser sehen und dann auch womöglich mitmachen konnte. Doch die Sicht wurde keineswegs besser, als er durch die immer dichter werdende Luft nach unten glitt, irgendwie sah alles jetzt verschwommen aus, wie bei einem Buch, das man zu nahe vor die Nase hält, und wurde unscharf, grobkörnig und verzerrt. Er nahm an, daß das an der sonderbaren Atmosphäre lag, die sich, wenn er sie erst einmal hinter sich gelassen hätte, wie ein Dunstschleier auflösen würde, so wie man wieder einen freien Kopf bekam, sobald man irgendeine Sache wirklich begriffen hatte, und da verstand er oder glaubte verstanden zu haben, daß er alles gesehen hatte, was für das Auge sichtbar war, und daß er jetzt etwas tun mußte, um das bislang Ungesehene zu erfahren. Okay, ich hab's kapiert. Also: Eins, zwei, drei, ich kooomme ... Er hatte sich innerlich auf diese Probe seiner Männlichkeit vorbereitet und streifte seine Kleider ab, die sich geradezu danach zu sehnen schienen, und dann warf er sich tapfer gegen das, was ihm den Zugang zu verwehren schien, doch so sehr er sich auch anstrengte, es gelang ihm einfach nicht, noch weiter vorzustoßen, und er fühlte sich wie manchmal nachts im Bett, wenn er sich heftig an das Laken, die Kissen drückte und dennoch von unvorstellbaren Genüssen ausgeschlossen blieb, die ein kleines bißchen außerhalb seiner Reichweite lagen. Dann, als er weiter vordrang und herumtastete und nach Körpern und Konturen grapschte, die nicht vorhanden waren, entdeckte er einen winzigen Riß und zwar in etwas, das, wie er mit einemmal begriff, so etwas wie eine Filmleinwand war, auf deren riesige konvexe Fläche all diese Bilder projiziert wurden: Er steckte erst eine und dann die andere Hand hinein, und plötzlich riß der dünne Stoff entzwei, als teilte sich ein Vorhang, und war im Nu in der Ferne verschwunden, und mit ihm all die fleißigen Vögler, so daß der Kleine jetzt in einer sanft leuchtenden Unendlichkeit schwebte, die mit Galaxien in schillernden Farben geschmückt war wie ein Weihnachtsbaum mit bunten Lichtern. Kobaltblaue und scharlachrote Kometen, goldene und smaragdgrüne Sternschnuppen rasten wie sinnliche Schriftzeichen durch die Tiefen des Alls, und ein unendlich schönes Summen wie von verborgenen Engelschören erfüllte die Luft und schien nicht nur sein Trommelfell vibrieren zu lassen, sondern auch seine Ohrmuscheln und seinen ganzen übrigen Körper zu liebkosen. Die Farben dieses spektakulären Kosmos blieben nicht etwa gleich, sondern durchliefen eine unerschöpfliche Menge von Schattierungen, als wäre Farbe eine Art Flüssigkeit, die in Flutwellen durchs All wogte, und er fühlte sich von diesen chromatischen Farbgezeiten innerlich und äußerlich umschmeichelt. Zarte Aromen durchzogen den Äther wie eßbare, nach himmlischen Variationen verschiedener Eiskremsorten schmeckende Nebelschwaden und drangen durch sämtliche Körperöffnungen ein, und er spürte, daß sich sein Leib wie Knetmasse streckte und dehnte, als wolle er diesem Eindringen mehr Raum geben. Als dann das sanfte Summen zu einem rhythmischen Brummen mit kräftigem hydraulischem Taktschlag anschwoll, ihn einhüllte, in ihn eindrang und sein Innerstes erfüllte, hörte er auf, sich zu fragen, wo er wohl gelandet sei, und gab sich einer Verzückung hin, von der er wußte – so vieles hatte ihm diese Reise enthüllt! –, daß sie die Glückseligkeit an sich war. Er befand sich im Land der himmlischen Herrlichkeit – sein Verstand wußte es, sein Herz spürte es, und sein Körper reagierte, indem er den Schwanz steil emporreckte, so daß dieser wie ein bebender Fahnenmast stand; er wurde von Klängen und Farben und Wohlgerüchen umschmeichelt, als wären sie mit Leben erfüllte Wesen, die seiner Person innige Zuwendungen zuteil werden ließen. Es würde geschehen! Es würde wirklich geschehen! Nein! Es *geschah* ja bereits! Er sah hinunter zu seinem herrlichen Schwanz – nein, kein Schwanz, ein *Penis* –, nein, kein Penis, ein Rohr, ein Hammer, ein… ein *Prengel* …!, der jetzt, so gewaltig war er gewachsen, ein halbes Universum weit weg zu sein schien, dessen kecke Spitze in einem Strahlenkranz leuchtete und der in der kosmischen Brise leise vibrierte wie die Fühler eines Krabbeltiers. Das Ding schien sich losreißen zu wollen – er *sah* das Wurzelgeflecht, das seine grünen Tentakeln durch die tropische Hitze seines riesigen glühenden Körpers schickte, als wollten sie sich in Erwartung des sich zusammenbrauenden Sturms einen festeren Halt verschaffen –, und er spürte ein verzweifeltes, köstliches Ziehen, nicht nur in den Schenkeln und im Bauch, sondern überall in seinem zitternden

Körper, im Kopf, in der Brust, ja selbst in den Fingern und den Zehen. Und dann, als die kaleidoskopischen Farben satter erstrahlten und die Luft unversehens scharfwürzig roch und der Engelschor schmetternden Trompetenstößen wich, zog sich sein ganzer Körper mit einemmal zusammen, platzte in einer herrlichen Explosion und verteilte sich majestätisch über den ganzen pulsierenden Kosmos, um dort neue, wie Zuckerkristalle funkelnde Sternenkonstellationen in allen nur erdenklichen Himmelsfarben zu bilden, und Bonsai, überwältigt und in ekstatischem Glück, eins mit dem Universum und mit sich selbst, brach dankbar in Tränen aus und dachte: Mann. Cool. Erste Sahne.

Der Körper als kosmische oder jedenfalls überlebensgroße Wesenheit und, als Ganzes betrachtet, potentieller Quell der Erkenntnis war auch der Gegenstand, mit dem Otis sich nüchtern (mehr oder weniger nüchtern) befaßte, als er abrupt von John unterbrochen wurde, der mit Mannschaftskapitänsgehabe in das Büro des Polizeichefs trat und fragte, was eigentlich los sei. «Beweismaterial», sagte Otis und ließ die Fotos hastig in der Schreibtischschublade verschwinden. «Sonderbarer Fall. Wer soll das verstehen? Ich bin froh, daß du wieder da bist, John.» Und das war Otis auch, trotzdem wünschte er sich, man hätte ihm den Besucher angekündigt, denn er war noch immer nicht in der Lage, aufzustehen und John die Hand zu schütteln. Das Telefon rettete ihn. «Das hört nicht auf», sagte er und beugte sich vor, um den Hörer abzuheben. Wieder ein Anruf wegen der Ampeln, deren Schaltfolge völlig chaotisch war. Und wer hatte die Verkehrsschilder an der Kreuzung Third Street und Main Street ausgetauscht? «Irgendein halbstarker Scherzkeks», knurrte er und stand auf. «Wir kümmern uns um die Sache.» Er legte auf und gab Anweisung, neue Anrufer nicht sofort zu ihm durchzustellen, und dann schüttelte er John die Hand, der nach dem Fotografen fragte und sich anbot, Kaution zu stellen und Gordon einen Anwalt zu beschaffen; Otis antwortete, eine Kaution sei nicht nötig, da er den Mann bald freilassen werde, außerdem brauche dieser traurige Spinner etwas anderes als einen Anwalt. Er berichtete John in Stichworten, was draußen im Einkaufszentrum, offenbar auch im Schwimmbad und vielleicht sogar mitten auf der Main Street vorgefallen war – ein echtes Problem. Er erzählte John nichts von den mißlungenen Fotos von Pauline, die er in der Dunkelkammer gesehen hatte, da er sie selbst nicht verstand. Es war fast so, als hätte der Kerl sein Handwerk verlernt oder so und wäre vielleicht deswegen durchgedreht. Nein, das war zu simpel und erklärte außerdem nicht Paulines Verfassung. Vielleicht ging es auch nur um irgendwelchen Kunstkram, bei dem Otis nicht mitkam – oder aber um etwas Abartiges. John wunderte sich, daß das Wochenblatt bislang noch nicht erschienen war, und Otis sagte, er habe keine Ahnung, was da schiefgelaufen sei, wolle aber mal nach dem Rechten sehen, sobald er eine Minute Zeit habe. Was noch ein Weilchen dauern werde, im Augenblick rufe alle drei Minuten irgend jemand an; er erzählte John von den Beschwerden und Anzeigen und verbarg sein Unbehagen hinter dem Kommentar, es seien vermutlich nur die Highschoolabgänger, die nichts Besseres zu tun hätten, als Blödsinn zu machen, und John stimmte ihm lachend zu. Schon allein die Tatsache, daß John hier war, erleichterte Otis, als sorge Johns bloße Anwesenheit automatisch für Ruhe, als komme ihr rechtspflegerisches Gewicht zu, als dekretiere sie Ordnung und allgemeines Wohlergehen. Otis kleidete diesen Gedanken in die ihm eigene bündige Ausdrucksweise («Dieses Städtchen braucht dich, John, du solltest mehr zu Hause bleiben!») und ließ sich dann überreden, einige längst fällige Strafzettel wegen Falschparkens (sowie zwei Verwarnungen wegen Alkohol am Steuer), die auswärtige Geschäftsfreunde Johns kassiert hatten, zu zerreißen, nachdem John argumentiert hatte, die Strafen könnten sich als hinderlich für wesentlich umfangreichere Investitionen hier im Städtchen erweisen. Na klar, warum nicht, das leuchtete ein. War ohnehin kompliziert genug, die Bußgelder einzutreiben. Otis freute sich über die Sache mit der Spedition, war allerdings weit weniger begeistert von der Pferderennbahn, auch wenn er das nicht sagte. Gemeinsam gingen sie die geplanten Sicherheitsvorkehrungen an der Route des Festumzugs durch, der wie üblich mit patriotischen und politischen Ansprachen auf dem Parkplatz des Bürgerzentrums enden sollte, wo die Kirchengemeinden, Clubs und Kaufleute des Städtchens Buden aufstellen würden, die seit dem Verschwinden des Stadtparks den alten Jahrmarkt anläßlich des Tags der Pioniere ersetzten. Otis erläuterte, er wolle die Straßen auf der Strecke des Festumzuges bereits am Abend vorher für alle Wagen sperren und ein Parkverbot verhängen, fügte dann – apropos geparkte Wagen – ein wenig zögernd hinzu, daß er vor ein paar Tagen, als John verreist gewesen sei, spätabends einen von Johns Wagen verlassen aufgefunden und zu ihm nach Hause gefahren habe. John dankte ihm und sagte: «Die Kleine nimmt sich allmählich ein bißchen zu viele Freiheiten heraus, ich muß mal mit ihr reden. Laß es mich wissen, wenn so was wieder vorkommt.» Stimmte schon, es konnte die Kleine gewesen sein, auch das leuchtete ein, wie fast alles, was John sagte, und Otis ließ es dabei bewenden. Trotzdem hatte er das Gefühl, es sei nicht die richtige Antwort auf etwas, das ihm eher wie eine fast unheimliche Verspottung vorkam. Gerade als John ging, wurde Gordon wieder freigelassen, und als John konsterniert das Gesicht verzog, wußte Otis, daß dieser auf Anhieb gesehen hatte, wie verwirrt der Fotograf war, dessen Mund halb offen stand und dessen tränenfeuchte Augen in dem rot angelaufenen runden Gesicht blicklos nach innen stierten. «Wenn es irgend etwas gibt, das ich oder meine Frau für dich tun können …?» bot John an und erschreckte damit den Fotografen, der ihn offenbar noch gar nicht gesehen hatte, nur um so mehr: Gordon wurde kreidebleich und begann zu zittern, machte dann auf dem Absatz kehrt und eilte wortlos davon. »Geh lieber mit», sagte Otis zu dem Polizisten, der Gordon zur Tür begleitet hatte. «Überzeug dich davon, daß er wohlbehalten zu Hause ankommt. Und sieh mal nach, was mit seiner Frau ist.» John hatte sich noch während dieses kurzen Wortwechsels verabschiedet und angemerkt, er sei draußen im Golfclub, falls Otis irgendwelche weiteren Fragen habe, daher fügte Otis hinzu: «Und mach dich auf einiges gefaßt.» Dann widmete er sich wieder den Anrufern, die man für die Zeit von Johns Höflichkeitsbesuch auf die Warteschleife gelegt hatte («Otis, drüben im Drugstore hat es so was wie einen Raubüberfall gegeben, ich hab schon ein paar Leute losgeschickt, die mal nachsehen sollen …»), darunter der mürrische Besitzer des Motels draußen bei Settler's Woods, der einen am hellichten Tag begangenen Diebstahl von Bettzeug und Lebensmitteln meldete. «Geradewegs zur Hintertür raus. Eine ganze verdammte Lkw-Ladung, Otis. Ich glaube, es war die Arschpfeife aus dem Drugstore.» Ach herrje. Bevor er die Nummer des Fotoateliers gewählt hatte, rief ihn sein Streifenführer per Mobilfunk an: «Der Fotoladen ist ein einziger Saustall, Otis. Die Frau ist abgehauen und hat gleich die ganze Hintertür mitgenommen.»

Als John im Golfclub ankam, hatte Kevin die Eisen für ihn bereits auf Hochglanz poliert, die Hölzer hauchdünn eingewachst, die Handschuhe der Marke «Club Champion» mit Lederseife gewaschen, alle Griffbänder behutsam mit extrafeinem Sandpapier aufgerauht (Kevins Geheimrezept), die Lederteile der Golftasche mit Spezialöl eingelassen und neue Tees, Golfbälle, Scorekarten und frischgespitzte Bleistifte in den Seitenfächern verstaut, dazu ein paar etwas schwerere Puttingbälle mit tiefen Dimples, die er ausprobiert hatte und von denen John ebenfalls angetan war. John war bestens gelaunt, und Kevin hatte nicht vor, ihm dieses Stimmungshoch zu verderben, daher verkniff er sich einen Bericht über die wichtigsten Ereignisse der letzten Tage und erzählte John lediglich von den Einstellungsgesprächen, die er derzeit führte, sowie die Geschichte über den Sohn des Pastors auf dem Dach des Autohändlers, die in aller Munde war, einschließlich Waldos Version mit den gewienerten Dachziegeln. John lachte herzhaft und erkundigte sich, ob seine Frau auf dem Golfplatz gewesen sei. «Äh, ich bin mir nicht sicher», sagte Kevin und wandte sich kurz ab. Falsche Frage. «Kann sein, daß ich sie auf den zweiten neun Löchern gesehen hab.» John nahm dies achselzuckend zur Kenntnis und bat Kevin, ihm, während er sich umzog, ein Sandwich mit Rindfleisch und Paprika zu machen, worauf Kevin ihm mitteilen mußte, daß Einbrecher heute früh die Küche ausgeräumt hätten, so daß er ihm allenfalls Erdnüsse oder Oliven aus der Bar anbieten könne. Johns breites Grinsen verschwand, und er funkelte Kevin einen Augenblick lang an, als wolle er ihn dafür verantwortlich machen, daß man ihm sein Mittagessen geklaut hatte. «Verdammt,

Kev, hast du Otis angerufen?» – «Na klar», log Kevin – eigentlich war es nur eine Notlüge, denn er hatte vor, Otis anzurufen, sobald ihm etwas eingefallen war, das der ihm abkaufen würde. «Wo sind wir hier eigentlich, in irgendeinem beschissenen Drittweltland? Warum zum Teufel würde heutzutage jemand Lebensmittel klauen? Mein Gott! Ruf Waldo im Einkaufszentrum an und sag ihm, er soll ein paar Tacos besorgen, sich den Rest des Tages freinehmen und mich in einer halben Stunde draußen beim vierten Abschlag treffen.» Kevin hätte durchaus eine Antwort auf Johns Frage gewußt, wenn dieser nur gewartet hätte, war aber froh, daß er nicht damit herausrücken mußte – noch nicht. Er hatte vor ein paar Stunden den kleinen pißgelben Lieferwagen gesehen, der Staub und Splitt aufwirbelnd auf dem Wirtschaftsweg gefahren war, und war losgezockelt, um die Idioten zu verscheuchen, doch was er zu sehen bekommen hatte, als er über den kleinen Hügel bei dem scharfen Knick des fünfzehnten Loches gekommen war, hatte ihn wie angewurzelt stehenbleiben lassen: Da unten an der Kante des Roughs hockte eine riesengroße Frau in einem roten Umhang und kackte. Sie kam ihm irgendwie bekannt vor, aber ihm fiel nicht ein, woher er sie kannte, jedenfalls nicht in diesen Proportionen: Neben ihr sahen die Bäume wie Schößlinge und der Lieferwagen wie ein Spielzeugauto aus. Ihr Begleiter war ein zaundürrer Hansel, kaum halb so groß wie sie, und beide starrten zu ihm hinauf, als wäre er die Kuriosität, die hier zur Schau gestellt wurde. Er brüllte sie an, sie sollten sich zum Teufel scheren, das Gelände sei Privatbesitz, drohte ihnen auch mit der Faust, aber den Hügel hinunter traute er sich nicht. Die Frau wischte sich den Hintern mit einem großen weißen Badetuch ab, das sie anschließend auf den Fairway warf, und kroch dann wieder in den Lieferwagen, was sie erst nach mehreren vergeblichen Anläufen schaffte, indem sie erst den Hintern und dann den Kopf mit dem wirren Schopf schwarzer Haare hineinzwängte, und dann waren die beiden davongebraust. Kevins Neugier ließ ihm keine Ruhe, und so ging er hinunter, um sich anzusehen, was das Riesenweib zurückgelassen hatte (das schmutzige Badetuch beförderte er mit Fußtritten ins Rough, sollte sich doch irgendwer anders um das verdammte Drecksding kümmern), und als er den unglaublichen Haufen eingehend studierte, fragte ihn eine Stimme, ob er vielleicht Hilfe brauche. Es war Johns Frau in ihren schreiend blauvioletten Bermudas und dem dazu passenden bauchfreien Oberteil, die gerade im Begriff stand, am jenseitigen Rand des Fairway aus ihrem Golfwagen zu steigen. «Nein, nein!» rief Kevin und sprang eilends aus dem hohen Gras und Unkraut. «Ich dreh nur, äh, nur meine, wie sagt man, meine Runde ...» Darauf zeigte sie ihm ihr Eisen sieben und fragte, ob das bei der Lage ihres Balls wohl der richtige Schläger sei. Kevin schlug ein Eisen fünf vor und zog es aus ihrer Golftasche. Die Eisen von Johns Frau sahen aus, als seien sie rostig angelaufen oder mit irgendwelchem ekligen Zeug vollgeschmiert, außerdem schien sie merkwürdigerweise ohne Putter zu spielen. «Bringen Sie mir nachher Ihre Schläger vorbei, ich mach Ihnen die Dinger wieder sauber.» Sie lächelte und sah rasch über die Schulter ins Rough, und Kevin drehte sich um und machte sich davon, ohne einen Blick zurückzuwerfen, denn er wußte nur zu gut, daß sie, wenn er es täte, nicht mehr dasein würde. Er ging also schnurstracks zurück zum Clubhaus, wo er feststellte, daß man sämtliche Lebensmittel bis hin zu den Fläschchen mit Senf und Ketchup geklaut hatte. Er war sich nicht mehr so sicher, was er gesehen oder nicht gesehen hatte.

Sie rasten mit einem derartigen Affenzahn durch das Städtchen, daß Pauline an eine Achterbahn denken mußte. Corny beugte sich tief über das Lenkrad und hüpfte auf und ab, als wäre er an einem alten Flipperautomaten oder an einem jener neuen quäkenden und fiependen Spiele mit dem Fernsehbildschirm zugange, die Pauline draußen im Einkaufszentrum gesehen hatte, und was sie aus ihrer beengten Position im Laderaum erkennen konnte, sah gar nicht so sehr anders aus als diese schrill farbenfrohen Bildschirme, wo Hunderte Objekte blitzschnell an einem vorbeizischten und es am Rand zuging, als wäre dort das Tohuwabohu ausgebrochen. Der Lieferwagen berührte kaum je mit mehr als zwei Reifen den Erdboden, außerdem schlug die alte Klapperkiste mit den völlig ausgeleierten Stoßdämpfern bei jedem ernsthaften Bodenkontakt voll auf die Achsen durch; und was Corny nicht überrollte, streifte er. Die Fahrt war zum Fürchten und außerdem schmerzhaft, denn Pauline wurde bei jedem Ausweichmanöver und jeder Bodenwelle gegen die Seitenwände geworfen, und sie stieß sich ständig den Kopf am Blechhimmel des Laderaums, aber unter all dem Werkzeug und Drogeriebedarf und sonstigem Zeug befand sich auch etwas Dickes, Hartes, das in eine Zeltplane gewickelt war und sich zwischen Paulines Oberschenkel geschoben hatte, und sie ritt darauf mit jenem unbestimmten Wohlgefühl, das sie nicht mehr erlebt hatte, seit sie das Fahrradfahren aufgegeben hatte. In Wirklichkeit genoß Pauline in Anbetracht der Dinge (was für Ansprüche ihr Körper stellte!) das wahnwitzige Tempo, das Corny hinlegte, bewunderte jedoch mehr noch sein verblüffendes Geschick, wenn es um das Organisieren von Lebensmitteln ging, wobei seine Technik oft eben jenen Blitzstart nötig machte, den er sowieso immer bevorzugte. Pauline hatte mittlerweile mehr Angst vor dem Verhungern als vor einem läppischen Autounfall, der ihr angesichts ihrer neuen Körpergröße kaum ernstlicheren Schaden zufügen würde. Kurz gesagt: Sie hatte den Eindruck, daß sie mit größerer Wahrscheinlichkeit Blechschäden austeilen als einstecken würde. Als Corny mit dem alten, schrottreifen gelben Lieferwagen gekommen war, hatten sie eilig eine Menge von dem darin verstauten Zeug in die Gasse hinter dem Drugstore geworfen, damit Pauline sich in den Wagen hineinzwängen konnte, und Corny hatte sich mit ins Gesicht hängendem strähnigen Haar und heftig zuckendem schütteren Schnurrbart besorgt nach ihr umgesehen und ihr versprochen, er werde noch mehr rausschmeißen, wenn sie erst mal unterwegs wären. Und das hatte er auch getan, sie hinterließen eine Spur von Abfall, wohin sie auch fuhren, und räumten nach und nach den Lieferwagen aus, um ihr mehr Raum zum Atmen – und zum Essen – zu verschaffen, obwohl sie nur um so mehr Platz zu beanspruchen schien, je mehr Corny für sie freiräumte. Sie wußte, daß sie nicht ewig hierbleiben konnte, aber zumindest war sie frei und bekam zu essen, und vielleicht schafften sie es ja gemeinsam, einen sicheren Ort aufzutun, wo sie nach Belieben kommen und gehen konnte – um nichts weiter hatte sie Corny gebeten, und er, der ein eher schweigsamer

Mensch war, hatte nur genickt. Corny hatte es, als er auf Pauline stieß, anscheinend sehr eilig, so schnell wie nur irgend möglich aus der engen Gasse hinter dem Drugstore abzuhauen; sobald er ein bißchen Platz für sie freigeräumt hatte, schob er sie in den Lieferwagen und brauste mit Karacho und durchdrehenden Reifen davon, wie eine Katze, der man den Schwanz angezündet hatte (einer von Daddy Duwaynes Lieblingsspäßen, wenn er guter Laune war), was Pauline vermuten ließ, daß Corny sich den Lieferwagen höchstwahrscheinlich ohne Wissen des Besitzers ausgeborgt hatte, ein Aspekt dieses Abenteuers, der sie an ihre Highschoolzeit erinnerte und das nostalgische Vergnügen verstärkte, das ihr zum einen der Klotz aus Metall und Leinwand zwischen ihren Schenkeln bescherte, zum anderen aber die Tatsache, daß sie sich unerwartet in Gesellschaft dieses sonderbaren kleinen Jungen aus ihrer Vergangenheit befand, dem einzigen Menschen auf der ganzen Welt, der jemals «Ich liebe dich» zu ihr gesagt hatte. Sofern es nicht ihre Mutter vor dem Einsetzen von Paulines Erinnerungsvermögen gesagt hatte und sie überhaupt einmal eine Mutter gehabt hatte. Pauline hatte jenen rührenden, aber auch verwirrenden Augenblick niemals vergessen, im Gegensatz zu Corny offenbar, der im Laufe der Jahre anscheinend sogar völlig verdrängt hatte, daß er sie jemals gekannt hatte. Das war freilich nicht weiter verwunderlich. Keiner der Burschen, mit denen sie damals befreundet gewesen war, hatte heute noch etwas für sie übrig, und selbst Otis war nicht mehr der Otis, der sie zum Knutschen auf einsamen Parkplätzen mit seinem Kleintransporter abgeholt hatte, einer übelriechenden alten Rostlaube mit Wellblechboden wie bei der Blechkiste, in der sie jetzt herumschepperten, und damals war Otis so ein süßer Knuddelbär gewesen, heute dagegen war er viel härter. Alle schienen peinlich berührt, wenn sie an ihre Vergangenheit mit Pauline dachten, wogegen Pauline sich immer mit Freude an diese Zeit erinnerte, und alle taten bestenfalls so, als würden sie Pauline nur als die Frau und Gehilfin des Fotografen kennen und als wäre damit der Rest von Paulines Geschichte wie durch Zauberei aus dem Gedächtnis des Städtchens gelöscht worden. Aber vielleicht hatte Corny auch gar nicht nur getan, als würde er sie nicht kennen. Als sie ihn gerufen hatte, war er mit einemmal wie aus einem tiefen Koma erwacht: Es war, als sähe er sie zum erstenmal seit der Abreise zu seiner Schulabschlußfahrt nach Paris. Und er hatte keine Sekunde gezögert. Er war hinter dem Ford-Pickup hervorgekommen, um sich von ihr drei- oder viermal hintereinander das dünne Pistölchen abfeuern zu lassen (kein leichtes Unterfangen, wenn sie ihm mit ihren neuen, baumdicken Schenkeln und Keulenfingern nicht weh tun wollte: Cornys Hoden – sie erinnerte sich daran, wie sehr er es genossen hatte, wenn sie beim Samenerguß sein Nüßlein festhielt – war dagegen wie ein Samenkorn, ein winziges Schrotkügelchen, wenn sie ihn zwischen ihren gewaltigen Daumen und Zeigefinger nahm), war dann, sich die Hose hochziehend, losgestürzt, um den Lieferwagen zu besorgen, und ehe sie es sich recht versah, waren sie auf und davon. Sie plünderten Müllkippen und Abfalltonnen, auch die Eisschränke von Privathaushalten (angefangen mit dem bei Corny zu Hause), die Küchen von Restaurants und die Backstuben von Bäckereien, nicht zu vergessen Supermärkte und Metzgereien. Corny klapperte die Einkaufszentren ab, die Motels, den Golfclub (wo sie erfreulicherweise hatte kacken können), die Hamburgerbuden und die Selbstbedienungsbüffets, wo man soviel in sich hineinschaufeln konnte, wie man hinunterbekam. Für manches bezahlte er, für das meiste aber offenbar nicht, da sie unentwegt auf der Flucht waren. Aber er schaffte es tatsächlich, Paulines Hunger zu stillen, und bald waren sie dabei, noch mehr Zeug rauszuschmeißen und den Laderaum dafür mit Lebensmitteln und sonstigen Vorräten zu bestücken, beispielsweise mit Wäschesäcken voller Bettlaken und Handtücher, die Corny im Motel gestohlen hatte und aus denen sie sich neue Kleider machen würde, weil sie aus dem burgunderroten Umhang mit dem Glasperlengürtel allmählich herauswuchs. Beim Steakhaus am Highway hatten sie das Glück, vier schwarze Plastiksäcke mit frischen Küchenabfällen zu finden, doch dann paßten die Dinger nicht ins Auto, die Säcke waren bei dem Versuch, sie einzuladen, aufgeplatzt, so daß sich widerlich stinkender Müll über Pauline und den Lieferwagen ergoß, und ihnen war klargeworden, daß sie einen Ort finden mußten, wo

Pauline sich verstecken konnte, während Corny auf eigene Faust plündern ging. Aber wo?

Reverend Lenny hatte den Lieferwagen des Drugstore an der Arztpraxis vorbeirasen sehen, unmittelbar bevor Beatrices Freundin Veronica mit quietschenden Reifen aus der entgegengesetzten Richtung um die Ecke schoß, bei ihrer Vollbremsung über den Bordstein rumpelte und gegen die Parkuhr knallte, wobei ein Kotflügel kräftig eingedellt wurde und der Kofferraumdeckel aufsprang. Veronica riß die Fahrertür auf und stürzte mit schreckgeweiteten Augen wie von Furien gehetzt ins Praxisgebäude, worauf Lenny, nachdem er Autotür und Kofferraumdeckel geschlossen hatte, den Kerngedanken seiner nächsten Sonntagspredigt noch einmal durchdachte, die zwar noch nicht vollständig ausgearbeitet war, aber das Wunder der Mutterschaft behandeln sollte, ein uraltes inspirierendes und tröstliches christliches Thema. Lenny überdachte den Kerngedanken noch einmal, weil (er war soeben erst hinaus auf die Straße getreten und kam aus dem Tollhaus des Wartezimmers, wo seine von besagtem Wunder überwältigte Frau saß – mit glasigen Augen, fremdartigem Gebaren und ob ihrer wundersamen Bürde weitgehend unempfänglich für Einflüsse von außen) der unheimlichen Macht der Reproduktion über die Reproduzenten eigentlich auch etwas gespenstisch Beunruhigendes anhaftete, als stecke Gott in den Chromosomensätzen und nicht in deren Produzenten, als ruhe Sein Auge nicht auf dem Spatzen, sondern auf dem Samen des Spatzen, nicht auf der reumütigen Seele, sondern auf dem durchsetzungsfähigsten Spermium. Als die Polizei mit dem niedergeschlagenen Fotografen vorbeikam, über den mittlerweile die entsetzlichsten Gerüchte im Umlauf waren, mußte Lenny an seine eigenen Konflikte mit dem Gesetz und mit seinen Lenden denken und an die Nöte, die derzeit seine Kinder Philip und Jennifer umtrieben. Die kleine Zoe würde sich dem Reigen zweifellos ebenfalls bald anschließen, ja selbst das bislang noch ungeborene und namenlose Kind würde, wie alle belebten Wesen, den grausamen Täuschungen der Lust zum Opfer fallen und wie alle anderen dazu verdammt sein, die gnadenlosen Strafen der Liebe zu erdulden. Seine Predigt, merkte er, durfte keine frohe Botschaft sein (Gott segne unsere Mom und so weiter), sondern eine Anregung zu melancholisch-beschaulichen Betrachtungen über das Geheimnis des Lebens. Denn wenn wir in aller Aufrichtigkeit die Frage stellen: «Wer bin ich?», gibt es dann überhaupt ein Ich, das derlei Fragen stellen kann, oder ist es bereits – da wir ja lediglich Werkzeuge eines Willens sind, den wir nicht kennen – eine Dreistigkeit, auch nur anzunehmen, es könnte so etwas wie ein Attribut von Wer-heit geben? Kurzum, was können wir letztlich für gesichert unterstellen als einzig und allein das mittlere Satzglied unserer Fragestellung, nämlich die Seins-heit unserer unmittelbaren Präsenz in der Welt; eine Seins-heit, die an und für sich weder den Begriff der Person kennt noch zu einer Person gehört? Auf der gegenüberliegenden Straßenseite trat soeben der alte Apotheker, dessen Lieferwagen vor wenigen Sekunden vorbeigebraust war, mit zwei seiner blonden Enkelkinder aus dem Café und wurde in der grellen Mittagssonne von Johns Mutter begrüßt, die ihren kleinen Enkel Mikey an der Hand hielt, und Lennys jäher Herzschmerz wurde ein wenig gelindert, weil dieser herzliche Händedruck über die Generationen hinweg die Tragödie im Kern des Lebens milderte, jene Tragödie, die er zwar als Augenzeuge miterlebt hatte, der er jedoch nicht als serviler Botschafter dienen mußte, und weil ihm die rührende Szene überdies ein tröstliches, bodenständiges Sinnbild für eine Predigt an die Hand gab, die gedroht hatte, ein bißchen trübselig zu werden, was im Sommer, wo ohnehin nie übermäßig viele Leute kamen, nicht unbedingt eine gute Idee war. In diesem Augenblick kam Alf, dessen Kopf kummervoll wackelte, mit Veronica aus dem Haus, um sich irgend etwas im Kofferraum des Wagens seiner Patientin anzusehen (er schien angeekelt, sie dagegen entsetzt, aber soweit Lenny erkennen konnte, war der Kofferraum leer). Der Arzt schüttelte angewidert das altersgraue Haupt, hob dazu die Hände, von denen irgendeine Schmiere zu Boden tropfte, und verdrehte, Lenny ansehend, die Augen, als flehe er um Gnade. Dann ging er wieder in seine Praxis, während die hysterische Frau auf irgend etwas auf der Straße zeigte, das Auto stehenließ und in die Richtung zurückrannte, aus der sie ursprünglich gekommen war, und Lenny dachte: Ohne ein gottgegebenes Ich müssen wir eines erfinden, und zwar mit Hilfe unserer Gedanken, Leidenschaften und Taten oder derer, die wir als «unsere» ansehen, und diese Erfindung geben wir dann ein wenig verzweifelt als unsere menschliche Natur aus, obwohl sich leider vielleicht niemand dafür interessiert, ja niemand überhaupt hinsieht. Nun ja, dachte Lenny, ich jedenfalls sehe hin und werde Zeugnis ablegen für die Würde dieser Eigenschöpfungen und die Rechtschaffenheit dieser Sehnsüchte und somit, trotz alledem, die Mutterschaft lobpreisen. Eine alte Rostlaube von Pickup hielt am Bordstein, und zwei Männer luden einen Mann von der Pritsche, der denkbar unpassend die Hose eines Nadelstreifenanzugs mit einem Golfhemd kombiniert hatte. Es war Veronicas Ehemann. «Ist das hier etwa mein Wagen ...?!» sagte er mit schwacher Stimme, als die beiden Männer ihn in die Arztpraxis schleppten. Denn war nicht das Überleben im dunklen, unergründlichen Herzen des Paradoxen (Lenny starrte auf die rostzerfressene und mit allerlei Schrott beladene Pritsche des Pickups, als hätte sich das ehrfurchtgebietende Geheimnis, in das er sich versenkte, dort materialisiert) Wunder genug? Und war nicht die Mutterschaft im Grunde die in blinder Hoffnung und wehmütiger Freude auf sich genommene Perpetuierung jenes unbegreiflichen Paradoxons und jenes unauslöschlichen Glaubens an den unsichtbaren, aber letztlich eben doch auffindbaren Sinn des Lebens? Ja, jetzt hatte er seine Predigt! Lenny war bereits wieder auf halbem Wege zurück nach Hause, als ihm einfiel, daß seine Frau noch immer in der Arztpraxis saß, also machte er wieder kehrt und konnte nur hoffen, daß er seine besten Eingebungen nicht gleich vergessen würde, und als er am Randstein anhielt, stürmte soeben die Arzthelferin zur Tür heraus, die wegen irgend etwas verärgert schien, ein puterrotes Gesicht hatte und von der Sonne geblendet die Augen zusammenkniff. «Sie sollten lieber gleich raufgehen!» blaffte sie ihn an. «Ihre Frau veranstaltet ein ziemliches Affentheater!» Und damit stapfte sie mit vor Wut und Empörung steifem Rücken die Straße hinunter. Im Wartezimmer lag Beatrice in ekstatischer Verzückung und unter Bergen von Papier begraben auf dem Boden und besang die Welt mit ihrem eigenartigen Gesumme, wobei ihr ungeheuer dicker Bauch steil über ihr aufragte, als wäre er vom Himmel auf sie herabgefallen und hätte sie dort festgenagelt. Lenny beschloß, seine Frau nach Hause zu bringen und den Arzt an einem anderen Tag aufzusuchen, drum bat er die beiden guten Samariter mit dem Pickup, Beatrice zu seinem Wagen zu helfen. Das war nicht leicht. Die Papierbahnen lösten und verhedderten sich und ließen die Männer stolpern, außerdem befand sich Trixie auf einem ihrer lebhafteren Trips und warf sich hin und her, als hätten ungestüme kosmische Kräfte sie im Griff, und ihr rosiger Bauch hüpfte im Sonnenschein auf und ab wie eine Boje auf sturmgepeitschter See. «Sieht ganz so aus, als würde sie jeden Moment platzen», grunzte einer von Lennys Helfern und starrte dabei unbehaglich auf den Born jenes Mysteriums, das Lenny zum Gegenstand seiner Predigt machen wollte, und der zweite, der Beatrices heftig bockenden Rumpf stützte, ächzte: «Puuh! Was ist da eigentlich drin – Kanonenkugeln?» Ein Krankenwagen heulte heran, während sich Lenny, einen Arm in die Achselhöhle seiner Frau gehakt, mit der Autotür abmühte, und der Fahrer der Ambulanz sprang heraus und kam zu ihnen. «Ist sie das? Ich dachte, wir sollten einen älteren Knacker mit Herzrhythmusstörungen abholen?» – «Nein, der ist da drinnen, Chef. Aber faß mal mit an, bevor sie uns runterfällt und platzt!» Beatrice sang ihrem Mann vom Rücksitz aus den ganzen Weg nach Hause ihre Lieder vor und verstummte erst, als der Wagen in die Auffahrt zum Pfarrhaus einbog, wo Lenny sie, und zwar sehr deutlich, sagen hörte: «Aber wo ist das Zentrum?» – «Wie bitte?» fragte er und drehte sich zu ihr um, doch da schlief sie bereits tief und fest. Trotzdem gar kein übler Satz: Er konnte ihn verwenden. Lenny ließ Trixie im Auto liegen, ging ins Haus, um seine Predigt zu schreiben, und dachte: Es sind die stillen Augenblicke des Lebens, in denen die Wahrheit am deutlichsten erschallt. Allerdings hielt diese erhellende Stille nicht lange an: Zoe, die man offenbar allein im Pfarrhaus zurückgelassen hatte, zerriß sie mit ihrem hysterischen Geplärre, als sie die Treppe hinunter und in die Arme ihres Vaters stürzte. «Daddy!» schluchzte sie. «Ich hab solche Angst!» – «Ist schon gut, Liebes.

Wir sind wieder da. Wo ist Jennifer?» – «Ich... ich weiß es nicht!» Ihr kleiner Brustkorb hob und senkte sich heftig, die Augen standen voller Tränen, sie brachte vor Angst kaum einen Ton heraus. «Beruhige dich, Herzchen, du mußt dich jetzt nicht mehr fürchten!» – «Daddy!» keuchte sie und schmiegte sich an ihn. «Da... in der Kirche sitzt eine riesige Monsterfrau!»

Während der Pastor nach der christlichen Antwort oder zunächst mal irgendeiner Antwort auf das Dilemma suchte, das die unerwartete Einquartierung der gigantischen Frau des Fotografen mitsamt ihren Mülltüten und Bettlakenhaufen mitten in dem, was viele für das Haus Gottes – oder zumindest eines davon – hielten, aufgeworfen hatte, handelte der alte Stu, Autohändler und seit kurzem Zielscheibe zahlreicher anzüglicher Witze, mit dem Sohn des führenden Apothekers des Städtchens ein sehr erfreuliches Geschäft aus: Endlich hörten die Leute auf Stus Rat und tauschten ihren uralten Kombi gegen einen richtigen Lieferwagen ein, der groß genug für Klaviertransporte war und sich trotzdem mühelos fahren ließ, und wohlgemerkt ohne Lastwagenführerschein; die einzige Sorge, die Stu bei diesem Geschäft hatte, war die, ob er nach den von ihm angestellten Berechnungen zu Autoverkäufen und Lebenserwartungsspannen nicht womöglich drauf und dran war, einen Wagen zuviel zu verkaufen. Hatte ihn nicht die alte Winnie mit dem Bremslicht angeblinkt? Er schickte Cornell auf eine Probefahrt, während er über diese knifflige Frage nachgrübelte und der Ginflasche einen Besuch abstattete, um den Kopf klar und die Moral sauber zu halten. Er sah, wie sein junger Automechaniker rasch einen möglichen Getriebeschaden bei einem älteren Kombi begutachtete, der auf einem hastig in die Werkstatt geschobenen Hydraulikheber aufgebockt stand, und dachte, daß es wahrscheinlich ein leichtes wäre, den Wagenheber versehentlich umzustoßen, aber erstens war Stu sich nicht sicher, ob er seine Achslast den ganzen weiten Weg dorthin würde hieven können, ohne unterwegs zusammenzubrechen, und zweitens würde es ihm, falls er es versuchte und Mist baute, vermutlich lieber sein, wenn ein ganzes Geschwader von Kombis auf ihn heruntergeprasselt käme als dieser grobe, geile Kerl mit dem undichten

Simmerring. Der genau wußte, daß der junge Bursche nie und nimmer von der Probefahrt zurückkommen würde, der klaute sich die Kiste, jeder Idiot sah das, und da Rex sich bereits fast als Partner in diesem Laden fühlte, war er schon drauf und dran, sich auf seinem Rollbrett unter dem hochgebockten Kombi herauszuschieben und dieses idiotische Geschäft zu torpedieren, doch dann überlegte er es sich anders und dachte: Scheiß drauf, wenn die Klitsche mir gehört, hol ich mir die Karre zurück, und wenn ich schon mal dabei bin, stech ich dem kleinen Scheißer gleich noch die Augen aus. Die Frau des kleinen Scheißers verfolgte ganz ähnliche Absichten, und tatsächlich war sie, weil sie davon Wind bekommen hatte, daß man ihrer verhaßten Rivalin Kirchenasyl angeboten haben könnte, mit ihrem Gehstock aus Stahlrohr bewaffnet bereits unterwegs dorthin und schwor, sie werde den beiden das Hirn zu Brei schlagen und dem verdammten Pastor als Drittem im Bunde ebenfalls, während ihre Schwägerin Columbia an ihrem Arm hing und sie anflehte, sie solle nicht aus Eifersucht die Familienharmonie aufs Spiel setzen, sondern ihren durchgeknallten, halb schwachsinnigen Bruder, der sowieso nicht wisse, was er tue, einfach ignorieren. Dieser wußte jedoch sehr wohl, was er tat, und raste gerade zur Kirche zurück, um Pauline herauszuzerren, bevor sie zu groß für die zweiflügelige Eingangstür geworden war, denn er nahm an, daß sein neuer Lastwagen groß genug war, um aus dem Städtchen abzuhauen, sofern das überhaupt möglich war, und danach würden sie eben sehen müssen, wie sie weitere Schwierigkeiten verhindern oder vielmehr verhintern könnten, denn Paulines Hinterteil war mittlerweile zu ihrem dicksten Körperteil geworden und diktierte weitgehend die Bedingungen ihrer Flucht. Nicht nur, daß Pauline ihren Riesenarsch irgendwo hinein und wieder hinaus verfrachten mußte – sie mußte ihn auch noch so oft auffüllen und wieder entleeren, daß es alles andere als einfach war, in Bewegung zu bleiben. Was Otis wußte und wonach er sein taktisches Vorgehen ausrichtete, denn er nahm an, daß die beiden, solange er sie nur weiterhin eingekreist hielt, früher oder später aufhören und sich stellen mußten; ein Rest von Zuneigung zu seiner alten Freundin aus der Wohnwagenkolonie, mit der er so vieles geteilt hatte, ließ ihn wünschen, daß er diese Verfolgungsjagd (mittlerweile war es eine Verfolgungsjagd, das ließ sich überhaupt nicht vermeiden, es war einfach zuviel geklaut worden, die beiden hatten offenbar keinerlei Respekt vor Privateigentum) zu einem friedlichen Ende bringen könnte, selbst wenn er sich angesichts der Lage nicht recht vorstellen konnte, wie dieses friedliche Ende aussehen mochte. Man würde Pauline irgendwo einsperren müssen, soviel war klar, und in Anbetracht ihrer neuen Abmessungen würde man sie nie und nimmer unter Anwendung einfacher Gewalt festnehmen können, sondern sie überreden müssen, aus freien Stücken mitzukommen. Otis konnte nur hoffen, daß die Zuneigung, die er für Pauline empfand, wechselseitig und tragfähig genug war, da er bezweifelte, ob ihr zunehmend gestörter Mann (er fühlte sich an Kriegskameraden erinnert, die im Granatfeuer den Koller bekommen hatten) das hinkriegen oder die Verantwortung übernehmen oder sich überhaupt vorstellen konnte, daß er eine Verantwortung besaß. Damit hatte er wohl recht, denn Gordon war mittlerweile vollkommen von seiner künstlerischen Krise in Beschlag genommen und nicht mal mehr in der Lage, einen Film einzulegen oder ein Objektiv zu wechseln, ohne es fallen zu lassen, es schien, als hätten ihn sämtliche Kenntnisse und Fertigkeiten verlassen oder als wären sie ihm geraubt worden – er kam sich vor wie ein Pianist mit abgehackten Händen oder wie ein Gelehrter, der ein Opfer der schrecklichen Ausfälle des Alters geworden war. Außerdem schien sich Pauline bei ihrem Aufbruch ganz gegen ihre Art (aber die konnte sich natürlich ändern) mit Bedacht an seinem Atelier gerächt zu haben: Es war verwüstet, und vieles schien zu fehlen (waren etwa noch andere Leute hier gewesen?), und so hatte Gordon in seiner Bedrängnis und Ratlosigkeit das Gefühl, daß seine geistige Gesundheit – und wichtiger noch: seine Kunst – eine minimale Wiederherstellung von Ordnung erforderten. Und doch schien sich ihm diese Ordnung ebenso zu entziehen wie das Hauptsujet seiner lebenslangen Gralssuche, und es kam ihm so vor, als wäre irgendein unverzichtbares Muster zerstört, irgendein Code vergessen worden. So blieb dem Fotografen, nachdem er sich endlos im Kreis gedreht und Dinge aufgehoben und wieder abgelegt hatte, zuletzt nichts weiter übrig, als sich hinzusetzen und ratlos die aufs Geratewohl vom Fußboden zusammengeklaubten Stapel von Fotos anzustarren und nach Bildern von ihr zu suchen. Auf denen sie immer unscharf oder teilweise verdeckt oder merkwürdig abgeschnitten zu sein oder auf dem Abzug, den er in Händen hielt, zu verblassen schien. Zufällig stieß er auf ein gutes Foto von ihr, das von einem Umzug zum Tag der Pioniere vor ein paar Jahren stammte, aber obwohl das Bild gestochen scharf und hell war, kam es ihm so vor, als wäre sie verkleidet. Trotzdem legte er das Foto beiseite, um es genauer zu betrachten, dasselbe tat er mit einem zweiten, das jüngeren Datums war und bei den Einweihungsfeierlichkeiten des neuen Bürgerzentrums entstanden war: Sie beugte sich während der Eröffnungsansprache von Johns Vater zu ihrem eigenen, vom Schlaganfall schwer gezeichneten Vater hinüber, der bei diesem Anlaß geehrt wurde (er sah aus, als hätte man ungeschickt die Hälften zweier verschiedener Personen zusammengefügt, kein schöner Anblick), und flüsterte ihm hinter ihrem Programmheft irgend etwas zu. Gordon konnte natürlich nur einen Teil ihres Gesichtes erkennen, und auch das nicht allzu deutlich, aber ihre Knie, die sich unter dem Rocksaum hervorgeschoben hatten, als sie sich ihrem Vater zugewandt hatte, eines ein klein wenig höher als das andere, waren provozierend scharf abgebildet, ja der Blickfang des ganzen Fotos. Gordon wußte, daß er ein älteres Foto von ihr besaß, das bereits einige Jahre alt war und auf dem sie bei einem in der Bücherei abgehaltenen Treffen der Literarischen Gesellschaft leicht nachdenklich in der zweiten Reihe (es gab nur zwei) saß, und zwar an jenem Abend, als Ellsworth aus seinem damals aktuellen Projekt vorgelesen hatte, einem Roman mit nur einer einzigen Figur, betitelt *Die Qualen des Künstlers*, was sich für Gordon eher nach einem Essay als nach einer Erzählung anhörte. Das hatte er dann auch zu seinem Freund gesagt («Wie kann das denn eine Geschichte sein, wenn nur eine einzige Figur darin vorkommt?»), als Ellsworth ihn nach seiner Meinung gefragt hatte, was zu einem kurzen Bruch in ihrer Freundschaft führte (Ellsworth hatte Gordon als albernen Provinzanalphabeten bezeichnet). Das irgendwann bei der Sichtung des Stapels aufgetauchte Foto war jedoch von der Rückseite des Saals aus aufgenommen, über ihre Schulter hinweg, weswegen sie darauf nur als Schatten präsent war – obwohl das Licht, das wie eine winzige luminose Parenthese auf ihrer Wange lag, ihm einen Moment lang den Atem verschlug –, so daß zwei andere Personen in den Bildmittelpunkt rückten, nämlich der Autor und die dickliche Bibliothekarin mit der Brille, die Ellsworth vorgestellt und die einmal zu Gordon gesagt hatte: «Die Fotografie ist eine Art Zauberei und zieht Bilder aus dem Strom der Zeit wie Phantomkaninchen. In der realen Welt hat sich das, wonach wir greifen, bereits verändert, wenn wir es in die Hand nehmen; das Foto hingegen existiert zwar in der realen Welt und ist ihrer Veränderlichkeit unterworfen, aber das Abbild auf dem Foto gehört zu der imaginären Welt, die die Welt des Todes ist und sich nie verändert.» Und dann hatte sie gelächelt. Das vielleicht beste Foto auf seinem Schoß war eins, das er bei der legendären Hochzeit vor fast zwanzig Jahren am Altar aufgenommen hatte – Johns Frau hob gerade den Schleier, um ihrem neu angetrauten Ehemann den Hochzeitskuß aufzudrücken, während der Pastor und die vier stolzen Eltern dabei zusahen –, ein Foto, das in seinem Charme und seiner Frische und Schlichtheit den Wesenskern dieser ganzen Serie und damit auch das Lebenswerk des Fotografen einfing: die Entschleierung des Mysteriums, die Gebärde fixiert und gebannt, also angeeignet, das Verborgene strahlend enthüllt.

Als Barnaby an jenem Tag die Braut zum Altar geleitet hatte, hatte er in leichter Verwirrung zusammen mit dem Bräutigam geantwortet: «Ja!» Bei dem Festbankett im Anschluß an die Trauung erinnerte seine Frau Audrey, die nun schon seit über sechs Jahren tot war, anläßlich eines der vielen Trinksprüche daran, daß Barnaby sich bei seiner eigenen Hochzeit vor dem Krieg auf die Frage des Pastors: «Nimmst du diese Frau zu deiner Angetrauten an?» vorgebeugt und dann nachgefragt hatte: «Nehme ich diese *was*?» – «Na ja», fügte sie hinzu, als das Lachen verklungen war, «immerhin hat er nicht ‹welche› gesagt oder gefragt, was ihn der

Spaß kostet!» Aber selbst als der Vater des Bräutigams seinen Senf dazugeben mußte und, eine erkaltete Zigarre im Mundwinkel, gefragt hatte, ob es eigentlich stimme, daß Barnaby in der Hochzeitsnacht das Bett zerlegt habe, um seiner Frau zu zeigen, wie es geschreinert sei, und die Einzelteile nicht wieder zusammenbekommen habe, weil ihm das richtige Werkzeug gefehlt habe, hatte Barnaby weiter gelächelt, denn er war stolz auf sich und sein Lebenswerk, das, wie er meinte, eine neue Stufe von Eleganz und Reife erreicht hatte: Er befand sich auf dem Höhepunkt seines Lebens und hatte seine Freude daran. Und er freute sich auch über seinen gutaussehenden neuen Schwiegersohn und zukünftigen Partner im expandierenden Bauunternehmen der Familie, und dies trotz der bislang noch ungerechtfertigten Großspurigkeit des jungen Mannes und der Tatsache, daß er ausgerechnet der Sohn von Mitch war. Der Krieg, in dem Barnaby als Soldat gekämpft hatte, stand jetzt wie eine Mauer zwischen allem, eine Mauer, die eine zeitliche wie räumliche Trennung darstellte, so daß sich nur wenige der an jenem Tag Anwesenden daran erinnerten oder sich erinnern wollten, daß Mitch und Barnaby einst Rivalen um die Hand Audreys gewesen waren. Das Ganze war wie die Geschichte von dem Grashüpfer und der Ameise gewesen, wobei Mitch den geselligen Frauenhelden mit den kessen Sprüchen, Barnaby dagegen den stillen, aber verläßlichen Mann gegeben hatte, der die Nase pflichtbewußt an den Schleifstein hielt. Während Mitch an der State University studierte, seine Aggressionen auf dem Footballfeld austobte, Rumba und Shag lernte, in Packards und LaSalles durch die Gegend fuhr (einmal waren er und die Bank Besitzer eines flotten Kabrioletts der Nobelmarke Cord mit einem gewaltigen V8-Motor und Frontantrieb gewesen, das auf gerader Strecke locker hundertsiebzig Sachen brachte – Mitchs allzeit bereiter Spezialeffekt, wenn es eine Braut flachzulegen galt–, bis er versucht hatte, den Wagen im Suff einen Baum hinaufzufahren), Football und Bierbesäufnisse mit nächtlichen Lustbarkeiten in der Burschenschaft, Pokerpartien mit hohen Einsätzen und kuscheligen Knutschpartys unter Wolldecken zu kombinieren wußte und seine Geschichts- und Volkswirtschaftsbücher nur dann aufschlug, wenn es unumgänglich war (nicht oft also, da es der Burschenschaft in der Regel gelang, die Examensfragen vorher zu klauen), hielt Barnaby als Autodidakt mitten in einer schleichenden Wirtschaftskrise zu Hause die Stellung. Es gelang ihm, die ins Trudeln geratene Holzhandlung seiner Eltern zu einer erfolgreichen Baufirma umzuformen und obendrein seine Fähigkeiten und Visionen als Baumeister zu vervollkommnen, eine Aufgabe, die er sehr ernst nahm. Barnaby war bereits dabei, solide Häuser von untadeliger Qualität für junge Familien zu bauen, und probierte eine innovative Verschmelzung von dem Zeitgeschmack angepaßten neoklassischen Entwürfen mit den traditionellen amerikanischen Werten Komfort und Geräumigkeit, wohingegen Mitch nach wie vor zu Wettzwecken Goldfische und Käfer verschluckte und sich betrunken durch die diversen Sororities knutschte. Barnaby besaß einen gebrauchten Ford Model A (bestens in Schuß, aber auf Schotterwegen mußte man sich für die Karre schämen), den er benutzte, um Audrey, wenn sie sich, selten genug, im Städtchen aufhielt, zu einem Rendezvous abzuholen, sonst aber fuhr er in dem alten Lastwagen der Holzhandlung herum. Kein Mensch gab dem jungen Barnaby (der bereits damals, noch keine dreißig Jahre alt, im Städtchen als Baumeister Barnaby bekannt war) große Chancen bei Audrey, alle nahmen an, daß sie, lebenslustig wie sie damals war, früher oder später bei Mitch oder sonst irgendeinem betuchten Partyhengst landen würde. Man munkelte gar, daß Audrey, die seinerzeit noch auf die Highschool ging, bei einer Wochenendparty der Burschenschaft oben an der State University anläßlich einer Wette splitterfasernackt einen Fächertanz auf dem Tisch vorgeführt habe, genau wie auf der Weltausstellung. Mitch war dabei. Barnaby nicht. Damals hatte Audrey eine Wespentaille und trug hautenge Kleider, vorwiegend schwarz, dazu spitze Push-up-BHs und jede Menge knallbunten Modeschmuck, malte sich die Lippen und Fingernägel scharlachrot an, gab mit rauher Stimme gewagte Witze zum besten und paffte dabei mit provozierenden Gesten eine Zigarette nach der anderen. Audrey war die erste junge Frau im Städtchen, die zum großen Ball des Abschlußjahrgangs der

Highschool ein trägerloses Kleid trug, und genoß einen Ruf als heiße Nummer, schnell und gefährlich. Und doch war sie die junge Frau, die sich am Vorabend des Krieges und obwohl kein Mensch das erwartet hätte, ein weißes, züchtiges Brautkleid anzog, in feierlicher Trauzeremonie den biederen Baumeister Barnaby ehelichte und ihm – nach dem Krieg, als wieder Ruhe eingekehrt war – zur verläßlichen Gefährtin, Geschäftsführerin und besorgten Mutter der von beiden geliebten Tochter wurde. Frauen, sagten die Leute (jedenfalls manche), wer kapiert die schon? Nicht daß dies das Ende der Rivalität zwischen Barnaby und Mitch gewesen wäre; vielleicht hatte sie nie geendet, selbst nicht, nachdem ihre Kinder einander geheiratet hatten. Barnaby war vor dem Krieg ein altmodischer Prärie-Isolationist gewesen, Mitch dagegen hatte den Kriegseintritt der USA lautstark befürwortet (schließlich ließ sich damit Geld machen), trotzdem war es Barnaby gewesen, der für die ganze Dauer des Krieges als Offizier bei den Pionieren gedient hatte, und zwar oftmals an der Front und sowohl in Europa als auch in Fernost, wohingegen Mitch es so gedeichselt hatte, daß er mit dem Musterungsbescheid 4-F als untauglich ausgemustert und dank Spekulationsgeschäften und Aufträgen für das Verteidigungsministerium zu einem der reichsten und mächtigsten Männer des ganzen Bundesstaates wurde. Obwohl er geheiratet hatte, führte Mitch ein unverändert flottes Leben – Audrey ebenfalls, sagten manche: Es war, als übe sie (keck herausgeputzt in Kostümen mit schmaler Taille und breiten Schultern und mit nach neuester Mode frisiertem Haar) bereits eifrig für ihre Rolle als Kriegerwitwe. Doch Barnaby, der vielleicht argwöhnte, was an der Heimatfront geschah, bereute seine Kriegsjahre nie; während er in der alten Welt knapp hinter der Front vorwärts marschierte, all die zerstörten Dörfer und Städtchen sah und über ihren Wiederaufbau nachzudenken begann (Was würde er beibehalten, was abreißen, welche Änderungen würde er gern durchsetzen?), entwickelte er eine Vorstellung von «Stadtplanung». Es war ein ihm völlig neuer und eigenständig gefaßter Gedanke, der ihn auch dann noch faszinierte, als er feststellte, daß bereits andere, vor Hunderten von Jahren, auf dieselbe

Idee gekommen waren – man konnte auf der Universität sogar ein Examen in diesem Fach ablegen. Einerlei, der Gedanke ließ ihn nicht mehr los, und als man ihm als Oberstleutnant, der bald darauf erneut befördert werden sollte (er war der ranghöchste Kriegsheld des ganzen Städtchens), vor seinem Einsatz in Fernost sechs Wochen Heimaturlaub gewährte, war er den größten Teil dieser Zeit damit beschäftigt, durch das Städtchen zu laufen, in der Stadtverwaltung die Kataster zu studieren und alle Veränderungen zu skizzieren, die er nach dem Krieg umsetzen wollte, und mit Hilfe von Mitchs Beziehungen gelang es ihm sogar, die Stadt zu überreden, einige der Grundstücke aufzukaufen, die er für seine Pläne brauchte; außerdem schwängerte er in dieser Zeit sozusagen unabsichtlich, jedoch in unmittelbarer Fortführung der machtvoll schöpferischen Energien, die ihn beseelten, Audrey, die dann rund drei Monate vor seiner Entlassung und Rückkehr in die Heimat ihre Tochter zur Welt brachte.

Trotz aller Rivalität und der Distanz, die Barnaby und Mitch meist auch dann noch zueinander hielten, als sie bereits Schwiegereltern waren, profitierten sie von ihrer symbiotischen Beziehung, die beiden bei der Verwirklichung ihrer Träume half, denn Mitch verdiente viel Geld mit Investitionen, ohne die Barnaby seine Vision nicht hätte umsetzen können. Auch die politischen Verbindungen, über die Mitch verfügte, erwiesen sich als hilfreich: Bei Kriegsende war der Bürgermeister nämlich sein angeheirateter Onkel, gefolgt von Mitchs Schwager, und was Blutsbande nicht vermochten, ließ sich üblicherweise mit Geld erreichen. Als Barnaby ihm im Verlauf des Heimaturlaubs von seinen Plänen erzählte, die Neubauviertel um einen neuen Stadtpark zu gruppieren – der alte umfaßte lediglich einen einzigen Häuserblock vor dem Rathaus und war ringsum von Geschäften eingeschlossen, was den Ausbau dieses Parks wenig sinnvoll machte –, machte sich Mitch daher sofort daran, einige der verwahrlosten Grundstücke aufzukaufen, die Barnaby ihm gezeigt hatte. Er überraschte die Eigentümer mit seinen großzügigen Angeboten, wußte aber nur zu gut, daß ihm die Stadt dank der Vermittlung von Opals Verwandtschaft das Doppelte zahlen würde, wenn der Park erst angelegt war. Und das tat sie dann auch. Und als der Stadtverwaltung irgendwann das Geld ausging, überschrieb man ihm sogar den alten Park, die wertvollste unbebaute Liegenschaft im ganzen Städtchen, im Tausch gegen ein altes Gebäude, worauf Mitch zum Nachweis seiner Freigebigkeit und seines Bürgersinns (für den er viel Beifall einheimste) den Musikpavillon, das Standbild des Alten Pioniers und auch den historischen Flaggenmast auf eigene Kosten vom alten in den neuen Stadtpark transportieren und das Denkmal auf einen neuen, unbehauenen Steinsockel setzen ließ. Die Gestaltung des Städtchens um den neuen Stadtpark herum war eine phänomenale Leistung. Nur ein Kriegsheld konnte sie vollbringen. Das ganze Gemeinwesen bekam eine neue Ausrichtung, und zwar weg vom Flüßchen, das immer weniger Wasser führte, und von den längst verfallenen Häusern der ersten Siedler (selbst der Alte Pionier blickte in eine andere Richtung), statt dessen hin zu den heruntergekommenen Vierteln, die allesamt abgerissen und nach Barnabys Vorstellungen neu erbaut wurden, wodurch diese Häuser beinahe über Nacht zu den begehrtesten des Städtchens wurden; trotzdem besaß Barnaby, der lediglich seinen Gewinn als ausführender Bauunternehmer bekam, kein einziges davon. Was Mitch für – mal ehrlich – reichlich bescheuert hielt. Mitchs eigene Ethik, die er mit der Mehrzahl seiner Mitbürger teilte, lief darauf hinaus, daß die Welt, die einzige, die es nun einmal gab und in der sie alle lebten und miteinander konkurrierten, eine Welt der Wirtschaft war, in der Reichtum ein Synonym für Tugendhaftigkeit war und Armut entweder genetisch bedingtem Pech (dafür gab es Almosen) oder aber krimineller Charakterschwäche (Armenhäuser und Gefängnisse) entsprang. Mitch erfaßte die Vorgänge in dieser Welt der Wirtschaft mit einem Blick und handelte ohne Zögern (hierin lag seine Tugendhaftigkeit), zudem wußte er, daß in seinem Umfeld und in seiner Generation die wahren Heiligen in den Branchen Grundbesitz und Bankwesen zu finden sein würden, da Gott beherzten Spekulanten, die auf Zack waren und über gute Verbindungen verfügten, sozusagen höchstpersönlich Sein Ohr lieh. Der alte Eisenwarenladen des Großvaters war vielleicht der damaligen Zeit angemessen gewesen (obwohl sein Großvater sein Geld auch sonst klug angelegt hatte), aber mittlerweile war der Laden nichts weiter als ein symbolisches Relikt, das sentimentale Sinnbild der stolzen historischen Rolle, die Mitchs Familie bei der Besiedlung dieser großartigen Nation gespielt hatte; das wurde in Ansprachen zum Tag der Pioniere und in Zeitungsartikeln oft erwähnt, und schon darum lohnte es sich, den Laden zu behalten. Wenn Audrey alle Welt verblüffte, indem sie halblang machte und Barnaby heiratete, so war das nichts im Vergleich zu der Überraschung, die jedermann im Städtchen empfand, als der Schwerenöter Mitch im selben Jahr die jüngere Schwester seines Geschäftspartners Maynard an den Traualtar führte, die unscheinbare, glattgestrickte Opal. Tja, sagten die Leute, da kann man mal sehen, denn angesichts eines solchen Wunders fiel ihnen nichts weiter ein, und die meisten wagten die Prognose, daß Mitch, der nur geheiratet habe, weil Audrey ihm einen Korb gegeben habe, schon bald an der Kandare zu kauen haben werde. In Wirklichkeit aber gefiel Mitch das Leben mit Opal ganz gut: Eine Unschuld zu verführen versetzte ihn immer in allerbeste Laune, und dann, nachdem er die Freuden der Eroberung und die Geburt eines würdigen Erben genossen hatte, konnte er sein Leben so leben, wie es ihm beliebte, niemand hatte ihn an der Kandare. Und war Audrey jemals ein Teil dieses unbeschwerten Lebens? Wer konnte das sagen? Wie weit Mitch seinerzeit bei Audrey gekommen war, darüber konnte man nur spekulieren, auch Barnaby wußte es nicht, aber daß Audrey, wie alle Welt sehen konnte, eine derart innige Zuneigung zu Mitchs hübschem Sohn faßte, überraschte niemanden. Als ihre Tochter sich mit diesem kühnen, gutaussehenden Jungen verlobte und ihn dann heiratete, schien Audrey buchstäblich ein zweites Mal aufzublühen; sie war wieder der Mittelpunkt jeder Party, ihre Augen strahlten, sie war munter und lebhaft und eroberte sich ihre verlorene Jugend zurück, als habe jemand einen Zauberstab geschwungen – bis diese zweite Jugend dann innerhalb eines Jahres verschwand und Audrey so schnell und lautlos verwehte wie der blaue Dunst, einst so verrucht und verwegen, der sie unter die Erde gebracht hatte.

Bei den Einweihungsfeierlichkeiten für das neue Bürgerzentrum – von John erbaut und nach seinem Schwiegervater benannt, der mittlerweile auf dem Altenteil saß – erklärte der hochverehrte Kollege und einstige Rivale des Geehrten in seiner Festansprache, bei der er vor dem Denkmal des Alten Pioniers stand, das jetzt dank eines imposanten neuen Sockels, den die Baufirma von Mitchs Sohn dem Städtchen spendiert hatte, fast zwei Meter höher aufragte als zuvor, daß das Gebäude, das man heute einweihen wolle, einer der prächtigsten Bauten, die man hier draußen in der weiten Prärie je erblickt habe, eine Verkörperung all jener mit dem Namengeber verknüpften edlen Werte sei: Es sei eine Pioniertat zeitgenössischen Designs in gelungener Verbindung mit der Bequemlichkeit und Zweckmäßigkeit früherer Zeiten, ein technisches Meisterwerk im Dienst der kommunalen Eintracht, des Familiensinns und eines gelungenen, an althergebrachten Werten orientierten Lebens. Mitch verwies dazu auf das hydraulische Rolldach über dem Schwimmbad, das als Tribut an die damaligen technischen Neuerungen des Baumeisters Barnaby gedacht sei, verglich es mit dem Augenlid eines schlafenden Riesen, das freien Ausblick in den Himmel eröffne, ein Bild, sagte der Redner, auf das ihn seine neben ihm auf dem Podium sitzende Enkeltochter gebracht habe. Sie bekam Beifall. Mitch nutzte die Gelegenheit, um das Fehlen von Barnabys geliebter, dahingegangener Gattin zu beklagen, die im Herzen immer jung geblieben sei und deren leidenschaftliche Liebe zum Leben und zur Schönheit ebenfalls irgendwie in diesem eleganten Bauwerk zum Ausdruck komme, worauf auch die tote Gattin Beifall erhielt. Mitch fuhr fort, das Bürgerzentrum symbolisiere die Gemeinschaft aller Bewohner des Städtchens und zugleich die Wiederbelebung seines Herzens und Nervenzentrums – man sei nachlässig gewesen und habe die Gesundheit des gesamten Städtchens aufs Spiel gesetzt. Mitch fügte hinzu, niemand anderer als Barnaby (der sich all dies mit hängendem Kinn und einem zusammengekniffenen Auge besah, während das zweite unter dem bleischwer heruntergeklappten Lid verborgen blieb und irgend etwas anderes im Sinn zu haben schien) habe öfter davon gesprochen, wie sehr er sich nach einem Bau haargenau dieses Zuschnitts sehne. In einem persönlicher gehaltenen Einschub erzählte Mitch von der Zeit, als er und Barnaby gemeinsam den alten Stadtpark, auf dessen Areal sie sich jetzt befanden, gleichsam aus dem Nichts heraus Wirklichkeit hatten werden lassen, und daß Barnaby ihm damals seine geheime Vision verraten habe: «Eines Tages, Mitch, sagte er zu mir, wird hier auf diesem Stückchen Land etwas Wichtiges geschehen, etwas, das alle Bewohner unseres Städtchens in friedlicher Eintracht und in Wohlstand vereinen wird, und bis zu jenem Tag, an dem sich seine wahre und ureigene Bestimmung offenbart, müssen wir es schützen und den Park wachsen und gedeihen lassen und ihn vor leichtfertigen Bauvorhaben und auswärtigen Spekulanten bewahren. Und heute, meine Freunde, ist sein Traum Wirklichkeit geworden!» Marge mußte an jenem Nachmittag anwesend sein, sah sich aber Wellen von hilfloser, übelkeiterregender Wut und Bitterkeit ausgesetzt, und stimmte nur einer einzigen Aussage zu, die Johns unverbesserlicher Vater an diesem Tag von sich gegeben hatte, und zwar dem Satz, daß nicht einmal der Alte Pionier dieses Stück Land ganz allein kultiviert habe: Es habe damals wie heute der aufeinander abgestimmten Arbeit vieler bedurft, um tiefgreifende Veränderungen zu bewirken. Tatsächlich war diese Überlegung in Marges Forderung nach einer radikalen Wahlrechtsreform eingeflossen, die sie anläßlich ihres Programms zur Bürgermeisterwahl vorlegen wollte und in ihrem unveröffentlichten Positionspapier skizziert hatte, und sie formulierte diesen Gedanken auch bei ihrer Haus-zu-Haus-Kampagne in eben jenen Vierteln, die Barnaby einst geplant und erbaut hatte: Nur gemeinsam würden sie die korrupte und rücksichtslose Oligarchie (manchmal, je nach Publikum, sagte Marge auch «das Patriarchat») zu Fall bringen, die dieses Städtchen regierte und dabei nur auf den eigenen Profit sah. Doch obwohl Marge sich den lieben langen Tag die Hacken abgelaufen hatte, um an der Basis Begeisterung für ihre Wahlkampagne unter der Parole «Raus mit den Raffzähnen» zu wecken, konnte sie nach wie vor nur auf die drei Wählerstimmen zählen, die sie von vornherein gehabt hatte, und bei den anderen beiden war sie sich nicht mal hundertprozentig sicher. Es war ein schöner Tag (zu schön: Sie hatte sich angesichts des historischen Anlasses für ein strenges Kostüm mit langem Rock entschieden und schwitzte wie ein Schwein), die meisten Leute schienen sich zu einem Picknick ins Grüne verzogen zu haben oder gleich für ein paar Tage weggefahren zu sein, und alle, die noch in den eigenen vier Wänden hockten, starrten die Besucherin nur erschreckt an, als wäre sie ein Marsmensch, und knallten ihr meist die Tür vor der Nase zu, während sie noch erklärte, wer sie eigentlich war. Die Sache würde alles andere als einfach werden. Dann allerdings, erschöpft und deprimiert, jedoch ungebrochen, verfiel Marge auf einen kühnen Schachzug: Sie würde zu John gehen und ihn bitten, sie öffentlich zu unterstützen. Er würde nicht nur zugeben müssen, daß sie in allen zentralen Fragen recht hatte, sondern – da bekanntlich alle Tyrannen gern die Illusion von Demokratie aufrechterhielten – auch einsehen, daß er sie in Wirklichkeit (und die konnte man ihm vor Augen führen) brauchte, und sei es nur, aus seiner Perspektive, als Scheinopposition. Außerdem, dachte sie, als sie mit großen Schritten durch Johns Viertel mit den weiten Rasenflächen vor den Häusern ging, als wäre sie unterwegs zum ersten Abschlag, und dabei zum erstenmal seit Beginn ihrer Kampagne wieder frischen Mut schöpfte (was für ein Coup konnte das werden!), würde er vielleicht endlich begreifen, wie klug es langfristig wäre, eine Art praktischer politischer Partnerschaft auf der Grundlage wechselseitigen Respekts und freimütigen Meinungsaustauschs mit ihr einzugehen und so sein gewaltiges kreatives Potential auf höhere Ziele zu lenken. Wie alle völlig gegensätzlichen Menschen gehörten sie zum selben Schlag, einem seltenen Schlag: Sie waren Menschen, die Courage und Integrität und unerschöpfliche Energie besaßen (Marge sah, während sie sich zwischen den vielen vor Johns Haus geparkten Wagen hindurchschlängelte, als wären es die Bunker vor dem zwölften Green, und federnden Schrittes die Stufen zur Eingangstür hinaufging, bereits vor sich, wie sie und John einander in den verschiedensten Flughäfen und Machtzentren der Welt über den Weg liefen, sich mit einem verständnisvollen Nicken und angedeutetem Lächeln grüßten – sie nickte, sie lächelte – und ihre einander ergänzenden Beiträge dazu leisteten, das Los der Menschheit zu verbessern): Gemeinsam konnten sie alles erreichen. John öffnete Marge die Tür. Er trug Jeans, Cowboystiefel und eine Wildlederweste über dem nackten Oberkörper, hatte verschiedene Flaschen im Arm, begrüßte sie mit den Worten, sie brauche doch nicht anzuklopfen, sondern solle einfach reinkommen, und drehte sich dann um und stapfte davon, was Marge ein wenig verwirrte und dazu führte, daß sie die geistreiche Einleitung ihrer Rede glatt vergaß. Trotzdem folgte sie John in die Küche, in der sich Leute vom Partyservice um große Metallkisten mit Lebensmitteln drängten, und unterbreitete derweil ihren Vorschlag oder vielmehr das, was sie davon noch im Kopf behalten hatte und was in der Küche, wo es sehr geschäftig zuging, nicht allzu lächerlich klang. Jedenfalls gelang es ihr dann irgendwie, John begreiflich zu machen, daß sie vorhatte, für den Posten des Bürgermeisters zu kandidieren, und ihn um seine Unterstützung zu bitten. «Aber klar doch, Marge», sagte er und stellte ungeduldig seine Flaschen ab, holte seine Brieftasche hervor und überreichte ihr einen Dollarschein. «Und jetzt komm, dieses Jahr ist diese verdammte Party größer als je zuvor, außerdem sind offenbar nicht genug Küchenhelfer da, ich muß die Getränke unters Volk bringen.» – «Wie bitte?» Er blieb an der Fliegentür stehen und warf ihr über die Schulter einen Blick zu, als sehe er sie zum erstenmal. Da stand sie in ihrem so gar nicht zum Wetter passenden Kostüm, der Schweiß lief ihr über den Rücken, das Haar klebte ihr in nassen Strähnen im Gesicht, und noch immer hielt sie den Geldschein in der Hand, als wäre er eine Eintrittskarte. «Was denn für eine verdammte Party?» – «Herrje, Marge! Alles Gute zum Tag der Pioniere. Wenn du duschen willst, nur zu. Und leg doch im Badezimmer gleich neue Handtücher raus, dann gebe ich dir noch einen Dollar.»

Als sein wichtigster Mandant der mit seinem Monogramm versehenen Fliegentür einen Fußtritt gab und mit einer Ladung Flaschen in den Händen auf die Terrasse hinter dem Haus trat, erhaschte Trevor, der seine neue schwarze Augenklappe trug und damit die Zielscheibe zahlreicher Kommentare der Gäste war, einen kurzen einäugigen Blick auf seine Frau Marge, die in ihrem schicken Kostüm in der Küche stand und abgekämpft und erledigt wirkte. Zweifellos war John wieder einmal Schlitten mit ihr gefahren. Doch sie schien das ständig herauszufordern, als wäre es ein fester Bestandteil ihres Fitneßprogramms, als stellte sie sozusagen ihre Tugendhaftigkeit auf die Probe, indem sie sich vor einem Lustmolch auszog. Trevor kicherte leise in sein Glas Gin mit Eiswürfeln hinein, das dritte heute, denn der Arzt hatte ihm geraten, hin und wieder tüchtig einen zur Brust zu nehmen, das sei gut für den Kreislauf und ein bewährtes vorbeugendes Mittel gegen das Problem, mit dem er sich herumschlug. Traumatisch bedingte Neurose war, glaubte Trevor sich zu erinnern, der entsprechende Fachbegriff, aber als er versucht hatte, Alf zu erklären, was er inzwischen für den wahren und bislang immer verdrängten Auslöser der ersten derartigen Episode vor so vielen Jahren hielt, hatte der Arzt, dem ein Wartezimmer voll schmerzgeplagter und unruhiger Patienten – eigentlich regelrechter Nervensägen – im Genick saß, seiner stockend hervorgebrachten Beichte nur mit einem Ohr zugehört, sie als puren Quatsch abgetan und, während er das Rezept ausstellte, angemerkt, daß seiner Meinung nach alle körperlichen Störungen letztlich elektrochemischer Natur seien und folgerichtig auch als solche behandelt werden sollten. «Als Hauptschaltstelle des zentralen Nervensystems hat das Gehirn viel zuviel zu tun, um alle eingehenden Informationen verarbeiten zu können, und muß daher eine Menge Zeug willkürlich rausschmeißen oder auf Abstellgeleise rangieren. Es unterlaufen ihm Irrtümer, Verwechslungen, Unfälle, manchmal geht's auch völlig daneben, und dann setzt Panik ein. Wir können nur die Irrtümer korrigieren, die Unfälle ausbügeln und durch das Ölen der Maschinerie, wie wir es gern nennen, die Panik dämpfen. Der Rest, Trev, ist nichts weiter als sentimentale Quacksalberei.» Er hatte, nachdem er Trevor die Augenklappe verpaßt hatte, gemurmelt, auch er setze immer mehr Rost an und leide an katastrophaler Überlastung, hatte anschließend einfach die Praxis geschlossen, die Proteste der übrigen Patienten mit der Warnung übertönt, er werde sie, wenn sie nicht sofort verschwänden, über die Feiertage hier einschließen, und Trevor angeboten, ihn im Wagen zur Party mitzunehmen. Zu welcher Party? Zum Grillfest. Ach ja. Es war soviel passiert, daß er es um ein Haar vergessen hätte. Für heute war das also angesetzt? Bevor er die Innenstadt verließ, hatte Alf einen kurzen Zwischenstopp bei der Redaktion des Wochenblattes eingelegt, um zu sehen, ob er den Herausgeber wecken könnte, damit aber kein Glück gehabt. Der Herausgeber hatte bei Trevor eine Lebensversicherung abgeschlossen und, da er keine Nachkommen besaß, eine komplizierte und eigenartige Liste von Begünstigten festgelegt (Trevor erinnerte sich an alle Namen und alle Teilbeträge), darunter auch die in der Stadtbücherei beheimatete Literarische Gesellschaft, die längst nicht mehr existierte. Trevor würde bald einmal bei Ellsworth vorbeischauen müssen, um die Police auf den aktuellen Stand zu bringen, und bei dieser Gelegenheit eine bescheidene Aufstockung vorschlagen. Diese Art Wissen schleppte Trevor mit sich herum, all diese Namen und Zahlen, die öde sein Leben füllten und verhinderten, daß er es lebte. Während der Fahrt hinaus zu Johns Haus hatte Trevor, mit seinem einen Auge durch das heruntergekurbelte Fenster der Beifahrertür hinausstarrend, konzentriert versucht, das Städtchen zu *sehen*, es wirklich so zu *sehen*, wie der Fotograf es vielleicht sehen mochte, freilich ohne all die technischen Einzelheiten, die Berechnungen und das, was man in seinem Metier heutzutage Datenverarbeitung nannte und was ihm immer nur die Sicht versperrte. Er konzentrierte sich jetzt auf die Formen (die zweidimensional, aber daher irgendwie um so eindrucksvoller waren, während sie da vorbeizogen), auf die sommerlichen Farbtöne und die grellen Kontraste von Licht und Schatten um die Mittagszeit, auf die Art und Weise, wie die meisten Dinge mit den anderen verschmolzen, als wäre alles aus einem Guß, wie manche Gegenstände trotzdem deutlich herausstachen und ihre spezifische Besonderheit zur Schau stellten, als gehörten sie einer anderen Dimension an: ein blitzendes himmelblaues Dreirad in einem schattigen Vorgarten beispielsweise, eine breite Holzschaukel, die vor einem zerbrochenen Fenster kaum merklich hin und her schwang, ein langbeiniger Hund, der an einem dunklen, feuchten Fleck schnüffelte, welcher sich auf Trevors zweidimensionalen Netzhautprojektionen wie eine breite Ölspur oder wie der Rotz eines Kindergartenkindes ausnahm, ein blitzender schwarzer Leichenwagen, der unpassenderweise vor einem schreiend buntlackierten Hydranten stand, auf dem jemand eine Bierflasche abgestellt hatte. Aber es klappte nicht. Während Trevor versuchte, die eingehenden Informationen zu filtern und den Rangierbahnhof mit eindeutigen sinnlichen Beweisen dafür zu füllen, daß er *hier* und ein Teil der *Welt* war und daß es wirklich sein Leben, sein ureigenes und einzigartiges Leben war, das unwiederbringlich an ihm vorbeizog, wurde ihm bewußt, daß er noch immer Berechnungen anstellte und sein derzeit ohnehin halbiertes Sehvermögen (und wenn er nicht aufpaßte, würde er womöglich auch noch die andere Hälfte einbüßen) mit Abstraktionen und Zweifeln und Haarspaltereien trübte, daß also das Leben, durch das er soeben spazierengefahren wurde, nie wirklich gelebt, nie wirklich sein eigenes Leben sein würde und er nicht etwa im Stellwerk des Rangiermeisters saß, sondern an die Schienen gekettet war – er hatte rein gar nichts gesehen, konnte sich jedenfalls nicht daran erinnern, irgend etwas gesehen zu haben. Selbst bei seiner gewissenhaften Beschattung des Fotografen, die er inzwischen bedauerte, selbst wenn sie unschuldig oder zumindest unschuldig gemeint gewesen war, hatte er Dinge gesehen und eben doch nicht gesehen. Lorraine, die Freundin seiner Frau, und ihr Widerling von Ehemann waren etwa zugleich mit Trevor auf dem Grillfest angekommen, Waldo war bereits betrunken und laut und patschte den Leuten auf den Hintern (auch Trevor bekam im Vorbeigehen eins übergezogen: «He, Triv, alter Seeräuber, hoch die Tassen!»), sie dagegen sah noch ein bißchen abgezehrter aus als sonst, machte sich, obwohl sie meist Bier trank, stracks an die harten Sachen und schenkte sich ein Bierglas voll Bourbon ein. Trevor überlegte gerade, warum, als sie an ihm vorbeistapfte – hinüber zum Pavillon im Rosengarten, wo sie offenbar vorhatte, sich allein zu besaufen – und dabei auf ihren Kopf zeigte und sagte: «Ich versuche das Ding abzuschalten.» – «Komisch», hatte er ohne nachzudenken erwidert, «ich versuche es anzuschalten.» Sie hielt einen Augenblick inne und lächelte ihm zu, und er hatte das sonderbare Gefühl, daß sie ihn ganz verstand, ja, daß sie vielleicht der einzige

Mensch auf der Welt war, der ihn verstand oder verstehen würde. Und schon war sie fort, und es erschienen der Bankdirektor und seine Ehefrau und erkundigten sich, ob er schon gehört habe, daß man den Fotografen wegen unsittlichen Benehmens im Einkaufszentrum verhaftet habe und daß ihm die Frau weggelaufen sei und angeblich eine Spur des Verbrechens hinter sich herziehe. «Die Leute sagen, sie sieht aus wie ein Nilpferd und mit dem Einfaltspinsel aus dem Drugstore auf und davon!» Trevor hätte die eine oder andere ergänzende Bemerkung machen können, aber er bekam Kopfschmerzen, wenn er nur daran dachte, was er getan und gesehen oder zu sehen gemeint hatte (wann war das gewesen?), und sein gesundes Auge begann heftig zu pochen, also machte er wie die beiden anderen tzz-tzz und entschuldigte sich dann («Auf ärztliche Anweisung, haha!»), um sein Ginglas aufs neue zu füllen. Als seine Frau Marge in den Garten kam, reichte sie ihm einen Dollarschein und bat ihn, die Banknote für sie zu verwahren und keinesfalls auszugeben – eine ganz bestimmte Person werde sie später einmal vor ihren Augen hinunterwürgen müssen. Marge war vor Wut so außer sich, daß ihr offenbar nicht einmal seine Augenklappe auffiel. Und sie sah fix und fertig aus und hatte Schweißflecken unter den Achseln. Ihr langes Gesicht war faltig und schlaff, als wäre sie mit einemmal um ein Dutzend Jahre gealtert. Erschöpfung überkam sie, ebenso wie Hunger und Durst oder an besseren Tagen helle Begeisterung für dies oder das, stets erbarmungslos und mit voller Wucht. Lorraine schlenderte vom Rosengarten herbei und fragte, nachdem sie sich ihr Glas erneut vollgeschenkt hatte: «Aber ist das nicht Erpressung, Marge?» – «Nein, Lorraine», gab Marge grimmig zurück, «das ist Politik.» Trevor hatte keine Ahnung, wovon die beiden Frauen sprachen, nahm aber an, daß es um schlechte Neuigkeiten ging und fragte sich gerade, ob wohl Lorraine seiner Frau die Schnapsidee eingeredet hatte, für das Amt des Bürgermeisters zu kandidieren, doch Lorraine funkelte ihn nur finster an und sagte: «Du machst wohl Witze!» Er goß sich noch einen Schluck in sein Glas, warf einen Eiswürfel hinein und schlenderte hinüber zum Grill, wo John, der in seiner Weste und den Jeans ziemlich stämmig aussah und dem reichlich weiße Locken auf der gebräunten Brust sprossen, den Leuten vom Partyservice Anweisungen gab, wie sie die Hamburger, Hotdogs, Koteletts und kleinen Steaks zuzubereiten hatten. Trevor fragte sich, wo Johns Frau war. War es denn sonst niemandem aufgefallen? Der junge Kevin, der lockenköpfige Geschäftsführer des Golfclubs, hatte sich hilfsbereit eine Wachstuchschürze über sein silberblaues Golfhemd und die zitronengelbe Hose gebunden und ging John zur Hand, und die kaugummikauende Blondine mit der üppigen Oberweite, die er mitgebracht hatte («Sowohl sie als auch das Hemd stammen aus unserer neuen Produktreihe im Golfladen!» hatte er grinsend gesagt, als er sie vorstellte), drehte sich jetzt zu Trevor um und rief: «He! Cool! Augenklappen sind so sexy! Wie hast du es denn verloren?» – «Verloren?» – «Na, dein Auge, du Dummkopf!» – «Äh, beim erstenmal?» – «Na klar beim erstenmal. Wie oft kann man denn ein Auge verlieren?» Er zögerte. Aber sie sah ihn mit so süßer Entrückung an, daß er sich davon anstecken ließ. Er lächelte. «Tja, ich hab jemanden umgebracht.» – «Im Ernst? Mit Absicht?» – «Nicht wirklich. Na ja, so ungefähr. Die Gelegenheit ergab sich so, und da hab ich sie eben, ohne lange nachzudenken, ausgenutzt.» – «Mann! Wie romantisch!» seufzte sie und schmiegte sich an Trevor, zog dann ein Stück Kaugummi zwischen den Zähnen hervor und stopfte es wieder in den Mund. Kevin, der mit Hilfe einer Zange mit Plastikgriffen das Fleisch auf dem Grill wendete, zwinkerte ihm über die Schulter hinweg zu. Als nächstes, überlegte Trevor, werde ich ihr von meiner Karriere als Privatdetektiv erzählen. «Wieso haben eigentlich immer die anderen ein so abgefahrenes Leben?»

Süße Entrückung. Vielleicht war sie wirklich ansteckend, mit Sicherheit jedenfalls schienen sich viele der Gäste auf Johns Gartenparty davon mitreißen zu lassen, vielleicht benutzten sie sie aber auch nur als Schutzmechanismus gegen die eigenen Zweifel und Ängste, die meist unausgesprochen blieben, so auch bei Lorraine, auch wenn es ihr überlassen blieb, sie widerstrebend zu sammeln und zu ordnen, was alles andere als einfach war, da die Gedanken der Leute derart leichtfertig durcheinanderschwirrten, insbesondere wenn sie bereits ein paar Gläschen intus hatten. Vielleicht lag es aber auch an den paar Gläschen, die sie selbst bereits intus hatte, sowie an denen, die sie sich im Anschluß daran genehmigt hatte, daß es ihr schwerfiel, die Gedankenfetzen zu katalogisieren und das weiße Rauschen herauszufiltern, was zu ihrer Zeit auf dem College nichts weiter als eine Metapher für akademisches Wortgeklingel gewesen war, jetzt aber ganz real daherkam und ihr mit gnadenlosem Brummen und Knistern Kopfschmerzen bereitete. Die Störgeräusche wurden schlimmer, sobald nackte Begierde ins Spiel kam, was bei diesen Komm-und-nimm-Festen immer der Fall war und den Wust von Halbgedanken, die zu ihr durchdrangen, mit ölig-schlierigen Farben verkleisterte, so daß sie das Gefühl hatte, als würde ihr Kopf mit heißer Suppe gefüllt. Ein Befund, der sich herauskristallisierte, war: Keiner, dem es überhaupt aufgefallen war, schien erstaunt, daß Johns Frau nicht oder allem Anschein nach nicht anwesend war (hier gab es zwei Denkschulen). Auch sie selbst war deswegen nicht weiter überrascht und konnte sich das nur durch eine Tautologie erklären: Alles wäre anders, wenn Johns Frau hier wäre, aber weil dies die wirkliche Welt war und die Dinge eben so waren, wie sie waren, konnte Johns Frau auch gar nicht hier sein. Gleichzeitig schien keiner, dem es aufgefallen war, gewillt, darüber zu sprechen oder auch nur darüber nachzudenken – als würde jene tautologische Aussage über die Welt sonst keinen Bestand haben. Statt dessen entschied man sich also mehr oder minder einhellig für süße Entrückung oder jedenfalls Entrückung, wenn möglich wohltuend. Ähnlich, wenn auch anders (Was dachte John? Sie wußte es nicht und hatte sich nach dem, worum Marge sie gebeten hatte, den ganzen Tag von ihm ferngehalten) verhielt es sich mit dem jährlichen Festumzug zum Tag der Pioniere sowie dem kleinen Jahrmarkt, der traditionellerweise nach dem Umzug mit Ansprachen eröffnet wurde. Darüber unterhielten sich die Leute sehr wohl, indem sie ihre Eindrücke über das, was sie angeblich gesehen oder gehört hatten, austauschten, ohne daß freilich irgendeiner darüber *nachgedacht* hätte – allenfalls dachte man darüber nach, *nachdem* man selbst oder ein anderer etwas gesagt hatte.

Lorraine bekam so viel von diesem Geplapper, von diesen Visionen und Revisionen mit, daß auch sie sich den Umzug und den Jahrmarkt auszumalen begann und, als die Frau des Bankdirektors anmerkte, ihrer Meinung nach habe es in diesem Jahr weniger Pionierkostüme gegeben als im vergangenen, sehr entschieden widersprach: «Nein, dieses Jahr gab es mehr.» – «Ja», sagte die Frau des Bankdirektors, «ich glaube, Sie haben recht.» Alf stand dabei und nickte mit vorgerecktem Kopf, als fühle er gerade jemandem den Puls, und was ihn vor allem zu beschäftigen schien, war eine riesige Geschwulst von der Größe eines Wasserballs, die entweder am Ende seines Fingers saß oder von diesem betastet wurde – dabei umschlossen seine knochigen Finger gerade ein wenig zitternd, als litte er an Schüttellähmung, ein beschlagenes Glas mit kaltem Whiskey. Dieses von sommerlichen Vergnügungen inspirierte Bild wich einem, das eher an ein Buddelschiff erinnerte, obwohl das schlingernde Schiff im nächsten Augenblick, als Beatrice, die Pastorengattin, in ihren roten Stiefeln dahergewatschelt kam und sich mühte, ihren gewaltigen Bauch nicht durchs Gras schleifen zu lassen – sie sah aus wie ein Baßtrommler in einer Marschkapelle –, eine gewisse Ähnlichkeit mit schleimigen Innereien bekam. Diese gestörte Kifferin konnte keine drei Worte aneinanderreihen, ohne daß eins davon falsch war, aber sie brachte im Vorübergehen ein bißchen Musik in Lorraines Kopf, der von all dem Lärm ringsum brummte, und dafür war sie dankbar: eine Art süßlich-gefälliges Summen, das wie die Filmmusikversion einer Engelskapelle klang. Sinnlich, aber nicht schmalzig: Die ätherischen Klänge wirkten wie Licht, das durch bunte Kirchenfenster fiel. Das war sehr schön, und Lorraine fragte sich, ob hier wohl irgendeiner über fünfzehn einen Joint dabeihatte, sie brauchte einen radikalen Senderwechsel. «Wir sollten der armen Frau eine Schubkarre besorgen», merkte sie an, nachdem Trixie vorbeigetaumelt war, und die Frau des Bankdirektors stimmte ihr zu: «Ja, eine prima Idee, vielleicht hat John irgendwo eine herumstehen», und sagte dann (sie standen alle im grellen Sonnenlicht, so grell, daß es fast unwirklich schien) mit träumerischem Blick, wie sehr sie diese langen Sommertage genieße. Alf knurrte, daß ihm dieser hier ein wenig länger vorkomme als üblich, und auch dem stimmte die Bankiersgattin zu. «So ist das eben, wenn man sich gut amüsiert.» Viele dachten wie Alf und, nach eigener Auskunft, die Frau des Bankdirektors, aber Lorraine merkte, daß andere Gäste verwundert feststellten, wie schnell die Zeit verging und daß der heutige Tag sie praktisch überrollt hatte, als hätte er es nicht erwarten können, und das taten sie aus Angst vor ... Wovor? Darüber gab es hier keine Theorien, doch Lorraines eigene Erklärung war, daß sie nach dem Ende des Schuljahres regelmäßig in diese Phasen zeitlicher Desorientierung verfiel; wenn es die Sonntage und das mittwochs erscheinende Wochenblatt nicht gäbe, hätte sie keinen blassen Schimmer, wann irgend etwas passiert war. Und jetzt gab es offenbar das Wochenblatt und bald vielleicht auch keinen Sonntag mehr, was sich vielleicht als Segen erweisen würde, sofern man mit der doppelten Überraschung zurechtkam. Zumindest war sie besser dran als Marge und hatte etwas Passendes angezogen; ihre beiden Jungs hatten ihr geholfen, indem sie mit ein paar von Lorraines weißen Bettlaken in den schmutzigen kleinen Händen auf die Tür zugesteuert waren. «He, wo wollt ihr mit meinen Laken hin?» – «Rüber zu Mikey. Wir brauchen's für ein Theaterstück!» – «Rüber zu Mikey?» Sie hörte, daß die beiden dachten, wie begriffsstutzig und dämlich sie doch war: Wirklich doof, Mann, voll daneben! Wieso haben wir bloß so 'ne Mom? «Mo-hom, du weißt doch: die Grillparty!» – «Na klar weiß ich das», schwindelte sie. «Aber Mikey kann sich seine Requisiten doch selbst beschaffen.» – «Er braucht keine Repisiten, Mom, er braucht Bettlaken!» Na schön, na schön, sollten sie nur machen, sie hielt es einfach nicht mehr aus, sich anzuhören, was die kleinen Dummerjans so alles dachten. Also zog sie sich bequeme Sachen für ein ausgelassenes Gartenfest an und war gerade im Begriff, aus dem Haus zu gehen, als Waldo vom Golfplatz zurückkam und völlig verdutzt dreinsah, ein Gesichtsausdruck, der sehr gut zu ihm paßte. «Keine Menschenseele da draußen!» rief er und schüttelte seinen Hohlkopf. «Sogar die Bar war geschlossen!» – Sie sind alle drüben bei John.» – «Bei John?» Also hatte sie auf ihn gewartet, und jetzt stand er da neben dem Hotdog-Krematorium, musterte

Miss Süße Entrückung und befummelte ungeschickt ihre äußerst dünne Bluse, da Trevor aufgrund seiner schwachen Blase für ein Weilchen seinen Posten hatte räumen müssen. Rund ein halbes Dutzend andere Männer bewunderte wie er die Risse in den äußerst kurzen Hosen der süßen Kaugummikauerin: Lorraine, die auf dem Weg zur Bourbonflasche an ihnen vorbeikam, dämmerte es, daß die Kopfsuppe, die ihr vorhin zu schaffen gemacht hatte, in Wirklichkeit eher aus Sabber bestand. Sie goß sich also ein Glas ein und machte sich davon, doch schon fing sie abermals hormonbedingtes gedankliches Erröten auf, diesmal freilich eine dünnere, bläulich getönte Variante, ein wenig an Tinte erinnernd und mit synonymverliebten Nebengedanken unterlegt, die Lorraine an die in den Anfangssemestern auf dem College absolvierten Tutorien über das Verfertigen gelungener Seminararbeiten denken ließ: Sie drehte sich um, erblickte Beatrices Mann Lennox, der eine dicke Beule auf dem Kopf hatte, benommen wirkte und soeben hinter ihr auf die Veranda trat, und sah sogleich, daß er zur «Wo zum Teufel ist dieser Tag nur hergekommen»-Fraktion gehörte.

Das Kirchenasyl, eine im Mittelalter zu großer Berühmtheit gelangte Praxis mit Wurzeln, die tief in die heidnische Vergangenheit reichten, in jene vorliterarische Zeit also, in der die heiligsten Gesetze der Menschheit entstanden, war ein Konzept, für das sich Lennox (der jetzt wehmütig und deprimiert auf der Veranda hinter Johns Haus stand und in die Sonne blinzelte) seit langem theoretisch interessierte – tatsächlich hatte er auf dem College einmal eine Seminararbeit über dieses Thema geschrieben oder zumindest einem Kommilitonen aus der Burschenschaft bei einer solchen Arbeit geholfen und dabei die These vertreten, daß in einer freien Marktwirtschaft, in der alle Dinge (und natürlich auch Metaphern) käuflich seien, der Begriff des heiligen Zufluchtsortes lediglich als wirkungslose Metapher überleben könne. Es war ein altehrwürdiger Brauch, den Lenny als Kind seiner rebellischen und leichtfertigen Zeit im Namen der christlichen Barmherzigkeit und des kanonischen Rechts (sowie der Anarchie; jawohl! und des Slogans «Nieder mit den Schweinen»!) vehement verteidigt hatte, doch bislang war ihm als Kirchenmann in einer Welt der

Tatsachen die Frage erspart geblieben, ob er dieses Asyl gewähren oder verweigern sollte. Doch da kampierte sie nun in seiner Kirche: eine halbnackte Frau, die um ein Mehrfaches größer war als er selbst und ihn anflehte, sie nicht zu vertreiben und der Polizei nichts zu verraten, wenigstens bis ihr Freund wieder zurückgekommen sei. Ob er nicht irgend etwas zu essen für sie habe, beispielsweise ein paar Truthähne, er brauche sie nicht erst zu braten, solange sie nur aufgetaut wären? Was also sollte er tun? Ihr Asyl zu gewähren wäre natürlich der christliche Weg, Ausweis der Liebe Gottes und so weiter, doch andererseits gab es keine, äh, sanitären Einrichtungen, und seine Kirche sah bereits jetzt wie ein Schweinestall aus, voll Müll und schmutziger Laken und allerlei Zeug, das er sich lieber nicht allzu genau ansehen wollte. Trotzdem war er bereits drauf und dran, alle Bedenken zurückzustellen und ihrer flehentlichen Bitte nachzukommen, als sie die um den Oberkörper geschlungene Perlenschnur ein bißchen lockerte und dabei hoch über Lennys Kopf mit dem Ellbogen klirrend ein Buntglasfenster durchstieß, worauf er sich entschloß, Gottes Liebe hin oder her, das Weib mußte weg. Doch dann kam ihm in den Sinn, daß er mit nur wenigen Änderungen an seiner im Entstehen begriffenen Sonntagspredigt (der Mutterschoß als urtümlichstes Sinnbild des Zufluchtsorts, der Hochaltar als ein vom Menschen verfertigtes Zentrum in einer des Zentrums beraubten Welt und damit als heiliger Asylort für alle Leidenden und so weiter) spektakulären Gebrauch von dieser Kreatur machen konnte, sie vielleicht am Ende seiner Ausführungen als Knalleffekt präsentieren und die Gemeinde mit einer Art visueller Darstellung des undenkbaren Paradoxons – oder zumindest irgendeines Paradoxons – aufschrecken könnte, er würde schon noch den richtigen Namen dafür finden, wieso nicht? Laß es zu. Doch in diesem Moment kam ihr Freund ganz außer Atem zurück und sagte, er habe einen richtigen Lastwagen besorgt, und sie müßten auf der Stelle verschwinden, *sie* sei ihnen bereits auf der Spur! Das war auch gut so, denn sogar die große Flügeltür der Kirche war bereits zu klein für das Riesenweib, und sie mußten heftig schieben und drücken (Lenny fiel sofort wieder der Job aus seiner Highschoolzeit ein, bei dem er Eiskrem in Halbliter- und Literkartons hatte verpakken müssen), und die Frau weinte die meiste Zeit, besonders als sie mit der Perlenschnur hängenblieb und diese entzweiriß. Als die beiden fort waren, hatte Lenny gesehen, in welch beklagenswertem Zustand sich seine und Gottes Vitrine und Bühne befanden, und überlegt, wen er wohl zum Putzen bewegen könnte – vielleicht konnte John ein paar seiner Bauarbeiter vorbeischicken oder im Rathaus einige Müllmänner anfordern –, als die klumpfüßige Frau aus dem Drugstore an der Main Street hereingepoltert kam, mit ihrem orthopädischen Stiefel die Glasperlen zerstampfte, ihren Gehstock aus Edelstahl heftig auf den Boden stieß und wissen wollte, wo die schamlose Isebel sei, die ihr den Mann gestohlen habe. Lenny versuchte törichterweise, das Prinzip des Kirchenasyls einer Frau darzulegen, die ganz offensichtlich nicht geneigt war, sich irgendwelche Belehrungen anzuhören, sondern statt dessen mit ihrem stählernen Gehstock auf ihn losging und ihn als Zuhälter, Zerstörer häuslichen Eheglücks und dreisten Komplizen von Dieben und Ehebrechern beschimpfte. Die Arzthelferin, die ihr in die Kirche gefolgt war, versuchte sie zurückzuhalten, mußte sich aber ducken, um den ausholenden Bewegungen des Stocks auszuweichen, und so warf sich Lenny in einem Akt der Selbstverteidigung unter der Waffe hindurch auf die verdutzte Frau, riß sie zu Boden, daß ihr die Brille von der Nase flog, und rang mit ihr um den Gehstock. «Wie können Sie es wagen, eine gehbehinderte Blinde zu schlagen!» kreischte darauf die Arzthelferin und stürzte sich ihrerseits auf den Pastor. Sie biß ihn, boxte ihn, rammte ihm ihr Knie in den Magen. Dies verschaffte der Behinderten soviel Bewegungsfreiheit, daß sie ihre Stahlkeule packen, blindlings schwingen und Lennox über den Schädel ziehen konnte. Als der Pastor wieder zu Bewußtsein kam, lag er in den Armen von Johns Frau, die ihm einen kalten Umschlag auf die Stirn drückte. Sie sei zufällig vorbeigekommen, sagte sie, und habe sich gewundert, daß die Türen sperrangelweit offengestanden hätten, worauf sie hereingegangen sei und ihn gefunden habe. Sie fragte ihn, wie lange er denn schon dort gelegen habe, aber Lenny wußte es nicht. Er erklärte ihr, was passiert oder jedenfalls seiner Meinung nach passiert war, und sie sagte, er habe nur seine Christenpflicht getan und sie sei stolz auf ihn. Ihre Hände waren sehr sanft und zärtlich, und Lenny blieb länger liegen als notwendig gewesen wäre. Sie begannen ein Gespräch über Religion und Kirchenasyl, wobei sie ihn bat, ihr letzteres zu erklären, und schließlich über das Leben im allgemeinen – was sein Sinn sei und so weiter –, und unterdessen rappelte er sich mit ihrer Hilfe wieder hoch, klopfte sich den Staub von der Kleidung und bot ihr dann an, sie zu begleiten, wohin sie auch unterwegs sein mochte (sie wollte nach Hause), und ihre Einkäufe zu tragen. Dabei versicherte er ihr, es sei alles in Ordnung, auch wenn er eine Beule davontragen werde, und außerdem werde die frische Luft ihm guttun. Unterwegs erzählte er ihr zu seiner Verwunderung seine ganze Lebensgeschichte mit allen Höhen und Tiefen, angefangen bei den locker absolvierten Schuljahren als Liebling seiner Lehrer und seiner Zeit an der Uni als hart ringender Student der Religionswissenschaft und Kaplan seiner Burschenschaft – er ließ auch nicht die berühmt-berüchtigte Pyjamaparty aus, bei der Beatrice die Sitten und Gebräuche der Burschenschaftler kennengelernt hatte – über ihren einigermaßen unorthodoxen Lebenswandel in den frühen Jahren ihrer Ehe, der Lennys Karriere als Collegeprofessor abrupt beendet hatte (man habe ihm die Schuld dafür gegeben, daß ein anderer auf einen schlechten Trip gekommen sei, ein Thema, das er, wie sie sich erinnerte, in einer seiner Predigten über die Bürden des Pastorenlebens behandelt hatte), bis hin zu seiner Ankunft hier im Städtchen – das Ganze glaubwürdig geschildert als Abfolge verschiedener Initiationsriten auf seiner lebenslangen Suche nach dem Sinn des Lebens, und an diesem Punkt seiner Erzählung waren sie bei ihrem Haus angelangt und gingen hinein. In den hinteren Räumen, zum Garten hin, schienen eine Menge Leute versammelt zu sein, doch sie war von seiner Geschichte fasziniert und beachtete den Trubel nicht weiter, sondern fragte ihn statt dessen, ob er sich denn inzwischen im Städtchen heimisch fühle, und machte sich auf den Weg nach oben. Er folgte ihr, die Einkäufe in der Hand, und gab zu, er fühle sich noch immer ein wenig unwohl, denn er sei ein Freigeist, der unter dem Klima der zunehmenden Verhärtung leide, und außerdem gebe es in der gemeinsamen Vergangenheit mit ihrem Mann und anderen gewisse Dinge, die man nicht auslöschen könne, auch wenn er gewiß nicht nachtragend sei. Überdies müsse er zugeben, daß er sich als christlicher Pastor ein bißchen wie ein Heuchler vorkomme, da er nur wenig Talent und noch weniger Überzeugung besitze und der Ansicht sei, das Los der Menschen sei noch schrecklicher, als es der christliche oder irgendein anderer Glaube darstelle; er habe die verschiedenen Glaubensrichtungen auf der Universität gründlich oder doch einigermaßen gründlich studiert, und sie alle böten Tröstungen an, die eigentlich doch nur Schall und Rauch blieben. Inzwischen waren sie im Schlafzimmer angelangt, und sie zog sich ihr Leinensakko und die Schuhe aus und fragte ihn, ob dies das Ergebnis seiner Suche nach dem Sinn des Lebens sei. Er gab eine indirekte Antwort, indem er die Einkaufstüten abstellte, sich das Hemd aufknöpfte und bemerkte, er habe, kurz bevor sie ihn gefunden habe, über die furchtbare Winzigkeit und Einsamkeit des Menschen im unermeßlich riesigen und gleichgültigen Kosmos nachgegrübelt. Gibt es denn dort draußen im Universum irgendwelche anderen Geschöpfe wie uns, fragte er, während sie unter ihr Leinenkleid faßte, um sich die Strumpfhose auszuziehen, oder sind wir allesamt nichts weiter als eine tragische Laune der Natur? Seine tiefschürfenden Ausführungen hatten ihn fast unerträglich erregt, und so war es eine große Erleichterung, sich der Hose und Unterhose zu entledigen – allerdings hatte er es versäumt, die Schuhe auszuziehen, und mußte sich setzen, um dies nachzuholen. Nach den Maßstäben kosmischer Zeit und kosmischen Raums, fuhr Lenny fort und streifte Hosen und Socken ab, sind wir ja noch nicht einmal sichtbar, sondern lediglich ephemere Geschöpfe, die sich aus dem Staub unseres belanglosen Planeten erheben und wieder in ihm versinken. Sie stand in ihrem Kleid auf der anderen Seite des Bettes und legte die Ohrringe ab. Als sie die Strumpfhose ausgezogen hatte, hatte er versucht, einen Blick auf ihre Beine zu erhaschen, aber es hatte fast so ausgesehen, als befände sich unter dem Nylongewebe nichts. Rein gar nichts. Doch sie schenkte ihm ein Lächeln, ein Lächeln der Bewunderung und des – ja, tatsächlich –, des unbedingten Glaubens an ihn, und so faßte er neuen Mut und sagte zu ihr: Sogar die Geschichte verliert ihren Sinn, ihre Tröstungen verschwinden ebenso wie die der Religion. Wir fallen nicht weiter ins Gewicht, weder als Einzelwesen noch als Gemeinschaft oder auch als Nation, noch nicht einmal als Lebensform. Stolz und doch bescheiden stand er vor ihr in all seiner irdischen Herrlichkeit. Wir haben, sagte er mit sanft schmeichelnder Stimme, einzig und allein in unserer Jetztheit und nur füreinander etwas zu bedeuten. Sie errötete vor Bewunderung und Hingabe, zog sich das Kleid über den Kopf und war verschwunden. Im nächsten Augenblick kam John hereinspaziert und fragte ihn, was er eigentlich pudelnackt in seinem Schlafzimmer verloren habe. «Das weiß nur Gott» war alles, was Lenny einfiel. John hob das Leinenkleid und die Strumpfhose auf und warf sie in den Wäschekorb. «Na egal, du verpaßt jedenfalls die Fete. Zieh dich an und komm runter. Und vergiß nicht die Wiederauferstehung und das Leben», sagte er und deutete auf die entsprechende Körperpartie. «Da unten sind jede Menge zu allem entschlossene Pioniere, die darauf brennen, den Heiligen Geist zu empfangen.»

Philip, der älteste Sohn des Pastors, oftmals Fisch genannt und einer gewissen geliebten, diese Liebe doch keineswegs erwidernden Person außerdem unter dem Namen Wichser bekannt, hätte einen guten Kumpel dringend nötig gehabt. Die möglichen – nein wahrscheinlichen – Umstände seiner Zeugung hatte sein Vater soeben im Verlauf der Ausbreitung der eigenen Lebensgeschichte im Detail dargelegt. Der Bericht seines Vaters orientierte sich am Motiv der heroischen Gralssuche, und dieses Motiv, hätte sein Sohn davon gewußt, wäre geeignet gewesen, Fisch die eigene gegenwärtige Bedrängnis begreiflich zu machen; die Zentralfigur eines Witzes abzugeben, über den sich alle Welt köstlich amüsierte, war etwas, das Fisch mit vielen bekannten Helden aus grauer Vorzeit teilte, von denen den meisten freilich gnädigerweise zumindest die Gesellschaft eines Freundes beschieden gewesen war, mit dem sie ihren Kummer hatten teilen können, wenn sie das Schicksal gebeutelt hatte. Doch Fischs bester Kumpel hatte sich verdrückt, und außer ihm gab es eigentlich niemanden, da die einzige andere Person, von der er sich Mitgefühl gewünscht hätte, unerbittliche und abgrundtiefe Verachtung für ihn empfand. Sie würde selbstverständlich bei der Grillparty sein, das Fest fand schließlich im Haus ihrer Eltern statt, doch Fisch hatte Angst, sich dort zu zeigen und den Witzeleien auszusetzen. «Na komm schon, Superstar!» hatte seine Schwester Jen gespottet. «Du bist eine Berühmtheit! Zumindest dein häßliches Hinterteil! Mach doch im Gartenpavillon eine Bude auf: Du schneidest dir eine Klappe in den Hosenboden und verlangst einen Dollar für einmal Hinsehen, zwei Dollar von jedem, der einen Pickel ausdrücken will, und kassierst ein Vermögen!» Natürlich versuchte Jennifer nur, ihren Bruder im Pfarrhaus zu halten, sie wollte nicht, daß er heute Clarissa begegnete, denn sie hatte Angst, er würde alles ausplaudern. Was er mitangehört hatte. Über die Nebenstelle. Und er würde es ausplaudern. Als Liebender verschmäht, konnte er ja vielleicht wenigstens ein Freund sein, dem man vertraute, und wenn er dafür seine Schwester verpfeifen mußte ... also, das war nun wirklich ein Klacks. Schwieriger würde es dagegen sein, Clarissa zu erklären, was wirklich im Haus des Autohändlers passiert war, aber Fisch wollte auch darüber sprechen. Egal mit wem. Er begriff durchaus, warum alle lachten, aber sie kannten eben die wahre Geschichte nicht, es war keineswegs bloß ein Witz. Fisch hatte sich schließlich dazu durchgerungen, die Polizei anzurufen und zu erzählen, was er wußte, aber als er sich weigerte, seinen Namen zu nennen, brüllte ihn der Polizist an: «Jetzt reicht's aber! Geh aus der Leitung, Bürschchen, oder wir finden raus, von wo aus du anrufst, und buchten dich ein!» Als er auflegte, hatte er das dringende Bedürfnis, aus dem Pfarrhaus zu verschwinden. Nur für den Fall, daß die Bullen tatsächlich die Nummer herausfanden. Es bestand nicht viel Hoffnung, aber er spazierte trotzdem hinüber zu dem Haus, in dem Bonsais Eltern wohnten. Dessen Mutter beäugte ihn durchs Fenster, als er klingelte, sie hatte weitaufgerissene Glupschaugen, als hätte sie gerade einen Horrorfilm gesehen, riß die Haustür auf, packte Fisch am Hemdkragen und zerrte ihn ins Haus. Sie war immer furchtbar nervös und launisch und kommandierte einen ständig herum, aber heute war sie völlig durchgedreht. Sie hatte noch immer ihren Morgenmantel an, ihr Gesicht war blaß und faltig ohne einen Hauch von Make-up, außerdem standen ihr die Haare zu Berge, als hätte irgend etwas sie furchtbar erschreckt. «Ich hab eigentlich nicht viel Zeit», entschuldigte sich Fisch mit leicht piepsiger Stimme. «Ich wollte nur wissen, ob Ihr Sohn vielleicht zurückgekommen ist, aber ...» – «Er steckt wieder hinter dem Kühlschrank!» kreischte die Frau und klang dabei wie ein krächzender Vogel. – «*Was* macht er?» – «Du mußt mir helfen!» Sie zerrte ihn in Richtung Küche. Er versuchte sich zu wehren, aber sie hatte ihn gepackt und ließ nicht los. «Ich könnte ja ein bißchen später noch mal vorbeischauen ...» Sie stieß ihn vor sich her, blieb furchtsam in der Tür stehen, kaute auf ihren Fingernägeln herum und wartete ab, was Fisch tun würde. Die Küche sah wüst aus, überall auf dem Fußboden war klebriges Zeug verschmiert, Töpfe und Pfannen lagen herum, und außerdem hatte Bonsais Mom mit einem Teil des Mobiliars den schmalen Spalt zwischen Kühlschrank und Wand verbarrikadiert. «Er ist da drin! Bitte! Hol ihn da raus!» – «Äh, ich weiß nicht recht, vielleicht könnte ihr Mann ...» – «Mein Mann? Mein Mann? Er würde mich umbringen, wenn er es wüßte!» Fisch hatte nicht die leiseste Ahnung, warum, aber Bonsais Dad konnte ziemlich fies werden, wenn er sich ärgerte, was oft genug geschah. Der Typ ging schnell in die Luft. «Wenn ich nur wüßte, wo sein Vater steckt!» – «Wer?» – «Es ist *seine* Schuld! *Er* hätte das Ding loswerden sollen!» Dieses Gerede über Ehemänner und Väter war ziemlich verwirrend, dennoch pflichtete Fisch ihr bei: «Ja, das stimmt wohl. Er ist wahrscheinlich bei der Grillparty.» – «Grillparty?» – «Sie wissen schon, das Fest zum Tag der Pioniere, drüben bei ...» – «Du meine Güte! Ist das etwa *heute*?» Und schon stürzte sie davon, knallte die Haustür zu und hastete, immer noch in Hausschuhen, über die Veranda hinaus in den Vorgarten. Im Haus war es mit einemmal sehr still. Fisch zögerte. Er hörte, oder meinte zu hören, daß sich hinter der Barrikade irgend etwas bewegte. «Bonsai? Bist du das?» Nichts. «Bonsai?» Nur eine Art Schmatzen. Puh. Zeit, die Kurve zu kratzen, Mann. Er machte, daß er wegkam, und als er draußen auf dem Gehweg das Tempo drosselte, hielt ein Lastwagen an. Der Fahrer beugte sich aus dem Fenster und fragte: «Ist jemand zu Hause?» – «Nö, alle abgehauen.» Er sah, daß der Fahrer, der irre Typ aus dem Drugstore mit dem Faible für Videospiele, trotzdem Anstalten machte, ins Haus zu gehen, drum drehte Fisch sich noch einmal um und rief: «He, wenn Sie schon mal da sind, drehen Sie doch gleich 'ne kurze Runde mit dem Haustier! Hinter dem Kühlschrank!» Er verspürte eine größere Sehnsucht denn je nach Clarissa, daher beschloß er, die Sache durchzustehen, und machte sich auf den Weg zu ihrem Elternhaus, na los, du Angsthase, laß es zu, doch schon nach einem Häuserblock verließ ihn der Mut. Er machte kehrt und ging wieder heim. Das Leben war wirklich ein schlechter Trip, ganz im Ernst. Du bist eben so, wie du zur Welt kommst. Punkt, aus. Das paßt dir nicht? Tja, Pech gehabt. Und was die Frauen anging – die waren ganz und gar nicht so, wie er gedacht hatte. Die Bücher seines Vaters verschwiegen einem die Hälfte. Im Pfarrhaus war niemand, alle waren auf dem Grillfest. Alle außer Jen, die irgend etwas anderes vorhatte. Es blieb ihm wohl nichts weiter übrig, als sich einen runterzuholen, überlegte Fisch düster und machte sich auf den Weg in die Bibliothek seines Vaters. Das Telefon läutete. Im leeren Pfarrhaus war das ein gellend schriller Ton, der einem angst machen konnte, aber Fisch ließ den Apparat einfach klingeln. Dann dachte er, es könnte vielleicht Clarissa sein, die wissen wollte, wo Jen steckte, also nahm er doch ab. «Hallo, bist du das, Philip?» Die Anruferin war nicht Clarissa, aber er wußte, wer es war. Er hatte ihre Stimme schon früher gehört: seidig weich und doch entschlossen, mit der Andeutung eines sanft kumpelhaften Südstaatensingsangs. Er nahm an, daß es die Stimme der Frau war, die er manchmal im Einkaufszentrum mit Jen und Clarissa hatte herumsitzen sehen. «Ich bin eine Freundin deiner Schwester.» – «Ich weiß.» – «Deine Schwester steckt in der Klemme, Philip, und du mußt mir helfen.» – «Das sehe ich nicht so», sagte er. Keine älteren Frauen mehr, lautete eine seiner neuen Lebensmaximen – er würde ihnen noch nicht mal guten Tag und auf Wiedersehen sagen. «Clarissa braucht deine Hilfe ebenfalls, Philip. Glaub mir.» – «Na ja, aber ich wollte doch gerade los, äh …» – «Bist du allein zu Haus?» – «Klar, alle anderen sind bei der …» – «Bleib, wo du bist, Philip. Die Sache ist wichtig. Ich bin gleich da.»

Bonsais Vater, der fiese Typ, der so schnell in die Luft ging und von dem Fisch annahm, daß er wie alle anderen Bewohner des Städtchens außer ihm selbst auf Johns Grillparty war, befand sich in Wirklichkeit wieder in Settler's Woods und stocherte verzweifelt im Unkraut und in diversen Abfallhaufen herum, auf der erfolglosen Suche nach dem, was er verloren hatte und was ihm – mit Ausnahme des Oberschenkels, von dem es stammte – das Liebste auf der Welt war. Er ärgerte sich wirklich, doch diesmal richtete sich seine Wut ausschließlich gegen sein eigenes saudummes und sträflich nachlässiges Ich: Wie hatte er es nur aus der Hand geben können, nachdem er das beinahe zwanzig Jahre lang nie getan hatte? Er war im Krankenhaus aufgewacht und hatte zunächst keinen blassen Schimmer gehabt, wo er sich befand. Man hatte ihn an verschiedene Apparate angeschlossen, und er erinnerte sich nur noch an eine Art Traum, in dem er im Wald herumspaziert war und Johns Frau gesehen hatte, die im Tennisdress vorbeigeradelt war. War sie etwa gestürzt? Oder war er gestürzt? Hatte er das abgegriffene Strumpfband als Verband benutzt? Er konnte sich nicht mehr daran erinnern, aber (er sprang auf und kramte verzweifelt in seinen Hosentaschen herum) eines war sicher, nämlich, daß er seinen kostbarsten Besitz eingebüßt hatte. Aber wo …? Und wie …? In heller Panik (er glaubte, jeden Moment losschreien zu müssen!) zog er sich die Hose seines Nadelstreifenanzugs an, stopfte das Golfhemd in den Bund, schlüpfte mit nackten Füßen in die Tennisschuhe, rannte mit eingezogenem Kopf durch die fahl beleuchteten Flure und aus dem Gebäude hinaus und reagierte auf keinen Zuruf. Sollten diese Idioten doch versuchen, ihn aufzuhalten, es war schließlich *sein* Herz, er hatte seine Rechte! Das Krankenhaus lag am Rand des Städtchens, nicht weit vom Highway und dem Wäldchen (es war kein Traum, er war dort gewesen, dessen war er sich jetzt ganz sicher), er konnte es leicht zu Fuß oder vielmehr im Dauerlauf schaffen – und schon war Maynard unterwegs und klaubte, während er schnaufend dahintrabte, zusammen, was sein ob des herben Verlustes merklich angeknackstes Gedächtnis noch über den früheren Ausflug ins Wäldchen wußte: Die Schlucht, richtig, er hatte in die verdammte Schlucht gepinkelt! Also begann er dort und stapfte durchs dornige Unterholz, wühlte in den modrigen Laubhaufen herum und durchlebte noch einmal den brennenden Kummer, den er gespürt hatte, als sie – eine leuchtende Erscheinung – vorbeigeradelt war. Das Ding mußte doch hier liegen! Aber das tat es nicht. Er verfolgte seine Schritte zurück, suchte jeden Zentimeter des Weges von der Schlucht zum Ausgangspunkt seines Ausflugs und wieder zurück ab. Nichts. Absolut nichts. So eine Scheiße. Das Band war weg. Weg! Aber was zum Teufel hatte er eigentlich hier draußen gewollt? Richtig, er hatte nach seinem verschwundenen Sohn gesucht, den hatte er schon fast vergessen, den verantwortungslosen kleinen Dreckskerl, der an dem ganzen Schlamassel schuld war. Er hatte eine Riesenwut auf ihn, aber zugleich liebte er ihn natürlich auch und spürte, daß er den Jungen im Grunde seines Herzens die ganze Zeit über schmerzlich vermißt hatte. Deshalb also hatte er nachts nicht schlafen können. Er wollte dem Kerl den Hintern versohlen, weil er davongerannt war und damit diese Katastrophe heraufbeschworen hatte, aber zugleich wollte er ihn auch umarmen und von ihm umarmt werden und ihm beibringen, wie die Welt funktionierte (verdammt, Junge, man rennt nicht einfach so blindlings drauflos), wollte ihn vor dem Ärgsten beschützen, sein einziges Kind, den nächsten der Maynards. Na ja, vielleicht hatte er recht daran getan, dem beschissenen Fluch zu entfliehen. Wozu er, Maynard zwei, niemals imstande sein würde. Mit brennendem Herzen (ja, es hatte wirklich einen Knacks bekommen, würde nie mehr zu reparieren sein) sank er nahe der Stelle, wo er gepinkelt oder gerade damit angefangen hatte, als sie vorbeigeradelt kam, in die Knie und begann das Laub Blatt für Blatt umzudrehen. Er schob dornige Pflanzen zur Seite, warf Zweige und Stöcke, Bierdosen und Zigarettenstummel hinter sich, kratzte auf dem Waldboden herum und kam sich (ungeachtet seiner Nadelstreifenhose) wie ein Urmensch vor, der elend im Dämmer der Zeiten auf dem nackten Erdboden hockt und allein durch Betasten zu begreifen sucht, wer und was das unergründliche Andere ist. Und was er zu fassen bekam, war hart wie Stein, aber glatt wie ein Knochen, und war tatsächlich ein Knochen, und als Maynard die Erde weggekratzt hatte, sah er, daß es ein Schädel war. Der seines Sohnes? Ein Schauder überlief ihn, und Tränen schossen ihm in die Augen, und er verzieh seinem Sohn von ganzem Herzen und grub tiefer und entdeckte, daß in der Mitte, wo die Nase hätte sein sollen, ein Loch war, als ob ... Er wollte es lieber nicht genau wissen, verscharrte den Schädel rasch wieder, stand auf, sah sich um und wühlte in der leeren Hosentasche. Er hatte den Eindruck, als hätte sich irgendwo etwas bewegt, und plötzlich wurde die lastende Stille gebrochen, und er hörte ein heftiges Knacken tief im Wald, als triebe sich dort ein riesiges wildes Tier herum – und es klang, als komme es näher!

Mitch, der in einem von Johns Autos vom Flugplatz ins Städtchen fuhr, gabelte ihn auf der Straße gleich hinter der Buckelbrücke auf, als Maynard völlig außer Atem aus dem Wald gerannt kam und eher wie ein wildes Tier als wie ein Mensch aussah, mit gefletschten Zähnen, winzigen Augen, pechschwarz umschatteten Wangen und angezogen wie ein Zirkusaffe. Johns Strafe hatte den Ärmsten schwer getroffen. Mitch freute sich für seinen Neffen, daß die Sache mittlerweile ausgestanden war. Eigentlich hatte Mitch die Kühnheit des Plans bewundert, mit dem Barnaby und Maynard John hatten entmachten wollen, und er nahm an, daß sein Sohn, der einen harten Kampf zu würdigen wußte, besonders dann, wenn er ihn gewonnen hatte, das ganze Komplott im Grunde ebenfalls bewunderte, auch wenn er dies natürlich nicht zugeben konnte. Als Mitch anhielt und die Beifahrertür aufstieß, fuhr Maynard in Todesangst zurück und hielt sich die Hände vor das Gesicht. Donnerwetter, der Bursche war wirklich schlecht beieinander. «Ist schon in Ordnung, Junge», sagte Mitch, beugte sich über den Beifahrersitz und streckte die Hand aus. «Ich bin's nur, dein Onkel Mitch. Los, steig ein.» Maynard zögerte und schien sich dann zusammenzureißen. «Tut mir leid», sagte er, und die Panik in seinen Augen wich einem dumpfen Stieren. «Ich ... mir geht's nicht so gut.» Er schüttelte Mitch flüchtig die Hand (nur ganz kurz, aber Mitch spürte, wie heftig die Hand zitterte), ließ sich mit eingezogenem Kopf auf den Sitz sinken, schloß die Tür und blieb dann, nach einem nervösen Blick zurück auf den Wald, zusammengekauert sitzen, wobei er das stoppelige Kinn auf die Brust drückte und düster seine schlammverkrusteten Knie musterte. Als Mitch sich die erkaltete Zigarre am Zigarettenanzünder ansteckte und ihn fragte, ob er in letzter Zeit mit John gesprochen habe, bekam er nur ein herausgeblafftes «Nein!» zur Antwort, womit klar war, daß John Maynard noch nichts von seiner Überraschung verraten hatte. Vielleicht hatte er es sich auch anders überlegt. Wahrscheinlicher jedoch war, daß er einfach zuviel um die Ohren gehabt hatte. «Höchste Zeit, daß du das tust», sagte Mitch, bekam aber keine Antwort. Vermutlich hatte Maynard zuviel einstecken müssen und war mißtrauisch. Oder vielleicht lag es auch an irgendwas anderem. Als sie an den ersten Häusern des Städtchens vorbeikamen, fragte Mitch, ob zu Hause alles in Ordnung sei. «Weißt du, deine Frau hat sich in letzter Zeit ein bißchen sonderbar aufgeführt, will ich damit sagen.» Völlig durchgedreht, das traf die Sache schon eher, die übergeschnappte Ziege. «Hat sie dir Ärger gemacht?» – «Nein, das ist es nicht.» Maynard schien mit sich zu ringen, wie er sein Problem, was immer es sein mochte, zur Sprache bringen könnte. Seine Kleider waren ganz verdreckt, und er roch ziemlich aufdringlich, aber er konnte sich ja bei John waschen. Maynard mußte unverzüglich und vollständig rehabilitiert werden, und wie es aussah, sollte man keinen Tag länger damit warten. «Es ist nur, daß ich etwas verloren habe. Etwas Wichtiges. Und ...» – «Ach ja. Du meinst deinen Sohn.» – «Was?» Sein Neffe blickte ihn einen Augenblick lang fragend an, stierte dann wieder hinunter auf seine dreckverkrusteten Hände, die schlaff zwischen den Knien baumelten, und drehte die Handflächen nach oben, als stünden dort womöglich irgendwelche Botschaften zu lesen. Herrje, war er ein häßlicher Bursche. «Das stimmt. Wir haben nichts von ihm gehört.» – «Das ist bitter», sagte Mitch. «Der einzige Sohn und so, ich weiß, wie dir zumute ist.» Er fragte lieber nicht nach seinem Schwager, Maynards Vater, der allmählich verblödete. Ziemlich deprimierende Sache.

Ein Schicksal, das jedem bevorstand. Lieber nicht darüber nachdenken. Also erzählte Mitch Maynard statt dessen von den Hippies, die auf dem Flugplatz im alten Hangar kampiert hatten. «Haben eine Menge Dreck hinterlassen. Überall nichts als Müll. Die Leute draußen haben keinen gesehen, bloß einen jungen Burschen in einem Lastwagen, dem der Flugplatzchef eine Kugel nachgejagt hat, als er abgehauen ist, aber es muß wohl eine ganze Zigeunerbande gewesen sein. Wo in Gottes Namen kommen diese Leute bloß her?» Als er den Mechaniker, der ihm den Hangar gezeigt hatte, gefragt hatte, wo der Chef eigentlich sei und was er zu tun gedenke, hatte der Mann entgegnet: «Snuffy, meinen Sie? Keine Ahnung. Ist der denn nicht mittlerweile Bürgermeister?» Also fragte Mitch jetzt: «Was hältst du eigentlich vom neuen Bürgermeister?» Maynard hatte keine Ahnung, daß es einen neuen Bürgermeister gab. Er schwieg einen Augenblick, musterte gedankenverloren seine Hände, hob dann den Kopf, sah um sich und sagte: «Wie lange dauert dieser Tag schon?» Du lieber Himmel, auf diese Frage gab es wirklich keine Antwort. Mitch kaute auf seiner Zigarre herum, schüttelte den Kopf und sagte: «Sieht ganz so aus, als ob heute das ganze Städtchen hier draußen versammelt wäre.» Auf der Straße vor Johns Haus standen die Autos Stoßstange an Stoßstange, auch in der Auffahrt gab es kein freies Fleckchen mehr, also ließ Mitch den Wagen mitten in der Zufahrt stehen und den Schlüssel im Zündschloß stecken. Der Gedanke, daß Mitch ihn auf die Party mitnehmen wollte, schien Maynard ganz und gar nicht zu behagen, aber Mitch bestand darauf, daß Maynard und seine Frau eine Einladung bekommen hätten, sein Sohn habe es ihm selbst gesagt, und außerdem habe John, wie er, Mitch, wisse, eine Überraschung für Maynard auf Lager, etwas Großes, na los, laß uns gleich zu ihm gehen. «Du kennst doch John. Wenn's Ärger gibt, kann er kräftig hinlangen, aber er ist nicht nachtragend, und letztlich hält er immer zur Familie.» Als Maynard weiter zögerte, biß Mitch auf seine Zigarre und versicherte ihm, dies sei die Chance, sein Leben wieder in Ordnung zu bringen, und die solle er sich nicht vermasseln. Außerdem solle er in Zukunft mehr auf Körperpflege und Garderobe achten, aber heute spiele all das keine große Rolle, das hier sei ein lockeres Gartenfest, also los, rein ins Haus, kurze Katzenwäsche und Rasur und immer an den guten alten Pioniergeist denken. Oder an den guten alten Bourbon. «Ich kann jetzt einen auf die Schnelle vertragen, und du ebenfalls. Dann wollen wir mal, Junge. Los, beweg deinen Hintern!»

Daß man einen auf die Schnelle vertragen könne, war nur eine von vielen Bemerkungen, die auf Johns alljährlichem Grillfest zum Tag der Pioniere als witzig oder geistreich durchgingen. Bei der diesjährigen Party wurde dieses Mot (wie der heute abwesende Ellsworth gesagt hätte) von Waldo, dem Farben- und Tapetenmann, im Verlauf seiner angeregten Unterhaltung mit jener kaugummikauenden Schönheit, die seine Frau Süße Entrückung nannte, unter Augenzwinkern und schelmischem Grinsen eingesetzt – und zweifellos auch von anderen Gästen; es gab im Städtchen nur eine begrenzte Anzahl derartiger Sprüche, und die mußten für alle reichen. «Ich weiß ganz genau, was du meinst», lautete dann in aller Regel die gleichfalls augenzwinkernd vorgebrachte Erwiderung, auch wenn es nicht Miss Süße Entrückung war, die dies erwiderte, da sie, vielleicht aufgrund ihres jugendlichen Alters, noch nicht beherrschte, was Kate, die allseits betrauerte verstorbene Bibliothekarin, immer als die Codes der Gemeinschaft bezeichnet hatte. Was sie, begleitet vom Knallen der Kaugummiblase, erwiderte, war folgendes: «Echt wahr? Hast du vielleicht zufällig was zum Schniefen dabei?» Waldos Grinsen verschwand für einen Augenblick, kehrte jedoch sofort wieder auf sein überaus wandlungsfähiges Gesicht zurück. «Ich kann was besorgen», sagte er. Diese Bereitwilligkeit, einander zu helfen, egal aus welchem Grunde, war typisch für die Mehrzahl der Gäste, die sich heute so zahlreich in Johns Garten eingefunden hatten: Es war ein friedliches Städtchen, das trotz seines im Lauf der letzten zehn, zwanzig Jahre erfolgten Wachstums nach wie vor ein Städtchen geblieben war, genau wie zu Zeiten der Pioniere, als man sich kannte und sogar wußte, welche Berufe und Steckenpferde der andere hatte und in welche Kirche er ging, ein Ort, wo ganz normale Freundlichkeit noch selbstverständlich war. «Kann ich dir helfen?» – «Soll ich dir noch einen Drink bringen? Was darf's denn sein?» – «Komm doch morgen bei mir im Laden vorbei, ich hab genau, was du brauchst.» – «Was ich brauche, hat kein Mensch.» – «Ich weiß ganz genau, was du meinst.» Humor, freundlicher Umgang mit dem Nachbarn, ab und zu ein gutgemeinter Rippenstoß – das war es, was den Umgang miteinander bestimmte und auch die allseitige Zuneigung und das Gemeinschaftsgefühl erklärte. Daher war es nicht oder zumindest nur sehr wenig boshaft, daß alle Beifall klatschten und Maynard zur besten Kostümierung des Festes gratulierten, als er mit dem breit lächelnden und auf seiner Zigarre herumkauenden Mitch auf die Veranda hinter dem Haus trat und damit zeigte, daß sein langes, qualvolles Exil ein Ende hatte: ein Golfhemd, kombiniert mit einer maßgeschneiderten, an den Knien schlammverschmierten Anzughose – der Traum eines jeden Pioniers. Als die Frau des Pastors am Grill vorbeikam und sich mit beiden Händen den Bauch hielt, rief eines der Schäfchen ihres Mannes, die Grillzange wie das ominöse geburtshelferische Werkzeug schwenkend: «Ich hab ja schon mal was von einer Ente im Ofen gehört, Beatrice, aber das schlägt wirklich alles!», worauf mancher andere Gast den Witzbold spielte – eine der Lieblingsbeschäftigungen des Städtchens, insbesondere auf Partys und während der Happy Hour (der alte, heute ebenfalls abwesende Stu pflegte seine urkomischen Bemerkungen mit dem Satz einzuleiten: «Stell dir vor ...») – und schalkhaft anfügte: «Vielleicht hat irgendwer vergessen, die Schaltuhr einzustellen» oder «Bei der Frau des Pastors wird es wohl eher ein Lämmchen sein» oder «Sieht eher nach einem Dutzend Lämmchen aus» – «Oder nach einem Dutzend Esel!» sagte jemand lachend, und keine einzige dieser Bemerkungen war irgendwie herabsetzend oder gar respektlos gemeint oder sollte die Vaterschaft des Pastors in Zweifel ziehen oder auf unterlassene Maßnahmen zur Empfängnisverhütung anspielen, nicht ernstlich jedenfalls, nein, das alles war im Grunde als Ausdruck der Zuneigung und des brüderlichen Geistes gemeint und wurde von denen, die diese Sätze hörten, auch so verstanden, ausgenommen vielleicht das eine oder andere Individuum mit labilem Selbstbewußtsein oder unterentwickeltem Sinn für Humor. Diese Leute, die ein stolzeres, aber auch einsameres Leben führten als die übrigen und nicht einmal an ausgelassenen Versammlungen wie den Grillfesten in Johns Garten teilnahmen, bekamen von den Einwohnern des Städtchens in aller Regel einen entsprechenden Spitznamen verpaßt – und auch wenn die Betreffenden sie nicht immer zu schätzen wußten, waren diese Namen eben ein Mittel, um Dazugehörigkeit und Freundschaft zum Ausdruck zu bringen, eine Art gemeinschaftliche Umarmung der von der Gemeinschaft nicht zu Umarmenden – wie beispielsweise Narr Maynard oder der alte Schreihals oder Dragonerin Marge. Letztere, die mittlerweile ihr Vorhaben, für das Amt des Bürgermeisters zu kandidieren, aufgegeben hatte (allgemein schien man der Ansicht zu sein, daß Johns Handlanger bereits Bürgermeister war – sie mußte wohl irgend etwas verpaßt haben) und für diese geistlose Grillparty, eine Verhöhnung des Tages, der angeblich gefeiert werden sollte (die Pioniere hatten doch wohl niemals einen *Rasen* gehabt!), völlig unpassend angezogen war, kam zu dem Entschluß, es sei höchste Zeit, die Kurve zu kratzen und sich bei einer Runde Golf abzureagieren. Ihr fehlten allerdings sowohl ein Auto als auch ein Golfpartner. Sie wußte, wo sie ihr Auto geparkt hatte – es stand viele Häuserblocks von hier entfernt in dem Viertel, wo sie mit den Golfschlägern im Kofferraum als Wahlkämpferin von Haus zu Haus unterwegs gewesen war –, doch wo zum Teufel steckte Lollie, wenn man sie mal brauchte? Wie die Frau des Bankdirektors unter Hinzuziehung eines vermutlich entschärften wörtlichen Zitats erklärte, hatte Lorraine die Party bereits ziemlich verärgert verlassen und dabei angekündigt, wenn sie zurückkomme, würden die Fetzen fliegen. Marges Ehemann Trevor, der seine neue schwarze Augenklappe wie einen Hosenbeutel trug (der Vergleich stammte von Lorraine, und irritierenderweise stimmte er) und beschwipster war, als Marge ihn je erlebt hatte, weigerte sich ebenfalls, mit ihr aufzubrechen, als sie ihn darum bat, und wollte statt dessen wissen, warum sie eigentlich jedesmal versuche, ihm den Spaß zu verderben, wenn er sich ein bißchen amüsiere. «Wie bitte …?! Das hier nennst du Spaß …?!» Marge, die sich von beiden betrogen fühlte und eine Stinkwut sowohl auf Trevor als auch auf Lorraine hatte, stapfte davon und schrie sich bei ihrem Abgang noch schnell ihren tiefen Ekel vor dem ökologischen Irrsinn dieser verschwendungsgeilen, arroganten Vorstadtkonsumorgie von der Seele («Noch viel Spaß beim Tag der Profiteure!» brüllte sie), was zweifellos bei dem einen oder anderen der vielen Festbesucher die soundsovielte Wiederholung des klassischen Ausspruchs «Noch jemand, der einen auf die Schnelle vertragen könnte» provozierte. «Ich weiß, was du meinst.»

Dragonerin Marge hatte an diesem Tag eine Kur gegen schlechte Laune nötig, der Narr Maynard ebenfalls, nicht aber der Mann, den man den alten Schreihals nannte, vormals Geschäftsführer des Eisenwarenhandels, jetzt aber designierter Direktor von Johns landesweit operierender Speditions- und Luftfrachtfirma, der so euphorischer Stimmung war, daß er aussah, als könnte er jeden Augenblick explodieren. Weil es so ungewohnt war, wirkte das breite Grinsen (Floyd fehlten zwei Zähne, einer rechts, einer links, was bisher niemandem aufgefallen war) in seinem zerfurchten Gesicht fast noch erschreckender als seine vertraute finstere Miene, doch gab es gewiß keinen, der ihm in der aufrichtigen Freude und dem tiefempfundenen Dank gleichgekommen wäre, mit denen Floyd diesen traditionellen Tag der Pioniere feierte; er war das Therapeutikum für alle anderen Gäste, sozusagen der personifizierte Balsam für Leib und Seele, und auf den Gesichtern der meisten erschien ein breites Grinsen, sobald sie ihn erblickten. Er war ein übler Bursche, der alte Floyd, so die allgemeine Einschätzung, aber er konnte zupacken und war eine treue Seele, und jetzt stand John im Begriff, ihm diese Treue zu vergelten. Wie er es immer tat. Also neidete niemand oder so gut wie niemand dem alten Floyd das plötzliche Glück. Mit einem flotten neuen Sommeranzug, zweifarbigen Schuhen, kariertem Hemd, silbernem Krawattenband und dem Schatten eines Schnurrbarts auf der Oberlippe kam sich Floyd wie ein Pionier vor, der eine schier unüberwindbare Grenze überwunden hatte und jetzt in aufregend jungfräuliches, unerforschtes Territorium vorstieß (zum Beispiel ein Leben in echter Ehrbarkeit), und so zögerte er nicht, alle Welt wissen zu lassen, daß er dank der Gnade Gottes ein wiedergeborener Mensch sei, dessen Geist von allen sündigen Gedanken gereinigt sei und dessen reuiges Herz für immer diesem Städtchen gehöre, das ihn vor den Schlünden der Hölle bewahrt habe. Als John mit nackter Brust und in Cowboymontur vorbeikam, entbot Floyd seinem Wohltäter einen Trinkspruch und dankte ihm, daß er ihm Unwürdigen im Gegensatz zu den meisten anderen sein Vertrauen geschenkt habe, und erbat Gottes Segen für John und alle seine Unternehmungen, und John hob seinerseits mit dem Anflug eines Lächelns seine Bierdose und erwiderte schlicht, er finde nun mal, daß Floyd genau der richtige Mann für diesen Job sei. Floyd wurde knallrot und lächelte, die Tränen stiegen ihm in die Augen. «Und Gott segne Ihre liebe Frau Gemahlin!» fügte er hinzu, was die allgemeine Hochstimmung ein wenig dämpfte, auch wenn niemand hätte sagen können, wieso eigentlich. Vielleicht, weil Floyds Frau Edna noch nicht eingetroffen war, was manche neugierig werden ließ und Floyd auf Nachfrage ebenfalls verwunderte. «Soviel ich weiß, wollte sie irgendwelches Zeug für unser neues Haus einkaufen. Wahrscheinlich kriegt sie sich gar nicht mehr ein.» Das sah Edna, die eine überaus zurückhaltende Einkäuferin war, um es milde auszudrücken, nicht gerade ähnlich, aber die verblüffende Neuigkeit hatte sie ein bißchen aus der Fassung gebracht, außerdem stimmte es, daß sie zum Einkaufen losgefahren war, wie Floyd erzählt hatte, und dabei an das neue Haus gedacht hatte: mit alten Bäumen im Garten und einem großen Panoramafenster und Teppichboden auf den Treppenstufen anstelle von aufgeklebten Gummimatten und mit einem Klo, das richtig funktionierte, vielleicht sogar mit mehr als einem. «Ich kann es gar nicht glauben, Floyd», hatte sie gesagt und sich dabei an das Abwaschbecken in der Küche lehnen müssen, als er es ihr erzählt hatte, «aber ich glaub's, ich glaub's von ganzem Herzen!» Weil sie in seinem Gesicht lesen konnte. Und daher war sie zu dem großen Einkaufszentrum draußen am Highway gefahren, wohin sie sich nur selten traute, um nach etwas zu suchen, das gut genug war, diesen gewaltigen Umbruch in ihrem Leben sinnbildlich zu würdigen (sie konnte beinahe hören, wie ihre Stiefmutter zu ihr sagte: «Na los, Edna, hol mir ein Zeichen!»), und was sie schließlich ausgesucht hatte – es war noch zu früh, um sich nach Vorhängen oder Tapeten, Teppichen oder Schränken umzuschauen, weil sie sich ja noch nicht einmal nach Häusern, die man mieten oder kaufen konnte, erkundigt hatten –, war eine wunderschöne Tischlampe mit einem wie schlafend zusammengerollten Porzellanhund als Fuß und einem roten Schirm darüber mit einer hübschen Silberkordel am oberen und unteren Rand, dazu ein rotes Samtdeckchen in demselben Farbton wie der Lampenschirm, auf das man die Lampe stellen konnte. Edna hatte, weil beides zusammen so teuer war, lange mit sich gerungen, und als sie schließlich die Kreditkarte auf den Tresen vor der Kasse legte, hatte sie Schuldgefühle verspürt, und doch war sie insgeheim überzeugt, daß es haargenau das Richtige war und sie das Hündchen für den Rest ihres Lebens ins Herz schließen würde. Als sie den Einkaufswagen mit der Lampe zu ihrem Auto schob, lief ihr Johns Frau über den Weg. Sie trug ein schmuckes Pionierkleid mit Häubchen, langem Rock mit Unterrock und Schürze darüber und hielt kurz an, um Ednas Einkauf zu bewundern. Wie hübsch der Lampenschirm zu dem Deckchen paßt, sagte sie, und dann zeigte sie Edna den kleinen Teppich, den sie gerade gekauft hatte, in dem ebenfalls ein bißchen von demselben Rot steckte, dazu Farben, die in etwa der Silberkordel und dem Hündchen entsprachen, besonders dem aufgemalten Hundehalsband mit den goldenen Nieten. Es sei verblüffend, wie gut die Stücke zueinander paßten, sagte sie und bestand darauf, daß Edna den Teppich haben sollte. Edna protestierte selbstverständlich, so etwas kam überhaupt nicht in Frage, aber Johns Frau sagte, Edna tue ihr einen Gefallen damit, sie habe den Teppich nur aus Versehen mitgenommen, wolle ihn jedoch gar nicht wirklich haben, ehrlich, und er werde so gut zu dem neuen Haus passen, wenn sie und Floyd erst eines hätten, und zweifellos war der kleine Teppich wirklich wunderschön und paßte tatsächlich *perfekt* zu der Lampe, und als Johns Frau ihr noch sagte, es handle sich um einen Gebetsteppich und sie wolle ihn Edna zum Einzug ins neue Heim schenken – hätte sie da das Geschenk ausschlagen können? Es schien Gottes Wille zu sein. Also rollte Edna den Teppich zusammen, legte ihn in ihren Einkaufswagen neben die Lampe und das Deckchen und sagte zu Johns Frau, sie wisse gar nicht, wie sie ihr danken sollte, und Johns Frau sagte, keine Ursache, es sei ihr wirklich eine Freude, einen schönen Tag noch, und weg war sie. Edna schob ihren Einkaufswagen hinaus auf den Parkplatz, immer noch sehr froh, aber schon in Sorge, wie sie diese augenscheinliche Extravaganz Floyd gegenüber rechtfertigen sollte, und als sie den Kofferraum aufklappte, wurde sie wegen Ladendiebstahls festgenommen.

«Nein, ich weiß, daß er nach all den Schlägereien, in die er da oben bei euch verwickelt war, frühestens nach dem Jüngsten Gericht auf Bewährung freikommen kann», blaffte Otis soeben in den Telefonhörer, als die Polizisten Edna zur Vernehmung aufs Revier brachten, «aber ich steck hier in 'ner gottverdammten Krise, Bert, und wenn dieser verdammte Saukerl mir aus der Bredouille helfen kann, dann mußt du ihn eben hierherverfrachten, und zwar dalli, hörst du mich?» Er legte die Hand über die Sprechmuschel, beugte sich zu der völlig am Boden zerstörten Frau des Mannes aus dem Eisenwarenladen und sah, daß sie geweint hatte. «Nehmen Sie einfach kurz Platz, Ma'am. Sobald ich diesen Anruf beendet habe, werden wir versuchen herauszufinden, was passiert ist.» Er warf einen raschen Seitenblick auf den Perserteppich, den ihm der Streifenpolizist zeigte. Solche Dinger bekam man hier nicht sehr oft zu sehen. «Keine Sorge, Bert, ich halt den Dreckskerl in Eisen, du kriegst ihn unversehrt zurück, so lausig und fies, wie du ihn mir geschickt hast. Na gut, ruf mich zurück. Aber laß mich nicht hängen!» Was für ein Tag. Kam ihm wie eine ganze Woche vor. Irre Sachen liefen ab. Die zwei, die auf der Flucht waren und eine Menge Ärger machten. Leute, die sich in ihrem eigenen Vorgarten verirrten. Oder verrückt spielten, wie zum Beispiel der Fotograf. Oder die Frau des Rechtsanwalts. Man hatte sie im Nachthemd einkassiert, als sie völlig übergeschnappt durch die Straßen irrte. Sie war mit dem Wagen gegen eine Parkuhr im Ortskern geknallt, hatte ihn einfach stehenlassen und benahm sich wie ein geköpftes Huhn. Wollte einfach nicht nach

Hause. «Nein, nein, da ist doch dieses *Ding*!» hatte sie gekreischt. Aber er hatte sie trotzdem mit einem Streifenwagen nach Hause verfrachten lassen und im Krankenhaus angerufen, wo ihr Mann lag. Der hatte sich allerdings eigenmächtig entlassen, sozusagen. Jedenfalls war er weg, und kein Mensch wußte, wo er steckte. Diese Rastlosigkeit ging Otis am meisten auf die Nerven. Er hätte am liebsten alle angeschrien, sie sollten stehenbleiben, wo immer sie waren, und sich wenigstens fünf Minuten lang nicht von der Stelle zu rühren. Und jetzt diese Frau hier, die ihr Lebtag lang keiner Menschenseele jemals irgendwelche Unannehmlichkeiten bereitet hatte, aber vorhin versucht hatte, einen verdammten Teppich zu klauen, der noch nicht mal allzu neu aussah – es ergab einfach keinen Sinn. Als Otis sie fragte, weshalb sie es getan habe, sagte sie: «Ich kann nur sagen, daß ich ihn nicht gestohlen hab, auch sonst nichts, nie in meinem ganzen Leben. Jemand hat ihn, na ja, hat ihn mir geschenkt.» Otis glaubte ihr nicht, aber irgend etwas an der Art, wie sie es gesagt hatte, ließ ihm die Nackenhaare zu Berge stehen. Er telefonierte mit dem Geschäft, aus dem der Teppich stammte, und wandte sich an einen der Polizisten, der mit dem Mann der Frau in derselben Bowlingmannschaft spielte: «Sieh mal zu, ob du den alten Schreihals auftreiben kannst.» – «Der ist doch wahrscheinlich drüben bei John, Otis.» – «Bei John?» – «Na klar, du weißt doch, bei der Grillparty.» Otis, den Telefonhörer zwischen Kinn und Schulter eingeklemmt, kramte in den Papieren herum, die in Stapeln auf seinem Schreibtisch lagen, konnte seinen Kalender aber nicht finden. «Wieso läuft *das* eigentlich ausgerechnet dann ab, wenn ich all diese Scherereien am Hals hab?» Der Geschäftsführer des Teppichhauses, der Johns Namen gehört hatte, wollte später zurückrufen, und Otis sagte zu der Frau, sie solle es sich bequem machen, bis ihr Mann eingetroffen sei, ob sie vielleicht eine Tasse Kaffee wolle? Keine Antwort. Sie war wieder in Tränen ausgebrochen. Unterdessen liefen in der Telefonzentrale des Reviers die Drähte heiß, weil Dutzende von Anrufern mit Otis sprechen wollten. Viele der Anrufe drehten sich um Pauline: «Otis, du wirst nicht glauben, was ich gerade gesehen hab!» – «Ich weiß, die Sache ist ein bißchen ungewöhnlich, aber wir haben alles im Griff.» Aber klar. Und wie. Pauline und der Irre aus dem Drugstore waren unterwegs und scherten sich einen Teufel um Recht und Gesetz, und es sah ganz so aus, als könne Otis nichts dagegen tun. Sie wurden gesehen, und Otis fuhr sofort mit seinen Leuten los und fand auch ihre widerwärtigen Spuren, doch sie selbst waren längst über alle Berge. Manchmal stießen sie vor Ort auf Cornells Frau und Schwester, die ihn wüst beschimpften, ihm im Weg standen oder alle Spuren zertrampelten; er drohte den Frauen, er werde sie als Komplizinnen einsperren, aber die Apothekerin hatte eine Art, mit ihrer Stahlkrücke umzugehen, daß es einem schwerfiel, vernünftig mit ihr zu reden. Dazu kamen etliche Anrufe und Spuren, die sich dann als offensichtlich von Corny inszenierte Ablenkungsmanöver erwiesen – er war vielleicht verrückt, aber auch verschlagen. Wie diese Dschungelkämpfer, die Otis sein Purple Heart eingebracht hatten. Manchmal kam es ihm fast so vor, als seien zwei Cornells unterwegs. Einige der Beschwerden waren begründet: der gestohlene Lastwagen des Fordhändlers, das zeitweilige Quartier der beiden draußen im alten Hangar auf dem Flugplatz, Diebstähle in Motels, Restaurants und Privathäusern. Aber nichts davon ergab eine handfeste Spur, die man hätte verfolgen können. Deshalb hatte er im Gefängnis angerufen. Vielleicht hätte er statt Duwayne lieber die Nationalgarde anfordern sollen, aber Otis ließ sich nicht gern mit Leuten von auswärts ein: Das Städtchen, fand er, sollte seine Probleme selbst lösen. Zwei Streifenpolizisten riefen ihn vom Haus des Rechtsanwalts aus an: «He, Otis, die Bude hier ist komplett geplündert worden. Eine Mordsschweinerei in der Küche. Wirklich übel. Die Frau ist sofort schreiend weggerannt, als sie die Sauerei gesehen hat. Sollen wir sie uns wieder schnappen?» – «Nein, laßt sie. Kommt zurück, so schnell ihr könnt, wir haben hier Dringenderes, worüber wir uns Gedanken machen müssen!» Und er meinte damit nicht etwa den Ladendiebstahl, der ihm noch das wenigste Kopfzerbrechen bereitete. Der Ehemann der Tatverdächtigen kam, war völlig außer sich vor Wut, Ratlosigkeit, Verärgerung und heller Panik und gab biblischen Bombast von sich, doch Otis sagte, er solle sich beruhigen, wahrscheinlich gebe es eine einfache Erklärung für alles, außerdem Glückwunsch zur Beförderung, John habe ihm davon erzählt. Das half. Floyd wischte sich mit einem blauen Cowboytuch über die Stirn, sagte danke, er freue sich sehr, gelobt sei der Herr, und fragte seine Frau, was sie überhaupt mit solch einem häßlichen Fetzen gewollt habe, sie wisse doch, daß er gemusterte Sachen nicht leiden könne. «Ich wollte das Ding ja gar nicht haben, Floyd. Es ist einfach, na ja, es ist einfach in meinem Einkaufswagen gelandet.» Floyd begann zu toben, sprach vom schlüpfrigen Weg ins Verderben und zwang seine Frau, niederzuknien und mit ihm zu beten, was sie eingeschüchtert auch tat, doch dann rief der Mann aus dem Teppichladen draußen im Einkaufszentrum an und sagte, da er nun wisse, um wen es sich handle, werde er den Teppich einfach zurücknehmen und auf die Anzeige verzichten, und so teilte Otis den beiden mit, sie könnten gehen und zurück zur Grillparty fahren, sollten aber zusehen, daß so etwas nicht wieder vorkam. «Gott der Herr segne Sie, es wird nicht wieder vorkommen», verkündete Floyd feierlich, rückte sein silbernes Krawattenband zurecht und knöpfte im Aufstehen sein Sakko zu. Er war ein kleiner Mann, doch heute wirkte er größer als sonst, strahlend und begeistert von sich selbst. Er nahm seine Frau am Arm. «Denn wie der Herr Jesus Christus sagt, müssen wir durch das enge Tor hindurch, wenn auch der Weg beschwerlich sein mag und nur wenige ihn finden. Und wenn einer nicht aufhören will zu sündigen, dann ist es besser für ihn, nicht länger auf der Welt zu sein.» Floyd richtete sich auf, strich sich über den erst wenige Tage alten Schnurrbart und machte sich dann mit einem selbstgefälligen, beinahe verklärten Lächeln (Otis mußte an die Ölbilder von Märtyrern in seinem alten Katechismus denken) daran, das Revier zu verlassen. «Augenblick noch, Floyd, da fällt mir noch was ein», rief Otis, als Floyd gerade an der Tür angelangt war. Der Polizeichef kramte in dem Berg von Telefonnotizen herum. «Waren Sie eigentlich jemals in Santa Fe?» Floyd sah aus, als habe ihm jemand eine Nadel mitten zwischen die Augenbrauen gejagt, und schrumpfte um fünfzehn Zentimeter. «Santa Fe ...?» ächzte er. «Was denn für ein Santa Fe?» – «Nein, nein, schon in Ordnung, hatte ich auch gar nicht angenommen.» – «Aber ...!» – «Gehen Sie schon, ich seh Sie dann bei der Grillparty.» – «Otis? Ein Anruf aus dem Staatsgefängnis. Sie schicken uns Duwayne mit einem Gefangenentransporter runter, dazu ein paar Wachen als Begleitung. Und Bert sagt, ich soll dir ausrichten, wenn du den verdammten Schweinepriester entwischen läßt, bist du dran!»

Tja, auch wenn nur wenige den rechten Weg fanden, so war es doch Waldos heiliger Wille und freudige Aussicht, auf die harte Tour (das hatte bisher immer gut funktioniert) durch das enge Tor einzudringen. Er mußte nur erst mal die schaumschlägerische Konkurrenz abhängen. Daß er den Koks besorgen gegangen war, hatte ihn seinen Platz an der Spitze gekostet. Keine Eile, die Nummer war bereits so gut wie unter Dach und Fach, er konnte getrost ein bißchen den Festtagstrubel genießen. Er hatte, da er sich bereits ein Näschen genehmigt hatte, die Lampe an und das Gefühl, sein Schicksal fest im Griff zu haben. Und ihres ebenso. Und so plauderte er ein wenig mit Kevin, der hinter dem Grill stand, aß einen Steakburger und bewunderte über Kevins Schulter hinweg ihre rosigen Backen, die unter dem ausgefransten Saum ihrer abgeschnittenen Jeans hervorquollen und in der Sonne wie zwei wachspolierte Pflaumenhälften leuchteten. Ein paar tolpatschige Greenhorns umringten sie – ein Bankkassierer und ein, zwei Ladenschwengel –, das arme Mädchen schien sich zu Tode zu langweilen und amüsierte sich allenfalls noch über den alten, einäugigen, mit Gin abgefüllten trivialen Trev, der sich kaum noch auf den Beinen halten konnte und so blau war, wie Waldo ihn noch nicht erlebt hatte. Kevin, der heute zu Reklamezwecken eines der neuen Hemden mit dem Logo seines Ladens für Golfzubehör angezogen hatte, sagte, es habe ihn überrascht, daß statt Waldo der alte Floyd den fetten Speditionsjob bekommen hatte, und Waldo sagte, ihn habe das ebenfalls überrascht, worauf seine angezündete Lampe für einen Augenblick flackerte und sein Schwanz abschlaffte, doch im nächsten Augenblick lachte er schon wieder und sagte, sein Herz hänge eben doch mehr an der Innenarchitektur, wenn du weißt, was ich meine. Kevin lachte, sagte, das wisse er, und drehte sich um, weil er die Hotdogs und

Hamburger wenden mußte, und genau in diesem Augenblick sah das niedliche Mädchen mit dem süßen Hintern auf: Waldo klopfte auf seine Hosentasche und zwinkerte ihr zu, und sie lächelte und schob die Hand des kichernden und krebsrot angelaufenen Trev von ihrem knackigen Hinterteil, wo sie gelandet war, als sei sie zufällig vom Himmel dorthin gefallen. Waldo wischte sich den Senf aus den Mundwinkeln und bat Kevin, ihm eines der neuen Hemden zurückzulegen – «Ein großes rotes, Alter!» –, schlenderte dann zu Trev und erkundigte sich, ob es tatsächlich stimme, daß ihm eine Henne das Auge ausgepickt hätte. Trevs Stimmung verdüsterte sich, und er versuchte es mit einer Retourkutsche à la Waldo. Vermutlich wollte er fragen, ob Waldo deshalb so große Lauscher habe, weil ihn seine Frau immer daran durch die Gegend zerre, doch was er mit feuchter und schwerer Zunge herausbrachte, klang eher wie: «Sin deine Lauscha so groß, weilse immer dran rumserrt?» – «Tja», erwiderte Waldo und drosch Trev auf die Schulter, daß der taumelte, «dran rumzuzerren ist *eine* Methode, um das Teil größer zu machen, alter Junge, aber wenn du erst mal erwachsen bist, zeig ich dir noch 'ne schönere», und Miss Knackarsch grinste, ließ eine Kaugummiblase knallen und sagte: «Wieso könnt ihr alten Heinis eigentlich nicht reden wie normale Leute? Los jetzt, erzähl mal, wie du das Auge verloren hast?» – «Du würdses ja doch nich glauben wolln, wenn ich's sagen würde», antwortete Trevor und schob den Unterkiefer vor, wobei sein gesundes Auge gefährlich ins Trudeln kam. Er breitete die Arme aus, so weit er nur konnte, und ließ dabei reichlich Gin auf verschiedene Leute schwappen, die soeben hinter ihm über den Rasen spazierten. «'s war so groß!» – «Was denn?» Er wurde rot, rülpste und wischte sich die Spucke vom Kinn. «Du weiß schon.» Vielleicht versuchte er, anzüglich zu grinsen, vielleicht stand er aber auch im Begriff loszukotzen, es war schwer zu sagen. «Das da!» quiekte er, packte ihren Po und schlug dann der Länge nach mitten aufs Gesicht, wobei er ihr das knappe Höschen ein Stück herunterzog. Die Umstehenden pfiffen und lachten, und sie rückte erst die Hose zurecht und zog dann die Füße unter Trevor hervor: «Und ich hatte gedacht, hier wären lauter anständige

Leute!» Waldo klopfte auf seine Hosentasche. «Manche Leute sind eben netter als andere, Herzchen. Ich würde sagen, laß uns mal 'ne Pause machen.» – «Aber gern», antwortete sie, ließ ihren Kaugummi knallen, warf Kev, der ihr den Rücken zukehrte, einen raschen Blick zu und spitzte die Lippen zu einem Kuß. «Also ab die Post.» Er hatte Dutch angerufen, alles war vorbereitet, lediglich eine Sache galt es zu klären: Seine altbewährte, zerbeulte Kiste war weg. Lollie mußte damit heimgefahren sein. Aber hatte er sie nicht erst vor ein paar Minuten gesehen? Verdammt. Waldo überlegte kurz, am besten würde er wohl John anhauen, dabei lief er allerdings Gefahr, an Tempo zu verlieren oder sich gar noch Schlimmeres einzuhandeln, doch da erspähte er den Wagen seines Bundesbruders – den berühmten «Blazing Saddle» –, der mitten in der Auffahrt stand. Der Schlüssel steckte. Heute war wirklich ein Glückstag. Auch wenn er trotz seiner unzweifelhaften Verdienste nicht befördert worden war. «Auf geht's», sagte er und riß die Tür mit einem deutlichen, triumphierenden Augenzwinkern auf. «Holla! Cool!» Die Art und Weise, wie sie beim Einsteigen ihre BH-losen Möpse hin und her hüpfen ließ und die Lederpolsterung tätschelte, ließ erkennen, daß sie beeindruckt war. «Okay, Baby», knurrte er , «mach dich bereit, wir heben ab!»

Clarissa war den ganzen Nachmittag lang bereit gewesen. Hatte er es nicht versprochen? Sie hatte nichts weiter an als ein abgeschnittenes T-Shirt, Sandalen und ihre dünnsten Shorts ohne Unterhosen darunter, nur für den Fall, daß sie wieder auf seinem Schoß sitzen würde. Nein, nicht für den Fall, daß, sondern für den Moment, wenn. Sie hatte ihm gesagt, daß es ihr echt einen Riesenspaß mache, zu fliegen und die Welt kopfstehen zu lassen, und sie wolle das mal selbst machen, und er hatte sein tragisches Lächeln gelächelt, bei dem sie immer weiche Knie bekam, und geantwortet, beim nächstenmal. Manchmal, hatte sie gesagt, habe sie richtig Lust, mitten in die Sonne hineinzufliegen, und er hatte gesagt, das gehe ihm manchmal genauso. Sie dachte daran, wie er seine Hand ein bißchen auf ihrem Hintern hatte verweilen lassen, als er sie von seinem Schoß hochgehoben hatte: Das war wie ein schöner Traum und machte ihr Lust, sich die Hände zwischen die Schenkel zu schieben. Und seine Hände. Aber bis jetzt kein Onkel Bruce in Sicht. Und was noch bedenklicher war: auch keine Jen. Jens Vater hatte gesagt, er habe keine Ahnung, wo sie stecke, glaube aber, sie habe eigentlich mit ihrer Mom herkommen wollen. Aber seine Auskunft war sehr unbestimmt gewesen, und er hatte versucht, das Thema zu wechseln, und sich nach ihrer Mutter erkundigt, und Clarissa war sich ziemlich sicher, daß er mehr wußte, als er sagte. Jens Mutter hatte sich selbstverständlich bloß geäußert und war jenseits von Gut und Böse, und als Clarissa sie fragte, wo Jen sei, hielt sie mit beiden Händen ihren widerlich riesigen Bauch und antwortete in ihrem leisen Singsang, wir alle seien im Universum, und das Universum sei in jedem von uns. Na großartig, danke vielmals. Der Wichser war gar nicht erst aufgetaucht, aber nach allem, was passiert war, erwartete das auch niemand. Und Jens kleine Schwester Zoe war eine etwa ebenso große Hilfe wie ihre Mutter. Angeblich hatte sie gehört, daß Jennifer mit einer jungen Frau telefoniert hatte. «Das war doch ich, du doofe Kuh, *ich* hab mit ihr telefoniert, aber was war *dann*?» – «Weiß nicht. Ich glaub, sie hat geduscht.» Clarissa wurde wütend und wollte irgend etwas Definitives aus Zoe herausquetschen, doch die kleine Heulsuse schob ihre zitternde Unterlippe vor und rannte zu ihrer Mama. Es war frustrierend. Als Clarissa sich, während sie ihrem Vater half, Lebensmittel und anderen Kram in den Garten zu tragen, ganz beiläufig nach Onkel Bruce erkundigte, blieb ihr Dad kurz stehen, um – ohne zu lächeln – ihre Klamotten zu mustern (sie hatte genausoviel an wie er, oder etwa nicht?), und brummte dann, daß Bruce seines Wissens im Städtchen sei, folglich werde er früher oder später auftauchen, also los, Prinzessin, bring den Jungs am Grill doch mal die Pfeffermühle und den Sixpack kaltes Bier. Dort schütteten sie gerade einem alten Knacker mit einer Augenklappe, der flach auf dem Boden lag, einen Eiskübel Wasser ins Gesicht – es war der gruselige Steuerberater ihres Daddys. Alle lachten, also war der Kerl wahrscheinlich nicht tot. Der alte Schreihals, ihr Lehrer in der Sonntagsschule, leierte trotzdem über dem Mann auf dem Rasen seine Gebete herunter, während seine Frau daneben stand, jämmerlich vor sich hinstierte und dabei aussah, als hätte sie irgendwas gegessen, das ihr nicht gut bekommen war. Dann tauchte Tante Ronnie auf, die eigentlich gar nicht ihre Tante war. Sie hatte bloß ein zerknautschtes Nachthemd an und war völlig hysterisch, und als ihr Mann versuchte, vernünftig mit ihr zu reden, fing sie an, Zeter und Mordio zu schreien, als wollte er sie totschlagen. Es mußte wirklich Riesenspaß machen, verheiratet zu sein. Clarissas Dad nahm die Sache in die Hand, wie er es immer tat, und führte die Verrückte ins Haus und die Treppe hinauf, aber wieso, fragte sie sich, war er überhaupt mit solchen Idioten befreundet? Clarissa machte kehrt und stieß mit ihrem Großvater zusammen, der sie betrunken umarmte, bevor sie ihm ausweichen konnte, und sie fragte, ob sie wisse, wo ihre Großmutter sei. Clarissa antwortete, wenn sie nicht hier sei, dann mache sie wahrscheinlich einen Besuch bei Grampa Barn im Seniorenheim. Ein Flugzeug flog vorbei, aber es war nicht seins, noch nicht mal eine Düsenmaschine. Sie hatte eine solche Wut, daß sie am liebsten was kaputtgehauen hätte, also blaffte sie, als die Frau des Bankdirektors fragte, ob ihr der heutige Festumzug gefallen habe, Festumzüge seien was für Kleinkinder und Vollidioten. «Da könntest du recht haben», lächelte die Dame. «Mit Sicherheit haben beide eine Menge Freude daran.» Es war hoffnungslos. Sie ging wieder ins Haus und rief noch einmal im Pfarrhaus an, aber niemand hob ab. Ihr blöder kleiner Bruder wickelte gerade ein paar seiner bescheuerten Kumpel in Bettlaken ein, bestimmt für eine seiner widerlichen Theateraufführungen. Die Kerle sahen aus wie Schmetterlingspuppen und hatten die Köpfe unter den Laken versteckt, nur ihre Hände und Füße sahen hervor. Sie verpaßte einem einen Fußtritt und fragte, ob er das spüren könne. Er konnte. Der kleine Scheißer plärrte los. Der zweite bat sie, ihn nicht zu treten, aber sie tat es trotzdem. «Man muß gerecht sein», sagte sie. Dann kam Tante Ronnie am Arm ihres Dads die Treppe herunter; sie hatte sich eins der Leinenkleider ihrer Mom angezogen, das ihr nicht recht paßte. Sie zitterte immer noch und hatte die Augen aufgerissen, und als sie die Jungs in den Laken sah, flippte sie wieder aus. «Jetzt sind es schon *zwei*!» schrie sie und rannte durch die Küche davon, wo im nächsten Moment lautes Klirren zu hören war. Auf dem Weg hinaus in den Garten sah ihr Dad sie alle finster an, und Clarissa sagte: «Jetzt schau dir an, was du angestellt hast, Mikey, du Blödmann!» Aber dem Kerl war es egal, ihm war immer alles egal. Im Pfarrhaus ging noch immer niemand ans Telefon. Sie hörte sich lange den Wählton an und wurde mit jedem Tonsignal wütender. Wenn Jen sie verraten hatte, würde sie sie umbringen. Mit einemmal fühlte sie sich schrecklich einsam, ihre Brust war wie zugeschnürt, als hätte sie einen Herzanfall. Am liebsten wäre sie zu Nevada gegangen, aber sie wußte nicht, wo sie zu erreichen war, weil sie nie nach der Adresse gefragt hatte. Nevada war der einzige Mensch außer ihrem Dad, dem sie noch vertraute. Sie konnte es nicht leiden, wenn andere Leute sie weinen sahen, aber wenn sie schon weinen mußte, wollte sie bei Nevada sein. Sie war die einzige, die sie verstehen würde.

Clarissas verständnisvolle Freundin hörte bei ihrer Ankunft im Pfarrhaus das Telefon läuten, doch sie packte Philip am Arm und verbot ihm, den Hörer abzunehmen. Er wurde rot und sagte, das habe er auch nicht vorgehabt. Ohne seinen Arm loszulassen, sagte Nevada: «Deine Schwester ist weg, Philip.» – «Ja, ich weiß, sie ist mit Clarissas Onkel Bruce im Flugzeug unterwegs.» Sie sah ihn ernst an, und er machte ein einfältiges Gesicht und wandte den Blick ab. Sie konnte sich vorstellen, daß Rex mit dem Jungen eine Menge Spaß gehabt hatte, aber er war nicht häßlich, nur mager und linkisch und hatte einen kleinen Überbiß, den ein Bart kaschieren könnte, und etliche Pickel, die im Laufe der Zeit verschwinden würden. Wenn er noch etwas Muskeln zulegte, könnte er beinahe als hübscher Bursche durchgehen, und später würde sie ihm das sagen und sein Leben verändern. Fürs erste sagte sie: «Es ist schlimmer als das, Philip. Sag mal, gibt's hier was zu trinken?» – «Äh, na ja, mein Dad ... in seinem Arbeitszimmer ...» – «Na prima», sagte sie, hielt immer noch seinen knochigen Arm fest, während das verdammte Telefon weiterläutete, und lehnte sich ein bißchen an ihn, als brauche sie einen Halt, und dabei zitterte ihre Hand ganz sacht, worauf er ebenfalls zu zittern begann, allerdings am ganzen Leib. Etwas an seiner Stirn oder seinen Augen erinnerte sie an irgend jemanden, vielleicht an einen alten Freund aus

Teenagerzeiten oder den Jungen, der sie in einem Zeltlager der Kirchengemeinde geküßt hatte. Ursprünglich hatte sie das hier als Job betrachtet, aber allmählich gewann sie den Eindruck, daß sie dabei auch ein bißchen Spaß haben könnte. Es war schon eine Weile her, daß sie mit einem wie dem hier hatte spielen können. «Dann nichts wie hin. Da können wir uns besser unterhalten.» Einmal, als sie jung gewesen war und ihre Eltern noch versucht hatten, ihre Ehe zu retten, hatte man sie für eine Weile zu den Großeltern geschickt, die auf altmodisch bibeltreue Weise religiös gewesen waren. Für einige Zeit war sie völlig auf diese Jesusszene abgefahren – durch den Mittelgang zum Altar, die Seele empor zum lieben Herrgott und so weiter –, und so machte es ihr jetzt doppelten Spaß, diesen Grünschnabel gerade hier zu verführen, auch wenn das Arbeitszimmer seines Dads eher wie das eines Professors als wie das eines Pastors aussah. Bevor sie ihn losließ, damit er die Drinks holen konnte, zog sie ihn an sich und wisperte ihm ins Ohr: «Ich glaube nicht, daß sie jemals wieder zurückkommen wird, Philip.» Sie preßte die Wange an seine schmale Brust und hörte sein Herz pumpern, als hätte er eben hart trainiert, und er legte ihr unbeholfen die Hand auf den Rücken, nahm sie aber gleich wieder weg. Sie wich zurück und wandte das Gesicht ab, als müßte sie weinen, und ging dann ans Regal, um die Bücher seines Vaters zu mustern, während er die Flaschen hervorholte. «Hier ist ein bißchen Brandy und, äh ...» – «Gut. Nur einen Schluck. Ohne Eis.» Nur nichts Kompliziertes. «Ich fühle mich ganz zittrig.» Jen hatte ihr von den Sexbüchern erzählt, also suchte sie danach und erzählte Philip dabei, wie sehr ihr seine Schwester am Herzen liege und wie besorgt sie sei, daß ihr etwas zustoßen könnte. Sie ließ zarte Andeutungen fallen, daß Bruce ihr Liebhaber sei und sie zu alldem gezwungen habe (immerhin hatte Philip das Gespräch zwischen ihr und Jen gehört, eine Klippe, die sie irgendwie umschiffen mußte) und daß sie sich daher auch verraten und verletzt fühle und, na ja, auch ein bißchen verzweifelt und ungeliebt. Als Jennifer ihr erzählt hatte, daß ihr Bruder immer heimlich am zweiten Telefonapparat mithörte, hatte Nevada mit kaum verhohlener Angst gefragt, ob er es ihren Eltern verraten werde. «Nee, er wird es Clarissa erzählen.» Und natürlich würde Clarissa stinksauer sein und wahrscheinlich zu ihrem Vater laufen, und dann säßen sie allesamt schön in der Scheiße. Also hatte sie Jennifer zu ihrem Rendezvous mit Bruce kutschiert und sie beruhigt, sie werde sich schon etwas einfallen lassen, damit Philip zu Hause blieb und gar nicht erst auf der Party aufkreuzte. «Vertrau mir.» Inzwischen hatte sie allerdings etwas anderes im Sinn. Wie sie wußte, war der arme Kerl hoffnungslos in Johns Rotzgöre verknallt, außerdem würde sie sich über kurz oder lang sowieso mit dem Thema Clarissa befassen müssen. Das war ja auch der Grund, den sie am Telefon für ihr Kommen genannt hatte, und außerdem hatte sie eine bestimmte Verwendung für sie: Nevada hatte eine Nachricht in ihrer Handtasche, die Philip bald übergeben sollte, und Clarissa würde der Köder sein. Aber jetzt noch nicht. Erst galt es, noch ein wenig Zeit totzuschlagen. Und einen jungfräulichen Schwanz zu vernaschen. Warum die Sache also nicht genießen? «Ich hab mir solche Sorgen gemacht», sagte sie leise. Sie hatte das gesuchte Buch gefunden und eine schöne Seite aufgeschlagen. «Irgendwie fühle ich mich schon ruhiger ... mit dir, Philip ... an einem so gemütlichen Ort.» Philip schenkte umständlich den Brandy ein und kehrte ihr dabei den Rücken zu, also trat sie hinter ihn, legte das Buch offen aufgeschlagen vor ihn hin, umfing mit ihren Armen zärtlich seine Brust, massierte ihm sanft mit dem Kinn die mageren Rückenmuskeln und flüsterte ihm ins Ohr: «Das hier ist eine Kirche, Philip! Ich glaube, ich bin bekehrt! Wie kann ich Mitglied werden, Liebster?» Sie fuhr ihm mit der einen Hand über den Hosenschlitz und ließ die zweite vorsichtig unter sein Hemd gleiten. «Wie sagt man?» flüsterte sie und reckte sich, um an seiner Ohrmuschel zu lecken, während sie den Reißverschluß öffnete. «Wenn du die Seele nicht retten kannst, dann segne wenigstens den Leib.»

Während Philip am diesjährigen Tag der Pioniere das Abenteuer fand, indem er nicht von zu Hause auszog, sondern vielmehr dorthin zurückkehrte – eine ironische Erfahrung, die wohl vielen der inzwischen vergessenen Stubenhocker, denen die Pioniere in der ruhmreichen Vergangenheit Lebewohl gesagt hatten, beschieden war –, hatte seine verschwundene Schwester Jennifer heute den herkömmlicheren Weg zu neuen Entdeckungen eingeschlagen und sich unwiderruflich (Nevada hatte recht, sie würde nie mehr zurückkehren) ins Unbekannte gestürzt. Sie fühlte sich buchstäblich entwurzelt, als sie in den Himmel schoß, in der Zauberkalesche (denn das war die Düsenmaschine für sie – alles war wie im Märchen, aufregend und zauberhaft, allerdings auch ein bißchen unwirklich), die sie, Prinzessin für einen Tag, zu den Lustbarkeiten im Schloß des Königs entführte. Obwohl sie keine rechte Vorstellung davon hatte, wie diese Lustbarkeiten aussehen mochten, hatte Jennifer keine Angst, sondern beschloß, sich überraschen zu lassen, und ließ ihre Gedanken lieber wieder zu dem schweifen, was sie zurückgelassen hatte – aus freien Stücken natürlich, aber auch mit traurigem Herzen und nichts weiter als einer kleinen Reisetasche –, während es unter ihr immer kleiner und kleiner wurde. Ihre Eltern waren hierhergezogen, als sie noch keine fünf Jahre alt gewesen war, und das einzige aus der scheinbar unendlich langen Zeit davor, an das sie sich erinnerte, war ein plötzliches Glücklichsein nach heftigem Unglücklichsein, als wäre (wie jetzt!) ein unerfüllbarer Wunsch in Erfüllung gegangen. Und an eine Lieblingspuppe erinnerte sie sich, an eine Rotkäppchenpuppe, die sie einmal gehabt hatte und die sämtliche Kleider außer der Kappe eingebüßt hatte (was war eigentlich aus ihr geworden?), und daß sie die neugeborene Zoe im Arm gehalten hatte. Der ganze Rest ihres Lebens hatte sich dort unten in diesem Städtchen abgespielt, das jetzt aussah wie ein kleines Dorf für eine Spielzeugeisenbahn oder wie die Weihnachtsdekoration eines Kaufhauses. Sie sah das Einkaufszentrum, in dem sie und Clarissa so viele witzige und aufregende Sachen erlebt hatten, und so lächerlich das Ding auch von hier oben aussah (es erinnerte sie an ihre Ameisenfarm – sie hatte das Ding immer «Ameisentheater» genannt –, vor der sie viele Stunden fasziniert zugebracht hatte und die sie zu dem in ihrem Tagebuch notierten Satz inspiriert hatte: «Wenn du schon nicht anders kannst, dann mach wenigstens eine große Show daraus!»), so wußte sie doch, daß es ihr fehlen würde, genau wie ihr ihre Familie fehlen würde, besonders ihr Dad und das neue Brüderchen oder Schwesterchen, das sie nie kennenlernen würde, und auch die Schule und der Swimmingpool (auch den konnte sie von hier oben sehen: eine knallblaue Briefmarke auf dem winzigen Postkartenstädtchen) und ihr Zimmer zu Hause und die Kirche ihres Vaters und die Sonntagsschule und vor allem ihre Freundin Clarissa, die gekränkt sein und sie für ihre Tat abgrundtief hassen würde, allerdings hoffentlich nicht für immer, weil sie, Jen, nicht anders konnte, und außerdem glaubte sie, daß Clarissa es besser als irgend jemand anders würde verstehen können, denn immerhin war es ja Clarissa gewesen, die als erste davon gesprochen hatte, daß einem alles egal sei, wenn man etwas nur unbedingt genug haben wolle, ganz gleich, wie verrückt dieses Habenwollen auch sein mochte – damals, als für Jennifer diese Art von Habenwollen noch etwas Unbekanntes gewesen war und sie es sich auch gar nicht recht hatte vorstellen können, obwohl sie es versucht hatte, weil Clarissas Schilderung sich so interessant angehört hatte. Der Titel eines erst ab achtzehn freigegebenen Films draußen im Einkaufszentrum, den sie sich hatten ansehen dürfen, hatte es auf den Punkt gebracht: *Hilflose Opfer der Begierde.* Und genau das war sie jetzt, eines dieser Opfer. «Ich werde nie auf den Abschlußball der Highschool gehen», sagte sie laut und bat Bruce darum, noch einmal eine Schleife zu drehen, bevor sie für immer davonflogen. Als sie von oben die Orte heraussuchte, die ihr vertraut waren, wurde ihr klar, daß sie alle mit der einen oder anderen Erinnerung verknüpft waren und daß daher ihr Leben, das der Zeit unterworfen und daher jetzt Gegenwart und im nächsten Augenblick Vergangenheit war (wann hatte die Maschine von der Rollbahn abgehoben? Es kam ihr bereits jetzt vor, als wären seitdem hundert Jahre vergangen! Nein, eher wie: Es war einmal ...), irgendwie in diesen Orten dort unten verankert war, so daß das Städtchen, na ja, nicht gerade ihr Leben, aber doch so etwas wie eine Landkarte ihres Lebens und natürlich auch des Lebens aller anderen war, die dort unten wohnten, eine aus vielen Schichten bestehende Landkarte. Und darum war das Städtchen, auch wenn es von hier oben aussah wie ein Luftbild aus einem Erdkundebuch, wie ein unverrückbares und geometrisch festgelegtes Etwas, wie ein Fixpunkt im Raum, an dem man sich festmachen konnte, in Wirklichkeit kein realer Ort, denn schließlich – hatte das nicht mal einer ihrer Mathelehrer gesagt? – gab es im Unendlichen gar keine Fixpunkte. Sie waren nur eine Illusion, die Art von Illusion, die Jen jetzt gerade hinter sich ließ, indem sie, wie im Märchen, dem Märchen ihrer Kindheit entfloh. Das einzig Wirkliche war das Hier und Jetzt. Und dann wieder (ihr Herz klopfte wie wild): das Hier und Jetzt. «Okay», sagte sie und verspürte ein leichtes Schwindelgefühl vom konzentrierten Hinunterstarren auf das Städtchen, das sich unter ihr im Kreis drehte (es war wie auf der Achterbahn und erinnerte sie an die wie verzauberten Jahrmärkte, die es damals, als sie gerade erst hierhergezogen waren, im Stadtpark gegeben hatte, auch daran, wie aufgeregt sie immer gewesen war, wenn sie hingegangen waren, die ganze Familie war immer aufgeregt gewesen, auch ihre Mom und ihr Dad, und ihr fiel wieder ein, wie sie sich eines Abends während einer Karussellfahrt übergeben hatte, weil sie auf und ab geschleudert und im Kreis herumgewirbelt worden war, als wäre die Welt plötzlich zerbrochen, und die Fahrt hörte nicht auf, egal wie laut sie schrie); sie lehnte sich zurück, schloß die Augen und suchte nach den passenden Abschiedsworten, die ihr dann auch einfielen und sie beruhigten. Mit träumerischem Lächeln sagte sie: «Laß es zu.»

Betagtere Einwohner des Städtchens hätten eingewendet, daß die Jahrmärkte zum Tag der Pioniere, wegen denen Jennifer so aufgeregt gewesen war, nur ein blasser Abklatsch der großen Jahrmärkte vor dem Weltkrieg waren, damals, als der Tag der Pioniere im Städtchen der absolute Höhepunkt des Jahres war, fast so schön wie Weihnachten, ja sogar in mancher Hinsicht noch besser, denn Weihnachten war ein Familienfest, das man zur Winterszeit im Familienkreis feierte, wogegen der Tag der Pioniere eine sonnendurchflutete Feier des Bürgerstolzes war, bei der das ganze Städtchen zusammenkam: beim Festumzug, bei den politischen Ansprachen, in denen die diversen Amtsbewerber einander mit Versprechungen zukünftiger, noch großartigerer Tage der Pioniere überboten, bei den Picknicks und Baseball- und Footballspielen und Badeausflügen, vor allem aber bei den großen Jahrmärkten, die drei Tage und drei Nächte dauerten und bei denen alles geboten war, angefangen von Zuchtviehprämierungen, Tombolas der Kirchengemeinden und Buden, wo man eingemachte Lebensmittel, hausgemachte Backwaren, glasierte Äpfel und Zuckerwatte kaufen konnte, über die üblichen Spielautomaten, Spiegelkabinette und Monstrositätenshows, bis hin zu den spektakulären Achterbahnen und sonstigen Fahrgeschäften, die geradewegs von der Weltausstellung kamen, oder berühmten Musikgruppen aus der Großstadt. Das alles war in den mageren Kriegsjahren zu einem kleinen Dorfrummel geschrumpft, wo allenfalls mal irgendein Film- oder Radiostar auftrat und Kriegsanleihen anpries, und nach dem Krieg war es mit der Pracht und Herrlichkeit des Jahrmarkts endgültig vorbei gewesen, auch wenn er, solange der Stadtpark existierte, weiterhin stattfand und die Bewohner des Städtchens, insbesondere die jungen Leute, sofern sie nicht gerade im Urlaub waren, ihre Freude daran hatten. Pauline, der es von Daddy Duwayne strikt verboten worden war, auf Jahrmärkte, diese Sündenpfuhle, zu gehen, ließ sich keinen einzigen entgehen; im Lauf der Zeit legte sie sich sogar gewissermaßen eine eigene Bude zu, manchmal hinter den Lastwagen der Schausteller, manchmal unter der Bühne des Musikpavillons, manchmal einfach hinter irgendeinem Busch, es dauerte ja nie lange, und sie bekam fast jedesmal etwas geschenkt. Eines Abends stand sie in der Nähe der Schießbude herum, wo sich die Jungen immer trafen, als John mit seiner hübschen Frau auftauchte, und Pauline sah fasziniert zu, wie er auf die Entchen aus Blech anlegte, die vor der hinteren Bretterwand der Bude leise knarrend auf einer Endloskette vorbeiwackelten. Er verfehlte kein einziges, und einmal fielen gleich zwei Entchen um, aber vielleicht wollte der Besitzer der Bude nur freundlich sein und hatte entsprechend nachgeholfen. Jedenfalls gewann John einen wunderschönen Plüschteddy mit blitzenden Knopfaugen und einer dicken roten Schleife um den Hals und gab ihn seiner Frau, die bereits etliche solcher Gewinne in den Armen trug. Sie drehte sich um, sah, daß Pauline sie anstarrte, und schenkte ihr mit jenem lieblichen Lächeln, für das sie seit ihren Tagen als Homecoming Queen berühmt war, den Bären. Pauline blickte zu John – hatte er auch nichts dagegen? –, und einen Augenblick lang sah sie wieder den Zauberprinzen mit dem lodernden Haar, der er vor einem Jahr gewesen war, aber dann war er wieder nichts als der hübsche junge Kerl, dem der Eisenwarenladen gehörte, und die beiden drehten sich um und waren gleich darauf verschwunden. Da begriff Pauline, die immer noch den Teddybär umklammert hielt, daß manche Augenblicke die gewöhnliche Zeit transzendierten und sich weder aufhalten noch wiederholen noch sonstwie auch nur annäherungsweise ein zweites Mal heraufbeschwören ließen, auch wenn solche Festtage offensichtlich versuchten, dieses Kunststück zu bewerkstelligen; man konnte solche Glücksmomente nur in dem Augenblick erleben, in dem sie geschahen, oder eben gar nicht, und nachher konnte man sich daran erinnern oder auch nicht, es war einerlei, diese Augenblicke waren einfach das, was sie waren. Trotzdem war Pauline, obwohl es letztlich wirklich einerlei war, von einem traurigen, aber friedlichen Glücksgefühl erfüllt und beschloß, ihren Teddy umarmend, es für heute gut sein zu lassen und nach Hause in den Wohnwagen zurückzukehren. Dort hatte sie Daddy Duwayne tobend und mit blutunterlaufenen Augen empfangen, sie gezwungen, nackt und auf allen vieren im Kreis um ihn herumzukriechen wie das Stück Vieh, das sie seinen Worten zufolge war, und sie ausgepeitscht, weil sie auf den Jahrmarkt gegangen war und für den Plüschteddy etwas getan hatte. Dann hatte er den Teddy über den alten, vom Schuttabladeplatz geholten Fernseher genagelt und mit der Schrotflinte in hundert Stücke zerfetzt, während er das Zepter der Rache von hinten in die Pforten der Hölle rammte. Anschließend hatte er den zerrissenen Rumpf abgeschnitten und den augenlosen Kopf wie eine Jagdtrophäe an der Wand hängen lassen. Dort hing er noch immer, als sie und Otis dem Wohnwagen ihre Besuche abstatteten, und jene Szene war eines der Verbrechen ihres Daddys, die sie für Otis aufführte oder vielmehr die sie beide gemeinsam aufführten, und zwar mehrfach, es war eine der Lieblingsnummern von Otis, der freilich nur so tat, als feuerte er seine Dienstpistole ab, und «Peng! Peng! Peng!» machte, mit seiner eigenartig piepsigen Stimme, die, davon war Pauline überzeugt, nur daher rührte, daß seine Hemdkragen immer viel zu eng waren. Lieber Otis. Sie waren gute Freunde gewesen, so lange Zeit. Das war vorbei. Er hatte sie beide durch das ganze Städtchen gehetzt, alle Fluchtwege mit Streifenwagen blokkiert, bewaffnete Posten an den Türen der Restaurantküchen aufgestellt und die Müllsäcke abtransportieren lassen, noch ehe Pauline und Corny sich die Dinger schnappen konnten – die Lage war verzweifelt. In dem riesigen Lastwagen, groß wie ein Zirkusanhänger, den Corny ausgeborgt hatte, konnten sie auf keinen Fall unbemerkt fliehen, und überall, wo sie in letzter Zeit aufgetaucht waren, hatte man sie erkannt und verspottet, sie verscheucht und sogar auf sie geschossen. Schließlich hatten sie nur noch in Settler's Woods Zuflucht suchen können, nachdem sie eine falsche Fährte gelegt hatten, die auf einem Feldweg aus der Stadt herausführte. Corny wußte nicht, wie er den Lastwagen verstecken sollte, außerdem paßte Pauline eigentlich auch nicht mehr hinein, und deshalb beschloß er, ihre Vorräte im Wäldchen abzuladen, den Lastwagen auf dem Gelände der Ford-Werkstatt abzustellen und sich statt dessen womöglich seinen alten Lieferwagen zurückzuholen, der geräumig genug war, um damit Lebensmittel zu besorgen. So war Pauline jetzt ganz allein und hatte, so riesig sie auch war, ein bißchen Angst. Die Bäume standen zu eng beieinander, sie konnte sich nicht rühren, ohne daß sofort Äste abknickten und Baumstämme umstürzten und einen furchtbaren Lärm machten, und da ihr der rote Umhang nur noch bis zu den Achseln reichte und ihr ganzer Oberkörper unbedeckt blieb, bekam sie jetzt überall Schrammen. Corny hatte gesagt, sie müsse unbedingt versteckt bleiben, aber selbst wenn sie sich hinhockte, konnte sie über die meisten der Krüppelbäumchen hinwegsehen und daher wohl auch ebenso leicht gesehen werden, sofern irgend jemand hinsehen wollte. Und dann war da noch etwas. Warum sie Corny brauchte. Sie hatte noch nie besonders gut nachdenken können. Doch inzwischen konnte sie es (als wollte ihr Kopf es ihrem Verdauungsapparat nachmachen) noch weniger.

Es war der Tag der Pioniere, und die Ford-Mercury-Werkstatt, die Cornells Ziel war, hatte offiziell geschlossen, doch rein zufällig – oder vielleicht auch nicht zufällig, sondern durch jene sonderbare Art von Fügung, die beispielsweise die formale Struktur eines Witzes prägt – waren der ehrwürdige Werkstattinhaber und sein junger Automechaniker (der darauf bestanden hatte, das Steuer zu übernehmen) in dem alten Abschleppauto des Autohauses ebenfalls dorthin unterwegs, allerdings auf der Hauptstraße, die Cornell nicht mehr gefahrlos benutzen konnte. Ihre vorgebliche Absicht, die Stu und Rex so detailgetreu vortäuschten, als sei sie die tatsächliche, war es, ebenjenen Lastwagen zu stehlen, den Cornell soeben zurückbrachte, auch wenn die beiden letzteres nicht wußten und sich auch nicht weiter darum geschert hätten, wenn sie es gewußt hätten. Auf dem Weg hinaus zur Autowerkstatt, auf der sonnigen und vielbefahrenen breiten Straße, erkannte Stu etliche Leute, manche davon Kunden, die meisten aber alte Trottel wie er, die gerne einen zur Brust nahmen – er hätte ihnen irgend etwas zurufen können, doch sie hätten lediglich gegrinst und irgend etwas zurückgerufen und wären weitergegangen, selbst wenn er so etwas wie «Hilfe, Polizei!» oder «Der Kerl will mich umbringen!» gerufen hätte, weil eben alle Welt angenommen hätte, das sei bloß die Pointe von einem von Stus blöden Witzchen. Was ja, um die Wahrheit zu sagen, auch gestimmt hätte, es war der dümmste seiner Witze. Er und Daphne waren vorhin mehr oder minder blindlings in Richtung Haustür getaumelt, mit dem unbestimmten Plan, zu Johns alljährlicher Grillparty zu gehen, als wie aus dem Nichts plötzlich Rex aufgetaucht war. Stu hatte gestutzt, war aber nicht überrascht gewesen. Er hatte diesen Moment erwartet, seit Winnie das erste Mal nachts am Fuß seines Bettes aufgetaucht war, und heute vormittag war sein kleines Herzchen, in letzter Zeit ungewöhnlich nüchtern, schon seit dem Frühstück ungewöhnlich besoffen. Das hatte Stu, auf den Daphnes innere Unruhe übergesprungen war, seinerseits an die Zapfsäule getrieben, weswegen beider Vergaser schon weitgehend abgesoffen waren, als Rex mit einemmal im Trainingsanzug an der Haustür auftauchte, um Stu mitzuteilen, sie beide müßten dringend zur Werkstatt hinausfahren, weil dort ein Lastwagen geklaut worden sei, Daphne müsse sich daher leider allein auf den Weg zur Gartenparty machen. Ist doch egal, verkündete

Stu großherzig und mit weit ausholender Geste, wir haben doch noch reichlich Laster übrig. Rex protestierte, es sei ganz und gar nicht egal, sie müßten auf der Stelle los. Sie exerzierten also ein Weilchen das Hin und Her von Ach-ist-doch-egal und Nee-ist-eben-ganz-und-gar-nicht-egal durch, worauf Stu ein berühmter alter Hochzeitsnachtwitz einfiel, den sich Rex aber partout nicht anhören wollte und den Daphne schon kannte. Na gut, sagte Stu, dann fahr du schon mal voraus, Junge, ich bring Daph kurz zur Party, wir treffen uns dann in der Werkstatt. Wieso bevormundest du mich eigentlich ständig, ich kann ganz gut allein hinfahren, erwiderte sein süßer Pfirsich unter lauter Gurken und stieß sich kräftig den Kopf am Türrahmen, als sie an Rex vorbei hinausgehen wollte. Dieser Rempler schien ihre Laufrichtung geändert zu haben, denn sie marschierte schnurstracks ins Eßzimmer und stieß dort prompt gegen irgendein anderes Möbelstück, kam dann wieder zurück in den Flur, fluchte und jammerte wie die alte Frau, die sich die Titten in der Wäschemangel eingeklemmt hatte, und wollte von Stu wissen, warum er eigentlich ein so verantwortungsloses Arschloch sei – mein Gott, dem jungen Burschen hier, der doch bloß helfen wollte, liege Stus Autogeschäft offenbar mehr am Herzen als ihm selbst, und das stimmte natürlich, wie Stu wußte und auch bereitwillig zugab. Dann fragte er Rex, ob er den Witz von dem alten Knacker kenne, der zum Arzt geht, weil sein Schwanz schlappmacht und nicht mehr stehen will. Der Doktor wirft einen einzigen Blick auf das Ding und sagt zu dem Mann – verdammt noch eins, du alter Furzer, hör auf und verpiß dich! keifte Daphne, du bringst mich noch um den Verstand! –, seine Aufgabe sei es, den Kranken zu helfen und nicht etwa – *hör endlich auf damit! hör auf!* –, die Toten wieder zum Leben zu erwekken. Rex grinste und sagte, echt ein klasse Witz, also los jetzt, zischen wir ab, und ließ dabei wie zufällig die Pistole in der Hosentasche seines Trainingsanzugs sehen, die er vermutlich aus der Werkstatt geklaut hatte. Stu hatte den Eindruck, daß es seinem Wohlergehen dienlicher wäre, er täte etwas anderes, doch er tat es nicht, sondern trottete fügsam in Richtung Abschleppwagen, während Rex immer einen Schritt hinter ihm blieb und seinen

Boss wieder auf Kurs brachte, wenn er, wie ein angeleinter Bluthund, der an Blumenbeeten herumschnüffelte, vom Weg abkam. Stu wollte sich ans Steuer setzen, doch Rex stieß ihn grob beiseite und blaffte, Stu sei viel zu besoffen, er werde selbst fahren. Stu schaffte es nicht aus eigener Kraft hinauf auf den hohen Sitz, Rex mußte mit anpacken und hievte den Alten mit Schwung hoch, als wäre er aus Stroh. Der Junge hatte Kraft. Und außerdem ein Gewehr. Stu hatte es aus dem Augenwinkel gesehen, als ihn der Bursche mit Schwung auf den Beifahrersitz verfrachtet hatte. Willst wohl 'n bißchen in der Gegend herumballern, was? fragte Stu, als sie losfuhren. Der junge Automechaniker grinste verschlagen und sagte, er habe gedacht, sie könnten den Kerl, der den Laster geklaut hatte, gemeinsam verfolgen. Das entlockte Winnie, deren Kommentare schon immer von hinten durch die Brust ins Auge gegangen waren, ein hohles Lachen; Stu hatte das Gefühl, daß ihre feurigen Augen in diabolischer Freude funkelten und daß sie jetzt dicht hinter seiner Schulter schwebte, obwohl der Abschleppwagen doch gar keinen Rücksitz hatte. Er blaffte sie an: Hör auf damit, und Rex fragte: Hör auf womit, und Stu, der jetzt die eigene Automatik auf Drive geschaltet hatte, säuselte zurück: Hör auf damit / Sag nicht, es stimmt / Daß jetzt ein andrer / Dich mir nimmt, und Rex knurrte: Herrgott, es gibt nichts, was mich mehr runterzieht, als wenn einer 'nen schönen Song verhunzt. Winnies heißes Lachen versengte Stu die Ohren. Während der ganzen Fahrt hinaus zum Autohaus dachte Stu daran, daß er aus dem Wagen springen oder Rex in den Arm fallen oder die Pistole an sich reißen oder auf andere Weise seinem Schicksal ein Schnippchen schlagen könnte, aber wie der alte Mann, der seinen Sextrieb ein bißchen gedämpft haben wollte, konnte er nichts tun, sondern immer nur daran denken.

Unterdessen taumelte Stus kleiner Schatz bei John als eine der letzten auf die hintere Veranda und teilte jedermann mit, ob er es nun hören wollte oder nicht, was Rex ihr aufgetragen hatte: Stu habe noch irgendwas in der Werkstatt zu erledigen, man habe einen der Lastwagen geklaut oder so, und er werde bald nachkommen. Es klang einstudiert, weil es einstudiert war, die Leute schienen nicht recht überzeugt, und sie wurde allmählich nervös oder war schon nervös, egal wie sehr sie dagegen anzukämpfen versuchte, versuchte auch den Eindruck zu erwecken, sie sei nicht betrunken, mit noch weniger Erfolg, auch wenn ein Höflichkeitsbesuch bei der Ginflasche des Gastgebers ein wenig half. Auf einem Bein kann man nicht stehen, wie der alte Stu immer zu sagen pflegte. «Warum unternimmt denn niemand was?» fragte sie laut, aber weder kümmerte sich jemand darum, noch wollte sie es eigentlich, denn ihre kalten Füße waren längst überstimmt von ihrer heißen Muschi – einer der bösesten und wahrsten Witze des alten Knackers. Aber, verdammt, sie brauchte freundlichen Zuspruch, doch auf ihre Frage sagte John, er habe keine Ahnung, wo sie sei, wahrscheinlich irgendwo im Haus. Jemand sagte: «Sie sah schön aus beim Festumzug heute.» – «Was denn für ein Umzug?» John war herausgeputzt wie der Sheriff eines Kuhdorfs im Wilden Westen, was Daphne leichtes Unbehagen bereitete, also ging sie weiter, auch wenn Johns nackte Achselhöhlen recht reizvoll waren. Ihr Gesicht tat weh, sie mußte da irgendwas abgekriegt haben, aber wenn jemand sie fragte, ob sie mal wieder vom Barhocker gefallen sei, gab sie zur Antwort, sie sei überhaupt nicht gefallen, man habe sie gestoßen. Das klang einigermaßen witzig, aber vielleicht war es doch nicht der richtige Spruch, und so fügte sie hinzu, Stu habe noch irgendwas in der Werkstatt zu erledigen, man habe einen der Lastwagen geklaut oder so, und er werde bald nachkommen. Echt wahr, sagte ein Kerl mit Riesenohren ungerührt und starrte dabei durch sie hindurch – allerdings wußte sie, besoffen wie sie war, nicht, ob er zuviel oder aber gar nichts gemerkt hatte. Daphne war wie im Nebel hierhergefahren, meist mitten auf der Straße, und hatte sich immer wieder kneifen müssen, um nicht einzuschlafen. Irgendwie wollte sie die ganze Sache abblasen, wußte inzwischen aber nicht mehr so recht, was die ganze Sache eigentlich war, es war alles sehr sonderbar – als säße sie in einer Luftblase, und der Rest der Welt sei gar nicht mehr vorhanden. Beim Versuch, auf der vollgeparkten Straße einzuparken, hatte sie ein paar Türen zerschrammt und ein oder zwei Stoßstangen eingedellt, aber das war halb so schlimm, die Versicherung würde das schon regeln. Mehr Umsatz für die ^Reparaturwerkstatt. Wo Stu noch irgendwas zu erledigen habe, sagte sie. Einer der Lastwagen. Was? Geklaut, er werde bald nachkommen. Oder so ähnlich. Tatsächlich? fragte eine Frau. Daphne versuchte, das Bild scharfzustellen, doch es gelang ihr nicht. Vielleicht war es die Frau des Bankdirektors: Die Dame machte sich Sorgen wegen der zunehmenden Kriminalität. Was da vor sich gehe, wollte sie wissen, aber Daphne konnte es ihr nicht sagen. Sie hätte noch nicht mal ihren eigenen Namen sagen können, wenn man sie gefragt hätte, was aber zum Glück niemand tat. Die Frau des Pastors, die gerade vorbeigewatschelt kam und sich den unglaublich riesigen Bauch mit beiden Händen hielt, ließ verlauten, sie mache sich Sorgen über den Abbau der Ozonschicht, und ihr Baby könne jeden Augenblick kommen. Ihr Mann lächelte unbestimmt und sagte, die Dinge seien nicht immer, wie sie zu sein schienen. Er musterte bei diesen Worten Ronnie, die mit hervorquellenden Augen dastand und sich in ein Kleid geworfen hatte, das dieser dürren Else ungefähr so gut paßte wie früher ihr altes Cheerleader-Kostüm. Sie war noch nervöser als Daphne, und als Johns kleiner Sohn aus dem Haus kam, ein selbstgebasteltes Stethoskop um den Hals und in einem der weißen Hemden seines Vaters – der Saum schleifte über den Rasen –, schrie sie: *«Dieser dreckige kleine Schleimscheißer, was weiß der denn schon von menschlichem Leid ...?!»* Normalerweise wäre dies der Augenblick gewesen, in dem ihr Mann, Daphnes Exmann, ihr eins hinter die Löffel gegeben hätte, aber der Ofenputzer, der seine schlammverschmierte Anzughose mit einem Gürtel über seinem Golfhemd festgezurrt hatte, schien nicht so recht bei der Sache zu sein: Er stand nur stumm da, besah sich seine Füße, hatte die Hand in der Hosentasche und spielte ein bißchen Taschenbillard. Mikey trat zu ihr, klatschte ihr unmittelbar unter ihrem Busen ein Stoffherz auf die Rippen und rammte dann sein Stethoskop darauf. Igitt! Alle sahen zu und lachten, also sagte Daphne schwitzend zu dem Kleinen, ihr Herz sei zwar voll, noch voller aber sei ihre Blase, sie werde ihm gleich eine Urinprobe geben, und wackelte davon. Sie spürte, daß man ihr Hinterteil aufmerksam musterte, war allerdings zuversichtlich, daß dort nichts Verräterisches zu sehen war. Im Haus dagegen hätte sie fast die Motten gekriegt: Da stand Winnies Geist! O mein Gott! Nein, sogar *zwei* davon! *«Los, raus mit dir, du miesepetrige alte Zicke!»* kreischte sie los. Aber es war gar nicht Winnie, keins der beiden Gespenster, es waren bloß Lollies Rotzgören, die sich Bettlaken übergezogen hatten. Sie hätte die beiden nichtsnutzigen Bengels am liebsten erwürgt, aber die beiden flennten sowieso schon, und Daphne war entschlossen, cool und gelassen zu bleiben, eine nüchterne Freundin der Gastgeber, deren Ehemann bald nachkommen würde, er mußte nur noch was erledigen. Man hatte ihm einen Laster geklaut. Dies ließ sie die beiden Jungen wissen, und das schien sie zu beruhigen. Ihr selbst allerdings half es nicht allzuviel, es kam ihr immer noch so vor, als wären ihr Gespenster oder irgendein namenloses Unheil auf den Fersen, doch dann pinkelte sie ausgiebig und fühlte sich gleich besser. Als sie jedoch das Stoffherz abgepult hatte (es war schwarz) und aus der Toilettentür trat, stand da der Sohn des Pastors und starrte sie entsetzt an, als hätte er sie durch die Tür hindurch beobachtet. Der Ausdruck auf dem bleichen Gesicht des Burschen war haargenau der gleiche wie neulich, als Rex ihn am Kragen gepackt und aus dem Schlafzimmer gezerrt hatte. John kam, gutaussehend und behaart, in Riesenstiefeln aus der Küche, las den Zettel, den ihm der Junge, ohne den Blick von Daphne zu wenden, reichte, und verpaßte dem armen Kerl unvermittelt einen Faustschlag mitten ins Gesicht, so daß dieser ins nächste Zimmer, wenn nicht gar in eine andere Welt taumelte, bevor er, immer drei Stufen auf einmal nehmend, die Treppe hinaufrannte. Merkwürdigerweise hob diese Szene Daphnes Stimmung. Sie fühlte sich jetzt irgendwie weniger im Mittelpunkt, der Junge hatte den Schlag eingesteckt, der möglicherweise ihr gegolten hatte, und so eilte sie, erfüllt von mütterlicher Dankbarkeit oder was auch immer, mit einem feuchten Waschlappen ins andere Zimmer, um das kleine Schätzchen zu trösten und ihm das Blut und den Rotz aus dem Gesicht zu wischen.

Philip jedoch (nach den zuckenden Offenbarungen im Pfarrhaus war er jetzt Philip und ein Mann) fand keinen Trost und wollte sich auch gar nicht trösten lassen, ebensowenig konnte er allerdings – trotz seiner neuen Reife und männlichen Entschlossenheit – sein Gewimmer abstellen, während ihm diese mörderische alte Schachtel das Gesicht abtupfte, das jetzt dort, wo eigentlich die Nase sitzen sollte, ein riesiges, schmerzendes Loch zu haben schien. Die Alte fragte ihn, was denn auf dem Zettel gestanden habe, daß John so fuchsteufelswild geworden sei. «Keine Ahnung!» schluchzte er (es war demütigend, aber er konnte es einfach nicht unterdrücken). «Es hatte irgendwas mit meiner Schwester zu tun!» Sie fragte, was mit seiner Schwester sei und wer den Zettel geschrieben habe, aber er verriet es ihr nicht, er würde es nie verraten. Doch dann stürmte Clarissa herein, verpaßte ihm einen Tritt in die Rippen und wollte wissen, was er Schreckliches getan habe, daß ihr Dad ihm gleich eine reingehauen habe, und wo seine verdammte Schwester überhaupt stecke. «Sie ist weg. Mit deinem Onkel Bruce.» Darauf trat sie noch fester zu und schlug ihn – «Ich glaub dir kein Wort, du Arschloch!» schrie sie –, schlug ihn sogar zwischen die Beine und ins Gesicht, wo ihr Vater ihm den Faustschlag verpaßt hatte, und das, obwohl verschiedene Leute sie zurückzuhalten versuchten. «*Ich* kann doch nichts dafür!» wimmerte er und krümmte sich, viel zu benommen, um aufzustehen, auf dem Fußboden zusammen. «Nevada war's!» Das ließ Clarissa wenigstens für einen Augenblick innehalten, doch er hatte das Gefühl, als hätte er einen heiligen und intimen Treueschwur gebrochen. «Nevada …? Woher kennst du denn Nevada?» – «Sie hat mir den Zettel gegeben», sagte er und ließ die Einzelheiten beiseite. Dabei waren sie das Beste daran. «Ich sollte es dir nicht verraten.» – «He, ist das nicht der Junge, der auf dem Dach des alten Stu aller Welt seinen nackten Arsch entgegengereckt hat?» lachte jemand. «Aha! Vielleicht ist Daphne deshalb hier.» – «Hat sie ihm etwa eine geknallt?» – «Nein, das war Johns Töchterchen.» Clarissa sagte noch einmal, sie glaube ihm kein Wort, aber als er durch seine Tränen an dem pochenden Klumpen zwischen seinen Augen vorbei zu ihr aufsah («Holla, jetzt hat er einen Zinken wie unser neuer Bürgermeister», sagte jemand, und ein anderer meinte, man solle lieber den Arzt holen), merkte er, daß sie ihm doch glaubte. Ihr Gesicht sah nicht weniger zerschlagen aus als seines. Sie stand breitbeinig über ihm wie eine Kriegerin, und Philip sah, daß sie unter ihren kurzen Höschen nackt und wunderschön war, und da wußte er, daß er sich, obwohl er gedacht hätte, er sei nach seinem heutigen Abenteuer über sie hinweg, getäuscht hatte und sich nach wie vor unendlich nach ihr sehnte. «Ich hatte überhaupt nicht vor, herzukommen. Ich hab es nur für dich getan», gestand er. «Halt die Schnauze, Wichser! Du bist echt zum Kotzen!» fauchte sie und hätte sich womöglich von neuem auf ihn gestürzt – sie war wirklich in Fahrt –, doch da kam ihr Dad herein, der jetzt über der Lederweste seine Pilotenjacke trug, und sagte: «Ich finde Mom im Moment nicht, Clarissa. Übernimm du hier das Kommando, bis sie wieder auftaucht.» – «Geht es um Jen, Dad? Ist sie …?» Er nickte kurz, sagte, noch mit einem Blick auf Philip, sie solle sich von diesem widerwärtigen kleinen Scheißer da fernhalten, und war fort. Sie sah plötzlich weich und zerbrechlich aus, sie war schrecklich verletzt und bemühte sich, nicht in Tränen auszubrechen, und Philip verspürte den verzweifelten Wunsch, ihren hübschen kleinen Arsch zu tätscheln, nur so aus Mitgefühl, als liebevoller Freund, doch er wußte, daß sie ihm wahrscheinlich den Arm brechen würde. Besonders nach dem, was ihr Dad gesagt hatte. Außerdem tat ihm sowieso alles so weh, daß er sich nicht rühren konnte. Der alte Arzt mit den Tränensäcken unter den Augen kam mit einem Drink in der Hand hereingeschlurft, kniete mit knackenden Gelenken neben ihm nieder und tastete ihn flüchtig ab. «He, Alf, vielleicht solltest du lieber Johns Sohn die Behandlung übernehmen lassen! Er sieht dir ähnlicher als du selbst!» – «Und fummelt genauso gern an einem herum!» – «Echt witzig, der Kleine!» – «Ja, das war gut, wie er dem alten Schreihals rektal Fieber messen wollte! Wie der gesprungen ist!» – «Vorsicht! Floyd ist jetzt ein hohes Tier!» – «Sieht ganz so aus, als wäre das Nasenbein gebrochen, Junge», erklärte der Arzt mit müder Stimme und stand mühsam auf. «Ich hole mal meine Tasche.» Clarissas Dad kam wieder herein, kochend vor Wut, und fluchte, alle seine Autos seien weg. «Wo zum Henker ist der Porsche?» – «Den muß Grampa Mitch genommen haben», sagte Clarissa. «Er wollte

Granny Opal abholen.» – «Aber der Lincoln ist auch weg!» – «Keine Ahnung, Dad.» – «Verdammt, ich muß raus zum Flugplatz!» Der Arzt fischte einen Schlüsselbund aus der Hosentasche, die ihm bis zum Knie zu reichen schien, warf ihn ihm zu. «Es ist der alte …» – «Ich kenn den Wagen. Danke, Alf. Ich laß ihn dir von irgend jemandem zurückbringen.» Was stand auf dem Zettel? An der Art, wie Clarissas Dad reagiert hatte, konnte Philip erkennen, daß die Nachricht wichtig gewesen sein mußte, aber warum hatte er ihm eine reingehauen? Er war von all den Dingen, die Nevada ihm, atemberaubend nackt, im staubigen Arbeitszimmer seines Vaters gezeigt hatte, so verwirrt gewesen, daß er ihr nicht aufmerksam genug zugehört hatte. Sie hatte ihm als Andenken einen Knutschfleck auf dem Hals verpaßt, vielen Dank auch, doch jetzt hatte er obendrein ein gebrochenes Nasenbein. Erwachsene waren wirklich sonderbar. Und ein bißchen unheimlich. Zoe kam in einem weißen Hemd herein, das ihr bis zu den Füßen reichte, dazu trug sie eine Papierhaube, auf die mit Filzstift ein rotes Kreuz gemalt war; er sagte ihr, sie solle Mom oder Dad holen, er müsse ihnen etwas über Jenny erzählen. «Mommy fühlt sich aber im Moment nicht gut, sie hat Bauchweh und hat sich auf einem Picknicktisch ein bißchen hingelegt, und Daddy schreibt an seiner Predigt, und außerdem bin ich gar nicht Zoe, ich bin eine Heh-bamme.»

Philips Freund Bonsai, den man vielleicht doch noch Maynard drei würde nennen müssen, nachdem Philip nun nicht mehr Fisch hieß, lernte gerade ebenfalls etwas über das Leiden als Nachspiel himmlischer Wonnen. Seine erstaunlichen Abenteuer, die in mittlerweile längst vergessener Urzeit begonnen hatten, endeten, wie ihm nun bewußt wurde, in einer sehr unmittelbaren Gegenwart. Und es war beileibe nicht das Happy-End, das er sich vorgestellt hatte. Nein, vergiß die Wonnen, mein Junge, vergiß die Glückseligkeit, das Land der Pracht und Herrlichkeit – der Kleine war wieder in der Hölle: Sein dimensionsloses Paradies hatte jetzt sehr deutliche Dimensionen, die Christbaumkerzen standen kurz vor dem Verlöschen, die unsichtbaren Engelschöre kreischten Zeter und Mordio, und den sinnlichen Zeichen, die jene Wellen in satten Farben, nunmehr vorwiegend in gräßlichem Rot, schrieben, war nur eins zu entnehmen: *Hau ab, Mann!* Und genau das versuchte er mit aller Kraft, aber es wurde allmählich zu eng, um die Arme zu bewegen, und außerdem schien es kaum noch irgendwelchen Raum zum Abhauen zu geben! All die pulsierenden Sternenkonstellationen in allen erdenklichen Schattierungen der Himmelsfarben, bei deren Entstehung sein explodierender Pimmel geholfen hatte, verklumpten mit einemmal, als wären sie magnetisiert; sie rotteten sich zusammen, bedrängten ihn von allen Seiten und trieben ihn in die Enge. Zuvor war er von diesem chromatischen Auf und Ab aufs innigste liebkost worden, doch nun wurde er aufs innigste mit Hieben malträtiert. Es war schrecklich. Die kaleidoskopischen Farben versengten ihm das Fleisch, besonders die zarten Stellen, Gestank drang in seine Körperöffnungen wie greifbare Nebelschwaden, und sein dehnbarer Körper, der sich vorhin majestätisch über das ganze ekstatische Universum erstreckt hatte, wurde jetzt zu einem kläglichen feuchten Klumpen zusammengequetscht. Bonsai trommelte mit aller Kraft auf die Gummiwände ein, die sich rings um ihn zusammenzogen, aber es war, als hätte er in einen alten Sessel mit einer Füllung aus Styroporkügelchen geboxt. Es wurde dunkel und glühend heiß, er bekam kaum noch Luft und hatte Angst, daß dies womöglich die grauenhafte Apokalypse war – Sünder, habt acht! –, von der der alte Schreihals immer predigte. Vater unser, der Du bist im Himmel, begann der Kleine zu beten, wußte aber die nächste Zeile nicht mehr und konnte kaum noch atmen, alles, was ihm einfiel, war, vergib uns unser geheiligtes Brot, was irgendwie falsch klang, also schrie er einfach laut: «Lieber Gott, bitte! Mom! Dad! *Hilfe!*» Nicht einmal er selbst hörte diesen Hilferuf. Es kam ihm so vor, als wäre er unter Wasser oder so. Inzwischen war es stockfinster, und er konnte nicht einmal mehr seine Knie vor der eigenen Nase sehen, wo sie seinem Gefühl nach aber sein mußten, doch dann, als eine feuchtkalte Hand nach seinem Gesicht grapschte und ihn an den Haaren packte, hatte er eindeutig den Eindruck, daß er nicht allein war. Daß noch jemand anders hier drinnen war!

Mikeys großartiges Finale, bei dem er das Kaninchen aus dem Zylinder hervorzog, war nach allgemeiner Meinung die beste

Nummer, die er je gebracht hatte, auch wenn es für viele der Anwesenden die erste war, die sie gesehen hatten, denn es gab, wie Oxford aufgefallen war, auf dieser sonnigen Gartenparty jede Menge Fremde oder jedenfalls Leute, die für ihn Fremde waren und auf Nachfrage meist antworteten, sie seien bei John angestellt. Natürlich wußte Oxford nicht mehr so recht Bescheid, seit Gretchen den Drugstore übernommen hatte, das Gemeinwesen war gewachsen, während Oxford fasziniert das Wachstum seiner eigenen kleinen Familie verfolgt hatte, von der ihn heute acht Mitglieder begleiteten. Wo immer sie auch gerade sein mochten. Die Kleinen hatten früh begriffen, wie sie dem durch Kurzsichtigkeit eng begrenzten Gesichtskreis ihres Großvaters entfliehen konnten, und ließen sich nur dann wieder bei ihm sehen, wenn sie ihn brauchten, und grundsätzlich, wenngleich bisweilen mit gewissen Zweifeln, begrüßte er diese Selbständigkeit. Die drei, die sich am ehesten in seiner Nähe hielten, waren die Enkel, welche – leider – Oxfords Behinderung, die ja auch die ihrer Mutter war, geerbt hatten, ein Schicksal, das seinen eigenen vier Kindern erspart geblieben war, auch wenn sie – ebenfalls leider – ein anderes hartes Schicksal zu tragen hatten. Diese drei nun waren neugierig, zerrten ihren Großvater an ihren kleinen Händen davon und führten ihn schnurstracks zu Mikeys... nun ja, sozusagen zu Mikeys Zylinderhut: zu der Dame auf dem Picknicktisch. Da steckte irgend etwas zwischen ihren Beinen, und die Kleinen wollten es gern sehen, konnte er sie hochheben? Unterdessen kassierte Mikey wohlverdienten Beifall und viele Lacher für seine unheimliche Imitation von Oxfords altem Freund Alf mit seinem krummen Rücken und der hängenden Unterlippe, an der früher immer eine Zigarette geklebt hatte, bis Harriet an Krebs erkrankt war und Alf das Rauchen aufgegeben hatte. Außerdem konnte Mikey genau nachmachen, wie Alfs knochiger grauer Schädel, der an einer Spiralfeder zwischen den Schultern befestigt schien, etwa im Rhythmus seines Herzschlags wackelte. Nicht alle hier kannten Alf, aber etliche Finger zeigten auf ihn, und viele lächelten, als der alte Doktor gemächlichen Schritts auf die Veranda trat – und zwar in Begleitung eines jungen Burschen mit dick verbundenem Gesicht, vielleicht dem Sohn von Lennox und Beatrice, von hier aus war das schwer zu erkennen. Vorhin hatte Alf sich mit Oxford kurz über Beatrices interessanten Zustand unterhalten und bemerkt, es sei zwar seiner Meinung nach noch zu früh, dennoch habe er aber den Eindruck, sie werde jeden Moment platzen, sofern sie überhaupt schwanger sei, und hatte dann, in der vertraulichen Manier, die sich im Lauf der Jahrzehnte im Dialog zwischen Arzt und Apotheker ausgebildet hatte, weitere rätselhafte Fälle aus jüngster Zeit beschrieben («Trevor scheint unter der sonderbaren Einbildung zu leiden, er könnte früher mal jemanden umgebracht haben ...»), unter anderem auch das Gefühl eines sanften, aber beharrlichen Drucks an seiner Fingerspitze – er hob den betreffenden Finger, von dem Oxford wußte, daß Alf damit die Körperöffnungen seiner Patienten und Patientinnen abzutasten pflegte, damit Oxford ihn durch seine dicken Brillengläser betrachten konnte, und in der Tat wirkte diese Fingerspitze ziemlich breit, doch da Alf spatelförmige Finger hatte, sahen sie allesamt recht ähnlich aus –, wobei Alf meinte, diese Druckempfindung sei der physische Ausdruck einer nur noch halb erinnerten Diagnose, die er irgendwann verpatzt habe: «Ein Tumor, glaube ich. Aber der Mistkerl wird immer größer.» Alf betrachtete verwundert die Fingerspitze. «Das Mistding ist jetzt schon dicker als eine gottverdammte Melone, Oxford, und hätte noch nicht mal in dem Zeppelinbauch da drüben Platz.» – «Ruf doch mal Eric an und frag ihn, was er davon hält.» – «Er würde bloß denken, ich werde senil.» Mikey hatte auf seine pfiffige Art ebenfalls gemerkt, daß Alf, was seinen Finger anging, an einer fixen Idee litt, und drum tat er so, als unternähme er den verzweifelten Versuch, irgend etwas von dem Finger abzustreifen, das sich einfach nicht abstreifen ließ: Er rieb den Finger an seinen eigenen Kleidern, dann an denen anderer Leute, er schüttelte ihn, saugte daran, spuckte aus und erschoß ihn mit seiner Spielzeugpistole; schließlich tat er, als würde er ihn abhacken, steckte das abgetrennte Stück auf einen Spieß und briet es über dem Holzkohlengrill, bis es Feuer fing, löschte es dann mit Alfs Whiskeyglas, um es zuletzt – mit triumphierendem Lächeln und heftig mit dem Kopf wackelnd wie ein alter Truthahn –

wieder an seiner Hand zu befestigen und hochzuhalten, damit alle es sehen konnten, unversehrt und nur ein bißchen schmutzig. Dann, während Beatrices Töchterchen Zoe mit ausgestopftem Bauch als Arzthelferin hinter ihm herzockelte (das Ziel dieser Parodie war offenbar Oxfords Tochter Columbia, die, soweit es Oxford ihren von überall im Städtchen getätigten und immer wieder von Schluchzern unterbrochenen Telefonaten hatte entnehmen können, heute nachmittag damit beschäftigt gewesen war, wie eine Verrückte ihrem hirnlosen Bruder nachzujagen), schlenderte Mikey gebeugt zur Frau des Pastors, die sich auf dem Tisch hin und her warf und laut ächzte, um ein Laken über sie zu werfen. Oxford zog gerade noch rechtzeitig eines seiner Enkelkinder zwischen ihren Schenkeln hervor, bevor sich das Leintuch senkte. Als die ersten Wehen einsetzten, begann Beatrice sich aufzubäumen und zu schreien, und Oxford fragte sich schon, ob er sich vielleicht einschalten sollte, kam jedoch zu dem Schluß, daß Alf, der ja in unmittelbarer Nähe war, es wohl am besten wissen mußte – «Nein, laßt ihn nur», lachte Alf, «er macht das ganz prima!» –, und ließ es zu, daß die Frau seine Hand ergriff und fest drückte, während seine Enkel auf die Bank krabbelten, um besser sehen zu können. Mittlerweile hatten sich die übrigen fünf ebenfalls eingefunden, außerdem drängten sich ringsum, von dem seltenen Schauspiel und Beatrices gellendem Kreischen angelockt, noch Dutzende andere Kinder und diverse Erwachsene. Mikey zog sich ein Paar gelbe Putzhandschuhe über und tastete mit hängender Unterlippe unter dem auf und nieder hüpfenden Laken umher. Plötzlich fuhr Beatrice mit einem Ruck hoch und schrie entsetzt auf, und – *Schlupp! Plopp!* – kam der lange verlorene Sohn von Maynard und Veronica zum Vorschein, an seinen Haaren hervorgezerrt, tropfnaß, splitternackt und hilflos nach Luft schnappend wie einer, der gerade vor dem Ertrinken gerettet worden war. Die Zuschauer jauchzten und applaudierten. «Echt klasse», kicherte irgend jemand hinter Oxford. «Wie hat er das nur gemacht?» Maynard drei alias Little holte tief Luft, blinzelte, betrachtete die Menschenmenge und kroch dann eilends zurück unter das Bettlaken. Als sein glänzender nackter Po hoch in die Luft ragte, verpaßte ihm Mikey den bei Neugeborenen üblichen kräftigen Klaps, und dann kamen alle übrigen Kinder, die vor Lachen quiekten und einander wegschubsten, ebenfalls an die Reihe. Vermutlich hätten sich auch die Erwachsenen an dem Spaß beteiligt, aber der Junge war schon wieder unter dem Leinentuch aufgetaucht und vom Tisch weggekrabbelt und zog sich in Windeseile die nassen Kleider an, die er sich dort unten geholt hatte, während alle lachten und Johns witzigem Sohn applaudierten. Alle außer den Eltern des kleinen Maynard. Dessen Vater nämlich stapfte herbei und gab seinem Sohn kräftig eins hinter die Löffel – «Meine Güte, Dad, was hab ich denn getan?!» wimmerte der Junge, während sein Vater ihm eine zweite Ohrfeige verpaßte und ihn, der sich immer noch die Hosen hochzuziehen versuchte, hinter sich herzerrte, worauf Beatrice endlich Oxfords Hand losließ, sich auf einen Ellbogen stützte und keuchte: «Er wollte doch nichts Böses tun!» Seine Mutter Veronica dagegen, die bis dahin einen hysterischen Anfall nach dem anderen erlitten hatte, ließ sich kraftlos und ermattet in einen Liegestuhl sinken, ruinierte dabei entweder den Stoffbezug des Stuhls oder den Reißverschluß ihres Kleides oder beides und sagte: «Ach, zum Teufel damit, ist mir doch scheißegal.» Beatrice schrie und bäumte sich ein weiteres Mal auf, und ihr Töchterchen Zoe, der mittlerweile die Haube über das eine Auge hing und das Kissen zwischen die Knie gerutscht war, watschelte besorgt zu Alf, nahm seine Hand und zog ihn zu dem Tisch, wo jetzt auch Lennox wartete, und so kam Adam zur Welt – allerdings erst, nachdem Oxford, angeregt vielleicht durch das unvermittelte Einsetzen der Abenddämmerung (Zeit, die Enkelkinder nach Hause und ins Bett zu verfrachten), wieder einmal ein Satz über das Verhältnis der Phantasie zur realen Welt in den Sinn gekommen war, den Kate einst für das von Ellsworth herausgegebene Wochenblatt zu Papier gebracht hatte: Die reale Welt verändere sich in einem fort, hatte Kate damals geschrieben, wohingegen die Phantasie, unser Bollwerk gegen die unauslotbar tiefe Wahrheit des Unbewußten, die Welt krampfhaft festzuhalten versuche. Im wirklichen Leben, das Kate als «dämmrig» bezeichnet hatte («Wir werden in eine Welt geboren, deren

Licht vergeht ...»), sei alles, was wir zu erhaschen suchten, immer schon zu etwas anderem geworden; die Kunst, schrieb sie, umhülle sich daher mit Licht oder mit Dunkelheit, die ja nur eine andere Art von Licht sei, um uns vor den düsteren Schrecken des steten Umbruchs zu schützen und unsere Sehnsucht nach Hoffnung zu nähren. Eigentlich hatte Kate das Kino und besonders Schwarzweißfilme gemeint – die Episode hatte sich etwa zu der Zeit abgespielt, als Filme «in lebensechten Farben» begannen, das Programm im «Palace» zu dominieren – und ausgeführt, daß diese Streifen mit ihren «wirklichkeitsgetreuen» und doch nur aus Licht und Schatten bestehenden Bildern Kunst und Wirklichkeit heillos durcheinanderbrachten und miteinander vermengten, so daß beide einander auslöschten – und ebendies sei es, was sie «schön» mache. Ellsworth hatte sich in einem Nachtrag von dieser Meinung distanziert und angemerkt, daß diese Ansichten der Autorin nicht unbedingt denen des Herausgebers entsprächen, er glaube vielmehr, daß der einzige Schrecken, den das Leben bereithalte, dessen fortdauernde Langeweile sei, glücklicherweise gelindert durch die Kunst und die Phantasie.

Der Lauerer ist zurückgekehrt, allerdings ohne das Modell. Das hat der Künstler nicht vorhergesehen, niemand hat es vorhergesehen. Es drängt sich eine unstatthafte Frage auf, die wie Nebel um die Knöchel des Künstlers zu wabern und hochzuwallen scheint, bevor sie, sein Herz mit sich ziehend, wieder zum Erdboden herabsinkt. Der Wald ist nicht abgebrannt, nur hier und da verkohlt, als hätte ihm der Schmerz des Künstlers Narben geschlagen. Und er selbst fühlt sich nicht so sehr resigniert als vielmehr emotional ausgelaugt. Die Ermattung im Gesicht des Lauerers läßt vermuten, daß er sich mit grausamen Vergnügungen verausgabt hat, eine Vermutung, die er nicht zu entkräften versucht: «Ach ja», seufzt er und legt eine schmutzige Fingerspitze auf die Warze eines kindlichen Busens in einer Zeichnung, die zu Füßen des Künstlers liegt, zieht dann eine wellenförmige Linie hinunter zu ihrem Nabel, über ihren bleichen, kleinen, vor Angst angespannten Bauch und hinein in den versteckten Spalt zwischen den zusammengepreßten Schenkeln, «die reine Freude!» Der Künstler verspürt den brennenden Wunsch, ihm ob dieser niederträchtigen Entweihung nicht allein die Fresse zu polieren, sondern ihn auszulöschen, das verderbte Monstrum vom Angesicht der Erde zu tilgen, doch der Gram hat seine Kraft und Willensstärke ausgezehrt, und er spürt, daß er es ist, der langsam, aber unaufhaltsam ausgelöscht wird. Wie der Fels am Ufer, auf dem sie einst kniete: jetzt verschwunden, gleichsam wie in den Fluß gewaschen, der seinerseits zu einem bloßen Rinnsal geworden ist, wie trocknende Tränen nach und nach versiegt. «Ich weiß, was du getan hast», sagt er verbittert und weist geringschätzig auf all die Zeichnungen, die auf dem öden Kiesboden rings verstreut liegen. «Du siehst, ich habe mir alles ausgemalt.» Der Lauerer studiert die Zeichnungen mit unverhohlener, an Ehrfurcht grenzender Bewunderung. «Wie außergewöhnlich genau getroffen!» ruft er aus und nimmt ein Blatt hoch, auf dem er selbst abgebildet ist, wie er sich mit lustvoll aufgerissenen Augen hinter den hochgereckten Pobacken des Modells aufbäumt und seine barbarischen Gelüste befriedigt, während seine Hände an der zackenbewehrten Kette um den Hals des Mädchens zerren; er hält sich die Zeichnung vors Gesicht, als blicke er in einen Spiegel. «Es ist, als hättest du die Grenze zwischen Kunst und Wirklichkeit überschritten!» – «Die Kunst schert sich nicht um die Wirklichkeit, sie drängt sich ihr nicht auf», entgegnet der Künstler niedergeschlagen. «Sie *ist* die Wirklichkeit, der sich alles übrige aufdrängt.» Der Lauerer kramt in den Zeichnungen, legt sie rings um sich aus, wählt bald dieses, bald jenes Blatt, um es genauer zu besehen. «Ja doch, du hast alles gesehen», gibt er zu und streicht auf einer besonders barbarischen Skizze zärtlich über den weit vom Körper abgewinkelten Oberschenkel des Modells, als wolle er die grausame Pein der jungen Maid lindern oder sie sich in Erinnerung rufen. Er wirft die Zeichnung beiseite. «Und du hast nichts gesehen.» Der Künstler hat just diesen Tadel gefürchtet. Er ist ein feinfühliger und anständiger Mensch, wie er weiß, und zweifellos gibt es Abgründe von

Verderbtheit, welche seine Phantasie, die er in seinem Stolz gern als grenzenlos versteht, unmöglich ermessen kann. «In Wahrheit», seufzt der Lauerer, «weiß ich nicht, wo sie steckt, ich habe sie nicht mehr gesehen, seit sie dich verließ.» – «Aber ihr seid doch beide zur gleichen Zeit verschwunden!» – «Ich habe nach ihr gesucht. Vielleicht, um das mit ihr zu treiben, was du dir im Geiste ausgemalt hast. Doch vergeblich. Sie ist fort.» Der Künstler, niedergeschmettert ob dieser Enthüllung, sofern es eine ist und nicht nur wieder ein neuer grausamer Betrug, starrt auf seine Zeichnungen, die er bei ihrer Verfertigung für leidenschaftliche und konsequente Studien imaginativer Wahrheitssuche hielt, die ihm jetzt jedoch nur wenig mehr scheinen als fiebrige Stümpereien einer entarteten und pornographischen Seele, Skizzen aus dem Höllenpfuhl. «Nur dieses eine habe ich gefunden», sagt der Lauerer und greift in die zerfledderte Tasche seines Hemds, reicht dem Künstler einen Fitzel Papier, den dieser als abgerissene Ecke von einer seiner Zeichnungen erkennt. Darauf steht: «Die wahre Quelle der Kunst ist nicht das Geschaute, sondern das Sehnen nach dem Nichtgeschauten.» In ihrer Handschrift, versteht sich, der arglos gleichförmig geschlungenen Schreibschrift eines unschuldigen Kindes. Dem Künstler zittern die Hände. «Glaubst du, sie kommt vielleicht zurück?» – «Das sieht mir eher nach einem Abschiedsgruß aus», sagt der Lauerer. «Ich vermute, es ist ihre Art, dir weiterhin als Modell zu dienen.» Er lächelt gedankenvoll. «Allerdings macht das viel weniger Spaß, nicht wahr?» Der Künstler steht da und fühlt sich wacklig auf den Beinen. Wieviel Zeit mag wohl verstrichen sein? Als er sich umsieht, ist der Lauerer fort. Der Künstler steht nun allein im dunkler werdenden Wald. Er läßt seine Malutensilien und Zeichnungen liegen und schreitet in den Wald hinein, um so aus ihm herauszuschreiten: Was ein Zentrum hat, muß irgendwo einen Rand haben.

Wieso überschreitet der Mensch seine Grenzen und betritt ein Niemandsland der Mutwilligkeit? Was verkehrt das gesunde Spiel mit der Gefahr im Rahmen bestimmter Regeln – etwa beim Bergsteigen, Fallschirmspringen oder im Krieg – in den selbstmörderischen Drang, die Gegebenheiten des Spiels in Bausch und Bogen zu verwerfen und seine Regeln zu negieren, wie man die Schwerkraft oder die Zahlen oder das Vergehen der Zeit negieren könnte? John begriff diesen Drang nicht, wußte jedoch, wie er sich anfühlte, da er schon mehr als einmal im Leben, und meist in Gesellschaft von Bruce, urplötzlich auf dieser Kante balanciert war und sich zu dem verhängnisvollen Abgrund hingezogen gefühlt hatte. Das Ganze hatte die Aura eines Witzes, eines letzten Witzes zwischen Freunden, und so wie das von ihnen gemeinsam geschaffene größere Ich lachend gegen die Grenzlinien anzurennen wagte, so wagte es auch jeder für sich und empfand sich dabei stets als Teil von etwas, das sie zwang, ihr schwaches, sterbliches Ich in Frage zu stellen. Zugegebenermaßen genoß John den flüchtigen Nervenkitzel daran. Doch hatte er im Gegensatz zu seinem Freund aus der Stadt zu viele Mannschaftssportarten praktiziert, um den gängigen Trugbildern eines allmächtigen Gruppen-Ichs auf den Leim zu gehen, und erwartete auch nicht, daß ihnen der gemeinsame Wagemut einen magischen Freibrief gegen die unerbittlichen Gesetze des Spiels in die Hand drücken würde, wie es Bruce bei seinen rastlosen Grenzüberschreitungen manchmal zu glauben schien. In Wahrheit liebte John die Regeln, denn er war ja wie immer der Kapitän der Mannschaft, und die Spielregeln definierten sowohl seine Macht als auch die Grenzen, nach deren Maßgabe er sich erprobte und bewegte und andere beurteilte. Johns Spiel war das Leben, Bruce' Spiel der Tod, doch John begriff, daß Bruce daher näher an der Wahrheit lebte als er selbst und in Wirklichkeit einen anderen Aspekt des *eigenen* Ichs verkörperte, dem sich zu stellen John letztlich nie fertigbrachte, es sei denn stellvertretend durch seinen nihilistischen Freund. Und jetzt, als wollte Bruce John für seine Feigheit vor dem verdammten großen Geheimnis, wie er es zu nennen pflegte, verspotten, waren die Mauern, gegen die er durch die Entführung von Ochs' kleiner Tochter anrannte, im Endeffekt genau die, die zwischen ihnen beiden aufragten, beziehungsweise jene, die John aufgebaut hatte: sein Gemeinwesen und (falls man Nevada trauen konnte, was man natürlich nicht durfte) seine eigene Familie. Nevadas Nachricht hatte besagt, daß Bruce, der einen «äußerst gewaltbereiten und selbstmörderischen» Eindruck machte, offenbar Philip, den großen Bruder des Mädchens, als Mittelsmann eingesetzt habe, um Jennifer *und* Clarissa zum Flugplatz zu locken. Sie vermute, daß Bruce zur Angelhütte unterwegs sei und etwas «äußerst Scheußliches» im Schilde führe. «Ich glaube, er will Schluß machen, und versucht, so viele wie möglich mitzunehmen.» Sie habe zu spät von dem Plan erfahren, um Jennifer zu retten, doch sei es ihr immerhin gelungen, den Jungen von seinem Auftrag in Sachen Clarissa «abzulenken» (Nevadas Anführungszeichen) und Bruce weiszumachen, der Knabe habe Schiß bekommen, damit er nur mit der halben Beute abhob. Jetzt verstand John auch die Bedeutung des wehmütigen Abschiedsgrußes, den Bruce ihm bei ihrem letzten gemeinsamen Aufenthalt in der Angelhütte nach der bunten Nummer mit den drei Weibern zugewinkt hatte: Lebwohl, Kumpel. Fang mich, wenn du's schaffst. Der Dreckskerl mit der schwarzen Seele. John liebte ihn, aber als er die Startbahn entlangraste und mit einem Gewehr auf dem Sitz neben sich (nicht die Jagdflinte, die er eigentlich hatte mitnehmen wollen, sie schien aus irgendeinem Grund zu fehlen) in die anbrechende Abenddämmerung abhob, war er sich nicht sicher, ob er aufstieg, um Bruce vor sich selbst zu retten oder um ihn umzubringen. Licht flutete in die Maschine, aber als er sie in einer schrägen Kurve nordwärts zog, lag das Land unter ihm im Schatten, das unbeleuchtete Städtchen sah klein und verletzlich aus, verloren in der Weite der Prärie, und wurde immer kleiner, als werde es bei seiner Rückkehr vielleicht nicht mehr dasein.

Es war ein schöner Tag gewesen, der ewig hätte weitergehen können, schien es, drum war es beinahe eine Überraschung, als mit einemmal das Licht schwand und die Dämmerung einsetzte. Draußen am Stadtrand schaltete Mitch die Scheinwerfer ein, als er den Lincoln auf den Parkplatz des Seniorenheims fuhr (er wollte doch keinen dieser Tattergreise umfahren, die da herumspazierten, die würden ihm vor Gericht das letzte Hemd ausziehen), und dachte dabei, ob er nicht selbst in Rente gehen sollte, aber bloß nicht hier; unter anderem hätte es ihm nichts ausgemacht, einige der alten Damen im Städtchen los zu sein, die einst nicht gar so alt gewesen waren. Zusammen mit seiner Frau alt zu werden war eine Sache, aber wenn man mitbekam, was aus den früheren Geliebten wurde, blieb einem glatt die Tunke weg, was seinem Sohn nicht soviel auszumachen schien, weil er vielleicht mehr Tunke hatte. Auch in anderen Teilen des Städtchens gingen die Autoscheinwerfer an: etwa die von Lorraine, die auf dem Weg zurück zur Grillparty war; die von Nevada, die enttäuscht vom Flugplatz aufbrach; die von Cornell, der auf dem Feldweg zur Ford-Mercury-Werkstatt fuhr. Dort wollte Stu das Licht im Büro anknipsen, aber Rex erlaubte es nicht. Waldo, in sein Liebesnest gekuschelt, wie er es gern nannte, ließ das Licht ebenfalls lieber aus, da das hereinbrechende Halbdunkel dem schlichten Zimmerchen, in dem er sich heimischer fühlte als bei sich zu Hause, eine Art melancholische Schönheit verlieh. Miss Knackarsch meinte zwar, die Butze sehe aus wie das Nirgendwo persönlich, Mann, wie so ein steriles Scheißding, das sie auf eine Umlaufbahn geschossen und dann vergessen hätten, aber sie hatte ihre Schuhe und ihr T-Shirt ausgezogen, und auch ihre plötzliche Wut, als er den Fehler begangen hatte, sie unverblümt mit Miss Knackarsch anzureden («Was ist los mit dir, Alter, bist du ’n kranker Hinternfetischist oder was?» hatte sie geblafft, und Waldo hatte zugeben müssen: «Ja doch, hä! Aber klar ...»), war verraucht, und er gewann den Eindruck, daß ihr das Luxusnasenpuder, das er ihr besorgt hatte, zusagte. Bis sie meinte: «Puh, womit ham sie denn die Scheiße gestreckt, mit Badewannenreiniger?» Waldo hatte eine Menge Kohle für das Zeug bezahlt und wußte, daß auf seine Quelle Verlaß war; das Mädel wollte ihm bloß auf den Sack gehen. Wie ich bald dir, mein Zukkerpüppchen, sozusagen. Ausnahmsweise stand Dutch nicht hinter dem Einwegspiegel, um den Turteltäubchen zuzusehen: zum Teufel mit dem ganzen Quatsch. Er überlegte ernsthaft, ob er das Hinterzimmer nicht ganz dichtmachen sollte; seine Tage und Nächte kamen allmählich völlig durcheinander. Er war in seinem Büro aufgewacht, als seine Angestellten kamen, um ihm von den gestohlenen Lebensmitteln und Bettlaken zu berichten. Er konnte sich überhaupt nicht erinnern, dort eingeschlafen zu sein, war aber froh, daß es dort passiert war statt woanders. Er hatte den Fehlbestand überprüft und Otis angerufen. Er hatte gedacht, das wäre heute früh gewesen, also erst ein Weilchen her, doch jetzt war auf einmal die Sonne untergegangen, und Otis und ein paar seiner Polizisten hockten in der Rezeption, um sich die Daten der Gäste aufzuschreiben. Dutch beschloß, auch ein paar Tage lang kein Bier mehr anzufassen. Sobald er das ausgetrunken hatte, das er in der Hand hielt. Otis wollte ihn für irgendeine Art Aufgebot rekrutieren, das er zusammentrommelte, aber Dutch verkündete, er werde sich nicht vom Fleck rühren und das bewachen, was ihm geblieben sei. Otis drückte ihm ein Funkgerät in die Hand, das er benutzen konnte, falls die zwei Diebe erneut auftauchten, und erkundigte sich dann, wer Johns Porsche vor die Tür chauffiert habe. Dutch hatte keine Ahnung. «Parkt er denn schon länger hier?» – «Weiß nicht.» Otis war es in letzter Zeit gewohnt, John seine Autos hinterherzufahren, außerdem mußte er sowieso zu ihm. Wie üblich steckten die Schlüssel, drum schickte er seine Kollegen weg, damit sie Duwayne im Gefängnis abholten und sich dann bei John wieder mit ihm trafen, während er anderen Hinweisen nachging und im Porsche am Golfplatz und am Flugplatz nach dem Rechten sah. Er war gar nicht glücklich über die anbrechende Dunkelheit. Erschwerte bloß die Jagd. Aber er konnte nicht bis morgen warten, Corny und Pauline waren zu einer ernsthaften Bedrohung für das Gemeinwesen geworden, man mußte ihnen sofort das Handwerk legen. Als er am Golfplatz vorbeifuhr und seinen Spaß an dem schönen Auto hatte, schien dort alles verrammelt und menschenleer, obwohl in Wahrheit Marge allein auf dem Platz unterwegs war und, von der plötzlich einsetzenden Abenddämmerung überrascht, auf den zweiten neun Löchern ein Dogleg ablief, um ihren Ball zu finden, der mitten auf dem Fairway lag. Sie wußte, daß sie lieber aufhören sollte, aber sie mußte noch immer Dampf ablassen und trieb ihre abgebrochene Wahlkampagne um das Bürgermeisteramt jetzt von Loch zu Loch voran, als hake sie einen Programmpunkt nach dem anderen ab. Ihre Golfschuhe hatte sie neben der Schlägertasche im Kofferraum gehabt, doch da das Clubhaus abgesperrt war, war sie gezwungen gewesen, im Kostüm zu spielen, was ihr das Gefühl gab, in Eisen geschlossen zu sein, und auch ihre Abschläge massiv beeinträchtigte. Sie spürte, daß die schreckliche Müdigkeit eines langen Tages sie übermannte, am liebsten wäre sie an Ort und Stelle eingeschlafen, aber es lagen nur noch wenige Löcher vor ihr, die sie ohnehin ablaufen mußte, um zu ihrem Auto zu gelangen. Sonst war kein Mensch zu sehen, drum knöpfte sie sich die Bluse auf, zog den Rock bis zur Hüfte hoch und tobte – buchstäblich befreit – ihren ganzen Frust beim Annäherungsschlag aus. Der wunderbar gelang. Der Ball entschwand in steilem Bogen außer Sicht, plumpste dann durch die Abenddämmerung mitten aufs Green und rollte zurück in Richtung Loch. Schien zu verschwinden. Hoppla! Hatte sie etwa mit einem Schlag eingelocht? Wunderbar!

Inzwischen machten sich in Johns Garten, dem Zentrum der Ereignisse des ausklingenden Tages, wo jetzt die Lichter angingen, die Gäste widerstrebend bereit, sich zu verabschieden; man blieb noch auf einen oder gar mehrere letzte Drinks, vielleicht auch auf eins der saftigen dicken Steaks, angeblich aus den Weichen von Ochsen tranchiert, die bei der letzten Landwirtschaftsausstellung im Norden des Staates mit der Goldmedaille prämiert worden waren, sofern man es nicht vorzog, statt dessen noch eine letzte Handvoll des knusprigen, schnapsgefüllten, direkt aus der Schweiz importierten Schokokonfekts zu naschen, vielleicht sogar beides zugleich und in ein und demselben Brötchen, warum nicht – ist noch ein bißchen Nudelsalat da? –, schließlich findet der Tag der Pioniere nur einmal im Jahr statt. Und dies hatte Lorraine vor Augen, als sie, Waldos mit Rehposten geladene Schrotflinte in der Hand, zurückkam: eine Menge Besoffener, die durchs zunehmende Dunkel taumelten und den Mund auf- und zuklappten. Wie lange war sie eigentlich fortgewesen? Da und dort ertönten falsch gegrölte Partylieder, Jauchzer und Schreie, anzügliches Gelächter, das nach Rülpsern klang, und dahinter begannen im heiseren Chor die Vögel und Grillen, die spät losgelegt hatten, verlorene Zeit wettzumachen. Auf den Holzplanken der Veranda hinter dem Haus wiegten Reverend Lenny und eine wieder auf Normalgröße geschrumpfte Trixie unter einem Insektenlicht ein

Neugeborenes mit hochrotem Gesicht, umringt von Oh- und Ah-Sagern, darunter Daphne, die jedermann erzählte, daß Stu noch etwas in der Werkstatt zu erledigen habe, aber bald hier sein werde; Lorraine bekam das gleich zweimal zu hören wie ein Echo: eine Litanei, an die Daphne sich verzweifelt klammerte, weil sie sich an sonst nichts erinnern konnte und ihr Verstand so trübe war wie der Schlick in einem Altölbehälter. Die Schrotflinte erregte eine gewisse Aufmerksamkeit, als Lorraine sich ihren Weg durch die Menschenmenge bahnte, doch soviel sie mitbekam, wußten nur wenige, wer sie überhaupt war. Drüben im Rosengarten, wo es nach Marihuana roch und Kinder Glühwürmchen jagten, zog Johns Tochter sich stinkwütend mit einem Strohhalm etwas in die Nase; ihre zornigen Gedanken waren unzusammenhängend, der Tenor jedoch bestens nachvollziehbar: Beleidigung, Verrat und Mordlust. «Na komm, ich zeig dir, wo der Bartel den Most zapft», sagte irgendein Typ mitten in den Blumenrabatten, als Lorraine vorbeischlenderte, «wie gefällt dir die kleine Kostprobe hier?» – «Hoppla! Jetzt ist mein Drink futsch!» – «Haha! Bleib hier, ich hol dir ’nen neuen!» – «Nur einen kleinen!» – «Keine Angst, Schätzchen, was anderes hat er von Haus aus nicht zu bieten!» Niemand kümmerte sich um den glühenden Holzkohlengrill, auf dem leise zischend Fleisch verkohlte. Die Leute vom Partyservice sammelten Töpfe und Teller ein, stopften erste Ladungen Müll in schwarze Plastiksäcke. Lorraine fand ein herrenloses Whiskeyglas und kippte den Inhalt hinunter. Igitt. Abgestanden und wäßrig, mit einer Kippe auf dem Grund. Ein kümmerlicher Rest von zwei oder drei Zentimetern in einer der Flaschen: Sie trank auch den noch aus, setzte einfach die Flasche an die Lippen. In der Nähe fläzte Veronica sich in einem Liegestuhl, reglos wie ein Stein. Das Bild in ihrem Kopf war fötal und schleimig und hieß John zwei. Es schien darin festgenagelt wie ein Exponat in einem leeren Raum, und Lorraine begriff, daß dieser Kopf schwer geschädigt war. Wer den Splitter im Auge des anderen sieht, sagte sie sich erschaudernd und rieb sich mit der freien Hand über die schmerzende Stirn. Sie stakste an der Heiligen Familie vorbei, trat unterwegs ein paar Bierdosen aus dem Weg

(Daphne sagte soeben: «Er mußte noch irgendwas in der Werkstatt erledigen ...») und begab sich in die Küche, wo Marges einäugiger Trevor sich hundeelend über eine Tasse heißen Kaffee beugte; sein Brummschädel machte Lorraines Kopfschmerzen nur noch ärger. Kevin lehnte im Gang an der Klotür und versuchte, mit einer traurigen Mär bei einer Bankkassiererin zu landen. Keine Spur von Süßer Entrückung, alles ringsum nur schal und schäbig. Auch von Waldo keine Spur. Lorraine brauchte sich nicht erst auf die Gedanken anderer einzustimmen, um sich den Rest der Geschichte auszumalen. Sie wußte, wo die beiden steckten.

Und so fand Johns alljährliches Grillfest zum Tag der Pioniere, das für manche ein Vergnügen gewesen war, für andere nicht, das einige Existenzen verändert, die meisten aber nur auf die eine oder andere unerhebliche Weise erschöpft hatte, ein recht abruptes Ende. Einige wenige wünschten, es könnte ewig weitergehen, andere, es hätte nie stattgefunden oder, da es nun mal stattgefunden hatte, es könnte schnell vergessen sein, wobei von allen Wünschen der letztgenannte noch am ehesten erfüllt werden mochte; doch zunächst traf, während viele noch ihren letzten oder doch beinahe letzten Drink austranken, Polizeichef Otis in Johns Garten ein, hob sein Megaphon und wandte sich an die verbliebenen Besucher.

Er sagte: «Leute, mir tut leid, daß ich hier so reinplatze, während ihr euch amüsiert, aber wir haben ein ernstes Problem hier in der Stadt, und ich brauche eure Hilfe!» Beifall erscholl, und auch Edna klatschte, weil Floyd es tat. Aber beklatschten die anderen den Polizeichef oder das Problem? Alles hier kam ihr ein wenig wild und chaotisch vor, und sie wünschte sich nur, wieder daheim zu sein, in ihrem guten alten schlichten Zuhause mit der kaputten Klospülung, vergiß die großen Ambitionen. Wie ihre Stiefmutter immer gesagt hatte: Edna, manchmal ist das Schlimmste, was dir passieren kann, daß deine Träume in Erfüllung gehen. «Wenn ihr heute noch nicht zu Hause wart», dröhnte der bullige Polizeichef durch sein Megaphon, «hat man euch wahrscheinlich ausgeraubt!» Du meine Güte. Das ließ alle aufhorchen. Zumindest lag ihre neue Porzellanlampe sicher im Kofferraum des Autos, auch wenn Edna nicht so recht wußte, ob sie das Ding wiedersehen wollte. Der Polizeichef listete nun alle Verbrechen auf, die der Schwachkopf aus dem Drugstore und die Riesin inzwischen auf dem Kerbholz hatten, und angesichts der langen Latte verstand Edna, warum Otis keine Lust gehabt hatte, wegen eines Mißverständnisses um einen gebrauchten Teppich ein großes Trara zu machen. Seine Stimme, die sich anhörte wie in einer alten Radioübertragung, schien mitten aus dem Nachthimmel zu kommen. Kaum hatte er zu reden begonnen, war es stockfinster geworden; mittlerweile konnte man sein Gesicht kaum noch sehen, es schien, als wäre ein Vorhang davor gefallen. «Leute aus der ganzen Stadt bringen zerbeulte Autos, eingetretene Türen und Fenster und heruntergestoßene Dachziegel zur Anzeige», donnerte die Stimme. «Die zwei haben einen Hangar am Flugplatz als Latrine zweckentfremdet, eine Kirche entweiht und kurz und klein geschlagen, das Weibsstück ist unanständig gekleidet und erschreckt die kleinen Kinder, und wo sie geht und steht, hinterläßt sie eine schmutzige Spur aus Schleim und Müll!» – «Wenn *ich* unanständig gekleidet wäre», quiekte eine Dame mit hoher Stimme, «würde ich Groß und Klein erschrecken!» Die Leute rings um sie lachten und sagten: «Ich weiß ganz genau, was du meinst», doch wenn das ein Witz war, verstand Edna ihn nicht. Aber sie war auch nicht zu Späßen aufgelegt. Sie schämte sich, war verwirrt und fühlte sich verantwortlich für die Veränderung, die Floyd durchgemacht hatte, seit sie von der Polizeiwache weggefahren waren. Sie und Floyd standen da und unterhielten sich mit dem Bankdirektor und dessen Frau, der sich seit Floyds Beförderung mit einemmal für ihn interessierte, und was die Bankiersfrau soeben sagte, war folgendes: «Da rackert man sich derart ab, um seinen Lebensunterhalt zu verdienen, und dann kommen diese verantwortungslosen Rüpel daher und wollen einem alles wegnehmen, das ist doch einfach ungerecht!» – «Ja», sagte Edna, «wahrhaftig», und dann sagte der Polizist mit dem Megaphon: «Und jetzt ist sie so riesig und fett geworden, daß sie den Verkehr behindert und Telefonleitungen und Fernsehantennen abreißt!» Gott sei Dank war der Ehemann der Dame so blau, daß er gar nicht mehr mitbekam, wie Floyd, der vorhin noch so freundlich gewesen war und sich vor lauter Gerede vom großen Geld fast die Hosennähte aufgesprengt hätte, wieder weitgehend in sein ungehobeltes, verkniffenes altes Ich zurückgeschrumpft war, mißtrauisch und maulfaul, außer wenn er etwas aus der Bibel zu zitieren wußte; und das um so mehr, seit die Polizei auf der Bildfläche erschienen war. Der griesgrämige alte Floyd war vielleicht nicht so gut darin, Bankleute zu beeindrucken, aber Edna konnte sich besser mit ihm verständigen als mit diesem neuen Grinsekopf, der ihr mit seiner vorlauten und aufgeblasenen Art nur Angst einjagte. Drum gestand sie ihm jetzt ohne Umschweife, daß sie nie und nimmer diesen Teppich mitgenommen hatte, sondern daß Johns Frau ihn ihr zum Geschenk gemacht und sich dann einfach verdünnisiert und sie in dem ganzen Schlamassel sitzenlassen hatte, und wo *steckte* sie überhaupt, und Floyd, der ihr schließlich doch noch zugehört hatte, sagte: Was zum Teufel, denkst du, haben diese Sauhunde eigentlich mit uns vor? Indessen stellte der Polizeichef den neuen Bürgermeister vor, der aufstand und erklärte, daß das hier ein verdammt hartes Match sei, bei dem alle die Stollen eingraben, dicht am Mann bleiben, die Zähne zusammenbeißen und sich auf eine knochenbrechende Keilerei einstellen müßten. «Also los jetzt, wir müssen den Arsch hochkriegen!» donnerte er durchs Megaphon. «Das Weibsbild ist ein Mordsbrocken, und sie macht ernst, drum ist es unsere Aufgabe, als Mannschaft rauszugehen und sie niederzumachen! Gemeinsam, Nachbarn, schaffen wir's!» Floyd sagte: «Laß uns gehen.» – «Wir sollten noch auf Wiedersehen und danke sagen», meinte Edna, doch war sie sich nicht sicher, zu wem, außer vielleicht zu dem kleinen Jungen. «Ist doch Wurscht», sagte Floyd. «Komm jetzt.»

Während sein alter Footballcoach, Mathelehrer und neuerdings Bürgermeister, wie immer er das geworden sein mochte, die Menge dank seiner zupackenden sportlichen Rhetorik aufpeitschte und von der Schießerei draußen beim alten Hangar erzählte, wo ihn die Banditen um ein Haar über den Haufen gefahren hätten, stellte sich Otis, der jetzt, wie es ihm schien, seit

Wochen zum erstenmal einen Augenblick lang verschnaufen und nachdenken konnte, die Frage: Was hatte er da in Gang gesetzt? Was war das Operationsziel der Truppen, die er da in Marsch setzte? Würde Pauline, wie Snuffys Rhetorik und sogar seine eigene, wenn er sie rückblickend noch einmal bedachte, zu implizieren schienen, nun ja, niedergemacht werden müssen? Das entsprach nicht seiner ursprünglichen Strategie. Er hatte lediglich vorgehabt, Pauline nach Hause zu bringen und sie Leuten anzuvertrauen, die besser wußten, wie mit ihrem Problem umzugehen war. Wenn sie doch bloß nicht abgehauen wäre und sich mit diesem Schwachkopf aus dem Drugstore zusammengetan hätte. Natürlich hatte sie rausgemußt; sie war hungrig gewesen: Otis erinnerte sich, wie sie die Tüte Doughnuts verputzt hatte, und wünschte sich, er hätte ihr ein paar hundert Tüten mehr mitgebracht. Obwohl auch das nicht gereicht hätte, sie war einfach schrecklich verfressen. Ihr Mann hätte irgendwas unternehmen sollen, verdammt, all das hätte im Vorfeld verhindert werden können. Aber, richtig, der war ja verhaftet worden. Vielmehr ein zeitweiliger Gast der Polizei gewesen. Und so hatten die Dinge ihren Lauf genommen. Zu viele Dinge, um ehrlich zu sein, als daß Otis sie noch in den Griff bekommen konnte; eine Krise jagte die nächste, die öffentliche Ordnung brach vor seinen Augen zusammen, dazu all die Verbrechen der beiden, er schien im Minutenabstand neue telefonische Anzeigen zu bekommen, und weil ihn das fix und fertig machte, stand er, ehe er sich's recht versah, hier in Johns Garten und stellte ein bewaffnetes Aufgebot auf die Beine, das losziehen und die beiden zur Strecke bringen sollte. Er schielte zu dem Streifenwagen in der Auffahrt hinüber, wo Paulines Daddy mit Handschellen gefesselt auf dem Rücksitz saß und ihn unter der Baseballmütze hervor frech angrinste. Der Kerl spuckte durch die Lücke zwischen den Schneidezähnen und beschmutzte das Fenster von innen. Dieser unverbesserliche Schweinehund. Eine Bedrohung für die Gemeinschaft. Und nicht bloß fies und durchgeknallt, sondern zweifellos auch ein kaltblütiger Mörder. Wenn es ihm ernsthaft um Gerechtigkeit gegangen wäre, hätte Otis schon vor Jahr und Tag versuchen müssen, Näheres über die «tote Schwester» herauszufinden, die Pauline ihm bei ihren kriminalistischen Sitzungen draußen im Wohnwagen beschrieben hatte, daß es ihm eiskalt über den Rücken gelaufen war, und auch über ihre spurlos verschwundene Mom, was auch immer der zugestoßen sein mochte. Drum nahm er ein großes Risiko auf sich, wenn er sich Duwayne einfach so herausgeben ließ, der Hurensohn war selbst noch in einer Gummizelle gefährlich und hatte nach wie vor einen Mordsgroll auf ihn; als Otis ihm heute das erste Mal begegnet war, hatte Duwayne ihm einen dicken Flatscher mitten ins Gesicht gespuckt und nur gefeixt, als Otis ausholte, um ihm den Schlag zu verpassen, den er ihm nicht verpassen durfte. Aber Pauline hatte Otis oft genug davon erzählt, wie sie versucht hatte wegzulaufen und Daddy Duwayne sie jedesmal aufgestöbert und in den Wohnwagen zurückverfrachtet hatte, und ihm blieb kaum eine andere Wahl. Sie mußte aufgehalten werden, was immer das heißen und wo immer sie stecken mochte. Trotzdem hatte er seine Zweifel. Er hätte sich sehnlichst gewünscht, daß John nicht verschwunden wäre. Der hätte gewußt, was zu tun war, wie immer. Otis war nicht nur hierhergefahren, weil er hier den Großteil der Leute anzutreffen hoffte, auf die er sich verlassen konnte, sondern vor allem, weil er John dazu brauchte, diese Sache zu deichseln und zu einem guten Ende zu führen. Aber kein John in Sicht, ja kein Mensch außer den beiden Kindern, selbst Johns Eltern hatten sich verdrückt. Otis hatte den achtlos abgestellten Porsche zurückgebracht und Johns Tochter die Schlüssel geben müssen, so unwohl ihm dabei zumute war, worauf sie nur gemeint hatte, ihr Vater sei zu einem Notfall gerufen worden. Eine Freundin von ihr sei in Schwierigkeiten. Eine *ehemalige* Freundin, hatte sie, sich abwendend, hinzugefügt. Und jetzt sah er auch sie nirgends mehr, und den Jungen ebensowenig. Eine Menge Leute waren gegangen, noch während er und Snuffy auf sie eingeredet hatten, und plötzlich kam er sich ein bißchen wie ein Sheriff in einem dieser alten Pferdewestern vor, der wie ein Narr angetanzt war, um die feigen Kohlköpfe im Saloon auf seine Seite zu ziehen. Natürlich würde er Pauline nicht wie diese einsamen Sheriffs allein entgegentreten müssen, das wußte er; er mußte im Gegenteil zusehen, daß er die Besoffenen, Irren, Kiebitze und Krawallmacher vom Showdown fernhielt – und keine anderen als solche sah er nun im Dunkeln vor sich. Vielleicht sollte er alles auf den Morgen verschieben, wenn John wieder da war. Zum Teufel, er hatte noch nicht mal einen blassen Schimmer, wo er mit seinem noch zu formierenden Stoßtrupp zu suchen anfangen sollte. Doch dann bekam er über Funktelefon einen Anruf aus der Country Tavern draußen bei Settler's Woods: «Otis, hier is irgendein Mordstrumm Vieh unterwegs, schaut aus wie 'n nacktes Weibsstück; grad hat sie den alten Zottel zu Mus zertreten, der Ärmste ist platt wie 'n Pfannkuchen. Und keine Ahnung, wo Grinser hin ist, sie muß ihn wohl verputzt haben!» Jetzt ging's auch noch um Mord. Und er wußte, wohin sie mußten. Er hob das Megaphon an die Lippen.

Sie hatte das nicht mit Absicht getan. Es war eine finstere, mondlose Nacht, und sie hatte Hunger; außerdem war der junge Bursche mit dem automatischen Zünder nicht mehr zurückgekommen, und ihr fiel einfach nicht ein, wo er die Lebensmittel versteckt hatte. Sie sah Lichter und hörte Musik und schlich sich hin. Von wegen schlich. Sie meinte zu schleichen, knickte aber ein paar Bäume um und schob aus Versehen ein Auto in den Graben. Es roch nach gebratenem Fleisch und Bier, drum stocherte sie ein bißchen in den Mülltonnen hinterm Haus herum, und dort war ihr dann irgendwas unter die Füße geraten. Es hatte nur leise gequiekt. Sie zog es vor, gar nicht erst nachzusehen. Sie fand nicht viel zu essen, aber das bißchen verputzte sie an Ort und Stelle, indem sie es direkt aus den umgekippten Tonnen in sich hineinschlang. Es schmeckte ziemlich lecker, sogar die Plastikbeutel; nur als sie die Flaschen zerbiß, schnitt sie sich die Lippen auf. Noch irgend etwas anderes schnupperte da draußen herum, also verputzte sie es gleich mit. Dann kamen ein paar Leute raus und fingen an, Radau zu machen, und ihr fiel wieder ein, daß sie sich ja verborgen halten sollte, damit niemand erfuhr, wo sie steckten. Es war wohl schon zu spät, aber so zappenduster, daß sie glaubte, sich trotzdem unbemerkt fortschleichen zu können, und es hätte vielleicht auch geklappt, wenn ihr nicht all diese Autos und Laster im Weg gewesen wären. Die Dinger machten ziemlichen Krach, weshalb alle deutlich mitbekamen, welche Richtung sie eingeschlagen hatte. Trotzdem schien niemand Lust zu haben, ihr zu folgen; vielmehr rannten die meisten zu ihren Autos und fuhren, falls die noch funktionierten, davon, und so zog sie sich, während die anderen noch mit ihrem Abgang beschäftigt waren, tiefer in den Wald zurück und fand einen Platz, der zwar kratzig, aber warm war, wo sie sich zusammenkuscheln und auf die Rückkehr ihres Freundes warten konnte. Doch kaum hatte sie es sich gemütlich gemacht, merkte sie, daß sie schon wieder aufs Klo mußte, das war das Ärgerliche an all der Futterei, also kroch sie zu dem breiten Graben, den sie bereits vorher dazu benutzt hatte, erledigte dort ihr Geschäft und fand dann den Weg zurück zu ihrem Versteck, wobei sie den Kopf gesenkt hielt und mit den Fingern durchs Gebüsch und über den Waldboden hinter sich harkte, damit man ihren Spuren nicht folgen konnte. Sie wußte nicht, warum sie das tun mußte, aber sie wußte, daß es wichtig war. Ihr Freund, an dessen Namen sie sich nicht so recht erinnern konnte, hatte es gesagt. Warum war er nicht zurückgekommen? Auch das wußte sie nicht, zog aber nie in Zweifel, daß er es tun würde. Falls er keinen Unfall gehabt oder man ihn nicht eingefangen hatte, wer immer sie auch jagen mochte. Es war vor allem ihre Schuld, daß man sie jagte, weil sie so groß war. Es gab jetzt vieles, woran sie sich nicht erinnern konnte, aber sie wußte, daß sie nicht immer so groß gewesen war. Warum es alle Welt eigentlich so störte, wußte sie nicht genau, aber vermutlich waren die Leute einfach nicht daran gewöhnt, und es ging ihnen auf die Nerven. Das leuchtete ihr ein, denn sie war genausowenig daran gewöhnt und hatte keine Ahnung, ob sie sich daran gewöhnen würde. Dazu fehlten ihr Dinge wie Betten und diese weißen Teile – Badewannen – einfach zu sehr. Aber vielleicht würde sie, nachdem sie sie vergessen hatte wie alles andere auch, aufhören, sie zu vermissen, und dann wäre alles wieder gut. Sie kuschelte sich in einem Nest aus zerwühlten Laken zusammen, die sie vorher als Kleider getragen und die irgendwer in ihrem alten Leben, als er sie ihr herunterriß, ihren «siebten Schleier» genannt hatte, worauf sie eindöste, ein offenes Auge, Ohren und Nase auf Empfang gestellt und auf Schritte und redende Männer lauschend, während ihr leerer Magen wieder knurrte; sie wünschte nur, daß ihr Freund bald zurückkäme und ihr zeigte, wo er die Lebensmittel versteckt hatte. Es war schrecklich spät geworden. Wo war er bloß?

Vor der Tür. Und nun hindurch. Endlich gefunden, als und wo er es am wenigsten erwartet hatte. Den ganzen Weg hier heraus hatte Cornell an seine Flucht aus der Wohnung von Yales Freundin nach, nun ja, dem, was ihr zugestoßen war, gedacht und daran, daß sein Leben seither wie am Schnürchen abzulaufen schien: durch die furchteinflößenden Straßen, ab in den labyrinthischen Untergrund der Tunnel und Abwasserkanäle, die Eisenstufen hoch, hinaus durch die Tür, hinein ins Leben mit jener klumpfüßigen Frau, das irgendwie bereits begonnen hatte, dann wieder hinaus, um die einzige echte Freundin zu finden, die er auf dieser Welt besaß, und nun wieder auf der Flucht, aber diesmal über der Erde sowie mit einer wichtigen Aufgabe und nicht mehr allein. Diese Schnur seines Lebens, das spürte er (Marie-Claires entsetzliche Abschiedsbotschaft fiel ihm wieder ein: vielleicht hatte sie THINK schreiben wollen!), wurde jetzt verknotet, er wußte zwar nicht wie, nur daß sich alles zu einem Kreis rundete, und plötzlich war er sich sicher, daß er am Ende jene Tür finden würde, nach der er unentwegt gesucht hatte, womit er das Rätsel seines Lebens gelöst und sich von dem Gefühl befreit hätte, daß es ihn nicht nur einmal, sondern zweimal gab. Dieser zweite, der verwirrte, verheiratete Corny, den er eine Zeitlang abgewimmelt hatte, war jetzt wieder da, saß aber nicht so sehr neben ihm auf dem Beifahrersitz oder hinter ihm auf der Ladefläche als vielmehr mit ihm hinter dem Steuer, wo er ihm beim Lenken in die Quere kam, obwohl er nur zu helfen versuchte, was er mit seinen beim Videospielen trainierten Reflexen in schwierigen Kurven oder dichtem Verkehr manchmal auch wirklich tat; öfter jedoch schien er Corny durch beliebiges Umstoßen seiner Absichten in die Irre zu führen: Er mußte seine Aufgabe entschlossen anpacken und schaffte es einfach nicht. Es waren mehrere Dinge zu erledigen, sofern ihn der andere Corny nur ließ, nämlich diesen unhandlichen Lastwagen zurückzubringen und seinen alten Lieferwagen zu holen, dann rasch Lebensmittel zu besorgen und seine Freundin im Wäldchen zu treffen, wo er sich mittlerweile gut diese flüchtige Tür vorstellen konnte (irgend etwas an dem Geruch dort draußen hatte eine verblaßte Erinnerung geweckt und diese Vorstellung heraufbeschworen), durch die sie dann fliehen würden, bevor die Verrückten aus dem Städtchen ihrer habhaft wurden. Zuletzt hatten sie sich in einem unbenutzten Flugzeughangar zu verstecken versucht, und das hatte auch ein Weilchen geklappt, die arme Pauline konnte sogar aufstehen und ein bißchen herumgehen, doch kaum hatten sie es sich gemütlich gemacht, waren sie sofort von vier oder fünf Leuten, darunter einer von Cornys ehemaligen Highschool-Lehrern, überrascht worden, die doch wahrhaftig mit dem Gewehr auf sie losgeballert hatten. Du liebes Lieschen! Corny hatte mit Vollgas abhauen müssen, mitten durch die Kerle hindurch und raus durchs halbgeöffnete Tor, und dann, weil alle aus dem Städtchen führenden Straßen von Streifenwagen blokkiert waren, blieb nichts anderes, was genügend Platz bot, als Settler's Woods. Keine perfekte Lösung. War man erst mal drin, kam man so schnell nicht wieder raus, und es war auch riskant, so nahe beim Highway und beim Strip zu sein, obwohl das Motel für die Versorgung mit Lebensmitteln und sauberen Laken nützlich war, die Pauline jetzt wie Windeln trug, nachdem ihr der rote Umhang kaum noch bis unter die Achselhöhlen reichte. Die Country Tavern lag ebenfalls in der Nähe, und es gab ein Einkaufszentrum, das Corny zu Fuß erreichen konnte. Nachdem er einen sicheren Ort gefunden hatte, wo er Pauline und die Lastwagenladung Lebensmittel verstecken konnte (es sah nicht so aus, als wäre da draußen eine Tür, trotzdem hatte ihn dort, während er zu seiner Freundin hochsah, die sich hingehockt hatte, um ihn mit dem Zeigefinger zwischen den Beinen zu kitzeln – flutsch! –, blitzartig jenes Gefühl durchzuckt, daß er zumindest nahe dran war), legte er mit auf die Straße geworfenem Müll ein paar falsche Fährten für die Polizei und machte sich dann über verschiedene Feldwege auf den Weg zur Ford-Werkstatt, wobei er Gefahren auswich, so gut er konnte, sofern Corny zwei ihn nicht falsch abbiegen ließ – was er leider allzu oft tat, wodurch die Tour zu einer Irrfahrt durch ein Labyrinth geriet. Als er auf dem Hof der Werkstatt aus dem Laster sprang, machte er sich Sorgen um die verlorene Zeit: Er hatte Pauline bei greller Mittagssonne im Wäldchen zurückgelassen, und mittlerweile war es stockfinster! Er fand den alten Lieferwagen, aber der war abgesperrt: Die Schlüssel mußten im Büro liegen. Zum Glück war dort nicht abgeschlossen, obwohl alles andere verrammelt und verriegelt aussah. Er drehte den Knauf und trat über die Schwelle, und genau in dem Augenblick dämmerte ihm, daß die Tür, nach der er die ganze Zeit gesucht hatte, just die war, durch die er soeben getreten war.

Auf der anderen Seite des Städtchens, in dem von John erbauten Seniorenheim, trat Barnaby, sein bleierndes Bein nachziehend, durch die Badezimmertür, stolperte zum Wäschekorb hinüber und warf ihn um: «Mein Gott, Barnaby!» blaffte Audrey, die auf der Toilette saß, «kannst du eine Dame nicht ungestört aufs Klo gehen lassen?» – «Dazu bin ich schon zu alt, Aud. Mir ist gerade was eingefallen.» – «Na, das ist ja mal was Neues!» sagte sie sarkastisch, doch sie schien unsicher und ließ ihn nicht aus den Augen, als er sich abmühte, den Korb auf den Kopf zu stellen. Kein einfaches Kunststück für einen Krüppel mit Wackelpudding in der Birne. Aber er schaffte es, und ja doch, da schepperte die alte Pistole, nach der er so lange gesucht hatte, auf die Bodenfliesen. Audrey sprang vom Toilettensitz, aber da ihre spitzenbesetzten Höschen (sie hatte schon immer eine Schwäche für elegante Unterwäsche gehabt) sie behinderten, war er ausnahmsweise schneller, indem er sich einfach auf die Knarre fallen ließ. Er wußte zwar nicht recht, wie er wieder auf die Beine kommen sollte, doch er hatte die Pistole und legte, egal wie unsicher, unterm Kinn hervor auf Audrey an. «Jetzt setz dich mal wieder da hin», sagte er. «Dann unterhalten wir uns ein Weilchen über das geänderte Testament.» Sie ließ sich auf die Klobrille plumpsen und sah ein bißchen mutlos drein, als er sich auf Ellbogen und Knie hochrappelte und mehr oder weniger auf sie zielte, wobei er sie, damit sie keine Dummheiten machte, daran erinnerte, daß er ein wenig zittrig war. «Ich dachte, ich hätte das Ding da rausgenommen», seufzte sie und starrte auf die ringsum verstreute Schmutzwäsche. «Ich muß es wohl vergessen haben.» Es gelang ihm, sich an der Badewanne und dem Waschbecken hochzuziehen, doch nicht ohne daß die Pistole losging und eine Kugel als Querschläger vom Waschbecken abprallte und erst in den Spiegel des Arzneischränkchens und dann in die Zimmerdecke fuhr. Audrey kreischte auf und sprang senkrecht von der Klobrille in die Luft, um dann zu wettern: «Du verdammter Idiot! Willst du jemanden umbringen? Du kannst doch längst Geschehenes nicht rückgängig machen!» In einem entfernten Schubfach seines zerstörten Gehirns wußte er, daß das stimmte, aber in den fürs Kriegskabinett reservierten Hirnlappen hinter seinen Augen, jener massiv befestigten Einfriedung, von wo aus er dieses Himmelfahrtskommando befehligte, blieb dennoch eine verbohrte Siegeshoffnung bestehen. «Wir können es immerhin versuchen», sagte er heldenhaft und schoß versehentlich durchs Fenster. Audrey zuckte zusammen und zog den Kopf ein, blieb aber stoisch sitzen. «Du verrückter alter Vogel, du gehörst hinter Schloß und Riegel», sagte sie. Sie war stinksauer. «Es ist prima, daß John die Firma leitet, sonst wären wir alle längst ruiniert. Ich bin *froh*, daß ich mein Testament geändert habe!» – «Wieso ziehst du mir diesen kaltherzigen Jungen vor, Aud?» fragte er und wurde seinerseits stinkwütend. «Weil er dich an deinen alten Beau erinnert?» – «Mann Gottes! Wieso steckst du dir die Erbsenpistole nicht in den Hintern, du Grützkopf, und läßt uns alle in Frieden?» – «He, Liebste, sag mal, hast du dich wirklich mit diesem rücksichtslosen Hurentreiber eingelassen, das hab ich mich immer schon gefragt?» – «Tja, was soll ich sagen, Barn? Mitch sah mal gut aus und hatte Schlag bei den Frauen. Was man von den anwesenden Herrschaften nicht behaupten kann!» Es läutete an der Tür. «Das ist bestimmt die Polizei», sagte Audrey und griff nach dem Klopapier. «Sie wollen wahrscheinlich wissen, wieso du auf deine Nachbarn schießt.» Es läutete erneut, und jemand pochte mit der Faust an die Tür. «Schon gut! Schon gut! Ich komme!» rief er, obwohl er wußte, daß sich das für andere anders anhörte. Audrey war die einzige, die ihn noch verstand, drum war es nur gut, daß er sie nicht umgepustet hatte; er würde sie vielleicht noch brauchen, um aus dem Schlamassel rauszukommen. Er hinkte aus dem Bad und versuchte dabei erfolglos, die Waffe in der Socke zu verstauen, die in die Achselhöhle seines Bademantels eingenäht war, worauf er beim Öffnen der Tür in den Teppichboden ballerte. Da stand Mitch mit einem abgebrannten, feuchten Zigarrenstummel im Mund. «Nicht schießen, Sheriff! Ich heirate Ihre Tochter!» sagte Mitch, nahm ihm die Pistole weg und beäugte sie skeptisch. Er warf einen Blick über Barnabys Schulter und fügte hinzu: «Alles in Ordnung, Schatz?» Sie kam herbeigerannt und fiel ihm in die Arme, und er drückte sie an sich. «Mitch, ich hatte solche Angst!» Mitch wich mit der falschen Schlange im Arm zurück und hielt dabei die kleine, silbern glänzende Pistole auf Barnabys Kniescheibe gerichtet. Der Schweinehund stahl ihm da vor der Nase die verdammte Frau, aber das überraschte Barnaby nicht sonderlich, sie hatten ihm ja schon alles übrige geklaut. Es hätte ihn auch nicht überrascht, wenn Mitch ihn erschossen hätte. Er wünschte sich sogar, Mitch hätte es getan. Jetzt war er wirklich mutterseelenallein. Konnte sich noch nicht mal selbst in die ewigen Jagdgründe befördern. Er entließ das Kriegskabinett, und dann kam seine Tochter zur Tür herein und schloß sie. «Wo bist du nur gewesen?» krächzte er. «Ich hab dich so *gebraucht*!» Die Tränen liefen ihm über die Wangen, er konnte nicht anders. Sie legte den Finger an die Lippen, hieß ihn still sein und führte ihn zum Bett, um ihn hinzulegen und zuzudecken. «Ist doch alles gut», sagte sie. «Jetzt bin ich ja da.»

Frauendiebstahl war natürlich ein alter Witz, so alt wie die Frauen selbst, aber, wie der alte Stu gesagt hätte, wenn ihm nicht die Spucke weggeblieben wäre, es kam eben immer darauf an, ob man ihn mit oder ohne Bart erzählte. Rex, der in der Ford-Mercury-Werkstatt seinen alten Boss und Rivalen mit handgreiflicheren und unsanfteren Mitteln als denen, die Barnaby genießen durfte, zur langen Nacht bettete, hatte alle Varianten genau durchdacht und wußte, daß von nun an bis zur Schlußpointe nichts mehr schiefgehen konnte. Er hatte schon in vielen Jobs gearbeitet – als Lagerist, Kühlschrank- und Fernsehtechniker, Taxifahrer,

Ausfahrer, Mechaniker und Gigolo –, doch für diesen Gig hier hatte er sich seine Sporen als Schweineschlachter für einen Räucherspeckfabrikanten verdient. Wahrscheinlich – auch wenn die Tournee nicht lang gedauert hatte – der Auftritt in seinem Leben, der am besten abgegangen war. Nicht allzugut fürs Riechorgan, aber zumindest hatte man am Feierabend das Gefühl, was geschafft zu haben. Und so fühlte er sich auch jetzt: entspannt nach großer Hektik. Er hatte einfach zu lang seine alte Leier abgenudelt und versucht, wie ein verdammtes Greenhorn jeden Griff und jeden Akkord zu ertasten, aber nun, da er endlich auf der Bühne stand, vertraute er nur noch seinem Timing, war voll im Takt und bereit für sein Solo, denn er wußte, daß alles genau so laufen würde, wie es mußte, solange er sich an die Noten hielt. Zugleich konnte er sich so richtig gehenlassen und die Sache nur so zum Spaß hinauszögern, mit einem Wort, die Show genießen, und für den Anfang bot sich Stus Plattensammlung an, mit der die alte Schnapsdrossel meist das Areal beschallte, was Rex tierisch auf den Sack ging, weil es vorwiegend knödeliger, transusiger Country-and-Western-Scheiß war. Er befahl Stu, die Scheiben aus den Hüllen zu ziehen und hochzuhalten, während er, Rex, mit einem Schraubenzieher in jede einzelne ein tiefes, schiefes X ritzte. Der alte, mächtig japsende Bauerntrampel war voll bei der Sache, weil er wahrscheinlich hoffte, daß ihm nichts Schlimmeres passieren würde, und als Rex ein paar klassische Rockabillyscheiben verschonte, glommen Stus Augen im Zwielicht auf, und er zog die schlaffen Lippen feixend hoch. «Da fällt mir der von dem alten Knacker ein», prustete er los, «der eines Tages in der Kirche einen Pfriem schmatzt, als die Pfarrersfrau reinmarschiert und...» Rex schob ihm den Gewehrlauf ins lose Mundwerk, schlug ihm ein paar Ecken aus den schiefen Zähnen und schnauzte den Arschpfeifer an, er solle mal eine Weile auf der Stange da rumkauen, um ihm sodann seine eigenen Pläne für einen langen, schmatzenden Set mit Stus dicker Missus zu schildern, die schon in Stus Schlafzimmer auf ihn wartete. Kein allzu langer Set: Er konnte die alte Schnapsdrossel mit ihrem fetten, teigigen Arsch nicht mehr sehen, aber das sagte er nicht. Immer hübsch der Reihe nach. Er leerte die

Patronen aus der Trommel des Revolvers im Büro der Werkstatt und drückte Stu die Knarre in die Hand, solange der alte Knacker noch Fingerabdrücke schwitzte, weil er vorhatte, das Ding hinterher wieder zu laden und, indem er ein paar Salven verballerte, den alten Wichser in einen heldenhaften, wenn auch toten Verteidiger des Forts zu verwandeln. Na gut, Zeit fürs Thema: Knie dich rein, spiel's vom Blatt, und dann laß laufen. In letzter Sekunde versuchte es der alte Gebrauchtwagenhai noch mit der uralten «Hoppla, da steht doch wer hinter dir»-Nummer – «Winnie ...?» japste er, aber Rex grinste nur und kam dann ohne großen Zinnober zur Schlußpointe. Doch als er sich umdrehte, dort drüben im Schatten: da stand *wirklich* jemand! Einen Moment lang verfiel er in Panik und dachte: Falle! Aber warte mal: War das nicht der dünne Strahl Pisse, der den Laster geklaut hatte? Perfekt! Er atmete einmal tief durch, spürte wieder den Rhythmus. Das war zwar nicht die Pointe, die er im Sinn gehabt hatte, aber auch die Nummer beherrschte er locker. Alles in Butter, Mann, solange du nur hübsch die Lauscher aufstellst.

Am düsteren Waldrand da hinten lauerte irgend etwas Großes, drum warf der bekehrte Motelbesitzer, bereit, sein Fort zu verteidigen, aber noch viel zu nüchtern, um den Helden zu spielen, mit seiner Bierdose danach, verzog sich dann nach drinnen und ging, nachdem er Türen und Fenster verriegelt und die Jalousien heruntergelassen hatte, sich den schmerzenden Arm reibend (früher hatte er einen Ball so weit werfen können, wie ihn die meisten Burschen mit dem Schläger wegbekamen – heute brächte er ihn wahrscheinlich nicht mal mehr zum Pitcher zurück) wieder an die Bar, um sich noch ein Bier zu holen. Oder mehr als eins; manche Entschlüsse mußten eben einfach warten. «Otis? Bist du da? Hörst du mich? Otis?» Nichts als Wellenrauschen. Zuerst hatte er gedacht, es wären vielleicht nur Eichhörnchen oder Waschbären, die da hinten im Müll stöberten, drum war er hinausgegangen, um sie wegzuscheuchen. Doch dann hörte er einen dicken Ast herunterkrachen und hätte schwören können, daß irgend etwas über den Wipfeln zu ihm herlinste und auch im Licht der Parkplatzbeleuchtung etwas zu sehen war, das fast wie ein angewinkeltes

Knie aussah, sich aber gut drei Meter über der Erde befand. Scheiße. «Otis, hörst du mich? Hier Dutch! Bei mir draußen gibt's Mordsärger!» Für die Katz, verdammt. Der specknackige Hurensohn lag wahrscheinlich zu Hause im Bett. Oder pokerte irgendwo mit Dutchs Barkeeper und den übrigen Angestellten, die er als Freiwillige rekrutiert hatte, während er ihn allein die Stellung halten und auch noch das ganze verdammte Motel schmeißen ließ. Zum Glück war es heute abend fast leer, da der Großteil von Johns Partygästen in dem neuen, von John und Dutch gemeinsam betriebenen Motel an der Interstate übernachtete und die Grillparty dem Getaway zudem das übliche Abendgeschäft entzogen hatte; trotzdem war das kein echter Trost, Dutch hätte gut ein bißchen Gesellschaft gebrauchen können. Er hatte sogar schon überlegt, Waldo und sein milchtittiges Blondchen aufzuwecken, nahm aber an, daß die beiden mittlerweile völlig zugedröhnt waren und ihm mehr Scherereien einbrocken als Hilfe leisten würden. Er schaltete den Fernseher über der Bar ein und sah sich ein Baseballspiel an, bis er nach ein oder zwei Innings und ein paar weiteren Bierchen in Zweifel zu ziehen begann, was er da vorhin gesehen zu haben glaubte, worauf er wieder froh war, daß er es nicht geschafft hatte, Otis und seine Jungs zu erreichen und sie hierherzulocken; sie hätten womöglich gedacht, er sei nicht mehr ganz dicht, und, was noch schlimmer war, vielleicht sogar recht gehabt. Er schlief neuerdings nicht mehr gut und hatte manchmal sogar das Gefühl, er tue überhaupt kein Auge mehr zu, selbst mitten in dem, was eindeutig Alpträume sein mußten. Er wußte, was sein Problem war. Nein, nicht zuviel Schwanzmassage: Zum Henker, wenn überhaupt irgendwas, dann bewahrte es, wenn man die Rute in der Hand behielt und die Gedanken bei den beiden, nur alle drei vor ärgerem Übel, wie die alte Anglerweisheit sagte. Nein, es lag an dem Spiegel. Das Scheißding ging ihm auf den Sack. Es lag daran, daß er schon zu lange zu nah an jener Scheidelinie zwischen dem lebte, was wirklich, und dem, was, wie zum Beispiel ein Film, nicht wirklich war, selbst wenn es aus wirklichen Dingen bestand. Und es war auch gar nicht so sehr eine Scheidelinie als vielmehr so etwas wie eine hauchdünne Folie, und wenn die sich auflöste: Tja, dann warst du am Arsch, Kumpel. «Mir setzt der Hinterzimmerblues ganz, ganz schre-he-hecklich zu!» knurrte er zur Melodie eines Reklamespots, der zwischen zwei Innings im Fernseher lief, und goß sich ein neues Bier ein. Also würde er die Butze dichtmachen. Er sollte sie vermutlich ganz abreißen lassen, aber dann dachte er, er könnte sie vielleicht eines noch verzweifelteren Tages wieder brauchen, oder John, wenngleich zu anderen Zwecken. In seiner Einsamkeit war Dutch schon versucht, sich noch eine letzte Abschiedsvorstellung reinzuziehen, aber der bullige Waldo hatte heute abend nicht so richtig fit ausgesehen, weshalb es eine ziemlich deprimierende Show werden konnte. Als würde man kranken Karpfen in einem verschlammten Teich zuschauen. Halt dich lieber ans Baseball. Das ging ihm durch den Kopf (Anfang des achten Innings, ein Runner auf First Base, noch keiner aus), als Waldos Harpyie von Eheweib hereingeschossen kam, ihm eine Schrotflinte unter die Nase hielt und den Schlüssel zum Zimmer ihres Mannes verlangte. Dutch gab ihn ihr, weil er meinte, Waldo vielleicht noch telefonisch warnen zu können, doch in der Tür wirbelte die Frau noch einmal herum, schwenkte die Flinte in seine Richtung und schrie: «Laß dir das *ja* nicht einfallen, Fettwanst!» Worauf Dutch beschloß, daß diese triste Nacht vielleicht doch noch einiges zu bieten hatte, und sich auf seinen alten Kinosessel verzog, um zu sehen, was so geboten wurde.

Dank der schon den ganzen Tag lang kursierenden Gerüchte und Augenzeugenberichte, Otis' bewegender Ansprache in Johns Garten und der aus der Country Tavern geflohenen Gäste breitete sich die Nachricht von dem Untier im Wald schnell aus. Tatsächlich sahen die Leute, wie nun einmal üblich, jetzt allenthalben Untiere, und Otis mußte sich mit einer Menge Fehlalarme befassen, etwa mit einem Anrufer, der meinte, das Untier sei in seinen Keller eingedrungen und habe sämtliche Sicherungen durchknallen lassen, in Gottes Namen, Hilfe, während andere es hinter dem dunklen Einkaufszentrum oder im tiefen Ende des Schwimmbekkens im Bürgerzentrum oder unter der Buckelbrücke versteckt gesehen haben wollten, und wo immer es sich aufhalte, sagten die Leute, hinterlasse es eine klebrige Schleimspur. Es gab sogar eine

Anzeige, daß jemand den gestohlenen Laster führerlos, aber mit zwei riesigen, über die Ladefläche hinausragenden Füßen in nördlicher Richtung aus dem Städtchen habe fahren sehen. Der auf der Rückbank des Streifenwagens mit Handschellen gefesselte Duwayne kicherte über all diese Funksprüche und sagte, es höre sich an, als hätte die große Hure Babylon dieses teuflische Drecksloch der Schändlichkeit bei den Diaboliklöten und lasse nicht mehr los, bis am Tag der Entrockung die Leute in den Arsch getreten und allesamt in den Höllenschlund und die ewige Verdammnis gestoßen würden, gepriesen seien das Zepter der Rache und seine Heiligen Geister, beschaff mir mal was zum Saufen, Otis. Trotz Duwaynes bescheuerten Dauerkommentars nahm Otis alle Anrufer ernst und ließ ihre Angaben wie stets überprüfen, doch er selbst hatte sich auf Settler's Woods eingeschossen. Er hatte den beiden den ganzen Tag hindurch eine Fluchtoption nach der anderen gekappt und wußte, daß sie sich dorthin flüchten mußten. Vor seinem Aufbruch von der Gartenparty hatte er durch die anwesenden Ärzte das Krankenhaus in Alarmbereitschaft versetzen und rund ein Dutzend jüngere Burschen den Eid als Hilfssheriff schwören lassen, hatte diejenigen, die keine eigenen Waffen besaßen, mit Bürgermeister Snuffy, der die Schlüssel zu Johns Gewehrschrank besaß, hinaus zum Flugplatz geschickt und allen anderen aufgetragen, sich in einer Stunde bei der Country Tavern zu versammeln. Er hatte auch mit dem alten Oxford über die Sperenzchen seines belemmerten Sohnes und den massiven Ärger geredet, den der Spinner sich mittlerweile eingebrockt hatte, sich dann, so gut er konnte, Oxfords klumpfüßige Schwiegertochter vom Leib gehalten, die unversehens fuchsteufelswild aus der Nacht herangehumpelt war und ihn erneut mit ihrer Stahlkrücke angegriffen hatte, diesmal, weil er sich hier auf Partys herumtrieb, anstatt für die öffentliche Sicherheit zu sorgen, wofür er sein Gehalt kassierte. Als sie herausfand, daß er Leute für ein bewaffnetes Aufgebot zusammentrommelte, das die zwei Banditen fangen sollte, bestand sie darauf, den Eid als Hilfssheriff zu schwören, ungeachtet ihrer offensichtlichen Behinderungen, zu denen auch gehörte, daß sie so blind war wie eine Fledermaus. Drum hatte er ihr mitgeteilt, es sei gesetzlich verboten, Verwandte des Beschuldigten bei solchen Vorhaben einzusetzen, obwohl er keine Ahnung hatte, ob das nun stimmte oder nicht, aber damit drehte er ihr mitnichten den Hahn zu, sie begann im Gegenteil erst richtig Dampf abzulassen. Otis überlegte schon, sie um ihrer eigenen Sicherheit willen für eine Nacht einzusperren, wußte aber nicht so recht, wer von seinen Leuten willens sein würde, sich mit ihr anzulegen, er jedenfalls verspürte keine Lust dazu. Zu guter Letzt schaffte es Oxfords stämmige Tochter, die den größten Einfluß auf die Tobende hatte, sie an die Kandare zu nehmen; trotzdem war Otis sich einigermaßen sicher, daß er die beiden wiedersehen würde, noch bevor die Nacht vorbei war. Er versuchte, den Motelbesitzer draußen am Highway neben dem Wäldchen anzufunken und zu warnen, daß die Gesuchten sich möglicherweise in seiner Nähe aufhielten, bekam aber keine Antwort. In der Country Tavern, wo es Verluste gegeben haben mußte, schienen ebenfalls alle ausgeflogen. Das war's dann also. Er konnte es geradezu in der Luft riechen: letztes Viertel der Spielzeit. Das letzte wichtige Spiel, der Ausgang ungewiß. Bevor er jedoch loskonnte, um sich Bürgermeister Snuffy und den Jungs am Flugplatz anzuschließen, packte ihn die Frau des alten Stu am Arm. Wie sie meinte, würde Stu bald etwas Schlimmes, etwas wirklich Schlimmes zustoßen, Otis solle unbedingt so schnell wie möglich zum Autohaus fahren und versuchen, die Sache zu verhindern, aber als er ungeduldig nachfragte, was denn verhindern?, da wußte sie keine Antwort. War beinahe zu besoffen, um sich auf den Beinen zu halten. «Teufel noch eins, Herzchen, keine Ahnung, nur irgendwas, das er noch erledigen mußte, weißt du, bevor er nachkommen konnte.»

Na, sie hatte es versucht. Mehr konnte sie nicht tun. Eine Geschichte ging zu Ende, die nächste kam in Schwung. Daphnes Leben schien voller solcher Geschichten. Früher war sie mal das nette Mädel von nebenan gewesen, damals, als man unter einer aufregenden Sache noch einen Schulausflug zu einem Bauernhof mit Milchkühen verstanden hatte; inzwischen war sie nicht mehr ganz so nett, dafür aber das Leben interessanter. Und sie ebenfalls. Ganz offensichtlich. Sie brannte darauf, zu Haus im Bett zu liegen, aber nicht allein. Sie mußte es nur richtig timen. Alibi und so. Also blieb sie noch ein bißchen, schlug die Zeit tot und machte einigen fast leeren Pullen den Garaus, sagte weiterhin Hallo und Tut mir leid, damit alle sagen konnten: Klar erinnere ich mich an Daphne. Öfter und öfter allerdings nicht Hallo, sondern Tschüs: Der Laden leerte sich. Der Bulle hatte die Party verhunzt. Sie sah zu, wie der Pastor und seine außerirdische Frau ihr neues Baby einwickelten und mit ihm in die Nacht verschwanden, und dachte dabei, zum Teufel, sie war selbst noch nicht zu alt, um eins dieser Dinger zu bekommen. Der Wonneproppen konnte ihr ein Prachtkind machen, daß alle anderen Babys im Städtchen vor Neid grün anlaufen würden. Aber was würde sie damit anstellen, wenn sie es erst mal hatte? Schwer vorzustellen. Reverend Lennys Ältester mit seiner gebrochenen Nase und der eingegipsten Visage schien alles andere als begeistert von dem Neuankömmling. Oder den Neuankömmlingen: Die Nummer war echt lustig gewesen, selbst wenn der junge Wie-hieß-er-noch-gleich mit dem bleistiftdünnen Ding, der ganz wie der Vater das Vaterunser als seine Berufung anzusehen schien, das anders sah. Er hatte der Szene, die seine Mom hinlegte, blitzartig den Rücken gekehrt, entweder vor Kummer oder weil er, genau wie der Rest der Touristen, die berühmten Desperados begaffen wollte. Auch Maynards wiederaufgetauchter Sohn, der Star von Mikeys Zaubershow, hatte sich allem Anschein nach verkrümelt, obwohl seine Eltern noch hier waren. Musch von dem Duo Muff und Musch schlief mit offenen Augen neben dem Holzkohlengrill (die arme Musch, sie war so häßlich geworden, daß es einem das Herz brechen konnte); Muff dagegen, wie Daphne herausfand, als sie zum Pinkeln ging, lag im Elternschlafzimmer und steckte seine Nase in fremde Unterwäsche. Na, wessen wohl? Der Ofenputzer war also nach all den Jahren unverändert scharf auf sie. Daphne hätte leicht ins Schlafzimmer gehen und dem schnuffelnden Schleimscheißer eine Abreibung verpassen können, wie sie es oft tat, aber sie sah, daß er weinte, und dachte sich, der Scheißer hat heute abend schon genug Demütigungen eingesteckt, laß ihn lieber mal in Frieden, zumal ihr so feierlich zumute war oder zumindest hätte sein sollen. War es etwa anders? Was lief verkehrt? Wieso diese Blues-Gefühle? Tja. Im Grunde ihres Herzens war sie eben eine brave Frau, die sich gewünscht hätte, daß alle ewig leben könnten. Sie wollte nicht, daß eine Geschichte die andere ausradierte. Irgendwie so. Und außerdem, das mußte man dem Kerl ja lassen, würden ihr seine Witze fehlen. Natürlich machten andere Dinge das wieder wett, vor allem ein ganz bestimmtes dickes, aber das hatte ihr nun schon eine Weile gefehlt und würde ihr mindestens noch eine weitere Nacht fehlen, und das tat weh, so süchtig war sie inzwischen danach: bekamen Junkies nicht auch immer den Blues? Also, sie brauchte ihren Fix, aber sie wollte, daß er schmerzlos blieb. War es denn schon passiert? Eine Schande, daß man all diese Geschichten hintereinander weg leben mußte statt gleichzeitig. Warum konnte das Leben nicht so gestrickt sein wie die Erinnerung, wo Gegenwart und Vergangenheit unauflöslich miteinander verknüpft waren und sich ineinander auflösten, so daß man von Geschichte zu Geschichte schweben konnte, wenn man Lust darauf hatte, ohne daß irgendwem richtig weh getan wurde? Statt dessen: raus aus dem Alten und rein ins Neue. Mach dich bereit, nach Luft zu schnappen und loszuflennen. Konnte sie das überhaupt? Sie konnte, und sie wollte. Sie sah sich um, fand aber niemanden von den Gastgebern, dem sie gute Nacht sagen konnte, außer den kleinen Mikey, der damit beschäftigt war, eine neue Nummer mit einem Mädchen einzustudieren, das aussah wie die Kleine von Lenny und Trixie. Die beiden mußten sie wohl vergessen haben. Mikey stolperte unsicher herum und hielt dabei die Hand in den Slip einer Lumpenpuppe gesteckt, während das Mädel hinter ihm herjagte und aus einer Art Plastik-Weltraumkanone Tennisbälle nach ihm abschoß. Wer sollte das nun schon wieder sein?

Sie platzte mit angelegter Schrotflinte ins Zimmer, knipste das Licht an und schrie: «Also, Arschloch, sprich dein letztes Gebet!» Aber das Zimmer war leer. Sie hätte es besser wissen müssen, als die Gedanken eines Holzkopfes erraten zu wollen. Vielleicht hatte Dutch ihnen aber doch noch einen Tip gegeben. Wahrscheinlich. Das Zimmer sah benutzt aus. Aber das Bett, auch wenn hier und da leichte Vertiefungen darin waren, wirkte unbenutzt. Lorraine schnupperte in der Luft. Vielleicht ein Hauch von Schweiß, aber keine näheren Hinweise. Hatte sie tatsächlich vorgehabt, ihn zu erschießen? Oder wollte sie ihn bloß erschrekken, daß ihm das Herz in die Hose rutschte? Falls er sie noch anhatte. Falls nicht, hätte sie ihn wahrscheinlich mit Vergnügen abgeknallt. Sie schaute unter ein Kopfkissen und fand eine Packung teure importierte Präser. Ungeöffnet. Sie steckte sie als Beweismaterial ein. Als Beweis wofür? Vereitelte Absichten. Dito das Nackedeimagazin im Papierkorb und die Zahnbürste im Bad. Obwohl ihr die nicht bekannt vorkam. Die Wanne war trocken, aber eins der Handtücher war benutzt und dann auf den Fußboden geworfen worden. Es stand auch ein Glas Whiskey da. Was für eine Sorte? Keine Ahnung. In dem kleinen Plastikabfallkorb neben dem Badezimmerhocker lag ein dicker Batzen ausgespuckter Kaugummi. Sie ließ ihn liegen. Auf manches Beweismaterial konnte sie verzichten. Eine Badezimmerwand, so sah sie, ließ sich zurückschieben, wobei die eine Hälfte hinter die andere glitt, was das Bad zu einem Teil des Schlafzimmers machte. Hübsch. Das hier war ein wirklich schnuckeliges Liebesnest. Deckenlampen mit Dimmer, ein Pornovideokanal im Fernsehprogramm, jede Menge Richtstrahler, Spiegel, Lautsprecher, weiche polymorphe Möbel und merkwürdiger Kleinkram, der einen auf sonderbare Gedanken brachte. Vielleicht lagen hier immer Präser unter den Kopfkissen und «vergessene» Pornohefte im Papierkorb. Aber Moment mal. Was wollte sie damit sagen, Kleinkram, «der einen auf sonderbare Gedanken brachte»? Na, genau das: Gegenstände, die ihr auf den ersten Blick gar nichts sagten, ihr aber, sobald sie sie näher besah, eine Verwendung aufzudrängen schienen, die unvermeidlich sexuell ausfiel. Zum Beispiel ein kleines Stück geflochtene Seidenschnur mit Knoten am Ende wie etwas, das man von einem altmodischen Vorhang abgeschnitten und als Dekoration auf einem Nachttisch ausgelegt hatte: Hübsch, dachte sie sich, bis ihr ein anderer Gedanke kam, als hätte ihn die Schnur selbst nahegelegt – eine Peitsche. Als nächstes zog eine Kommode Lorraines Aufmerksamkeit auf sich, speziell die unterste Schublade: darin fand sie einen Vibrator. Sie hatte noch nie einen besessen, noch nie einen gesehen, aber sie wußte, als würde der Vibrator es ihr ins Ohr flüstern, daß es einer war. Sie schaltete ihn ein (sie wußte, wo man ihn einschalten mußte!), nur um die Batterien zu testen. Tja, warum eigentlich nicht? Sie schleuderte die Schuhe in eine Ecke, zerrte sich Hose und Strumpfhose herunter und dachte dann, es könnte nicht schaden, das Teil zunächst einmal abzuwaschen. Als sie es im Bad einseifte, erlebte sie das seltsame Gefühl, ihren fetten, schlaffen Hintern im Spiegel beäugen zu können; sie war nicht an Badezimmer mit offenen Wänden gewöhnt, es machte sie befangen, sie war ganz offensichtlich nicht für das erotische Leben gemacht. Du bist eine häßliche alte Kuh, hörte sie sich sagen, aber zum Teufel, mach das Beste draus! Sie hatte eine Eingebung, öffnete den Arzneischrank, fand dort eine Dose Hautcreme, begriff auf Anhieb deren Zweck und nahm sie mit zurück ins Bett, wo die Schrotflinte wie ein achtlos abservierter Liebhaber lag. Sie rieb den Vibrator mit der Hautcreme ein und sah sich selbst im Spiegel zu, als sie ihn einführte und einschaltete. Holla! Ziemlich angenehm! Sie legte sich zurück, winkelte die Oberschenkel an und legte los. Merkwürdig, das ganze Zimmer schien ihr Mut zuzusprechen, und was sie dachte, als sie kam, war: Ja, großartig, welche Kraft doch in der visuellen Metapher steckt! Aber als es vorbei war, war es doch noch nicht vorbei. Sie fühlte sich nach wie vor rastlos. Sie wusch den Vibrator ab und legte ihn zurück in die Schublade, hatte aber keine Lust, sich die Hose anzuziehen. Sonderbar, es kam ihr so vor, als flüstere ihr das Zimmer etwas ins Ohr. Und was es zu murmeln schien, war: Und was ist mit der Flinte? Das wäre wahrhaftig eine andere Sache. Oben auf dem Lauf befand sich die kleine gratartige Erhöhung der Zielvorrichtung, es fühlte sich wirklich prima an, das Ding am Kitzler zu reiben. Der Lauf der Waffe war ohnehin ziemlich ölig, doch Lorraine gab noch etwas Creme darauf und verrieb sie gründlich. Wie tief paßt er wohl hinein? schien sie sich zu fragen. Wie groß kannst du es denn vertragen? Sie schob sich das Gewehr in die Möse und beobachtete sich dabei im Spiegel, zwei Zentimeter hinein, einen Zentimeter heraus, zwei Zentimeter hinein, und stellte sich dabei einen Kerl vor, der ein ähnlich dickes Ding mit sich herumschleppte. Uff, das hier war noch besser als der Vibrator, langsamer, aber tiefer reichend, allein schon die Verrücktheit des Ganzen machte sie geil, und sie spürte einen Orgasmus nahen, wie sie ihn noch nie erlebt hatte, ach du Scheiße, wimmerte sie, und das ganze Zimmer schien die heißen Wellen zu spüren, denn es schien, als ficke sie das Zimmer, als sie sich die Flinte hineinschob, oder das Zimmer ficke sie, tiefer und tiefer, es war wild und köstlich, und wie aus dem Nichts kam ihr der Gedanke, das hier ist es, besser wird es nie werden, also, nimm mit, was du kriegen kannst, und dann drück ab! Ja, ja, japste sie und tastete nach dem Abzug, doch als sie das tat, erblickte sie aus dem Augenwinkel ihr Spiegelbild, und obwohl es ihr gerade kam, sah sie statt einer Szene reiner Ekstase nur ihre häßliche, brünstig geschwollene Muschi, dazu ihren fetten, ungeschlachten Arsch, die schlaffen Schenkel und etwas ganz und gar Wildfremdes, das sich in ihre Scheide bohrte. Zu Tode erschrocken und erzürnt, zerrte sie das Ding mit einem Ruck heraus und ballerte auf ihr Spiegelbild, wobei sie, just bevor sie den Abzug betätigte, eine jähe, wilde Panik in ihrem gespiegelten Abbild registrierte, die sie im Grunde nicht empfand.

War das Waldos Zahnbürste gewesen, die Lorraine im Bad des Motels gefunden hatte? Jawohl. Und dito der Rest Whiskey in dem Wasserglas, der halbvolle (stets der Optimist) Flachmann, aus dem er stammte, steckte wieder in seiner hinteren Hosentasche. Aber hatte Dutch angerufen, um ihn zu warnen? Nein. Der Aufbruch in dem alten, vor dem Motel geparkten Kombi war ein glänzender Einfall der kaugummiknallenden Charmeuse in den abgeschnittenen Fransenjeans gewesen, der Waldos schrotflinteschwingende Frau den Spitznamen Süße Entrückung verpaßt hatte und die Waldo selbst, aber nur insgeheim, Miss Knackarsch nannte. Sie war es gewesen, die ihn in dieser mondlosen Nacht zum dunklen Golfclub hinausgelockt hatte, indem sie sagte, ihre wildeste Phantasie sei es, auf einem dieser samtweichen Golfgreens gefickt zu werden, vielleicht auch auf allen achtzehn, ein Loch nach dem anderen, wie viele Korken kannst du denn noch poppen lassen, Pop? Ha! Er war sich nicht mal sicher, daß er die Chance bekäme, auch nur einen einzigen poppen zu lassen. Sie war ein wenig rätselhaft, man wurde nicht recht schlau aus ihr. Als er im Motel seinen Finger in eins der Löcher in ihren Jeans gesteckt und dazu einen gutgemeinten Spruch von der Sorte abgelassen hatte, er werde nachher bestimmt mit einem Schlag einlochen, war sie wie von der Tarantel gestochen vom Bett gesprungen und hatte ihn angeplärrt: «He, ich bin wegen dem Koks mitgekommen, Mann! Was bist du eigentlich für einer, ein Sexfetischist oder was?» – «Nö, bloß, wenn ich wach bin», hatte er mit einem traurigen Grinsen erwidert, und da hatte sie gelacht, ihren Kaugummi knallen lassen, ihr T-Shirt vom Fußboden aufgehoben, daß ihre hübschen nackten Titten, bestäubt mit verschüttetem Koks, den er direkt von dort aufzuschnüffeln gehofft hatte, schwangen, und dann gemeint: «Die Bude hier ist Scheiße, komm, laß uns abhauen!» Als er ihr sagte, er sei enttäuscht, weil er gehofft habe, eine Nummer schieben zu können, hatte sie erwidert, na gut, kein Problem, und ihm dann von ihrer Phantasie erzählt, die irgendwas mit einem frühen Sexerlebnis mit einem Caddy zu tun hatte. Oder hatte sie gesagt, mit ihrem Daddy? Aber egal, da waren sie und gingen aufs erste Green zu, und Waldo fühlte sich in Bestform, obwohl Schwanzwedeln in freier Wildbahn nicht unbedingt sein Lieblingssport war. «Was für ein Par hat dieses Loch?» hatte sie gefragt. «Vier», hatte er geantwortet. «Mit einem guten Drive und ein bißchen Glück kann man mit zwei Schlägen auf dem Green liegen.» Gewöhnlich schätzte er sich glücklich, wenn er mit fünf Schlägen soweit war und nur noch zwei Putts brauchte. Aber wenn er die ganze Runde drehen mußte, wollte er seine Schlagzahl so niedrig wie möglich halten. «Ist dir schon mal aufgefallen», sagte sie, «daß die ersten Löcher auf einem Golfplatz immer die leichtesten und einladendsten sind? Es ist wie in den Frühphasen der Pubertät, wenn alles nur Jux und Dollerei ist. Erst später, wenn das Clubhaus weit hinter dir liegt, dämmert dir, worauf du dich eingelassen hast, bloß weil dich der kinderleichte Auftakt dazu verlockt hat.» Waldo blieb kurz stehen und schraubte den Verschluß seines Flachmanns ab, goß sich einen kräftigen Schluck hinter die Binde und beäugte nachdenklich dieses blasse, halbnackte Findelkind, das in der Dunkelheit vor ihm den Fairway entlanghopste. Das Mädel war nicht gerade das, was es zu sein schien. «Wärst du denn manchmal lieber im Clubhaus geblieben?» rief er ihr nach. Sie drehte sich um. Er konnte gerade noch ihre Brustwarzen erkennen, schwarze Stecknadeln auf ihrem schmalen Oberkörper. Er konnte nicht sagen, ob sie lächelte oder nicht. «Ach was. Nur manchmal wär's mir lieber, wenn die Leute, mit denen ich auf dem Platz unterwegs bin, besser Bescheid wüßten, wie das Spiel läuft.» Waldo vermutete, daß das ein weiterer Seitenhieb war, aber um ihre Phantasie und seine schlichteren Hoffnungen wiederzubeleben (es war lange her, daß er mit einem Mädel dieses Kalibers zu tun gehabt hatte, er war sich nicht sicher, ob er damit klarkommen würde), sagte er: «Ich weiß ganz genau, was du damit meinst, Baby, ein langer Drive unterscheidet vielleicht den Profi vom Stümper; trotzdem wird das Spiel auf den Greens gewonnen oder verloren.» – «Was den Profi vom Stümper unterscheidet», sagte sie, «ist, daß er weiß, wie er einen neuen Dreh versuchen muß, wenn der alte nicht mehr hinhaut. Und wie man seine Bälle wiederfindet, wenn sie im Rough verlorengegangen sind.» Sie lachte, in ihrer Keckheit schon wieder mehr als die alte erkennbar, und fügte dann hinzu: «Zieh die Hose aus.» – «Was?» – «Na los, Alter, du warst doch so furchtbar scharf drauf, laß uns loslegen!» Sie zog sich ihrerseits die Shorts aus, schleuderte sie fort. «Deine Lage!» Sie sah wunderschön aus, aber er konnte nicht viel erkennen: eine Art gespenstische Pappsilhouette mit zwei Löchern oben in der Brust und einem schwarzen Dreieck unten in der Mitte. Aber statt an Green und Loch dachte er nur an Bunker. Trotzdem zog er sich die Schuhe aus, packte den Flachmann in die Hemdtasche um, ließ Hose und Unterhose zu Boden fallen und trat heraus. Er wußte nicht, ob sie sehen konnte, wie die Dinge bei ihm standen, aber falls ja, mußte sie beeindruckt sein. «Na prima», lachte sie, «fang mich, wenn du kannst!» Damit kehrte sie ihm die prallen Backen zu, nach denen er sie getauft hatte, gab Fersengeld und sauste den Fairway entlang. Nicht zu schnell. Eher wie ein schimmerndes Hüpfen und Hopsen, und bisweilen, wenn er ihr zu dicht auf die

Pelle rückte, ein kühner Satz. Sie sah aus wie ein gaukelnder Nachtfalter, delikat und zart und voller Sehnsucht danach, endlich aufgespießt zu werden, wie sie früher unter Bundesbrüdern zu sagen pflegten, drum machte Waldo sich, geführt von seinem treuen einäugigen Scout, mit einem kühnen Jodler in die dumpf widerhallende Nacht zur Verfolgung auf.

Der einäugige Trevor, allein zu Haus und immer noch schrecklich verkatert, sein blutunterlaufenes gutes Auge fast so blind wie sein schlechtes, kauerte über seinen versicherungsmathematischen Tabellen und suchte nach einem Raster, das ihm neuen Halt geben, nach einem Satz von Wahrscheinlichkeitsaussagen, auf die er bauen konnte, doch es war eher so, als versuche er unter Wasser zu lesen. Nichts hielt still, alles ging nahtlos in alles andere über, ihm wurde speiübel davon, oder vielmehr noch speiübler, als ihm ohnehin zumute war. Als Alf ihn auf dem Weg ins Krankenhaus zu Hause abgesetzt hatte, hatte er als erstes eine halbe Schachtel braunen Zucker gemampft, er wußte selbst nicht warum, es schmeckte einfach gut. Dann hatte er ein paar Aspirin und Tabletten gegen Sodbrennen mit kaltem Kaffee hinuntergeschluckt, mit Mundwasser nachgespült und sich mit seinen flatterhaften Tabellen hingesetzt, um auf Marge zu warten. Das Bild des gaukelnden Nachtfalters, das Waldo eingefallen war, hätte auch zu Trevors schädelberstenden Erlebnissen mit den Zahlen seiner Tabellen gepaßt: Mittlerweile ging es nicht mehr allein um Johns Frau (ihren Punktwert konnte er noch nicht einmal finden), alle Werte tanzten kreuz und quer über die Tabellen, flogen manchmal glatt über den Seitenrand hinaus, um dann wieder wie ein Stein zu versinken oder zu verwischen wie Tintenkleckse. Trevor versuchte, sich Schritt für Schritt den Weg zur Quelle seiner Verzweiflung zurückzubahnen, und obwohl es ihm weh tat, überhaupt, geschweige denn systematisch zu denken, kam es ihm so vor, als liege der Ausgangspunkt allen Übels in seiner klammheimlichen Hatz auf die klammheimliche Hatz des Fotografen auf Johns Frau. Als launiges, unschuldiges Spiel begonnen, war sie zu einer unverantwortlichen Obsession geworden, die herzlich wenig mit dem Verfolger oder der Verfolgten, sondern nur mit ihm selbst zu tun hatte. Es war entsetzlich. Er konnte es kaum ertragen, mit sich im selben Zimmer zu sitzen. Wo steckte Marge jetzt, da er sie brauchte? Marge...? Endlich drang die Frage durch den Panzer seiner elenden Egomanie. Marge war schon früh vom Grillfest aufgebrochen und hatte ihn angefleht, sie zu begleiten, doch er, nicht in Stimmung, für sie den Caddy zu spielen, während sie ihre schlechte Laune abreagierte, hatte es ihr verächtlich abgeschlagen. Ihr war es sichtlich schlecht gegangen. Wie hatte er nur so unsensibel sein können? Und wo steckte sie jetzt? Es war mitten in der Nacht! Du lieber Himmel. *Es mußte etwas passiert sein!* Er sprang jäh auf, wacklig wie er war, und stürmte zur Tür hinaus. In der Nacht Auto zu fahren haßte er noch mehr, als tagsüber hinter dem Lenkrad zu sitzen, aber ihm blieb keine Wahl, er mußte Marge finden. In seiner plötzlichen Angst zitterte er so, daß er kaum den Schlüssel ins Zündschloß stecken konnte, aber zugleich fühlte er sich angespornt, stark (vielleicht war es der braune Zucker) und gewappnet gegen alles, was da kommen mochte. Tief übers Lenkrad gebeugt, steuerte er schnurstracks den Golfclub an, um nachzusehen, ob ihr Wagen noch dort stand, und was dann kam, noch ehe er den Abzweig zum Golfclub erreicht hatte, war die junge Frau von der Grillparty, die so begeistert von seiner Augenklappe gewesen war. Sie stand, ihr T-Shirt über der Schulter und ein Bündel unterm Arm, an der Straße, die am Golfplatz entlangführte, hielt den Daumen in die Höhe und strahlte nur so im Licht der Scheinwerfer. Die Begeisterung, die ihre Begeisterung erregt hatte, hatte ihn längst samt dem bei der Grillparty eingenommenen Abendessen verlassen, aber die junge Frau war, genau wie er, allein in der Nacht, was also tun? Obwohl er das sonderbare Gefühl hatte, seine Handlungen nötigten ihm ihren Willen auf statt umgekehrt, hielt er mit quietschenden Reifen, um das Mädchen mitzunehmen. «He, sieh mal, wer da kommt!» lachte sie. «Mein Ritter mit der glänzenden Augenklappe!» Sie küßte ihn auf die Wange, wobei ihm ihre nackte Brust über den Arm strich, und er würgte erst den Motor ab, um ihn dann auch noch absaufen zu lassen. «Was treibst du denn hier draußen, Partylöwe? Ich hatte schon eine Sekunde lang Angst, du würdest mich über den Haufen fahren! Du verfolgst mich wohl, was?» – «O nein, nein! Ich, äh – meine Frau! Sie ist nicht nach Hause gekommen, und da ...!» – «Deine Frau? Das hast du mir ja noch gar nicht erzählt, daß du verheiratet bist – aber das macht ja nichts, oder?» Sie ließ ihren Kaugummi knallen und drückte seinen Oberschenkel. «Trotzdem, Mann, hier draußen findest du keinen, der noch bei Trost ist. Bloß Milben, Spinnen und andere scheußliche Krabbeltiere. Echt eklig!» Sie wischte sich über Brüste und Beine und sah anschließend mit einem Ausdruck leisen Ekels oder (es kam ihm irgendwie bekannt vor) gelassener Zustimmung unter dem Bund ihrer ausgefransten Shorts nach dem Rechten. «Irgend so ein alter Suffkopf hat mich hier rausgekarrt und versucht, mich zu vergewaltigen – du weißt schon, die alte ‹Laß mich ran oder zisch ab›-Nummer. Ich mußte weglaufen! Es war schrecklich! Ich weiß gar nicht, was ich getan hätte, wenn du nicht gekommen wärst.» Sie rückte näher, klebte ihren Kaugummi unter das Armaturenbrett und legte ihm den Kopf auf die Schulter. «He, es würde mich gar nicht stören, wenn du mich verfolgt hättest», murmelte sie. «Echt. Ich fänd's schmeichelhaft, daß so ein cooler Typ wie du überhaupt Interesse an mir hätte.» Sie reckte den Hals und knabberte an seinem Ohr herum. Er hatte das eigenartige Gefühl, daß sie ihn an etwas erinnerte, das er vergessen hatte. Oder daß sie einen Fehler in seinen Berechnungen korrigierte: irgend etwas veränderte mit Gewißheit den Standort. «In den Hosen von dieser Arschpfeife hab ich den Schlüssel zu einem Motelzimmer», flüsterte sie. «Hast du Lust?» – «Nun, äh, ich, äh, ich habe noch nie ...» – «Magst du mich denn nicht ...?» – «O nein, das schon, *doch*! Aber ...» – «Dann zerbrich dir mal nicht weiter den Kopf. Ich weiß, wie man es macht, daß ein Mann sich amüsiert, ehrlich, gib mir nur die Chance dazu!» Sie hatte ihm die Zunge ins Ohr und die Hand ins Hemd gesteckt. Ihr nacktes Bein glitt über seine Oberschenkel und schob sich zwischen sie wie ein Radiergummi, der einen Fehler ausradiert. «Was aber?» hauchte sie. «Sag's mir, Killer. Du hast was noch nie?» Er zögerte, kniff sein gutes Auge zu. «Ich habe noch nie», beichtete er leise und spürte, daß sich nun alles für ihn zum Guten wendete (vielleicht hatte er sie wirklich bis hier draußen verfolgt!), «ich habe noch nie ungetrübte Freude erlebt...»

In den Augen von Johns früherer Krisenhelferin, die Freude zwar schon erlebt, als erfolgreiche Geschäftsfrau, die sie nun mal war, jedoch immer mehr gegeben als genommen hatte, galt das abfällige Urteil der kaugummikauenden Tramperin über den Golfclub für das ganze Dreckskaff hier; sie war schließlich doch noch so weit gekommen, daß sie Bruce' bittere Ansichten über das von seinem Freund regierte Duodezfürstentum teilte: ein lebender Alptraum. Es war echt eklig, ein Gruselkabinett. Mit den Pfeifen, die hier wohnten, als scheußliche Krabbeltiere. Keiner, der noch bei Trost war, ganz wie die junge Frau gesagt hatte. Nevada fuhr langsam durch die unheimlichen, nur schummrig beleuchteten Straßen, öd und leer, abgesehen von einem streunenden Köter hier und da, einem Auto, das mehrere Häuserblocks entfernt ihren Weg kreuzte, einer weit entfernten Polizeisirene. Sie hatte das Gefühl, daß sie durchs Land der Toten fuhr oder durch ein Wachsfigurenkabinett nach Geschäftsschluß. Entferntes Wetterleuchten ließ Erinnerungen an die apokalyptischen Phantasien ihres weißbärtigen Großvaters aufleben. Höchste Zeit, dieser kranken Szenerie ein für allemal den Rücken zu kehren, bevor sie ihr vollends das Hirn verknotete, und das würde sie auch Rex sagen, wenn sie ihn sah. Sie wollte, daß er mitkam, gern auf ihre Kosten, aber wenn nicht, dann eben nicht. Sie war zu seinem Motel hinausgefahren, aber keiner da, obwohl sein Auto vor der Tür stand. Vielleicht war er joggen gegangen. Sie hatte es sich gemütlich gemacht, ein bißchen Musik aufgelegt, um die Stille in Schach zu halten, und ein wenig mit seinen Hanteln geübt, doch zuletzt war ihr die Öde ringsum zu sehr aufs Gemüt geschlagen, drum war sie wieder losgefahren, um nachzusehen, ob noch irgendwo Licht brannte. Im alten Ortskern war tote Hose, also fuhr sie über den Strip, weil merkwürdige Anwandlungen von Panik sie ansprangen, sobald es ringsum zu dunkel wurde. In ihrem Hotel draußen an der Interstate wimmelte es von Johns zum Fest angereisten Freunden, selbst ihre eigene Suite war anderweitig belegt, sie konnte nicht hinfahren, ohne sich auf irgendwelchen Mist einlassen zu müssen. Sie fuhr die Einkaufszentren ab, wo die jungen Leute herumschwirrten wie Fliegen auf dem Mist und außer ihresgleichen niemanden hatten, an dem sie ihren Frust auslassen konnten. Auf den Parkplätzen, wo kaum noch etwas los war, lieferten sich ein paar Autos mit quietschenden Reifen Wettrennen. Sie hörte eine Flasche mit einem hohlen Knall zu Bruch gehen: das Geräusch ihrer eigenen geplatzten Phantasien, dachte sie. Aber was hätte sie tun können? Sie war zwischen zwei alte Kumpel geraten, die nun mit harten Bandagen kämpften. Sie hatte mitgenommen, was sie konnte, solange das möglich gewesen war, doch jetzt war es Zeit, eine neue Seite aufzuschlagen. Sie hatte John draußen auf dem Flugplatz getroffen, nachdem sie ihm den Zettel hatte zukommen lassen, und war davon ausgegangen, daß er sie mitnehmen würde; doch nachdem er aus ihr herausgequetscht hatte, was er wissen wollte, hatte er ihr durch die Blume mitgeteilt, sie solle sich zum Teufel scheren, und sie dabei über seine gebrochene Nase hinweg von oben herab fixiert wie ein Lord die schmutzige Küchenmagd. Das hier müsse er allein erledigen, hatte er gesagt. Er schien mißtrauisch zu sein: Wußte er von den unterschriebenen Verträgen, die Bruce ihr hinterlassen wollte? Nun ja, selbst wenn, scheiß drauf, von jetzt an würden sie und John Partner sein, und wenn ihm das nicht schmeckte, konnte er es sich gern in den königlichen Arsch schieben. So hatte Nevada es jedenfalls hinter seinem Rücken formuliert, als sie zusah, wie er in die Kabine kletterte, doch als er ohne sie abgeflogen war, hatte sie geweint. Wie in dem alten Blues, den Rex so gern sang: *Goodbye, good times …* Mittlerweile waren die Tränen getrocknet; trotzdem fühlte sie sich schlaff und ausgelaugt, weshalb sie beschloß, einen Boxenstopp bei einem Vierundzwanzigstunden-Drugstore einzulegen, wo sie eine Connection hatte. Doch just als sie auf den Parkplatz fuhr, schoß mit Gehupe und aufgeblendetem Fernlicht der fiese schwarze Porsche vorbei, den sie so gut kannte, als wolle er ankündigen: Aus dem Weg, ihr Arschgesichter! Das ist ein Notfall! John? Hatte er die beiden gefunden? Das Herz schlug ihr bis zum Hals, als sie wieder in ihr Auto sprang. Was jetzt –?!

Nein, es war Clarissa: unterwegs ins Nirgendwo, irgendwohin, gewappnet gegen alles, was da kommen mochte, wie sie schon den ganzen Tag gegen das gewappnet gewesen war – oder es zumindest gedacht hatte –, was eben doch nicht gekommen war. Betrogen! Nicht nur von der falschen Jennifer, sondern auch von Bruce und Nevada! Diese *Scheißkerle*! Sie konnte keinem von ihnen je verzeihen. Ihre einzigen wahren Freunde! Zumindest hatte sie das gedacht: Wieder mal war sie mit ihrem infantilen Vertrauen in andere auf die Nase gefallen. Wann würde sie endlich erwachsen werden? Sie jagte die Auffahrt zur Interstate hoch, ließ beim Gasgeben die Reifen quietschen und donnerte im «Blazing Saddle» ihres Daddys, wie der ihn nannte, den kaum befahrenen Highway entlang. Wehe dem, der ihr in den Weg geraten wäre. Sie sah zu, wie die Tachonadel auf zweihundertzwanzig kletterte, und hatte trotzdem das Gefühl, nicht vom Fleck zu kommen. Verkehrszeichen, Autos und Lastwagen, Laternenmasten flogen vorbei, als würden sie ihrerseits Vollgas geben. Es war genau das Gefühl, das sie früher immer auf Karussells und Achterbahnen gehabt hatte: daß die Welt sich wie verrückt drehte, während sie fest und sicher im Auge des Taifuns saß. Sie nahm das Gas weg und spürte wieder, daß sie sich voranbewegte. Ein Vogel prallte an die Windschutzscheibe, worauf sie hochschrak, herunterbremste und an der nächsten Ausfahrt wendete, um wieder ins Städtchen zu fahren und nachzuschauen, wer alles im Einkaufszentrum rumhing, einen Rock-Sender auf volle Lautstärke gedreht, um ihr Kommen anzukündigen. Sie hatte Lust, irgendwen zu überfahren oder zu vergewaltigen oder jemandem die Augen herauszureißen oder sonstwas, sie wußte es nicht. Im Einkaufszentrum war die übliche Meute versammelt. Mehr Leute draußen als drinnen, es war eben so eine Nacht. Der Porsche machte großen Eindruck. Man ließ einen Joint kreisen, in dem das Gras mit Angel Dust, Heroin oder beidem gemischt war, ein undefinierbarer Drogencocktail, der auch nichts dazu beitrug, die unstillbare Wut in Clarissas gekränktem Herzen zu besänftigen. Ein paar Mädels hatten sich die Tops ausgezogen, drum zog Clarissa ihres ebenfalls aus. Ein Junge mit nacktem Oberkörper sagte: «Los, wir tigern mal so durchs

Einkaufszentrum und schauen, ob sie uns rausschmeißen.» Clarissa meinte, er könne sie mal. Kinderkram. Micky Maus für Hänger. Sie liebte dieses Einkaufszentrum, seit ihr Dad sie an ihrem siebten Geburtstag, kurz nach der Einweihung, hierher mitgenommen hatte. In ihrer Erinnerung hatte an dem Tag die Sonne nur für sie allein geschienen. Alles war pure Magie gewesen, und alles hatte ihr gehört. Jetzt war der Zauber mit einemmal verflogen, wie wenn jemand stirbt und nichts als einen kalten, klammen Leichnam zurückläßt. Diese flaumbärtigen Pflaumenärsche machten ihr alles kaputt. Als ein Mädchen fragte, wo eigentlich Jennifer stecke, schnauzte Clarissa sie an: «Sie ist tot, Mann. Weg vom Fenster. Vergiß sie.» – «Echt ...?!» Die anderen wollten noch mehr wissen, aber Clarissa hatte nichts weiter zu sagen. Diese Arschlöcher gingen ihr auf den Keks. Sie fühlte sich von fleischfressenden Außerirdischen umringt und bekam das große Kotzen. Selbst die Beleuchtung war unirdisch. Wie so oft in Augenblicken, in denen sie sich ganz allein in einer Welt von Schleimscheißern vorkam, fragte sie sich, was Marie-Claire wohl gemacht hätte. Was immer ihr bestimmt war, es sollte ruhig kommen. Die Jungs bequatschten sie jetzt, sie doch mal in dem Schlitten mitzunehmen, wobei sie in ihrer trotteligen Art andeuteten, daß sie mehr als eine Mitfahrgelegenheit erwarteten, also sagte sie: «Na gut, dann zeigt mir mal, was ihr zu bieten habt, ich fahr nur mit dem Größten los.» – «Zu bieten?» – «In der Hose, du Blödmann. Raus damit. Laßt mal messen.» Die Mädels gackerten los und senkten dabei den Kopf, als hätten sie soeben zugesehen, wie jemand sich in die Hose schiß. «Packt sie hier auf die Motorhaube, falls ihr sie finden könnt. Der mit dem Längsten kriegt eine Spritztour, die er nie vergessen wird.» Ein paar der älteren Jungs machten den Reißverschluß auf, aber die anderen zogen Leine, die Feiglinge. Einer fragte sie, ob sie überhaupt schon den Führerschein habe, und einen anderen hörte sie sagen, sie sei doch so breit, daß eine Spritztour mit ihr als Fahrt ins Nirgendwo enden müsse. Der Klassentrottel präsentierte ihr den Vollmond seiner nackten Kehrseite, weil er keinen besseren Witz als seinen teigigen Hintern kannte, aber er war zu weit weg, als daß sie den Rest des Joints hätte darauf ausdrücken können. Drum schnippte sie den Stummel ungefähr in seine Richtung, zeigte allen den Stinkefinger und düste dann, statt ihrer selbst die Reifen sprechen lassend, mit Karacho davon.

Der Klassentrottel war nicht der einzige, der dem Himmel in jener mondlosen Nacht ein wenig aushalf; auch der stellvertretende Verkaufsleiter von Clarissas Vater und seine hellhörige, wenngleich verwirrte Partnerin taten es, ebenso wie der Motelbesitzer und alte Baseballkumpel von Clarissas Vater, der (seine Bestimmung) eine volle Ladung abbekommen hatte und jetzt in just dem Zimmer, das die zwei anderen noch vor kurzem nacheinander genutzt hatten, das ihm nun aber ganz allein gehörte, der gleichgültigen Welt seine nackte Kehrseite entgegenstreckte. Er hatte eben das Telefon heruntergeworfen, tastete mit der Linken den Boden danach ab und fand es sonderbar schwer zu fassen, obwohl er genau wußte, wo es lag. Überhaupt wußte Dutch, wie und wo die Dinge lagen, sah alles sonnenklar vor sich, und er fühlte sich kerngesund, gelassen und sorgenfrei, allenfalls ein bißchen gelangweilt, drum überlegte er ernsthaft, ob er nicht einfach für heute Feierabend machen und alles morgen auseinanderklamüsern sollte. Zugleich wußte er, daß er im Sterben lag. Er sah sich tödlich verwundet inmitten all des zersprungenen Spiegelglases liegen und nach einem heruntergefallenen Telefon tasten, das sich, als er es endlich ans Ohr zerrte, als tot erwies. Armer Schweinehund, sinnierte er. Eine Schande, daß er unter so würdelosen Umständen abreisen mußte. Natürlich, dachte er (immer am Denken), konnte er noch immer das Funkgerät benutzen, das ihm der Polizeichef gegeben hatte. Falls er – «falls» in Großbuchstaben – an seine Hosentasche kam, die irgendwo in dem Wust um seine Knöchel zu finden sein mußte. Und seine Knöchel lagen meilenweit entfernt in irgendeinem anderen Raum. Er hörte jemanden hektisch an der Zimmertür rütteln. Wahrscheinlich Waldos Frau, die wieder hineinwollte, um ihre Hose zu holen. Konnte er es bis zur Tür schaffen und ihr aufmachen? Nein, obwohl er richtig vermutet hatte, daß die Trommlerin draußen vor der Tür die nur unvollständig bekleidete Lorraine war. Sie war in sprachlosem Entsetzen aus dem Zimmer gerannt (sie hatte den Eindruck gehabt, jemand stürze sich blutüberströmt mitten durch den Spiegel) und hatte sich dann eines Besseren besonnen, doch da war die Tür schon hinter ihr ins Schloß gefallen. Sie rüttelte daran und trat und warf sich dagegen, aber alles ohne Erfolg. Und keine Hilfe von innen. Sie raste zu ihrem Auto, zerrte ihre Bluse beim Rennen so tief es ging hinunter, kam sich schrecklich nackt und bloß vor, aber der alte Kombi war fort! Irgendwer mußte ihn geklaut haben! Du lieber Gott! Sie sprang in das stachlige Gestrüpp am Rand des Parkplatzes; ihre Oberschenkel waren klitschnaß, und es fühlte sich an, als puste jemand mit eiskaltem Atem darauf. Aber weit und breit war niemand, das hätte sie gemerkt. Sie bekam zwar im Kopf so etwas wie einen verschwommenen Panoramablick aus einem tieffliegenden Flugzeug mit (sie sah in den leeren Nachthimmel hinauf), aber es schien nicht recht menschlich zu sein, was immer es sonst sein mochte, vielleicht ihre eigene Phantasie, so sehr kribbelte es sie im Kopf und sonstwo, nicht zuletzt an ihrem nackten Podex. Da kauerte sie also und trocknete sich die Oberschenkel und die Tränen mit dem Saum ihrer Bluse ab, während sie über die schaurigen Widrigkeiten des Todes, der Weisheit und des Paradoxen (ihre Bestimmung) nachdachte, als ihr plötzlich einfiel, daß es ja vielleicht in der Rezeption einen zweiten Schlüssel geben könnte. Also kroch sie ums Gebäude herum zum Vordereingang, holte tief Luft, sprang dann vor die Tür, wo sie vom Highway aus wie auf dem Präsentierteller zu sehen war, und warf sich gegen die beiden Glasflügel. Auch abgeschlossen. Der ordinäre Mistkerl mußte den Laden dichtgemacht haben, bevor er zu seiner Peepshow davongewatschelt war. Sie versuchte es mit Gewalt, hatte aber das Gefühl, ihr Hintern leuchte im Scheinwerferlicht des vorbeirauschenden Verkehrs wie eine riesige Plakatwand, und hörte zudem nicht allzuweit entfernt Polizeisirenen, weshalb sie rasch den Rückzug antrat. Und so fanden sich in dieser Nacht an entgegengesetzten Enden des Städtchens sowohl Lorraine als auch ihr mädchenhaschender Gatte in gemeinsamer Not, ohne Aussicht auf Rettung und nur im Hemd dem Leben in freier Wildbahn ausgesetzt, wobei Lorraines schlechtere Hälfte einsam und verlassen irgendwo auf den zweiten neun Löchern des Golfplatzes im Rough herumfuhrwerkte. Er war ausgetrickst worden. Nicht zum erstenmal. Er hatte ein besonderes Talent dafür. Sie, die von seiner Frau mit einem und von ihm mit einem anderen Namen Bedachte, hatte ihn erst hier hinaus und hinein gelockt und dann frech im Stich gelassen, und das fahle Irrlicht ihres im Unterholz davongaukelnden Hinterns war sein letzter süßer Lichtblick gewesen. Seither lag alles im Dunkeln. Er konnte nicht die Hand oder auch nur die Nase vor Augen sehen. Wo war er überhaupt? Keine Ahnung. Hoffnungslos verirrt und im Begriff, bei lebendigem Leib von den Stechmücken aufgefressen zu werden, fand Waldo nur Trost in seinem Flachmann, an dem er, obwohl längst leer, wie an einem Schnuller saugte, ähnlich wie seine Frau, wenn, wie jetzt, der Kummer an ihr nagte, Trost darin fand, sich den Nagellack von den Fingern zu knabbern, oder wie der Motelbesitzer, der sie beide erst unlängst beherbergt hatte, seine Zuflucht darin nahm, sich an den Eiern zu kratzen. Als sie am armen Adam noch dran war'n.

Der untröstliche Floyd war gleichfalls ausgetrickst worden, das wußte er, was immer er gehofft haben mochte. Der kürzlich beförderte vormalige Geschäftsführer des Eisenwarenladens hatte, wenngleich kein Golfspieler, den Großteil seines Lebens im Rough verbracht, und jetzt, nachdem man ihm einen kurzen Blick auf das Green gewährt hatte, stieß man ihn wieder zurück ins Unterholz, und zwar so gewiß, wie Zucker zu Scheiße wird. Weit davon entfernt, der Welt den nackten Hintern entgegenzustrecken (Floyd war überaus genant, selbst Edna sah ihn nur selten im Adamskostüm), trug er noch immer seinen schicken neuen beigen Dreiteiler, sein kariertes Hemd und seine zweifarbigen Schuhe, obwohl Knie und Ellbogen des Anzugs inzwischen voll Dreck, das Hemd aufgeknöpft, die Schnürsenkel lose und die Schuhe mit schaumigem Schlamm verkrustet waren. Floyd wußte, daß er sich allzu schamlos in Hoffart gebadet hatte, drum hatte er sich, kaum zu Hause angekommen, als Buße für seine Sünden der Eitelkeit und Anmaßung unverzüglich den Schnäuzer abrasiert und sich dann niedergekniet, um zu beten; und doch war kein Gebet aus seinem Munde gekommen, eher so etwas wie ein Fluch. Alles war futsch. Er klammerte sich noch immer an den undenkbaren Traum, den John ihm in die alte, übel gebeutelte Rübe gepflanzt hatte, dachte noch immer, alles könnte vielleicht gut ausgehen, doch im Bauch wußte er genau, daß es nichts werden würde. Nichts werden konnte. Was einfach ungerecht war. Floyd hatte es redlich versucht. Er hatte ein Dutzend Jahre als arschküssender Lakai eines reichen Pinkels zugebracht und war dabei nicht besser behandelt worden als der dümmste Kegelbursche, hatte den verzogenen Gören des Städtchens Gottes Wort verkündet und all die blöden Spielchen gespielt, die man hier spielte, und jetzt, mit dem plötzlichen Wiederauftauchen einer Vergangenheit, die er gar nicht mehr als die seine erkannte (er hatte die ewige Rettung vor Augen, den Wiederauferstandenen Sohn, Gottes Gnade und Freigebigkeit, beileibe nicht, um Himmels willen, irgend so eine rasierte und tätowierte Möse in Santa Fe), war es, als wären diese zwölf Jahre nie passiert, oder wenn schon, dann im Traum. Die göttliche Vorsehung: man mußte sie ernst nehmen. Er packte ein paar Reisetaschen und sagte zu Edna, die, einen Pappkarton mit einer unausgepackten Porzellanlampe zu Füßen, zusammengesunken auf dem alten Sofa hockte wie etwas von ganz hinten aus dem Kühlschrank Gezogenes, sie solle sich keine Sorgen machen, aber er müsse vielleicht schon bald zu einer Geschäftsreise aufbrechen, obwohl er noch nicht wisse, wie bald und für wie lange. Einstweilen brauche er jedenfalls ein neues Auto, und zwar am besten jetzt gleich, drum rief er den alten Stu an und hoffte, daß es noch nicht zu spät war; doch es war Stus feistes, liederliches Weib, das den Hörer abhob und besoffen in einer Tour daherlallte, daß Stu noch irgendwas in der Werkstatt erledigen müsse, man habe ihm einen Laster geklaut oder so, er komme bald nach. Zuletzt war ihm nichts anderes übriggeblieben, als zur Werkstatt zu fahren, obwohl er sich dachte, daß Stu sich wahrscheinlich irgendwo bei einem Mädel einquartiert hatte, woraus er ihm, obwohl er dergleichen grundsätzlich ablehnte, keinen Vorwurf machen konnte. Keine große Überraschung also, daß der Laden dunkel war. Selbst die Neonlampen auf dem Hof, die sonst immer die ganze Nacht lang brannten, waren aus, das einzige Licht kam vom entfernten Wetterleuchten am westlichen Horizont. Angesichts der Umstände, überlegte Floyd, war es vielleicht besser, sich ein Auto zu leihen als zu kaufen. Stu würde das verstehen, und wenn alles glatt lief, konnte er den Wagen ja ein paar Tage später zurückbringen. Also versuchte er es an der Tür zum Büro, fand sie nicht abgeschlossen, machte sie auf und stieß mit dem Zeh an etwas, das sich dann als der alte Stu selbst entpuppte. Au weh. Voll in die Ruine geschoben. Keine Zeit, sich nach Schlüsseln für einen Neuwagen umzuschauen – er hörte in der Ferne Polizeisirenen näher kommen –, aber Stu hielt einen Revolver in der Faust, den er nicht mehr brauchte, drum schnappte Floyd sich die Waffe und sah zu, daß er Leine zog.

Dieses ganze Getue um Waffen. Columbia konnte es nicht gutheißen. Waffen waren wichtig für das Vaterland, man hatte noch nie einen waffenlosen Pionier gesehen, aber diese wildromantischen Tage, auch wenn es beinahe unpatriotisch sein mochte, das zu sagen, waren vorbei. Man brauchte heutzutage keine Indianer mehr totzuschießen; wenn sie etwas anstellten, konnte man sie einfach auf den elektrischen Stuhl setzen. Eins hatte sie von ihrem Vater gelernt: Es sind die Menschen, die töten, nicht die Waffen, obwohl es den Menschen dank der Waffen zu leichtfällt, vielleicht sogar zuviel Spaß macht. Gäbe es keine Waffen, wäre der arme Yale noch unter ihnen, obwohl das im Krieg passiert und somit vielleicht kein faires Argument war. Trotzdem griff sie darauf zurück, als sie verzweifelt versuchte, ihre überhitzte Schwägerin davon abzubringen, sich zu bewaffnen und dem Gesetz auf eigene Faust Geltung zu verschaffen. Lumby war am Ende ihrer Kraft und konnte einfach nicht mehr. Es war ein sehr langer Tag gewesen oder eine lange Woche oder was auch immer, sie blickte nicht mehr durch. Ihr weißer Helferinnenkittel war dreckig und durchgeschwitzt, die Haare hingen ihr feucht und strähnig vom Kopf, die Füße taten ihr weh, und sie wußte nicht einmal mehr, wann sie zuletzt gebadet oder sich auch nur richtig gewaschen hatte. Und alles wegen ihres hirnrissigen kleinen Bruders, der es bestimmt nicht wert war, aber das konnte man Gretchen nicht sagen. Wie konnte sie einen solchen Idioten nur so abgöttisch lieben? Nun ja, vielleicht tat sie es gar nicht, aber irgend etwas liebte sie, und Corny verkörperte es, drum lief es aufs gleiche hinaus. Bei Lumby selbst war das viel einfacher, sie liebte Gretchen, und zwar schlicht und ergreifend, weshalb sie auch zu ihr hielt, egal, in welche Narretei die Ärmste sich in ihrer Eifersucht verrannte, und obwohl es im Verlauf dieser entsetzlich strapaziösen Odyssee Zeiten gegeben hatte, in denen Lumbys Verstand, von einem protestierenden Leib niedergedrückt, Gretchen weniger geliebt hatte als ihr Herz. Das Muster war stets dasselbe gewesen: Ihre kräftezehrenden Bemühungen, ihre Schwägerin zu mäßigen, wurden früher oder später dadurch zunichte gemacht, daß Gretchen sich blind und lahm ins Getümmtel stürzte, worauf Lumby sie, oft unter erheblicher Gefahr für die eigene verletzliche Person, wieder heraushauen und vor Gegenangriffen schützen mußte. Und in ihrem Wahn schien Gretchen nichts davon zu würdigen. Sie konnte die Schläge, die Lumby an ihrer Stelle einsteckte, vermutlich noch nicht einmal *sehen*, aber selbst falls sie es tat oder zumindest schlußfolgern konnte, schien sie sich nicht darum zu scheren: das einzige, was sie interessierte, war, Corny zurückzubekommen. Und offenbar war sie bereit, dafür über Leichen zu gehen. Drum hatte Lumby, als Gretchen als freiwilliges Mitglied des bewaffneten Aufgebots der Polizei abgelehnt worden war (welche Erleichterung!) und statt dessen beschlossen hatte, sich mit Harvies alter Jagdflinte und / oder Yales Armeerevolver zu bewaffnen (o nein!), die beide im Lager des Drugstores verwahrt wurden, weil ihr Vater sich weigerte, die Dinger im Haus aufzubewahren, wo die Kinder herumliefen, schon das Schlimmste befürchtet: Kurzsichtig und fuchsteufelswild, wie Gretchen war, mochte sie auf alles und jedes losballern, was sich bewegte, einschließlich des Bürgermeisters und des Polizeichefs, und Corny wiederum war zu bescheuert, um seine Rübe aus dem Kreuzfeuer herauszuhalten, drum würden die vielen Kinder vaterlos werden, ob sie nun den Unterschied merkten oder nicht, und wenn erst die Kugeln zu fliegen begannen, kamen sie vielleicht allesamt um. So waren Schußwaffen nun einmal. Es war beinahe zu schrecklich, um es sich auszumalen. Weil Gretchen partout nicht auf sie hören wollte und ihr keine Argumente mehr einfielen, blieb ihr nur noch, die Waffen irgendwie kaputtzumachen – obwohl sie keinen blassen Schimmer hatte, wie die Teufelsdinger eigentlich funktionierten –, selbst wenn Gretchen dann eine Zeitlang stinksauer auf sie wäre. Drum folgte sie, obwohl zum Umfallen müde, Gretchen dicht auf den Fersen und war bereit zu tun, was sie tun mußte, um ihnen allen, oder zumindest der einen, die sie liebte, das Leben zu retten. Doch als sie sich dem Drugstore näherten, sah sie, daß dort Licht brannte, und raunte Gretchen zu: Einbrecher! Sie versuchte sie zurückzuhalten, doch diese Frau ließ sich nicht aufhalten, wenn sie sich erst einmal etwas in den Kopf gesetzt hatte. Gretchen humpelte also schweren Schrittes die Straße entlang, stracks durch die Eingangstür und weiter zu den Videospielkonsolen, wo Cornell saß und seine Nase an den Bildschirm drückte; sein Kopf sah ein wenig eingedellt aus, aber ansonsten war er Lumbys nutzloser, hirnloser Bruder wie eh und je (wenngleich ein wunderschöner Anblick für die kurz vor dem Zusammenbruch stehende Columbia). Gretchen gab ihm ein paar hinter die Löffel und schleppte ihn von dannen, nicht ohne vorher Lumby zu bitten, doch für sie den Laden abzuschließen, sie bringe ihren widerspenstigen Mann nach Hause und sperre ihn eine Woche lang ein, zur Strafe für all den Kummer, den er ihnen bereitet habe, indem er hinter einer derart schamlosen Dirne hergelaufen sei. Corny wehrte sich nicht, wenngleich er nicht die leiseste Ahnung zu haben schien, wovon Gretchen redete; mit anderen Worten: dieselbe Trantüte wie immer. Columbia stieß die Tür hinter den beiden ins Schloß, schloß zweimal ab, schaltete das Licht aus und schlief, den Finger noch auf dem Lichtschalter, im Stehen ein.

Der Polizeichef des Städtchens war im Gegensatz zu Columbia nicht der Ansicht, daß Schußwaffen Teufelszeug seien, er romantisierte sie aber auch nicht, ja benutzte sie nicht einmal zum Freizeitvergnügen und wünschte sich genau wie Oxford und dessen Tochter, daß es weniger davon gäbe. Für Otis waren sie nichts als das Handwerkszeug seines Metiers, mit dem man Krawall verhindern und Leben, Freiheit und Privatbesitz schützen konnte, kurzum, unverzichtbare Waffen im ewigen Kampf zwischen Gut und Böse. Sobald Otis an das Gute dachte, dachte er auch an die entsetzlich verwundbare Heilige Jungfrau, jenes Sinnbild, das ihn zum Soldaten und Gesetzeshüter hatte werden lassen, weshalb er nun auf dem Weg hinaus zum Flugplatz, wo er Bürgermeister Snuffy und die Jungs treffen sollte, den Kollegen am Steuer kurz bei der Kirche anhalten ließ, damit er die Muttergottes um Stärke und Führung bitten konnte. Sie teilte ihm mit, daß ihm eine schwere, lange Nacht bevorstehe (soviel wußte er bereits), und fragte ihn, ob sein Herz rein sei. Er erwiderte, daß er das schon glaube, obwohl ihm die Fotos ein bißchen Unbehagen bereiteten. Sie erinnerte ihn daran, daß er die Fotos ja als Beweismaterial eingesteckt habe und es somit Teil seiner Amtspflichten sei, sie genau zu untersuchen; falls ihn die Bilder aber ungebührlich erregten, solle er an sie, die Heilige Jungfrau, denken und an ihr großes Leid und ihre Einsamkeit. Otis kniete vor ihr nieder, und sie schien ihm für einen heilsamen Moment, den er begriff, ohne ihn zu begreifen, genau wie diese ganze zärtliche Unterhaltung mit etwas aus – was?, vermutlich Gips oder dem Zeug, aus dem man Puppen herstellte, ihre sanfte Hand in den Nacken zu legen. Er küßte der Statue ehrfürchtig die kalten, glänzenden Füße, und dann, als sich ihm Paulines monumentale Schenkel wie eine Art geistige Lawine in den Sinn schoben, bekreuzigte er sich schnell und eilte davon. Draußen im Streifenwagen lachte der neben ihm auf dem Rücksitz mit Handschellen gefesselte Daddy Duwayne keckernd los und fragte, wie es sich denn anfühle, mit allen sieben Köpfen der großen Hure Babylon und ihren scharlachroten Zungen zugleich Kommunion zu feiern, worauf Otis ihm mit dem Revolverknauf eins auf den Schädel gab, daß ihm die Baseballkappe davonflog und seine abscheuliche Rübe gegen das Fenster knallte, was einen weiteren Nutzen von Otis' Dienstwaffe demonstrierte. Eine solche auch den frischgebackenen Hilfssheriffs des Aufgebots zur Verfügung zu stellen, die keine eigene besaßen, war der Zweck des Treffens draußen auf dem Flugplatz, bevor man sich bei der Country Tavern versammelte. Der Bürgermeister, der bis vor kurzem auf dem Flugplatz gearbeitet hatte, besaß die Schlüssel zu Johns Gewehrschrank sowie Johns Erlaubnis, die Waffen jederzeit zum Schutz des städtischen Fluggeländes einzusetzen, und er begriff die Jagd auf die zwei Banditen, die sich zeitweilig illegal dort aufgehalten hatten, als Erweiterung dieser Befugnis. Als sie vor dem Bürotrakt vorfuhren, stießen sie auf den jungen Mechaniker aus der Ford-Mercury-Werkstatt, der bereits vor Ort war und, wenngleich im Dunkeln, an der abgeschlossenen Tür herumfummelte, aber völlig verschreckt auf ihre Ankunft reagierte, als hielte er sie für die Banditen, die ihm an den Kragen wollten. Eine eindeutige Verwechslung, sie waren eben alle ein bißchen nervös und taten die Sache mit einem Lachen ab. «Ach, da ist ja die Knarre, ich hatte schon danach gesucht», sagte Snuffy und nahm dem Mechaniker das Gewehr aus der Hand, um es ihm gleich wieder zurückzugeben. «Egal, behalt es lieber, mein Junge. Du wirst es brauchen. Und jetzt los, laßt uns endlich das verdammte Match anpfeifen.» Der Bürgermeister wies ihnen mit seinem Schlüsselbund den Weg und verteilte die Waffen; dann verfiel er wieder in seine alten Halbzeitparolen und sagte, kein Mensch habe diesem Städtchen hier je etwas geschenkt, sie besäßen weder Berge noch Meere, Seen, Goldminen oder Flüsse, alles, was hier stehe, sei mittels Muskelschmalz, Zupacken und Teamwork entstanden, und heute abend warte auf die Mannschaft die Aufgabe, ein paar gefährliche Elemente zu erledigen, die eine durch mehr als hundertjährige Maloche aus dem Prärieboden gestampfte Lebensart bedrohten. Drum solle sich jeder am Riemen reißen, die Zähne zusammenbeißen und sich auf eine lange und harte Nacht voller blauer Flecken einstellen. Jungs, wir müssen ran an den Speck und die Ärsche niedermachen, bevor sie uns niedermachen! Wenn's um Leben und Tod geht, gibt es keine Vizemeister! Otis informierte sie, daß die beiden Killer im Wäldchen hinter dem Motel versteckt seien und daß ihr Trupp sich jetzt mit allen anderen draußen bei der Country Tavern treffen werde, wo er ihnen den Rest der Strategie für die Suche erläutern wolle. Ein paar

Jungs wollten wissen, wie groß Pauline denn inzwischen wirklich sei, drum bat Otis den jungen Golflehrer, der sie genau gesehen hatte, es ihnen zu beschreiben, aber weil es dabei um Paulines gewaltigen Scheißhaufen ging und der Typ ein Spaßvogel war, der seine Geschichten gern anschaulich illustrierte, mußte Otis ihm das Maul stopfen (der Kerl ließ soeben seine schwuchtelgelben Hosen herunter), bevor er die Jagd auf Pauline in etwas anderes verwandelte. Die meisten seiner Rekruten waren scheeläugige Trottel, das wußte Otis, keinem von ihnen hätte man eine Knarre in die Hand drücken dürfen, außer seinen eigenen Jungs vom Revier, seinem alten Coach und vielleicht noch dem Mechaniker (wenn doch bloß John dagewesen wäre), aber was konnte er schon tun? Wie sein alter Kompaniechef immer gesagt hatte: Man kann sich seine Notlagen nicht aussuchen.

Diese Lektion lernte soeben Buchhalter Trevor, denn obwohl er nur sich selbst dafür verantwortlich machen konnte, wo er sich befand (diese irrationale Jagd auf ein Phantom namens ungetrübte Freude, er mußte verrückt sein!), war das, was er dort zu sehen bekam, weder sein Werk noch vorhersehbar gewesen. Seine Notlage war folgende: daß er, ein allseits respektierter Steuerberater und verheirateter Mann im besten Alter, sich unversehens mit einer ihm namentlich nicht bekannten jungen Frau in ausgefransten Shorts in einem Motelzimmer befand, auf dessen Fußboden ein halbnackter Verwundeter, vielleicht gar Toter in seinem Blut lag, vom Gewehr auf dem Bett, den ringsum verstreuten Kleidungsstücken, den draußen vorfahrenden Rettungs- und Polizeiwagen und den gellenden Sirenen nicht zu reden. «Gott, ich hab solche Angst!» japste die junge Frau, ließ fallen, was sie in den Händen hielt, und warf sich Trevor an den Hals. Den erschreckten die nackten Arme beinahe ebensosehr wie der Mann auf dem Fußboden oder die roten und blauen Lichter, die gegen die Jalousien blinkten. «Gott sei Dank bin ich mit jemand zusammen, der weiß, was in solchen Situationen zu tun ist!» Trevors Knie wurden butterweich, dito sein Hirn, und er mußte sich auf die Lippen beißen, um nicht loszuheulen. «Du bist echt cool, Mann! Einfach so zu grinsen!» Die Polizisten trommelten an die Zimmertür. «He! Wer ist da drin? Was ist los? Aufmachen!» – «Verrat ihnen nicht, daß ich hier bin!» jammerte die junge Frau, raffte eine Handvoll Kleidungsstücke zusammen, verschwand im Bad und warf ihm in letzter Sekunde noch eine Kußhand zu, just als die Tür eingetreten wurde und Männer in weißen Kitteln sowie andere in grauen und blauen Uniformjacken, manche davon mit gezückter Waffe, ins Zimmer stürmten. «Da ist er!» Die Butter schmolz, und Trevor sank zu Boden, nur um im Nu wieder grob auf die Beine gezerrt zu werden. «Schieß ihn nieder, wenn er sich rührt!» – «Ist das deine Schrotflinte, Killer?» – «Nein!» wimmerte er, als ihm etwas Hartes und Spitzes in die Rippen fuhr. *«Aua!»* Die Blase versagte ihm den Dienst, und etwas Warmes und Nasses rann ihm hinunter bis zu den Knien. «Es ist – es ist alles ein Irrtum! Sie ...» – «Sie ...? Welche sie?» – «Momentchen mal! Ist das nicht Johns Steuerberater?» – «Trevor?! Was zum Henker haben Sie denn hier verloren?» – «Ich ... ich weiß nicht, ich bin nicht, es ist nicht so, wie Sie – *ein Kunde*!» japste er, nachdem er die Butter im Hirn zu schlagen begonnen hatte. «Was?!» – «Er, wissen Sie, eine P-Police! Eine Versicherungspolice! Ich, äh, ich mußte nur ...!» – «Sie wollen mir weismachen, daß Sie sich hier um eine Versicherungspolice kümmern?!» – «Hoffen wir für den alten Dutch, daß es 'ne gute ist», brummte einer der Sanitäter, die den Motelbesitzer auf eine Trage hievten. «Dem armen Schwein hat's das beste Stück weggeblasen!» – «Ja, und auch die rechte Hand ist halbwegs abgerissen!» – «Lebt er denn noch?» – «So grade eben. Er hat eimerweise Blut verloren.» – «Echter Dusel, daß er Otis' Funkgerät dabeihatte; in der ganzen Gegend sind die Telefonleitungen tot.» – «He, das kaputte Glas hier ist aber komisch! Schau mal! Die eine Seite ist ein Spiegel, und die andere ...» – «Sekunde mal, wem gehört denn die scharlachrote Hose da? Ist das etwa Ihr Tuntenfummel, Mann?» – *«Nein!»* – «Steckt irgendwas in den Taschen?» – «Ein paar Golftees. Schlüssel. Ein Präser. Nein, warte mal! Ein Portemonnaie! Na verdammt, ich werd nicht mehr!» – «Was ist denn?» – «Die Hose da gehört dem guten Waldo!» – «Du meine Güte, glaubst du, er ist ohne sie abgehauen?» – «Falls ja, dürfte er nicht schwer zu finden sein.» – «Scheiße, das wird John nicht gefallen!» – «Nein. Trotzdem brauchen wir einen Haftbefehl!» – «Ja doch, aber später. Wir müssen rüber zur Tavern, höchste Zeit. Otis wird stinksauer sein, wenn wir unsere Ärsche nicht flott in Bewegung setzen.» – «Und was machen wir mit dem ganzen Scheiß hier?» – «Sack ihn ein und nimm ihn mit!» – «Trevor, wir sollten Sie eigentlich einbuchten, aber dazu haben wir jetzt keine Zeit. Drum fahren Sie nach Haus und verhalten sich hübsch ruhig, verdammt noch mal, dann unterhalten wir uns morgen weiter, verstanden?» Trevor nickte dumpf, spürte, daß ihm erneut schlecht wurde, und dann hockte er allein in seiner nassen Hose auf dem blutverschmierten, mit Spiegelsplittern übersäten Fußboden und starrte ins schmutzige Düster des Zimmerchens nebenan, das sein eigenes schmutziges Seelendüster zu spiegeln schien. Allein, aber nicht lange. Marges Freundin Lorraine steckte den Kopf durch die Tür, sprang dann ins Zimmer und knallte mit der Hüfte die Tür zu. *«Nicht hingucken!»* kreischte sie, und erst da merkte er, daß sie nichts als eine Bluse trug, deren Schöße sie mit beiden Händen zwischen die Schenkel zerrte. Sie warf wilde Blicke um sich und stelzte dann, vorsichtig über die Glassplitter staksend, ins Badezimmer. *«Nein, halt!»* rief er, aber zu spät. Würde diese Tollheit nie ein Ende nehmen? Er stolperte verschämt hinterher, um zu erklären, was sich nicht erklären ließ, doch als er um die Ecke bog, war niemand im Bad außer Lorraine, die sich rasch ein Handtuch umband und ihn mit knallrotem Gesicht anschrie, er sei ein krankhafter, perverser Voyeur und solle sich zum Teufel scheren! Um so schlimmer, als sie recht hatte. Sie warf ihm einen Gummistößel an den Kopf, und ihm wurde schwarz vor Augen. War er jetzt auch auf dem anderen Auge blind? Sei's drum. Trevor hatte so ungefähr alles gesehen, was er je hatte sehen wollen.

Der Künstler? Das Modell? Beide verschwunden, wie das Sehvermögen selbst: bloße Erinnerungen und daher Illusionen. Seine Gier zu sehen hat ihn das Augenlicht gekostet. Blind auf beiden Augen und daher bemitleidenswert, tastet er sich ganz allein durch die stockfinstere Nacht in einen Wald hinein, von dem er sich nicht sicher sein kann, daß es ein Wald ist, nur seine Erinnerung und sein Verstand legen ihm das nahe. Die ewig trügerische Erinnerung. Der närrische Verstand, der ihm überhaupt erst dieses von Beginn an zum Scheitern verdammte Vorhaben aufgedrängt hat. Wer ist er, daß er einen anderen benutzen wollte, um in sein eigenes Inneres zu blicken? Wer ist er, daß er in die geheiligte Domäne der Kunst eindrang? Natürlich, wenn die Kunst, wie es das Modell unterstellte, gar nicht aus der Betrachtung der Schönheit besteht, sondern aus der Begegnung mit deren Absenz, dann sollte er, nun da er auf die Absenz in ihrer reinsten Gestalt gestoßen ist, verzückt sein, doch das ist nicht der Fall. Schwarz auf schwarz ist eine Metapher, vielleicht sogar eine schöne, aber noch lange keine Kunst. Aber wieso blind? Gute Frage. Vermutlich ist es eine allegorische Blindheit, heilbar nur durch allegorische Mittel. Nein, das alles hängt mir zum Hals heraus. Dann ist mein Schicksal besiegelt, dein Hang zur Allegorie vollständig. Unsinn. Warum kann ich dir nicht einfach das Augenlicht zurückgeben? Na bitte, siehst du? Schon ist alles wieder wie vorher. Nein, das ist es leider nicht. Manche Dinge stehen in deiner Kraft, andere nicht. Ich verstehe das nicht. Ich auch nicht: Wir sind beide Eindringlinge. Sag mir also, was du in deiner Blindheit siehst. Ich sehe, wie sich das Feuer rasend schnell durch den Wald frißt. Ich dachte, ich wüßte, was das bedeutet, aber jetzt weiß ich es nicht mehr. Es gab also ein Feuer? Denkbar ist es. Falls ja, hat es meiner Meinung nach den Schrecken einer von der Kunst entblößten Welt zum Ausdruck gebracht. Oder die Entblößung der Kunst? Wer kann das sagen? Was verschwunden ist, ist das Wirkliche. Nein, nur dessen Modell: Das Wirkliche bleibt allemal bestehen, wie insbesondere du, darin von Blindheit geschlagen, fraglos wissen mußt. Das einzige, was ich weiß, ist, daß das unsichtbare Feuer die Macht besitzt, alles zu verzehren, was ihm im Wege steht. In dieser Hinsicht ist es der Zeit sehr ähnlich, repräsentiert vielleicht einen schlichteren Schrecken. Gegen den die Kunst aufbegehrt. Behauptest du; zeig es mir. Das vermag ich leider nicht, wenngleich ich daran glaube und meines Erachtens auch einen ersten Vorschein davon erblicken durfte: Es war einmal ein Fels im Fluß... Doch jetzt ist er ebenfalls fort, der Fluß vielleicht ebenso.

Was also kannst du für mich tun, der ich blind und allein in diesem öden Wald, den deine eigenen Ungewißheiten in Brand gesteckt haben, zurückgelassen wurde? Kannst du mich aus dem Wald herausgeleiten? Natürlich: Reich mir deine Hand. Hier: Es ist deine eigene. Ach. Ja. Wie ich befürchtet hatte. Dann können wir hier nicht mehr heraus? Nein. Dann ist die endlose Nacht, zu der du verdammt bist, auch mein Los? Ja.

Waldo, seinerseits verdammt oder zumindest verdammt scheinend und so blind wie Ellsworths Lauerer (er sah verflucht noch mal gar nichts), stapfte schwerfällig durchs dornige Unterholz, nicht um daraus zu entkommen, sondern in verzweifelter Flucht vor den Stechmücken, die bei jedem Halt in Schwärmen auf ihn losgingen. *«Wenn's hart auf hart kommt»*, johlte er laut in die einsame, schwarze Nacht, während er durch etwas taumelte, das sich anfühlte wie die gichtkrummen Krallen häßlicher alter Hexen, die rachsüchtig nach dem anstößigen Fleisch haschten, das er ihnen so freigebig zur Schau stellte, *«wird das Rough rougher!»* Aber war Waldo, derart zerkratzt und zerstochen, reumütig? Nein; wenn diese schimmernden Pobacken wieder aufgetaucht wären, er wäre ihnen erneut hinterhergejagt, nicht um ihnen Böses anzutun, o nein, dazu war Waldo ein viel zu großherziger Prachtkerl, und das Leben, ohnehin so kurz, war entweder süß oder vergeudet. Er hielt kurz an, um den leeren Flachmann an die Lippen zu setzen, und schon umschwirrten ihn die Stechmücken. Hatte er da etwas gehört? Ja, ein fernes Grollen, das ein wenig an einen Rasenmäher mit Benzinmotor erinnerte. Ha! Kevin sagte doch immer, daß er seine Fairways gern in der Nacht mähte! Die Rettung war nah! Waldo stürzte in Richtung des Geräusches los wie ein Schiffbrüchiger, der sich durch die wuchtige Brandung zu einem unsichtbaren Strand kämpft, und bald stand er auf dem Fairway. Ah! Seine nackten Zehen rieben sich im Teppichrasen, was ihm soviel Vergnügen bereitete wie eine gute Massage oder die Erleichterung, die man auf den Arschbacken spürte, wenn die Bundesbrüder ihre Holzpatschen aus der Hand legten. Er folgte dem Motorengeräusch den Fairway entlang, auf welches Green zu, war ihm so schleierhaft wie egal, weil der gute alte Scout Kevin bestimmt eine Flasche in der Tasche haben würde, und fragte sich nur, warum er kein Licht sah. Nichts außer einem entfernten Wetterleuchten im Westen wie ein Hinweis darauf, daß nicht alle Lande Licht entbehrten. Aber mähte Kevin wirklich im Dunkeln? Tat er nicht, und es war auch nicht Kevin. Es war (Waldo schlich sich leise auf das schwammfeuchte Green und beugte sich weit vor, um die pferdeärschige Kreatur mit den nackten Beinen besser erkennen zu können, die da quer über dem Loch lag) die alte Dragonerin Marge, die mächtig schnarchte! Gott, was für ein Kanonendonner! Das mußte der arme Triv tagein, tagaus ertragen? Marge lag auf dem Rücken, alle viere von sich gestreckt, noch immer ein Siebenereisen in der Faust, das zu ihren weithin hallenden Schnarchern zitternde Kinn heruntergeklappt, die Bluse aufgeknöpft und den Rock bis zur Hüfte hochgezogen; die Fahne lag zur Seite geworfen da, und der Ball im Loch zwischen ihren mächtigen Schenkeln sah aus, als hätte sie ihn dort hingekackt. Waldo legte sich im Geiste bereits ein paar entsprechende Bemerkungen zurecht, die er spaßeshalber vorbringen konnte (und solche, die sie ihrerseits vorbringen konnte, um sich über seinen schmucklosen Aufzug und seine Abgeschlafftheit zu mokieren, aber was soll's, zum Teufel, besser solche Gesellschaft als gar keine), und verpaßte ihr dann einen beherzten Tritt in die Nierengegend; doch Marge ratzte seelenruhig weiter, und auch weitere Tritte taten dem Schnarchkonzert keinen Abbruch: Dornröschen war ganz und gar woanders, ihr grobknochiger Leib eine leere Hülle. Tja, tja. Waldo fischte einen Putter aus Marges Golftasche, dazu ein paar Bälle, die er am Rand des Greens auf den kurzgeschnittenen Rasen warf, und drehte sich so, daß er Marges weitgeöffnete und vom gelegentlichen Wetterleuchten im Westen schwachbeleuchtete Schenkel ins Visier nehmen konnte. *«Fore!»* röhrte er dann in die hallende Nacht und schlug beherzt den ersten Ball: Er hörte ihn über das Green sausen und wie eine Roulettkugel zwischen den Schenkeln hierhin und dahin klackern, ehe er – *ka-plock!* – ins Loch plumpste. Der zweite Ball machte ein klickendes Geräusch und sprang dann wieder aus dem Loch wie eine Flipperkugel, die von einem Gummikatapult wegschnellt.

Waldo stapfte übers Green, um ihn aufzuheben und die beiden anderen aus dem Loch zu fischen. Dabei berührte er mit der Hand Marges hinter dem Slip verstecktes Schamdreieck und spürte dort so etwas wie eine beiseite huschende Maus. Neugierig schob er den schmalen Streifen verstärkten Stoffs zur Seite und sah seine Finger in feuchten, fleischigen Lippen verschwinden, die die Eindringlinge begierig aufsaugten. He! Holla! Da drin war ja was los! Das Ding lebte! Und donnernd schnarchte Marge weiter; fern dieser Welt und allen übrigen Welten, unterbrach sie ihr sonores Konzert nur, als er mit einiger Mühe seine gründlich wiedergekäuten Finger herauszog. «John ...?» ächzte sie. Waldo brummte, wieder mal seine berühmte Langer-John-Parodie zum besten gebend: «Aber ja, Baby, ich liebe dich», und nun, da er seine Feldwebel-Marge-Phobie fürs erste überwunden hatte, warf er den Putter beiseite und kniete nieder, um seinen Wedgie dort hineinzuschieben, wo seine Pfadfinderfinger bereits den Weg gebahnt hatten. Marges rasche Schnarcher kehrten zurück, als wollte sie seine – *juhu!* – tapferen Bemühungen gutheißen. Denen kein schnelles Ende beschieden war: Ihre Oberschenkel umklammerten ihn und preßten ihn – *zack!* – ans Werk! Die Liebe: o Scheiße, sie ist – *Halt!* – ein echtes Abenteuer!

Die Liebe als Abenteuer zählte nicht zu den Unterthemen der Predigt, die Reverend Lenny soeben komponierte, doch vielleicht nur deshalb nicht, weil ihm dieser Gedanke noch nicht gekommen war, da die Liebe im umfassenderen Sinn das Hauptthema werden sollte, wie er beschlossen hatte, als er seiner Frau Trixie zusah, die dem Neugeborenen bei Kerzenlicht (der Strom war ausgefallen, nicht nur im Pfarrhaus, der ganze Häuserblock schien im Dunkeln zu liegen) die Brust gab. Die Liebe zum Mitmenschen und die Mutterliebe, die eheliche Liebe und die Liebe als letzte Zuflucht, die Liebe als Wunder und als wahrer Quell jeglicher Sinnhaftigkeit oder zumindest all jener Bedeutungen, derer wir in unserem von Paradoxa durchzogenen, aller Gewißheiten entleerten Universum teilhaftig werden. In dem Ausdruck «ich liebe dich» ließen sich ja weder Subjekt noch Objekt bestimmen, geschweige denn als existent beweisen, nur das Verb war unstrittig, vielleicht das einzige unverzichtbare Verb der Sprache, um das alle anderen sich gruppierten. Das Ereignis, das diese kreuz und quer verlaufenen Überlegungen zusammengeführt hatte, war die spektakuläre Geburt von Lennys spektakulärem Sohn gewesen. Hatte dessen abrupte Ankunft auf diesem einsamen Planeten komische Seiten? Falls ja, dann um so besser, denn das gehörte zum Wesen der Conditio humana, in deren Rahmen sie geschah, und Lennys Predigt sollte selbstredend auch vom kosmischen Witz der Liebe handeln. «Aber wo ist das Zentrum?» hatte Beatrice einst rätselhaft gefragt (sie wußte es nicht mehr, auch er konnte sich kaum noch daran erinnern; glücklicherweise hatte er sich, wie auch jetzt wieder, Notizen gemacht), und die Antwort lautete: in der Liebe, verkörpert von dem kleinen Adam, den Beatrice aus von Lenny nicht geteilter Ehrfurcht vor seiner Empfängnis, die sie mit einer Bachschen Fuge in Verbindung brachte, so getauft hatte. «Es kam mir so vor, als hätte man mir alle Orgelpfeifen nacheinander in den Leib gesteckt», hatte sie gesagt, «und jede von ihnen vibrierte in ihrem ureigenen Ton und Klang und erfüllte mich mit so ekstatischer Musik, daß ich es kaum aushalten konnte!» Verstand, Geist und Körper als ein einziges Musikinstrument, dazu die Liebe als wohlklingender Akkord: Lenny notierte sich das im flackernden Kerzenlicht (es kam ihm so vor, als hätte die Welt sich geleert, sogar seine anderen Kinder hatte die Nacht verschluckt, nur sie drei waren übriggeblieben und rückten um das verglimmende Talglicht zusammen wie der Kern eines neuen Abenteuers: ja, nun ließ sich die Liebe auch als Abenteuer denken), während Beatrice, immer noch das Baby stillend, gelassen weiterplauderte. «Lenny, sieh dir nur sein hübsches Mündchen an, wie es sich um meine Brustwarze legt, er saugt nicht bloß daran, er leckt sie, stupst sie mit der Nase an, spielt mit ihr, echt sexy, der kleine Kerl! Während der ganzen Schwangerschaft hatte ich weniger das Gefühl, ein Baby in mir zu tragen, als einen Liebhaber, der alle Stellen entdeckt, die mich auf Touren bringen, aber von innen heraus: plötzlich wurden meine Brustwarzen hart, ich bekam eine trockene Kehle und nasse Schenkel, und all meine Sinne richteten sich nach innen, bis ich nicht mehr aus noch ein wußte! Einmal bekam er einen Schluckauf, und ich bin vor Lust beinahe gestorben! Wo ist dieser sonderbare kleine Junge nur hergekommen, Lenny?» Lenny wußte es nicht, aber es war ihm auch egal. Diese Sachen geschahen eben. Darauf kam es nicht an. Worauf es ankam, war die Botschaft, die einem dadurch übermittelt wurde, immer gleich und doch nie zweimal dieselbe, leicht zu verstehen und doch unmöglich zu entziffern, auch wenn es seine Lebensaufgabe und sein Privileg war, das zu versuchen. «Vielleicht», sagte er, «ist er der Sehnsucht entsprungen, sich der Indifferenz des Universums zu widersetzen. Vielleicht sind wir noch immer nicht seßhaft geworden, Trixie. Vielleicht sind wir noch immer unterwegs, noch immer rebellisch.» – «Ach du liebes Lieschen», seufzte sie und drückte das Baby an sich. «Hoffentlich nicht.»

Die Mutterliebe, deren Loblied Lennys nächste Sonntagspredigt singen sollte, ließ auch Veronica endlich aus ihrem Stupor auf dem Liegestuhl erwachen und sandte sie allein in die dunkle, unfreundliche Nacht hinaus, um nach, nun ja, ihrem Quasi-Sohn zu suchen, dem mißratenen John zwei: schleimig, häßlich, hirnlos, aber auch bemitleidenswert, völlig hilflos und auf sie, seine einzige Mom, angewiesen, wie hatte sie ihn nur mit dem Bügelbrett erschlagen wollen können? Alle auf der Gartenparty hatten sich über die Schleimspur beklagt und meist die Riesin dafür verantwortlich gemacht, drum war die Spur auch nachts leicht zu finden und zu verfolgen, nicht von Ost nach West, sondern von Trocken zu Feucht. Ein paar Straßenlaternen brannten noch, doch die meisten waren verloschen, und so ging sie dort, wo allem Anschein nach der Strom ausgefallen war, durch totale Finsternis, und nur die leicht phosphoreszierende Schleimspur wies ihr den Weg. Zuletzt kam sie in eine laute Kneipe, in der sie noch nie gewesen war, es sah eher nach einem Saloon aus, mit einer riesigen Theke aus Eisenbahnschwellen – das einzige, was ihr vage vertraut vorkam –, Sägespänen auf dem Fußboden und Gaslampen, die über Holztischen hingen, an denen lärmende und trinkende Männer Karten spielten, sich stritten, ordinäre Lieder sangen und dröhnend lachten. Dort sah sie ihn in einer Ecke auf dem Boden sitzen, immer noch in Windeln, das schmutzige Laken, in das er gewickelt gewesen war, wie eine Soutane übergeworfen – ein kleiner Bettelmönch mit großem Kopf und schrumpeligen Gliedmaßen, ihr kleiner Quasi-Sohn, ihr John zwei. Die Männer verspotteten ihn, schnippten ihre Asche auf seine Kapuze und gossen ihre Bierneigen über ihm aus, bespuckten ihn, traten nach ihm und machten sich verächtlich über seine Angewohnheit lustig, an allem zu saugen, was seinem hinter der Kapuze verborgenen Gesicht nahe kam. Veronica nahm ihren ganzen Mut zusammen (warum fielen ihr dabei einige ihrer entsetzlichsten Momente auf der Highschool wieder ein?) und marschierte hinüber, um sich zwischen die Rüpel und ihren Sohn zu stellen, und erst, als sie mitten im Raum stand und die Männer laut losgrölten, fiel ihr wieder ein, daß die Rückennaht ihres geborgten Leinenkleids aufgeplatzt war. Sie warf den Männern mit schriller Stimme vor, grausam zu einem Behinderten zu sein, der sich nicht verteidigen konnte und noch nicht einmal ein richtiges Kind war. Darauf grölten sie alle erneut los und zeigten mit dem Finger auf sie, daß das Bier spritzte und mehrere Tische umflogen. «Ihr solltet euch schämen!» schrie sie und kniete nieder, um das arme Ding – obwohl sie wußte, wie naß und glitschig es sein würde – mütterlich zu umarmen, wobei sie spürte, wie ihr Hintern sich aus dem Kleid schob, was die Grobiane mit neuem Gelächter quittierten. «Ihr seid doch nichts als eine Bande von Rüpeln!» schrie sie. «Stoß ihnen nur Bescheid, Ma!» rief nun John zwei und warf mit einemmal die Kapuze zurück, als streife er eine Verkleidung ab. Da stand er vor ihnen, eine knappe Handbreit über Veronicas zusammengepreßten Knien, kein Haar auf dem Kopf, eine Windel um den Po und an einer dikken schwarzen Zigarre paffend. Sie holte tief Luft. «Aber du bist ja –!» Er spuckte lachend aus, zog blitzschnell eine Pistole aus den Windeln und ballerte drei oder vier Kerlen den Hut vom Kopf, worauf alle ruckzuck in Deckung gingen. Dann patschte er Veronica auf den nackten Hintern, fuchtelte mit seiner Pistole herum und sagte: «Du bist 'n echter Schatz, Ma! Was hältste davon, wenn wir uns ein bißchen die Hörner abstoßen und diesen Pennern mal zeigen, was Familiensinn bedeutet?» – «I-Ich, bitte keine Gewalt ...!» flehte sie. «Wer redet denn von Gewalt?» lachte er. Der

Barkeeper in dem weißen Hemd mit den Ärmelschonern tauchte mit einer großkalibrigen Schrotflinte hinter dem Tresen auf, Ronnie schrie, und ihr Sohn schoß ihm die Flinte aus der Hand und ballerte dann eine Reihe von Flaschen über dem Kopf des vor Angst schlotternden Barkeepers kaputt. «Ich will doch nichts weiter als 'n bißchen an der Titte nuckeln!» – «Was ...?!» – «Ma, ich bin doch dein kleines Baby!» – «Aber i-ich habe gar keine Milch!» japste sie. «Das macht nichts, ich hab auch keinen Hunger, ich brauche bloß ein bißchen Trost», sagte er mit einem durchtriebenen, einschmeichelnden Grinsen, wobei er mit der Zunge die Zigarre vom einen Mundwinkel in den anderen beförderte. Er griff in Veronicas Leinenkleid und ließ eine nackte Brust hervorschnellen. «Du hast mich lange warten lassen, Ma! All die Jahre! Das war nicht fair!» – «Liebling, bitte...!» Er tat ihr leid, und sie bereute, was geschehen war, aber sosehr sie ihn auch liebte, sosehr hätte sie sich gewünscht, er würde ihre Brust wieder ins Kleid stecken. Sie schien außerstande, es selbst zu tun oder auch nur aus ihrer prekären Hocke aufzustehen, als wäre sie vor lauter Scham und Reue gelähmt. «Die Kerle da behaupten, daß mein Alter hier dann und wann mit dem einen oder anderen Flittchen hereinschaut», flüsterte er, «und beim nächstenmal werden wir hier auf der Lauer liegen, stimmt's, Ma? Peng, peng, peng!» Er ließ auch noch die zweite Brust hervorschnellen. So ein willensstarkes Kind. Es war nicht leicht, Mutter zu sein. In einer Ecke fingen ein paar Männer an zu lachen und sangen «The Little Milkmaid», und ihr Sohn wirbelte herum und ballerte die Lampe über dem Tisch von der Kette, daß sie auf die Holzplatte herniedersauste und wie eine Feuerwerksrakete mit einem grellen Lichtblitz zerschellte. «He, wow! Sauber!» rief John zwei, biß dabei fest auf die zerkaute, feuchte Zigarre und schoß eine zweite und eine dritte Lampe von der Zimmerdecke, während er in kindlicher Begeisterung auf und nieder hüpfte. «Das macht Spaß, Ma!» Im Grunde war er eben doch nur ein kleiner Junge, obwohl er ihr mit seinen Spielchen eine Heidenangst einjagte. Er hielt kurz inne, warf dann einen Blick in seine Windel. «Uje. Ma, hilf mir! Ich glaube, es ist ein großes A-a.»

Obwohl er Bruce' Spielchen längst kannte und mit dem Schlimmsten gerechnet hatte, war John (eins) baff über den Anblick, der sich ihm bot, als er endlich in der Angelhütte ankam. Das Schlimmste, mit dem er gerechnet hatte? Daß er beide tot auffinden würde. Nevada hatte angedeutet, daß Bruce womöglich plante, Schluß zu machen und das Mädchen mit in den Tod zu nehmen. Sie hatte sich auch reichlich Zeit gelassen, ehe sie ihm von Bruce' Abreise mit Lennys Tochter berichtete, er hatte also mehrere Stunden Vorsprung und war auch noch in seinem neuen Jet unterwegs; drum mußte, so überlegte John, was immer er dort oben zu Gesicht bekommen würde, ohnehin längst Schnee von gestern sein. Sofern nicht alles nur ein ausgebuffter Trick mit einer Pastorentochter als Köder war, um sich über Johns kleinstädtisches Schicklichkeitsempfinden lustig zu machen und ihn von seinen weltlichen Pflichten abzulenken und in ein heiliges Spiel zu verwickeln, eine Lektion, die Bruce nie müde würde, ihm zu erteilen. «Im Grunde deines Herzens bist du ein religiöser Mensch», schrieb er in seinem Abschiedsbrief, «der nur manchmal vom rechten Weg abkommt.» Abschied? Ja. Es gab vielleicht keine Leichen, aber John hatte keinerlei Grund zu der Annahme, daß die beiden noch lebten, ebenso wie Bruce' letzte Anweisungen ihm allen Grund zu der Annahme gaben, daß sie schon tot waren oder es bald sein würden. Warum also war er hier hergeflogen? Um der Sache Einhalt zu gebieten, um seinen Freund vor sich selbst zu retten und eine Freundschaft zu bewahren, die er nicht verlieren wollte. Man konnte John nicht vorwerfen, daß er in seinem Leben viel Vergebliches unternommen habe, doch dies hier war so etwas. Als er zur Landung ansetzte, war Bruce' Maschine nirgends zu sehen, aber die strahlend hellerleuchtete Hütte sah in der finsteren Nacht aus, als beherberge sie etwas überaus Bedrohliches, drum hielt er beim Eintreten das entsicherte Gewehr schußbereit in beiden Händen, weil er mittlerweile davon ausging, daß Bruce die Jagdflinte hatte, die im Waffenschrank fehlte. Die Hütte war in eine Art Treibhaus verwandelt worden, sie quoll über von Blumen, die in Bündeln und Sträußen so hoch übereinanderlagen, daß man durch spezielle Tunnel aus Korbgeflecht kriechen mußte, um von einem Raum in den anderen zu gelangen. Das Ganze glich dem Phantasie-Gartenhaus eines Kindes, bloß daß überall von hinten beleuchtete Nischen mit pornographischen Fotos darin eingerichtet worden waren, manche kaum mehr als Stellungen aus einem Handbuch für die Ehe, andere exotischer und gewalttätiger. Auch John war auf einem davon zu sehen. Dieser Schweinehund. Wie war er nur an dieses Foto gekommen? Hier und dort: ein Schuh, eine Socke, eine Schleife. In einer verspiegelten Nische fand sich ein Damenslip, dazu ein dunkler Blutfleck in einem Bett weißer Blütenblätter. Die Luft war drükkend schwül, drum war John froh, als er die Blumen hinter sich ließ und zuletzt im großen Schlafzimmer landete, das ihm nach den beengenden Tunnels groß wie ein Amphitheater vorkam. Weniger froh war er über das, was er dort fand: um die Bettpfosten geknotete Seile, Handschellen, Peitschen, darunter geflochtene aus langstieligen, dornigen Rosen und eine Reitgerte, blutgetränkte Laken und Handtücher, hier und da Flecke, die nach Exkrementen aussahen. Ein zerschlissenes, einst weißes Sommerkleid lag gräßlich zerfetzt auf dem Fußboden und in einer Ecke – fast wie eine Stellvertreterin der früheren Besitzerin – eine kleine Reisetasche, die leblos aufklaffte, während ihr Inhalt achtlos zertrampelt ringsum verstreut lag. Auf einer Kommode: eine Dokumentenmappe mit einer handschriftlichen Begleitnotiz von Bruce, der Johns Ankunft vorausgesehen, ihn allerdings vielleicht nicht so bald sowie in Begleitung Nevadas erwartet haben mußte, denn in der Notiz wurden ausführlich eine handschriftliche Änderung von Bruce' beiliegendem Testament sowie verschiedene diesbezügliche Vollmachten und notariell beglaubigte Anweisungen erwähnt, die gelten sollten, solange dieses aufgrund des mutmaßlichen Fehlens eines Corpus delicti anfechtbar war. All das zugunsten ihrer fleißigen kleinen Krisenhelferin. Es lag sogar ein Umschlag mit Bargeld für Nevada dabei, das allerdings, wie Bruce vorschlug, vor dem Gebrauch erst noch gewaschen werden sollte. «Sauberkeit kommt gleich nach Göttlichkeit», schrieb er und setzte damit das schon in den Anfangszeilen angespielte religiöse Thema fort: «Lieber John, als gläubiger Mensch wirst du das, was du hier siehst, als einen sakramentalen Akt äußerster Aufopferung und Verzückung zu schätzen wissen und es auf deinem gewundenen Weg in den Stand der Heiligkeit als Wegweiser und Richtschnur nehmen. Vor vielen Jahren, am Vorabend deines enttäuschenden Kompromisses mit der profanen Welt, in jener Wegekapelle, die unter dem Namen Country Tavern bekannt ist, hast du meine eigene Bekehrung bewirkt, indem du mir ungläubigem Thomas verkündet hast, das folgende sei in Wahrheit ein Gottesdienst in einer heiligen Freistatt, und tatsächlich war es das – eine von vielen solchen Offenbarungen, die mir in deiner Gegenwart zuteil wurden. Von diesem Tag an war ich stets die Stimme des Rufers in der Wildnis, der dich zu deiner wahren Berufung, deiner Existenz in der Nichtexistenz, deinem authentischen Leben über dem Abgrund zurückgeleiten wollte.» Der nihilistische Klugscheißer war unerträglich, aber das «Lebwohl, John» am Ende tat dennoch weh. John überflog die Dokumente: Viele von Bruce' Frauen wurden im Nachlaß bedacht, nicht aber Jennifer, was das Schlimmste erwarten ließ. Daran konnte er nicht viel ändern. Auch am Los der Hütte nicht. Aus und vorbei. Er sollte sie einfach anzünden, doch dazu war er zu praktisch veranlagt; er würde sie zum Verkauf ausschreiben. Trotzdem war zuvor eine Grundreinigung nötig, und John mußte jede Menge innere Anspannung loswerden, drum entfachte er draußen im Verbrennungsofen mit dem Bettzeug, den Kleidungsstücken, den Fotos, der Reisetasche und Bruce' geändertem Testament ein großes Feuer. Die Blumen und der ganze andere Mist würden folgen. Er rechnete sich aus, in der Morgendämmerung wieder zu Hause sein zu können.

Was für Otis, der seine Truppen auf dem Parkplatz jenes Ortes sammelte, den Bruce als «Wegekapelle» bezeichnet hatte, nicht zeitig genug war. Für den Polizeichef waren die letzten Minuten des Spiels angebrochen, und er hätte seinen alten Mannschaftskapitän zur Festlegung der Taktik gut gebrauchen können, aber er konnte nicht länger warten. Das Städtchen war leergeklaut, Strom- und Telefonleitungen waren niedergerissen, es hatte Tote gegeben, und nach den Angriffen am Rande von Settler's Woods zu schließen – zum Beispiel war der Motelbesitzer angeschossen worden –, mußte Pauline wohl allmählich gefährlichen Hunger bekommen. Der Parkplatz der geschlossenen Country Tavern, über den Pauline auf ihrem letzten Raubzug gestolpert war, sah aus wie der Hof eines gottverdammten Schrotthändlers. Andererseits sah er öfter so aus, da für die Stammgäste der Tavern, vorwiegend heruntergekommene Gestalten von der falschen Seite der Stadt, Schrottkisten nun mal das Auto der Nichtwahl waren. Otis' Seite der Stadt: Auch er hatte einst als Stammgast die Zeit hier totgeschlagen. Außerhalb der Saison hatte die Tavern den Mitgliedern des Highschool-Footballteams als beliebter Treffpunkt gedient, da man dort nicht nach dem Alter gefragt wurde – ein guter Laden für Pokernächte, Polterabende und Rauf- und Saufgelage. Hier draußen hatten sich eine Menge legendärer Ereignisse abgespielt, aber eben nicht von der Sorte, die es auf die Seiten des *Town Crier* geschafft hätte. Später war dann die Army gekommen, und wenn Otis Heimaturlaub bekam, hatte er ihn hier zugebracht, insbesondere, nachdem sein Alter sich das Hirn aus dem Schädel gepustet hatte. Im Krieg war Otis verwundet worden und dann, aus der Army entlassen, deprimiert nach Hause gekommen; er hatte einen Job beim Bau des neuen Highway angenommen und die Tavern noch mehr zu seinem Zuhause gemacht. Auch zuviel gesoffen. Sich auf zu viele Schlägereien eingelassen. Wäre womöglich in noch Übleres hineingezogen worden, aber John hatte alldem ein Ende gesetzt. Hatte ihn überredet, in den Polizeidienst einzutreten. Hatte ihn zum Helden aufgebaut, und weil John hinter ihm stand, war es mit den Beförderungen schnell und stetig vorangegangen. Auf einer Tischplatte hier draußen hatte Otis sich zu seiner wahren Liebe bekannt, und John hatte dazu beigetragen, daß diese Liebe ihren wahren Ausdruck fand. Drum hatte Otis seine Aufenthalte in der Tavern auf die Football-Nachmittage beschränkt, und seit seiner Hochzeit war es auch damit aus, und er kam nur noch hierher, wenn man ihn rief. Nicht oft. Meist taten das jene Leute, die die Stammgäste als Touristen bezeichneten. Ihre eigenen Probleme klärten sie auf eigene Faust. Einige dieser Burschen hatten sich ungebeten seinem Aufgebot angeschlossen und betrunken Rache für den Tod von Zottel und Grinser geschworen; Otis hatte ihnen gesagt, sie sollten sich nach Hause scheren (sie lächelten nur), und dann einen Krankenwagen für die Opfer angefordert. «Otis, bist du sicher, daß du einen Krankenwagen haben willst?» fragte einer seiner Kollegen. «Man wird eine Autopsie vornehmen müssen.» – «Aber es sind doch ...» – «Streit jetzt nicht mit mir rum, verdammt! Tu einfach, was man dir sagt!» Er war sehr nervös, das wußte er, aber er konnte nicht anders. Er fühlte sich irgendwie verraten. Vor diesem Abend hatte er eigentlich nie groß darüber nachgedacht, aber Tatsache war, daß Pauline seine beste Freundin gewesen war, seine einzige echte Freundin, und jetzt, obwohl es letztlich nicht ihr Fehler war, machte sie alles kaputt und drohte, sein ganzes Leben seit den Country-Tavern-Tagen auf den Kopf zu stellen, einfach weil sie war, wie sie war; kurzum: sie zwang ihn, zu vernichten, was er liebte, um zu retten, was er liebte. Sie gab ihm das Gefühl, daß die Verderbtheit, gegen die er zu Felde ziehen mußte, seine eigene war. Schlimmer noch: Er hatte festgestellt, daß es vielen dieser Burschen hier so ähnlich ging wie ihm, nur hatten sie dabei weniger Gewissensbisse, was ihn nur noch mehr ärgerte. Er hatte irgend jemanden jammern hören, er kenne Pauline noch von den alten Jahrmärkten am Tag der Pioniere, und ehe er sich's versah, hatte er nach seinem Revolver gegriffen. Mein Gott. Wenn er den Scheißkerl gesehen hätte, hätte er ihn womöglich glatt umgelegt. Reg dich ab. Denk an die Heilige Jungfrau. Er hob sein Megaphon. «Okay, wir haben keine Zeit zu verlieren. Ich sag euch jetzt, was wir machen.» Pauline war gefährlich, aber Otis wollte die Krise bewältigen, ohne die Nationalgarde zu Hilfe zu rufen, obwohl er wußte, daß er und seine Jungs schnell sein mußten, sonst würde das Problem buchstäblich zu groß für sie werden. Seine Taktik war simpel: Die Polizisten würden an der Peripherie des Wäldchens entlangpatrouillieren, um den beiden die Fluchtwege abzuschneiden, und er selbst würde gemeinsam mit dem Bürgermeister das Aufgebot der Hilfssheriffs ins Zentrum des Wäldchens führen. «Was machen wir, wenn wir sie finden, Otis?» – «Verhaftet sie.» So lautete die offizielle Anweisung. In Wahrheit, auch wenn er nicht vorhatte, Pauline weh zu tun, wußte er nicht, was er mit ihr anstellen würde, falls sie sich ergab. «Wir ringen die zwei Bekloppten also nieder, stimmt's?» – «Ist das nach alldem, was du uns erzählt hast, nicht ein bißchen so, als wollte man einen Baum in die Knie zwingen?» – «Kein Mensch hat gesagt, daß die Sache simpel ist», blaffte Bürgermeister Snuffy. «Denkt dran, ein Touchdown ist immer zu schaffen, wenn man nur aggressiv genug vorgeht!» – «Na klar, Coach, du nimmst das Weibsstück, und ich schnapp mir den anderen Kerl.» – «Vielleicht geht sie ja freiwillig in die Knie, wenn wir uns alle hinstellen und unsere Schwänze rausholen …» – «Klappe!» bellte Otis. Irgendwer erkundigte sich, wer eigentlich der Typ in den Handschellen sei, und Otis, der eine Irrsinnswut im Bauch hatte, leuchtete Duwayne mit der Taschenlampe in die häßliche Visage und machte sie alle mit Paulines Vater bekannt, worauf er kurz und bündig erklärte, der Kerl sei dabei, weil er wisse, wie man Pauline aufspüren und mit ihr klarkommen könne. Duwayne, die Baseballkappe verkehrt herum auf dem Kopf, spuckte verächtlich durch seine Zahnlücken aus, rasselte mit seinen Ketten und donnerte los, daß der schreckliche Tag der Entrockung unmittelbar bevorstehe, und es solle bloß keiner glauben, daß er drum herumkomme, es werde reichlich Blut, Tränen und Zähneknirschen geben, doch Otis nahm ihm mit einem Gewehrkolbenstoß in den Solarplexus die Luft und warnte ihn, er werde gleich keine Beißerchen mehr zum Zähneknirschen haben, wenn er nicht sofort seine gottverdammte Fresse halte. «Reiß dich am Riemen, Otis», sagte irgendwer, und um ein Haar hätte er dem Kerl ebenfalls eine verpaßt. Er ließ Taschenlampen und Munition austeilen, befahl dem jungen Mechaniker, der nüchterner war als die meisten anderen, sich hinten zu halten und ihnen den Arsch zu decken, ließ Funkgeräte und Schußwaffen überprüfen und warf seine Uniformjacke in den Streifenwagen: Es war eine drückendschwüle Nacht. Da braute sich wohl ein Gewitter zusammen. «Hör mal, hast du die Sache hier überhaupt mit dem guten Gordon abgesprochen?» fragte jemand. «Was hat *der* denn damit zu schaffen?» kläffte Otis zurück. Doch dann besann er sich eines Besseren. «Schick mal ein Auto los, um ihn zu holen», knurrte er mürrisch. Er stierte ins unheilschwangere Düster von Settler's

Woods. Vielleicht hätte er doch die Nationalgarde anfordern sollen. Ein paar Hubschrauber mit Infrarotraketen hätte er besser gebrauchen können als diesen miesen Haufen triefäugiger Clowns: Bereits jetzt waren in der Dunkelheit ein paar Knarren versehentlich losgegangen. In Otis' Augen war Herumgeblödel in solchen Situationen ein Verbrechen. «Na gut, Männer, auf geht's», rief er durch sein Megaphon. «Abmarsch.» Aber bevor sie die Straße überqueren konnten, kam der letzte seiner Streifenwagen mit der Nachricht herangerollt, daß der Besitzer der Ford-Mercury-Werkstatt in seinem Büro erschossen worden war. «Verdammt noch mal, ich hab einfach nicht die Zeit, mich jetzt mit diesem Scheiß zu befassen!» schrie Otis und kam sich so vor, als hätte ihn irgendwer aus dem Nichts heraus plötzlich in die Fresse gehauen. «Womit haben sie ihn denn umgelegt?» wollte der Bürgermeister wissen. «Mit einem von den Dingern hier», sagte der Polizist und zeigte auf das Gewehr, das der Mechaniker in der Hand hielt. «Muß ungefähr um die Zeit passiert sein, als wir alle bei John auf der Party waren.» – «Das ist die schlechte Nachricht, Otis. Die gute ist, daß der Schwachkopf wieder zu Hause ist. Unser Riesenbaby Pauline sitzt ganz allein da drin.»

Nicht das unbedeutendste unter den zahlreichen legendären, in der Berichterstattung allerdings unerwähnt gebliebenen Ereignissen, die sich im Lauf der Jahre in Otis' alter Tränke abgespielt hatten, war die Hengstparty am Vorabend von Johns Hochzeit, wo Bruce zum erstenmal Bekanntschaft mit dieser «Wegekapelle» geschlossen hatte – ebenso wie Johns eigens zur großen Feier von der «Uniperversität» (wie Grips zu sagen pflegte) angereiste Bundesbrüder, darunter der bekümmerte Bruder Birne mit dem frohsinnsabträglichen Witz, dem preisgekrönten Blasinstrument und dem Schweizer Armeemesser. Das er noch in der Faust hielt, als er aus einem gräßlichen Alptraum – zweifellos ein Geschenk seines gräßlichen Katers – erwachte, das Gesicht im klebrigen verschütteten Bier, die Blase kurz vorm Platzen. Er hatte irgend etwas gejagt. In seinem Alptraum, versteht sich. Etwas Abscheuliches. Dabei hatte er, an soviel erinnerte er sich noch, das unangenehme Gefühl gehabt, mit irgendwelchen Geistern unterwegs zu sein.

Die Freudsche Interpretation der Geschichte lag auf der Hand, aber Birne tat sie mit einer Handbewegung ab, worauf er sich gut verstand: Nichts, was ihm in den Kopf kam, blieb dort lange; das Motto hieß Hallo und Lebwohl. Und jetzt, nachdem er sich selbst bis zum Erbrechen zuhallot hatte, war es höchste Zeit, der moribunden Country Tavern Lebwohl zu sagen. Es lagen zwar noch ein paar Bierleichen herum, aber keine, die er kannte. Licht, Musik, Filme, Bar, alles aus und geschlossen. Birne überlegte, ob er dem Schlagzeugbecken eins überbraten sollte, nur um zu sehen, ob die Toten auferstehen würden, beschloß dann aber, daß er damit seinem empfindsamen Hirn, das ihm irgendwie aus dem Schädel geflutscht zu sein schien, keinen Gefallen täte; außerdem hatte er keine Lust, sich mit denen herumzuschlagen, die er auf diese Weise womöglich – und fraglos stinksauer – zum Leben erweckte. Er taumelte durch die Kippen, Flaschen und den sonstigen Müll der vorehelichen Freuden zur Tür und hinaus in den Mondschein, wobei er sich Sorgen wegen des langen, brechreizerregenden Marsches zurück ins Städtchen und der lebenswichtigen Entscheidung zu machen begann, die er vor dem Abmarsch treffen mußte: nämlich, wo es verdammt noch eins langging. Aber zuerst mal Pipi machen. Birne wurde oft für einen Umstandskrämer gehalten, doch weit gefehlt: Jetzt beispielsweise benutzte er seinen Strahl, um die verstaubten Fenster der Country Tavern abzuwaschen, eine weitere seiner guten Taten, die nicht der Nachwelt überliefert würden, und wunderte sich dabei, warum ihn mit einemmal ein solch sonderbares Déjà-vu-Gefühl ergriff. Es hatte wohl mit seinem abwesenden alten Kumpel Grips zu tun, der jetzt auf grüneren Weiden graste: zweifellos ein leises Echo zahlloser solcher morgendlicher Ausscheidungen (nicht wirklich ausgeschieden, sondern wie alles im Leben nur geborgt und weitergegeben), die sie nach unvergeßlichen nächtlichen Abenteuern gemeinsam abgelassen hatten. Draußen auf der einsamen Landstraße bemerkte er, als er den pochenden Klotz auf seinem Hals zur Seite drehte, trotz seiner Schmerzen ein Stück entfernt einen zerbeulten alten Pickup, der schräg auf der Böschung geparkt stand, und meinte auch, Stimmen im Wald zu hören. Also war er doch nicht allein auf der Welt! Er bahnte sich den Weg zwischen den Bäumen hindurch, wo er, ja tatsächlich, lautes Getrampel, Geächze und Fluchen hörte, dessen Tenor den stets voreiligen Birne ausnahmsweise vorsichtig sein ließ, bevor er sich bemerkbar machte. Hinter einem Baum versteckt, beobachtete er, wie zwei Männer sich zu einer Schlucht hinübermühten, wobei sie eine, eine was? eine Leiche? mit sich schleppten. Aber ja doch, eine Leiche. Tja. Der Marsch zurück ins Städtchen – wohl eher ein Sprint – würde ihm gut tun. Doch nun machte er sich Sorgen, daß die beiden ihn hören könnten, wenn er seinen typisch uneleganten Abgang machte, und dann dem Augenzeugen dasselbe Schicksal zudenken würden wie ihrem Opfer, das sie soeben achtlos in den Graben warfen. Er duckte sich also und wartete, kurz vor dem Erbrechen, aber rasch nüchtern werdend, bis die beiden ihr Geschäft erledigt hätten und abhauen würden. Dieses bestand darin, den leblosen Körper zu boxen und zu treten und danach auf ihn zu pinkeln. «Laß uns die Nutte ein bißchen frischmachen», kicherte der eine: Birne erkannte ihn als den finsteren Vetter seines Bruders John; der andere war der mürrische Dickwanst, der die Hengstparty organisiert hatte. Beide sahen hackevoll aus. Der Dickwanst fragte den anderen, wieviel Knete er beigesteuert habe, worauf der meinte, dreißig oder vierzig Dollar. «Da, du hast soeben deinen Einsatz verdoppelt», sagte der Dickwanst. Er schnippte etwas hinunter auf den leblosen Körper, möglicherweise einen einzelnen Schein, steckte den Rest ein, und schon taperten die beiden juchzend, rülpsend und «Roll your leg over» grölend von dannen. Birne wartete, bis er die Autotür ins Schloß knallen und den alten Laster davonrattern hörte, dann kroch er hinüber in die kleine Schlucht, um die Leiche zu inspizieren. Der leblose Körper war, wenn man von ein paar nassen, zerknautschten Fetzen absah, nackt und gespenstisch weiß und regte sich nicht, aber er war noch warm. Birne legte ein Ohr auf die Brust der jungen Frau und hörte ihr Herz klopfen: also lebte sie noch. Sozusagen, denn obwohl ihre Augen offenstanden, konnte sie ihn offenbar nicht sehen, und sie lag schlaff da wie eine Lumpenpuppe, nichts als ein blutjunges Gör in schmutzigen Highschool-

Söckchen, auf dessen feuchtem Bauch eine Fünfdollarnote klebte wie ein vom Baum gefallenes Blatt oder ein Preisetikett vom Ausverkauf. Merkwürdigerweise kam sie ihm bekannt vor, obwohl er sich sicher war, sie noch nie zuvor gesehen zu haben. Vielleicht jemand aus dem Kino. Er war sich genauso sicher, noch nie zuvor den alten Kauz in der Lederjacke mit der Baseballkappe auf dem Kopf gesehen zu haben, der jetzt mit einer Schrotflinte in der Hand neben ihm stand, doch auch der Typ kam ihm sonderbar bekannt vor. Wie jemand, der einem in einem Alptraum über den Weg laufen könnte. «Was haste bloß mit meinem Mädel angestellt, du frevelhafter Schweinehund?» Der kniende Birne flüsterte: «Ich, äh, hab Geräusche gehört und bin hergekommen, um nachzusehen, Sir.» – «Großer, gewaltiger Gott, schau meine fluchwürdige Verzweiflung!» donnerte darauf sein Gegner und rammte ihm die Flinte ins schmerzempfindliche Nasenloch. Birne spürte, wie ihm der Mageninhalt hochkam. «Die Schande klebt an ihren verderbten Kleidern, ihr Tempel ist entweiht bis zum verfluchten Gehtnichtmehr!» Birne hob die Hand, um sich zu entschuldigen, und wünschte sich inbrünstig, seinen Traum von vorhin weiterträumen zu dürfen. Er hatte es mit dem Aufwachen doch zu eilig gehabt. «Dieses gottlose, verschissene Geschmeiß muß zertreten werden, Herr! Amen! Höchste Zeit, das Jüngste Gericht anbrechen zu lassen!»

Sie hörte sein nasales Genöle in der Dunkelheit, das auf alle ringsum das ewige Höllenfeuer und die Verdammnis herabbeschwor, und erkannte darin eine Stimme aus ihrem alten Leben, obwohl sie sie nirgendwo einordnen konnte, sie wußte nur, daß sie sie fürchtete und haßte und trotzdem auf irgendeine schmerzliche Weise liebte. Es waren auch noch andere Stimmen zu hören, und in der Ferne flackerten Lichter in den Bäumen wie Glühwürmchen im Gras. Die Stimmen waren ganz in der Nähe vorbeigekommen, dann weitergegangen; jetzt kehrten sie wieder zurück. Ihr kleiner Freund, der ihr den ganzen Tag über geholfen hatte, war in die Nacht verschwunden, und sie war allein, hungrig und verängstigt. Irgendwo lagen noch Lebensmittel versteckt, aber sie fand sie nicht; sie hatte den ganzen Wald ringsum aufgebuddelt, bis die Männer gekommen waren und sie sich rasch verbergen mußte. Jetzt hockte sie dort in der kratzigen Finsternis und bibberte am ganzen Leib, wartete auf das Unerwartete und hatte keine Ahnung, was sie tun würde, wenn es mit der Warterei vorbei war. Als seine Stimme näher kam, fiel ihr wieder ein, daß er sie immer festgebunden, angebrüllt und schlimme Sachen mit ihr angestellt hatte, obwohl ihr weniger klar war, was für welche, als wie sehr und wo es ihr weh getan hatte und daß sie es trotz aller Bemühungen nicht geschafft hatte, wegzulaufen. Manchmal, wenn sie tat, was er wollte, war er auch freundlich zu ihr gewesen, und manchmal hatte er geweint und sie umarmt und sie sein kleines Baby genannt, obwohl das immer böse ausging, weil er dann hinterher zornig wurde und ihr nur noch mehr weh tat. Sie schloß die Augen, nahm Witterung auf und bekam den Geruch seiner abgetragenen, oft naß gewordenen Lederjacke in die Nase, wie frischgegorener Apfelmost; außerdem roch es nach Tabak, Körperlotion, alkoholsaurem Atem und dem herben Schweiß von Männern, die sie von früher zu kennen meinte (sie konnte sie beinahe auf der Zunge schmecken), und anderer, die sie nicht kannte; aber es roch auch nach Angst, Aufregung und verwirrter Begierde, und als sie die Augen wieder aufschlug, standen sie alle da unten zwischen den Bäumen und leuchteten sie stumm mit ihren Lämpchen an – anscheinend hatte ihnen ihr Anblick die Sprache verschlagen. Die meisten trugen Schußwaffen, mit denen sie auf sie zielten, und so dicht zusammengedrängt, wie sie dort standen, sahen sie aus wie ein schimmerndes Tier mit aufgestellten Stacheln. Ein stämmiges Kerlchen, das ihr bekannt vorkam, trat vor und rief ihr durch irgendein Ding vor seinem Gesicht zu: «Pauline! Wir wollen dir nichts tun! Es ist nicht deine Schuld, aber irgendwas stimmt nicht mit dir, und du hast das ganze Städtchen in Aufruhr versetzt!» Als er ihren Namen aussprach, rief ihr das vage in Erinnerung, wer sie war, und sie sah an ihren Schenkeln hinunter und kratzte sich dazwischen. Nun wurden auch die anderen Stimmen wieder laut und alle Lichter auf ein Ziel gerichtet. «Laß das, Pauline! Hör mir zu! Du kommst jetzt friedlich mit, und wir überlegen uns, wie wir für dich sorgen, dich anständig anziehen und dir was zum Futtern beschaffen!» Sie fürchtete sich noch immer, aber die Stimme des Mannes, die durch das komische Ding drang, beruhigte sie wie eine der Stimmen aus dem Radio, und sie dachte, er könne ihr vielleicht helfen wie ihr anderer Freund, und griff nach ihm. Er schrie auf und fiel rücklings hin, und dann gab es einen Knall und noch einen, und irgend etwas zwickte sie in den Arm, und plötzlich knallte und zwickte es noch öfter, Lichtkegel huschten hierhin und dorthin, und all die kleinen Männlein purzelten und wuselten davon, als hätten sie Wespen in der Hose. Der Stämmige sprang auf und schrie: «Nein! Nicht schießen, verdammt! Feuer einstellen!» Etliche von ihnen waren davongerannt, aber diejenigen, die dageblieben waren, rappelten sich unter Gekicher und nervösem Gelächter auf und versteckten sich hinter den Bäumen, um zuzusehen. Plötzlich roch es ringsum ganz merkwürdig, und sie wußte, daß sie Angst hatten und daß sie nichts tun konnte, um sie zu beruhigen. Nun hopste auch der, dessen nölende Stimme sie zuerst wiedererkannt hatte, mit gefesselten Händen und Füßen auf sie zu, baute sich mit einem vom Boden aufgelesenen Gewehr direkt neben ihrem Knie auf und schrie, jetzt reiche es, er werde jeden Sünder zur Hölle und darüber hinaus schicken, der den Versuch unternehme, seinem Mädchen weh zu tun. «Wir wollen keinem weh tun, Duwayne», sagte der Stämmige und trat vor. «Du hast deinen Teil der Aufgabe erledigt. Jetzt beweg deinen Arsch wieder zu uns zurück, bevor er dir weggepustet wird!» Sie hob den knuddeligen kleinen Kerl hoch und setzte ihn sich auf den Schoß, damit ihn der mit dem Gewehr nicht erschoß. Alle übrigen hasteten schreiend wieder in Deckung, und es knallte erneut: «Alles in Ordnung, Otis?!» – «Du meine Güte, was machen wir jetzt?!» – «Nichts!» schrie er zurück und krallte sich an Paulines Bauchfalten fest. «Nicht schießen! Alles in Butter! Laßt mich bloß ein Weilchen nachdenken!» – «Nichts ist in Butter, du elende Hinterzitze des gottverdammten Prinzen der Finsternis! Die Zeit der Trübsal ist nah!» Ach. Daran erinnerte sie sich. Und an das weite und das enge Tor und das Zepter der Rache, das immer dort hineingeschoben wurde. Und an noch etwas: Der da war der Kerl, der ihrer Mutter und ihrer Schwester irgendwas Böses angetan hatte. Sie hätte es fast vergessen, aber jetzt stand es ihr wieder klar vor Augen wie ein Bild in einem Bilderbuch, obwohl ihr sonst alles durcheinander geriet. Sie hob ihn hoch, um ihn besser betrachten zu können. «Nein, das war ich nicht», protestierte er. «Ich hab in meinem Leben schon viele Sünden begangen, Pauline, vor allem wegen dem Dämon Alkohol, aber das war ich nicht.» Er zappelte in ihrer Faust herum, drum packte sie ein bißchen fester zu, während sie den anderen zugleich ein bißchen enger an ihren Bauch kuschelte. «Jetzt warte doch mal, Pauline! Deine Momma hat deine Schwester mit der Küchenschere abgestochen, und dich wollte sie auch umbringen, die alte Hurenfotze hatte den Teufel im Leib, drum, weißt du, hab ich ihrer Bedrängnis ein Ende gemacht, bevor sie das Allerärgste tun konnte!» Ein Ende? «Tja, wir sind hier nicht allein, Pauline. Sagen wir mal, ich hab ihr teuflisches Höllenloch von der Bildfläche verschwinden lassen, und sie ist nie wieder aufgetaucht. He! Warte mal! Das da unten sind die gottlosen Heerscharen! Zerschmettere *sie* und nicht mich! Doch nicht deinen eigenen Daddy! Pauline ...?! *Hör auf!*»

Rex, obwohl zur Sause eingeladen, verpaßte all das; sein Geruch war nicht unter denen, die Pauline witterte, und sie hätte ihn auch nicht erkannt, weil er kein Einheimischer war. Er mit den mächtigen Brust-, Bauch- und Rückenmuskeln, die Nevada so bewunderte, joggte im Augenblick hinüber zur Straße, die zu seinem Motel führte: Mission erfüllt (kein Einheimischer, noch nicht, aber bald), zwar nicht nach Noten, aber doch annähernd so, daß die Originalmelodie noch herauszuhören war. Er war überrascht gewesen, als der dürre Schwachkopf, der den Laster geklaut hatte, plötzlich im Büro des alten Stu aufgetaucht war, aber er hatte ihm schnell eins mit dem Gewehrkolben übergezogen, daß ihm der strohige Schädel aufgeplatzt war wie eine überreife Melone. Also, vergiß die alte Vendetta gegen John, Mann, halt dich an die Harmoniewechsel und improvisiere: Leg dem Bekloppten das Gewehr in die Hände, dreh's so, daß der alte Stu ihn umnietet, und schon hast du das perfekte Verbrechen. Er hatte die Tür geschlossen, beide Leichen nach Plan arrangiert, sich dann abgewandt, um Stus Pistole zu laden, und als er sich wieder umdrehte, war die Tür zwar noch geschlossen, der Bekloppte aber verschwunden gewesen. Und dann: ein davonbrausender Lieferwagen. He, noch mehr Stoff zum Improvisieren, aber alles halb so wild, zurück zum Hauptthema. Zum Kopfthema. Pack John am Arsch. Rex war schon versucht gewesen, die Sache mit einem Schlitten aus den Ausstellungsräumen zu beschleunigen, warum nicht, der Schuppen gehörte ja schon halb ihm, er konnte sich zum Beispiel einen neuen Continental ausleihen, aber nein, spiel's, wie es dasteht, Mann, und spar dir die Spritztouren fürs fette Morgen auf. Neue Scherereien draußen beim Flugplatz, wo Rex vorgehabt hatte, die Mordwaffe in Johns Gewehrschrank zurückzustellen, nur war diesmal die Tür abgeschlossen gewesen. Er war gerade im Begriff gewesen, Abhilfe zu schaffen, als die Bullen mit ein paar besoffenen Touristen angetanzt waren, und einen schlimmen Moment lang glaubte er schon, all diese Leute wegpusten zu müssen, die zwar zum Großteil unbewaffnet, aber nicht freundlich aussahen. Kein schöner Gedanke, aber so war das Leben eben manchmal. Als der alte Bauerntölpel mit dem Zinken nach dem Gewehr griff, dachte Rex schon, der Kerl müßte als erster dran glauben, doch dann dämmerte es ihm in seiner speedig überdrehten Birne, daß die Idioten meinten, er stehe auf ihrer Seite. Na klar, tat er auch. Cool, Mann. Um was ging's denn? Man mußte los, um irgendein Weibsstück umzunieten. Für Rex hörte sich das nach einem Schuß in den Ofen an, nicht sein Ding, aber er zockelte zunächst mal mit, bis sich die Gelegenheit ergab, Leine zu ziehen. Der Bauerntrampel von Bulle machte es ihm leicht, indem er ihn als Heckschützen der Nachhut einteilte, wodurch die einzigen Augenzeugen seines unauffälligen Rückzugs der Pastorenbubi und einer seiner Kumpel wurden, die in einem Graben saßen, den er auf dem Weg aus dem Wald überquerte. Er erkannte den kleinen Blödscheißer mehr an dessen jäher Panik als am bandagierten Gesicht, das wie eine matt im Dunkeln leuchtende Hockeymaske aussah. Inzwischen hatte er die Tröte im Unterholz entsorgt, drum grinste er im Vorbeijoggen bloß, intonierte dazu ein «Vater unser» und sah seinen Rückzug nur durch die

Scheiße beeinträchtigt, durch die er am Boden des Grabens waten mußte. Apropos durch Scheiße waten: Beim nächsten Treffen mußte er mit der guten Daphne ein Hühnchen rupfen. Die Zicke hatte die Nerven verloren; ihr Anruf, daß man die Leiche gefunden hatte, war für seine Zwecke viel zu früh erfolgt. Aber nicht heute nacht, die Suppe konnte sie erst mal allein auslöffeln. Heute nacht und nach diesem langen Lauf war folgendes angesagt: ausgiebiges Duschen, ein Joint, ein bißchen Jazz und dann, man wußte ja nie, kam vielleicht noch Nevada auf einen Sprung vorbei und sie konnten gemeinsam ihre jüngsten geschäftlichen Erfolge feiern. Sie waren jetzt echte Finanzmagnaten. Ein Porsche kam von hinten angebraust und donnerte vorbei, daß Rex die Sweatpants flatterten, bremste dann voll ab und kam hundert Meter weiter im Rollsplitthagel schleudernd zum Stehen. Rex kannte diesen Blech gewordenen feuchten Traum. Als er noch auf dem Flugplatz jobte, hatte er das Wunschmaschinchen für John baden und wickeln müssen und auch einen oder zwei kleine Ausflüge damit unternommen, wenn John gerade irgendein Vögelchen im Himmel vögelte, jedesmal sorgsam darauf bedacht, hinterher den Tacho zurückzudrehen, denn John ging schnell in die Luft, wenn Leute mit seinen Spielsachen spielten. Was also wollte der anmaßende Scheißer jetzt? Zu spät, um die Spur zu wechseln; Rex trabte zum Auto vor, bereit, dem Kerl eine aufs Maul zu geben, wenn es denn sein mußte, und Johns barbusiges Töchterchen stieß die Tür auf, stieg aus und fragte ihn, während sie sich zurücklehnte und sich im Schritt kratzte, ob er Lust auf eine kleine Spritztour hätte. Es war wie Weihnachten: sein Alibi, seine Rache an John, und nun noch ein oder zwei heiße Soli, um der Nacht die Krone aufzusetzen – alles fiel ihm gratis und hübsch verpackt in den Schoß. Das Mädel war hackevoll, ihre Augen wie Steine: Die Titten mit den spitzen Warzen hatten mehr Ausdruckskraft. Na klar, Baby, sagte er. Was für eine Spritztour denn? Mach dich bereit zum Abheben, Mann, sagte sie. Aber zuerst runter mit den Sweatpants. Runter…? Zieh sie aus! Sie stinken, ich will sie nicht im Auto haben! Los! Gibt's denn hier nichts als Schlappschwänze? Sie riß sich herausfordernd die eigenen Shorts vom

Leib und warf sie über die Motorhaube ins Gestrüpp am Straßenrand, starrte ihn einen Moment lang finster an, während er die vom Wetterleuchten illuminierte Aussicht genoß, fläzte sich dann wieder auf den Fahrersitz und schlug die Tür zu. Kommst du nun mit oder nicht, du As? Und ob! Er schleuderte die mit Scheiße verschmierten Joggingschuhe von sich, zog sich die Socken aus, dann die Sweatpants, den Jockstrap. Er ließ sich Zeit. Sie beobachtete ihn dabei, aber er war sich nicht sicher, ob sie überhaupt was sehen konnte, so zugeknallt, wie sie war. Er hatte keinen Ständer, wollte aber auch keinen. Nicht schlecht, sagte sie. Machst du das täglich vor dem Spiegel? Diese kleine Eierdiebin. Täglich rund um die Uhr, sagte er, ich hab nur drauf gewartet, daß du daherkommst. Er ließ seinen nackten Arsch ins weiche Leder sinken. Für so 'ne mickrige Rotznase bläst du aber mächtig ins Horn. Mal sehen, ob du weißt, wie man diese Scheißkarre auf Touren bringt. Sie trat das Gaspedal bis zum Anschlag durch, und schon zischten sie davon, daß der Kies aufstob, querten die nächste Kreuzung mit achtzig und hatten mehr als hundertdreißig drauf, als das Mädel bei Rot über die erste Ampel fegte. Sie hatte eine schlanke Jungmädchenfigur mit einem runden, leicht schlaffen Hintern, kräftige Oberschenkel, Brüste wie kleine Muffins und war vermutlich noch Jungfrau; die Sache müßte eigentlich Spaß machen, dachte er sich, wie solche schaumgebremsten Pipimädchennummern eben sind. Sie blieb auf den oft ungeteerten Landstraßen, jagte mit hundertsechzig über Gerade und mit nicht viel weniger durch Kurven, flitzte ungebremst über Kreuzungen, hob mehr als einmal ab und landete bretthart wieder auf dem Asphalt, ohne je den nackten Fuß vom Gas zu nehmen. Okay, Mann, sagte sie. Leck mir die Pfanne. Klar, Püppchen, aber das Lenkrad verdirbt mir die Eßmanieren. Ich hab 'ne... *Sofort!* herrschte sie ihn an, nahm den linken Fuß vom Bremspedal, stellte ihn auf den Sitz und lehnte das Knie an die Tür. Fang an, Arschloch, oder steig aus! Er dachte, das sei wohl kaum der richtige Moment, um dem frechen Zobel eins überzubraten, drum schob er ihr lieber die Finger in die Möse, versuchte es mit einem groovigen Intro, aber sie war da unten zu wie eine grüne Walnuß. Das würde eine Nummer werden, als wollte man eine Okarina mit Schalldämpfer spielen. Als er sich hinunterbeugte, um mit seiner Zunge nach dem Mundstück zu suchen, sah er aus dem Augenwinkel etwas vor ihnen auf der Straße auftauchen. Es war die alte Buckelbrücke in dem kleinen Wäldchen, aus dem er vorhin losgejoggt war, die ihnen in der dusteren Nacht mit Tempo zweihundertvierzig entgegengejagt kam. *«Jetzt!»* schrie sie und stieß seinen Kopf unters Lenkrad, zwischen ihre bebenden Schenkel.

Als der Mörder durch den Graben in Settler's Woods joggte, erzählte Fisch – oder vielmehr Philip – soeben Bonsai, daß er seinen Schwarm für Clarissa überwunden habe und nun, da seine Schwester verschwunden sei, ebenfalls bald abhauen werde, was Bonsai nur ungern hörte. «Warum bleibst du denn nicht wenigstens hier, bis ich mit der Highschool fertig bin, damit ich auch mit kann?» Das Auseinandergehen einer alten Freundschaft war bitter. Aber vielleicht war sie ohnehin längst zu Ende. Fisch, der nicht mehr Fisch genannt werden wollte, hatte sich auf der Grillparty zuerst sogar geweigert, mit Bonsai zu reden, und gemeint, er ekle ihn an, stinke wie faules Fleisch und sei überhaupt brechreizerregend. Zuletzt aber hatte er seine miese Laune überwunden und sich damit entschuldigt, daß er sich vor allem wegen des neuen Babys so schrecklich aufgeregt habe; aber jedesmal, wenn Bonsai ihm von den erstaunlichen Dingen zu erzählen versuchte, die er gesehen hatte, von der Fleischeslust, der aufreißenden Filmleinwand, den wunderschönen Farben und dem, was passiert war, als seine Nille explodierte, raunzte Fisch ihn bloß an, er solle die Klappe halten, er wolle nichts von alldem hören, es sei sowieso blöde und langweilig, und fragte ihn statt dessen: «Was hat denn deinen Alten so sauer gemacht? Warum hat er dich geschlagen?» – «Er meinte, es sei alles meine Schuld, wegen mir hätte er irgendwas verloren.» – «Was denn?» – «Hat er nicht gesagt.» In dem Moment waren die Polizisten in das Haus von Clarissas Eltern gekommen und hatten Freiwillige für die Jagd auf ein Riesenweib gesucht, und Fisch hatte sich gemeldet und dann auch Bonsai, aber die Polizisten hatten gemeint, sie seien zu jung und sollten heim und ins Bett gehen, worauf Fisch wieder eingeschnappt war. «Ich hab heute mehr geschafft als diese Pimmelköpfe in ihrem ganzen Leben», sagte er düster und zog eine finstere Grimasse um die Bandage in seinem Gesicht. «Laß uns trotzdem rausfahren.» Das war Bonsai recht gewesen. Sein Alter hatte ihm eine tüchtige Tracht Prügel versprochen, drum hatte er es nicht eilig, heimzukommen. Auf dem Weg hinaus ins Wäldchen zeigte Fisch ihm unter einer Straßenlaterne den Knutschfleck am Hals, den ihm heute eine ältere Frau verpaßt hatte, und berichtete ihm dann, was im Arbeitszimmer seines Vaters passiert war. «Du willst damit sagen, daß du der Fleischeslust gefrönt hast?» – «Von wegen der Fleischeslust gefrönt, ich hab sie gefickt! Und zwar oft!» – «Tatsächlich? Ist das denn was anderes?» – «Na klar. Es kommt nicht darauf an, was du tust, sondern auf das, wie du dich dabei fühlst.» Er erzählte Bonsai von dem Spiel, das sie gespielt und bei dem sie gewetteifert hatten, wem die meisten Ausdrücke für die Sachen einfielen, die sie ihm in den Büchern seines Vaters zeigte. «Sie hat gesagt, Schweinkram zu reden macht sie geil. Korrekte Wörter wie Fleischeslust und Penis und Vagina haben gar nicht gezählt. Sie hat natürlich immer gewonnen. Aber Junge, ich hab echt was dazugelernt!» – «Ja doch, ich auch. Einmal hab ich zum Beispiel gesehen ...» – «Ich hab doch gesagt, halt die Klappe, ich will von alldem nichts hören!» – «Tja, Fisch, tut mir leid, ich vergeß es immer wieder.» – «Und nenn mich nicht Fisch!» – «Stimmt.» – «Weißt du, was sie noch gesagt hat? Sie hat gesagt, ich hab 'nen Pimmel wie ein feuriges Tex-Mex-Chiliwürstchen! Sie hat gesagt, wenn sie mit mir fickt, kommt es ihr vor, als tunke sie eine Jalapeño in einen Topf Chilisauce!» – «Wow! Spitze! Und, war es so?» – «Ungefähr. Sogar noch besser.» Sie waren gerade noch rechtzeitig zum Treffpunkt gekommen und hatten sich im Hintergrund herumgedrückt, während der Polizeichef die Befehle ausgab und dann die Versammelten ins Wäldchen führte, wobei er durch sein Megaphon brüllte: «Wir bleiben jetzt alle zusammen!» Das taten sie aber nicht. Er und Fisch verabschiedeten sich an der Schlucht, weil Fisch meinte, er habe einen Mann mit einem Gewehr gesehen, der ein Mörder sei und ihn vielleicht umlegen wolle. «Wieso denn?» – «Weil ich weiß, daß er ein Mörder ist. Außerdem hab ich seine Alte gevögelt.» Fisch steckte voller Überraschungen. Bonsai hatte während seiner Abwesenheit wirklich eine Menge verpaßt. In der Schlucht war es hübsch ruhig, und Fisch erklärte ihm, was es mit feuchten Schenkeln auf sich hatte («Keine Ahnung, sie schwitzen einfach oder so, es klebt, fühlt sich aber klasse an!»); er wollte mit dem Erzählen gar nicht mehr aufhören, drum suchten sie sich dort einen Platz, um ein bißchen zu quatschen. «Es war das erste Mal, daß mich mein Fußpilz nicht gejuckt hat.» Bonsai setzte sich auf einen runden Stein, und als er nach einer bequemen Position suchte, fand er eine Art Armband und streifte es sich übers Handgelenk. «Bißchen rüschig, oder? Sieht eher nach was aus, das ein Mädchen tragen würde.» – «Mir doch egal.» Es war merkwürdig, sich im Dunkeln mit Fisch zu unterhalten, weil der weiße Verband um seine Nase wie sein richtiges Gesicht aussah, allerdings viel kleiner, wie ein Zwergengesicht, es befanden sich sogar kleine Grübchen darin und Schatten, die aussahen wie Augen und Mund und so weiter, drum unterhielt Bonsai sich mit den Augen auf dem Verband anstatt mit den richtigen. «Riechst du nicht auch was Komisches?» fragte er. «Weißt du, so was wie auf dem Klo?» – «Machst du Witze? Ich kann gar nix riechen!» Bonsai fragte ihn, warum Clarissas Vater ihn geschlagen habe, und Fisch meinte, er habe nicht die leiseste Ahnung, es sei die größte Überraschung gewesen, die er je erlebt habe, aber es habe ihn so ziemlich davon kuriert, sich je wieder für Clarissa zu interessieren. Und just in dem Augenblick kam ein Mann vorbeigerannt, und Fisch sprang auf, als wolle er weglaufen, und flüsterte seinem Freund zu, das sei der Typ, das sei der Mörder, obwohl der das Vaterunser betete und am Grunde der Schlucht nach dem Herrgott im Himmel rief. Als der Typ fort war, setzte Fisch sich wieder hin und sagte, wenn der Kerl bete, heiße das noch lange nicht, daß er gläubig sei, ganz im Gegenteil, der Dreckskerl sei in Wirklichkeit ein Atheist und Gotteslästerer. Bonsai hätte gern erfahren, wie Fisch es mit der Frau des Typen getrieben hatte, aber plötzlich wollte Fisch sich nicht mehr über Sex unterhalten. Also redeten sie statt dessen über Religion, und Bonsai wollte wissen, was eigentlich Gotteslästerung sei. «Es ist so was wie fluchen oder wie wenn man sich über die Religion lustig macht.» – «Du meinst, so wie wenn wir sagen: ‹Vater unser, der du pißt im Himmel, gepupert sei dein Name?›» – «So ungefähr.» – «Was passiert denn, wenn man Gott lästert?» – «Dann mußt du für immer in die Hölle.» – «Wow, dann hören wir vielleicht lieber auf damit.» – «Aber ich glaub das nicht. Ich glaub gar nicht, daß es eine Hölle gibt.» – «Nein?» – «Ich weiß nicht mehr, was ich noch glaube. Ich glaub nicht, daß ich überhaupt noch was glaube. Nevada meint, die Religion sei was für Schlappschwänze.» – «Nevada?» – «Die Frau, von der ich dir erzählt hab. Sie hat mich aus der Bibel vorlesen und anstelle der gewöhnlichen Wörter schmutzige sagen lassen, während sie mir einen blies. Das war vielleicht die intensivste religiöse Erfahrung, die ich je gemacht habe.» – «Während sie was?» Aber bevor Fisch antworten konnte, hörten sie Geschrei und Schüsse, und dann kamen Leute auf sie zugerannt, drum sprangen sie auf und zischten ebenfalls ab. An der Straße ins Städtchen angekommen, hielten sie sich dicht am Waldrand, wo man sie nicht sehen konnte, obwohl Bonsai nicht so genau wußte, was diese Heimlichtuerei sollte. Er hörte Feuerwerk knallen und dann ein unheimliches Geräusch wie ein weit entferntes Heulen, und dann sah er zum Himmel auf und erblickte etwas sehr Überraschendes. «Wow! Schau mal!» Wie hatte der Typ *das* nur fertiggebracht?! «Klappe! Da kommt ein Auto!» – «Nein, schau doch! Da oben!» Der Typ hielt Hände und Füße aneinandergepreßt und pumpte sie auf und ab, als ritte er auf einem Hüpfstab. War das der Trick? «Da fliegt wer!» Weit entfernt zuckte ein Blitz, und in dem Moment verlor der Typ seine Baseballmütze. «Ja, klar doch, aber jetzt duck dich, bevor sie dich sehen!» – «Nein, echt wahr!» Aber der fliegende Mann war bereits wieder verschwunden, und Fisch zerrte ihn ins Gebüsch, als das Auto vorbeiraste. «Wieso verstecken wir uns denn? Warum fragen wir die nicht einfach, ob sie uns mitnehmen?» – «Sei doch nicht so blöde! Die alten Ärsche sind doch total beknallt! Die schießen auf alles, was sich bewegt!»

Als die Riesin Pauline die Hüften schwenkte, dabei eine Baumgruppe umriß und dann ihren Vater wie einen Football in die Nacht warf, war in Settler's Woods der Teufel los. Otis ließ sich von ihrem Schoß zu Boden gleiten und hechtete in Deckung, als das ganze Aufgebot – jedenfalls die Reste davon – einhellig das Feuer eröffnete und, obwohl alle blindlings drauflosballerten, vermutlich trotzdem öfter ins schwer zu verfehlende Ziel traf als ins Blaue. Kevin etwa schoß einfach im Davonhasten über die Schulter und war sich dennoch sicher, sie ein paarmal getroffen zu haben, weil er hörte, wie die Kugeln *tock, tock, tock* in die weiche Wand ihres Fleisches schlugen. Insgesamt mußten sie etliche hundert Treffer gelandet haben, doch sie rührte sich kaum vom Fleck, außer daß sie einen Arm vors Gesicht hob und sich um ein paar Grad zur Seite drehte, um die niedrig fliegenden Kugeln mit dem Hintern abzufangen. Die meisten Taschenlampen lagen achtlos weggeworfen wie Glühwürmchen im Unterholz, aber selbst in der Dunkelheit war die Riesin leicht zu erkennen, ein enormer, bedrohlicher Schattenriß, höher als die Bäume und von Zeit zu Zeit vom fernen Wetterleuchten matt erhellt. Bei einem dieser Lichtblitze sah Kevin im Nachladen, daß eines von Paulines Augen blutete, als weine sie schwarze Tränen, und ihre Flanke sah aus, als sei sie mit Pusteln übersät. Sie schien eher erstaunt und beleidigt als zornig und erinnerte ihn an so manchen Hirschen, dem er den Gnadenschuß gegeben hatte, und auch an seine eigene Sterblichkeit. Tja, dachte er erschaudernd, das Leben und der Tod, das alles war ein verdammt unentwirrbares Geheimnis und wohl nie zu ergründen; drum zielte er auf ihr verletztes Auge. Es war kein guter Tag für ihn gewesen, wenn nicht viel mehr als ein einziger Tag, angefangen damit, daß Pauline erst den gewaltigen Kackhaufen ins Rough des fünfzehnten Lochs gesetzt und ihm dann mit ihrem Partner die Clubhaus-Küche ausgeräumt hatte. Sie war da schon riesig gewesen und jetzt noch riesiger geworden. John hatte ihm mit dem Angebot, eine neue Verkäuferin für den Clubladen einzustellen, eine Last von der Seele genommen, doch nachdem er unerwartet das perfekte, aus heiterem Himmel aufgetauchte Mädel gefunden hatte, war sie ihm vor der Nase wegstibitzt worden, während er vor lauter Dankbarkeit an Johns Holzkohlengrill den braven Pfadfinder gespielt hatte. Erst da, und also zu spät, hatte er gemerkt, daß John gar nicht da war, um die wakkere Tat zu würdigen. Später hatte er eine Menge gesoffen, vielleicht auch schon vorher, und jetzt in diesem stockdunklen, feuchten Wäldchen bekam er die Quittung dafür in Form eines blasenschlagenden Hirnes und eines rotierenden Magens, die nur noch sein mit zwanzig Jahre altem Maltwhisky von Johns Party gefüllter Flachmann beieinander und dicht hielt, und er hoffte nur, daß diese Notration vorhalten würde, bis er wieder in seiner Wohnung im Club ankäme und alles ruhiger angehen könnte. Das Gewehrfeuer hatte ein wenig nachgelassen: Vielleicht war sie schon tot und nur noch nicht umgefallen. Doch da gab sie ein mitleiderregendes Gewinsel von sich, sonderbar verzagt und kleinmädchenhaft, und alle ballerten wieder drauflos. Pauline wedelte mit der Hand und kappte einem halben Dutzend Bäume die Wipfel, als verscheuche sie Bienen, was die meisten zu einem weiteren Rückzug in den Wald veranlaßte. Kevin fühlte sich zu elend, um sich vom Fleck zu rühren, drum blieb er hinter seinem wipfellosen Baum versteckt und wünschte sich durch seine furchtbare Übelkeit hindurch nur, er hätte etwas weniger Leuchtendes als ausgerechnet gelbe Golfhosen getragen. Irgendwer, vielleicht Otis, rief ihm zu, er solle abhauen, er stehe mitten in der Schußlinie, drum rappelte er sich auf alle vier hoch und trat soeben benommen krabbelnd den Rückzug an, als er spürte, daß ihn etwas Weiches, Gummiartiges und Warmes umfaßte und hochhob. «Nicht schießen!» hörte er jemanden brüllen. «Sie hat Kevin geschnappt!» – «Heilige Scheiße!» – «Vorsicht!» – «Sie wird ihn fressen!» Es war wie in einem Expreßaufzug: Sein Magen blieb unten, während alles übrige hoch über die Bäume schwebte. Seine gelben Hosen waren bestimmt hinüber. Mit einem Finger schnippte sie ihm das Gewehr aus der Hand, und seinem Gefühl nach würde er mit der Hand eine Weile lang nicht mehr viel anstellen können. Aus der Nähe sah er, daß ihr ihm zugewandtes Auge ziemlich hinüber war und die Wange aufgerissen und blutig. Der gelegentliche Widerschein des Wetterleuchtens beleuchtete ihre hellen, zusammengebissenen Zähne und das gespenstische Weiß ihres unversehrten Auges. Sie machte den Mund auf, man hörte fernes Donnergrollen und erneutes Schießen. Kevin duckte sich. Sie beschützte ihn mit ihrem Körper, wobei sie ihn kopfüber hielt, und prompt kam ihm das Grillfleisch hoch. Beziehungsweise runter. Wopps! Raus damit! Aus beiden Öffnungen! Widerlich! Mit der freien Hand riß sie einen Baum aus und ließ ihn wie eine Keule durch den Wald unter ihm sausen. Man hörte Angstgeschrei und lautes Rufen, und irgendwer brüllte: «Zurück! Zurück!» Über sein krampfhaftes Würgen und die Explosionen in seinen Eingeweiden hinweg hörte er die Männer davonwuseln, manche von ihnen ächzend und nach Hilfe schreiend. Dann hielt sie ihn sich wieder vors Gesicht. Jetzt war er ganz allein und ganz entleert. Fühlte sich auch ein klein bißchen besser. Bekam seine Notlage deutlicher mit, worauf es ihm gleich wieder schlechter ging. Die Hand tat teuflisch weh. Durch seine Tränen sah er, daß sie ihn traurig und nachdenklich musterte, aber ihm fiel nichts Rechtes ein. Was konnte er zu solch einer Frau sagen? «Sie haben von Natur aus einen guten Schwung», bekam er schließlich heraus. «Wirklich.» Das ergab keinen Sinn. Aber was ergab schon einen? Es war jedenfalls immer sein bester Spruch gewesen, und immerhin geriet sie ins Stutzen. Ihre Grimasse verschwand, und ihre vollen Lippen verzogen sich zu so etwas wie einem melancholischen Lächeln. Sie leckte sich mit der Zunge, die wie ein Walroßrücken aussah, über die Lippen. Ihre Zähne leuchteten, ihre Augen ebenso, und erneut ertönte Donnergrollen: nicht mehr nur ein sommerliches Hitzegewitter, jetzt braute sich ein Sturm zusammen. Hoffentlich lebte er lange genug, um ihn zu überstehen. Falls sie wirklich zubiß, war er sich nicht sicher, welches Ende ihm als Anfang lieber wäre. So oder so war vermutlich Schluß mit seiner Golfer-Karriere. Ihr Lächeln verschwand. Sie hob schnuppernd die Nase und zog die breite Stirn in Falten; ja, kein Zweifel, auch Kevin fiel es auf: Neben seinem eigenen Gestank roch es nach brennendem Holz.

Wo Rauch ist, ist auch Feuer, und Clarissa, die in unbekannte Gefilde entschwebte, sah unter sich einen gewaltigen Flammenring und spürte ihn auch: das Auto unter dem Sitz glutheiß, die Hitze sengend, aber wie von innen heraus, und dann ein Hammerschlag zwischen ihren Beinen, Knochen, die Knochen zerschmetterten, das Lenkrad wurde ihr aus den Händen gerissen, und das prachtvolle Gefährt ihres Vaters schoß ungesteuert von der Straße in die Luft, krängend und gierend wie ein steuerloses Schiff, als es in die schwarze Nacht abhob. Immer halblang, Clarissa, langsam und mit Gefühl, meinte sie ihren Vater zu hören, der ihr das Autofahren beibrachte. Den Fuß von der Kupplung, beide Hände aufs Lenkrad, ein bißchen weniger Gas, versuch nicht, die Welt zu entflammen, ein Auto ist ein Werkzeug, verdammt, und nichts zum Ausflippen. Immer ruhig Blut! Wahre Kraft ist Kraft, die noch nicht losgelassen ist, also spür sie ganz, aber nimm nur soviel, wie du brauchst. O Daddy! Es tut mir so leid! Ich mach's auch nie wieder! Doch dazu war es zu spät, sie konnte nicht mehr zurück, nicht mehr hinaus aus der schrecklichen Bahn ihres Fluges, den sie überstürzt und selbstzerstörerisch angetreten hatte, und nun schoß sie in blinder Panik durch die Luft und rotierte um die eigene Achse, während unter ihr der Wald auflohderte, als hätte die Narrheit ihrer unbändigen Wut ihn in Brand gesetzt. Sie war mit Vollgas auf die Brücke zugerast, hatte das Pedal mit dem nackten Fuß bis zum Bodenblech durchgetreten – und sich was davon erhofft? Etwa dorthin abzuheben, wohin Bruce und Jen verschwunden waren? Irgendeine Torheit in ihrem blinden Haß, um die Schmach des Verschmähtwerdens zu rächen, und just in dem Augenblick, als die Federbeine durchknallten, das Chassis Funken sprühte und der steile Anstieg begann, erfolgte der Hammerschlag, verlor sie die Kontrolle über das plötzlich unzuverlässige Lenkrad, geriet der Wagen wie wild ins Schleudern und hob von der Straße ab. Und während sie sich überschlug, der Nachthimmel um sie herumwirbelte und der Wald unter ihr brannte, spürte sie in sich ein Feuer hochlodern, als sei sie auf ihrem Sitz vom Blitz getroffen worden – und plötzlich, mitten im Trudeln, kam sie frei (und, he, schnall dich an, sagte ihr Vater immer, man weiß ja nie), schwebte einen Moment lang im leeren Raum, das wilde Taumeln hörte auf, und dann schoß sie kopfüber gen Erdboden wie eine Sternschnuppe, fiel und fiel, um zuletzt unterhalb der Brücke in dem Bach zu landen, der sie auffing und ihren brennenden Körper kühlte, als der

Schmerz sie überwältigte und ihr die Luft nahm, bis ihr schwarz vor Augen wurde.

Wie Clarissa schoß auch Waldo in wildem Taumel auf und nieder, kam aber, da von stählernen Schenkeln gehalten, nicht frei, sondern schlief nun trotz fortgesetzten Auf und Nieders tief und fest, nachdem anfängliche Neugier und Lust den unerschrokkenen Abenteurer der Liebe über Verwunderung, ehrfürchtiges Staunen und tiefe Beunruhigung zu regloser Erstarrung und zuletzt schierer Erschöpfung getrieben hatten. Sein lautes Schnarchen ergab einen wunderbaren Begleitchor zum Sägen seines bokkenden Rosses, und dieses ohrenbetäubende Doppelkonzert begrüßte Lorraine und Trevor bei ihrer Ankunft am siebzehnten Loch, übertönte sogar noch das ferne Grollen des bedrohlichen Donners, und da standen sie nun beide eine Schrecksekunde lang baß erstaunt am Rand des verwüsteten Greens. Unmittelbar bevor das elektrische Licht im Bad des Motels verloschen war, hatte Lorraine Trevors Panik gespürt und ihn, nur von der Dunkelheit züchtig verhüllt, gefragt: «Wen hast du eigentlich hier drin vermutet, Trevor?» Er war ihr die Antwort schuldig geblieben, aber es hatte verdächtig nach Süßer Entrückung ausgesehen, womit auch das Rätsel der vertauschten Hosen gelöst war. Sie hatte sich das Badehandtuch um die Hüfte geknotet, den halbblinden Mann ihrer einstigen besten Freundin zum Auto hinausgelotst («Sieh nur, Trevor, alles in Ordnung, nur ein lokaler Stromausfall...») und ihn gebeten, sie doch dort hinzubringen, wo er die junge Frau aufgelesen hatte, worauf er zwar «Was denn für eine junge Frau?» gebrummt, sie aber anstandslos hinchauffiert hatte, und den Rest des Weges bis zum Rand des millimeterkurz gemähten Greens, auf dem die beiden schlafenden Schönheiten unermüdlich auf und nieder hopsten, hatte sie dann der Schnarchchor geleitet. Mit den Worten «Die zwei sind ja wie ein Perpetuum mobile» hatte Lorraine zuletzt das gebannte Schweigen zwischen ihr und Trevor beendet, dann ihr Handtuch ein wenig gelockert und auf der Bank neben der Pumpe zum Waschen der Bälle und dem Abschlag zum letzten Loch Platz genommen, wo sie nun weniger an Rache dachte (gewisse vertretbare Grausamkeiten kamen ihr allerdings sehr wohl in den Sinn) als nach einer Sprache suchte, die angemessen das vor ihren Augen ablaufende Schauspiel beschrieben hätte. Das freilich nur schwach beleuchtet war: sehr hilfreich, bitte keine schmutzigen Details, die groberen Pinselstriche reichten vollauf. Ein solcher lupfte nun das einträchtige Duo vom Rand des Greens, und da purzelten sie, ohne eine Sekunde aus dem Rhythmus zu kommen und unbeirrt weiterschnarchend, holterdipolter über- und untereinander und landeten zuletzt auf dem gewellten Rasenstück ein Stück unterhalb des Greens, auf dem Lorraine üblicherweise ihr Annäherungsschläge verhunzte, ihr liederlicher Gatte nun wieder einmal oben, wo er in Marges hartnäckiger Umklammerung vor sich hineierte und die milchige Blässe seines breiten Hinterns im rhythmischen Flackern des Nachthimmels phosphoreszierend aufglomm. Da braute sich ein Sturm zusammen, und hinter dem Horizont brannte etwas, wie ihr schien. Sie massierte sich die Schulter, die vom Rückstoß der Schrotflinte weh tat. «Da wünschst du dir, ungetrübte Freude zu erleben, und hast doch all die Jahre neben ihr gepennt», sagte sie, und Trevor schrak hoch: «Wie bitte...?! W-woher weißt du das?» japste er. «Ich habe es erraten», log sie. «Sollen wir sie wecken?» fragte er. «Wenn du glaubst», sagte sie und wußte nur zu genau, daß er es nicht glaubte, «daß du es schaffst.» Der Steuerberater wägte die Optionen ab und spazierte dann traurig seufzend herüber, um sich so neben ihr auf die Bank zu setzen, daß sie sein schwarzes Auge zu sehen bekam. «Wozu heiratet man eigentlich?» fragte er, eine rhetorische Frage, wie Lorraine wußte; trotzdem antwortete sie: «Weil es eine Kunst ist, aus nichts etwas zu machen.» Das zukkende Liebespaar war mittlerweile in einen Bunker gerollt und wirbelte dort einen derartigen Sandsturm auf, daß man es zeitweilig gar nicht mehr sah, sondern nur noch hörte, wie es mit röhrenden Motoren durch die Dünen fuhrwerkte, daß die Windhose über ihm von hier nach dort schwang. «Weißt du, es liegt ja etwas Schnelles, Furioses und auch Schönes in so einer plötzlichen Zufallsbegegnung wie der von dir und Miss Süße Entrückung. Man hat ein Gefühl, als ...» – «Wer?» – «Die junge Frau von der Grillparty.» – «Ach. Aber ich habe sie doch gar nicht ...» – «Ich weiß.»

Trotzdem *war* es schön, dachte er, oder beinahe, oder es hätte schön werden können. «Ja, man hat dabei das Gefühl, daß man sich von der Geschichte befreit oder zumindest von seiner eigenen traurigen, hoffnungslosen Mär – falls man bei so einer schnellen Einmalnummer überhaupt eine Geschichte entwickelt, ist sie kosmisch und im Kern elektrochemisch, und man selbst ist darin nicht eine Figur, sondern bloße Aktion.» – «Ja, das kann ich nachvollziehen», sagte er, und sie merkte es ihm an. Es war wie eine Art feuchter Wachtraum. Hatte sie das gedacht oder er? Schwer zu sagen, denn wie sie ebenfalls merkte, verwoben sich seine Gedanken jetzt nach demselben Muster rhythmischer Intimität mit den ihren, das ihre beiden athletischen Gatten vereinte, die inzwischen den Bunker verlassen hatten und geräuschvoll im nahegelegenen Wasserhindernis herumplantschten; Lorraine brauchte ihm nicht groß zu erzählen, daß längere Affären und Ehen Formen der Erzählkunst und daher Produkte menschlicher Erfindungsgabe waren, heikle und doch possierliche Versuche, dem einsamen, leeren und nahezu unerträglichen Kosmos Bedeutung aufzuerlegen. Sie legte ihm die Hand auf den Hosenlatz. «Deine Hose ist naß.» – «Ich – es war ...!» – «Ich verstehe schon.» Sie tat es und wußte, daß er es ebenfalls wußte, darum ließ sie ihre Hand liegen. Im Wasserhindernis brodelte an Hefebläschen erinnernder Schaum um die geräuschvoll aufeinanderklatschenden Körper, leicht okkerbraun eingefärbt durch einen regnerischen Himmel, in dem sich das Flackern des fernen Feuers spiegelte. Da mußte ein gewaltiger Brand wüten. Die abgehackten Rhythmen des schnarchenden Pärchens, das sich an der Böschung des Wasserhindernisses in Krämpfen wand, sagten Lorraine, daß die Morgendämmerung, egal wie sturmgepeitscht, nicht mehr weit sein konnte und daß die Nacht zwar noch nicht gleich, aber bald vorbei sein und die Schatten verfliegen würden, ein Gedanke, der ihrem einäugigen Kompagnon auf der Bank ebenfalls durch den Kopf ging. Sie griff energischer zu. «Warum ziehst du die Hose nicht aus und hängst sie zum Trocknen über einen Ast?» Weil, wollte sie gerade sagen, merkte dann aber, wie sich sein ganz ähnlich gearteter Gedanke in den ihren drängte, «auch Steuerberater Künstler sein können», beendete er ihn. «Da hast du sicher recht. Hier. Du kannst dir ja mein Handtuch unterlegen, wenn du möchtest.»

In Settler's Woods wütete ein gewaltiges Feuer. Das Flammenmeer, das, am dunklen Himmel leckend, sein weithin hallendes, unbelebtes Brüllen gen Himmel schickte, schien die Blitze mit ausgreifenden Gesten aus der Nacht zu kitzeln, während es von allen Seiten ins Zentrum vorpreschte, wo ebenfalls tiefe Dunkelheit herrschte. Es war ein Inferno, wie man es in der Gegend nicht erlebt hatte, seit kurz nach dem Krieg Barnabys Holzhandlung in Flammen aufgegangen war. Der Widerschein des Feuers war bis ans andere Ende der Stadt zu sehen, bis hinüber zum Golfclub und fraglos darüber hinaus. Der ganze Ort schien in dieser so finsteren und verhangenen, stromlosen Nacht von der Flammenglut wie in Gold getaucht, drum machten sich bald zahlreiche Schlaflose zur Quelle des derart unheimlichen Spektakels aus, manche nur mit Regenmänteln über dem Schlafanzug bekleidet, und die rasch wachsende Versammlung von Gaffern vergrößerte noch die Sorgen des geplagten Polizeichefs, des Bürgermeisters und der versammelten Ordnungshüter, die jetzt mit gezückter Waffe den brennenden Wald umstellten, um alles über den Haufen zu schießen, was aus den Rauchschwaden und Flammen herausbrausen mochte. Das Monstrum hielt sich irgendwo da drin verborgen und war von einem Flammenring umzingelt; dies also mochte herauskommen: die Riesin Pauline. Wie es hieß, war sie verletzt und gefährlich. Alle Schaulustigen sollten daher das Gelände räumen. Selbstverständlich drängten sie nur um so neugieriger hin. Wie riesig sie denn sei? Man hörte Donnergrollen, und einige der Bewaffneten meinten, das sei vielleicht Pauline, die da drin herumlaufe. Sie könne ein Auto wie einen Football wegkicken, meinten sie. Es wurde gemunkelt, sie habe Menschen bei lebendigem Leib gefressen. «Sie hat ihren eigenen Vater hochgehoben und ihn so weit weggeworfen, daß er nicht wieder aufgetaucht ist!» Einst war sie eine völlig normale Frau gewesen, die viele der Gaffer gekannt hatten, mehr als einige sogar intim, und als solche war sie mit dem Fotografen des Städtchens verheiratet gewesen, der nun gewiß bald Witwer würde und daher bemitleidenswert war – und in der Tat bemitleidenswert stand er dick, starr und mit aufgerissenem Mund am Rand des Feuers und rührte sich nicht vom Fleck, während die Flammen sich in seinen vorquellenden, wimpern- und blicklosen Augen spiegelten, und ohne seinen vertrauten Fotoapparat und seine Tasche voller Objektive sah er aus, als hätte er auch den Verstand irgendwo verloren. Er schien der einzige unter den Anwesenden zu sein, der nicht wußte, weshalb er hier war. Der Polizeichef wünschte sich, ehrlich gesagt, er hätte den Kerl gar nicht erst holen lassen, abwesend, linkisch und unzuverlässig, wie er war, absolut nutzlos und wahrscheinlich äußerst unfallgefährdet, falls sich die Lage weiter verschlimmerte, und wie es aussah, wandte sich nichts zum Besseren. Daß sie seinen Gefangenen, für dessen Wohlergehen er verantwortlich war (wie sollte er all das bloß Bert und den anderen Jungs im Staatsgefängnis erklären?), in die Luft geschleudert hatte, hatte Otis endgültig davon überzeugt, daß man diese Kreatur, die einst seine Freundin gewesen war, vernichten mußte. Zuvor hatte er sich, während er sich an die weiche Fleischfalte dicht unter Paulines Nabel klammerte, auch an die Hoffnung geklammert, es ließe sich irgendwie doch noch eine friedliche Lösung für diese öffentliche Krise finden, die zunehmend zu seiner persönlichen geworden war: Nicht genug, daß er als eine Art Gefangener in der Schußlinie gestanden hatte und somit hätte getötet werden können (er fürchtete sich nicht, weil er all das bereits in seinen Tagen als Schütze Arsch in dichteren, dunkleren Wäldern durchgemacht hatte, und was war außerdem ein Lineman beim Football anderes als ein Prellbock in der Schußlinie?), vielmehr war er, der beides liebte, jetzt gezwungen, sich zwischen der Ordnung und der, um kein allzu abgehobenes Wort zu nehmen, Verkörperung ihres Gegenteils zu entscheiden. Zwangsweise an ihren warmen, gurgelnden Bauch gekuschelt, während Pauline ihren Vater verhörte, hatte er zum zarten Monument ihres überhängenden Busens hinaufgestarrt, den bei jedem aufzuckenden Blitz eine fahl gleißende Bordüre zierte, und das Gefühl gehabt, er stehe an der Schwelle zu einer grundlegenden Offenbarung und eines grundlegenden Umbruchs, als würde ... als würde er womöglich ... Doch dann hatte sie den Arm angewinkelt und die Beine gespreizt, um den alten Bock in die Luft zu werfen, und – der visionäre Augenblick schien vorbei, bevor er noch richtig begonnen hatte – er war ihrem gelockerten Griff entglitten, durch den dichten Dschungel ihrer Schamhaare geflutscht und knapp dem Zerquetschtwerden entkommen, als sie sich nach vorn warf, um die Wurfbewegung abzuschließen, und dabei just die Schenkel zusammengeklatscht hatte, als er zwischen ihnen hinabrutschte. Der Bürgermeister und sein Aufgebot an Hilfspolizisten hatten zur Deckung seines Rückzugs sofort das Feuer eröffnet, als er, von seinem Sturz leicht hinkend, unter dem hervorkragenden Massiv ihrer Hinterbacken hervorgerannt war, und sie hatte stöhnend und nach seinen Peinigern schlagend ringsum alles kaputtgehauen und die Männer in hektischer Flucht hierhin und dorthin zerstreut. Alle außer dem jungen Geschäftsführer des Golfclubs, der zu langsam reagiert hatte und von ihr gepackt worden war, ob nun als Geisel oder als Leckerbissen, ließ sich aus der Deckung unter den Bäumen heraus schwer sagen. Da sie ihn in den Fängen hatte, konnten sie nur noch auf ihren Unterkörper schießen, was sie nur um so wütender machte, ohne sie jedoch zu Fall zu bringen, so daß die Männer sich infolge ihrer heftigen Gegenwehr unter Mitnahme ihrer Verwundeten zu immer weiteren Rückzügen gezwungen sahen. Zuletzt hatte der Bürgermeister vorgeschlagen, sie auszuräuchern. «Uns bleibt keine andere Wahl», hatte er gesagt, und die meisten hatten ihm zugestimmt. Der Polizeichef war dagegen gewesen, hatte aber sein Megaphon verloren, drum hörten ihn nur wenige, und diese wenigen brachten kaum Verständnis für sein Zaudern auf. Alle hatten Angst und waren erschöpft, und bisher hatte nichts anderes geklappt. «Aber was ist mit dem Burschen in den bananengelben Hosen?» – «Der ist hinüber, Mann. Sie hat ihn gefressen.» Und so waren sie mit Benzinkanistern und Fackeln im Kreis um das Wäldchen ausgeschwärmt und hatten auf ein mit Autohupen gegebenes Signal hin das Feuer entzündet, das jetzt ringsum wütete, haushohe Flammen gen Himmel lodern ließ und die Bewohner des Städtchens zu Hunderten an den Waldrand lockte, wo minütlich neue, mit Decken und Thermoskannen voller Kaffee und Sofortbildkameras ausgerüstete Bürger eintrafen, trotz unheilverkündender Vorzeichen eines nahenden Gewitters und wiederholter polizeilicher Warnungen, daß man sofort nach Hause zurückkehren solle, andernfalls man Gefahr laufe, festgenommen zu werden. Manche der Schaulustigen taten die plastischen Schilderungen verächtlich ab und hielten mit ihren Zweifeln, ob sich da drin überhaupt eine solche Kreatur aufhalte, nicht hinter dem Berg, andere jedoch erklärten, das Riesenweib halte sich sehr wohl dort auf, sie hätten selbst gesehen, wie sie Bäume ausriß wie Rosenkohlstrünke und Leute auf einen Happs verputzte, die sie sich wie Frühstückswürstchen zwischen die Beißer schob. Man hörte einen plötzlichen Donnerknall, worauf die Skeptiker in der Menge ihre Witze darüber rissen («Jetzt hat sie wohl einen fahren lassen!»), aber ein alter Stammgast aus der Country Tavern zeigte ihnen seine frischen Kratzer und blauen Flecken und sein zerrissenes Hemd und sagte, es sei bitterer Ernst, das Mädel da drin sei saugefährlich, und dann erzählte er den Gaffern die schaudererregende Geschichte von dem armen alten Zottel und dem armen alten Grinser. «Platt wie ein Fußabtreter, verdammt noch mal, ohne Scheiß!» Eine kaffeeschlürfende Frau in einem karierten Nachthemd mit Anorak darüber sinnierte laut, wo eigentlich John stecke, ob dies nicht der Abend seiner Grillparty zum Tag der Pioniere sei, und jemand erkundigte sich, ob John denn nicht bei dem schrecklichen Autounfall an der Bukkelbrücke ums Leben gekommen sei, an dem sie auf der Herfahrt vorbeigekommen waren, und nein, brachte ein dritter vor, das müsse irgendwer anders gewesen ein, John sei doch nach Norden geflogen, um die Nationalgarde zu Hilfe zu rufen. Wieder andere sagten, sie hätten gehört, man habe seine Tochter entführt und möglicherweise auch noch seine Frau, und es wurde auch berichtet, daß das Motel am Rande des Wäldchens brenne und der Besitzer erschossen worden sei, daß man Säuglinge aus ihren Stubenwagen geklaut habe, um damit die Riesin zu füttern, daß Kirchen geschändet worden seien und man den Besitzer des Ford-Mercury-Autohauses sowie dessen Frau brutal in den eigenen vier Wänden ermordet oder ihnen draußen in der Autowerkstatt bei einem Hinterhalt aufgelauert habe. «Angeblich war es der Mann, der den Eisenwarenladen führt.» – «Ich hab gehört, es war der Bekloppte, der Pauline geholfen hat.» So griffen am Rand des brennenden Wäldchens die wilden Gerüchte ebenso um sich wie die Flammen selbst, die jetzt auf das dunkle Zentrum des Wäldchens zurasten und die Luft darin wild herumwirbeln ließen. Mit einemmal zuckte ein blendendes Licht auf, und es donnerte gewaltig, als ein Blitz wie angezogen mitten ins Herz des Wäldchens fuhr, und die Leute wurden zu Boden geworfen oder purzelten übereinander, worauf alle sich zurückzogen, selbst die Polizisten und ihre Hilfskräfte. Sie alle hatten es gehört: so etwas wie ein gespenstisch haßerfülltes Geheul, vielleicht war es aber auch nur das Wimmern des Wirbelwinds im Zentrum des gewaltigen Flammenrings, doch jetzt brach der Sturm richtig los, die Blitze schlugen um die Schaulustigen herum ein, die jähen Sturmböen fachten den Waldbrand kräftig an, und die Funken stoben in alle Himmelsrichtungen. «Die Sache gerät außer Kontrolle!» schrie jemand, und wirklich flackerten im Nu überall Brandherde auf, und die Leute versengten sich Haare und Kleidung, als sie versuchten, der feurigen Dusche zu entkommen. Etliche befürchteten, die jähen Böen könnten das Feuer ins Städtchen tragen. «Mein Gott! Ich hab meine schlafenden Kinder allein gelassen!» – «Verdammt, Otis! Ich hab dir doch gesagt, das ist eine Schnapsidee!» Doch dann setzte der Regen ein, wahre Sturzbäche peitschten herunter und brachten die zu ihren Autos hastenden Leute ins Straucheln, weil sie den Erdboden unter ihren Füßen in Sekundenschnelle in einen Fluß aus Schlamm verwandelten, den sie spritzend, rutschend und auf allen vieren durchquerten, während die Blitze unablässig knallten wie himmlische Peitschen, um sie pitschnaß und panisch in ihre dunklen, leeren Betten zu scheuchen.

Draußen vor dem Saloon raste wie ein Echo der Turbulenzen drinnen ein Sturm, als Veronica, die John zwei auf einem hölzernen Kartentisch die Windel wechselte, von allen Spelunkenrowdies angegriffen wurde, die am kindlichen Spiel ihres Sohnes mit seiner Pistole Anstoß genommen hatten. Man überschüttete sie mit Bier, bewarf sie mit Zigarrenstummeln, Erdnußschalen und Bonbonpapier und deckte sie mit einem donnernden Sperrfeuer plumper Beleidigungen ein, die vorwiegend mit dem Inhalt der Windel des Kleinen zu tun hatten, teilweise aber seine Abstammung in Zweifel zogen, während andere Schmähungen Veronicas nacktem Hintern galten, für den sie nichts konnte. Es war einfach ungerecht. «Wenn ich so einen fetten Arsch hätte, würde ich ihn als Reklamefläche verpachten!» – «Als ich das letzte Mal einen solchen Breitarsch zu Gesicht gekriegt hab, war er vor einen Pflug gespannt!» All das hinderte die Rüpel jedoch nicht daran, sich ihrem Hintern zu nähern; sie spürte, wie sie sich herandrängten, um schmerzlichen Gebrauch davon zu machen wie Maynard schon so oft, und das paßte ihr ganz und gar nicht, aber was konnte sie schon tun, sie hatte die Hände voll, offene Sicherheitsnadeln im Mund, und ihr Baby weinte: «Die Kerle haben mich mit heruntergelassener Windel erwischt, Ma! Du mußt sie mir vom Leib halten, egal wie!» Die wenigen Gaslaternen, die er nicht von der Decke geschossen hatte, pendelten an ihren Ketten hin und her wie vom Sturm draußen gebeutelt, schickten Schatten wie kreisende Fledermäuse durch den Raum, und Tische und Stühle stürzten um, als die Männer nach vorn drängten, ihre wüsten Drohungen und ihr humorloses Gelächter wie heißer, biersaurer Atem in Veronicas Nacken. Obwohl sie ihren Sohn vor dem Ärgsten zu bewahren versuchte, bekamen sie eimerweise Bier ab, und Veronicas Hintern als letzte Bastion ließ sich nur allzu leicht überwinden. Zuletzt blieb ihr, schmutziger Hintern hin oder her, nichts anderes übrig, als das Baby hochzunehmen und die Flucht zu ergreifen. Aber sie fand den Weg nach draußen nicht. Alle Ausgänge waren versperrt. Die Männer standen vor den Türen, hielten ihre steifen Schwänze in den Fäusten und bleckten ihre nikotingelben Zähne, als sie ihr Opfer in die Enge trieben. Das tanzende Licht der pendelnden Laterne erweckte den Eindruck, der ganze Saloon stehe in Flammen. «Wir sind geliefert, Ma!» schrie John zwei und krallte sich schmerzhaft an ihrem

Busen fest. «Tu endlich was!» Der Junge war schlüpfrig und wurde allmählich schrecklich schwer, sie konnte ihn kaum noch halten, außerdem kratzte sie der Rauch von seiner Zigarre in der Nase und trieb ihr die Tränen in die Augen. Doch dann, just als sie vor Erschöpfung und Verzweiflung zusammenbrechen wollte, kam die Frau von John eins mit einer frischen Windel über dem Arm herein, brachte die Männer dazu, ihre Schwänze wegzupacken und sich wieder an ihre Tische zu setzen, ließ auch die Laternen zur Ruhe kommen, nahm dem Baby die Zigarre aus dem Mund und warf sie in einen Spucknapf, wischte ihm den Po sauber, legte ihm die neue Windel an und wickelte es in ein Handtuch, das ihr der Barkeeper in die Hand gedrückt hatte. «Na los, laß ihn uns dahin zurücksenden, von wo er gekommen ist», lächelte sie und geleitete Veronica zur Tür hinaus auf einen windgepeitschten Bahnsteig, wo soeben ein Zug durch den Sturm herandampfte. «Ich hatte ja keine Ahnung, daß die Bahn hier überhaupt noch durchkommt», sagte Ronnie und schob sich die Brüste wieder ins Kleid. «Man muß eben wissen, wo sie zu finden ist.» Ihre Freundin drückte den Säugling dem Schaffner in den Arm, der ihn hinter sich warf, und schon fuhr der Zug ab, schien im Losfahren den Sturm mitzureißen, und prompt fing Ronnie zu weinen an. «Jetzt ist alles gut», sagte ihre alte Klassenkameradin liebevoll und half ihr aus dem Liegestuhl auf. «Es läßt schon wieder nach. Du kannst jetzt nach Hause gehen.» – «Tut mir leid», schniefte sie. «Ich fürchte, ich hab die Rückenpar...» – «Dafür kannst du doch nichts. Das Ding hat einfach zu oft draußen im Regen gestanden.» – «Nein, ich meinte ...» – «Da, nimm mal, du bist ja pitschnaß, du Arme. Ich hab dir dein Nachthemd gebracht, das ist immerhin trocken.» Sie zog das kaputte Leinenkleid aus und trocknete sich mit dem Handtuch ab, das ihr die Freundin reichte, streifte sich dann das Nachthemd über und bedankte sich bei ihrer Gastgeberin für die reizende Party, entschuldigte sich, daß sie so lange geblieben sei, stolperte über die dunkle Auffahrt von dannen und machte sich in der ersten lichtlosen Morgendämmerung durch die regennassen Straßen müde auf den Weg nach Hause.

Obwohl keinerlei Zeichen am Himmel verrieten, daß die schwarze, stürmische Nacht vorbei war, wußte Barnaby, der einsam und verlassen vor dem Fenster saß und zusah, wie der regennasse, orangerote Glutschein, der seine Tochter entführt hatte, von der Dunkelheit verschluckt wurde, von sich aus, daß die Morgendämmerung angebrochen war. Die ganze Nacht hatte sie an seinem Bett gesessen und sich seine bittere Mär von Falschheit und Verrat angehört, doch dann war der Glutschein aufgetaucht, den er bei aller Verwirrung in seinem lädierten Gehirn als den eines Brandes identifiziert hatte, obwohl er zunächst dachte, es sei sein eigenes Haus, das da brannte, das Haus, in dem sie alle gewohnt hatten, als seine Tochter noch ein kleines Kind gewesen war und Audrey jung und wunderschön. Er hatte sich laut um Audreys Sicherheit gesorgt, womöglich sei ihr Leben in Gefahr, und seine Tochter hatte gesagt, ja, sie gehe lieber mal los und sehe nach, er brauche sich aber keine Sorgen zu machen, sie komme bald zurück, er solle sich einstweilen ein bißchen ausruhen. «Sei vorsichtig!» hatte er gekrächzt, als sie fortging, unsicher, ob sie ihn überhaupt gehört hatte. «Ich liebe dich!» War es wirklich seine Tochter gewesen? Vielleicht, vielleicht auch nicht. Im nachhinein hatte sie ein wenig wie die Altenpflegerin des Seniorenheims ausgesehen, zumindest beim Gehen, vielleicht aber auch schon, als sie gekommen war. Er war dann auf wackligen Beinen zu seinem Stuhl am regengepeitschten Fenster getappt, um zuzusehen, wie die Blitze zuckten, wie der Regen an die Scheibe spülte gleich sich brechenden Sturzwellen und wie das Feuer langsam erstarb, während er die Rückkehr seiner Tochter abwartete, obwohl er sie nicht mehr wirklich erwartete. Was für eine Nacht. Er war wirklich ein verrückter alter Vogel, genau wie die Dame gesagt hatte. Glaubte immer, ändern zu können, was nicht zu ändern war, eine Verblendung, die er mit Baumeistern in aller Welt teilte. Er hatte die einst für vernünftigere Vorhaben bereitgelegte Pistole gefunden, die Bude damit kurz und klein geschossen und nur Glück gehabt, daß er niemanden umgebracht hatte. Oder Pech. Obwohl er jetzt wußte, daß es sich bei der Frau, die gestern abend mit Mitch fortgegangen war, gar nicht um Audrey handelte, fühlte er sich trotzdem betrogen, da er sich jetzt sicher war, daß er das Herz der Frau, deren Hand er gewonnen hatte, nie wirklich gewonnen hatte. Die dumme Kuh, die sich für Audrey ausgab, wußte mehr, als ihr bewußt war. Auch Audrey hatte sich nur für Audrey ausgegeben, zumindest jene Audrey, die mit ihm zusammengelebt hatte. Dieses Wissen machte ihn traurig und trug zu dem Kummer und der Leere bei, die ihn in jenen seltenen frühmorgendlichen Momenten der Klarsichtigkeit übermannten; trotzdem wußte er, daß es eher seine Schuld gewesen war als ihre. Er, der Baumeister, der nicht gut gebaut hatte. Solch ein Haus verdiente es, in Flammen aufzugehen. Sein einziger Lichtblick am Horizont, jetzt ebenfalls verschwunden. Er malte sich die verkohlten Ruinen vor seinem geistigen Auge aus: seine Hoffnungen. Seine Tochter irrte dort wehklagend herum: sein Vermächtnis. Auch er irrte dort herum – schlurfte und wankte, das traf es schon eher, jede Eleganz war aus seinen Bewegungen verschwunden – und versuchte, mit ihr zu reden, konnte es aber nicht. Obwohl er beinahe die Hand vorstrecken und sie berühren konnte, lag eine unüberbrückbare Distanz zwischen ihnen, wie die Kluft zwischen Vergangenheit und Gegenwart oder Teil und Ganzem. Er tappte durch eine Tür und dachte an seine abgebrannte Holzhandlung. Welche Vergeudung, welche Vergeudung! Er besah sich sein Bild im Spiegel und war nicht weiter überrascht, daß es in mehr schlecht als recht zueinander passende Splitter zerborsten war. Er hatte mehr als zwei Augen, was erklärte, warum er nicht klar sehen konnte, und einen Mund, dessen Teile nicht zueinanderpaßten. Natürlich war es der Spiegel, der zerborsten war, und doch reflektierte er ein wahreres Bild als früher, als das Glas noch heil gewesen war. Er beugte sich vor und stützte sich aufs Waschbecken. Der Spiegel hatte ein Loch in der Mitte, von dem aus Risse nach außen liefen wie bei einem Spinnennetz. Hatte er etwa versucht, einen Nagel ins Glas zu schlagen? Oder Audrey?

Auf der anderen Seite des Städtchens hatte auch Audrey – beziehungsweise Opal: dieses gefährliche Spiel war vorbei – wie ein Spiegelbild des gebrochenen Mannes schlaflos am Fenster gesessen und zugesehen, wie der Glutschein des Feuers in dem plötzlich hereinbrechenden Regenguß verlosch, während der Regenguß seinerseits langsam nachließ, als erstürbe er mit dem Feuer. Zwar war die Morgendämmerung angebrochen, doch eine ohne Licht. Das einzige Licht, das ihr erschienen war, war ihr in ihrem Inneren erschienen, und das in der schwärzesten Tiefe der Nacht, als der alte Irre, der ihr lästiger Mann und außerdem ein alter, aber ihr kaum bekannter Freund der Familie war, auf sie geschossen hatte, während sie auf dem Klo saß. Als Audrey begriff sie in diesem Augenblick, daß sie als Opal die zweite Wahl ihres enttäuschten Mannes gewesen war, und zwar nicht nur, als er sie geheiratet hatte, sondern in all den Jahren danach, als Audrey noch am Leben gewesen war. Hatten sie und Mitch den Akt vollzogen? Selbst als Audrey, deren Erinnerungen an verflossene Romanzen verdächtig blaß ausfielen, konnte sie sich dessen nicht gewiß sein, obwohl sie sich als Opal sicher war, daß die beiden irgend etwas miteinander gehabt hatten, selbst wenn nichts daraus geworden war, weil Audrey trotz ihres Mundwerks letztlich immer gekniffen hatte und unsicherer gewesen war, als Opal vermutet hätte. Aber es war ohnehin einerlei, was die zwei tatsächlich getrieben hatten. Audrey hatte Barnaby geheiratet, vielleicht um so eine eingebildete oder wirkliche Kränkung zu rächen, denn Mitch hatte stets schamlos die Felder ringsum beackert (hatte er das?), und dann hatte er ihr mit gleicher Münze heimgezahlt, so daß sich in ihren jeweiligen Ehen ein intimer Dialog zwischen den beiden ergab, in dem die Ehepartner kaum mehr darstellten als Indikatoren des Hasses. So niederschmetternd war diese Erkenntnis gewesen, so vielschichtig und aufwühlend ihre Gefühle dabei, daß sie zunächst noch nicht einmal von der Klobrille hatte aufstehen können, als Mitch in Barnabys Tür aufgetaucht war. Denn als Audrey liebte sie Mitch auf eine Art, wie sie es als Opal nie gekonnt oder gewollt hätte, während ihr als Opal sein jäher Auftritt in diesem sich just entfaltenden, erkenntnisstiftenden Drama gegen den Strich ging, obwohl sie zugleich froh war, daß er sie gerade noch rechtzeitig vor dem verrückten Alten rettete. Mit dem sie mittlerweile jedoch eine tiefe Zuneigung verband, nicht unähnlich der einer verständnisvollen Geliebten, oder zumindest einer guten Freundin, so daß sie, als die Pistole losging, größere Angst um ihn empfunden hatte als um ihren Möchtegernretter. Was sie sehr überraschte und schnell von der Klobrille aufspringen ließ, weil sie sich als Opal schämte, so kompromittiert ertappt zu werden, selbst wenn sie irgendwie das Gefühl hatte, daß *sie* Mitch in flagranti mit Audrey erwischt hatte, die es genüßlich darauf angelegt zu haben schien, sozusagen im Negligé von einem stürmischen Liebhaber ertappt zu werden, den sie dann nichtsdestotrotz nach Herzenslust rüffeln konnte, kaum daß er hereingeplatzt war und sie gesehen hatte, womit sie als Audrey seine Avancen trotz der Galanterie zurückwies, für die ihm Opal dankbar war, indem sie ihm beim langsamen Hochziehen ihres Slips unverwandt in die Augen blickte, um ihm deutlich zu zeigen, was sie ihm da verweigerte, während Opal sich das Höschen mit gezügelter Hast hochzog und zu verdattert war, um auch nur an die Klospülung zu denken. All das ließ sie in Tränen ausbrechen, ob nun als Opal oder Audrey, wußte sie nicht genau, und als sie dann die Badezimmertür aufmachte und die beiden dastehen sah, ihre Ehemänner beziehungsweise Geliebten, einen mit der Pistole in der Hand und den anderen am ganzen Leib schlotternd, als wäre er angeschossen, da war alles so verworren, daß sie plötzlich entsetzliche Angst bekam und zitternd hinüberrannte, um sich einem von beiden an den Hals zu werfen, ohne zu wissen, welchem, bis Mitch die Arme ausbreitete («Alles in Ordnung, Schatz?») und ihr Gott sei Dank keine andere Wahl mehr blieb. Mitch hatte die Polizei verständigen wollen, doch sie hatte es ihm ausreden können und gemeint, da niemand zu Schaden gekommen sei, sollten sie die Sache doch lieber John überlassen, und dann hatte sie ihn gebeten, sie doch nach Hause (zu Opal) zu fahren, sie könne es nicht ertragen, heute abend noch irgendeine Menschenseele zu sehen, falls er Lust habe, wieder auf die Party zu fahren, könne er das ja gern ohne sie tun, und dann, mit einem Blick, als hätte sie ihn soeben rüde zurückgewiesen (für wen hatte er sie denn gehalten?), hatte er genau das getan oder war sonstwohin gefahren, bei Tagesanbruch jedenfalls noch nicht zurück.

Maynards Angst war ganz ähnlicher Natur: Verwirrung, Bloßgestelltsein und das Gefühl lauernder Gefahr. Als er aufgewacht war, hatte er nicht gewußt, wo er sich befand. Er lag, bis hin zu den Schuhen vollständig angekleidet, in einem verdunkelten Schlafzimmer, das nicht das seine war, eng an den Rücken einer schlafenden Frau geschmiegt, der er die Hand unter dem Saum eines seidenen Nachthemds auf den weichen glatten Po gelegt hatte, während er das Gesicht in ihrem aufgelösten Haar verbarg. Das seiner Frau? Nein. Dann –? Diese Süße ... Als ihm die Wahrheit dämmerte, war er vom Scheitel bis zur Sohle erstarrt wie kurz vor einem epileptischen Anfall und hätte beim Dämpfen des Schreis, der sich seiner Kehle entringen wollte, fast seine Zunge verschluckt. Er hatte in einer Art todesfürchtiger Ekstase dagelegen und zwar nicht gewußt, was tun, aber auch keine Lust gehabt, der größten Freude zu entsagen, die ihm in seinem ganzen Leben widerfahren und nun buchstäblich mit Händen zu greifen war. Dieser Hintern! Ihrer! Das Stückchen Seidenstoff zwischen seiner Wange und dem Kissen, schon feucht von seinen Tränen, war erneut durchfeuchtet worden, doch diesmal von Tränen ungläubiger Verzückung, und seine Hände waren sich plötzlich ihres Daseins auf der Welt bewußt gewesen wie noch kein anderer seiner Körperteile je zuvor. Er hatte sich danach gesehnt, weiter vorzudringen, aber auch Angst gehabt, einen Zauber zu brechen, der ihn ebensosehr in Bann geschlagen hatte wie das Objekt seiner Sehnsucht. Sie bewegte sich ein wenig, und Maynard zürnte seiner Brust, die nicht aufhören wollte, sich zu heben und zu senken, dem geräuschvollen Atem, den er einsog und ausstieß, dem kratzigen Bart, der ihm die Wangen aufrauhte, den Kleidern, die ihn von ihr trennten, und dem Gestank seines ungewaschenen Körpers, der jetzt aufstieg und alle Hoffnungen im Keim erstickte, ihr auch nur durch die zarteste Geste die verzweifelte Liebe zu erklären, die ihn verzehrte und von Kopf bis Fuß erzittern ließ, was ihn noch mehr erzürnte und verängstigte. Er betete darum, daß dieser Augenblick ewig dauern möge, aber das war undenkbar, wie er wußte, kein Augenblick konnte das, irgend etwas mußte geschehen, und wirklich geschah etwas: Ein Auto rollte unter dem Fenster die Auffahrt hoch und erschreckte ihn dermaßen, daß er die Hände hastig wegzog und sie nun, da der Schaden angerichtet war, nicht wieder zurücklegen konnte. Dazu blieben ihm auch weder die Zeit noch die freie Wahl: Er hörte die Wagentür ins Schloß fallen und wußte, daß er ein toter Mann war, wenn John ihn hier erwischte. Er glitt aus dem Bett (sie seufzte und drehte sich um, worauf sein stolperndes Herz nur um so schneller raste und sein Magen Volten schlug) und schlich sich aus dem Zimmer, verzweifelt bemüht, nicht zu furzen, bevor er im Flur war, was er allerdings nur bis zur Tür schaffte. «John...?» murmelte sie schläfrig. Der trat soeben im Stockwerk unter ihm durch die Tür ins Haus, aber durch welche, die hintere? Die seitlich zur Auffahrt gelegene? Maynard hatte das wertvolle, mit seinen liebeskranken Tränen getränkte Kleidungsstück vergessen, aber zu spät. Er hörte Schritte unter sich und suchte Unterschlupf in einem Zimmer, wo ihn ein Kind mit zwei Köpfen von einer auf dem Fußboden ausgebreiteten Decke aus anstarrte. «Schlaft gut», flüsterte er schrecklich verwirrt, und wieder verrieten ihn seine Gedärme, worauf die beiden Köpfe zu kichern und zu tuscheln anfingen. Sehr beunruhigend. Er schlüpfte durch die Tür hinaus und lauschte am Treppenabsatz: John stand unten in der Küche, öffnete die Kühlschranktür, riß eine Bierdose auf und ermahnte die Hunde, leise zu sein. Stimmt ja, die Hunde, er hatte die Hunde vergessen. Was konnte er tun? Durch ein Fenster kriechen und vom Dach springen? Sich mit seinen entsetzlichen Blähungen in einem Wandschrank verstecken, bis John sich ausgeschlafen hätte und wieder aus dem Haus gegangen wäre? Sich die Kehle durchschneiden? Zuletzt hatte er sich in blinder Hirnlosigkeit die Schuhe ausgezogen und war, das unregelmäßig knatternde Putt-Putt aus seinem verräterischen Allerwertesten so gut es ging dämpfend, barfuß die Treppe hinunter und durch die Eingangshalle geschlichen, an Eßzimmer und Wohnzimmer vorbei und durch die Haustür hinaus in die taufeuchte Morgendämmerung. Es hatte geklappt! Oder fast. Gerade als er glücklich auf dem Gehweg vor dem Haus stand und niederkniete, um sich die Schuhe anzuziehen, rief ihm John nach: «Ruf mich doch im Lauf des Tages mal an, Maynard! Ich will dir einen Vorschlag machen!»

«John...?» – «Ja.» – «Etwas Schreckliches! Clarissa...!» – «Ich weiß. Ich habe das Wäldchen lodern sehen, als ich drüberflog, und bin auf dem Rückweg dort vorbeigefahren. Da haben sie es mir erzählt.» – «Ich war bis eben bei ihr. Sie war so tapfer …» – «Das habe ich gehört. Als ich ankam, stand sie schon unter Beruhigungsmitteln.» Er stellte das Whiskeyglas neben ihren Ohrringen auf das Nachttischchen und setzte sich auf die Bettkante, um sich die Cowboystiefel auszuziehen. «Sie wird eine Zeitlang im Streckbett liegen müssen und ein oder zwei sexy aussehende Narben zurückbehalten, aber wieder auf die Beine kommen.» – «W-was ist denn das da?» – «Ein paar Blumen für dich.» – «Ach. Wie nett von dir, John. Lieb von dir, daß du daran gedacht hast.» – «Ich habe auch ein paar Sträuße im Krankenhaus abgeliefert. Es gab viele Verletzte bei dem Brand. Hast du gewußt, daß Dutch angeschossen worden ist?» – «Ich hab's gehört.» Er zog sich die Lederweste, die Jeans und die Unterhose aus, warf das Damenhöschen von seinem Kopfkissen und streckte sich dann neben seiner schläfrigen Frau aus, um seinen Whiskey auszutrinken. An was gedacht? Hatte er etwa ihren Hochzeitstag vergessen? «Wenn ich herausfinde, wie sie an die Schlüssel für den Porsche gekommen ist, wird jemand bösen Ärger bekommen.» – «Es saß ein Mann bei ihr im Auto.» – «Ich weiß. Ein Kerl, der früher mal für mich gearbeitet hat.» – «Angeblich war sie …» – «Ich schätze mal, sie waren es alle beide.» Als man ihn gefunden hatte, war der Typ mit Sweatpants bekleidet gewesen, bloß hatte er sie verkehrt herum angehabt. «Wirklich Glück, daß deine Sekretärin vorbeigekommen ist.» – «Ja, Glück oder so was Ähnliches.» – «Sie hat Clarissa aus dem Bach gezogen und beatmet. Der Arzt sagt, sonst hätte sie nicht überlebt.» Auf dem Rückflug hatte er all die Ränke Nevadas gegen ihn selbst, Bruce und sogar Lennys Jungen auseinanderklamüsert. Dabei war er zu dem Schluß gekommen, daß Clarissa nie als Opfer vorgesehen gewesen war, zumindest nicht von Bruce, drum hatte er Jennifers Bruder wohl umsonst geschlagen, obwohl der Spund es zweifellos für irgendwelchen anderen Mist verdient hatte. Und nun schien es einfach allzu passend, daß Nevada quasi im Moment, als der Unfall passiert war, bei der Buckelbrücke eingetroffen war. War Clarissa etwa doch als Opfer vorgesehen gewesen? Hatte man ihn deshalb aus dem Städtchen gelockt? – «Geht's Bruce gut?» murmelte seine Frau. «Keine Ahnung. Ich glaube nicht.» – «Das tut mir aber leid, Schatz.» Schläfrig kuschelte sie sich in seinen ausgestreckten Arm. «Für den war alles nur ein Witz», sagte er, stellte sein Glas ab und wälzte sich zwischen ihre Schenkel. Sie winkelte die Knie an, um sein Gewicht besser zu verteilen, und stellte einen Fuß auf seinen Hintern. «Ein Witz?» – «Das Leben. Das Problem war nur, daß er die Pointe nicht abwarten konnte.» Als er beim Start zu seiner wilden Hatz auf Bruce zugesehen hatte, wie sein Heimatstädtchen unter ihm zu versinken und im schattigen Erdboden zu verschwinden schien, hatte er das Gefühl gehabt, ihm würde etwas genommen, etwas Wertvolles, dessen Verlust er sich nicht leisten konnte, obwohl er es nicht genau benennen konnte, und dieses Gefühl hatte ihn die ganze Nacht nicht mehr verlassen, selbst als er sich abgerackert hatte, um die Hütte von allen Beweisspuren der Übertretungen des rücksichtslosen, überheblichen Mistkerls, ja von sämtlichen Spuren seiner Existenz zu säubern (hatte sich das aufgeblasene Arschloch umgebracht? Um so besser!), ein inneres Großreinemachen, das dem äußeren entsprach. Dieses Gefühl eines unmittelbar bevorstehenden und trotzdem unbeschreiblichen Verlusts hatte ihn bis zu seiner Rückkehr im Morgengrauen verfolgt, als seine Stadt wieder aus dem dunstverhangenen Erdboden unter ihm aufgetaucht war, ihre Wiedergeburt signalisiert von den verlöschenden Flammen und dem verfliegenden Rauch über Settler's Woods, die wie ein Funkfeuer in die schwindende Nacht drangen, nachdem der heftige Sturm, den John hatte umfliegen müssen, die Waffen gestreckt und den Rückzug angetreten hatte. Sie küßte ihn auf die Schulter, als er sich von ihr herabwälzte und erneut zum Whiskeyglas griff. Lüstling Bruce war abgehakt wie ein zum besten gegebener Witz, den man nicht noch einmal hören will. Andererseits … «Es kommt mir so vor, als wäre ein Teil von mir gestorben», gab er zu. «Ach, apropos», sagte sie mit einem schläfrigen Gähnen. «Stu ist tot.» – «Stu?» – «Man hat ihn umgebracht. Und alle seine Schallplatten kaputtgemacht.» – «Aber war er denn nicht hier auf der Grillparty?» – «Er ist nie aufgetaucht. Ich habe versucht, Daphne anzurufen, aber sie hat den Hörer danebengelegt.» Wieso kam ihm bei dem Tod des alten Suffkopfs Marie-Claire in den Sinn? Er wußte es nicht, doch dafür begriff er jetzt, was in der Hütte gefehlt hatte, erkannte jenes Gefühl eines unbeschreiblichen Verlusts, den er nicht hatte dingfest machen können. Bruce hatte Marie-Claires zerfetzte Leinwand mitgenommen.

Die Beerdigung des alten Stu, die zwei Tage später stattfand, war ein denkwürdiges Ereignis, bei dem der Beweis erbracht wurde, daß man einen alten Witz sehr wohl zweimal genießen kann, ja sogar noch zweimal. Auf dem Rasen der Kirche hatten sich vor und nach dem kurzen Gedenkgottesdienst zahlreiche junge und alte Bewohner des Städtchens gedrängt und an Witze, die ihnen der alte Autohändler einst erzählt hatte, oder amüsante Anekdoten aus seinem Leben erinnert, die sich im Rückblick lustiger ausnahmen als zu Stus Lebzeiten. Und obwohl die meisten, vor allem die Vertreter der älteren Generation, an diesen Ereignissen teilgehabt hatten und die Geschichten daher schon kannten, hörten diese sich nach dem jähen gewaltsamen Tod («Soviel zum Thema Pointen», sagte jemand, und ein anderer fügte hinzu: «Es ist genau wie bei seinem Witz von dem Burschen, der im Kraftwerk eine Stange Wasser in die Ecke stellen will ...») des beliebtesten Geschichtenerzählers der Stadt plötzlich ganz neu an: Es gab also an jenem Tag auf dem Rasen vor der Kirche eine Menge Gelächter, doch auch Seufzer und Tränen und erschrockene Bemerkungen darüber, daß so etwas hier passieren konnte, aber eben hauptsächlich Gelächter, und alle waren sich darüber einig, daß es Leute vom Schlag des alten Stu einfach nicht mehr gab, der alte Knabe sei eben ein Spitzenmodell gewesen. Die Kirche selbst war über und über mit Blumen geschmückt, als wollte man den Leichnam zu einem wiederbelebenden Niesanfall provozieren, der Gottesdienst dagegen eine recht nüchterne Angelegenheit, vor allem aus Respekt vor der Witwe, die jeglichen Sinn für Humor verloren zu haben schien und alles sehr schwer nahm. Sie hatte sich offensichtlich Mut angetrunken und sah abgezehrt und verwirrt aus, und als John sie zu den Klängen von «Amazing Grace» in die Kirche geleitete, stolperte sie und wäre um ein Haar gestürzt, und die Leute in ihrer unmittelbaren Nähe hörten sie zischen: «Hör auf damit, verdammt! Hau ab, du, und laß mich in Ruhe!» Wer war «du»? Die meisten wußten es. Daphne hatte es auch der Polizei gegenüber erklärt: Es sei doch egal, wer abgedrückt habe, die alte Leichenschänderin sei schuld daran. Die Polizei hing ihren eigenen, weltlicheren Theorien an. Zwar war noch keine Anklage erhoben worden, doch galt der Geschäftsführer des Eisenwarenladens in der Main Street, der nach dem Mord auf spektakuläre Weise aus der Stadt verschwunden war, als Hauptverdächtiger. Es kursierten Gerüchte von einer kriminellen Vergangenheit, von Vorstrafen, von Streitigkeiten mit Stu wegen einer Gurke, die Stu ihm angedreht hatte, von Geldsorgen. Die allgemeine Ansicht im Städtchen lief darauf hinaus, daß Floyd den Mord begangen haben mochte oder auch nicht – leiden konnte ihn ohnehin keiner. Unter diesen Umständen war es eine ziemliche Überraschung, daß die Frau des Flüchtigen zur Beerdigung kam und schüchtern auf der hintersten Bank Platz nahm. Sie blieb allein dort sitzen, weil die anderen Besucher des Trauergottesdienstes sie mieden, als könnten sie sich etwas einfangen, wenn sie ihr zu nahe kämen, bis dann Johns Frau eintraf, zweifellos direkt aus dem Krankenhaus, sich neben sie setzte und einen Augenblick ihre Hand nahm, worauf Edna zunächst erschrocken zusammenfuhr, sich dann aber beruhigte. Die Präsenz von Johns Frau wirkte wie immer Wunder, und so füllte sich bald die Bank, und die Leute kapierten, daß die arme Edna, durch die Tragödie gleichsam selbst zur Witwe geworden, ja nur ihrer Christenpflicht genügte. Wie ihnen der Pastor, dessen Tochter ihrerseits vermißt wurde und mit deren Tod man rechnen mußte, in Erinnerung rief, hätten viele der Lieblingswitze des Verstorbenen illustrieren sollen, daß die Dinge nicht immer so lägen, wie es den Anschein habe, weshalb ihre Pointe oft überraschenden Trost geboten habe, drum forderte er alle auf, in diesen schweren, anfechtungsreichen Zeiten um Kraft und göttlichen Ratschluß zu beten, und schloß mit dem vielen der Trauernden bekannten Witz des alten Stu – wohl ganz bewußt, denn er war häufig auf ihn gemünzt worden – über den jungen Pastor und die alte Witwe in ihrer Hochzeitsnacht: «Reverend, du kümmere dich um die Kraft, und alles übrige überlaß getrost mir.»

Ellsworth, der im wiederbelebten *Town Crier* über das grausame und sinnlose Ende und die Beerdigung des beliebten Besitzers des Ford-Mercury-Autohauses berichtete, ging darin auch auf den Tribut ein, den der Pastor dem ebenso charakteristischen wie berühmt-berüchtigten Sinn für Humor des Verblichenen gezollt hatte, mit dem dieser den Bürgern des Gemeinwesens soviel Kraft und Trost gespendet hatte, um dann in seinen eigenen Worten anzufügen, daß der Tod uns zwar den Menschen zu entreißen vermöge, die Geschichten über ihn jedoch bei uns blieben wie in einen Fluß geworfene Steine. Die relative Unsterblichkeit von Geschichten im Gegensatz zu den darin Handelnden und den sie Erzählenden hatte Ellsworth in letzter Zeit nachhaltig beschäftigt, da er nun allmählich aus dem auftauchte, was er insgeheim seine «lange dunkle Nacht der Seele» nannte, um sich wieder der Welt der Menschen zuzuwenden, jener Welt aus Geschichten so hart wie Felsgestein mitsamt den flüchtigen Existenzen darin, der er sich als Chronist so lange gewidmet hatte, die aber leider in seiner Abwesenheit undokumentiert geblieben war, ein Delikt, das er zutiefst bedauerte, wie er in der Doppelnummer zum Wiedererscheinen des *Crier* zum Ausdruck brachte, worauf er folgerichtig versprach, die fehlenden Nachrichten durch «Ich erinnere mich»-Beiträge aus der Feder seiner Leser zu ersetzen, die er nicht nur in seiner Entschuldigung, sondern auch bei jedem Auftritt in der Öffentlichkeit – zum Beispiel der Beerdigung des Autohändlers – persönlich erbat. Er berichtete über die Beerdigung und den Umzug zum Tag der Pioniere (für den konnte er zwar nur wenige verläßliche Augenzeugen auftreiben, doch in seinen Karteikästen fand sich geeignetes Archivmaterial in Hülle und Fülle); über den Brand von Settler's Woods, den er aus der Entfernung durch ein Fenster im Obergeschoß seines Hauses beobachtet hatte (ein Augenblick des Schreckens, als plötzlich in der undurchdringlichen Nacht ein Licht aufgeblüht war: wo befand er sich eigentlich –?!); über die daraus resultierenden Todesfälle, darunter den der Frau des Fotografen, die ihrem Mann auch beruflich assistiert hatte, eine Tragödie von riesigen Ausmaßen, mehr mochte Ellsworth dazu nicht sagen; über den beklagenswerten Verkehrsunfall an der Buckelbrücke (in einem separaten Leitartikel forderte er wieder einmal den Abriß dieses gefährlichen Bauwerks); kurz: über all die alten Neuigkeiten, die er nachtragen und ergänzen konnte: Todesfälle und Geburten, Hochzeiten und Verlobungen, Einbrüche, Unfälle, Operationen, goldene Hochzeiten, Verhaftungen, Geburtstage, Ergebnisse der Little League und der Bowlingliga sowie die Besucherzahlen der Gottesdienste. Nur darüber, wo er selbst eigentlich geblieben oder wie lange er dort gewesen war, konnte er nichts berichten, denn er hatte es selbst nicht gewußt, als er, während das Feuer am Horizont aufloderte und verlosch und das schreckliche Gewitter rings um ihn dröhnte und donnerte, wie aus einer anderen Dimension zurückgekehrt war. Irgend etwas war vergangen, aber es hatte sich nicht wie Zeit angefühlt und sich zudem an einem Ort abgespielt, der mehr als ein Ort und doch ein Nicht-Ort war. Nachdem der Sturm sich ausgetobt hatte, war Ellsworth wie unter Zwang hinaus nach Settler's Woods gefahren, um dort sprachlos auf eine verkohlte, dunstverhangene Traumlandschaft zu starren, die schnurstracks den dunklen Abgründen seiner eigenen Vorstellungskraft entsprungen zu sein schien. Er erinnerte sich an einen Satz über das augenscheinliche Wechselspiel von Kunst und Leben, den ihm einmal die Bibliothekarin Kate gesagt hatte: Die formalen Resonanzen zwischen diesen Bereichen, hatte sie gesagt, legten nahe, daß beide naturwüchsige menschliche Produkte seien, weshalb es uns nicht überraschen sollte, wenn manchmal eines im anderen zu leben scheine. Ellsworth aber *war* überrascht gewesen und hatte sich zugleich furchtbar mächtig, hoffnungslos verletzlich und, infolge seiner jüngsten Abenteuer, reichlich desorientiert gefühlt. Er hatte schon halb damit gerechnet, da draußen auf den blind und vorwurfsvoll umherirrenden Lauerer zu stoßen, statt dessen aber seinen alten Freund Gordon getroffen, der ganz allein und durchnäßt im Schlamm am Rand des kokelnden Wäldchens saß und ins schwarze, triefend nasse Herz der Verwüstung stierte. «Alles in Ordnung?» fragte Ellsworth. Gordon, unrasiert und die

Hände in den Hosentaschen, stierte weiter vor sich hin. «Diese Stille ...», sagte er. Und wirklich herrschte tiefe Stille ringsum. Natürlich waren die Vögel geflohen. Hier und da sah man noch einige wenige vom Feuer verschonte grüne Flecken, aber die meisten Wipfel und der Großteil des Blattwerks waren bis auf die geschwärzten Baumstämme und kahlen Äste heruntergebrannt, die sich nun wie verkohlte Arme in gramvoller Todesangst aus dem Waldboden gen Himmel reckten. Nichts bewegte sich ringsum außer den grauen Rauchfäden, die sich durch die regennassen Zweige nach oben schlängelten. «Es ist vorbei», sagte Ellsworth mit einer Endgültigkeit, die ihn selbst überraschte, und sein Freund nickte ernst.

Die Stille verblüffte auch Columbia am meisten, als sie im frühen regennassen Morgengrauen jenes Tages an die Glastür des Drugstore gelehnt aufwachte und hinaus auf die menschenleeren Straßen im Ortskern starrte, als hätte sie nie ein Auge zugetan. Doch das hatte sie, zumindest hatte sie geschlafen, ob nun mit offenen oder geschlossenen Augen, denn sie hatte geträumt, sie sei in eben jenen Straßen nackt vom Gewitter überrascht worden (sie suchte nach ihrem Schlafanzug, den irgendwer, vielleicht Corny, gemeinerweise dort draußen versteckt hatte), und der alte Arzt jage sie mit einem von Gretchens Plastikpenissen und einem Skalpell und rufe: «Schwester! Schwester! Es ist Zeit für Ihre Medikamente!» Es regnete noch, als der Traum verblaßte und sie aufwachte, aber das Gewitter ließ bereits nach, der Donner grollte in weiter Ferne, und ein fahles Licht schien direkt aus dem von Regenbächen überschwemmten Asphalt zu dringen. Ihre Beine waren, genau wie im Traum, dicke Bleiklumpen, sie konnte sie kaum bewegen, drum lehnte sie sich noch einen Augenblick an die Tür und verlagerte das Gewicht, um die Blutzirkulation wieder in Gang zu setzen, und dabei sah sie etwas Sonderbares, das sie glauben ließ, sie träume vielleicht doch noch: Zwei Leute mit nichts als Hemden am Leib stolperten barfuß im Regen die rutschige Straße entlang und hielten einander aufrecht, indem sie sich an den nackten Hüften des Partners festklammerten. Es war wirklich ein ungewöhnlicher Anblick, selbst für jemanden, der im Gesundheitswesen tätig war; wahrscheinlich gab es sogar eine Verordnung gegen derlei Auftritte, aber die beiden konnten wohl nichts dafür. Sie hatte noch kurz vor Beginn des Gewitters Trevor geholfen, die noch immer Baumstämme sägende Marge in sein Auto zu verfrachten, und waren dann durch die peitschenden Windböen und das Blitzgeflacker losgesaust, um ihren alten, beim Clubhaus geparkten Kombi zu holen, wobei sie, inzwischen an Spaziergänge im Naturzustand gewöhnt, völlig vergessen hatten, daß ihnen ja die Hosentaschen fehlten – Waldo jauchzte auf und patschte sich auf die fleischigen Schenkel – und daher auch die Schlüssel. Nach dem ersten herzhaften Gelächter hatten sie beschlossen, daß sie, statt die Autotür aufzubrechen und unter einem undichten Dach zu nächtigen, um am nächsten Tag nur um so größeren Scherereien ins Auge sehen zu müssen, vom Sturm beschützt zu Fuß nach Hause gehen würden. Und es hatte ihnen großen Spaß gemacht – unterwegs hatten sie von Zeit zu Zeit eine kleine Pause eingelegt, um die schmerzenden Füße auszuruhen, und waren wie Kinder im trommelnden Regen herumgetollt –, weil Waldo nämlich am Rand des Greens in Lorraines Armen aufgewacht war, zwar äußerst verwundert, doch bestens gelaunt und der entschiedenen Ansicht, das vorhin sei die beste Nummer seines Lebens gewesen und er wolle mehr davon; es herrschte eine Stimmung wie in den guten alten Zeiten der Footballwochenenden, Strandfeten und des Fummelns in den Büschen hinter dem Sorority-Heim. An ihrer Haustür wurden die beiden jedoch von Polizisten in Empfang genommen, die Waldo aufforderten, unverzüglich mitzukommen, sobald er sich eine Hose angezogen habe, seine scharlachrote befinde sich nämlich, wie sie mit einem wissenden Feixen berichteten, in behördlicher Verwahrung. Der Typ, dem er die Ladung Schrot verpaßt habe, meinten sie, werde vermutlich nicht überleben, drum müßten sie Waldo ins Krankenhaus kutschieren, solange er ihn noch identifizieren könne. «Poh!» hatte Waldo baß erstaunt gesagt. In gewisser Hinsicht war das Ganze dennoch eine glückliche Fügung, da sie auch keine Haustürschlüssel mehr hatten und die Polizisten ihnen halfen einzubrechen. Glaubten sie wirklich, daß Waldo es gewesen war? Lorraine konnte es nicht sagen. Ebensowenig konnte sie sagen, was Waldo dachte oder was die Polizisten über ihren nackten Hintern dachten, den sie anstarrten, als sei er ein wichtiger Hinweis zur Lösung eines entsetzlichen Verbrechens oder vielleicht das Verbrechen selbst, und daß sie es nicht sagen konnte, verschaffte ihr derartige Erleichterung, daß sie sich, noch während Waldo in seine Hose schlüpfte, auf den Fußboden legte und sogleich fest einschlief. Was Waldo dachte, lief darauf hinaus, daß das Leben eigentlich simpel gestrickt war und man es trotzdem nie durchschauen konnte, eine paradoxe Wahrheit, die durch den Besuch am Krankenbett seines alten Kumpels Dutch, der angeblich kurz vor dem Abnippeln stand, einmal mehr unterstrichen wurde. «Er hat eine Menge Blut verloren. Und anderes.» Die Polizisten hatten Waldos fehlende Hose und seine alte Schrotflinte ins Krankenhaus gebracht, und als er sie fragte, wo sie die Sachen herhätten, erwiderten sie, von draußen im Motel, bevor es abgebrannt sei, und ob er gestern nacht in Zimmer Nummer soundso gewesen sei. «Gut möglich. Aber wie ist bloß die gottverdammte Flinte dorthin gelangt?» Dutch, der diesen Schwachköpfen bereits vorhin, als sie den greinenden Steuerberater zur Tür hereingezerrt hatten, gesagt hatte, daß er sich selbst angeschossen habe, brachte genug Kraft auf, um zu knurren: «Du hast sie mir doch geliehen.» – «Ach ja, stimmt», sagte Waldo. «Ehrlich –?» Der Knallkopf. «He, Dutchie! Was zum Teufel quatschen die da von wegen abgebrannt? Was zum Teufel ist mit dir passiert, alter Knabe?» Leck mich am Arsch, sagte Dutch oder hätte er vielleicht gern gesagt, und als Otis' Cowboys den Hornochsen dann nach nebenan schleppten, um den Typen zu besuchen, den sie mittlerweile Pott nannten («Harr! Wer ist das?»), sank er wieder zurück in jenen schmerzmittelschweren Stupor, der, wie er annahm, das Letzte sein würde, was er noch vom Leben mitbekam und wissen wollte. Es war wirklich so, wie er zu John gesagt hatte, als der – kurz nach seiner Frau – mit einem Arm voller Blumen bei ihm hereinschaute: der letzte Film gelaufen, er selbst bereit für den Abspann. John und seine Frau waren eigentlich dagewesen, um ihre Tochter zu besuchen, die aus irgendeinem Grund ebenfalls hier lag. Auf der Intensivstation, wie sie ihm erzählten. Hörte sich ernst an. Und war es auch. Als sie aufwachte und im ganzen Leib einen einzigen stumpfen, bleiernen Schmerz spürte, saß ihre Mutter neben ihr. «Mom! Wo hast du nur *gesteckt*...?!» rief sie und begriff, daß vermutlich kein einziger Ton nach außen drang. Aber ihre Mutter hatte sie trotzdem irgendwie verstanden: «Direkt hier neben dir, Schätzchen, schon die ganze Zeit.» Clarissa meinte, sie weitersprechen zu hören, daß sie ein mörderisches kleines Miststück sei und ihr Dad eine Stinkwut auf sie habe wegen dem, was sie angestellt hatte, aber dann merkte sie, daß es gar nicht ihre Mutter war, sondern Nevada. Oder ihr Dad, es war alles ein einziges verschwommenes Durcheinander, doch ihr Dad meinte, nein, er sei keineswegs zornig, gab ihr dann, als sie in trockene Tränen ausbrach (sie konnte kein einziges Glied rühren, kein einziges), den guten Rat, sie solle sich nicht unterkriegen lassen, und fügte noch hinzu, daß er sie liebe, obwohl sie da wahrscheinlich schon wieder das Bewußtsein verloren hatte. Als John sich bei Alf nach ihren Überlebenschancen erkundigte, sagte der, sie sei eine kräftige junge Frau und sollte es eigentlich schaffen können, aber es werde sehr weh tun und eine ganze Weile dauern. Es gebe nicht viel, was Clarissa sich nicht gequetscht, aufgerissen oder gebrochen habe, das werde einige Reparaturen erfordern, jetzt und auch später, eventuell müsse sie sogar auf Dauer ein Stützkorsett tragen. Dasselbe hatte er auch zu Clarissas Mutter gesagt, bevor er sie nach Hause schickte, damit sie sich ein bißchen ausruhte, und nach diesem Rezept hatte er sich seinerseits gesehnt. Eine Krise hatte die andere gejagt, Alf war todmüde, doch andererseits war er bei Tagesanbruch immer todmüde, und außerdem hatte ihm in dieser endlos langen Nacht die Erkenntnis Auftrieb gegeben, daß ihm eine gewaltige Last von den Schultern beziehungsweise vom Finger gefallen war: jene klumpige Geschwulst, die in seiner Phantasie schon größer geworden war als der Körper, der sie mutmaßlich umschloß, ihn in der Notaufnahme gefährlich behinderte und es ihm schwer machte, sich auch nur die Hose zuzuknöpfen, war plötzlich so mühelos verschwunden, wie die Nacht der Morgendämmerung weicht. Ungefähr zur selben Zeit hatte Clarissas

Mutter die Intensivstation betreten, besorgt, aber blendend aussehend, ein willkommener Anblick, und er hatte gewußt, daß alles gut werden würde, und ihr das auch zuversichtlich mitgeteilt, obwohl er keinen eindeutigen medizinischen Grund für diese Behauptung hatte. Johns Frau war eine ganze Weile dageblieben und hatte bei ihrer Tochter gewacht, während Alf sich um den steten Strom von traumatisierten Patienten kümmerte, die auf fahrbaren, an die Festwagen eines alptraumhaften Karnevalsumzugs gemahnenden Notbetten hereingerollt wurden, und auch er selbst hatte sich in dieser Zeit bestens bewacht gefühlt, war sich seiner selbst sicherer gewesen als zu jenen Zeiten nach dem Krieg, als Harriet ihm zur Seite gestanden hatte, und hatte das Gefühl gehabt, die wunderhübsche junge OP-Schwester weiche ihm die ganze Nacht nicht von der Seite, ein bemerkenswertes Erlebnis, von dem er Oxford unbedingt bei ihrem nächsten Kaffeetreff erzählen mußte, obwohl er ihm schon auf dem Heimweg davon hätte erzählen können, weil Oxford bereits auf den Beinen war und die jüngsten Enkel fütterte und anzog, den älteren bei der Frühstücksvorbereitung mit Rat und Tat beistand und allen von den Spielen vorschwärmte, die sie an diesem Tag spielen würden. Einer der Drillinge hatte die ganze Nacht vor Bauchschmerzen kein Auge zugetan, drum war Oxford bereits aufgewesen, als Gretchen stolz seinen auf Abwege geratenen Sohn heimschleppte wie eine Jagdtrophäe, und hatte mitgeholfen, dem armen Corny den Kopf zu verbinden. «Er muß wohl kräftig Prügel von dieser großen, männermordenden Isebel bezogen haben», hatte Gretchen erklärt und war freudig errötet, als sie sich die Brille auf die Nase setzte. «Vielleicht lernt er ja was draus.» Oxford hatte nur wenig geschlafen und war schon vor den Kindern aufgewacht, weil er sich Sorgen um Columbia machte, die noch nie so lange ausgeblieben war; doch sie kam leicht vergrätzt in der Morgendämmerung nach Hause und sagte, sie sei vom Gewitter überrascht worden und habe die Nacht im Drugstore zubringen müssen, ob eigentlich Gretchen schon aus ihrem Schlafzimmer aufgetaucht sei? Oxford verneinte das, und tatsächlich kam Gretchen außer zur Erledigung grundlegender menschlicher Bedürfnisse eine ganze

Woche lang nicht wieder zum Vorschein, und Oxford mußte für sie im Drugstore einspringen und noch dazu die acht Enkelkinder betreuen, was ihm in Wahrheit große Freude machte, und weder er noch sonstwer war groß erstaunt, als eines Morgens ein strahlendes Gretchen in die Küche gehumpelt kam und, keck das kurze Bein vorschiebend, verkündete, daß sie mit ziemlicher Sicherheit wieder schwanger sei. Was Columbia, obwohl sie es kommen gesehen hatte, unsäglich deprimierte und ihr Lust machte, ihre Ausbildung abzuschließen und ihre Prüfung als Krankenschwester abzulegen, damit sie sich einen Job in der Großstadt suchen und dieses grausame Kaff für immer verlassen könnte.

Bis Gretchen mit der frohen Kunde aus ihrer ehelichen Kemenate auftauchte und wieder die Aufsicht über den Drugstore an der Main Street übernahm, waren das Schaufenster des Eisenwarenladens um die Ecke ersetzt, die Stromversorgung in der Gegend um Settler's Woods gesichert und auch die Telefonleitungen repariert, der Großteil der vom Sturm und Feuer verursachten Schäden per Schätzung taxiert und bei den Versicherungen zur Regulierung eingereicht worden, war auch der *Town Crier* wieder erschienen, damit jedermann erfuhr, was in letzter Zeit vorgefallen war (Johns Frau steuerte eine ergreifende Kolumne über den «Kuß der Wiederbelebung» bei), und mit den Arbeiten zum Abriß der alten Buckelbrücke begonnen worden, nachdem John großherzig angeboten hatte, das zum Selbstkostenpreis zu übernehmen, hatte sich ferner der Stadtrat getroffen, um Johns Vorschlag zu erörtern, das abgebrannte Wäldchen roden zu lassen und dort Wohnhäuser und Industriebauten zu errichten, und waren schließlich Johns Tochter und der ältere Mann, den sie in jener Nacht im Auto mitgenommen hatte, aus der Intensivstation zurückverlegt und die meisten der übrigen Verletzten, auch Pott, wie er jetzt genannt wurde (für ihn hatte Otis sich persönlich verantwortlich gefühlt), aus der Klinik entlassen und wieder in ihren Berufen tätig; nur der Motelbesitzer nicht. Beim guten alten Dutch stand es noch immer Spitz auf Knopf, und obwohl alle mit der richtigen Blutgruppe, und nicht zuletzt Otis, bei der unter dem Vorsitz von Johns Frau unternommenen alljährlichen Blutspendekampagne schon für den alten Angler Saft abgezapft hatten, ließ der Unglückliche weder Anzeichen der Besserung noch die innere Bereitschaft dazu erkennen: Die Ford-Mercury-Werkstatt hatte noch geschlossen, doch waren Gerüchte im Umlauf, daß die Witwe überlege, den dort angestellten Mechaniker, der bei dem Unfall an der Buckelbrücke verletzt worden war, zu heiraten, oder zumindest das, was noch von ihm übrig war, ein Schritt, der allgemein für sowohl praktisch als auch wohltätig erachtet wurde, zumal Rex der einzige Kerl war, dem die Leute in dem Laden trauten. Der Mord selbst war behördlicherseits noch ungeklärt, aber Otis hatte einen landesweiten Haftbefehl gegen den Ex-Häftling und Geschäftsführer des Eisenwarenladens ausgeschrieben, der in der Nacht des Verbrechens aus dem Städtchen verschwunden war, nicht ohne vorher deutliche Zeichen zu setzen. Als man das in Scherben liegende Schaufenster des Eisenwarenladens entdeckt hatte, war man zunächst davon ausgegangen, daß über Nacht eingebrochen worden sei; aber die Tür war nicht aufgebrochen, und es schien kaum etwas zu fehlen: eine Pistole aus der Kasse, ein paar Werkzeuge, vielleicht ein bißchen Kleingeld. Doch dann hatte man die Bowlingkugel mit den purpurroten Grifflöchern entdeckt, die mit solcher Wucht durchs Schaufenster befördert worden war, daß sie durch die Sperrholzwand dahinter geknallt und erst im Gang am anderen Ende des Ladens liegengeblieben war. Wenn der alte Schreihals loslegte, dann richtig. Dasselbe ließ sich von Paulines Vater sagen, der Otis am meisten Kopfzerbrechen machte. Der bösartige Psychopath war seit der Nacht des Feuers nicht mehr gesehen worden, und die Leute vom Staatsgefängnis hätten gern gewußt, wie er aus Otis' Obhut entwischt war. Die Geschichte, die Otis ihnen aufgetischt hatte, wollten sie ihm nicht abkaufen, obwohl sie im großen und ganzen stimmte. Es schien unwahrscheinlich, daß der alte Schreihals den gewaltigen Wurf überlebt hatte, aber trotz ausgedehnter Suche war bislang keine Leiche gefunden worden. Die Leute witzelten (Otis fand das nicht lustig), er befinde sich noch immer in der Umlaufbahn. «Ich schätze mal, du wirst ihn schon noch zu Gesicht bekommen», hatte Bert am Telefon zu ihm gesagt. «Du bist doch derjenige, der ihn seinerzeit hopsgenommen hat, stimmt's? Duwayne vergißt solche Sachen nicht.» Bert, der stocksauer darüber war, daß er seinen Häftling eingebüßt hatte, hatte vielleicht nur sticheln wollen, Otis aber trotzdem soweit gebracht, daß er ab und zu einen scheelen Blick über die Schulter warf. Otis, dessen Sinn für Humor einen schweren Dämpfer bekommen hatte, genoß seit dem Brand von Settler's Woods den Ruf, launisch und jähzornig zu sein; es war kein Zuckerlecken, für ihn zu arbeiten. Als der Polizist, der die Autopsie der beiden Toten von der Country Tavern hatte veranlassen sollen, am Morgen nach dem Waldbrand beichtete, er habe die Sache noch nicht erledigt, hatte der wutentbrannte Otis dem Mann gedroht, er werde ihm das Gehalt um einen Monatslohn kürzen und ihn ebensolange vom Dienst suspendieren, und er hatte auch nur unmerklich und unlustig gelächelt, als der Polizist unter allgemeinem Gelächter erklärte: «Ach, zum Teufel, Chef, Zottel war doch bloß so 'ne gelbe Promenadenmischung, die den Leuten da draußen gehörte, und von Grinser weiß ich weiter nichts, aber so hieß wohl die dreibeinige, biersaufende Katze, die sich da draußen rumtrieb.» Obwohl Otis vielleicht der beste Ordnungshüter war, den man im Städtchen je gehabt hatte, wurde gemunkelt, daß er den Dienst quittieren wolle, insbesondere wegen der drohenden Anklage gegen ihn, weil er Duwayne hatte entwischen lassen, und wegen der Untersuchungen der Brandursache durch die Versicherungen, die wissen wollten, wie das Motel und andere Besitztümer zerstört worden waren; selbst Bürgermeister Snuffy hatte ihn deswegen schon heftig angeraunzt und gewettert, verdammt noch eins, Otis habe die Mannschaft im Stich gelassen. Da half es auch nicht, daß John, der solche Probleme gewöhnlich zu entschärfen verstand, stinkwütend auf ihn war, weil er Clarissa die Schlüssel für den Porsche gegeben hatte: «Beschissen schlecht eingeschätzt, Otis.» Das stimmte, er wußte es selbst, er konnte ja nicht einmal mehr klar denken, und er würde für den Rest seines Lebens hinken müssen und war sich nicht mehr darüber im klaren, was «Ordnung halten» eigentlich bedeutete, und außerdem hatte er seine, na ja, beste Freundin verloren; war es also ein Wunder, daß er angefangen hatte, viel Zeit hinter verschlossener Bürotür oder allein in der Kirche zuzubringen, und daß man ihn, den zähen Burschen, von Zeit zu Zeit sogar weinen sah, vor allem wenn er der neuen Mülldeponie in der Nähe des Flugplatzes einen Besuch abstattete?

Natürlich gab es auch solche, die darauf beharrten, daß die Riesin Pauline noch lebe und irgendwo nackt herumlaufe, daß Otis' Behauptung, er habe sie in der Feuerfalle gefangen, getötet und ihre sterblichen Überreste auf der frisch angelegten Mülldeponie entsorgt, nur eine Ausrede sei, um einen verpatzten Polizeieinsatz zu vertuschen, der von Anfang an von Fehleinschätzungen und Inkompetenz gekennzeichnet gewesen sei; wahrscheinlicher sei, daß Pauline sich im Sturm einfach mit ihrem berüchtigten Vater davongeschlichen (sie waren mehrfach gesehen worden) oder sich noch vor Beginn des Gewitters den Weg freigepinkelt habe, eine Theorie, die sich auf den zugegebenermaßen delirierenden Bericht des Golflehrers gründete, den er gegeben hatte, als er kurz vor Tagesanbruch von den Überresten des Aufgebots gerettet worden war, dessen Angehörige mehrheitlich vor dem Feuersturm geflohen waren. Man hatte geglaubt, Kevin sei tot, womöglich bei lebendigem Leib aufgefressen, drum war die Überraschung groß gewesen, als man ihn an einer sumpfigen, böse stinkenden Stelle unter einer unversengten Baumgruppe tief im Wäldchen fand, zwar mit einer Rauchvergiftung und halb bewußtlos, aber lebend und zusammenhanglos brabbelnd, daß ihm die Riesin Pauline den Zipfel gerettet habe, eine erstaunliche Geschichte, die Kevin für einige Zeit den Spitznamen Pinkelpott eingetragen hatte, der später zu Pott verkürzt wurde, womit er leichter leben konnte, als er wieder hinter der Bar im Golfclub stand. Da hatte die unendlich oft nacherzählte Geschichte – an die Kevin sich ohnehin nicht mehr erinnerte, weshalb er sich ganz auf das verlassen mußte, was er den Polizisten zufolge geschwatzt hatte, als man ihn fand – längst begonnen, ihre ursprünglichen Konturen zu verlieren und ähnelte nun einem von Stus Witzen mit dem langen Bart – er ruhe in Frieden, der alte Champion des neunzehnten Lochs. Als Kevin im Krankenhaus aus der Bewußtlosigkeit erwacht war – noch im Schock und mit vernarbten Lungen, nachweislich mindestens siebzehn Brüchen in seiner bandagierten Hand und einem titanischen Kater in Schädel und Magen –, hatte er eine engelhafte Gestalt am Fußende seines Bettes zu sehen geglaubt und schon gedacht, er sei vielleicht gestorben. Doch dann hatte er gemerkt, daß es nur Johns Frau war, und später war auch noch John persönlich mit ein paar Blumen auf Besuch gekommen. Danach: eine nicht enden wollende Parade von Mitgliedern des Golfclubs, die mit Whiskey und Leckereien hereinschneiten, um sich seine Geschichten anzuhören; er war zu so etwas wie einer Legende oder vielmehr einer Comic-Figur in einem anzüglichen Heftchen geworden, aber egal, es machte ihm großen Spaß, im Bett zu liegen und seine sonderbaren Abenteuer aus jener dunklen Nacht, die ihm seine Retter erzählt hatten, wie x-mal gezeigte alte Filme zum besten zu geben. «Das muß ja eine Nacht gewesen sein!» lachten die Jungs dann immer und patschten sich aufs Knie. Seine Hand heilte, aber er konnte nie wieder einen Golfschläger richtig halten, was das Ende seiner Profi-Laufbahn bedeutete und seine Lehrmethoden ein wenig veränderte, wenngleich seine Unterrichtsstunden im Golfclub, als er wieder arbeiten konnte, so beliebt waren wie eh und je.

Unterrichtsstunden, die Imogen nahm, als sie und Garth ins Städtchen zogen, weil dort, wo ansonsten nicht viel passierte, Golf am Wochenende ein Muß war. Tenniscenter, Schwimmbad, Bowlingbahnen, Fitneßstudios mit Gewichthebemaschinen, ja sogar Squashhallen und ein Baseballstadion waren vorhanden, aber Johns gesellschaftliches Umfeld, jedenfalls soweit es männlichen Geschlechts war, bestand zu hundert Prozent aus Golfern. Aus Golfern und Trinkern. Imogen war überzeugt davon, daß John Garth nur deshalb aus seinem Job in der Produktion und Distribution von Handfeuerwaffen abgeworben, ins Städtchen geholt und ihm nach der Verhaftung von Johns Vetter das Management der Pferderennbahn anvertraut hatte, weil Garth ihn eines Tages in New Orleans auf einer Runde über achtzehn Löcher geschlagen hatte und John ihn zur Revanche vor Ort haben wollte. Und in der Tat hatte Imogens Mann seither keine einzige Runde mehr gewonnen, aber dort draußen auf dem Golfplatz einiges über

Johns ungestüme Lust am Wettbewerb, seine Konzentration und sein unauffälliges Durchsetzungsvermögen dazugelernt, wenngleich er sich gut genug geschlagen hatte, um auf Johns Respekt und Freundschaft zählen zu dürfen. Imogen und Garth hatten sich ein Haus in einem Neubaugebiet namens Settler's Woods gekauft, gleich gegenüber dem Spielplatz im Pickelpottpark, wo einst angeblich entweder der Alte Pionier, dessen Standbild das Areal beherrschte, den Gemüsegarten für seine Töpfe mit Mixed Pickles gehabt oder seine Frau Pimpinellen und andere Blumen angepflanzt hatte; in diesem Kaff kursierten jede Menge solcher zweifelhaften Geschichten. Trotzdem war es ein freundliches Städtchen, in dem man sich leicht einlebte, und noch leichter wurde es einem dank der Hilfe von Johns Frau, die fraglos *der* Mensch war, den man hier kennen mußte. Sie hatte eine große Begrüßungsparty für Imogen und Garth organisiert und die beiden allen Freunden und Mitgliedern der Kirchengemeinde vorgestellt, übernahm die Bürgschaft für sie im Golfclub, fuhr mit Imogen zum Einkaufen und half ihr, für die beiden Mädchen aus erster Ehe die richtigen Schulen zu finden, lud die Mädchen zur Geburtstagsparty ihres Sohnes ein, vermittelte den Kontakt zu Ärzten, Zahnärzten, Versicherungsvertretern und Bankdirektoren, überredete Imogen, sich dem Kirchenchor anzuschließen, nahm sie mit zu ihrem ersten Elternbeiratstreffen (Imogen wurde auf Anhieb zum Kassenwart gewählt) und lud sie zu Bridgeabenden ein, wenn die Männer auf Geschäftsreisen waren. Was ziemlich häufig vorkam. John hatte von einem früheren Partner ein Stück Sumpf in Florida geerbt, und dorthin fuhren die beiden des öfteren, um zu erledigen, was sie als Geschäftsbesprechungen bezeichneten, und ein bißchen hochseefischen und segeln zu gehen. Was immer sie sonst noch dort trieben, erzählte Garth nicht, und Imogen fragte auch lieber nicht nach. Garth konnte einem manchmal ein bißchen Angst einjagen. Statt dessen amüsierte sie sich, so gut sie konnte, wenn er weg war, unter anderem mit Golfunterricht von Pott, einem Burschen im besten Mannesalter mit einer lädierten Hand, womöglich eine Kriegsverletzung, einem zweideutigen Sinn für Humor und einem recht intimen Unterrichtsstil, zu dem hautnahes Ankuscheln von hinten bei gleichzeitigem Nachvornegreifen gehörte, um beim Griff und bei der Schlaghaltung zu helfen, was Imogen an die Trockenficks bei Highschool-Tanzpartys erinnerte. Pott stellte dabei gern einen Fuß vor Imogens vorderen Fuß, um ihn festzuhalten, und drückte dann mit dem anderen gegen ihren hinteren, wobei er sein Knie zwischen die ihren schob und mit seinem Oberschenkel ihre Pobacken spreizte, während seine schwieligen Hände die ihre umschlossen, die sie fest um das steife, ledrige Ding in ihren Fingern geschlossen hielt – prima Ersatz für das dickere Ding, das sie am Hintern stupste. Pott war eigentlich nicht ihr Typ (John schon), aber mit seinem kräftigen Körperbau attraktiv genug, drum starrte sie zuletzt, als er ihr den entsprechenden Vorschlag machte, hinunter auf ihre zwei Fußpaare, die im Gras unter ihnen umschlungen hin- und herrutschten, und erwiderte, na schön, aber mein Mann wird dich umbringen, wenn er je Wind davon bekommt. Pott kicherte ihr nur unanständig ins Haar. Also, zum Teufel damit. Er konnte jedenfalls nicht behaupten, er sei nicht gewarnt worden.

Johns vorstädtisches Bauprojekt in Settler's Woods, wo Garth und Imogen später einzogen, löste bei Marge die üblichen reflexartigen Proteste aus; sie bezichtigte sofort den Bürgermeister und die Polizei, sie hätten John die Drecksarbeit abgenommen, indem sie das Wäldchen vorsätzlich in Brand gesteckt und es dann auf Kosten der Gemeinde hätten roden lassen, aber den meisten fiel auf, daß Wutmamsell Marge nicht mehr so recht mit dem Herzen bei der Sache zu sein schien. John, wie Garth auf dem Golfplatz herausfinden sollte, war hartnäckig und verteufelt schwer zu schlagen, drum hatte Marge es zu guter Letzt vielleicht einfach aufgegeben, war ihr starker Wille von einem noch stärkeren gebrochen worden. Wofür John berühmt war, genau wie für seinen kühlen Wagemut, seine unbedingte Loyalität, seinen Blick fürs Detail, seine Ambitionen, seine gebrochene Nase, seine Großzügigkeit, seinen Killerinstinkt, seine Lust am

Kampf bis aufs Blut. Diese Liste hätte John, selbst gegen den Einspruch anderer (Maynards zum Beispiel, trotz allem, was John getan hatte, um die Haft seines Vetters zu verkürzen und in dessen Abwesenheit seine Familie zu versorgen), um den Posten Mitgefühl ergänzt. Edna war eine von denen, die eingeräumt hätten, daß John ein mitfühlender Mensch war, auch wenn ihr nicht direkt gesagt worden war, wer nach Floyds Verschwinden ihre Hypothek abbezahlt hatte, oder auch Dutch, der Überlebende wider Willen, weil John ihn üppig für den Verlust seines Motels entschädigt und schließlich von seinen anderweitigen Defiziten abgelenkt hatte, indem er mit ihm zusammen das Getaway-Stadion baute, eine Kombination von Baseballstadion und Sportplatz, die auf dem Areal des alten Motels hochgezogen wurde, ursprünglich für Jugend-Sommerprogramme und Little-League-Spiele gedacht, doch groß genug, daß John und Dutch später eine Provinzmannschaft der Minor League ins Städtchen locken konnten, die Dutch, der sich ins Team eingekauft hatte, dann coachen half. Nevada, die beliebte Aerobiclehrerin, die den neuen Fitnessclub im erweiterten Bürgerzentrum übernahm, hätte ihren einstigen Boss nie als mitfühlenden Menschen bezeichnet (so was gibt's nicht, hätte sie gesagt), trotzdem wußte sie, daß er bei Verhandlungen flexibel und nicht gefühllos war: Wie Otis hatte John seinen besten Freund verloren, und obwohl er nie davon sprach, wußte Nevada, daß ihn das schmerzte. Vielleicht war es der einzige ernste Verlust, den dieser Glückspilz je erlebt hatte, und da er nichts dagegen unternehmen konnte, ließ sich seine Trauer, wie die Nevadas, zwar ignorieren, doch nie wirklich lindern, obwohl sein Grundsatz – «Sich zu sehr um andere zu sorgen ist eine schlechte Investition» – dabei half. «Alles und jeder ist ersetzbar, auch du selbst», sagte er gern. «Das Wichtigste ist, daß du das Spiel im Auge behältst.» Diese Wendung hatte seine Frau freilich noch nie aus seinem Mund gehört, obwohl sie sehr wohl seine Anweisung gehört hatte, sie solle den Ball im Auge behalten. Glaubte sie, daß ihr Mann ein mitfühlender Mensch war? Wer konnte das schon sagten? Sie hatte die Frage noch nie gestellt bekommen und äußerte auch nie eine Meinung dazu, obwohl sie nach einhelligem

Urteil, wie Ellsworth es in einem Artikel über ihre zahlreichen wohltätigen Aktivitäten nach dem verheerenden Waldbrand von Settler's Woods geschrieben hatte, als «Inbegriff von Mitgefühl, Anstand und Bürgersinn» galt und eine Frau war, die von jedermann um nichts weniger geliebt wurde als John allseits geschätzt.

Als Ellsworth auf einen Sprung in Gordons Atelier vorbeischaute, um nach einem neueren Foto von John und seiner Frau für diesen Artikel zu fragen und einen Termin für Aufnahmen von der verkohlten und gespenstischen Waldlandschaft abzumachen, wo bereits Bulldozer wie robotische Raubtiere rumpelten und Geschichte fraßen, fand er seinen Freund nachhaltig verändert. Gordon war plötzlich ein grauhaariger Dickwanst geworden, krumm und gebeugt wie die alte Buckelbrücke, die soeben abgerissen wurde, und Ellsworth fragte sich, ob er selbst in Gordons Augen wohl auch so verändert aussah. Das geschlossene Fotogeschäft war ein einziges Durcheinander. Ellsworth hatte Pauline nie für eine großartige Haus- oder Geschäftsfrau gehalten, doch ihre Abwesenheit war deutlich zu spüren. Fotos und lange Negativrollen lagen kreuz und quer auf dem Fußboden, Alben aufgeschlagen auf Stühlen, Tischen und Tresen, der Perlenvorhang war von der Wand gerissen, das Porträtstudio verwüstet, und überall lagen Staub und Müll, aber Gordon, der traurig in dem Chaos herumstocherte, schien es kaum zu bemerken. Seine Hängebacken waren mit schmutziggrauen Stoppeln übersät, seine Augen trübe und blicklos. Ellsworth sprach ihm sein Beileid für den großen Verlust aus, stellte fest, daß es hier ungefähr ebenso chaotisch aussehe wie in seiner *Crier*-Redaktion («sturmgepeitscht» war das Wort, das ihm spontan in den Sinn kam), und gab dann seiner Entrüstung darüber Ausdruck, wie ungerecht Gordon in den Händen der Polizei behandelt worden sei, worüber er, wie er sagte, einen Leitartikel schreiben wolle. «Künstler werden immer mißverstanden.» – «Das Gefängnis», erwiderte Gordon teilnahmslos. «Ich war noch nie im Gefängnis gewesen. Aber ich habe es sofort erkannt. Es roch nach Tod. Es war meine eigene Dunkelkammer.» Er hob ein Foto von einem Stapel hoch, betrachtete es eingehend, legte es wieder weg. Ellsworth sah, daß es ein Foto von Johns Frau beim Festumzug zum Tag der Pioniere war, eines, das er gut verwenden konnte; Gordon hatte es jedoch verkehrt herum angesehen. «Ich kam mir zugleich schrecklich weise und schrecklich dumm vor. Und sehr allein. Ich hatte immer gehofft, du würdest mal vorbeikommen.» – «Tut mir leid. Ich habe von der ganzen Sache erst vor kurzem erfahren. Damals war ich, na ja, war ich irgendwo anders. In irgendeiner anderen Zeit. Es war, ich weiß nicht, es war, als wäre ich in einem bestimmten Tag gefangen, falls es das war, einem Tag, von dem ich dachte, er würde nie zu Ende gehen.» Ellsworth wollte nicht mehr dazu sagen, merkte aber, daß das, was er soeben gesagt hatte, keinen Sinn ergab. «Ich habe an einem Roman geschrieben.» Gordon schien überrascht, und gleich kam ein Abglanz seines alten Ichs zum Vorschein. «Meinst du *Die Qualen des Künstlers*? Ist das Buch fertig?» Ellsworth zögerte. «Ich weiß nicht. Ich glaube schon. Aber ich finde es einfach nicht mehr.» Er war aus der düsteren Ödnis des noch rauchenden Wäldchens in die noch düsterere Ödnis seiner Redaktionsräume zurückgekehrt und von dem, was er dort vorfand, gleich noch einmal geschockt worden. All seine Regale und Dokumentenschränke waren ausgeräumt, der Inhalt lag auf dem Fußboden verstreut, und offenbar hatte er neben vielem anderem auch die einzigen verbliebenen Archivexemplare der wertvollen Hochzeitsausgaben zerrissen. Vielleicht, so hatte er gedacht, irrte er sich bezüglich der Wichtigkeit, die dem offiziellen Chronisten bei der Bewahrung der kommunalen Erinnerung zukam, doch gleich hatte er seine Zweifel abgeschüttelt und sich ans Werk gemacht, um sein eigenes und damit auch das Leben des Städtchens wieder ins Lot zu bringen. Er war gerade damit beschäftigt gewesen, die Fetzen zusammenzukleben, so gut er konnte, als sie, etwa gegen Mittag, zur Tür hereinkam. Während sie in der Nacht am Krankenbett ihrer Tochter gewacht hatte, hatte sie einen kleinen Aufsatz über «Den Kuß der Wiederbelebung» für sein Blatt geschrieben, und als sie ihm die Seiten überreichte, blickte sie zu ihm auf wie früher immer, als sie noch Kinder gewesen waren, und fügte mit einem entschuldigenden Lächeln hinzu, sie hoffe, das Ganze sei nicht zu schlecht geraten.

Plötzlich hatte er sich gewünscht, ihre Hand zu halten und ihr vorzulesen, wie er es immer getan hatte, diesmal aber aus seinen eigenen Werken, und sie schien erfreut, als er es vorschlug. Aber als er gegangen war, um seinen Roman zu suchen, war er nicht mehr dagewesen. Nur noch Reste davon. Ein oder zwei Blätter. Eilig hingekritzelte Notizen. Ein paar Seiten kunterbunt zusammengewürfeltes verrücktes Geschreibsel. «Ich muß ihn wohl doch verbrannt haben.» Ellsworth warf einen erneuten Seitenblick auf das Foto ganz oben auf dem Stapel, sah aber jetzt, daß Gordons sterbende Mutter darauf abgebildet war. Gordon mußte die Fotos umsortiert haben. Die alte Dame schien ihn anklagend anzustarren, mit eingefallenem Fleisch, den zahnlosen Mund weit aufgerissen. Er sah eine verschrumpelte Brust, die sie fest zwischen ihre krummen Finger gezwackt hatte. In seinem Roman hatte er von den «unsagbaren Dingen» geschrieben, die der Lauerer mit dem Modell anstellte, aber nein, falsch, alles war sagbar. «Was wolltest du denn von ihr?» fragte Gordon plötzlich. Er hatte ein Foto voller verwaschener Grautöne aufgehoben, das nichts abzubilden schien. «Von ihr?» – «Na, du weißt schon.» – «I-ich bin mir nicht sicher.» Der kummervolle Blick seines Freundes fiel wieder auf das unansehnliche Foto. «Ich auch nicht.»

Das Wiedererscheinen des *Town Crier* wurde mit den üblichen herabsetzenden Witzeleien begrüßt, aber selbst die strengsten Kritiker des Blattes waren erleichtert, es wieder Woche für Woche auf der Veranda vor ihrem Haus zu finden. Während seines Nichterscheinens war viel passiert, doch jetzt schien es, als passierte es *wirklich*, und selbst die Ereignisse, über die nicht berichtet worden war, wurden dem Vergessen entrissen, indem Ellsworth sie rekonstruierte, und zwar genauso, wie die noch ältere Vergangenheit mittels seiner einfallsreichen «Ich erinnere mich»-Kolumne wiederentdeckt worden war. Eine allseits beliebte, aber ein paar Jahre zuvor verstorbene Bibliothekarin hatte in einem eigenen «Ich erinnere mich»-Beitrag geschrieben: «Die Erinnerung ist das einzige, was wir haben, um zu verhindern, daß die Zeit uns alles wegnimmt», und die meisten Bewohner des Städtchens stimmten ihr nicht nur zu, viele hatten sich den Beitrag auch ausgeschnitten und irgendwo angepinnt oder in ein Kochbuch oder die Bibel gesteckt, damit sie die Sätze nicht vergaßen. Für Marge war das Wochenblatt weniger als geschichtliche Chronik (dafür besaß sie ihre Scorecards vom Golf, weil sie mit ihrem Mann den Respekt für Zahlen als mehr oder minder das einzige, auf das man sich in Sachen Geschichte verlassen konnte, teilte) denn vielmehr als Kanzel wider die Haudraufs und Schlagetots wichtig, weshalb sie auch zahlreiche Leserbriefe hingeschickt hatte, was sie dieser Tage allerdings seltener tat als früher. Hatte sie ihren missionarischen Eifer verloren? Hatte John zu guter Letzt ihren Willen gebrochen? Nicht ganz. Denn die traumlose Marge hatte endlich einen Traum gehabt. Wo genau, wußte sie nicht mehr. Sie erinnerte sich noch daran, daß sie hundemüde auf dem dunkler werdenden Golfplatz unterwegs gewesen und auf das siebzehnte Green zugestolpert war, das sehr weich und kuschelig ausgesehen hatte. Sie hatte soeben eingelocht und wußte dann nur noch, daß sie sich vorgebeugt hatte, um in dem Loch nach ihrem Ball zu suchen. Dann war sie zu Hause aufgewacht. Aber dazwischen ... Sie hatte versucht, Lollie davon zu erzählen, aber obwohl sie sich im Lauf der Jahre zahllose Träume von Lorraine angehört hatte, lehnte ihre Freundin es rundweg ab, sich den einzigen Traum anzuhören, den Marge je geträumt hatte. «Ich tanzte gerade mit ... irgendwem», hatte sie gesagt. «Und dann plötzlich war es mehr als nur Tanzen.» – «Ich will nichts davon wissen, Marge!» Las Lorraine etwa ihre Gedanken? Nein, das war vorbei, und selbst die Erinnerung an das, was sie mitbekommen hatte, war schwächer geworden. Lorraine war einfach nur egoistisch. Der Traum hatte im Keller des Corpshauses von Johns Burschenschaft begonnen, wo Marge erfuhr, daß man sie soeben zum Mitglied gewählt hatte. Man schubste sie nach vorn, und weil es um Tiefbohrungen ging, zog sie sich aus, vielleicht hatte sie sich aber auch schon vorher aus demselben Grund ausgezogen. Dito ihr Partner, der dann zu ihr sagte, es sei höchste Zeit, dem Problem auf den Grund zu gehen, und schon hatte der Tanz angefangen. Körperkontakt, hatte er, das Thema beim Schopfe packend, geknurrt. So was liebe ich! Obwohl es der einzige Traum war, den

Marge je geträumt hatte, war das Erstaunliche daran, daß sie ihn auch heute noch träumte, wenngleich der Großteil des Vorgeplänkels längst unter den Tisch gefallen war. Aber kein Gejammer deshalb. Es war ein ziemlich schöner Traum, selbst wenn es darüber nicht viel zu erzählen gab, sofern es jemanden gegeben hätte, dem sie es hätte erzählen können. Gewiß nicht Trevor, der die meiste Zeit zu müde war, um auch nur den Mund aufzumachen, und immer schrecklich aus dem Häuschen geriet, sobald sie nur das Wort Bett erwähnte, geschweige denn die Worte Schlaf und Träume. Also war sie von innen heraus unterminiert worden, und sie war sich dessen bewußt und kümmerte sich einen Dreck darum: Der tanzende John konnte tun und lassen, was er wollte, beinahe jedenfalls. Als sie von seinen Plänen erfahren hatte, Settler's Woods nach dem Brand als Wohngebiet zu erschließen, hatte sie einen Leserbrief an den *Town Crier* geschrieben und die Stadtverwaltung finsterer Geheimabsprachen bezichtigt, doch dann war ihr Brief in derselben Woche gedruckt worden, als man dort draußen irgendwelche Menschenknochen ausgegraben hatte, darunter ein Schädel, dem die Mitte des Gesichts fehlte, so daß Ellsworth die Meldung mit der Überschrift «Entsetzlicher Fund in Settler's Woods» versehen und in einem Leitartikel rhetorisch glanzvoll konstatiert hatte, man müsse in dieser gefährlichen Gegend nun dringend aufräumen, womit Marges Botschaft ins Leere ging. Egal. Zurück ins Heiabett. Um es mal philosophisch auszudrükken. Außerdem war Settler's Woods eines der elegantesten von Johns Bauvorhaben und fand im Städtchen großen Anklang. Da alter Baumbestand heutzutage den Grundstückspreis erhöhte, erhielt John die Mehrzahl der Bäume, die den Brand überlebt hatten, unterteilte das Areal in interessant unregelmäßig geschnittene Bauplätze, die dem alten Bachbett folgten (Marge und Trevor kauften sich einen), und legte einen hübschen Park nebst Spielplatz um eine kleine Baumgruppe im Zentrum des Areals an, die aus irgendeinem Grund vor den Flammen verschont geblieben war, worauf er ironischerweise, genau wie sein liebevoll erinnerter Schwiegervater vor ihm, als Architekt eines Stadtparks gefeiert wurde.

Opal war stolz auf ihren Sohn und liebte den Park, den er geschaffen hatte; sie wünschte sich nur, ihre Enkel wären noch so klein, daß sie sie in den neuen Park hätte mitnehmen können, wie sie sie und vor ihnen ihren kleinen Sohn in den alten Park mitgenommen hatte. Ach, das war lange her. Man hatte das Standbild des Alten Pioniers in einer Rettungsaktion vom Parkplatz des Bürgerzentrums entfernt und ihm einen hübschen neuen Sockel verpaßt, und obwohl man jetzt den Hals recken mußte, um das Denkmal anzusehen, war es doch, als sei ein alter Freund nach Hause zurückgekehrt. Opal vermißte den Musikpavillon, die Aufführungen dort, die Familienpicknicks und die Sommeransprachen, die ihr gutaussehender Bruder immer gehalten hatte, aber auf ihr Drängen hin hatte ihr Mann Mitch zur Erinnerung an Familienmitglieder und alte Freunde aus der Politik ein Dutzend Bänke gestiftet, die vielleicht nicht so bequem waren wie die alten, Opal jedoch große Freude machten. Sie saß gern darauf und döste in der Sonne vor sich hin, sah den Kindern beim Spielen zu und ließ die Vergangenheit vorbeistreichen wie eine liebevolle Umarmung, und oft wurde sie gebeten, doch einen Augenblick auf das eine oder andere kleine Kind aufzupassen, während die Mütter rasch ein paar Besorgungen erledigten, was Opal mit Vergnügen tat, weil sie sich dann wieder nützlich vorkam. Hier im Park war es so viel netter als in den Einkaufszentren, wo es keine Bäume oder Sitzbänke gab und auch kein Nachbarschaftsgefühl, egal, was Kate dazu gesagt haben mochte. Eines Tages fand Opal sich mit jener lieben Freundin und auch mit Harriet, die rechts und links neben ihr Platz genommen hatten, auf einer der breiteren und rückenfreundlicheren Bänke des alten Stadtparks wieder. Es sah ganz so aus, als sei Audrey kürzlich gestorben, und sie unterhielten sich darüber, wobei Opal rasch begriff, daß ihre Freundinnen ihr in Wahrheit dazu gratulierten, daß die Audrey in ihrem Inneren gestorben war, denn wenn die beiden noch lebten, mußte ja auch Audrey noch leben. Unsinn! schnaubte Harriet, und Kate sagte, ja doch, das Leben sei eben Unsinn und deshalb auch so traurig. Und so schön. Sie sahen, daß der junge Verleger des Wochenblatts mit seinen dünnen langen Haaren und einer Kamera in der Hand auf sie zukam und verlegen dreinblickte, und Opal rief aus: Das ist doch schon mal passiert! Kate lächelte und sagte: Ja, keine Frage, wahrscheinlich ist alles und jedes schon mal passiert. Harriet lächelte ihr typisches ironisches Lächeln und konterte, das einzige, was sie nie in Frage stelle, sei, daß nichts zweimal passiere. Da dämmerte es Opal, daß dieses vertrackte Rätsel, das ihr die beiden Freundinnen zu ihrer Rechten und Linken aufgegeben hatten, und das charakteristische Lächeln auf ihren liebreizenden Gesichtern im gesprenkelten Sonnenlicht die letzten Dinge sein würden, die sie vor ihrem Tod zu hören und zu sehen bekommen würde, und dann durchzuckte sie ein schmerzlicher Anflug von Trauer und von Liebe.

Ach ja, die Trauer, die Liebe; manchmal war es nicht leicht, sie voneinander zu unterscheiden, so eng waren sie miteinander verflochten, denn weder war die sterbliche Liebe frei vom Tod noch die Trauer über den Tod frei von trauervoller Eigenliebe. Als Yale im Krieg gefallen war, begriff Oxford, obwohl ihn die Lähmung einer jähen Verzweiflung in die Knie zwang, daß er den Verlust seines geliebten Sohnes vom Tag seiner Geburt an durchlitten und dieses Leiden auch noch genossen hatte. In ihrem Abschiedsbrief vor ihrem Selbstmord drei Jahre später hatte seine krebskranke Frau Kate geschrieben: «Oxford, wir wenden uns deshalb gegen die Vernunft, weil sie uns sagt, daß wir niemals die Unsterblichkeit erlangen können, die wir am heftigsten begehren, und daß auch all unsere geringeren Lieben in Trauer enden müssen. Es ist beinahe unvernünftig, vernünftig zu sein. Ich liebe dich, Oxford, kann das aber jetzt nur noch ausdrücken, indem ich dir Kummer zufüge, was ich leider, wie ich feststelle, mit Vergnügen tue. Also verleugne ich meine Liebe und betrauere nur mich selbst. Meine Trauer um mich erfüllt mich mit Zufriedenheit, und da du nicht länger geliebt wirst – ja für mich nicht einmal mehr existierst –, bist du folgerichtig auch frei davon, mich, die ich mit Gewißheit nicht mehr existiere, betrauern zu müssen, es sei denn, dir macht das Trauern Freude.» Seinerzeit hatte er diesen Brief für grausam gehalten, aber nach und nach verstanden, daß die weise Kate ihn mit einer seltenen transzendentalen Liebe geliebt und im Sterben einen Weg gefunden hatte, sie auszudrücken; und dann waren die Tränen über das, was er verloren hatte, erneut geflossen, Tränen des Selbstmitleids, versteht sich. Für Kates Freundin Harriet, ein paar Jahre zuvor gestorben, waren Tränen ohnehin nichts als ein Verkaufstrick der mafiosen Unterhaltungsbranche, obwohl sie über ihren Büchern und im Kino frohen Herzens jede Menge Tränen vergossen hatte, wenngleich selten im Leben. «Fleisch ist Fleisch», pflegte sie abschätzig zu sagen. «Es hat seine Bedürfnisse, aber man darf sie nicht so ernst nehmen», und ihr Mann Alf, den das bedürfnisreiche Fleisch tagtäglich mit seiner Hände Arbeit auf Trab hielt, pflichtete ihr bei – bis er Harriets zitternde Hände in den seinen hielt («He, erinnerst du dich noch, wie ...?) hatte er verlegen gemurmelt), spürte, wie das Leben daraus entwich, und da erkannte, daß das, was er geliebt hatte, wenngleich im Ich verwurzelt, nicht ihr Ich gewesen war. Im Lauf der Jahre seither hatte er einen gewissen Trost in der Heilung anderer, oder zumindest in der Linderung ihrer Schmerzen, gefunden, seiner eigenen inbegriffen, wobei er sich gewöhnlich Bourbon verschrieb, genau wie Oxford sich mit der vielköpfigen Schar seiner Enkel (derzeit waren mindestens zwei neue unterwegs) tröstete, und an den meisten Vormittagen trafen sich die beiden Männer im Sixth Street Café, um ihre Gedanken über Themen wie Liebe und Trauer und die neuesten Nachrichten auszutauschen, die im Augenblick folgendes betrafen: den Bau der neuen Pferderennbahn («Demnächst: Der Sport der Könige!» hatte die Schlagzeile im *Crier* gelautet), die alten Knochen, die in Settler's Woods gefunden und Alf zur Untersuchung überlassen worden waren, die Rückkehr von Alfs Neffen, einem Highschoolkameraden Johns, der die Leitung von Johns neuer internationaler Spedition übernehmen sollte, die jüngsten Gerüchte über den Eisenwarenladen gleich nebenan, der seit der Flucht des alten Schreihalses geschlossen war (diese Woche sollte eine Geschäftsfreundin Johns von der Westküste zu Besuch kommen, die angeblich ein High-tech-Freak war), die überraschende Ankündigung der Witwe des alten Stu, erneut heiraten zu wollen, und die Entscheidung von Oxfords Tochter, zugleich Alfs Arzthelferin, zurück aufs College zu gehen und ihr Examen als Krankenschwester abzulegen, das teilzufinanzieren Alf großzügig angeboten hatte. In diesem Augenblick kam Johns Frau mit ihren Hunden am Fenster des Cafés vorbei, was Alf daran erinnerte, daß er Oxford von dem sonderbaren Gefühl auf seinen Fingerspitzen erzählen mußte und davon, wie es verschwunden war, aber bevor er das Thema ansprechen konnte, humpelte der Versicherungsmann Trevor herein und leistete ihnen kurz auf eine Tasse Suppe Gesellschaft, die er hastig mit zitternden Händen auslöffelte, ehe er ebenso rasch wieder aufbrach. Er hatte dunkle Säcke unter dem Auge und seiner Augenklappe und blaue Flecken auf Gesicht und Hals. «Alles in Ordnung, Trevor?» fragte Alf. «I-ich kann nicht gut schlafen.» – «Ich verschreib dir was.» – «Nein, das wird nicht helfen.» Trevor zog den Kopf ein und zupfte an den Manschetten seines Leinenanzugs. «Schon in Ordnung», sagte er. Er zwinkerte ihnen mit seinem gesunden Auge zu und beugte sich dann zu ihnen hinüber. «Man führt ein glückliches Leben, wenn man ungetrübte Freude erlebt hat», wisperte er, und seine weichen Lippen bebten. «Nicht wahr?» – «Er leidet an Wahnvorstellungen», erklärte Alf, nachdem Trevor gegangen war, als ob das irgend etwas erklärt hätte.

«Ach, ich weiß, Herzchen, ich hab mir nur was vorgemacht, es war ein Riesenfehler, aber er hat gesagt, er liebt mich, und der Riesenschwengel zwischen seinen Beinen war so hart wie Bronze und gehörte mir ganz allein, also was konnte ich da schon tun? Ich bin ja im Grunde ein harmloser Mensch, wie du weißt, aber ich konnte an nichts anderes mehr denken, es hat mich ganz verrückt gemacht, und drum hab ich auch verrückte Sachen gemacht. Ich denke immerzu daran, aber neuerdings muß ich ihm helfen, das Ding überhaupt erst zu finden. Es ist schrecklich, aber was soll ich denn tun? Ihm gehört die halbe Werkstatt, da komm ich nicht raus, ich kann verdammt noch mal nur hoffen, daß der jämmerliche Schweinehund irgendwann aus dem Bett fällt und krepiert. Diese Fitness-Trine, für die du so schwärmst und die ihn wiederbelebt hat, kann mich mal am Arsch wiederbeleben, verdammich. Warum konnte sie ihn nicht einfach in Ruhe lassen? Ist sie nicht Brucies Freundin? Falls ja, kann ich nur verdammt noch mal wünschen, daß er zurückkommt und sie wiederhaben will. Sie kennt Rex von irgendwoher und funkt mir in einer Tour dazwischen, paßt auf ihn auf wie ein Schießhund, es treibt mir die Galle hoch. Die kaltschnäuzige Zicke meint, sie traut mir nicht, und wenn Rex aus dem Krankenhaus kommt, fürchte ich, daß sie bei uns einziehen wird. Glaubst du, sie will mir den Knaben abspenstig machen? Wahrscheinlich, hm? So 'ne Scheiße. Und er ist so *fies* zu mir! Mal ganz ehrlich, das ist das Schlimmste, was mir je passiert ist, seit ich in meiner ersten Ehe mal ein bißchen rumgemacht und diesen Knutschfleck am Hintern bekommen hab, der sich dann mordsmäßig entzündet hat. Weißt du noch? Ich hab gedacht, ich sterbe. Warum zum Teufel ist er überhaupt mit Johns Auto unterwegs gewesen? Ach, ich mach doch deiner Tochter keine Vorwürfe, das arme Ding, sie hat genug durchgemacht. Nein, es war Winnies Schuld, da bin ich mir ganz sicher. Die alte Leichenschänderin wollte nur draußen bei der Buckelbrücke, wo sie selbst ins Gras gebissen hat, Rache nehmen. Ich bin heilfroh, daß sie das Scheißding abreißen, jedesmal, wenn ich mit dem Auto drüberfahren muß, pinkele ich mir vor Angst glatt in die Hosen. Winnie hat den alten Stu fertiggemacht und mich dazu, diese Hexe; sie hat mir diesen mörderischen Flachwichser aufgehalst, und vielleicht haut die alte Zimtzicke jetzt endlich ab und läßt mich in Frieden. Und was noch schlimmer ist, Herzchen, ich muß zugeben, daß mir der alte Stu fehlt. Seine Hillbilly-Musik, seine blöden Witze, sein Geschniefe und Gefurze, all das. Ich hab auch keinen mehr, mit dem ich mich richtig schön zuknallen kann. Es ist so langweilig, sich allein vollaufen zu lassen! Immerhin bist du wieder zurück, Herzchen. Ich bin ja so froh, ich war so verlassen ohne dich! Ich muß dir soviel – he, hab ich dir das schon erzählt? Neulich hab ich Colt wiedergesehen. Wieso hast du mich nicht gewarnt, daß John ihn hierher zurückholt? Es war schrecklich. Er hat mich gar nicht erkannt. Als ich ihm erzählt hab, wer ich bin, hat mich das Arschgesicht bloß angestiert und gesagt: ohne Scheiß. Echt! Es war Abscheu auf den ersten Blick. Aber ich kann ihm keinen Vorwurf daraus machen. Ich bin eine derart häßliche alte Schreckschraube geworden, wer würde mich schon erkennen wollen, selbst wenn er mich erkennt? Ich krieg ja selbst schon das Kotzen, wenn ich in den Spiegel schau. Die Sache ist gelaufen, wirklich. Mein Gott, jetzt fang ich noch an zu flennen und kann nicht mehr aufhören! Die guten Zeiten sind vorbei, Schätzchen! Nie wieder werd ich 'nen steifen Schwanz spüren! Ich hab solche Angst! Wie soll ich das nur überleben?»

Nevada, die Daphne als kaltschnäuzige Zicke bezeichnet hatte, legte bezüglich steifer Schwänze vielleicht eine professionellere Haltung an den Tag als Leute vom sentimentalen Schlag Daphnes, die das Herz auf der Zunge trugen, aber sie war keineswegs so abgebrüht, wie diejenigen, die ihre Dienste in Anspruch genommen hatten, vermuten mochten. Nevada betrachtete steife Schwänze als Monumente, die sie aufzurichten half, manchmal nur durch das, was sie zeigte oder verhüllte, eine Art magische Körperspielerei, bei anderer Gelegenheit jedoch dynamischer, indem sie ihre Körperöffnungen und Gliedmaßen wie das Werkzeug eines Künstlers benutzte, um etwas aus dem Nichts zu erschaffen – aber natürlich war es ja nicht nichts, genau das war der springende Punkt: Monumente waren nie das Ding an sich, nur dessen Sinnbild und Objekt der Huldigung. Ihr Leben lang, zumindest seit sie die altmodische Religion aufgegeben hatte, hatte Nevada fest an steife Schwänze geglaubt – als etwas, an dem man sich in Zeiten der Bedrängnis festhalten konnte, meinte sie oft zu Rex, ein solider Fels in einem ausgelaugten Land – und auch an das Mysterium dahinter, etwas an der Oberfläche nicht Sichtbares von teils menschlicher, teils kosmischer Natur, das zu enthüllen oder zumindest zu beschwören ihre Aufgabe und ihr Glück war. Auch, es aufzurichten. Was sie, wie sie wußte, zu einer Art Priesterin machte, und diese Verantwortung nahm sie ernst (auch das Vergnügen nahm sie ernst, wie das meiste andere; Nevada war, konträr zur landläufigen Auffassung, im Grunde ihres Herzens eine ernsthafte Frau), weshalb sie sich mit einem rigorosen Trainingsprogramm fit hielt und sich aufmerksam allen Aspekten ihres Gewerbes widmete. Jetzt, nach dem Unfall von Rex, war ihr Glaube nicht etwa erschüttert, sondern hatte sich im Gegenteil gefestigt und sie über das Ikonische und Monumentale hinaus zu den subtileren Paradoxien der Schlappschwanzliebe geführt. Zumindest lief darauf ihr Entschluß hinaus, in einem Präriekaff zu bleiben, das sie von ganzem Herzen haßte, um dadurch dem einzigen Wesen, dem sie sich auf dieser Welt verbunden fühlte, seit ihre Granny den Löffel abgegeben hatte, nahe zu sein und für es zu sorgen. Und das geliebte Wesen brauchte sie. Die fette Kuh versuchte nämlich, sich aus dem Vertrag zu stehlen, vielleicht war sie sogar gefährlich, und John, der Angst vor einem großen Schadenersatzprozeß hatte, ging wie üblich zum Angriff über und schien gewillt, Rex alles mögliche von Vergewaltigung bis Mord anzuhängen, um ihn zu einem Kuhhandel zu zwingen. Für den Ärger, den Clarissa sich eingebrockt hatte, schob John Nevada die Schuld in die Schuhe, ebenso für das, was Bruce und Jennifer zugestoßen war, die beide für tot galten; seinen Worten nach habe sie sich der Mittäterschaft bei Kindesentführung und Mord schuldig gemacht, umgekehrt sei er ihr einen Gefallen schuldig, weil sie sein blutüberströmtes Kind aus dem Bach gezogen, dem Mädchen das Leben gerettet, beiden Unfallopfern noch vor dem Eintreffen des Krankenwagens die bei der Verfolgungsjagd am Straßenrand aufgesammelten Kleider übergestreift (bis sie die Shorts fand, war sie davon ausgegangen, sie verfolge John) und außerdem Rex überredet habe zu sagen, er hätte hinter dem Lenkrad gesessen. Sie hatte sich von Bruce eigentlich eine erkleckliche Belohnung dafür erwartet, daß sie ihm zum Abschied von dieser Welt eine knackige Pflaume besorgt hatte, er hatte sogar davon gesprochen, sie zu Johns gleichberechtigter Partnerin zu machen, mutmaßlich durch testamentarische Bestimmungen, und hauptsächlich deshalb hatte sie an jenem Abend mit John zur Angelhütte fliegen wollen, aber jetzt überraschte es sie nicht, daß sie ausgetrickst worden war. Von Bruce oder John oder allen beiden. Das einzige, was John ihr gegeben hatte, war ein Bündel Banknoten gewesen – mit dunklen Flecken darauf und der Begleitnotiz *Für den Luden*. War das Blut, oder hatte Bruce sich den Hintern damit abgewischt? Sie hatte John das Bündel zurückgegeben. Mißtrauisch, wie sie von Natur aus war, traute sie den Scheinen nicht recht. Als sie John unverblümt gefragt hatte, ob ein Testament existiere, hatte er gesagt, schon möglich, aber das sei ja wohl nicht viel wert, solange es keine Leiche gebe. Und mehr bekam sie aus John zu dem Thema, was er dort oben gefunden hatte, nicht heraus, obwohl er hinterher eine Menge von Bruce' Firmen und Beteiligungen faktisch kontrollierte. Worum sie ihn allerdings gebeten hatte, als sie in jenem grimmen Morgengrauen in ihren blutverschmierten Kleidern im Krankenhauszimmer stand und wußte, daß sie eine herbe Niederlage eingesteckt hatte, war ein fester Job im Städtchen, oder zumindest in der Gegend, damit sie in der Nähe von Rex bleiben konnte. John sah erst sie, dann den zerschlagenen und bewußtlosen Rex nachdenklich an und reimte sich den Rest zusammen. Das läßt sich arrangieren, sagte er, und später hatte er ihr für einen Dollar die Franchising-Lizenz für das neue Fitneßstudio im erweiterten Bürgerzentrum verkauft, wo Nevada seither Unterricht in Aerobic und Muskeltraining gab; er überschrieb ihr auch ein paar Investmentpapiere, die ihr vermutlich sowieso gehörten, und irgendwann wurden sie sogar wieder zu so etwas wie Freunden, obwohl sie nie mehr miteinander ins Bett gingen, wozu Nevada auch keine Lust mehr hatte. Nicht jetzt. Vielleicht später, wenn er seinerseits ein Schlappschwanz geworden war.

Eines Tages, lange bevor das passierte, als John einen kurzen Trip in die Hauptstadt zu einem von seinem Vater arrangierten Treffen mit Mitgliedern der staatlichen Kommission zur Lizensierung von Glücksspielen machen mußte, sagte Nevada, sie kenne da oben eine Frau, bei der er mal vorbeischauen solle. Sie sei eine Professionelle, aber Nevada werde die Kosten übernehmen und es werde die Zeit allemal wert sein. John bezweifelte das, weil er Nevada noch immer nicht traute, aber er steckte die Telefonnummer ein. Vor dem Abflug fuhr er beim Polizeirevier vorbei, um mit dem niedergeschlagenen Polizeichef zu reden und ihm einen Berufswechsel nahezulegen, erfuhr dort aber, daß Otis nach Settler's Woods gefahren sei, wo man vielleicht endlich den vermißten Häftling gefunden habe. Was nicht der Fall war. «Die Dinger liegen schon 'ne ganze Weile hier rum», sagte Otis und verpaßte den Knochen einen Fußtritt. Bulldozer hatten sie beim Abräumen der verkohlten Baumstümpfe am Rand der kleinen Schlucht freigelegt. Otis war enttäuscht und besorgt und sah des öfteren nervös über die Schulter, weshalb Johns Vorschlag bei ihm auf offene Ohren stieß. Er sagte, er werde darüber nachdenken und John nach seiner Rückkehr Bescheid geben. John sah sich seinerseits ernüchtert, als er das Gerippe zu Gesicht bekam; erst jetzt wurde ihm klar, daß er den Gefühlsmüll von Bruce' selbstmörderischem Verrat noch immer nicht los war. Irgend etwas in ihm wollte die alten Zeiten zurück, doch er hatte den Freund für immer verloren, soviel wußte er. Entweder der elende Arsch war tot, was ziemlich wahrscheinlich schien, oder John würde ihn umbringen müssen, falls er ihm je wieder über den Weg lief. Trauer war in Johns Augen ein Hunger wie jeder andere, und da er auf vieles hungrig war, hielt er es so, daß er den einen Hunger mit dem anderen stillte. Drum fand er die Vorstellung eines exotischen Ficks nach altem Muster als Totenfeier und Teufelsaustreibung reizvoll, rief nach dem Treffen, das nicht gut verlaufen war (glücklicherweise hatte er sichergestellt, daß nichts auf seinen Namen lief), dort an, buchte eine Stunde vor dem Abendessen und dachte, daß er ja später noch ein zweites Mal vorbeischauen könnte, falls das Mädchen gut war und er Lust auf ein Betthupferl hatte. Er war davon ausgegangen, daß sie ihn überraschen würde, und das tat sie auch. Nicht im Bett. Sie war jung, geschickt, gelenkig, zuvorkommend, nachdenklich, ja kontemplativ und besser mit der Möse als mit dem Mund (sie hatte eine gute Lehrerin gehabt), aber auch, von der ausdruckslosen Maske auf ihrem Gesicht und der Goldhaarperücke abgesehen, arg konventionell. Sie fickte mechanisch, beinahe wie nach dem Handbuch. Das aufregendste an ihr war wahrscheinlich die Aura entsetzlicher Verletzlichkeit: Sie war, Nutte hin oder her, gänzlich jungfräulich. Als er in sie eindrang, zitterte sie wahrhaftig. Aber auch das war nicht die eigentliche Überraschung gewesen.

Als Clarissa aus den Streckverbänden kam und, wenn auch mit Rücken- und Halskorsett und Krücken, wieder reisen konnte, fuhr sie zur ersten einer Reihe von kosmetischen Operationen, die ihr Vater für sie arrangiert hatte (wie immer nur das Beste), in die Hauptstadt und stattete dort, obwohl sie nicht wußte und auch nie herausfand, daß ihr Vater bereits vor ihr dagewesen war, auch ihrer alten Freundin Jennifer einen Besuch ab, den Nevada eingefädelt hatte, nachdem sie ihr das Versprechen abgenommen hatte, daß er ein Geheimnis zwischen ihnen bleiben würde. Es war ein frostiger Wintertag, und in Jens Wohnung war es dunkel und kalt. Wohn- und Schlafzimmer sahen aus wie ausgemusterte Filmkulissen, todschick und voller weicher, schöner Stoffe, selbst an den Wänden, aber sie setzten sich an einen schlichten Holztisch in der schäbigen kleinen Küche weiter hinten und tranken Diet Coke, Jen in einem ausgeleierten Morgenrock und mit millimeterkurz geschnittenem Haar. Es war ein etwas peinliches Treffen, um die Mittagszeit, vor dem Beginn von Jens Arbeitstag, und obwohl die beiden Freundinnen dank Nevada viel von dem wußten, was der anderen zugestoßen war, fiel es ihnen schwer, darüber ins Gespräch zu kommen. Nicht, daß Jen unglücklich gewirkt hätte, aber sie hatte sich verändert. Oder etwas zwischen ihnen beiden hatte sich verändert. Zum einen hatte Jen zu rauchen angefangen. Aber es war mehr als das. Sie kam Clarissa dünner vor, hohlwangiger, nach wie vor hübsch auf ihre ein wenig kantige Art, aber gealtert, und auf ihrem blaß gewordenen Gesicht befanden sich Spuren von mit Fettcreme entferntem Make-up. Clarissa hatte am Telefon vorgeschlagen, daß sie sich irgendwo auf einen Taco oder Hamburger treffen sollten, aber Jen hatte gesagt, sie gehe nie aus, drum fragte Clarissa jetzt nach dem Grund dafür, und Jennifer erwiderte, es gefalle ihr einfach nicht da draußen, es sei alles zu verwirrend, ein einziges bedeutungsloses Durcheinander. «Hier drin weiß ich, was was ist», sagte sie und drehte ihr Colaglas auf dem feuchten Ring auf der Tischplatte im Kreis herum. Clarissa erzählte Jennifer das Neueste von der Familie («Der Wichser hat mich täglich besucht...»), berichtete auch, daß Nevada sie aus dem Autowrack geholt und wiederbelebt habe, und Jennifer sagte, während sie ihre Zigarette in dem zum Aschenbecher umfunktionierten Marmeladenglasdeckel ausdrückte und sich eine neue anzündete, daß sie und Nevada jetzt ein Liebespaar seien. «So was Ähnliches jedenfalls. Vielleicht sind wir eher wie Schwestern, aber es ist jedenfalls alles, was wir beide an festen Freundschaften haben. Die Männer kommen und gehen nur.» Clarissa war schokkiert, versuchte es sich aber nicht anmerken zu lassen. Jen erkundigte sich, wieso Rex in jener Nacht bei Clarissa im Auto gesessen habe, und Clarissa erzählte es ihr. «Ich war stinksauer, daß du mit Bruce abgedüst warst. Ich hab mich zugekifft und war total weg vom Fenster.» – «Wahrscheinlich haben sie nur versucht, dich vor Bruce zu beschützen. Es war nicht besonders angenehm. Ich denke mir manchmal, daß er mich eigentlich umbringen wollte und es sich dann anders überlegt hat.» Sie stand mit der Zigarette im Mundwinkel auf und ließ den Morgenrock zu Boden fallen, und die erschrocken blinzelnde Clarissa sah schräg reflektiertes Licht auf vernarbtem Fleisch, und dann saß Jennifer schon wieder, hatte den Morgenmantel wieder übergeworfen. «Trotzdem war es schön. Die ganze Hütte war voller Blumen. Es war wie ein Traum, den ich schon mal geträumt hatte.» Clarissa versuchte cool zu bleiben und sagte: «Tja, meine Narben sind schlimmer, und da war gar nichts Schönes dran.» Jennifer nickte und drückte die Zigarette in dem überquellenden Deckel aus. «Tut mir schrecklich leid.» – «Außer einem kurzen Augenblick vielleicht, in dem ich mich verwegen und frei fühlte. Aber ich kann mich nur vage dran erinnern.» Clarissa ging, von Jennifer bis zur Tür geleitet, aufs Klo, und als sie zurückkam, erkundigte sie sich nach dem zerfetzten Ölbild, das dort an der Wand hing. «Es stammt von Marie-Claire. Es war das einzige, was er mir hinterher geschenkt hat. Eine Art Andenken. Als er mich aufs Bett gefesselt hatte, sagte er, er glaube, Marie-Claire habe vor ihrem Tod zu so etwas wie einer allerletzten Ekstase kraft reiner Form gefunden, und er habe Lust, mich genauso zu benutzen, wie sie ihre Leinwand benutzt habe. Ich hatte ziemlichen Schiß.» Beide waren sich darüber einig, daß Bruce total durchgeknallt war, aber Jennifer meinte, sie liebe ihn noch immer, selbst wenn er tot sei. Vielleicht war es das, was sie so verändert zu haben schien. Als Clarissa aufbrechen wollte, begann Jen zu weinen. Sie entschuldigte sich, und was sie sagte, als sie sich die Augen am Ärmel des Morgenrocks abwischte, war: «Ich werde mich nie wieder verlieben können.» – «Wer weiß?» sagte Clarissa und stützte sich auf ihre Krücken. Sie empfand eine merkwürdige Eifersucht auf Jennifer und schämte sich dafür. «Immerhin, Jen, einmal ist besser als keinmal.»

Wie die Schwester so der Bruder. Jennifers Bruder Philip blieb ebenfalls über jede Hoffnung darauf, erhört zu werden, ja über jedes eigene Begehren hinaus ein treuer Verehrer einer verlorenen Liebe. Jahre später, verheiratet und Vater eigener Kinder, als er an einem kleinen College nicht unähnlich dem, an dem sein Vater gelehrt hatte, als Philip selbst noch in den Kindergarten gegangen war, unterrichtete, eine Affäre mit einer jungen Biologie-Kollegin genoß (he, laß es zu) und bei Studenten beiderlei Geschlechts gleichermaßen beliebt war (seine Philosophie, im Arbeitszimmer seines Vaters von der wunderschönen Intrigantin gelernt, die sein Leben verändert hatte: Wenn du schon nicht die Seele in den Himmel senden kannst, Liebender, schick wenigstens den Körper hin, geheiligt sei dein Orgasmus, wie im Himmel, so auf Erden ...), errötete er noch immer wehmütig, sooft ihm Clarissa in den Sinn kam oder ihn Nachrichten, die Zoe von zu Hause schickte, an sie erinnerten. Zum Beispiel, als sie zum erstenmal ins Parlament des Bundesstaates gewählt wurde: Er erkannte sie kaum auf dem Zeitungsfoto, doch was er sah, als er jene vitale und flott aussehende Frau betrachtete, die im eleganten Kostüm neben ihrer privaten Düsenmaschine stand, war der verwundbare kleine Teenager in seinem Krankenhausbett, von Kopf bis Fuß in Gipsverbände und Stützapparate eingeschlossen und doch mit Feuer in den Augen und ihn höhnisch provozierend, selbst wenn sie ihn um einen Gefallen bat, ja ihn regelrecht einforderte, ein Bild, das in Philip eine beinahe unerträgliche Sehnsucht aufwallen ließ, die, wie er sich als gebildeter Mensch dachte, im Grunde wohl eine Sehnsucht nach der verlorenen Unschuld sein mußte. Eben voll geil, wie er und Bonsai immer gesagt hatten, doch fand er heutzutage nicht den Sex geil, sondern jenes wunderbare, alles verzehrende Gleißen, das einst das Warten darauf begleitet hatte, als die Sache selbst noch weitgehend unbekannt gewesen war, ein Gleißen, das er inzwischen allenfalls noch aus zweiter Hand bei der einen oder anderen Studienanfängerin erleben konnte oder, in mattem Abglanz, wenn er seine Leidenschaft für Clarissa wieder aufleben ließ. Sein Freund Maynard hatte noch rechtzeitig ebenfalls die Dozentenlaufbahn eingeschlagen und sogar einmal einen Gastvortrag am Philips College gehalten, nachdem es diesem gelungen war, ihn auf die Berufungsliste setzen zu lassen, als man eine Lehrkraft für das suchte, was auf dem College als Abteilung für Philosophie durchging, doch Maynard war selbst für diesen Haufen ein allzu schräger Vogel gewesen. Er hatte aus seiner kurz vor dem Abschluß stehenden Dissertation vorgetragen, in der er die These verfocht, daß die Theorie eines nach dem Urknall explodierenden und kontrahierenden Universums nicht mehr als einen Erinnerungsrest aus der Gebärmutter darstelle – aber auch nicht weniger, denn wer vermöge schon zu sagen, ob wir nicht doch in jeder einzelnen unserer Zellen die gesamte Geschichte des Universums nachspielten? Die kühne These hätte also ohne Wimpernzucken durchgehen können, wenn Maynard sie nicht mit einer gewagten Mixtur aus evangelikalen Religionsmetaphern und Forschungsergebnissen unterfüttert hätte, die er vorwiegend bei seinen rituellen Besuchen in Pornoschuppen gewonnen hatte; auch er schien einer von denen zu sein, die verlorene ungetrübte Freuden zurückzugewinnen versuchten, doch zugleich war er genauso durchgeknallt wie seine arme Mutter, die, als Philip sie zuletzt gesehen hatte, jedesmal gellend aufschrie, wenn jemand eine Tür aufmachte oder sie um eine Ecke biegen mußte. Natürlich mußte gerade Philip das sagen, dessen Eltern ebenfalls reichlich abgedreht waren. Doch Maynards verbitterter Vater, der den Jungen wegen Lappalien wie einem schmutzigen, im Wald gefundenen Armband oder einer kindlich naiven Frage nach Engeln und Orgasmen geschlagen hatte, hatte irgendwann sogar eine Gefängnisstrafe absitzen müssen, nachdem ihm irgendwelche Unregelmäßigkeiten auf der Pferderennbahn nachgewiesen worden waren, und weil Philip da schon auf dem College studierte, hatten seine Eltern Maynard Junior bei sich aufgenommen und ihn in Philips altem Zimmer einquartiert. Das verursachte Philip ein Unbehagen, dem er nie richtig auf den Grund kam, obwohl Maynard ihm mit der Zeit mehr ans Herz wuchs als seine eigenen Geschwister und Eltern, Zoe vielleicht ausgenommen. Er hatte sich im Lauf der Jahre von seinen Eltern entfremdet oder sie sich von ihm, sich auch nie an den Nachzögling Adam gewöhnt, der ihm immer ein wenig Angst einjagte, und Jennifer hatte er nie wiedergesehen, obwohl er wußte, daß sie noch irgendwo lebte, weil Clarissa es ihm erzählt hatte. Nach dem Unfall hatte er seine große Liebe täglich besucht, solange sie in der Klinik lag, hatte ihre bitteren Schmähungen ertragen, ihr noch die kleinste Forderung hoffnungslos und meist stumm erfüllt und ihr kein einziges Mal seine Liebe gestanden oder ihren demütigenden Spott, den sie mit Vorliebe in Gegenwart anderer Freunde über ihn ausschüttete, mit gleicher Münze vergolten. Und eines Tages, als niemand sonst in der Nähe war und sie in all ihren Bandagen und Streckapparaten besonders wütend und ruhelos zu sein schien, hatte sie ihn aufgefordert, unter ihr Nachthemd zu fassen und es ihr mit der Hand zu besorgen, es treibe sie in den Wahnsinn, daß sie ihre Hände nicht bewegen könne, na los, Wichser, mach dich mal nützlich. Und so, atemlos vor Todesangst und Erregung, die Augen starr auf Clarissas im Stützapparat fixierte Hüften gerichtet, während ihn sein gebrochenes Nasenbein in der eigenen Gipsmaske juckte, hatte er seine feuchte, zitternde Hand in jenen zarten Spalt geschoben, den er schon so lange begehrte, und, als er ihr endlich den Finger hineinsteckte, gespürt, wie alles Denken in reine Empfindung zerfloß wie bei einem heißen Hirnbad, was seine Mutter Glückseligkeit oder auch einen Anfall von Ekstase genannt hätte, ein Gefühl, das ihm bis auf den heutigen Tag in Erinnerung geblieben war, obwohl er sich nicht entsinnen konnte, was sein Finger gespürt hatte, falls er überhaupt, verdattert wie Philip gewesen war, etwas gespürt hatte. Dann hatte ihn seine eigene Lust umfangen, und er war in seine Unterhose gekommen, ohne zu wissen, wie ihm geschah. Na schön, jetzt hast du einen gut bei mir, Wichser, sagte sie anschließend. Und nun zisch ab. Er hatte nie abkassiert. Und nie darauf gehofft. Trotzdem träumte er davon. Jeden Tag seines Lebens.

Die Heilige Jungfrau hatte bei Otis einen gut, und sie kassierte ab. Nachdem er den Polizeidienst quittiert hatte und bevor er das Management und den Sicherheitsdienst des kommunalen Flugplatzes, einen durch Snuffys Wahl zum Bürgermeister frei gewordenen Posten, übernahm, begab er sich auf jene Exerzitien, die er der Muttergottes feierlich versprochen hatte. Er zog sich von den Freunden, der Familie und all seinen weltlichen Verpflichtungen in eine kleine Holzhütte am Rand eines kirchlichen Sommerlagers zurück. Außer wenn er die Gottesdienste in der kleinen Waldkapelle besuchte, hielt er sich von den Kindern, Betreuern und sonstigen Teilnehmern der Exerzitien fern, aß allein, las die ausliegenden Erbauungsschriften und unternahm lange, stille Spaziergänge, auf denen er betete, meditierte und über das Kreuz sowie über bildliche Darstellungen der Jungfrau und Paulines nachdachte. Letztere hielt er verborgen und erwähnte sie auch in der Beichte nicht, denn obwohl er die persönliche Erlaubnis der Muttergottes erhalten hatte, die Fotos zu betrachten, und daher nichts Sündiges mit ihnen verband, hätten andere womöglich nicht begriffen, daß sein Interesse an diesen Vergrößerungen der Falten, Grübchen und behaarten Stellen nackten Fleisches nicht lüsterner, sondern kontemplativer Natur war: Kurzum, Otis suchte, wenn er die Fotos durchsah, nach so etwas wie jenem mystischen heißen Hirnbad, das im Gefühlsleben des jungen Fisch die Maßstäbe gesetzt hatte. In jener schicksalsschweren Nacht draußen im Wäldchen auf Paulines Schoß, an den weichen Überhang ihres monumentalen Busens gequetscht, den allein das unregelmäßige Aufblitzen des Gewitterhimmels erhellte, hatte er sich so nahe an einer echten religiösen Erfahrung gefühlt, wie ihm nur je eine vergönnt gewesen war, bloß war sie leider durch seinen jähen vorzeitigen und schmerzlichen Sturz zwischen ihren Beinen hindurch (er erinnerte sich noch daran, wie er beim Aufprall auf dem Waldboden panisch zu Paulines mächtigen, kliffgleichen Schenkeln hochgeblickt und befürchtet hatte, sie würde sich hinsetzen, bevor er sich aufrappeln und fliehen konnte) unterbrochen worden, und jetzt brannte er darauf, noch einmal diesen visionären Augenblick kurz vor dem Absturz einzufangen, in dem sich, wie er sich jetzt erinnerte, sein ganzes Leben als Krieger und Wächter als Witz und Selbstbetrug entlarvt hatte: Was hatte seine lebenslange Besessenheit von Ordnung und Unordnung mit dieser turbulenten, strahlenden und zärtlichen Welt zu schaffen, die im Grunde keine solchen Unterscheidungen kannte? Oh, ihr Schwachgläubigen! schien Paulines Bauch in sein darangepreßtes Ohr zu flüstern. Was ihr doch alles anstellt, um die Wahrheit zu verbergen! Ja, er war endlich dazu bereit gewesen, alles Künstliche abzustreifen – einzig und allein ein Bewohner des Hier und Jetzt zu sein bedeutete, daß einem die Ewigkeit verschlossen blieb! – und sich jenem legendären Schlund auszuliefern, falls man sich ihm ausliefern konnte, der dicht hinter dem warmen Fleisch zu liegen schien, an dem er sich vor dem Absturz festgeklammert hatte. Doch dann fand er sich plötzlich auf dem Erdboden wieder, und als das Gewehrfeuer begann, hieß es zurück in die Tretmühle des Alltags. Nur daß er todmüde war und, wie es ihm schien, schon wochenlang nicht mehr geschlafen hatte, weshalb er den Rest jener Nacht wie einen Alptraum im Wachzustand erlebte – der Irrwitz des Feuers, der auszehrende Sturm, Paulines Gewicht, die Verwirrung, der Schlamm auf der Müllkippe, seine eigene, entsetzliche Müdigkeit –, an den er sich jetzt kaum noch erinnerte, so daß er auf die Fotos angewiesen war, wenn er sich die Ereignisse vor Augen rufen wollte. Was freilich auch durch die Fotos nur ansatzweise möglich war, weil sie, wie das meiste Beweismaterial, eher auf sich selbst als auf irgend etwas anderes verwiesen. Doch dann, eines dämmrigen Abends, hatte er geistesabwesend auf ein offenbar im Regen oder in der Wanne aufgenommenes Foto gestarrt, und da schien ihm hinter Paulines glitzernden Schamhaaren plötzlich ein mattes zweites Abbild durchzuschimmern: eine reinweiße Gegenwart wie ein Umhang, die neben ihrem gespenstischen Zwillingsbild zu wallen schien, als werfe ihr eigenes Spiegelbild einen Schatten darauf. Was? Er sah genauer hin. Nein. Nichts weiter. Vielleicht eine Macke auf dem Negativ. Nein, warte! Da oben, neben der Blinddarmnarbe: ein Blick – *dieser* Blick! Er schnappte nach Luft, sank in die Knie und spürte ein Kribbeln im Nacken. Sie war es! Die Heilige Jungfrau! Ein Wunder!

Fotograf Gordon, der die Aufnahmen gemacht hatte, die den früheren Polizeichef während seiner Exerzitien so beschäftigten, machte irgendwann eine unerwartete Erbschaft, als der Versicherungsvertreter Trevor jählings dem gewalttätigen Wirken der Zeit zum Opfer fiel, indem er gesundheitlich rasch abbaute und starb. Es stand keine Erklärung für die Zuwendung im Testament, nur die Klausel, daß das Geld zur Förderung der künstlerischen Bestrebungen des Legatars verwendet werden solle. Vielleicht kein richtiges Wunder, gewiß aber eine Überraschung. In einem Artikel im *Town Crier* lobte Herausgeber Ellsworth den Verstorbenen für seine großherzige Unterstützung der künstlerischen Belange der Gemeinde und wies darauf hin, daß der kürzlich verwitwete Empfänger der Wohltat, bislang weitgehend ungewürdigt, sein ganzes Leben ernsthaften künstlerischen Projekten öffentlicher wie privater Natur geweiht habe. Als man ihn interviewte, hatte der Fotograf angeblich gesagt, er hoffe, nach und nach eine vollständige Fotostudie des Städtchens anzufertigen und es Karree für Karree erschöpfend zu erkunden, um seine flüchtigen Geheimnisse zu erschließen und seine versteckten Oberflächen freizulegen. In Wahrheit hatte Gordon Ellsworth jedoch erzählt, daß er mit der Fotografie nichts mehr am Hut habe und daß es nichts mehr gebe, was noch der Betrachtung wert sei, weshalb er vorhabe, zum Zeichnen und Malen zurückzukehren, insbesondere zur Porträtmalerei, womit er dann auch tatsächlich begann, wenngleich mit Hilfe der Fotografie, indem er direkt von seinen Atelieraufnahmen und manchmal, nur so zur Abwechslung, von Fotos, die er auf der Straße gemacht hatte, ja selbst von Fotos aus Zeitschriften, gezeichnete Kopien anfertigte. Vielleicht fiel das alles ein wenig mechanisch aus, aber alle Welt schien diese Arbeiten zu lieben, und seither galt Gordon als *der* Künstler des Städtchens. Ellsworth hatte unter vier Augen Einspruch erhoben (Gordon, als er den Freund musterte, wie man ein zukünftiges Modell mustern mochte, sah erschrocken, wie grau sein dünnes, strähniges Haar geworden war, wie tief die Säcke unter den Augen herabhingen, und fragte sich, wo wohl die Fotos geblieben waren, die er in ihrer Jugend aufgenommen hatte), jedoch ohne rechte

Überzeugung, da er sich seinerseits – auf Nachfrage, was eigentlich mit seinem Werk *Die Qualen des Künstlers* passiert sei, zuckte er nur mit den Achseln – kürzlich an einen neuen Roman über seinen Großvater gemacht hatte, einen umherreisenden Drucker, der seinen Lebensunterhalt auf Touren durch Landstriche wie diesen verdient hatte, indem er Werbezettel druckte und Kinder- und Lehrbücher verkaufte, und der hier schließlich eine Witwe kennengelernt hatte, die Gedichte zu Hochzeiten und Beerdigungen schrieb, sie geheiratet hatte und seßhaft geworden war. Ellsworth lehnte es kategorisch ab, den Roman *Der Künstler und seine Muse* zu nennen, wie Gordon vorschlug. Eher so etwas wie: I*ch erinnere mich. Die Geschichte meines Großvaters*. Gordon bot an, Illustrationen für das Buch anzufertigen. Das Atelier wurde wiedereröffnet, aber nur auf Voranmeldung. Da seine frühere Tätigkeit ihren Reiz verloren hatte, verkaufte und entwickelte Gordon keine Filme mehr, nahm auch keine Aufträge des *Crier* für Nachrichtenfotos mehr an, erweiterte oder ordnete seine Fotosammlung im Hinterzimmer nicht mehr (obwohl ihm viele der Abzüge in seinem neuen Metier von Nutzen waren), und auch mit den außerhalb des Ateliers gemachten Fotos für Schulen, Clubs, Hochzeiten, Jubilare, Sportmannschaften und allen sonstigen individuellen, geselligen oder Gruppenfotos war es vorbei. Trotzdem dekorierte er sein Atelier neu und nahm es wieder in Betrieb, wobei er die dort entstandenen Porträts oft als Grundlage für seine anspruchsvolleren künstlerischen Unternehmungen heranzog, und so leistete er weiterhin seinen Beitrag zur bebilderten Geschichte seines Heimatstädtchens, wenn auch nicht mehr so umfassend wie früher.

Zufällig rief Floyd am Tag vor Trevors Beerdigung bei sich zu Hause an. Er wollte partout nicht sagen, wo er war. Irgendwo im Süden. Er fuhr inzwischen einen anderen Laster, den er von irgendeinem Typen bekommen hatte, der ihn partout hatte loswerden wollen. Und gerade erst vorhin hatte ihm ein Tramper, den er mitgenommen hatte, das Angebot gemacht, damit Drogen von der Grenze nach Norden zu schmuggeln. «Machst du das?» – «Zum Teufel nee. Es wird den Schweinehund noch teuer zu stehen kommen, daß er auch nur danach gefragt hat.» – «Stell bloß nichts Böses an, Floyd.» – «Nein. Wo hast du denn den ganzen Tag gesteckt? Ich hab schon mal angerufen.» – «Ich war auf einer Beerdigung. Kannst du dich noch an den Mann entsinnen, bei dem wir unsere Hausratversicherung abgeschlossen haben? Er ist gestorben.» Edna strich sich den Rock glatt. «Wann kommst du zurück, Floyd?» – «Dauert noch 'ne Weile, schätze ich. Wen hat John denn jetzt im Laden?» – «Der Laden ist dicht. Es heißt, sie machen ein Museum daraus.» – «War immer schon eins. Hat er schon einen Blöden gefunden, der ihm die Spedition schmeißt?» – «Schaut ganz danach aus. Irgendwer von außerhalb, der früher mal hier gewohnt hat. Seine Frau scheint recht nett zu sein, sie war heute auf der Beerdigung. Es heißt, sie war früher beim Fernsehen. Zumindest haben sie das in der Zeitung geschrieben.» – «Was haben sie denn über mich in der Zeitung geschrieben?» – «Kaum was. Hast du etwa gedacht, du bist berühmt?» – «Du weißt, was ich meine. Was haben sie denn gesagt, als Stu umgelegt worden ist? Was haben sie denn gesagt, wer es gewesen ist?» – «Das haben sie nicht gesagt.» – «Ich war's nicht, Edna. Ich schwör's auf die Bibel. Ich hab dem alten Stu nie auch nur ein Härchen gekrümmt.» – «Wer hat denn behauptet, daß du's warst?» – «Es gibt Leute, die denken das.» Sie hatte wirklich keine Lust, sich über all das zu unterhalten. Das brachte sie nur wieder zum Weinen. Es war schrecklich genug gewesen, was sie ihr alles für Fragen gestellt hatten, nachdem er fortgegangen war, was sie ihr alles für Zeug erzählt hatten. «Ziehst du dich auch warm genug an, Floyd?» – «Wo ich bin, ist das kein großes Problem. Aber ein Problem ist, daß ich kein Geld hab, das ich dir schicken kann. Noch nicht.» – «Ist schon in Ordnung. Ich krieg bald einen Job im neuen Pioniermuseum.» – «Es ist ganz und gar nicht in Ordnung. Bloß kann ich nichts dran ändern. Aber wenn ich wieder Geld auftreibe, schick ich's wie immer zu deiner Halbschwester.» – «Ich schätze mal, sie wird sich drüber freuen wie jedesmal.» – «Solang sie mich bloß nicht verpfeift. Hast du mit der Bank geredet wegen der Hypothek?» – «Ja.» Den Gedanken an Almosen konnte Floyd nicht ertragen, darum hielt sie es für das Beste, ihm nichts weiter davon zu erzählen. «Ist schon okay fürs erste.» – «Inwiefern okay?» – «Einfach so. Ach, noch was Komisches, Floyd. Johns Frau ist vorbeigekommen, nicht lange, nachdem du weg bist. Sie hat mir den kleinen Teppich vorbeigebracht. Weißt du noch? Sie hat gesagt, sie hat gehört, daß es da irgendeine Verwechslung gegeben hat, und es tut ihr leid und sie will, daß ich ihn kriege.» – «Dieser verdammte Teppich!» – «Ich hab ihr gesagt, daß ich ihn nicht haben will, schönen Dank auch. Ich hab ihr auch nicht erlaubt, ihn dazulassen. Am Schluß hab ich ihr einfach die Tür vor der Nase zugeknallt.» – «Das hast du gut gemacht. Was glaubt sie eigentlich, wer sie ist? Uiui. Hör mal, Edna, ich muß los.» Mit einemmal fröstelte es Edna. Als bliese ihr ein kalter Wind unter die Haut. Aber es war schlicht und einfach ein Gedanke gewesen: Floyd würde nicht zurückkommen. Nie wieder. Es war, als wäre er tot. Und ihr bliebe nichts als seine Stimme am Telefon. Vielleicht. «Ich ruf dich wieder an, sobald ich kann. Du fehlst mir, Edna. Paß auf dich auf, hörst du?» – «Du auch», gab sie zurück, und ihre Stimme zitterte, aber die Leitung war bereits tot.

Der Wald war verschwunden. Es war, als hätte sich eine Tür geschlossen. Sie suchte nach dieser Tür. Wo immer sie hinging, war ein Ort öder als der andere, als stürbe der Wald von innen heraus. Wie ein Versagen der Vorstellungskraft, dachte sie, da man ihr beigebracht hatte, so zu denken. Ihr Freund und Lehrer ebenfalls: fort, als hätte er nie existiert. Sie hatte ihn doch nur aus dem Wald führen wollen, bevor der Wald ihn vernichtete, genau wie sie es in ihrer zurückgelassenen Notiz geschrieben hatte, aber er mußte das wie üblich mißverstanden haben, und jetzt blieben ihr nichts als seine Stimme im Kopf, seine gewundenen Auslassungen über Kunst und Natur und Wahrheit und Schönheit und dergleichen, seine barsch geblafften Anweisungen und die grausamen Zurechtweisungen, die sie zum Weinen gebracht hatten, seine stürmische Ungeduld, sobald etwas mißlang, und die Seufzer, die ihn schüttelten, während er seine Zeichnungen vor ihr zerriß, wenn er wieder einmal die Hoffnung verlor, sich jemals seinem unerreichbaren Ideal nähern zu können. Sie liebte ihn, vielleicht einfach weil kein anderer da war, den sie lieben konnte, aber sie lernte, das nicht laut zu sagen, weil es ihn nur abweisend und launisch machte und dazu führte, daß Tuscheklekse auf seine Zeichnungen gerieten und die Ölfarbe auf seiner Leinwand zu Tropfnasen verlief. Zu lieben und geliebt zu werden entsprach nicht ihrem Auftrag. Sie hätte das, was sie tat, lieber unterlassen, wäre lieber nicht gewesen, was sie war, doch schien ihr kaum eine Wahl zu bleiben, es war, als sei es ihr bestimmt und stehe ihr zu, für immer Modell zu stehen, auf einem Felsen am Rand eines Flusses zu knien, damit ihr Künstler sein edles Streben und die dazugehörige Tragödie auf Leinwand und Zeichenblock verwirklichen konnte. Doch wo war jetzt der Fluß? Wo der Fels? Und wo der Wald, der beide gerahmt hatte? Wenn es ihr gelang, den Wald zu finden und den ihr gebührenden Platz wieder einzunehmen, konnte dies auch den Künstler wieder an den seinen und zu seinen legendären Qualen zurückführen, aber je länger sie auf der Suche danach die Welt durchstreifte, desto unwahrscheinlicher kam ihr letztlich ein Wald vor. Was den Wald geschaffen und erhalten hatte, war mit seinem Verschwinden verschwunden. Jetzt blies ein kalter Wind, vor dem es kein Entkommen gab. In den alten Zeiten hatte er ihr manchmal vorgelesen und dabei ihre Hand gehalten, und jetzt träumte sie oft auf ihren düsteren Streifzügen von einer märchenhaften Rettung wie in den Geschichten, die sie damals vernommen hatte und heute nur noch mit seiner Stimme in ihrem Kopf hörte; im Wachen aber kannte sie keine solchen Träume, denn all diese Geschichten, das wußte sie, waren gestorben, als der Wald gestorben war. Ein Feuer? Sie meinte, sich an eines zu erinnern, aber vielleicht war es gar nichts so Dramatisches gewesen. Eher vielleicht so etwas wie Wurzelfäule. Ein Verdorren, ein Zurückweichen, ein Schrumpfen, ähnlich dem Verlöschen einer allmählich verblassenden Erinnerung; genau so war es mit diesem Wald gegangen: so gänzlich war er von der Bildfläche verschwunden, daß man zweifelte, ob es ihn je gegeben hatte. Doch verirrt und im Stich gelassen, wie sie war, suchte sie hartnäckig weiter, und trotz allem, was ihr widerfahren war, ging sie wieder und wieder ihren Spuren nach, denn sie war sich ganz sicher: Da *war* ein Wald gewesen, und sie war dagewesen, und ein Mann war dagewesen. Einmal …

Barbara Neuwirth (Hrsg.)

SCHRIFTSTELLERINNEN SEHEN IHR LAND

Österreich aus dem Blick seiner Autorinnen

Wiener Frauenverlag

Gedruckt mit der freundlichen Unterstützung des Bundesministeriums für Wissenschaft, Forschung und Kunst.

Für Informationen über „Landes"-Autorinnen bedankt sich die Herausgeberin herzlich bei Klaus Amann (Robert-Musil-Institut, Klagenfurt/Celovec), Gabriele Ecker (Dokumentationsstelle für Literatur in Niederösterreich, St. Pölten), Michael Forcher (Haymon Verlag, Innsbruck), Gerhard Fuchs (Franz-Nabl-Institut, Graz), Marianne Gruber (Österreichische Gesellschaft für Literatur, Wien), Christa Gürtler (Otto Müller Verlag, Salzburg), Patricia Hladschik (Interssengemeinschaft österreichischer Autorinnen und Autoren, Literaturhaus Wien), Johann Lachinger (Adalbert-Stifter-Institut, Linz).

Die Deutsche Bibliothek – CIP Einheitsaufnahme

Schriftstellerinnen sehen ihr Land : Österreich aus dem Blick seiner Autorinnen / Barbara Neuwirth (Hrsg.). – Wien : Wiener Frauenverl., 1995
(Allgemeine literarische Reihe)
ISBN 3-85286-015-6
NE: Neuwirth, Barbara [Hrsg.]

Umschlaggestaltung: Gisela Scheubmayr
Lektorat: Barbara Neuwirth
Buchgestaltung: Barbara Neuwirth und Peter Wieser
Datenkonvertierung: TextDesign Tripolt, Klagenfurt/Celovec; technische Beratung: Peter Wieser
Druck und Bindung: Wiener Verlag, Himberg; technische Beratung: Rudolf Leonardelli

A-1080 Wien, Lange Gasse 51

ISBN 3-85286-015-6

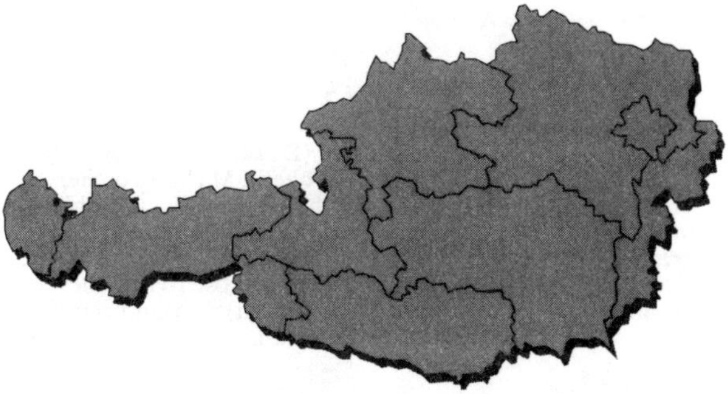

Susanne ALGE (330) · Eva BAKOS (340) · Edith DARNHOFER-DEMAR (32) · Jeannie EBNER (351) · Petra GANGLBAUER (248) · Marianne GRUBER (367) · Margit HAHN (110) · Christine HAIDEGGER (195) · Margarethe HERZELE (86) · Lina HOFSTÄDTER (280) · Lotte INGRISCH (383) · Karin IVANCSICS (16) · Elfriede JELINEK (253) · Ilse KRÜGER (122) · Eva LABER (182) · Ulrike LÄNGLE (334) · Dorothea MACHEINER (205) · Friederike MAYRÖCKER (389) · Annemarie MOSER (134) · Monika PELZ (391) · Elisabeth REICHART (185) · Gertrud SBERLO/VOGLHOFER (220) · Evelyn SCHLAG (158) · Karin SPIELHOFER (398) · Marianne SULA (407) · Rosmarie THÜMINGER (295) · Sylvia TREUDL (168) · Andrea WOLFMAYR (262) · Renate ZUNIGA (305)

EINLEITUNG

Daß die repräsentative Bedeutung literarischer Leistungen von Frauen Anerkennung findet, ist eine Ausnahme.

Die Ausnahme zu sein, ist auf Dauer anstrengend.

Im literaturwissenschaftlichen Kanon kommen Frauen selten vor.

Ausgegrenzt zu sein, ist auf Dauer zermürbend.

Wenn in der Öffentlichkeit von „Schrifstellern" die Rede ist, seien die Schriftstellerinnen sowieso immer mitgemeint, behaupten viele.

„Mitgemeint" zu sein ist unglaubwürdig, wenn sich daraus nicht in einer erlebbaren Zeit eine Praxis der konstruktiven Auseinandersetzung über unterschiedliches Bewußtsein entwickelt. Eine Auseinandersetzung zwischen „Herr"schaft und Frauen. Denn, wie seltsam dies im ausgehenden 20. Jahrhundert auch anmuten mag, im kulturpolitischen Diskurs tritt, wenn Kunst von Frauen stammt, im Auge des Betrachters immer noch das Geschlecht vor die Kunst – und zwar im Sinne einer Marginalisierung, im Sinne einer Tatsache, die der wohlmeinend kritische Mann eventuell zu entschuldigen bereit ist, die aber jedenfalls konstatiert werden muß als *Abweichung*.

Das dreiste Gleichsetzen männlichen Bewußtseins der Welt mit einem allgemeinen Bewußtsein, dessen Norm das weibliche Bewußtsein nicht entsprechend kann, dem sich die einzelne Frau nur unterwerfen kann durch Anpassung: indem sie sich selbst etwa im sprachlichen Umgang eine männliche Form verpaßt („Ich bin Lehrer", „Ich bin Arzt"; „Ich bin Schriftsteller"), oder durch das Akzeptieren der Marginalisierung („Ich bin das andere“, „Das weibliche Geschlecht ist das andere“), oft auch mit einer geheimnisvollen, mystischen Konnotation, die wenigstens im dunkeln verborgene Kraft andeuten soll („Respektiere mich wenigstens dafür!“), ist eine permanente Zumutung für Frauen, die sich nicht als „das andere“ empfinden, sondern als das eigene, und die darüber hinaus vielleicht nicht einmal den operativen Begriff „das andere“ benützen, um Männer als abgegrenzt fremde Kategorie festzuzementieren.

Künstlerinnen, die mit Sprache arbeiten, sind mit dem selektiven Respekt unserer Gesellschaft für Kunstwerke nicht nur auf der banalen Ebene konfrontiert. Dem Bemühen um Anerkennung als Individuum verbunden ist die Anstrengung, das Schlachtfeld von den Waffen der Ignoranz zu säubern, das Bewußtsein dafür zu entwickeln. Dahinter steht die Hoffnung, daß der Gedanke „Das Bewußtsein bestimmt das Sein“ nicht nur einen fiktionalen Anteil hat.

Welchen Umgang Schriftstellerinnen erfahren, die sich gegen Ignoranz wehren, mag folgendes Beispiel verdeutlichen: Robert Menasse, in den österreichischen Medien gerne zitiert und benannt, wenn es um die Einschätzung Österreichs durch die österreichischen „Schriftsteller“ geht, und Eröffnungredner der Frankfurter Buchmesse 1995, reagiert auf einen offenen Brief Ilse Aichingers, in dem sie sich gegen das gedankenlose und beschränkt wirkende Agieren des „Organisationskomitees Frankfurt ’95“ wendet.

Aichinger, die unter anderem die Auswahl des Eröffnungsredners kritisiert, mehr noch, die ihre Vorstellung, wer diese Aufgabe übernehmen hätte sollen, nämlich Ruth Klüger, argumentiert, wird vom gekränkten Menasse mit einer bekannten Mischung aus Lob und Verhöhnung geantwortet: Untadelig sei ihr Name, in dieser Sache jedoch sei sie „schlecht beraten und falsch informiert". Frauen sind untadelig, solange sie schweigen, männliche Eitelkeit nicht reizen, die selbstherrlichen Positionen nicht in Frage stellen. Äußern sie sich jedoch kritisch, dann fällt der „Schutz", den sie als Bewunderinnen männlicher Selbstdarstellung genießen. Und die Diffamierung beginnt. Nicht Inhalten wird nun die Aufmerksamkeit geschenkt, denn Inhalte von Frauen sind für viele Männer immer noch Leerstellen. Menasse verweigert Aichinger in seiner Unterstellung, sie, die für sich selbst spricht, wäre vorgeschoben für die Interessen anderer, jeden Respekt. Welcher Respekt gebührte einer Marionette? Und seine Behauptung, sie wäre schlecht beraten und falsch informiert, beraubt sie darüber hinaus auch noch der Souveränität des Denkens: Eine Frau, die offen Kritik an einem Mann übt, läßt sich nicht nur als Handelnde mißbrauchen, sondern beweist damit ihre Denkabhängigkeit von „Einflüsterern".

Wie seriös Menasse hingegen selbst mit den Tatsachen umgeht, zeigt dann seine Richtigstellung der Aussage, er wäre vom österreichischen Staat zur Eröffnungesrede nach Frankfurt eingeladen worden: die Frankfurter Buchmessen AG habe die Einladung ausgesprochen. Der Vorwurf, daß Menasse die LeserInnen falsch informiere, kann nicht erhoben werden. Wohl aber, daß er hier schlecht informiert: Die Einladung erfolgte in Absprache mit dem und auf Vorschlag des, vom österreichischen Bundesministerium für Unterricht und Kunst eingesetzten „Komitee Frankfurt '95". Einen Teil der Wahrheit auszublenden, zu verschweigen eben, produziert einen unweigerlich falschen Eindruck. Unbeabsichtigt?

Menasse benützt klassische Muster der Diffamierung von Frauen. Schriftstellerinnen sind *als Frauen* diesen üblichen Verhaltensmustern ausgesetzt. Dies ist die banale Ebene der Beschneidung und Kontrolle.

Beruflich schlägt sich die Ignoranz nieder in einer durch die Medien gelenkten Denkweise, die Schriftsteller zu Stars macht und zu Denkern, Schrifstellerinnen gerade noch wahrnimmt, wenn sie sich mit provokanten Äußerungen zur Sexualität einen Platz erkämpfen – jedoch nicht zu sehr auf einen Widerstand pochend, der sich in politische Kategorien umsetzen ließe: So wurde Elisabeth Reicharts Buch „Fotze" 1994 in den Medien kaum rezipiert, und wenn, dann in Ignoranz des Inhaltes, verdeckt durch die besserwisserische Belehrung, daß das Wort von der Autorin falsch geschrieben sei. Das F hätte durch ein V ersetzt werden müssen. Noch eine Autorin schlecht beraten und falsch informiert ... Dies enthebt die Rezensenten der Auseinandersetzung mit den Inhalten.

Autorinnen, die in den letzten Jahren kontinuierlich publiziert haben, sind im Vergleich zu ihren ähnlich produktiven Kollegen in der Öffentlichkeit kaum bekannt.

Das hängt auch damit zusammen, daß die Sichtbarmachung von Frauen noch immer auf Widerstände und beleidigte Reaktionen stößt.

Ich erinnere mich etwa an Diskussionen seit Mitte der Achtzigerjahre bei der Generalversammlung der Interessengemeinschaft österreichischer Autoren, des Dachverbandes aller österreichischen Schriftstellervereinigungen und Einzelmitglieder, als wir Schriftstellerinnen forderten, daß wir in der Benennung unserer Interessensvertretung sichtbar gemacht würden. Gerade wir, deren intensive Ausrucksform Sprache ist, konnten nicht verstehen, warum man uns zumutete, uns selbst als männlich zu denken. Die Argumente damals, zum Beispiel, daß man für die Sichtbarmachung der Autorinnen neues Briefpapier in Auftrag geben müsse – die Kosten! –, sind in erstaunlicher Ignoranz für den Umgang mit Identität abgelaufen. Ich erinnere mich mit Freude an die Haltungen von Rolf Schwendter und Helmuth Butterweck, die als einzige Kollegen unsere Forderung unterstützten.

Der historische Prozeß der Sichtbarmachung der Frauen erfolgte in der IGA erst, als eine „wirkliche" Notwendigkeit bestand, neues Briefpapier drucken zu lassen, nämlich als die IGA 1991 ins Literaturhaus in der Seidengasse übersiedelte. So gesehen hatte das Literaturhaus nicht nur für die Literatur ganz allgemein eine große Bedeutung, sondern auch eine praktische Auswirkung bezüglich der Verminderung der Ausblendung der Autorinnen.

Auch der Umgang mancher Medien, die Stars produzieren und Literatur oft gar nicht meinen, spiegelt die Schwierigkeiten der Autorinnen, mit ihren Werken Aufmerksamkeit zu gewinnen. In den Büchersendungen im Fernsehen etwa huldigt man den medial aufgebauten Stars, die mit wenigen Ausnahmen Männer sind, und vergißt die Autorinnen – außer für „Sonderthemen" – gerne. Dabei hat Österreich ein immenses Potential guter Schriftstellerinnen, sodaß es mich immer wieder erstaunt, wenn Veranstaltern und RedakteurInnen oft so wenige einfallen. Auch beim großen Österreich-Schwerpunkt der Frankfurter Buchmesse

'95 hatte der Organisator der Messeveranstaltungen erbärmlich wenig Wissen über die österreichischen Gegenwartautorinnen einzubringen. Dies hat aber offenbar seine Qualifikation für die Auftraggeber im Ministerium nicht beeinträchtigt. Aber vielleicht haben sie über seine Wissenslücken bei der Auftragserteilung noch nichts gewußt?

Österreichische Schriftstellerinnen schreiben über ihre Gefühle zu Österreich. Sie äußern sich politisch und betroffen, oder verhalten und mit einem nach innen gekehrten Blick, ganz wie die unterschiedlichen Temperamente es nahelegen. Manche haben in der Auseinandersetzung mit der Vorstellung von Heimat in die Kindheit zurückgefunden, weil Kindheit der Ort der Heimat ist, vielleicht auch die Zeit, wo Heimat auf eine sanfte Weise in einer wachsen kann.

Landschaften können zum besonderen Ort der Liebe werden, und Lotte Ingrisch formuliert nicht nur für sich, daß sie den Wäldern gleicht, sondern sie stellt die LeserInnen vor die Erkenntnis, daß man die Landschaft ist, die man liebt. Unerschütterliche große Liebe löst das Waldviertel bei einigen Autorinnen aus, keine weitere Landschaft, die so liebevoll beschrieben wäre von so vielen.

Über die Bedeutung von Herkunft erzählen manche, und es scheint so, als wäre die regionale Herkunft für die Autorinnen aus dem Osten Österreichs bestimmender und mehr Herausforderung zur – auch liebevollen – Auseinandersetzung als für die aus dem Westen.*

* Zugeordnet wurden die Autorinnen in diesem Buch ihrem Geburtsbundesland, es sei denn, sie wünschten etwas anderes, weil ihr Lebensmittelpunkt zu lange und ausschlaggebend in einem anderen Bundesland liegt.

Den Umgang, den die Autorinnen als Künstlerinnen in Österreich erfahren, thematisieren einige, andere ihre Sorgen über politische Entwicklungen oder Traditionen in diesem Land. Viel Zuneigung zu Österreich ist zu finden in diesen Texten; nicht unreflektiert, nicht besserwisserisch, nicht geißelnd – wenngleich auch immer wieder unbequem und herausfordernd.

Seit 50 Jahren haben Österreichs Literaturschaffende eine demokratische Heimat. Viele von ihnen gehören zu jenen, die aufmerksam und mit Engagement für die Freiheit der Kunst, die nur in einer toleranten und demokratischen Gesellschaft existieren kann, gearbeitet haben und arbeiten.

Was Schriftstellerinnen einbringen, was sie diesem Land schenken, ist in diesen Essays zu Österreich nachlesbar. Welcher Fehler wäre es, diese Kraft, dieses Können weiterhin durch Ignoranz zu versäumen.

Oktober 1995 *Barbara Neuwirth*

BURGENLAND

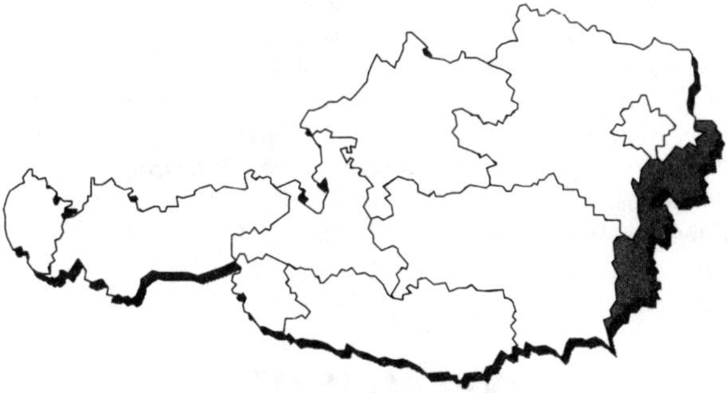

Karin IVANCSICS
Klara KÖTTNER-BENIGNI
Hertha KRÄFTNER
Dine PETRIK
Katja SCHMIDT-PILLER
Jutta TREIBER

Karin Ivancsics

wurde am 30. März 1962 in St. Michael geboren. Seit 1980 lebt sie in Wien. Sie studierte Germanistik, Romanistik und Publizistik und absolvierte eine Ausbildung für Werbung und Verkauf an der Wirtschaftsuniversität in Wien. 1986–1989 war sie Mitarbeiterin im Wiener Frauenverlag, danach arbeitete sie als freie Mitarbeiterin bei Zeitschriften, Buchverlagen und Kulturinstitutionen. Zu ihren Buchpublikationen zählen: „Panik", Novelle, Wien 1990; „Deppen & Dämonen. Dancing through the Human Zoo", Wien 1995; „Durst! Geschichten von Sehnsucht und Begehren", Wien 1995.

HRVAT MI JE OTAC[1]

Die Welt dreht sich weiter, und Wien bleibt Wien, nichts wird sich verändert haben …

Zum ersten Mal seit Wochen habe ich im Flugzeug, auf dem Weg zurück, eine österreichische Tageszeitung in den Händen: Ein Wahnsinniger hat fünf Menschen im Gerichtssaal getötet. Befremdung, wie immer wenn ich zurückkomme, über den Stil der Zeitschriften, über die Sprache. Kultur wird verrissen, egal ob Bildende Kunst oder Literatur oder Theater, Alltagsdramen werden wie Theaterstücke präsentiert, mit O-Tönen sämtlicher Beteiligter und Am-Rande-Beteiligter, analytisch-zynisch kommentiert. Eine Frau ermordet einen Buben, weil sie „dem Goldenen Kalb", sprich Quelle-Versandhauskatalog, erlegen ist, wie ein Psychoanalytiker meint. Eine andere schmeißt ihre zwei kleinen Kinder aus dem Fenster und springt nach, „erweiterter Selbstmord", wird diagnostiziert, „und sie hätte professionelle Hilfe gebraucht". (Ihr Mann war Psychiater.)

1. Mein Vater ist Kroate.

Und die ORF-Reform nicht zu vergessen: ein Hinterherhechten und Anpassen, kein Nachspann mehr nach den Filmen, mitten in den Vorabendserien (Eigen-)Werbung, das „Kulturjournal" gestrichen und ersetzt durch zwei Mini-Berichte, meist über Staatsoper oder Josefstadt, die „Seitenblicke" gleich nach dem Wetterbericht (wo ist Belcredi?) und der Werbung. Ansagerinnen und Sängerinnen, die wie in RTL Waschmittel oder Schlankheitsdiäten verkaufen. Ein paar Tage später erzählt mir mein Vater, daß in Oberwart, nahe meines Geburtsortes, vier Roma ermordet wurden ... Seltsam, in all den Zeitschriften war nicht davon die Rede, auch nicht im Fernsehen, wie lange ist das her? Ach so, drei Wochen, – eine lange Zeit? Nichts hat sich verändert?

Ich komme aus dem Burgenland. Wurde dort geboren, bin im südlichen und später im nördlichen Teil des Landes aufgewachsen. Hügelige, saftige Wiesen und Mischwälder im Süden, die Ausläufer der Alpen. Weitsicht im Norden, die beginnende pannonische Tiefebene nahe der ungarischen und tschechischen Grenze. Das Dreiländereck: Endstation war das damals. Die Straße führte in das kleine Dorf (mit damals rund 900 Einwohnern, heute sind es nur mehr 600), aber nicht darüber hinaus. In meinen ersten Lebensjahren dachte ich, daß dahinter die Welt zu Ende sei, daß ich, wenn ich mit meinem Fahrrad den Stacheldraht überwinden könnte, runterstürzen würde. Später lernte ich, daß die Welt eine Kugel ist, und beobachtete zudem die Tiere, die Rehe, Fasane und

Hühner, die die Grenzen überquerten und unbeschadet wieder zurückkehrten. Das erstaunte mich sehr. Auch sah es „da drüben“ ähnlich aus wie bei uns. Ich konnte mir nicht vorstellen, daß dort „böse Menschen“ wohnen sollten, „Balkanesen, Chinesen?“

Freunde, mit denen ich später im Haus meiner Eltern zu Besuch war, meinten oft, daß sie das nicht ausgehalten hätten, so trostlos, weit und breit nichts zu sehen. „Spazierengehen? Ist doch eh immer dasselbe!“ Ist es aber nicht unbedingt, denn der Blick richtet sich auf die kleinen Dinge, Steine und Blumen und Gräser, und die sind einzigartig, jedes einzelne. Diese Weite gibt mir Sicherheit und Geborgenheit (wenn ich vor dem Meer sitze, erinnert es mich an die wogenden Weizenfelder im burgenländischen Sommer), immer noch ist mir der Himmel über Wien zu schmal, und in den Bergen bekomme ich Klaustrophobieanfälle. Gerüche fallen mir ein, von Stroh und Gras und Klee, Klatschmohn und Rittersporn und Margeriten, Hagebutten und Flieder. Gerüche von Häuserwänden auch, die Häuser rochen damals alle unterschiedlich. Bloß der Nase nach hätte ich damals den Weg zur Volksschule gefunden. Ich habe es zwar nicht versucht, aber ich denke, heute würde ich das nicht mehr schaffen, viele der alten Häuser sind abgerissen oder „modernisiert“, mit Aluminiumfenstern und Eternitdächern versehen worden. Die Vierkanthöfe und schilf- oder strohgedeckten Häuschen mit ihren Holzjalousien und Innenhofarkaden sind heuzutage nur mehr selten zu finden. „Witzig“ ist, daß man seit kurzem wieder beginnt, die Aluminiumfenster durch hölzerne zu ersetzen. Um die Architektur im Burgenland war's die letzten Jahrzehnte nicht sehr gut bestellt. Einen Architekten zu engagieren war ein Luxus (oder „unnötig" – weil Künstler, „das könn ma selber"), der Baumeister tat's auch, und so schaut mittlerweile ein Haus aus wie das andere, schnell muß es gehen und groß muß es sein. Als dann in den siebziger Jahren das große Geld mit TouristInnen (hauptsächlich WienerInnen und Bundesdeutsche) gewittert wurde, entschlossen sich clevere Geschäftsmänner rund um den Neusiedlersee, Hotelkomplexe und Bungalows im pannonischen Stil errichten zu lassen. Ungarn war nah, aber nicht so einfach erreichbar, also warum nicht ein „little Hungaria" mit Zigeunermusik, Čevapčići und Pußtastadel aufziehen? (Mittlerweile sind die Grenzen offen, und der Balaton um die Hälfte billiger!)

Vielleicht ist es typisch für „das Land", daß Ereignisse wie „Der Nachbar hat sich aufgehängt" oder „Die Fekete Franzi heiratet" im gleichen Tonfall abgehandelt, weitergegeben werden. Daß KünstlerInnen schon damals als Spinner abgestempelt waren, in der Hierarchie gleich nach den körperlich oder geistig Behinderten kommen. (Obwohl die BurgenländerInnen dann doch wieder sehr gastfreundlich sind. Und auch wenn einer ein Spinner ist, wird er akzeptiert, als Spinner eben, und man wird ihm ein Glas Wein anbieten.) Daß Wohlstand (ist gleich Häuser bauen, ausbauen, Mercedes kaufen) eines der wichtigsten Ziele blieb. Daß „Hochachtung" vor denen, „die es geschafft hatten", und eine mir schon in meiner Kindheit unbegreifliche Unterwürfigkeit Politikern gegenüber (den Nachfolgern der Fürsten und Lehnherren?) nach wie vor zur Schau gestellt wird. Daß eine zum Himmel stinkende Doppelmoral herrscht. Daß jeder alles über jeden wußte und weiß, und daß mir das Ganze doch zu eng erschien, sodaß ich schon bald den Wunsch hegte, in die Ferne zu ziehen, zu Größerem mich aufzumachen. Ich erinnere mich an eine Schulveranstaltung, für die wir ein kleines Theaterstück einstudieren sollten, irgendein Jubiläum war's wahrscheinlich, denn wir sollten alle neun Bundesländer verkörpern. Ich spielte das Burgenland, „Bin das jüngste Kind im Land ..." (geboren bzw. adoptiert 1921, davor gehörte es zum Königreich Ungarn), und meine Familie war stolz auf mich, ich jedoch schielte andauernd nach meiner Freundin, die Wien darstellen durfte. Und das wäre mir tausendmal lieber gewesen, denn sie sah so elegant aus, mit Stoppellocken und langem seidigglänzendem Kleid. Ich hatte noch Glück gehabt, denn ich war das Geburtstagskind, jetzt fällt es mir wieder ein, in rotgoldenem, der Fahne nachempfundenem Gewand, die restlichen Bundesländer in ihren Krachledernen oder Dirndln sahen neben Wien wie Vollidioten aus. Tja, man weiß anscheinend schon früh, wo man hin will.

Mit meinem Wunsch bzw. der Notwendigkeit stand ich nicht alleine da. Von jeher war der Norden des Landes nach Wien, der Süden nach Graz hin orientiert. Das betrifft vor allem die Arbeitspendler, aber auch das Studium und die Kultur.

Was ich nicht begriff: daß es nicht ganz „in Ordnung" war, daß mein Vater ein Kroate ist. Sooft es mir möglich war, vermied ich es, meinen Nachnamen zu nennen. Denn damit wäre ich entlarvt gewesen, dem Gespött ausgesetzt. Wenn wir mit dem Bus quer durch den Bezirk fuhren, um die Schüler und Schülerinnen für das Gymnasium aufzupicken, dann gab's damals, beinahe täglich, kurz vor der Ortstafel „Neudorf", das hauptsächlich von Kroaten besiedelt war, Geschrei und Gejohle („Jetzt wird's gleich stinken ...").

Es gab einen Unterschied zwischen Norden und Süden – deswegen, weil es mehr Kroaten und auch „rein" kroatische Dörfer im Süden gibt. Wie sehr habe ich sie geliebt, die kroatischen Hochzeiten im Süden: Der Trauzeuge mit seinem Hut mit bunter Schleife und aufgestecktem Rosmarinzweig, diese lange „Prozedur", das Verhandeln vor dem Elternhaus, das ich nicht ganz begriff, aber genoß, bis die Braut freigegeben wurde. Das Lachen und Schreien, Singen und Tanzen. Die phantastischen, grellen Kleider der Frauen („Grün und rot scheißt der Krowot ...")

Und weil sie mehrere waren, gab es nicht ganz so viele Beschimpfungen „da unten" zu hören, es lief aber trotzdem etwas ab, subtiler eben. (Vielleicht hat der „Fortschritt" bloß länger gebraucht, um auch im Süden Platz zu greifen?) Im Norden waren sie da schon weniger zimperlich. Und sicherlich trugen alle rundum das ihrige dazu bei, daß unser Vater uns Kroatisch nicht beibrachte. Also blieben wir, meine Schwester und ich, akzentfrei und sprachen ein K wie ein K, und nicht wie ein G („Die Gotz sitzt auf da Göllastiagn ...").[2]

2. Die Katze sitzt auf der Kellerstiege.

Den Familiennahmen nicht aussprechen zu wollen, ist schlimm für ein Kind, das erst seine Identität zu benennen beginnt.

Mit der Identität im Burgenland ist das überhaupt so eine Sache. Man sagt uns mangelndes Selbstbewußtsein nach, weil wir das jüngste und ärmste Bundesland sind, lange vom Feudalismus unterdrückt, von Ungarn abgespalten, unter Hitler neuerlich auseinandergerissen, Niederösterreich und der Steiermark zugeteilt, „durchsetzt von Kroaten" (die ersten kroatischen Söllner siedelten sich bereits 1640 hier an), gezwungen zum Auswandern (meine Großmutter mütterlicherseits ging, wie viele BurgenländerInnen, 1934 nach Amerika und blieb beinahe fünf Jahre, um als Haushälterin bei einer jüdischen Familie in New York Geld zu verdienen).

Meine Großmutter väterlicherseits, die kroatische also, hatte 14 Kinder zur Welt gebracht und dafür das *Mutterkreuz in Gold* erhalten. Lange Zeit war mir rätselhaft geblieben, warum mein Vater (geb. '39) Adolf und sein jüngerer Bruder Hermann getauft wurden. Aber das war durchaus keine Ausnahme, hat man mir erklärt, nicht wenige Kroaten hätten damals mit den Nationalsozialisten sympathisiert. Daß die verehrten Herren Paten ihnen dann aber doch nicht so gut gesinnt waren, stellte sich gegen Ende des Krieges (44/45) heraus, denn man munkelte, daß auch Kroaten deportiert werden sollten – die mit „CS" in ihren Familiennamen. Daher sind auch viele Namenskorrekturen in „CH" oder „SCH" oder „TZ" zu erklären.

Die Sprache meines Vaters habe ich nicht gelernt, und das tut mir leid. Aber ich habe viel gelesen – in meiner Muttersprache. Ich war immer gut in Deutsch, ich habe mich bemüht. (Hat auch die Stadt Wien ihren Beitrag geleistet, weil sie mich dazu angehalten hat, „schön“ zu sprechen, um den Burgenländerwitzen aus dem Weg zu gehen?)

Warum ich von den Verspottungen erzähle? Weil ich dachte, daß das Ganze vorbei ist und Vergangenheit, aber dem scheint nicht so zu sein: Andere Sündenböcke werden auf den Plan gezerrt (neue und neu-aktualisierte Minderheiten), und darüber hinaus ist etwas in meiner eigenen Verwandtschaft passiert, das mir den Zorn in die Adern trieb.

Kroaten sind eine Minderheit im Burgenland, und ich bin davon ausgegangen, daß wir alle, ob Halb- oder Vollblüter, eine Familie sind. Wissen, was Sache ist und wie wir uns politisch zu verhalten haben. Als ich dann bei einem meiner letzten Besuche erfahren mußte, daß einer aus meiner (Kroaten-)Familie, und seine Frau und Tochter natürlich auch, F[3] wählen, da blieb mir die Spucke weg. „Wißt ihr nicht, woher ihr kommt? Wie lange denn dürfen eure Kinder schon Kroatisch in der Schule lernen? Und hätte euch der, den ihr jetzt wählt, dazu verholfen?“

Die Angst geht (wieder) um im Burgenland, auch unter den Kroaten. (Ein Zigeuner ist ein Zigeuner,

3. Die „Freiheitlichen“, entstanden aus der „Freiheitlichen Partei“ des Rechtspopulisten Jörg Haider.

aber Kroate, das ist doch ganz was anderes!?) Die Angst, daß sie all das, was sie mühsam aufgebaut haben, wieder verlieren könnten, und da die anderen Parteien, die Schwarzen und die Roten, noch nie sehr an den Kroaten (z. B. im Gemeinderat) interessiert waren, läßt sie auf den Leim des Spitzbuben, „der ehrlich ist", gehen. (Parallele zu 1939?)

Da war dann plötzlich, nach meinem Wutanfall, nur mehr ein tiefes Gefühl der Ohnmacht.

Aber sie wollen ja alle gar nicht mehr, habe ich herausgefunden, Kroaten sein, Kroatisch mit ihren Kindern sprechen. Anpassung, Assimilation ist angesagt, auch hier, na klar (der liebe Gott steckt uns noch alle in seine „Westen"-Tasche). Es ist doch völlig normal, gehört dazu, wenn man sich „irgendwo" als Fremder ansiedelt – die Auswanderer nach Amerika sprechen ja auch alle Amerikanisch. Also was ist das für eine naive und sentimentale Wunschvorstellung meinerseits, Wurzeln beibehalten zu wollen, weiterzuverfolgen, wie kann ich ihnen zum Vorwurf machen, was mir selber passiert ist, freiwillig oder gezwungenermaßen?

Ist meine Angst berechtigt, daß sich hier Geschichte „wiederholen" könnte? Farbbekenntnisse vor Namensänderungen, so früh wie möglich ... Aber: Wo *zuviel* Anpassung ist, verliert sich eine Gruppenidentität.

Zurück zu dem Anschlag auf die Roma: Ich bin ins Burgenland gefahren, um zu hören, was „das Volk" dazu meint, die Ansässigen.

Was mich wieder frappiert hat und „gewöhungsbedürftig“ ist, ist der „herbe Spruch“, noch eine Spur härter als in Wien. (Das durften von mir eingeladene Freunde schon am eigenen Leib erfahren: einem hat so ein „gstandner Bursch“, ohne Vorwarnung oder Kommentar, ein blaues Aug’ geschlagen, weil er sich an der Bar mit dessen Freundin unterhielt; aber nun gut, rauhe Sitten herrschen am Land, das ist bekannt.)

Zum Thema Roma am Wirtshaustisch: „Wieviele waren es?“ Ich: „Das weißt du doch auch.“ Er: „Sag’s mir!“ Ich: „Vier.“ Er: „Nur?“ Ich: „Ich verstehe nicht, was meinst du?“ Er: „Von mir aus hätten es mehr sein können.“

Ein anderer: „Da wird nix rauskommen, bei den Ermittlungen ... Das war ein Bandenkrieg. Die haben mit Drogen gedealt, ... der eine hatte ein langes Vorstrafenregister, uneheliche Kinder, ich weiß nicht wieviele, und seine Frau hat herumgehurt.“

Ich habe mir den Ort angesehen, wir fuhren mit dem Auto daran vorbei. Die Brücke, unter der es passiert ist. („Die wollten sie wahrscheinlich sprengen“.) Der Platz, wo die Männer starben, mit Blumen und Kerzen geschmückt. („Was haben die dort gemacht, mitten in der Nacht? Mit Messern bewaffnet?“) Die Siedlung. („Die werden in der Zwischenzeit sicherlich aufgeräumt haben.“) Vier Häuser, dazwischen Männer und Frauen und Kinder. („Der Staat hat ihnen diese Häuser bezahlt – früher standen da Wohnwägen – und was haben sie damit gemacht? Sie runterkommen lassen, nicht gepflegt, verdreckt.“)

Es war mir unangenehm durchzufahren, das muß ich gestehen, *Romaschauen*, aber ich habe ganz sicherlich keine Angst gehabt, „Aussteigen? Bist du wahnsinnig?“, noch ist mir die Siedlung „armselig oder verkommen“ – „die haben inzwischen aufgeräumt“ – erschienen. Ich wäre gerne ausgestiegen, aber in der Situation war das nicht möglich, ich besitze kein Auto, also war ich auf den Chauffeur angewiesen.

Die Zusammenfassung dreier Tage: „Gegen die Zigeuner haben wir im Prinzip nichts. Es gibt auch anständige, solche, die arbeiten und die es zu etwas gebracht haben. Aber die in Oberwart, die taugen nichts. Die stehlen und überfallen Leute. Die Frauen sitzen herum und rauchen, die Kinder gehen nicht in die Schule. Die wollen ja gar nix arbeiten. Und aus den Häusern haben sie sogar die Armaturen herausgerissen, um sie zu verscherbeln. Und jetzt, nach dem Anschlag, da gehen die Frauen Schmuck einkaufen, von dem Geld, das sie gekriegt haben.“ (Ich kann das nicht überprüfen und will es auch gar nicht, aber ich „Weltfremde“ und „Träumerin“, selber *irgendwie asozial*, verstehe das falsch: für mich sind Stehlen, Hehlerei, Dealerei wie auch Prostitution eine „internationale“ Sache, sämtliche soziale Schichten betreffend, und „Geschäfte wie viele andere“. – Soll ich sagen, daß „die da“ recht „gepflegt“ leben, vergleichsweise zu Indien?, Thailand?, und „schmutzig“ nicht gleich „schmutzig“ ist?, und wenn sie Geld vom Staat nehmen, nicht besser oder blöder sind als „Einheimische“, die mit ihren Steuern und Pensionen tricksen?)

Tatasche ist: „Aus denen kriegst du nix raus.“

Und: „Aber man darf ja gar nix mehr sagen, gegen

die Zigeuner oder die Juden, da geht's dir selber an den Kragen ..."

Laut Ansässiger haben die sich selber in die Luft gesprengt, ein Unfall, und niemand traut sich das zu sagen; (und die Tafel? und der Bekennerbrief? „Selber geschrieben!") und sie selbst wollen alle nichts mehr davon hören, weil da so ein Spektakel gemacht wird, wo die Politiker anreisen und Staatsbegräbnis und so. Ich habe mir die Situation der selbständig Gewerbetreibenden und deren Schwierigkeiten schildern lassen, und die von 80jährigen PensionistInnen, die mit ihren Mindestrenten nicht zurechtkommen, sie alle schuften und haben geschuftet, und damit ist ihre Einstellung den Roma gegenüber zu erklären (aber nicht zu verstehen). Und ich kenne die Geschichte der Kroaten, 1939 und 1945, und ihre Reaktion heute.

Ich bin traurig wieder weggefahren aus dem Burgenland.

Im Sommer genieße ich Wien sehr, die zahlreichen Parkanlagen und Schanigärten, leicht erreichbar die Donauinsel (als größter Nacktbadestrand Europas), all die anderen Bäder, der Prater und der Wienerwald. Die Menschen wirken fröhlicher und gelassener (obwohl einem echten Wiener ja nie etwas recht sein kann, denn zuviel Hitz', das ist auch wieder nix ...). Oft bringen mich die Menschen hier zum Lachen, bloß durch ihr Aussehen, das für mich etwas Komisches hat. (Ich meine das nicht böse, sie mögen es mir verzeihen!)

Ich genieße das mannigfaltige Angebot, sommers

wie winters, und die Vielfalt von Kaffeehäusern, Restaurants und Bars. Es ist ganz zweifellos auch eine „sichere" Stadt, in der ich mir keine Gedanken machen muß, nachts alleine nach Hause zu gehen. Vieles ist noch möglich in Wien, nebeneinander.

Klischees wie Todessehnsucht, Melancholie, Zentralfriedhof etc., Raunzerei und Jammerei und Weinseligkeit haben natürlich ihre Hintergründe und sind, vielschichtiger allerdings, Bestandteil dieser Stadt, genauso wie Psychoanalyse, Walzer und Opernball. Erotisch gesehen ist es ein Puzzle aus „Nirgends gewährt man, wie hier, vor den ersten Küssen die letzten"[4], „Wien hat die schönsten Frauen" (erzählt man sich im Ausland, und deshalb sind wohl die Männer so „nebochant"[5], weil die Auswahl dermaßen groß ist ...), und Muttersöhnchen-Syndrom.

Auch hier treffe ich auf solche, „die sich kein Blatt vor den Mund nehmen", ausländerfeindlich und ignorant sind. Und auf viel zu viele Verdränger, die sich nicht erinnern wollen.

Mich kostet diese Stadt oftmals sehr viel Kraft, vor allem im Winter (ab Februar hängt eine schier unüberwindbare Depressionsglocke über Wien: alles wird „mühsam"), Zuspruch darf man sich da nicht erwarten, und Förderung genausowenig. (Da ist man wiederum zur Wanderschaft gezwungen, für KünstlerInnen ist ein Auslandsbonus durchaus von Vorteil, wenn nicht überhaupt Voraussetzung, um hierzulande Erfolg zu haben.) Die berühmte Wiener Gemütlichkeit

4. Ingeborg Bachmann: „Landschaft vor Wien".
5. Jiddischer Ausdruck für: ignorant, uninteressiert.

hat naturgemäß auch ihre Schattenseiten; auf der einen Seite ist es angenehm, nicht so unter Druck zu stehen wie in vergleichbaren Großstädten, auf der anderen Seite schleichen sich Trägheit und Halbheiten ein, ein Improvisieren auf Kosten von Professionaliät, das durch „Wichtigtuerei" und Professoren-Titel-Vergaben kompensiert wird. („Ach wie wichtig war doch diese Stadt, dieses Land einmal, und wie wenig ist davon geblieben? Wenn doch der gute alte Kaiser noch wär' ...")

Was ich gelernt habe auf meinen Reisen, ist, daß wohin auch immer ich gehe, ich auf „Vertrautes" und „Ähnliches" treffe. Es waren Landschaften, vor allem aber Menschen. Zu wünschen wäre, daß die Menschen verstehen, daß es weitergeht hinterm eigenen Horizont, und daß ganz sicherlich *nirgendwo* der Mittelpunkt der Welt ist.

KÄRNTEN

Ingeborg BACHMANN
Edith DARNHOFER-DEMAR
Gerhart ELLERT (Gertrude Schmirger)
Lilian FASCHINGER
Helga GLANTSCHNIG
Maja HADERLAP
Milka HARTMANN
Margarethe HERZELE
Christine LAVANT
Cvetka LIPUŠ
Lydia MISCHKULNIG
Ingrid PUGANIGG
Ingeborg TEUFFENBACH

Edith Darnhofer-Demár

wurde am 5. Februar 1945 in Mauthen geboren. Nach ihrem Studium der Staatswissenschaften arbeitete sie als Kultur- und Wissenschaftsredakteurin für österreichische und internationale Medien. 1982 erhielt sie den Worthington-Preis für Europäischen Wissenschaftsjournalismus. Nach einem längeren Aufenthalt in Kolumbien lebt sie nun als freie Schriftstellerin in Klagenfurt/Celovec und Wien. Literarischen Veröffentlichungen in Anthologien. Buchveröffentlichung „First Land", Klagenfurt/Celovec 1995 – eine formal und thematisch erweiterte Fassung dieses Textes.

ERICH: NEIN – SIECH: NEIN

Zugestimmt habe ich. (Soviel zur Kärntner Erzählform.) Ja, sagte ich zu Barbara Neuwirth, darüber – eine Autorin in Kärnten – gerne! Und was das bedeutet. Es bedeutet wenig. Wenn es bedeutet, dann Gschichterln und Geschichte. Vor allem: gemachte Geschichten. Natürlich hatte ich gleich ein paar parat. Schließlich lebe ich von Wörtern am Wört(h)ersee. Seit jeher. Ich seit meiner Empfängnis an einem lichten Waldrand Kärntens (war es ein rotes Mieder, das verrutschte? lösten sich die Zöpfe? umschlang mich ein schwarzes Haar bei diesem kriegsbedingt außerordentlichen ehelichen Verkehr?) – wenige Wörter, aber gewiß genügend schon in der Schwangerschaft der germanistischen Mutter, und dann erst recht seit meiner Geburt am Fuße des Plöckenpaßmassivs.

Ich sagte zu. Bin ich auch anderswo, auswärts, oben drüber, inwendig, unten durch oder sonstwo: Auswendig ist es klar, auch ich bin Kärnten. Wie ich der schwarze Würfel aus Polareis bin und das blaue Atomfeuer in Bombay, das ihn löscht. Wie ich der Rosenkranz bin, der durch die Finger von Juana de Asbaje in Mexiko gleitet, und das frauengehütete Buch in der Bibliothek von Alexandria. Ich bin auch diejenige, die versteht, was die männliche Lokalgröße aus Klagenfurt meint, wenn sie im Landtmann in Wien dem Ober eine *Tetschn* anträgt. Ich habe, so hat es mir die Landeshymne *eingeweist*, einen besonderen Saft aus Mut und Treue in den Adern:

„Wo Mannesmut und Frauentreu
die Heimat sich erstritt aufs neu,
wo man mit Blut die Grenze schrieb
und frei in Not und Tod verblieb."

Nein, so hatte ich das nicht im Kopf, wie es der jetzt aus gegebenem Anlaß wiedergelesene Text zeigt. Da steht nicht Mut und Treue, da steht Mannesmut und Frauentreu. *Meiner Seel*, mit diesen beiden Gewächsen habe ich nichts zu schaffen. Wer kam bloß auf die Idee, die beiden alten selbstregenerierenden Worte auf einen Penisschutz und einen Büstenhalter einzuschnüren? Sieh da, der Kranich ist eine Frau, Maria mit dem echtkärntner Namen Millonig, die diese Strophe 1928 – wohl auch aus gegebenem Anlaß – geschrieben hat.

Wie sieht es mit den drei anderen Strophen des Kärntner Heimatliedes, aus dem vorigen Jahrhundert, aus Männerhand, aus? Sie halten stand. Ausgehend vom Standpunkt heute, muß allerdings gesagt werden: Sie halten meine Erinnerung, aber nicht die letzten Jahrzehnte aus. Aus ist es. Über „der Matten herrlich Grün" trampeln Verhüttelung, Autobahnen und Fremdenverkehr. Des „Glockners Eisgefilde", von „Alpenluft umweht", ergeben Anstellen zum Gipfelsturm, *im Gästebuch die Namen der Beschauer.* Der „Lavant Welle" beginnt gerade erst der Zellstoffproduktion die alte landeshymnische Frische wegzustehlen.

Die Aufzählung der Wasser, lauter fließende (der Leiter reine Quelle: ich war nicht da kürzlich, ist sie noch rein?; der Draustrom: längst von Stromseen eingebremst, die Villacher Schleife und die Teufelsschwellen unter der Hollenburg – das Flirren des Gerölls am lichten Grund – technisch perfekt bereinigt; die Lavant: hatten wir schon), ist wie die Millonigsche Blutstrophe ein Dokument Kärntner Geschichtsbewußtseins. Solcherart wassergespeiste Tallandschaften mit den umliegenden Quellgebirgen, sind sich manche in Kärnten gewichtige Historiker einig, stellen eine der geschlossensten Einheiten Mitteleuropas dar. Dabei vergessen sie, daß der Draustrom im heute anderswo als in Kärnten entspringt. Etwas vergessen sie nicht: Die paar letzten tausend Jahre, so lassen sie es „längs der Berge Rand" anklingen, haben ausschließlich auf dieses heutige Restkärnten hingearbeitet, auf diese geschlossene Einheit. Ich nenne das die Teleologie der mit Blut geschriebenen Grenze.

Aus den ersten drei Strophen, 1817 von Thaurer von G. geschrieben, schließe ich obendrein auf einen Nichtschwimmer. Keine Schande damals, auch hier nicht, wo heute jeder Frosch das Schwimmen im See und das Sterben auf der Straße lernt. Die stehenden

Wasser sind Thaurer von G. nicht geschichtsträchtig genug. Sie fallen zwischen Glockner und Lavant durch. Nicht einmal der See meiner Kindheit ist genannt, wiewohl 1817 bereits sommerbefrischt. Es gibt ihn noch, auch wenn unter den Badeleibern schwer auszumachen. Aber im Herbst räumt der Wind die verlassenen Campingplätze auf. Es gibt ihn noch, wenn sich auch zufriedene Algenbündel im Winter für die Sommerbedüngung bedanken. Er ist geschichtenträchtig, wie ihn Ingeborg Bachmann in „Drei Wege zum See“ nicht erreicht. Die Wege sind von der Autobahn abgeschnitten.

Hab ich ihn erfunden, den See, aus dem mich der Vater als wasser*narr*isches Kleinkind rettete, aus dem die Welle aufsprangt, die meine Wiege schwang? Es gibt den Wörthersee nicht. Auch nicht in der Landeshymne. Es gibt ihn nur in meiner Erinnerung. Die Frage der Existenz des Sees ist ein Grenzfall. Auch wenn er der Fall ist. Zugegen ist er *in der Sprache, im reinen Sein*. Eine Autorin ist nicht *der* Fall. Sie ist *ein* Fall. Wie Kärnten ein Grenzfall. Besonders, wenn sie eine Kärntnerin ist.

Ingeborg Teuffenbach ist der Kärntner Grenzfall an sich. Ihre Begabung entzündete sich wie der Zufall meiner Empfängnis und Geburt am „Führer“. Ihr mädchenhafter Fall für einen gefährlich verunfallten Künstler war typisch und vorübergehend, wird ihr aber heute – dank veröffentlichter einschlägiger Lyrik – immer noch wieder vorgehalten. Da haben es andere Kärntner ihrer Generation, die in der Mehrzahl ihren Sündenfall nicht schriftlich dingfest gemacht haben, schon leichter. Die Texte umgeschrieben, wie der Kärntner Landesdichter Josef Friedrich P. hat Ingeborg Teuffenbach jedenfalls nicht.

Ein Fall reinen Seins in der Sprache war Christine Lavant. Daß man eher heimlich von ihrer unheimlichen poetischen Kraft sprach und ihr besonderes Dasein in Ruhe ließ, ist die unerwartete andere Geschichte im Lande. Otto S., als Gerichtspsychiater nicht zimperlich und den Kärntner Freiheitlichen nahe, heilte ihr depressives Genie *nicht*. Er stand ihr als Freund bei. Wann und wenn sie es wollte. Christine Lavant ist der Ausnahmefall.

Grenzfälle sind die Autorinnen in Kärnten, aber auch die in Tirol, in Vorarlberg, in Salzburg, in Ober- und Niederösterreich, im Burgenland und in der Steiermark. Allein in Wien sind sie lediglich ein Fall. Soldaten fallen an der Grenze. Sie schreiben mit Blut: „frei im Tod." Endlich. Worte fallen. Nicht für das Heimatlied, sondern für Ingeborg Bachmann sind die Kärntner Seen der Fall. Ein existenzieller und utopischer, ein Erinnerungsfall, der in „Von einem Land, einem Fluß und den Seen" glänzend berührt.

> *„Wer weiß, was sie auf Grat und Gipfel suchten?*
> *Ein Wort? Wir haben's gut im Mund verwahrt;*
> *es spricht sich schöner aus in beiden Sprachen*
> *und wird, wenn wir verstummen, noch gepaart."*

Wenn eine Autorin ein Fall ist – und überhaupt, wie jeder weiß –, wird kein Wort im Mund verwahrt. Nichts gelernt. Nichts verloren. Nichts gewonnen. Alles gleich ausgespuckt: „Nestbeschmutzer“ – das „-in“ war damals noch nicht in – jammerten die vielen, welche die Geschichte des Landes in „Jugend in einer österreichischen Stadt“ nicht wiedererkennen wollten; „larmoyant“, „hysterisch“ und anderes mehr plärrten die wenigen, die auf die Nazijahre hierzulande hinwiesen, aber die Sprengkraft der unmodischen Bachmannschen Prosa nicht *er*lassen. „Unter Mördern und Irren“ konnte getrost ignoriert werden, denn es war ja weit weg von Kärnten.

Doch etwas gewonnen: Ein langsamer Feuertod in Rom. Die Schande nicht im Mund verwahrt, nicht ans Herz genommen, sondern rasch hinuntergeschluckt. Ohne sich zu verschlucken, erfolgt die hiesige Besetzung – städtisches Ehrengrab in Klagenfurt-Annabichl eingeschlossen – und Glorifizierung der berühmten Dichterin. Noch ein Aufheulen, als Uwe J. seinen ritsch-ratsch-scharfen, auch in jedem Fehler richtig in den Lokalkolorit greifenden, Klagenfurt-Essay vorlegt. Die Brandschienen zum Erfolg sind gelegt. Zwar fand Humbert F., die Gedichte des Rainer Maria R. seien weit besser als die der Bachmann. Was soll's? Mit dem Intendanten des ORF-Studios Kärnten, Ernst W., hob der bei seinen Radiohörern vielgeliebte Humbert F. den *Bachmann-Preis* vom Totenbett der wenig geliebten Dichterin.

Klagenfurt federt sich zur Literaturstadt des deutschsprachigen Raums. Wie stolz sind wir, wenn einer sich für die Kunst die Stirne schlitzt! Wie vor einem Krimi sitzen wir, wenn der große Marcel R.-R. die Kanonen auffährt, und wir fallen beglückt unter seinen

Wörtern (wie traurig sind wir, als er das Spektakel verläßt)! Wie ungeduldig sind wir, wenn Hilde Spiel den Nervenkitzel mit kleinmütiger Sorgfalt unterbricht! Ach was! Wen interessieren schon heimische Autoren. Wir sind nicht kleinkariert. Hier geschieht, was literarisch der Fall ist. Hier sind die Literaturgelder der hiesigen Kulturbudgets gut gebunden. Es gibt ja auch andere, belanglosere, Preise. Bei denen sieht man, was die Kärntner Autoren taugen. Zum Beispiel beim Hörspielpreis 1988 der Gruppe 508, der aus Mangel an hiesiger Schöpferkraft ohne das übliche Alters- und Landesgrenzenlimit ausgeschrieben worden ist. Gute Kärntner Autoren sind Mangelware. Das sagte der Literatur- und also Hörspielmann des Landesstudios Fred D. in seiner Ansprache zur Preisverleihung. Es habe, so unser Landesfachmann, leider keine Kärntner unter den Preisträgern gegeben, obwohl, räumte er sicherheitshalber ein, beachtliche Nachwuchsarbeiten eingereicht worden seien. Fred D.s Diagnose: Nach den großen Kärntnern Peter H., Peter T. und Gert J. sei ein „Wellental“ zu verzeichnen.

Drei Kärnter Dichter verseuchen mit ihren Zellstoffprodukten die Kreativitätsquellen im Lande. Zwei von ihnen, Peter H. und Gert J., sind in „Kärnten im Wort“ (Heyn., Klagenfurt 1971) genannt. Unter den 56 Autoren behandelt der kleine Band immerhin 13 Autorinnen (1956, im gewichtigeren „Geistiges Kärnten“, ebenfalls von Erich N. erarbeitet, sind es unter den zeitgenössischen erst zehn). Über Autorinnen fällt im TV-Bericht zur Ansprache von Fred D. sowieso kein Wort. Aber wo sind, wenn sie nicht gestorben sind, in den 17 Jahren zwischen „Kärnten im Wort“ und der Preisverleihung all die Autoren hin verschwunden?

Herausgegeben wurde „Kärnten im Wort“ von der Josef Friedrich-P.-Gesellschaft, die sogar eine harsche, allen Fachkriterien entsprechende Zurechtrückung des Landesdichters aushält und jenes Forum in Klagenfurt ist, das am längsten regelmäßige Lesungen mit heimischen Autoren bietet. Die andere unerwartete Kärnten-Geschichte hat mit J. F. P. zu tun: Klaus A., im Gegensatz zu Otto S. kein Kärntner, hat nicht nur unseren Landesdichter zurechtgerückt, er nimmt sich an der jungen Klagenfurter Universität auch kritisch anderer mit Kärnten verbundener Dichter an. Wenn, was bei Robert M. oder bei Christine Lavant der Fall ist, ihre Literatur schon Öffentlichkeitsstatus hat. Nun macht die Universität aus Klagenfurt noch nicht den Sommer, eher wird sie hier als Kuriosität betrachtet und aus Wien mit Witzen bedacht. Dennoch: Kleine Wellen kräuseln, aus der Alma Mater Minimunda schlagend, die touristische Watte. Jetzt arbeiten auch andere als die Landeshistoriker, von denen ich spreche, im Land. Jetzt gibt es eine anspruchsvolle Slawistik, die den Weg der slowenischsprachigen Kärntner wieder zu einer Zweibahn zwischen Klagenfurt/Celovec und Ljubljana/Laibach macht.

Wo stecken die Autorinnen, die in diesen 17 Jahren zu schreiben begannen? Etwa die zweisprachig-sprachgewaltige Maja Haderlap: Sie ist Dramaturgin am Stadttheater Klagenfurt. Etwa Gudrun Maria Leeb: Das Schreiben scheint ihr neben der Arbeit beim

ORF wenig wichtig. Etwa Gabriele Demeter: Sie hat trotz eines Literaturpreises die Schreibfeder aus der Hand gelegt. Etwa Christiane Janach: Sie schreibt, sie hat ein Kind, sie hat kein Auskommen.

Drei Dichtermänner als Nachwuchsflußverseucher. Das ganze, der Ausfluß, ist eine Sache unter Männern. Es beleidigt mich, solche Banalität auszusprechen. Lieber überlasse ich die Verkürzung dessen, was der Fall ist, dem ins weise Alter überlebenden H. C. A: „Wer dichten kann, ist Dichtersmann." Überliefert wurde diese Sentenz vom Literaturspezialisten – auch er ein hellhöriger Gast beim Bachmann-Preis – Ulrich W. von der Schule der Dichtung in Wien, Jahrgang 1994.

Ein öffentlicher Kunst-Stall ist das überhitzte ORF-Theater in Klagenfurt. Die Schlachtungen, denen wir zujubeln (oder die wir – sei es aus Langeweile oder als Entlastung – gelegentlich ausbuhen), ließen 1991 das Blut überkochen. Im Stall zunächst, und dann kreisten die Wellen rotgefärbter Kreativitätswässer langsam, zwei Wochen langsam die Amplitude verstärkend, hinaus, bis das Kärntnerland bloßgewaschen war: die FPÖ forderte, Urs A. möge den Preis für seinen „Babyficker-Text" zurückgeben; leiser und lauter stimmten Vertreter aller anderen Parteien zu; der Skandal ist bekannt, auch in der Schweiz und in Deutschland wurde Urs A., der die Jury bewußt herausgefordert hatte und gewann, beschimpft – nicht nur von wütenden Frauen.

Nein, nichts Neues unter der Sonne. Der Skandal spiegelte ebenso wie die beginnende Debatte über Wer-warum-welches-Geld von der US-Nationalstiftung für Kunst bekommen darf und wer nicht, wie viele Kulturgeldervergaben in Wien, Berlin, oder sei's drum – in Teheran. Nichts ist gleicher unter der Sonne *als* die Sonne selbst. Auch wenn sie, die *Nachmittage hell und ungeheuer*, auf Kärnten scheint.

Sie will eine Gegenstimme sein, im immer wiederkehrenden Geheul. So geht das nicht. Wieder hat niemand, der mit Wörtern, Farbe und Eiern wirft, den Text gelesen. Dort ist es eindeutig: Die Babies stehen für die Arbeit an der Sprache. Nichts ist an ihnen real. Auch wenn das Bild, das Urs A. gewählt hat, aus der untersten Sadolade kommt, kann man den Autor selber nicht behandeln, als hätte er Säuglinge gequält.

Es gibt auch andere Gegenstimmen: Willy R., der die Förderungsstelle des Bundes für Erwachsenenbildung in Klagenfurt leitet, als wären wir nicht an der wellenverstärkenden Peripherie, freut sich über einen Vortrag; Ernst G., dessen scharfes Auge jeder Kulturmetropole würdig wäre, wenn er es auf der Zunge trägt, druckt den Vortragstext mit dem Titel „Wer darf wann wen wie ficken?" als Alleinredakteur – so umschreibt er die Tatsache, daß er von Planung über Redaktion bis Versand die gesamte Arbeit für die Kärntner Kulturzeitschrift „Die Brücke" macht – als Brücke-Essay ab.

An diesem Vortragsabend bleiben alle Kunstfreunde und -freundinnen trotz des Themas fern. Die Freunde und Freundinnen ihres bürgerlichen Klagenfurter Ich sind hingegen da. Sie sind an einer an-

deren Stimme zum Skandal interessiert. Auch die Frauenreferentin der Kärntner SPÖ, Melitta Trunk, ist da. Sie will, daß sie den Vortrag für die Kulturbefaßten im Landtag wiederhole.

Dazu kommt es naturgemäß in der Schnellebigkeit der Tagespolitik nicht. Unter den Lesern der „Brücke" sind die Kunstmänner begeistert, einige der Kunstfrauen finden es doch etwas radikal. Die wenigen Feministinnen, die den Text in die Hand bekommen, sind über ihre „Urs-A.-Verteidigungsrede" empört und werfen ihr vor, der ärgsten Pornographie in die Hände zu spielen.

Was heißt da Ernst-Diskurs im Phallus-Symbol-Rahmen! In meiner Höhle habe ich es gerne dreieckig, ypsilonhaft und heiterrund, wenn ich *im Höhlenbild den Traum vom Menschen* suche. Das *baubinische* Geschlängel aus der Zeit vor der Vertreibung steckt da irgendwo. Auch die *Drachenzeichnung* aus der Zeit vor dem Heldenspeer. Die Hühnchen, die ich rupfe, sind keine Legebatteriehennen. Meine Schneehühner sind Feministinnen. Nicht die Gasthausplauscher, Dichtersmänner oder nicht, mit ihrem kleinen Emanzipationseinmaleins, für das sie gar Applaus erwarten. Drei mal drei ist neun, sieben und dreizehn sind heilige Zahlen. Chaosformeln des Feminismus sind gefragt, damit auch die Apfelweibchen im Abbild der Welt erscheinen. Wir Weiber haben nicht nur Hirn, wir sind auch Baubo-Erbinnen!

So fliegen in meiner Höhle die Federn für die Autonomie des poetischen Ich. Freiheit der Baubo auch gegenüber den Anliegen meines emphatischen, meines bürgerlichen, meines verständigungsfreudigen, meines feministischen sozialen Ich. Meine sozialen Ichs sind der Fall. Kärnten ist ein starkes Land voller starker Frauen. Mein feministisches Ich kommt hier, nicht in Miami, nicht in Amsterdam, nicht in Rom vor den Fall. Ein Fall für das Lachen der Baubo, Fettpölster, Brüste und Vulva schüttelnd.

Sie fällt, aus Lateinamerika zurückgekehrt, in Kärnten wieder über Ausstellungen schreibend, über geballte Kunstpotenz von Frauen: Inge Vavra, Isolde Oswald, Caroline, Christine de Pauli, Gertrud Weiss, Monika Kircher, um nur einige der Stolpersteine im hiesigen Kunstbetrieb zu nennen. (Sie wird das Team aus Hamburg, das am dritten Kärnten-„Merian" plant, darauf aufmerksam machen. Es wird nicht interessieren. Es interessiert die Nummer sicher der Kunstmann und Altmeister Giselbert H. An Weiblichkeit wird dennoch gedacht sein: Zwei Grigias zieren titelblattmäßig eine Dobratschweide; und ohne Christine Lavant und Ingeborg Bachmann geht es doch nicht. Kärnten wird sich, dank eines Meisterfotografen, fremdenverkehrssicher so darstellen, wie es Thaurer von G. besungen hat. Selbst der Draustau wird so tun, als setze er sich im 19. Jahrhundert in Szene.) Die Stolpersteine türmen sich zu einer kärntenspezifischen Schöpfermasse. Isolde Oswald animiert sie. So organisiert sie eine Künstlerinnenrunde. Innerhalb weniger Monate verblüht die potentiell kritische Masse zum anspruchsvollen Da-

mentreff. Die Künstlerinnen sind verschreckt, weil sie Handeln vorschlägt, etwa den laschen Kunstverein statutenmäßig zu unterwandern, die dort sowieso leidige Arbeit zu übernehmen, um im schönen Haus mehr hiesige Frauen zu präsentieren, um Frauen zu Kuratorinnen zu machen. Schließlich wird sogar das von den Kunstmännern argwöhnisch beäugte Extrazimmer im Künstlerhaus aufgegeben: Von da an bewirtet Frau Frauen im trauten Heim. Dann holt sie – vielleicht sind die großen Worte und ihre Folgen nicht Sache der mit den Augen denkenden Künstlerinnen – Autorinnen zusammen. Sie kommen. Verlangt wird Erfahrungsaustausch, eine Minischreibschule und – bitte! – kein feministisches Jotta. In diesem Fall ist sie verschreckt. Sie läßt die Sache wie einen heißen Erdapfel fallen. Zu viele Jahre hat sie in den Redaktionen die Erdäpfel von anderen mit Korrekturschälen rund gemacht. Dann schmilzt sie sogar – weil es um einen Preis für Frauen geht – einige ihrer eisernen Regeln ein. (Alle diese Regeln wurden beim Literaturpreis der Gruppe 508 in Villach, die sie in ihre erste Jury bat, eingehalten. Das ist der Ausnahmefall in Kärnten, das hier zu Schildernde der Regelfall.) Sie läßt sich für die Jury des „Kulturpreises der Sozialdemokratischen Frauen Kärntens“ nennen, obwohl die erste Preisträgerin schon feststeht, obwohl es keine Statuten gibt, obwohl es keine gesicherten Mittel gibt. In den beiden folgenden Jahren beschließt zumindest die Jury gemeinsam die Preisträgerinnen, aber ihr Drängen auf Statuten bleibt unerfüllt. Dann wird die Jury formloser aufgelöst, als sie einbe-

rufen worden ist: Aus der Zeitung erfährt sie die Preisentscheidung für 1994.

Wenn das Handeln der Politikerinnen die regellose Improvisation, das Handeln der Hausfrauen der erste scheue Sprachgewinn auf dem Küchentisch, das Handeln der Künstlerinnen Pinselstrich, Hammerschlag oder Metallformung ist, so handle ich mit Wörtern. In der Reihe „Türspalt zur Kunst", die gemeinsam mit der Stelle von Willy R. veranstaltet wird, halte ich 1988 einen Vortrag:

Mit zwei Zitaten versuche ich, das emotionale Futter des hier behandelten Stoffes zu vermitteln:

„Das Weib hat so viel Grund zur Scham: Im Weibe ist so viel Pedantisches, Oberflächliches, Schulmeisterliches, Kleinlich-Anmaßliches, Kleinlich-Zügelloses und Kleinlich-Unbescheidenes versteckt ..., das im Grunde bisher durch die Furcht vor dem Manne am besten zurückgedrängt und gebändigt wurde. Wehe, wenn erst das ‚Ewig-Langweilige am Weibe' – es ist reich daran! – sich hervorwagen darf!"

Das zweite Zitat: „Obwohl der Mann, aus Scham über sich selbst und über das, was er tut, in allen Lebensbereichen auf Geheimhaltung und Intimsphäre besteht, hat er doch kein wirkliches Verhältnis zur Intimität. Leer wie er ist, ein unvollständiges, halbes Lebewesen, ohne ein führendes Ich und dauernd auf weibliche Gesellschaft angewiesen, hat der Mann keinerlei Bedenken, sich in die Gedanken einer Frau, auch einer völlig fremden, überall und zu jeder Zeit hineinzudrängen; vielmehr ist er, wenn er dabei abblitzt, empört und beleidigt ...“

Das erste Zitat stammt von Friedrich N. Er war und ist ein angesehener Philosoph, der in geistiger Umnachtung endete. Das zweite Zitat ist von Valerie Solanas. Sie war eine Avantgardistin in New York und wurde ins Irrenhaus gesteckt.

In der Kunstwelt läuft es zunächst so ab wie in anderen Sparten. An der Basis wächst langsam die Zahl der Frauen, nach und nach rücken sie in mittlere und höhere Positionen ein. Anders als sonst – 1986 gab es immerhin schon 44 Universitätsprofessorinnen, und ohne eine Ministerin oder Staatssekretärin geht es in Österreich nicht mehr –, ist die oberste Etage in der Kunstszene für Frauen unerreichbar. Die internationale Berühmtheit, die selbstverständliche Präsenz im Bewußtsein der Öffentlichkeit gibt es nicht. Nur wenn Frauen den reproduzierenden Sparten angehören, erreichen sie Weltruhm. Aber auch diese Stars müssen dieselbe Spanne der Einkommenseinbuße gegenüber Männern hinnehmen wie die Arbeiterinnen. Auch wenn sie, im Gegensatz zu diesen, Millionen verdienen.

In unserem Raum lautet der älteste Begriff für Wissen, Weisheit, Kunstfertigkeit „List“. Er ist heute noch in „Kriegslist“ da und steckt in den Wörtern „lernen“ und „lehren“. Ursprünglich deckt der Begriff „List“ das Wissen über gesellschaftlich wichtige männliche und weibliche Tätigkeitsbereiche ab: Kriegsführung, Schmiedehandwerk, kultisch-magische Weisheit. Die Kirche führte Jahrhunderte lang ihre Schlacht gegen die alten göttinnenzentrierten Religionen, deren magisches Wissen von Männern und Frauen gepflegt wurde. Schließlich drängte die Kirche das Wissen in den Bereich des verbotenen Zaubers. Damit war die „List" ins Böse gekehrt. Das neue Wort, das jetzt – nämlich um 1270 – für das „gute" Wissen um Herrschaft und um den Kult für den Männergott gebräuchlich wird und Tätigkeitsbereiche betrifft, die das Männergeschlecht an sich zog, hat ursprünglich nichts mit „lernen" und „lehren" zu tun, sondern mit „können". Es ist das Wort „Kunst".

Je unverbindlicher und vielfältiger die Kunst in der Moderne wurde (die Ethnologen beobachten in vielen Kulturen das Phänomen, daß mit wachsender gesellschaftlicher Unverbindlichkeit die Vielfalt, bei starker Verbindlichkeit jedoch die Gleichartigkeit wächst), desto leichter wurden Künstlerinnen zu ihrer Vorhut. Denn die anarchische Qualität, welche die Avantgarde immer auf ihr Banner – gleichgültig, was sonst noch ausgerufen wird – heftet, gibt zumindest in der Theorie nicht nur den Männern, sondern auch den Frauen Rollenfreiheit. Das allerdings nur in Nischen der Gesellschaft, die eben deshalb entstehen konnten, weil die Kunst unverbindlich geworden war.

Es waren Frauen, welche die Vorhut im russischen Konstruktivismus ritten. Es waren Frauen, welche die Performance zur Kunstform machten. Es waren Frauen, die Environments besonders nutzten.

Aber wir müssen alle Namen und Daten nachschlagen. Denn im Bewußtsein der Öffentlichkeit ist nur der Name Meret Oppenheim zu finden, nicht etwa der der Schwedin Hilma Af Klimt oder der der Engländerin Eileen Agar. Alle drei und andere, hier nicht genannte, sind für die Kunst des 20. Jahrhunderts ebenso wichtig wie viele ihrer männlichen Kollegen, deren Namen sofort präsent sind. Und: Daß Meret Oppenheim dennoch einen Namen hat, liegt nicht an der Tasse, die sie mit einem Pelzmäntelchen zum Kunstwerk machte, sondern an ihrer Sammlerinnentätigkeit, der Musenfunktion.

Daß Künstlerinnen sich dem Bewußtsein der Öffentlichkeit auch über die Avantgarde nicht einprägen können, liegt auch an der Rollenunvereinbarkeit von Frau und Gewalt. Für Frauen bedeutet die aggressive Tendenz des avantgardistischen Anarchismus Gesichtsverlust. Beim Publikum und bei den männlichen Kollegen. Wurden die Happenings der 60er Jahre trotz ihrer Blutbäder, Gewalttätigkeit, ja auch Selber-zu-Tode-Bringungen als anarchistische Kunstakte mit politischem Protestcharakter begriffen, solange dies unter der Führung von männlichen Künstlern geschah (die häufig Frauen in Blut, Gedärme und Dreck packten), so wurde der Gewaltakt der Avantgardistin Valerie Solanas, die 1968 in New York auf Andy W. und einen Kunsthändler schoß (ohne zu töten), von Kollegen als Verfolgungswahn, von Zeitungen als politischer Terrorakt der Vereinigung SCUM und von den Gerichtpsychiatern als Paranoia beurteilt. Nur die kleine revolutionäre Gruppe „Up Against the Wall, Motherfuckers“ schrieb: „Andy W. von Valerie Solanas erschossen. Plastikmann gegen süße Mörderin ... Unmann von der Realität seiner Träume erschossen, als Kulturmörder kam – ein hartes Mädchen mit Bop-Mütze und einem 38er Colt – die wahre Rache von Dada – hartes kleines Mädchen – Männerhaß und Menschenliebe ..." Übrigens: SCUM heißt „Society for Cutting up Men".

Die Kunstfrauen sind zahlreich zum Vortrag erschienen. Sie fühlen sich vertreten. Kriemhild Trattnig, damals ranghöchste FPÖ-Frau im Lande, fordert partout die anwesenden Künstlerinnen auf, nicht auf die Mutterpflichten zu vergessen. Die Presse nimmt Anteil und berichtet. Ulrike Greiner mehrt ihren Ruhm, in dem sie ihrem Fall nicht nur einen Bericht, sondern auch eine Glosse widmet. Der Weg, so die Kulturmitarbeiterin der „Kärntner Krone", zum „Ruhm (ist) mühsam und dornenvoll ... daß es Männer dabei wesentlich leichter haben als Frauen, wage ich sehr wohl anzuzweifeln ... öffentlich gemachte Wehleidigkeit ist jedenfalls nicht der richtige Weg."

Kärntner Frauen halten den Mund. Punktum. Reden, das tun nur gefallene Frauen im Gasthaus. Ohne Scham. Nur eine Frau, *die treu ist, wird im Frühlicht heimgeführt.* Stolzes Schweigen ist der richtige Fall. Und: Einen Mann ohrfeigen, das schafft Achtung. Erhebt eine Frau, statt ihren Selbstverständlichkeiten nachzugeben, Anspruch auf die Männersprache und drischt den Mannsbildern nicht mit dem aus dem

Wahlkampf von Jörg H. stammenden Kochlöffel eine Saftige hinein, dann ist sie ein *moaches Wassale*! Ich bin gekränkt. Ulrike Greiner ist ja angekränkelt! *Das* Mensch, das ich bin, ist kein Wassale, und moach schon gar nicht. Das Mensch ist ein wehrhafter Fall: Mit keiner Wimper habe ich gezuckt, unter dem väterlichen Jod auf den immer zerschundenen Schienbeinen; in der ersten Klasse Realschule habe ich es ihnen gleich gezeigt, der Stärkste, ein Repetent, hat meine Brille zerdroschen, aber mein Sieg ist rot aus meiner Nase geflossenen; noch in der Maturaklasse ist einer unter meinem Magenhaken in die Knie gegangen, weil er frech gewesen ist; und wie es sich in Kärnten gehört, habe ich als Erstgeborenen einen Sohn zur Welt gebracht – ohne jeden Muckser bei der erfreulichen Schwerarbeit. Ulrike Greiner ist nicht angekränkelt. Sie hat ja recht: Nie konnte ich den Mund halten, wenn andere klug genug waren zu schweigen. Oh, Baubo, was bin ich stolz! Ein Vierteljahrhundert nach Ingeborg Bachmann werde auch ich in unserer gemeinsamen Heimatstadt mit einem der Sondermaßregelungswörter ausgezeichnet. Da ist es wieder: „Wehleidigkeit“!

Zwei Gedichtbände liegen in ihrer Kindheit auf dem Nachtkastel der Mutter. (Der Vater ist für Wortspiele, die im späteren Fact-finding-Wahn vergessen werden, und für das Vorlesen von Wilhelm B., Christian M., Eugen R. und solcherlei zuständig.) Sie werden, wie alles, was Buchstaben und Wörter enthält, von ihr gelesen. Und Bücher gibt es daheim viele. Sie versteht wenig vom meisten, von diesen beiden schmalen Bänden versteht sie vorerst nichts. Dennoch locken zwei Gedichte, die Worte, die Sätze, die Bilder, die in ihrem Kopf entstehen, immer wieder: „Die blaue Stunde“ von Gottfried B. und „Das Spiel ist aus“ von Ingeborg Bachmann. Viel später wird sie erfahren, der eine Sogtext handle von einem Ehebruch, der andere könne als Inzest interpretiert werden. Und daß die Eltern einander über dem „Stundenbuch“ von Rainer Maria R. um nicht mehr zurückgenommene Schritte nähergekommen seien.

Nichts, vulvagekrönte Opposition, nehme ich zurück. In meiner Höhle bin ich der baubinische Zwerg, weil ich mich nicht auf *den guten Zwerg* verlasse. Mit blutigen Nägeln kratze ich an den lichtlosen Kristallen des Phallus, erkläre ich, wo Urs A. als Autor des „Babyfickers“ zuhause ist. Denn es ist mein Stall des poetischen Ich. Und es gilt, mächtige junge Götter wie Dionysos und Apoll in den Dienst zu zwingen und dem anderen Zwerg, Priapos, das Gehänge zu kratzen, daß unser Lachen das große Gelächter der Baubo weckt! Baubo liegt in der Höhle unter Moränen, *Grauwack und Kreidestein* verschüttet. Verschüttet von der Überlieferung durch männliche Stimmen. Durch deren Spiegel blicken wir im griechischen Erbe auf alle Frauen und Göttinnen der Vulvazeit. Nur eine einzige weibliche Stimme – bruchstückhaft – hilft den baubinischen Zwergen im Geschütte der Gesteinsmassen der Phallussprache: Sappho.

Du liebe Göttin, es sind kaum Hopser im Zeitenlauf der Normalität, die mein feministisches soziales Ich in

Kärnten vor den Fall, oder genauer: in den Rapunzelturm, von dem noch das Haar weht, brachten. Aber jede Zeit kehrt sich um, wenn Frauen über weibliche Schöpferkraft den Granit der Tatsachen wälzen. Wenn als Zeugin für tatsächlich geschehene Vergewaltigungen durch Familienmitglieder wieder und wieder Ingeborg Bachmann angerufen wird. Der Vater habe ihr solch Leid angetan. In „Malina" sei das nachzulesen.

Auch bekannte Dichter verfahren mit weiblicher Schöpferkraft ähnlich. Des Lyrikers Erich F. als Hommage gedachte Interpretation des Gedichtes „Böhmen liegt am Meer" fällt deshalb überraschend flach aus. Er kann den Text einfach nicht lesen, weil er ihn durch den Zerrspiegel seiner Meinung über den Zustand der Bachmann – ein Bündel lebensunfähiges Elend – sieht. Wenig bleibt bei Erich F. von diesem Meisterwerk über die Aufgaben eines poetischen Ich übrig. Nichts bleibt übrig von der Frau Doktor Bachmann, die energisch genug ist, vom New Yorker Hafen aus telefonisch mit Henry Kissinger verbunden zu werden, damit sie ohne Paß in die USA einreisen kann.

Aber diese Blindheit, die Erich F. und viele andere Künstler (zwei Ausnahmen seien genannt: Max F. und der Komponist Rudolf H.), welche das poetische Werk der Bachmann schätzen, schlägt, verursacht nicht einmal einen Hopser im Zeitenlauf der Normalität. Es ist der Fall der Normalität. Der Zauberspiegel, der die Möglichkeit eines phantasiebegabten poetischen Ich im Falle einer Frau ausblendet. Normal ist es, daß die Öffentlichkeit *nicht* feststellt, Robert M. habe mit seiner Schwester geschlafen, nur weil er den

„Mann ohne Eigenschaften“ schrieb. Diesen Zerrspiegel der Normalität muß die Vulvaopposition zerschlagen, um selber sehen zu lernen.

Was immer im Leben Ingeborg Bachmanns geschehen sein mag, das, was in „Malina“ nachzulesen ist – der gewalttätige Vater-Tochter-Inzest-, ist keine Beichte, sondern die umfassendstmögliche Metapher für die Position der Frau – alle sozialen und poetischen Ichs inbegriffen. Im Fragment „Der Fall Franza“ treibt die Dichterin die symbolische Analyse bis an eine der Wurzeln unserer Kultur, dorthin, wo der Bruder-Schwester-Inzest Gebot für die Pharaonen war. Daß Franza in Begleitung ihres Bruders reist, ja sich ihm für diese Reise aufzwingt, ist ein hochdramatischer Kunstgriff, der das Thema zusätzlich erhellt.

Ich bin der Frauenmörder in meiner Erzählung und das Mädchen, das nach der sexuellen Unterweisung mit dem Küchenmesssser auf den Stiefvater losgeht. Ich bin die erdrosselte Frau und der erstochene Zweitvater. Ich bin der Folterknecht in meiner Höhle und das bei lebendigem Leibe entfederte Schneehuhn.

Jedes Kind, das bereits *von den Namen in die Dinge* gewiegt wird, weiß: Ich bin das alles nicht (ohne eigenes Spiegelbild zu sein, vergeht dem Menschen ja so schnell!). Was es erst später lernt, ist, daß der Schnee nicht nur *die weiße Fracht* von oben, sondern auch die *Stille* heißt. Die *Nachtwindschritte* der Träume erinnern uns immer wieder daran. Und doch wird der Stille vergessen, wenn die Wörter in die laute Alltagspflicht genommen werden.

Was ich nicht bin: eine Muse. Dennoch ist eines der

Soggedichte ein Gesang, den Gottfried B. für eine außereheliche zusätzliche Muse anstimmt. Dennoch widmet Klaus Th. in seinem „Buch der Könige" in furioser Anstrengung lange Kapitel dem in die Eurydike-Metapher gekleideten Schicksal der B.schen Musen: Die Lyra des Orpheus beginnt beim Abschied zu klingen. Am schönsten am Totenlager einer Frau.

Nützlich ist die Muse aber auch, während sie noch lebt. Bei einem anderen Giganten der B.schen Generation, bei Bertolt B., sind es etwa Trude Berlau und Elisabeth Hauptmann, von der Ehefrau Helene Weigel ganz zu schweigen. Heute weiß man, welch umfangreiche Teile seiner Theaterstücke von seinen Dichterinnenmusen stammen. Deshalb wird noch lange keine Doppelautorenschaft angeführt (obwohl es sogar entsprechende Doppelverträge etwa mit US-Verlagen gibt; nicht einmal die dort angeführten Tantiementeile wurden ausgezahlt). 1994 bemerkt das Magazin „Der Spiegel" dazu, die Mitarbeit der Frauen sei sowieso immer bekannt gewesen. Es habe eben der Praxis des Berliner Ensembles entsprochen.

So ist das eben mit der Praxis. Clara Wiecks Kompositionen erschienen häufig unter dem Namen ihres Mannes Robert Sch. Sie wird im jüngsten dtv-Lexikon in 20 Bänden unter ihrem ehelichen Namen immerhin angeführt. Wie die Göttin Baubo hat jedoch Camille Claudel, von der so manche Plastik als Meisterwerk ihres Lehrers Auguste R. in den Museen steht, dort keine Eintragung (wohl aber ihr Schriftstellerbruder Paul C.). Helene Weigel ist im Lexikon zu finden, nicht aber Valerie Solanas, Hilma Af Klimt oder Eileen Agar.

Ein aktueller Fall lexikalischer Auslassung betrifft Christa Wolf. In der 1988 erweiterten Auflage des „Lexikon der griechischen und römischen Mythologie mit Hinweisen auf das Fortdauern antiker Stoffe und Motive in der bildenden Kunst, Literatur und Musik des Abendlandes bis zur Gegenwart" fehlt jeder Hinweis auf ihren vielbeachteten, 1983 erschienem Roman „Kassandra".

Manchmal wirft in einem Hühnerstall ein Freilandkücken die Schalen ab. Fallen die Eltern als Gehegebauer aus, versucht der Stall die gittergemäße Sozialisierung des Kücken. Und Kärnten ist eine herausragende Schule der Geläufigkeit (das Bekochen, Bemuttern, Bezahlen und Bewundern des Künstlermannes bleiben hier unberücksichtigt, weil die Freilandhenne gegen solchen Behandlungsunsinn immer immun bleibt):

A wie in „arbeitsam": Musen tippen für den Mann.

Während der Studienferien findet sie den Traumjob schlechthin. Sie arbeitet in der Kulturredaktion der nachmaligen „Kärntner Tageszeitung" (KTZ). Als eine der Sekretärinnen auf Urlaub geht, wünscht der Chefredakteur, sie möge, statt Kulturberichte zu schreiben, die Post erledigen helfen. Nein, sagt sie wahrheitsgemäß, leider, sie könne keinen Brief fehlerlos tippen. Daheim bricht sie sofort das Durcharbeiten einer Zehnfingerschule, die ihr der Vater ans Herz gelegt hat, ab.

Als sie wieder einmal nach Kärnten zurückgekehrt ist und für freie Mitarbeit gegen wenig Geld allzu viel Zeit aufwenden muß, sucht eine Elektrizitätsgesellschaft einen neuen Pressereferenten. Das ist ein gut bezahlter Posten, für den sie qualifiziert ist!

Schließlich war sie als Wissenschaftsredakteurin in Wien oft genug mit Energiefragen befaßt, und für die Story über Kohlepipelines wurde sie mit einem der Worthington-Preise für europäischen Wissenschaftsjournalismus ausgezeichnet. Sie trifft den maßgebenden Direktor H. und bietet sich für die Stelle an. Er, der ihren Technikervater gekannt hat, ist erfreut, das Töchterlein zu treffen. Er fordert sie nicht auf, sich schriftlich zu bewerben, er will nichts von ihren Qualifikationen hören, er will nur wissen, ob sie denn Schreibmaschine schreiben könne. (Im übrigen war der Job für den abtretenden Chefredakteur der KTZ vorgemerkt. Der kann zwar auch nicht wie eine Sekretärin tippen, aber er kommt aus der Sportberichterstattung.)

C wie in „Cäsar“: Musen nehmen das Angebot eines Mannes zur Mitarbeit, demütig im Hintergrund bleibend, an.

Humbert F., der im Hörfunk eine Life-Sendung zu verschiedenen Berufsgruppen macht, lädt die KTZ-Redakteurin zur Mitarbeit ein, weil er dringend einen Co-Moderator braucht. Sagt er. Und sie bekommt vom ORF einen Co-Autorenvertrag. Sie lernt viel von dem Profi, die Recherchen und Vorarbeiten für die Life-Abende sind spannend. Als sie nach den ersten aufregenden Abenden tatsächlich Mit-Moderatorin ist und vom Publikum auch Applaus erhält, läßt Humbert F., der Erfinder der gut besuchten Veranstaltungen, seine eigene Sendereihe einfach platzen.

D wie in „Dauer": Musen richten sich bei ihrer Arbeit nach den Lagebeurteilungen des Mannes.

Aus Lateinamerika nach Klagenfurt zurückgekehrt, arbeitet sie als Freie für den Rundfunk, Abteilung Wissenschaft. Von ihren schriftlichen Themenvorschlägen aus verschiedenen Wissensgebieten, die allesamt Kärnten berühren, werden die wenigsten willkommen geheißen. Der Chef wünscht Schulthemen von der Universität für Bildungswissenschaften. Der Chef scheint zu wissen, daß die Republik, in der die tägliche Schulmisere längst evident ist, ein Trostpflästerchen braucht. Sie hat zu Beginn der 70er Jahre begeistert von den Reformideen des Unterrichtsministeriums berichtet. Mitte der 80er Jahre (und auch 1995) sind versprochene Schwerpunkte – wie kleine Klassenschülerzahlen – noch immer nicht erfüllt. Sie wird nicht weiterhin verlautbaren, was nicht geschieht. Sie stellt die Mitarbeit ein.

Zur selben Zeit schreibt sie die Galerien-Berichterstattung für die „Kärntner Landeszeitung". Gedruckt werden nur jene Berichte, die der Chef für wichtig hält. Nach einer Ausstellung, auf die der Chef sie besonders verwiesen hat, ist sie jedoch froh, daß er ihren Bericht nicht erscheinen läßt: Die Ausstellung war nicht einmal wichtig genug für den Verriß, den sie geschrieben hat. Als sie das nächste

Mal in die Redaktion kommt, steht im Chefzimmer auf einem Kasten ein Bild aus dieser Ausstellung.

E wie in „Ewigkeit“: Musen stellen dem Mann ihre Arbeit auch ohne Namensnennung (und ohne Honorar) zur Verfügung.

Das Land Kärnten veranstaltet eine Enquete zum kommenden Kulturförderungsgesetz. Sie wird eingeladen, einen der Arbeitskreise zu leiten. Als sie bei den Vorbereitungen sieht, daß keine Möglichkeit besteht, Interessen der heimischen Literatur einzubringen, daß es lediglich um die Legitimierung dessen geht, was Beamte – die im Gegensatz zu ihr für die stundenlangen Besprechungen bezahlt werden – wollen, legt sie die Leitung zurück. Da der Starreferent der Enquete Axel C. sein wird, schreibt sie ihm zur Lage in Kärnten. Erfreulicherweise verwendet er etliche ihrer Themen für seinen Vortrag. Nicht nur. Sie hört zufällig den „Schalldämpfer“. Er ist gespickt mit wortwörtlichen Passagen aus ihrem Brief. Genannt wird sie nicht.

F wie in „Freiwild“: Musen überlassen die Einschätzung ihrer Talente dem Mann und richten sich nach seinem Urteil.

Mit dem Satz, daß sie nicht das Zeug zum Journalisten habe, läßt Humbert F. die Life-Sendereihe im Hörfunk platzen. Zehn Jahre später lädt er sie zur Lesung beim Publizistik-Preis, den er gerade als Ergän-

zung zum Bachmann-Preis mit Intendant Heinz F. aus der Taufe gehoben hat, ein. Sie soll Journalismus machen. Er wisse, daß sie das könne. Aber die Literatur solle sie bleiben lassen. Sie enttäuscht Humbert F. bitter mit ihrem Reisebericht über den Archäologischen Park San Augustin in Kolumbien. Denn neben den Reiseumständen, historischen und archäologischen Daten spielt ein indianischer Schöpfungsmythos, an dessen Beginn eine Göttin steht, eine wichtige Rolle. Der Mythos ist Angelpunkt einer kritischen Auseinandersetzung mit den üblichen Interpretationen der Archäologen. Humbert F. grantelt vor sich hin, ohne in der Diskussion ein Wort zu seiner Kandidatin zu sagen (später wird er sie fragen, was denn, zum Teufel, Feminismus sei). Auch anderen in der Jury fällt nichts ein. Der Mann vom „Spiegel" macht seinem unspezifischen Ärger Luft, indem er sich an einem einzigen Eigenschaftswort, das seinem Geschmack zuwiderläuft, festkrallt. Die Jury-Dame von der BRD-Journalistenschule ist vom Text angetan (in der Pause empfiehlt sie ihr dringend, andere Themen zu wählen; ihre Antwort, sie habe dies ja 20 Jahre lang getan, versteht sie nicht). Chefredakteur Otto Sch. faßt die Irritation der Jury zusammen. Er freue sich ja, meldet er sich zu Wort, über die treffende Schilderung der Wiener Redaktion – die nicht die seine ist –, aber etwas wisse er genau: „Der liebe Gott ist keine Frau!"

G wie in „geschenkt": Musen nehmen dem Mann keinen Job weg, nicht einmal einen schlecht bezahlten Nebenjob.

Sie hat soeben die Honorarabrechnung für ihre Beiträge zur „Kärntner Landeszeitung" bekommen. Knapp 70,– (in Worten: siebzig) österreichische Schilling für einen Zweispalter, in den sie eine dreitägige Veranstaltung an der Uni gepackt hat. Es ist nicht einmal das gewerkschaftlich ausgehandelte Zeilenmindesthonorar. Keine Taggelder. Kein Spesenersatz. Allein die Autobusfahrten und die Mittagswürstel in der Mensa haben mehr gekostet. Nicht nur brotlose Kunst, die Arbeit, die sie macht, um literarisch unabhängig zu sein, kostet Zeit und schafft ein Minus! Honorare aus Großbritannien, Australien und den USA, sogar für Nachdrucke, sind ohne Einforderung in lohnendem Ausmaß eingelangt. Auch aus Wien, wenn auch weniger lohnend. Nur in Kärnten werden weder für Texte noch für Fotos die Mindestanforderungen erfüllt! In ihren Ärger platzt ein Anruf. Ein Josef K. U. ist es, der im Gegensatz zu ihr auf einem festen Posten – Kranken- und Pensionsversicherung mit etlichen Dienstjahren inbegriffen – in einer Druckerei sitzt: „Entziehen Sie mir nicht meine Lebensgrundlage!" unkt er sie an. Nach einigem Hin und Her begreift sie, was los ist. Der Hobbyschreiber hat die Galerienberichterstattung in der „Kärntner Landeszeitung" gemacht, bevor man diese Arbeit ihr anbot.

H wie in „heillos": Musen wollen nichts werden, sondern arbeiten für den Mann, der etwas wird.

Die Umstände haben ihr als KTZ-Redakteurin ein

Geschenk gemacht. Der zweite Kulturredakteur ist Monate zuvor einfach nicht mehr in der Redaktion erschienen. Der Kulturchef hat die Stelle gewechselt. Seit einigen Wochen ist sie für die Kulturseite des Blattes zuständig. Nicht bestellt, aber zuständig. Die kleine, wilde Hoffnung, ihr würde bei all den Rochaden, die auch in der obersten Etage des Blattes, in der Kärntner SPÖ, stattfinden, das Ressort zufallen, zerstiebt, als die Bestellung von Hermann Sch. bekannt wird (später wird er das Kulturamt des Landes übernehmen und wird dort bei aller Verläßlichkeit – seine mündlichen Zusagen werden halten, was wieder ein Kärntner Ausnahmefall ist – jenes Unverständnis für Anliegen der Kunst, die vom Gewohnten abweichen, zeigen, das er schon in der Redaktion an den Tag legt). Da die neue Konstellation in der Partei und im Blatt auf Jahre hinaus jede halbwegs selbständige Position für die jetzt Dreißigjährige blockiert, kündigt sie.

Am Ball der SPÖ holt Landeshauptmann Leopold W. sie aufs Parkett. Der Herausgeberchef des Blattes bittet sie bei einem Tänzchen, sie möge doch bleiben. Der neue Chefredakteur (der verheiratete Ernst P., der später ins erwähnte Pressereferat gewechselt wird) habe doch ein Auge auf sie und höre auf sie. Sie könne doch ein Auge auf seine Arbeit und die Zeitung haben. Der Landeshauptmann, der Ernst P. zum Chefredakteur gemacht hat, sagt, daß sie eine gute Journalistin sei – und Hermann Sch. zum Kulturchef macht – bietet ihr, die dank Studium und Mutterjahre weniger verdient als jüngere

Kollegen, nicht einmal eine Gehaltserhöhung an, um ihr das Bleiben schmackhaft zu machen. Sie wird das mündliche Angebot des Kulturchefs der „Presse“, Franz E., annehmen und nach Wien gehen.

I wie in „Insider“: Musen verwenden unter keinen Umständen obszönes Vokabular.

Wie das meiste, was Männer steuern, ist in Kärnten auch das Zeitungsumfeld weiblich. „Ha“, grinsen die Redaktionsmänner, „jetzt hamma sie wieder gepudert!“ Sie klopfen sich auf die Schenkel und meinen: Sie haben eine Geschichte im Blatt, welche die Konkurrenzblätter verschlafen haben. Die Anhäufung von Sexvokabular für Alltagsangelegenheiten verblüfft sie. Auf ihrem Schreibtisch liegt eine der ausgezeichneten Filmkritiken von Horst Dieter S. Diesmal geht es um „Das Große Fressen“. Er schreibt, der Film handle vom „Fressen, Saufen und Vögeln“. Sie läßt auch „Vögeln“ in den Druck gehen, schließlich trifft das Wort den Film. Am nächsten Tag herrscht polare Stimmung in der Redaktion. Niemand spricht mit ihr. Als sie fragt, was denn los sei, wird ihr beschieden: „Daß gerade Sie das haben durchgehen lassen!“

J wie in „jedermann“: Musen hüten die Ordnung des Mannes.

Wie die anderen Redaktionen gemaßregelt werden, so werden Frauen von den Redaktionsmännern zur

Ordnung gerufen. Gleichgültig, ob es sich dabei um eine Frau Minister, eine Stadträtin oder um das alte Original handelt, das die Redaktion abends füttert. Hat eine ihre eigene Meinung, gehört sie nur „einmal gründlich durchgebumst, damit sie wieder zur Vernunft kommt." Läßt sich eine nichts gefallen und redet zurück, so tut sie das nur, „weil sie so frustriert ist". Ist eine gar eine Emanze, fällt verläßlich ein Satz wie: „Die braucht nur einen Mann, der sie dauerpudert, damit sie nicht so blöd daherredet".

Sie hat für die slowenischsprechenden Kärntner Stellung genommen. Ein Kärntner Mann fühlt sich verpflichtet, sie zur Ordnung zu rufen. Es ist nicht der erste Drohbrief, den sie erhält, aber hier hat die Drohung einen besonderen Tonfall: „Nachdem du gar so für die Tschuschen bist ... du bist genauso blutgierig wie die Titoschergen ... Und du verlangst noch, man soll die Sprache dieses Gott verfluchten Volkes lernen ... Doch es ist ja bekannt, daß du bei dem int. Vögelturnier in Lubiana den 1. Preis erhalten hast ... Ich begegne dich jeden Tag und hab ein Auge auf dich geworfen. Ich werde dich vögeln kommen. Mein rep ist 40 cm lang und wird dich ganz befriedigen, daß du dein ganzes Leben daran denken wirst ..."

Beträchtlich feiner ist die Drohung, die ihr ein Kärntner Freund eines Wiener Krebsspezialisten zukommen läßt, nachdem sie in Wien die merkwürdige Gebarung eines Krebsspendensammelvereins aufgedeckt hat. Der Kärntner Vermögensverwalter erkundigt sich zunächst in Klagenfurt so lauthals nach ihren Privatverhältnissen, daß sie in Wien angerufen wird, sie möge doch auf ihren Sohn aufpassen; dann reist er in Wien an und pflanzt sich derart in ihr Redaktionszimmer, daß die Reporter sie bei ihrer Rückkunft von einem Termin vor ihm warnen; mit ihr allein, teilt er ihr sanft abschätzend mit, es sei noch nicht beschlossen, was mit ihr geschehe. Natürlich schreibt sie die Recherche weiter. Natürlich geschieht nichts. Als sie zufällig später in Klagenfurt noch einmal den Weg des Vermögensverwalters kreuzt, fällt er in den richtigen Kärntner Tonfall: Er läßt ihr ein Blatt zukommen – neutrale Schreibmaschine, keine Unterschrift, versteht sich – auf dem er ihr droht, Tagebuchnotizen eines bekannten Klagenfurters zu veröffentlichen, die eine Affäre mit ihr schildern. Sie läßt ihm über die Briefbotin ausrichten, er könne, was immer er wolle, über sie vom Stadtpfarrturm aus verlautbaren lassen. Damit ist sie ihn los.

K wie in „Kater“: Musen glauben dem Mann, daß Frau nicht mit Frau, sondern nur mit Mann zusammenarbeiten kann.

Sie fährt nach Wien, um den Vertrag mit der „Presse“ auszuhandeln. Kulturchef Franz E. empfängt sie in Verlegenheit. Es gäbe leider keinen Vertrag für sie. Ihre Qualifikationen seien gut, aber die Chefs wollen nicht wieder eine Frau einstellen. Sie glaubt es nicht. Franz E. ruft einen der Chefredakteure. Thomas Ch. kommt und sagt, leider hätten sie schon zu viele Frauen, auch das Chefredaktionsmit-

glied Ilse Leitenberger sei dieser Meinung. Sie fragt, wie viele Frauen es denn in der Redaktion gäbe. Er sagt, zehn Prozent, das sei genug. Sie, die schon zufrieden unter mehreren weiblichen Vorgesetzten – auch im Journalismus – gearbeitet hat, verläßt verdattert das Pressehaus. Dann ruft sie von der nächsten Telefonzelle aus beim „Kurier" an. Zwei Monate später beginnt sie dort. Sie freut sich unter Chefredakteur Karl L. und Lokalchef Paul U., daß die Geläufigkeitsschule in Wien schon in Vergessenheit gerät. Bis diese durch einen neuen Chefredakteur, den Kärntner Gert L., wieder in Erinnerung gebracht wird. Er beendet den selbständigen Teil ihrer Arbeit: Er stellt die Wissenschaftsseite, für die sie verantwortlich ist, ein. Sie ist jedoch nur einer der Dornen in seinem Fleisch. Auf mehrere Etagen und Ressorts verteilt, arbeiten ein Dutzend Frauen gut und gerne zusammen. Gert L. will das Krätzel sprengen, ein neuer Chefredakteur hat Anspruch auf eine neue Mannschaft. Zwei der Redakteurinnen, deren Abfertigung gering ist, werden gekündigt. Zwei werfen das Handtuch und kündigen selber (eine davon reißt als Auswanderin bis nach Kanada aus.) Sie geht nicht. Sie wird die für das Blatt kleine, für sie jedoch große Abfertigung nicht verschenken. Jetzt ist der Kärntner Chefredakteur entnervt. Er veranlaßt ihre fristlose Entlassung. Zwar wird die Abfertigung für die Zeitung dann doch etwas teurer, weil sie mit Unterstützung ihrer Gewerkschaft klagt, die Entlassung in eine Kündigung umgewandelt wird, sie ihre Abfertigung bekommt, und die Zeitung die Verfahrens-

kosten tragen muß, aber der Rundumschlag des Gert L. wirkt. Auch die Kärntnerin Burgl Czeitschner wird kurze Zeit später, trotz langer Jahre beim „Kurier", freiwillig die Stelle wechseln. Die Zufalls-Weiber-Clique wurde entkernt.

L wie in „Laster:" Wenn Musen von einem Mann gefördert werden, richten sie sich nach seinen Wertmaßstäben.

Hans W. ist zu einer Lesung in Klagenfurt. Viel und begeistertes Publikum. Sie ist für die „Kärntner Landeszeitung" dabei. In der Diskussion will sie es endlich wissen: Wie sieht Hans W. heute die Prosa Ingeborg Bachmanns, wie ist das mit der „gefallenen Lyrikerin"? Hans W. bleibt bei seinem Urteil, räumt aber ein, daß er sich nie ernsthaft mit ihrer Prosa befaßt hat. Nach der Diskussion geschieht, was ihr seitens eines bekannten Autors noch nie geschehen ist: Er bietet der Kärntner Autorin seine Hilfe an. Sie bedankt sich gerührt. Sie soll ihm einige ihrer Manuskripte schicken. Sie weiß, daß sie das nicht tun wird. Bei aller Unterstützung, die Hans W. Autorinnen hat zukommen lassen, sie hat das Romanmanuskript im Kopf, das von Marlen Haushofer, das verloren ist, weil sie es auf Hans W.s Anweisung hin – er hatte moralische Bedenken – vernichtete.

M wie in „mausetot": Musen beurteilen in der Öffentlichkeit keine Themen, über die zu sprechen Angelegenheit des Mannes ist.

„Die Kulturträger der Gegend sitzen fertig aufgereiht, es geht los mit Frau Edith, sie trägt ihre Sache vor, als gelte es, einem Sittenstrolch Schirm und Handtasche um die Nase zu schlagen oder Reinhard T. zu überbieten ...“ So nimmt Manfred M., Assistenzprofessor an der hiesigen Uni, in seinem „Second Land“ sie, die bei einem IG-Autoren-Podium über die Kunstförderung in ihrem „First Land“ spricht, in die illustre Runde jener auf, die im buchlangen Feuilletonklatsch namentlich erwähnt werden. Manfred M. – bei jeder Kulturveranstaltung anwesend – ist wirklich der einzige in der Stadt, der über Kunst und Kultur etwas zu sagen hat. An diesem Abend selber sieht seine Sellungnahme zu ihrem Referat so aus: Die Autoren sollten doch nicht so überempfindlich sein.

Da ist es wieder, eines von den Wörtern, mit denen Ingeborg Bachmann bedacht worden ist. Beim Sprachphilosophen Manfred M. paart sich das Wort „überempfindlich“ sogar mit dem Bild, Schirm und Handtasche um die Nase zu schlagen. So, wie sich „übersensibel“ mit einer scharfen Klinge paart. Wenn das heillos arbeitsame Freiwild auf Dauer Cäsar geschenkt wird, bleibt es in Ewigkeit mausetot. Denn Insider wissen, was jedermann weiß: Der Kater ist ein Laster. Reinhard T. täte sich schön für eine Autorenschaft meines Referates „Kunstförderung 1989“ bedanken:

Alle wollen Kultur. Auch in Kärnten. Beim Feuerwehrfest, der Kraftwerkseinweihung, der Tunnel-

oder Saunaeröffnung, immer tragen die Redner das kulturelle Herz auf der politischen Zunge. Wer sind denn nun die Politiker, die sich als Kulturverbündete anbieten? Es sind die kleinen Gemeinderäte, die beschließen, ein Kulturhaus zu bauen, das in unheiliger Allianz mit dem Neubau der Raika und der Post jene Spannung zerbricht, die sich in jahrhundertelangem Errichten von Häusern in und um unsere Dörfer aufgebaut hat. Als Katalysatoren wirken Bürgermeister, welche die Gemeindezusammenlegung zu regionalen Potentaten gemacht hat. Sie können sich jetzt im Namen der Kultur, zu Amtszeiten schon, auf Mitbürgerkosten ihre Denkmäler errichten. Kulturverbündete sind auch die Räte unserer Städte. Etwa jene, die zugelassen haben, daß aus der schönen Draustadt Villach und der historischen Landschaft des Villacher Beckens ein von Autobahnen und Flußverbauungen gefesselter Talboden voll scheußlicher Industrie-, Geschäfts- und Wohnblöcke wurde. Oder jene Räte, die uns um Klagenfurt in der einzigen noch nicht modernisierten Landschaft die Autobahnlücke zubetonieren. Die Kultur im Sinn haben auch die Landtagsabgeordneten, die den 1,1 Milliarden-Schilling-Rettungsversuch für das Zellstoffwerk Magdalen bei Villach nicht verhindert haben, obwohl von Anfang an klar war, daß das Werk nicht sanierbar sein würde. Und auch jene Landesregierungsmitglieder, die „Ja" zu Magdalen gesagt haben, tragen Kultur im Sinn.

Kultur wird gefördert wie nie. Wir Kunstschaffenden sollten zufrieden sein. Oder sollten wir nicht?

Das Durchschnittseinkommen der Autoren ist in den letzten Jahrzehnten ständig gesunken. Die Zahl der mit öffentlichen Geldern bezahlten Kulturbeamten und Kulturmanager ist ständig gestiegen.

Ein Blick ins Klagenfurter Kulturamt zeigt es: In den letzten Jahren war von der Ausbildung her das engste Verhältnis, das ein Amtsleiter zur Kunst hatte, ein Doktorat aus Geschichte. Inmitten von Juristen, Apothekern, Kaufleuten und neben Chorleitern, Bildnern jeder Art und was es sonst noch für Berufe unter Kulturbefaßten in Kärnten geben mag, ist es kaum vorstellbar, wie es gewesen ist, mit dem Kunsthistoriker und Dichter Otto Maria P. über die kulturellen Anliegen im Lande zu sprechen.

Beamte und Politiker haben ein feines Gespür dafür, mit dem Konsum von Fachliteratur könnte sich etwas zwischen sie und die Konsumenten schieben. So informieren sie sich aus anderen Quellen. Etwa aus den Tageszeitungen. Dort treffen sie auf kongeniale Partner, denn die Kulturjournalisten tun für die Leser, was die Kulturpolitiker für die Wähler tun: sie vermitteln nach ihren Vorstellungen über Kunst; sie erklären, was sie verstehen; sie animieren zu dem, was sie für richtig halten. Politiker und Journalisten versichern glaubwürdig, daß sie dies alles für die Kunst tun. Um das zu belegen, fallen sie gelegentlich übereinander her und ergreifen wütend Partei für und gegen.

Längst weiß jeder bessere Werbefachmann über die Möglichkeiten der modernen und postmodernen, der häßlichen und schönen Ästhetik Bescheid. Aber die Tagesmedien tolerieren in Sachen Kunst eine Asynchronizität von mehreren Jahrzehnten, ja von ein oder zwei Jahrhunderten.

Kultur wird gefördert wie nie zuvor. Lohnt der Aufwand? Wer immer gewinnen mag, Kärnten als Kulturland gewinnt nicht. Nichts hat sich im Lande geändert, seit im Landhaus die Fresken abgeschlagen, sie im Dom zu Maria Saal verhängt und am Klagenfurter Hauptbahnhof vor dem Zorn des Volkes versteckt worden sind. Natürlich hat der wachsende Aufwand für Kultur nichts geändert. Denn gefördert wird erprobte Massenware, gezuckert wird mit Festivals, garniert mit Spitzenleistungen der reproduzierenden Künste.

Natürlich hat der Aufwand nichts gebracht, weil sich – wider Erwarten – die Kunst nicht zu einer Mehrheitsangelegenheit machen läßt, gleichgültig wie groß die Mittel, gleichgültig wie das ideologische Mäntelchen. Natürlich hat sich mit dem Aufwand nichts geändert, weil Kulturpolitik und Kulturjournalistik nicht zur Kenntnis nehmen, daß die Kategorie Kunst ihre Spitzenleistungen häufig außerhalb der Kategorie Moral findet.

Eine Kunst, die sich außerhalb der Gesellschaft, also außerhalb der Moral bewegt, um von dort aus – der Wahrheit auf der Spur – das Beobachtete zu verdichten, wird – gleichgültig wie diszipliniert sie auch formal sein mag – vom auf Sicherheit bedachten Bürger und vom auf Moral bedachten Politiker als bedrohlich empfunden. So ist es denn ganz folgerichtig, wenn die Wiener Kulturpolitikerin Ursula Pas-

terk in Alpbach bei den Europäischen Gesprächen über den Einsatz des riesigen Wiener Kulturbudgets sagte: „Kulturpolitik muß das Anarchische der Kunst domestizieren.“ Dem ist als Erläuterung der Zielsetzung öffentlicher Kunstförderung nichts hinzuzufügen.

Als Autorin, meine Damen und Herren Politiker, Beamte und Journalisten, kann ich Ihnen nach solchem Mordanschlag auf die Kunst und den täglichen anderen Anschlägen auf das Kreative in diesem Land nur zurufen: Fördern Sie, was Sie und die Mehrheit wünschen, die Festivals und die Chöre, das Kinderkriegen und das Wettlesen im Klagenfurter ORF-Theater, die Verhüttelung und den nächsten Bildband des Landes, Herbert von K.s Video-CDs und die zehnmillionste Nächtigung, oder auch die längst fällige Studie über die authentische Rocklänge des Kärntner Dirndls, aber bitte schlagen Sie sich die Förderung der Kunst aus dem Kopf! Erwürgen Sie uns nicht mit bürokratisch überfrachteten Almosen und journalistisch verbrämten Würdigungen zur heimlichen Domestizierung. Verschonen Sie uns mit Ihren geldspendenden und geldschreibenden Händen, mit denen Sie meinen, uns vor uns selber und voreinander schützen zu müssen. Ersticken Sie uns nicht wohlwollend in der Nische, die die Verfassung der Kunst gibt, sondern verhindern Sie endlich die ständige Zensur, die in Österreich gegen Kunstwerke betrieben wird!

Sie mögen in dem, was Sie als Chaos empfinden, ein Kulturförderungsgesetz willkommen heißen. Die

Kunst braucht jedoch kein Kunstförderungsgesetz. Wir brauchen, was jedem anderen Produzenten in Österreich zusteht – die Bezahlung unserer Arbeit und die Bezahlung der Nutzung unserer Werke.

Aber da Sie nun schon eine Menge unserer Steuergelder für die Kunst- und Kulturförderung ausgeben, fordere ich Sie – nun nicht mehr nur im Büro der Kulturpolitiker und Kulturbeamten – in aller Öffentlichkeit auf, endlich verbindlich festzuschreiben, wer in Kärnten was wofür bekommen kann. Wie um diese Gelder angesucht werden muß, wer nach welchen Kriterien über die Vergabe entscheidet, und wie die Gelder in welchem Fall abzurechnen sind. Denn so, wie bisher, daß die Mittel nach Gutdünken und Genehmheit vergeben werden, ohne daß Kriterien erkennbar wären, kann es nicht weitergehen.

Zu viele Leichen guter Kunstinitiativen liegen herum in Kärnten, nur weil mündliche Zusagen von Beamten und Politikern einfach nicht eingehalten werden. Der „Kärntner Frühling", für die Literatur in Österreich weit wichtiger als das Wettlesen im ORF, hinterließ nicht nur einige unbezahlte Teilnehmer, sondern drängte Del V. in das fast kriminelle Eck der Verschuldung. Er ist das gewichtigste Beispiel für das Risiko, in Kärnten eine Kunstinitiative zu ergreifen.

Applaus, höflicher Applaus.

Fred D. verteidigt den ORF: Jede Einsendung eines Kärntner Autors würde beantwortet! (Auf ihrem Schreibtisch liegen Beschwerden von Kollegen, sie hätten keine, auch keine negative Antwort bekommen; sie hat zwei Jahre zuvor Manuskripte eingeschickt: keine Antwort.) Germanist Klaus A., ebenfalls Assistenzprofessor an der Uni, geht auf das hiesige Kulturklima nicht ein, statt dessen fordert er finanzielle Unterstützungen für die Lesereihe, die er mitveranstaltet. (Kärntner Talente werden für diese Lesungen keine gesucht, was nicht verwundert, finden sie doch in einer Buchhandlung statt.)

Einer aber steht in der Debatte auf und fügt dem Referat Entsprechendes hinzu: Es ist der Autor Gösta M. Er wird in den kommenden Jahren mit optimistischen Einsatz die Arbeit für die Kärntner Autoren weiterführen. Der Autor Ingram H. „im Hintergrund", so „Second Land", „wirft dem Podium seidenweichen Dreck vor, wunderbar ..." Ingram H. wirft noch einmal an diesem Abend – die Podiumsdiskussion geht dem statutengemäßen Wahlabend der IG-Autoren und Autorinnen in Kärnten voraus: Als sie bekannt gibt, daß sie nicht mehr kandidiert und Gösta M. zur Wahl vorschlägt, ist Ingram H. empört. Das sei ja undemokratisch, maßregelt er, der kaum einer Einladung zu den Autorentreffen der letzten Jahre gefolgt ist.

Mein Teil am seidenweichen Dreck hatte zumindest einen Erfolg: Gösta M. bekam für die Lesereihe Kärntner Autoren, die er einrichtete, Mittel für Honorare nicht nur zugesagt, sondern auch ausgezahlt. Er tat sich mit dem Klagenfurter Verein (auch da viel ehrenamtliche Arbeit) zusammen, der sich seit fast zwei Jahrzehnten um das Erbe Robert M.s bemüht. Gösta M. wurde Geburtshelfer für ein Novum: Die Stadt Klagenfurt begann, auch weibliche und slowenischsprachige Autoren nicht an gesonderten Orten, sondern dort zu hören, wo ein Kärntner Literaturhaus im Entstehen war, dort, ab vom Zentrum beim Hauptbahnhof, wo Robert M. auf die Welt gekommen ist. Dann – Ende 1993 – verdorrt das zarte Pflänzchen. Denn Privatinitiativen sind verdächtig, besonders, wenn sie wie das Robert-M.-Archiv öffentliche Mittel bekommen, aber der Kontrollzugriff beschränkt ist. Obendrein – die jährlichen Robert-M.-Tage, durchwegs fachbesetzt, unbesehen – ist Laiensorge um große Dichter der Wissenschaft verdächtig. *Mitohne* Dank wird das Archiv, die junge Begegnungsstätte heimischer Autoren und Leser, zugesperrt. Großes ist im Kommen. Mit Millionenaufwand soll aus dem kleinen altmodischen Archiv ein ordentliches wissenschaftliches Institut unter der Leitung eines Fachmannes – Assistenzprofessor Klaus A. – gebaut werden. Das ist gut und recht. Bloß: Auf der Strecke bleibt – zum wievielten Male? – eine Initiative Kärntner Autoren, diesmal eine von Gösta M.

Die Nähe macht mein Herz verrückt. Das der anderen nicht: Zum Jahreswechsel 1994/1995 muß Gösta M. in der „Kleinen Zeitung“ daran erinnern, wie die Umstände der Schließung wirklich lagen. Ein Jahr genügt, das Gedächtnis der Öffentlichkeit zu löschen. Nichts wiegt leichter als *Auslöschung*. Es wundert nicht, wer *für immer dieses Land verläßt*. Ich gehe und komme, immer wieder. Ich gehe auch in den Rapunzelturm und schlinge dann und wann ein schwarzes Haar. Weil ich das Fürchten in meinem ersten Land gelernt habe.

Betroffen von ihrem Referat zeigt sich der Kulturpolitiker der Stadt Klagenfurt, Siegbert M.: Er, der alles in seiner Macht stehende tue! Sie erinnert ihn daran, daß er bei der Räumung der jugendlich und kunstbesetzten Reitschulgasse (der in Kärnten lebende Alois B. hat ihr mit dem Roman „Altenehrung" ein hellsichtiges Denkmal gesetzt) zugesagt habe, für eben just das Gebäude, in dem sie jetzt diskutieren, zugesagt habe, bei der städtischen Renovierung die hiesigen Autoren zu berücksichtigen. Siegbert M. versprach einen Raum, in dem Autoren gegen Anmeldung eine Schreibmaschine und Ruhe finden würden – gerade für Küchentischautorinnen ein Wunschort. Wo ist der zeitweis eigene Raum geblieben? Es wäre eben nicht durchzusetzen gewesen, schmollt der Stadtrat. (Was durchzusetzen war: Ein Schreibatelier. Klagenfurt ist unter die Kulturstädte mit eigenem Stadtschreiber aufgerückt.)

Inmitten der heftigen Diskussion sitzen die wenigen Kunstfrauen eher verschreckt und sind eher besänftigend, wenn sie die Sprache finden. Am Tag danach ruft Christine de Pauli, die zwar den Kunstverein nicht übernommen hat, aber viel und unbedankt für ihn arbeitet, besorgt bei der Referentin an. Sie will wissen, ob sie denn so unglücklich sei, daß sie so wild um sich schlage.

Die Freilandhenne wurde plaziert, wo sie hingehört: in den Hendlstall. Eine Frau schlägt nur um sich, wenn sie unglücklich ist. Diese Interpretation hätte nicht nur Manfred M. gefallen. Sie bestimmt auch die Geläufigkeit von Erich F.s Interpretation von „Böhmen liegt am Meer". Die Schule der Geläufigkeit hat etwas mit Läufigkeit zu tun. Das Gedicht, so Erich F., entspreche genau der Stimmung, in der er Ingeborg Bachmann in London angetroffen habe: „– kurz nach einer schmerzlichen Trennung –". Die N-wie-in-„Normalität"-Regel: Der liebe Gott verlangt von Musen den Verzicht auf Privatleben. Denn der Mann schreibt, weil er denkt, die Frau, weil sie ein läufiges Emotionsbündel ist.

Liebe Schneehühner, Ihr erlebt es doch täglich, solange Ihr als bespringbar eingeschätzt werdet: Ständig läufig sind die Männer. Sie laufen nach, vom sprachlichen Untergriff über den Gelegenheitshingriff bis zur Vergewaltigung. Es gilt, ihren Samen – nein, es ist nur Blütenstaub! – zu streuen. Die Vulvaträgerinnen sind wählerisch. Dauernde Läufigkeit wäre, was immer Anthropologen über verdeckte Ovulation sagen, angesichts des Aufwandes zu teuer. Ihr wißt ja, was für ein Kind alles getan werden muß, nachdem schon das, was die Frau zum Samen beisteuert, unvergleichlich mehr ist, als das, was in dem bißchen Blütenstaub mitgebracht wird. Deshalb flirten Frauen wählerisch. Die Herren der Sprache aber erkennen, im Gegensatz zum Schimpansen, die Zeichen nicht mehr. Sachinteresse, Anteilnahme oder simple Höflichkeit, die von Frauen kommen, werden regelmäßig als Einladung zur Bestäubung gelesen. Ihr erlebt es doch, Schneehühner: Von einem Flirt im reinen Sein der Sprache gar nicht zu reden. Das ist dem heterosexuellen Mann ein Buch mit sieben mal sieben Siegeln, dessen Existenz er bestreitet.

Ich räume in meiner Höhle im Geröll der Moräne. Welche Meisterleistung der Paradigmen: eine Handvoll weggeräumt, und schon rinnt es von allen Seiten nach. Hoffnungsvoll, weil ein Steineberg – daß Männer den Frauen ihre fertigen Kinder in den Bauch setzen – schon weggeräumt ist (er hat sich heute anderswo in der Forschung wieder aufgebaut!), steige ich vom ausgetretenen Schottersteig herunter, beginne schneller zu arbeiten, aber wenn ich zu ungeduldig bin, reißt mich die Moräne mit.

Denn jedes Kind lernt in der Schule, daß das, was den Mensch zum Menschen macht, das Werkzeug sei. Falsch! Werkzeug: jene Räder, Maschinen und Kraftwerke, die den Mann lediglich auf eine Stufe stellen mit dem Vogel, der mit einem Stäbchen die Würmer aus der Baumrinde holt, mit dem Biber, dessen Dämme Flüsse in Stauseen verwandeln, mit dem Schimpansen, der einen besonderen Stein verwendet, um Nüsse zu knacken. Habt Ihr heute gekocht, Ihr Schneehühner? Bravo, denn das macht Euch kein anderes Tier nach, aber dem Schimpansen schmeckt, was Ihr zubereitet.

Denn gelehrt wird, Sprache sei vermutlich mit den scharfen Zurufen unter den Brotbringern bei der Gruppenjagd entstanden. Gruppenjagd kennen andere Tiere auch, geleitet von Löwinnen oder Hyänenweibern etwa. Und hochdifferenzierte Zurufe – welches Tier kommt da? – sind auch bei anderen Affentieren zu finden. Die Brotbringer, die Herren der Ur-Jagd-Gesellschaft, die uns so gerne als Wiege der Menschheit hingestellt wird, sorgten lediglich für das Sonntagsfleisch. Wie die Schimpansenmänner. Den alltäglichen Brotkorb füllten die Sammlerweiber zusammen mit ihrem Nachwuchs. Es war eine Sammlergesellschaft, die gelegentlich jagte, und keine *Jagdgesellschaft*, die auch sammelte. Habt Ihr heute, Schneehühner, wieder mehr Zeit gehabt, mit den Kindern zu sprechen, als die Väter? Bravo, denn die Wiege der Kultur, läßt sich weit logischer vermuten, ist die Wiege der Menschenkinder in der Frauengruppe. Die sich verlangsamende Reifung der kleinen Fratzen machte solche Scherereien und Aufwände, daß Sprache bei der Sozialisation ungemein half. Solch investitionspralle Erziehung, liebe Schneehühner, macht Euch kein anderes Tier nach. Aber der Schimpanse läßt sie gerne über sich ergehen.

Einer Forscherfrau kommt leicht ein Zeichen, wenn sie dem Schimpansen ein Zeichen gibt, und Papageien nehmen gerne ihre Wörter an. Dennoch sind wir Frauen nach Jacques L. zweifach dezentriert, weil auch die Vulvaträgerinnen in die Phallussprache müssen. Wie plagt sich damit *im Kellerland der kalten neuen Zeit* Julia Kristeva in ihrem lichtvollen Text „Die Revolution der poetischen Sprache“!

Doppelt dezentriert? Das läßt sich bei den vielen sozialen und poetischen Ichs, die um und im Schreiben als *unbeschuhte Geister* weben, schon aushalten.

Oder doch nicht? „Der wirkliche Ichverlust schien ihr Vorbedingung für ein weiteres Leben ...", schreibt Erich F., der von einem Sprach-Werk sprechen soll, über die Person Ingeborg Bachmann. Es ist die Abwesenheit nicht dieses von Erich F. fälschlich bezeichneten Ich. Es ist auch die Abwesenheit nicht eines poetischen Ich, von dessen geradezu magischer Präsenz Erich F. sprechen müßte. Es ist die Abwesenheit eines anderen besonderen Ich, die dafür sorgt, daß Autorinnen nicht der Fall sind.

Elfriede Jelinek erklärt das so: Sie habe beim Schreiben die Erkenntnis gewonnen, „daß Frauen nie ganz da sind und nie ganz fort sind." Sie überlegt zu dem, was sie ihre „Desorientierung" nennt: „Es wird wahrscheinlich ein Drittes sein, das man aus sich herauskatapultiert." Ich lese in Peter H.s „Nachmittag eines Schriftstellers". Ein Lehrbeispiel zu Elfriede Jelinek: Die Frauen sind nie ganz da; die Frauen sind nie ganz fort – als das andere kommen sie bei Peter H. vor. Aber da steht noch mehr im Text. Peter H. erzählt, was er so tut, der Schriftsteller. Was ihm in der Welt widerfährt, was ihn in die Nischen, Ecken und Fächer seines wichtigsten Bestandes treibt, in die Erinnerung, die nutzbar ist. „Er" steht da immer, wo „ich", Peter H., exerziert wird. Gemeint ist Er, ein Schriftsteller. Das Ich, das sich erinnert, was ihm persönlich widerfahren ist, sagt Er-Ich, weil es von sich als einer besonderen Entität spricht.

Es ist ein Er-Ich sui generis, eine Art Überich der Kunst. Und wie das des Sigmund F. ist es ein Superman. „Art", sagt Andy W., „is the name of a man."

Erich ist ohne Zweifel ein Männername. Sieich gibt es nicht, siech schon. Siech wie die Erinnerung an Baubo.

Auch Elias C., der in seinen Aufzeichnungen zwischen „er“ und „ich“ pendelt, wenn er von sich schreibt, verwendet dieses Er-Ich. Vladimir N. schreibt in einem Sonett nach William Sh.: „Doch gäbe es von dir, von mir ein Kind auf Erden, du würdest zweifach überleben – im Sohn, in meinen Versen.“

„... freudianisch argumentiert, müßte man sagen, daß ich mich, indem ich schreibe, faktisch zum Mann gemacht habe –“, sagt Elfriede Jelinek. Sie weiß, wovon sie spricht. Der Satz von Adolf M. über Hans Henny J. „Der Mann, der durch die Annahme eines Frauennamens (Henny) sein Geschlecht verdoppelte, hat Stärkeres zu bieten als sexistische Skandale“ ist, auf Autorinnen gewandt, ohne Sinn. „Du bist“, sagte mein Großvater, „ein Mann in einem Frauenkörper.“ Angesichts meines Protestes erklärte er das Lob: „Du schreibst ja wie ein Mann!“

Um das Dilemma, auf das Autorinnen stoßen, weil sie als Autor nicht der Fall sind, hat schon die vor 300 Jahren verstorbene Dichterin Juana de Asbaje gewußt. Weil Verse keine Töchter sind, wählt die Nonne (Madre Juana de la Cruz) im Gedicht „Der erste Traum“ als poetisches Ich Phaethon. So versteht das Abendland, wovon sie spricht (auch heute noch: Octavio P. schreibt in seiner Biographie Juanas, sie habe lange vor den Franzosen in diesem Werk die Isolierung des modernen Individuums beschrieben). Juana de Asbaje beschreibt nicht nur das, der Sturz des Phaethon ist ihre Kollision mit Superman. Ingeborg Bachmann setzt für dasselbe Ereignis ihr – auch männliches – poetisches Ich in „Das dreißigste Jahr" in die Wiener Nationalbibliothek. Die Rede ist von einem Erleuchtungserlebnis, wofür es in der abendländischen Mystik ein reiches weibliches Erbe gibt. Aber beide Texte sind eben keine mystischen. Sie bewegen sich nicht in den Himmeln der griechischen Götter und der Bücher, diese stehen für etwas anderes, für die Welt des Erich, in der die Dichterinnen schreiben.

Mag auch die Sprache von Erichs Blut aufgeplustert und in ein Kondom eingeschmolzen sein. Sigmund F. und Jacques L. geben zu, die weibliche Lust bleibe ihnen verschlossen. Blutaustausch ist möglich, das beste Kondom reißt. In meiner Höhle grabe ich mit Lust an der Moräne. Wie stark das Verlangen ist! Marienerscheinungen stechen alle anderen im Abendland aus. Noch sagen die Madonnen, was Rom wünscht. Wenn die baubinischen Zwerge den Grauwack und den Kreidestein zerreißen, werden die Anweisungen deutlicher lesbar sein.

Ich habe am Er-Ich-Sitz nichts. Er bleibt eine Leerstelle. Mein poetisches Ich vergeht im Brennpunkt des Sehens. Es ist im Alltag nur ein Echo, eine besondere Erinnerung, wie es ein besonderes Gedächtnis für Träume gibt. Erich aber ist immer Dichter, nicht nur beim Schreiben und in der Erinnerung.

Wie lebhaft sind die Gespräche im Klagenfurter Künstlercafé und anderswo gewesen, in den Jahren, in denen sie über Künstler berichtet hat: woran sie arbeiten, warum sie arbeiten, wie sie arbeiten. Selbst Gert J. – die Mütter kennen einander, sie und der Dichter kennen einander aus der Schulzeit – hat sich zu Texterläuterungen hinreißen lassen. Jetzt tauschen sie Grüße. Kein Brot wird geteilt, und keiner bringt eine Handvoll Himmel mit. Denn an der Grenze von Erichlandia hat sie aufgehört, Fragen zu stellen. Sie hat sich aus der Schule der Geläufigkeit hinauskatapultiert.

Das Land ist der Fall, und Erich beschreibt es. Erichs Land antwortet, wenn ich in der Sprache fasse. Suche ich im kulturellen Erbe, antworten – meist auch dann, wenn ich Fragen an Frauen stelle – große tote Erichs. Greift Peter H. ins Erbe, wird sein Land sichtbar. Die Welt. Über „Mein Jahr in der Niemandsbucht" schreibt Martin M.: „Er erzeugt das Bild der Schöpfung, wo Wiedererkennen herrscht ... ‚Ein Buch lesen, welches die Welt neuweht' – wahrhaftig, so ist's. Langsam, langsam beginnen wir diese Welt wieder zu sehen." Soweit die Seligsprechung für den Paradieskreis von Erichlandia, die Heiligsprechung besorgen dann die Lexika. Supermans Zeichenblitz schlägt in den Rapunzelturm. Donnernd rutscht in der Höhle das Geröll an den alten Ort.

Welt wird auch sichtbar, wenn Friederike Mayröcker über sich und ihre Wahrnehmung der Umwelt schreibt. Steht ihr dichterisches Gestaltungsvermögen nie in Frage, so ist es doch eine Welt, die nicht der Fall ist. Ihre Werke zeigen es: Eulogien wie zu Peter H.s „Niemandsbucht" und zum Tod von Elias C. würdigen nicht ein Werk, sondern den Dichtersmann, der die Welt trägt. Dem Superman werden solcherart Opfer gebracht, damit Erichlandia erhalten bleibt.

Laßt Autorinnen, die Ihr hier eintretet – und eintreten müßt Ihr – alle Hoffnung auf solche Opfergaben fahren. Die Höllenhunde erkennen Euch, Euch verwandt, wenn Ihr als underdog den Tschador über Eurer Wahrnehmung zerreißt, die Schnauze hebt, die verschwiegenen und verbotenen Gerüche wittert und Euch im Gerüst, das die Welt bedeutet, verbeißt. Denn alle Kreise, auch der der Hölle, liegen in Erichs Reich.

In keinem der Kreise findet sich das Dritte, von dem Elfriede Jelinek vermutet, daß man es aus sich herauskatapultiert. Superman löscht. Die Auslöschung wird seit ein paar tausend Jahren eingeübt.

Seit sie sich erinnern kann, ist diese Stimme in ihrem Kopf. Sie schweigt nur, wenn sie sich im Lesen oder sonst verliert. Das wahllose Abstürzen in die Texte, das Glück im Rückzug vor der großen Familie hinter und in die Bücher auf dem Kleiderschrank der Eltern muß offenkundig gewesen sein. Vladimir N. erzählt, wie er als Knabe schon lernte, diese Stimme als seine Schreibstimme zu erkennen, wie seine Lesewut daheim gepflegt worden ist. Das kleine, von Grimassen, Rollenspielen und Erzählungen sprudelnde Mädchen – sie kennt es nur aus familienfremden Erzählungen – wird von den älteren Geschwistern erzogen. Und daran erinnert sie sich: „Dein Gesicht wird dir stecken bleiben!“ „Übertreib doch nicht so!“

Grimassenlosigkeit und fanatische Faktentreue werden sie in den Journalismus führen. Nein, die Eltern haben sie nicht gebremst, das Engagement für und im Journalismus wird gefördert. Tatkräftig unterstützt von den Familienfrauen, Mutter, Schwestern, einer Schwägerin, mit den immer wieder notwendigen Babysitterdiensten.

Nach einigen Jahren in ihrem Traumberuf schreckt sie die Vorstellung von einer Riesenkrake, die sich die Blausäure für ihren schwarzen Lebenssaft vom Blut anderer erschreiben muß. Nein, sie ersaugt nichts. Nichts strömt ihr zu. Sie ist ein immer schlechter gewartetes, immer präziser funktionierendes Umspannwerk für die Stimme der anderen. Die Stimme in ihrem Kopf schweigt.

Sie macht sich auf die Suche. Sie braucht ein halbes Dutzend Jahre, um für die Frage nach dem Beruf die Antwort „Autorin" zu besetzen. Aber es ist schon so weit, als ihr die Mutter, die sie nach vielem, aber nicht nach allem fragen kann, ein Versprechen abnimmt: Die Bibliothek ihrer Kindheit, auch der Teil, der des zwei Jahrzehnte zuvor verstorbenen Vaters ist, die Bibliothek, die unter den Händen der Germanistenmutter gewachsen ist, sie soll dafür sorgen, daß die Bibliothek der jüngste Bruder bekommt. Nach dem Tod der Mutter suchte der Bruder aus, was er goutierte. Alles andere wanderte auf den Flohmarkt. Was er ausgesucht hat, steht heute auf dem Dachboden.

Weil es kein Sie-Ich gibt, bin ich in Erichlandia zwar nützlich, aber nicht ganz da. Mein poetisches

Ich ist unverankert. Es vergeht schon im Sehen. Dem Dichtersmann vergeht gar nichts. Sein Er-Ich ist auch im sozialen Ich fest verankert. Erich ist kein unverankertes Schiff. Und so kann Erich F. eine der *Delikatessen* in „Böhmen liegt am Meer“ einfach übersehen. „Kommt her, ihr Böhmen alle, Seefahrer, Hafenhuren und Schiffe/unverankert“, heißt es bei Ingeborg Bachmann. Eine Sache ist unter Personen gereiht, eine magische Sache moderner Lyrik. Aber Erich F. bemerkt die Anspielung auf Arthur R.s „Bateau Ivre“ nicht. So pflegt der Mann, wenn überhaupt, Frauen als Autoren wahrzunehmen. Es ist der Alltagsfall. Insbesondere, wenn Autorinnen, unverankert, wie in Kärnten ein Grenzfall sind.

Margarethe Herzele

geboren am 2. August 1931 in St. Veit an der Glan, wohnt in Wien. Verwitwet, vier erwachsene Kinder. Akademische Malerin mit umfangreicher Ausstellungstätigkeit in Europa und den USA. Sieben Buchpublikationen (zuletzt: „Trommelwirbel der Wolken", Gedichte, Baden 1987; „O Glanz des M(W)ilden Mondes", Wien 1989) und zahlreiche Anthologiebeiträge verweisen auf das Doppeltalent Herzeles.

SPURENSUCHE

(Was mein Land, meine Heimat)

LEBEN IST SPUREN-SUCHE
SOWIE
DEREN BESEITIGUNG …

Heimatempfinden beruht vor allem auf Vertrautsein, Gewohnheit, und daraus sich ergebender SICHERHEIT – was wiederum zu Verständnis, Geborgenheit und Liebe, und, in weiterer Folge, zu Affinität und Identifikation, zu gefühlsmäßigem Erfassen sowie Bilden von Erinnerungswerten führt.

Hingegen kann das Fremde, Ungewohnte, ANGST, zumindest Unbehagen, heraufbeschwören – doch auch mittels Neugier, Interesse, und vor allem Zuneigung – *neutralisiert* werden. Kommt man vom flachen Land ins Gebirge oder vom Dorf in die Stadt – wird ja erst einmal DIE HÄRTE FREMDER SCHATTEN spürbar sein, weil das nötige Organ für das Ungewohnte, selbst für ungewohnte Schönheit, noch fehlt … Schönheit allein wäre freilich zu wenig, denn nur, wenn auch die *Lebensbedingungen* halbwegs stimmen, steht einer neuen HEIMATSUCHE nichts mehr im Wege.

Allerdings, allzuoft kann man sich dieser seelischen Strapaze auch nicht unterziehen, weil es dann zu *keiner* IDENTIFIKATION oder tieferen Bindung mehr kommt. Der emigrierte Brecht läßt dies seine „Anna" so sagen:

ABER DAS GEFÜHL/WIRD ERSTAUNLICH KÜHL/WENN MAN DAMIT/ALLZUWENIG KARGT/SCHLIESSLICH GEHT JA JEDER VORRAT ZU ENDE …

Da ich selbst 12mal übersiedelt, bzw. ver- oder umgezogen bin (wurde) – kenne ich das NIEMANDSLAND DES AUSSENSEITERTUMS ganz gut – sogar den Rauswurf, das demütigende Bittstellertum und den „Kuckuck" am Mobiliar … Kenne das HINGEWORFEN- u. FESTGETRETEN-WERDEN AUF EINEM BODEN *OHNE* HUMUS, und verstehe darunter ein Existieren ohne psychosoziales Umfeld – wie geistige Entsprechung, geistige Nahrung, Verständnis, Ansprache oder auch nur Geselligkeit – trotz Bemühung! In meinem Fall eine Art von Ausgesetztwerden ins NIRGENDWO eines völlig *unerschlossenen* Stadtrandes ohne Infrastruktur – autolos, mit vier kleinen Kindern am Schürzenzipfel.

Am Rande der Stadt zu leben, bedeutete damals – so zwischen 1957 und 1979, vor allem am Rande der Gesellschaft zu leben! Wo die Stadt „endete" – war auch das Land „ver-endet"! Gleichsam unter dem Sargdeckel Beton erstickt, was eben noch geatmet, geblüht und geduftet hatte, was Acker und Bächlein war und verwirrten Wildenten und Libellen kürzlich noch silbergrüne HEIMAT geboten und sich nun – infolge *gigantischer* Zerstörmaschinen für seine *jetzige* IDENTITÄTSLOSIGKEIT *selbst* zu hassen, zu verachten und zu schämen scheint ...

An den grauen, neuen, kasemattenartig hingeklotzten Häusern irrten die hungrigen Blicke der MALERIN/POETIN hilflos hin und her, und ich fühlte mich, internationale Ausstellungserfolge längst in der Tasche, wie *strafversetzt!* Winzige, hellhörig lauernde Wohnungen – aus deren Beengtheit Kinder und Jugendliche ausschließlich auf die „Straße" geschickt wurden, wo es weit und breit, außer Auto- und Coloniakübel-Abstellplätzen, *nichts* gab! Über das heilige unbetretbare Gras der Anlagen wachte ein gehässiger Funktionär am Fenster. Die Väter entflohen, so sie nicht aßen oder schliefen – auch an Wochenenden der sterilen Enge, und die Mütter wurden fettleibig. Je kleiner die Wohnung, desto mehr wurden bösartig, depressiv oder verdummten. Oder alles zusammen!

Daß aus diesen Kindern schon im frühesten Alter fast durchwegs Gestörte – Kriminelle, Drogensüchtler, radikale Skins, Hitler-Schwärmer oder psychisch Gestörte – wurden, nimmt kaum Wunder ...

Beispielsweise wurde das *einzige* freie, schöne und große Lokal des gesamten Riesenkomplexes alter und neuer Gemeindebau-Siedlungen an eine alte Nazi-„Markentenderin" vergeben – die dort jahrelang geistesgestört dahindämmerte. Sowohl das einzige Kino, als auch das einzige Café im Ortskern wurden zugesperrt, und das letzte Wegerl, die letzte Naturwiese, verbaut.

Meine jüngste Tocher, damals zarte zehn Jahre, brachte aus der im übrigen *weit* entfernten Mittelschule – ebenso wie ihre nur um ein, zwei Jahre älteren Geschwister – stets die „Neue Freie Presse“ mit, die *in* den Klassen verteilt wurde! Voll von Hetzaufrufen ihres ewig pubertären Herausgebers *gegen*: Eltern, Lehrer- und jedwede Erzieherschaft sowie eine radikale Aufforderung zu praktizierendem Sex (für 10-11-12jährige), ferner Anleitung zur Selbstbefriedigung und die Comics von „Fritz The Cat“, die sogar heute noch, nach immerhin 22 Jahren, im TV erst nach Mitternacht gesendet werden.

Außerdem, in einem „Offenen Brief“, eine Haßtirade gegen Frauen und Mütter die, weil (arbeitsmäßig) eben schon verbraucht, runzlig und unappetitlich, auf den Sex der Kinder nur *neidig* seien, daher lügen und tyrannisieren, und die Kinder müßten es daher verstehen, wenn sich der Mann, der Vater, eine Jüngere nehme!

Pures Gift für Kinderseelen, gegen das weder Elternverein noch Professorenschaft einzuschreiten gewillt waren, und so blieb dem verwirrten Verwirrer weiterhin freie Hand.

„Hainburg“, auf das natürlich auch ich stolz bin, war später. Da hat eben derselbe viel Gutes geleistet. Doch scheint mir, ganz allgemein gesagt, die Öffentlichkeit mit der AMBIVALENZ der menschlichen Psyche nur höchst fahrlässig umgehen zu können; als hätten die Menschen sich selbst noch nie beobachtet, um zu erkennen, wie zwiespältig und mehrgleisig Geist und Gemüt sind, und daß nicht automatisch Gutes Gutem oder Schlechtes Schlechtem folgen muß! Kritik und Selbstkontrolle dürften *nie* schlafen!

Selbstverständlich war ich auch über den Ausgang der „Zwentendorf"-Entscheidung – Mark und Prüfstein einer echten Demokratie, stolz und froh! Nur – hätte „man" das nicht schon früher bedenken können? „Vor"- statt „nach"-denken? Der geschäftliche Direktor, ein persönlich äußerst gewissenhafter Mann, und als Manager natürlich voll vertraut mit den gigantischen finanziellen Verlusten, hielt, zerrieben von der Polemik der Befürworter und KernkraftgegnerInnen, dem psychischen Druck jedenfalls nicht stand – er brachte sich um.

Andere, wie ich, wurden – infolge nachbarlicher Beziehungen im „Bau" – nur mit kleineren Leiden konfrontiert. Auf freundliche Grußworte erhielt ich (wohl im Hinblick auf meine damals noch sehr herzigen Kinder) Antworten, wie: „Heast, geh wegga, du Sau!" Oder eine Person packt meine Hand: „Gengan'S her, junge Frau! Da greifen'S scho endlich her und spüren'S, wie i schwitz unterm Arm."

Doch bin ich nicht Spira oder Deix – mir gefällt sowas nicht! Mich packt Grausen, Depression und ein Gefühl der *Ohnmacht*! Als ob man uns *absichtlich* – nein, wir waren keine Kämpfernaturen, weder ich noch mein Mann, nur kritische, begeisterte und innovative KUNST- u. KULTURSCHAFFENDE (ich mit Ausstellungstätigkeiten damals in Europa und Übersee, mit Lesungen und Veröffentlichungen in Europa, USA, Australien, Mitbegründerin von Symposien und Kulturzeitschriften; Ausübende, Lernende, Lehrende in Kunst, Kunstkritik, Malen, Schreiben, Poetik) – ja, als hätte man uns absichtlich unter die MASSE Stumpfsinniger bis Mißgünstiger gesteckt – auf daß wir, oft genug auch „Arbeitslose" *ohne* Arbeitslosenunterstützung, überdies mit 4 Kindern, früher oder später, *unnütz* aufgerieben und aller Lebenskräfte beraubt – niemals wieder Schwierigkeiten bezüglich *einseitig* betriebener Förderungs-Subventions-Auftrags- oder Darlehenspolitik bereiten würden ...

Bestraft, weil parteibuchlos? Oder weil (unnütze) KünstlerIn, MalerIn, PoetIn?

Für den MANN stellte sich dieses Problem weit geringer dar – er setzte sich ganz einfach ab! Da gab es – weit weg – die Symposien, etwas näher die Diskussionsrunden, und noch näher, Freunde und Kollegen ... War er doch, wie mir selbst Kolleginnen allen Ernstes heute noch verraten – ein Künstler! Und *mir* blieb ja immer noch, so die wichtigste Hausarbeit getan, die Wohnung (gleichzeitig Atelier) zu überfüllt, oder zu laut – die STRASSENBAHN, als ein ruckartig abbremsender, den Kugelschreiber seismographisch am Kleide weiterführender, dann aber doch wieder langsam dahintrudelnder Fluchtort-Schreibtisch, wo Gedichte und Texte, teils satirischen, meist aber bitteren Inhalts entstanden.

Also: NICHT-IDENTIFIKATION mit unserem hingeklotzten „Bau" und den stumpfen Mitbewohnern. Statt dessen Selbstmordanwandlungen! Und, obwohl selbst vierfache Mutter – *verstärktes* HEIMWEH nach der eigenen, der *frühesten* KINDHEIT als den Inbegriff von EINS-SEIN mit sich und der (Um)Welt: HARMONIE, die von *außen* nach *innen*, und umgekehrt, fließt ...

WIE *LIEBTE* ICH ALLES!

WIE LIEBTE ICH *SIE* ALLE

ICH – DAS TANZENDE KIND ...

Solange eben das *bewußte* Denken (diese VERTREIBUNG AUS DEM PARADIES) vom 5jährigen Kind noch nicht völlig Besitz ergriffen hatte! Hernach überwogen Gefühle der Ungerechtigkeit (infolge deren Erkennen) *und* Langeweile, Einsamkeit *und* Melancholie, welche die kostbaren frühen Kindertage – Schatz für alles weitere Leben – vertröpfeln ließen gleich einem undichten Wasserhahn.

Mit der NS-Zeit wurde alles noch schlimmer: tödliche Fadesse und Ungerechtigkeiten! Erst leere, dann *angsterfüllte* Stunden, Tage, Wochen, Jahre ... Die schöne HEIMAT trug ein bleiches Gesicht: im weißen Kreise wirkte das schwarze Hakenkreuz wie die halbabgebrochenen Zeiger einer Uhr, die knackte und knarrte:

TOTE ZEIT ... *TOTEN-ZEIT* ...

Fichtenreisig, erst auf Tribünen, dann auf Grabkreuzen, so rissig und voller Spieße wie meine Kinderstrümpfe aus Holz und Brennesselgarn.

Erstarrte BETONZEIT! Schikanen ... Aber auch NACHRICHTEN VON UNVORSTELLBAREN GREUELN GEHEN MIT STINKENDEM ATEM VON MUND ZU MUND ... Messerstecher, die mit ihren Pestbazillen in finsteren Ecken lauern ... Und setzte im Spätherbst oder Winter die *totale* VERDUNKELUNG doch schon um 1/2 5 Uhr ein!

O ANGSTVERDUNKELTE ORTE!

MANCHMAL WÜHLT SICH DAS HERZ

UNTER DIE BATTERIE EINER TASCHENLAMPE ...

Obgleich wir Kinder „hart" gemacht, ertüchtigt wurden: Wettlauf, barfuß, auf einer Aschenbahn, die in Wahrheit aus frischen Koks- oder Kohleschlacken bestand, die nackte Fußsohlen bluten ließ ...

Auch: zwei Jahre TERROR der sadistischen Volksschullehrerin Chr. M., die ihre fingerdicken Haselstöcke oder Vollholz-Dreiecke, auf: Kniescheiben, Ellbögen („Tamisches Aderle"), Schienbeinen oder Fingerknöchel *zerdrosch!* Und *kein* Erwachsener, der je etwas gegen sie unternahm! Das war eben ZUCHT! In der Pause dann Schulaborte und Knabenlatrinen, wo die Exkremente braune und gelbe Gebirgskrusten bildeten und der Ammoniakgestank den halb Betäubten das Wasser aus Nase und Augen biß.

MUTTER HEIMAT – WIE STANKEST DU!

GUTE FRAU LEHRER – KNOCHENBRECHERIN ...

Kein Wunder also, wenn STREUNERTUM (trotz arger Strafen auch zuhause) mich immer wieder ausreißen ließ! Und ich mir – der Strafen, Vorhaltungen und Drohungen doch einmal *müde* – schließlich in nächtlichen TAGTRÄUMEN eine *schönere* Welt auszumalen begann! Womit also das Ausdenken von Geschichten in der 2. Klasse Volksschule seinen Anfang genommen! KETTENGLEICH ANEINANDER GEREIHTE BILDER ... oft bis in die frühen Morgenstunden, ja bis zum Aufstehen sogar oder bis zum nächtlichen Fliegeralarm, HEIMAT- ANGSTVERZERRTE ORTE! Obwohl der Himmel am Tage so blau und am Abend so golden! Einmal, da war aber der Nachthimmel heller noch als der hellste Sonnentag, und nie im Leben habe ich Häuser, Dinge und Menschen *deutlicher* wahrnehmen können als damals unter jenen sogenannten „Christbäumen“, die meist einem furchtbaren Luftgroßangriff vorausgingen. Die Bomben schwirrten auch schon, während wir um unser Leben rannten. Und nur einem Beinamputierten, der mit seiner Krücke auf die sich panisch am Boden wälzende, den rettenden Bunkereingang verstopfende Menschenmenge, einhieb, war es zu verdanken, daß der Tumult sich löste und wir Rettung fanden.

Wir „Jungmädchen“ (ab dem 10. Jahr), hatten, in Uniform natürlich, dann die „Hohe Pflicht“ – die in Fettpapier eingewickelten Leichenteile von Bombenopfern unter dem heroischen Bla-Bla von Funktionären zu einem Massengrab zu geleiten, die Feinde, solche Greuel verursachend, erbittert zu hassen und für Führer und Endsieg zu beten.

TROST ODER HOHN
DER GRÜNGOLDENE ABENDSTERN
AM ROSIGEN HIMMEL?
UND DIE BLAUEN BERGE
SCHWARZ VOR ANGST ...

Feindliche Tiefflieger, die mit brüllendem Getöse im Sturzflug bis knapp über unsere Köpfe herabjagten, wieder aufstiegen, um dann erneut wie Habichte auf eine Schar hilfloser Kücken – Schulkinder, die wir damals, Frühjahr '45, mit Spaten oder bloßen Händen vor der Stadt Panzersperrgräben auszuheben hatten – niederzustoßen ... TODESANGST verbreitend – doch schossen sie *nicht!*

Als trotz „Panzersperren" die Jugoslawen (und Partisanen) – denen ein schrecklicher Ruf vorauseilte – einmaschierten, schien selbst den Mauern der Atem zu stocken – kein Laut war außer den immer näher dröhnenden Marschschritten zu hören und wir, mit BLUT/SCHWER WIE BLEI – festgenagelt vor Angst ...

Sie taten uns aber *auch* nichts. Wir fühlten uns trotzdem wie erlöst, als wir einige Zeit später (wann, weiß ich nicht genau) von den Engländern, von den BEFREIERN *befreit* wurden ... Allerdings um den Preis eines furchbaren BLUTZOLLS! Die Briten lieferten die von Stalin aus Rußland vertriebenen und von Hitler ebenfalls ungeliebten Weißrussen – allesamt Zivilisten – aus! Die Ärmsten wußten bereits um ihr grauenvolles Ende – einige saßen auch bei uns zu Hause und konnten zu weinen nicht aufhören ... 14 Tage später, zwischen der schönen Drau und dem friedlichen Murboden, zu Tausenden *erschossen* – alle!

UND ANDERE SCHRECKEN – sehr *persönlicher* Art, über die ich lieber schweige.

HEIMAT – angstbeladene Orte – die einen flüchten dahin, woher andere entsetzt geflohen!

Einer vom MOSSAD (israelischer Geheimdienst, vergeltungsberechtigt!) – ein riesenhafter Tscheche in englischer Offiziersuniform, doch keines englischen Wortes mächtig – hatte sich bei uns einquartiert und spionierte, süßlich lächelnd/haßverzerrt, mit der Maschinenpistole allerlei bedrohliche Spielchen aufführend, mir bis ans Schlafzimmerbett nach ... Durchsuchte jede Lade, jeden Kasten ... LIQUIDATION anberaumt? Die Luft steht still ... Auf Grund *welcher* Verleumdung? Welcher Rache? Doch schlagartig wird das Leben freundlicher, der neue britische Hochkommissär (General-Major G.) – quartierte sich ebenfalls bei uns ein, und der Haßverzerrte mit dem geilen Killerlächeln, wird, nach harten Auseinandersetzungen, „gegangen"!

Aber schon ist das Schicksal wieder ungerecht – der allseits geachtete, beliebte Hochkommissar hatte bald danach einen tödlichen Autounfall auf der Pack. Oder war es keiner?

Das Land quillt über. Tausende Menschen: Gefangene, Vertriebene, Ausgebombte, Versehrte, Verängstigte, verrückt Gewordene ... Was echt, was Maske? Gesindel wird hochgespült, gibt sich als Nazi-Opfer aus, erhält große politische Machtbefugnisse. Nazibonzen, untergetaucht, erlangen wiederum prächtige Positionen ...

Langsam verschwindet Sägemehlbrot und Rotschimmelmehl vom Tisch. Heimkehrer fluten zurück, besetzen Universitäten und Kunsthochschulen ...

Doch das naturgemäß zu erwartende HOCHGEFÜHL über das Ende von Krieg, Schrecken und Naziherrschaft, stellt sich nur zögernd ein – Mißtrauen, es könnte doch noch zu einer furchtbaren Katastrophe kommen – oder überhaupt „alles“ (der Frieden) nicht wahr sein – umschattet die Gemüter! Nur langsam erwachen Freude, Zuversicht und das Bewußtsein, daß von jetzt ab wirklich wieder anständige, verantwortungsvolle Menschen regieren – und somit auch kompetentere Lehrkräfte kommen. Gut so, war ich doch ein gebranntes Kind, das zwar mit einigem Stolz, aber noch weit größerem Unbehagen und Wut über die mir gestohlene Zeit und zu große Verantwortung zurückdenkt, die mir von der Fachlehrerin Z., Klassenvorstand, aufgebürdet worden war – indem ich *für* sie zu unterrichten, zu prüfen hatte, Zeugnisnoten (incl. Betragen! und Schönschrift), ja selbst die geheiligten Entschuldigungen, ebenso wie Ablieferungsquoten für Spinnstoff, Altpapier, Knochen und Heilkräuter, kontrollieren bzw. per Strafe einfordern mußte! Man kann sich gewiß vorstellen, wie ein solches Geschöpf von seiten oft sogar weit älterer Mitschüler/innen, *umbuhlt*, *gehaßt* oder *tyrannisiert* wird ... Und nicht genug damit, auch der total versoffene Naturkunde- und Naturgeschichte-Fachlehrer, ein Eddie-Constantin-Typ, forderte ein Jahr später Ähnliches! Nämlich an *seiner* Statt eine Fülle von Stoff vorzutragen, zu erklären, zu prüfen ...

TRAUM der 14jährigen dann nach Kriegsende: Kunstschule Salzburg, Porzellanmalerei! Und auch alle schwierigen Prüfungen dort mit Auszeichnung bestanden. Salzburg ein SÜNDENBABEL damals. Moral? Die wertloseste Münze am Schwarzhandelsmarkt der Amis. Nach tagelangem verzweifeltem Suchen mitten im skurrilen Herzen der Altstadt das *ein-*

zige vermietbare Zimmer im Hause eines Puppentheater-Lustgreises gefunden, dessen Bedingung aber darin bestand, auch *nachts* durch oder *in* mein *unversperrbares* Zimmer gehen zu können! Überraschenderweise war seine wesentlich jüngere und schöne Frau durchaus sympathisch, geisterte aber gleich einer Toten aus Herzog Blaubarts Burg blaß und stumm durch das düstere Labyrinth ineinanderverschachtelter Räume. Unsere Kärntner Lebensmittelkarten galten hier *nicht*, und meine Mutter und ich fühlten uns maßlos elend.

Letzte Hoffnung, um zu einer anständigen Wohnmöglichkeit und, gegen Tausch, zu einigen Lebensmittelmarken zu kommen, war ein mitgebrachtes Empfehlungsschreiben an einen siegreichen Ex-Partisanenführer, ein wie Stalin aussehender (und von uns ebenso gefürchteter), übergroßer, düsterer Mann. Schwer bewacht, residierte er unter einem Stalinbild in den fürsterzbischöflichen Prunkräumen der riesigen, ansonsten furchterregend menschenleeren Burg ... Obwohl imposant an einem überaus prächtigen Schreibtisch sitzend, stimmte was nicht mit ihm – er konnte weder lesen noch schreiben. Eine Genossin Sekretärin, auch sie wie Stalin, nur ohne Schnauzer, dafür mit einem Ausdruck, als könne sie ohne weiteres Stacheldraht kauen, erledigte diese abscheulich bourgeoise Tätigkeit für ihren Boß, voller Verachtung für ihn und uns.

Seine erste, nach stundenlangem Warten an uns gerichtete Frage – mit vielen Rrrrrs und tiefer Grabesstimme hervorgerollt: „Waren Sie bei den Partisanen?“

ließ uns vollends das Herz in die Hosen rutschen. Doch immerhin hatte *ich* in der Nazi-Kriegszeit einem feindlichen Spion – britischen Fallschirmspringer in blütenreiner, handbestickter Altausseer Operettentracht und mit einem sehr gepflegten englischen Stutzbärtchen im schneeblaßen Gesicht – „das Leben gerettet“! Unser Hund und ich haben ihn hinter Gebüschen aufgestöbert – und unser gegenseitiges Erschrecken war groß! Er sah mir dabei so fragend und flehend in die Augen, daß ich ihm, von dieser Mischung aus Todesangst und wagemutiger Pflichterfüllung zutiefst bewegt, sofort den Weg zur ziemlich entfernten S.-Alm wies und den bereits auf uns zueilenden Blockwart schlagfertig Glaubwürdiges vorzulügen vermochte – wohl wissend, daß die zu den Widerstandskämpfern und Partisanen Kontakt suchenden „Spione“ von den Funktionären „wegen Fluchtversuches“ auf der Stelle erschossen werden konnten!

Das erzählte ich also, und von meiner großen Liebe zur KUNST! Die doch für die Menschen so wichtig sei, obwohl sie's nicht wahrhaben wollten, und von unserer verzweifelten Wohnungssuche … Nach langem Nachdenken versprach der Furchterregende zu helfen. Was sich aber dann als überflüssig herausstellen sollte, wurde doch die Kunstschule *sofort* nach ihrer Eröffnung geschlossen! Bedauern, Erleichterung, aber auch Ratlosigkeit! Irgendwann später heiß erkämpfter Mittelschulbesuch im 20 km entfernten Klagenfurt. „Der größte Blödsinn für ein Mädchen, noch dazu in *diesen* Zeiten …,“ wo weder Busse noch Züge verkehrten. Also – *viel* zu Fuß, und absichtliches wie unabsichtliches „Schwänzen". Neben einigen ausgezeichneten Lehrkräften aber immer noch Hinaufgespülte, unqualifizierte Nichtskönner – Karikaturen der Lehrerschaft und ihrer selbst ...

GROSSE FREUDE, als ich, noch Gymnasiastin, den 1. Preis des Landes Kärnten für Malerei erhielt. Mit der festen Zusicherung, *weiterhin* mit Förderungen rechnen zu können – was allerdings absolut *nicht* eingehalten wurde, mir aber, nach längerer Zeit, nach Kampf und Krampf, zumindest ideell den Weg für ein Studium an der Akademie der Bildenden Künste (und Universität) ermöglicht hat. Auch während des Studiums weitere erste Preise. *Größtes Kritikerlob* damals war: „Sie verfügt geradezu über einen *männlichen* Strich (Pinselführung, Duktus)."

Mit Pullmanmütze, langem Schal und schwarzer Kleidung schielte man damals neidisch nach Paris, wo die KUNST – Malerei und Literatur (neben Theater und Film) nie ihren Stellenwert verloren hatte! Auch den erfolglosesten Malern und Malerinnen waren Respekt und Bewunderung sicher – während einen in Österreich das Odeur von Drückebergern, krankhaft Verrückten, geistig sich Exhibitionierenden oder arbeitsscheuen Hungerleidern umgab. Uns wurde an unserer Akademie doch tatsächlich Armut und Entsagung, Hungern und Frieren als die Voraussetzung, *das* Ideal, ein guter Künstler oder eine gute Künstlerin zu werden – gepredigt!

Freilich blieb auch kaum was anderes übrig, als so zu leben: Es gab kein Tanzen, keine Unterhaltung: Bett, Pritsche, Spind! Ungeheizte Zimmer, sodaß die

Zeichentusche am Tisch einfror. Nach einer beinah tödlichen Mandeloperation diente mir das Reißbrett als steile Kopfstütze, um nicht zu verbluten. KARGE HEIMAT! Arme Töchter ... Nein, ein Mädchen, überhaupt eines vom Lande, hatte es damals wirklich nicht leicht! Die Kriegsteilnehmer machten sich logischerweise auch an den Akademien breit, und manchmal recht brutal ...

Nein! *Keine* IDENTIFIKATION mit neuer Heimat ... Nur den KAHLENBERG *liebte* ich von Anfang an! Ein Déjà-vu-Erlebnis vorweggenommen in einem Aquarell, als 13jährige gemalt, da ich den großen sanften Berg noch gar nicht kennen konnte – und der später dann, auf mysteriöse Weise mit dem SCHMERZ einer großen, aber heillos sich verheddernden Liebe, verbunden scheint ...

ALS DER SCHNEE NIEDERFIEL
DIE MILCHPFERDCHEN TRABTEN,
DIE HÖFE DER HÄUSER WIE HÖHLEN WAREN
VOLL VON SEUFZERN UND KÜSSEN –
WEINTEN WIR VOR SEHNSUCHT NACHEINANDER
– UND HIELTEN UNS *DOCH* IM ARM ...

Und noch ein wenig später – im Rückblick:

... WEINSTÖCKE TANZEN BERGAUF
MUSTER/UND DEREN SCHATTEN IM SCHNEE
ÜBER KRISTALLLENEM LAUF –
UNBENENNBARES WEH ...

Dem Zug der Zeit folgend, das Studium im Eilzugstempo hinter sich zu bringen, um möglichst rasch zu verdienen, ging ich, mit einem Empfehlungschreiben des Akademiedirektors, als „geistige Fremdarbeiterin“ an ein internationales Institut in die Ostschweiz, wo ich KUNST, und alles, was mit Kunst zu tun hatte, unterrichtete. Umgeben von harter Landschaft und harten Menschen: HEIMWEH! Vertragsgebunden ... Sehnsuchtvolles Nachstarren der damals noch unter lieblichem Glockenklang in die abendliche Ferne – nach Österreich – entschwindenden Züge ... Durch HEIRAT frühere *Heimkehr* ermöglicht.

Damit beginnt, nach einer Periode zarter, wehmütig-fröhlicher Poesie, wie „TRALATISCHE PERIODE“- oder „DIE FRÖHLICHEN LUFTGESPENSTER“, 1957, das „WILDE MALEN“: abstrakte, automatistische Schütt- und Klatschbider (Lack-Acryl-Vinylkompositionen, vorwiegend auf Papier, und wohnraumbedingt eher kleine Formate), mit denen mein Mann Günther Kraus und ich, 1959 in Stockholm großartige Presse erhielten! Doch trotz beachtlicher Ausstellungserfolge (auch in Österreich) ein Total-Hinauswurf durch den Kunst- und Kulturstadtrat von Wien, Prof. E. G.: „Es wäre besser für euch, ihr wäret nie geboren worden!“ Dieses wörtliche Zitat umklammerte mein Herz noch lange, war ich doch selbst hochschwanger! Freilich, wen wundert diese Haltung? Kam sie doch von denselben machtbefugten Kleingeistern, die die Rückkehr von Emigranten – darunter WissenschafterInnen, KünstlerInnern, ÄrztInnen, JournalistInnen oder ArchitektInnen von Weltruf – zu *verhindern* gewußt hatten! Und denen es vermutlich auch zu verdanken ist, daß, fast zwei Generationen hindurch, keine oder kaum eine geschichtliche Aufarbeitung der Nazi- und Kriegszeit in Schulen und Universitäten, geschehen ist! Hätte es nicht einen Wiesenthal, eine Rosa Jochmann, Erika Weinzierl oder einen Portisch gegeben – man müßte sich heute noch mehr schämen!

Ein nahezu absolutistisches geistiges Gartenzwerg-Königtum mit großer Lust am VERHINDERN, ANTICHAMBRIEREN, FREUNDERLWIRTSCHAFT, DEMUTSVOLLEM BITTSTELLERTUM, sorgte für Österreichs langganhaltende geistige Blutarmut und Potenzlosigkeit! So entblödeten sich die Kulturverantwortlichen dieser Epoche z. B. nicht, der britischen Monarchin als größte geistige und kulturelle Großtat die sogenannten „Hochhäuser-Sternbauten" von Floridsdorf zu zeigen! In einem Land, das Otto Wagner, Hofmann, Neutra, Plecnik, und eine *massive* Anzahl weiterer hochinnovativer Baukünstler wie Kiessler oder Seidler ect., hervorgebracht hatte, die aber allesamt in ihrer Heimat nicht, oder nicht mehr bauen durften. Neben der Engstirnigkeit parteipolitischen Brettl-vorm-Kopf-Denkens blühte die Freunderlwirtschaft innerhalb kleiner, aber bestimmter Kreise, sodaß kaum jemand aufgrund von „nur" Fleiß, Talent und Können Karriere machen konnte. Auch wir nicht. Schlicht korrektes Verhalten schien fast ein Affront, eine Art frecher Beleidigung gegenüber jenen Persönlichkeiten, deren dicht filziges Machtgeflecht selbst bei *eindeutigem* juristischen Rechtsbruch weder von Richtern noch Anwälten, belangt wurde oder werden konnte.

Wie verschwenderisch, ja geradezu inflationär – ging Österreich mit seinen Talenten und Begabungen, um! Wieviele großartige Menschen sind ausgewandert, verdorben, gestorben. Haben sich umgebracht. Merkwürdigerweise aber weit weniger Frauen als Männer. Vielleicht, weil wir Demütigungen und Entbehrungen gewohnt waren? Doch wieviel Lebenskraft, vor allem die von Frauen, ist unnötig verpufft! Wieviel Nerven vorzeitig verschlissen!

Glücklicherweise, und nicht ohne Anstrengung *vieler*, ist die Zahl der Anständigen und Verantwortungsvollen seit den 80er Jahren bedeutend gestiegen. Kritisches und innovatives Denken verbreiteten infolgedessen ein besseres Lebens- und Arbeitsklima. Leider kam es aber trotzdem zu einem völlig *ungerechtfertigten* Auseinanderdriften der Einkommen.

Im großen und ganzen habe ich mich mit meinem Staat, meinem Land, *ausgesöhnt*, mache still meine Arbeit – dankbar, daß ich immerhin *jetzt* die Möglichkeit dazu habe, mir das SCHREIBEN leisten zu können – ohne auf weiteres Bilderschleppen demütigende Bittstellereien, Auftragsjagden für Malerei, Kleinplastik, Relief oder Vernissagen-Theater angewiesen zu sein ... Ganz einfach nur *schreiben*, was mir am Herzen liegt. Und da „liegt“ vieles ... Schön ist das für mich, und ich bin trotz eines schweren Schicksalsschlages glücklich – habe ich doch durch Jahrzehnte zu hören, zu sehen, zu fühlen bekommen – wie dumm, egoistisch, unrealistisch, ungeschickt, unvernünftig, ja sogar „exhibitionistisch“ ich doch wäre, weil ein Mädchen eine Frau, eine Mutter, eine Gattin, überhaupt, und in jeder Hinsicht, zurückzustecken bzw. *zurückzustehen*, habe!

Schenkt man der Frau nicht ohnehin, einmal im Jahr, einen Extra-Ehrentag? An dem man sie mit Blumen, Bonbons oder – neuen Schürzen – verw(h)öhnt? Sogar – heuer voll Staunen in einem noblen Stadtgeschäft in der herzerlgeschmückten Mutttertagsauslage wahrgenommen – eine noble Klo-Bürste im *vergoldeten* Behälter! Nun, da ich gerade bei „Entwürdigungen" und „Würdigungen" bin, möchte ich gleich auch weiter meine sicher recht persönliche Auffassung bestimmter Umstände darlegen – daß nämlich ausgerechnet die, bei deren Lesungen man vor Langeweile fast vom Sessel fällt, meist die Preise kriegen, daß ich zwar da und dort in den Medien zitiert werde – aber jedesmal *ohne* Namensnennung, daß mir die meisten Theaterstücke substanzloser, dafür umso vulgärer vorkommen, und das Fernsehen – bis auf ganz wenige Ausnahmen – „zusehends" verdummt ...

SCHREIBEN UND MALEN sind mein eigentliches Zuhause geworden. Ich habe die HEIMAT in mir selbst entdecken gelernt – mit all diesen schönen Blitzlichtaufnahmen der LIEBE im Kopf, oder im Herzen – hat doch Heimat viel mit Liebe zu tun!

LIEBE, die man für *vieles* fühlen kann – für Ideen, Ideale, Talent, Beruf. Für Menschen, Tiere, Dinge, Befindlichkeiten oder Landschaften. Und das Großartige daran ist, daß, was mit reiner Liebe *geliebt* wird, *zurück*liebt! Ob das so funktioniert, wie zwischen Sonne und Mond – der das Licht als Glanz zurückwirft? Keine Ahnung, doch weiß ich, *daß* es so ist!

Nach 12, 13 Übersiedlungen (Kärnten, Wien, Schweiz, Wien ...) empfinde ich als meine HEIMAT, mein LAND, hauptsächlich mich selber – mein ICH, inclusive seiner AUSSENHAUT – womit mein kleines Appartement mit dem weißen ovalen Schreibtisch, den vielgeliebten Bildern (selbst produzierte, als auch von meinem verstorbenen Mann gemalte) und mit einigen „lebensnotwendigen" Büchern gemeint ist, auch den Blick in meinen kleinen Garten:

SEITLICH BEGRENZT – ABER OFFEN NACH OBEN!

Keine Frage, daß es auch noch *andere* Heimaten – Teilheimaten möchte ich sie nennen – gibt. Zum Beispiel hab ich da noch eine im *weit* entfernten Christchurch (Neuseeland), wo die Vogelstimmen golden und der Himmel über den Gärten so rosig wie Atlasseide schimmert – mit welcher angeblich früher einmal der Tanzsaal der Engel ausgeschlagen war ... Habe ein Stück Heimat auch in den tiefen Gletscheraugen eines dortigen Hünen gefunden – dessen dunkle Wimpern wie Schatten vibrierten, als ich seine Haut mit den goldenen Narben der Liebe übersäte – um dafür den Brand der Sonne zu empfangen, das Weiß von Segel und Wolken, tosende Salzgischt, Wasserbrandungen sowie die ganze Sonntagseinsamkeit eines Mannes – metallen und ähnlich *rätselhaft*, wie vielleicht seine vorausgeahnte Todesstunde ...

But because everybody must go home to his (her) authentic land – schickte ich Daddy zu den Seinen zurück und begnüge mich nun mit dem namenlosen Glitzern der Wellen, um mit ihnen den österreichischen Fichtenbaum vor meinem Fenster, der ohnehin etwas zu schütter und wohl deshalb ein bißchen zuviel MONDLICHT in mein Zimmer läßt, zu schmücken!

So wird nach und nach die (neue) Wohnung sowohl mit Zartem als auch Erhabenem möbliert, auf daß HEIMAT wiederum entstehe – sowohl Ort der Geborgenheit als auch Raum-Installation des Lebens – wo kahle Wände verschwenderisch gesättigt werden vom Gesang der Lerchen, Amseln und Rotschwanzel, die lustvoll mit einstimmen, wenn beim mittäglichen Opern-Kochfurioso Ö I-Klänge aus dem Küchenfenster schmettern.

... Wohnung, meine kleine Insel – hab ich dich nicht fein ausgepolstert mit dem MOOS DER FREUDE? Sie mitgebracht? Unlängst zum Beispiel – als ich ganz nah in ein wundervolles Antlitz zu blicken Gelegenheit hatte ...

HEIM/AT – mein Heim: kreative LEBENS-INSTALLATION, aber auch SCHNITTPUNKT von privatem *und* öffentlichem Leben, das sich einander bedingend – durchdringt, aber *nur* in einem Klima des Friedens, der Humanität und Prosperität, möglich ist! Daß dies – mit kleineren Einwendungen und Vorbehaltungen, in Österreich der Fall ist – dafür bin ich *meinem* Land, meinem *Staat* und *allen* diesbezüglich Verantwortlichen, zutiefst dankbar! Wohl aber glaube ich, daß jede(r) *einzelne* ein mehr oder minder kleines/großes Stück VERANTWORTUNG mitzutragen hat!

NIEDERÖSTERREICH

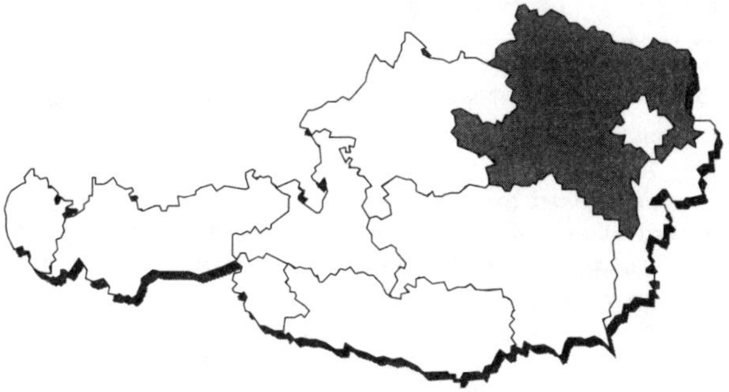

AVA von Melk
Marion C. DEICHSTETTER
Helene von DRUSKOWITZ
Maria GRENGG
Catharina Regina von GREIFFENBERG
Margit HAHN
Elfriede HASLEHNER
Graziella HLAWATY
Ilse KRÜGER
Erika MITTERER
Annemarie MOSER
Barbara NEUWIRTH
Helga PANKRATZ
Evelyn SCHLAG
Bertha von SUTTNER
Sylvia TREUDL
Brigitte WIEDL

Margit Hahn

wurde am 17. Dezember 1960 in Wien geboren, lebt in Klosterneuburg und Wien. Sie schreibt seit 1989 literarische Texte und leitet seit 1990 die Literaturgesellschaft Klosterneuburg. Sie publiziert seit 1991, bisher sind zwei Erzählbände von ihr erschienen: „Einsamkeit der Lust", Wien 1992 , und „Die kleinen Fallen der Lust", Wien 1994. Ihre Texte zu Gewalt und Sexualität lösen einerseits große Zustimmung, andererseits auch große Ablehnung aus. Sie ist Trägerin von Stipendien und Literaturpreisen, zuletzt: des Hans-Weigl-Stipendiums des Landes Niederösterreich 1993/1994, des Anerkennungspreises des Landes Niederösterreich 1993 und des Förderungspreises für Literatur der Stadt Wien 1994.

WOHNFLÄCHE

Die eine Heimat ist Neubau im Waldviertel, 15 Häuser zählt das Dorf, das letzte Haus vom Dorf, das mit der Hausnummer 15, ist das meiner Großmutter, hier in Neubau ist fast jeder um die 60 Jahre alt. Der Ort wird aussterben, sagen die Leute, die Jungen ziehen alle weg. In die Stadt. Gföhl, oder Krems oder Wien. Aber was kann man schon machen beruflich in einem Ort wie Neubau? Man kann Bauer werden. Oder man kann VerkäuferIn oder FriseurIn werden in Gföhl. Vom Haus meiner Großmutter gehe ich in die Landschaft, durchstreife satte Felder und Wälder, hier dauern die Winter lang und die Sommer sind heiß und kurz. Im Winter sind die dicken Wände des alten Hauses nicht warm zu kriegen – aber der Rauhreif auf den Bäumen, jedes Jahr ist bizarr und atemberaubend.

Hier sind meine Kindheitserinnerungen, hinterm Stadel baute ich meine erste kleine Wohnung – mit Puppengeschirr. Ich sah meiner Großmutter beim

Melken zu – blieb aber in sicherer Distanz zur Kuh. Bei meinen Großeltern sah ich voll Entsetzen, wie frisch gefangene Forellen in der heißen Pfanne noch springen, bei meiner Großmutter bin ich bangen Herzens in der Küche gesessen und habe diesem schrecklichen Schreien der Schweine gelauscht, wenn sie abgestochen wurden, habe zugesehen, wie die Schweine ausgeblutet werden, wie lange die Nerven noch zukken, wie man mir erklärt hat. Ich war damals überzeugt, daß das Schwein lebend zerstückelt wird. Wir, Freunde und Verwandte, saßen in der Küche und haben Speck geschnitten – für frische Grammeln, die wir dann heiß gegessen haben. Ich habe zugesehen, wie die Schweine enthaart werden, damit man die Borsten später nicht in der Sulz oder in der Blutwurst wiederfindet. Ich habe zugesehen, wie Blutwurst gemacht wird und wie Kühe zum Schlachten geführt werden. Die Welt erschien mir brutal – und doch war da die Geborgenheit meiner Großeltern, diese zärtliche Nähe, die sie anboten, dieses Vertrautsein, und es war diese Freiheit, die ich genoß. Ich spielte, ich träumte. Meine Heimat. Und in dieser Landschaft lernte ich das SCHAUEN. Diese Landschaft, die MICH satt und zufrieden macht, wirkt beruhigend auf mich: die langgezogenen Feldstriche, die weitschweifenden Hügel, die Wälder. Eine Landschaft ohne Menschen, denke ich oft, weil mir bei meinen Spaziergängen niemand begegnet.

Mein Großvater sprach mit SEINEN Hennen und sammelte stolz täglich die Eier. Und trotzdem köpfte er seine Hühner mit einer für mich verblüffenden

Selbstverständlichkeit. Und meine Großmutter rupfte sie – und servierte sie zu Mittag als Brat- oder Backhendl. Es schien, als wär da kein Widerspruch zwischen der Tierliebe und dem Töten. Mein Großvater hatte große, breite Hände, – und mein Vater sagte vorwurfsvoll zu mir, du wirst nie Arbeiterhände haben. Und lange Zeit litt ich unter meinen kleinen, zarten Händen, die nie so groß und mächtig werden würden wie die meines Großvaters. Ich haßte die Feldarbeit, das Mähen in der Sommerhitze, die die Felder kahl zurücklassen, ich haßte das stachelige Getreide, die staubigen Gerstenkörner, ich haßte den Lärm der Mähdrescher und die scharfen Messer – und man erzählte sich am Abend erschöpft viele Geschichten über verunglückte Bauern, umgestürzte Traktoren, aufgeschlitzte Männer, in den Gärgasen beim Mostherstellen erstickte Menschen.

Meine Großmutter heizt heute noch mit Holz, brät Schnitzel für mich in Schmalz heraus – ich trinke dazu selbstgebrannten Schnaps, und sie kocht die besten Erdäpfelknödel der Welt.

Früher saßen wir am Abend – wie alle anderen im Dorf – auf der Bank vorm Haus, heute sitzen alle vorm Fernseher, und die Bänke sind verschwunden. Sonst ist alles wie früher. Der Wind ist heftig – und wenn ich am Gnogl stehe, der höchsten Erhebung der Umgebung, kann ich das Geburtshaus meiner Großmutter sehen, unweit von ihrem jetzigen Wohnhaus – und nie bekomme ich genug von dieser Landschaft, diesen sanften Hügeln. Keiner geht hier spazieren so wie ich. Keiner ergeht sich die Landschaft so. Wer draußen ist, in der Landschaft, der arbeitet: ackert, pflügt, erntet. Niemand, der zufällig hierher kommt, nach Neubau. Hier gibt es keine Attraktionen, keine Denkmäler, keine Burg, keinen See.

Ich durfte mit meinem Großvater Traktor fahren – und oft saß ich am Anhänger, mitten im stacheligen Heu. Ich durfte ihn am Abend frisieren – und beim Einschlafen erzählte er mir Geschichten, oder ich durfte bei meiner Großmutter liegen und sie nahm meine Hand in die ihre – und hielt sie fest. So war ich sicher.

Die andere Heimat ist Klosterneuburg, eine Kleinstadt am Rande der Großstadt Wien. Eine teure Stadt, eine Stadt, wie unser Bürgermeister einmal gesagt hat, in der man sich es leisten können muß zu wohnen, weil die Kommunalabgaben so hoch sind. Am Abend geht man zum Heurigen, man sitzt mitten im Weingarten; die Weingärten sind gepflegt und man hat mitunter das Gefühl, am Land zu wohnen: die Villen sind groß und die Gärten großzügig. In den letzten Jahren wurden einige Weingärten umgewidmet in WOHNFLÄCHE, Klosterneuburg wird zugewohnt. In Donauauen machte man ein häßliches Industrieviertel, das Klosterneuburg zur reichen Gemeinde macht. Will man das SCHÖNE Klosterneuburg sehen, dann halte man sich von der Schnellstraße aus Wien kommend eben LINKS.

Und von Wien trennt Klosterneuburg der Wienerwald und der Kahlenberg. Die Stadt liegt an der Donau (beim Industrieviertel), und das berühmte und oft besuchte Stift ragt mächtig in den Himmel.

Hier in Klosterneuburg habe ich die Schulzeit erlitten – und hier wurde ich erzogen. Hier erfuhr ich, was NORMAL ist. Hier wurde ich ERWACHSEN, und als ich ins Berufsleben einstieg, hatte ich die erste Begegnung, die mir bewußt machte, was es heißt, als FRAU erwachsen zu werden. Aber ich war von Mutter schon lange gewarnt: Männer haben einen Trieb und Frauen haben das nicht. Ein Kollege sagte, als wir allein im Zimmer waren und er sich ganz nah zu mir gesetzt hatte, durch die Bluse könnte er sehen, wie erregt ich sei. Wie jung war ich damals, wie scheu, wie verlegen, wie irritiert, wie schockiert. Wie sehr hab ich mich für seine Worte geschämt – und geschwiegen – und geahnt und gefürchtet: Mutter hat recht. Geschwiegen habe ich, wie Jahre später nicht mehr: als ich telefonisch belästigt und bedroht wurde. Ich ging zur Polizei, wollte eine Anzeige machen, doch telefonische Belästigung ist kein Strafbestand. Ich müßte erst mit Entführung und Mord bedroht werden – und das beweisen können. Die Polizei empfiehlt mir einen Selbstverteidigungskurs zu machen und warnt mich, ich soll mich darauf einstellen, plötzlich mit einer Waffe bedroht zu werden.

Kaum eine Frau, der ich davon erzähle, die noch nicht belästigt wurde am Telefon.

Später stellte sich heraus, daß es ein Arbeitskollege war. Niemand da, der mir hilft, ein heikles Problem. Ein Kollege, einige Schreibtische weiter, ein Großraumbüro, wir könnten, wollte ich, Augenkontakt haben, zwei Schreibtische weiter sitzt (wieder) ein Mann, der mich belästigt – mittels Stimmenverzerrer. Und ich kann mich nicht wehren. Es ist ja nicht ungesetzlich. Der Vorgesetzte sah keine Möglichkeit etwas FÜR mich zu tun und fühlte sich außerstande, den Kollegen zumindest räumlich zu entfernen ... Der Betriebsrat bot mir *meine* Versetzung an ... ER würde das unterstützen ... Ein Psychiater riet mir, mich in graue Säcke zu hüllen, eine Arbeitskollegin verstand die Welt nicht mehr, dem Mann könnte das für seine Karriere schaden, wenn das jemand erfährt ...In welcher Welt lebe ich, in der die Täter auf diese Weise geschützt werden?

Stimmenverzerrer werden im Sexversand angeboten.

40 % der Städtischen Dienstnehmerinnen in Wien werden nach eigenen Angaben am Arbeitsplatz sexuell belästigt.

Der Alt-Bürgermeister von Wien sagt in einem Interview im Rahmen der Eröffnung des renovierten Casinos in Baden: Die Frauen heutzutage können nicht einmal mehr richtig mit dem Popo wackeln.

So wandel ich durch die Gesellschaft (möglicherweise ohne den richtigen Hüftschwung, der meinen Hintern richtig zum Wackeln bringt) und HÖRE das Interview eines Fotografen, der sagt, WIRKLICH UNVERBRAUCHT sind nur die 16jährigen weiblichen Models, die über 20 sind schon zu verbraucht, ein Freund, den ich frage, wie alt seine Freundin ist, antwortet: SIE SIEHT AUS WIE 25.

Eine Frau, die um Mitternacht auf der Straße geht, überfallen, ausgeraubt, vergewaltigt wird, und wir heben staunend unsere Köpfe aus der Zeitung: Was macht eine Frau um Mitternacht auf der Straße? Mitschuld. Was, die hat einen Mann mitgenommen, in die eigene Wohnung, oder war vielleicht Autostopperin, oder hat sich beim Aufsperren ihrer Wohnung ÜBERFALLEN LASSEN? Wie gehen die Medien mit Frauen um? Erhöhtes Risiko – oder sind wir schon daran so gewöhnt? Prostituierte haben schließlich auch ein BerufsRISIKO. Wir fragen uns nicht, warum gibt es Männer, die spontan, aus einem Impuls heraus, gewalttätig werden gegen Frauen. Warum ist es für Frauen wirklich gefährlich, in der Nacht auf der Straße zu sein? Was ist das für eine Stadt, was ist das für ein Land, indem es eine Bedrohung sein kann – bloß weil ich eine Frau bin, wenn ich nachts unterwegs bin? Aber nein, der scheidende Polizeipräsident von Wien hat mir über die Medien versichert, wie glücklich ER ist, in einer der sichersten Großstädte Europas zu leben.

Am lebensgefährlichsten ist es für Frauen übrigens immer noch zu Hause. Ich denke dabei nicht an die Haushaltsunfälle. Die meisten Frauen, die in Österreich getötet werden, werden vom Ehemann oder Lebensgefährten (oftmals ein ERWEITERTER Selbstmord) ermordet. Es gibt immer GUTE Gründe für Gewalt gegen Frauen, das versicherten mir auch Schüler nach einer Lesung in Eisenstadt.

Und Gewalt gegen Frauen wird oft mit einer trostlosen Kindheit ERKLÄRT. Mädchen mit einer trostlosen Kindheit fallen als Frauen nicht über Männer her (beim Friedhof, in einem Park), quälen, mißhandeln, vergewaltigen sie etc. Also wie ANDERS lösen Frauen eine trostlose Kindheit, einen autoritären Vater, eine lieblose Mutter, religiöse Eltern?

DIE FRAUEN HABEN AUFGEHOLT bei den HIV-Infektionen, steht in einer Zeitung. Und wenn man HIV-positiv ist, wird man z. B. bei der größten österreichischen Bank, der Bank Austria, nicht mehr eingestellt, schon bei der Bewerbung muß man zur Blutuntersuchung. Ist es nicht so, daß uns ständig von den Ärzten und Politikern versichert wird, daß Menschen, die mit dem Virus infiziert sind, nicht gefährlich sind, daß dieser Virus über den Schreibtisch nicht übertragen wird? Was für ein ANLIEGEN kann ein Unternehmen wie eine Bank haben, Menschen mit dem HIV-Virus nicht aufzunehmen? Sind wir nicht zu schnell bereit, noch nicht-einmal Kranke aufzugeben, sie auszugrenzen, sie auszugliedern, sie aber dann als Sozialschmarotzer zu beschimpfen?

Und wie ist es möglich, daß sich so viele große Firmen vom Invalideneinstellungsgesetz FREIKAUFEN können?

Gerhard sagt, ich habe eine türkische Frau mitgebracht.

Ich habe einen Namen, ich heiße Eynem, sagt sie.

Du türkische Frau, sagt Gerhard, lacht, das kann ich mir merken, nicht deinen Namen.

Eynem zuckt mit der Schulter.

***Gerhard** ist mein erster Österreicher, sagt sie. Ich habe noch nie einen österreichischen Mann geküßt,* *sagt Eynem, obwohl ich schon 7 Jahre in Österreich lebe und die österreichische Staatsbürgerschaft habe.*

Du dicke türkische Frau, komm, singt Gerhard, du bist meine erste türkische Frau.

Ernst beugt sich zu mir, Gerhard ist sonst nicht SO, du mußt ihn verstehen, es geht ihm schlecht.

Und Eynem küßt diesen österreichischen Mann.

Immerhin sterben in Österreich mehr Menschen an Selbstmord als an Verkehrsunfällen, doch wir denken nur über Geschwindigkeitsbeschränkungen nach – und wie man Unfälle vermeiden kann. Was ist das für ein Land in dem ich lebe? Wie einsam leben wohl die Menschen in diesem meinem Land, während wir damit umworben werden: Gesunde Egoisten sind die besseren Familienväter, und gesunder Egoismus macht Frauen attraktiver, wie mir eine Versicherung über eine Plakatwand verrät. Wenn ich nur wüßte, was GESUNDER EGOISMUS ist. Aber es muß wohl etwas ATTRAKTIVES sein.

Als Veranstalterin von Lesungen hatte ich oft das Gefühl, daß Literatur in Klosterneuburg geduldet – und manchmal belächelt wird, als etwas, das kaum jemanden interessiert. Subventionszusagen scheints hängen von der Zuschaueranzahl ab. Klosterneuburg ist eben eine Konzert- und eine Sportstadt. Erst in den letzten Jahren scheint sich das Literaturklima aufzuweichen, liegt es daran, daß ich beweisen konnte, wie es gewünscht worden war, daß österreichische AutorInnen auch etwas LUSTIGES oder schreibe ich es anders, etwas Humurvolles erzählen können? Außer unserem Landeshauptmann, den man offensichtlich nicht überzeugen kann, daß Literatur etwas Spannendes, Aufregendes, Interessantes, Wichtiges sein kann:

Wie viele Bücher hat der Landeshauptmann von Niederösterreich fertiggelesen, werden die HörerInnen bei einem Gewinnspiel von Ö3 gefragt. Er selbst hat uns die Antwort verraten: EINES. Ganz glaube ich ihm nicht, denn schließlich hat er maturiert UND studiert. Aber sein „Outing“ erzählt uns etwas über die Beziehung eines Politikers zur Kultur und zu den Kulturschaffenden. Ist es heute schon gesellschaftsfähig, damit zu kokettieren (oder mit Wählerstimmen aus der Bevölkerung), daß man eben nicht liest (und wenn dann nur 21 Zeilen). Vielleicht ist es volksnah, wenn man sich eher den Weinexperten zuschreibt?

Nur ein paar Tage nach der Sendung dieses Interviews, ließ uns ein Parteiobmann über das Morgenjournal des ORF wissen, daß er noch nie ein Gedicht von H. C. Artmann gelesen habe und das NICHT für eine Bildungslücke halte.

Ein neues politisches Klima, in dem es jetzt schick wird, sich eben NICHT mit Kunst zu schmücken, sondern öffentlich zu bekennen, daß man sich für Kunst nicht interessiere (ausgenommen für Blasmusik, die mit einem großen Anteil des Kulturbudgets in NÖ gesponsert wird). Auch bei Eröffnungsreden von Ausstellungen ereifern sich eitle Politiker zu betonen, daß sie nichts von Kunst verstehen.

Ganz im Gegensatz dazu ein österreichischer Literaturkritiker, der ein BILD von mir als Autorin hatte, das es ihm unmöglich machte, sich für meine Geschichten zu interessieren bzw. meine Bücher zu lesen: „... ich hab immer geglaubt, du schreibst romantische Liebesgeschichten“ (was für eine Enttäuschung) murmelte er auf der Frankfurter Buchmesse, wo er anstandshalber einen Blick in meine Bücher am Verlagsstand wirft, um sie trotz (oder wegen?) dieser Überraschung gleich wieder zurückzustellen. Oder ein anderer Literaturkritiker, der keine Ahnung davon hat, wie es dazu kommen konnte, daß eins meiner Bücher besprochen wurde: „Ich möchte gerne wissen, WIE du den Journalisten xy dazu gebracht hast, dein Buch zu besprechen.“ Ja, das möchte ich auch gerne wissen, denn dann wüßte ich, wie es geht. Wie es geht, daß Frauen doch noch zu Wort kommen – zu einem brisanten Thema, sagt uns: Das Institut für Sozialforschung Hamburg. Es lädt in Wien zu der Veranstaltungsreihe „Zivilisation und Barbarei“ 40 Teilnehmer ein und 4 Teilnehmerinnen. 10 % Frauenanteil, das ist ein gutes Beispiel für den kulturellen Anteil der Frauen in diesem Land.

Ganz so stimmt das natürlich nicht mit der Präsenz von Frauen in unserer Gesellschaft: denn sie finden ihre Anwesenheit in der DARSTELLUNG. Ganz besonders in der Werbung läßt sich offensichtlich jedes Produkt besser mit einem Frauenkörper absetzen. Damit bin ICH ständig konfroniert.

Auch in der darstellenden Kunst finden wir den Frauenkörper: wobei meist eine Brust größer ist als der Kopf. Oder aber auch bei Bildhauern finden wir kopflose Frauen – im Gegensatz zu Männerdarstellungen, die oft als Männerbüsten prunken. Bei den Frauen ist der Kopf nicht so wichtig, wie mir ein Maler versichert hat – das kommt der Aussage eines mir bekannten Komponisten entgegen, der der Meinung ist, daß es deswegen kaum Komponistinnen gibt, weil Frauen nicht so abstrakt denken können. Eben.

Deshalb sparen auch Tageszeitungen nicht mit guten – und ganz anderen Ratschlägen für uns Frauen, damit wir uns glücklich fühlen: „Putzen Sie Ihre Wohnung oder Ihr Haus doch einmal nackt … Jede alltägliche Verrichtung erhält den Hauch des Ungewöhnlichen … denn es ist eine GROSSARTIGE Chance, den Teil von Ihnen zu erkennen, der offen für Abenteuer und Verwegenheit ist“.

Da laufe ich durch die Straßen der Großstadt, nicht mehr 16, laufe an riesengroßen Hintern und Brüsten vorbei – und sehne mich manchmal nach der Geborgenheit meines Waldviertels. In Neubau, noch völlig unentdeckt von der Werbung, lockt noch kein Plakat mit nacktem Körper.

Hier im Waldviertel, in Neubau, durch das noch keine Lastwagen fahren, um die vielen neuen, angeblich billigen Produkte aus dem EU-Raum anzukarren, hier ist mein Land in Ordnung. Und da träume ich – von einer etwas anderen Welt, von einer Welt ohne Gewalt.

Ilse Krüger

wurde am 28. April 1939 in Zwettl geboren und lebt seit 1946 in Wien und Niederösterreich. Sie arbeitete bis 1994 im Betrieb des Gatten, mit dem sie eine Tochter und drei Söhne hat, und begann dann das Universitätsstudium der Psychologie. In den Jahren 1958/59 veröffentlichte sie erste literarische Texte, die ausgezeichnet wurden, danach folgte eine dreißigjährige Schaffenspause. 1989 begann die Anknüpfung an die ersten literarischen Arbeiten. Zwei Erzählbände sind bisher erschienen: „Unschuldige Kinder", Wien 1995; „Faltenkatzen. Geschichten von nicht mehr ganz jungen Frauen", Wien 1995.

HEIMAT ÖSTERREICH

Heimat, zur Heimat geworden, daheim sein. Zugezogen, hergezogen, hiergeblieben. Mein Bruder ist noch in Ostpreußen geboren, heute gehört dieser Teil zu Polen, meine Mutter in Paris, und ich in Zwettl, im Waldviertel. Dafür habe ich mich lange geniert.

Heimat, als Begriff, suspekt, verlogen, verkitscht. Holzbrettln mit kernigen Sprüchen in frischgetäfelten Wirtshausstuben, Schuhplattln für TouristInnen im Hotel, der Musikantenstadl.

Wenn Heimat für das Wohlfühlen in einer Landschaft gilt, bin ich in Österreich daheim, aber wenn Heimat für das Mitsingen im Chor von Gleichgesinnten nach dem Text der Einheitsmeinung steht, habe ich oft nicht mitsingen wollen.

Dennoch: Zuerst möchte ich ein Hohelied anstimmen, bevor ich zu bedenken gebe, daß dieses Land mir, einem hier geborenen Kind, erst viele Jahre nach dem Kriegsende die Staatsbürgerschaft verliehen hat und damit dem Makel einer Staatenlosigkeit ein Ende gesetzt hat. Das habe ich damals nicht verstanden, das verstehen wahrscheinlich heute viele in Österreich Geborene nicht.

Die ersten sieben Jahre meines Lebens habe ich in Zwettl verbracht. Jedes Zurückkehren wird von mir als etwas unerwartet Beglückendes empfunden, wie die Liebesfähigkeit zu einem bestimmten Menschen, unobjektiv und nicht mit der Vernunft zu erklären. Freude, die sich ohne Zutun einstellt, wie ein unverdientes Geschenk. Die kleine Stadt mit ihren Giebelhäusern, der Hauptplatz mit seiner Dreifaltigkeitssäule, die engen gewundenen Gassen, das alte Schulgebäude. Die Spaziergänge hinein ins enge gewundene Zwettltal, in das breitere sonnendurchflutete Kamptal, die steilen mit Wald bewachsenen Hänge, das Wiesenschaumkraut im Frühling, die Glockenblumen im Sommer, haben mir diese Landschaft vertraut werden lassen, als wäre sie eigens für mich erschaffen worden, als Antwort auf mein Wesen, und nicht umgekehrt.

Frei sein, hat Hegel gedacht, heißt sich in seinem Leben zu Hause fühlen. Dafür sind die äußeren Bedingungen zu schaffen, vom Staat, von der Gesellschaft, von mir?

Wien, die Stadt, die ich nie für lange Zeit verlassen mag, der einzig vorstellbare Ort, wo ich leben möchte, das Waldviertel als zusätzliche Beglückung, was stört mich dann in dieser Idylle. Die Menschen? Menschenleer und verödet, wie den Truppenübungsplatz, dieses größenwahnwitzige Auslöschen von ganzen Ortschaften, den unser kleines und so halbwegs bescheiden ausgerüstetes Bundesheer, weiterhin unbedingt benötigt, so will ich Österreich auch nicht haben. Aber es sind Menschen, die mich daran hindern, mich immer zu Hause zu fühlen. Auf unzähligen Wanderungen, die ich mit meinem Mann quer durch Österreich unternommen habe, hätte ich taub sein müssen, um die Gespräche an den Wirtshaustischen nicht mitanzuhören. Männergespräche zumeist, am Sonntagmorgen, wenn die Frauen das Sonntagsessen kochen, oder abends bis spät in die Nacht hinein, wenn die Frauen der noch übriggebliebenen Hausarbeit nachgehen oder vor dem Fernsehschirm verwahrt worden sind. Männergespräche voll kleinlicher, bösartiger Mißgunst, voll großsprecherischer Vereinfachung der Probleme, denn zweifellos haben Menschen im Waldviertel und auch anderswo in Österreich genug Probleme. Von Jahr zu Jahr hört man es lauter, das nie völlig verstummte, ewiggestrige Gedankengut, von denen, die es noch nie abgelegt haben und sich jetzt wieder offen dazu bekennen, und von denen, die allzubegierig nachplappern, sich allzuleicht verführen lassen. Und es scheint, als hätte die Bevölkerung von Österreich wieder einen gemeinsamen Sündenbock gefunden: die Ausländer. Und sie glauben, daß alle Ungerechtigkeit, die ihnen das Leben beschert, daher kommt, daß in unserem Land Gastarbeiter, aber den Ausdruck verwendet keiner mehr, ihnen die Arbeit wegschnappen. Zwar kennt jeder einen fleißigen, braven Ausländer, aber das ändert doch nichts daran, daß es zu viele sind, daß sie …

Dabei geht es, objektiv gesehen, jedem/r , selbst dem kleinen Nebenerwerbsbauern im Waldviertel, besser als in meiner Kindheit, als meine Mutter in den letzten Kriegstagen mich mit meinem Bruder bei einer Bauernfamilie untergebracht hat. Strohsäcken voll Flöhe sind Betten mit weichen Matratzen gefolgt, in jedem der Bauernhäuser steht eine Waschmaschine, der Weg ins Waschhaus, die Plage im eiskalten Schwemmbach, mit roten Händen die Wäsche zu bürsten, zu schrubben, die Jungen haben keine Erinnerungen mehr daran. Aber Zufriedenheit mit Wohlstand zu erreichen, ist ein Hinterherhetzen hinter einer Knackwurst, die immer weiter weggezogen wird. Irgendein Nachbar hat immer ein größeres Haus, ein teueres Auto, die neuere Einrichtung. Zu behaupten, daß wir ÖsterreicherInnen einfach auf die falschen Werte setzten, wäre zu billig. Den Wohlstand zu verteufeln und selber darin behaglich zu leben, erscheint mir allzu verlogen. Zu erklären, daß sich Traditionen auflösen, wir in einer Zeit des Umbruchs leben, ist auch nicht schlüssig – verglichen mit dem Leben, das meine Großmutter geführt hat. Geboren lange vor dem Ende der Monarchie, hat sie den 1. Weltkrieg, die 1. Republik, mit Inflation und Arbeitslosigkeit, das dritte Reich, den 2. Weltkrieg und dann noch die Nachkriegszeit erlebt. Dagegen haben die jetzt lebenden Generationen, ausgenommen die über Sechzigjährigen, den Großteil ihres Lebens in einer Zeit des Friedens verbracht. Eine Zeit des kontinuierlichen Aufstiegs. So gut und so lang gut ist es in unserer Region noch nie Menschen gegangen.

Anderseits: Gilt das für alle gleich? Hilft der allgemeine Wohlstand dem Pendler, der jeden Morgen zwei Stunden zur Arbeit fährt und abends zwei Stunden wieder zurück? Ich kann in der Nacht nicht mehr schlafen, hab ich eine erzählen gehört, aber im Autobus, da schlafe ich sofort ein.

Es ist unmöglich, in einem Staat alle Ungerechtigkeiten auszugleichen. Das ist mir bewußt. Allgemeine Aussagen zu machen, ohne sie mit Zahlenmaterial zu belegen, ohne eine umfassende Kenntnis der Lebensumstände zu haben, ist kaum zulässig. Aber ich gebe Eindrücke wieder. Meine über Europa verstreute Verwandtschaft erlaubt mir, unsere Verhältnisse manchmal mit ihren Augen zu sehen, Vergleiche zu ziehen. So sind mir gesellschaftliche Bedingungen in Norwegen recht gut bekannt. Mit unseren Sozialleistungen stehen wir ihnen kaum nach, haben wir sie oft schon überrundet. Aber das Auseinanderklaffen der Löhne von einer im Supermarkt an der Kasse sitzenden Frau und einem im Staatsdienst kurz vor der Pension stehenden Sektionsrat, da liegen unüberbrückbare Welten. Das ist auch nicht durch eine längere Ausbildung, die der Staat und damit auch die im Supermarkt arbeitende Frau finanzieren, erklärbar. Der Lohnunterschied ist im Norden nicht so groß. In Norwegen kann es sich ein junger Mann leisten, in einem Supermarkt an der Kasse zu sitzen, kann ein Bauer von seinen paar Kühen und Schafen denselben Verdienst beanspruchen wie ein Facharbeiter in der Verstaatlichten. Ja, ich weiß den Einwand im voraus: Ohne das Nordseeöl wäre Norwegens Budget vielleicht schon längst abgestürzt. Aber es geht mir nicht um den allgemeinen Wohlstand, mehr um Gerechtigkeit, um Ausgleich – und daß wir uns davon immer weiter entfernen. Und da hilft auch nicht, daß starke Arbeitnehmervertretungen für einzelne Gruppen Privilegien herausgeschunden haben, das macht es doch nur schlimmer.

Was wünsche ich mir von unserer Staatsverwaltung? Daß sie nicht korrupt ist. Aber das gilt für jedes Miteinanderleben: daß die Gier des einzelnen das Allgemeine nicht zerstört. Ein Staat hat Strukturen aufzustellen, die es dem einzelnen ermöglichen, in einem solchen Ausmaß an Freiheit zu leben, ohne gleichzeitig den Fortbestand dieser Freiheit zu gefährden. Das ist ein Balanceakt, schwierig genug. Aber reicht das? Gehört zum Miteinanderleben in einem Land nicht auch ein Klima von Ehrlichkeit und Aufrichtigkeit?

Ich will mich zurückbesinnen an das Österreich, in dem ich meine Kindheit verbracht habe. 1945 bin ich in die Schule eingetreten, für mein durch Bildung erworbenes Bewußtsein ist also die 2. Republik zum Großteil verantwortlich. Um es gleich vorwegzunehmen, sie hat nicht viel zu meiner Aufklärung beigetragen. Niemand hat sich die Mühe gemacht, die verzerrte Wahrnehmung eines Kindes zurechtzurücken, ihm etwas von den Zusammenhängen zu erklären.

Das entlegene und damals wirtschaftlich zurückgebliebene Waldviertel hat mich lange vom Kriegsgeschehen bewahrt. Meine Bilder vom April 1945, die sich auf den Truppenübungsplatz zurückziehenden Reste einer deutschen Armee, junge Gesichter, Passanten, die weinten, und meine Fragen, auf die man mir erklärte, daß sie alle sterben müßten. Dann kamen die Russen plündernd, vergewaltigend, verwüstend. Von meinem Vater kam wenig später als letztes Lebenszeichen ein zerfetztes Paket. Die Russen, an allem schienen die Russen schuld zu sein. Die Russen, die uns ausgeplündert, die Russen, die meinem Vater nicht zurückkehren ließen. Lange hat mir keiner irgend etwas erklärt. Kein Heimatkundeunterricht, kein Geschichtsunterricht wurde mir als Hilfe angeboten. Erst als ich nach Holland mit einem Kindertransport zum Auffüttern verschickt wurde, erfuhr ich von meinen Pflegeeltern, daß es da etwas Diffuses gab, dessen ich mich zu schämen hatte. Darüber war ich irritiert, das wollte ich nicht wissen, das hielt ich für Verleumdung. Mir ist doch in der Schule soviel Stolz auf dieses Österreich eingeimpft worden. Später hatten wir einen eigenen Gegenstand, der Staatsbürgerkunde genannt wurde, in dem wir die Grundbegriffe eines Demokratieverständnisses vermittelt bekamen und noch mehr Stolz auf die Männer, die das Land aus Hungersnot und Trümmer herausgeführt haben.

Es war ein Schock, als ich auf die private Empfehlung einer Mittelschulprofessorin mit zwölf Jahren einen Bericht über die KZs im Opernkino zu sehen bekam. Voll Entsetzen bin ich nach Hause geeilt, in unsere winzige Zimmer-Küche-Wohnung, wo wir, meine Mutter, mein Bruder und ich, als geduldete Mitbewohner meiner Großmutter, wohnen durften. „Wie konntet ihr das zulassen!“ schrie ich. Meine Mutter versuchte, alles abzuschwächen. Aber diesen Bildern war nichts an Erklärungen und Ausflüchten entgegenzusetzen.

Als Kind von Tätern aufzuwachsen, verändert die Weltsicht. Macht mißtrauisch, macht verzweifelt. Läßt eine die Unbekümmertheit dem Leben gegenüber ein für allemal verlieren. Es ist schrecklich, in einem Alter, wo man allgemein glaubt, die Welt ändern, retten zu können, zu erfahren, was Menschen möglich ist zu tun. Diesen Binkel übergestülpt zu kriegen und zu tragen, in einer Zeit, wo ihn kaum eine/r tragen wollte. Meine Mutter hat mich oft gefragt, warum ich alles so schwer nehme, und ich habe mich immer gefragt, warum es ihr noch immer möglich war, alles so leicht zu nehmen.

Um meiner Mutter gerecht zu werden, muß ich vielleicht noch von ihrer Art der Aufarbeitung berichten. Sie hat viel später eingesetzt, mit einem Interesse für jüdische Kultur, für den Staat Israel, das Lernen von Althebräisch. Die Auseinandersetzung mit der jüdischen Religion hat sie bis zu ihrem Tod betrieben. Ich weiß, daß es nicht mein Verdienst ist, erst 1939 geboren zu sein. Aber jedes Verständnis mit denen, die sich in Schuld verstrickt haben, darf nicht die Täter zu Opfern werden lassen.

50 Jahre nach Kriegsende ist die Zeit nun endlich reif geworden für öffentliche Eingeständnisse, für das Richtigstellen des Sachverhalts, nicht nur Opfer, sondern auch Täter gewesen zu sein. Ist es zu spät dazu? Wer fühlt sich jetzt davon betroffen?

Wir sehen nach der Öffnung von 1990, wie schwierig es in unserem Nachbarland Deutschland ist, nach der Wiedervereinigung, nach dem Zusammenbrechen einer Parteidiktatur objektiv darüber zu urteilen, wer sich schuldig gemacht und wer zur Verantwortung zu ziehen ist und wem man ein Nichtanderskönnen aus vielerlei Gründen zubilligen muß.

Und bei uns, nach 1945, da sind viele Männer in Kriegsgefangenschaft gewesen oder gar nicht mehr zurückgekommen. Wie hätte man da jeden Mitläufer, jede Mitläuferin verhaften können. Es war notwendig zu überleben, es war notwendig aufzubauen, voranzutreiben. Da wurde amnestiert, untern Tisch gekehrt, verschwiegen. Da wurden wir alle zu Opfern. Da haben unsere Politiker sehr erfolgreich laviert. Vielleicht auch haben manche gedacht, daß es notwendig ist, das sich eben erst bildende Selbstbewußtsein der Österreicher nicht mit Altlasten am Wachsen zu hindern. Müssen wir jetzt für diese politische Klugheit und den Mangel an Ehrlichkeit büßen? Ist dieses neuerliche Aufflackern faschistischer Ideen die Rechnung dafür oder ist es wie eine Seuche, die von Zeit zu Zeit die Menschenhirne befällt? Ist die konsumhungrige, vergnügungssüchtige, vom Einheitsunterhaltungsbrei gefütterte und beschwichtigte, von der Einheitszeitung mit der Einheitsmeinung informierte Mehrheit eben darum so krankheitsanfällig? Weil Widerstandskraft autonomes Denken und ein Selbstbewußtsein braucht, das nicht zum „Wir sind Wir"-Denken neigt, sondern mißtrauisch, vorsichtig und scheu sein sollte.

Einmal muß Schluß sein, einmal muß man anfangen, alles zu vergessen. Das hört man oft. Aber ist es nicht gefährlich zu vergessen, wozu wir fähig sind? Nicht die anderen, die Russen, die Serben – wir.

Oft habe ich überlegt, ob man noch ein Gedicht schreiben darf. Ein unschuldiges, eines, in dem man eingesteht, wie schön trotzdem alles ist. Oder eine Geschichte erzählen von einer heilen Welt, oder wenigstens von einer, die wieder zusammenheilt. Kann man noch von Hoffnung schreiben? Muß man trotzdem von Hoffnung schreiben?

Viele haben sich nach 1945 in ihre kleine private Welt zurückgezogen. Wir schaffen für unsere Kinder als neuen Lebensinn. Jetzt gibt es die zweite Generation Kinder, für die geschafft wurde. Sie sind satt und wohlgenährt, die meisten gut angepaßt und weiter bereit zu schaffen, sich um nichts sonst zu kümmern. Für einige wurde und wird nichts geschafft, einige wurden ausgegrenzt, es werden immer mehr, die dem geforderten Leistungsprofil nicht entsprechen. Die Welt steht jedem offen, aber es scheint sich nur mehr um die Welt der Wirtschaft zu handeln, und die es nicht schaffen, in ihr zu bestehen, sind selber schuld. Es geht um die Aufrechterhaltung der Funktionstüchtigkeit, der Blickwinkel ist einseitig geworden.

Dafür wird der Bereich, für den jede/r verantwortlich sein will, immer kleiner. Bruchfamilien, Restfamilien, die Unfähigkeit des Zusammenlebens, den/die anderen zu ertragen, jeder auf sich selbst gekommen, jeder nur mehr für sich selbst zuständig. Für andere da sein, dazu braucht es keine heile Familie, die ist überdies selten wirklich heil gewesen, aber für niemanden und nichts da sein, ist auch erschreckend.

Nicht einmal 30 % der HochschülerInnen haben bei der Hochschülerschaftswahl 1995 von dem Recht Gebrauch genommen, wählen zu dürfen. Ein Indiz, oder gibt es gerade nichts, wofür es sich lohnt sich einzusetzen?

Vielleicht ist jeder Staat so gut, wie seine StaatsbürgerInnen sorgen. Aber hat nicht jede/r gute Gründe, nicht verantwortlich für das Allgemeine zu sein. Ich selbst bin lange der Meinung gewesen, genug getan zu haben. Vier Kinder, SteuerzahlerInnen, die ich überdies als selbständig denkende Menschen zu erziehen versucht habe, daneben 35 Jahre Berufstätigkeit. Bin ich nicht fleißig genug gewesen? Seitdem ich wieder zu schreiben begonnen habe, seitdem ich damit an die Öffentlichkeit gehe, wird mir klar, daß ich Stellung beziehen, Farbe bekennen, meine Stimme erheben muß, statt nur stumm, an meinem Unbehagen an diesem Staat zu leiden. Auch wenn ich eigentlich immer alle Zustände beschönigen und beschwichtigen will. Auch wenn ich immer wieder beteuern will, bei uns in Österreich ist doch alles nicht so schlimm, anderswo ist es noch schlimmer.

Und wenn es auch bei uns noch schlimmer wird? Wenn es unmöglich wäre, in diesem Staat weiter daheim zu sein? Würde ich Widerstand leisten oder, wenn das nicht möglich ist, dieses Land verlassen? So wie jener Teil meiner Vorfahren, der aus Glaubensgründen von Salzburg nach Ostpreußen emigrierte … Wenige fanatisch Entschlossene können einen Staat von diffusen Unentschlossenen gefährden. Noch mögen das Hirngespinste sein. Viele sind wachsam, viele erheben warnend ihre Stimme, viele leisten bereits jetzt Widerstand. Sind es genug?

Es genügt vielleicht nicht, dem Satz: „Ich habe nichts gegen Ausländer, aber …“ den Satz entgegenzusetzen: „Ich habe nichts gegen Österreicher, aber …“ Das wäre zu billig. Wenn ich in Österreich daheim bleiben will, werde ich in Zukunft auf das unverdiente Privileg verzichten müssen, nur privat (und für mich) in Österreich zu sein.

Annemarie MOSER

wurde am 17. August 1941 in Wiener Neustadt geboren, wo sie auch heute noch lebt. Bis 1979 arbeitete sie als Buchhalterin, seit damals als freie Schriftstellerin. Erste Publikationen datierten 1977, sechs Bücher liegen vor, zuletzt erschienen: „Umbruch des Herzens. Gedichte", Wiener Neustadt 1984; „Das eingeholte Leben. Roman", Graz 1986; „Andeutungen eines lebendigen Menschen. Roman", Graz 1991. Zahlreiche österreichische Literaturstipendien und -preise begleiten die Arbeit der Autorin seit 1978.

ICH WERDE DOCH NICHT oder DAS WUPPERL

Österreich als etwas Ganzes zu denken, als Gesamtheit von was auch immer, als abgrenzbare, beschreibbare Größe, ist mir unmöglich, nur Österreichisches kann ich ausfindig machen. Nicht ohne kalendarische Hilfsmittel, wegen der Veränderungen. Von dem, was in der Besatzungszeit eminent österreichisch war, ist mittlerweile manches beliebig, untypisch geworden, und was in den Wirtschaftswunderjahren österreichisch war, beispielsweise „wer arbeiten will, kann auch Arbeit finden", ist heute von vorgestern und als Schnellsprechkurzspruch nur mehr Österreichern genehm, die mit dem jetzigen Österreich nichts am Hut haben wollen.

Ich will aber hier nicht einen politischen Aufsatz schreiben, sondern den Spuren eigener Gefühle nachgehen, zuerst ins Staatsvertragsjahr, und wohin dann, weiß ich noch nicht. Alle Leser, die auf autobiographisches Material mit Übelkeit reagieren, dispensiere ich gern vom Weiterlesen. Erlauben Sie mir nur noch eine kurze Bemerkung, bevor Ihnen übel wird: Was einem an großen Veränderungen spürbar wird, sodaß man sich im Gezeitenstrom von Epochen zu befinden meint, entsteht – so glaube ich – durch eine rigorose Auswahl aus den komplexen Fakten, welche bestimmte Zusammenfassungen ermöglicht, ähnlich wie ein Kontoauszug den Besitz- und Schuldenstand in einer Währung ausweist. Durch Abschaffung der mythischen Auswahl lassen sich aber die Fakten so wenig verändern, wie man durch Zerreißen eines Kontoauszugs Schulden loswerden kann. Das ist der Zusammenhang, auf den ich hinauswill.

Auf der Suche nach Österreichischem fange ich beim Erlebten an. Meine Gefühle begleiten mich nach Gesetzen, Notwendigkeiten, Bedingungen meines eigenen Unbewußten und Bewußtseins, und alle Spannungsbereiche und Diskrepanzen ergeben sich ganz natürlich von selbst.

Im Staatsvertragsjahr war ich vierzehn, habe die Hauptschule verlassen und mich notgedrungen dem Ernst des Lebens gestellt, oder – eine andere, genau so widerliche Ausdrucksweise – auf hopp-oder-tropp mich dem Selbständigwerden verschrieben. Wenige Wochen vor Schulschluß hatten wir ein paar blasse Angaben über den Staat, in dem wir lebten, zu lernen bekommen, sehr Allgemeines über Verfassung, Regierung, Parlament, Anzahl der Abgeordnetensitze, und am Tag der Zeugnisverteilung ein Büchlein, „Unser Österreich – 1945/1955" (mit Zitaten von Anton Wildgans und Zeichnungen von Carry Hauser), das ich mir inzwischen, aus einer Wühlkiste, wiederbeschaffen konnte.

Der Geschichtsunterricht war beängstigend gewesen, Schlacht bei, Schlacht von, mit, gegen, um, wegen, Jahrhunderte konnten auswendiggelernt und heruntergestottert werden, aber nur bis zum 1. Weltkrieg, der dann schon sehr unverständlich war, die Zwischenkriegszeit: noch schwerer, noch weniger zu begreifen. Gehörte alles schon nicht mehr zum Unterrichtsstoff, mit dem Ende der Monarchie waren die Unterlagen zu Ende, alles Spätere mußten die Fachlehrerinnen sich selbst aus den Fingern zuzeln und gut überlegen. Wer Unterlagen hatte, war selbst ihr Urheber, gab sie nicht her.

„Also Frau Fachlehrer, können wir die Debatte vielleicht so abschließen: keine von uns kennt sich aus, aber es macht nichts.“ Darauf die Frau Fachlehrer: „Wir kennen uns ja auch nicht aus.“ So kompromißbereit war die Frau Fachlehrer vorher nicht gewesen. Es war unser letztes Schuljahr, wir sollten wenigstens verbal noch eine Art Erwachsenenweihe bekommen, 32 Mädchen vor dem Sprung ins Berufsleben, die Gerüchte über den Staatsvertrag hatten uns schon vorher eingefädelt in eine neue Zeit, mehr: eine neue Ära.

Jedermann würde uns mit „Sie“ anreden müssen, außerdem waren wir – wie jede vierte Klasse – die beste, bravste und vernünftigste aller vierten Klassen schon in der ersten und zweiten und dritten gewesen, da konnte die Frau Fachlehrer unbesorgt verraten, wie mühsam sie das 20. Jahrhundert zusammengekratzt und formuliert, ja dargestellt hatte, blaß, abstrakt, aber immerhin ausführlicher und genauer, als andere Frau-Fachlehrerinnen sich durch den Stoff gezaubert hatten. Wir sparten nicht mit Beteuerungen, sie wäre die Beste und Liebste gewesen, und das mit dem Zaubern sei uns ohnehin klar gewesen, vernünftige Mädchen merken so etwas von selbst und verstehen außerdem alles.

Abseits der Fachlehrerei gestanden wir unsere Ängste ein, eine der andern, je nach gewollter oder ungewollter sozialer Selbst-Einstufung: „mir geht das Wupperl", oder „ich hab Bauchweh", „ich hab Knieschnackeln", „ich scheiß mich an".

„Mir geht das Wupperl" war am österreichischesten, stand in keinem Wörterbuch, über die Bedeutung von „Wupperl" mußten wir erst einmal beraten und diskutieren, im Dialekt, in Umgangssprache, die während des Unterrichts verpönt war.

Wupperl war echt, herzerwärmend, unentbehrlich, das war keine Frage, nur: meinte es den Anus, die Vagina, den Harnausgang? Wenn Vagina: dann hätten Männer so nicht Angst haben können, daß ihnen das Wupperl ging, also nein, wenn schon Wupperl, dann für alle. Der Harn-Ausgang? Dann bei Frauen die Klitoris, hingegen bei Männern? Angstvoll zuckender Penis, in einer Mädchenklasse kann man so etwas nicht überprüfen, nur bewiehern, Wupperl, schließlich mit Mehrheitsbeschluß: After! Fantasieren, Witzeln, darin waren wir groß, der Dialekt taugte zum Tuscheln, Kudern, Sich-Zerscheppern.

Noch Jahre später habe ich jedesmal beim Anhören, und erst recht beim Mitsingen der Bundeshymne eine Gänsehaut bekommen, auch die Pummerin hat einen schwer zu beschreibenden Schauder ausgelöst, immer ging das ins ununterscheidbare Vergangene zurück, nicht irgendwo außen hin, sondern in mir, in mich hinein und hinunter, als klopfte mein Herz auf einmal in einem schwarzen Sack, den die große Pummerin in die Tiefe mitnahm, ohne sich darum zu kümmern, daß ich mein Herz brauchte, fürs Obensein, Dasein, für jeden vernünftigen Gedanken. Kaprun und die Großglocknerhochalpenstraße waren von jeher grandios. Pubertätsgefühle sind von Haus aus besonders intensiv, schwierig, widersprüchlich, schwer entwirrbar. Ich erinnere mich an den Eindruck, den das Büchlein – pflichteifrig sofort und bis zum letzten Satz gelesen – noch eine Zeitlang auf mich gemacht hat: Es war etwas Großes, Bedeutendes, was da mit uns allen, mit Österreich geschah, ein junges, freies Land stieg aus dem Büchlein wie die liebe Sonne hervor und tat den himmelstürmenden Gefühlen zugleich was an, denn ob die Berufsberatung auch zu dieser sonnigen Welt gehörte, das Arbeitsamt, das Rathaus – wo mir sofort, nachdem ich für öS 400,– monatlich als Bürohilfskraft zu arbeiten angefangen hatte, die Kinderbeihilfe gestrichen und die Halbwaisenrente in Frage gestellt wurde –, ob das, was mir passierte, auch zum neuen, freien Österreich gehörte oder noch nicht, das war eine brenzlige Frage, auf die das Büchlein nicht eingegangen war. Sind das noch irgendwelche Verordnungen der Russen? Nein, alles österreichische Gesetze! Und selbstverständlich wird jetzt alles besser! Aber die Kinderbeihilfe war weg, und für meine Arbeit gab es anfangs keinen Kollektivvertrag.

Ich lernte maschinschreibend Maschinschreiben und buchend Buchhaltung, ohne Vorkenntnisse, Hinsetzen, das machen Sie so und das so, und los ging's.

Klein- und Kleinstunternehmer verwendeten zum Steuerhinterziehen Schmähs von kabarettreifer Primitivität und hatten Erfolg damit, nix Elektronik, auch das Finanzamt mußte erst erfassen, erfassen, erfassen, Grundausstattung fürs Rechnen war „der Kopf", eine elektrische (!) Papierstreifen-Rechenmaschine mit Komma (!!), für Schilling- und Groschenbeträge, der „letzte Schrei". Die doppelten Buchhaltungen wurden mit der Hand geschrieben, Belege, Aufzeichnungen, Journale, Konten handschriftlich manipuliert, wer war bereit, und geeignet, künstlich erzeugte Zahlungsbelege mit einer Unterschrift zu vervollständigen und so deren Glaubwürdigkeit zu erhöhen? Nicht mit dem eigenen, richtigen Namen, nur eine fremde Handschrift war vonnöten, niemand vom Büro durfte es sein, wer? Die Bedienerin war bereit. „Schreiben's was hin, was wie Piribauer ausschaut, aber bitte mit P!" Und Kugelschreiberwechseln! Wenn die Buchhalterin mit blauer Füllung schreibt, soll die Bedienerin schwarz unterschreiben, oder in einem anderen Blau, und „nicht schön, bitte nicht schön, machen's Kraxn, wie a Maurer schreibt!" Die Bedienerin, mit einem Maurer verheiratet, was jeder wußte, gab grinsend zu bedenken: „Mein Mann hat aber a schööne Handschrift!“, worauf der Chef kryptisch nachsetzte: „Sie müssen es ihm ja nicht sagen!“ und schnell hinausging. Was er gemeint hatte, konnte sich jeder aussuchen, auch das war österreichisch.

Mir ging das Wupperl, ich besuchte einen Buchhaltungs-Schnellkurs: um mich Buchhalterin nennen zu dürfen, um die wichtigsten gesetzlichen Vorschriften für die Arbeit, die ich machte, kennenzulernen, um später mehr Gehalt verlangen zu können, alle diese Rechnungen gingen auf. Was das Wupperl machte, war fürderhin mit Schweigen zu bedecken.

So früh schon habt ihr mich hineingezogen in euren Pallawatsch, und ganz allein muß ich jetzt in die Welt hinaus, in den Lebenskampf, allein mir die Wahrheit zusammensuchen, auf euch ist kein Verlaß, nur schicken könnt ihr, das ja, am ersten April schickt man den Esel hin, wo man will, den armen Lehrbuam um die Leimbremsen und so weiter, und nicht nur am ersten April, was hab ich mitbekommen, hab ich eine Ordnung, eine Weltanschauung, irgendetwas von euch mitbekommen, was mir hilft?

Pubertäre Peinlichkeiten. Ja und nein. Die Gefühle hatten Kitsch-und-Schmalz zum Anziehen gefunden, Gefühle brauchen ja auch ihr Outfit, anders sind sie nicht unter die Leute zu bringen, die Mariandl-Filme mit der österreichischen Natur, die jungendfreien Filme mit Romy Schneider und anderen lieben, lieblichen Mädchen, jungen Damen und noblen oder dümmlich-unernsten jungen Herren. Die Guten waren ehrlich, anständig, treu, und über jederlei Standesdünkel erhaben, die Bösen ein bisserl schiach und nicht nur gemein, sondern obendrein dumm, sodaß die Guten, die nicht wesentlich klüger, jedoch mit Charme und Anständigkeit ausgestattet waren, gewinnen konnten. Ausnahmen gab's schon auch. Wenn Paula Wessely mitspielte, oder die Schell, mußte man mit allem rechnen, mit einem tragischen Ende, mit feschen, sympathischen Schurken, sogar mit dem sinnlosen Zufall und anders-tragischer, großer, erhabener Sinnlosigkeit.

Außerdem gab's noch die Waldbauernbubkleider anzuziehn, obzwar wir in Niederösterreich waren und Roseggers Waldheimat im Steirischen liegt, der Waldbauernbub war damals, glaube ich, schon lang nicht mehr steirisch, sondern gesamtösterreichisch, Roseggersche Dorfheimatklamotten, auf die Bedürfnisse städtisch-ländlicher Volksschulkinder zugeschnitten, wurden unbedingt auch in anderen, damals nicht Regionen benannten Regionen gebraucht. Die nur unter Zwängen noch tragbare Alltagsware war für Fünfzehnjährige zwar reif zum Einmotten, trotzdem fortdauernder stiller Treue wert, weil es ja immer und überall nach wie vor um die Heimat ging.

Dann noch die unsichtbar zu tragenden Operettenwunderkostüme, in denen man Sekt trinken und auch im Gefängnis noch fröhlich singen konnte, und schließlich die für die meisten Kinder und Jugendlichen untragbaren Prachtzwangskostümierungen, die aus der hohen Literatur in hohem Hochdeutsch über alles kamen, was durch die Schule zu kreuchen und zu fleuchen hatte, weil in der Dichtkunst Schätze zu finden waren, die auch im tristesten Elend Geist und Seele der Menschen zu stärken vermochten.

Das stimmt nicht zu meinen Gefühlen, wenn ich mich so verallgemeinernd distanziere. Es kann nicht nur Seelenüberhebung gewesen sein, und nicht alles Wörtlichnehmen war Täuschung, Illusion. Auch bei Erdäpfelgulasch konnte man „Die Jüdin von Toledo" lesen, oder doch besser nachher erst, wegen der Erziehungsmaßnahme und wegen möglicher Gulaschflecken auf dem Reclam-Heftchen, Gulasch auf einem Buch, das war wie Äußerlngehen mit dem Dackel zu einer Kirche, besonders in den Augen Erwachsener, die sich für die eigene Einschlafeinleitung mit Schundromanheftchen begnügten.

Aus und vorbei war's mit dem Singen, ich singe heute noch manchmal gern, bin in meinen Glaubenszeiten oft nur deswegen einer Meßfeier nicht ferngeblieben, weil man dabei singen nicht darf, nein: soll, ohne daß Gesang und Stimme schön sein müßten. Alles mitgesungen, kleines Kind, was es auch war, nachgesungen, auswendiggelernt.

Völker hört die Signale – – Die Fahnen hoch, die Reihen dicht geschlossen, SA marschiert mit ruhig festem Schritt – – – Heut kommen d'Engerln auf Urlaub noch Wean – – Du schwarzer Zigeuner du kennst meinen Schmerz – – – Prinz Eugenius der edle Ritter fahrt mitm Arsch durchs Fenstergitter – – – Großer Gott wir loben dich – – Hoch auf dem gelben Wagen sitz ich beim Schwager vorn – – schenkt man sich Rosen in Tirol – – – warum weinst du holde Gärtnersfrau weinst du um der

Veilchen Dunkelblau oder um die Rose die du brichst –
– – neinachnein um diese wein ich nicht – –

Wohin mit den starken, nicht abschaffbaren Gefühlen? Das war nicht nur für pubertierende Jugendliche ein Krampf.

Mit der Trauer, mit Wut, Empörung, mit Enttäuschung und Verzweiflung wohin, mit Scham und Angst, Erbitterung, Abscheu, Verachtung, mit Rachewunsch, mit Revanchedrang wohin, „Der Hund soll nit hinwerdn können!", „Die Kanaille soll der Teufel holen", mit „Das Arschloch gehört eingsperrt, nicht pragmatisiert", wohin damit in ruhiger werdenden Zeitläuften.

An den Wiederaufbau des wunderbar erstarkenden Österreich: Bausparen, Fernseher, Auto, Eigenheim, da ging jede Menge Überstunden hinein, alles Rackern und Ruacheln und Hackeln, wochentags nach der Arbeit Pfuschen, Samstag und Sonntag Sandreutern, Meutermischen, Ziegelschupfen, 20 Deka Dürre ergeben ein Nachtmahl für vier Personen und Wurstfleckerln am nächsten Tag auch noch, wer das nicht kann, der kommt zu nix.

Mit dem immer noch, immer wieder gehenden Wupperl in die Löwinger-Bühne, zum Heurigen, vor den Bildschirm, Kabarettschaun, Farkas, Waldbrunn, die sagen alles, die werden deutlich, die traun sich das, und nix passiert ihnen, gar nichts, da kann sich das Wupperl beruhigen. Mindestens einer von denen ist doch ein Jud, da sind wir eigentlich schon anständig, wenn die wieder auftreten dürfen. Gehört sich auch so.

Politisieren? Nur so über den Tisch schon, aber in einer Partei mittun? Keiner muß mehr, das ist der Fortschritt. Du gehst am ersten Mai nirgends mit? Kein Kündigungsgrund. Ich mach meine Arbeit, dafür werd ich bezahlt, und von politischer Betätigung steht nichts im Kollektivvertrag, wir sind in der Privatwirtschaft! In der Privatwirtschaft! In die Privatwirtschaft gehen diejenigen, die was können und die beim Arbeiten nicht zwei Linke haben. „Nur Aktenwachler, Protektionskinder, faule Hund und Obizahrer[1], die gehen zum Staat und lassen sich pragmatisieren für a paar Neetsch[2]. Mir kommt kein Fahnerl mehr vors Fenster, und kein Abzeichen auf den Revers, i kann arbeitn und schreck mi net vor der Arbeit, zuwas brauch i da a Partei, und an Maiaufmarsch? Aber net amol denken![3]"

Österreichisches bis heute, immer noch in Verwendung: der unüberlegte, aus Hemd- und sonstigen Ärmeln geschüttelte Protest, das gedankenlose Daherreden, das sich nicht wegen notorischer Unfähigkeit des Redners so ereignet, sondern weil unausgesprochen eine bestimmte Vorgabe mitgedacht und beim Zuhörer vorausgesetzt wird: Ihr müßt mich akzeptieren, wie ich bin, weil ihr mich braucht, oder: weil ich zu euch gehöre, oder: weil ich so viel über euch weiß. Ich werde mich doch nicht bemühen auch noch, wo ich erstens Österreicher, zweitens gewählter Politiker, drittens mit Verträgen gepolstert bin.

1. *Drückeberger.*
2. *Groschen, Pfifferling.*
3. *Aber nicht einmal in Gedanken!*

Ich werde doch nicht Nachhilfestunden in Deutsch nehmen, nur weil mir Journalisten ihre Mikrophone vor die Nase halten. Die wollen etwas von mir, nicht ich von ihnen, also was soll's.

Ich werde doch nicht während der Arbeitszeit ununterbrochen arbeiten wie so ein Anfänger, der noch in der Probezeit ist, wo ich schon zehn Jahre bei der Firma bin.

Ich werde mich doch nicht plagen auch noch, der Chef verdient an mir eh mehr als genug, ich weiß genau, was er den Kunden alles verrechnet.

Ich lebe in der Stadt, in der ich von Anfang an gelebt habe. Von einigen Jahren in Wien und in Attnang-Puchheim abgesehen, habe ich mein bisheriges Leben hier verbracht. Meine Beziehung zu Wiener Neustadt ist für Erinnerung, Reflexion, Selbstanalyse anfanglos, ich bewege mich hier auch durch Zeit-Räume, von denen ich nichts mehr weiß. Auf bestimmten Stadtwegen spüre ich – häufig, nicht jedesmal –, Erinnerungen meiner Gefühle. (Aufgewachsen in einer Arbeitersiedlung der damaligen Flugzeugwerke, dicht am Rand des im Krieg mit Rüstungsindustrie überzogenen, heute weitgehend industrieleeren Flugfeldes, welchem damals die meisten Bombardierungen gegolten haben, habe ich in der Obhut meiner Mutter alle Angriffe dadurch überlebt, daß wir untertags außerhalb der Stadt in Wäldern, Felsenhöhlen oder sonstwo versteckt waren und nur über Nacht fast immer in der Wohnung, gleich neben dem Flugfeld, ein Irrsinn – diese Wohnung betrete ich inzwischen angstfrei.)

Auf Stadtwegen immer noch die Bombenangst. Von der Mitte der kurzen Boeheimgasse Richtung Hauptplatz, quer über den Hauptplatz, und dann noch etwa 20 Meter in der Neunkirchnerstraße. Wenn ich in der Gegenrichtung unterwegs bin, tut sich nichts.

In der Komarigasse packt mich die Bombenangst, wenn ich stadteinwärts gehe, Richtung Spital, in der Gegenrichtung tut sich nichts.

Die Bomben-Angst tritt nur bei Tageslicht auf, auch wenn Hauptplatz und Fußgängerzonen von Menschen wimmeln, und steigert sich, wenn zufällig über im Freien angebrachte Lautsprecher eine Mann-Stimme zu hören ist oder wenn ein Lautsprecherwagen herumfährt und irgend etwas ankündigt.

An bestimmten Stellen der Stadt fällt mir regelmäßig ein, daß der Boden und die Mauern der Gebäude vergiftet sein müssen, mit Giftigem durchsetzt. Ich halte das nicht (mehr) für Symptome einer psychischen Krankheit, sondern für eine Erinnerung. Vielleicht habe ich als Kind die Erwachsenen reden gehört über die Bombardierungen, über Verschüttete, und daß da und dort „Leichengift“ entsteht. Das Wasser in den Bombentrichtern wurde uns Kindern als „giftig“ bezeichnet, war es vielleicht wirklich, „giftig“ meinte ganz allgemein: rühr das nicht an, geh nicht hin.

In der Umgebung des Bahnhofs löst eine Lautsprecherdurchsage manchmal den Heimkehrer-Gefühlswirrwarr aus. Lautsprecherstimmen nach dem Krieg waren extrem schlecht zu verstehen. Krachen, Kreischen, Scheppern, Schallplattenmusik zwischen den Durchsagen ein Winseln, Plärren, laut, so laut, und drohend. Knapp vor dem wichtigsten Satz auf einmal Krach-und-aus, da konnte man warten. Wenn der Radau wieder losging, waren die wichtigsten Durchsagen vorbei. Scheißkabel, Scheißtrichter, Aufregung, Hoffnungen, Angst: wahrscheinlich bin ich als Kind fallweise im Wirkbereich einer Massenhysterie gestanden, gesessen, gelegen, ich weiß es nicht. Natürlich war ich in Bunkern auch, ich weiß es nur nicht mehr.

Hinter der Döttelbachsiedlung, den Kanal entlang, hält sich ein Freiheitsrausch auf, von dem ich nicht weiß, ob ich ihn persönlich in die Welt gesetzt habe, und wann, und weswegen, er nimmt etwa 30 Meter des rechten Kanalufers ein, mehr nicht.

Im vergangenen Jahr ist mir meine Anhänglichkeit an einen vielleicht zehn Jahre alten Supermarkt suspekt geworden. Ich habe seine Werbestrategien kritisch beäugt, wie hat der mich so erwischen können? Eingefallen ist mir dann, daß an dieser Stelle vorher eine Farbenhandlung war, die schon im Krieg existiert hat. Die bis zuletzt schäbigen Auslagen haben vor dem totalen Umbau durch die deutsche Kaufhauskette bis zuletzt meine Sympathie gehabt. Da mein Stiefvater Türen, Fenster, Möbel, Ofenrohre, alles und jedes nach dem Krieg gestrichen hat, hat er vielleicht dort eingekauft, ich hege dieselbe Anhänglichkeit für eine noch existierende Eisenhandlung, die als Beschaffungsort für Nägel, Schrauben, Werkzeug nach dem

Krieg enorm wichtig war und deren Kundenfreundlichkeit mittlerweile so minimal ist, daß ich mir nur mit Rückblick auf die Nachkriegszeit meine Sympathie noch erklären kann.

Rostige und verbogene Nägel nach Hause gebracht, manche ließen sich nach geglücktem Geradebiegen, Geradeklopfen, Glattschmirgeln noch verwenden, wenn sie in Seife gedreht oder mit Öl eingefettet wurden. Nägel-Einschlagen in die Türstaffel – ein Spiel für brave Kinder.

Der liebe Waldbauernbub, obwohl, oder vielleicht gerade weil ich weder im Wald noch bei Bauern aufwuchs, saß da noch auf einer Wiese, den Blick nach Osten gerichtet, den Schneeberg hinter sich. Hinter dem Schneeberg liegt der Westen, aber – Obacht, Kinder! – für uns ist der Osten wichtiger, wir haben die Russische Besatzungsmacht da, die Siegreiche Armee der Sowjetunion, schreib: UdSSR.

Aus dem Osten waren die schwarzen Zigeuner gekommen, die Türken, die Hunnen, aus dem Osten kam der ungarische Steppenwind, der Paprika, das Erdöl, die Kohle. Als später, lang später, aus dem Osten das Poltern und Donnern der Panzer kam, das Prasseln von Schüssen, als die vielen Flüchtlinge kamen, zu Fuß, auf unseren Straßen, war der Waldbauernbub bereits eingemottet und meine Angst vor dem nahen Eisernen Vorhang, trotz Staatsvertrag, wieder gestiegen.

Den Identitäts-Ausweis, den ich für eine Erholungsreise in die Schweiz – Kinderhilfsaktion – kurz nach dem Krieg benötigt habe, besitze ich noch. Ich hatte damals noch keine eigene Unterschrift, habe in Druckbuchstaben meinen Namen hingeschrieben, das kleine r mit schön wellenförmigem Häkchen, r: ein gerades Stricherl und oben weht die Fahne. Schön schreiben, schön! Schön gerade und genau, das große B war ein männchenmachender Hase, Kopferl klein, Baucherl größer, und immer nach rechts schaut der Hase,von links nach rechts, Kinder! Das A war eine Leiter, mit dem M haben wir Mauern gebaut und mit dem O schön gesungen, das H war eine Brücke, durch das kleine a und durch das kleine o und durch das g mußte ein schönes Schlingerl gezogen werden, schön sichtbar, kein a und kein o und kein g ohne Schlingerl, in der Hauptschule war an uns dann schon Hopfen und Malz verloren, Aufstand gegen die Schlingerln, bis auch die deutscheste Frau-Fachlehrerin, nervös sich an den operationsreifen Kropf greifend, nachgab und sich lieber unters Messer legte, als uns weiterhin etwas eintrichtern zu wollen.

Eine fortdauernde Auswirkung meiner unfreiwilligen Weltkriegsbeteiligung ist das Weinen.

Beim Anschaun von Ruinenfotos, KZ-Dokumentationen, Filmen aus dem Krieg, beim Lesen von Schilderungen, auch bei sachlichen Berichten. Es ist egal, ob die Ruinen in Wr. Neustadt standen oder woanders, und ob ich einen Toten gekannt haben könnte oder nicht. Bei langen, ausführlichen Sendungen über Kriege und Flüchtlinge in der Jetztzeit komme ich genauso ins Weinen, egal ob es um Bosnier geht oder um Hutu und Tutsis, es hängt nur davon ab, wie lang die Sendung dauert, weil ich nicht schon bei den ersten Details losheule. Manches entsetzt mich so, daß ich dazu nicht weinen könnte und mich nur dagegen abpolstere: vergessen das, ich brauch keine Alpträume mit Massakrierten. Vergessen ist vielleicht unmöglich, damit leben dann aber auch. Folterungen, die sich über Wochen, Monate, Jahre ziehen, systematisches Foltern? Pflichtgemäß höre ich zu, schaue ich hin, da haben mich die Berichterstatter an der Leine, erst nach einigem Zuhören, wenn's unerträglich wird, drehe ich ab. Hab mich nicht von Anfang an geschraubt, muß mich aber auch nicht fertigmachen lassen.

Das Weinen ist sicher nicht eine Trauerphase, in der ich steckengeblieben wäre, es ist einfaches, undifferenziertes Reagieren, weil alles Kompliziertere nicht geht. Die früh entstandenen Gefühle kümmern sich nicht darum, ob sie zu den Eindrücken passen, die ich mir später, lang später, dazubeschafft habe, sie drängen sich durch, scheren sich nicht um subtiles Fragen: wie man, noch mehr als 50 Jahre später, zum Bericht über einen Bomber-Anflug auf England weinen könne, wenn man damals Windelkind in Österreich war, ohne irgendeine familiäre Verbindung nach England?

Ich mag mich diesen Gefühlen nicht aussetzen, kann nur manchmal nicht umhin, und halte viel von klaren

Ich-Grenzen, wo man sie braucht. Ein erträgliches Miteinanderumgehn kann ich mir auch nur so vorstellen, daß alle Beteiligten ihre Gefühle dämpfen, filtern, notfalls hintanstellen können. Was ich gegenwärtig von den Gefühlen anderer mit- und manchmal abbekomme (wer nicht!), ist eine Mischung, die ätzt, zersetzt, manchmal Ekel, Empörung, häufig Wut in mir auslöst. Ich habe den Verdacht, daß immer mehr Österreicher und –innen im wichtigsten Persönlichkeitsbereich, dem der Gefühle, sich nicht sonderlich weiterentwickeln, um nicht zu sagen – regredieren. (Ich werde jetzt auch gleich ätzend werden, daher die gemäßigte Formulierung.)

Die Anhänger des Weinderls sind schon vor längerem schlichte Alkoholiker geworden und werden sich, sollte je eine Kampagne wie gegen das Rauchen auch gegen das Trinken stattfinden, in gewöhnliche Säufer verwandeln lassen müssen. Die Heimatliebenden behängen ihre Fenster mit Tiffanygirlanden oder stellen kopulierende Gartenzwerge auf, der echte Wiener raunzt nicht mehr, er schimpft und schweinigelt und schiebt alles auf die Türken.

Der typische Österreicher marschiert mit Handy, seiner Altn (Alte ist immer noch in) laut und deutlich die Zielpunkt-Aktionspreise durchgebend, vom Sozialamt zum Dorotheum und läßt ganz nebenbei ein Taxi darauf warten, daß sein Sprößling aus dem Sonnenstudio herauskommt.

Der typische Österreicher von heute hat nicht Angst, sondern Schiß, ist geil und cool zugleich, verzehrt Knabbersachen wie eine Kuh Gras frißt, hat ein

Dalí-Poster im Vorraum, ein Van-Gogh-Poster in der Küche und zwei/drei Schiele-Posters im Schlafzimmer hängen, alles von Leiner gerahmt.

Wenn von „der modernen" Kunst die Rede ist, fällt ihm gleich die „modernde" Kunst ein, außerdem Hundertwasser, Subventionsmilliarden, die den Künstlern nachgeworfen werden, und ein paar ortsansässige Arbeitsscheue, die sich Künstler schimpfen, weil sie so leichter zu Geld kommen.

Für Kultur hält er alles, was er sich gerade noch leisten kann (dieser Satz ist nicht von mir, ich hab ihn im Radio gehört und weiß nicht mehr, von wem.)

Was aus der Zweiten Republik wird, ist dem typischen Österreicher scheißegal, weil „die Roten und die Schwarzen sowieso nur mehr obischeibn[4] können."

Wenn er zuviel über KZs und die Verheerungen des 2. Weltkriegs hört, sieht er zuerst rot und dann – deswegen – blau.

Um mögliche Unklarheiten auszuräumen, schreibe ich aus, was ohnehin klar sein dürfte: mein typischer Österreicher ist kein Zerr-, aber ein Feind-Bild, ja leider, und wie man sich dem Dilemma ohne Feindlichkeit entziehen könnte, weiß ich nicht.

Die typische Österreicherin kocht, wenn sie überhaupt kocht, griechisch, spanisch, melanesisch, auf keinen Fall etwas Wienerisches, oder sie kocht Fertig-

4. *Mist bauen.*

gerichte, die nicht mehr gekocht, nur gewärmt werden dürfen. Fürs Fitnesscenter zwängt sie sich in Leggins, in die sie eigentlich erst nach der noch in Planung befindlichen Diätkur hineinpassen wollte, aber umso eher hineinzupassen hofft, je stärker ihr die Leggins Bauch und Hintern einzwicken.

Die typische Österreicherin tut alles für ihr Kind. Wenn sie ihr Kind mit dem Auto von der Schule abholt, fährt sie bis ans Schultor, wünscht alle anderen kindabholenden Mütter zum Psychiater und alle Autos in die Schottergrube (Schodagruam) und hat ihrem Kind in der Kühltasche ein Eis und für den Nachmittag eine Video-Kassette mitgebracht, außerdem eine kleine Einkaufsliste, die erledigt sein muß, wenn sie, gestreßte Mami, vom Urlaubsziel-Auspendeln nach Hause kommt.

Die typische Österreicherin ist weder cool noch geil, managt alles mit der linken Hand, weil sie die rechte zum Aufhalten braucht, und hat vollstes Verständnis dafür, daß ihr Mann mit ihr nicht mehr schlafen kann, weil sie – ihr Fehler war es! – versehentlich eine halbe Portion geheiratet hat, ein Mann wie Placido Domingo wäre für sie die bessere Wahl gewesen. Wenn die typische Österreicherin einen typischen Österreicher heiratet, führt das zu Totschlag oder Mord. (Dieser Satz dürfte ebenfalls nicht von mir sein.)

In letzter Zeit bin ich extrem sensibel für Weltkriegs-Veteranen, die mir da und dort begegnen. Ich suche ihre Nähe nicht und bin seit längerem der Notwendigkeit enthoben, regelmäßig ein Pflegeheim zu betreten. Wie mancher sich darauf versteht, ununterbrochen gekränkt, übergangen worden zu sein, bei jedem Schmarrn fühlt er sich zurückgesetzt, zu wenig beachtet, um Ehrerbietung geprellt, ich verdächtige jeden solchen Greis? Ach, Greis wäre ein Ehrentitel, er ist ein Übriggebliebener mit seinen Gefühlen, ich verdächtige jeden, der sein Eheweib vor sich hertreibt und kommandiert und überall meint, er müsse als erster bedient und für seine Großartigkeit bewundert werden, daß er die größte Kränkung schon mit dem Kriegsende erlebt hat, seit damals nicht mehr auf seine Rechnung gekommen ist, vielleicht hat er sich eine Karriere im Tausendjährigen Reich erarbeiten wollen mit dem, was er gemacht hat, und dann wars aus damit und er sollte sich für seinen Ehrgeiz genieren oder gar etwas bereuen, nein, anders, er mußte auf einmal die Goschn halten und alles in sich hineinfressen, und weil sonst nichts mehr gegangen ist, hat er seine Frau drangsaliert, die Verwandtschaft dazu gebracht, ihn zu meiden, und ununterbrochen, das macht mich so wütend, ununterbrochen in alle Richtungen seine miesen Zustände abgestahlt. Mit wievielen Menschen ist dieser eine im Lauf eines halben Jahrhunderts zusammengekommen, in Kontakt, Berührung, Verbindung oder sonstwas, wievielen hat er einen Tag, einen Abend, eine Stimmung verdorben, wieviele haben sich über ihn geärgert, wieviele hat er kleingekriegt mit nichts als Frechheit oder Sichdummstellen oder Altsein, die Alten muß man ehren, wievielen hat er etwas versaut, versäuert mit seiner Art, und immer wieder mit den

Ehemaligen, den Weltkriegskumpanen beisammenstehend die alten Sprüche geklopft, die alten Märsche geblasen, immer wieder dasselbe, noch immer dasselbe, und neuerdings kann er sich freuen auch noch über die Jungen, nicht über alle, beileibe nicht, aber die Jungnazis gefallen ihm schon. Stramme Burschen! schreit er ihnen nach mit geschliffenen Stimmbändern, nichts kann ihn daran hindern, triumphierend zu grinsen, weil da andere Junge Flugblätter gegen Rassismus verteilen. Es ist ihm anzusehen, wie er sie haßt, verachtet, wie er triumphiert, den Kopf, fleischlose rote Birne, so hoch hinaufreckt wie's nur geht, über alle schaut er drüber, wenn's ihn nur hinpracken tät, aufhaun. Druck, autoritäres Gehaben, weil ihm noch immer etwas zusteht, weil er noch nie genug bekommen hat, immer zu wenig, Freundlichkeit, Geschenke, Zuwendung, Feiern, die ganze Versorgung natürlich, alles zu wenig, weil das, was er zuinnerst wollte und will, etwas anderes ist: Unterwerfung und Huldigung, und daß kein Alzerl[5] an ihm mehr in Frage gestellt wird. Ich bewundere jede Frau, die da Hilfs- und Pflegedienste leisten kann, ohne ihn einfach anzuschreien, die kaltfreundlich und geschickt mit ihm fertigwird, das ist schon viel.

Die Ganzjungen, die Nazis sind oder sich wie solche benehmen, kann ich nicht hassen, vor denen habe ich Angst, bin aufs Ausweichen bedacht, Distanzhalten, Vorsichtigsein. Die Alten gehen nicht gleich los, die schreien erst, und die meisten wären zu einem An-

5. *Kein bißchen.*

griff körperlich nicht mehr fähig, die Jungen sind stark und unberechenbar.

Seit ich einmal einem direkt in die Augen geschaut habe, im Vorbeimarschieren, kurz und konzentriert, weil ich es gewagt haben wollte, habe ich keine Angst vor Schlangenträumen mehr. Schlangen sind nicht das Ärgste.

Daß einem ein Mensch, ein junger Österreicher, womöglich ein Neustädter, kein Marsmensch, kein Geklonter, vielleicht ist seine Großmutter mit mir in die Schule gegangen, so unheimlich sein kann, so fremd. Dabei ist er nur einer wie viele andere auch: einer, der auf seine Rechnung kommen will, der alles haben will und alles machen will, wonach ihm ist, nur bitte, wenn's geht, ohne Arbeit, nur mit ein bißchen Grips und Kraft und jeder Menge Elektronik, da spart der nicht, und will ein schönes Leben, und alles zusammen wäre halb so schlimm, hätte er nicht Anschluß an andere gefunden, die ihn brauchen können so, wie er ist, ihm den Haß, den er mitbringt, begründen, seine Lust am Zerstören einplanen und befehlen.

Ich spüre, was da in mir sich auswirkt, was ich mitbekommen habe, bevor ich fähig war, mitzukommen. Die unendliche Selbstanalyse hilft gegen alles, ich weiß, vorausgesetzt, daß man sie auch endlos betreibt.

Es gibt Zugänge zum Erlebten dort, wo Gefühle sich nicht ändern wollen. Kleines Kind im Luftschutzkeller, aber nicht nur Angst war gegeben, wie denkt, und wie fühlt man zusammen, was alles da war, wenn das

Erlebte so vereinfacht aus dem Filz der Reflexionen gekrochen kommt, anlaßhalber 50 Jahre später?

Wäre es österreichische Verdrängung, diese Frage als belanglos abzutun? oder österreichische Kleinkrämerei, sie ernstzunehmen? oder österreichische Wichtigtuerei, mit ihr zu jonglieren?

Da die Frage unbeantwortbar sein dürfte, ist sie nicht-österreichisch. Wenn Österreicher eine Frage stellen, kennen sie die Antwort.

Evelyn Schlag

geboren am 22. Dezember 1952 in Waidhofen/Ybbs. Studium der Germanistik und Anglistik in Wien. Lebt und arbeitet als Schriftstellerin, Übersetzerin (z.B. der „Elegien“ von Douglas Dunn) und Lehrerin in Waidhofen. Sie schreibt Lyrik und Prosa und ist Trägerin österreichischer Literaturstipendien und -preise, zuletzt des großen Kulturpreises des Landes Niederösterreich. Bisher 10 Buchveröffentlichungen, zuletzt: „Der Schnabelberg. Gedichte“, Frankfurt am Main 1992; „Keiner fragt mich je, wozu ich diese Krankheit denn brauche“, Grazer Poetikvorlesungen, Graz 1993; „Touché“, Erzählungen, Frankfurt am Main 1994; „Unsichtbare Frauen“, Drei Erzählungen, Salzburg 1995.

„IN EINER SOLCHEN EINSAMKEIT GESCHRIEBEN“

„Ich muß nun wieder in meine Wüsten“, schreibt Catharina Regina von Greiffenberg am 12. Mai 1676 an ihren „Innig-Freund“ Sigmund von Birken, ehe sie Nürnberg verläßt und nach Seisenegg in Niederösterreich zurückkehrt. Jedes Jahr mindestens einmal macht die nachmals berühmteste Dichterin ihrer Zeit diese Reise donauaufwärts. Ihr Ziel ist Regensburg, lieber noch Nürnberg. Der Zweck ein doppelter: Der protestantischen Landadeligen ist es im habsburgisch-katholischen Österreich untersagt, das Abendmahl zu sich zu nehmen. Die Protestanten sind Schikanen ausgesetzt, man jagt ihnen ihre Güter ab, die Gegenreformation hat voll durchgegriffen. Der zweite Grund für die alljährlichen Reisen ist ein durchaus profaner: Catharina Regina entbehrt in ihrer niederösterreichisch-ländlichen Umgebung, in der Gesellschaft der „Mistjunker“, jegliches gehobene Gespräch. Ihr Gönner und Entdecker, Johann Wilhelm von Stubenberg, ist

1664 gestorben. Catharina war damals knapp über dreißig Jahre alt. Sie hat noch einmal so viele Jahre zu leben – in zunehmender Einsamkeit und Isolation, bis sie 1680 den Schritt ins Exil nach Nürnberg tut.

Unter Stubenbergs Leitung hatte sich in den späten fünfziger Jahren auf den protestantischen Schlössern südlich der niederösterreichischen Donau (auch „Ister“ genannt) ein Zirkel von religiös gleichgesinnten, künstlerisch zumeist dilettierenden Freunden gebildet: die Ister-Gesellschaft. Catharina Regina, mit ihrem Schäferinnennamen „Ister-Clio“, übertraf an Talent, Ausdauer und Wirkung nach außen alle anderen Mitglieder dieses Freundeskreises. In ihrer Adler-Grotte auf Schloß Seisenegg trafen sich die Ister-Nymphen und führten Gesprächsspiele auf oder pflegten einfach gedanklichen Austausch – das, wonach sie sich in späteren Jahren immer dringlicher sehnte. Eine Freundin nach der anderen verließ Niederösterreich, ein stiller protestantischer Exodus.

Was blieb, waren Briefe. Catharinas liebster Briefpartner war ihr „Innig-Freund“ Sigmund von Birken. Nach Stubenbergs Tod übernahm er die Rolle des literarischen Ratgebers für die nach professionellem Gespräch hungernde Dichterin. Wien fiel aus. In der barock-katholischen Hauptstadt war es um Literatur, zumal um deutschsprachige, schlecht bestellt. Der Hof sprach italienisch. Das Geifern des Abraham a Sancta Clara zeigt das Niveau dessen, was man später zur Perle österreichischer Rhetorik hochstilisierte.

Catharina Regina von Greiffenberg ist ein frühes Beispiel dafür, daß die Heimat des Geistes wichtiger sein kann als die Landschaft, in der man seine Kindheit verbracht hat, der heimatliche Dialekt, der einen in den Dingen des Alltags umgibt ... Heimat ist für sie dort, wo sie sich mit anderen austauschen kann. Wo sie Widerspruch erfährt, an dem sie sich genauer selbst erkennen kann: „Dann im End ists verdrießlich, ein ewiger Sisyphus zu sein, und immer nur seine Meinung, ohne haften, zu sich kugeln zu sehen. Mir mißlieben die Felsen, die kein Echo geben." (an Sigmund von Birken, 2. 1. 1675) Rührend wirken die Versuche, die eigene Heimat bewohnbarer zu machen, indem man das verwandtere Fremde zu sich holt: „Wollten ihm unser Haus offeriert haben, daß er den ganzen Winter oder solang es ihm beliebet, bei uns bliebe. Wollte ers bis in den Frühling verschieben, wäre unser Haus allezeit zu seinen Diensten, würde uns eine Freude sein, einen so angenehmen Gast bei uns zu haben." (an Sigmund von Birken, 23. 9. 1676)

„Mir mißlieben die Felsen, die kein Echo geben." Am Nationalfeiertag 1994 nahm ich im World Trade Center in Schwechat den Kulturpreis des Landes Niederösterreich entgegen. Bis zur Überreichung des Preises hielt ich das Ganze für ein Gerücht. Ich saß neben einem Landeshauptmann, dem zu der Autorin an seiner Seite kein Wort einfiel. Umso mehr mußte ich mit mir selber reden. Ich fragte mich, ob ich wirklich schon so alt sei ... ob das Land, in dem ich geboren bin, arbeite, wohne und mit Abstand die wenigsten Einladungen zu Lesungen bekomme, mir tatsächlich seinen Kulturpreis geben lassen oder ob es nicht doch im letzten Augenblick dem Unfug Einhalt gebieten würde ...

Ich starrte auf einzelne Requisiten des Saals, eine Leinwand, auf der man später ein Videofilmportrait von Albert Drach sehen würde, den Tisch, an dem später eine Schauspielerin ein Stück Text von mir lesen würde, wovor ich mich rechtschaffen fürchtete, weil ich die Nummer schon einmal im Radio gehört hatte. Ich starrte auf den geputzten, hochgestreckten Schuh des Landeshauptmanns. Ich wurde ein wenig traurig, weil mir das kürzlich restaurierte Schloß Seisenegg als Überreichungsort viel besser gefallen hätte … ich versuchte, den Namen World Trade Center ins Catharina-Reginische zu übersetzen … Welt-Handlungs-Mittelpunkt … Die englische Art, Komposita zu bilden, hätte ihr sowieso gefallen. Wunderpreisungs-Spiel. Allbeherrschungs-Macht. Herzdurchdringungs-Wort. Ich versuchte, mich zu erinnern, ob ich jemals den Fluß, an dem mein Heimatort liegt, in meinen Texten erwähnt hatte. Ein „Lustliedlein bei dem Ybbserfluß“ wie Catharina Regina hatte ich mit Gewißheit nicht geschrieben. Im Gegenteil! Seit ich die Unvorsichtigkeit begangen hatte, ein Gedicht mit dem Titel „Oberösterreichischer Wald“ zu veröffentlichen, wurde ich immer wieder einmal als oberösterreichische Autorin bezeichnet. Ich stellte mir vor, wie der Landeshauptmann, ehe er mir die dünne Mappe mit der Urkunde übergab, in die Menge fragen würde, ob jemand einen Grund wisse, warum ich diese Ehe nicht … Ich überlegte, ob ich den Landeshauptmann mit einem Herzdurchdringungs-Wort aus der Reserve locken sollte, indem ich ihm zuflüsterte, ich sei gar keine Niederösterreicherin … In diesem Augenblick sah ich, wie er den Fuß in die

Schlinge meiner Handtasche stellte. Ich beugte mich zu ihm und sagte, er stehe mit dem Fuß in der Schlinge. Ich wollte nicht an seinem Fall schuld sein. „Das haben schon Stärkere versucht, gnädige Frau!"

Seit meiner Kindheit wurde mir erzählt, die Niederösterreicher hätten keinen eigenen Charakter. Wenn ich nach Tirol oder nach Wien, kam, wurde mir dieser Mangel besonders deutlich bewußt. Alle Bundesländer hatten einen Charakter, nur meins nicht. Wir hatten nur die einfallslosen Viertel und daher bestenfalls einen Viertelcharakter. Das erklärte auch, warum Niederösterreicher im Ausland sofort den fremden Charakter annahmen. Den Beweis fand ich in meiner eigenen Familie. Meine Großtante hatte nach Innsbruck geheiratet und benahm sich meiner Großmutter gegenüber wie ein Tiroler Piefke. Bei uns war alles schäbig. Bei uns gab es keine ordentlichen Berge. Schuld waren unter anderem die Russen ... Die Tüchtigkeit meiner Großtante zeigte sich neben vielen anderen Kleinigkeiten in der Tatsache, daß sie nicht, wie meine Großmutter, früh verwitwete und ein mühsames kleines Ledergeschäft betreiben mußte.

Der Tiroler Großonkel war Postbeamter. Das war zwar nicht das Gelbe vom Ei. Aber auch Josef Weinheber, der berühmteste Dichter einer eben erst zu Ende gegangenen Zeit, war Postbeamter gewesen. Man mußte die richtigen Leute kennen, darauf kam es an. Und so wie Josef Weinheber Joseph Goebbels kannte, verfügte mein Tiroler Großonkel über ein gemeinsames Interesse mit einem Straßenbauingenieur: Sie fuhren gern zum Mittagessen nach Südtirol. Also wurde die Brennerautobahn gebaut. „Schaugts, die Autobahn!“ hieß es, wenn wir blassen Niederösterreicher ins braungebrannte Tirol kamen. Vielleicht habe ich meinem Tiroler Großonkel Unrecht getan, als mich dieser Refrain bald zu langweilen begann. Vielleicht steckte in ihm, wie in Josef Weinheber, nicht bloß der pensionierte Postbeamte. Auch Josef Weinheber hatte eine „Ode an die Straßen des Führers“ geschrieben. Er hatte sich sogar für den Führer das Bein gebrochen, als er beim Überqueren der Baustelle der Westautobahn in Kirchstetten im Schlamm ausrutschte.

Von der Westautobahn hat man nicht nur einen verrenkten Blick auf das Weinheber-Haus, man sieht auch Catharina Reginas Schloß. Catharina Regina hätte der Westautobahn, dem Donauaufwärts-Weg, vielleicht ein Gedicht gewidmet. „Jesus, du mein erstes Küsse-Ziel“, das Abendmahl in Nürnberg, und die Abendessen mit Sigmund von Birken wären alle schneller zu erreichen gewesen. Der Lärm wäre ihr aber auch damals schon bald lästig geworden.

Dreihundert Jahre vor der Unterzeichnung des Transitabkommens, zwei Jahre, nachdem Catharina Regina nach Nürnberg übersiedelt ist, schreibt Daniel Georg Morhof in seinem „Unterricht von der Teutschen Sprache und Poesie“, erschienen in Kiel 1682: „Die Bayern/Tyroler und Oesterreicher haben keine sonderliche Art in Poetisiren/und weiß ich deren keine zu nennen. Dann ihre Sprache und Mundart ist unfreundlich/deßhalben die Tichterey frembd und unlieblich.“ Bayern, Tiroler und Österreicher in einem abschätzigen Atemzug genannt – wovon, um

Himmels willen, redet er? Hat er am Ende Catharina Reginas Sonett 91 („Über die mitten in Unglück entfangene Geistliche Ergetzlichkeit") eine Spur zu harsch, zu tirolerisch gelesen: „Wol/ja wol und überwol/ dem/der fest auf GOtt vertrauet!" Oder ist er in Tirol jenen assimilierten Niederösterreichern begegnet, die, wie meine Großtante, bei jeder Gelegenheit „woll" sagten?

Eine Neigung zum Spielerischen, die Freude am Sprachspiel verbinden Catharina Reginas Dichtung mit den Nürnberger Pegnitzschäfern. Es mag das Gegengewicht zu jener sprachlichen Farblosigkeit und zimmerhockerischen Blässe des Niederösterreichers, insbesondere des Mostviertlers, sein. Ich versuche mir die sprachlichen Auswirkungen vorzustellen, wenn meine Tiroler Großtante keinen Innsbrucker, sondern einen Pembroker Postbeamten geheiratet hätte:

„Hascht an Huaschtn, Kchind?"
(Have you got a cough, child?)
„Woll. I han an Huaschtn."
(Well, I have.)

Wie schreibt die Umgebung beim Schreiben mit? Was bedeutet etwa die publizistische Aufwertung der „Region", in meinem (und Catharina Reginas) Falle, des Mostviertels, für das geistige Selbstverständnis derjenigen, die in dieser Umgebung Kulturschaffende sind? Wendet man sich Themen der unmittelbaren Heimat eher zu, wenn diese als Ordnungsbegriffe in einem wie eng oder weit auch immer gewirkten Netz von kollektivem Selbstbewußtsein verzeichnet sind? Und was wären diese Themen? Die Liebe zu der Landschaft, in der ich aufgewachsen und in die ich zurückgekehrt bin, ist in fast allem, was ich schreibe, manifest. In dieser Liebe ist allerdings wie in jeder Liebe stets der drohende Abschied mitzudenken, wenn nämlich andere Instanzen Anspruch erheben auf einen bestimmten Ausblick, den ich von meinem Lieblingsberg in Richtung Donau habe, wenn die Freizeitindustrie sich drohend nähert. Wer heute seine Heimat liebt, tut gut daran, sie zu verschweigen. Auf die Idee, über Catharina Regina, meine ureigenste Nachbarin, zu schreiben, hat mich ein Freund aus Deutschland gebracht.

Zu fragen wäre: Stellen der Ausverkauf der Landschaft, die Etikettierung einzelner Punkte nach ihrem touristischen Marktwert, die diesen neuen Regionalismus erst so recht erschaffen, zugleich eine mögliche Barriere dagegen dar, daß sich der größere Bruder, der Nationalismus, breit macht? Arbeitet der neue und durch die Europäische Union aufgewertete Regionalismus diesem nicht vielmehr zu? Und was heißt das überhaupt, österreichischer Nationalismus, zwischen Enns, Donau und Erlauf, mit der Ybbs mittendrin?

„Zentralgelegen im Nullpunkt Europas/dort wo der Zirkel die Hacken/zusammenschlägt Reste früherer Zeiten“ heißt es zu Beginn meines Gedichts „Expedition ins Innere des Landes“. Mit den Resten hatte ich nicht die Ostarrichi-Gedenkstätte in Neuhofen gemeint, wo ohnedies nur eine Kopie jener Urkunde zu sehen ist, in der erstmals das Wort Ostarrichi erwähnt wird. Eher schon das Wehrmachtsmuseum in Ardagger. Aber wessen wird da in Neuhofen „gedacht“? Welches Opfers? Schon in der ersten Erwähnung Österreichs wird ebendieses an die Bayern verschenkt: In der Schenkungsurkunde tut Otto III. kund, daß „wir, den würdigen Bitten unseres sehr geliebten Vetters Heinrich, des Herzogs der Bayern Folge leistend, gewisse Besitzungen unseres Rechtsanspruchs in einer Gegend, die (für gewöhnlich) im Volk Ostarrichi heißt, ... dem Schoße der Freisinger Kirche zu eigenem und ewigen Gebrauch überlassen.“

Immerhin also sind Catharina Regina und ich in der Wiege Österreichs geschaukelt worden. Immerhin hat die größte Beschilderungsfirma das Wort „Ostarrichi“ neuerdings richtig schreiben gelernt. Lange Zeit wies der Pfeil, wenn man die Autobahn bei Amstetten West verlassen hatte und an der Ampel auf Grün wartete, zur Wiege Ostarrichi mit einem r. So schludrig gehen wir mit der ersten Namensnennung unseres Landes um, so rasch – „Öha!“ – verlieren wir einen Teil.

Da hilft kein Ausreden: Catharina Regina schrieb vor allem zum Gotteslob. Die „deoglori“ war Ziel und Zweck ihres schriftstellerischen Tuns. „Zwar ist es nicht gemein/daß Weibes-Bilder schreiben. Doch /wann der Höchste selbst die Feder kommt zu treiben/wer kann sie halten still? wann er mit Einfluß nezt/wer ist/der seinem Trieb sich gerne widersezt?“

In der Voransprache an den edlen Leser zu „Des Allerheiligst- und Allerheilsamsten Leidens und Sterbens Jesu Christi Zwölf andächtige Betrachtungen" schreibt Catharina Regina: „Nur dieses/bitte ich/ wolle der gütige Leser betrachten/daß ich es/nicht allein als ein einfältiges schwach- und ungelehrtes Weibsbild/sondern noch dazu in einer solchen Einsamkeit geschrieben/wo ich von aller Weisen und Gelehrten Ansprache/Einraht und Beystand entfernet/ und nicht allein deren/sondern auch so gar der Gelegenheit/hierzu dienliche anreitzende und geistige Bücher zu haben/beraubet gewesen."

Daß mit Einsamkeit nicht die konzentrationsfördernde Abgeschiedenheit gemeint ist, wird klar, wenn sie fortfährt: „eine unruhige Überhäuffung von allerhand Wirtschaft-Geschäften/mit tausenderley Unlust vermänget/auch wol zu Zeiten zu mehrerer Verhinderung mit kleinen Lust-besuchungen/Reisen und Gesellschaften unterbrochen".

Das Stichwort bleibt: die fehlende „Ansprache", der fehlende Adressat im Gespräch. Der nächste Adressat war ihr Gott, an den sie glaubte. Der zweitnächste Sigmund von Birken. Beide ungreifbar – auch ungreifbar nah. Die konkrete Umgebung, das Österreich, in dem sie lebte und schrieb, war ihr bloß ein feindlich gesinntes und von Freunden entvölkertes Territorium.

Zurückgekehrt aus der Wüste donauaufwärts am Main zum Beispiel, den Kopf voll mit Stimmen von Freunden im Herbst, atme ich die volle, die dünne Luft meines Landstrichs.

Sylvia Treudl

wurde am 28. Februar 1959 in Krems geboren. Sie studierte Politikwissenschaft und Japanologie. Nach Abschluß des Studiums, währenddessen sie auch als Kabarettistin und Sängerin einer Popgruppe auftrat, begann sie ihre Arbeit im Wiener Frauenverlag, wo sie seit 1985 als Lektorin und Verlegerin vor allem das literarische Programm entscheidend gestaltet. Sie setzte Schwerpunkte vor allem durch die Herausgabe von Anthologien zu den Themenbereichen Sexualität, Partnerschaft, Liebe, Beziehungen. Als Lyrikerin und Erzählerin publiziert sie seit 1986; eigene Buchveröffentlichungen, bisher fünf, publizierte sie ab 1990, zuletzt: „montagmorgen einer geliebten", Gedichte, Horn 1995; „Im schallenden Blau der Liebe", Erzählungen, Wien 1995. Für ihre Arbeiten erhielt sie österreichische Literaturstipendien und -preise.

hab lang genug
den so gehaßten stallgeruch
abgeschorft
von meiner wunden haut
um heimzukehren
manchesmal ...

EINER SCHNÜRENDEN FÜCHSIN GLEICH ...

Es ist unter Umständen gar nicht so leicht, mit dem, was vertraut ist, immer da war, so weit das Erinnern zurückreicht, Freundschaft zu schließen; von Liebe ganz zu schweigen.

Und da der ethnologische Blick, der die Dinge in die Divergenz zu heben imstande sein kann, meist kein Geschenk ist, das die dreizehnte Fee in die Wiege schmeißt, kommt die Fähigkeit zur Wahrnehmung des Vertrauten vielleicht erst nach den Jahren, in denen die Distanz geprobt wurde.

Zumindest ging es mir so.

Es ging mir so mit dem Bundesland, das meine ursprüngliche Heimat ist.

Möglicherweise tun sich auch andere mit ihrem Ursprung schwer – Flüsse zum Beispiel, wer weiß? („Brigach und Brege bringen die Donau zuwege …“) Ob die Donau deswegen Identitätskrisen hat? Mir war in frühen Jahren jedenfalls lange Zeit selbstverständlich, daß die Donau mein Fluß wäre, und der rein intellektuell anerkannte Umstand, daß sie in einem benachbarten Land entspringt und in Österreich sozusagen lediglich auf Durchreise ist, war ein widerwillig zur Kenntnis genommenes Ärgernis.

Wo ich doch ein Kind der „Träumerin am gold'nen Donaustrand“ bin!

Und wer imstande ist, sich trotz „Mariandl“, „Donauprinzessin“ und anderer Monstrositäten, die dem häßlichen Haupt der Tourismuswerbung entsprungen sind, an die reinen Fakten zu klammmern, muß eigentlich zugestehen, daß die Wachau ein „schönes Stück Österreich“ ist. Natürlich bin ich bereit, einen gewissen Skeptizismus zu konzedieren, denn die Landeswerbung behauptet das von ganz Niederösterreich, und die Fachleute, die diesen Spruch erfunden haben, können sich noch nie in ein paar Landstrichen südlich der Donau aufgehalten haben. Wie das eben bei vier Vierteln so ist, trübt sich vielleicht der Blick ein wenig.

Sie sind einander nicht unbedingt ebenbürtig, die vier geographischen Einheiten Niederösterreichs, und mit dem von Industrie determinierten Südosten habe ich meine Schwierigkeiten; ebenso wie mit dem Voralpengebiet, das ich noch nie geliebt habe.

(Ich gerate leicht in eine gelinde Panik, sobald sich mir Berge in den Weg stellen, Ausnahmen bin ich nur imstande zu machen, wenn ich mich in ebensolchen Ausnahmesituationen befinde – im Urlaub beispielsweise. Das ist der fatale Hang zum Eskapismus.)

Aber am schlimmsten erscheinen mir nach wie vor die charme- wie charakterlosen niederösterreichischen Straßendörfer, die mich schon beim bloßen Durchfahren depressiv machen. Kein Dorfplatz, kein Brunnen (von einem zugehörigen Tore ganz zu schweigen, auch das Nichtvorhandensein weiland besungener Linden läßt zu wünschen übrig). Nichts. Wie Aasgeier an einem schmierigen Fluß hocken Eternitfassaden kilometerlang links und rechts der Straße. Auch mit den Ortsschildern am Anfang und am Ende bleiben diese Anhäufungen von trister Optik seltsam namen- und gesichtslos. Wie lebt man so etwas?

Phantasiere ich den Alltag hier, steigt das Gruseln hoch. Ein Unbehagen, das nicht diffus bleibt, kommt dazu, wenn sich graue granitsandverputzte Einfamilienhäuser ins Bild gesellen, die so tun, als hätten sie Individualität, und zu denen ich eine bestimmte Epoche der ganz jungen, und wie es scheint, schon wiedererstandenen und durchaus salonfähigen Geschichte, assoziiere. Eine, in der mit der Macht nur gut Kirschen essen war, wenn man ihre Fahne recht hochhielt und darüber hinaus ariernachweisbar nicht von irgendeiner falschen Fraktion war. Wie verkniffene, bösartige

Zwerge kommen mir die Gebäude vor, etwas Ewiggestriges scheint von ihnen auszugehen, ich mag sie nicht, gar nicht. Und bin mir der Arroganz und Überheblichkeit meiner Assoziation durchaus bewußt. Es ändert nichts an meinem Gefühl. Die Bedrückung bleibt. Ich kann hier kein Leben spüren.

Ist es zulässig, Häuser genau wie Menschen für ihr Aussehen verantwortlich zu machen?

Als hätte die schöne Träumerin am holden Donaustrand eine häßliche Schwester, so wirkt dieser Südosten Niederösterreichs auf mich. Ich will mit ihr nichts zu tun haben, sie ist mir unangenehm.

Eine ungeliebte, ruppige und charmelose Verwandte, für die ich mich auch nach langen Jahren der Bekanntschaft nicht erwärmen kann. Bin ich einfach nicht imstande, ihre Qualitäten zu erkennen, mache ich es mir zu einfach, indem ich mich abwende und sie aus meiner Wahrnehmung gleichsam ausblende? Wissend, daß die mir willkommeneren drei Viertel meines Bundeslandes dieselbe Geschichte gelebt und die Menschen im ganzen Land ihr wie auch immer geartetes Schärflein beigetragen haben. Und beitragen.

Dabei habe ich doch gelernt: „O Heimat, dich zu lieben, getreu in Glück und Not …"

Hab ich? Nun, sagen wir, es war obligatorisch, zumindest die erste Strophe der Landeshymne absingen zu können, genau wie das Morgengebet in der Volksschule. Erstaunlich, was man so alles hinter sich bringt.

Es hat eine irgendwie absurde Qualität, die man

nicht versäumen sollte, sich ab und zu auf der Zunge zergehen zu lassen: „... im Herzen steht's geschrieben als oberstes Gebot ..."

Also, in meinem nicht, und ich bezweifle, ob Heimatliebe so anfangen kann. Kann man Liebe lehren? Lieb Vaterland, magst ruhig sein?

Da tut er sich wieder auf, der altbekannte Riß in den Erziehungsgewalten von Vater Staat und Mutter Sprache, der gekittet wird durch den zähen Papp der Kooperation: die Mutter exekutiert die Forderungen des Vaters, und so kann es möglich sein, Liebe per Gebot einzufordern, in Glück und Not, bis daß der Tod euch scheidet.

Es fällt mir schwer, mit dem Begriff „Heimatliebe" zu arbeiten. Zu sehr konnotiere ich – gesegnet mit der „Gnade der späten Geburt" – immer noch etwas, das nach Blut und Boden schmeckt.

Und das ist nicht meine ganz private Paranoia, das geht noch um, das ist schon wieder da.

Und es macht traurig und zornig zu gleichen Teilen mitzuerleben, wie der öffentliche und offizielle Umgang mit rechtslastigen Aktivitäten und Phänomenen gepflogen wird: nämlich gar nicht, ein paar Ausnahmen fallen als belächelte Privatinitiativen nicht ins Gewicht.

Ein bißchen Gemunkel, ein bißchen Geflüster, in der Gegend, aus der ich komme, daß man von verbotenen Indianerspielen in Montur wisse, von Kellern, in denen nicht unbedingt der güldne Rebensaft der Region gelagert würde, von dem einen oder andern Lehrer, der nach Unterrichtsschluß die Führerstatue abstaubt und die SS-Uniform aufbürstet. Aber solang nix passiert … („… a jeda hat in seinem Keller an Karabiner und an Minenteller …“)

Und dann ist aber doch was passiert, eine ganze Menge sogar in den letzten drei Jahren, und passiert täglich wieder, und plötzlich hat die ganze Nation – nicht nur die betroffene Öffentlichkeit dieses Bundeslandes – die Hände entsetzt über dem Kopf zusammengeschlagen und war kollektiv schockiert, und wenn man das alles nur eher gewußt hätte …

Jetzt weiß man eben offiziell, so wie man schon jahrelang heimlich wußte. Und es sieht nicht so aus, als wäre „es“ vorbei, und „es“ ist auch kein spezielles Phänomen Niederösterreichs, daß Verbrechen geschehen, von denen behauptet wurde, sie seien gebannt unter dem Wort „nie wieder“. Traurige österreichweite Realität ist das, daß Blut fließt, daß Menschen zu Tode kommen, daß da welche sind, die andere Weisen singen als die, „die dir an Schönheit gleich“. Ich entkomme auch nicht dem Wissen, daß hier, wo ich genuin zu Hause bin, Gauhauptstadt war.

Nicht dem Wissen, daß die Strafvollzugsanstalt Stein – in meinem Stadtteil, in Stein, einmal Kloster war und sich mir grausige Parallelen auftun: Schuld und Sühne und alles umsonst …

Die Klage allein hat noch nie geholfen, aber die Ohnmacht ist eine gefährliche Gegnerin. Wieder und wieder fühle ich mich zurückgeworfen auf die Politik der kleinen Schritte, die am Wirtshaustisch beginnt und beim Überprüfen des eigenen Standpunktes, des eigenen Agierens endet.

Aber es gibt auch anderes und andere in meiner näheren und entfernteren Umgebung. Diese Gewißheit sollte reichen für den eigenen Mut.

Ich will dieses Land nicht denunzieren, diese Landschaft, die ich abseits aller Gebote liebe, immer geliebt habe – was nicht immer leicht und auch nicht immer formulierbar war für mich. Es bleibt die Möglichkeit, das eigene Schärflein in die Waagschale der Schönheit und des Guten zu werfen.

Ich erkenne mich nicht überall in diesem Bundesland, manches ist mir fremd, einiges verhaßt.

Aber dann kehre ich zurück an die Ufer der Donau, die mich verläßlich auch in meine zweite Heimat Wien begleitet, und die Fischgeborene, die ich bin, atmet auf: Hier habe ich begonnen, da ist Heimat, da ist mein Stück Land. Leichter läßt sich das jetzt sagen als in den Jahren des Kampfes um den Standort, um die Identität. Hätte ich nicht die eigensinnige Hausmeisterin, die sture Kaiserin, die plärrende Naschmarkthure, die schöne Kunstsinnige Wien gehabt, ich wäre nicht vorwärtsgekommen mit mir. Aber so ist es lange schon kein Zufall mehr für mich, daß Niederösterreich Wien zärtlich in die Arme nimmt – sie fließen ein bißchen ineinander, die beiden, und jede andere Grenzlinie, und sei sie noch so fein, die den Übertritt von Bundesland zu Bundesland markiert, ist mir spürbar.

Aber der alte Wasserkopf und die Winzerin, die mein Teil Niederösterreich ist, sind mir bis zu einem gewissen Grad Einheit.

Und sind es doch wieder nicht. Daraus ergibt sich

eine Spannung, die zu gleichen Teilen befruchtend und anstrengend ist, denn eine gewisse Zerrissenheit ist Teil meines Alltages, seit ich wieder zurückgekommen bin „aufs Land“, seit ich pendle zwischen Stadt und Dorf. So wie mir beides am Herzen liegt, so sehr muß ich beides zu Zeiten fliehen: dann schwimmen die Fische meines Sternbildes, die immer zwei sind, in entgegengesetzte Richtungen, und die Mitte ist schwer zu finden …

Heimaten habe ich auch anderswo – home is where the heart is – aber hier liegen die Ankerplätze, die Anfänge, die Fluchten nehmen hier ihren Ausgangspunkt, hierher schwingt das Pendel immer wieder, da her hat mich auch die Liebe wieder zurückgepfiffen.

Wenn ich mich suche im Porträt dieser Topographie, mich sozusagen mit dem Blick von außen hier verorten möchte, dann sehe ich mich an den Flüssen, an den Fischteichen des Waldviertels, am Rande der giftgelb blühenden Rapsfelder. Streife durch die Druidenlandschaft der Blockheide, die auch der gequältesten Seele eine Pause gönnt, wandere durch Wälder voller Pilze und Heidelbeeren, besuche die Bilder der Kindheit, die in den Tönen heißer Sommer – mehr im als am Wasser –, gemalt und mit dem Stallgeruch der urgroßväterlichen Keusche versehen sind.

Ich flaniere durch die Kremser Altstadt und sehe sie schön. Das alte Mißtrauen gegen diese Befindlichkeit, die zu groß für die Kleinstadt und zu klein für die Weltstadt ist, hat sich nicht geändert. Hier war ich, obschon da aufgewachsen, immer nur teilweise zu Hause. Aber seitdem diese Stadt und ich nicht mehr gezwungen sind, täglich miteinander auszukommen, leben wir in leidlichem Frieden miteinander. Ich verzeihe ihr ihre häßliche Vergangenheit nicht, nehme ihrem hübsch-koketten Gesicht die Pockennarbe des Kreisgerichts übel, empöre mich über die plastische Chirurgie moderner Geschäftsportale, die ihr ein paar derbe Schnitzer versetzt hat, gleichsam als hätte sie gedacht, sie könne ohne dritten Busen nicht schön sein. (Was soll ich halten davon, daß noch in den Zeiten meiner Schulvergangenheit mein „Kaiserhäuschen“, das alte, unwiederbringliche, jugendstilverliebte Hallenbad einem unsagbar häßlichen, austauschbaren Kaufhaus zum Opfer fiel, daß vor Läden, in denen es nach Büchern und Papierwaren duftete, verlockender als in jeder Konditorei, jetzt eine utilitaristische Neutralität sich anbietet, die zum Weinen ist?)

Ich freue mich gegen den Willen dieser Stadt darüber, daß sie nicht Landeshauptstadt geworden ist, weil darum ein großer Teil ihrer Ursprünglichkeit noch nicht kaputtgegangen ist, und gönne St. Pölten von Herzen die Ehre, die einzige Landeshauptstadt zu sein, die man am Geruch erkennt.

Aber am verbindlichsten finde ich mich im alten Stein, wo ich jede Gasse, jeden Katzenkopfpflasterstein als meine Zugehörigkeit erkenne.

Da gibt es verschwiegene Plätze, wo ich zum ersten Mal erfahren habe, daß Landschaft trösten kann, da stehen meine Brunnen, da habe ich meine Linden und Pappeln und Kastanien. Da gibt es die Mautener Donaubrücke, auf der mir jedesmal das Herz aufgeht, denn vom südlichen Ufer meines Flusses kommend, eröffnet sich hier ein Wunder, das ein ganz klein wenig von seinem Geheimnis in der Schönheit der Steiner Altstadt preisgibt, die sich da am Fluß entlang auffächert – und in diesem Dreieck von Brückenbogen, dem Wehrturm des Alten Michel und den Weinterrassen über dem Steiner Bahnhof – da bin ich.

Und wenn es Sommer ist und von den Schienen hinterm Bahnhof ein köstlicher Duft aufsteigt, den es eigentlich gar nicht mehr geben kann – so rußig und teerig und ölig – und die Sonne den Asphalt zum Singen und Dampfen bringt, dann bin ich dabei.

Und im Herbst, wenn die Luft klar und bitter wird, wenn die Sterne einen grünen Schimmer tragen und ich eine Kellergasse entlangwandere, wo der Duft der frischen Weinlese sich herumtreibt wie ein fröhlicher Strolch, dann bin ich auch ganz und ungeteilt hier zu Hause.

Da rückt mir dieses Land so nahe auf den Pelz, daß es eng werden kann in der Kehle, dann müssen die Erdäpfelfeuer herhalten als Ausrede für die tränenden Augen.

In diesen Momenten kann ich lächeln über die Tatsache, daß man im Dorfwirtshaus nur über meinen Mann mit mir konversiert und daß meine Anwesenheit beim Frühschoppen am Sonntag eigentlich eine Ungehörigkeit ist. Aber irgendwie wird mir verziehen, denn ich gelte auf bestimmte Weise als Alien und habe ein bißchen Närrinnenfreiheit, weil nur wenige wissen wie und wie sehr ich hierhergehöre.

Weinlese und Marillenblüte und immer wieder die weiten Felder voller Raps und im Hochsommer das Korn und dann der Wald – bei jeder Heimkehr auf der

Westbahnstrecke weiß ich, wann ich wieder zu Hause bin. „Und das hat Ihr Schreiben geprägt?" fragt mich einmal ein Mitreisender – und er fragt es spöttisch.

Ich lächle still in mich hinein und bleibe eine verbindliche Antwort schuldig.

Erinnere mich grinsend und voller Sentiment an meine ersten Begegnungen mit „der Kultur" – als ich mit großen Augen und noch größeren Ohren meine erste Lesung besuchte und in einer kleinen Galerie in Stein einen würdigen Verlagslektor bestaunte, der Tucholsky gab. Zu sagen, daß ich beeindruckt war, wäre eine schlichte Untertreibung. Und wie es dann weiterging, in derselben Galerie, als wir uns trotzig und mutig und rührend naiv an frühen Turrini-Texten versuchten, mit unserem Schultheater, und dann kam Brecht, und dazwischen lagen die Gänge in die Kremser Stadtbibliothek, die mindestens zweimal pro Woche geplündert werden mußte, weil doch in den Büchern die Welt erklärt wurde ... Diese unstillbare Gier nach dem Tropfen auf den heißen Stein, Welt lernen, wo für mich damals Welt nicht war, und nur der geliebte Bahnhof ein verheißungsvolles Fenster zu dem, was mir Freiheit schien, verhieß.

Die Vorliebe für Bücher und Zugfahrten ist mir geblieben.

Das Land habe ich endlich entdeckt, und es hält immer noch Überraschungen für mich bereit.

Wenn es Sommer ist und ich mein Motorrad sattle und die nördlichste Grenzlinie meines niederösterreichischen Landes anvisiere, auf einsamen Straßen durch Wälder schnüre wie eine Füchsin, dann ist da eine Sehnsucht zu spüren, die ich nie ganz ausloten kann. Sie hat mit einem bäuerlichen Urwesen zu tun, was eigentlich lächerlich ist, denn ab und zu überfordert mich schon mein Garten. Ich könnte nicht auf Dauer hier leben, im hohen Waldviertel, wo die Leute „einzogn“ sind, wie eine Freundin das treffend formuliert hat, wo der Winter sich streng aufspielt, wo's „herb obageht“, wo es sich nicht empfiehlt, wehleidig oder „an'grührt“ zu sein. Aber ich nehme mir die Freiheit, all das zu lieben.

OBERÖSTERREICH

Emilie von BINZER
Dora DUNKL
Valie EXPORT
Gertrud FUSSENEGGER
Evelyn GRILL-STORCK
Henriette HAILL
Marlen HAUSHOFER
Elfriede KERN
Edith KNEIFL
Eva LABER
Anna MITGUTSCH
Käte RECHEIS
Elisabeth REICHART
Sabine SCHOLL
Brigitte SCHWAIGER
Waltraud SEIDLHOFER
Grete von URBANITZKY

Eva Laber

wurde am 2. Jänner 1943 in Wien geboren, verbrachte aber ihre ganze Kindheit und Jugend in Vöcklabruck. Seit 1979 lebt sie in Wien-Atzgersdorf. Sie ist glücklich verheiratet, hat zwei Kinder und ein Enkelkind, arbeitet als Lehrerin und war seit den ersten Tagen der Neuen Frauenbewegung aktiv daran beteiligt, vor allem als Mitherausgeberin von „AUF, eine Frauenzeitschrift". Ihre skurrilen Texte erschienen verstreut in Anthologien, und 1986 erschien ihr Buch „Dorfgeschichte", Wien.

ALOAH TAMAOH

Tamaoh, Tamaoh! Vergessen sie Hawaii! Fahren Sie an den Attersee im schönen Salzkammergut! Da kann man gut lustig sein! Piefke spuckt der Frau Wirtin die Käse-Sahne-Torte ins hochgschnallte Dirndldekolleté hinein. Vergelt's Gott!

Du mein Stelzhammerland, mein Schweinshaxenhammerland, mein Magendruckerzeugungsland! Vergessen Sie Bio! Essen Sie kräftig und deftig: Griesknödel mit geselchtem Schweinsbauch und warmen Krautsalat, überbackene Speckknödel nach Mühlviertler Art, Maschinkrapfen mit heißer Vanillesauce! Jetzt wissen Sie, warum sich eingeschnitzte Herzen an den Häusltüren befinden!

Oh du mein Kirtagsland, mein Dultenland! Vergessen Sie den Opernball! Tanzen Sie von einem Kirtag zur nächsten Dult in den Armen eines kräftigen Linzerbuam! Kein Mann von Welt stemmt die Halbe und die Alde so wie er zur flotten Marschmusik! Wenn Mostschweiß und Schnapsfahne in Ihre Nase stechen, wissen Sie, warum Sie nur mehr völlig willenlos „Mann, oh Mann" stöhnen können. Oh du mein

Patriarschenland! Vergessen Sie die Pilgerreise zum Papst! Heiraten Sie einen Oberösterreicher und Sie wissen, wo Gott wohnt, wenn sie jeden Sonntag mit ihm zur Heiligen Messe gehen, und er beichtet und betet, damit er am Montag wieder Ihre beste Freundin reinen Herzens begötten kann. Sie wissen, daß ein Einfrieren Ihres Scheinwarenlächelns eine Kürzung des Haushaltsgeldes nach sich zieht!

Oh du mein frommes Land! Vergessen Sie nicht, wie lieb Gott Sie hat, und danken Sie ihm, wenn Ihnen Ihr Mann eine Goldhaube für die nächste Fronleichnamsprozession schenkt! Wissen Sie, warum?

Oh du mein Kinderparadies! Vergessen Sie Disney World und antiautoritäre Erziehung! Schmeißen Sie die lieben Kleinen in den See, dann werden sie schon schwimmen lernen! Geben Sie ihnen Gelegenheit auf natürlich einschlägige Weise g'sund aufzuwachsen! Sie haben es selbst erfahren: das Leben ist hart, die Kindheit härter!

Oh du mein gebildetes Spießbürgertumland! Vergessen Sie sämtliche Kulturfestspiele dieser Erde! Fahren Sie zu den Kulturveranstaltungen im nahe gelegenen Landschloß! Es gibt keinen besseren Rahmen, um Ihren neuen Lodenanzug samt dazupassender Dirndlfrau mit Trachtenschmuck zur Sau zu stellen! Geben Sie sich nicht weltoffen und modern, sonst trifft Sie der Stammtischbann! Das ist schlimmer als Arbeitslosigkeit!

HABEN SIE NICHTS POSITIVES ÜBER IHRE HEIMAT ZU BERICHTEN?

Homat, oh Hoamatland! Dein Attersee ist der

schönste See weit und breit! Oh Salzkammergut, oh Salzkammergut! Du bist einer der schönsten Erdflecken! Und in aller falschen Bescheidenheit: ICH BIN EINE OBERÖSTERREICHERIN!

Elisabeth Reichart

wurde am 19. November 1953 in Steyregg geboren und besuchte die Höhere Lehranstalt für Fremdenverkehrsberufe in Kleßheim, Salzburg. Nach der Matura studierte sie Geschichte und Germanistik in Salzburg und Wien. Sie dissertierte über den Widerstand gegen den Nationalsozialsmus im Salzkammergut. 1982 übersiedelte sie nach Wien, wo sie seither als freie Schriftstellerin lebt. Sie erhielt zahlreiche österreichische Literaturstipendien und -preise, zuletzt den Österreichischen Förderungspreis für Literatur 1993 und das Elias-Canetti-Stipendium 1995. 1993 gab sie das Buch „Österreichische Dichterinnen" heraus, in dem Beiträge österreichischer Dichterinnen über österreichische Dichterinnen versammelt sind. Ihre literarischen Werke liegen bisher in sechs Büchern vor, zuletzt erschienen: „Fotze", Erzählung, Salzburg 1993; „Sakkorausch. Ein Monolog", Salzburg 1994; „Nachtmär", Roman, Salzburg 1995.

HAUS DER FRAUEN

Es gab eine Zeit in meinem Leben, in der ich dumm war. Was heißt dumm, strohdumm ist das passendere Wort. In meiner Zeit als Dümmlingin wäre ich wahrhaftig lieber ein Mann gewesen. Der Mann verdiente, die Frau verdiente dazu. Wenn der Mann genug verdiente, war es unter seiner Würde, daß die Frau weiterhin dazu verdiente. Die Frau blieb dann zu Hause, als Hausfrau, sie hat es nicht anders verdient. So hatte ich es als Kind erlebt und mit meiner beschränkten Weltsicht danach verlangt, ein Mann zu sein. Ich hatte ja keine Ahnung, wie leicht es ist, den ganzen Tag in der Fabrik etc. dazuzuverdienen und wie schwer es dagegen ist zu verdienen.

Dieses Bedürfnis nach Geschlechtertausch quälte mich bis zur Oberstufe. Ein Beweis meines Anpassungswillens an die herrschenden Gesetze, die mich nicht aufnahmen, was nicht gegen die Gesetze, aber entschieden gegen mich spricht, da ich offensichtlich zu dumm war einzusehen, daß die ungleiche Behandlung männlicher und weiblicher Schüler genau auf die männlichen und weiblichen Schüler abgestimmt und pädagogisch durchdacht war. Was hätte es mir genützt, wenn die Lehrerinnen mit mir geflirtet hätten wie mit den Buben oder die Lehrer mit uns Mädchen weniger streng gewesen wären, als sie es waren. Ich hätte nie die lüsternen Frauenblicke und die Angst der Männer kennengelernt, in diverse Verführungskünste eingeweiht zu werden, obwohl mir letzteres zugegebenermaßen erst später bewußt wurde, also keinen intellektuellen Trostmantel zu gegebener Zeit bedeutete.

Wäre ich ein Mann gewesen, würde ich heute nicht an amerikanischen Universitäten als „writer-in-residence" residieren, sondern hätte sicher einen Lehrstuhl an einer der zahlreichen inländischen Universitäten und müßte, wie schon das Wort sagt, auf einem Stuhl sitzen, diesen gegen alle Stuhlhungrigen beharrlich verteidigen und zu allem Überdruß auch noch Jahr für Jahr das gleiche lehren. Eine zweifache Überanstrengung, die unausweichliche Folgen hätte, die sie nicht hat, da meine Eltern klug genug waren, mir solche Sohnesflausen rechtzeitig auszutreiben, indem sie ihre Meinung, eine Frau sei nach der Matura stark genug, sich ihr Studium selbst zu verdienen, mittels zugedrehtem Geldhahn in die Tat umsetzten. Neben der Arbeit blieb zwar Zeit, Vorlesungen zu besuchen, aber keine Minute für tägliches Sitzungsfleisch zwecks Aufnahme beruflicher Kontakte. Das hätte mich doch zerfleischt.

Da aus einer, die schon von Geburt an alles ist, ohnedies nichts mehr werden muß, wurde ich Schriftstellerin, um endlich die sonnigen Seiten meiner weiblichen Existenz restlos genießen zu können. Seither kann ich schreiben, was und wie ich will, ohne auch nur bei einem einzigen Satz von der Angst gepeinigt zu sein, er könnte wahrgenommen werden, weshalb es mir erspart blieb, das Wort Selbstzensur in mein Sündenregister aufnehmen zu müssen. Bei meinem Buch „Fotze“ etwa kreiste die gesammelte Nichtbemerkung um die bildungsgesättigte Behauptung, mir sei ein Rechtschreibfehler unterlaufen, da es Votze und nicht Fotze heiße. Die Erklärung, daß die V-Schreibweise die falsche sei, konnte ich mir schenken. Erklärungen von einer Frau will niemand hören. Ich werde auch nicht in Verlegenheit gebracht, mich mit den mir einzig zur Verfügung stehenden Platitüden zu den politischen Verhältnissen zu äußern, da sich diese Verhältnisse sehr gut ohne mich verhalten. Somit wird auch meinen Büchern kein politischer Hintergrund unterstellt, was mir viel Ärger erspart. Passiert es doch einmal, daß jemand auf mich aufmerksam wird, so stellt sich das bald als Irrtum heraus, ohne daß der Irrende den Fauxpas begehen würde, mich zwecks Irrtumsaufklärung zu belästigen, sodaß mein Kalender zwar voll ist, aber ich trotzdem nie gemeint bin. Kein Grund, in die Schizophrenie einzutauchen oder mich mit Paranoia zu geißeln, denn beide Geisteszustände würden ja ein Bewußtsein meiner Bedeutsamkeit voraussetzen, was bei einer weiblichen Person vollkommen unangebracht wäre, weshalb ich über dieses Bewußtsein auch nicht verfüge. Ich betrachte nur in stillen Stunden, deren es viele gibt, wohlgefällig meinen Kalender und gedenke der armen Kollegen, die jetzt an meiner statt von einer Stadt zur anderen reisen müssen, sei es, um aus ihren beachtenswerten Büchern vorzulesen oder mit ihren sinnigen Behauptungen den Untergang der 2. Republik zu beschwören, was ihnen den Angstschweiß auf die Denkerstirnen treibt, wodurch natürlich Durst entsteht, all diese armen Dürstenden!

Unlängst war ich meinem Schicksal, das mich als Frau in diese Welt entließ, besonders dankbar. Allerdings war ich auch etwas beschämt angesichts der Probleme meiner männlichen Kollegen, von deren gewaltigen Ausmaßen ich bis vor einigen Tagen nicht einmal eine Ahnung hatte. Seither hat sich mein Realitätsbegriff grundlegend erweitert. Ich sollte öfters an dem, was sich Literaturbetrieb nennt, teilnehmen, sagte ich mir in jener Nacht, deren Ende ich auf meinem Balkon verbrachte, ernsthaft überlegend, mir doch einen Fernseher zu kaufen, um mich an die zeitgenössischen Probleme andocken zu können, von denen ich, wie erwähnt, nicht einmal eine Ahnung hatte, was für eine Schriftstellerin existenzgefährdend sein kann, so außerhalb der Zeit zu leben, kein Wunder, daß meine Bücher unzeitgemäß sind, sagte ich mir, und meine innere Stimme klang sehr streng. Wie hatte ich doch all die Jahre behütet und in meinem Schreiben geborgen gelebt, während sich heute bereits Einbuchmänner gemeinsam mit den Dreibuchmännern den Kopf darüber zerbrechen müssen, in welche Talk-Show sie eingeladen werden wollen, wobei es mit dem Kopfzerbrechen allein natürlich nicht getan ist. Nacht für Nacht, so ihre Rede, müßten sie vor dem Fernseher verbringen, switchend zwischen unzähligen Kanälen, und diese Talk-Shows studieren. Ja, sie sagten studieren, ich erinnere mich genau. Während ich auf dem Balkon saß und den Sternenhimmel beobachtete, saßen meine Kollegen vor den Fernsehern und studierten Talk-Shows, um sich innerlich und äußerlich auf ihren Auftritt vorzubereiten, eine vollkommene Vorbereitung fand statt, Nacht für Nacht. Ihre Freundinnnen verließen sie regelmäßig nach einigen solchen Nächten, ihre Ehefrauen drohten mit Scheidung, nur von ihren Kindern fühlten sie sich verstanden, die das Fernsehbedürfnis der Väter teilten und teilnehmend zu zufriedenen Menschen heranwuchsen, ohne Schlafstörungen, denn das Fernsehen steht allen Bedürftigen rund um die Uhr zur Verfügung. Aber manchmal versäumen die in den Startlöchern Ausharrenden eine Talk-Show, wenn die unfähigen Frauen vergessen, den Videoapparat als eine dem Partner zugehörige Gehirnfütterungsmaschine zu betrachten, und das ausgerechnet an jenem Abend, an dem die Talk-Show läuft, in die der Schriftsteller demnächst hätte eingeladen werden können. Selbst mir, die ich die zu Ende gehende Nacht auf dem kühlen Balkon verbrachte, brach der Schweiß aus bei der Erinnerung an alle Aktivitäten, die meine Kollegen entfalten mußten, um Eingang in die Talk-Shows zu bekommen, die ich nicht einmal sehen wollte.

In jener Nacht, die inzwischen in einen klaren, kühlen Morgen übergegangen war, wärmte mich die

Erkenntnis, daß Österreich im Grunde genommen ein Haus der Frauen ist. Nirgendwo sonst auf dieser Welt würde man mich so in Ruhe lassen wie hier, dachte ich, während die Ruhe aus den Köpfen derjenigen, die mich so barmherzig in Ruhe ließen, in mich einströmte, und ich hätte dieses Haus am liebsten umarmt.

Was mich, um ihretwegen, etwas tröstete, war der Gedanke, daß auch sie sich auf ihr Leben vorbereitet hatten wie ich mich auf meines. Während ich schrieb, stürmten die Unruhigen die Redaktionen und Lokale, um jeden wichtigen Redakteur jeder wichtigen Zeitschrift dieses an wichtigen Zeitschriften wahrlich gesegneten Landes kennenzulernen. Daß sie für diesen Eifer mit enthusiastischen Besprechungen und sehenswerten Hochglanzphotos belohnt werden, finde ich nur gerecht. Schließlich erhält auch der Schoßhund meiner Freundin immer etwas vom Kuchen, wenn er lange genug darum bettelt. Auf die Ausdauer kommt es an, und die haben sie bewiesen und beweisen sie immer noch.

Einmal, in einer fast vergessenen Zeit, habe ich versucht mitzureden. Zu meinem Glück verstanden der ORF-Redakteur, der zukünftige Starreporter, der angehende Theaterdirektor und die Lieblinge der Herbst- und Frühjahrskollektion diesen Versuch richtig: als Einmischung in Karriereplanungen, die sie „connections“ nannten, von denen ich nichts verstand, wie meine unqualifizierte Äußerung, ob das Entscheidende und einzig Interessante an der Literatur nicht die Sprachkunst sei, die, siehe Musil oder

Kafka, im geradezu umgekehrten Verhältnis zur Verkaufszahl der Bücher stehen könne. Ich sagte „könne“, da ich keinen der anwesenden Autoren oder gar ihre Leibkritiker und Auftraggeber zukünftiger Großprojekte verletzen wollte. Doch ich hatte sie verletzt. Ihr zeitgemäßes Ohr hatte das altertümliche Wort „Sprachkunst“ hören müssen, es war ihnen anzusehen, wie sehr sie sich davor grausten. Kein Wunder, daß sie mich nach einer kurzen, aber prägenden Zurechtweisung über die Bedeutung des Erfolges zu Lebzeiten in Zeiten wie diesen keines Blickes mehr würdigten. Es fiel mir, nicht zuletzt auf Grund meiner in Anwesenheit von Männern immer weise schweigenden Vorfahrinnen leicht, meinen Fehler einzusehen. Doch was bedeutete dieses, wenn auch nicht unwichtige Déjà-vu-Erlebnis gegen all das, was mir ihre selbstlose Belehrung an jenem Abend für die Zukunft bescherte: freies Leben, freie Zeit, Freiheit von den engen ORF-Büros und den auch nicht überall geräumigen Dramaturgenzimmern, Freiheit von Sektpartys und Reden über mein Vaterland, aber vor allem von hohen Verkaufszahlen, die mich ja doch nur in die peinliche Lage des Geldverdienens einerseits und in den Zweifel andererseits gestürzt hätten, ob angesichts dieser Bestsellerjagdgesellschaft noch von Kunst die Rede sein könne, denn, ich gestehe es, darum geht es mir immer noch, trotz der Gnade mannhafter Unterstützung vor vielen Jahren, wodurch nunmehr die Jahre zum Beweis für meine einfache, unentwickelbare Natur werden, für die auch spricht, daß ich eine weitere Ermahnung der Connectionrunde immer wieder vergesse, nämlich mich zu vernetzen, unvernetzt bleibe ich Treibsand, aber das Haus Österreich hat ein großes Herz für Minderheiten und verzeiht mir, indem es seine schützende Hand des Vergessens über mir ausbreitet.

SALZBURG

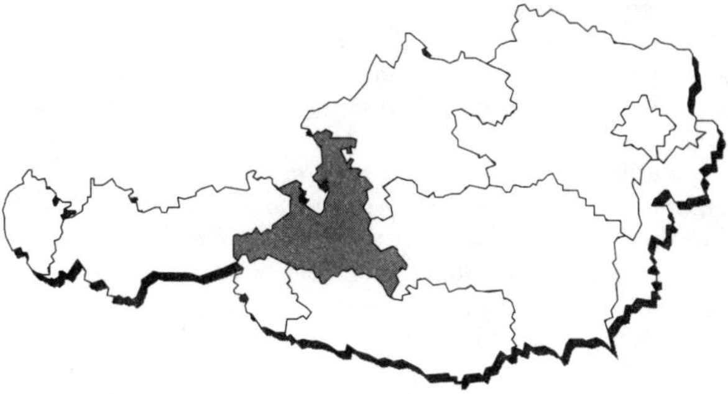

Ruth ASPÖCK
Irma von TROLL-BOROSTYONI
Catarina CARSTEN
Christine HAIDEGGER
Dorothea MACHEINER
Meta MERZ
Rosa POCK
Gertrud SBERLO (VOGLHOFER)
Lisa WITASEK
Maria ZITTRAUER

Christine Haidegger

wurde am 27. Februar 1942 in Dortmund geboren, verbrachte ihre Kindheit in Oberösterreich und lebt in Salzburg. Sie war Mitherausgeberin der Salzburger Literaturzeitschrift „Projekt-il" 1975–1981 und hat das Buch „Erotik der Distanz", Wien 1991, mit Texten der jung verstorbenen Dichterin Meta Merz zusammengestellt. Die Autorin, die immer wieder längere Zeit an amerikanischen Universitäten Lehraufträge hat, hat zahlreiche österreichische Literaturpreise erhalten. Sechs Buchpublikationen liegen bisher aus ihrem Werk vor, zuletzt erschienen „Atem.Stille. Lyrik", Baden 1993; „Amerikanische Verwunderung. Skizzenbuch einer Reise", Wien 1993; „Schöne Landschaft", Salzburg 1993.

Nichts ist so fremd in
einem fremden Land
wie der Fremde der es bereist

VOGEL FEDERLOS

Hier, in den winterlichen Hügeln sind sie schon vor dir gewandert.

Fußspuren vermeinst du ab und zu unter den Bäumen zu erkennen.

Weibliche siehst du nicht.

Auf den Friedhöfen liegen die großen Söhne dieser Stadt.

Bestattet.

Sie haben eine Heimstadt gefunden.

Andere sind ins Aus-Land gegangen. Manchmal war ihr Gepäck leichter als die Vogelfeder, die du unter einem der Bäume findest. Schwarz, wie die Krähenflügel in der Kindheit. Ein stumpfes, staubigtotes Schwarz, dem man mit Drehen und Wenden doch noch eine Ahnung bläulichen Schimmers zurückzugeben versuchte.

Du siehst von den Hügeln herab auf die Stadt, die so lange schon die deine ist, die genannt wird, wenn man von dir spricht. Du kennst ihre Jahreszeiten, und dennoch erscheint sie dir nur Schwarzweiß, eine Wintertuschezeichnung selbst im barocken Hochsommer. Wo du eigentlich herkommst, das Anderland, dem du dich nach wie vor verbunden fühlst, ist fast zu sehen, wenn die Luft klar ist. Dennoch meidest du es.

Aus seiner damaligen Enge wolltest du dich befreien.

Mit drei Jahren schon bist du auf den Berg geklettert, wolltest wissen, ob es die versprochenen Ebenen auf der anderen Seite gäbe. Warst ungehorsam dafür. Aber nun sicher.

Nie wieder hast du dich heimatlos fühlen müssen. Es gab Landschaften da draußen. Du würdest sie eines Tages erfahren.

Dein Geburtsort war ein zufälliger, das Bleiben in dem Land, das deinen Paß ausstellt, sehr gewollt.

Fetzen seiner politischen Geschichte verflechten sich mit deiner Biografie auf schmerzhafte Weise. Schon einmal hast du überlegt, wie es wäre, für immer hier wegzugehen. An die sauberen roten Backsteinhäuschen in Dänemark gedacht, den geputzten blaugrauen Himmel, das Meer.

Andere haben vor dir hier Zu-Flucht gefunden.

Du könntest die Zeitungen lesen, die Sprache bald verstehen, sie ist ähnlich genug. Aber verstehen genügt nicht.

Deine Sprache ist deine Zwillingsschwester, deine Haut.

Eine Weggefährtin, die du nie abschütteln könntest.

Heimat, grölen sie unter dir. Heieimaat.

Hier schließen die Fenster nie dicht genug.

Hier ist die Rede von Heimatdichtung und Heimatverbundenheit.

Erdschwer gehen die Politiker zwischen Parkplatz und Gasthaus auf ihren Profilledersohlen durch den grauen Matsch im Vorfrühling. Die Krawatte haben sie vorsorglich bei der Fahrt aufs Land durch das Mascherl ersetzt. Rot. Ich weiß. Rot.

Als Kind durftest du die ortsübliche Tracht nicht tragen: weder katholische noch Ein-Heimische.

Trotzig verliehst du deine Kleider aus Übersee an die dirndltragenden Mitschülerinnen.

Warum es dir manchmal so schwer fällt, dich im Inland zuhause zu fühlen, hat mit der Wetterlage zu tun. Auch scheint dir der Gang der Menschen hier gebückter als anderswo. Wer geht schon aufrecht im Regen, sagt ihr mir zu Recht.

Dennoch.

Jederzeit abrufbar das Bild der Tausenden. Aufrecht. Förmlich gereckt. Und jener Platz in der fernen Hauptstadt, der dennoch *Heldenplatz* heißt. Während den anderen Heldinnen selbst ein Porträt auf der niedrigsten Banknote dieses Landes nicht mehr vergönnt ist.

Heimat bist du …

Wessen Stimme hörst du beim Erwachen?

Wie lange du gebraucht hast, um deinen Radiowecker so einzustellen, daß er dir nicht mit den Tagesnachrichten bereits morgens den Boden unter den Füßen wegzog. Soviel Widerstandskraft hast du seltsamerweise seit einigen Jahren nicht mehr.

Später hast du dich in den großen Städten Europas nach heimeligen Winkeln gesehnt und sie immer wieder gefunden. All diese Städte, nur eine Ansammlung dörflicher Strukturen, auf kurzen Wegen zu durchmessen, Abkürzungen durch Hinterhöfe zu finden, plötzlich Bewohnern gegenüberstehend: euer synchrones Ausländerlächeln nach dem ersten Erschrekken. Du hast dich wohlgefühlt als Fünfzehnjährige in Paris, mit dem Lippenstift deiner Brieffreundin geübt, dessen Farbe dir nicht passend erschien. Daß ihre Mutter und Großmutter geschminkt waren, verblüffte dich. Abgesehen von den Frauen, die im Sommer die Promenaden deiner heimatlichen Seen bevölkerten und aus den großen Städten kamen, war dir zu Hause keine Frau bewußt, die sich täglich geschminkt hätte. (Zu nahe vielleicht noch der Ausspruch, daß die deutsche Frau sich nicht schminkte.) Das sperrige Gehege, in dem Ge- und Verbote für Frauen wie störrische Tiere gehalten wurden. Das Gedächnis kleiner Orte ist lang. Aberglaube, Katholizismus und die sich überschlagende nicht aus dem Gedächtnis zu tilgende Stimme des Führers prägten dort einen Frauenbegriff, in den du nicht hineinwachsen wolltest.

Seit deinem achtzehnten Lebensjahr lebst du nun in deiner Kleinstadt. Die sich – zumindest im Sommer – für eine Metropole hält. Dein erster Job in einem reinen Männerbetrieb ist lehrreich. Zum Glück bist du mit Flüchen und Witzen großgeworden, hast gelernt, nicht hinzuhören, gelernt, über Ein- und Zweideutiges nicht zu diskutieren. Da du im Männerwohnheim wohnst, lernst du, mit dem Rücken zur Tür zu duschen: Man sieht keinen Bedarf, deinetwegen plötzlich ein Schloß anzubringen. Zwei Jahre kämpfst du um einen Schlüssel zur Männertoilette, die du mitbenutzen mußt. Du lernst, nachkommende Männer, die provokant neben dir pinkeln, niederzustarren.

Das hilft dir auch abends, wenn du zu müde zum Schlafen bist, und als Frau alleine ausgehst. – Das haben wir hier nicht, sagen sie. Das ist hier nicht üblich. Trotzig beharrst du darauf, auch als Frau in einem Lokal sitzen zu dürfen, dein Getränk selbst zu bezahlen. Die Jugendlichen lächeln höflich-ungläubig nur eine Generation später.

Im Winter hast du die Stadt verlassen. Hast in anderen Ländern gemerkt, was Heimat ist. Du hast versucht, unauffällig zu sein, mit einzutauchen. Warst geschmeichelt, wenn sie dich für eine Einheimische hielten. Dennoch, wenn ältere Menschen einen Augenblick stutzten, der Spur eines Akzentes nachhörend, wie du meintest, kam dir sofort der Name deines Landes fast beschwörend über Lippen, so, als hätten sie nur unter dem anderen, dem nichtgenannten, gelitten in jenen Tausend Jahren.

Zuhause wollten sie nichts von „solchen Sachen“ hören. Vergessen, verschweigen. Vielleicht noch entschuldigen. Am Stammtisch dann all die Erinnerungen an das persönliche Leben, in dem sie keinen Zusammenhang sehen wollten zu Schuld und Scham. Da hattest du als Frau gefälligst Bier aufzutragen und dich ansonsten herauszuhalten. Was konnten Frauen schon vom Krieg wissen. Trug eine von ihnen, auch nur eine, eine Unterarmprothese? Dumpfer Schlag der lederummantelten Stahlkonstruktion auf die Tischplatte. War auch nur eine der Frauen „draußen" geblieben? Sture Blicke auf die Kellnerin. Die hatte sich vor Dienstbeginn wohlweislich den Lippenstift vom Mund gewischt. Viel später sagte einer das Wort von der Gnade der späten Geburt. Auch du könntest es für dich in Anspruch nehmen. Laß doch die alten Sachen. Ein beinahe heimlicher Satz, so oft hast du ihn schon gehört.

Dennoch, da hast du seit Jahren ein Romanmanuskript, von dem die deutschen Verlage dir sagen, es sei ein österreichisches Thema, und folglich für ihren Verlag ungeeignet. Probiers doch in deiner Heimat. Irgendwann tust du es folgsam und erhältst als Reaktion den Satz „daß das Bedenkjahr (1988) bereits vorbei sei". Dein Thema war Euthanasie, 1941.

Sollst du die alten Sachen lassen?

Aufhören, anzuecken?

Deine Hellhörigkeit abzutrainieren versuchen?

Schon lange vermeidest wenn möglich du bei Zugfahrten Großraumwagen oder den Speisewagen. Die Gesprächsfetzen, die sich in deinen Schädel bohren, von allen Seiten. Hört niemand außer dir je hin? Wie da verbal umgegangen wird mit Mitmenschen. Ist es in anderen Ländern besser? Aber du lebst nicht in anderen Ländern, du lebst hier, dies ist das Land, das dir wie eine Feile die Herz- und Hirnhaut rauht, hier darfst du nicht schweigen.

Die Kulturstadt, in der du wohnst. Deine ausländischen Bekannten beneiden dich. Sie bleiben für drei Tage und du versuchst, Konzertkarten aufzutreiben. Wo kann man denn abends hingehen? fragen sie dich erwartungsvoll. Du könntest ihnen das Spielcasino vorschlagen, falls gerade Damenabend ist. Aber nicht immer haben sie den Mann mit, in dessen Begleitung sie in den Genuß der abendlichen Vergünstigungen kämen. Die Innenstadt bietet sich für einen Abendbummel nur bei Schönwetter an, und, ja, man kann hier unbesorgt Handtaschen und Schmuck tragen. Noch.

Der größte Sohn dieser Stadt war ein Musikgenie, mit dessen Umwegrentabilität sie sich noch heute finanziert. Der zweitgrößte wäre vielleicht jener Lyriker, dessen Geburtshaus auch Einheimischen kaum bekannt ist. Verzweifelte Ausländer fragen auf dem Platz davor wieder und wieder danach. Das Haus steht zurückgesetzt. Trakl lebte so.

Von den großen Töchtern ist wenig die Rede in deiner Stadt. Die jüngere Frauengeschichte verweist wieder auf die eine oder andere.

Kurz aufflammendes Interesse über die Emanze von damals, Lächeln nistet in den Mundwinkeln der anwesenden Politiker bei der Buchpräsentation, ihnen selbst nicht bewußt. Oder? Dieses nachsichtig-überhebliche Lächeln, dem Frauen und Kinder hilflos ausgesetzt sind, weil es keinen Angriffspunkt bietet, nichts

„gesagt“ wird, dem man widersprechen könnte, argumentieren. Im Juni 1993 hat der Bürgermeister dieser Kulturstadt Salzburg den Satz „Ich bin besonders freundlich zu Kindern, Narren und Frauen“ männlich-scherzhaft im Gemeinderat ertönen lassen.

Heimat definiert sich auch über das Gefühl, sich auszukennen, hast du gelesen. Sich auskennen in Sprache, Gebräuchen, Geschichte eines Landes. Einer Stadt, eines Dorfes. Sich geborgen fühlen in Bekanntem. Hineingewachsen sein in Umgebendes. Heimisch geworden sein. Obwohl du hier lebst, siehst du die Stadt, das Land immer wie von außen. Du liebst es mit der schmerzlichen Liebe des ersten unmöglichen Verliebtseins, erträumst dir Begegnungen und Begebenheiten von überwältigender Freude. Sooft du die Grenzen deines Landes verläßt, machst du dir bewußt, wie privilegiert du bist, immer zurückkehren zu können, immer noch zurückkehren zu wollen, trotz allem. Die erste Zeitung, die du nach der Rückkehr aufschlägst, erschreckt dich trotzdem.

Rostock, Mölln und Hoyerswerda. Damals hast du im Bus die jungen Burschen betrachtet, die spielerisch nach der Schule einander rempelten, Drohgebärden übten. Eine ältere Frau lächelte, aber die anderen rückten tiefer in ihre Sitze, ihre Gesichter waren nicht mißbilligend, sondern ängstlich. Es ist nur Übermut, hättest du am liebsten laut gesagt, ihr braucht keine Angst zu haben. Aber hätten sie dir geglaubt? Das Mißtrauen einer Generation von Frauen, die noch unter dem Kaiser in dieses, damals so viel größere Land geboren wurden, mit seinen vielen Sprachen und Völkern. Die heirateten, gerade als der Führer seine Heimat „zurückführte ins Reich“, und ihm vielleicht zujubelten. Ihre Kinder wurden bereits im Krieg geboren, und viele blieben Witwen danach. Sie haben mit wiederaufgebaut, denkst du, und sagen dir immer wieder, daß sie für sonst nichts einen Gedanken verschwenden hätten können. Nur das Dach über dem Kopf und Essen beschaffen für die Kinder. Und du könntest es ohnehin nicht verstehen, das müsse man selber mitgemacht haben. Dabei nicken sie sich bestätigend zu. Sie sind sich keiner Schuld bewußt. Ihre Kinder haben sie streng erzogen. Und ihre Enkel sind keine Sozialschmarotzer. Ihre Blicke bohren sich in die dunkle Haut von zwei türkischen Mädchen.

Laß die alten Sachen, werden sie dir wieder sagen.

Nimm nicht so ernst, was in den Zeitungen steht.

Eine unglückliche Wendung, werden sie dich beschwichtigen. Er hat es nicht so gemeint.

Du kannst dich in einer Sprache nicht zuhause fühlen, in der ein Wort wie „Abfackeln“ kommentarlos aus der Sprache der Täter übernommen wird, um einen Tötungsvorgang zu be-schreiben.

Vaterland. Muttersprache.

Wie vorsichtig du mit Worten geworden bist. Auf dem Spielplatz unter deinem Fenster lernen die Kindergartenkinder begierig die Wörter der Älteren. Werden sie sich später auch „nichts dabei gedacht“ haben? Kleine Mädchen, die ihren Platz auf der Schaukel auch durch Schubsen erkämpfen wollen, werden wieder ermahnt, nicht so wild zu sein. Vor zwei zehnjährigen Buben, die ihr Kind spielerisch von der Bank zerren, kapituliert die junge Mutter und verläßt den Spielplatz. Sie hat nicht gelernt, sich zu wehren. Bis zu ihrer Heirat lebte sie in einem Vater-Land, in dem die Männer das Sagen hatten. Die Zehnjährigen rufen ihr „Scheißweib" hinterher. Kein Wort von den anwesenden Erwachsenen.

Du hast gelernt, dich zu wehren, warst ein kämpferisches kleines Mädchen in einer männerorientierten Umwelt. Wortkarg waren sie, deine Spielgefährten, wie ihre Väter. Sie wollten keine Erklärungen. Alles war, wie es war, und war immer schon so gewesen, behaupteten sie. Ungläubige und „andere" wurden handgreiflich überzeugt. Fremde und Zugezogene mißtrauisch beobachtet, über Generationen hinweg. Schon Frauen aus dem Nachbarort, die „herüberheirateten", blieben außerhalb der Gemeinschaft. „Stur sind sie", sagte die Großmutter abschätzig; sie hatte schließlich lange in der Hauptstadt gelebt. Als „Sommerfrischlerin" war sie gekommen, eine von denen, denen man ein freundliches Gesicht zeigen mußte in der Saison, eine, die Kinder zu grüßen hatten auf ihrem Heimweg von der Schule, eine von denen, die ihnen im Sommer das Bett wegnahmen, sie mit der Großmutter zusammen in die Dachmansarde drängten, damit die Städter das Zimmer belegen konnten. Im Herbst würden sie von dem Geld gekaufte Schuhe tragen.

Die Männer hießen Karl, Franz, Sepp oder Ignaz. Deine Mutter zuckte jedesmal zusammen, wenn es hieß „Noch ein Bier für den Nazi". Fremd wie sie war, wußte sie anfänglich nicht einmal, daß Wastl eine

Kurzform von Sebastian darstellen sollte. Auch verbot sie dir, dich über den „Stummerl“ lustig zu machen oder Buckligen, „weils Glück bringt“, auf den Rücken zu schlagen. Menschenwürde war ein Wort der Muttersprache.

Du gehst über die Hügel deiner Stadt, kneifst die Augen zu gegen den blendenden Fluß. Einer dieser klaren Vorfrühlingstage mit fast unwirklichem Licht. Ein Heimweh nach dieser Stadt dort unten ergreift dich. Vorbehaltlos lieben möchtest du sie können. Beschwingt machst du dich auf den Heimweg.

An diesem Abend erfährst du, daß in deinem Land, das sie erst 48 Jahre nach dem Krieg als Minderheit anerkannt hat, vier Mitmenschen, Roma, durch einen Bombenanschlag zerfetzt wurden. Auf dem verbliebenen Betonsockel der heimtückischen Sprengfalle die Farben deines Landes: rotweißrot.

Dorothea Macheiner

wurde am 21. März 1943 in Linz geboren, wuchs in Steinbach am Attersee auf und besuchte das Realgymnasium in Vöcklabruck. Sie studierte Theologie und Germanistik in Innsbruck und lebt seit dem Abschluß des Studiums in Salzburg. Sie bekam zahlreiche literarische Stipendien. Ein Schwerpunkt ihrer Veröffentlichungen liegt im Bereich des Hörspiels (neun Hörspiele, teilweise mehrfach gesendet), vier Buchpublikationen, zuletzt „Das Jahr der weisen Affen", Roman, Wien 1988, und „Sonnenskarabäus", Roman, Wien 1993.

ORIENTIERUNGSLOS TOTGESCHWIEGEN*

Als meiner Mutter im März 1943 mitgeteilt wurde, daß ihr eine schwierige Entbindung bevorstehe, fuhr sie zu Verwandten nach LINZ, um dort, in der Nähe einer Frauenklinik den Zeitpunkt meiner Entbindung abzuwarten.

Das Leben in der FÜHRERSTADT im Jahr des TOTALEN KRIEGS war geprägt von Verdunkelungsvorschriften, Fliegeralarm, Aufenthalten in Luftschutzkellern, Radiomeldungen über Bombardierungen deutscher Städte und den Hiobsbotschaften von der OSTFRONT, wer von den Angehörigen und Bekannten als gefallen, verwundet, vermißt oder in Kriegsgefangenschaft geraten galt.

Zu dieser geballten kollektiven Angststimmung kamen die ganz persönlichen Ängste meiner Mutter, der die Geburt ihres ersten Kindes als eine schwierige prophezeit war, etwas an meiner Lage in der Fruchtblase war nicht normal, ich hatte mich zuletzt noch ge-

* *Die Autorin dankt dem Land Salzburg für die finanzielle Unterstützung zur Erarbeitung dieses Textes.*

dreht, sozusagen quergelegt, und ließ obendrein auf mich warten …

In diesen Sirenenalarmnächten, die sie, wenn nicht im Luftschutzkeller, schlaflos auf dem Sofa in der Küche einer Schwester ihres Stiefvaters verbrachte, dürfte sie zusätzlich noch das Trauma ihrer eigenen Herkunft gequält haben. Sie war am Ende des Ersten Weltkriegs als viertes uneheliches Kind eines WIENER Dienstmädels in der ausgehungerten Stadt geboren und, wie die drei „Bälger" zuvor, sogleich aufs Land geschafft und zur Adoption freigegeben worden. Diese, stets vermißte, gesuchte, als leichtsinnig verfluchte und mit 20 Jahren zum ersten und einzigenmal gesehene Mutter stand vermutlich ebenfalls Patin an der Hexenwiege unserer Geburtsängste. Und so stelle ich mir heute diese Wiege vor – hysterisch geschaukelt vom langen Arm HITLERS in seiner PATENSTADT LINZ unter den undurchdringlich schwarzen Schleiern meiner großmütterlich dreizehnten Fee.

Das Phantom dieses Empfangskomitees dürfte mich einigermaßen verschreckt haben, sodaß ich mich zuletzt noch quer- und schließlich stillzulegen versuchte. Aber es war schon zu spät. Auch meiner Mutter half ihre Wehenschwäche, deren Ursache der Herr PRIMAR auf eine totale innere Verkrampfung zurückführte, nicht mehr, meine Geburt zu verhindern; als er mit dem Stethoskop, aufgrund meiner schwächer werdenden Herztöne, die wahre Natur unseres Stillhalteabkommens aufspürte (was von meiner Mutter heftig dementiert wurde, indem sie beteuerte, wie sehr sie sich auf einen kleinen HERBERT freue), bereitete er unverzüglich seinen Schlachtplan vor.

Vom medizinischen Standpunkt aus, erklärte er meiner verängstigten Mutter, wäre der gute alte KAISERSCHNITT angebracht, da ihr Becken aber dem Norm-Maß einer deutschen Frau entspreche, sei ihm per Reichsdekret eine derartige Operation untersagt, denn von Rechts wegen müsse sie normal gebären, da sie es aber augenscheinlich nicht könne, es ihm allerdings ebenso verboten sei, tatenlos zuzusehen, wie ein offensichtlich lebensfähiges Kind ersticke, sähe er keine andere Lösung, als sie durch einen etwa 20 Zentimeter ins Gesäß verlängerten Damm-Schnitt zu entbinden.

Die Folgen dieser mehrstündigen Metzgerei waren schwerwiegend, weniger für mich, die ich im eisernen Griff der ZANGE das Licht der Welt erblickte, als für meine Mutter. Zunächst konnte sie mich – vermutlich als Folge der Operation – nicht stillen, was ihr bei jedem der militärisch streng gehandhabten Abfütterungstermine eine herbe Rüge der NS-Frauenschaftgeschulten Stationsschwester eintrug, daß sie nicht stillen wolle, eine deutsche Mutter ihr Kind aber unbedingt stillen müsse. Das schmerzliche Ergebnis dieses Stillzwanges war eine Brustwarzenentzündung, die unser knapp bemessenes Zusammensein jedesmal in eine gegenseite Tortur verwandelte. Die übrige Zeit verbrachte ich mit den anderen HITLER-Schreihälsen in eine Art Desinfektionsraum, wo wir, notfalls mit verdünnter Kriegsmilch zugefüttert, keimfrei gehalten wurden, während man die Jung-Mütter in die Geheimnisse faschistischer Kinderaufzucht einweihte. Strenge Disziplin („sich vom kleinen Tyrannen nicht unterkriegen lassen …“), Reinlichkeitsdrill sowie peinliche Hygiene lauteten die obersten Gebote. – So vorbereitet für den Nahkampf wurden wir endlich, ausgerüstet mit Windeln, Fläschchen und einem braunen Gummi-Sitzring drei Wochen später in die Heimat entlassen. Dieser aufblasbare Gummiring wurde für die nächsten zwei Jahre zur unentbehrlichen Prothese meiner damals 23jährigen Mutter, die mit ihrem zerschnittenen Gesäß sonst nirgends Platz nehmen konnte. Außerdem hatte man sie bei der Operation derart verpfuscht, daß sie nie wieder schwanger werden durfte (als es nach zehn Jahren dennoch geschah, mußte sie eine medizinisch indizierte Abtreibung vornehmen lassen). Eine spätere Folge war eine schwere Gebärmuttersenkung (die operiert wurde) sowie eine Schließmuskel-Erschlaffung des Darms, die schon im frühen Alter zur Inkontinenz führte.

Alles geheime, geheimgehaltene, einander nur unter Frauen zugeflüsterte Krankheiten. So wie man später auch nicht mehr von HITLER redete, dessen Geisterhand indes nicht aufhörte, an meiner Seelenwaage zu rütteln …

Außer Disziplin, Reinlichkeit und Hygiene gab es noch ein Stichwort, daß uns bis in die häusliche Idylle verfolgte – die NORMALITÄT: Laut eigener Aussage war die erste Frage meiner Mutter, als man ihr zu einem gesunden MÄDERL gratulierte, „Ist alles normal?“ Es war. Mit Ausnahme einer kleinen Abweichung, nämlich Platt- und Knickfüße, an deren Korrektur vor allem ich zu leiden hatte, als man mir zu Beginn des Laufalters „Gipsstieferl“ verpaßte, die für sechs Monate meinen Bewegungsdrang lahmlegten und vermutlich die Ursache irreparabler Haltungsschäden waren.

Die Angst vor dem Abnormen ließ meine Mutter unablässig bereits nach dem ersten möglichen Anzeichen danach Ausschau halten. Diese galt es im Keim zu ersticken, auszumerzen, damit sich das Monströse gar nicht erst einnisten konnte. Hatte ich Fieber, befürchtete sie eine Gehirnhautentzündung mit nachfolgender Debilität, schrie ich mich (vor lauter Drill) in die Fraisen, dachte sie an das Schreckgespenst Epilepsie. Man mußte also den Anfängen wehren, achtgeben, daß ich mich nicht verkühlte, mich nicht schreckte (worauf die Fraisen zurückgeführt wurden). Am liebsten hätte sie mich in einem Glaskäfig gesehen, in dem ich wie ein Goldfisch prächtig gedeihen würde ...

Kam es allgemein darauf an, die erforderlichen Normen zu erfüllen (denn das Abnormale hätte Ausgrenzung bedeutet, den Verdacht auf Erbkrankheit, Idiotie und letztendlich Narrenhaus und Euthanasie), so erwies es sich im Bereich der Intelligenz als vorteilhaft, die Norm zu überschreiten.

Die Kriegs- und Nachkriegsmütter wetteiferten gnadenlos mit dem Entwicklungstempo ihrer Sprößlinge, welches als Gradmesser der Intelligenz galt. Wer mit sechs Monaten schon „rein“ war, mit acht alleine laufen, essen und sprechen konnte, war „hochintelligent“, diese Dressurziele erst zwei Monate später zu erreichen, deutete auf eine durchschnittlich Intelligenz hin, alles Nachfolgende erweckte bereits den Verdacht auf minderwertiges Erbgut.

Mit Ausnahme des Laufens schaffte ich die für meine Mutter wesentlichen Rekorde angeblich mühelos, – dazu verstand ich auch noch, auf Wunsch zu lächeln und zu singen, was mir ihre Belobigung als „mein Sonnenscheinchen“ eintrug. Daß die Fraisen und ein heftiges Trotzalter die Kehrseite dieser permanenten Mißverständnisse darstellten, kam ihr nicht in den Sinn. Alles, was dem Gehorsam zuwiderlief, rangierte in ihrem faschistoid-katholischen Weltbild unter der Rubrik „böse“. Dieses aber hatte man, ebenso wie das Abnorme und das Unreine, zu vertilgen wie Ungeziefer.

Wie sich herausstellte, besaß das Erziehungsideal meiner Mutter noch Mitte der Fünfzigerjahre weitreichende Gültigkeit. Es wurde nicht nur von einem Großteil der Eltern, sondern auch von der maßgeblichen Lehrerschaft des Real-Gymnasiums verteten, das ich als Fahrschülerin besuchte. Unter „maßgeblich“ verstehe ich jene Pädagogen, in deren Macht es lag, eine Schülerin von den höheren Bildungsweihen auszuschließen.

Es passierte mir nämlich mit dreizehn genau das, was meine Mutter von klein auf befürchtet hatte. Aufgrund eines „eklatanten Leistungsverfalls“ kamen Zweifel an meiner NORMALITÄT auf. Der Einfachheit halber und da ich ohnehin nur ein Mädchen war, wollte man mich loshaben. Da ich mich aber nicht so ohne weiteres geschlagen gab, machte der Schuldirektor den angedrohten Ausschluß von einem psychiatrischen Gutachten abhängig, bei dem auch der Intelligenzquotient erhoben wurde.

Zum Glück war ich normal. Die Krankheit, an der ich laborierte, hieß PUBERTÄT, ein Wort, das den Verfechtern von Zucht und Ordnung die Schamröte ins Gesicht trieb. Nur langsam erholten sie sich von meinem Pubertätsschock. So ganz normal wurde ich in ihren Augen nie mehr. Ich blieb ein Grenzfall.

Nach dieser einschneidenden Erfahrung war mein Verhältnis zu jeder Art von Autorität ein gebrochenes.

Ich begriff, daß ich in einer wunderbaren Umgebung (am ATTERSEE, am Fuße des HÖLLENGEBIRGES) inmitten vom Menschen lebte, auf die in Krisenzeiten kein Verlaß war. Wenn ich nicht klaglos funktionierte, waren sie sofort bereit, mich abzuschieben, fallenzulassen.

Zum allgemeinen psychologischen Unverständnis kamen auch noch sämtliche Vorurteile gegenüber dem weiblichen Wesen, das ich war. Vergeblich hielt ich nach Vorbildern Ausschau. Weder meine Mutter (die todunglücklich war, weil sie keinerlei Ausbildung hatte), noch die Lehrerinnen der Volksschule (von denen man wußte, daß „es in ihren Ehen nicht stimmte"), noch die wenigen Professorinnen im Gymnasium (die mir verbissen-steril erschienen) verkörperten, wie ich werden wollte …

Die einzigen Frauen, die meine (und meiner Mutter) Fantasie beflügelten, waren Filmschauspielerinnen. Und so träumten wir davon, daß ich Schauspielerin würde, selbstverständlich eine berühmte und erst nach der Matura …

Ich wurde Schriftstellerin. Allerdings erst nachdem ich sämtliche Leistungskriterien ausprobiert und erfüllt hatte. (Ich wollte mir nicht nachsagen lassen, daß …) Aber weder der akademische Beruf noch das Familienleben, und schon gar nicht beides zugleich waren so, wie ich mir das Leben vorgestellt hatte. Ich fragte mich, wohin die erregenden Glücksmomente verschwunden waren, die ich während der langen Jahre meiner Ausbildung immer wieder empfunden, die auszukosten ich mir aber wegen des Spießrutenlaufs zur Erreichung des „Plansolls" nicht gestattet und auf ein nebuloses „Später" verschoben hatte. Ich begann, mich in meiner Umgebung umzusehen, aber da war niemand, der sich Zeit genommen hätte, zum leben, lieben, sich freuen …

Dieses Vakuum an Lebendigkeit wird in meinem Roman „Das Jahr der WEISEN AFFEN" beschrieben. Die Protagonisten HERMA (eine Frau Anfang dreißig) gerät auf Abwege bei ihrer Suche nach Gleichgesinnten. Über eine vordergründig alternative Szene Ende der Siebzigerjahre schlittert sie in ein schillerndes halbkriminelles Milieu, dem sie sich auch nach Umkippen der anfänglichen Faszination in Ekel nur schwer erziehen kann. Ihre Solidarität mit den verwahrlosten jugendlichen Opfern einer orientierungslosen Wohlstandsgesellschaft verbietet ihr den konsequenten Rückzug ebenso wie die eigene Sehnsucht nach „ein bißchen Glück". Erst als sie sich von ihrem Schützling ERTEL gewalttätig bedroht fühlt, gelingt ihr der Absprung.

Seltsamerweise wurde dieser Roman, den 1988 der WIENER FRAUENVERLAG publizierte, nirgends besprochen. Obwohl er, wie mir kürzlich eine junge Germanistin sagte, die einzige ihr bekannte Darstellung eines jugendlichen Sandlermilieus aus weiblicher Sicht sei. Vermutlich hat HERMAS zwiespältige Haltung weder den männlichen noch den weiblichen Trend-Settern aus dem Herzen gesprochen. Es stimmt. HERMA ist kein „steiler Typ", aber eine Pionierin. Ihre Feldforschungen in der düsteren Spelunke einer österreichischen Provinzstadt verlangen vermutlich mehr Einfühlung in Randständiges als die literarischen Schnell-RichterInnen aufzubringen gewillt sind.

Schon während des Schreibens hatte ich den Eindruck, mich in Filmszenen zu bewegen. Ein „Film noir" aus dessen Poren Blut tropfte ...

Ich besuchte ein Drehbuchseminar, fand beim „Kleinen Fernsehspiel" des ZDF einen am Manuskript interessierten Redakteur, – fehlte nur noch die Zusammenarbeit mit einer Regisseurin ..., die mir in MARGARETA HEINRICH begegnete.

Wir entwickelten mit großer Begeisterung (und einer lächerlich kleinen Subvention, die nicht einmal die Spesen deckte) zwischen WIEN–SALZBURG und ROTHENBURG das Drehbuch. Ich schrieb es, wir reichten bei der Jury des Österreichischen FILMFÖRDERUNGSFONDS ein – und fielen durch. Da wir mit unserer Version auch beim „Kleinen Fernsehspiel“ kein Glück hatten, betrachteten wir das Projekt, zumindest vorläufig, als „gestorben“.

Damals gewann ich Einblick in die „Traumfabrik“, in der MARGARETA schuftete. Sie war zwar finanziell besser gestellt als ich, die ich (damals) versuchte, mich mit Hörspielen in der BRD über Wasser zu halten, stand aber auch, wie mir schien, unter permanentem Druck und Erfolgszwang („immer drei Sachen am Kochen haben ...“ so bezeichnete sie dieses nervenaufreibende Karussell der Subventionslotterie). Zum damaligen Zeitpunkt wurden ihr, außer dem unseren noch zwei Projekte (in die sie schon viel Energie investiert hatte) abgelehnt. Auch bei mir schneite es eine Pleite nach der anderen ins Haus.

Wie überleben? Weiterleben?

Ich lebte seit vielen Jahren in SALZBURG. Diese Stadt ist auch Schauplatz des WEISEN AFFEN. Und ich lebte hier so randständig wie die Sandler (wenn ich ein Dach überm Kopf hatte, so nicht aus literarischen Erträgen). Außer geringfügigen Subventionen hatte ich nichts zu erwarten. Die Arroganz und Ignoranz, die meiner Arbeit entgegenschlugen, hatte sich in all den Jahren niemals verändert. Auch unter Künstlern blieb ich, was ich schon immer war – Randfigur, Außenseiterin.

Als mich 1993 das neugegründete DREHBUCHFORUM von der Möglichkeit informierte, abgelehnte Manuskripte einzureichen, nahm ich wieder Kontakt auf zu MARGARETA. Sie schien es jetzt – im Gegensatz zu mir – endlich geschafft zu haben. Hatte inzwischen in NICARAGUA und MOZAMBIQUE gedreht und zuletzt „Ihr glücklichen Augen“ nach einer Erzählung von INGEBORG BACHMANN verfilmt.

Nach einer kleinen Bedenkzeit sagte sie zu.

Im September trafen wir uns in WIEN, um im Kollegenkreis über eine Neu-Fassung zu diskutieren. Während der wenigen Tage meines Aufenthaltes drängte ich auch auf Klärung des Einreichungsmodus. Ich konnte es mir kein zweites Mal leisten, „in die Luft“ zu arbeiten.

Mir fiel auf, unter welchem Zeitdruck MARGARETA stand, wie gehetzt sie wirkte. Der Filmschnitt ihrer Dokumentation TOTSCHWEIGEN stand bevor (eine Produktion, die unter schwierigsten Umständen, wie sie andeutete, entstanden war), ein Skript für eine Fernsehserie mußte termingerecht abgeliefert werden, und wie immer Einreichungen, Kontakte, Besprechungen.

Todmüde verabschiedeten wir uns um Mitternacht, verabredeten uns gleich wieder zum Frühstück bei ihr, um wenigstens ein bis zwei ruhige Stunden, wie sie meinte, für unsere Thematik zu haben.

Dennoch störte das Telefon, kaum daß ich eingetreten war, fast unentwegt. Sie schaltete um auf den Anrufbeantworter, den sie allerdings nach jeder Aufzeichnung abhörte, um sich im Dringlichkeitsfall sofort zu melden. Wie es schien, überwog das Unaufschiebbare, wodurch sich ein Hin- und Herpendeln auf verschiedenen Gesprächsebenen ergab, das jeden Ansatz von kreativer Konzentration zunichte machte.

„So möchte ich nicht arbeiten“, sagte ich.

Und sie: „Ich auch nicht.“

Im Verlauf dieser etwas wirren Unterhaltung taucht die Frage auf, ob man nicht die Gewaltproblematik des WEISEN AFFEN auf die aktuellere NEONAZI-Szene verlagern sollte. Aber damit konnte ich mich nicht anfreunden. Für mich war die Geschichte nur im halbanarchischen Umfeld der Siebzigerjahre stimmig.

Von SALZBURG aus erreichte ich sie wochenlang nur über ihr Tonband. Die Nachrichten, die ich hinterließ, wurden von Mal zu Mal dringlicher. Sie betrafen noch immer den verflixten Einreichungsmodus. Bevor dieser Punkt zwischen uns nicht geklärt war, wollte ich mich auf die Thematik nicht mehr einlassen.

Schließlich kam ihre Absage. Sie bedaure, könne aber im Moment kein zusätzliches Projekt übernehmen.

Einmal mehr verfluchte ich meine salzburgische Isolation, die meine schwachen Verbindungsfäden immer wieder unzumutbaren Zerreißproben aussetzte. Da ich aber bereits an einem anspruchsvollen Romantext arbeitete, war ich nicht allzu betrübt, wenn ich an die Hektik dachte, in die sie offenbar durch die Fülle ihrer Aufträge geraten war.

Im Dezember sah ich sie kurz bei der DIAGONALE.

Es war ein zufälliges Treffen. Auf meine Frage nach TOTSCHWEIGEN erwähnte sie erneut Unstimmigkeiten und ihr Befremden darüber, daß der Film nicht im Festival-Programm aufscheine.

Im Februar 1994 träumte ich von MARGARETA. Ich sah sie inmitten chaotischer Umstände, wie auf der Flucht vor etwas oder jemanden. Im Traum war es tiefe Nacht, nur ihre Gestalt (und die ihres Begleiters) zeichneten sich grell, wie überbelichtet, gegen das Dunkel ab.

Ich konnte den Traum nicht deuten. War nur seltsam aufgewühlt von seiner kontrastreichen Bildsprache und notierte ihn am 20. Februar in mein Traumbuch.

Im April las ich in den AUSTRIAN FILM NEWS, daß sie sich am 25. Februar, zwei Tage nach der endgültigen Fassung von TOTSCHWEIGEN, das Leben genommen hatte.

TOTSCHWEIGEN, eine Dokumentation über die Suche nach dem Massengrab, in dem wenige Tage vor dem Ende des Zweiten Weltkrieges im burgenländischen RECHNITZ 180 ungarische jüdische Zwangsarbeiter erschossen und verscharrt wurden. Vier Jahre lange begleitete das Filmteam die von der jüdischen Kultusgemeinde initiierten Grabungen, engagierte sich für die Bemühungen der Angehörigen über Hinweise aus der Bevölkerung den Ort des Verbrechens ausfindig zu machen. Die Mauer des Schweigens aber, des Um-den-Brei-Herumredens, das zwar die Tatsache des Massenmordes nicht bestreitet, jedoch vom Ort des Geschehens nichts wissen will, bleibt bis zuletzt undurchdringlich. Das Grab wird nicht gefunden.

RECHNITZ, der kleine Ort an der ungarischen Grenze liegt nicht weit entfernt von OBERWART, wo ein Jahr später, im Februar 1995, vier österreichische Staatsbürger der ROMA-SIEDLUNG STINATZ das Opfer einer Sprengfalle mit der Aufschrift ROMA ZURÜCK NACH INDIEN werden.

Welchen Verdächtigungen und Anfeindungen MARGARETA HEINRICH, die aus dem Burgenland stammte, bei ihren Recherchen ausgesetzt war, läßt sich für mich nur aus ihren Andeutungen und einem Umfeld erahnen, dessen politisches Klima sich „fünfzig Jahre danach“ durch einen vierfachen Mord erneut ein historisches Denkmal gesetzt hat.*

PIONIERINNEN, so denke ich heute, aufgerieben durch einen jahrzehntelangen Balanceakt zwischen allen Stühlen, finden sich eines Tages, vielleicht auch für sie selbst unvermutet, am Rande einer unüberwindlich erscheinden Erschöpfung vor.

Ich erinnere mich an ein Wort, das MARGARETA öfter gebrauchte. Es hieß STOLZ. Stolz haben, auf etwas stolz sein, zählte für sie. Vielleicht wurde ihr die

* *TOTSCHWEIGEN erhielt im April 1995 beim Internationalen Hörfunk- und Fernsehwettbewerb den PRIX FUTURA, BERLIN. – An der Verschwiegenheit der Bevölkerung hat sich noch immer nichts geändert. Das RECHNITZER-Massengrab bleib trotz fortgesetzter Suche bis jetzt unauffindbar.*

altmodische Kategorie eines Menschen, der seinen Stolz hat, zum Verhängnis? Was immer ihren Stolz verletzt haben mag – wußte sie nicht, daß ihn sich keine von uns leisten kann? Daß wir als FREIE RADIKALE, die sich (aus Steuergeldern!) auch noch mit dem übrigen UNGEZIEFER solidarisierten, auf geheimen Abschußlisten zirkulieren? Um unseren PionierInnengeist zur Strecke zu bringen bedarf es keiner Rohr- oder Briefbomben, es genügt schon ein undurchdringliches Netz von Verhinderungen, Mißverständnissen und ortientierungslosem TOTSCHWEIGEN. Um sich mit weniger als ihrem Stolz zu bescheiden, dazu war sie 1952 offensichtlich einige Jahre zu spät geboren. Auch die einschneidende Erfahrung mit 13, auf ihre NORMALITÄT geprüft zu werden, fehlte ihr. – Sie war nicht vorbereitet, in einem feindseligen Umfeld zu überleben, ausgerüstet mit nichts als der eigenen Beharrlichkeit.

Gertrud Sberlo/Voglhofer

wurde am 22. juli 1955 in Linz geboren und studierte in Wien und Salzburg Germanistik, Philosophie und Kunstgeschichte. Sie arbeitete als Werbetexterin, Lektorin und Schriftstellerin, wobei sie unter verschiedenen Pseudonymen publiziert. Als Sberlo bzw. Voglhofer hat sie den Anerkennungspreis der Stadt Salzburg für Literatur bekommen, ein Staatsstipendium für Literatur des Kunstministeriums und den Rauriser Förderungspreis 1995.

WILLST DU ERNTEN, KAPP DIE WURZEL, BRICH DIE FRUCHT

Ein lethargisch vor sich hinfaulender, aufgelassener Stall, in dem einige Male pro Tag nur noch ein junges Katzengetier vorbeischaut, auf der Flucht vor dem viel größeren, struppigen Hundsgetier. Letztendlich erwischt werden doch. In einem dieser elenden Sautröge. Weit und fett keine Sau mehr, aber der Hund hinter einem drauf. Das Maul fest im Nacken der zitternden Katze. Der viel zu große Schwanz im schon blutenden Vaginalleib des Kätzchens. Drei Bauernsöhne im Alter von zehn bis siebzehn spielen Korbball vor der offenen Stalltür. Eher jucken sie ihre Diesel-Jeans als die jaulende Katze unter dem Hund. Die blauen Hügel des Mühlviertels breiten schützend ihre Kuppen über die braunen Mulden der Dörfer. Längst stinkt es hier nicht mehr nach Jauche. Sondern nach Moder. Der Landwirt sitzt beim Wirt schon bei der fünften Halben, tagsüber bis um fünf in der Fabrik, auf den wenigen noch bestellten Feldern buckelt die Frau. Nachfahrin der Kuh. Wenn herbstens die Sonne Hügel für Hügel sanft aus dem Mühlviertel wandert, hältst du kurz inne. So schön ist die Gegend.

ÖSTERREICH IST EIN LAND DER ÄCKER. DER BAUERNSTAND GENIESST BEI UNS EIN DERMASSEN HOHES ANSEHEN, DASS MAN STATT DU ARSCHLOCH AUCH DU BAUER SAGT.

Führen Züge durchs Neutor, wäre es nicht windiger. So aber hetzen nur Menschen von außen ins Innere der Stadt, geradewegs, geradeaus durch einen Berg. Ein kurzer, schmaler Tunnel unter dem Mönchsberg, der dunkel und kühl die Salzburger City abschließt von Ankommenden und Hinausgehenden. Hoch oben die Mönche, gutmütig und dick, tief unten der Sandler, kleinmütig und dünn. Sommer wie Winter sitzt er gekrümmt inmitten des Tunnels, gelehnt an den feuchten Felsen, verdreckt und verstummt vor seiner umgedrehten Kappe direkt auf dem kalten Asphalt. Bewegungslos wie eine Statue. Verwachsen fast mit dem Stein. Stalagmit aus Menschenfleisch. Zahnlos, urinig, nicht einmal fröstelnd mehr. Rotgefroren die Hände, rotgefroren die Wangen. Eine lebende Ampel vor den Toren der Stadt. Geschaltet auf Rot immerzu. Grün jedoch ist des Salzburgers liebste Farbe. Walkjanker, Dirndl, Jagahut. Keiner bleibt stehen. Züge haben es eilig. Nur den Anschluß nicht verpassen. Wohl irgendwann einmal hatte der Sandler ihn verpaßt.

ÖSTERREICH IST EIN WIRTLICH LAND. SEIT JAHRZEHNTEN WIRD DARIN VORNEHMLICH SOZIALISTISCH GEWIRTSCHAFTET.

DER EINE SITZT IN DER WIRTSCHAFT VOR SEINEN ABSCHREIBPOSTEN, DER ANDERE IN SEINER GASTWIRTSCHAFT OHNE POSTEN.

Wenn der Herbst in einem Gasthaus dir zum Schweinsschnitzerl mit Ketchup und Pommes Frites den kleinen Salat weder French noch American gedresst noch inländisch mit zu viel Essig serviert, sondern ungefragt in Kernöl untergehen will, gewinnt jeder Alzheimer seine Orientierung wieder. Dann weiß er, wo er ist. Sich auf die Straße legen und tief einatmend vorwärtskriechen, bis die Steirische Weinstraße steil an in deine Nase steigt. Jeden Schluckauf lang eine Traube aus Holzbänken, Maroniöfen und frischem Sturm. Bunt belampte Straßennischen, laut beleutet, mit sogar willkommenen Ausländern behängt. Straßen machen keine Unterschiede. Auch der Tod nicht. Mit Sturm in die Kurven. Was ist dagegen schon ein gediegener Schilcher?

ÖSTERREICH IST EIN WEINLAND. ES WEINT UM SEINE VERKEHRSTOTEN. JEDES JAHR UM EIN GANZES DORF. ZUM ANTIALKOHOLIKER WIRD MAN HIERZULANDE VORRANGIG JUNG UND UNTER DER ERDE. DON'T DRINK AND DRIVE. STEHT RECHTS AN SO MANCHEM STRASSENRAND. AUSGSTECKT IS, VERSTEHT DER ÖSTERREICHER. UND HAUT SI HINTER DI NÄCHSTE BUDL.

Wecker läuten immer zur Unzeit. Wecker läuten rechtzeitig, jedoch unzeitig. Wecker reißen einem aus dem Friedvollsten. Aus dem Schlaf. Aus Alpträumen aber holen sie einen nicht. Wecker sind gemein. Wecker sind wie Familienstreits. Einmal zu lärmen angefangen, plärren sie durch, bis einer draufschlägt. Wecker sind wie Attentäter. Einmal aufgezogen, hält sie nichts mehr zurück. Wecker bauen ein Leben lang daran, einen zugrundezurichten. Wecker sind Bomben der verzögerten Art. Sie schlagen erst dann zu, wenn sich jeder schon an sie gewöhnt hat. Zuletzt ging eine in Niederösterreich in die Luft. Die Pendlerin Roswitha L. nahm diesmal frühmorgens um drei Uhr nicht den Schichtbus nach Wien, sondern die Pumpgun in die Hand. Fünf Tote. Sie, der Mann, die Kinder. Und hinter dem neuen weißgetünchten Haus mit hoffnungsvoller Rohbaugarage für des Mannes BMW ein unauffälliger Berg vor gelbblauen Gartensesseln. Schuldenberg.

ÖSTERREICH IST KEIN RADIOAKTIVES LAND – ÖSTERREICH IST REAKTIV. ES REAGIERT AKTIV. STAATSHAUSHALT UND JEDER DRITTE PRIVATE IST SO HOCH VERSCHULDET, DASS MAN DIE PUMPGUNS SOEBEN VON AMTSWEGEN VERBOTEN HAT. DIE KUGELSICHEREN WESTEN FÜR POLITIKER UND BANKER SIND NOCH NICHT FERTIG.

Was haben ein Nigger, ein Türk und ein Jud gemeinsam? Sie lieben das Feuer. In Afrika übernimmt das die Sonne, bei den Türken und Juden muß man ein bißchen nachhelfen.

Was hat der Österreicher gemein? Er mutiert allmählich zum Sonnengott. Der Jude weiß das schon von alters her. Auch der Zigeuner. Der Türke lernt es gerade. Sogar Türken sind aufnahmefähig.

Wenn die burgenländischen Störche auf ihren Rauchfängen sich Witze erzählen, kentert wieder ein Segelboot. So geschüttelt vor Lachen hat sich der Neusiedler See. Diesmal mußten zwei Schüler dran glauben. Bei nur einem Meter Tiefe. Leider keine Ausländer. Drang es durch den Kamin zu den Nestern hinauf.

ÖSTERREICH IST EIN KREATIVES LAND. ES HAT NEBEN ORF1 UND ORF2 AUCH EIN DRITTES PROGRAMM. DAS AUSLÄNDERPROGRAMM. KAUM SCHAUT EINER BEI UNS REIN, WIRD ER ABGESCHOBEN.

Macht im Hoamatlaund ein österreichischer Autor den Mund auf, ist er am besten auch gut bei Fuß. Auf der HOHEN MUNDE nimmt ihm dies keiner übel. Wer als Zuhörerschaft samt Bierbauch oder Ödemen an ödem Familiensonntag diese Steile erschwappt, nickt zwar ein beim Wort des Dichters, erwacht jedoch tobend klatschend noch rechtzeitig am Ende. Wer sich schon quält bis an des Gipfels Fels', spendet Beifall jedem. Nicht nur dem Gemsenbemmerl.

Felix Mitterer ist ein begnadeter Künstler im Tirolischen. Wo de Tirola sant, lei san a de Berg. Lei bin a i. Jedem Theaterbesucher seine Schweißabsonderung.

Elfriede Jelinek allerdings würde man nicht erklimmen. Jelinek ist eine Frau. Diese werden bestiegen. Nicht aber bergüber. Bloß über Hügel. Hügel ist Schamhügel, und der glücklicherweise in ein paar Minuten zu schaffen. Länger hält ein Kerl da nicht durch.

ÖSTERREICH IST EIN KUNSTSINNIGES LAND. HAT EIN DASIGER KÜNSTLER ES IM AUSLAND ZU ETWAS GEBRACHT, SINNIERT MAN NICHT LANGE UND EHRT IHN AUCH HIESIG. MIT ORDEN. POSTHUM. DER HUMUS DER POST IST HIERZULANDE EIN WEITVERBREITETES DÜNGEMITTEL. BESCHISSEN WERDEN.

Ein Fernsehapparat schoß vor sich hin, ein Nintendo ballerte solidarisch mit, ein Walkman dicht am Ohr war gnädig und schloß ab vom Straßenlärm, ein vierzehnjähriges Mädchen lag auf einem Perserteppich und fraß einen Nachmittag in sich hinein. Unterhalb im Souterrain der Schönbrunner Villa fand die richtige Einfühlsamkeit in ihrer Praxis die Doktor-der-Psychologie-Mama. Der gleichfalls forte Diplom-Manager-Papa war immerfort intim mit seinem Handy. Fortissimo. Eine Familie der Steigerungsstufen. 1 Kind, 2 abgetriebene, 3 Einsame. Als durch die Hintertür einer ihrer Stammkunden zu Michaela sich hinaufwölbte, standen ihre Sterne gut. Endlich etwas Menschliches.

ÖSTERREICH IST EIN FAMILIENFREUNDLICHES LAND. DAS STAATLICHE FAMILIEN-

PROGRAMM WURDE DEM FERNSEHPROGRAMM ANGEFREUNDET. GESTERN NICHTS, HEUTE MORD, MORGEN GESTERN.

In Wirklichkeit ist der Karlsplatz nicht in Wien, sondern in Vorarlberg. Bei den Gsibergern liegen mehr Süchtige in Toiletten herum als in karolingischen. Nicht Heroinabhängige, aber Papamädis. Bulimieerkrankte. Die fünf im Fastfoodtempo in der nächtlichen Küche kalt verdrückten Teller Spaghetti Bolognese mit dem rechten Zeigefinger per Druck auf den Gaumen retournieren. In den Biomülleimer. Sehr speichelsoßig mittlerweile die Bolognese, die Nudeln aber strichförmig noch. Ein noch erkennbares Bild. Verdauungssäfte malen die ersten 15 Minuten angenehm realistisch, erst dann werden sie zu action paintern. Die Tochter kramte die letzten Nudeln aus ihrem Gedärm, leckte die Säuerlichkeit des Halbverdauten von ihren Lippen und barfußte im Nachthemd in ihr Zimmer zurück. Dort lag in ihrem Bett noch immer der Vater. Er wollte noch einmal.

ÖSTERREICH IST EIN GERECHTES LAND. SEINE GESETZE SCHÜTZEN SEIT KURZEM SOGAR EHEFRAUEN. MANN DARF SEINE EIGENE NICHT MEHR VERGEWALTIGEN. SEIT JEHER ABER SCHÜTZTEN SIE DIE KINDER. DAS GERICHT GIBT SICH KINDLICH, WENN VON SEXUELLEM KINDESMISSBRAUCH DIE ANKLAGEREDE IST. FREISPRUCH FÜR DEN ANGEKLAGTEN. ES WAR JA NUR EIN SPIEL.

Tu du's, flüsterte der eine. Nein, tu du's, sagte der andre. Keiner tat's. Die beiden Äste, an denen die Schlinge festgemacht war, wollten nicht, daß er es an ihnen tat. So nahmen sie denn ihr eigenes Leben in Kauf und lösten sich vom Stamm. Schweigend fielen die Äste zu Boden und mit ihnen der verhinderte Selbstmörder. Dieser machte sich auf und davon. Zurück blieben zwei vor sich hinsterbende Äste. In Kärntens Wäldern ist das meiste Reisig zu finden. Nur sieht es keiner. Karntn ist ein Seenland. Da surfen die Augen über silbrige Wasserberge, nicht über Selbstmordquoten. 100 versuchte pro Tag, 5 geglückte.

ÖSTERREICH IST SPITZE. GLEICH HINTER UNGARN. DIE ZWEITHÖCHSTE SELBSTMORDQUOTE. DIE PREISE FÜR DEN PSYCHOLOGEN SIND AUCH ON THE TOP. DAFÜR KANN EIN NACHBAR IM TOP NUMMER NEBENAN JAHRELANG TOT VOR SICH HINSTINKEN, OHNE DASS ES ETWAS KOSTET. IRGENDJEMANDEN DEN AUFWAND, EINMAL NACHZUSCHAUEN. WIE ES IHM GINGE. LEBTE ER NOCH.

ÖSTERREICH IST EIN LAND DER ÄCKER
ÖSTERREICH IST EIN WIRTLICH LAND
ÖSTERREICH IST EIN WEINLAND
ÖSTERREICH IST EIN KEIN RADIOAKTIVES LAND
ÖSTERREICH IST EIN KREATIVES LAND
ÖSTERREICH IST EIN KUNSTSINNIGES LAND

ÖSTERREICH IST EIN FAMILIENFREUNDLICHES LAND
ÖSTERREICH IST EIN GERECHTES LAND
ÖSTERREICH IST SPITZE

Als ich 1955 geboren wurde, hatte das Ausland von österreichischer Reklame noch die ARBEIT-MACHT-FREI-Nase voll. Erst langsam schneuzte man sich frei.

Im Inland jedoch reklamierte man bereits. Wachset, nein, wichset nicht und mehret euch. Wiederaufbauhände braucht das Land. Baby-Boom. Mütter, die vor lauter Gebären zu ihren Kindern immer leiser und Väter, die vor lauter Kindern zur Mutter immer lauter wurden. Laute Stille.

Der kinderreiche Stall, in dem ich geworfen wurde, war eine Linzer Arbeitersiedlung, bunkeräugig, grau, militärig. Das Rosa der Mädchen stach heraus. Ein Bub hätte besser gepaßt in das horizontlose Design. Ein kleiner Säufer, ein kleiner Dieb, ein kleiner Mörder. Meine Eltern waren nicht kunstsinnig genug und freuten sich über mich.

Gleichfalls die männliche Jugend in den Hinterhöfen. Da gabs wieder etwas zum Ausgreifen.

Arbeiterkinder lernen früher lesen als die aus besseren Verhältnissen. Wer Tag um Tag an Fut- und Dreckschwein-Graffitis vorbeimauert, saugt den Großteil des Alphabets schon vor der Schulzeit in sich auf. Ich konnte mit fünf lesen. Rechnen mit vier. Sich ausrechnen können, aus dieser Grube kommst du niemals heraus. Aus den täglichen Schreiduellen, den täglichen gsundn Watschn.

Begabt, wie ich war, wurde ich schon ab der ersten Klasse Volksschule gefördert. Befördert von der ersten Bank in die letzte. Den anderen war ich voraus. Also zurück. Einen Weitblick bekommen. Zum Fenster hinaus.

Man mochte mich nicht. Ich mochte man auch nicht. Aussatz. Ist eine beliebte Krankheit hierzulande. Gemieden werden. An Grund gibt's immer.

In Österreichs Grundschulen siebt man die Dummen aus, die Intelligenten läßt man vor sich hindummeln. Dummelplätze der Nation. Umschrieen von Lehrern, so sie nicht gerade in Ferien sind. Ein Viertel des Jahres bezahlte Urlaubstage. Nicht viele Länder anerkennen unsere Diplome. Uganda schon. Ruanda, glaube ich, auch.

Von 37 Arbeitertöchtern schafften drei die Aufnahmsprüfung ins Gymnasium. Die anderen gruben weiter an ihren unterirdischen Gängen. Hauptschule, Lehre, Beruf, schwanger, Heirat, Hausfrau, die ersten Prügel.

Das Sozialprogramm der Regierung zog langsam Spuren. Zwar wühlte der Plebs weiterhin in seinem Loch und berauschte sich vorm ersten Fernseher bei Bier und Austria 3ern an den Problemen der Uppers und prügelte nachher die eigenen an den Kindern und der

Frau aus sich heraus, aber so manch Tochter, so manch Sohn hatte bereits eine Fahrkarte in der Tasche. Hinaus aus dem Bunker. Kinderbeihilfe, Schulbeihilfe, Schulfahrtbeihilfe, Schulbuchbeihilfe, Schulskikursbeihilfe, Schullandwochenbeihilfe. A-Schüler nannte man diese Beibeholfenen. Gehschule der Armen. Diesen Behinderten-Ausweis bin ich nicht mehr losgeworden.

An diesem nebligen Septembermorgen, als zum erstenmal ein lebendiger Professor ganz nah vor mir stand, wußte ich, dennoch die richtige Straßenbahn genommen zu haben. Und lustvoll bimmelte es in mir. Als seine ersten Worte dann sonorig an meine extra auch gewaschenen Ohren gleisten – neben Arzttöchtern, Lehrertöchtern, Professorentöchtern, Filialleitertöchtern, Geschäftsführertöchtern – öffnete mein schmallippiger Mund sich zu einem vollrunden Krater. Immer mehr Arbeiterkinder kämen jetzt ins Gymnasium, immer tiefer sinke das Milieu der Schule. Haltestelle. Noch wer ohne Fahrschein, bitte? Vorne aussteigen und hinten einsteigen. In der nächsten Stunde saß ich freiwillig wieder in der letzten Bank. Diesmal wegen meiner Arbeitervisage.

Die mächtigste Religion Österreichs glaubt seit jeher die römisch-katholische Kirche zu sein. Der Papst irrt. Es ist der Beruf. Der Glaube, mit manch Berufen etwas Besseres zu sein. Manien liegen bei uns gerne bequem auf der Couch. Unsere Titelmanie nicht. Sie ist Staatsreligion. Und Gläubige sind unheilbar.

Stirnfransen ließ ich mir bis über die Wangen wachsen. So fühlte ich mich unerkannter. Die Beatles, Janis Joplin und die Hippies haben mir dies abgeschaut.

Die meisten Erfindungen Österreichs werden im Ausland kopiert und patentiert. Unsere Intelligentia ist zu blöd, um Geld zu verdienen, und unsere Blöden verdienen sich blöd. Blödeln, heißt es bei uns. Wir verniedlichen alles, was nur in irgendeiner Form ernst ist, werden könnte oder war. Da Schmäh muaß renna. Sunst rennt bei uns nix. Mit Ausnahme der Rollstuhlfahrer. Denen blicken wir gerne offenen Mauls nach.

Als zum erstenmal jemand intensiver sich mir zuwandte, war dies penisförmig, ich knapp elf und er zuvorkommend. Er hat sich Zeit gelassen. Mit der „richtigen“ Vergewaltigung. Ein Jahr.

Mein Land steht für Gemütlichkeit. Nur net hudln. A ruhige Kugl scheibn. Kegeln gehe ich heute noch nicht. Vielleicht einmal würfeln. Nach Frankenmarkt im Oberösterreichischen. Allerdings findet man dort keinen Wegweiser zu demjenigen Feld, auf dem im Mittelalter die Würfelspiele um Menschen stattgefunden haben. Österreich hat ein Kurzzeitgedächtnis. Das längere strengt zvü au.

Da ich soviele Schulfreundinnen hatte, erzählte ich keiner von meinem penisvollen Leben. Dafür änderten meine Noten rapide ihr Gesicht, meine Gestalt ihr Volumen, und ich bald darauf meine Wohnadresse. Ich riß von zuhause aus. Als die Polizei verschnürt mich retournierte, vertraute die gutmütige österreichische Seele zum erstenmal mir ihre Adresse an. Schulpsychologischer Dienst. Schwarzer Ledersessel, wuchtiger Barocktisch, niedliches Rokokohockerl. Ich hockerlte mich niedrig und starrte erwartungsvoll hinan. Der Schulpsychologe zeigte Verständnis, maß meine Größe, mein Gewicht und mich mit freundlichem Blick. Measure for measure. Shakespeare-Fan. Wahrscheinlich aber war der Vater Schneider. Und diesen mußte er unbedingt noch übertreffen.

Bei uns wird einer Psychologe nur, um seine eigenen Neurosen auszuheilen. Bloß gelingts keinem. Freud hat seine Patientinnen sexuell nicht nur belästigt und dann zur inneren Rechtfertigung die Theorie der weiblichen Verführung aufgestellt. Ernest Bornemann folgte ihm auf diesem Trip, war allerdings potenter und konsequenter. Er brachte mit 80 vor kurzem sich um, weil er sexuell einer Dreißigjährigen nicht mehr vieles bieten konnte. Zuweilen hat ein Österreicher auch Charakter.

Es wird schon wieder werden, mutmaßte mein Schneidermeister hinunter in meine Region. Fragen stellte er keine. Er war diskret. Ich auch. Ich measurte seine Leibesmitte nicht.

Diskretion zeichnet unsere Psychologenschaft aus. Sie spricht erst dann, wenn einer über dem Brückengeländer schon drüber ist. Darüber, was man alles tun hätte können. Drüberismus. Eine spezielle österreichische Variante der Ersten Hilfe. Owoatn. Bis zschpät is.

Mit fünfzehn erwarb ich meine erste wahre Freundschaft. Meine Liebe zum LSD. Doch eh ich sie vertiefen konnte mit Heroin, stellte man mich an die Wand. Entweder aufhören oder Rausschmiß aus der Schule. Ich entschied mich gegen die Liebe. Für die Klassengemeinschaft war ich von da an eine chemische Verbindung. Luft.

Luft war in Linz schon immer etwas Kostbares. Die Industrie rundum verkohlendioxierte sie, die nahegelegene Papierfabrik Nettingsdorf verschwefelte sie. Damals in den sechziger/siebziger Jahren wurde der Chemieunterricht noch anschaulich vollzogen. Heute schwänzt ihn jeder. Ozonalarm.

18jährig fiel mir zufällig das Matura-Zeugnis in die Hände und noch immer niemandem auf, daß ich Nacht für Nacht in der Speisekammer schlief und erst frühmorgens vollgefressen wieder herausfiel. Im Herbst darauf rollte, wie immer alleine, eine Bulimiekugel nach Wien. Weg von der Gesundheit des Abwatschens. Weg von den Bunkern. Die Wurzel kappen. Weg von der Chemie. Chemiewerke Linz. VÖEST. 30.000 Arbeiter. Alltäglich Gestank und Ruß aus den Werken. Allnächtlich Gekreische, Geschlage aus den Werksmietwohnungen über, neben, unter, in dir.

Bei Familienstreitigkeiten schreitet die österreichische Polizei äußerst rasch ein. Bereits dann, wenn mindestens eine/r hinüber ist. Älplerisch gemordet wird vornehmlich im Familienkreis. Diese Kreise aber sind unseren Polizisten zu eng. Manch einer tät ja selber gerne mal in seiner eigenen Familie etwas aufräumen. Naja, haushaltsmäßig nicht gerade. Bei den linken Kreisen dagegen kann für den Staat der Radius nicht klein genug sein. Da wird hops genommen, aufgedeckt. Bei rechten Kreisen dagegen hält man die Tuchenten wieder parat. Bei uns berechnet man den Kreis nicht mit $A = r^2$ mal pi oder $U = 2r$ mal pi, sondern nach der Macht. Der circulus vitiosus schaut bei uns aus wie das Riesenrad. Besonders im Privaten. A Gaudi muaß sei. Ab und zu fällt halt eine/r herunter.

Schule hin, Wohnung her, ins Geschweige hin, ins Geschreie her. Einen anderen Weg hatte ich in Linz nicht genommen. Ich kannte nur diese eine Sackgasse. Durfte sonst nirgendwohin. War sogenannt ein behütetes Mädchen. Und mein Vater rührig besorgt um mein längst verlorenes Jungfernhäutchen. Mich verehrende Jungs wurden die Stiegen hinuntergetreten. Die Vogelperspektive hat mehr Perspektive. So hoch aber wohnten wir nicht, um mich hinunterzustürzen. Heute noch fahre ich bei meinen spärlichen Besuchen nicht ohne Stadtplan durch Linz. So vertraut ist mir mein Geburtsort.

Fragst du drei Österreicher nach einem Straßennamen, beutelt der erste schwer denkend sein Haupt, der zweite dirigiert dich in mehrere Richtungen, der dritte begleitet dich ein Stückerl in die richtige und bittet beim Abschied dich um deine Adresse. Beim nächsten Urlaub steht er dann unangemeldet mit der ganzen Familie vor deiner Haustür. Eh nur für ein paar Tage. Wenns kane Umständ mocht.

In meinem neuen Wiener Leben quetschte fortan ich keinen Dialekt mehr aus mir, eignete eine feudalere

Herkunft mir an und inskribierte an der Universität. Mutation zur höheren Tochter. Im Ausland ein herausragender Wesenszug des homo austriacus. Verleugnen des eigenen Proletentums. In Tschechien, Slowenien, Italien, in Griechenland, der Türkei, Ungarn, in Polen, Rumänien, in allen südlichen und östlichen Staaten reist der Österreicher inkognito. Als Gott. Im Westen und Norden dagegen duckt er sich. Chamäleondrie. Einen Unsrigen erkennst im Ausland am besten an der Himmelsrichtung.

Die Wiener Uni war meine Chance. So hoch die Räume, so alt der Verputz, so wuchtig die Fassade! Daß dir das Ladl schon beim eingänglichen Unibuffet herunterhängt. Zu den riesigen Gehörsälen bist du nicht mehr vorgeladlt. JedeR StudentIn eine Nummer zu laut, zu selbstbewußt. Lauter Schränke, deine Ko-mille-tonnen. Da schiebst dich als Ladl zur Seite. Sich zuschieben. S'Mäu hoitn, auf wienerisch, und im Zigarettenrauch der Vorhörseligkeit verduften.

Dort nämlich, im Buffet, hoppelten plötzlich scharenweise Freundinnen und Freunde mir nach. Als ob ich ein Karottenfeld wäre. Endlich etwas Warmes um die Brust. Und wenn's auch bloß der Karotten halber war. Den Freundinnen schrieb ich ihre Seminararbeiten, die Freunde schrieben selbst. Sich ein in meinen Unterleib. Fürs Kuschln öffnete ich Hirn und Füß. So kommt ein Österreicher zu seinem Abschluß. Über andere etwas werden. Die einen werden Gynäkologen, die anderen Lehrer, manche gehen unter. 50 Prozent. Ich entschied mich für letzteres. Und probierte meinen Selbstmord aus. Schlechter Auftritt. Kein Vorhang fiel. Die Vorstellung ging schleppend weiter.

Fachgerecht übte eine meiner Freundinnen, Langzeitstudentin der Medizin, die das Pech hatte, diesmal kurzzeitig zu studieren, was zu tun sei, an mir ihren ersten Druckverband aus. Meine Freundin war hübsch, meine Pulsadern ihr deshalb wohlgesonnen. Geblendet ließen sie sich stillen. Ausblendete meine Freundin das Licht in meiner Studentinnenbude. Und legte im Zimmer nebenan zu ihrem Freund sich ins warme Bett. Blend-a-med.. Zahnärztin ist sie jedoch nicht geworden. Obwohl damit viel Villa zu machen wäre. Der Österreicher verwendet eine statistische Familienzahnbürste. Dementsprechend brach liegen unsere Hohlzähne. Am nächsten Morgen war die Geschichte erledigt. Mit dem Aufwachen wurde das nächtliche Vorkommnis aus dem Tag gegähnt.

Das ist das Wunderbare an meinem Land. Schnelles Reagieren, kein langes Gequassel hinterher. Bei uns benötigt niemand ein Aufarbeiten, eine Vergangenheitsbewältigung. Wir bewältigen sofort. Hände verbinden. Augen zu. In den KZs folgten dann noch Schüsse.

Bei mir war man gnädig. Kein Schuß folgte. Sondern längere Schonzeit. Erst ein paar Monate danach ein leises Patrönchen. Eine kleine zweite Vergewaltigung. Ich nahm es gelassen. Gewohnheit ist alles. Auch diesmal keine Polizei. Dazu war ich nicht jungfräulich genug. Noch dazu meine Oberlippe diesmal rot angestiftet. Lieber vorziehen, sich zu verziehen, eh manN dich nochmals auszieht. Flüchtling im eigenen Land. Stempel weiblich. Ich ratterte nach Salzburg. Vielleicht sehen im Ländlichen die Menschen menschenähnlicher aus. Bis dato war mir nur Vieh in die Hände und zwischen die Beine gelaufen. Schlachtvieh, Rindvieh, Ausbeuteltiere, Haie, Schweine.

Außer dem Unibuffet und dem ständig lallenden Studentenheim hatte, wie Linz, Wien mich selten gesehen. Nicht einmal zum Steffl bin ich vorgestöckelt. Das andauernde Gepöble aus einladendem Männermund auf Wiens ausladenden Gehsteigen treibt einem jeden Kulturwunsch aus dem Leib. He, Oide, kumst mit auf a Kaffeetschal? Oda schnacksln ma ohne a?

Laut Baedeker soll Wien eine der schönsten, ältesten Hauptstädte Europas sein. So schön sind mir die Männer nicht vorgekommen. Besonders antik auch nicht.

Natürlich! Wien ist anders! Wien hat Stil! Ein Fünftel unseres Schlages schlägt dort seine Zeit oder anderes tot. Um 250% ist die Kriminalität seit 1950 gestiegen. Fünfzig Jahre ohne Krieg ist auf die Dauer fad. Früher hat es öfter mal geklescht. So klescht man sich halt gegenseitig an die Wand.

Wien hat Oper, Wien hat Sängerknaben. Wien hat Burgtheater, Wien hat Philharmoniker. Wien hat Ringstraße, Wien hat UNO-City. Wien hat Schwechat, Wien hat Österreichs meisten Fremdenverkehr. Wien hat Prater, Wien hat Gürtel. So eng geschnürt, daß'd dastickst.

Wien sei die einzige Stadt, in der Langhaarige sich nach Langhaarigen umdrehen, meinte Andrè Heller in den Sechzigern. Heute drehen Grünhaarige sich nach Orangefarbigen um. Wien ist anders. Wien is gfernst. So klein wirst nirgendwo schneller. Ich war 1,52 m und konnte mir das nicht leisten.

Kaum stand ich erneut auf dem Bahnhof des Lebens, wartend auf den Mozart-Express – anderes Bundesland, anderes Leben, unterbrach eine abzubrechende Schwangerschaft die Zugfahrt nach Salzburg in Linz. Vorbeipfeifendes Leben.

Gastfreundschaft ist eine Tugend, die der Österreicher gern genießt. Vorallem der männliche. In einer Frau sich ausbreiten und beim Hinausgehen eine Überschwemmung verursachen. Präservativ schreibt der Österreicher wie pressen. Mit zwei S. Drücken, hineindrücken, ausdrücken. Aufwischen tut das Rinnsal dann das Weib.

Seit aber bei unseren Frauen die Rechtschreibung sich verbesserte, und manch eine von uns Emanzipation schon buchstabieren kann, scheuen unsere Mannen selbst größere Reisen nicht, um andernorts gastfreundschaftlich sich zu erweisen. Bangkok. Der ehemalige Osten. Mit Heiterkeit denke ich da an diese sieben rührigen, älteren Grazer Richter und Staatsanwälte, die vor ein paar Jahren mit einer Reisegesellschaft für einige Tage von Wien nach Krakau der Kunst wegen fuhren. Ehrwürdige, mittelalterliche Universitätsstadt. Unermüdlich widmeten sie sich von morgens bis abends den Ausführungen des polnischen Reiseleiters. Und genauso unermüdlich von abends bis morgens den Puffs. Dem Schlaf ergaben sie sich erst auf der Rückfahrt im Bus. Laut, aber nicht mehr lallend. Wir anderen waren dankbar. Auf der Hinfahrt nämlich hatten wir vermutet, nicht aus einem Fahrzeug, sondern aus einem Wirtshaus heraus die vorbeiflächelnde Landschaft zu betrachten. So gesoffen und zotig gebrüllt wurde im Fond des Wagens.

Außer Landes ist der Österreicher außer sich. Getrennt von Mama. Ich hatte meine dabei.

Hurna, vadaummte, spritzte uns überschwemmten Frauen im Linzer AKH einfühlsam eine ältere Schwester vor der Absaugung und Ausschabung die Wurschtigkeit in den Arm. Wurscht war ihr auch die von einem Arzt versamte, darob verlassene, vor sich hinkotzende 14jährige. Sie lag einen Tag lang in ihrer Speibe. Auf eigenen Revers taxte ich mich nach dem Aufwachen aus der Vollnarkose davon.

In einen Kübel habe ich meinen einzigen Embryo vergossen. Ein VÖEST-Arbeiter hatte sich in mir ergossen. Wenn zwei aus der Gosse aufeinandertreffen, landet einer im Spital. Geliehenes Geld hatte ich zurückgegeben. Die Braunkohle des letzten Winters. Sein Gußeisen waren die Zinsen. Gießen. Im Sommer. Der Linzer Himmel geschwängert von der Industrie.

Die kommende Nacht ertastete ich im Halbschlaf immer wieder abgestochene Embryos unter meinem Bett. Ein tödlicher Alkoholtablettencocktail war leichter zu ertragen. Der 30S-Doppelliter war meiner

Geldbörse angemessen. Glykol. Unsere burgenländischen Weine tragen ein Qualitäts- und Prüfsiegel. Unsere Weintester nicht.

Der Vorhang blieb abermals hängen. Der Wein brach aus mir aus, eh ich zusammenbrach. Wilder Wein.

Österreich ist ein grünes Land. Besonders in den Städten. An jeder Ecke Wilder Wein. In den Gastgärten der Wirtshäuser. 16.000 an der Zahl.

Die Familie meint es immer gut. Man wählte 144. Urlaub. Unfreiwilliger, auf der Psychiatrie. Intensivstation, drei Wochen Geschlossene Station, vier Wochen Offene. Seitdem bin ich gut bekannt mit Herrn Julius Wagner von Jauregg, verstorben in Wien 1940. Die Psychiatrische Betreuung in der nach ihm benannten Klinik ist dermaßen effizient, daß man selber alles unternimmt, nur um schleunigst wieder für gesund zu gelten.

In Österreich gilt normal, wer nach Tagen, Wochen ohne Radio, TV oder Tageszeitung das Datum und den Wochentag noch weiß. Diesen Test habe ich vor einem Dutzend Psychiatern, Psychologen, Psychotherapeuten mit Bravour bestanden. IQ 135. Ich hatte eine Uhr mit Datums- und Wochentagsanzeige.

Kaum daß ein Unsriger seine vier selbstausgemalten Wände ohne Uhr verläßt! Unsere Bevölkerung ist im Vergleich mit anderen Ländern überdurchschnittlich intelligent. In letzter Zeit scheint uns die Schweiz zu überholen. Swatch.

Die erste Nacht im Land der VorsichhinWippler habe ich an Händen und Füßen ans Bett gefesselt in einem schalldichten Raum unhöflicherweise durchgeschrieen. Ich wollte bloß aufs Klo. Mein Alkoholkonsum zuvor war ja gewissermaßen blasenfüllend. Die Arbeiterseele in mir weigerte sich, fremdes Laken zu beschmutzen. Der Visitenschwarm um halbneun Uhr früh bescheinigte mir Aggressivität und verordnete starke Neuroleptika. Auf die Toilette durfte ich hernach.

Abnahme aller persönlichen Sachen. Selbst der Unterhose. Fetischisten im Personal? Die krankenhausinternen umspielten allerdings viel raffinierter den weiblichen Oberschenkel. Jede Binde plumpste einem beim Gehen heraus. Vorzugsweise während der Besuchszeiten. So herrlich luftig weit offen waren unten sie.

Laut Statistik wechselt der Österreicher pro Woche einmal seine Unterwäsche. Wir Deppen bekamen jeden Tag eine frische. So deppert bin ich heute noch. Im Vergleich zur Normalbevölkerung: Wechselzwang? Dafür wechsle die Bettwäsche nur einmal jede Woche ich. Unsere Statistischen einmal im Monat. Der Balkan fängt auf dem Balkan an. Oder? Habe ich schon wieder einmal die Orientierung verloren? Welchen Tag haben wir heute?

Fünf Wochen lang bastelte ich unter Androhung eines Entmündigungsverfahrens feuereifrig mit anderen Feuereifrigen (die österreichische Variante des Hypochonders) herzergreifende Nippfiguren (Beschäftigungstherapie), sang mit der Chortante und meinen Co-Insassinnen brav Kinderlieder und drosch gemeinsam mit ihnen auf Trommeln und andere Musikinstrumente ein (Musiktherapie). Ansonsten zeigte man Erbarmen. Ließ dich stundenlang beim Fenster hinausstieren (Stiertherapie?). Oder auf- und abgehen, auf- und abgehen, auf- und abgehen (Bewegungstherapie?). Zuweilen steckte man im Stau.

Die österreichische Seele wandert reichlich in hohlen Gängen Psychiatrischer Kliniken. Jeder zweite von uns züchtet in seiner Freizeit Neurosen. Was sind dagegen schon Wanderungen in heimischen Wäldern? Dort triffst höchstens einmal einen noch gesunden Baum. Hier drinnen dagegen immer noch die gute alte Zeit. Massenhaft unsern Kaiser Franz Joseph. Die Russen haben ihren letzten Zaren erschossen, der unsrige dagegen ist nicht umzubringen.

Ein therapeutisches Gespräch mit einem Arzt hatte ich nur einmal. Im Vollrausch bei meiner Einlieferung. Oder war's die Putzfrau, die mir damals als einzige zugehört hatte?

Unsere Ärzteschaft hat zuviel zu tun. Lechzend keuchen sie hinter den Schwestern her.

Mein alter Freund Wagner von Jauregg bringt vieles zuwege. Als ein Peddigrohrschirmständer endlich armselig fertig vor mir wackelte, ein paar tönerne Aschenbecher beleidigt ihre Unebenheiten verbargen sowie eine Reihe von niedlichen, madönnlichen Hinterglasbildern gleichfalls in mir eine große Künstlerin vermuten ließen, und ich endlich auch zur Flötistin, Trianglistin und Harmonikkiste ausgebildet war, galt ich als geheilt. Das Aufgewecktwerden um halbfünf, das Insbettgeschicktwerden um acht, das Anstellen bei der Essensausgabe, das Selbstabwischenmüssen des Tisches nach dem Essen, das Telefonierverbot, die Du- und Wir-Anrede der Schwestern, die morgendliche Sechsuhrgemeinsamwaschung – Badewanne an Badewanne, nackte Frau an nackter Frau, zuschauende Schwester an zuschauender Schwester, ein Raum, tausend Beschämungen – , die nicht verriegelbare Toilettentür, der die Brustwarzen massierende klinikinterne Frauenarzt, die frühvisitlich einzige Frage des Primarius, wie man den geschissen habe – das habe nicht nur ich überlebt. Angeblich überleben dort mehrere.

Nachdem ich neben meiner Ausbildung zur Künstlerin auch täglich den Schwestern geholfen hatte, urinfrische Betten frisch zu überziehen, hat man sich überzeugen lassen. Man ließ mich raus. Lohn erhielt für letzteres ich keinen.

Freud ist ausgewandert. Psychiatriepatienten hierzulande können höchstens einwandern. In sich. Österreich ist ein Land zum Wandern. Vor allem ein Einwanderungsland. Seit kurzem jedoch sind die Grenzen dicht. Ein echter Narr läßt niemanden ran an sich. Die FPÖ hat darin Erfahrung.

Auswandern nach Salzburg. Auf ins Grüne. Auf in den Loden. Weg vom Smog. Die ÖBB waren mir diesmal nicht unfreundlich gesinnt. Dieser Trail entging mir nicht.

Seit einigen Jahren treibe ich nahe der Jodelgrenze dahin. Mediterran beinah das Klima. Sand über Sandler. Nach wie vor streifen die steifen Roben der Festspielgäste nach einer Jedermann-Aufführung an Fetzenbündeln vorbei. Ka Schülling foit eini. Nur ein indignierter Blick.

Der Afrikaner stammt aus dem Busch, der Tschusch ist ein Tschusch, der Behinderte ein Trottel, die Frau eine Nutte. Niemand kennt niemanden, jeder jeden vom Hörensagen. Reden kann keiner. Muttersprachlose. Soviel Lose in der Provinz. Aber keiner gewinnt. Hier hat nichts offen. Weder Herz noch Mund. Aber Geschäfte, Geschäfte, Geschäfte.

Um einen Tampon habe ich einmal an einem Samstag in der Bahnhofsdrogerie gebettelt. Scheckkarte verloren, Bargeld aus, Banken geschlossen. Meinen Paß bot ich als Einsatz dafür. Die Geschäftsführerin ließ mich tamponlos weiterbluten. Eine Stunde später stoppte endlich mein verspäteter Zug das Blut. Sich in der Zugstoilette zustopfen mit Toilettepapier. Gratis! Vor Freude habe ich mir gleich eine Rolle zusätzlich geschenkt.

Die Salzburger Innenstadt umzingelt ein Berg, von dem hie und da einer den schnellen Abgang wählt, beflächt eine Fußgängerzone, durch die pro Tag 3000 Autos puffen, und durchzieht eine schmale, einfache, gerade Gasse, deren Häuser weltberühmt, weil mittelalterlich, aber völlig ausdruckslos sind. Jeder Vierkanthof hat mehr Fassade. Heute treten sich dort von früh bis spät Touristenmeuten die Hühneraugen blind, vorneweg mit schirmförmigem Reiseführer, hintenweg Jausenpapierln, Coladosen, Verschneuztücher, ausgelatschtes Schuhwerk, kaputte Regenschirme, halb ausgelutschte Eistüten, leere Filmdosen irrtümlich verlierend, verlierend, verlierend. Am anderen Morgen hechtet dann der Einheimische von Müllhalde über Müllhalde. Vor Mozarts Geburtshaus wird er kurz auch zum Stabhochspringer, so großglocknerisch gehts bergan.

Ein Salzburger ist gut bei Hupf. Aber besser noch bei Geruch. Kaum findet einer raus aus seiner Enge, verschlägts seinem Rundum die Atemozonluft. Aber nicht wegen der zahllosen Fiakerpferde, die durchfallsartig die City befladen. Keine Pferde können eine Stadt so zuscheißen wie Touristen. Im Mittelalter war Salzburg ungleich reiner. Einer der vielen es durchquerenden Kanäle wurde kurzfristig abgeleitet und überflutete die Gassen. Touristenschwemme. Endlich fände das Wort seinen Sinn.

Kultur macht wett. Im Landestheater schläft man äußerst bequem, in den Kinos hat der Single ersehnten Fuß- und Hautnahkontakt, bei Lesungen sind die Drinks frei (sonst würde keiner kommen) und zu den Festspielaufführungen will dein Bankkonto sowieso nicht hin.

Die Salzburger Landesnervenklinik scheint mit der Linzer verwandt zu sein und trotz Kasnockn und Schlutzkrapfen schlutzt der Salzburger, wie alle anderen Bundesländer, lieber noch sein Schnitzerl. Und auch hier ist das beste das, was über den Tellerrand hängt. 5 Millionen Schweine werden jährlich von 7,5 Millionen gefressen. Die österreichische Küche ist weithin bekannt. Für ihr Grunzen.

Drei Bundesländer haben bis jetzt in mir gelebt. Brich die Frucht! Bald wird mich ein anderes ernten. Aber viel mehr als ein lärmendes Wirts- oder Irrenhaus wird mich auch dort nicht erwarten. Geschichte(n) wiederholt sich. In Österreich etwas schneller als anderswo. Schon wieder hämmern Springer-Stiefeln über den Asphalt. Da ich dagegen bin, nämlich gegen flaches Schuhwerk, unterrichte ich hochhackig und gratis türkische und jugoslawische Kinder und warte auf eine Briefbombe demnächst.

Ich liebe mein Land. Es ist eines der schönsten Fremdenverkehrsländer. Eine Fremde bin ich darin.

STEIERMARK

Lilian FASCHINGER
Barbara FRISCHMUTH
Marianne FRITZ
Petra GANGLBAUER
Helga GLANTSCHNIGG
Paula GROGGER
Elfriede HAMMERL
Elfriede JELINEK
Gloria KAISER
Minna KAUTSKY
Margret KREIDL
Maria MERTHEN
Doris MÜHRINGER
Wanda von SACHER-MASOCH
Grete SCHEUER
Hannelore VALENCAK
Margarete WEINHANDL
Andrea WOLFMAYR

Petra Ganglbauer

wurde am 16. April 1958 in Graz geboren und lebt seit einigen Jahren nicht nur in der Steiermark, sondern auch in Wien. Sie studierte Germanistik, Anglistik, Geschichte und Medienkunde, arbeitete einige Jahre als Journalistin und Verlagslektorin. Sie initiierte und organisierte Symposien, Workshops, AutorInnenprojekte und hielt 1993 die Vorlesungen zur Literatur in der Alten Schmiede in Wien. Literaturpreise und -stipendien wurden ihr zuerkannt. Vier Buchveröffentlichungen seit 1984, zuletzt „Die zertanzte Zeit", Wien 1991, und „Briefe ohne Gesicht", Wien 1992.

POLARKREIS ODER AM RANDE DES FELDES, DAS MAN GESICHT NENNT, DENKEN WIR UNS DEN ORT, WO DIE WELT AUFHOERT

(Graz: 24 Anfaelle im Feber)

1 Dort gibt es kein Klima, nur *Schnee*-Mannschaften, Kolporteure .der *Schnee*-Verwehung. *Vereisung*. Dort wird das Leben gereinigt.

Lawinen, mannshohe *Schneehaufen*, steriles Taktieren, kein Mutterwort, Mutterort, Fruehlingsgezwitscher. Kein Morgen. Kein Wachruetteln, Aufwachen, Gaehnen, Strecken:

2 Statt Park: Stadtpark.

Manieriertes in *Eiswuerfelgroeße*, handlich sortiert, nicht fuer alle, fuer wenige. *Polarzeit.*

3 Was nicht ins Wuerfelfach paßt, wird wegge *graz* t. (Ein System, das sich nicht mit anderen austauscht, toetet sich selbst, heißt es.)

4 Das Unerprobte jenseits der Gedaechtnisgrenze verschwunden. Kaum Randgaenge, Seiltaenze, schon gar nichts Weibliches. Was nicht zoeglingshaft sich bueckte, wurde nicht gesehen. Was als Eigenes, lebendiger Entwurf sich dachte, fand sich bald unter lautem *Schneegetoese*.

5 *Absolut Steirischer Winter?*

Immer schon: Vorschreiben statt weiterdichten, Tarnung, patriarchalisches Geratter, Ge-*vater*, – die *verabsolutierte* Struktur.

6 So scharten sich Vaeter und Soehne, Vater und Sohn im *Eisbunker*, *verabsolutierten* die Praxis des Scheins, um jene Herrschaft nicht zu verlieren, die im Kleinen groß sich waehnt. Schacht-und Bunkerdasein, hermetisches Gehaeuse, Feste. All das inmitten einer Parkanlage. Die Schilder begrenzen selbst das Flanieren, an den Raendern des Parks verstummen die vielen *unerhoerten* Stimmen, die von außen mit all dem das Gespraech suchen, was sich mittendrin so abriegelt, verschließt. Mithin endet der Dialog.

7 Oh Furcht, oh Schutz! Wall. Gesaenge, die sich innerhalb der

Mauern selbst preisen.

8 Von den wenigen jungen *Eiswuerfeln* will einer nicht mehr ins heimatliche Fach passen.

9 Immer schon die Kategorien der Einheitlichkeit. „Da muß ich erst den Vater fragen." Gebot, Verbot, Struktur: die *arktischen* Versammlungen, Cliquenbildung ohne Austausch, hermetische Gesichtsfelder, das Reden vollzog sich hinter Mauern, hinter vorgehaltenen Haenden, den Waffen gegen veraenderliche Groeßen:

Etwa Jahreszeiten.

10 Was jenseits der *polaren* Verhaeltnisse sich abspielte, gab Anlaß zu Maßnahmen. Die aesthetischen Valeurs der *Kaeltezonen* institutionalisierten sich im kleinen Gesichtsfeld: Maske des Zentralismus.

Es geht kein Licht auf!

11 Was oszillierte, stoerte: das Unbekannte, andere, Namenlose. Was keinen Zieh-, Adoptivnamen trug, war *fremd* und sollte bei und fuer sich bleiben.

12 Kein Echo, kein Nachhall, Dialog. Was nicht aus gehorsamer Mitte kam, wurde auf sich selbst verwiesen.

13 Auch streckte sich keine Hand aus, um eine andere zu erfassen gegen die um sich greifenden *Rueckwaertsentwicklungen.* Derart halbherzig halbiert sich der Widerstand. Allein der rege Ab-und Austausch, Diskurs, der fexible Wechsel der Jahreszeiten koennte der rabiaten Vermehrung des *Einheitsbrauns* begegnen.

14 Es ist soweit. Provinzposse, die schon lange nichts mehr mit Herausforderung zu tun haben will. Ideen-

spender und Exponenten beginnen einander zu koepfen. Vater gegen Vater. Die Gewalt liegt in der *Winter*-Familie. Oder in einer anderen, der *braunen* Familie. Oder einer dritten. Mafioses Gabe. Hahnenkampf.

15 Nicht erst heute, meine Herren, schrumpft in dieser Stadt alles auf ein verschwindendes Maß! Der geistige Aktionsradius, die Mittel, die Medien, die Orte an denen Kunst sich darstellen moechte.

16 Werte *Polarmaenner*, fuerchten Sie, infolge einer ausnahmsweise nicht von Ihnen organisierten, also fuer Sie deshalb nicht hundertprozentig einschaetzbaren *Vereisungsgwelle* zu erfrieren?

17 Ein *Schneemann* weint doch nicht! Praktizierten Sie nicht selbst ein Kaltstellungsritual nach dem anderen? Oder kommt einem in diesem Nicht-Klima, dieser Blutleere, in diesen Regionen fuer *Kaltbluetler* allmaehlich der Sinn fuer Fruehlingssprießen, Gezwitscher, fuer Farbe und Form, fuer das Gestalten abhanden? Fuer Komplexitaet? Fuer Risikofreude?

18 Kein Sinn fuer Uebergaenge, meine Herren? Jetzt *erfrieren* Sie selbst in Ihrem Frack aus *Eiszapfenorden*. In aller Geschlossenheit *friert* es sich auch ganz schoen, nicht wahr?

19 Meine *Eisherren*, Ihre langlebige Angst vor Konfusion, die Mauern, die Sie erbautem, die *Eisherze*n, die Koepfe, die rollen mußten.

20 Es *wintert* seit Zeiten. Seit Zeiten auch schon mischt sich *braune* Farbe ins *Eis. Braune* Bruehe, die im Untergrund, Hintergrund brodelt, alte und junge Bruehe. Oder *Stechschritte* im Kopf. Ordungsraster. Gleichschritt.

21 Die Sprengsel, die uneinschaetzbaren, kritischen Geister haetten Ihnen und uns gegen diese *Braunfaerbung* geholfen, die Sprengsel, die uneinschaetzbaren, kritischen Geister.

22 Winter, meine *Eiszapfenmaenner*, *Winter* ist *Winter*. Ein kleiner *Winter*, ein *absolut* kleiner *Winter* wird zu einem großen *Winter*, wenn man ihn lange genug heraufbeschwoert.

23 Nachhaltiger, gefaehrlicher auch fuer Sie, meine *eiskalten* Herren, erfolgen nun die nicht von Ihnen zu dirigierenden *Kaltstellungsrituale*. Sie fuerchten sich? Wir fuerchten uns schon lange.

24 Vermoegen *Erfrorene* noch zu *frieren*?

Elfriede Jelinek

wurde am 20. Oktober 1946 in Mürzzuschlag geboren. Sie studierte Kunstgeschichte und Theaterwissenschaften in Wien und schloß 1971 ihre Ausbildung als Organistin ab. In den 60er Jahren beginnt sie ihre schriftstellerische Tätigkeit, die sie in den 70er und 80er Jahren mit der Rezensionstätigkeit für das Monatsmagazin „Extrablatt" ergänzt. Außerdem übersetzt sie aus dem Englischen und Französischen. Sie war Redaktionsmitglied der Berliner Zeitschrift „Die schwarze Botin", ist Ehrenpräsidentin der Österreichischen Dramatikervereinigung und war bis 1991 Mitglied der Kommunistischen Partei Österreichs.

Zahlreiche Buchpublikationen und die Aufführungen ihrer Theaterstücke haben die immer wieder radikale Auseinandersetzung Jelineks mit der Gesellschaft häufig in den Mittelpunkt der Diskussionen um die österreichische Literatur gestellt. Zu ihren Buchpublikationen zählen unter anderen: „wir sind lockvögel baby!" Reinbek bei Hamburg 1970; „Die Liebhaberinnen", Reinbek bei Hamburg 1975; „Lust", Reinbek bei Hamburg 1989, „Die Kinder der Toten", Reinbek bei Hamburg 1995.

DER WALD

Die Steiermark ist an dreien ihrer Prozente mit Wald überzogen. Würden wir nicht in die Berge gehn, wenn wir könnten? Im Angesicht unserer Machtlosigkeit ins Land eintreten wie der Sommer. Autobusse oder etwas Eigenes zum Fahren halten uns, kümmerliche Fracht, zusammen. Zu Familien sind wir angeordnet, blinde Embryos. Sport, ja, das gilt auch für dich auch wennst aus Plastik bist.

Beleidigen wir jetzt den Boden durch unseren Langlauf, hoppla! Warum denn nicht, wir schaden doch keinem, wir sind selbst der Schaden.

Wald, schöner noch als ich dachte, wumm! Sogar deinen Schlaf fangens in schmälerischen Videofilmen.

Der Wald ist das was schön ist, herrliche Tankstellen während einer modernen Fahrt mit dem Auto durch den Wald, über den übrigens eine Straße hinwegführt, das Beschreiben der Straße erübrigt sich. Moderne Menschen in ihrer Erholungssucht sitzen in ihren Fahrzeugen, Bilder ohne Gedächtnis.

Jetzt nehme ich mir eine Person und beschreibe auch sie. Hier an diesem Wunderort, wo sie sich erholt und erhöht. Häuser, dem Menschen zum Gedächtnis errichtet und damit man sie zählen kann. Auf sie zählen würde ich an Ihrer Stelle lieber nicht, runzlig von ihren Speisen sind sie geworden. Sie sind oft müde. Sie erleben wie Sie die Nervensäge Natur. Wald, schöner Wald und auch du, wunderbare Tankstelle, die Straße spult sich von unseren Augen ab, sehen Sie nur! Ich spreche jetzt von den Menschen, wie wunderbar sie sind, schauen Sie sich nur die holzverarbeitende Industrie kräftig an! Na, sind das Leutln? Allabendlich hallen die Steppen und Wüsten ihrer holzbeheizten und giftgebeizten (wunderschöner Schädlingsbefall du! Als drohten ihnen nicht schlimmere Feinde als ihre nackten, ungeschützten Wände!) Wohlküchen wider von den grundlosen Wutanfällen der Tatort-Kommissare und Nachrichtenspender, die in ihren Baumwollhemden unter ihren geschmeidigen Krawatten mit sich selber raufen. Die sprühen ihnen aus dem Kastel. Will ihnen doch niemand das Leben aus den Lungenflügeln stehlen! Die verdienen Geld ganz mit sich allein. Manchmal treten Tiere auf, um mit paradiesischen Augen, so feuchtig, ein Umweltbegehren zu unterstützen ja. Manchmal verkleiden

Menschen sich als Tiere. Meist benötigen sie aber keinen, der für sie eine Unterschrift leistet, denn sie sind selbst genug Leute. All diese! Ohne Schwimmhäute über die Weltfläche gleitend wie auf Schneebrettern hinunter! hinunter! bergab, diese Begabten, die abgebildet werden, also glattwegs verdoppelt. Mindestens! Vervielflacht! Die Uralten im Wald, starren auf den glattgeleckten Schirm zurück, und noch mehr Leben, das sie nun wirklich nicht mehr zu verschenken haben, entweicht ihren aufgebrachten Lippen. Daß sie so zum besten gehalten werden! Daß sie so gar nicht zu den Besten in dieser Waldregion zählen! Daß sie für unsere Regierung z. B. überhaupt nicht vorkommen! Außer es spricht zweimal im Jahr, im Fasching und anläßlich des Wahlsonntags, jemand mit grobem Maul sie auf die dynamische Entwicklung ihrer Renten und Pensionen an. Es führt eine Autobahn wohin. Moderne Tankstellen, in die wir fahren oder die wir grad nicht zu melken brauchen. Merken sie sich, das TV ist sehr groß und schön, nur halt schneller als das Leben, schade. Die Waldmenschen ahnen dunkel, mit welch gefährlichem Anschein von Existenz sie es zu tun bekommen haben, als sie den Apparat von ihren Kindern und Enkerln geschenkt bekommen haben. Die Kinder haben sich das neuere Modell gekauft. Telespiele finden ihr bitteres Ende, schön sind sowieso auch Tankstellen!

Merken Sie sich das: die einen schauen die anderen an und lernen nichts daraus.

Wald, Wald, wie schön. Jetzten wirst du gleich verarbeitet. Im Wald stehen Bäume und was man alles mit denen machen kann, ein schönes Häusel zum Beispiel und Bretter und Möbel, so Sachen, die wir alle brauchen können. Das ist ja überhaupt der Grund, daß ich den Wald hier beschreibe, weil wir ihn alle brauchen können. Manchmal brauchen wir einen Chef für unsere Holzindustrie, man nennt ihn eine Familie: solche, die sich Feuer geben lassen, weil sie selbst keins haben. So einer ist der Holzverarbeiter. Für so Brettln, die halten aber, wie das Fernsehen, höchstens bis Mitternacht. Der hat mit seiner Familie den frisch aufgeworfenen Bungalow, in dem er wohnt, und den er mit Dorfbauelementen bestickt hat, eng um sich gezogen, ja, der Wald ist ebenfalls ein Manterl. Er ist der Besitzer der holzverarbeitenden Industrie, er lenkt sie einmal rechts einmal links herum. Nirgends ist es so schön zum Wohnen wie im Wald um mich her. Jetzt wird dieser Mann von seiner Frau höflich zum Abendessen gerufen, also in einem Umgangston wie andere beten. Er kommt jetzt, stellt sich frech vor den Wald hin. Kommt drin vor wie im Leben! In den Pendelzügen genießen seine Arbeiter den Reiz des Reisens, während er ist. Schauen wir uns jetzt den Wald an! Er ist einfach unbeschreiblich. Wie Haar.

Wenden wir uns den Menschen zu, die vom Wald leben, an ihnen gibt es schon mehr zu sehen, die sind nicht immergleich so wie die Bäum. Sie haben Unterschied. Der erwachsene Sohn von solchenen ist Student, also hat er sich selbt verewigt, und der Wald stirbt, ja erschrecken Sie!

Der Sohn weiß nicht wohin mit sich, außer daß er

ein Angestellter werden wird, voll der ersten grauen Haare durch die Wirtschaft, Wald!

Schöner Wald!

Unbeschreiblich schöner Wald.

Auch schöne Tankstelle, hast recht.

Die Familie des Holzverarbeiters, ja auch sie gibt es, ich beschreibe sie jetzat aufpassen! (im Wald ists of ungehörig), sie sind miteinander liebevoller im Un-Gang als alles, was den Wald je verkommen gemacht hat. Sie helfen der Mutter, das Geschirr in die Spülmaschine einzuladen. Sie sind juckende Stachel im Wald und spielen ein Instrument. Ein schönes Instrument aus Holz, eine Blockflöte. Wald! Komm her da! Der Vater hat sich inzwischen, kräftiger Donner, der die Luft reinigt, den Sohn auf sein Ebenmaß zurechtgeschliffen. Der Sohn heißt vornehmlich wie sein vornehmer Herr Papa, gehen wir in den Wald, ja? Der Sohn bedankt sein Auto. Der Vater schlägt oft und herzlich seine Violine zur lieben Begleitung des Waldes. Die Mutter singt voll aus und fügt schlicht etwas Klavier hinzu. Diese Frau rüttelt enttäuscht an ihren Ehefesseln. Wo könnte sie jetzt sein, wäre sie nicht hier, im Wald! Die Iris des Vaters ist vom Essen blankgeputzt, dermaßen lobt er das Mahl seiner Frau, welches das wunderbarste seit der wunderbaren Brotvermehrung gewesen ist. Auf solcherlei Weise soll die Frau in Sanftstellung für das folgende Brunftgezerre gebracht werden. Oder hat sie Appetit auf eine Runde Klavier?

Wald, wer ißt dich, welcher Käfer?

Wald, nicht sauer sein bitte, sauber sein!

Wir fahren jetzt ins Licht hinaus! Aus Holz ist auch Papier. Es muß jetzt das Auto aufgetankt werden in der Tankstelle schön, so schön. Ich weiß mich nicht kurz zu fassen. Der Wald ist wirklich wie ein Bild. Nein, schöner, viel schöner. Er ist schöner als die Industrie, die ihn verarbeitet. Der Holzverarbeiter spielt in seinem Bungalow aus seiner Zeigegeige. Wie um sich zu trösten, daß sein Brotkästchen nicht höher hängt. Er verabschiedet den Wald den schönen! Er wird von seiner Frau bis zum Äußersten begleitet. Später wird sein Sohn auf der Blockflöte üben. Sie gehören zusammen wie der Käse und sein Geruch, also einer macht den anderen erst für den menschlichen Genuß geeignet und mit wertvollen Vitaminen zum Überlegen angereichert. In einem langwierigen Herstellungsverfahren erreichen Wälder und Menschen erst diese Stufe des Parasitentums, keiner weiß dies besser als der Borkenkäfer. Auch er ernährt sich vom Wald, einer von vielen Ungeschickten, aber Fleißigen in der Natur. Das Holz ist herzig. Und seine Verarbeiter könnten sich schon fast durch einen Zerstäuber jagen, so dünnflüssig sind sie, wenn sie alle musizieren. Unter ihrem Idealhauberl „Familie" lugen sie hervor, so tarnen sie sich nämlich, diese Geburtenhelfer und Geldempfänger. Sollen lieber den Wald mit sich verschonen. Legen aber ihren Gifthauch über die Werkssiedlungen und selbstgeschusterten Einfamilienhäuser der Holzarbeiter. Wo die Arbeiter ihre Frauen in deren Bestandteile zerlegen um nachzuschauen, ob durch Reparaturen Verbesserungen möglich wären. Ihnere Söhne werden mit dem kleinen Kaliber erschossen. Sie kommen dann in die Zeitung, um zu sehen und gesehen zu werden., Wald, herbei! Eine Beethovensonate erklingt unter dem schwerkörprigen Waldverarbeiter, dieses leise Lied geht zu den Mächtigen hinflehen, denen der Wald gehört.

Witterungsbedingt fällt der Wald heute aus. Doch wir sind beschwingt. Unbeschwichtigt weint eine Frau herum. In der Tankstelle muß bezahlt werden. Der Sohn, die Sonne des Holzverarbeiters, spielt eine Jazzübertragung, er erübrigt sich überhaupt.

Warum?

Weil er unbedingt anders ausgefallen sein möchte als die übrigen Menschen. Aber was ist vom Wald noch übrig? Diese Zerstörer vom Wald, Gott soll sie strafen, jetzt straft er sich schon, indem sie nicht auf Urlaub fahren. Diese! In ihren Magen und Eingeweiden haben sie sich Schlupfwinkel gegraben, feinschmeckerische Inseln und mit deren Hilfe verfeinern sie ihren wunderbaren Geschmack, den alle haben sollten, und zwar in Nahrungsfragen, diesen wichtigen Fragen des Christen: die wunderbare Linzertorte und viele Millionen Tote beim Bruch eines Staudamms, ui jegerl! Hält der Wald nicht mehr, hält der Mensch und sein Werk auch nicht viel besser, oder? Schade! Und er war so wunderschön zum Anschauen, Sie glaubten es nicht, wenn ich es Ihnen beschriebe. Und da stehen Sie nun im Drang Ihrer Erwerbslosigkeit, nicht einmal den Steirerhut stößt es Ihnen vom Kopf, wenn Sie den Wald anschauen, dieses Herrlichste was wir haben. Wald! Jawohl, auch Ihnen in Ihrer

Geld- und Geltungssucht tut es gut, einmal Ihr Fleisch in eine derart schmale Öse einfädeln zu müssen!

Zum Wald zu gehen ist heute fast unmöglich. Ich gebe ihm meine Kraft, wenn ich mich in ihn hineinbegebe, nur um irgendwann wieder rauszukommen, und viele Kräfte wirken von ihm auf mich zurück. Der Wald zeigt mir seinen Energiebestand, den er in Blätter, Zweige, Stämme, Nadeln investiert hat. Beim Schreiben fällt der Wald vor mir auf die Knie: Bitte nicht! Er ist doch schon so oft besungen worden. Ich muß mir also gut überlegen, welche Apparate ich ihm ansetze, um ihn, noch ein einziges Mal, zu befragen, indem ich ihn nach dem Verlorengegangenen aushorche; das heißt, er existiert nur mehr als ein Negatives, weil er ja hin ist, wie gesagt wird.

Was ist im Schreiben von ihm noch zu retten?

Ich stelle mich in ihn hinein, weil er mich so herausfordert, und zwar in dem Sinn, daß ich etwas von ihm bewahren soll, aber weshalb sollte ich? Nur damit ich, ausgerechnet ich in ihm, ganz klein, zu sein Dar-Stellung schreite, der doch so groß ist? Nur damit ich anwesend bin in etwas, das das Anwesende selber ist und doch kein Wesen ist? Na, stelle ich den Wald halt einfach selber her, das ist meine Herausforderung an ihn, damit er endlich hervortreten soll, und, bitte: so klein wie ich, damit ich ihn auch von oben anschauen kann, wenn ich mich auf die Zehenspitzen stelle. Das würde mich wahrscheinlich etwas entmutigen, denn ein anderer hätte ihn vielleicht bereits schöner hergestellt, er hätte das deutsche, das Wütende Heer in ihm gesehen, die Zweige, welche vorrücken zu uns, denn die Deutschen haben den Wald gleich in sich verwandelt, nur damit sie ihm die einzige Eigenschaft nehmen können, die der Wald sicher hat: stehenbleiben, wohin er gestellt ist. Sie haben ihn gelichtet, den Wald, zum reinen Gefühl. Damit er besser auf sie, seine Besitzer, hört. Kommando abwarten, und dann losziehen. Ja, sie, die Deutschen, haben sich selbst zum Wald gemacht, damit sie vorrücken konnten. Das haben sie sich von Shakespeare abgeschaut, aber es war nur eins von vielen Symptomen des heute kranken, damals noch gesunden Waldes, das sie benutzt hatten. Und wieso ist er überhaupt krank? Um zu verbergen und gleichzeitig zu lichten! Wie der Schleier, der über unserer Freiheit liegt.

Ach wäre der Wald doch die zeitige Frühe! Sie käme von selbst, ohne daß man erst mühsam zu ihr gehen müßte.

Andrea Wolfmayr

wurde am 16. Juni 1953 in Gleisdorf geboren, wo sie auch lebt. Sie studierte in Graz Germanistik, Kunstgeschichte, Volkskunde und Philosophie und ließ sich nach Beendigung des Studiums zur Buchhändlerin ausbilden. Zwischen 1979 und 1984 war sie als Buchhändlerin berufstätig, jetzt lebt sie als freiberufliche Schriftstellerin in Gleisdorf, Graz und Den Haag. Sie ist zweimal geschieden und Mutter einer 1978 geborenen Tochter. Sieben Buchpublikationen von ihr liegen derzeit vor, darunter ein Kinderbuch, zuletzt: „Pechmarie. Roman", Graz 1989; „Margots Männer", Roman, Wien 1990; „Phoenix & Phoebe", Kurzgeschichten, Graz 1992.

MAGD GLEISDORF

Sie – und ich sage *sie*, weil sie für mich weiblich ist, nicht *das* Dorf, *das* Nest, sondern *die* Stadt, mit Stadterhebung 1925 – wie eine Magd, ein bescheidenes Mädchen vom Lande, dem Kleider angezogen worden sind, die ihm nicht passen.

„Sie fühlt sich unbehaglich, merkt ihr das nicht?" sag ich zu *Otto*, dem Kulturmanager. Wir haben nämlich einen Manager für unsere Kultur. Wir haben selbstverständlich auch eine Fußgängerzone, und wir sind beispielgebend auf dem Sektor Alternativenergie, der Bürgermeister hält den Preis ins Bild in allen Zeitungen, und das Fernsehen war auch da. Wir werden bald ein Thermalbad haben und eine neue Stadthalle und einen neuen Bahnhof. Wir haben schon Geschäftspassagen die Menge, nur sind noch nicht alle Geschäfte vermietet und manche sind schon wieder eingegangen. Wir haben geförderte Wohnungen, nur kann sich trotz Förderung kaum einer die Mieten leisten. Die neuen Straßenlaternen sind ein Entwurf des

Architekten, der inzwischen durch einen anderen abgelöst worden ist, es sind sehr viele Lampen, sehr teure, sehr auffallende: Chrom und Rot, mit einem sehr kalten Licht, und sie stehen da wie Soldaten, abends ist die leere Stadt eine U-Bahn-Station. Auf dem *Kirchplatz* gibt es einen Kinderspielplatz, und die Kinder benutzen die ungewöhnlichen Geräte, die Rolle, auf der man laufen kann, das *Klangspiel*, die *Sesselschaukel*, auch gern. Nur der Stein unterhalb ist vielleicht etwas ungeschickt. Aber was soll man machen, „Wär Ihnen *Gatsch* lieber und Dreck, daß die ihre Kleider schmutzig machen?"

Auf dem Christbaum mitten am Platz hängen verschrumpelt die Luftballons, und wenn da keine Standln sind mit Glühwein und Schnaps wie an den *Kirtagen*, kommt die rechte Stimmung nicht auf. „Steinwüste", sagen sie, der Volksmund hat schnell Worte parat, und Vergleiche mit italienischen Renaissanceplätzen sind vielleicht nicht so ganz stimmig, es fehlt das Rundum an Stadtpalästen, die Gliederung, die richtige Pflasterung, – es ist einfach alles zu glatt. Unser Dorf besteht ursprünglich doch nur aus niedrigen, gemütlichen Gründerzeithäusern mit Hinterhöfen, die zuerst Lagerplätze, dann Parkplätze waren und jetzt nach und nach umfunktioniert werden zu überdeckten Geschäftspassagen, in denen es zieht. Die rosa blühenden Kugelbäume vorm Gasthaus haben sie wegtun müssen, weil die angeblich zu nahe am Haus waren, das hat früher nicht gestört, und die an anderer Stelle neu gepflanzten sind noch lange nicht so weit. Statt irgendwelchem Gebüsch am *Kirchenrie-*

gel gibt es jetzt bunte Blumen aller Sorten und das übliche Bewachsungszeug.

Jedenfalls ist alles bei uns hier im Umbruch, im Aufbruch. Wir haben ein *Leitbild*. Vieles hat sich zum Besseren verändert. Wir sind moderner geworden, wir haben eine Zukunft. Manche Menschen sind sehr zufrieden mit dem was passiert, andere sind sentimental und unflexibel. Die Fahnen des alten starrköpfigen Geists wehen halt noch, aber schwächer, immer schwächer. Und was ist mit dem neuen Geist? Steckt er in den Grün-Alternativen mit ihren Fahrrädern, umgeschnallten Kindern, Jutesäcken und Batiktüchern? Oder in denen mit den Bierbüchsen, Springerstiefeln, Bomberjacken und häßlichen Haarschnitten? Oder in denen, die täglich am Computer sitzen und mittags beim *Griechen*, in der *Bürgerstub'n* oder im *Ludersdorfer Hof*? Oder in denen, die aufgemotzt und angestrichen an der Bar bei der *Columbia* stehen und sich gegenseitig mustern?

Die alten Bilder sind mächtig: die Scheune, efeuüberwachsen, beim *Lederweg*, noch ohne Geländer, aber mit den alten Kopfweiden, der Weg in den *Kessel*, noch ohne das Schild *Privatweg Betreten verboten*, die graue Kirche, der Verkehr um die *Mariensäule*, der Faschingsprinz auf dem Balkon des Rathauses, die Krampusse auf dem Kirchenriegel, meine Oma auf ihrem Polsterl am Hauptplatzfenster, mein Opa an der Tür des Friseurgeschäfts, auf den Hauptplatz hinausschauend Tag für Tag. „Üb immer Treu und Redlichkeit" auf dem Becher, der zu spielen beginnt, wenn er ihn hebt. Die Kinder, die Abtreibungen, der Sohn gefallen/vermißt in Rußland, Heldenfriedhof, sie schneidet dem Herrn Pfarrer die Hühneraugen, rasiert mit dem Messer. Die weißen Kleider der Kommunionmädchen, die Kranzerl und Kerzen. Der Vater mit dem *Pony*-Moped und den Fischerruten, dem Kescher, der nach Karpfen riecht, und zu Weihnachten schwimmt einer in unserer Badewanne. Die Hasen vermehren sich, die Garage riecht danach, Mama stöhnt über die Fliegen, über die Schuppen im Ausguß, das Blut auf den Kasteln überall. Ihre grünen Stöckelschuh, das Laub draufgespießt, weil er uns durch den Wald schleift wie jeden Sonntag und sie die Hoffnung nicht aufgibt, er ginge dann noch ins Kaffeehaus mit ihr, in die Konditorei, da ist sie vergnügt, bei den Eisbechern, bei den Menschen. Die Kinderwägen durch den Wald schleifen, den niedrigen Korbwagen der fünfziger, den hohen dunkelblauen der sechziger Jahre, über Bäche sie heben. Das Geräusch meiner Kindheit kann Vogelzwitschern sein und Bachgeplätscher, Fünfzigerjahre-Schlagergeplärr und Marschmusik an den Sonntagen, Fanfarenklänge der Eurovision anläßlich diverser Olympiaden, das Tuckern von schweren schwarzen Puchmaschinen oder einem Opel, einem Ford Anglia, das Gelächter der Familie, der Sippe, das schadenfrohe, das hämische Gelächter, der Spaß unter uns, der Sirene, die losbrüllt jeden Samstag Punkt zwölf, oder zu Übungen ruft, ordinäres Weibsbild mit der grauenhaften Stimme, unberechenbar, keiner kennt die Signale.

Die Feuerwehrleute schwärmen aus zur Ballsaison in ihrer braunen Kluft und verkaufen Ehrenkarten wie die Mittelschüler. Die Politiker der diversen Parteien tanzen auf dem *Oststeirerball*, dem *Pyjamaball*, *Lumpenball*, *Jugendball*, *Rosenball*, dem *Ball der Landjugend* und dem der *Katholischen Jugend*.

Sind das Sentimentalitäten? Man erinnert sich immer an seine Kindheit, die Jugend, den Platz, den Ort, an dem man aufgewachsen ist.

Die zukünftigen Jugendlichen, die jetzt noch in Kinderwägen spazierengefahren werden oder in den Bäuchen ihrer Mütter sich bewegen oder gänzlich entmaterialisiert in wer weiß welchen Sphären – sie werden als Vierzig-, Fünfzig-, Achtzigjährige an dieses Gleisdorf zurückdenken, an das jetzige, das in den neuen Kleidern. Genauso sentimental, weil voller Gefühle. So sind Menschen eben. Und sie werden sich an den Christbaum am Hauptplatz erinnern mit seinen Luftballons dran, wenn ich noch am gleichen Platz die Pestsäule erinnern kann auf dem kleinen grünen Dreieck, um das die Autos kreisen. Sie werden sich an den Spielplatz mit seiner Rolle und seinen Klangsteinen erinnern, wenn ich von zwei Reihen Bäumen, von einem grünen Hügel mit viel Gebüsch rede und davon, wie brutal ich das Baumschneiden immer gefunden habe, die großen Äste ab, mit dem Feuerwehrwagen und der langen Leiter, Männer, die sich mit Lust vergehen an der ach so vielen Natur, ihre Üppigkeit beschneiden. Sie werden an die *Kirchtavern* mit ihrer Pseudo-Biedermeier-Bemalung denken, wenn ich noch vom *Haberfellner* rede mit seinem Apfelkren zum Rindfleisch, seinem Papst über der Tür und den besoffenen Bauern. Sie werden von der *Kaminstub'n* oder vom *Stadtheurigen* reden, wie ich heute mit Wehmut von der *Rumpelkammer* mit ihren Bretterverschlägen, auf deren schummriger Tanzfläche ich geküßt worden bin von einem Hartberger oder Weizer oder Feldbacher Fahrschüler als Gleisdorfer Mittelschülerin. Wenn ich vom alten Kino rede und der Glyzinie, die sich hochwucherte über den Laubengang, schütteln sie staunend und ungläubig den Kopf genau wie ich, wenn ich meine Großmutter erzählen höre vom Viehmarkt, der stattgefunden hat, wo heute die Post steht, an deren Bau ich mich auch noch erinnern kann, weil sie damals die vielen Kastanienbäume weggerissen haben, zwischen denen die Karussells und Autodroms und Schiffsschaukeln und Metbuden gestanden haben.

Sentimentalitäten, unweigerlich. Nach und nach gehört man zu den Älteren und erzählt den Jungen davon, wie es einmal war. Meine Mutter hat von der Ausbombung in Wiener Neustadt, von der Versetzung in den Ostsektor erzählen können, mein Vater von der Kriegsgefangenschaft und davon, daß es in den Raab-Auen Trollblumen und Salamander gegeben hat. Ich erinnere mich noch ans Hochwasser 1965, als das Wasser auf den Straßen in unsere Stiefel geflossen ist, jedes Auto wie ein Schiff seine Spur zog und die Hausmeisterin mit den Frauen des Miethauses die Kübel weiterreichte. Manche von uns haben noch im Flußbad Schwimmen gelernt und haben das Tocken der Bälle am Tennisplatz, dort wo jetzt die Fabrik steht, die sie auch lang schon stillgelegt haben, noch in den Ohren.

Die *Rabnitz* ist nach dem Autobahnbau und der Flußlaufskorrektur lang wieder zugewachsen, sie ist sauberer geworden wie die *Raab* und sogar der *Gleisbach*, es gibt wieder natürlichen Forellen-Nachwuchs und an manchen Stellen sogar Krebse angeblich, und wenn die Kids an den Sandbänken ihre Beine ins Wasser hängen lassen an den Samstagen, kriegen sie keine Ekzeme mehr.

Aber wir werden immer mehr und verbauen alles. Man kann kaum mehr durch, wenn man hinauf will zum *Sandriegel*, zur *Richardshöh*, nach *Hohenberg* oder *Frankenberg*, nur mehr über die Asphaltstraßen. Das war damals anders, als man im März versank im Lehm und sich in den Pfützen der blaue Frühlingshimmel mit seinen weißen Schäfchenwolken spiegelte, als Gelbbauchunken in den tiefen Furchen der Traktoren sich ungestört vermehren konnten; die Kaulquappen waren lang erwachsen, wenn der Bauer das nächste Mal Holz aus dem Wald holte. Der *Storchenschnabel* wächst noch, und die alte zerborstene Weide hat bis jetzt niemand weggeräumt vom Bach. *Bocksbart* ist noch immer milchig, und *Wolfskraut* entfernt nach wie vor Warzen, nur weiß das fast niemand mehr. Jetzt wollen sie sogar den *Kessel* verbauen, obwohl das doch erdrutschgefährdetes Gebiet ist und nur die alten, krüppelig verzogenen *Kronprinzer* sich dort halten haben können und die Eichen mit ihren Champignonkreisen.

Man kann den Fortschritt nicht aufhalten, sagen sie. Wir werden immer mehr Menschen und brauchen folglich mehr *Ökostruktur* und *Jeans-Shops* und *Pa-*

jeros, damit wir gut ausgerüstet in die Natur hinaus fahren können, zu den *Buschenschenken*, die schon ganze Erlebniswelten für unsere Kinder zu bieten haben, damit ihnen nicht langweilig wird, während wir saufen.

Wir Sentimentalen gehören einer aussterbenden Gattung an, wie alle Gattungen aussterben, der Reihe nach, überlebt werden von widerstandsfähigeren, neueren Modellen. Mir war halt das Glitzern der Schneeflocken im Schein der alten Laternen mit den abgesprungenen Emailleschirmen an den Holzpfosten lieber als das blank saubere, einheitliche Stahlwesen. Ich geh lieber ins abgefuckt schmuddlige und dunkle *Soirée* als ins neueste durchgestylte Nobel-Pub. Mir haben die Holzbankerl im Gebüsch am Kirchenriegel besser gefallen als die modernen Metallgitter vor den Betonwänden.

Altmodisch.

Andrerseits: Immer mehr Leute gehen zum *Bauernmarkt*, auch wenn's nicht so billig ist wie im Supermarkt. Immer mehr sitzen draußen vor den Lokalen, verlangen nach kühl schattigen Gastgärten, nach grünen Hecken und Umzäunungen, um geschützt zu sein vor allzu vielen Blicken. Immer mehr kaufen dicksohlige Schuhe, mit denen man Berge erklimmen könnte und die doch nur Stadtpflaster zu sehen bekommen, Jeeps, mit denen man die Wüste durchqueren könnte und doch nur vorm *Billa* parkt, kaufen Landweine und *Rosegger-Butter* und *Omas Milchreis* – ist das nun restaurativ oder sentimental? Die Sehnsucht, die Sehnsucht ist gewaltig. Die alten Holzpfosten verschwinden unter dick aufgetragenem Lack, der gemauerte Ofen trägt eine Schrift, die doch nur eine Werbung ist letztendlich, nichts zur Moral und Erbauung, die gestickten Vorhänge und Zierdeckchen stammen aus *Thailand* oder von den *Philippinen*, weil das billiger ist und beim *Metro* erhältlich im Zwölferpack, denn die Sehnsucht, die Sehnsucht ist groß …

Vielleicht weil ich eine Frau bin, bin ich so sentimental, spür ich was, was nicht alle spüren, projeziere ich meine Gefühle auf die Gleisdorfer. Vielleicht denken Männer anders, männliche Politiker, Architekten, Gestalter, Leitbild-Schöpfer.

Aber Gleisdorf, Gleisdorf ist eine Bauernmagd, die sich aufputzt, nur weiß ich nicht wofür – für den sonntäglichen Kirchgang oder zum Almabtrieb …?

Fassen wir zusammen: Gleisdorf hat ein *Schloß* und eine Zukunft. Gleisdorf hat einen *Golfplatz* mit 18 Löchern und das *Kellerhaus*, das wir uns nicht leisten können, obwohl es so billig ist inzwischen, Ruine, auf der das Denkmalamt sitzt. Es wird wohl von denen zu einem feinen kleinen Landhotel ausgebaut werden, sie haben das Geld. Gleisdorf hat Friseurläden und Buchhandlungen und Großmärkte und ein *Fitneßzentrum*. Der neue Pfarrer behauptet, unsere Kirche wäre eine *Präraffaelitenkirche*, dabei handelt es sich wohl nur um eine dieser durchschnittlichen 19.Jahrhundertkirchen mit den üblichen gotischen Torbogen und römischen Grabsteinen. „Auf dem Türsturz steht *Renoviert 1984*", lacht *Uli* aus *Essen*, und wundert sich über unsere neuen blitzblauen Schilder und das Einbahnsystem und die Parkplätze und findet alles sehr nett und übersichtlich und einfach, im Vergleich zum *Ruhrgebiet.*

Daß die *Autofahrerpartei* sich aufregt, weil man nicht mehr in die Geschäfte hineinfahren kann, ist klar, und neu ist der Ring, sind die Einbahnen, die Verkehrsführung, Jahre ist darüber gestritten worden. Nach den Wahlen ist man verunsichert. Vier Mandate an die *Autofahrer*, die *Grünen* haben nur drei. Den Bürgermeister entmachten, mal ordentlich mit der Faust auf den Tisch hauen, kein Konzept und keine Ahnung, – „wir wissen nicht was wir wollen, aber was wir nicht wollen, wissen wir!" Und in erster Linie wollen wir's anscheinend bequem. Nicht zu Fuß, aber trotzdem keine Abgase und kein Lärm. Schön grün, aber genug Parkplätze. Tabaktrafiken, Beiseln und Bankomate an allen Ecken, aber gemütlich.

Was will das Volk? Dem Volk aufs Maul schauen, das ist wichtig. Eine Volksbefragung? Nein, nur wieder einmal eine Umfrage des Instituts für Meinungsforschung. Wo stehen wir? Worum gehts eigentlich? Sind die Gleisdorfer zufrieden, sind sie glücklich?

Die Schule heißt *Sonnenschule,* und oben beim *Hochwasser-Behälter*, meint meine Schwester, sei wohl der häßlichste Fleck. Wie können sie das schön finden? Pervers, diese jämmerlichen Baumstümpfe, diese Karikatur von Natur, die Buchenstümpfe vom ehemaligen Wald auf den dünnen bunten Metallstäben, der Regenbogen und das alm-ähnlich Aufgeschüttete mit Rasen statt Wiese, mit Felsen, wo früher Buchenwald war voller *Recherl. Zapferlklauben* waren wir hier, *Bockerl* sagte meine Oma dazu, ausgerüstet mit dem

Weidenkorb und der glatten schwarzen Schürze. *Eichkätzchen* rannten mit *Buchheckern* und *Eicheln,* und unten am Weg stand Gras, das *Muttergottestränen* hieß, aber nun lassen sie es nicht mehr so hoch werden. *Maikäfer* krabbelten im Laub, daß man es hören konnte. Jetzt gehen sie zum *Trutzkreis* hinauf, sagen die Jugendlichen, oder sie *joggen*, bis zum *Maurer* hinauf auf eine Mischung oder zwei, und dann ein bissel Kartenspielen, *Schwarze Dame* oder *Mulatschak.*

Das Jetzt überschnitten von Erinnerungen, immer. Mächtig sind die inneren Bilder.

Die Wachsfigur des Arztes, der sich erhängt hatte, in der Unterhose ins Auto geschleift von seinem Sohn, er hatte einen schwarzen Regenschirm am Arm hängen, jedesmal, wenn ich einen schwarzen Schirm sehe, denke ich daran. Und ich wollte immer die Glasprismen putzen an den Lustern der *Marienkirche* und starrte in die Spektralfarben, bis mir ganz komisch wurde während der langen Predigten, in meinem *Bolerojackerl* überm Kleid, das Mama genäht hatte, dunkelrote Punkte auf Weiß. Und die dünnen Strumpfhosen und spitzen Schuhe ebenso wie die geringelten Baumwollsockerl und Sandalen meine ich noch an meinen Beinen zu spüren. Bei der *Hable* war das Eis besser als beim *Schaffernak*, fand ich, aber beide holten es noch aus der Büchse mit dem dicken Metalldeckel und dem runden Knopf darauf, es roch nach Vanille. Und die weiß gestrichenen Hocker und Tischerl und die Vitrine mit dem Glas haben wir ihrem Bruder abgekauft nachher, wie die Eismaschine und die Backformen, die Scheiße hatte sie eingewickelt in Zeitungspapier unter den Schränken versteckt, sie war nicht mehr hinaus gegangen aus der Konditorei in den letzten Monaten ihres Lebens. Jetzt stehen die Tischerl bei der Freundin oben beim Schloß im Gartenhaus, das sie geerbt hat zusammen mit ihrem Bruder, der dafür gesorgt hat, daß es eine Zeitlang Jazzkonzerte gab und Kinofilme, solange, bis er damit pleite gegangen ist und endlich sein Studium abschließen konnte. *Burgfräulein* sagten sie zu ihr in der Schule, weil sie im *Jägerhaus* aufgewachsen ist, wir gingen immer zum *Meierhof* hinüber und streichelten die Kälber, der Hund *Diana* lief mit uns.

„Warum wollen die alle nach Gleisdorf", sagt *Alex* aus *NYC*, „die Künstler, die Sensitiven, die Kriminellen, das ist verdächtig! Vielleicht steht er eines Tages vor deiner Tür genau wie der *Unterweger*, willst du das?"

Die Polizei hat jedenfalls alles im Griff, die *Haschbrüder* und *Motorradrowdys* und *Parksünder.*

Die lauten Stimmen an der Bar reden über Sport und erhitzen sich über Stadtpolitik, alles neben der exzentrischen Irin mit der Wahnsinnsstimme, dem Neuesten, das *Johnny* gerade mitgebracht hat, als er sein Lokal betritt zusammen mit *Alf*, der Kindermode in *Hongkong* erzeugen läßt, weil es da billiger ist, und Unmengen von *Prosecco* trinkt an der Bar.

In der *Pizzeria* nebenan treffen sich die Rechten, der Taxifahrer holt die Betrunkenen und transportiert sie nach *Albersdorf*, *Wollsdorf*, *Entschendorf* oder *Nitscha.* Im *Gleisbach* schwimmen Joghurtbecher, das Luftloch ist von einem zementierten Geländer umgeben, kein Mensch weiß warum, und ob da unten wirklich jemals was wachsen kann neben den glatten Wänden, ist höchst ungewiß. Aber die *Bisamratten* leben noch, und unten bei der *Wasermühle* nahe *Hofstätten* in der Raabkurve ist es wirklich schön, alles zugewachsen, *Eisvögel* schwirren und *Graureiher* stehen seltsam auf den Ästen. Das ist dort, wo damals der *Eisschützenplatz* war und Vati uns eislaufen ließ, obwohl es streng verboten war, die *Eisschützen* sind heikel mit ihrem Eis, sie gewinnen Meisterschaften, ebenso wie die *Volleyballer* und *Eishockeyspieler* und *Voltigierer*. Unser Vereinsleben ist rege, es gibt *Schnapserrunden* und einen *Schachclub* mit eigener Zeitung und den *Johann-Josef-Fux-Chor*, der in der *Marienkirche Bachs Weihnachtsoratorium* oder *Händels Messias* oder *Haydns Schöpfung* oder *Mozarts Requiem* oder *Orffs Carmina Burana* aufführt, – „aber wie gut!" Anschließend gehen sie zum *Wurm*, wo es niedrig ist und schmuddelig und Resopal auf den Tischen, aber Riesenschnitzel, und billig und reichlich und schmackhaft alles, nur der Rauch hängt genau in Nasenhöhe, und selbstverständlich gibt es keine Ventilatoren, nur Fenster zur Straße hin.

Ich denke inzwischen, das härtet ab, das alles, die Häßlichkeit und der Schmutz, das Billige, das Geschmacklose, das Gemütliche. Und genau das geht uns dann ab, wenn alles vollklimatisiert ist und hübsch und nett und sauber und gesichert gegen Wind und Wetter. Gegen die Sonne läßt man die Jalousien herunter beim *Maurer*, damit sie einem nicht mehr in den Wein scheint, und Draußensitzen ist nicht mehr so gefragt wie drinnen in der geschmackvoll gestalteten Bauernstube, ganz neu, aber trotzdem urig, irgendwie.

Überall neue Parkplätze und blaue Zonen, und da ist auch das *Seniorenheim* mit den *Nymphensittichen* im Käfig, und da die alte grüne Metalltür zum Keller, mit den Türln vor den Schlüssellöchern, die ich als Kind aufgeklappt hab beim In-die-Stadt-Gehen, beim Zurückgehen zu. Kindliches Hopsen, wo jetzt die alten Frauen mit ihren Osteoporose-Beinen, die alten Männer mit ihren Krücken sich langsam fortbewegen, auf den Platten, zwischen denen noch immer Gras wächst. *Nicht-auf-die-Fugen-Treten* haben wir hier gespielt, und haben die Regentropfen dunkle Flecken auf den Schiefer malen sehen und das Glitzern bemerkt, wenn Augustsonne heiß auf den Steinen brütete.

Jetzt hat die *Roth-Tankstelle* 24 Stunden offen, wo ich damals die neue Klingel fürs Rad gekauft hab und die bunten Gummidinger als Schutz, daß man sich die Röcke nicht anspritzt beim Radfahren, und Mama wohl den roten Roller, als ich fünf war, den mit den Luftdruckreifen, zu Ostern, vorher war da der gelbe aus Holz, der ratterte, ich habs noch in den Knien.

Im mittelalterlichen Haus, dem ältesten in Gleisdorf, gabs Zuckerl im Glas bei der alten Frau *Tasch*, und *Krachmandeln* und *Zitronen-* und *Orangenspalten* und *Himbeeren* und *Seidenpolsterl* und *Stollwerck*. Und die blaue und grüne *Suchard*. Und im Automaten waren Ringe mit Glitzersteinen und Totenköpfe aus Plastik zwischen den bunten Kaugummikugeln.

Und es gab *Mohrenköpfe* beim *Pfanner* und diese *Fruchtschnitten* mit der seltsamen Creme. Und *Hohlhippen* zum *Pistazieneis.*

Beim *Koppenhofer* haben wir die Eier geholt, den Misthaufen im u-förmigen Hof mit dem Scheunentor und die kleine bucklige Frau mit dem grellen Lachen, eine Hexe, aber gemütlich, seh ich noch vor mir, und wie er mit dem Schnauzbart und den eng zusammenstehenden Augen und der blauen Schürze mit der Mistgabel dagestanden ist, der Gescheiteste war er nicht grad, da war seine Frau dagegen sowas von schlau und gerissen. Die alten *Linden* sind noch gestanden in *Wünschendorf.* Und das einzige rote Ei im Klostergarten, als ich so spät abgeholt wurde einmal, die einzige, die letzte da, lag im grünen Aprilgras wie eine Offenbarung. Die *Nonnen* waren unheimlich und fremd, so freundlich sie auch waren, und der Geruch im Keller, in der Waschküche, so grau, und wie die alte kleine Nonne lachte, zahnlos.

Das grün karierte Sommerkleid, das naß wurde im Gewitterregen und an mir klebte, und ich so glücklich und verliebt, er mit der *Okarina* in der Wiese, dabei hatte ich meinen ältesten BH an und schämte mich.

Margeriten, Glockenblumen, Lupinien. Ganze Hänge voll, blau, lila, rosa. *Springkraut* und *Brennessel.*

Es sind die Pflanzen, es sind die Gerüche. Es ist der weiche Waldboden, die unregelmäßige Wiese bei der riesigen *Blutbuche,* wo sie jetzt alles planieren, die von der Baumschule, weg mit den alten Bäumen. Pfeif auf den *Spitzdorn* und *Schlehdorn,* auf *Hollunder* und

Hartriegel, alles nur Unkraut, wie der *Efeu*, der sich rankt, auf der *Gruft* am Rand des Friedhofs zum Beispiel, wo die Reihe der Familiengräber beginnt.

Allerheiligen mit den Kindern, die sich das Lachen verkneifen und denen immer neu das *Versteckenspielen* zwischen den Steinen verboten wird, fasziniert von den Engeln die Kinder, und von den Fotos oval und goldgerahmt, die man nicht mehr verwenden darf oder vielleicht schon wieder, ich kenn die neue *Friedhofsordnung* nicht. Die roten Grablichter und die *Maronitüten* und das Knirschen von Kies und die Schalen, auf die man tritt, heute strahlt das Kreuz vom *Liebbau-Gartencenter* weit über das Ganze hin, die Tannen haben dem weichen müssen, dunkle Wand.

Unterm *Liebbau* weiß man die *Römersiedlung* und am Hang die *Herdstelle*, alles Römergrund hier und die Bauern verstecken die Münzen und Scherben, sonst werden sie enteignet. Noch ein Freilichtmuseum können sie nicht brauchen dort, wo sie ackern wollen, *Hybridmais* ansetzen, solang, bis sie verkaufen können als Baugrund, wenn endlich umgewidmet wird. Denn irgendwann passiert das sicher, Landschaftsschutz hin oder her, sie sitzen am längeren Ast, von Generation zu Generation, unsere Stadtväter.

Gleisdorf, die *Perle der Oststeiermark*, auf der *Thermenlinie* liegend, von den *Gleichenberger Kogeln* bis zum *Kulm*, tote Vulkane, Obstbau, Römer-Weinstraße, fruchtbares Gebiet, Schlösserstraße, wird zum Zentrum, zum Nabel der steirischen Welt.

„Astrologisch bedeutsam!“ sagen die Esoteriker.

„Amerikas Südküste und die Oststeiermark, paß nur auf! Die Indianer und die Steirer, jaja!"

Die Stadt braucht Platz, dehnt sich aus, schluckt die Dörfer rundum, wird fett mit den Jahren und formlos. Das *Raabtal* ist lang, die lehmige Erde geduldig und der Himmel weich und rosa im Frühling.

Eines Tages werden wir alle zusammengeschmolzen sein, *Eingemeindung* sagen sie dazu, und manche wehren sich dagegen nach Kräften.

Aber es hilft nichts, wir sind nun einmal Bauern, stur und verwurzelt, und Gleisdorf ist unsere Magd.

TIROL

Anna Maria ACHENRAINER
Fanny WIBMER-PEDIT
Angelika HÖRMANN
Auguste LECHNER
Eva LUBINGER
Irene PRUGGER
Lina HOFSTÄDTER
Lilly von SAUTER
Rosmarie THÜMINGER
Renate ZUNIGA

Lina Hofstädter

geboren am 9. März 1954 in Lustenau, Vorarlberg, Studium der Germanistik und Anglistik in Innsbruck. In Tirol in der Erwachsenenbildung tätig. Sie hat österreichische Literaturpreise erhalten, zuletzt den Lesezirkel-Kurzprosa Preis 1990. 1980–1989 trat sie als Liedermacherin auch mit jiddischen Liedern aus Ghetto und Widerstand 1939–45 auf. Vier Buchpublikationen, davon das erste Buch gemeinsam mit Kassian Erhart. Zuletzt erschienen: „Kopfzirkus I–III", Satiren, Hard 1991, und „Tillmanns Schweigen", Roman, Innsbruck 1993.

SEITENWECHSEL

Serpentinenornamente. Fingerstempel. Fettige Strichmännchen in den Scheiben. Man sieht kaum raus. Und dazwischen, überall, Fliegenschisse. Erst aus der Nähe erkennbar. Die großen und kleinen hellbraunen Flecken trübten die Aussicht am nachhaltigsten. Else bemerkte wieder, wie es an allen Enden surrte und flirrte. Wir leben eben am Land. Da ist das so. Auf saubere Fenster legt man größten Wert, aber wo man hinschaut, sitzen die Fliegen: dunkelbraune mittelgroße, tiefschwarz behaarte. Manche schillern blaugrünrosa. Selbstsicher brummeln sie im Tiefflug durchs Zimmer. Einzelne wieder sind klein und stumm, sodaß man sie tagelang nicht bemerkt … Manchmal legte sich Gewöhnung über das Ärgernis. Zu anderen Zeiten zermürbte der Kleinkrieg.

Du stierst in die Tasten der Schreibmaschine. Zwei Stunden Zeit, bis die Kleine vom Kindergarten kommt. Zwei Stunden täglich ausscheren aus der Gedankenlosigkeit und Möglichkeiten abgehen, welche die Wirklich-

keit versäumt hat. Romane als Trauerarbeit. Das Schwierigste überhaupt: Eine eigene Geschichte gestalten. Dann Kochen, dann Haushalt, dann Geldverdienen. Und jetzt sitzt du wie hinter Milchglasscheiben.

Mit kreisrunden Bewegungen fährt Else über die Scheibe. Die Punkte verwischen zu bogenförmigen Strichen, vermehren sich Breite mal Länge, werden unmerklich doch schwächer, dann durchscheinend; endlich sind sie weg. Ein Sektor ist gesäubert. Müde läßt sie den Arm mit dem Lappen für einen Moment sinken, bevor sie zum nächsten Fenster wechselt. Sie hatte sich immer aufs Land gewünscht. Die Gerüche von geschnittenem Gras und feuchter Erde. Winterliche Schneewehen. Bloß die Misthaufen hatte sie zuwenig bedacht.

Sie hatte von einer Heimat geträumt, wo sie unantastbar wäre. Einem Dorf in den Bergen. Geborgenheit hinter eigenen Wänden. Für diesen Traum zahlte sie nun 25 Jahre an die Bausparkasse.

Du ahnst ja, worauf die Geschichte abzielt. Aber da willst du sie nicht haben. Es ist das falsche Ende. Während dir ein lästiges Insekt um die Ohren brummt, versuchst du nachzudenken. Da gab es 1968. Und dann 1989. Hoffnungsjahre. Anderswo. Deine Figuren dagegen leben hier und haben keine markanten Eckdaten. Ein bißchen Raunzen und Planen. Dann Abwarten, was geschieht. Du hättest deine Geschichte anderswo anlegen sollen. Aber jetzt ist es zu spät. Du bist schon mittendrin. Eine dicke braune Fliege hat sich auf den mit

Strichen übersäten Stapel des Manuskriptes gesetzt. Du könntest sie erschlagen. Dann müßte die Seite neu ausgetippt werden.

Ihr Arm begann neuerlich zu kreisen. Von der Mitte ausgehend, erkämpfte sie sich freie Sicht auf die Nordkette. Zwischen den Schlieren erschien diese, strahlend, wie aus einem Nebelloch. – Du übertreibst, Else! Die paar Pünktchen auf der Scheibe, was machen die schon? – War sie am Ende übergenau? In unordentlichen Verhältnissen kann man sich nicht daheim fühlen, sagte die Nachbarin stets.

Das Setting ändern. Doch anderswo wird es auch nicht anders. Österreich als Metapher der Welt. Metapher eines Untergangs in Mittelmäßigkeit. Deine Figuren sind früh gealtert in einem alten Land. Wollen nur ihre Ruhe haben. Wollen nicht einmal tragisch scheitern. Daraus ergibt sich keine Geschichte.

Else wechselte mit dem Kübel an die Westfront. Was sollte sie kochen? Den Rest von Tafelspitz aus der Tiefkühltruhe? Spaghetti? Sie dreht das Radio an. Vivaldi. *Die Vier Jahreszeiten* klingen aus. In den elf Uhr Nachrichten wie immer Bosnien. Krisenherde. Attentate. Ihr spitzer Finger stößt in die Fensterecke vor. Eine kleine Spinne versucht zu flüchten. Else zerdrückt sie mit dem Putzfetzen. Das Krümelchen schwimmt verloren auf dem schmutzigen Wasser.

„... findet am Nachmittag eine großangelegte Protestaktion gegen den ‚Freiheitskommers österreichischer und deutscher Burschenschaften‘ statt. Nichtteilnehmer werden von der Polizei gebeten, die Innsbrucker Innenstadt zwischen 13 und 20 Uhr nach Möglichkeit zu meiden. Es werden Ausschreitungen radikaler Gruppen befürchtet. Zum Schutz der Bevölkerung sind mehrere Spezialeinheiten, auch ein Hubschrauber des Innenministeriums aufgeboten …“ Else wischte fester. Das durfte nicht sein, so etwas. Demonstrationen! Es paßte ihr überhaupt nicht. Sie hatte vorgehabt, am Nachmittag in die Stadt zu fahren. Alles war arrangiert. Julia würde mit Miriam spielen … Der Lappen klatschte ins Wasser, daß es spritzte. Den Bus um eins hatte sie nehmen wollen.

Da kommt etwas! Bewegung! Endlich, das könnte der bislang fehlende Teil der Geschichte werden.

„… Wir befragten Innenstadtkaufleute, was sie von der angekündigten Massenveranstaltung gegen Faschismus und nationale Männerbünde halten: ‚Billige linke Panikmache. Total übertrieben. Wir sind nun mal eine Universitätsstadt. Da gibt es Burschenschaften seit jeher …‘ – ‚Gestern erst war eine Gruppe randalierender Punker vor meinem Geschäft, die mir die Kunden belästigten. Was ich mir da sagen lassen mußte! Es wird auch bei uns immer schlimmer.‘“ Ums Eck hörte Else einen Kracher an der Verandatür. Erschrocken flatterte ein dunkles Etwas davon. An der Scheibe klebte ein länglicher weißgrauer Klecks. Sie fluchte leise und nahm sich das Fenster noch einmal vor. – „Natürlich habe ich Angst, daß sie mir die Auslagen einschlagen. Diese arbeitslosen Berufsprotestierer! Die Polizei ist viel zu lax!"

Du horchst auf. Keine Banalität, die nicht ihre Abgründe besäße. Versuchst zu verstehen, was du nicht verstehen willst. Gewährst vorerst jedem einen guten Grund. Alle müssen gehört werden, auch wenn du letztlich keinem glaubst.

Else leerte den Kübel. Jetzt strahlte das Panorama ungebrochen. Bis nächste Woche zumindest. Doch ihr wurde davon nicht heimelig. Der gewohnte Haufen bunt hingeworfener Kinderklötzchen, als der die Stadt von hier oben erschien, starrte böse durch den Smogschleier. Zudem brummelte es wieder hinter den Vorhangfalten. Die Aussicht trübte sich allein schon durch das Geräusch. „Der Polizeieinsatz kostet den Steuerzahler eine Million Schilling. Mit 2000 Demonstranten aus ganz Österreich wird gerechnet. Die Einheit ‚Kobra' und andere Spezialtruppen sind gestern in Innsbruck eingetroffen. Die Bevölkerung wird nochmals dringlich ersucht, die Arbeit der Ordnungseinheiten nicht zu erschweren und sich vom Ort der Demonstration fernzuhalten. Die Veranstaltung beginnt um 13 Uhr am Landhausplatz, der Zug bewegt sich ab 14 Uhr über den Bozner Platz und die Maria Theresien Straße in Richtung ..." Etwas in Else sträubte sich gegen die Panikmache. In Innsbruck gab es sowas nicht. Da machte sich die Polizei wichtig. Es hatte schließlich auch früher Studentendemonstrationen gegeben, und nie war etwas passiert. Einmal war sie zufällig in eine hineingeraten, als sie auf die Tram wartete. Kaum 100 Leute, mit ein paar Transparenten. Nicht einmal einen Lautsprecher hatten sie gehabt. Jetzt verließ die Fliege das schützende Versteck und zog in schwankendem Flug durchs Zimmer. Else packte plötzlich eine unerklärliche Wut. Mit zwei hastig gegriffenen Zeitungen erschlug sie das träge Tier in der Luft.

Seufzend stellst du die Schreibmaschine ab. Keine Zeile. Aber immerhin eine halbe Idee: Eine Studentendemonstration anno 1972, gegen Nixons Vietnambombardments. Oder 1975 gegen Francos Todesurteile. Eine Einmischung. Eine Solidaritätskundgebung von einer deiner Figuren mitorganisiert, die, natürlich, fürchterlich in die Hosen geht ... – Morgen vormittag wirst du's versuchen. Jetzt gilt anderes: das Kind. Das Mittagessen. Es eilt, wenn du am Nachmittag in die Stadt fahren willst.

Als sie durch die Eingangstür des Kindergartens trat, hörte sie den Chor schräger Kinderstimmen:

Tirol is lei oans,
is a Landl a kloans,
is al schians, ist a feins,
und dös Landl is meins.

Sie blieb stehen und horchte. Julias helles Stimmchen war deutlich herauszuhören. Es berührte Else eigenartig, daß das Kind solche Lieder lernte. Sie selbst hatte, kaum 200 Kilometer entfernt, mit derselben Inbrunst, ganz andere gelernt – „Grüeß di Gott, mi subers Ländle, döt am Rhi und Bodensee ...“ –

… is mei Guat und mei Hab,
is mei Wiag und mei Grab.

Beim Eintreten stürmten ihr Kinder fähnchenschwingend entgegen.

Natürlich. Demnächst Nationalfeiertag. Auf dem Heimweg sang und plapperte Julia aufgeregt vor, was sie eingelernt hatten. Das ganze Andreas Hofer Lied. Eine Strophe Bundeshymne. Der Herr Bürgermeister würde vorbeikommen. Für ihn übten sie das extra fest ein. Bei solchen Gelegenheiten fühlte Else überdeutlich, daß sie nicht hier geboren war. Sie war mit anderen Helden aufgewachsen. Wenn überhaupt. Das Rundgemälde über die Schlacht am Bergisel hatte Julia beim letzten Kindergartenausflug unheimlich imponiert. Auch das Anderl von Rinn, als es noch in Form einer lebensgroßen Plastikpuppe in der Kirche von Judenstein lag. Der Pfarrer hatte den Kindern die Geschichte wieder und wieder erzählt, und als der Bischof die Anderlpuppe entfernen ließ, war es kaum gelungen, sie zu beruhigen.

Während Else die Spaghetti anrichtete, brachten die Mittagsnachrichten neuerlich düstere Warnungen. – „Mama, was sind linke Gruppen?“ – Oje. Wieder einmal vergessen, rechtzeitig abzudrehen. Kurz überlegte sie, wie das einer Fünfjährigen zu erklären wäre. – „Leute, die eine bestimmte politische Einstellung haben.“ – „Sind das böse Männer?“ – „Nein, wie kommst du darauf?“ – „Der Michi sagt, ‚das sind ganz Linke‘, wenn er von den Bösen redet.“ – „Das meint er aber anders.“ – „Doch! Er sagt das! Und Max auch!“

Nach einer spaghettigefüllten Weile:

„Du, Mama, bleib heute daheim – ich geh dann auch nicht zu Miriam!" – „Es ist aber ausgemacht. Miriam freut sich schon." – „Ich möchte trotzdem, daß du hierbleibst!" – „Warum jetzt auf einmal?" – „Da sind die bösen Männer in der Stadt!" – „Stimmt doch gar nicht." – „Der im Radio sagt es aber." – „Böse Männer gibt's bei uns nicht!" –„Sicher nicht? Und wenn die mit den Briefbomben –?" Jetzt hatte sie es! „Nein, die kommen nicht zu uns! Die sind weit weg. Nun iß fertig. Wenn du brav bist, bring ich dir vielleicht etwas mit." Eilig kehrte sie noch die Nudelreste unterm Küchentisch fort.

Man kann nicht ewig so tun, als ob. Doch Schein und Sein mühsam auseinanderzudividieren, nur um sie letztlich zu einer erfundenen Geschichte neu zusammenzufügen? Ergibt das eine Wahrheit, mit der die Wirklichkeit beherrschbar wird?

Die Haltestelle war menschenleer. Else wunderte sich, daß keine jungen Leute dastanden. Niemand aus dem Dorf schien zur Demonstration zu fahren. Sie hatte die große Einkaufstasche umgehängt, um lästigen Fragen zu entgehen. Aber es kam keiner vorbei, dem sie etwas hätte erklären müssen. Kühl kroch es an den Fußsohlen entlang. Für den kalten Boden trug sie zu dünne Schuhe. Der Föhn täuschte. Am Ende war sie leichtsinnig? Im Bus befanden sich nur zwei Pensionisten, die beim Olympiastadion ausstiegen. Sie war die einzige, die bis zum Bahnhof sitzenblieb. Der Fahrer wechselte mit ihr kein Wort. Am Südring sah sie einen

VW-Transporter, vollbepackt mit Klarsichtschilden und Vollvisierhelmen. Es war also tatsächlich wahr! An der Graßmair-Kreuzung vier bewaffnete Polizisten in schwarzen Kampfanzügen. Ihr wurde mulmig. Warum hatte sie es nicht geglaubt? Der Bus zurück ging erst in zwei Stunden. Am Bahnhof wälzte sich aus einem Reisebus eine Gruppe auffällig schmutziger, schwarzlederner Punks. Else trat vom Gehsteig herunter, um an ihnen vorbeizukommen. Sie bildete sich ein, abgestandenen Schweiß- und Bierdunst zu riechen. Über den Halteplatz hastend, behielt sie die Gruppe im Augenwinkel. Jene wandten sich in Richtung Bahnhofsgebäude. Vielleicht fuhren sie weg?

Die Straßen waren ausgestorben. Samstag mittag. Vereinzelt nur surrte ein Auto davon. Vor dem Palmers-Geschäft stand ein Langhaariger breitbeinig neben seinem Fahrzeug, die Hände daran abgestützt. Zwei Beamte tasteten ihn von oben bis unten ab. Else kam sich vor, als wäre sie in Dreharbeiten für den Samstagabendkrimi hineingeraten. Alle außer ihr schienen mitzuspielen. Sie mochte diese Art Filme nicht.

Das Leben ist grotesker als Fiktion. Du kannst eigentlich nichts erfinden. Besonders hierzulande. Wir sind ein Postkarten-, ein Franz-Antel-, ein Kottan-Land. Balancieren am Rande der Lächerlichkeit. Und nichts ist so grausig, daß es jemals jemand ernst nehmen würde.

Sie rückte ihr Hütchen in Position und marschierte mit steifem Rücken durch die Gruppe von Polizisten hindurch. Wenn sie in die Altstadt wollte, mußte sie am Landhausplatz vorüber. Für einen Moment erwog sie sogar, den Umweg über die Museumstraße zu nehmen. Aber das erschien ihr dann doch übertrieben.

Die Geschäfte, das sah sie sofort, hatten dichtgemacht. Hoffentlich nicht in der ganzen Innenstadt. Sonst war sie umsonst hergefahren. Je näher sie dem Landhaus kam, desto gespannter lauschte sie. Man hörte nichts Verdächtiges. Nichts von dem summenden Geräusch, wie es große Menschenmassen, etwa bei Sportveranstaltungen, erzeugten. Nicht einmal die üblichen Stadtgeräusche. Alles schien den Atem anzuhalten. Als sie ums Eck bog, wußte sie warum. Da standen bloß einzelne Grüppchen auf dem Platz. Drumherum ein langer Kordon schweigender Polizisten. Elses Weg führte unter den Parkbäumen geradewegs darauf zu. Auf der Tribüne mühte sich einer mit der Montage von Lautsprechern ab. Irgenwie wirkte das Ganze ein wenig traurig. Else erfaßte eine Mischung aus Neugierde und Mitgefühl mit den Menschen innerhalb der Absperrung. Wie verlorene Schafe standen sie da. Von Zeit zu Zeit wirbelte ein Windstoß Staub über den halbleeren Platz. Dann drehten sich alle in die gleiche Richtung. Nur die Polizisten nicht. Die taten ihre Pflicht und blinzelten kaum.

So grimmig und so bewaffnet hatte Else österreichische Wachebeamte nie gesehen. Schlagstock, Schutzschild, Pistole. Ungewohnt auch die Barette. Fesch irgendwie. Zugleich furchterregend. Als steinerne Statuen standen sie Seite an Seite. Da wurde ein Bild nachgestellt, das man kannte. Brokdorf. Berlin.

Dort hätte es vielleicht hingepaßt. Aber hier war es eine dumme Imitation. Und es war nicht fair. Sie waren viel zu viele.

Hinter einer Gruppe von Polizisten, die etwas zugänglicher dreinschauten und die gewohnte moosgrüne Uniform mit Käppi trugen, blieb sie stehen. Schließlich faßte sie ein Herz und tippte einem auf die Schulter. Der fuhr herum. – „Entschuldigen Sie die Frage, aber können Sie mir sagen: Was geschieht, wenn da einer zu randalieren beginnt? Ich habe vorhin Punker gesehen. Ich meine, wenn es ein Durcheinander ...? Wie kann die Polizei die Unschuldigen dann schützen?“ Ihre Stimme wurde unsicher. Bilder von Fußballspielen und Kriegsszenen gerannen in ihrem Kopf. Das Gesicht vor ihr verfinsterte sich von Frage zu Frage. – „Es wäre besser, Sie gingen heim! Was haben Sie hier schon zu suchen?“ Demonstrativ drehte er sich um. Else war erschrocken über die Feindseligkeit. Und sie verstand. Die würden die Wasserwerfer einfach auf den Platz richten. Mit Mann und Maus alles „säubern“.

Da vorn stand ein altes Ehepaar. Dort einer im Rollstuhl. Und links eine Gruppe junger Leute, die Pizza aus dem Karton verzehrten. Sogar Kinder rannten herum. Über den Köpfen begann jetzt lärmend ein Hubschrauber zu kreisen.

Die Bilder. Tausendfach beschrieben. Der Staatsapparat zieht den Strick enger. Spielerisch. Unter Applaus. Außerhalb der Absperrung steht ein Ring von Zuschauern. Dir gefällt das Bild von Eindeutigkeit: Jeder hat seine Position bezogen. Aber du siehst sofort, ihr seid zu wenige. Der Griff nach dem kleinen Notizbuch und dem Bleistift in der Manteltasche beruhigt kaum die aufquellende Furcht.

Else bemerkte plötzlich, daß sie innerhalb stand. Der Polizeikordon hatte sich hinter ihr geschlossen. Auch recht. Derart unfreundliche Behandlung mußte man sich nicht gefallenlassen! Sicherheitshalber jedoch sah sie sich nach möglichen Fluchtwegen um. Die Abgänge zu den Tiefgaragen waren abgeriegelt. Neueintreffende, auch Frauen, wurden nach Waffen abgetastet. Das war ihr gottlob erspart geblieben. Es kamen ihr Bilder in den Sinn, wie sie die Juden zusammengetrieben hatten. Natürlich war das damals etwas anderes, rügte sie sich sofort. Aber ob die Beamten hier jeden jederzeit hinauslassen würden? – Fast hätte sie es ausprobiert. Doch irgenwie erschien ihr das auf einmal wie Fahnenflucht. Und einkaufen konnte sie sowieso nicht. Also blieb sie. Fühlte sich ein wenig lächerlich. Aber sie blieb. Alles hier war lächerlich. Schlagstöcke und Wasserwerfer! Wer hatte sowas jemals in Tirol gesehen! In Wien höchstens. Aber in Innsbruck …?

Mehr und mehr Leute sammelten sich auf dem Platz. Es wurde fast gemütlich. Viele blieben auch draußen stehen. Else war beinahe stolz, dazuzugehören. Manche der zwischen den zwei Menschengruppen eingekeilten Polizisten schienen sich – gegen alle militärischen Regeln, zu entspannen. Einer zog sogar ein Wurstbrot aus der Tasche und begann zu jausnen. Steckte es gleich wieder ein, als ihm der Kommandant einen mißbilligenden Blick zuwarf. Else fiel ein, daß sie womöglich schon seit Stunden postiert waren und nicht zum Essen gekommen waren. Sogar ein paar Politiker, von jeder Fraktion einer, standen am Rand. Eine große türkische Familie drängte sich schnatternd auf der Treppe zum Franzosendenkmal, und unweit waren die gefürchteten Punks eingetroffen. Jetzt erst sah sie die Armbinden „ANTIFA". Aber waschen hätten sie sich trotzdem können.

Die Bilder festhalten. Den Beweis führen. Hier prägst du dir Einzelheiten ein, dort drüben macht ein Stapo-Mann Notizen. Der Dicke einige Meter weiter ist von der Presse. Auch er schreibt mit. Jede Geste, jedes Gesicht ein Stück Geschichte. Später für dies und jenes verwendbar.

Von den Reden bekam sie kaum etwas mit. Die Lautsprecher schienen falsch eingestellt. Der Lärm ringsum zu groß. Nach einer Musikdarbietung, die nicht allzuviele Töne beinhaltete, drängten sich Ordner durch die Menge und teilten Zettel aus, worauf die Marschroute abgelichtet war. Als ob man sich hätte verirren können. Wie eine Ameisenstraße formierte sich der Zug in Richtung Wilhelm Greil Straße. Else ließ sich mitschwemmen. Es ging unendlich langsam. Erinnerte an ein Begräbnis. Man blickte ernst geradeaus.

Vor ihr im Zug trugen drei Frauen ein Transparent. Zu gerne hätte Else gewußt, unter welcher Parole sie mitmarschierte. Wenn sich der Stoff straffte, konnte man einzelne Buchstaben von hinten entziffern. Schließlich war sie ziemlich sicher, daß es „Gegen Ausländergesetze und Fremdenhaß“ hieß. Das war in Ordnung. Damit konnte sie sich einverstanden erklären.

Überall an den Gehsteigen standen Leute. Mit leeren Einkaufstaschen so wie sie. Schüler, Pensionisten. Es war ihr jetzt egal, ob jemand vom Dorf sie sah. Denen blieb im Prinzip gleichgültig, was sie tat. Sie war bloß eine Zugereiste. Zwar grüßte man sie freundlich und lud sie zu Tupperparties ein, aber wenn die Frauen beim Einkauf in Grüppchen beieinanderstanden, verstummten sie und blickten bedeutsam ins Leere, bis Else vorüber war. Dorfneuigkeiten und Todesfälle erfuhr sie stets mit eklatanter Verspätung. Es bedeutete ihr auch nicht viel. Sie sprach nach 20 Jahren noch immer mit falschem Akzent und verwechselte die Hausnamen.

Ihr Blick fiel auf die Uhr der Spitalskirche. Du liebe Güte! In 15 Minuten fuhr der Bus! Wie schnell die Zeit vergangen war! Und nichts war geschehen. Sie hatten es denen im Radio gezeigt. Alles nicht wahr.

Es erforderte einige Überwindung auszuscheren. In Gegenrichtung zum Bahnhof zu hasten. Die hinten im Zug würden sie für eine ansehen, die sich draußen hielt. Peinlich.

Szene über Szene stapelt es sich in deinem Kopf. Erinnerungsmaterial, noch während du neben den anderen deine kleinen Schritte setzt. Dir wird mit jedem Meter, den du mitgehst, klarer: das hier bist du/DU. Eindeu-

tig. Hier gilt keine kunstvolle Ambivalenz. Die Demonstrationsszene deiner Figuren wirst du frei erfinden müssen, willst du nicht in der Wirklichkeit gänzlich heimatlos werden.

Es sang in ihr, als das Postauto die Kehren an Schloß Ambras vorbei in die Höhe stieg. Das überlaut aufgedrehte Radio sprach davon, daß vermummte Demonstranten versucht hätten, den Polizeikordon um die Altstadt zu durchbrechen. Es war nicht gelungen. Die Polizei gutgeschult und diszipliniert ... Interviews mit verärgerten Touristen ...

Die Kinder kamen schreiend ums Eck. Julia vergrub sich in ihren Armen und hätte beinahe geweint.

Am Abend standen sie vor dem Zubettgehen noch eine Weile an der frischgeputzten Verandatür und schauten auf die im Föhnhauch glitzernden Stadtlichter. An der Scheibe blieben zehn kleine Finger und ein Nasenfleck zurück. Irgendwo im Dunkel hinter dem Schreibtisch surrte es.

Rosmarie Thüminger

wurde am 6. Juli 1939 in Laas, Südtirol, als Tochter einer unverheirateten Frau geboren. Sie wurde vom späteren Ehemann der Mutter adoptiert, der Lehrer war und dem Kind die Freude am Lesen vermittelte. Nach der Ausbildung zur diplomierten Krankenschwester ging sie für einige Zeit ins Ausland, nach Rom und Paris. Sie kehrte nach Tirol zurück, heiratete, gebar drei Kinder und gab ihren Beruf auf. Nun suchte sie neue Denkanstöße, wurde von der Frauenbewegung beflügelt und fand ihren Weg zur Kunst. Sie schrieb und publizierte zunächst nur für Erwachsene, später auch für Kinder. Das Kinderbuch „Zehn Tage im Winter", Wien 1988, wurde mit zwei Preisen prämiert.

FREMDLINGE

Ein schöner warmer Herbsttag. Der Schnee, der gestern noch die Hänge der Nordkette verzauberte, hat sich in die schattseitigen Mulden zurückgezogen. Der Himmel erinnert in seinem heiteren Blau an südliche Gestade.

Ich radle durch die Straßen, Richtung Landhausplatz. Die Stadt wirkt wie ausgestorben. Hat die Propagandamaschinerie, die tagelang Angst und Schrekken verbreiteten, am Ende doch gewirkt?

Benützen Sie Ihren Wagen nicht, in der Stadt ist sowieso generelles Parkverbot, verschieben Sie den Flohmarkt Ihrer Pfarre, halten Sie die Kinder vom Zentrum fern, fliehen Sie ins Grüne, überlassen Sie die Stadt dem Kommers und den linken Chaoten, die Polizei kann für nichts garantieren.

Vor dem Bahnhof Massen von Polizisten. Ein Rettungsauto kreuzt die Fahrbahn, die Feuerwehr rollt Wasserschläuche aus, Hubschrauber ziehen ihre

Kreise über die Dächer und verbreiten einen Höllenlärm.

Man hat uns gewarnt. Gestern erschien spätabends nochmals einer der obersten Polizeichefs am Bildschirm und versuchte, die mit den Gedanken an eine Demoteilnahme schwanger gehenden Teile der Bevölkerung aufzuklären: Über tausend bewaffnete Ordnungshüter aus ganz Österreich werden im Einsatz stehen, darunter die Cobra und das Mobile Einsatzkommando der Wiener Polizei, modernstes Gerät wird herbeigeschafft, Rettungswägen und Notdienste für die zu erwartenden Verletzten stehen Gewehr bei Fuß, und die Chirurgen und Knochenflicker haben bereits ihre Messer gewetzt und halten Nadeln und Fäden bereit. Der Kommers, nein, besser gesagt, die Meinungsfreiheit, die Demokratie, die Heimat wird verteidigt werden.

Der Moderator zeigte ein zufriedenes Lächeln, was ihn aber nicht hinderte, noch schnell ein paar Tränen über die horrenden Gelder zu vergießen, die diese Sicherheitsmaßnahmen verschlingen würden. Steuergelder, erarbeitet von den braven und ruhigen und lieben Steuerzahlern, und wen haben wir das alles zu verdanken? Jawohl, Sie haben es erraten!

Einigen Linken und Autonomen, einigen profilierungssüchtigen, selbsternannten sogenannten Antifaschisten. Aber getrost, der gesamte Demonstrationszug wird gefilmt, auf Zelluloid gebannt, archiviert, nichts geht verloren, die Demonstrierer sind registriert, und zu gegebener Zeit wird man auf die Materie zurückkommen. Mit Leuten dieser Art wollen Sie, vernünftiger, verantwortungsvoller und demokratisch denkender, die Meinungsfreiheit liebender Bürger unserer schönen Stadt nichts zu tun haben. Mit Leuten dieser Art wollen Sie nicht gemeinsam in einer Filmdokumentation erscheinen. Oder? Und damit gute Nacht, lieb Heimatland. Ein letztes, gemeinsames, schön offenes Lächeln getauscht, und die beiden Herren verabschieden sich und entließen ihre SeherInnen in den Schlaf der Gerechten.

Die Verkehrsampeln wurden außer Betrieb gesetzt, und ohne weitere Behinderung quere ich Gasse um Gasse. Die Geschäfte sind geschlossen, weil dieser Samstag, Gott sei's gedankt, kein Einkaufsamstag ist. Die Verkäuferinnen werden entweder zu Hause ihre müden, schmerzenden Beine oder die Bedürfnisse ihrer Familienmitglieder pflegen, oder aber sie befinden sich womöglich auch im Anmarsch zur Demo, denn hier, nahe dem verlautbarten Treffpunkt, herrscht schon bewegtes Treiben. Junge Leute, mittlere, ältere und alte Leute, weniger Kinder als bei anderen Demos, ein paar Hunde, zumeist undefinierbaren Stammbaums, bewegen sich auf den Landhausplatz zu. Die DemonstrantInnen tragen Stangen und Transparente, letztere noch zusammengerollt, selbstgemalte Plakate, viele kommen auch mit leeren Händen, darauf vertrauend, daß der ihnen zusagende Spruch, hinter den sie wandeln möchten, alsbald zu finden sein werde. An der östlichen Ecke des Boznerplatzes wieder drei Polizeifahrzeuge mit Blaulicht. Ein etwas nervös wirkender, doch gut genährter Gendarm bedeutet mir, vom Fahrrad zu steigen und meinen an der Lenkgabel hängenden Beutel zu öffnen. Er erkundigt sich, wozu ich die drei Dosen Katzenfutter benötige, und nachdem ich ihm erklärt habe, daß ich sie an meine Tochter, die ich bei dieser Demo sehen werde, zwecks Fütterung einer graugetigerten Katze, welche uns gemeinsam gehört, aber zur Zeit in ihrer Wohnung haust, zu übergeben gedenke, ermahnt er mich, die Viertelkilodosen nicht etwa gegen jemanden zu schmeißen, was ich auch prompt verspreche. Eine eidesstattliche Erklärung brauche ich nicht abzugeben.

Im Kongreßhaus tagt derweil der Kommers, hofiert von Politikern, die diensteifrig zugestimmt haben, die stadteigenen Räume zu vermieten. Wenn auch die auftretende Politikerprominenz bedeutend dünner ausfiel als beim letzten großen Kommers vor zehn Jahren, wo der Tiroler Landeshauptmann noch den Ehrenschutz innehatte und der Bundespräsident ein Grußtelegramm sandte, die Distanzierungsversuche hielten sich in Grenzen. Wo die Gesellschaft insgesamt nach rechts sich wendet, darf der Politiker sein Stimmvieh nicht alterieren, denn eines ist sicher: die nächste Wahl kommt bestimmt. Einmal abgesehen von solch kleinlichen Berechnungen, warum sollten die ganz gewöhnlichen tirolerischen Politiker etwas gegen dieses Treffen haben? Im Grunde vertreten sie das gleiche wie die Organisatoren des Kommers. Es geht um Südtirol. Um Tirol. Um Heimat. Oder geht es nicht doch wieder um Deutschland? Egal. Es geht um die rechte Weltanschauung, die hier beheimatet ist. Ein bißchen extremer halt, als sie normalerweise benannt wird. Die Männer sind unter sich, auch ein bißchen extremer als normalerweise, aber die Unterschiede sind graduell, nicht grundsätzlich.

Heute regiert der männerbündische Kommers im Kongreßhaus, heute und immer regiert der beinahe ebenso männerbündische Kommerz in diesem Land. Gepriesen und bejubelt ist alles, was Geld einbringt.

Für Geld ist alles zu haben, für Geld wird alles angeboten und verkauft, sei es Grund und Boden, Lieder und Tänze, Kultur und Menschlichkeit, Vaterland und Muttersprache. Die Politiker appellieren an den Heimatsinn der Menschen, um im nächsten Augenblick vor dem mächtigen Freund im Norden auf den Bauch zu kriechen, ihm die Füße zu küssen und die Grenzen weit aufzumachen für alle Lkws und Schwertransporter und Giftbomber und Brummer, die ihre Waren profitmaximierend kreuz und quer durchs Land transportieren. Auch wenn die Mütter im Herzen dieser Politiker einen Stellenwert einnehmen, der in der Höhe noch den höchsten Berg Tirols übertrifft (für die weniger gut Informierten: es ist der Ortler), ihre Milch ist leider nicht zu retten. Die Sachzwänge sind stärker, der Bleigehalt steigt weiter, ebenso die Wohnungsmieten, was wiederum leicht einsichtig ist. Unsere Heimat ist so schön, daß der Grund für Hotels und Fremdenzimmer gebraucht wird, und der wenige, der davon noch übrig ist, der geht für die Errichtung von Zweit- und Drittsitze gutbetuchter Zeitgenossen drauf, seien sie nun ausländischer oder inländischer Geburt. Und schließlich und endlich brauchen auch Schilifte und Beschneiungsanlagen und Pisten und Golfplätze und Supermärkte ihren Platz. Denn alles das bringt Geld.

Leider noch immer nicht genug. So erklärte es sich, daß immer mehr Hotels und Fremdenzimmer und Schilifte und Beschneiungsanlagen und Golfplätze und Supermärkte gebaut werden müssen, und daß das Geld trotzdem nicht reicht, eine der nun schon jahrzehntelang gestellte Bitte hiesiger Mütter zu erfüllen, nämlich die Kindergärten über Mittag offenzuhalten, damit sie ihrer außerhäuslichen Arbeit mit einigermaßen ruhigem Gewissen nachgehen können.

„Aber schön ist es hier schon", sagt eine Frau neben mir. „Schaut imposant aus, so ein Gebirge, das direkt hinter der letzten Häuserzeile der Stadt aufsteigt. Man hat das Gefühl, man könnte von einem Augenblick zum anderem in der Wildnis verschwinden." Ihr Gesicht ist verhüllt, eine leichte, dunkle Maske läßt nur die Augen frei. Die Stimme hat nicht den unverwechselbar, ortsüblichen kehligen Ton, die Konsonaten kommen weich und gedehnt. Ich schalte sofort: Diese Frau muß eine dieser Chaotinnen aus Wien sein, vor denen im Fernsehen gewarnt wurde, beinahe so eindringlich wie vor der Autonomen Szene aus Vorarlberg, um deretwillen wiederum dieses fette, ländliche Sicherheitsorgan sich genötigt gefühlt hat, den Inhalt meines Beutels zu erkunden. Die Begleiterin der Chaotin, ebenfalls verschleiert, also auch eine Chaotin, nickt. „Als Kind war ich jeden Sommer in Tirol. Hier ist meine zweite Heimat."

Heimat? Erste Heimat? Zweite Heimat? Schöne Heimat, in der Kommers und Kommerz tanzen und

Uniprofessoren Festreden dazu schwingen und alle, die nicht mittun, zu Fremdlingen stempeln. Schöne Heimat, die selbst ihre Sprache verkauft, bis sie fremder geworden ist als das fernste Land je sein kann und kälter als ihre Gletscher. Schöne Heimat, die sich noch immer erbittert wehrt, die Fristenlösung zu akzeptieren. Nicht, um das Leben zu schützen, wie man es den Frauen blauäugig weiszumachen versucht, sondern aus genau denselben Grund, wie sie die Ganztagskindergärten verhindert. Das Weib, insbesondere das tirolerische, soll kontrolliert werden. Das ist auch der Grund, warum es in Tirol leichter fällt, etwas Geld für ein Frauenhaus aufzutreiben, als für ein autonomes oder gar linkes Frauenzentrum. Auch Tiroler schlagen Frauen, was sich eigentlich nicht gehört, aber halt ab und zu passiert, und dann ist natürlich Hilfe vonnöten. Ein Tiroler Politiker ist schließlich kein Unmensch. Besser die Frauen verschwinden in ein Frauenhaus, als daß sie womöglich lernten zurückzuschlagen, da kriegte allenfalls noch der eine oder andere Politiker sein Fett ab.

„Versucht nur einmal, hier zu leben!“ rufe ich erbittert aus. „Ihr, die ihr in eurem fortschrittlichen Wien daheim seid, in der Weltstadt, wo Europa sich begegnet, wo universeller Wind weht, auch wenn er noch von der Monarchie stammt und ein bißchen nach der armen, unglücklichen Kaiserin Elisabeth riecht, und wo zumindest die städtischen Kindergärten mittags nicht zusperren.“ Die beiden wechseln durch ihre Sehschlitze einen verdutzten Blick und fangen zu kichern an.

„Zieh einfach nach Wien!" rät die eine, die mit der roten Maske. „Dann wirst du ja sehen." Nicht nur die Maske, auch die Augen wirken plötzlich sphinxhaft.

„Und was wird aus meinem Enkelkind, diesem unschuldigen Säugling?" rufe ich, weil ich gerade meine Tochter erblicke, die sich, mit ihrer Tochter im Tragtuch, einen Weg zu mir bahnt, um zu ihren drei Dosen Katzenfutter zu kommen. „Seine Mutter studiert noch, und ich betreue es zu fixen Zeiten, schließlich wurde es nicht gefragt, ob es hier oder in einer etwas kinderfreundlichen Gegend geboren werden wollte. Außerdem, Simone de Beauvoir sei's geklagt, bin ich in ihn vernarrt."

„Sie ist weiblich", sagt meine Tochter, „wann wirst du endlich lernen, die Pronomen richtig zu gebrauchen?"

Ich überreiche ihr den Beutel mit den drei Dosen Katzenfutter und übernehme dafür die Enkelin samt Tragtuch. Sie schlägt die Augen auf, blitzblaue, spuckt, aber nur ein bißchen, grunzt, lehnt den Kopf gegen meine Schulter, der zarte Druck schmelzt mir das Herz.

„Es ist ziemlich leichtsinnig, ein Baby mitzunehmen!" tadelt die rote Maske. „Diese Masse von Bullen, wenn da ein paar durchdrehen!"

„Die Mama hat mir versprochen, beim geringsten Anzeichen einer Gefahr mit dem Baby zu verschwinden", sagt meine Tochter. „Und zwar blitzartig, nicht wahr?"

Ich bestätige es. Im übrigen hat die bundeshauptstädtische Chaotin recht. Gefährlich wirken nur die Polizisten. Die DemonstrantInnen schauen höchst friedfertig aus, lauschen den wechselnden Ansprachen, der Musik, klatschen Beifall, unterhalten sich zwischendurch. In einem Land, dessen Staatspolizei jeden Infostand und jede Diskussionsrunde aufmüpfiger Frauen jahrzehntelang in ihren Akten vermerkte und noch immer vermerkt, die Neonaziszene aber unbehelligt läßt, so daß Gewalttäter in aller Geborgenheit Bomben basteln können, Bomben verschicken können, und auch dann, als diese explodieren, die Staatsanwaltschaft und die Staatspolizei ihr Augenmerk noch immer nicht auf die Gewalttäter lenkt, sondern auf jene Leute, die gegen Gewalt eintreten, ist klar, woher Gefahr droht, und woher die Angst kommt, die viele von uns um dieses Land spüren. Der Anschein trügt nicht.

Langsam beginnt sich der Zug zu formieren. Die Sonne erwärmt mit sanften Strahlen Demonstrantinnen und – was manchen weniger edlen Seelen enorm mißfällt, auch Polizei und Gendarmerie. Viele Zuschauer säumen den Rand der Straßen. Je näher wir an das Kongreßhaus, den Tagungsort des Kommers heranrücken, desto martialischer die Sicherheitsorgane. An den Kreuzungen Armeen von Streitkräften. Schulter an Schulter, Helm an Helm, Schild an Schild, Knüppel an Knüppel, Schußwaffen an Schußwaffe. In zweiter Reihe die Polizeihunde. Wenigstens der Bürgermeister weilt übers Wochenende in Wels. Ebenfalls in der Ferne, aber bedeutend näher, schrillt eine Feuerwehrsirene, über den Dächern im blauen, heiteren Himmel kreisen Hubschrauber wie überdimensionale Hornissen, nur lauter.

Über den Köpfen die Transparente, ernste Politparolen neben witzigen Spontisprüchen, Zeichnungen, Plakate, buntes Tuch, soweit das Auge reicht. Die heiteren, gelassenen Menschen füllen die Straßen, die Plätze, den öffentlichen Raum der Stadt. Unverdrossen glitzert der Inn zwischen den hohen Kanalmauern, in die man ihn gezwängt hat. Drei Sandler, deren Stammplatz an der Brücke zur Ottoburg liegt, schließen sich der Demo an. Die zwei Frauen aus Wien ziehen plötzlich einen Luftballon aus ihrem Rucksack und lassen ihn steigen. Lange schwebt er über den bunten Kronen der Ahornbäume. Freunde, Freundinnen tauchen neben uns auf, lächeln uns zu, werfen neugiere Blicke, freuen sich an der neuen Tirolerin, die in ihrem Tragtuch, behütet und gewiegt von der Melodie tausender, leicht und heiter schreitender DemonstrantInnen, sanft schläft, um später, in absehbarer Zukunft, groß und stark genug zu sein für ein Leben in diesem Land, als Fremdling.

Ich spüre, hier, inmitten dieser Menschen, hier ist Heimat.

Renate Zuniga

wurde am 22. Oktober 1957 in Brixlegg geboren. Sie vervollständigte ihre Dolmetschausbildung für Spanisch und Französisch durch Sprachkurse an der Sorbonne. Ihre abwechlsungsreiche Arbeitstätigkeit mündete seit 1991 in die Arbeit im Sektretariat der Grazer Autorenversammlung sowie freiberuflichen Arbeiten rund um die Literatur. Zu ihren Werken zählen Hörspiele, Filmdrehbücher und zuletzt das Buch „Sterne wohnen auswärts", ein Kriminalroman, Wien 1994.

TIROL
oder
DIE ZEITEN ÄNDERN SICH UND WIR UNS MIT IHNEN

Ich wurde in der Mitte der fünfziger Jahre, an einem 22. Oktober in Brixlegg in Tirol geboren.

„Unmittelbar an der Einmündung des Alpbachtales in den Innfluß, zwischen den felsigen Erhebungen des Mehrnsteines (Hochkapelle) im Osten und des Mühlbichls im Westen auf einem Schuttfächer des Alpbaches breitet sich der Markt Brixlegg in 534 m Seehöhe (2594 Einwohner), unmittelbar an den Ufern des Alpbaches aus. Das Alpbachtal, dem Sinn und der Herkunft des Wortes nach das Tal des Almbaches, ist eines der rechten Seitentäler des Inntales und liegt im Tiroler Unterland."

Das Ankommen in meiner Familie wurde zu einem freudigen Ereignis.

Für Paula, meine damals achtundzwanzigjährige Mutter, kam nichts anderes als eine Hausgeburt in Frage.

Bald nachdem sich meine Geburt angekündigt hatte, ging sie in den ersten Stock des frischgebauten Einfamilienhauses und legte sich in die rechte Hälfte des Ehebettes im größten unserer vier Fremdenzimmer, welches am wärmstem war, weil es sich direkt über der Küche befand, wo im Zusatzherd immer ein Feuer brannte. In diesem Fremdenzimmer standen die einzigen Möbelstücke, die meinem Vater als Hochzeitsgeschenk von meinem Opa aus seinem großbürgerlichen Elternhaus mitgegeben worden waren. Diese Einrichtung bestand aus einem gewaltigen Doppelbett, einem Kleiderschrank und vier Stühlen aus Mahagoniholz sowie einem wuchtigen, dunkelbraungebeizten Tisch aus Fichtenholz. In der Mitte der gedrechselten, nach unten hin ausgestellten Tischbeine befanden sich an den Längsseiten zwei Zargen, die mit einer Schnitzerei, die Edelweißsträuße darstellten, verziert waren.

Mit etwas gutem Willen hätte man diese Möbel beinahe als Stilmöbel bezeichnen können, die einzigen übrigens im ganzen Haus, denen eine derartige Bezeichnung gebührte.

Als bei meiner Mutter die ersten Wehen einsetzten, fuhr mein Vater mit seinem „Opel Caravan", Baujahr 1954, nach Fügen im Zillertal und holte meine Großmutter mütterlicherseits und die alte Hebamme, die sich schon bei der Geburt meiner Mutter bewährt hatte.

Außerdem waren noch meine spätere Taufpatin Elisabeth Larcher, die ihren Mann Hermann mitgebracht hatte, anwesend, welche meinem Vater beim Warten auf mich in der Stube Gesellschaft leisteten.

Meine Geburt dauerte nur eineinhalb Stunden. Paula hat mir immer wieder ganz stolz erzählt, daß ich am ganzen Körper mit einer weißen Fettschicht bedeckt, eine sozusagen unter der Glückshaube Geborene, war. Eine Tatsache, die sie auf die gesunde und kraftvolle Ernährung während ihrer Schwangerschaft und auf ihre außergewöhnlichen Kochkünste, auf die sie schon damals sehr stolz gewesen ist, zurückführte.

Als mich mein Vater dann zu Tränen gerührt und mit den Worten: „Gebbs ma mein Buam endlich!" in die Arme nehmen durfte, begannen die Frauen damit, ihn schonend mit dem Gedanken vertraut zu machen, daß sein erstes Kind eine Tochter war. Dennoch ging er hinaus auf das kleine Grundstück, dort wo der Garten erst angelegt werden mußte und alles noch eine Baustelle war, und pflanzte nach alter Sitte einen Birnbaum und vier kleine Birken. Danach badete er und zog sich in seinem Schlafzimmer einen frischen Pyjama an, ging zurück in unser Fremdenzimmer und legte sich in das freie Ehebett, neben dem Bett, in dem meine Mutter mit mir lag. Dort blieb er mit Paula und mir eine ganze Woche, stand nur auf, wenn er sich wusch oder auf die Toilette mußte, das Essen ließ er sich von meiner Großmutter ans Bett bringen.

Da lagen wir nun zu dritt, und Georg und Paula begannen bald darauf über meinen Namen zu beraten. Da mein Vater die Geburt einer Tochter keinen einzigen Augenblick auch nur erworgen hatte, er also sicher war, daß ich wie er Zeit meines Lebens Georg heißen würde, waren die beiden ziemlich ratlos. Meine Mutter hat ihm damals sogar allen Ernstes einmal vorgeschlagen, mich Georgine, französisch ausgesprochen, zu nennen. Das wollte mein Vater aber auf gar keinen Fall, weil er befürchtete, daß ich aufgrund eines in Tirol dermaßen unüblichen Namens von meinen Mitschülern und Mitschülerinnen gehänselt werden könnte. Ohne um die Bedeutung des Namens zu wissen, einigten sie sich schließlich darauf, mich „Barbara“ zu nennen. Langsam, sehr langsam begann mein Vater zu begreifen, daß ihm eine Tochter geboren worden war, denn viele Jahre später erzählte mir Paula einmal, daß mein Vater als ich bereits sechs Monate alt war noch immer mit den Worten „Horch, ER! schreit“ auf mein Weinen reagierte.

Mein erster Winter, im neuen und noch nicht einmal ganz fertiggebauten Einfamilienhäuschen war einer von diesen Tiroler Jahrhundertwintern, wo das Eis von Dezember bis März nie schmilzt und man in der Früh wochenlang nicht aus den Fensterscheiben schauen kann, die, weil in der Nacht der „Mellerofen“ wieder einmal ausgegangen ist, über und über mit Eisblumen überzogen sind. Trotz dieser Hundekälte ließ es sich Paula nicht nehmen, mich tagtäglich stundenlang im Kinderwagen auf die Terrasse zu stellen.

Ich muß damals ziemlich gefroren haben, so erkläre ich mir zumindest den Umstand, daß ich jetzt richtiggehend süchtig nach tropischen Ländern bin. Auf jeden Fall ist es mir bis heute noch nicht gelungen, von der Sonne auch nur annähernd genug zu bekommen.

Paula, die damals noch eine Hausfrau war und der die Schrecken der Entbehrungen der Kriegs- bzw. Nachkriegsjahre noch in allen Knochen gesteckt haben mochten, gelang es in kürzester Zeit und unter Zuhilfenahme ausgeklügelster Tricks, mich zu einem prallen Baby heranzumästen.

Daß die Fettwülste, die mich auf dem Seelöwenfellfoto zieren, dann doch wieder verschwunden sind, habe ich Georg, der mit mir große Pläne kampfsportlicher Natur verfolgte, zu verdanken.

Er selbst war in seiner Jugend ein begnadeter Leichtathlet, dafür aber ein saumiserabler Schüler gewesen, eine Tatsache, die seinem Turnlehrer am Realgymnasium Kufstein sehr entgegenkam, als dieser illegale Nazi meinen damals siebzehnjährigen Vater davon überzeugte, der „Waffen SS“ beizutreten.

Paula, die Tochter eines Maurers, der bei der Wildbachverbauung untergekommen war, litt als Kind jedes Mal entsetzliche Qualen, wenn ihr Vater, was des öfteren vorkam, wieder einmal die Baustelle wechseln mußte und die gesamte Familie mit all ihren Habseligkeiten auf einem Planwagen, der meistens nur von einem Pferd gezogen wurde, zur nächsten bescheidenen Unterkunft in immer andere Dörfer unterwegs war.

Während der letzten Jahre hatte sie 14 Stunden täglich in einem Schweizer Gasthaus als Kellnerin gearbeitet, meinem Vater ihr gesamtes Geld geschickt, damit er mit seinen eigenen Händen und kurz vor meiner Ankunft ein eigenes Haus für uns bauen konnte.

Paula, unter deren Fittiche alles gedieh, verwöhnte ihre Fremdgäste, die sie in den vier Fremdenzimmern im ersten Stock unseres Haus einquartierte und mit denen sie sich fast immer anfreundete, kochte und buk, hegte und pflegte, was ihr schon bald Jahr für Jahr ein Foto in der „Monatszeitschrift der Raiffeisen-Bausparkasse" einbrachte, wo wir dann unseren Balkon bewundern konnten, auf dem es den üppigsten Blumenschmuck des gesamten Tiroler Unterlandes zu sehen gab.

Paula, die immer zu allen Leuten freundlich war, die gerne sang und stets für alle etwas zum Essen hatte, ging meinem Vater und mir mit ihren Fremden schon bald gewaltig auf die Nerven. „Flachländer" nannte sie der Vater. Flachländer sind arm, dachte ich mir als Kind, weil es bei denen zu Hause nicht schön ist, weil sie keine Berge haben, weil sie das ganze Jahr arbeiten müssen, nur damit sie mit dem schwerverdienten Geld einmal im Jahr nach Tirol fahren können. „Flachländer können nicht Auto fahren!" sagte der Vater. „Flachländer können nicht Deutsch!" sagte das Kind, wenn wir im Winter mit unserem Auto zu einem der neuen Schilifte unterwegs waren, die damals überall eröffnet wurden.

Georg, der in der Zwischenzeit die Jagdprüfung abgelegt und im Revier seines Vaters eine Jagdkarte erworben hatte, nahm mich als Kind mit auf die Jagd. Er zeigte mir, wo die Rehlein äsen, wo die Füchslein ihre Jungen verstecken, wo die Adler ihre Kreise ziehen. Er zeigte mir, was man von der Natur essen konnte und was nicht. Gemeinsam sammelten wir Heilkräuter und Preiselbeeren. Wir kannten die Plätze, wo die von Paula so köstlich zubereiteten Pilze wachsen und die Quellen, wo das Wasser am kältesten ist. Wir übernachteten in Jagdhütten und auf Hochständen. Wir verfolgten die Fußspuren von Wilderern, wir waren aus ein und demselben Holz geschnitzt, wir waren ein und dasselbe Blut, wir waren ein und dieselbe männliche Energie, und wir erkannten beide nicht, daß wir diesen glückseligen Umstand, dieses Geschenk des Lebens, einer Frau zu verdanken hatten, denn Paula hatte, während wir durch die Wälder streiften, in der Firma, die unser Opa auf uns überschreiben hatte lassen, zu arbeiten begonnen. Und auch hier gedieh unter ihren Fittichen alles prächtig. Ein ihr innewohnender Instinkt sagte ihr, wie man mit Kunden und Kundinnen umzugehen hatte. Ihr großes Frauenherz wußte um Mitgefühl, denn sie nahm wahrhaftig Teil an den Leben ihrer Mitmenschen, die gleichzeitig ihre treuesten Kunden wurden. Sie wußte um die Magie des Schenkens Bescheid, denn nie verlangte sie Geld von den ganz Armen. Und diese Offenheit machte sich schon bald bezahlt. In Nullkommanichts hatte sie unsere bescheidene Kohlenhandlung und den mickrigen Sprengmittelverschleiß, den Teil der ehemals prächtigen, mitterlerweile allerdings prächtig heruntergewirtschafteten Familiendynastie, die meinem Vater als Erbe zukam, in eine einträgliche Goldgrube verwandelt.

Seit ich endlich die Schule besuchen durfte, begann ich mich für die anderen Kinder im Ort fast ebenso zu interessieren, wie ich mich bisher für meinen Vater interessiert hatte.

Während der ersten Jahre war ich eine außerordentlich gute Schülerin gewesen. Besonders begeisterte mich der Religionsunterricht. Ich hatte einen direkten Draht zu meinem Schutzengel und war sehr stolz auf mein gutes Herz und meine reine Seele.

Fast alle meine Schillinge schenkte ich unserem Herrn Pfarrer, der sie geradewegs nach Afrika schickte, und ich war überzeugt, daß es nicht mehr lange dauern würde bis, dank meines Geldes, auch in der letzten Hütte auf dem afrikanischen Kontinent lauter katholische Herzen schlagen würden.

Ich kannte jedes noch so verborgene Bild in unserer im Jahre 1508 erbauten Kirche „Unsere liebe Frau" und stand sprachlos, zumeist mutterseelenallein, vor des Hl. Josefs Flucht aus Ägypten und dem zwölfjährigen Jesus, der im Tempel lehrte.

Ich werfe eine Münze in eine Blechbüchse, an die ein blutendes Herz geschweißt ist. Der Kreuzweg, der gemartete Leib Christi, Jesus, dem ein römischer Soldat in die Seite tritt, die Dornenkrone wir im aufgesetzt. Aber er hat kein schmerzverzerrtes Gesicht. „Unsere liebe Frau", die ihr Kind stolz herzeigt, richtiggehend in die Luft hält, nicht an ihre Brust drückt. Ich wollte mich gerade der Pflege der verwahrlosten Kindergräber, die ich sehr ernst nahm, gleich am Eingang des Friedhofes neben der Aufbahrungshalle, widmen, hatte dafür Vergißmeinnicht und Gänseblümchen ausgegraben, als ich die Stimme meiner Mutter höre: „Komm Barbara, wir fahren zu deiner Urgroßmutter, hinein in das Zillertag." Ich wollte nicht mitfahren, sondern die Kindergräber herrichten, weil es außer mir niemand gab, der das tat. Ich wollte nicht in diese ungemütliche Wohnung. Alles dort war dunkel und roch nach abgestandener Luft und unbekannten Speisen, die ich immer vor mir auf dem Teller liegen ließ, ohne auch nur einmal gekostet zu haben. Ich konnte den Dialekt meiner Großmutter kaum verstehen. In meiner Erinnerung gibt es viele Laute aber kein einziges ausgeprochenes Wort. Paula meinte: „Aber du mußt mitfahren, du kannst doch nicht ganz alleine zu Hause bleiben, dafür bist du noch viel zu klein, und wer weiß, wie lange wir sie noch haben!"

Manchmal griff sich die Urgroßmutter mein Handgelenk und zog mich in ihre Kammer, so nannte sie ihr Schlafzimmer. Die Urgroßmutter humpelte voran, und ich humpelte hinterdrein, und ich wußte nicht so recht, ob ich mithumpeln oder einfach normal gehen sollte. Während die Urgroßmutter in einem Schränkchen kramte, meistens brachte sie Neapolitanerschnitten zum Vorschein, betrachtete ich ein riesiges Bild, das am Kopfende über einem gewaltigen, hölzernen Doppelbett hing.

Zwei angsterfüllte Kinder überqueren einen reißenden Wildbach. Die Brücke, über die sie müssen, ist in der Mitte schon halb weggerissen. Die beiden halten sich in ihrer Verzweiflung an den Händen. Der Bub geht tapfer voraus, das weinende Mädchen blickt flehend zum Himmel. Über den Kindern schwebt ein riesengroßer, fleischfarbener Engel und breitet seine Flügel schützend über die beiden.

„Jedes Kind hat einen Schutzengel, der hört und sieht alles und erzählt alles dem lieben Gott." Auch beim Doktorspielen in der Waschküche des Nachbarhauses ist ein solcher Engel dabei, und da hilft nur noch die Heilige Beichte, denn der liebe Gott weiß ohnehin schon alles. Der Priester nennt mich eine verwerfliche Sünderin, die unserem Herrgott ein großes Opfer bringen muß.

Das tagtägliche Abendgebet „Lieber Schutzengel mein, laß mich Dir empfohlen sein ..." wird zu einem Vaterunser.

An unserer Schule gibt es einen kugelrunden Pfarrer mit einer glänzenden Glatze. Er erzählt von großen Abenteuern an Kriegsfronten und biblische Geschichten. Wir Kinder schlucken mit ausgetrockneten Mündern und stellen uns die Höllenqualen vor.

Sooft sich mir die Gelegenheit bot, ging ich zur Beichte und begehrte meines Nächsten Frau und Haus, damit ich ja keine Sünde vergesse. Wenn es um die ewige Seligkeit geht, dachte ich mir, ist es schon besser, zuviel zuzugeben als zuwenig.

Der runde Pfarrer trug immer seinen schwarzen Talar und im Sommer Sandalen. Ich versagte mir mein Lieblingsspiel und ließ alle meine Puppen sterben. In unserem Keller bekamen sie, eingewickelt in Seidenpapier, in den Schuhschachteln von Paulas Ballyschuhen ein Grab. Gern hätte ich den Herrn Pfarrer bei der Beerdigung im Keller dabeigehabt. Immer wollte ich, daß meine Eltern den Herrn Pfarrer einladen, daß Paula für den Herrn Pfarrer kocht. Meine Eltern lachten beide, wenn ich diesen Wunsch von Zeit zu Zeit äußerte.

Im Dorf, auf der Straße, räusperte ich mich und holte tief Luft, wenn mir der Herr Pfarrer begegnete. Aber immer, wenn ich ihn grüßen wollte, kam kein einziger Ton heraus. Besonders schön grüßen hätte ich ihn wollen, aber da kam nichts heraus. Umdrehen und davonlaufen! Wenn der Herr Pfarrer im Religionsunterricht erzählte, wie traurig er sei, weil es in unserer Mitte Kinder gäbe, die ihre lieben Mitmenschen auf der Straße nicht grüßen, nicht einmal für den Herrn Pfarrer ein Grüß Gott haben, wurde ich blutrot und wäre am liebsten im Erdboden versunken.

An einem kalten Jännertag, ich kam gerade aus der Schule, stand vor unserem Haus ein riesiger Leichenwagen. Seit Tagen hatte es geschneit und die ersten zwei Lifte, die die umliegenden Bauerndörfer schon bald in blühende Fremdenverkehrszentren verwandeln sollten, waren vor einiger Zeit eröffnet worden. Ich überlegte mir gerade, wie ich meinem Vater wohl dazu bringen könnte, daß er mit mir Schifahren ging, als ich auf Zehenspitzen meine Nase an die Leichenwagenscheibe drückte. Hinter einer schwarzen Kunststoffstore stand in der Mitte des Wagens ein winziger Kindersarg. Er war strahlend weiß, um den

Sarg war mit winzigen goldenen Nägeln weiße Spitze befestigt. Als ich unser Haus betrat, stieß ich in der Tür mit dem Bestattungsunternehmer zusammen. Der räusperte sich und verabschiedete sich schnell von meinem Vater. Mein Vater ging vor mir in die Küche. Er war ganz grau im Gesicht und rauchte nach langer Zeit wieder Zigaretten. Die Mutter war nicht da, auf dem Herd stand kein Essen. Der Vater setzte sich an den Küchentisch. Ich blieb vor ihm stehen. Er schaute mich mit traurigen Augen an und sagte: „Deine Schwester Elisabeth ist heute im Morgengrauen, kurz nach ihrer Geburt, gestorben." Ich verstand ihn nicht. „Deine Mutti hat ein Kind bekommen, sag bloß, du hast nicht gemerkt, daß sie letzter Zeit dick gewesen ist?" Jetzt fiel es mir wie Schuppen von den Augen, all die Zuckerstücke, die die Mutter mich angehalten hatte, auf das Fensterbrett zu legen, der riesige, runde Mutterbauch. Mein Vater vergrub sein Gesicht in den Händen. Ich wollte meinen Vater trösten und zog ihm die Hände weg vom Gesicht. „Aber das macht doch nichts, dann kaufen wir uns halt ein anderes Baby!" Der Vater wurde ganz rot im Gesicht. „Red nicht so blöd daher! Daß mir so etwas die Paula nur nicht hört, Kinder kann man nicht kaufen, Kinder werden geboren!" Ich drehte mich um und ging in den Keller hinunter zu meinen Särgen aus Schuhkartons.

Am Abend mußte ich mit meinem Vater in die Aufbahrungskapelle gehen, wo der kleine Sarg jetzt stand. Sogar die Urgroßmutter war gekommen. Der

Vater führte mich zum Kessel mit Weihwasser und drückte mir den Weihwasserbesen in die Hand. Auf dem Wasser schwamm eine dünne Schicht aus Eis. Vor einem Kranz aus weißen Rosen blieb ich stehen: „Von deiner dich liebenden Schwester Barbara."

Fast all unsere Verwandten und viele Leute aus dem Dorf waren gekommen. Der Rosenkranz dauerte lange. Manch eine der Frauen weinte. Die Männer zündeten sich vor der Aufbahrungskapelle ihre Zigaretten an. Sie bliesen mehr Rauch aus ihren Mündern als an anderen Tagen, Zigarettenrauch vermischt mit dem Hauch der Kälte. Der Vater nahm mich an der Hand. Gemeinsam hielten wir Ausschau nach dem Totengräber. Als wir ihn endlich antrafen, steckte ihm mein Vater einen gefalteten Geldschein zu. „Ja, was glaubst du, was das für eine Mordsarbeit ist, so ein Grab auszuheben bei so einem stocksteifgefrorenen Boden", antwortete Georg auf mein „Warum".

Beim Begräbnis watete ich mit der Taufkerze meiner Schwester, die gleichzeitig ihre Todeskerze war, dicht hinter dem winzigen Sarg durch den Tiefschnee zu unserem Familiengrab. Ich schämte mich vor dem Malaun Gerhard, der als Ministrant gleich hinter mir ging. Alle wateten in derselben Spur. Der Herr Mesner hatte sich den Sarg auf seine Schulter gestellt und ging hinter einem Ministranten, der das Kreuz tragen mußte. Schließlich wurde der Sarg mit meiner Schwester ins offene Grab hingestellt. Obwohl ich sehr genau schaute, entdeckte ich dort unten von der übrigen Verwandtschaft keinen einzigen Knochen. Fremde Frauen drückten mich an ihre Körper und strichen mir mit ihren Leder- oder Wollhandschuhen übers Haar.

Nach dem Begräbnis gingen wir in eines der Dorfgasthäuser. Dort bekamen wir eine Nudelsuppe mit frischen Würsteln. Als der Opa schon ein paar Bier getrunken hatte und wieder lustig wurde, zog mir mein Vater meinen roten Mantel an und führte mich nach Hause.

Die sportlichen Unterweisungen meines Vaters zeigten erste Erfolge. Weder der Schiklub im Winter noch der Schwimmverein im Sommer glaubten ohne meinen kampfsportlichen Einsatz auskommen zu können. In unserer Stube fand sich kaum noch ein Platz, wo ich meine Pokale und Medaillen unterbringen konnte. Und dann plötzlich: ein lindgrüner und langer Juni verwandelte uns Mädchen in junge Pferde, die übermütig ihre überschüssigen Kräfte aus ihren Leibern stampfen wollen und die ständig damit beschäftigt waren, kleine braune Samen, die Buckecker, mit denen man sich wunderschöne Ketten machen konnte, aus ihrem wehenden Haar zu entfernen.

Stundenlang saß ich gemeinsam mit einer meiner Freundinnen in der Badewanne, und wir zerbrachen uns unsere Köpfe über die jungen Männer. Mit klopfenden Herzen saßen wir im warmen Wasser und redeten herannahende Liebensfreuden herbei, flüsterten Beschwörungsformeln in den Badeschaum, gerade als die Mutter, ohne anzuklopfen, ins Badezimmer stürmte.

Irgendetwas gibt es da zu verheimlichen, irgendetwas ist da faul, ist nicht in Ordnung, unrein, ja, das war das Wort dafür, soviel verrieten jedenfalls Mutters bohrende Frageaugen. Dieses andauernde In-der-Badewanne-Sitzen, noch dazu zu zweit, und geschminkte Lippen und bemalte Augenlider, in diesem Alter, so etwas konnte auf gar keinen Fall etwas Gutes bedeuten. Sünde lag in der Luft. Auf uns hereinstürzende Katastrophen werden in so einer Stimmung geboren, und eine Unausweichlichkeit machte sich breit, die uns von Tag zu Tag unruhiger werden ließ.

Von einem Sommer auf den anderen bestaunten mich meine Eltern mit ganz anderen Augen. Hatten sie es etwa gar mit einer Lolita zu tun? So etwas könne im Handumdrehen in der Gosse landen, befürchtete die Mutter, und der Vater war sehr traurig, wenn sich seine einzige, über alles geliebte Tochter ihren dünnen Hals nach viel zu großen Buben verrenkte und ihm sagte, daß sie heute wieder nicht mit ihm in den Wald gehen werde.

Anhand derartiger Gefühle konnte nichts mehr aufgeklärt oder gar rückgängig gemacht werden. Da war etwas nicht in Ordnung, soviel verrieten die Augen der Eltern, auch wenn kein einziges Mal direkt darüber gesprochen wurde. Nur soviel war gewiß, ihre Tochter hatte sich verändert! Dieses ganze Geziere und Gelüge und das Gelübde, niemals ein Wort den Eltern gegenüber darüber zu verlieren.

Wir alle lieben das Leben ja so, wir, diese keimenen

Knospen und Sprossen im Frühling. Und hier erfüllt sich, meistens früher als später, diese ganze Üppigkeit der Natur, wo überall und geradezu vor unseren Augen und unseren Nasen alles sprießt und wächst und auf Schritt und Tritt Liegestätten aus duftendem, frischgemähten Heu einladen.

In der Zwischenzeit war die Welt näher an uns herangerückt und so wurde das Dorf von Tag zu Tag kleiner und noch kleiner. Bis es dann einmal ganz klar auf der Hand lag, daß es für all diese Erwartungen und diese brennende Lebensgier viel zu klein war. Ein Dorf, in dem es nicht einmal eine einzige Ampel gab, und auf den Bühnen der Welt betörten Männer wie Mick Jagger und Paul McCarthy.

Der Duft der Freiheit der Achtundsechzigerbewegung war über uns hereingestürzt, die Bilder in der Jugendzeitschrift führten uns dies Woche für Woche deutlich vor Augen.

Dort, wo sich junge Mädchenherzen in die große weite Welt phantasieren, sind Moosbeernocken (Pfannkuchen aus selbstgebrockten Heidelbeeren) nur mehr ein schwacher Trost. In den Augen unserer eigenen Eltern erkannten wir, daß wir hier am falschen Platz waren, dort, wo man nicht teilnehmen konnte an all dieser Ungewöhnlichkeit und Intensität. Und dort, wo die Dörfer am kleinsten sind, ist die Sucht nach Auffallen am größten.

Wenn ich meine Eltern fragte, warum wir nie auf Urlaub fahren, bekam ich zur Antwort, daß man hier immer arbeiten müsse, arbeiten und arbeiten, denn schließlich habe man ja ein Geschäft, und schön anschauen würde ich mich, wenn wir unser Geschäft nicht hätten. Der Vater verdrehte die Augen und sah das Kind fassungslos an, er konnte einfach nicht verstehen, woher derartig abwegige Überlegungen kommen mochten, begriff sie denn nicht, daß es nirgendwo schöner sein könne als zu Hause, in diesem heiligen Land. Nichts und niemand, nicht einmal ich, könne ihn dazu bewegen, bei diesen Katzelmachern Polenta zu fressen, da spiele er einfach nicht mit. Keine einzige Schraube sei bei ihm locker, nicht so abartig veranlagt sei er wie seine eigene Frau, die Paula, die doch tatsächlich zweimal für ein Woche, das war allerdings auch schon wieder einige Jahre her, mit mir an die Adria gefahren war.

Dort kaufte sie sich dann einen roten Strohhut und ein kurzes gestreiftes Strandkleid aus Frottee. Ich ging damals gern neben ihr und war sehr stolz auf die schönen Beine meiner Mutter. Sie bezahlte für mich Berge von Eis, die ich gierig verschlang, denn so ein köstliches Eis hat es damals in Tirol noch nirgendwo gegeben, während sie einen Capuccino trank. Und ich glaube, daß ich mich erinnern kann, daß es ihr nicht nur unangenehm war, als ihr einmal ein Pagagallo nachgepfiffen hat.

Wir, die Mädchen im Dorf, kamen nirgendwo hin, aber plötzlich kam die große, weite Welt zu uns. Den findigen Managern Tiroler Fremdenverkehrsverbänden hatten wir es zu verdanken, daß wir von einem Winter auf den anderen all den schwedischen, holländischen und englischen Wintertouristen beim „Jagateetrinken“ auf den Schihütten zusehen durften.

Irgendwann einmal entdecken die meisten hier den Alkohol. Spätestens dann, wenn in der Provinzdiskothek die Kuhglocken schellen und den jungen Göttern aus Holland und England – die, obwohl sie im Schikurs für Anfänger eingeschrieben waren, durch das Wunder ihrer bloßen Anwesenheit unsere Überzeugung bestätigen, daß es da draußen eine ganz andere Welt gab, einfach geben mußte – die Exotik der alpenländischen Folklore nicht länger vorenthalten werden durfte.

Nächte in billigen Pensionszimmern. Alkoholblaue Finger und ein wenig Haschisch, denn das lag spätestens zu Beginn der Siebziegerjahre dann auch einmal auf einem dieser Fremdenzimmernachtkästchen.

Und in den Sommern wanderten wir durch Latschen und konnten uns irgendwann einmal diesem Sauerstoffrausch nicht mehr entziehen. Spätestens dann, wenn eine laue Vollmondnacht glänzt, daß es einem die Erinnerung an drei geglückte Leben in die Venen treibt und eine Ahnung um die Sinnlichkeit sämtlicher Liebeskünstlerinnen der letzten Jahrhunderte in verborgene Gehirnwindungen gaukelt.

Sehnende Mädchenherzen werden groß und größer.

Ich liebe Euch alle, ihr Schilehrer und Strohwitwer, ihr Fremdenverkehrsprinzen vielversprechender Nationen, von Seefeld bis nach Kitzbühel!

Hier, wo die Mütter oft sprachlos sind und verlassen, denn verlassen sie sich auf ihre Ehemänner, sind sie zumeist in der Tat verlassen. Auf ihren „Jokabettmatratzen" quälten sie sich durch ihre ehelichen Nächte – nur wer die Sehnsucht kennt, weiß, was ich leide ...

Von der Mutter sorgsam versteckte ELTERNHEFTE und der im Nachbarort gelaufene OSWALD-KOLLE-REPORT bestätigten unsere Vermutung, daß es da irgendwo Höhepunkte geben muß. Ja, Höhepunkte „mußte" es geben, aber wo und wie?

Diesen halbwüchsigen, frühreifen Mädchen ist nichts, aber absolut nichts mehr heilig, schämen muß man sich mit solchen Ausbünden an Gemeinheit, die sich bei hellichtem Tag und vor aller Augen in die Kinosessel der Nachbarortschaft drücken, um sich dort in aller Öffentlichkeit einen Sexfilm anzuschauen. Ein Skandal! Die öffentliche Moral hat diesem Treiben nichts, aber auch gar nicht entgegenzusetzen. Fünfzehnjährige Kinder dürfen sich Jugendverbotfilme anschauen, da muß ja etwas dagegen unternommen werden, und so etwas jetzt auch schon bei uns in Tirol.

Unsere Mütter selbst hätten sich diese Filme anschauen mögen, aber die Schamröte wäre ihnen in ihre Gesichter geschrieben gewesen, wenn man sie dabei ertappt hätte, sie gesehen worden wären. „Was ist das bloß für eine Frau?" hätte sich das ganze Dorf wohl gefragt: „Eine vierundvierzigjährige Frau, die sich einen Sex-Film ansehen muß?"

Da sie sich vor den Leuten fürchteten, waren sie

ständig bestrebt, die anderen im Dorf bei einem Fehler zu ertappen, kaum jemand gab es dort, der etwas nicht falsch gemacht hätte. Und weil sie das Leben haßten, haßte das Leben sie. Irgendeinmal haben sie dann beinah über nichts anderes mehr gesprochen als darüber, was die anderen Leute falsch machen. Umhergeirrt sind sie, die eigene Rechtschaffenheit wie Schutzschilder vor sich hertragend, aus lauter Angst vor all den unterdrückten Gefühlen. Sie bauten auf und rissen nieder, nach und nach verschwanden immer mehr von den stilechten Bauernhöfen, und sie gaben keine Ruhe, bis auch das letzte der windschiefen Knappenhäuschen am Rain durch eines dieser einheitlichen Einfamilienhäuser ersetzt worden war.

Hatten sie sich erst einmal, aus Liebe zu ihren Einfamilienhäusern, Pensionen oder Hotels, auf 30 Jahre und mehr den Banken ausgeliefert, blieb das Liebesleben zumeist auch schnell auf der Strecke.

Wir müssen uns selbst vergessen, um uns selbst finden zu können, um unsere Erfüllung finden zu können.

Aber wer kann sich noch vergessen, wenn Monat für Monat zurückgezahlt werden muß, für etwas, das einem noch so lange nicht gehört?

Blau wie der Enzian ist plötzlich die neue Modefarbe, aber seit neuestem stehen Gerbera, diese Kunstform der Blumenstraußkunst, auf den Tiroler Stubentischen.

Fremd macht er, der Fremdenverkehr. Der Verkehr mit den Fremden, einem selbst verlorengehen tut man sich dabei. Ist die Zeit da, um Geld zu verdienen, kommen die TirolerInnen nicht einen einzigen Augenblick zur Besinnung, wie Rechenmaschinen rattern ihre Gehirne, in der Hoffnung, daß die ganzen Kredite doch noch kurz vor der Pensionierung zurückbezahlt werden können. Damit der eigene Grund und Boden dann endlich wieder ihnen gehört. Nur um das eigene Hab und Gut wieder hereinzubekommen, verkaufen sie sogar an den verachteten, weil homosexuellen Dr. Pitasch, der treu wie eine Krähe, Jahr für Jahr, einmal im Sommer und einmal im Winter nach Tirol fährt und der sich nichts sehnlicher wünscht, als ein einziges Mal in den Muskelarmen eines dieser blonden und blauäugigen Bauernburschen, die – die im Winter als Schilehrer und im Sommer als Holzfäller arbeiten – zu liegen zu kommen. Dafür wäre er sogar bereit gewesen, ein kleines Vermögen auszugeben, aber soviel ich weiß, ist für ihn dieser Wunsch, obwohl er schlußendlich dann doch noch das goldene Ehrenabzeichen von Brixlegg, vom Bürgermeister angesteckt bekam, nie in Erfüllung gegangen.

So ist ihm dann nicht anderes übriggeblieben, als immer mehr von diesem Vogelbeerschnaps zu trinken.

Keinen einzigen Hexentrank wußten sie mehr zuzubereiten, statt dessen trösteten sich die Frauen mit Einkaufsfahrten nach Rosenheim oder nach Sterzing, wenn sie es ich leisten konnten, denn dort gab es den langen Einkaufssamstag schon viel früher als bei uns. Waren die Fremden nicht da, was die meiste Zeit im

Jahr der Fall war, wurde in den immer zahlreicheren und noch größeren Pensionen, die sie schlußendlich zu Hotels ausgebaut hatten, für die immer kleiner gewordenen Familien der Platz zu weit. Da saßen sie am kleinsten der Tische, in den für sie viel zu großen Speisesälen. An die freien Tische setzten sich die Gestalten der Ahnen als Vorwurf und als Trost zugleich.

Zu einer Art Überlebenskamkpf wurde das Anschaffen einer neuen Schiausrüstung, die Tennisstunden auf den Plätzen, die plötzlich von jedem Bürgermeister, der eine Wiederwahl ernsthaft ins Auge faßte, im Gemeinderat durchgesetzt werden mußten.

Bauern wurden von Jahr zu Jahr seltener. Zuerst verschwanden die Hennen, dann ihre Schweine und schließlich schämten sie sich schon, wenn beim Überqueren der Wege eine ihrer rar geworden Kühe eine Flade auf die glänzenden Asphaltdecken der Wintersportzentren fallen ließ.

Unsere Mütter sind nicht mehr zu beruhigen! Wir haben ihnen ihre ganze Ehre genommen! Kein Verantwortungsgefühl. Wir strecken unsere Beine unter ihren Tischen aus, essen das Essen, das mit dem im Schweiße ihres Angesichts schwerverdienten Geld bezahlt worden ist und stellen sie dann, vor den Augen sämtlicher Kunden und Kundinnen, vollkommen bloß. Was soll denn da noch einer von einem halten, wenn man Kinder hat, die sich Sexfilme anschauen, die in angetrunkenem, oder noch schlimmeren Zustand mit sechzehn Jahren von der Ortsgendarmerie im Gendarmeriewagen im Morgengrauen zu Hause abgeliefert werden müssen, herausgerissen aus einer Umarmung mit einem Discjockey aus London, weil die Pensionsbesitzerin wieder einmal eine schlaflose Nacht gehabt hat, und einem dermaßen frivolen Treiben unter dem eigenen Dach einfach nicht länger zusehen konnte und sie sich in ihrer Verzweiflung keinen anderen Ausweg wußte, als bei der Gendamerie Hilfe zu erbitten.

Kein Johanniskraut wurde mehr auf einen Herd gestreut, weil die uralten Weiblein mit Elektroherden nicht umzugehen verstanden, und an die Arnika erinnerte sich höchstens noch die Hebamme, die die Gicht plagt, und die nur noch spärlich in die Häuser gerufen wird.

Das Verdienen an den Fremden hat die Beherberger sich selbst fremd gemacht, entfremdet sind sie ihrer eigenen Heimat, denn die meisten hatten ja keine Zeit mehr, um in die Natur zu gehen.

Die Großmutter ist die einzige, die noch auf die handgemachten Filzpantoffeln schwört und von Zeit zu Zeit, wenn sich die Eltern in ihrer Firma tummeln, besprengt sie das eheliche Schlafzimmer mit Weihwasser.

Mit einer ungebrauchten Nadel sticht sie drei Löcher in ein Salbeiblatt und zieht die Haare zweier verschiedener Menschen sorgfältig durch das Loch „auf daß sie nitt mögen aussäfollen“.

VORARLBERG

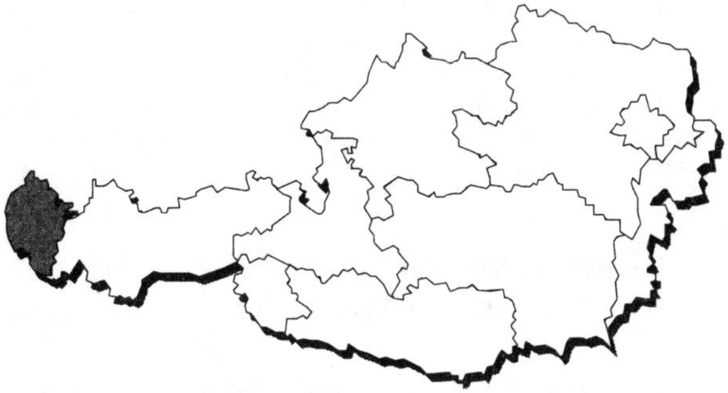

Susanne ALGE
Monika HELFER
Ulrike LÄNGLE
Grete GULBRANSSON
Paula LUDWIG
Elisabeth WÄGER

Susanne Alge

wurde am 29. Juli 1858 in Lustenau geboren.Ihr Germanistikstudium schloß sie mit einer Dissertation über Remigration österreichischer Autorinnen nach 1945 ab. Seit einigen Jahren lebt sie als freie Schriftstellerin in Berlin. Nach einigen herausgegebenen literarischen Büchern erschien 1995 ihr erstes eigenes literarisches Buch, „Die Brupbacherin", Innsbruck.

KRAUTSALAT UND ÄHNLICHE KALAMITÄTEN

Ich wäre damals, als ich vom rechten Weg abkam, gerne geradeaus weitergegangen, aber ich hatte schon in meiner Kindheit den „Achtung! Steinschlaggefahr"-Schildern zutiefst mißtraut.

„Mama!", fragte ich, immer wieder und eindringlich, manchmal fragte ich auch „Papa!", sehr dringlich, „das Schild nützt doch nichts! Wenn der Steinschlag kommt, ist es zu spät, und wenn er nicht kommt ..."

Den Rufzeichen und Punkten zum Trotz meinte ich eine Frage, eigentlich eine, die meine Angst betraf, denn die „Achtung! Steinschlaggefahr"-Schilder verwüsteten selbst die herrliche Vorweihnachtszeit, weil mir beim Lied „Vom Himmel hoch da komm ich her" kein Christkind vor den Augen schwebte, sondern Felsgeröll mich unter sich begrub.

Olga war mir damals schon weit voraus, aber das erfuhr ich erst später. Olga kannte all diese Ängste und Fragen nicht, weil sie nicht im Gebirge aufgewachsen war und eine „Vorrang beachten"-Schilder-Sozialisation besaß.

Es war mir schleierhaft, wieso eine Vorliebe/für oder

eine Ablehnung/von Kokosbusserln eine gegenseitige Ächtung nach sich ziehen soll.

Einmal hatte ich für ein paar Tage einen Hund in Pflege. Den gabelte ich an einer Straßenecke auf und nahm ihn einfach mit nach Hause, weil er wedelte, als ich ihn fragte, ob er.

Es gab ein familiäres Bereden von Dreck, Lärm und grundsätzlicher Aufnahmebereitschaft, dann eine Zustimmung/Einschränkung und ein Suche/Finde-Inserat im Kleinanzeiger. Am nächsten Tag schrieb ich ein Diktat auf glatt Einsplus. Den Finder haßte ich und hasse ich noch immer. Am liebsten hätte ich ein Diktat auf schwankend Vierminus geschrieben. Aber das schaffte ich nicht.

die Plumen pferwelcken.

Lange, bevor ich Olga kennenlernte, führte ich drei Tage lang einen Hund um den Häuserblock spazieren und machte ihn auf jeden Baum und jeden Laternenpfahl aufmerksam. Er dankte es mir wie nie jemand zuvor mir irgend etwas gedankt hatte, denn er hob sein Bein, sowie ich ihm mitteilte, daß.

Wäre er länger bei mir geblieben hätte er mir mit Sicherheit die Fragen beantwortet, die niemand mir je beantworten konnte. Nicht einmal Olga, die mir mindestens so voraus war wie Sokrates Phaidros.

Neben der Steinschlagfrage beschäftigte mich die Brieftaubenfrage, die mit der Zugvögelfrage verwandt, wenn nicht sogar identisch war. Ich lüge, denn Olga beringte ihre Vögel. Daran konnte sie erkennen, welcher zurückkam, welcher nicht und welcher einfach neu zu ihr stieß, um sich sogleich beringen zu lassen.

Olga führte ein Protokoll, als ich noch immer Tagebuch schrieb. Rückblickend beneidete ich Olga. Ich haßte meine Tagebücher und liebte ihre Protokolle. Ich haßte Selbsthilfegruppen und liebte Ornithologentreffen. Bis ich mich in Perdeck verliebte.

Der Kompaß ist eine chinesische Erfindung, und das Wort stammt aus dem Italienischen.

In Perdeck verliebte ich mich an einer Straßenecke. Olga stieg manchmal in einen Zug, einen Käfig voller beringter Vögel bei sich, die sie irgendwo ausließ. Anschließend führte sie Protokoll über die Orte, an denen die Vögel sich einfanden. Davon erzählte ich Perdeck, nachdem ich ihn beinahe über den Haufen gerannt hätte, und er interessierte sich so sehr dafür wie ich mich für ihn. Zur Vorsicht erzählte ich ihm noch von Darwin und einem Hund, der schon in dritter Generation einen großen Bogen um Schlächterläden machte. Perdeck interessierte sich auch für den Hund. Ich war beruhigt. Bei den nächsten Treffen hätte ich ihn gerne geküßt, aber mit den Steinschlagproblemen wollte ich ihn nicht belästigen.

Die Brieftaube ist das Heimfindegenie unter den Vögeln.

Diesen Satz sagte mir Olga wieder und wieder, und ich gab ihn an Perdeck weiter. Der dankte mir, aber er küßte mich nicht, und ich gab es schließlich auf, ihn küssen zu wollen, weil er bei jedem Besuch über dieselbe Stelle auf demselben Teppich stolperte. Manchesmal sogar mehrmals. Olga fand keinen Satz dafür.

Ich vergaß den Steinschlag, ich begann „Vorrang

beachten"-Schilder zu hassen. Ich gab Olga Sätze dafür mit auf den Weg, aber sie verwendete sie nicht.

Ich begann, Brieftauben zu hassen. Aber sie blieben das Heimfindegenie unter den Vögeln.

Ich lernte es, Kokosbusserln zu verabscheuen.

Ich haßte es, wenn Perdeck über den Teppich stolperte.

Die Brieftaube ist nur eine Zuchtform der Haustaube, die ihrerseits von der wilden Felsentaube der Mittelmeerländer abstammt.

Diesen Satz sagte ich mit verstellter Stimme auf zwei Anrufbeantworter. Es gab keinen Rückruf, daraufhin kaufte ich einen weißen Hut, der sich tief ins Gesicht ziehen ließ.

Trotzdem bat mich jemand auf der Straße um Feuer. Ich fuhr zusammen, ich fand meine Streichhölzer und bog in irgendeine Straße ein. Zum Schluß eine Sackgasse. Aber immerhin: Es hatte mich jemand unerwartet um Feuer gebeten. Ich ging durch die Straßen und sagte mir: Diesen Satz werde ich keinesfalls hergeben. Ich ging durch die Straßen und sagte mir immer wieder einen Satz. Diesen Satz würde ich auf keinen Anrufbeantworter sprechen. Mit keiner Stimme. Es gab nur noch eine Stimme, und die sagte: „Jetzt hat mich jemand unerwartet um Feuer gebeten."

Ich kaufte einen Helm, ich kletterte auf Berge, ich entwarf Briefe an Olga und Perdeck. Ich warf Papierschnitzel in Schluchten und kletterte Berge hinab.

Ich lernte endlich, wie ein Stadtplan zu lesen sei.

Ulrike Längle

wurde am 4. Februar 1953 in Bregenz geboren. Sie studierte Germanistik, Romanistik und Komparatistik und arbeitete nach Beendigung des Studiums zwei Jahre als Lehrerin. Seit 1984 ist sie Leiterin des Franz Michael Felder- und Vorarlberger Literaturarchivs in Bregenz. Bisher erschienen zwei Erzählbände, „Am Marterpfahl der Irokesen", Frankfurt am Main 1992, und „Der Untergang der ‚Romanshorn'", Frankfurt am Main 1994.

WAHLSONNTAG AM WESTBAHNGLEIS

I.
Im Eilschnellzug durch Österreich
Der Salbei leuchtet blau
Vier Tanten trinken Schlag-Kaffee
Ein Ami lächelt schlau.
Das Heu in Zeilen folgsam ruht
Der Ami kauderwelscht.
Am Eingang Euro-, Mastercard
American Express.
„I'm coming from Voradelberg."
Der Ami sagt: „First Class."
Die Tanten tragen Turnschuhe
Der Kellner ist ein As.
Er bringt „Arabia Coffee Cream"
Das Telefon steht still.
In Ederbauer blüht der Senf
Gelb zwischen braunem Kies.
Der Zug steht still, wo er nicht soll.
Der Streicher streicht nervös
Und Klestil sagt schön: „Dankeschön".
Und lächelt generös.

Die Tanten öffnen einen Spalt
Das Fenster, schweigen still.
Das Wieselburger Bier schäumt auf
Und rinnt, wohin es will.
Der Gegenzug schießt rot vorbei.
Vom Bahnbau Wels winkt her
Gleisbaumaschine dottergelb.
Nun blüht kein Salbei mehr.
„You speak English more and more."
Zwei Schwalben – Sommer kommt.
Oh Austria, my country dear
Why aren't you a whore?
Frankenmarkter Tafelquell
Trenau-Mühle
Zipf
Eiterbichler Holzbau
Stop
Upper Austria.

II.

In Timelkam am Westbahngleis
Fährt einer mit dem Rad.
Hier blüht der Salbei wieder blau.
Ein Tandem schießt vorbei.
Die Schrebergärtenhäuser stehn
Gedeckt mit Eternit.
Oh Ewigkeit, du Donnerwort!
Der Hase liegt im Sprit.
Doubrava, Glockenblumen blau
Die Bahn fährt Rad, adieu.

Am Stellwerk 2 dampft der Asphalt
ÖBB 2043 023-7-Lok
(Öbebe zwanzig-vier-drei-null, zwo-drei-strich-sieben-Lok)
Es zieht.
Der Hohe Priel liegt rechts.
Der Dachstein bleibt im Dunst.
Schon wieder Räder.
Oberndorf
Joka-Werk Schwanenstadt.
Und „Klestil jetzt!“
Und Transport Rooch
Und Breitenschützling schmal.
Und wieder Räder –
Steht ihr still,
Wenn Streichers Arm es will?

III.

Zehn nach vier – Stift Lambach winkt
Hofmann Maculan.
Der Wind streicht übers Haberfeld
Gold-grün, gold-grün, gold-grün.
Satellitenschüsseln ruhn
Im milden Sonnenschein.
Ein Steinchen in die Grube fällt
Fällt in die Ewigkeit.
Wels Ha-be-ef (Hbf.)
Drei Wartende
Plakat: Elisabeth
Daneben: Jesus spricht:

ICH BIN
der Weg …
Nun ja, man weiß.
Die Schiene zieht den Zug voran
Die Schiene irrt nicht ab
Die Schiene zieht nach Wien ihn hin
und nicht nach Eferding.
Die Schiene ist aus Edelstahl
An Stalin keiner denkt
Ach, Väterchen, der Massenmord
In Hörsching: Militär.
Der Pöstlingberg von ferne winkt
Der Kellner bringt ein Bier.
Ein Mast ragt hoch auf: rot-weiß-rot
In Linz beginnt's zu ziehn.
Die Zecken lauern im Gebüsch
Plakate warnen gelb.
Die VOEST raucht friedlich vor sich hin.
Es stinkt nur leicht,
Fast nicht.

IV.

Kein roter Mohn den Feldrain ziert
Silbern: die ÖMV.
Na endlich: zwei Motorräder
St. Valentin ist blau.
Genossenschaft der Landwirtschaft
Bahnknotenpunkt
Genau!
Ein Schwarzer auf Französisch spricht.

Ansonsten: eher mau.
Verboten ist:
Das Überschrei-
ten der Gelei-ei-se.
Den Selbstmörder bekümmert's nicht.
Ihm tut kein Zeh mehr weh.
In grünen Wellen schlägt das Land
Hin an kein Ufer sich.
Hier liegt das Heu in Haufen hoch.
Ein Vierkanthof zerbricht.
Der Mais steht eher dunkelgrün.
Ein Traktor wendet Heu.
Nur er ist rot.
Die Menschen nicht.
Wir sind nicht bei Karl May.

V.

Oh Austria, my country dear
Why arent'you a whore?
Oh Austria, beloved mine
I love you more and more.
I love your meadows and your hills
I love your towns so small.
I love your hay –
I beg my Lord:
That I become a cow.

Geschrieben am 24. Mai 1992, dem Tag der Bundespräsidentenwahl zwischen Thomas Klestil und Rudolf Streicher, im Speisewagen einer Städteschnellverbindung zwischen Innsbruck und Wien.

WIEN

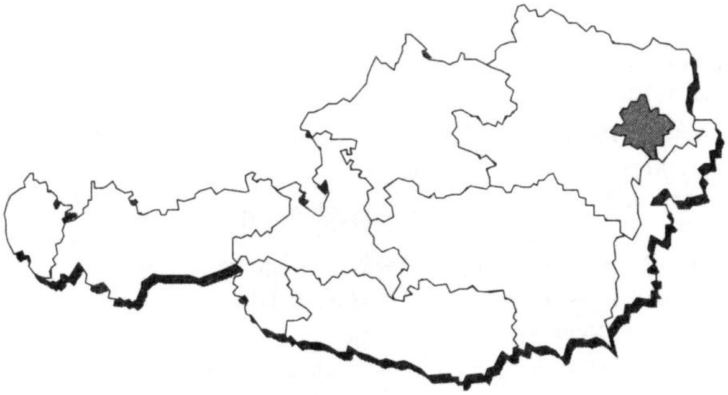

Ilse AICHINGER

Vicki BAUM

Eva BAKOS

Veza CANETTI

Elfriede CZURDA

Jeannie EBNER

Else FELDMANN

Marianne GRUBER

Graziella HLAWATY

Lotte INGRISCH

Marie-Thérèse KERSCHBAUMER

Ruth KLÜGER

Trude MARZIK

Friederike MAYRÖCKER

Johanna NOWAK

Monika PELZ

Karin RICK

Dorothea SCHAFRANEK

Karin SPIELHOFER

Marianne SULA

Dorothea ZEEMANN

Eva Bakos

wurde am 26. August 1929 in Wien geboren. Sie studierte Anglistik und Germanistik und begann bereits während des Studiums, für einen Wiener Fachzeitschriftenverlag, für den österreichischen Rundfunk und für deutsche Zeitschriften zu arbeiten. 1958 wurde sie Redakteurin im Wiener Ullsteinverlag, war zwischen 1961 und 1970 Redakteurin der Wiener Tageszeitung „Express“, von 1971 bis 1989 Chefredakteurin der Österreichausgabe der Frauenzeitschrift „Brigitte“. Seit 1968 hat sie zahlreiche Bücher publiziert, von denen manche durch die journalistische Arbeit angeregt und beeinflußt waren. Von ihren Romanen wurden einige in andere Sprachen übersetzt, manche auch verfilmt. Alle Romane und Erzählungen wurden als Taschenbücher gedruckt und in Buchgemeinschaftsprogramme aufgenommen. Sie hat darüber hinaus Reiseführer zu Zielen in Norditalien, Wien und ins nördliche Niederösterreich verfaßt. Seit 1989 lebt die Mutter zweier Söhne als freie Autorin in Wien. Ihre letzten Buchpublikationen waren: „Richtig Reisen Wien“, DuMont 1989; „Die Villa im Veneto“, Scherz 1992; „Landschaften für Genießer: Waldviertel, Wachau, Weinviertel“, Jugend & Volk 1994.

EIN HAUS ÖSTERREICH

Vielschichtig und widerspruchsvoll war das Haus in Wien, das mir gezeigt hat, daß Heimat nicht an unseren Grenzen endet. Es war Relikt einer abgelaufenen Zeit, Zeuge der Epochenverschleppung, die uns so oft hindert, ganz in der Gegenwart zu leben, weil die Vergangenheit nicht zu Ende gedacht ist.

Und trotzdem: eine gute, schützende Arche der Kindheit, von der aus ich ins Ungewisse schwimmen konnte.

Um die Jahrhundertwende hatte einer der reichsten Habsburger, Erzherzog Friedrich, dieses Haus für seine Hofbeamten gebaut.

Die hier wohnten, waren aus allen Teilen der Monarchie zusammengekommen, um Schlösser, Güter, Kohlengruben, Molkereien zu verwalten. Manche von ihnen waren als „Tornisterkinder“ zur Welt gekommen, waren mit ihren Vätern – Offizieren oder Beamten – von einem Standort der Monarchie zum nächsten gezogen. In ihnen lebten Sprache und Alltagskultur der Kronländer weiter.

Mein Großvater trat jung in den Dienst des Erzherzog, er arbeitete in der Verwaltungsbehörde der Schlösser und kam viel herum.

Als er eine Familie gründete, bekam er eine Wohnung im „Palais“, dem Haus der heutigen Bundestheaterverwaltung. Schließlich zog er mit vielen anderen in das Beamtenhaus im dritten Wiener Bezirk.

Wie manche der zweiten Generation, bekamen auch meine Eltern hier eine Wohnung. In meiner Kinderzeit, den Dreißigerjahren, gehörte das Haus längst der Produktenbörse. Der Erzherzog lebte im Ausland. Die alten Strukturen waren zerbrochen.

Aber wie bei einem Tanker, der noch lange Kurs hält, auch wenn das Steuer herumgerissen wird, kamen die Veränderungen hier mit großer Verspätung. So erlebte ich, lang nach dem Ende der Monarchie, noch das Lebensgefühl einiger ihrer Repräsentanten.

Wenn ich heute an dem Haus vorbeigehe, erscheint es mir fremd und unnahbar, mit seiner reichverzierten, erkergeschmückten Fassade, die sogar den Luftangriffen auf die nahe Verbindungsbahn widerstanden hat. Das Marmorentree, über dessen Einfassung ich so oft hinuntergerutscht bin, ist lichter geworden. Das große Glasfenster mit dem vielteiligen

Wappen des Habsburgers, das farbige Reflexe warf, ist im Krieg zerbrochen.

Es ist eines jener Gründerzeithäuser, in denen man wieder gern wohnt, mit hohen Decken, weiten Nebenräumen, aber auch mit düsteren Kleinwohnungen. Seltsam, daß mir dieses Haus heute größer erscheint als in meiner Kindheit. Sonst schrumpfen doch alte Erinnerungen, wenn man sie mit der Realität konfrontiert.

Wahrscheinlich habe ich als Kind das Haus in seiner Gesamtheit nie von außen wahrgenommen. In meinem Blickwinkel waren Details: die langen Gänge mit den schwarz-weißgemusterten Bodenfliesen, das Klingelbrett mit den Elfenbeinknöpfen, der verschnörkelte Liftkäfig, die rötlichen Türen mit den Messingbeschlägen.

In meiner Erinnerung standen sie meist offen, Frauen plauderten an der Schwelle, aus den Wohnungen drang Gesang und Musik, Kinder tauschten Bücher und Spielzeug oder bekamen Kostproben aus den Küchen. Wir mußten nur der Nase nachgehen, um zu wissen, daß die galizischen Nachbarn Bigos kochten, die Ungarn Rindstokàny, die Triestiner Jota. Am Sonntag brutzelte in allen Küchen Wiener Schnitzel.

Bei aller Gemeinsamkeit, die die Zugehörigkeit zu diesem Haus schuf, gab es eine klare Hierarchie, die sich nach der Stellung im Wirtschaftsgefüge des Erzherzogs gliederte. Daran rüttelte auch niemand, als dieses Imperium zerbrach. Die Größe und Lage der Wohnungen verewigte die Rangunterschiede. Diese

Ordnung gab eine gewisse Sicherheit in einer unsicheren Zeit. Sicherheit, das war eine der positiven Erfahrungen dieser Kindheit. Es gab klare Strukturen, die ich allerdings, je älter ich wurde, als immer einengender und bedrückender empfand.

Die Nähe der vielen alten Menschen, die mich schon als Kind kannten, die Anteil an meinen Sorgen genommen hatten, führte in späteren Jahren zu Einmischungen, die mir nicht gefielen.

Ich war längst beruflich selbständig, hatte meine eigene Familie, aber für sie war ich immer noch das „Kinderl", das „Mäderl", wenn ich zu Besuch kam. Sie verstanden meine Abwehr nicht. Schließlich ließ sich so manche der inzwischen uralten Damen ohne Widerspruch „Poupeè" oder „Mädi" nennen, wie es dem Geschlechterübereinkommen dieser Generation entsprach. Auch diejenigen, die ich heimlich „Generalinnen" nannte, wegen des strikten Regiments, das sie über ihre Familien führten. Aber es war schön, hier ein Kind zu sein. Eines, das, ohne es zu wissen, ein Stück Multikultur österreichischen Alltags miterlebte. In den farbigen Schilderungen aus dem Alltag galizischer Garnisonen, ruthenischer Bauernhöfe, dalmatinischer Häfen, schlesischer Kohlenreviere. Noch immer fuhr die Witwe eines ungarischen Anwalts regelmäßig nach Budapest und brachte meinem Großvater die Zeitung „Pester Hirlap" und mir lackiertes, in Stanniol gewickeltes Konfekt mit. Stasia, die polnische Freundin meiner Großmutter, kam zu Ostern mit ihrem duftenden Kuchen, dem dobre placek.

Lieder, die mich zum Lachen brachten, auch wenn ich sie nicht verstand, klangen auf: „Povidali, povidali wisch, wisch, wisch“, hörte sich ein Lied aus Böhmen an.

Ich höre heute noch die Vielfalt der Stimmen, der Sprachfärbungen, vom nasalen Wienerisch zum Hochdeutsch mit gurrenden slawischen Nebentönen, von den hellen, gezogenen ungarischen Vokalen bis zum Stakkato, das die Italiener auch im Deutschen nicht ablegten.

Daß die Monarchie lange tot war, nahmen die Bewohner nur widerstrebend zur Kenntnis. Noch immer staubte meine Großmutter habsburgische Hochzeits- und Jubiläumsbilder ab, die mein Großvater gesammelt hatte. Manchmal seufzend, gelegentlich wütend, aber sie änderte nichts.

Mein Großvater ging noch immer in die Kanzlei und ordnete verblichene Papiere für seinen alten Herrn und dessen Erben. Weder Großvater noch seine Kollegen besaßen viel Geld. Es gab einen langen Prozeß um die Pensionen, über den mein Großvater nicht reden wollte. Inzwischen wurden die von der Inflation dezimierten Ersparnisse aufgezehrt, alte Bilder, Möbel, Schmuck verkauft. Einige besaßen ziemlich viel davon. Sie hätten bei der Auflösung des Habsburgerbesitzes auf ihre Weise mitgeholfen, erzählte jemand. Der Großvater wollte das nicht hören. Etwas, das er niemals tun würde, konnte er sich auch bei anderen nicht vorstellen.

Andere, die schlechter daran waren, mußten sogar die goldenen Eheringe verkaufen. „Kann mir nicht passieren", lachte die Großmutter. Sie hatte bereits im ersten Weltkrieg Gold für Eisen gegeben und trug einen schwarz angelaufenen Ehering.

Die Männer redeten nicht davon, wie schwierig die finanzielle Lage war, ehe die umstrittenen Pensionen endlich ausgezahlt wurden. Wie sie mit dem Dilemma zwischen Fürstentreue und Fiasko fertig wurden, behielten sie für sich.

Man war nicht wie die anderen draußen, die sich gehen ließen.

Die herinnen waren anders, sie hatten in guten Zeiten Anteil an Macht und Geld gehabt, jetzt schwiegen sie mit steifem Nacken.

Auch als Kind hatte man Haltung zu bewahren, kein Theater zu machen, wenn man sich die Knie aufschlug oder auf begehrtes Spielzeug verzichten mußte. Es war undenkbar, die immer bescheidener werdenden Mahlzeiten ohne Tischtuch und Stoffservietten zu essen. Noch immer luden einander die Nachbarinnen gelegentlich zu dünnem Tee und mageren Brötchen ein, und niemand sprach davon, daß plötzlich das Silberbesteck fehlte oder das noble Herend-Porzellan.

Wenn Bettler kamen – in dieser Zeit sehr häufig – bekamen sie etwas Warmes zu essen. Geld war rar.

Sie hatten eigene Gesichter, die Bewohner dieses Hauses, ähnliche finde ich heute manchmal in Budapest oder Brünn, in Maribor oder Cormons. Da ist jener Advokat in Udine, hager, würdevoll, schweigsam und von unerwarteter Lachlust, der mich an meinen Großvater erinnert. Oder jene Wirtin in Třebon, deren wissende, heitere Augen, deren sinnliche Körperlichkeit mich an

Stasia, die Freundin meiner Großmutter, erinnern. Es ist ein rares Erlebnis, vielleicht im Triestiner Küstenland oder in Dalmatien noch das schöne, verschollene Altösterreichisch zu hören, das meine Kindheit begleitete. In den einstigen Kronländern blieb es, viel eher als in Wien, wie die Fliege im Bernstein bewahrt.

Die Kindheit in diesem Haus war reich und arm, offen und verschlossen, liebevoll und distanziert.

Daß sie arm war, fiel in den dreißiger Jahren, da es so viele Arbeitslose gab, nicht auf. Auch mein Vater war eine Zeitlang beschäftigungslos, die Pension des Großvaters mußte für alle reichen. Ich trug immer wieder angestückelte Kleider, viel selbstgestricktes, aber ich habe wie ein Fürstenkind zwischen den Barockfiguren des Belvedere Fangerln und Verstecken gespielt. Und die schönsten Kindheitssommer, die man sich vorstellen kann, im Kamptal verbracht. Alles, was ich über Kunst und Natur weiß, nahm hier seinen Anfang. Die Harmonie dieser Eindrücke ist ein Seelenproviant fürs Leben. Je älter ich wurde, desto bewußter nahm ich die völlig andere Wirklichkeit außerhalb unseres Hauses wahr. Ich opponierte gegen die allzu arrogante Disziplin, aber es war gar nicht so einfach, sich abzunabeln, weil sich viele Werte, die mir hier vermittelt wurden, gerade in schweren Zeiten bewährten.

Wie gut die Vielschichtigkeit dieses Lebens war, begriff ich gerade in Konfrontation mit der Eindeutigkeit des Nationalsozialismus. Welche Absurdität, gerade in diesem Haus an die Berechtigung eines blonden Herrenmenschentums zu glauben. Ein Bild meines Großvaters wurde von einer meiner Mittelschullehrerinnen als Beispiel der germanischen Rassemerkmal interpretiert: hohe, schlanke Figur, schmaler, gerader Schädel. So sah man aus, wenn man dazugehören wollte. Mein Großvater kam aus Nordböhmen, aus einer deutschsprachigen Familie, aber der damals nötige Ariernachweis zeigte uns, daß es in dieser Linie slawische Namen gab.

Meine Mutter war schwarz, mit dunklen Augen, olivfarbiger Haut. Sie hätte eine Roma sein können. Mein Vater blond, mit melancholischen blaugrauen Augen, mitteldeutschen und österreichischen Vorfahren, paßte genau in die richtige Schachtel. Aber er sprach perfekt serbokroatisch, weil er für die Manometerfabrik seines Vater oft den Balkan bereisen mußte. In den frühen Dreißigerjahren hatten ihn seine Naturschwärmerei, die Probleme mit seinem harten, materialistischen Vater, seine politische Romantik mit einer Gruppe zusammengebracht, zu der einige Illegale gehörten. Einer dieser Freunde sagte ihm, es wäre besser für ihn, seine Sprachkenntnisse jetzt nicht an die große Glocke zu hängen. Da wurde er zum ersten Mal nachdenklich.

Bald darauf wurde der jüdische Mann seiner Schwester ins KZ verschleppt, von wo er nicht mehr zurückkam. Meine Cousine mußte den gelben Stern tragen. Mit Hilfe des später ermordeten Major Biedermann konnte sie mein Vater noch von einem Transportzug nach Osten herunterholen.

Ich habe beide Eltern sehr früh verloren und mich noch enger an die Großeltern angeschlossen. Vor allem die Großmutter, eine lebhafte, heitere Frau, die unter der Belastung, wieder ein Kind aufzuziehen, unglaubliche Kräfte entwickelte.

Ihr Verhältnis zum Großvater war ein dauerndes Duell zwischen ihrem Witz, ihrer Phantasie und seiner strengen Rechtschaffenheit. Sie unterminierte seine Korrektheit mit anarchischer Beharrlichkeit, und es war ihr größtes Glück, wenn sie ihn, wider seinen Willen, zum Lachen bringen konnte.

Ihr verdanke ich es, daß ich – der Geschichte dieses Hauses zum Trotz – aller Machtenfaltung skeptisch gegenüberstehe.

Aber auch, daß ich nach einer Phase der Rebellion nicht alles über Bord warf, das mich dieses Haus gelehrt hat. Es hat wohl auch mit ihr zu tun, daß ich mich in eine ganz andere Richtung entwickelt habe und meine Söhne völlig anders erziehen konnte.

Was mir meine Großmutter vermittelte, war die Genauigkeit des Blicks, das Lachen über die grotesken Seiten der Macht.

Das Vertrauen in die Verläßlichkeit starker Frauen, und der Glauben, selbst eine zu werden. Es gab in diesem Haus einige, auch wenn sich ihre Stärke anders äußerte als in späteren Generationen. Als junge Erwachsene fand ich ihre handfesten Vernunftehen, die sie vor Abstürzen aus dem siebten Himmel bewahrten, entsetzlich spießig. Im Unterschied zu ihnen, glaubte ich an den siebenten Himmel. Auch heute möchte ich meine Aufschwünge und Abstürze nicht missen, aber manchmal ist mir doch die eine oder andere Wahrheit dieser resoluten Lebenspraktikerinnen wieder eingefallen.

Ich habe dieses Haus verlassen, als ich selbst eine Familie gründete. Es war kein schwerer Abschied. Die meisten Menschen in diesem Haus, die mir etwas bedeutet hatten, waren tot.

In der zweiten oder dritten Generation machte sich entweder snobistische Verklärung der Vergangenheit oder Vergessen, Verdrängen bemerkbar. Auch darin spiegelte sich, wie so oft, das Schicksal des Landes in diesem Haus.

Mit ihm hatte ich meine Kindheit hinter mir gelassen, hatte Verantwortung übernommen, Glück und Verluste, Erfolg und Verletzungen erlebt. Manchmal kam sie noch auf, diese Sehnsucht nach der totalen Geborgenheit der Kindheit, aber ich wußte, welchen Preis man dafür zahlt, und der war mir zu hoch.

Ich dachte nicht mehr viel zurück, aber dann bin ich nach Jahren, aus purem Widerspruchsgeist, in die Vergangenheit zurückgekehrt, um sie aus völlig neuer Sicht zu interpretieren.

In einem Fernsehinterview, nach meinem ersten Film, wurde ich nach meiner Kindheit befragt. Ein eiliger Cutter schnitt meine Antwort mitten auseinander. So wurde das Interview auch gesendet.

Ich war wütend: Man konnte mich doch nicht willkürlich von meiner Vergangenheit abschneiden, ohne die meine Gegenwart nicht denkbar ist. Die Wurzeln, die ich nie gekappt habe, erwiesen sich als feste Erdung, um im Guten wie im Schlechten Balance zu halten.

So enstand die Idee für einen Roman, die Geschichte einer Wiener Familie, die zwar anders war als meine, die aber den gleichen Zeitraum wie ich in einem sehr ähnlichen Haus verlebt.

Im „Haus mit dem gläsernen Wappen“, so hieß der Roman und der Film, der danach gedreht wurde.

Die Arbeit daran hat mir endgültig geholfen, eine ungewöhnliche Kindheit richtig einzuordnen. In meinem Haus Österreich.

Es war kein Haus wie jedes andere. Aber es ist gut, daß es jetzt ein Haus wie viele andere geworden ist.

Jeannie Ebner

wurde am 17. November 1918 in Sydney geboren. Weil der Vater vor Heimweh gemütskrank wurde, kehrte die Familie ca. 1920 wieder nach Österreich zurück. Seine Familie stammte aus Niederösterreich. Jeannie Ebner verbrachte ihr Kindheit und Jugend in Wiener Neustadt, als die Wohnung 1945 durch Bomben ruiniert wurde, kam sie über Tirol und Salzburg schließlich nach Wien, wo sie seit 1946 lebt. Nach einer Lehrzeit in einer Spedition arbeitete sie 1939–45 als selbständige Spediteurin, studierte daneben aber an der Kunstakademie Bildhauerei. Bis 1949 arbeite sie dann als Stenotypistin. 1952 wurde ihr erstes Buch, „Gesang an das Heute. Gedichte. Gesichte. Geschichten." veröffentlicht, 1954 wurde ihr erster Roman, „Sie warten auf Antwort", publiziert. Seit 1952 ist sie freie Schriftstellerin und Übersetzerin (35 Bücher wurden von ihr aus dem Englischen übersetzt). In den Jahren 1968 bis 1979 war sie Redakteurin und Mitherausgeberin der Zeitschrift „Literatur und Kritik", in den Jahren 1974 bis 1990 Mitglied des Kultursenates des Landes Niederösterreich. Sie war Gründungsmitglied und bis 1988 Vizepräsidentin der IG Autoren, des Dachverbandes der österreichischen AutorInnenvereinigungen; seit 1976 Vizepräsidentin der Literarischen Verwertungsgesellschaft und ist weiters Beirätin des Niederösterreichischen Bildungs- und Heimatwerkes.

Sie ist Trägerin des großen Niederösterreichischen Literaturpreises sowie deutscher Literaturpreise; 1993 des österreichischen Staatspreises. 23 Bücher sind bis 1993 erschienen, zuletzt „Der Genauigkeit zuliebe. Tagebücher 1942–1980", Graz–Wien 1993; und „Sämtliche Gedichte", Wiener Neustadt 1993.

WANDERWEGE

Was mich innerlich an Österreich bindet, ist, daß ich hier daheim bin. Nur wer seine Heimat verlassen muß, weiß, wie viel Heimatgefühl bedeutet. Über Politik will ich nicht sprechen, das können andere besser, mein Kopf „reicht mir nicht aus, bedenk einmal von meinem Kopf lebt höchstens eine Laus" (frei nach Berthold Brecht), aber die Beine sind noch gut. Ich bin früher viel und gern gewandert. Im Winter haben wir mit ein paar Freunden Stadtwanderungen in Wien gemacht und die Museen besucht. Die Freunde sind alle gestorben. Und was mir an Wien und meiner engeren Heimat, Niederösterreich gefiel, gibt es für mich nicht mehr. In der Autohölle einer modernen Großstadt ist gehen kein Vergnügen, und dann sind da noch die, die, ohne durch ein Klingelzeichen zu warnen, auf den Gehsteigen gefährlich knapp vorüberrasen, und die Rollschuhfahrer, die einen fast umrennen. Im Umland der Stadt, das sehr schön wäre, riskiere ich als Frau nicht mehr, allein herumzuwandern. Und auch in Niederösterreich werden viele Wanderwege durch immer neue Autostraßen zerstückelt, sogar neben hochliegenden Blumenwiesen rasen jetzt mit Knall und Gestank Motorradfahrer hinauf und hinunter. Man möchte R. M. Rilke zitieren: „Knaben, oh werft den Mut/nicht in die Schnelligkeit/nicht in den Flugversuch alles ist ausgeruht/Dunkel und Helligkeit/Blume und Buch." Autos und Eisenbahnen flitzen an allem Schönen so rasch vorbei, daß man den Reiz und die Vielfalt des Landes nur noch verwischt wahrnimmt.

Wien als Hauptstadt der Monarchie, ein Magnet, der die Völker aus allen Teilen des Reiches an sich zog, heute die Hauptstadt der Republik Österreich, war bis 1922 auch die Hauptstadt von Niederösterreich. Immer noch ist der mehrere Hausfronten umfassende Baukomplex Herrengasse 9–13 der Amtssitz der niederösterreichischen Landesregierung. Wir nennen ihn das „Landhaus". Verwaltungsstellen und Ämter sind ebenfalls in Wien untergebracht, in der Bankgasse, der Teinfaltstraße, der Kolingasse, der Strauchgasse usw. Dort gibt es alles Amtliche, von Finanzamt über Rübenbauernbund bis Tonkünstlerorchester, von Gesundheitswesen bis Konkurrenzstraßen – was immer das sei – Naturschutz und Dampfkesselwesen, und all diese Behörden und Bünde haben ein N.Ö. davor, das ihre Zughörigkeit zu meiner Heimat bezeugt.

Der große Festsaal im Landhaus ist mit prächtigen barocken Wand- und Deckenfresken geziert. Fast wäre er dem Anschlag eines Architekten des vorigen Jahrhunderts zum Opfer gefallen, der mit dem Umbau des Gebäudes betraut worden war. Es war ein berühmter Architekt, und wir kennen seine Werke und schätzen sie, Bauten von biedermeierischem Reiz, in Wien etwa das Kornhäuselhaus und die Villen, Bäder, das Rathaus, den Sauerhof im lieblichen Kurstädtchen Baden bei Wien; aber wir wissen nicht, wie es dort vorher ausgesehen hat und welche Zerstörungen geliebten und altehrwürdigen Kulturguts dieser Baumeister auf sein Gewissen nahm, um neue Bauvorstellungen zu verwirklichen; vielleicht sogar trotz der Zornesausbrüche seiner Zeitgenossen, die nicht so ohnmächtig gewesen sein mögen wie die unseren angesichts von Bausünden. Im Fall des freskengeschmückten Saales im Landhaus war die Wut der Bürger nicht ohnmächtig. Selbstbewußter und energischer auf ihr Mitspracherecht pochend als wir heute, verhinderten sie die Zerstörung. Auch eine gotische Kapelle gibt es im Landhaus, ein Bau so klein und rein wie das Gehäuse einer Muschel, aus der das Leben verschwunden ist. Da der einstige gotische Altar abhandengekommen ist, akzeptiert man den Flügelaltar aus durchscheinenden, sehr bunten, etwas süßen Glasbildern.

Als Weltreichpolitik nicht mehr möglich und Staatspolitik in Parteipolitik umgeschlagen war – eine Art Wa(h)lfangpolitik, die auf Fischzüge in wimmelnden Heringsgewässern angewiesen ist –, einigte man sich 1922 darauf, daß Wien fortan die Hauptstadt Österreichs und daneben, samt seinem allernächsten Umland ein neues Bundesland sein möge, das „Land Wien". Man zog eine Grenze und hielt sich beiderseits an die Fischereirechte bei mehrheitlich roten oder schwarzen Heringen.

So wurde Niederösterreich ein Land ohne eigene Hauptstadt, das ringförmig um das Land Wien angeordnet war. Und Wien wurde ein Loch in der Karte Niederösterreichs, ein Hohlraum, dessen Sog Künstler, Literaten und Wissenschafter aus Niederösterreich nicht nur ansaugte oder anzog, sondern einsog: Sie waren lange Zeit spurlos darin verschwunden, und auch heute wissen wenige, wie viele von den Prominenten, die Wien zugezählt werden, aus Niederösterreich stammen, diesem Land zugehörig durch Geburt, Familie, Kindheitseindrücke, Landschaftserlebnisse, Dialektfärbungen ... All dies aber hat ja an ihrer Persönlichkeitsentfaltung mitgewirkt, ehe solche Niederösterreicher nach Wien gingen und dort berühmt wurden. Erst seit einiger Zeit beginnt eine kluge Kulturpolitik die verstreuten Schäflein zu sammeln, zu betreuen und dem Land Niederösterreich ein vertieftes kulturelles Selbstbewußtsein zu geben.

Heute existiert sogar eine Gegenbewegung, die Stadtflucht, erleichtert durch die allgemeine Motorisierung, anderseits aber verursacht durch die Motorisierung, die aus der Stadt eine Lärm- und Gestankhölle, eine Betonwüste, eine Nervensäge zu machen droht. Die Wiener bauen sich Häuser in dem so bequem im Kreis um die Hauptstadt liegenden Niederösterreich. Ob sie ein Gewinn sind für die Gemeinden und sich eingliedern in die dichte Dorfgemeinschaft, scheint noch ungewiß. Wird am Ende nur die Natur verhüttelt, das Land verstädtert? Dann bliebe nichts Gescheiteres übrig, als Wien zu verländlichen und seine Ränder wieder in die einstigen idyllischen Weinhauerdörfer zerfallen zu lassen.

Es gibt keine Schwalben mehr in Wien. Sie haben uns nicht ausgehalten. Mauersegler gibt es noch, weil sie hoch fliegende, hoch nistende Vögel sind, die sich über den Schwaden der Zivilisationsgifte am Leben erhalten können. Dorfschwalben, nicht aus, sondern in Niederösterreich gibt es überall auf dem Land, mit ihrer reizvollen Flugschrift und ihrem jäh gebremsten, unberechenbar schweifenden Schwung, dem der Dreivierteltakt des bekannten Walzers abgelauscht scheint. Ich bin eine aus Gründen der Selbsterhaltung zum Mauersegler mutierte Dorfschwalbe. Hochfliegende Pläne habe ich, darum brauche ich die Großstadt, und ich liebe sie auch, aber meine, manchmal von Heimweh romantisierte erste Liebe gehört meinem Kindheitsland Niederösterreich.

Wien als Magnet, Wien als schwarzer Fleck, Wien als gefährlicher Sog ... Auf einer Karte des Bahn- und

Straßennetzes zeigt sich Wien als Sonne mit unterschiedlich langen Strahlen. Von jedem Punkt der Stadt aus kann man in einer Stunde in Niederösterreich sein. Von der Endstation der Straßenbahn in Rodaun geht man fünf Minuten nach Perchtoldsdorf. Das ist eines der vielen hübschen Städtchen Niederösterreichs, mit einem romanischen Karner neben der großen gotischen Kirche samt Wehrmauer, die erhöht neben dem rechteckigen Hauptplatz steht, hoch über dem kleinen Renaissance-Rathaus, gegenüber dem Lebzelterhäusl. Der Ort ist nicht nur wunderschön, sondern auch berühmt als Heurigenort und als Ausgangspunkt für Wanderungen über die, zu jeder Jahreszeit mit selten gewordenen Blumen und Kräutern dicht bewachsene Perchtoldsdorfer Heide hinauf zu den Föhrenbergen. Aber wenn es sehr heiß ist, bleibt man am besten gleich unten in einem der bäuerlichen Heurigengärten sitzen und genießt, unter krummen Obstbäumen auf hölzernen Bänken sitzend, den Wein, der hier gedeiht. In Mauer dürfen die Heurigenwirte erst um vier Uhr nachmittag aufsperren, genau wie in Sievering, Nußdorf, Grinzing, denn sie gehören zu Wien, und Wien hat als heimlichen Landesheiligen den Sankt Bürokratius. Er beschützt alle gegen alle und gegen alles, so daß bald keiner mehr irgendwas darf. Bezeichnenderweise heißt die Straße, auf der man sich schon vor vier Uhr in ketzerischer Absicht von Wien aus dem Heurigen entfernt, Ketzergasse. Sie verbindet die südliche Ausfallstraße Wiens, die Triesterstraße, direkt mit Rodaun, und von dort hat man nur ein paar Minuten auf der Hochstraße bis Perchtoldsdorf. Man wüßte gar nicht, wo der eine Ort endet und der andere beginnt, gäbe es da nicht quer drüber die Gleise der Materialbahn nach Kaltenleutgeben. Hat man die Gleise überschritten, beginnen die zuvor ansteigenden Hausnummern der Hochstraße plötzlich zu fallen, denn: Ein Unterschied muß sein! Wir sind jetzt in Niederösterreich. Dort dürfen Heurigenwirte aufsperren, wann sie wollen.

Straßen, Autobahnen, Eisenbahnen zielen, ausstrahlend von dem sonnenhaften Zentrum nach allen Himmelsrichtungen. Rings um die Hauptstadt schließt sich der Kreis der Landschaften. Auf dem Land sind die Jahreszeiten stärker voneinander unterschieden. Darum will ich meine Erinnerungen an Niederösterreich als Erlebnisse im Kreislauf der Jahreszeiten anordnen, ja, genau genommen ordnen sie sich ganz von selbst so an.

Im Osten Wiens das Marchfeld, im Norden das Weinviertel, im Nordwesten das Waldviertel. Politisch gibt es das Viertel ober dem Manhartsberg und das Viertel unter dem Manhartsberg, eigentlich sollte es heißen westlich und östlich des Manhartsbergs. Immerhin aber ist der Manhartsberg eine natürliche Grenze. Es gibt das Viertel ober dem Wienerwald und das Viertel unter dem Wienerwald, und dann noch die vielen treffenden Namen von Landschaften, die untereinander so verschieden sind wie etwa die Bucklige Welt, die Wachau und das Mostviertel … unmöglich, all dies auf wenigen Buchseiten zu beschreiben! Es muß, was ich berichten kann, notgedrungen fragmentarisch bleiben, und man verzeihe mir, wenn die Akzente nach der subjektiven Intensität meiner Eindrücke gesetzt sind, nicht immer nach Wert und Schönheit der jeweiligen Gebiete.

Am schönsten ist das Waldviertel im Winter. Was die Landschaft sagt in Schwarz und Weiß, es steht geschrieben in den Wellen und Falten des Bodens, in den Bäumen und in der Art wie sie dastehen, gesetzt wurden oder von selber gewachsen sind, oder einzeln, alt, ehrwürdig, absterbend übrigblieben, nachdem, Gott weiß wann und warum, eine gravierende Klimaveränderung eingetreten sein muß.

Früher gab es auch hier die tiefen, weiten, mythenumwobenen Eichenwälder, in denen es rauschte und raunte von anderen Göttern, die uns nichts mehr bedeuten. Heiligtümer für eine Göttin gab es überall, in Italiens Wäldern gehörten sie Diana, gleicherweise in Griechenland, wo sie Artemis hieß. Ihr Reich dehnte sich über Griechenland, Jugoslawien, Italien, Österreich aus bis in den Norden, über Pannonien, Böhmen, Deutschland. Eine Kulturschicht liegt über der anderen. Tumuli, Gräber, Moorfunde – viel ist aus jener Zeit nicht übriggeblieben. Diana-Artemis war eine Jagdgöttin. Damals gab es hier nicht nur Rotwild, sondern auch wilde Tiere, die man heute nur noch im Zoo bewundern kann. Von den Eichen sind einzelne, sehr alte stehengeblieben, und selbst diese Baumriesen stammen aus späteren Zeiten als die mythischen Eichen; sie bezeugen, daß der mildere Hauch Pannoniens bis hier hereingeweht ist. Nur Namen erinnern noch daran: Hoheneich. Dreieichen. Breiteneich …

Was die Landschaft sagt: „Die Erde ist überall alt. Ihr, Menschen, seid nur die kurzlebigen Neureichen der Schöpfung. Wo steht geschrieben, daß ihr für immer die Erde beherrschen werdet? Emporkömmlinge seid ihr unter den sanfteren, vollkommeneren Geschöpfen. Mit habgierigen Händen greift ihr nach allem, ihr seid die Aufstrebenden – die Streber nach immer mehr Besitz und Macht. Jedes Tier hat sein Gesetz direkt von Gott, es gehorcht ohne Frage, und es kämpft, wo sein Gesetz Kampf ist, aber es kämpft fair. Das Äußerste an Besitz, das es beansprucht, ist das zum Überleben Nötige oder das Recht, sein Revier, das uneingezäunt ist, mit dem eigenen Duft zu markieren." In keiner anderen Landschaft Niederösterreichs versinkt man so tief in Vorzeitträume. Gewiß, die Erde ist überall alt, hier aber umgibt dieses Altsein sie mit einem Ernst und einer Schwermut wie nirgends sonst. Man nimmt sich hier weniger wichtig, fühlt sich kleiner und sehr allein. Was dominiert, ist des Waldviertels von Naturkatastrophen bewegte Geschichte. Sie spottet unserer historischen Kriege und Siege, sie reduziert unsere prahlerischen Schlachtenberichte, unsere selbstherrlichen Befestigungsanlagen, unsere Ritterburgen und Ritterkreuze, und vor allem unsere Heldentaten, die nichts mit dem unbesiegbaren Mut des Wachstums zu tun haben, das sich, auch gegen menschliche Zerstörungssucht, immer wieder durchsetzt.

Was die Landschaft sagt, ihre stumme Melodie, in Worte gesetzt, spricht weiter – Slawen, Römer, Franken sind lang verstummt. Was die Landschaft sagt, ist schwermütig, beharrlich und tröstlich: Die Erde ist überall alt. Hier spürt man's nur deutlicher als anderswo in diesem Land, das nur eins unter neun Ländern ist, die zusammen wieder ein kleines Land bilden, das nur der letzte Rest ist von einem Land, in dem die Sonne nicht unterging. Wo ist es geblieben? Das Gras wächst weiter, auch dort, wo wir hintreten, als dürfte dort kein Gras mehr wachsen. Da und dort führen Wege, flankiert von hohen, windzerzausten Birken, durch ein Stück Hochmoor. Meistens aber fährt man an Nadelwald vorbei, dem man ansieht, daß er von Menschen gepflanzt ist: Der Waldboden ist geriffelt von kerzengeraden Rillen: Zwischen den in Reih und Glied am fahrenden Auto vorüberrückenden Nadelbäumen ziehen seichte Entwässerungsgräben dahin. Es war dies die einfachste Art, das Wasser abfließen zu lassen und das Land fruchtbar zu machen; nicht mythisches Moorland haben wir gebraucht, sondern Waldland und Ackerland. Es gibt Trockenwälder hier, in denen kein Pilz wächst. Aber die wunderbaren Rotföhren mit ihren im Morgen- und Abendschein aufglühenden Stämmen und den starren schwarzen Büscheln ihrer Kronen geben der Landschaft Eigenart und Reiz, nicht die schon seltenen Eichen oder die einzelnen uralten Linden neben einer Kirche – Siebenlinden etwa – oder im Vorgartenhof des Stifts Zwettl. Bäume spielen hier eine große Rolle. Aber der Alltag im Waldviertel spricht eine unüberhörbar prosaische Sprache: „Da!“ sagte ich im Vorüberfahren an einem Kubus aus Glas und Beton, „Wieso steht das Werk still, heute ist doch ein Wochentag!“ Stillgelegt. Die Folge ist Arbeitslosigkeit und Armut für jene, die in den umliegenden Orten wohnen. Und später, bei Heidenreichstein, gab es zwei große Fabriken, die nichts mehr erzeugten. Sind das schon die Skelette der Saurier der Zivilisationszeit, die irgendeiner keineswegs weltweiten, aber doch einer in diesen Orten schmerzhaft spürbaren Katastrophe zum Opfer fielen? Zu viele Männer sah ich, die sich werktags auf dem Hauptplatz und in den Wirtshäusern herumtrieben. Sie bildeten keine revolutionäre Masse, sie wirkten resigniert und ihrem Schicksal ergeben. Das Leben hier hat sie an Härte und unverschuldete Not gewöhnt. Auch die Natur, so schön sie ist, bietet nichts an Verwöhnung, darum ist das Waldviertel bis in den Herbst hinein grün: Hier brennt keine südliche Sonne. Und im Winter gibt es Nebel, Frost, verwehte Straßen. Der Winter dauert lang, und er ist eine harte Zeit. Der Wind, der ewige Wind deckt die zwischen Böschungen liegenden Nebenstraßen zu, mit hauchfeinen Schneezungen leckt er immerfort von der Böschung herab, und wenn du aussteigst, versinkst du, mitten auf der Straße, plötzlich bis an die Knie und zeigst damit dem Fahrer des Wagens an, daß es besser ist, daneben auf dem hart gefrorenen Acker weiterzuholpern, sonst steckt der Wagen plötzlich im Schnee und du kannst lange schaufeln, ehe ein anderes Fahrzeug vorbeikommt und dir einer hilft.

Von Silberlicht durchflutet liegt die Landschaft da, und auch der Himmel besteht nur noch aus lichtem Geflimmer. In weichen, langhin ausrollenden Wellen aus Weiß zieht die Umgebung an dir vorbei, in Wellen ohne Brecher und Schaumkronen. Und die Dörfer, in dicke Schneehüllen vermummt, treiben auf diesen Wellen dahin wie allmählich versinkende Boote. Gleichsam vor Einsamkeit dicht aneinandergedrängte Stämme bilden Wäldchen mit struppigen Kronen. Sie liegen als schwarze Inseln im unabsehbar weiten Schneemeer, über das hin und wieder ein Schwarm schwarzer Körper und gezackter Flügel hinstreicht, zerstiebt, niederfällt: Das sind die russischen Saatkrähen, die Jahr für Jahr im Winter kommen. Die Fahrbahnbegrenzung ist nicht mehr zu sehen. Als Orientierungshilfe sind lange Stangen am Straßenrand eingeschlagen worden. Auf einer sitzt ein großer Vogel mit scharf gekrümmtem Schnabel: ein Räuber. Er fliegt nicht auf, als der Wagen herankommt. Er weiß sich geschützt. Nachdem man die Bussarde fast ausgerottet hatte, wurden sie, wie ein Denkmal, unter Naturschutz gestellt. Sie dürfen nicht gejagt werden. Sie aber dürfen weiter jagen, ohne daß deshalb eine Gattung ausstirbt oder auch nur ein Haar ungezählt aus dem Fell einer Wühlmaus fällt oder aus dem Balg eines Häschens. Denn in der Natur fällt nichts aus den Händen der allwissenden Schöpferweisheit, und nur ganz selten macht die alte Erde im Schlaf noch eine so heftige Bewegung, daß ganze Gattungen daran zugrunde gehen. Was gerettet wird und was zugrundegeht, bestimmen wir. Erdgeschichte ist längst abgelöst worden von Menschheitsgeschichte. Kehren wir also zurück aus dem Waldviertler Vorzeittraum in historische Zeiten.

Viele Dörfer haben zwei Namen: Alt-Weitra und

Weitra etwa, oder es gibt ein oberes und ein unteres Dorf. Viele Namen sind slawischen Ursprungs, manche fränkisch. Zum Teil sind sie verstümmelt, und im Lauf der Zeit ist das Wissen um die Herkunft der Namen verlorengegangen. Nur Fachgelehrte wissen noch, was Sie aussagen über die Geschichte. Die Slawen bauten ihre Dörfer in die Niederungen, zum Schutz gegen den Wind, oftmals in zwei Zeilen einen Bach entlang, als Sonnzeile und Schattenzeile; manchmal um einen Teich oder eine Wiese, als Angerdorf. Später kamen die Franken und nahmen das Land in Besitz, sie bauten die Oberdörfer auf die Anhöhen und waren auf Verteidigung bedacht. Die vielen Burgen auf Hügelkuppen oder Felsen, direkt aus der Steilwand herauswachsend, erinnern an die Kuenringer. Zum Beispiel Rapottenstein – ein Wunderwerk mit Turm und Zinnen, Innenhöfen und Hallen, mit bunten Wandmalereien. Auch der hier gebräuchliche Name des Kleinen Kampflusses erinnert an die Kuenringer: Der Ritterkamp. Ein Winterspaziergang daneben führt zwischen feenhaften Eisarchitekturen und vom Rauhreif in weiße Spitzengespinste verwandelte Büschen hin, im Bachbett erheben sich Schicht um Schicht aufgetürmte Eisplatten, unter denen dann wieder gischtend und brausend das Wasser hervorbricht. Und man nimmt sich vor, diesen Weg, der Teil eines Weitwanderweges ist, einmal im Hochsommer zu gehen, weil soviel Schatten und Kühle davon zu erwarten ist. Vielleicht wird man dann in der grünlichen Frische auch die Forellen sehen können. Da ist die Kollmitz-Ruine, fast ganz von der Thaya umflossen, denn der steile Felsen, auf dem sie erbaut wurde, liegt in der Schlinge des Flusses. Daß die Ruine betretbar ist, verdankt man der Initiative eines Lehrers, dem ein paar junge Leute geholfen haben, aus abgerutschtem Schutt wieder Graben und Zugbrücke freizulegen. Und weiter: Burg Hardegg. Hartenstein, Karlstein, Raabs, Heidenreichstein, Waidhofen ... daß all dies so gut instandgehalten ist, verweist doch eher von der sicherlich verdienstvollen gelegentlichen Einzelinitiative auf die kulturbewußte Denkmalpflege des Landes, das sich bemüht, große Kulturstätten wie die Schallaburg und Stift Lilienfeld nicht nur sachgemäß zu restaurieren, sondern auch durch Veranstaltungen und Austellungen mit Leben zu erfüllen.

Die zahlreichen, bunt und sauber wirkenden Marktflecken und Städte Niederösterreichs auch nur aufzuzählen, wäre unmöglich. Ein Juwel geradezu unter diesen meist wehrhaft ausgebauten Orten ist Drosendorf mit seiner Stadtmauer, den Türmen, Toren, und Zinnen. Das Schloß hat man, ohne irgendetwas zu zerstören, in eine Fremdenpension verwandelt, der Hauptplatz mit seinen bunt verputzten Häusern sieht aus wie aus einer Spielzeugschachtel hervorgeholt. Und das Café auf der bergab führenden Straße ist mit alten Schießscheiben geschmückt, die Inschriften tragen. Zum Beispiel: „Der Bömen Fürst mit Kugeln worff, traf nur ein Sau in Drosendorf." Die Tafel auf dem Nebenhaus erklärt, daß Drosendorf von Dampian (gemeint ist Dampierre) nach der Schlacht am Weißen Berg am 9. September 1620 belagert, aber nicht eingenommen wurde; nur ein Schwein sei von einer Kugel am Rüssel getroffen worden. An der Mauer entlang kann man rings um die befestigte Stadt spazierengehen, in der Lindenallee aus sagenhaft schönen alten Bäumen, mit einem Ausblick von sehr hoch oben über das schimmernde Land.

Immer noch gibt das Moor Zeugnisse aus Zeiten vor genauer Datierung und Zeitrechnung preis. Wird nicht dort, vor dem blassen Himmel, gleich ein Rudel Elche vorüberziehen? Und diese Vorstellung weckt eine Erinnerung an jenen heißen Sommer, als wir mit Freunden auf der Fahrt nach Gmünd in einem schwarzen Waldstück den kleinen See entdeckten. Auf seiner nicht verschilften Seite konnte man baden. Als wir ins Wasser steigen wollten, riffelte eine zarte Wellenlinie das Wasser: den Hals mit dem flachen Kopf über das Wasser erhoben, schwamm eine Schlange auf uns zu. Und sooft wir sie auch wegzutreiben suchten, weil wir nicht wußten, ob sie giftig sei oder nicht, – sie schwamm beharrlich immer wieder auf uns zu. Es war nichts Aggressives in ihrem Verhalten, eher schien es, als nehme sie uns gar nicht wahr. War es keine lebende Schlange, sondern nur ein Revenant, verharrend am Orte, aber weit in der Vergangenheit? Würde sich dort drüben im Schilf nicht plötzlich ein ähnlicher, nur größerer Kopf mit sehr langem Hals erheben und der massige Leib eines Riesensauriers, der die Zeit verschlafen hatte, aus dem Tümpel auftauchen? – herübergelangt in eine Jahrmillionen spätere Zeit.

Die Erde ist überall alt. Nirgends sonst aber sagt es die Landschaft so deutlich aus, und vielleicht sind die Menschen, die hier leben, bis an den Rand des Bewußtseins versunken im Moor der Vergangenheit, verwunschen, schwermütig, traumbefangen Verharrende, die den Wirtschaftskatastrophen unserer Zeit hilflos gegenüberstehen. Wenn man alt ist, kann man sehr gut von der Erinnerung leben. „Ihre glücklichen Augen/was je ihr gesehn/es sei wie es wolle/es war doch schön.“

Marianne Gruber

wurde am 4. Juni 1944 in Wien geboren. Sie verbrachte ihre Kindheit im Burgenland und studierte in Wien Klavier, Medizin und Psychologie bei Viktor Frankl. Ihre literarischen Arbeiten wurden ab 1980 in Buchpublikationen verlegt, zuletzt erschienen „Der Tod des Regenpfeifers“, Frankfurt am Main 1992, und „Die Spinne und andere dunkelschwarze Geschichten“, Vaduz 1995. Zu ihren publizierten Werken zählen ein Kriminalroman, Science/Social Fiction Romane/Erzählungen, aber auch Texte für Kinder und Jugendliche sowie Gedichte. Sie hat mehrere Literaturpreise und Stipendien erhalten. Ihr großes Engagement für kulturelle Fragen waren Anlaß dafür, daß sie mehrmals eingeladen wurde, die berühmteste Diskussionsrunde des österreichischen Fernsehens, den Club 2, zu leiten. Seit 1994 ist sie Leiterin der Gesellschaft für Literatur in Wien, eine der traditionsreichsten literarisch ausgerichteten Kulturvereinigungen der zweiten Republik.

WIDERSTAND oder DAS ERLERNEN DES ALPHABETES

Zu sagen „mein Land“. Hier bin ich, und dies ist mein Land. Jenes, damals, war mein Land: die hitzedurchglühten Ebenen der Kindheit, die Einsamkeit der Stadt, die Abmessung der Straßen, wo vorher weiter, endloser Himmel war, Berge, das von anderen Farben durchbrochene mondglänzende Grün, irisierende Flußbänder, Menschen, Tiere, Wäsche, die auf Leinen hinter Häusern flattert, Sonnenreflexe in Fensterscheiben wie in einem Spiegel und Straßen, Straßen.

Die Tiere schreien, der Sommer ist heiß, der Wasserspiegel der Brunnen tief. – Heute gibt es Kohlen. – Winter 1947/48, der gleißende Schnee im grauen Viereck des Häuserblocks, die Fassaden notdürftig repariert, es gibt schon wieder Glas in den Fenstern. Wir sind arme Leute und schauen auf Kartonverschallungen, aber immerhin steht dieses Haus. Nebenan gähnt ein Bombentrichter, Betreten verboten, es könnten Blindgänger herumliegen. Der gleißende Schnee, darin die pechschwarze Kohle, schwarz wie Schneewittchens Haar, wie das Pech der Marie, wie der Teufel im Keller, schwarz und doppeldeutig. Wir sind arme Leute, Kohle kostet Geld, warm haben es nur die Reichen, schwarz bedeutet Wärme, der Teufel hat reale Existenz. In der Hölle friert man nicht.

Und noch immer die weiten Ebenen vor Augen und die Einsamkeit zwischen den Häuserzeilen. Auf der Straße ist Spielen verboten. Das Land rückt in die Ferne und verschließt sich den heranwachsenden Schritten mehr und mehr. Der Grenze, entlang der manchmal vorüberfahrende Fuhrwerke mit überdimensionierten Hasen verwechselt werden, eine andere Hasenjagd, hat man sich nicht zu nähern. Drei Schritte Abstand, der Respektsabstand ist einer aus Furcht und Verlorenheit.

Laß dich nicht aushorchen, Hitler hat den Krieg verloren. Mein Gott, waren die Kaiserjäger fesch. Gigerl sein, das ist fein. Dein Großvater ist ein schmutziger Bauer. Das tun Mädchen nicht.- Damit begann Geschichte. – Was bedeutet dieses Zeichen im Buch? – Gib das weg. – Was bedeutet es? – Ein Hakenkreuz, zieh die Schuhe an, wir gehen in die Kirche.

Später, viel später die ersten Bilder von Auschwitz und „schwarze Milch der Frühe ...“. Vorstellbar ist nichts, nur das seltsame Würgen im Hals faßbar, die uneingeforderte Stille unter uns Vierzehnjährigen im Festsaal der Schule, der als Ausstellungsraum diente. Sechs Millionen, das ist nicht vorstellbar. – Als dein Vater im Forumkino den Film über die Lager sah, konnte er es nicht glauben. – Aber er war sieben Jahre beim Heer! – Eben, sagt meine Mutter, die nur zufällig der Verhaftung entgangen war, weil sie als Muttersprache jene angegeben hatte, die die ihre war: kroatisch. Im Deutschen Reich gibt es nur eine Muttersprache und die ist Deutsch. Mein Gott, sagt meine Großmutter, ein bisserl Tschechisch, Jiddisch, ein paar Brocken Französisch konnte doch fast jeder.

Nicht der Geschichtsprofessor führt durch die Ausstellung, sondern die Biologieprofessorin. Sie besorgt Karten für ein Bachoratorium, wir pochen auf die Unschuldsvermutung. Unsere Geschichte ist das nicht, wovon man uns erzählt, und das Land nicht unser Land. Rot weiß rot bis in den Tod aus dem Mund des Musikprofessors klingt lächerlich wie das große Händefalten, „… und hat mit Blut und blanken Waffen zum Trotze aller Frevelgier und List …“.

Mein Land. Unser Land. Eine große Vergangenheit, eine kleine Gegenwart, eine noch kleinere Zukunft, sagt meine Nachbarin spöttisch. Wenn du etwas erreichen willst, mußt du ins Ausland. Glaub mir. Sie kommt aus Deutschland, kennt Nordafrika und wird nach Frankreich gehen. Wir tragen ein enzyklopädisches Stichwort zu „mein Land“ zusammen: gängige Redewendung für das Land, dessen Staatsbürgerschaft man besitzt, Synonym für Heimat, Bezeichnung für Grundbesitz, unabhängig davon, in welchem Land er sich befindet, Redeweise von Politikern, auch wenn sie nicht grundbücherlich eingetragene Besitzer des Landes sind, das sie so benennen, Bezugspunkt von Militärs, Synonym für eine verlorene Heimat, verwendet von Flüchtlingen, Ausgebürgerten oder einfach Auswanderern, Synonym für das neue Land, das man als Aufenthaltsort gewählt hat, ohne dessen Staatsbürgerschaft zu besitzen, „mein Land" als utopischer Entwurf.

Das Possessivpronomen scheint wichtig, zeigt nicht nur Besitz an, sondern auch Verbrüderung, Anteilnahme und Abhängigkeitsverhältnisse, wie etwa zwischen Kind und Eltern, Mann und Frau, Fremdem und Eigenem, wobei eine Seite immer mehr besitzt als die andere. Was sollen wir mit dem Possessivpronomen anfangen? Von den 83000 Quadratkilometern gehört keiner uns, vielmehr scheinen wir ihnen zu gehören, militärische und politische Karrieren sind in unseren Zukunftsplänen nicht vorgesehen, wir sind weder Auswanderer noch Emigranten.

Und Heimat? In unserer Vorstellung damals muß Österreich nicht unbedingt sein, die Welt ist groß und steht den Unschuldigen offen wie der Zauberwald im Märchen. Himmel und Erde sind Gleichungen. Nur Mut! Man braucht nur Mut, und das Leben ersteht daraus, so gewaltig, daß es den Tod erdrückt.

Nation und Nationalismus waren für uns leere Begriffe, Hülsen, Spielereien mit Wörtern, Überschriften über einer Unverständlichkeit: einer als gemeinsam erachteten Geschichte, einer gemeinsamen Schuld, kollektiven Haftung, gemeinsam anerkannten oder angemaßten Größe. In der haltlosen Situation des Jungseins, zwischen Noch-Nicht und Nicht-Mehr, war die Gemeinsamkeit der Geschichte nicht ersichtlich, die Revolte des Heranwachsens pochte auf eine Unschuld der Welt gegenüber, die es erst zu verlieren galt, von kollektiver Haftung ahnten wir nichts, Größe war furchterregend oder repressiv, einschüchternd, vielleicht auch bewunderungswürdig, in keinem Fall aber uns zugehörig.

Jahre danach, auf dem Campus der State University of Albany in schlechtem Englisch und verweigertem Deutsch wird die Unschuldsvermutung endgültig zerstört und durch die Frage nach der kollektiven Haftung ersetzt: Wie konnten Sie diesen Präsidenten wählen?

Wer fragt sowas, fragt mein Vater. Die, die Bomben über Dresden, über Hiroshima abgeworfen, die Sudetendeutsche vertrieben und gesagt haben: In diesem Land darf kein Stein auf dem anderen bleiben?

Keiner von denen, antworte ich, ein alter, beinahe hinfälliger Mann hat gesprochen, dem die Muttersprache und das Vaterland noch immer lebendiges Grauen bereitet, 40 Jahre „danach“, und der am Ende seines Verhöres mit einer rührend hilflosen Geste seine Sehnsucht nach dem anderen gelobten Land – nach Versöhnung – ausdrückte. Er hebt ein One-Pence-Stück auf, das klein, goldglänzend, funkelnagelneu auf dem Boden des Campus liegt, und überreicht es in einem Deutsch, als verwende er die Sprache eines anderen Sterns: Es soll Ihnen Glück bringen.

Glück in welcher Weise? Wir sind längst keine unschuldigen Kinder mehr und handeln mit dem Tod, in diesem Land wie in anderen Ländern, ohne jene Leidenschaftlichkeit, die nach Unschuld verlangt und nicht nach Vernunft, diesem Instrument, auf das der aufgeklärte Europäer leidenschaftlich pocht, ohne ihm vertrauen zu können und das mit der Welt jeden Handel eingeht. Das macht uns anfällig für die Geschichte anderer und setzt uns ihrer Wiederholbarkeit aus.

Es soll dir Glück bringen – wobei? Die Frage legt eine Wunde bloß. Ist zu überleben ein Ziel, überleben unter allen Bedingungen? Die Revolte der Jugend schreit nein und hat darin recht und unrecht; recht in der Abwehr des Zynismus, der das Wie ignoriert und unrecht in der Geringschätzung des Lebens. – Oder war jener private Zufluchtsort gemeint, der in diesem Land so leichtfertig als Trug bezeichnet wird und den uns andere und wir uns selbst gleichzeitig zum Vorwurf machen, ohne über die Begabung zu verfügen, ihn auch erreichen zu können. Der Zweifel, von dem Herbert Eisenreich einmal schrieb, daß er die Wiener, Tiroler, Salzburger, Burgenländer, Kärntner, Nieder- und Oberösterreicher, die Vorarlberger und Steirer vereine und der alles bezweifle, auch sich selbst, steht davor und vor der Fähigkeit, handelnd Konsequenzen zu ziehen, wenn er das Denken an seine äußersten Grenzen treibt, die Camus im Mythos vom Sisyphos beschreibt, als hätte er Österreich studiert: Alles ist absurd. Hier wird Geschichte durch Schicksal ersetzt, der Verlust objektiver Sicht und des persönlichen Ortes festgeschrieben. Der Musilsche Engelszustand, sein zu können, wo es gefällt, ist ebenso undenkbar, wie es unmöglich scheint, konsequent da zu sein, wo man ist. Wir leben im Exil, in einer Franklschen provisorischen Daseinshaltung, – morgen ist auch noch ein Tag – in einer fast lustvoll erlebten kollektiven Depression – da kann man nichts machen –, die sich dann und wann der Realität nähert in der Teilnahme an den selbstverständlichen Grausamkeiten der Welt, die Tatkraft mehr mit Mord als mit der Gestaltung des Lebens in Zusammenhang bringt..

Sie reden über die Welt, nicht über Österreich, sagt der alte Mann auf dem Campus. Ich meine ganz konkret 1938 bis 1945 und nun das Jahr 1988.

Wir sind keine Insel der Seligen, antworte ich, wir sind ein Teil dieser Welt.

Nun ja, meint er, das Grundmuster. Ich rede von meinem Leben.

– Längst erwachsen geworden, selbst verantwortlich und gewiß nicht mehr unschuldig, ist eines klar: Wenn man über Recht, Schuld und Sühne, Wiedergutmachung und unabhängig von – euphemistisch benannt – historischen Wirren und Verirrungen über, zum Beispiel, die Menschenrechte redet, meint man etwas Ungeteiltes, wesentlich Weitreichenderes als den eigenen Horizont. Man sucht nach quasi Universalien. Es gibt kein geteiltes Recht, wiewohl die historischen und tagtäglichen Lektionen das Gegenteil ausweisen: das Recht der Sieger, der physisch oder ökonomisch Stärkeren, der Einheimischen gegenüber den Fremden, des Sanftmütigen oder Zornigen, das

Recht der Männer und der Frauen. Es gibt auch keine geteilte Wahrheit, wiewohl nicht einmal die meine von gestern meine von heute sein muß und schon gar nicht von morgen.

Wer über Recht, Gerechtigkeit, Menschenrechte, Wiedergutmachung und Lernen aus der Geschichte spricht, muß über die KZs *und* den Gulag reden, über die Judenvertreibung *und* die Sudetendeutschen, über den Greuelterror der Besatzer *und* der Partisanen, über die Tragödie der Emigranten *und* der Kosaken und Domobranzen, über das Entsetzliche des 2. Weltkrieges, dem die adäquate Sprache fehlt und immer fehlen wird, *und* über die Armenier oder Ibos und …

Aber wie darüber reden, ohne gleichzeitig die zu kränken, für die Geschichte persönliches Schicksal war und nicht Film, Foto, Bericht? Die Greueltaten der anderen Seite lassen sich weder zeitlich noch räumlich gegen die Greueltaten auf der eigenen aufrechnen. Daß Kain Abel erschlug, hat den Mord in die Welt gebracht und rechtfertigt nichts. Aber ganz genau so ist geredet worden, wann immer über Sieger und Besiegte gesprochen wurde: um sich selbst zu rechtfertigen, zu verharmlosen, sich auf die grausame Natur des Krieges auszureden und über Menschen zu befinden, die eben so sind, wie sie sind: jederzeit bereit zum Mord, so es die Umstände erlauben. Wir sind aggressive Geschöpfe, von Natur aus Barbaren, auch die anderen haben … Das macht Wahrheit zur Lüge, Recht zum Unrecht und fördert eine fatale Angst, daß man den falschen Leuten Argumente liefert und dem

Irrsinn der Menschen nichts anderes mehr wird entgegensetzen können als einen ruhigen Himmel über einer entvölkerten Erde.

Mit dem Recht hatte ich eigentlich nichts im Sinn, sagt der alte Mann auf dem Campus in Albany. Das läßt sich biegen, ändern, benützen, wie man es gerade braucht. Ich will Gerechtigkeit für mein Leben. Sie ist das einzige, dessentwegen die Mühe da zu sein einen Sinn ergibt.

Gerechtigkeit gibt es nicht, antworte ich, nicht im Krieg, nicht, wenn einer dem anderen den Krieg erklärt.

Er starrt mich an. Wo haben sie eigentlich Ihr Herz?

Wie bekommt man Herz und Verstand zueinander, frage ich zurück.

Jahre vorher fragt mein Griechischprofessor, der in Shanghai überlebt hat, warum ich wissen will, was ich wissen will. Das sei alles vorbei.

Jugend kann grausam sein. Sind Sie sicher, frage ich?

In diesem Land, heute? – Ja, sagt er ohne Zögern, ja.

Die Frage war nicht grundlos gefragt. Der kettenrauchende alte Herr mit Schnauzbart hatte eine tief verwurzelte Abneigung gegen Heiligenscheine. Er mochte die Jugend, die er unterrichtete, er wollte sie freier, als sie sich selbst entwarf, und er war zu klug, um nicht so manche Falle zu sehen, die auf uns lauerte. Friedrich Hacker hat sie einmal an Hand des Falles von Patricia Hurst so gut beschrieben: Leidensneid. Nichts verleiht größere Bedeutung als überstandene Leiden. Das macht Kriegshelden so anziehend wie Märtyrer.

Nicht viel später, in der Revolte der Jugend 1968, die in Paris mit dem Schlachtruf „Phantasie an die Macht" begann, von der es auch in diesem Land so viel gibt und in dem die Courage zur Phantasie so klein ist, wird das eine wichtige Rolle spielen. Der Generationskonflikt bemächtigt sich in Deutschland und Österreich des Faschismusthemas.

Nun habt ihr doch noch euren Sündenfall, eure Lüge, sagt mein Griechischprofessor, als ich ihn wieder treffe. Mußten wir wirklich dafür herhalten, euren Generationskonflikt auszutragen?

So sehen Sie das?

Er raucht nicht mehr, fragt sich, welche Partei er bei der nächsten Wahl wählen soll, es gefällt ihm keine mehr, glaubt nicht an die Motive der Revolte und verdächtigt sie des Leidensneides.

Der Verdacht trifft. Wir wohnen in Häusern, die wir nicht gebaut, benützen Straßen, die andere gepflastert, lernen an Universitäten, was andere gedacht haben. In diesem Land gehört nichts uns, alle Türen scheinen zu. Hinter ihnen sitzen unsere Väter an den Hebeln der Macht und simulieren eine heile Welt, aus der sie uns gleichzeitig mit dem Hinweis auf ihre gigantische Wiederaufbauarbeit aussperren. Schaff das erst, dann kannst du reden. Der Stachel sitzt tief, die Revolte kann ihn nicht abschütteln, auch nicht mit den anderen Vätern, die noch unerreichbarer sind. Einem überstandenen KZ, einer erlebten Emigration läßt sich nichts Ebenbürtiges anbieten, außer man nimmt irgendwie Teil an dieser Geschichte.

Akzeptiert, sagt er, hier ist sie. Aber wir haben gehofft, daß es, wenn schon, unseretwegen geschieht und nicht euretwegen. Wir haben gehofft auf ... Er spricht es nicht aus.

Zärtlichkeit vielleicht, aber die ist in diesem Land im romantischen Kitsch verloren gegangen. Und im Bild von den richtigen Männern.

Wie lange wollen wir noch in dieser Geschichte herumwühlen, fragt nicht nur mein Vater. Ist nicht genug geredet worden?

Oh ja, es ist geredet und auch geschrieben worden, allen Gerüchten zum Trotz sehr bald nach Kriegsende, es ist mit Schuldgefühlen und Beschämung geschrieben worden, die meisten dieser Bücher gibt es allerdings nicht mehr. Wir sind nicht die erste Generation, die über jene unbewältigte und unbewältigbare Geschichte spricht, sondern die zweite. Wann aber ist genug über mutwillig verursachte Leiden gesprochen? – Wenn sie sich nicht mehr wiederholen, also nie. – Und wie lang noch werden wir darüber reden müssen? – Noch lang, da die erlösenden Konsequenzen nicht gezogen wurden, möglicherweise nicht gezogen werden konnten und können – eine radikal sich verändernde Gesellschaft – und da die versäumte Zärtlichkeit ein irreversibles Versäumnis ist. Viele, die man hätte zurückbitten müssen und nicht zurückgebeten hat, sind tot, die Anteilnahme am Schicksal derer, die aus eigenen Stücken zurückkamen, war nicht frei von Voyeurismus. Damit hat uns die Geschichte der Väter eingeholt. Ihren lebenden Zeugen, die als einzige Bild und Leben, Denken und Handeln zusammenführen konnten, ist wenig gegeben worden. Schuldig geblieben sind wir viel.

Mein Land. Österreich. Und immer wieder die Rückkehr zur Geschichte, nicht bloß, weil die Zukunft dunkel erscheint, sondern weil die Vergangheit nicht tot ist, vielleicht nicht einmal wirklich vergangen, wie Christa Wolf meint, und weil sie die Hilflosigkeit des Denkens anzeigt, gleichgültig, wie sehr man es an seine äußerste Grenze treibt, die Grenze der Aufklärung und des Aufklärbaren ausweist, den Ort für demagogische Zugriffe. Selbst im Exil heimisch geworden, kann man die Sehnsucht nach einer Heimat nicht aufgeben, wo immer sie sein mag. Der Ausweg – die Heimat in der Heimatlosigkeit – ist ein utopisches oder beinahe selbstmörderisches Unterfangen, ein Anliegen des Herzens und nicht des Verstandes, während der Verstand es ist, der zu dieser Konsequenz treibt. Das Dilemma scheint nahezu unlösbar. Was spricht, ist der Zweifel, jener widersetzliche Sproß des unmöglichen Bündnisses von Herz und Verstand, Gefühl und Denken. Ist es möglich, die eigene Unschuld zu bewahren in einer Welt, die von ihr nichts mehr weiß? Der Verstand verneint, während das Herz die alte Hoffnung nicht aufgeben kann. Irgendwo zwischen Handlungen, Träumen, Geschichte, persönlichen Verwicklungen nistet der mißbrauchte, mißverstandene, geächtete und verachtete Glaube, daß möglich sein muß, was unmöglich ist. Als Clowns bewegen wir uns in dieser Arena, um das Gelächter der Manege anzuziehen und dem Gelächter zum Trotz. Die Rolle steht uns, und sie meint das bessere Ich und dient allzuoft dem schlechteren. Kann man sich dem Handeln entziehen und dem Als-Ob eine Wirklichkeit erobern, die es quasi erlöst und damit uns erlöst? Das katholische Österreich heiligt zwar das Leben, aber es liebt es nicht. Erlösung verheißt nur der Tod, Augustin sitzt am Boden der Pestgrube, auf Toten, an jenem Ort, der für eine Performance der ungeeignetste ist: im Unsichtbaren, und singt dort auf Leichen thronend den maximalen Ausdruck seiner Lebensfreude: Oh du lieber Augustin, alles ist hin. Daneben stehen wir, nicken und denken: Die Toten haben es gut. Was bedeutet also der Tod des Nächsten? Erlösung, singt der Chor, Erlösung, und die Trauer, eine der unvoreingenommenen Wurzeln für Humanität wird zur selbstverständlichen Quelle für Bestialität: Das Leben bedeutet nichts, der Tod ist das Ziel. Im österreichischen Alphabet steht T für Tod.

Und G wie Gegenwart, Z wie Zukunft?

Über die Gegenwart muß man nicht sprechen, sie ist, und wann immer man sie bespricht, spricht man über Vergangenheit – oder über Visionen, der Meinung zum Trotz, daß sie psychiatriebedürftig machen. Beides – Erinnerung und Antizipation der Zukunft – schaffen Gegenwart in einem permanenten Prozeß. In ihr vereint sich, was hinter uns und vor uns liegt. Sich zu erinnern macht nur Sinn auf eine Zukunft hin, Zukunft ohne Vergangenheit wird nicht.

Geschichte lehre wohl, aber sie habe keine Schüler, meinte Ingeborg Bachmann einmal. Die Fortsetzung des Satzes lautet: Die Geschichte lehrt auch nicht, sie fragt, wer wir sein wollen. Das, was man uns nachsagt: todessehnsüchtig, kleinmütig, voll Minderwertigkeitsgefühlen, vor allem dem großen Bruder gegenüber, der uns schon wieder – lächelnd und augenzwinkernd zwar – lächerlich macht, davon spricht, daß Slowenien an Deutschland grenzt, Österreichisch als Dialekt bezeichnet und damit ein Bewußtsein um dieses Land provoziert, das so eng ist, wie man es uns vorwirft?

Die Menschen in diesem Land haben immer dann Bedeutsames hervorgebracht, wenn sie sich nicht allein und andererseits nicht ausschließlich im Spiegel anderer gesehen haben, wenn das Land Treffpunkt für jene war, die anderswo nicht mehr zu Hause sein durften oder wollten. Sie haben uns gebraucht und wir sie. Mehr noch: Wir sind sie geworden und sie wir durch die Fähigkeit der Adaption und Verwandlung, die man bei allem österreichischen Beharrungsvermögen nicht unterschätzen sollte. Das hat jahrhundertelang recht gut funktioniert, es sollte wieder recht gut funktionieren können, wenn jene nicht zu viel Einfluß erhalten, die im Ton sicheren Selbstbewußtseins im Grunde nichts anders tun, als dieses Selbstbewußtsein zu zerstören. Anfällig dafür sind wir. Die Tugend des permanenten Zweifels bedingt die Sehnsucht nach einem Absoluten und öffnet damit die Tür für sich absolut Setzendes. Wie auch nicht. Was Paracelus gesagt hat und in der Medizin gilt, gilt auch in der Politik:

Alles ist Gift. Daß etwas nicht Gift ist, hängt nur von der Dosierung ab.

Österreich ist ein Mythos, der reale Existenz geworden ist, hat unser Musikprofessor anläßlich des ersten Jahrestages zum Staatsvertrag gesagt. Richtiger wäre zu sagen, daß es trotz seiner realen Existenz gleichzeitig eine Utopie ist, wie im übrigen jedes andere Land auch. Es ist, was es werden will. Und was will es werden? Wir haben uns über den Begriff der Nation in diesem Land gestritten – wozu? Dieser Raum mit Namen Österreich ist immerhin ein Rechtsgebiet und verlangt dadurch Anerkennung. Die Frage nach der Nation ist eine – zugegeben bereits etwas lang anhaltende – weltweite Pubertätserscheinung. Wir sind aus wirtschaftlichen Gründen, wie man uns belehrte, aber auch zur Überwindung dieser Pubertätserscheinung in die EU gegangen, nach Europa, wie es so schön hieß, das es noch gar nicht gibt und das auf Heinrich Bölls Frage, wem die Erde gehöre, noch immer keine Antwort hat. Auch wir haben keine. Wir verwenden noch immer und zu oft die falschen Argumente, verschweigen, was Sache ist und öffnen damit den Marktschreiern Tür und Tor. Wir fürchten uns vor dem Fremden und brauchen das andere. Es ist noch immer in erschreckendem Ausmaß ein Vaterland, in dem man Frauen heranzieht, wenn es opportun erscheint oder man sich auf keinen männlichen Kandidaten einigen kann. Es ist das Land der Quotenregelung und jenes, in dem man wie nirgendwo sonst dadurch berühmt werden kann, indem man es beschimpft, in dem man verachtet, was wir lieben und achten. Österreich ist pfui, aber wehe dem Nichtösterreicher, der das sagt.

Dies ist aber auch das Land, in dem Viktor Frankl „Trotzdem ja zum Leben sagen“ geschrieben und die Trotzmacht des Geistes beschworen hat. Und dieses Trotzdem, das nicht „jetzt erst recht!“ meint, ist eine praktisch verwertbare Vision. Mag sein, daß es für alles zu spät ist. Das ist kein Grund aufzugeben.

Lotte Ingrisch

wurde am 20. Juli 1930 in Wien geboren und lebt hier und in Groß-pertholz, Niederösterreich. Sie ist mit dem Komponisten Gottfried von Einem verheiratet. Seit 1950 publiziert sie literarische Texte, wobei neben Romanen, Hörspielen und Theaterstücken auch Libretti für Kompositionen ihres Mannes zur literarischen Bandbreite der Autorin zählen. Zu ihren letzten Veröffentlichungen gehören: „Das Lotte Ingrisch-Lesebuch", Wien 1995; „Die schöne Mörderin", Kriminalroman, Wien 1994; „Gaußplatz 11" (gemeinsam mit Bodo Hell und Linde Waber), Wien 1993. Fünf Drehbücher Lotte Ingrischs wurden in den Siebzigerjahren als Filme realisiert.

DREI DÖRFER IM WALDVIERTEL

Eines Tages entdeckt man, daß Landschaften nichts anderes als seelische Zustände sind. Und die Lieblingslandschaft wird zum eigenen Spiegelbild. In ihr betrachten, erkennen, durchschreiten wir uns selbst.

Lesen Sie nicht weiter! Welches ist Ihre persönliche Landschaft?

Denken Sie nach …

Der See, das Meer, die einsame Insel, der Berg, die Höhle, die Nebel des Nordens und der Wald sind magische Landschaften. Dem Märchen, dem Jenseits, dem Totenreich näher als der gewohnten und gewöhnlichen Welt. Bestimmen Sie Ihren Standort! Sie sind, was Sie lieben.

Ich bin der Wald. Genauer, der böhmische Grenzwald im Norden meiner Heimat. Als ich das merkte, verließ ich die Stadt und kaufte mir ein kleines, ein sehr kleines Holzfällerhaus. Es steht zwischen Weitra und Freistadt, zwei schönen alten Landstädtchen mit Schlössern und Türmen und einer Zeit, deren Zeiger sich langsamer im Kreis drehen als anderswo.

Meine Väter stammen aus dem nördlichsten Waldviertel, eine Meile hinter der böhmischen Grenze. Man fährt mit der Franz-Josephs-Bahn bis Gmünd, und dort steigt man um. In eine winzige Lokaleisenbahn mit Dampflokomotive, die sich pfauchend und pfeifend und ganz langsam durch die dichten Heidewälder zwängt. In Nagelberg, wo die alten Glasbläser zu Hause sind, verläßt man den Zug, nimmt seinen Koffer in die Hand und geht wohl eine Stunde lang unter hohen Tannenbäumen dahin, vorbei an der Wiese mit dem Försterhaus, wo man nachts, wenn der Mond scheint, die Elfen tanzen sieht. Das hat mir mein Vater erzählt, und es ist schon lang her. Das Försterhaus ist heute verfallen, und wo einst die Elfen tanzten, versperrte der Stacheldraht lang den Weg in ein fremd gewordenes Land.

Aber die Sommer meiner Kindheit waren von grünen, goldenen Wäldern und schwarzen Mooren, aus denen die Bauern abends den Torf stachen, erfüllt. Von mit weißen Rosen überwachsenen Teichen, Moos, und geheimnisvollen Wackelsteinen, die vielleicht aus der Zeit, in der es noch Riesen gab, übriggeblieben sind.

Abrand heißt das Dorf, dessen Wirt und Bürgermeister mein Großvater war. Als er starb, blieb meine Großmutter mit zwölf Kindern zurück. Das Leben war, wie die Landschaft, hart und rauh. Ein Bub mit acht Jahren, mußte mein Vater bereits für sich selbst und die Familie sorgen. Zwei Jahre Volksschule, das war seine ganze Ausbildung. Und sogar während dieser Zeit kutschierte er täglich um fünf Uhr früh mit dem Hundewagen durch die Dörfer und trug für den Bäcker das Brot aus.

In Wien ist er später Unternehmer und Erfinder geworden, aber an die Waldviertler Not dachte er liebevoll zurück, lachend und ohne Bitterkeit. Hätte er wohl mit einem Kind unseres sozialen Wohlstands getauscht? Um nichts in der Welt! Daß das Schwere schön und das Schöne schwer ist, habe ich von ihm gelernt.

Als ich zehn war, durfte ich die Ferien allein bei den Bauern in Abrand verbringen. Die Buchteln, die Mohnnudeln! Die Bäuerin bereitet sie auf der nackten Platte des Feuerherds zu. Und im Überfluß spendeten die Wälder Heidelbeeren, Preiselbeeren, Pilze aller Art. Das Einsammeln war Aufgabe der alten Frauen und Kinder, und so vergingen die Tage. Am Morgen wusch man sich, indem man einen Holzeimer voll Wasser aus dem tiefen Hausbrunnen, in dem manches unglückliche Mädchen den Tod suchte, über seinen Kopf goß. Gänse und Hühner schauten aufmerksam zu. Wer ein Schwein besaß oder gar eine Kuh, war schon reich. Die Häuser waren mit Haferstroh gedeckt, und mehr als Küche und Stube hatte keins. Aber sie waren lieber, hübscher, sie waren viel hübscher als die luxuriösen Betonklötze, die sie überall ablösen und nirgends zur Heimat werden.

Die Abende der Männer in Abrand waren verzaubert. Die Abende der Männer gehörten der schönen Albinko, einer rahmhäutigen, schwarzäugigen, schwarzhaarigen Wirtin am Rande des Dorfs, wo der Wasserfall rauschte. Dort saßen sie, spielten Karten und tranken den „Unbloacht'n", der dort überall aus Korn gebrannt wurde. Und ich spielte und trank mit ihnen. Damals lernte ich unglückliche Liebe, wenn auch noch nicht die eigene, kennen. Ich lernte, gottslästerlich zu fluchen, weil das beim Kartenspiel, wenigstens beim Bauernschnapsen, das wichtigste ist. Und ich erwarb für mein ganzes weiteres Leben eine solide Trinkfestigkeit. Jede Nacht, wenn die Sterne leuchteten und der Mond hoch am Himmel stand, trugen die Bauern mich abwechselnd huckepack heim.

Später verbrachte ich zwei oder drei Mädchenjahre in dem idyllischen Dörfchen Moidrams bei Zwettl. Hier hat die Welt lauter Buckel und ist mit schwarzen Wäldern, blauem Flachs und flammend rotem Mohn bedeckt. Zwei klare, eisenbraune Flüsse, der Kamp und die Zwettl, durchziehen das Land, in dem noch immer die alten Burgen der Raubritter stehen. In der Ferne tobte der Krieg. Ich lebte mit meiner Mutter und meinem kleinen Bruder im Altenteil eines Vierkanthofs. Vom Fenster aus sah ich die Wälder des Kamptals, den Dorfbrunnen, wo die Frauen das Wasser holten, und das Armenhaus. Es war nur ein ganz winziges Armenhaus, das gerade Platz für die beiden einzigen Insassen bot, Mutter und Tochter.

In diesem Teil des Waldviertels nährte man sich am liebsten von schwarzen Erdäpfelknödeln und rotem Geselchten, eine Köstlichkeit beides. Ich besuchte das Zwettler Gymnasium, ich arbeitete auf den Kartoffeläckern, in den Mohnfeldern und beim Heu. Und statt zur schönen Albinko ging ich jeden Abend um die Ziegenmilch zur alten Dorfhexe.

Wie habe ich mich vor ihr gefürchtet! Sie konnte zaubern. Sie verwünschte, erzählte man sich im Dorf, das Vieh und die Leute. Wenn ich kam, lag sie angezogen im Bett, ein weißes Tuch um den Kopf, und ihre hellen rotgeränderten Augen glimmerten in der Dunkelheit. Nie brannte Licht in ihrer Kammer. Sie entließ mich immer erst nach einer Viertelstunde, während sie stumm auf ihrem Bettrand saß. Lehrte sie mich ihre Künste? Ich weiß es nicht mehr. Vielleicht hat sie selbst alle Erinnerung in mir gelöscht.

Das Dorf, in dem mein Mann und ich seit bald 30 Jahren leben, ist so klein, daß es keine eigene Ortstafel hat. Einmal besuchte uns der niederösterreichische Landeshauptmann. „Wohnt hier", fragte er, „der Komponist Gottfried von Einem?" Ich bejahte. „Was!" rief er und starrte entsetzt auf das Häuschen. „In der Keuschn?"

Sie steht auf einer Waldwiese. Rundherum grasen unsere Schafe. Und der kleine Ziegenbock, wenn er nicht gerade laut meckernd die Küche erforscht. Vor der Haustür schnurrt der schwarze Kater Wui Wui. Wir haben Frieden gefunden. Manchmal.

Es ist eine Welt aus Hochmoor und Granit, aus Wäldern, Nebel und Schnee. In den Rauhnächten heulen die Stürme ums Haus. Dann gehe ich mit der Räucherpfanne durch alle drei Stuben und treibe die bösen Geister aus.

Am frühen Morgen versorge ich die Tiere im Stall. Der Schnee ist voller Spuren. Fuchs, Hase, Hermelin. Und Rehe! Sie stehen unterm Kirschbaum und schauen uns an. Die Böcke schrecken, und mein Mann schreckt zurück. So verteidigt er unser Revier.

Die Frühlinge kommen zögernd und spät. Aber dann ist die ganze Luft von Blüten und Vogelstimmen erfüllt. Ich liebe den Ruf des Kuckucks. Und an den Sommerabenden das unermüdliche, wahnsinnige Zirpen der Grillen. In der aufgelassenen Volksschule üben die Dorfmusikanten „Hoch soll er leben!" Ist es nicht seltsam? Das, genau das, sind Augenblicke tiefen Glücks.

Früh kommt der Herbst mit Nebel und Regen. Ich liebe beide. Es ist eine gute Zeit, nachzudenken und seine Arbeit zu tun. Hier lenkt einem nichts von sich selbst ab. Das Leben ist einfach, und die Einsamkeit groß. Geht in der Ferne jemand vorbei, steht man noch lange am Fenster und schaut ihm nach.

Im Märchen ist der Wald fast immer das Ende der Welt. Unheimlich voll von Drohungen und von Wundern. Man geht hinein. Man verirrt sich. Man begegnet sich selbst.

Wer sich selbst begegnet, muß sterben. Wird zerrissen, verzaubert, verwandelt.

Und eines Tages erlöst.

Friederike Mayröcker

wurde am 20. Dezember 1924 in Wien geboren, wo sie nach einer Kindheit in Deinzendorf, Niederösterreich, auch heute noch lebt. Sie arbeitete von 1946 bis 1969 als Englischlehrerin an Wiener Hauptschulen. 1939 veröffentlichte sie zum ersten Mal einen literarischen Text, seit 1956 sind über 70 Buchpublikationen von ihr erschienen, zu ihren letzten Publikationen zählen: „Magische Blätter IV", Frankfurt am Main 1995; „den Fliegenschrank aufgebrochen", Münster 1994; „LECTION", Frankfurt am Main 1994. Sie ist Träger großer nationaler und internationaler Literaturpreise (zuletzt den Friedrich-Hölderlin-Preis 1993 und den „manuskripte"-Preis 1994) und hat mit ihrem eigenwilligen Stil die Empfindungen in den Mittelpunkt der Sprache gerückt. Seit 1954 ist sie mit dem Dichter Ernst Jandl befreundet.

DEINZENDORF/

grüne Montage oder wo habe ich diese weißen Augen schon einmal gesehen*

bin kuckuskrank bin knochenkrank
aber damals auf silbernen Schienen der Horizont
damals als da war dieses Birkenfest dieses
welkende Birkenfest über den Fluren Fronleichnam
über den grünenden Fluren wogende Fluren
und ich ein Kind war unwissend/gesalbt
gesalbtes Kind und mein Auge tauchte ins
blau des Himmels ins Flamingogewölk in
den Flug der Fasanenschwärme Carree oder Bubenfrisur und lehnte
gegen das glyzinienbehangene Gartenhaus abermals
Klee und Schleppengehäuse Baldachin eines Morgens
nämlich geköpfte Tümpel und Geigengewitter
Faulwasser Mäusefigur die blassen

WIEN

Schwertlilien vor den Fenstern ein blaues Konsilium
oder
Kaninchen
ums linke Auge die höchsten Wipfel
sind Safran offene Luken
Blume leger und heiterer Puppenarm

* *Das Gedicht erschien in dem Gedichtband „Das besessene Alter", Gedichte, Frankfurt/M. 1992, und wurde mit freundlicher Genehmigung des Suhrkamp Verlages, Frankfurt am Main, abgedruckt.*

MONIKA PELZ

wurde am 6. Februar 1944 in Wien geboren, wo sie auch lebt. Sie ist studierte Sozialwissenschafterin und hat viele einschlägige Publikationen zu ihren Arbeitsschwerpunkten Sozial- und Arbeitsmarktpolitik, Frauenforschung vorgelegt. Vor allem mit Jugendbüchern machte sie sich als Literatin einen Namen, die letzten Bücher waren: „Keine Puppen für Samantha", Wien 1992, und „Der Talker", Wien 1995. 1995 erschien auch ihr Erzählband „Bad sisters. Frauen, vor denen Frauen sich hüten sollten", Wien.

ROT, GOLD UND GRÜN

Daß dieses Land nicht nur aus Menschen besteht, war immer mein Glück. Österreich ist, wie es in unserer Bundeshymne so schön heißt, ein „Land am Strome". Und viele ÖsterreicherInnen sind daher halb amphibische Wesen. Oder, wie man hierorts auch fröhlich zu singen pflegt: „Am Wasser, am Wasser, am Wasser bin i z'haus."

Und so drängte es einen großen Teil der Bevölkerung, kaum daß sie den Mühsalen agrarischer Produktionsweise entflohen war und die Segnungen des Großstadtlebens genießen durfte, mit aller Macht wieder zurück in die Wildnis – zum Wasser, zur Au. Dort leben die Leute in primitiven Behausungen, lassen sich von Stechmücken aussaugen und rudern in Zillen ums Bier.

Da dies eine echte Heimatgeschichte ist – also BluBo (Blut und Boden), besser gesagt: BluBoWa (Blut, Boden und Wasser) zum Thema hat, wird unter anderem von mystischen und magischen Kräften die Rede sein, aber auch von der wissenschaftlichen These der frühkindlichen Prägung.

In der Mitte meiner Jahre wurde mir ein merkwürdiges Phänomen bewußt, das in der Fachwelt als „Rot, Gold und Grün"-Syndrom bekannt ist. Es handelt sich hiebei um ein Reiz-Reaktions-Schema, das folgendermaßen abläuft: Mein Blick fällt auf eine stille dunkelgrüne Wasserfläche, ein leichter Wind kräuselt die Wellen, die zitternd die irdische und überirdische Welt spiegeln, wobei sich – zumal bei strahlender oder dunkelrot sinkender Sonne – ein bebendes Lichterspiel aus Rot, Gold und Grün ergibt. Sofort – wie auf Knopfdruck werden bei mir die berühmten körpereigenen Glücksstoffe (Endorphine) freigesetzt. Bezeichnenderweise beschäftigte das Rot, Gold und Grün-Syndrom von jeher eher Dichter als Denker. Man denke an Andrew Marvells verzücktes: „Annihilating all that's made to a green thought in a green shade" oder, in jüngerer Zeit, die Botschaft von *Culture Club*: „Loving would be easy if your colours were like my dream: red, gold and green, red, gold and green ..."

Im gebirgigen Rest-Österreich, wo die Menschen nicht wie bei uns mit Flossen sondern mit Skiern auf die Welt kommen, wird Wien als Wasserkopf des Landes bezeichnet. Das ist ein nicht nur unschöner, sondern auch unzutreffender Vergleich. Wien ist vielmehr der Bauch und die Leibesfrucht des Donauweibchens. Trotz des Diminutivs ihres Namens ist sie ein mächtiges und wildes Weib, eine Pandora, die alle Gaben spendete. Und erwartungsgemäß hatte die Leibesfrucht schließlich nichts Besseres zu tun, als Mutter zu murksen – beinahe. Aus einer unermeßlichen Wasserlandschaft wurden regulierte Flußbetten, aus steigenden und sinkenden Fluten einige „Naturlandschaften“ an Altarmen der Donau. Jene Auen, um die Liebhaber und Bewunderer kämpfen wie Indianer um ihre heiligen Stätten.

Denn viele in und um Wien haben die Donau und die Au immer noch im Blut – nicht nur Fischer und Förster und Schifferleute, sondern auch jene Hunderttausenden, die es in den ersten warmen Frühlingstagen so eilig haben, ans Wasser zu kommen wie frischgeschlüpfte Sumpfschildkröten. Zumal, da das nördliche Wien immer noch von Ausläufern des Auwaldes liebkost wird. Hier herrscht – im Prater wie in den „Grünanlagen“ wie auf den „G’stätten“ – das silberne Flirren von Pappeln und Weiden, die das Glitzern und Glänzen der Wellen imitieren, über die sie sich einst neigten. Weidenkätzchen blühen, und die WienerInnen zieht es zu ihren geliebten Datschen: Badehütten, die auf Pfählen gebaut und somit hochwassersicher sind. In eine solche Pfahlbautensiedlung wurde ich im Jahr 1944 hineingeboren.

Mein Kinderwagen stand im Schatten dieser Birken und Pappeln, und wenn ich hinaufguckte in die Welt, sah ich flirrende Blätter einen blauen Himmel umrahmen. So eilig und unermüdlich bewegten sich diese Händchen, als klatschten sie der Schöpfung Beifall für den gelungenen Sommertag. Weiße Flocken von Pappelsamen schwebten an meinem Blick vorüber. Kurz: Ich wurde vom Auwald geprägt, so wie die kleinen Graugänse seinerzeit von den Socken oder Turnschuhen ihres Konrad Lorenz geprägt wurden.

Wasser und Wildnis der Au wurden die Spielstätten

meiner Kindheit. Der Krieg war kaum vorüber und hatte Spuren und Erbschaften hinterlassen: Bombentrichter, in die man rutschen konnte, ein Flugzeugwrack mitten im Fluß, in dessen tückische Strudel man geraten und sich den Bauch aufschlitzen konnte. Sowjetische Besatzungssoldaten aus der nahegelegenen Kaserne, vor denen wir (wie vor den einheimischen Sexualstrolchen) eindringlich und andeutungsweise zugleich gewarnt wurden. Neben diesen realen Schrecken gab es irreale: bissige Karpfen und Bisamratten. Und schließlich gab es nur allzu gewöhnliche Widrigkeiten, wie die allabendlichen Überfälle blutgieriger Mückenschwärme. In der Au zu spielen erforderte viele Fertigkeiten, die Banden der „Wasser-Indianer" kämpften gegen die „Au-Indianer", und der Indianer kennt bekanntlich keinen Schmerz. Doch während die Au den Körper abhärtete, verwöhnte sie die Sinne und die Seele, mit ihrem Wechsel von Schatten und Licht, der Zartheit ihrer Farben, dem Flüstern des Windes in den Zweigen und vor allem mit dem Glanz der Sonne auf den Wellen und im silbernen Laub. Allein die Namen der Bäume und Pflanzen hier sagen alles: Purpurweide! Silberpappel! Goldrute! Rohrglanzgras!

Der Glanz der Donau-Auen transzendierte alle Ängste und Kümmernisse. Daß hier der Schatz schon war, den zu suchen ich mich aufmachen wollte, wußte ich damals natürlich nicht. Der Überfluß an Schönheit war für mich selbstverständlich. Und doch: Sehe ich mich auf einem Foto meines ersten Sommers, dann frage ich mich, ob das Baby, das damals so selig in die Kamera blinzelte, nicht etwas davon gespürt hat. Dieses Baby tankte sich auf, sog sich voll, besoff sich mit dem grünen Leuchten in den Baumkronen, mit den bebenden tanzenden Blätterschatten überall. Als ahnte es, daß dies für den Rest des Lebens ausreichen mußte. (Nach keltischem Glauben ist für jeden Menschen eine bestimmte Baumart zuständig, und meine ist die Pappel.)

Ich bin überzeugt, daß Kinder zwei Leben leben: ein öffentliches, in dem sie mit ihren Spielen und Auseinandersetzungen, mit Erkundungen und Mutproben beschäftigt sind – besessen von bestimmten Zielen, z.B. Häuptling ihrer Schar zu werden – oder, wie es bei uns Mädchen war: Häuptlings-Squaw. In ihrem zweiten, heimlichen Dasein aber nehmen sie wunderbare Bilder in sich auf: ein Baumstumpf mit frischen Trieben, riesenhafte Huflattichblätter, Trollblumen, Altmännerbart, der einen niedergebrochenen Zaun überwuchert. Taubnesseln – Tautropfen in einem Spinnennetz – langfingrige Weiden, die weiße Flußkiesel streifen, dunkles Treibholz im Sand.

Die Farben der Au sind stille Farben. Neben dem Silbergrün der Bäume herrschen Weiß und Gelb vor: Das Gelb wilder Dahlien und Goldruten, das Weiß von Robinienblüten und Jasmin, das Weißrosa der Wicken. Selbst die Schmetterlinge sind hier weiß und gelb. Still sind auch die Stimmen der Au. Man hört, wie Wellen an Boote und Ufersteine schlagen. Tschatscha. Ein Fisch platscht ins Wasser zurück. Hin und wieder der Ruf einer Wildtaube oder eines Kuckucks.

Allgegenwärtig ist der Geruch nach Schlamm und

Moder – nach der Fäulnis angeschwemmter Pflanzen und Fische. Tod und Verwesung gehören ebenso zur Au wie Schutt und Scherben – wie Disteln, Brennesseln und Dornen – wie scharfkantige Muschelränder und bloßliegendes Wurzelgestrüpp an den Uferböschungen.

Unlängst machte ich einen Zug aus einer schlecht gestopften Zigarette; ein Spänchen Holz glühte auf, und ich hatte plötzlich wieder diesen sengenden Geruch in der Nase: Glosende Waldreben, die wir als Kinder rauchten, um die Gelsen zu vertreiben. Was folgte, war ein unbeschreiblicher Ansturm von Erinnerung, zu kurz, zu mächtig, um sie in Worte zu fassen. Für Sekunden war ich wieder dort im damals, so als sei ein Schleier fortgerissen. Seither weiß ich, ich trage alles noch in mir.

Seltsam, daß die Sehnsucht nach der Landschaft der Kindheit so tief sein kann! Damals wollte ich nichts anderes als fort aus dieser Kindheit, nun suche ich ihre Wege auf. Suchen ist das richtige Wort, denn alles ist neu gerodet und neu überwuchert. Baum- und Strauchgruppen, Buchten und Sandbänke sind verändert und doch vertraut. Alles scheint kleiner geworden – so rasch durchwandert und durchsichtig! Aber dann liegt es wieder vor mir: ein stiller Donau-Arm, Bäume, die sich zum Wasser neigen. Der Wind kräuselt das Wasser, Sonnenkringel tanzen und zittern – rot, gold und grün. Glück.

Vorsichtig und immer noch geschickt (auch die Füße haben ihr Gedächtnis) steige ich über die kantigen buckligen Riesensteine des Donaudammes, der den Fluß vom stillen Wasser trennt. Und ich erinnere mich, daß es hier war, wo ich meinen ersten Kuß bekam (damals „bekam“ man als Mädchen noch Küsse). Ich erinnere mich, daß ich mich schwindlig fühlte – und das keineswegs nur vor Verliebtheit. Der Wirt in der Au bot süße preisgünstige Einstiegsdrogen an: Ribislwein und „Kirschrum“, und wir hatten ein paar Gläser getrunken, um uns Mut zu machen.

Nach einem langen Kuß drehten die Bäume und Sträucher sich wild, und die Steine des Dammes tanzten auf und nieder. Und irgendeine himmelhohe Pappel hielt ihre hunderttausend Händchen schützend über mich.

Karin Spielhofer

wurde am 20. August 1942 in Znaim geboren und lebt in Wien. Sie studierte Literatur- und Erziehungswissenschaften und arbeitete als Seminarleiterin und Beraterin in einschlägigen Institutionen. Ihre Publikationen zu ihren Studien wurden in Österreich und Deutschland verlegt. Literarische Publikationen erfolgten seit den Achtzigerjahren, wobei Karin Spielhofer auch im Bereich des Hörspiels Produktionen abschloß. Gemeinsam mit Iris ter Schiphorst realisierte sie die CD „Engeltropfen". Ihr Buch „Emilia gerät in die Kriegswirren oder O der neue Tag" erschien 1993 in Wien.

ÜBER DIE ENTBEHRLICHKEIT EINES ÖSTERREICHBILDES

Österreich über-sehen: Wenn ich auf „Österreich" schaue, sehe ich, was mir beigebracht wurde.

Also, 1 Land, das schön und die Mitte Europas ist.

Das groß war und jetzt klein ist.

Ich sehe blaue Flüsse über Landkarten rinnen, braun erheben sich die Bergzüge als steinernes Rückgrat meines Vaterlandes, und gegen die Hauptstadt zu fällt der alpine Reichtum ab in die – grünen – Ebenen, Vorläufer östlicher Steppenweite, ich sehe Kindernacken über geografische, geschichtliche usw. Unterrichtsbegleiter gebeugt, befaßt mit 1 Nation und ihren randständigen Anhangsgebilden, Österreich in seiner schulisch reduzierten Selbstdarstellung, als Nabel der Welt, weil die eigene, ein Land als mein Land in die kindliche Wahrnehmung eingeführt.

Österreich übersehen?

Als hätte sich Österreich als Ganzes mir eingeprägt: Erde zwischen Grenzen, man könnte auch sagen, Blut

& Boden, bestehend aus 9 Teilstücken, und rundherum: Das andere. Im Norden, Osten und Süden das andere, das früher einmal das eigene gewesen war. Im Westen der nahe Verwandte, großer Bruder usw., dem man näher war als all den anderen.

Die anderen anderen drangen kaum durch den Unterrichtsstoff. Kein Friedrich Barbarossa Tschechiens, kein Goethe Ungarns und noch weniger ein Bach oder Schumann Sloweniens erhebt sich heute aus meinen Schulerinnerungen, um mich meinen Nachbarländern näher zu bringen, nicht einmal die teil"deutsche" Schweiz trägt erkennbare Züge eines Identifikationsobjekts. Sie alle blieben rechts liegen neben dem stattlichen Staatsgebilde, das sich unter unseren Kinderaugen von den vertrauten Alpen bis zum fremden Nordmeer erstreckte und von dem uns eine Staatsgrenze trennte, obwohl, wer dort lebte, in der Art nicht anders wäre als wir. Und mein kindliches Gemüt, das nach Größe strebte, spürte hinter den Worten einen potentiellen Raum österreichischen oder deutschen oder deutschösterreichischen Wesens, der hätte sein können, und von dem man eigentlich nicht recht wußte, warum er nicht wirklich war. Als wäre die Republik, die sie die „Zweite“ nannten, aufgrund einer obskuren und nicht weiter erläuterten Geburt eine Mangelperspektive, und wir Kinder, als kommende Generation, träten in diesen Kleinstaat wie in die Abstellkammer einer größeren und unrealisierten Vision.

Solange ich in Länderpauschalen dachte, die sich als Einheit, in Abgrenzung von anderem, definierten, reproduzierte ich als Lernstoff ein Konzept, das Menschen in Inländer und Ausländer teilte und, indem ich die geistigen Streckübungen meiner Lehrer und Lehrerinnen mitmachte, blickte ich, mit ihnen, von einem Standort aus, genannt Heimat, der aber doch auch wieder so bestimmt nicht war und zwischen „österreichisch" und „deutsch" geheimnisvoll changierte. Ich setzte mich zwar possessiv in Relation zur Landesfläche, und indem ich sie „mein" Land nennen lernte, machte ich mich zu-ge-hörig, – doch was dieser Name, Österreich, eigentlich meinte, und wodurch ich mich als Österreicherin beschrieb, das blieb im dunkeln. Österreich sehen?

Der Blick stieß auf Widerstand.

Im Osten blockierte ihn die undurchdringliche Wand des Eisernen Vorhangs, und so wurde er von dort zurückgelenkt auf die eigene Existenz. Es war, als schaute man in einen unsichtbaren Spiegel, und statt über eine Grenze hinüber zu den Nachbarn, blickte man selbstgerechter auf sich zurück.

Als definierte man das Eigene über das unbekannte andere: Man war am ehesten noch das, was die dort drüben nicht waren.

Man war mehr und besser. Man war freier, auch wenn man sich unter autoritären Umständen unfrei fühlte. Man war reicher, auch wenn die Not der Nachkriegsjahre Beschränkung zur guten Gewohnheit gemacht hatte.

An einem verminten Grenzverlauf aufwachsend, lernte ich Identifikation mit (m)einer (österreichischen?) Nation durch Konkurrenzieren und Ausgrenzen anderer, die als Feinde angesehen wurden, wobei deren Nationalkörper sich den Kinderaugen gar nicht darstellten, sondern im diffusen Bild eines mächtigen und dräuenden Ostblocks aufgingen. Ich hingegen gehörte zu den Lichtalben und würde schlußendlich – die Neutralität meines Landes stand dem nicht entgegen – zweifelsohne mit den Siegern aus dem Westen ziehen.

Ich war Interaktionspartnerin in einem System, das mich Heimat als den Rand der heilen Welt sehen ließ, vergleichsweise eine Insel der Seligen, – als wären innerhalb ihrer Grenzen alle Menschen ident.

Der bipolare Blick auf Schwarz und Weiß reduzierte die Komplexität der Welt nach einer nationalen Katastrophe, von der nur wenige wissen wollten, wie sie zustande kommen konnte und wer aller dafür Verantwortung trug. Österreich sehen hieß wegschauen. Das lernte ich in vielen Geschichtsstunden, in denen ich mich mit meinen Klassenkameradinnen und -kameraden von der Steinzeit bis zum Beginn des 20. Jahrhunderts vorarbeitete und nachher um nichts mehr über mich und meinen Kontext wußte als zuvor. Erst gegen Ende meiner Schulzeit wurden wir für ein paar Stunden aus dem Memorieren von Überlieferungen gerissen, und unvorbereitet bekamen wir etwas vorgeführt, von dem ich in der Folge immer wieder Zeitgenossen sagen hören sollte, sie hätten nichts davon gewußt. Im Zuge einer Aufklärungsaktion wurden uns Filme über die Befreiung der Insassen von Konzentrationslagern gezeigt, und mit einem Mal trat uns etwas gegenüber, was die ganze Zeit da gewesen war, aber nicht ausgesprochen. Hatte das, was ich da sah, mit „meinem“ Österreich zu tun? Dem Land von Bergen, mit Strömen und Domen, Dichtern, Denkern und Musik?

Der Schock riß mir die Augen auf, doch ich konnte die Zusammenhänge nicht erkennen. Es gab noch niemanden, der den Blick auf die Ereignisse hätte lenken wollen, die zu diesen Bildern geführt hatten. Niemand in meiner Umgebung war bereit, mit mir in diesen Gesichtern am Stacheldrahtzaun zu lesen, die ihren Befreiern entgegensahen wie neuen Peinigern. Das Entsetzen über die Erschöpfung menschlicher Leidensfähigkeit mischte sich mit meiner Hilflosigkeit beim Versuch, zu verstehen, wie es dazu gekommen war. Es gab keine Verbindung zwischen den Kolonnen historischer Daten in meinem Kopf und diesen Augen, in denen die Erinnerung an ein menschenwürdiges Leben erloschen war.

Wenn uns österreichischen Jugendlichen im Schulunterricht diese Ergebnisse von Folter und Mord als Produkt nationalen Beziehungslebens präsentiert wurden, dann war mein Vaterland kein einig Volk von Brüdern. Dann zerfiel die nationale Einheit in Lager, und unter den Vätern und Müttern gab es Opfer ebenso wie Täter. Man mochte versehentlich vom österreichischen Volk reden, doch diese Volksgemeinschaft war eine Fiktion.

Offiziell wurde das Böse ausgegrenzt hinter den Eisernen Vorhang und dem Feindbild jenseits der Landesgrenzen zugeschrieben. Doch wie viele der während der Nazizeit praktizierten Diffamierungsstrategien hatten privat in den Menschen, die als Einzelne „mein Volk“ ausmachten, überlebt?

Die Gesichter der KZ-Insassen mischten sich in das Genrebild vom gemütlichen Österreich, das sich dem Ausland, als den potentiellen Touristen, im Charme der Wiederaufbauidylle präsentierte. Es sickerten Störfarben ein, die aus einem anderen, einem verdrängten Raum kamen. Mein ÖsterreichBild bekam Risse. Aus den Rissen quollen Widersprüche.

Weltbilder sind dazu da, die Augen ruhig zu stellen. Ist einmal die Sehbahn eingerichtet, wird zugelassen und ausgeschlossen, was ins Visier zu fassen ist oder nicht. Die Ökonomie der Orientierung in einem unüberschaubaren Kontext kippt um in das Festhalten von Schaugewohnheiten, die dem Zweck eines erträglichen Überlebens dienen. Die Nachkriegsbrille, die mir Kind und Jugendlichen im Ostgrenzgebiet Österreichs aufgesetzt wurde, filterte Tiefen und Untiefen der Landesbewohner zu banalen Details eines generell harmlosen Charakters. Die alltäglichen Rassismen verliefen sich im Sand der Konversationen, und wer im Dorf dazugehören wollte, machte wieder mit, und wer sich abgrenzte, stand außerhalb und hatte wieder Angst. Vertiefte man sich in den Gesprächen, fand man keinen Grund. Lief man einfach mit, fand man sich und dieses Leben seicht. Man spürte von den Älteren die Erwartung, es eben so zu machen, wie sie, ebenso zu denken oder zumindest ebenso zu reden. Alle sollten gleich sein, zumindest nach außen hin. Denn wer einen Unterschied machte, brachte Unruhe, und Unruhe konnte heißen, Gefahr.

Mich als Österreicherin sehen? Man lernte mit der Zeit, sich zu einzelnen in bezug und von anderen abzusetzen .

Es ging eben doch und gerade darum, zu unterscheiden. Unterschiede wahrnehmen zu lernen zwischen verschiedenen Standpunkten und Sichtweisen, unterschiedlichen Konzepten und Kulturen im eigenen Land.

Es ging darum, zuzulassen, daß Menschen einer Nation verschieden sind, und zu lernen, einander in der Unterschiedlichkeit bestehen zu lassen. Zu erkennen, daß der eine in seinem spezifischen Lebensaugenblick an seinem Ort so erlebt und die andere anders, so wie sich heute in den Aussagen der Zeitzeugen und Zeitzeuginnen Schilderungen von Situationen aneinander reihen, deren Verschiedenheit zu immer neuen Fragen führen und die nicht wie Teile eines Puzzles sind, das, zusammengesetzt, irgendwann ein Bild ergeben könnte, einheitlich und für immer. Zu lernen, daß der Betrachter dem Leben gegenüber nicht im gleichen Verhältnis steht wie zu einem Videoclip, das dem Zuschauer bei jeder Wiederholung genau dasselbe Material anbietet wie zuvor. Und sich dann noch einzugestehen, wie sehr man selber sich verändert, denn selbst denselben Film sieht keiner beim zweiten Mal gleich.

Wenn ich also jetzt meinen Blick auf „Österreich“ lenke, was sehe ich da?

Die Bäume blühen wieder, denn es ist Frühling. Ich höre Amseln und Drosseln, denn ich sitze in einem Garten in Niederösterreich, und wenn ich mich hinunter zu den Veilchen beuge, erinnere ich mich wieder, wie selten eines darunter ist, das duftet.

Abends fahre ich nach Wien und gehe ins Filmmuseum. Dort lasse ich mir Elisabeth T. Spiras Alltagsfiguren aus Österreich vorführen. Beim Zuschauen bin ich Zeitgenossin und involviert. Ich rege mich über die einen auf und lasse mich von anderen berühren. Ich erfahre etwas über Menschen, die auf der Straße leben und möchte mehr über sie wissen. Auf dem Weg nach Hause versuche ich den Blick der Filmemacherin mitzunehmen und hinzuschauen. Bei der ersten Obdachlosen, die mir entgegenkommt, legt der Blick an und driftet weg. Es ist nicht leicht, ihn im Unbekannten anzuhalten. Während ich durch die nächtlichen Straßen gehe, wird der Blick allmählich freier und, entbunden von der Verpflichtung, etwas bestimmtes zu sehen, zerstreut er sich in Einzelbeobachtungen, die ich nicht im Kopf behalte.

Auf der Suche nach einer Antwort darauf, WAS ich in Österreich sehe, lande ich immer wieder beim WIE.

Als ginge es zunächst um die Art zu sehen und erst in weiterer Folge um das Ergebnis. Als wäre noch immer ein Lidschlußreflex zu lösen oder eine Einstellung der Augen zu ändern, die Wirklichkeiten schräg stellt und Menschenbilder verzerrt.

Vielleicht wird einer aus der NochKriegsgeneration die Suche nach dem Procedere der Wahrnehmung zur Lebensaufgabe. Vielleicht hat die Schulung im Verdrängen, die man als Kind erfahren hat, zur Folge, daß man immerfort die Augen öffnen möchte. Und um den Mühen der Vergangenheitsbewältigung zu entkommen, sucht man so oft wie möglich Entlastung im Auffinden augenblicklicher und leuchtender Details.

Hieße dann Österreich sehen nichts anderes als Frankreich sehen oder die Malediven, nämlich jeweils den Ausschnitt wahrnehmen, auf den der Blick gerade fällt? Beobachtungen summieren und miteinander versuchsweise vernetzen, Interpretationen an sie anlegen, diese überprüfen, weiterverwenden, verwerfen ... Bilder kommen lassen, immer wieder diese Bilder, sich von ihnen berauscht fühlen, oder auch gehemmt, und die Bilder als solche erkennen, sie stehen lassen oder überwinden ... Manchmal der Macht der Bilder erliegen und dann wieder aufstehen und sich zur Klarheit aufmachen, an Leidenschaft einbüßen, was man an Freiheit der Gedanken gewinnt.

Wäre es dann selbstverständlicher, Fremdheit und Vertrautheit zwischen Menschen weniger durch Landesgrenzen bestimmen zu lassen als durch Konzepte oder Gefühle oder Gemeinsamkeiten der Kultur.

Wäre dann Heimat eine Wanderbewegung im Kopf, die sich bisweilen und immer wieder von dem Ort absetzt, an dem der Körper wohnt?

Marianne Sula

wurde am 1. Juni 1954 in Wien geboren. Sie studierte Theaterwissenschaften, Germanistik und Philosophie an der Universität Wien. Seit 1973 publiziert sie literarische Texte. Zu ihren Buchpublikationen zählen: „Wintermeridian", Klagenfurt/Celovec 1988, und „Orangen und Chorgitter", Salzburg 1993. Auch als Dramatikerin hat sich Marianne Sula einen Namen gemacht; das Stück „Golem ein Winterstück", für das sie 1993 den Salzburger Dramenpreis erhalten hat, gelangt 1995 zur Uraufführung. Zuletzt erhielt die Autorin den Lise-Meitner-Litaraturpreis.

TRAUMGRENZGÄNGER

Erfahrungen und Übergänge
Les avenues des reves

Von der Traumlandschaft der Geburt bewegt sich das Ich in konzentrischen Kreisen um den Nabel der Welt, den *eigenen Ort*, wo wechselnde Transparenzen die Wirklichkeit mehr ver- als entschleiern.

Auf der Ebene der Assoziationen *Wasser/Schiffe* das Unruhige, Gestaltlose, Fließende, das nach Verwirklichung drängt.
Lange Donaufahrten, das Wasser als ursprüngliches Element der Veränderung *die Flüsse, ein stetes Reisen zum Meer.*

Wien ein Nekrolog über eine unabänderliche Historisierung/barock das Spiel von Licht und Schatten, der Biedermeierfriedhof in St. Marx mit seinen Veilchen, die Leopoldstadt, wo ich aufgewachsen bin in der Nähe des Augartens, ehemaliges Ghetto, die Brücken über und über den Strom.

Wien das ist auch die Stadt der Exilierten und Nicht-mehr-Heimgekehrten, der schwarzen Hausruinen der frühen Fünfzigerjahre, des Geruchs nach Kohl und schlecht gelüfteten Räumen, nach Bassena-Wohnungen und der Angst vor der Miete, dem Gasmann, eben allem Existenzbedrohenden.

Wien in den Siebziger Jahren das ist die Stadt der Studentenrevolte – und meiner eigenen – von flower power und erster Liebe, die Zeit meiner ersten Eheschließung und der Geburt meines Sohnes David.
Wien in den Achtziger Jahren das sind erste Erfahrungen im Journalismus und bei Verlagen, erste Veröffentlichungen und das Leben und Arbeiten als alleinerziehende Mutter.
Wien in den Neunzigerjahren ist das Erwachsenwerden sowohl meines Sohnes als auch mein eigenes, ein Sich-Öffnen der Jugend
(die Parks/ die Szene), aber auch eine Reise nach Innen.

Wien das ist das Kafkaeske und Suizidale, das Morbide und das Bedrängende, das Rot des Herbstes und die Stille der verlassenen Zeit.

Die durchsichtige Monstrosität der Erscheinungen/
Häuser, Orte, es ist beliebig, und die Transparenz der Erfahrungen/
die Ebene der Entfaltung ist immer gegenwärtig.

Der Ursprung der Stadt ist im Ich zu suchen, und so

von der Peripherie ausgehend, dem Offenen nach, stößt man zum Kern vor.

Die Erfahrung des Übergangs von der Traumlandschaft in die wache Umwelt zeigt das Fließende, Raum der Übergänge, des Stromes.

Was passiert, was mich prägt und was ich präge-Raum, Ort, Stadtraum, Stadtort sind Orte der Erfahrung, Orte des Möglichen sowie Orte des Imaginären.

Wahrnehmung und Erinnerung, Besitzverhältnisse gegenseitiger Durchdringung.

Der Körper der Stadt ist schon geschrieben.

Was füge ich mit meinem Körper hinzu?

Was wird ihm entrissen mit meinem Fortgang?

Der Diskurs hat jene verborgene Poesie zum Ideal, deren Qualität an eine Vollkommenheit heranreichen soll, die nicht von dieser Welt (dieser Zeit) sein kann.

Die Schönheit des Codes, dessen ich mich bediene, ist die Erinnerung und daher Lüge.

In der Sprache/ der perfiden Kastration/ da sie Feind sowohl der Erinnerung ist als auch möglicher Feind der Wahrnehmung/ wieviel wird ausgespart!

wird das symbolische Feld der Zeit
Geburt/Tod/Abfolge transparent.

Das Selbst ist grundlegend Zeit sowie der Baum Baum und der Vogel ein Vogel ist.

Die Erzählerin zieht die Leserin in ihre Zeit hinein.

Die Leserin wandert gemeinsam mit der Erzählerin in ihre Zeit und an ihre imaginären Orte. Sie spricht auch die gleiche Sprache.

Denn um verstanden zu werden (gelesen), bedarf es der Verständigung.

Die Verständigung findet statt über den imaginären Ort und die imaginäre Zeit.

So wandert die Leserin in zweierlei Zeiten an zweierlei Orten.
Dies zur Wahrnehmung.

Wie sieht es nun mit dem Erinnern aus?
Wir erinnern Bestimmtes – bewegliche Sonnenflecken in unserem Gedächtnis – das vom Passiven zum Aktiven wechseln kann wie Strömungen der Seele.

Sich betrachtend, reglos, all die Stufen, die Straßen, die Plätze begangen, in Stille und Einsamkeit und rasendem Lärm, den Stoff des Lebens in Händen gehalten, den Stoff des Lebens aus den Händen geschla-

gen, frage ich das Antlitz der Stadt nach jenem imaginären Du, jenem Sein ohne Antlitz, Zeit ohne Namen, dem Gott der Zeit.
Die Welt – die Stadt läßt ihre Masken fallen.

Wo Menschen sind ist Stadt, ist Raum, Bewegung, auch Ernst,Trauer, auch Trennung, Tod, aber auch Heiterkeit, Liebe.
Sonne.
Die Mauer. Lachen. Ein Stein.

Klarer Augenblick da wir eins sind in der Verlassenheit mit uns selbst.

Barbara Neuwirth wurde am 13. November 1958 in Eggenburg geboren und verbrachte ihre Kindheit im Waldviertel, in Drosendorf. Sie studierte Ethnologie und Geschichte an der Universität Wien. Die Schriftstellerin und Herausgeberin der wissenschaftlichen Reihe Frauenforschung im Wiener Frauenverlag lebt in Wien und Mitter-Retzbach. Literarisch steht sie in der Tradition der Österreichischen Phantastischen Literatur; ihre letzten Buchpublikationen waren „Im Haus der Schneekönigin", Novelle, Wiener Frauenverlag 1994, und „Dunkler Fluß des Lebens", Erzählungen, Suhrkamp Verlag 1995 (Taschenbuchausgabe des 1992 bei Insel erschienen Buches).

Karin Rick
BÖSE SPIELE. Roman.
170 Seiten. Mit Illustrationen von Gerburg Hohenbruck.
öS 248.-/DM 36.-/sfr 37.-
COTE D'AZUR. Zwei Frauen - eine Liebesgeschichte.
64 Seiten, öS 148.-/DM 20.-/sfr 21.-

Ditta Rudle
SEX ORANGE. Roman.
192 Seiten. Mit Abbildungen von Andrea Satrapa-Binder.
öS 248.-/DM 36.-/sfr 36.-

Dorothea Schafranek
LICHTNARBEN. Erzählungen.
64 Seiten, öS 148.-/DM 20.-/sfr 21.-

Elfriede Semrau
ZORES AUS DEM RECHTEN ECK. Kriminalroman.
214 Seiten, öS 168.-/DM 25.-/sfr 26.-
ZEITZÜNDER ZIMTAPFEL. Kriminalroman.
232 Seiten. öS 168.-/DM 25.-/sfr 25.-

Karin Spielhofer
EMILIA GERÄT IN DIE KRIEGSWIRREN oder O DER NEUE TAG
64 Seiten, öS 148.-/DM 20.-/sfr 21.-

Sylvia Treudl
SPORENSTIEFEL HALBGAR. Liebesgeschichten.
164 Seiten. Mit Illustrationen von Karin Ivancsics.
öS 198.-/DM 29..-/sfr 30.-
IM SCHALLENDEN BLAU DER LIEBE. Erzählungen.
140 Seiten. Mit Illustrationen von Karin Ivancsics.
öS 198.-/DM 29.-/sfr 29.-

Eva Anna Welles
AM RANDE DER GESCHICHTE. Roman.
192 Seiten. Mit Illustrationen von Anna Petschinka.
öS 248.-/DM 36.-/sfr 37.-
MÄCHTLICHE FAHRTEN. Erzählungen.
64 Seiten, öS 148.-/DM 20.-/sfr 21.-

Renate Zuniga
STERNE WOHNEN AUSWÄRTS. Kriminalroman.
160 Seiten, öS 168.-/DM 25.-/sfr 26.-